剑桥美国文学史

第三卷

〔美〕萨克文·伯科维奇／主编

蔡 坚 张占军 鲁 勤／译

THE CAMBRIDGE HISTORY OF
AMERICAN
LITERATURE

散文作品
1860年—1920年

剑桥美国文学史

《剑桥美国文学史》对包含美国文学所有领域内新兴的和业已确立的各种趋势以及广阔范围进行了探讨，其中包括一些学者和评论家的论述，它们已经形成并继续成为文学学术研究的重要组成部分。这些作者的作品集30年美国文学评论之大成，因此既代表两代人的学术成就之间存在的分歧，同时也代表两代人学术成就之间的连续性。叙述部分在本书中占据了很大的比例，使本书同以前的版本所能做到的相比，对于美国文学史的探讨既有更加广阔的视野，又兼备磅礴的气势。与此同时，传统文学批评的声音虽然构成了这些叙述部分的背景，但是这个声音与形成当代文学研究的多样化兴趣共同发挥着作用。

《剑桥美国文学史》对美国多种文学流派以及各个时期的文学作品进行了广泛的、跨学科的评论。美国文学素材的扩充有一部分原因在于有的作品曾经被忽视，最近才被重新发掘出来，引起了人们的重视；而在美国文学素材扩大的同时，对这些素材进行的研究方法，无论就其数量还是多样性而言，都层出不穷。《剑桥美国文学史》中所体现的这个设计许多方面的学术和评论探讨了包括社会、文化、理智以及审美在内的多样性；同时，和以往的论述相比，也显示了一种在文学研究方面更加丰富的权威概念。

本卷涵盖了美国文学特质形成的关键时期。四位最主要的学者用大量的历史变化和目前正在发生的变化来贯穿文学史。理查德·H.布罗德黑德描述了美国文学文化的永久基础。南希·本特利定位了19世纪现实主义的根源，其作为精英文化与刚刚出现的大众文化遥相呼应，既包含了高雅文学，同时也包括范围广范的外界人士：非裔美国人、妇女和美国原住民。沃尔特·本恩·迈克尔斯强调了世纪之末的小说在面对现代官僚主义出现的个体评价方面的重要作用。苏珊·米兹如茜分析了一种新的、全国范围的异质经济和文化的表现，该异质性帮助人们预言了现代美国的多元文化未来。这些论述文章一同构成了这部最为丰富、最为详尽的针对1860年至1920年的美国文学和文化的评论。

目录 CONTENTS

中文版序 ………………………………………………………… I
致谢 ……………………………………………………………… IV
序言 ……………………………………………………………… VII

美国文学领域（1860—1890）……………………… 001

（耶鲁大学）理查德·H.布罗德黑德

1　1860—1890 年的美国文学领域 ………………………… 003

文学形式和大众文化（1870—1920）……………… 053

（宾夕法尼亚大学）南希·本特利

1　博物馆现实主义 ………………………………………… 055
2　豪威尔斯、詹姆斯和共和国文学 ……………………… 091
3　女性与现实主义作家 …………………………………… 118
4　切斯特纳与帝国主义景象 ……………………………… 159
5　沃顿、旅行和现代性 …………………………………… 199
6　亚当斯、詹姆斯、杜波伊斯和社会思想 ……………… 220

美国生活的展望（1880—1920）…………………… 257

（伊利诺伊大学）沃尔特·本恩·迈克尔斯

1　美国悲剧或美国生活的希望 …………………………… 259
2　可视性的创造 …………………………………………… 285
3　褊狭的心 ………………………………………………… 315
4　成功 ……………………………………………………… 341

CONTENTS 目录

渐近的多元文化：文化、经济和小说 (1860—1920) ········· 371

（波士顿大学）苏珊·米兹如茜

1 介绍 ········· 373
2 追忆美国内战 ········· 379
3 社会死亡和奴隶制的重建 ········· 410
4 大都市的变化 ········· 444
5 美国印第安人在进步时代的牺牲 ········· 484
6 营销文化 ········· 515
7 工作多样性 ········· 558
8 美国企业界 ········· 604
9 现实主义乌托邦 ········· 644

大事年表 (1860—1920) ········· 673

约翰·E.特西托尔

参考书目 ········· 715
索引 ········· 721

中文版序

能够把这部美国文学史介绍给中国读者，是本人莫大的荣幸——这种荣幸标志着两种文化富于戏剧性的会合。美国文学传说也许是世界上最年轻的，而中国文学传说则是非常古老的。但是美国文学在一个方面却比较年长：它是现代世界所诞生的第一个国家的产物。当然，在欧洲定居者到达以前，美国印第安人（或称土著美国人）已经在今天叫做美国的这片领土上居住了数千年之久，但是他们拥有的是口头文学而不是书面文学。按照我们现在的理解，美国文学传统基本是使用英语的作家们的产物。它始于16世纪末17世纪初，最初是由英国殖民者撰写的，它是这些新兴资本主义生活方式的先驱们创作的记叙文、布道文、日记和诗歌。19世纪，它随着工业资本主义在大西洋两岸的胜利而繁荣兴旺；在我们这个时代，它作为自由主义、自由经营和市场开放的西方主要国家的文学依然经久不衰。

美国文学发展的结果是形成了一个比历史悠久、方面众多、异彩纷呈的中国文学统一得多的作品主体；在对现代性的种种状况进行表述方面，它也是世界上年代最长久、内容最复杂的民族文学。它是一种富于个人主义和冒险精神的文学，一种扩张和探索的文学，一种蕴涵种族冲突和帝国征服的文学，一种折射大规模移民和种族关系紧张的文学，一种反映资产阶级家庭生活和个人自由与社会限制不断斗争的文学。这些文学作品从探讨自然和"自然人"方面的问题转向探讨异化、歧视、城市化和地区及种族暴力方面的问题。它们受到一种民主美学的启迪（与人们所理解的那种欧洲"旧世界"的精英统治论针锋相对）——这是一种"普通人"和"寻常事"的美学；不同凡响的是它们对建立在奴隶制、土地的剥夺和资本主义的贪婪等基础上的文化犯下的种种暴行进行了持续的批评（这种批评往往成为激烈的谴责）。最后，这是一种始终由于有关身份的双重焦点而著称的文学：一方面它把这个国家奉为未来的土地，"明天之国"，试图制造一种关于"美国"的救世神话；另一方面它又进行自我折磨，对于身为"美国人"意味着什么怀着一种极其痛苦的焦虑。对于中国作家来说，中国的概念是一个关于悠久历史的问题——关于绵延数千年之久的各种神话、传说和事件的问题。而美国作家所

◎中文版序

一心追求的是重新创造自己身份这个含义深刻的现代主义问题。

自19世纪初以来已有几部美国文学史问世,但是其中鸿篇巨制之作只有三部。这三部文学史实际上记录了美国的成长历程。第一部出版于第一次世界大战期间的1917年,当时美国在国际舞台上初露锋芒;第二部面世于第二次世界大战结束后不久的1948年,当时美国充分展现了其经济和军事大国的实力。我们这部文学史是20世纪末叶全球化的产物,此时民族主义的含义本身已经受到质疑,在美国,对文化内聚力的一些基本说法有了一种新的、**批判**的意识。

这种新的意识表现为两种形式,即历史的形式和知识的形式。在过去30年间,学者们揭露了这个国家历史上受到压抑或者被人忽视的各个方面。我们已经认识到妇女和少数民族作品的重要性,非裔美国文化中心地位的重要性以及"地域"作家们诸多贡献的重要性。我们也已经认识到某些包罗万象的概念(包括"美国人"和"文学经典"之类概念)与其说是揭示了美国的生成过程,毋宁说是掩盖了这一过程。在知识方面,我所说的新意识与文学批评中心权威的崩溃密切相关。过去的30年是众多激烈竞争的理论和批评流派繁荣兴盛的年代:解构主义、女权主义、"同性恋"理论、新马克思主义、读者反应理论、新历史主义、多元文化主义等等。这部八卷本美国文学史是第一部着力展示一个意见分歧的时代而不是特意表述一种正统观念的巨著。我们无意一劳永逸地为千秋万代提供一篇关于美国文学的故事;我们无意伴称发现了我们国家文学传统发展**独一无二**的真正关键。恰恰相反,这部文学史代表了一代美国学者的独特观点(一种多元主义,有时互相矛盾,常常变化无常的观点),一种已经从本质上对这个领域的边界加以拓展和重新确定的观点。

因此这部文学史采用了与以前几部文学史不同的格式。我在本书的序言里比较详细地讨论了这种差别。为了适合这篇序言的目的,我要强调两点,第一点是关于分歧的问题。此前几部文学史不是基于有关文学、历史及其二者之间关系的一些共同的基本假定(即所有撰稿人一致赞同的文学—历史共识),就是基于权威"文学史名家"的某种宏论。而这两种选择对我们来说都是行不通的。如上所述,我们这部文学史反映了多种多样的评论方法和途径,其中不乏互相矛盾之处,但是每一种方法和途径都代表着当前文学研究领域的一个重要组成部分。

我要强调的第二点有关我们这部文学史每一部分(专论)不同寻常的篇幅。以前所有合作编写的文学史都要求专家就有关主题撰写较短的文稿:例如用15页篇幅论述南方小说家威廉·福克纳,用五页篇幅论述清教徒诗人安娜·布拉兹特里特，用30页篇幅论述18世纪启蒙主义散文。然后编辑们再将这一切组合起来，形成一个和谐的整体。我们的情况恰恰相反。每一位撰稿人都可以要求用足够的篇幅对他或她所采取的特殊途径进行解释。仅仅"充分地论述这个题目"（涵盖各种文本、运动和体裁等等）是不够的；我们必须考虑到不同见解的形成，其中每一种见解都是专家的声音，然而对于声称代表最终的权威又都持怀疑态度。所以，我们在每卷里提供的都不是一系列权威性的宣言，而是一组各不相同而又相互关联的叙述；它们一起构成了一种这个时期具有连贯性的对话式记叙文——一种没有确定答案的记叙文，其中的各个部分多彩多姿，有助于增进全书的深度和广度。

这是至今撰述得最为全面的美国文学史。它也是最具有挑战性的著作。读者将会发现他们自己在和各具特色的美国文学史专家对话，而与此同时，这些专家将就书中讨论的不同专题为他们提供内容最为丰富的论述。我们希望从这两个方面来看，中国学生不仅可以从阅读中获益，而且可以从中受到激励，用新的方式对美国文学进行思考，并且从总体上对文学研究进行思考。

萨克文·伯科维奇

致 谢

主编致辞

  我感谢剑桥大学出版社技巧卓越超群的编辑奥黛丽·科特雷尔（Audrey Cotterell），我感谢我的出色的研究助手肖恩·麦克克瑞利（Sean McCreery），我要感谢哈佛大学为这个项目所提供了20年的基金支持。本卷书是这一系列八卷本中最后出的一卷，该系列从1986年陆续出版。有的供稿人比其他人提前很多完成自己负责的部分，但是他们必须有超乎寻常的耐心，等待自己负责的那卷书的出版。我很感谢他们的宽宏、忍耐和理解。我要感谢曾任教于耶鲁大学、现任杜克大学校长的理查德·H. 布罗德黑德（Richard H. Brodhead），感谢曾任教于约翰斯·霍普金斯大学、现任教于芝加哥的伊利诺伊大学的沃尔特·本恩·迈克尔斯（Walter Benn Micheals），他们两位在1992年就完成了写作任务（尽管为了这次出版都重新审阅并修改了自己的稿件）。

  我还想借此机会感谢一位伟大的美国问题研究前辈丹尼尔·阿伦（Daniel Aaron），我同他首次谈及这个项目，他的睿智、洞察力和鼓励在过去的20年中，给了我强大的个人和学术支持。

  最后，我要感谢美国问题研究学者中最出色的代表约翰·特西托尔（John Tessitore），他完成了介绍中第二部分绝大多数撰写工作，总结了本卷书中不同部分的关系。

萨克文·伯科维奇（Sacvan Bercovitch）

美国文学领域——1860年至1890年

  因为这些卷本挑选的参考文献中排除了独立撰写的作品，因此在这里我想感谢三本非常有帮助的书：哈姆林·加兰（Hamlin Garland）的《中部边地农家子》（*A Son of the Middle Border*）（1917年纽约：麦克米伦）、玛莎·萨克森（Martha Sexton）的《路易莎·梅·阿尔科特的现代传记》（*Louisa May：A*

Modern Biography of Louisa May Alcott）（1977年波士顿：霍顿·米夫林）和加里·沙恩霍斯特（Gary Scharnhorst）的《小霍雷肖·阿尔杰》（Horatio Alger, Jr.）（1980年波士顿：特恩）。我还想感谢耶鲁大学研究生论坛的一些成员，最早他们同我一起加工了本章节涉及的材料。

理查德·H. 布罗德黑德

文学形式和大众文化——1870年至1920年

我要感谢在进行文学史研究时从宾夕法尼亚大学得到的支持。曾在宾夕法尼亚大学就读和现在仍就读的研究生在深化我对美国大众文化和文学写作之间的生成关系的描述中起了举足轻重的作用。我尤其要感谢贾斯廷·缪里森（Justine Murison）和马克·桑普尔（Mark Sample），他们研究美国大众文化文献，并介绍我在这项研究中需要仔细阅读的两本书。玛莎·斯库尔曼（Martha Schoolman）、肯德尔·约翰逊（Kendall Johnson）和汉纳·威尔斯（Hannah Wells）为我提供了研究帮助并展开了建设性的交谈。在浩如烟海的现代大众文化的专著中，托尼·贝内特（Tony Bennett）、安德烈亚斯·海斯曼（Andreas Huysmann）和理查德·萨蒙（Richard Salmon）的著作对我的论述特别重要。菲利普·巴里斯（Philip Barrish）、菲利普·费希尔（Philip Fisher）、南希·格莱茨纳（Nancy Glazener）、艾米·卡普兰（Amy Kaplan）和苏珊·米兹如茜（Susan Mizruchi）的评论性研究对这一时期美国历史中文学和文学协会的分析有非常重要的作用。我感谢卡罗尔·J. 辛格利（Carol J. Singley）和牛津大学出版社，是他们给了我机会在伊迪丝·沃顿（Edith Wharton）的著作中发表了自己对关于帝国旅游和大众转型所起作用的观点。论文《沃顿，旅游和现代性》（"Wharton, Travel, and Modernity"）发表在由卡罗尔·J. 辛格利主编（牛津：牛津大学出版社，2003）的《伊迪丝·沃顿历史指南》的第147页至179页。我特别要感谢我的朋友和对话者伊莱恩·弗里德古德（Elaine Freedgood），她提出了很多关键的问题，同时我也分享了她的热情。我还要感谢萨克文·伯科维奇，在编辑方面他给了我很多指导和鼓励。

南希·本特利（Nancy Bently）

美国生活的展望——1880年至1920年

我想感谢莎伦·卡梅伦（Sharon Cameron）、弗朗西斯·弗格森（Frances

Ferguson）和迈克尔·弗里德（Michael Fried），他们都阅读了本项研究修改稿，直到倒数第二稿，并且提出了建议。我还要感谢一位曾是约翰斯·霍普金斯大学研究生的马克·舍思宁（Mark Schoening）和目前是芝加哥伊利诺伊大学研究生的凯莱布·斯宾塞（Caleb Spencer），他们两位帮助我为本书的出版做准备。我还要感谢《展示》（*Representations*）和《新历史》（*New History*）的编辑们，他们允许我重印他们于 1989、1990 两年间出版的杂志，其中的第一和第三章存在细微差别。

沃尔特·本恩·迈克尔斯

渐进的多元文化：文化、经济和小说——1860 年至 1929 年

我想感谢约翰·西蒙·古根海姆基金会（John Simon Guggenheim）的同事们，是他们使我能够完成此项工作。

苏珊·米兹如茜

大事年表

非常感谢萨克文·伯科维奇，他为年表和介绍提出了思想深刻的见解，他在文学和专业方便提出了很多建议，他把我吸纳到这项出色的计划中来。我要感谢苏珊·米兹如茜，她永远热情坚定地支持我，她宽宏大量，是我的良师益友。我还要感谢我的妻子凯利，她的爱使我的生活和工作丰富多彩。

约翰·E. 特西托尔（John E. Tessitore）

序 言

　　这一部多卷本的文学史标志着美国文学研究的一个新起点。第一部《剑桥美国文学史》(1917)引入了英语创作的一个新分支。30年后在罗伯特·E.斯皮勒主持下编纂的《美国文学史》建立了学术研究的一个新领域。这部《剑桥美国文学史》体现了一代美国文史学家们的研究工作,他们重新划分了这个领域的界线。这些学者和评论家们主要受训于20世纪60年代和70年代,代表了美国文学创作所有分支的新趋势和既定方向,他们影响了而且将继续影响业已成为现代文学知识研究的一个主要领域。

　　在过去的30年里,美国文史学家的文学批评从一个边缘地域拓展为人文研究的中心。这一领域的活力反映在国内及全世界对美国文学与日俱增的兴趣、学术活动的范围和辩论纷争的强度上。重要的是,美国文本开始成为提供学科间和跨学科调查研究的主要重心。性别研究、民族研究、通俗文学研究等诸如此类已经渗透到了这个专业领域的各个角落,但是它们唯一的、最广泛的基础就是美国文学。对于多元文化和原则标准的形成所产生的争议也同样如此:争论的焦点是跨历史、跨文化的,但是争论本身则以美国著作为主要议题。

　　在这些争辩中无论我们如何定位自己,有一点似乎很清楚,它们引发的活动提供了知识复兴和新研究的一个源泉,一部分以前被忽略、被贬低的作品被大规模地重新发掘出来。我们比以往更明白一些人称之为美国文学(复数)的东西,这一用语植根于美国不同传统、不同类型的美学流派,甚至是对文学持有不同观念的持续性上。

　　这些发展扩展了美国文学的含义和素材。对于这一代评论家和学者来说,美国文学史不再是某些被公认为美国文学极品作品的历史,也不再以美国文学创作中某些公认的历史角度为基础。对确定性和一致性的寻求依然持续,一如它们的职责,但是现在这些寻求是在一种批评性的气氛中进行,其中包括公开辩论、宗派主义以及充其量为不同阐释流派间的对话。

　　这种冲突情景标志着学术权威在结构上发生了转变。迄今为止所有文学历史惯例,从18世纪的源头开始,依赖于对主体的本质或实质有一个既定的一致意见。今天提及意见一致听起来更像是寻求妥协或恋旧怀古。现在美国文学历史研究以多元的方式把自己界定为一个多种声音、多层面的学术、批评和教学事业。这种环境下的权威起到把大量知识相互区别又相互联系的作用。我们可以称它为变化的权威。它一部分归属于不同种类事物所带来的活力：相互争锋的追随者、大量的素材、成套的权威著作。它还部分存在于评论家进行联系的能力：把他或她的研究方法中的个性转换成挑战和交锋，由此通过与那些有时互补、有时相互冲突的阐释模式之间的联系而获取内容及深度。

新版的《剑桥美国文学史》在争论性和协作性上都具有权威性。从某种意义上来说，这使得它代表了它所描述的文化。我们的《剑桥美国文学史》从根本上来说是多元化的——美国文学的联盟史——但这种多元化是一个本身进行自我划分的多元性，是对这个专业和社会内正在进行的对文化价值、信仰和思维模式的争论的形象表达。这些描述当中有一些可以被称为褒扬性的，因为其揭示了社会成就和美学成就之间、技术创新和文体创新之间的关系。其他的则是明显对立的，有时到了把文学分析变成对多元主义本身的评论（甚至是攻击）的地步。但是，有讽刺意味的是，这种对立的观点在此标志了《剑桥美国文学史》最为传统的一面。它采取的高尚道德的姿态——文学分析作为抵制和不同见解的场合——植根于对艺术的浪漫崇敬和对高雅文学的文雅态度。那种态度坚持认为，伟大的书籍里体现的理想具有普遍性。因此，它含蓄地并常常通过对社会准则和惯例，尤其是对西方资本主义的社会准则和惯例的直接指摘针砭，孕育了一种广泛的民族—美学反律法主义。结果是把文学当作一个自身的世界、一个较高级法则的领域来颂扬，这些法则因而提供了（用马修·阿诺德［Matthew Arnold］的话来说）对生活的一种持久的批评。到了20世纪中叶，那种方法一方面导致了新批评派对工业社会的攻击，一方面导致了新马克思主义者发展出艺术的乌托邦理论。新对抗主义，包括反文化批评派的新对抗主义，不可避免地和这些遗产联系在一起。

这种联系所形成的主张与评论之间的复杂关系直接涉及了民族性问题。这已经成为我们时代的界定性问题，对澄清早期历史学家来说显而易见而未加提及的一点可能是最好的：在这些卷宗中，美国指的是美利坚合众国，或者后来成为美利坚合众国一部分的地域。虽然几位作者采用了一种跨大西洋或泛美比较主义框架，虽然他们中的几位讨论了用其他语言写就的作品，虽然还有人依然赞成一种后国家角度（甚至是后美国角度），但是通常他们的焦点都集中在美利坚合众国的英语创作——"美国文学"——上，一如人们在其语言和民族含义中所理解（而且仍然）的那样。

这种限制是我们有意选择的。从某种程度上来说，这毫无疑问地反映了时间、空间、专业训练和现有资料方面的局限性；但是应当补充说明的是，我们的撰稿者充分利用了他们自身的局限。他们利用时间、空间、所受训练和新近获取的材料把民族性本身变成了一个文学史问题。恰恰因为他们聚焦于美利坚合众国的英语文学，美国这个词对他们来说既不是一个叙述的已知条件——一个假设的前提、一个不可避免的前提或自然前提——也不是一个客观背景（这个国家的历史）。截然相反：它是很多类型文学历史探究争鸣的场所。把自己呈现为中立、对所有被公认派系都热忱欢迎的地域，最终被证明是而且总是一个风云变幻的争斗区。

在这部文学史里，美国是一个历史实体——美利坚合众国。它也是一个社会宣言，一个由口头法令建立并维持的民族，一套普遍原则，一个社会凝聚力的策略，一个社会抗议的召唤，一个预言，一个梦想，一个美学理想，一个对现代（进步、机遇、新事物）的比喻，一个包容的符号（熔炉、百衲被、多国之国），一个排斥的符号，不仅把旧世界而且把北美洲和南美洲的所有其他国家和美国内部的大群体都拒之门外。一个如此构想的国家是一个修辞意义上的战场。这部多卷本文学史里的美国是探究文本的历史性和历史的文本性一个不断转换的多层面的焦点。

并非巧合的是，这些是现在文学研究中争论最为激烈的两个问题。文学研究中对历史的理论化从未如此剧烈和无处不在。对历史的浓厚兴趣把这个领域里所有的特殊兴趣、我们当前存有"意见分歧"的所有派别联结起来的说法并不为过：作为观念、暗喻和神话的基础和结构；作为我们所阅读的文本的内容和我们对它们进行阐释的精神。即使我们承认伟大的书籍——一些达到不同寻常强度的语言分布——业已超越了它们的时间和地点（即使我们认为它们的不朽力量是对立观念源源不断、周而复始产生的一个源泉），但是经过思考我们发现，很明显美学超越这些观点本身也是受时间限制的。对高雅艺术的美学断言和其他从信仰的诠释学到科学客观性的断言一样，受到历史的影响。我们通过一种确定的历史意识把握它们特定的超越性形式（神启灵感的美学；具有模糊性、颠覆性、不确定性的美学）。

对偶发事件的认可同样延展到历史的书写中。有些历史作品比其他更真实；一些历史作品一度被赋予"确定性"和"综合性"的宏伟壮丽；但是所有历史作品都是由它们的历史时刻所决定的故事。本书中的历史作品也是如此。在此，我们的意图是让局限性成为开放性和无穷尽性的源泉。以前的美国文学史不是进行总体化的叙述，就是进行百科全书式的叙述。它们所提供的或是带有权威性的单一见解，或是众多似乎只不过在进行全盘概括的简明

○序　言

综述，似乎是因为专家式综述的简明风格阻止了作者个体的声音。对比之下，此部美国文学史通过大规模多音调叙述的舒展开来。由于撰稿者的数目有限，他们每一位都有详尽阐释各自观点和见解（包括前提、论证和分析）的范围；因此他们每个人的叙述通过实例而不是断言具有说服性；每一位撰稿者都通过这一代美国文史学家所共有的主题、焦虑和理想等相互联系（尽管有差异）。

　　我们挑选这些作者，首先因为他们有着突出的学术成就，同时也考虑到评论界对其作品的高度评价。他们一起展示了过去30年美国文学评论的成就。他们的撰稿显示了几代人之间的关联和差别。他们表现了现在归入美国文学标题下不同寻常范围的素材。他们表现出了使得这个领域有了引人注目的拓展的特殊兴奋和尽心尽力。最后，他们反映了我们这个时代对文学研究和民族志研究的兴趣的丰富多样性，这种多样性自二战以来，尤其是20世纪60年代以来，逐步成为我们国家大学里师生的特征。

　　同样的特点也体现在这部文学史的编纂原则中。其灵活的结构框架意在包容美国文学研究的各个方面。一些主要作家出现在多卷里，因为他们归属于多个时代。一些文本在同一卷的几个叙述里被讨论，是因为它们对于不同范畴的文化体验都是重要的。有时某一历史事件被从不同的角度讲述，因为这一事件有多元视角：例如，它既与主流社会有关，也与边缘社会有关，或者既是一个时期的巅峰，同时又是另外一个时期的开端。如此的重叠性不是计划而来的，但从写作伊始就是受到鼓励的，其结果就是观点的多样性符合了文学资料和历史资料的绝对丰富性。这也使得对个别特殊的作家、文本和运动的描述比以往任何一部美国文学史都更为丰富和精细。

萨克文·伯科维奇

　　这部文学史的每一卷都以自己独特的方式展现了上述优点。本卷具体体现于对美国文化认同形成中关键时代的多层面分析。如那个时代的作家们一样，本卷的四位作者——理查德·布罗德黑德、南希·本特利、沃尔特·本恩·迈克尔斯以及苏珊·米兹如茜——把种族和性别作为最佳的透视镜来系统研究当时发生的工业和人口变化，探求新达尔文主义和社会科学观对人类本性的看法带给人们的焦虑。因此，本卷可以视为对差异的一种探索之作，探索的方式包括自然主义小说中的象征学、情感小说中严阵以待的家庭生活，以及近乎普遍性的对种族话语的依赖。本卷也可以视为对击垮美国个人主义力量的研究之作。本书的作者们自始至终认为，在一个市场和广告的时代，对于普通的生产者和消费者来说，文化与经济之间的关系具有决定性作用，而对于作家们来说尤其如此。实际上，所有四位作者都意识到市场是文化交流的核心场所，因为在那个时代身份的动态性与贸易的动态性交织在一起，难解难分。

本卷使用多种评论手段，条理清晰地描绘了那个时代。布罗德黑德集中探讨新兴的文学体裁。他刻画了一个充满忧虑的作家群体，这个作家群体由出版商的商业利益所造就，反过来又影响了出版商的商业利益。他认为，这些作家们成功地利用了文学市场的供应与需求达到了他们自己的目的，而且通过创作别具一格的文学作品而获得了承认。本特利的叙述为我们提供了一个不同的文化逻辑论证。她认为，现实主义是业已确立的文化秩序和新兴的大众市场之间的冲突点，对高雅文化和流行文化都有至关重要的影响。迈克尔斯也认为，现实主义是主要的关注点。然而，他强调文学的社会功能，强调文学与广泛的机构等级之间的结合。他辩解道，这个结合的过程成为了冲突的场所，冲突不再受到国家政治结构的遏制。我们可以把米兹如茜的观点理解为带有人类学特点：她展示了文学如何阐释国家处理其日益增长的文化多样性的代价和利益的方式，以及在此过程中如何有助于美国把自己重新定义为一个现代的国家，一个多元文化的现代性之土。

对于理查德·布罗德黑德而言，战后美国文学的传奇成为对文化分层的研究。他遵循一种松散的时间结构，回顾了职业文学领域，以写作的各种新模式在新兴的社会群体中出现的先后为序介绍了这些新模式：情感小说中的女性、"人众书籍"中的工人阶级、城市剧院中的移民、"高雅文学"中的中产阶级，以及带有"本土色彩"的乡下人和非裔美国人。事实上，布罗德黑德描绘了美国永久文化传统的根本——其特点就是等级化的、利益驱使下的生产和分配体系——以及随之而来的美国文学的分裂，即分裂成风格多种多样、主题丰富多彩、写作意图和社会影响力形形色色的多种形式的文学。布罗德黑德强调了出版业作为公共行为的重要性，认为出版业受到阅读（和付费）群体的需求和愿望的影响。布罗德黑德阐释了职业空间，或者说是"文学的文化"，这个空间中包括既妥协于职业需求又抵抗职业需求的作家们，如霍雷肖·阿尔杰（Horatio Alger）、查尔斯·切斯纳特（Charles Chestmutt）和萨拉·奥恩·朱伊特（Surah Orne Jewett）。这些文学的文化通常起到限制在此文化圈内作家们的创造性工作的作用。然而我们也知道，这些文化同样也为那些曾经被文学圈排挤在外的作家们提供了创作机会。

南希·本特利把19世纪现实主义的起源定位于精英文化对新兴大众文化既肯定又反对的回应。她的叙述包含了那些高雅文化的实践者，如威廉·狄恩·豪威尔斯（William Dean Howells）和亨利·詹姆斯（Henry James），前者

○序 言

不偏不倚的分析作品开创了一种崭新的社会科学类型的美学,后者把审视的目光投向人的内心深处,探索了可能引发混乱的现代性对人的思想和品位的影响。更广义上来讲,她的叙述追溯了美国"看"的方式的转变。战后早期年间的"看"是由博物馆文化所声称的客观性占据主导,然后经历了现代化的严峻考验,之后过渡到作家与文化之间高度主观性的关系。她认为,在所有这些情形下,现实主义是对感伤情调、感觉主义以及流行文化宣传的一种策略性反驳。然而,本特利也指出,现实主义最终成为一个具有高度渗透性的类别,在精英文化中为那些社会边缘人创造出了一个空间,同时,作为一个高度脆弱的类别又极易受到大众文化极端的影响。现实主义为诸如查尔斯·切斯纳特这样的局外人提供了机会,使得他们能够在艺术名望的环境下关注社会问题,同时现实主义也招致了诸如 W. E. B. 杜波伊斯这样的知识分子的挑衅。现实主义被其量身定做的人群——非裔美国人、女性和美国土著人——所利用,逐渐地迫使文学精英们摒弃了现实主义而转向更加具有自我意识的写作模式。到 19 世纪末,现实主义把他们带进了极其时乖运蹇的美国现代主义。

在沃尔特·本恩·迈克尔斯的叙述中,世纪交替时期的小说承担了由来已久的文化机构作用,成为美国社会上演社会和政治斗争的空间。迈克尔斯超越了自然主义与现实主义之间的一般性差别,即自然主义对生物和社会决定论心醉神迷,而现实主义把小说转变为一种新的新闻精神。他指出两者之间存在着共同点,揭示了它们由来已久的价值。他理解中的自然主义和现实主义文本都把自身定义为"对社会生活新形式的想象和阐述",因此两者同质同源。他尤其强调在现代官僚主义到来之际,小说在重新评价美国个体方面所起的重要作用。迈克尔斯的研究围绕着三组比喻进行,即可见性和种族、欲望和资本主义、工作和事业,他以时间顺序记录了文学表达中(以及整个社会范围内)社会依赖和社会独立之间日渐模糊的界限。在他对文学作品的解读中,马克·吐温笔下的康州美国佬、凯特·肖邦的艾德娜·庞特利尔以及欧文·威斯特的弗吉尼亚人都自觉地推动着爱默生时代英雄个体的理想主义转变为 20 世纪中叶组织人的现实主义。

苏珊·米兹如茜戏剧性地表现了那个时代的社会分裂。她把紧随内战之后的数十年表现为一个"多样化所带来的诸多具体危险被广泛概念化和争论"的时期,展现了文学对体现社会、民族、种族、美学、宗教和经济方面的国家多样化的回应。她首先通过自己对内战的回忆分析了社会的分裂,审视了每一次接踵而至的分裂危机——解放和重建、广告在创建消费国家的过程中无处不在的影响、大工厂时代对工作的重新评价,以及个体在一个由托拉斯和强盗式资本家掌控的社会中重要性的衍变。简而言之,她详细论述了整个文学界对急剧变化的社会现实的回应。她对文学作品的理解涵盖了主张社会同化的布克·T. 华盛顿（Booker T. Washington）和玛丽·安婷（Mary Antin）的冲动,韦尼姆卡（Winnemuca）的文化抵抗,托马斯·狄克逊（Thomas Dixon）对盎格鲁—撒克逊的幻想,以及爱德华·贝拉米（Edward Bellamy）的公司理想主义（在描述1880年至第一次世界大战之间乌托邦小说大量出现的那个章节）。她的诠释是对新生的社会科学和不断成长的公司资本主义的持续评价。米兹如茜令人信服地总结道,人们坚持文本之间具有差异性,甚至那些希望在国家中促成更广泛的文化同一性的作家们也是如此,最终带来了现代美国"文化多样性的产生"。

米兹如茜的观点强化了本卷的主题。所有四位作者追溯了构成真正意义上的美国文化的历史,从内战前同质化的主流文化一直写到分裂的、真正多元化的、多样化的文化概念。为达到此目的,他们突出强调了文本与背景之间持久交互的关系,以多种方式表明了文学在文化中起到的关键作用。所有作家的努力为我们提供了一个关于1860年至1920年间美国文学最丰富、最详尽的论述。

萨克文·伯科维奇
约翰·E. 特西托尔

美国文学领域(1860—1890)

(耶鲁大学)理查德·H.布罗德黑德

1　1860—1890年的美国文学领域

文学文化

在1879年为霍桑（Hawthorne）所著传记的结尾处，亨利·詹姆斯这样描述霍桑对在总统竞选中拥护奴隶制的富兰克林·皮尔斯的支持：

> 如同他那个时代大多数人一样，霍桑没有意识到他用来与人道主义的"模糊性"进行对比的那个令人尊敬的制度（奴隶制度）竟在长达四年中把这个国家拖入鲜血淋漓的悲惨之境，最后导致了世界历史上最彻底的革命。当内战发生的时候，霍桑因此而惊恐沮丧；战争挖走了脚下长久熟悉的坚实土地，代之以动荡不安的环境，在那里他的心灵无法平静。这就是我所说的早期比较单纯的一代人，他们的感情已经混乱不堪；他们的幻想被无情地撕裂，他们能看到的最好的共和体制就是兄弟互相残杀……这场大动荡的沉沦留下一个与以往氛围不同的新氛围，可以说美国内战使美国思想史上出现了一个新的时代。内战让国人具有了比率和关系的意识，感觉到这个世界比以往更为复杂，未来更加奸诈凶险，成功更加渺茫无望。各种事物都在前进发展，很明显，品行良好的美国人将会越来越多，但是在未来的日子里，这些美国良民将比他们的祖辈更加自满、自信。人们已经吞吃了智慧树上的果实。我觉得，人们将不是怀疑论者，当然愤世嫉俗者也越来越少；但是丝毫不用怀疑他们众所周知的行动能力，他们将是观察者。

詹姆斯的这部分论述对于研究19世纪中叶美国文学史研究的开端十分有

美国文学领域（1860—1890）

益，因为它非常平实地陈述了人们说不出口的假设，贯穿其间的是人们了解并传承的美国历史。两个原则形成了对这一领域的理解。第一个而且是比较具有说服力的原则可以称为历史划分假设，即美国文学在内战中分裂——战争的动荡引起了美国历史上的分裂，标志着在"美国思维"不同阶段之间的界线。第二个原则可以被称为现实主义假设，通过详细说明两个分裂的历史时期之间的特点区别巩固了第一个假设。根据此原则，战后与战前的区别在于战后更加缓和，更具讽刺性，更加没有幻想，一言蔽之就是更加现实：于是当我们跨越从战前到战后的界线的时候，我们也要从浪漫主义跨入更加历经磨难的现实主义。

这种对历史理解的设计，如同其他具有权威的理性安排一样，在某种程度上证明了历史的真实，任何一个相反的描述必须找出自己的方法来讲述它所指的历史事实：19世纪文学形式的风格传承、"现实主义"的兴起，等等。尽管如此，上文所提到的那两个假设被人们不假思索地认为是事实。那么，很有必要强调一下它们的历史局限性。让我们想想整个历史：美国内战"标志了一个时代"吗？在美国历史研究领域，答案十分明确，是肯定的。内战使400万男人、女人和儿童从奴隶制摆脱出来找到自由，内战为南方黑人创造了一个全新的历史环境，内战为黑人在理论上提供了新的社会地位，但同时又使他们为实现这一社会地位而陷入新的斗争之中。内战在破坏的过程中同时也为南方白人创造了一个新的时代，迫使他们进入充满艰辛屈辱的历史，他们试图在新的土地上重建旧的经济体系，试图恢复被颠覆的社会等级，这个等级是白人眼里对镀金时代的理解。

但是，在19世纪美国历史的其他阶段，内战的影响力不是决定性的，因此不是界线的标志。美国印第安人大草原的平定和空间上的遏制政策与重建政策以及随后的赎回政策完全是同时期发生的，这两段历史在某些点上交汇——比如19世纪70年代像威廉·特库姆塞·舍曼将军和菲尔·谢里登将军这样的联邦军士兵作为美国原住民勇士被重召入伍，或是在为获得自由的黑人建立的工业职业学校中为美国原住民建立学校。但是对美国原住民的镇压并不是始于内战，而且也没有因为内战的介入而决定性地改变历史进程。如果我们考虑一下战后文化发展的其他特点——大城市的增长、工业生产的扩张、交通方式的革命、移民的涌入——内战更是与历史分界点无关。外国移民以及从乡村到城市的流动性这些战后美国历史显著的事实，实际上是战前美国发展的延续。我们也许记得，波士顿在1790年到1860年间人口翻了10倍——从1.8万人增长到18万人。

略微审视一下历史就可以发现，根本没有一个涵盖全体美国人民经历意义上的"美国历史"。在任何时候，美国历史都是由一段段同时发生且行将结束的历史事件构成：历史事件并非是完全独立的，因为它们共享相同的决定因素并且相互影响，但是历史事件也并非完全相同，因为它们在不同的社会地点通过不同的问题展现自己的运作方式。文学史研究的一个教训就是企图展示具有一致性的历史个体——也就是试图详细说明一个时期的"美国人"或一个时期的特点或倾向——这种企图不可避免地把总是带有混杂性、多样化特点的社会现象简单化了。美国文学的完整历史只能是对文学已经反映的和即将反映的各种不同事件的讲述，同时也是对文学不同流派之间相互作用的讲述。

但是划分这样一个历史的原则是什么呢？如果时间顺序上的对立，如战前/战后，或文学—哲学意义上的对立，如现实主义/浪漫主义，把局部关联的差异强加给整个历史，而这种对立并没有诠释出历史全貌的话，那么什么样的差异划分方法更能够切合整个历史呢？本章节假定文学领域中最重要的区分线并不是根据作者、风格、时间、倾向的差别而划分的，而是根据文学对美国文化生活中适合文学创作的特定场合做出的回应而划分的。美国社会中的任何历史阶段都包含着若干在一定程度上截然不同的阅读和写作世界，每一个世界都保证自己的写作类型流派，每一个世界周围都聚集着由各色人组成的自己的读者群，每一个世界都把写作引入到一个全然独特的文学之外的文化领域中，每一个世界都为写作提供不同形式的价值和支持。这样的文学文化不是文学创造，但是它们也不是完全置身于文学创造之外，因为任何写作行为都在一个对普遍接受的写作定义和写作目的的共识中成型。

本章节纵览整个19世纪末期的美国文学，试图找到一个立足点，这个立足点不仅仅是为了那些名篇巨著，也是为了当时所有富有想象力的文学创作。但是本章节的重点是详述一系列在此期间美国主要的相互重叠然而又截然不同的文学文化，即这些美国文学作品产生的文化环境和背景。

美国文艺复兴之后

对1865年后的美国文学进行纵览应该以审视与以往迥然不同的分歧点开始。对美国内战前文学的现代研究一直都非常关注的F. O. 马西森对美国文艺复兴作出的评论是：19世纪30年代出现了许多具有个人魅力和权威的美国浪漫主义作家，尤其是爱默生和霍桑，然后在19世纪50年代又出现了更加反传统的后继者——梭罗、惠特曼、梅尔维尔、迪金森。但是美国文艺复兴不仅仅是产生了那些有影响力的作家个体，而且也是由所有作家一起来诠释出某种文学—文化环境的意义。浪漫主义在它的美国化身中的最显著事实是：

◎美国文学领域（1860—1890）

这一高度交融的文化态度在美国姗姗来迟，于19世纪30年代而不是18世纪90年代（在英国或德国是18世纪90年代）达到巅峰，并在美国找到了为它提供独特生长环境的土壤。当浪漫主义来到美国的时候，正是一些紧急事件发生的时候，这些事件强有力地增加了它对想象力的狂热。美国浪漫主义与19世纪30年代和40年代美国疯狂的民族主义交织在一起。它与这个时代对从政治独立中幸存下来的文化独立所持有的后殖民主义严重焦虑交织在一起，也与19世纪40年代人们对非衍生性美国文学表达形式的饥渴交织在一起。浪漫主义批评家的观点注定要与当时在美国风靡一时的高涨的改革和完美主义思潮交织在一起——这是改革主义者实验的真正文化。

这种独特思潮的中心有这样一个信念，即人类生活的基本形式不需要从传统做法中获得，但是可以在此时此地通过更高的精神层面重新想象和重新构成。这种思潮有它自己的宗教表现形式，如摩门教派的创始人约瑟夫·史密斯有他自己的信仰——在其他时间和地点是令人无法忍受的，但是在此时此地并不是那么怪异——他认为自己可以体验真正的圣经启示从而找到全新的、真正的教会。这种思潮在19世纪30年代和40年代学校和监狱改革运动中找到了它的公民表现形式，人们深信诸如教育或劳教改造这样基础的社会活动可以用救赎的形式重新建立。这种思潮在19世纪40年代美国实验性公社中找到了它的社会表现形式，例如约翰·汉弗莱·诺伊斯（John Humphrey Noyes）的奥奈达公社（Oneida Community），或是布朗森·阿尔科特（Bronson Alcott）的素食和禁欲果园公社（Fruitlands），他们相信日常生活的最基本安排——工作分工、饮食习惯、性爱关系、育儿方法——都可以被重新设想和重新形成。

文学研究一直倾向于把美国文学同上述发展剥离开来。但是那些所谓的美国文艺复兴作家正好处在战前文化的感化实验阶段。在文学表达的媒介下，他们的作品可以被看做是从遵循普遍的规则到进行彻底的重新思考的转化。这种无处不在的思潮可以在他们作品的特点中清楚看到：作品把男女们放肆地想象成他们所赖以生存的社会和法律的创始者，而不是接收者，这一点在爱默生的《论自立》或在霍桑的《红字》（The Scarlet Letter）中的森林背景中略见一斑；在可以被称为遗嘱态度的文学作品中，写作的感觉成为一种媒介，通过这个媒介，生命的背景可以被看到，生命可以得到重生，这一点在《瓦尔登湖》（Walden）或《草叶集》（Leaves of Grass）或者《白鲸》（Moby-Dick）中表现得如此强烈；最后这类作品都具有持久的形式上的激进主义，它们冲动地认为文学表达应该存在一种排序形式，以便文学作品可以从根本上进行重新创造，比如梅尔维尔（Melville）写的小说彻底改造了小说的概念；或者如惠特曼写的诗歌，从而更新了诗歌的特点；亦或如迪金森与其他非正统的作家一道改写了英语的句法规则和标点符号规则。

上述特点不是内战后美国文学的特征。其中一个原因是，19世纪40年代在美国北部势头依然强劲的精神上渴望改革的实验主义思潮，至少到1865年已经成为历史。（美国废奴运动是这种思潮的最大副产品之一，而且也是至1860年尚存力量的主要渠道，美国废奴运动到1865年便偃旗息鼓。）许多事实证明这种文化的文学产物到1860年左右走向了消亡。梭罗就是其中一个例子，他在1845年至1847年之间临瓦尔登湖畔而居，建立了一个乌托邦社区，于1862年去世。梅尔维尔，这位潜水爱好者（用他自己的话说），于1857年最终停止出版作品。爱默生于1860年出版他最后一部重要作品《人生准则》（*The Conduct of Life*）之后，就成为一个在正统文学环境下生活的规规矩矩的老实人，只能苍白地重复着他早期独创性的信条。霍桑于1864年去世，但是自1852年到逝世前，他仅仅出版了一部小说。

事实上，内战前文学的结构并没有随着战争的结束而彻底消失。它还部分地存在着，虽然不是太过时，但也有些边缘化了。沃尔特·惠特曼经历了我将要论述的整个时期（他于1892年去世），从开始写作成名直到去世，惠特曼可以被认为是19世纪晚期的一位作家。但是惠特曼的战后诗歌，除了早期为林肯创作的挽歌律诗以及战争诗歌《击鼓声》（*Drum Taps*）外，采用的形式不是自我模仿就是一种令人感动的、充满重复的作家告别方式，这个作家知道他不同凡响的诗歌生涯已经过去。（这些诗歌出现在惠特曼晚期为《草叶集》而创作的告别辞中，其中包括华丽的《再见》和《晚餐和谈话以后》，后者的结尾句带有明显的惠特曼风格："不久就会永远消失在黑暗中——真得不愿意啊，真不愿意离开！一直到最后还在喋喋不休。"还有《离别之歌》、《七十风的光阴》、《再见吧，我的想象力》以及《古老的回音》。）从这一时期开始，惠特曼的散文虽然依然行文活泼，但是带有了文化渐逝的观点。他所著的《民主展望》（*Democratic Vista*，完成于1871年）回顾了当前美国社会生活的失败，展望了美国社会生活的未来。该书谈到了格兰特总统执政时期（Grant Administration）的美国，但是该书的表达形式——尤其是它过度的神谕散文风格以及千年国家主义（millennial-nationalist）的语调——使该书读起来像是姗姗来迟的19世纪40年代的思维和谈话方式。《标本时代》（*Specimen Days*，1882）是惠特曼完成的最后一本书，明显带有追忆往事的痕迹。

人们一般认为梅尔维尔在19世纪50年代便停止了自己的创作生涯。但梅尔维尔也同样经历了"镀金时代"（他于1891年去世），在这一历史时期中，他被认为代表了19世纪晚期美国作家的写作风格。从某种意义上来说，他的作品体现的是一种"无作者"状态，也就是说作者脱离或者排斥他的职业写作生涯。在他雄心勃勃的文学实验因为缺乏公众的支持而失败之后——他的文学作品包括非卖品巨作《麦迪》（*Mardi*, 1849）、《白鲸》、《皮埃尔：或模棱两可》（*Pierre: or, the Ambiguities*, 1852），以及《自信的人》（*The Confidence Man*, 1857）——梅尔维尔便停止了小说创作，然后开始了另一项工作：1866 年至 1885 年之间，他任纽约港口关税副督察长。在此期间，他在马修·阿诺德的一篇文章中对来自莫瑞斯·德·格尔林（Maurice de Guerin）的一段话进行了划线强调："无论是作为文学的本质还是作为人们从文学创作中寻求的回报，文学生涯对我来说似乎都是不真实的。因此，我的文学生涯便毁于这种无形的荒谬。"

事实上，这位"默默无闻"的作家一直在寻求新的写作内容。（梅尔维尔的诗歌创作同惠特曼的散文创作一样，都始于内战结束后。）但是与惠特曼一样，梅尔维尔在世纪末创作的作品并没有关注那个时代的事件，反而更多的是重新回顾早先世界的一些问题。《克拉瑞尔》（*Clarel*, 1876）是一部反映赴圣地朝拜有关当代信仰问题的长篇叙事诗，是 19 世纪 70 年代美国最具恢弘气魄的著作之一。但是在形式和主题方面，它更接近 40 年代的小说《麦迪》而非当代的其他作品。同样，梅尔维尔生前留下的散文寓言《比利·巴德》（*Billy Budd*）手稿是他在 19 世纪 80 年代后期对置景于 19 世纪 40 年代的事件的再创作。他以一种更加超然的模式在《比利·巴德》中重新描写了他 1850 年的小说《白色夹克》（*White-Jacket*）以党派人道主义的愤怒提出的秩序问题。

也就是说，19 世纪四五十年代美国文学作品中出现的以革新的理想主义为主导的文化在 19 世纪七八十年代开始失去了生存环境。但它的文化特质与风格并未消失殆尽。美国特征的激进主义在宗教、政治、文学、家庭及社区组织中得以继续传播，这种多年来长盛不衰的文化甚至持续到有着完全不同风格倾向的镀金年代，不同的只是作为一种更为边缘化的非主流形式存在，见证者有《伍德赫尔和克拉夫林周刊》（*Woodhull and Claflin's Weekly*, 1870—1876），该周刊是幸存下来的一份表达 19 世纪 40 年代的精神主义和恋爱自由的社群主义的刊物（在某种程度上"追求进步，思想自由，生活不受束缚！"是这本杂志的格言）。该周刊也是卡尔·马克思的《共产党宣言》在美国第一次发表时的刊登媒体。但是在战后几十年，该文化并没有能激励主流文化作品的产生，也没能为在早些时候形成的文学规划提供重要的公众基础。惠特曼在这一时期主流文化人们的眼里被视为是猥亵的和不称职的诗人，但他的作品却仍然在很大程度上在 19 世纪得到了人们的崇拜与欣赏，然而梅尔维尔却从来没有得到过任何的赞美。

不过，战后崭露头角的那些与之截然不同的作家却将这种文化的革新的理想主义深深扎根于心，因为他们就是在这样一个时期度过了他们的童年。路易莎·梅·阿尔科特（Louisa May Alcott）是在她父亲布朗森·阿尔科特（Bronson Alcott）的教育和日后的集体生活中成长起来的；亨利·詹姆斯（Henry James）一直幻想着能够有一个富有的斯威登堡式（Swedenborgian）①的父亲；温文儒雅的威廉·狄恩·豪威尔斯在俄亥俄州一个乌托邦社区度过了他的青年时光。因此，革新的理想主义的文学文化得以幸存，重新获得在后来的社会生活中逐渐活跃起来的力量。在19世纪80年代末90年代初乌托邦主义的复苏时期，它又回到了人们的生活中，推进了诸如爱德华·贝拉米《回首往事：2000——1887》（*Looking Backward, 2000—1887*）这样的畅销书的出版。

以家庭生活为主题的文学文化

如果一种在内战前形成的文学文化的影响力由于战争的结束而大不如前的话，另一种文学却在战后顽强地生存下来，并在19世纪的美国创造出一个崭新的阅读和写作的社会结构世界。

要知道20世纪所谓的美国文艺复兴只不过是同时代几个文学发展的形式之一，是文学领域中发生的更大变革的一个产物，这个变革也为其他领域的革新提供了新的写作条件。尤其是，美国文艺复兴时期证明了与另一个由不同的价值和关系组成的阅读和写作世界的融合，这种以家庭生活为主题的文学文化并没有创造出更大的作家群体，而是给作家带来了更大的支持。这种现象的背后是一个新的社会读者群的诞生：在战前新兴的中产阶级家庭中，父亲出去工作，刚刚从繁重的家务劳作中解放出来的母亲则待在家中教育子女，她们的工作主要是为现在有大把闲暇时间的家庭注入一股强大的道德力量，使子女们具有良好的道德和宗教品格。这种社会模式从19世纪30年代开始发展起来，并对整个社会产生了许多影响，但从文学意义上来讲，其主要影响是造就了潜在的新文学大众群——阅读正好能够填补社会上特殊的有闲群体的空间。

在19世纪50年代早期，这个潜在的大众群的规模变得愈发显著起来。

---

① 斯威登堡（Emanuel Swedenborg, 1688—1772）是瑞典著名科学家、神秘主义者、哲学家和神学家。——译者注

○美国文学领域（1860—1890）

《白鲸》售出了两千册，极受欢迎的《红字》售出了500册，同年，苏珊·沃纳（Susan Warner）的《广大的世界》（The Wide, Wide World）刚售出5万册，就被哈丽叶特·比彻·斯托（Harriet Beecher Stowe）的《汤姆叔叔的小屋》（Uncle Tom's Cabin）以30万册的惊人数量远远超过了。面对如此庞大的销量，出版商们马上开始设计新的出版机制并对其进行整合，以规范这种家庭娱乐类书籍的出版，并把家庭生活范畴作为一个常规的娱乐市场加以运作。例如，在沃纳和斯托一炮打响之后，一位出版商预定了范妮·弗恩（Fanny Fern）的一部小说，并在它完成之前进行了一次大规模的宣传活动（最终成书《露丝·霍尔》[Ruth Hall]在1854年卖出了5.5万册）。这些对文学作品的大规模商业宣传活动极大地巩固了同这种市场推广行为相辅相成的读者及作者之间的相互关系，确定了美国首个大众文学市场。这个市场的逻辑就是：如果一个作者懂得中产阶级的家庭都关注什么（通常是一个女人），那么他/她就能深入到广大读者心中；只要他/她在这个特定范围内写作，那肯定会取得商业成功：即作品必须关注家庭生活，能够帮助母亲完成树立家庭观念的任务。

1850年前后的这种描写家庭生活的文学经济模式第一次为美国文学读物培养了一个稳定的读者群，并因此为日后写作成为一个全职工作提供了帮助。（1850年以前，只有一位美国作者——詹姆斯·费尼莫尔·库珀[James Fenimore Cooper]完全以写作为生。）这种读者、作者、出版商之间的相互沟通实际上在随后的几十年中延续了下来。值得注意的是，19世纪著名的家庭生活小说——由奥古斯塔·埃文斯（Augusta Evans）（后来改为伍尔森[Wilson]）创作的《圣爱尔摩》（St. Elmo）——在内战结束后的1866年出版。这部小说描绘了一个极其明显的矛盾人物，那就是强悍的女主人公把家庭生活的种种规范作为她追求的最终事业。（据称，仅1866年就有100万人读过《圣爱尔摩》，也就是说，每36个美国人中就有一人读过它。两代人之后，这部小说仍被广泛阅读，尤多拉·韦尔蒂[Eudora Welty]记得她母亲就有一个习惯，她经常一边浇花一边拿过一把椅子坐下开始读《圣爱尔摩》。）伊丽莎白·斯图亚特·费尔普斯（Elizabeth Stuart Phelps）窥视天堂的小说《半开的门》（The Gates Ajar）把近年来战争死亡带来的种种创伤融进了家庭生活小说中亲人丧失的情节，使得人们相信是上帝带走了至亲的人。该书是1868年的最畅销书。

以中产阶级家庭生活为中心的文学题材经久不衰的证据之一就是第一批以家庭生活为写作题材的作家们在战后很长一段时间后依然不断出版作品。苏珊·沃纳直到1885年仍在写作，她妹妹安娜（Anna）坚持写作的时间更长。E. D. E. N. 索斯沃斯夫人（Mrs. E. D. E. N Southworth）直到1899年临近去世时仍在写作。玛瑞·哈兰（Marion Harland）（玛丽·弗吉尼亚·哈维斯·特休恩［Mary Virginia Hawes Terhune］的笔名）是1854年流行小说《孤独》（*Alone*）的作者，她在将近90岁时双目失明，但直到1919年仍然坚持口授小说的创作（她于1922年去世）。

但是，家庭生活文学的历史持续性最明显的表现就是这种形式在战后继续吸收新的作家成员。路易莎·梅·阿尔科特是其中一个代表人物。如果说美国文学范畴是由美国人真正阅读的小说组成的话，那么《小妇人》（*Little Women*，1868—1869）的作者一直以来就被认为是美国文学的主力军之一。在这种环境下，阿尔科特作为著名作家完美地代表了19世纪中期人们心中的作家形象。阿尔科特及时准确地了解战前实验主义的那个世界：她是辛勤的教育改革家布朗森·阿尔科特的女儿，烈士约翰·布朗（John Brown）女儿的监护人，邻居梭罗（Thoreau）的崇拜者（她最终买下了梭罗的房子供她寡妇妹妹居住）。阿尔科特提醒我们，19世纪美国形态各异的文化形式并不是一个个孤立的实体，而是共享的社会空间。然而，阿尔科特在她的作品里再现了中产阶级家庭生活理念构想出来的世界，而不是与之相近的激进主义。《小妇人》和它的续集完全符合这种对"妇女领域"的要求理念，把文学空间变成家庭生活空间，一个与家庭以外男性的公共和历史世界相隔离的女性和孩子的世界。（在《小妇人》中，马奇［March］先生远离看不见的内战。）这种家庭空间充满着强烈的温情爱意，一个以母亲为中心的暖岛，但是正像在19世纪美国家庭生活理念和所有展示这种理念的小说中描写的一样，这个温暖的岛屿同时也是一个很强的监护空间，孩子们的性格总是按照父母的理想来塑造。在这样的家庭里，通过这样的家教，马奇姐妹们得到了正规的女性家庭教育：处处为别人着想，抑制"脾气"，抑制自私的欲望，等等。艾米（Amy）、贝丝（Beth）、乔（Joe）和梅格（Meg）因为失去圣诞礼物而发牢骚，直到想起无私的妈妈玛米（Marmee）才意识到她们宁愿自己什么也得不到也要给妈妈一个礼物。一开始，当男孩子气得乔想发怒时，母亲承认自己也经常发火，但现在已经能很好地控制自己的情绪，从而使她认识到自控的可能。当结婚不久的梅格抱怨家里消费开支太小时，她总是这样说："塞莉（Sally）可以买她想要的任何东西，而我却不能，她可怜我，时时安慰我，我努力使自己感到满足，但是……我厌倦了当可怜虫。"这正是嘉莉妹妹故事发生的30年前，不同的是，这样一个充满爱意的家庭却教她怎样克制欲望。

与许多作家不同，阿尔科特的作品里没有令人感到庸长生厌的说教，而只是教化——把母亲的价值观强行注入到女儿们身上一直是《小妇人》和它

◉美国文学领域（1860—1890）

的续集的点睛之处。（在关于马奇家庭的最后一部著作《乔的儿子们》[*Jo's Boys*, 1886]里，乔——现在是母亲巴尔[Mothher Bhaer]——宣扬一种甚至连斯托的小伊娃[Little Eva]都望尘莫及的母性道德。）当然，这些书中真正的教育对象不是马奇的女儿们，而是那些与她们感同身受的读者——此书本身，正像它一直理想化的那个家庭一样，只是作为分享温暖、尽情娱乐、灌输观念的一个空间而已。

在《小妇人》和它的续集——《一个落伍的女孩》（*An Old-Fashioned Girl*, 1870）、《小男人》（*Little Men*, 1871）、《八个表兄妹》（*Eight Cousins*, 1875）、《盛开的玫瑰》（*Rose in Bloom*, 1876）和《乔的儿子们》(1886)——中，阿尔科特赋予了19世纪50年代家庭生活小说的传统主题以古典文学表达。她一生写作生涯的延续性同样令人瞩目，她还代表了作家的古典特点，因为19世纪中期的家庭生活文化帮助她确定了这些特点。

纵观19世纪家庭生活题材小说的作者，一个共同的显著特征就是提倡无私道德，同时对自身的市场地位有敏锐的洞察力和高度的重视：范妮·弗恩的作品《露丝·霍尔》中的女作家主人公被更多地描述为一个文学商人而非艺术家，她最后得到的回报是一个重新结合的家庭和银行中的股份。阿尔科特坚持这种传统，她更多地认为自己的作品是一种经济手段而不是什么审美对象。在乔·马奇的故事中隐藏着她自己的职业生涯故事，阿尔科特经常暗示经济的需要给了她写作的原动力，经济上的成功是她坚持写作的原因：在写《乔的儿子们》时，"这份文学创作的成功竟有一个如此预想不到的好市场"，使乔"发了一笔小财"，而她也认识到，"她只需（重新）装载她的航船，让它起航"，就可以获得一批"金光闪耀的货物"。（也就是说，她认识到怎样去规范有利可图的商品生产并把写作当成一个成功赚钱的职业。）

在以家庭生活为题材的作者的文学意识中，对作者身份经济层面的重视与另一种观念同在，这种观念认为写作服务于妇女传统的家庭义务——一个人写作挣钱并非为愉悦而是为了养家糊口。这个意识也强烈地支配着阿尔科特对文学的自我理解。乔得到收入的快乐就在于她可以送她生病的妹妹去一个健康的地方，为她母亲艰难的生活提供"安逸和舒适"。阿尔科特同样也成为了一个贴补家用的好女儿，她自认为写作就是为了养活父母、姐妹和姐妹的孩子们。一直需要她供养的父亲布朗森·阿尔科特于1888年去世，两天后路易莎·梅·阿尔科特也去世了。

但是，如果说阿尔科特坚持她早期在家庭传统生活中形成的主题和自我界定的话，她也可以被认为象征着这个文学文化的一个历史性转变。和19世纪其他家庭生活作品，诸如《广大的世界》和《汤姆叔叔的小屋》相比，阿尔科特的小说不带有那么强的宗教性，这就意味着清教徒对福音派教义信仰的冷却，这种教义在中产阶级形成的过程中是极其主流的。她的作品对一些题材更加包容，比如戏剧、游戏、户外运动以及其他形式的娱乐（它们的语调本身就往往很新颖，十分有趣），这就显示了作品脱离了早期严格的自律，更多地向后来中产阶级生活所提倡的自我放纵迈进。

但是，阿尔科特作品最关键的历史性转变在于它特殊的读者。战前新兴的中产阶级对年轻人的道德培养过分关注，他们发明了一种专门针对儿童的文学，可以帮助父母教育子女，因此创立了儿童文学作品的第一批专门机构（范妮·弗恩的父亲建立并编辑了最早的一份儿童报纸《青年指南》[The Youth's Companion]）。但是，19世纪50年代那些关于家庭生活的畅销书即使欢迎儿童阅读，也不被看做是儿童小说。相反，阿尔科特的作品尽管在内容上与它们极其相似，却是非常明确地针对青少年市场（"青少年的道德消遣物"，她这样略含贬义地称呼它们）。这就表明，到阿尔科特时代，中产阶级已经不太看重一度被搬上中心舞台的儿童想象力活动这种亚文化了。

从更大的意义上说，这个变化就暗示了19世纪中期美国家庭生活文学这个文学子系统在战后仍积极良好地运行，但它同时也发生了内部的改组：从一个完整的统一体中划出了几个快速独立发展的个体。阿尔科特的青少年市场——也被《爱尔西·丁斯莫尔》（Elsie Dinsmore）的作者玛莎·芬莉（Martha Finley）占领，这部书仅多德米德出版公司（Dodd Mead）就卖了500万册——就是这样一个典型的内部细分个案。另一个就是在19世纪末期出现的更加专业化的关于家庭经营的文学，玛瑞·哈兰的转型就证明了这些，她由一个偶尔写写家庭生活建议的小说家变为一个有时也写小说的家庭生活建议作家。哈兰在《芝加哥每日论坛报》（Chicago Daily Tribune）上有一个辛迪加专栏，她写的一本烹调书《家庭常识》（Common Sense in the Household, 1871）卖出了上百万册，还有晚期作品如《每日礼仪》（Everyday Etiquette, 1905），使她成为19世纪末期把艾尔玛·朗巴尔（Irma Rombauer）① 和埃米莉·波斯特（Emily Post）② 的名声集于一身的作家。

然而，无论是青年小说，还是有关家庭建议的文学作品，都不能占据流

---

① 艾尔玛·朗巴尔（1877——1962），是一位家庭主妇，19世纪30年代，她在丈夫自杀后为了谋生，出版了《烹调的乐趣》，后成为美国最受欢迎的烹饪书籍之一。——译者注

② 埃米莉·波斯特（1873—1960）是美国著名礼仪专家，以《社交规范蓝皮书》为所谓的"美国风范"建立起一套礼仪标准。她同时也是一位小说家。——译者注

行家庭生活小说已经占据的中产阶级阅读文化的中心地位。如果一定要问是什么填补了这个空间，我们将会进入一个完全没有开辟的崭新领域，在这里，《圣爱尔摩》可能会帮助我们找到答案。它关于妇女适当职业的主题使它成为第一批成功的家庭小说之一。然而，与《广大的世界》或者《汤姆叔叔的小屋》或者《露丝·霍尔》相比，《圣爱尔摩》看起来确实是一部非常不同的作品。以前书中那种非常明显的家庭经营内容和对福音的虔诚很少出现在埃文斯的小说中；另一方面，这本书提倡一定程度的自由想象，而这却是前人所未曾体验的。正像露丝·霍尔一样，埃文斯的女主人公艾德娜·厄尔（Edna Earle）也同样成为一位畅销书作者，但不同的是，露丝·霍尔一直与艰难困苦作斗争，而艾德娜·厄尔却有近乎神奇的天赋：这个少年天才写了一篇关于阿尔西巴德（Alcibiades）① 时期希腊破坏偶像（iconoclasm）的论文，受到了极高的评价，这是她博学的一个例子。因为该书较为自由地描写了女性力量的神秘，所以，《圣爱尔摩》的散文也迎合了那些富贵读者不太纯洁的口味。"她不明白为什么在文学的葡萄园里，员工不能同等地被雇佣，不管工作被身穿长袍的男性完成，还是由身穿长袍的女性完成。"这是埃文斯表达"女人可以写得和男人一样好"的一种典型的非简单方式。

如果说《圣爱尔摩》反映了一种新兴的文学形式与价值，它受到如此广泛的欢迎也证明了这一点，这就暗示着一个新的中产阶级阅读世界的到来，在这个世界中，书不再有义务叙述和强化阶级定义的传统观念（尽管它们当然也不能违背这些观念）。在这个世界中，社会界定已基本完成，娱乐将变得更加纯粹。这又表明 19 世纪 50 年代家庭生活文学的一个历史性影响就是后来美国普通平民的阅读文化：这些人喜欢阅读，有闲情逸致（并有钱买书），他们希望图书作品使人娱乐的同时又起到鼓舞教化的作用，但他们没有能力在那些被定义为"艺术"的作品中寻找到乐趣。这种历史性的新消费形式是镀金时代影响最持久的后果之一。那个时代已经产生了一种新的畅销书——不是《汤姆叔叔的小屋》而是（例如）卢·华莱士（Lew Wallace）的《宾虚》（Ben Hur，1880）。

大众书目

刚刚讨论的这些书的庞大销售量告诉我们，在 19 世纪中期，一个大众的

---

① 阿尔西巴德，著名的雅典政治家和演说家，在伯罗奔尼撒战争中发挥了重要作用，为战略顾问和军事家。——译者注

文学文化在美国建立起来,它主要是描写以家庭为中心的中产阶级的人情世故。这个事实进一步告诉我们,"大众文化"并不是历史性地一成不变的。它既不是由不同特征个体混合而成的实体,也不是"高雅"文化的稳固对立物,大众文化会根据为它提供生存土壤的社会结构的变化在不同时期、不同地点呈现出不同的形式。这一时期的文学历史告诉我们的另一个道理就是:大众文化也不是某个特立独行的历史阶段。因为在19世纪中期,另一个文学体制与现在讨论的"大众文化"并行前进并传播开来,赢得了相当多的读者,但是它建立的这个"大众"却有着相当不同的形式和内在关系。

家庭生活小说的一个市场竞争者就是那些廉价的阅读材料。这些材料以旺盛的生命力贯穿整个19世纪90年代,但是正如家庭生活畅销书一样,作为19世纪40年代文学创作产业大变革的一部分,它们在战前就已产生。一种报纸大小的刊物用小字号密集排版刊登大量的连载故事报,于1840年左右在美国开始创刊。几年之内,发刊时间最长、传播最广的故事报出现了:弗雷德里克·格里森(Frederick Gleason)(后改为马图林·巴洛 [Maturin Ballou])的《我们的联邦国旗》(*The Flag of Our Union*,1845)、罗伯特·波纳(Robert Bonner)的《纽约文汇》(*New York Ledger*,1855)、弗兰克·莱斯利(Frank Leslie)的《插图报纸》(*Illustrated Newspaper*,1855)、斯特里斯和史密斯(Street and Smith)的《纽约周刊》(*New York Weekly*,1859)。此后不久,另一种出版工具又被开发出来,在不久的未来代替了故事报。1860年,伊拉斯塔斯·比德尔(Erastus Beadle)率先发明了简装的小册子小说,每周出版一次,到1865年,比德尔的第一批20本标价为10美分的小说售出了430多万册。大范围发行小说的帝国必须依靠报纸和简易单册本这两种手段。比德尔和亚当斯出版公司(The House of Beadle and Adam)最终经营了7个故事报和25个廉价小说系列。斯特里斯和史密斯出版公司这个业界大王除了《纽约周刊》以外,还经营了50个独立的廉价小说系列。

一开始,这些出版物的形式与家庭生活文学没什么大的区别。罗伯特·波纳在《纽约文汇》上发表范妮·弗恩的作品;比德尔印刷了杂志《家庭月刊》(*The Home Monthly*);《我们的联邦国旗》宣称自己是"百万人的报纸,家庭的好向导"——似乎觉得这两个市场之间没有什么区别。但是这些重叠交错的文化经济体很快就变得不同了,故事报和小册子小说成为一种完全不同的文学文化的工具,这两者之间的联系持续到世纪末。

这类写作的不同首先体现在它们的主题上。正像骑士史诗有它的英国主题和特洛伊主题一样,故事报和10美分小说也有它们的几个固定主题。一种是边境冒险经历和印第安战争,如爱德华·S. 埃利斯(Edward E Ellis)的

○美国文学领域（1860—1890）

《塞思·琼斯》，又名《边境的俘虏》（Seth Jones; or, The Captives of the Frontier），小约瑟夫·E. 巴格（Joseph E Badger）的《老公牛的眼：平原的闪击》（Old - Bull's - Eye: The Lightning Shot of the Plains），"内德·邦特莱因"（Ned Buntline）（即 E. Z. C. 贾德森［Judson］）的《野牛比尔：边境人的国王》（Buffalo Bill, the King of the Border）（列举众多作品中的三个）。另一种是历史传奇和古装剧，像 A. J. H. 杜甘（A. J. H. Duganne）的《马萨索伊特的女儿》，又名《法国战俘：新英格兰土著人传奇》（Massasoit's Daughter: or, The French Captives. A Romance of Aboriginal New England），或者默里中尉（Lieutenant Murray）的《巴黎卖花女》，又名《法国浪漫史》（Rosalette; or, The Flower Girl of Paris. A Romance of France）。还有一种题材是侦探小说，像阿尔伯特·W. 爱肯（Albert Aiken）的《幽灵手》，又名《第五街的女继承人，纽约的家庭生活》（The Phantom Hand; or. The Heiress of Fifth Avenue. A Stories of New York Hearths and Home），或者是贾德森·泰勒（Judson Taylor）的《吉卜塞·布莱尔》，又名《西部侦探》（Gypsy Blair: or, The Western Detective.）（两种题材合二为一），或者是斯特里斯和史密斯出版公司后期的《真正的侦探故事》（True Detective Stories），这部小说的推销词是："所有的章节都是来自美国最大城市中最伟大、最著名的警长的笔记本。"西部题材和侦探小说题材与 20 世纪美国电影电视业中的内容紧密相连，这表明这种文学体制的后续在现代大众文化中不再以印刷的形式出现。但这些固定主题与同时代的家庭生活小说的主题极其不同，后一类小说大都有这样的主题：家庭经营、传教工作、信仰转变、女性性格塑造。

除了主题上的不同以外，故事报和廉价小说也有它们独特的讲故事方式。这种形式的无数作品都是以描写人物行动为主，情节曲折，变化丰富，并大大删减了其他细节：如通过大量的情景演义、反复思考等来塑造人物性格。（路易莎·梅·阿尔科特证实，在她刚刚开始从事这种写作时，她的编辑删去了她手稿中"所有与道德有关的成分"——这种道德成分对家庭生活小说必不可少，对其他领域却无关紧要。）每一个文化层次的小说都有它特定的传统，这种小说也因极少努力去掩饰它的传统而与时代的作品不同。它们单个作品之间没有什么区别，既因为它们都写得很差，也因为写它们时很少把它们个性化。它们之所以可以称之为故事，是因为它们把人们所熟知的版式又用了一遍——小戴德伍德·迪克（Deadwood Dick Junior）第 94 次的冒险还做了什么？——因此它更多的是重复性工作而非什么新鲜或新颖的创新。

但是，如果这种大众文学的身份因它不同的写作特征而得到确认的话，那么对它的认可同时也是因为其在进入大众生活时使用的不同方式被接受所致。一个基本而非偶然的事实就是，这些作品以与报纸相关的材料和版式印制。这样它们就会与平常人们阅读的作品形式相同了，人们可以因此而对这些作品随读随弃：不像那些中产阶级趣味的人或者社会精英们阅读精装书那样要求严格，精装书体现了这样一个前提，即书籍应该好好保存。（一个拥有的物体）。而这些书因其材质而让人们来消费、转卖，然后处理，直至被第二天新的一期所取代。（这种小说不是单个出版而是连载，每周以相同的版式出一部新作，这使人们更加确信它消费起来很方便。）这种小说的廉价同样也不是它自身无关紧要的特征，而更是它的一个基本特征。它就是设计出来供人买的，它的广告也隐藏了这样的市场信息：5美分或10美分，而不是精装卷的1美元或更多。它也以它独特的方式走向读者。故事报和10美分小说通过各地报刊经销人传播开来，与每日印刷的大多数商品一样大规模地广为流传。

这种作品的文化生产方式不仅仅是带来了更广阔的市场。它们同样也使小说本身拥有了一个不同的社会读者群。小说的廉价使那些收入少的人有更多的机会来阅读、娱乐和享受"文化"。它们的长度——两个小时可读完，而不是像《圣爱尔摩》或《广大的世界》那样有600页——适合那些闲暇时间少的人阅读，而它们那种极少变化的格式也适合那些文化水平低的读者。

由于以上原因，这些作品具有了一个不同于流行家庭生活小说读者群的社会读者阶层。作品拥有一批真正的读者是很难的，但事实证明了这两种作品的读者具有完全不同的社会特征。家庭生活小说的主要读者是一群这样的人（通常是妇女），他/她们已经拥有或者渴望拥有或者至少已经从精神上把自己归入清闲的中产阶级行列。而廉价小说却把这种有闲妇女以外的更多群体纳入它的读者群。据说，联军更喜欢读比德尔的10美分小说。爱尔兰和德国版本也证明这些作品拥有移民读者。19世纪对劳工阶层的报告发现，在工人阶级文化中故事报是很受欢迎的。有记载显示，农场工人们也曾读过这类作品。

需要注意的是，千万别把这两种读者对立起来。其实家庭生活作品和廉价文学作品的市场包含某些共同的社会元素。毋庸置疑，有些读者两种作品都读。然而要想理解19世纪中期美国这两种流行文学体系间的逻辑，就应抓住这两种写作不同的社会基础。1840年以后，美国文学的一个最基本的事实就在于文学领域中新的成分和阶层与同领域中不同社会元素之间的相互联系。1850年左右，美国出版业的大改组产生了决定性的影响，这种影响更多地体现在文学模式与有独特社会特征的读者之间的联系，而不单单是在文学模式的新范畴上。

随着这种发展，不同的阅读形式开始发挥作用来从社会角度区分不同的

○美国文学领域（1860—1890）

读者。当19世纪末上流社会的调查员多萝西·理查森（Dorothy Richardson）了解到纽约制箱厂的一名女工从没有听说过《小妇人》，而且觉得它的故事情节毫无意义时（她最喜欢的小说是劳拉·琼·利比的《一个少女的情人》，又名《残酷的复仇》[Little Rosebud's Lovers. Or, The Cruel Revenge, 1886]，家庭生活文学和10美分小说文学的差距就集中到了工人阶级妇女与中产阶级妇女"自我"之间的疏远上了。1872年，哈丽叶特·比彻·斯托写信给阿尔科特说："许多年以来，我一直为我的国家担忧，这些日子里出现了太多堕落和危险的文学作品，你的家庭生活作品的成功给了我莫大的安慰。"斯托非常明了地指出了危险与家庭生活之间的文学区别，以标明中产阶级和下层阶级的界限。（"危险"是19世纪中期形容下层社会的一个文雅词语"危险阶级"的代称。）在《小妇人》里面，乔认识到读故事报这样的作品有损她的道德就表明她已经成长并具有了为社会认同的身份。用阿尔科特的话来说，写这样的作品是"生活在一个堕落的社会"的表现，它亵渎了女性性格中最具有女性品质的特征。当教授巴尔使乔摆脱了他认为是"差劲的垃圾"作品时，她才找到了她"真正"的女性事业。

作为那些高雅文学的分支，10美分小说和故事报却为那些需要它的人提供了养料和精神财富。整个19世纪，它以数百万文字的小字号密集排版的形式满足了下层社会劳苦大众的需要。从作者这一方来看，这个广大市场为美国的作者们创造了另一个空间。廉价小说出版商之间的竞争显示出这种版式的小说极大的需求量，1850年以后，这样的出版业促成了美国文学职业这一现象。10美分小说写作其实成了许多人的工作，它的从业者包括爱默生的表妹安·爱默生·波特夫人（Mrs Ann Emerson Porter）、著名的索斯沃斯夫人（一位极其有名的作家，被公认为是故事报作者而不是家庭生活题材作品作者）、野牛比尔·科迪（Buffalo Bill Cody）和他的文学发明家"内德·邦特莱因"以及后来的丑闻宣传家厄普顿·辛克莱尔（Upton Sinclair）。（辛克莱尔为斯特里斯和史密斯出版公司写了有关警察的系列小说，他在14岁时写出第一部这样的作品。）

除了催生了这些有名的作家之外，这种创作方式还为作者构建了一定的角色，也为从事这种写作的实习者赋予了一种特殊的作者身份。如果19世纪家庭生活小说的作者扮演了一种道德说教者或母亲替代品的话，那么这种竞争体系的故事报作者就更像一个工薪工人或者工业助手。完成符合一定标准的工作，就能得到符合一定标准的报酬。它坚持预制好的版式，这就大大减少了作者自我发挥的余地，实际上就使一个有商标的通用版式成为了作品的创造者，而作者或多或少地就成为预制好的任务的可替换的履行者。（这种把作品同它的真正作者分开的做法可以达到非常极端的程度。著名的斯特里斯和史密斯出版公司的作者伯莎·M. 克莱［Bertha M. Clay］根本不存在，只是一个出版社控制的名字，其他的无名作者都可以用这个名字发表作品。比德尔的戴德伍德·迪克系列的作者爱德华·L. 惠勒［Edward L. Wheeler］其实已于1885年去世，但公司在他死后很长时间内仍以他的名字出版新作品。）在保存下来的相关纪录中，作者对自己的艺术渴望保持缄默，对要维持的产量却非常明了。我们知道小约瑟夫·E. 巴格通常会在一个星期之内完成一部8万字的小说，他每工作6小时休息2个小时；"内德·邦特莱因"6天写出了6万字的小说；普兰提斯·英格拉汉姆（Prentiss Ingraham）一天写出一部5美分的小说，5天写完一部10美分的小说；厄普顿·辛克莱尔用一年半的时间为斯特里斯和史密斯出版公司写出将近100万字的作品——相当于沃尔特·斯科特（Walter Scott）爵士所有的作品数。这些记录表明，在作者看来作品本身的意义要绝对从属于最大的生产效益，换句话说，他们在19世纪文学经济中展示了作者的工业化身份。

但是，没有任何一种从文化上直接赋予作者的属性能够完全掩饰作者给予作品的主观发挥；即使这种文学体系主要的特征就是使作者失去个性，我们也不应该就此认为所有的作家都失去了个性化。以最广为人知的两位作家为例——尽管不可否认他们不具有代表性，却至少可以表明男女作家从事这样的写作可以获得某种程度及意义上的个性化。

小霍雷肖·阿尔杰（Horatio Alger Jr）一直被认为是19世纪这种写作模式的主要作家，其实这种名声有失偏颇。事实上，他的作品在当时极其成功，甚至在20世纪初还很流行。但是，阿尔杰确实是这种模式的作家。他在19世纪60年代后期到90年代之间写了大约400部小说，这只算廉价小说作者的平均水平，作品包括很多系列小说，诸如破衣迪克（Ragged Dick）系列、褴褛汤姆（The Tattered Tom）系列以及运气和勇气系列（The Luck and Pluck），等等。阿尔杰始终利用这种文学形式作为主要的创作工具：《纽约周刊》1871年开始连载他的作品。他总是遵循他选择的文学形式及其市场变化规律：19世纪70年代与西部内容相关的题材变得更加流行，他就去那里寻找当地色彩。

但是，如果他的事业遵循标准的模式，那么他同时也把个人感受融进了那些模式里面。阿尔杰终生迷恋男孩。他最初是一名律师，但由于他对所在教区男孩的不检点行为而被除名。在他的写作岁月中，他坚持辅导男孩（其中有最终成为最高法院法官的本杰明·卡多佐［Benjamin Cardozo］）。他在晚年领养了一群男孩，并在死后把所有的积蓄都留给了他们。由于10美分小说在他那个时代被广泛认为是男孩的题材,他可以通过这种形式表达他对男孩的喜好,而这种喜好在当时引发了非议和麻烦。他曾这样形容他的职业:"我把创作的笔交给了可爱的男孩子们。"他这样说等同于把写作与自我商业化和不完全性爱的同性恋交易联系了起来。

同样,在他的作品里,他能够以高度标准化的形式创造出高度个性化并富有想象力的内容。他不厌其烦地重复使用的模式就是把有道德修养的男孩提升到一个受人尊敬的地位。但是霍雷肖·阿尔杰的从一个破衣烂衫者到拥有万贯家产的夸张描述明显无法公正评判那些给予他作品力量的多种元素。他的第一部也是最成功的著作是《破衣迪克》(*Ragged Dick*,1868),在这本书里,他把对城市穷人生活的最原始真实的描述与资产阶级传记形式的模范小说形式(当迪克开始攒钱的时候,他开始了新的人生)以及某种神话故事般的神奇格调结合起来:阿尔杰是那个神秘的慈善家、闹市中神父的化身。他那种神奇的资本主义现实写作风格,我们可以这么说,是他自己的发明创造,也是美国镀金时代别具特色的文学发明之一。

A. M. 巴纳德(A. M. Barnard)对这种明显的非个性化模式进行了一种与之不同但相对来说更个性化的创新与运用。A. M. 巴纳德也不是一个真人的名字,它是阿尔科特曾用的假名。她曾在 19 世纪 60 年代末期简单地写过(后掩盖了这段写作时期)故事报小说。她的伪装一直持续到 20 世纪,人们发现她不仅是青少年家庭生活小说作家,同时也从事故事报小说的创作:不仅有《小妇人》和《小男人》以及古巴惊险故事书《波林王的激情和惩罚》(*Pauline's Passion and Punishment*)、俄国情景剧《驯服鞑靼》(*Taming a Tar-Tar*),同时还有在《我们的联邦国旗》上发表的《一个大理石女人》,又名《神秘的模型》(*A Marble Woman*:*or*,*The Mysterious Model*),以及《V. V.》,或名《计谋和反计谋》(*V. V.*:*or. Plots and Counterplots*)。

阿尔科特提醒我们,在她那个时代的文学文化中,这些题材同时存在。她的事业同样证明了这样的事实:作家们并不是只能选择一种题材,而是可以自由选择,因此他们可以选择不同的读者群、商业循环流程以及文学创作形式。阿尔科特的家庭责任感使她最终选择了以写家庭生活作品为主业,并且当她的《小妇人》成功后,她不再匿名写作。但在这之前,她的写作生涯里有另一种写作形式,这种写作形式给她带来了完全不同的经历。阿尔科特匿名的惊险故事创作给了她一个充分自由地发挥想象力的空间,这种激情的想象曾一直被一种更现实、更具体、更富于教化并以抑制欲望为中心的家庭生活题材所遏制。难怪她把故事报写作看成是无止境的快乐而不是牺牲自我兴趣的单纯创作。当她在 1877 年把一部富有浓郁道德色彩的《一个现代的靡菲斯特》(*A Modern Mephistopheles*)① 当做故事报小说重新写作时,她告诉出版商:"我厌倦了仅仅为青少年提供道德读物,我很乐意做这样有新意的工作。"

在一定程度上说,从作者个人的角度来阅读故事报和10美分小说就是违反当时文学文化所倡导的主旋律,阿尔科特和阿尔杰当然不是代表人物。然而他们提醒我们:社会为作者构建的任何角色都可以成为个人达到事业成功的工具——而且所有的作品,不管多么具有个人色彩,都必然要以相关历史性构建的角色作为基础。1840年至1890年的廉价小说为美国创造了一种新的文学形式,它把充满想象力的写作注入到了很少受人关注的社会生活中,为作者的自我价值实现和自我事业开展创造了途径。如果相对于后来的文学发展它依旧是一个黑暗时代的话,它至少在当时美国文学系统中代表了一个主要的子系统。

舞台文学

家庭生活文学和廉价小说文学的短暂发展历史强化了美国19世纪阅读风气的盛行。不管它们自身有什么不同特点,19世纪中期美国大众文学文化服务了大批读者,并提醒我们阅读已经成为了千百万人主要的娱乐内容。即使在这个时期,文学作品也不仅仅以书写形式为主,但文学消遣同样不局限于书写作品。要对文学领域有一个彻底的了解,我们就不能不考虑19世纪美国的戏剧。

像书面文化形式一样,美国的剧院在19世纪中期也出现了很多不同的内部细化。它一度融合了高等和低等的艺术内容,供不同层面的观众去欣赏。1850年后,美国的剧院逐渐分裂成所谓的正统剧剧院以及其对立面大众剧院。镀金时代的合法剧院由于有一些更加严肃的艺术形式和观众们对它极其谨小慎微的态度,因而在美国文学史上没有什么影响。尽管在当时合法剧院是一个很有人气的机构,但它却没有产生为后人铭记的剧作家——没有契诃夫(Chekhov),没有易卜生(Ibsen),没有奥斯卡·王尔德(Oscar Wilde),甚至没有萨度(Sardou)——也没有为戏剧宝库留下什么传世的作品。显而易见,从这个时期开始,那些高雅文学剧作家的作品,以及亨利·詹姆斯及威廉·狄恩·豪威尔斯所做的推广舞台戏剧的努力已被完全遗忘。

---

① 靡菲斯特(Mephistopheles),歌德的《浮士德》中的魔鬼,浮士德将自己的灵魂出卖给了这个魔鬼。——译者注

约翰·奥古斯丁·戴利（John Augustin Daly）或许可以称得上是一个例外。他是纽约一家剧院公司的经理，创作或改编了至少 100 部剧作，其中之一是 1867 年的《煤气灯下》（Under the Gaslight）颇受好评，因此被不断地重复上演。（我们应该记得，嘉莉妹妹作为一个业余演员在芝加哥麋鹿小屋初次登台演出的就是这部剧作。）生于都柏林、受训于伦敦的迪翁·布希高勒（Dion Boucicault）在他待在美国的 1853 年至 1856 年和 1870 年至 1890 年两个时期内，写了 200 部剧作，他也是这个剧院的另一位主要名人。像戴利一样，布希高勒的作品很有趣，部分原因在于它揭示了当时这种文化定义下的"严肃"剧院具有流行文化的背景。戴利的《煤气灯下》把在一列火车接近时仍被绑在车轨上的人的生活搬上了舞台。布希高勒因为相似的剧情创作而声名鹊起：《纽约的穷人》（The Poor of New York）中着火的建筑，《混血儿》（The Octoroon）中燃烧的船只，《科莉恩的工作服》（The Collen Bawn）中的水下救援。布希高勒进一步表明，19 世纪中期的美国文学是一个完全草根式的本土产业，在它所有的分支中，无论高等的、中等的还是低等的，都为移民在戏剧中留有空间。作为 20 世纪前唯一一位在美国获得成功的异族移民作家，布希高勒定期把爱尔兰移民的生活情景编成剧本，提供给美国大众欣赏。

　　19 世纪 50 年代后，早期美国剧院那种愈加没有限制的创作方式和观众肆意喧闹的场面在某些相对闭塞的大众剧院中仍旧存在；而且尽管这种剧院的作品创作周期极其短暂，硬件设备也很难重新构建，但却似乎是 19 世纪尤为重要的舞台戏剧传统模式。它众多且忠实的观众群似乎在很大程度上与 10 美分小说的读者群相重合，甚至还包括下层社会读者。19 世纪晚期所有对城市下层阶级的调查都认为，剧院娱乐文化的中心应该是舞台情景剧。除了情景剧——剧院的主要经济来源——之外，这种剧院还有它的拳头项目，即综艺节目。这是一种新的娱乐形式，到 19 世纪 80 年代中期被合理整合，成为一门真正的娱乐产业。剧院也定期改编 10 美分小说并把它们搬上舞台。爱德华·L. 惠勒写了一部《戴德伍德·迪克》的舞台版；"内德·邦特莱因"（E. Z. C. 贾德森）在 1872 年把野牛比尔·科迪作为《平原侦察员》（Scouts of the Prairies）搬上舞台；劳拉·琼·利比（Laura Jean Libey）写了印刷版和舞台版的《一个少女的情人》（Little Rosebud's Lover）；阿尔伯特·W. 爱肯也创作了两个版本的《莫利·马格斯》（The Molly Maguires）及其他作品。他的弟弟、10 美分小说家乔治·L. 爱肯（Gorege L. Aiken）设计并出演了获得巨大成功的《汤姆叔叔的小屋》，这是汤姆剧团的雏形，它为美国剧院进入 20 世纪提供了一个主要的衍生形式。

　　这种相辅相成的合作关系告诉我们，在大众生活中，书面小说和戏剧演出并不是文化产品两个截然不同的领域，它们分别是一个娱乐整体的组成部分。这个整体是20世纪初期大规模群众娱乐形式的策源地，舞台情景剧和它描绘的西部生活为今后的电影发展提供了最早的表现形式，正像全国一体化的剧院为综艺节目提供了表演场所一样。

19世纪晚期的大众剧院似乎有一群来自城市下层阶级的不同种族的观众群体。但是这群观众也可以去另一类剧院：由19世纪移民群体组成的外国语言剧院，这在当时是一种独具特色的文学文化机构。在移民文化中，相对于当地美国人而言，剧院是一个更主要的集会场所。像教会学校和社团这些经常与之相联系的机构一样，移民剧院为"我们的人民"提供了一个聚会的地点和一个可以说"我们的语言"的场所。在这种背景下，戏剧主要发挥保持一个古老文化遗产鲜活的生命力，同时描述一个新世界生活情景和机会的作用。在严厉的种族压制、迫害机构盛行、自我异化、被同化等现象同时存在的情况下，外国语言剧院或移民剧院有助于各族移民确认其文化身份。

除了这样的概述外，没有哪一部历史单独记载了美国移民剧院的情况，因为这种剧院因不同民族的不同文化史而呈现出不同的形式。仅看几个例子便知：作为劳工被运送到美国西海岸的中国人偶尔会筹集资金把中国演员带到美国。一位美国女演员，玛丽·安德森（Mary Anderson），在她的回忆录中这样描写旧金山的中国剧院：

> 我们参观了中国剧院，它建于地下。在我们所知道的绿房子里面，我们发现了许多中国人挤在一块……整个剧院充斥着鸦片和煎炸食物的味道，让人窒息。我被领进让人着迷的中国剧院，看到了一个男扮女装的最受欢迎的演员，他在旧金山的中国同胞为他离开中国付了一大笔钱……如果不知实情，光看他那孱弱的身体和油亮的黑假发，真难想象这是一个男人……我们从台上观看了演出（他们没有侧厅，也没有帷幕），所以可以看见所有观众。我们在那里待了很长时间，却没欣赏到多少演出；因为中国人通常要花一年时间才演完一出戏。但我们有幸看到了几名艺术家，他们从舞台后面的一个门走出来，从一个镜头中穿行而过，他们中的一个被杀，尸体僵硬地在地上倒了一会，突然站起来、鞠躬、微笑，然后从同样的门退去，背景音乐是一支单弦乐器伤感的摩擦声和一个人沉闷的哀嚎声。

上述描述的中国剧院对它的参观纪录者来说是非常陌生的，她的纪录带有明显的种族成见色彩。尽管有曲解，仍然可以看到一幅演员表演风格和观

美国文学领域（1860—1890）

众参与形式都独具特色的画面，这种特色是美国中式剧院独有的。东方戏剧这种非真实的表现形式被生动地或是嘲弄般地描述出来。男扮女装的表演对19世纪的美国来说是又一个陌生的尝试，后来也许作为非主流文化形式传入了美国剧院。

在美国的中国剧院似乎一直严格地受国内剧院的影响。波兰的情况正好相反：一个剧院被引进，然后在美国的新环境下发展起来。到1900年为止，美国有200万波兰移民（1914年这个数字达到400万），在这之前一个美国波兰式剧院已经成功地建立起来。在它的波兰形式中，剧院与教堂—社区场所，比如牧区大厅或牧区学校礼堂紧密联系在一起，并融入了很强的波兰民族解放运动的道德标准。早期的波兰剧院群都有着爱国性质的军事名称，比如自由之星社团（Society of the Star of Freedom），或者是科钦斯基将军社（General Kosciuszki Society）。

这种剧院在整个19世纪一直是业余性质的，但它却能以各种不同的方式专业性地运用19世纪波兰高度发展的专业剧院的各项职能。1892年的一次戏剧表演揭示了它是由不同水平的内部机构通力协作完成的。这次演出的地点是芝加哥圣斯坦尼斯拉斯（St. Stanislas）教堂，有6000名观众参加，由享有国际盛誉的女演员海伦娜·莫德杰斯卡（Helena Modjeska）出演爱国剧《波兰女王雅德维加》（Jadwiga. Krolowa Lechitow [Jadwiza, the Queen of Poland]）。本剧是由斯泽尼·扎哈捷威斯基（Szczesny Zahajkiewicz）创作的，他是一个牧区学校的教师，在1889年移民前就是利沃夫（Lvov）① 一位有名的知识分子、剧作家和文学家。这次演出之后，一家波兰报纸做了如下记载：

> 没有人离开。经久不息的掌声送给这位明星，然后是作者。最后作者手拿剧本走向舞台。他费了好大的劲儿才平息了观众，并说："在这场绝妙的演出之后，没有人会再试图饰演这部剧的女主角了。为了致敬莫德杰斯卡女士，我要撕碎剧本。"他最终这么做了，并把碎纸屑从左到右投向观众。无论以何种标准评价，这都是美国文学史上一个伟大的时刻。

美国的波兰剧院尤为细致地展现了一个枝繁叶茂、蓬勃发展的欧洲传统。相反，东欧的犹太人却没有他们土生土长的移民剧院，意第绪语剧院（Yiddish theater）实际上生长于美国。第一部意第绪语的剧目由亚伯拉罕·哥尔德法登（Abraham GoldFaden）创作，于1876年在罗马尼亚上演，但到了1882

---

① 利沃夫，乌克兰西部的一个城市。——译者注

年，纽约就已经有了意第绪语的第一部剧作：哥尔德法登的《女魔术师》(*The Sorceress*)。到19世纪90年代，纽约已经拥有了稳定的意第绪语剧院公司、完善的演出团体和轮演剧目，剧院在这时候成为纽约犹太人生活的一个中心内容。从文学史的角度来讲，移民剧院发展的一个奇怪特征就是那些在美国早已老套的剧场行为在刚刚接触这个行当的从业人手中获得了新生。意第绪语剧院在世纪末永远地保留了战前大多数美国剧院中的一些传统特征——演出的混合形式和即兴表演的风格。剧院的主要演出包括悲剧、综合节目，还有情景剧和闹剧的综合搭配：1891年悲剧性的音乐情景剧《逐出俄国》(*Exile from Russia*)的悲惨高潮之后紧跟一个幽默滑稽的二重奏。意第绪语剧院在世纪末也永远地留住了那些已经随合法剧院成为历史的观众参与场面。剧院鼓励甚至强迫观众给出强烈的富有表情的回应。

美国意第绪语剧院在20世纪得到充分发展，而且在此后剧院发展缓慢时期也只体现为一定程度的衰落。值得注意的是，早在19世纪90年代，随着剧院把戏剧方式作为正式的文化传播工具与社会观众和文化创作方式结合起来，这种文学体系为它的作者创立了自己的空间。雅各布·戈登（Jacob Gordin）就是这些作者的代表。1891年移居美国之前，他在俄国从没看过意第绪戏剧，而这一年，他的文学热情却被意第绪语剧院点燃了。在诸如《西伯利亚》(*Siberia*)和《犹太人国王李尔》(*The Jewish King Lear*)这样的戏剧中，他把流行的情景剧版式和俄国人的热情融合起来，并使它们展示了当代犹太人的苦难。就他的作品而言，没有任何一个在美国出生的作者能够和他媲美，19世纪晚期，他成为他所表现的文化中一个意气风发的英雄人物。

在美国文学史上，人们不会经常提到中国剧院、波兰剧院、意第绪语剧院以及其他剧院。但如果"文学"被认为是包括所有用文字表达的充满想象力的作品，而"美国"这一概念也包括所有在美国生活的人的话，这些剧院就应该成为美国文学史的一个组成部分。19世纪美国的一个显著特征就是除了主流语言文化之外，许多其他的语言文化也占据了文化生活的中心地位。当移民作家描写移民的生活时，他们在写另一种美国文学，不管他们使用什么样的语言。

高雅文学文化

在人们通常理解的意义上，文学可能看起来在我们所讨论的19世纪中期的美国文学中奇怪消失了。这种现象可以用一个事实来解释：这个时期，写作已成为它自己独立的文学文化范畴的研究对象。同样，19世纪中期的文化内部调整创立了一个普通民众阅读和写作的领域,与此同时也创造了低级文学领域,这样就形成了另一个新颖的文学领域:一个赢得广泛赞誉和支持的领域,在这里作者可以进行严肃的艺术追求。由于这种发展,内战后的美国文学写作第一次获得了它稳定的读者群和社会支持,为这种文学提供场所的方式经常把文学本身卷入一定的社会关系中。

像它同时代的竞争者一样,高雅文学文化在1860年后形成,并最终顽强地持续至19世纪90年代,它拥有一批新的文学创作工具。19世纪40年代,第一批资金充足的出版社聚集在一起,之后不久,就有一些出版商宣称自己为文学出版商,一种新的、由更加文学性的出版社资助的期刊也在这个时期逐渐出现。1857年创立于波士顿的《大西洋月刊》(*Atalantic Monthly*)于1859年由提科诺和菲尔兹(Ticknor and Fields)接管,它发表的作品充满了智慧哲理且涉及题材广泛,并自我定义为主要是为"高雅文学的优雅风气"服务。(这个短语来自威廉·狄恩·豪威尔斯。)在这之后的19世纪,《大西洋月刊》与另外两家期刊共用一个市场名称:"高质量刊物"。这两家期刊出版物的内容多少有些不同,却有着相似的编辑标准:《哈珀新月刊杂志》(*Harper's New Monthly Magazine*)作为哈珀兄弟出版公司(Harper and Brothers)的一个附属刊物,创立于1850年。另一家是1870年创立的《斯克莱布纳月刊》(*Scribner Monthly*),是查尔斯·斯克莱布纳出版公司(Charles Scribner and Company Journal)的定期刊物,于1881年更名为《世纪杂志》(*The Century Magazine*)。

像家庭生活期刊和故事报一样,这些期刊从所有可利用的作品中选出一些来发表,通过这种方式,它们的文化身份得以认同。像它们同时代的出版物一样,它们不同的选题原则不仅反映了它们不同的编辑策略,也反映了它们服务于不同读者的需要。这些期刊的写作实际上并没有针对那些廉价小说的读者。它们没有专门为男孩子和年轻人准备的冒险小说,对农民生活也同样没有兴趣;它们忽略工人阶级,除非描写一些"另一半"人生活的罕有特点;它们只针对美国本地人,不包括移民。在它们选择出版作品的过程中,这些杂志基本不会去迎合喜好家庭生活作品的读者的口味。它们发表的作品更世俗化,很少符合19世纪中期中产阶级的那种福音虔诚的风格。家庭生活作品只固定在一个高度紧张的家庭空间,而它们的作品却描写更广大的空间,可以自由地游历到欧洲甚至更远。沉浸于观光和度假的作品只针对那些比中产阶级家庭主妇有更多闲暇时间的人士。不无相关的是,它要求读者有更高水平的审美素养。它对高雅艺术和有关艺术欣赏的知识饶有兴趣,而这些在其他艺术形式中是不会涉及的。

显而易见,这种标准使这种高级文学刊物更倾向于选择具有审美内涵的作品。但是,它们对文学作品更高的要求把它们与特殊的大众联系在一起:1850年后,来到东北部的新兴上层阶级与劳工阶级和中产阶级的区别在于,他们更世俗、更富裕、更有教养、更迷恋文化,因此对家庭的投入相应就减少了。19世纪后期,不是每一个"高质量"期刊的读者都属于这一新形成的精英群体,正如不是这个群体中的每一个成员都读《大西洋月刊》、《哈珀杂志》或者《世纪杂志》一样。但在19世纪,这些刊物与这个阶级独具特色的生存特征有着很强的同一性,事实证明,它们的读者大量聚集在这个群体中。

这种高雅文化期刊采用文学性更强的写作风格外加一个绅士化的读者群,形成了一个全新的集合体,这个集合体构成了美国文学史崭新的一部分。它为我们提供了又一个证明,即当文学在美国人的生活中牢固建立的时候,期刊文学是如何以层次化的形式建立起来,在文学领域中反映和加强了社会身份的差异。但是,如果这种发展巩固了另一个与阶级相关的文学体制的话——一个与之并列的中产阶级和下层阶级的阅读世界——那结果就不是简单的一个体制的问题了。说到它的社会力量,高雅文学文化与它同时代文学文化的区别表现在两方面:第一,它对文学和其他艺术高度重视;第二,它热情地把它的价值观强加到受众身上。高雅文学文化是美国19世纪后期的救世主或者说帝国主义文化。这种文化的倡导者建立了那个时代不朽的文化机构:伟大的博物馆,比如大都会博物馆(The Metropolitan Museum);交响乐团,比如波士顿、克利夫兰和匹兹堡乐团。这些机构不仅把它们的审美观看成是它们的品位标志,也把它们看成是引领大众的标杆。这个群体通过这些机构——由他们建立并管理的博物馆、乐团、图书馆和学校等来坚持自己的主张——为他们心目中的艺术树立了很高的威望,并赢得广大圈外人士对这种艺术的敬重。

在文学领域内,这些机构的努力为作家们赢得了一种新的社会地位,这种地位带有一种特殊程度的公众身份性质。所有19世纪的期刊都由某个人来管理;但由于高质量刊物把刊物内容当做文化本身来展现,它们的管理者就享有一种其他机构的编辑所不及的威望。标志19世纪中期分离出来的高雅文学文化建立的一个产物就是:编辑以引人注目的文学人的形象出现。其中几个人物(在当时很有名)包括:理查德·沃森·吉尔德(Richard Watson Gilder),《世纪杂志》的编辑;威廉·狄恩·豪威尔斯,1871年至1881年任《大西洋月刊》的主编,然后任《哈珀杂志》专栏作家;马克·吐温的邻居、一度也是他的合作者查尔斯·达德利·沃纳(Charles Dudley Warner),他是《哈珀杂志》的另一个专栏作家;查尔斯·贝里·奥尔德里奇(Charles Dudley

美国文学领域（1860—1890）

Aldrich），《大西洋月刊》豪威尔斯的继任者。事实证明，这些人作为文学的监护人有很高的专业能力来维持文学的最高水平。当农场工人哈姆林·加兰（Hamlin Garland）来到东部的文学中心时，他希望这些机构的管理者能够支持他那高涨的文学热情。在他后来的回忆录《中部边地农家子》（*A Son of the Middle Border*）中，他回忆豪威尔斯对他的鼓励就像"金牌"，吉尔德的赞扬"相当于一张毕业文凭"。

相似的是，这个时期所有的文学体系都有各自最受欢迎的作者，然而只有强有力的高雅文化以一种正规的标准把对它的喜好制度化。因此，这种文化巩固社会权威的另一个产物就是美国文学中出现了不朽的人物。我们应该记住，这种文化对美国文艺复兴有它不可磨灭的贡献。在它看来，美国文学的伟大不在于梅尔维尔，或迪金森，或者惠特曼，或者坡；而是在于战前波士顿的那批作家：奥利佛·温戴尔·霍尔姆斯（Oliver Wendell Holmes）、詹姆斯·罗素·洛威尔（James Russell Lowell）、亨利·沃兹沃斯·朗费罗（Henry Wadsworth Longfellow）、纳撒尼尔·霍桑（Nathaniel Hawthorne）、詹姆斯·格林利夫·惠蒂埃（James Greenleaf Whittier），还有拉尔夫·沃尔多·爱默生（Ralph Waldo Emerson）。战后，高雅文学文化努力使自己被这些作家认同，并通过特殊的行动来让大众了解他们的特殊价值。刚刚谈到的这个群体定期出现在《大西洋月刊》上；同时因为另一位《大西洋月刊》编辑霍拉斯·E. 斯哥德（Horace E Scudder）的努力，美国的公立学校把这些作家的作品列为必读书目。

通过这种手段，这些作家的作家生涯在战后焕然一新。他们中许多人健在的时候（除了霍桑外，都活到19世纪90年代），就已经是全国的杰出作家了。他们的名字和频频出现的面孔——在选集中、在精装书、公共雕像、印有作者名字的卡片以及流行的家庭平版印刷刊物上——代表了美国文学的成就。这些作者于19世纪后期在全国享有很高的威望，这主要证明了那个推崇他们作品的文化形态具有强大的号召力量。而在20世纪初期当这种文化失去了创造价值的能力时，它所推崇的这些作家们也就相应地失去了立足之地。

除了作为文化仲裁人的文学编辑和至少暂时堪称当代文学泰斗的老一批作家，19世纪后期高雅文学文化的正规化与制度化为有抱负的作家提供了创作的平台。镀金时代的高质量刊物为那些艺术性很高的诗歌作品提供了良好的出版场所，在这种刊物上发表作品有助于巩固他们为官方认可的诗人身份：比如爱德蒙·克拉伦斯·斯特德曼（Edmund Clarence Stedman），战后官方认可的桂冠诗人（同时还是一个股票经纪人，他利用浪漫主义诗人的名字作为他账户的代号）；以及当时受到极高评价的托马斯·贝利·奥尔德里奇（Thomos Bailey Aldrich)、贝阿德·泰勒（Bayard Taylor）和乔治·亨利·伯克（George Henry Boker）等。

生硬正统的维多利亚品位左右了这些刊物对诗歌作品的选择，美国主要当代诗人中维多利亚风格不那么明显的诗人就此销声匿迹；但是同样的文学组织却为那些被人们更长久铭记的散文体小说家提供了理想的舞台。事实上，那些从19世纪70、80、90年代作品就被人们广泛阅读的作家们都把这段时期的高雅文化刊物视为他们的文学根基。30多年来，同萨拉·奥恩·朱伊特（Sarah Orne Jewett）一样，亨利·詹姆斯一直是《大西洋月刊》的主干力量。（亨利·詹姆斯的《波因顿的战利品》[*Spoils of Poynton*] 与萨拉·奥恩·朱伊特的《尖尖的杉树之乡》[*Country of the Pointed Firs*] 在1896年同时连载。）豪威尔斯最先通过《大西洋月刊》、然后通过《世纪杂志》再后来通过《哈珀杂志》来接近读者；《哈珀杂志》也出版了康斯坦斯·费尼莫尔·伍尔森（Constance Fenimore Woolson）的大部分小说。新奥尔良的乔治·华盛顿·凯布尔（Gorege Washington Cable）是《斯克莱布纳月刊》的发明人，并且受吉尔德的保护。吉尔德的《世纪杂志》后来在值得纪念的1884年一年内发表了《傻瓜威尔逊》（*Pudd'nhead Wilson*），连载了豪威尔斯的《塞拉斯·拉帕姆的发迹》（*The Rise of Silas Lapham*）、詹姆斯的《波士顿人》（*The Bostonians*）以及马克·吐温的《哈克贝利·费恩历险记》。

被认为更加文学化的战后作家都能通过高质量期刊拥有一批读者，也就是说，这些刊物和它们的文学受众都支持这些作家所怀有的文学期望。这种情形就使得那些作家自称为艺术职业者，而不是批量生产者或所谓养家糊口者。这种支持在一定程度上是体现在经济上，但从另一种程度上说的确是一种更加无形的价值，因为这些刊物的威望使它们能够给撰稿的作家贴上美国大众卓著作家的标识。亨利·詹姆斯相对来说比他同僚拥有的读者少得多，但是他在真正的读者圈外享有美国主要作家的地位。高雅文化对艺术威望的垄断意味着这种文化有能力来界定这个领域之外其他文学形式地位的高低。自然，它创造的另一个角色就是那些遭贬斥和不称职的作家。

惠特曼的情况提醒我们，这种文化形式把一些读者提升到一个很高的地位，但却不会给其他的竞争者同样的地位。惠特曼狂热地追求性民主以及看似混乱的文学形式，他的作品几乎体现了这种文化所不重视的所有东西。有一句经典的名言是哈佛大学教授巴雷特·温德尔（Barret Wendell）描述惠特曼的诗时说的："惠特曼的诗是从衣缝里冒出来的六步韵文。"在高雅文化评论家中，即便是比较开明的豪威尔斯也仅仅是赞赏他的散文而已。19世纪高雅文化的信徒们推崇洛威尔和朗费罗，因此也就把惠特曼剔除出美国伟大诗

37

⊙美国文学领域（1860—1890）

人的行列。1876 年，为费城百年庆曲献诗的任务先后交给了洛威尔、威廉·卡伦·布莱恩特（William Cullen Bryant）、朗费罗、詹姆斯·惠蒂埃，但所有这些人都被否决，任务最终交给了贝阿德·泰勒——受高雅文化影响的提名程序把惠特曼排除出了国家诗人的名单。当总统拉瑟福德·B. 海斯（Ruthford B. Hayes）挑选伟大的文学家委以外交职务时，他把洛威尔派到西班牙，把泰勒派到德国，把波克派到俄国，却把惠特曼留在了新泽西州的卡姆登（Camden）。在 19 世纪晚期的学校读者中，惠特曼仅仅作为他最不具代表性的韵律规整诗《啊，船长，我的船长》（"Oh，Captain，My Captain！"）的作者被介绍给年轻的美国人。换句话说，只有当他的诗符合当时正统原则的口味时，其本人及作品才会得到推崇。

在高雅文化形式的社会影响力上升的时期，这种体系不仅直接影响了其他创作者的公众地位，同时也把它的价值观念渗透到其他文化形式当中，进而影响了其他文化形式中作者的自我评价。当丽贝卡·哈丁·戴维斯（Rebecca Harding Davis）这位先锋工业小说《炼铁厂的生活》（*Life in the Iron Mills*）的作者被最初曾发表她作品并推崇她的《大西洋月刊》拒绝时，她找了另一家家庭生活杂志《彼得森》（*Peterson's*）去出版。但她觉得这种变化是一种脱离主流媒体的略含耻辱的经历：她继续接受这种等级化模式，在这种模式中，高雅文学文化认为流行的家庭生活作品是缺失艺术正统性的。霍雷肖·阿尔杰持有相似的观点，他认为 10 美分小说的写作是下层阶级的读物，尽管他也欢迎这样的廉价作品。他在 1875 年写给斯特德曼的一封信中把自己置于从事商业化运作的层面上，远远低于斯特德曼描述的高雅艺术领域范畴。他说："您称我是您的艺术同仁，恐怕您实在是过奖了……许多年以来，霍拉斯（Horace）说的才疏学浅（res angusta donis）迫使我放弃了文学的高雅领域，而致力于一个报酬较高的卑微部门。"路易莎·梅·阿尔科特似乎曾遭受过高雅文学刊物《大西洋月刊》的出版商詹姆斯·T. 菲尔兹（James T Fields）有组织有计划的冷遇。菲尔兹曾拒绝了她早期的一部作品，并极力鼓励她坚持教学工作；提科纳和菲尔兹出版公司后来同意出版她的一卷神话故事，后竟把她的手稿弄丢了。（老亨利·詹姆斯对她进行了更为露骨的贬低与讽刺，他用一个名词来称呼她的小说《情绪》[*The moods*]：垃圾。）但阿尔科特也同意那个把她排斥在主流文化外的文学体系对她作品价值的界定。在《乔的儿子们》中，乔给自己起了一个自我贬斥的名字："只是一个文学育儿室的女仆。"

这些事例表明，在 19 世纪后期，高雅文学文化是美国文学领域中一个非常重要的因素，它有权决定这个领域的意义。它不仅在他们自己眼中，甚至

38

1 1860—1890 年的美国文学领域

在他人眼中，将各种领域界定为高等、中等、低等。在后来的历史发展中，这个一度处于支配地位的文化形式成为被嘲弄的对象。在 20 世纪，它被贴上"儒雅"的标签，被描绘为一个几乎无所不包的社会文化价值判定机制，甚至是一种阴谋——想把受人尊敬的文雅礼仪强加到那个他们赞扬却又削弱它活力的文学体系中。辛克莱尔·刘易斯（Sinclair Lewis）在 1930 年接受诺贝尔奖时发表的一番谈话意味深长，他说："豪威尔斯是他那一代这种文化最典型的体现，他的行为方式就像一个虔诚的老侍女，最大的乐趣就是在牧师的住所喝茶。"

要举例说明这种文化限制发刊行为的现象其实很容易。提科纳和菲尔斯出版公司的继任者詹姆斯·R. 奥斯古德（James R. Osgood）同意在 1881 年出版《草叶集》的第六版，但同时也允许波士顿地方检察署删去惠特曼作品中的"猥亵"成分。（惠特曼一怒之下，从奥斯古德手里撤走了这卷作品——从而使《草叶集》失去了它第一个正式的文学出版商）。理查德·沃森·吉尔德拒绝刊载查尔斯·切斯纳特（Charles Chestnutt）的种族通婚小说《丽娜·沃尔登》（*Rena Walden*）（1900 年更名为《雪松后的房子》[*House Behind the Cedars*] 得以出版），因为它缺乏"熟韵"，用一个知名社会精英自我肯定的评价，我们可以翻译成：太不和谐。当豪威尔斯的《塞拉斯·拉帕姆的发迹》在《大西洋月刊》上连载发行时，吉尔德让豪威尔斯删去其中的一句话："暴发户们在城市留下的空陋房屋足以激起不满的穷人们在他们豪宅的硕大钢琴上面投炸药。"因为这个表述太直接了，会给社会带来后患。豪威尔斯本人就曾告诉过马克·吐温，本土化作品要避免使用被禁止的粗俗语和俚语。

但如果认为这个文学世界只有压制的话，那对文学历史意义的理解就大错特错了。第一，对那些公开的反叛性性描写和对社会力量描述的批判并不能成为在当时与其他文学体系对立的僵持力量。19 世纪的家庭生活小说和 10 美分小说也不是什么更加合法表达的天堂；20 世纪的评论家们所坚持的上流社会文化的规范性，代表了这个时期人们所推崇的维多利亚价值观。再者，镀金时代高雅文学出版的主要特征并不是它爱吹毛求疵。客观地考虑一下，这种文化产品很可能反而与众不同，因为它体现了高水平的创作智慧，探讨了众多方面的问题。20 世纪肯定没有造就出一个能创造如此多样作品的刊物，这些作品包括詹姆斯的《贵妇画像》、戴维斯的《炼铁厂的生活》、吐温关于超我的寓言《康涅狄格犯罪的近日狂欢》（"The Recent Carnival of Crime in Connecticut"），以及查尔斯·切斯特纳的魔法故事等。在 19 世纪《大西洋月刊》上，与这些作品同时出现的有：查尔斯·W. 艾略特（Charles W. Eliot）关于大学改革的论文，这篇论文自那时起成为标准的选修课程；托马斯·温

美国文学领域（1860—1890）

特沃斯·希金森（Thomas Wentworth Higginson）的《妇女应该学习字母表吗?》（"Ought Women to learn the Alphabet?"）成为后来妇女高等教育发展的一个动因；麦鲁西纳·费·皮尔斯（Melusina Fay Pierce）对美国家庭行为的诙谐批判；W. E. B. 杜波伊斯处于萌芽时期的文章《黑人的灵魂》（"The soul of the Folks"），等等。

镀金时代高雅文学文化的部分意义就在于，这个题目提醒我们，它为有共鸣效应作品的产生创造了环境：通过这种文化形式，这个时代思想最深邃的作品可以来到那些有此类阅读需求的读者身边。尤其对于文学作者而言，它所取得的成就对于文学推广而言发挥了巨大的作用。高雅文化这个工具提供给他们——在一定程度上说是美国历史上全新的——一个有组织的欣赏严肃艺术的付费大众和对创作者艺术抱负的广泛社会支持。这可不是一个小成就；但是它们确实产生了一定的结果，因为为写作提供这些条件的文学组织就会有意识、有侧重地把它推荐给某些美国大众——那些受到良好教育并且富裕的人，而非所有美国人。这些写作也只为某种而不是所有的文学创作提供条件：只有那些最符合这个群体文化品位的作品才会从那里获得帮助。它时而支持，时而制约其他形式的创作，它有时为作家提供真正的帮助，有时又把写作与一个精英社会阶层的阶级活动相连：这就是高雅文化的到来赋予19世纪美国写作的双重意义。

非中心文学文化

本章已经概述了19世纪中期美国文学创作的情况。问题的要点在于，与阅读和写作相关的文学惯例总是成为特殊社会组织的研究对象。这些组织并不会完全决定在一个特定时期、特定地点要写些什么。但是它们会决定当时尝试的写作方式会得到什么样的支持，以及如果再创作相似的作品会得到什么样的鼓励。

19世纪中期，美国文学文化的这种组织形式就在这个意义上塑造了美国的文学创作，它们有助于解释这种创作包括什么，不包括什么。1850年以后，美国文学写作中维多利亚时代的英式小说家已经明显消失了，这些小说家在艺术上精通老道，且受到广泛欢迎。将路易莎·梅·阿尔科特和亨利·詹姆斯这两个风格对立的作家结合起来，才会酝酿出一个美国的乔治·艾略特（George Eliot）。这种文学风格的区别在一定程度上反映了文学水平的层次化，对这种层次化的强调在19世纪中期的美国比英国要强烈得多。在美国，读者的区分是跨（aross）阶级而不是按照（along）阶级而分的。与同时代也有一

1 1860—1890年的美国文学领域

个层次化阅读文化的法国相比，19世纪的美国很明显缺少一个波希米亚——一个与社会正统言行相对立的放荡不羁的文化界，这种界定与社会名望是对立的。美国的高雅艺术建立在高等资产阶级环境中而不是与之对立，这就说明了在美国为什么审美家同时也是绅士，也说明了为什么镀金时代的文学文化很少具有反主流文化的特征。

但是，对美国文学的这种概述是不全面的，至少还可以列举几种其他的文学形式。与其他大众市场形成鲜明对照的是，19世纪中期的美国还有另外一种大众文学市场的形式：出版订阅书目的体制，受雇的代理商们寻找新书的个人订单。这种体制开拓了一个尚未在文学体系中合理化的市场。它的主要对象是那些没有条件或者没有习惯经常去书店的读者。由于有大量任务和奖金的激励，能言善辩的代理商们使这些准文学大众萌生了一种拥有图书的渴望，这也考虑到了那些虽然不贫困但也没有受到良好教育的读者的情况：通过这种途径出售的书通常价钱昂贵，外形尺寸大，并且包装华丽，是家庭藏书的好选择。（挨家挨户售出的百科全书就证明了它的买主并不关心自身的精神生活，是这种出版形式在20世纪的残存。）霍勒斯·格里利（Horace Greeley）的内战巨作《美国冲突》（*American Conflict*）通过这种形式已卖出20多万册。詹姆斯·帕顿（James Parton）（范妮·弗恩的丈夫）的《人民的传记》（*The People's Book of Biography*）和亨利·M.斯坦利的《活石》（*Living Stone*）也是其中著名的作品。

在文学领域，这种出版方式的一个代表人物就是马克·吐温。订阅出版商伊莱莎·P.伯利斯（Elisha P Bliss）曾承诺他说："我们每次都能使一本书很快畅销。"有了这个承诺，吐温用订阅—出版这种形式创作了他的第一部著作《傻子出国记》（*Innocents Abroad*，1869），也就是说，他按照指定的大批量要求把这些书推出。这部书的巨大成功使马克·吐温致力于这种自我创作模式。从19世纪70年代中期开始，马克·吐温是受到高雅文化阶层欢迎并故意选择这种逆向方式接近大众生活的作家。他这样做的部分原因是出于经济考虑：马克·吐温从这里获得的收入比从文学出版方式获得的收入要多得多，并且在19世纪80年代他建立了自己的订阅出版公司——查尔斯·L.韦伯斯特公司（Charles L. Webster & Co.），以便利用这种出版方式获取丰厚的利润。（《尤利西斯·S.格兰特的个人回忆录》[*Personal Memoirs of Ulysses S Grant*]帮吐温赚了很丰厚的一笔钱。）另外，他的选择也部分出于文化政治方面的考虑。吐温通常这样认为，通过这样的出版方式，他可以成为一名人民的作家，而不是特权阶级的作家。在1889年一封信中他曾这样说："我始终迎合大众口味，从来不去关心那些文化阶级的生活。他们可以去剧院看话剧。他们对

美国文学领域（1860—1890）

于我和大众一点用处都没有。"

马克·吐温的事业可能也让我们想起镀金时代另一种文学文化形式，它植根于美国西部。本章概述的历史有助于认定在19世纪后半期的美国，文学创作是一种高度集中的行为，它的创作和出版高度集中在几个地方：波士顿、纽约这样的东北部大都市。由于这种集中，战后几十年的文学不像后来芝加哥、新奥尔良、卡梅尔和加利福尼亚的文学那样具有强烈的地方色彩。然而，曾有一段时期，19世纪的美国文学在旧金山形成了一个小中心。在淘金热后，旧金山的刊物像《陆路月刊》（*The Overland Monthly*）和《黄金时代》（*The Golden Era*）为普通民众提供了一种区域性的文学选择，表现在以布莱特·哈特（Bret Harte）和马克·吐温为代表的轻松、自由、幽默的作品中。在19世纪60年代后期，这两人同时迁往东部有更高利润的地区，以至当初盛极一时的刊物很快就昙花一现、无影无踪了。然而在旧金山，某种文学文化幸存了下来，尽管不那么辉煌。在它从鼎盛到世纪末复活的这段时期，湾区（Bay Area）是人称"锯齿山的诗人"（The Poet of the Sierras）或"洛基山的拜伦"（Byron of the Rockies）的边境诗人乔肯·米勒（Joaquin Miller）的家园，他居住在奥克兰山上。（米勒得到人们的推崇，他的《太平洋诗集》[*Pacific Poems*]于1871年在伦敦出版。在20世纪人们认为他是《哥伦布》["Columbus"]的作者，这部作品在学校里经常被朗诵，人们记得这首诗红极一时的叠句："航进，航进，航进再航进！"）把罗伯特·路易斯·史蒂文森（Robert Louis stevenson）介绍到南太平洋地区的诗人游民查尔斯·沃伦·斯托达德（Charles Warren Stoddard）是这个领域的另一位代表人物。此外还有丹尼尔·奥康奈尔（Daniel O'Connell），他撰写了一本关于烹饪的文学名著《人的内心：餐饮美食以及如何得到它们》（*The Inner Man, Good Things to Eat and Drink and Where to Get Them*, 1891）；安布罗斯·比尔斯（Ambrose Bierce）是一部极具讽刺性的作品《魔鬼词典》（*Devil's Dictionary*, 1906）的作者。

詹姆斯·韦考姆·赖利（James Whitcomb Riley）代表都市中心文学之外的另一个文学世界。赖利主要写方言诗，描写田园般的中西部地区，描写相对田园般的童年。他的诗像《小孤儿安妮》（"Little Orphan Annie"）和《老游泳孔》（"The Old Swimming's Hole"），成千上万的美国人都耳熟能详。他成为朗费罗之后美国战后最受人喜爱的诗人。印第安纳出生的赖利最终通过首先打开东部市场进而获得全国性的成功：雷德帕斯学会（Redpath Lyceum Bureau)① 在1881年之后组织了他的公众朗诵会，1882年他的波士顿朗诵会使他成为"严肃"文化领域一个最受大众喜爱的人物。在这之前，他在中西部地区至少度过了10年的写诗岁月，曾描写了19世纪小城镇里的文学环境。赖利最初从事的是流行韵文的写作和吟唱，随着专利药品的宣传行走各地，这是只有美国才有的文学起源。这之后，除了在印第安纳学校和教堂开办朗诵会之外，他在诸如《印第安纳波利斯杂志》（*Indianapolis Journal*）和《可可摩论坛报》（*Kokomo Tribune*）这样的期刊报纸上找到了公开发表作品的基地，在这些专栏里，他的诗歌得以大量发表，这些诗作后来被再版。这些报纸和大多数19世纪报刊一样，每天都为短诗和具有朴实大众情调的幽默诗的出版提供空间。赖利在世人面前展现了那些现在已经被我们遗忘的每天为当地报刊辛勤耕耘的男女作者们。

乔肯·米勒和赖利指出了19世纪处于支配地位的美国文学由于地域的不同而呈现的不同形式。弗朗西斯·E. W. 哈珀（Frances E. W. Harper）也提醒了我们一个由种族的不同而非地域的不同造成的写作世界。哈珀生于1825年，在内战前从事了好长一段时间的反奴隶制演讲工作，战后她是许多事业团体出色的演说家，如基督教妇女戒酒联盟（Women's Christian Temperance Union）、美国妇女选举协会（American Woman's Suffrage Association），等等。作为这项大规模社会活动的一部分，她写了大量的文学作品——诗歌、故事及小说，《伊奥拉·莱洛伊》，又名《举起的影子》（*Iola Leroy; or Shadows Uplifted*，1892年），是19世纪由非裔美国人创作的最畅销的小说。这部小说以家庭的分离与复合为主题，而不是脱离家庭生活小说规范的美学形式。《伊奥拉·莱洛伊》重新运用了19世纪50年代家庭生活小说作者的写作惯例，像斯托的《汤姆叔叔的小屋》。确实，哈珀比战后任何一位小说家都更充分地运用了这种形式。哈珀认为，作者的这种家庭政治模式为黑人妇女写作提供了一个强有力的示范。这之前，白人妇女通常把她们的作品更多地看成是一门非政治化的"艺术"。哈珀是在1900年左右黑人文化刊物创立之前、在黑人文化巩固为一个具有充分创造力的文学策源地（如哈莱姆文艺复兴）之前开始写作的。但是，她表明一个非裔美国妇女的写作世界已经在19世纪晚期出现，这个文学现象和发展空间发生在其他条件下，而非那个时期的白人文化中。

人们会很容易认为，刚刚提到的这些形式代表了镀金时代标新立异的文

---

① 雷德帕斯学会，由白人废奴主义者詹姆斯·雷德帕斯于1867年创办，目的是使巡回演讲者和演艺人员的生活更加从容、安逸。——译者注

○美国文学领域（1860—1890）

学文化——在一定程度上说的确是这样。但如果"标新立异"这个词语暗示了强大的差异和抵抗的社会形式，它们也只在一定程度上配得上这个称号。因为它们中的每一种写作形式鼓励创作和赢得社会关注的能力都是极其有限的。订阅出版这种形式强制性地把作品的市场价值置于文学出版形式之上，正如10美分小说一样：当马克·吐温加大他的出版量以巩固他的书应享有的地位——像他后来的作品《艰苦岁月》（Roughing It，1872）和《密西西比河上的生活》（Life on the Mississippi，1883）——时，他认为艺术作品的价值由市场需求而不是它创作的内在需求决定。这种体系对马克·吐温没什么好处——它仅使马克·吐温成为大批量作品的作者而已。鉴于此，没有任何其他作家以订阅出版这种形式出名就不足为奇了。旧金山的文学文化或许看起来体现了与东部的高雅思想的明显对立，事实上却很难有标新立异。在东部地区吸收了那些更有活力的作家之后，它的新作也只能在当地引起很少的关注，并且它那种对松懈散漫文学形式的推崇制约了作品的创作。（这种文化的主要历史学家凯文·斯塔尔［Kevin Starr］评论说，旧金山挫伤了它的19世纪艺术家的锐气。）单从印制的大批量作品来看，小镇报纸出版可能是19世纪最大的文学作品出版者。但是除非它的作品在其他地方再版，像赖利的，否则这种出版方式只能在自己的领域内享有文学价值，并且它使那些准作家们昙花一现，仅仅引起人们的短期关注而已。它的行事准则也使得这个文化基地获得的支持甚微。政治化的妇女文化是哈珀写作的主题，但她也没有能力在19世纪90年代建立一个更大的文学或社会组织形式。（尽管布克·T. 华盛顿、杜波伊斯和埃达·B. 韦尔斯［Ida B Wells］在《伊奥拉·莱洛伊》之后找到了表现黑人文化更有效的渠道。）《伊奥拉·莱洛伊》有可能在它主要针对的黑人读者之外还有其他读者。但是在1892年，这部作品缺少使它面对大众读者的渠道。

这就是说，19世纪后期没有一个同质性的文学文化，但它也没有一个完全多元化的文化：尽管它包括几个相互独立的文学领域，但是这些文学领域建立在各不相同的原则基础上，而且这些领域在文化力量上并不相同。不管我们是崇拜它还是谴责它，19世纪中期到末期美国文学的主要历史事实是：它的社会生活以一种具有高度选择性的形式显现，这种形式认为写作在主流体制内，并且只有在主流体制内才会得到强有力的支持。这段社会历史并不能控制作者想象些什么，但确实决定了作品在什么样的条件下才能走向大众。要理解19世纪的美国文学，就要了解它与大众生活的关系。

个案分析：文学的地方色彩

战后美国文学对欧洲大陆、欧洲之旅和有关欧洲的艺术几乎达到了痴迷的程度。这种现象与其说是欧洲本身的原因，不如说是在这个时期美国人赋予"欧洲"以新的价值观念的结果。战后的美国对欧洲高雅艺术的了解成为具有社会优越性的主要标志，以至于那些渴望拥有精英身份的人认为首要任务是积聚财富，之后的任务是把财富转变为社会地位。人们认为欧洲是优越和高雅之乡，对欧洲的浓厚兴趣驱使收入可观的美国人到国外旅行——一度成为在世纪末达到疯狂程度的娱乐。亨利·詹姆斯谈到威尼斯时这样感慨："芝加哥人的大呼小叫扰乱了午睡。"但是这种意义上的欧洲在本土美国通过各种代理机构建立的高雅文化机构也可以获得：美术博物馆展出的新近引进的古代优秀作品、交响乐音乐厅和歌剧院上演欧洲的音乐，都成为美国上层社会的娱乐活动。

美国新的文学机构也开始在这种对欧洲事物的兴趣上做文章，作家们很快捕捉到了他们创造的机会。战后的小说新秀们注意到了这样一个事实，在美国文学领域崛起的最有效途径就是把自己作为一个了解欧洲的作家宣传出去。威廉·狄恩·豪威尔斯，一个出生于俄亥俄州的作家，极有目的性地盯上了波士顿的文学机构，他曾在战争期间在威尼斯任领事，因此编写了一本关于威尼斯的书，取得了文学上的成功和《大西洋月刊》的编辑身份。马克·吐温是在内华达州开始他的创作生涯的，然后才是在加利福尼亚、夏威夷。他曾与一个人数众多的布鲁克林会众对欧洲和圣地进行了一次观光旅行，然后出版了一本《傻子国外旅行记》，这本书获得了巨大成功，也使他初露锋芒。亨利·詹姆斯在19世纪70年代早期首先触及了天真的美国人遭遇欧洲的老练复杂和腐败堕落这样一个"国际性话题"，并且在他以后长期的职业生涯中一直坚持这个主题的写作。

这种对欧洲的迷恋和世界大同主义情结使我们更加坚信，这个时期的文学领域同样紧紧围绕着另一个观念展开，这种观念如此截然相反以至于可以说是对本领域的否定。如果说克服美国狭隘的地方主义欲望在内战后形成了美国一个独立的写作阶段的话，那么另外一种欲望把写作推向了带有地方主义色彩的阶段。伴随着那些致力于脱离地方束缚、进入国际文明的高雅与复杂的文学写作而来的是按照本国习俗来完善自己的文学写作：发掘那些有独特风土人情的美国区域并记载这些地方的生活方式。

这些纪念与中心文化迥异的特色文化的努力在当时并不新鲜。它在美国

45

美国文学领域（1860—1890）

有其先例，如库珀在作品《拓荒者》（*The Pioneers*，1826）中用编年体形式记载的纽约中心地带处于边境阶段时期的生活，卡罗莱娜·科克兰德（Caroline Kirkland）关于密歇根的作品《一个新家庭：谁会追随》（*A New House——Who Will Follow*，1839），苏珊·沃纳为北方农村地区家庭经济发展而创作的《广大的世界》（1850），霍桑描写一个新英格兰沦为文化落后地区的著作《七个尖角阁的房子》（*The House of the Seven Gables*，1851）。无独有偶，在国外，屠格涅夫（Turgenev）的《一个运动员的素描》（*A Sportsman's Sketches*）对俄国乡村生活进行了充满政治色彩的描述；沃尔特·斯科特的边境小说，乔治·艾略特的中部平原小说，托马斯·哈代的西部小说，颇有画家风采的古斯塔夫·库尔贝（Gustave Courbet）的《奥纳斯的葬礼》（*Burial at Ornans*，1849），所有这些都表明，作家们不惜为一种平凡的地方生活施以浓墨重彩。

矛盾的是，19世纪后半期艺术的地方主义代表了一种国际运动；需要记住的是美国对地方生活的描述绝非美国首创。战后的美国，这种创作的独特之处不在于其本身，而在于它在很大程度上支配了文学创作这一领域。内战后不久，这种充满地方色彩的故事在美国文学体系中成为一种完全固定下来的体裁和所谓的高能见度体裁。1860年后期，布莱特·哈特以他的加利福尼亚矿井故事《喧嚣营的运气》（*The Luck of Roaring Camp*）和《波克公寓的弃儿》（*The Outcast of Poker Flat*）成功地签署了一个获利丰厚的合同，正式成为战后第一个赢得明星作家身份的创作者。哈特的成功说明，宣传地方特色信息的能力成为美国文学人成名的基础。（哈丽叶特·比彻·斯托，一个经历战前各种不同的环境后成名的作家，把她文学创作的重心转向地方主义小说创作，如作品《奥尔岛的珍珠》[*The Pearl of Orr's Island*，1862]，所以可以认为她找到了哈特探索的文学脉络。）战后，不再把欧洲作为文学创作基础的新一批美国作家开始写作地方主义小说，并运用他们对尚未记录在案的本土文化的一些理解作为开创事业的资本。爱德华·埃格尔斯顿（Edward Eggleston）是一个桂冠诗人，他在作品《山区校长》（*The Hoosier Schoolmaster*，1871）中描写了印第安纳的荒蛮地区。19世纪70年代早期，萨拉·奥恩·朱伊特开始记录缅因州的海岸地区，第一次出现在她的作品《深港》（*Deephaven*，1877）中。1874年，乔治·华盛顿·凯布尔的名字进入人们的视野，他是一个创作历史学家，他的第一部作品集（1879）是《克里奥尔的旧日时光》（*Old Creole Days*）。一年后，康斯坦斯·费尼莫尔·伍尔森把她对麦基诺海峡附近的旧殖民地和俄亥俄州农村地区的佐阿（Zoar）社区写进了她的第一部作品《遥远的城堡：湖区剪影》（*Castle Nowhere：Lake-Country Sketches*）。1875年，马克·吐温也写出了他的作品《密西西比河的旧日时光》，这也是马克·吐温对这个地区的第一次描述,其日后将成为马克·吐温主要的文学创作宝地。

几乎每个作家都运用这种描写地区生活的小说创作形式,并且大部分作家把这个形式贯穿于他们的整个写作生涯。地方色彩小说从内战到19世纪90年代一直都很盛行,作品的供应量远远满足不了需求。1865年以后出版的作品大多是这种形式,对于出版社来说,作品越多越好。在1878年的一次采访中,豪威尔斯谈到方言故事是一种过时的形式,但就在同一年,他主编的《大西洋月刊》众星捧月般地推出了查尔斯·伊格伯特·克莱多克(Charles Egbert Craddock)(玛丽·诺埃利斯·莫夫利的笔名 [Mary Noailles Murfree])的作品,因为后者创新了一种新的文学形式:田纳西东部的阿巴拉契亚山文化,证明了区域主义的文学资源还没有穷尽。受到莫夫利成功的鼓舞,一个在密西西比出生的笔名为舍伍德·波纳(Sherwood Bonner)的作家在田纳西参观了两周,以便也可以创作带有这种地方色彩的作品。这种作品有一个如此好的市场,以至于把区域性"知识"作为产品生产出来到这个市场去出售的行为都颇受欢迎,例如,波纳后来以同样快的速度完成了关于伊利诺伊州农村的故事。当哈姆林·加兰在19世纪80年代中期把一个关于西部地区的故事卖给《新美国杂志》(*New American Magazine*)时,编辑们告诉他,他们需要一系列这样的作品——这并非说明加兰才华横溢,而是证明了加兰也发现了这种商品供不应求的状况。

这些事实表明,地区性生活的小说不是某种文学体裁,而是内战后文学创作和消费的一种主流形式。因此,我们就有必要问:作为一种文学形式,它承载了什么样的责任?它有什么影响力或者发挥了什么作用才成为了那个时代生活的中心?

不管它做了什么,地方主义写作让地方成为大家关注的焦点,要想研究这种形式的文化生活,首先需想到地方题材开始引人注目的时候正是地方在美国以一种新的方式成为关注焦点之时。内战标志着这种形式成为当时文学的主流形式似乎并不是什么巧合。战后人们生活中的大事件就是争论地方将在新兴的美利坚合众国占有什么样的地位问题。内战是一场关于南方特殊体制的争论,即带有地方性的黑人奴隶制中劳工和人类地位的争论,这是一场真正意义上的争论,界定了对地方差异的容忍度。作为一场要么承认联邦的不可分割性,要么承认南方有脱离联邦的权利的战争。内战也触及了地方分割的根本性问题:地方文化是否有权力成为自治的文化实体,是否有权决定把自身的权利让位于一个更大的集体。美国南方1877年之前一直被南方联军占据——表明了它争取保留差异的斗争的失败——这些并不是区域主义写作的主题。但作家们很快发现了刚刚结束战争的南方

美国文学领域（1860—1890）

是很好的写作素材。一批把南方作为写作题材的作家有：两次受伤的南方联军战士凯布尔；同为南部联盟女儿莫夫利和波纳；北卡罗来纳州自由黑奴的儿子查尔斯·沃戴尔·切斯纳特（Charles Waddell Chesnutt）；于19世纪70年代来到南方并认同战火后的南方是她最成功作品的素材来源的伍尔森。这份不全面的名单表明，因为战争而成为地方性标志的南方在多大程度上刺激了地方性写作。

文学的地方主义在19世纪的美国引起了共鸣，尽管在19世纪都发生了真正地方性战争的英法并非如此。但是美国的这场战争只不过是对地方文化进行抨击的一个较为明显的阶段，这种抨击来自许多其他的社会因素。每一部关于镀金时代的历史都能够把美国加速发展的资本主义工业化进程作为主要内容，这个进程使美国自19世纪30年代后进入了工业化时代。19世纪90年代，美国成为世界上最大的工业国，世纪末成为世界上经济最发达的国家。这段时期的历史就是一个发展中国家各种社会关系变革的历史。19世纪的部分历史就是由新型工业生产取代了手工或家庭作坊的生产。另一部分历史则是大规模社会财富的积聚和全国金融体制的建立补充或取代了原来以社区为基础的信贷制度。这段历史的另一个阶段是19世纪晚期美国建设工程的启动———一个越来越紧密联系在一起的全国性铁路网的建立——这是一个逐渐把许多原来封闭孤立的地方纳入全国网络或国际市场的项目。（四个横贯大陆的铁路于19世纪80年代建成。南方1886年按照全国标准加宽了铁轨，可以说与全国市场联系了起来。）连锁店和全国性宣传活动的萌生体现了这个过程的另一个阶段：原来分散的、不同种族的民众被整合起来，进入一个统一的市场购买大规模生产的物品。

我们通常认为只有在那些资源高度密集的地方才能看到这些发展：如在百货商店或工厂，工业城市或大的金融中心。这个经济化过程最显著的产物就是出现了19世纪的城市工业世界；但是这个过程也涵盖了城市工业世界的对立面，而且同样决定性地为工业化前的美国农村地区创造了一个全新的历史。在某种意义上，发展的结果仅仅是根除它以前的内容，在原地建立发展所需的形式。俄亥俄州东北部港口城市克利夫兰（Cleveland）是切斯纳特内战期间的住地，也是伍尔森早期的家乡，在1840年有6000人居住。在他们的早期生活时期就已经成为了一个工业城市：铁路和其他重工业需要的铁从苏必利尔湖铁矿中提炼；宾夕法尼亚和西弗吉尼亚的煤被一个崭新的运输系统运到这里；标准石油公司（Standard Oil）——托拉斯的范例，也是19世纪80年代美国产生的新型高度公司化的典范——在这个前乡村地区建立了总部。

在其他一些情况下，发展带来的结果则是，留下一个地区从事农业生产，发展以农业生产为中心的文化，但是却重新勾勒这种传统主义生产方式的范围。内战后，在莫夫利的田纳西山脉正南的佐治亚山地，农场普遍由家庭单位经营。这些逐渐集中起来种植棉花的农民显示了他们在稳步地转型，由一个家庭劳作类转型为跨地域生产棉花的供应商，其主要的付款方式也转变为"现金还是棉花"的简单选择，转型过程更加彻底。

在19世纪的第三个发展特点中，发展的结果与其说是使一个地方经济转型然后给它重新定位，不如说是仅仅抽走它的劳动力数量。像斯托的奥尔岛或坡格纳克（Poganuc）乡村一样，新英格兰农村市镇19世纪晚期人口下降了40%以上。在这里本地文化继续存在，但是在这个地区之外，其发展却显得有心无力。

即使一个地方社区在这个发展过程中保持自身大致不变，它也可以通过保留自身的形式而在发展过程中变得与众不同。马萨诸塞州的伦道夫（Randolph）是地方性作家玛丽·维尔金斯·弗里曼（Mary Wilkins Freeman）的故乡，从1880年至1900年间，它的4000居民流失了不到100人。但在这一时期，附近的城镇布罗克顿（Brockton）由于采用更为现代化的制鞋工艺，超过了还处于原始工业阶段的制鞋业原领头羊，人口从1.3万增加到4万。所以说，伦道夫已非往昔的伦道夫了——由于保持自身大致不变，从而沦为为从属的、相对不发达的地区。

前工业时代美国文化的这些转变在1865年前还没有发生。但是内战后加速发展的资本主义工业化进程却对传统的地方生活平添了更大的压力。大规模的历史性事件对地方生活产生的压力为19世纪美国的区域性写作提供了一个最重要的社会机遇。许多从事这种写作风格的作家表示，他们想把地方生活的特色写下来，因为他们知道这些地方正处在变革的关键时期。据载，莫夫利曾说她想在铁路完全铺入田纳西东部之前让它为人所知。斯托的《老城人民》（*Oldtown folks*，1869）就想留住"铁路时代之前"新英格兰的形象，而这种形象正在"快速消失"。地方文化仍然为人们所知，但也正在被边缘化，地方主义小说在这个时代应运而生。在许多情况下，变革不仅是地方主义色彩小说回忆过去的动力，而且也是小说试图串联起来的故事内容。

凯布尔的小说在那种混合或者说克里奥尔的文化里——部分法国的，部分西班牙的，部分非洲的和美国本土的，但没有盎格鲁—撒克逊的——找到了它的主题，克里奥尔文化在路易斯安那购买案之前是新奥尔良的主流文化。但是凯布尔笔下的小说把这种文化融进了一个美国化的现代化过程情节中。他的早期故事《让·阿波科林》（*Jean-ah Poquelin*）再现了路易斯安那被购买后的发展对克里奥尔民族聚居区的影响。他有一个不为人知的患有麻风病

美国文学领域（1860—1890）

的弟弟，出于对他的考虑，这个故事的标题向外界封锁了他的种植园的位置。但是外部世界的变化改变了他财产的意义。城市的扩大把种植园囊括进城市之中；建筑发展公司需要他的土地来完成正在建设的运输系统，以进一步使城市成为商业中心。在传统主义的掩饰下（传统主义假装成一种克里奥尔的喧闹），开发商们最终战胜了阿波科林的反发展抵抗。当这一切发生时，传统文化展现了其最充分的文化差异——不为人所知的弟弟被人们发现：这种把家庭纽带看得比任何商业利润或社会进步都重要的风土人情被强有力地表现出来。但就在同时，它被另一种价值观念取代。在凯布尔雄心勃勃的小说《格兰迪斯姆斯家族》(*The Grandissimes*, 1880) 的 "斜背双座轿车"（Bras-coupe）一章中，古老文化秩序隐藏起来的决心——这里指克里奥尔奴隶主对奴隶的残害和奴隶们借助非洲—加勒比伏都教遗产进行复仇——被展现在世人面前，也带有驱邪效果。凯布尔的英雄放弃了家族世仇，在商业公司的新房子里拥抱了他的混血弟弟，并加入了美国的自由企业制度，这个制度代表了理性主义和经济合理化，由盎格鲁—撒克逊的药剂师弗洛文菲尔德（Frowenfeld）建立。

海伦·亨特·杰克逊（Helen Hunt Jackson）曾在她的非小说类作品《百年耻辱》(*A Century of Dishonor*) 中讲述了一个反对美洲印第安人遭受虐待的故事，她的小说《拉蒙娜》(*Ramona*) 试图使这个故事为众人所知，这部小说与凯布尔故事的观点完全不同。杰克逊在加利福尼亚找到了凯布尔在新奥尔良找到的东西：在这个地方，以前的种族和民族文化被美国新的创业文化所代替，但它的印记仍很明显。但在杰克逊的描述中，这种创业的文化战胜了它的历史敌对者并非通过它的道德感化和 "自然" 必然性，而是通过更为原始的征服和没收财产的方式。杰克逊（与凯布尔相反）全心全意地同情加利福尼亚的墨西哥人和印第安人，她认为这些人是盎格鲁—撒克逊发展的牺牲品：她的作品表明，一个对外来文化认同的地方主义作家是怎样为 "资本主义" "进步" 观念的异议者提供基地的。但是杰克逊小说对她的地区所做的构想与凯布尔对他的地区所做的构想一模一样。她也想象出一个并非建立在现代经济发展基础之上的美国社会；她也把这个社会的故事描绘成社会更新的故事。

玛丽·诺埃利斯·莫夫利在《在田纳西山上》（*In the Tennessee Mountains*, 1884）里描写了一个冲突不那么明显的社会，而且在她的一些故事中，她把这个地区看做是一个自我封闭的乡巴佬地区。但在她的故事《沿着失去的小溪漂流而下》("Drifting Down Lost Creek") 中，她集中描写了经济发展给这个地区农村带来的其他发展。有发明才能的铁匠伊凡达·普赖斯

（Evander Price）被诬告并冤判，从他的故乡山区被下放投入州监狱。但就在他服刑期间，他的幸运来临了。在狱中，他开始接触工业技术，并发现自己对工业生产方式有一种天生的使命感。当一个爱他的乡村妇女凯希雅·威尔（Cynthia Ware）把他保释后，他并没有回到她身边，而是投身到那个他深深向往的世界。正像莫夫利设计的那样，由于另一个世界的影响，凯希雅·威尔的乡村世界是一个封闭的世界，已经丧失了永久保留它文化的手段。（普赖斯投向工业生产，凯希雅·威尔也就因此失去了他而成为一个老姑娘。）她继续她独特的生活方式，但是这种继续本身已变成了一种神经质而且忧伤的事情。她整日编织，也就是说，她永久地留住了手工劳作和家庭生活方式，这些正是普赖斯的工业已经取代和废弃的东西，她的编织现在已经不具有实用性了，而更多的是一种强迫性和安慰性的劳作，是一种找不到其他发泄口的能量发泄。

莫夫利把经济发展的历史当做一个地区慢慢失去其主导地位以及生活方式的故事来写。萨拉·奥恩·朱伊特可以说把它当做地方文化独立性产生的故事来写，在她的《尖尖的杉树之乡》（1896）中，沿海城镇邓尼特码头（Dunnt Landing）没有任何现代化的痕迹——没有火车、工厂、银行或者从商店购买的物品。除了那个讲故事的夏日访客不具代表性的活动以外，邓尼特码头这个完全地方化的经济区中没有任何东西出现过。地区在这部小说中是一个受保护的未被开垦的处女地；但本书的天才之处在于它表明邓尼特码头的自我封闭并不是它的内在本性，而是由一个经济发展的历史过程决定的。利特佩奇船长（Captain Littlepage）曾是这个现已凋敝的海港市镇"古代号"船的船长（Ancient Mariner），他回忆当年这个市镇是一个海运中心，有许多大船的船长们居住在这里，当时人们广泛参与各种商业活动；利特佩奇说，这个经济发展过程带给这个市镇更多的是经验，而不是繁荣和实力："过去这个市镇的能人都知道一百个港口，并知道这里人们的一些生活方式。"随着它海运业优势的丧失，这个市镇变得"狭隘起来"，"只对自己的事情感兴趣了"；随着它经济中心地位的丧失，这个曾经拥有广泛活动和知识的市镇变得地方化了。在这种意义上被地方化的文化困境就是利特佩奇那令人着迷的故事《等待的地方》（"The Waiting Place"）所揭示的东西。这个故事讲述了遭遇鬼怪世界的传奇，这个世界阴森吓人、死寂一片，该故事用一种哥特式或怪诞的方式讲述了寻找一个在当时很陌生的或另类的世界的过程。从另一种意义上说，它不仅表现了一个发达的世界在外人眼中的形象，同时也表现了这些人们熟知的世界已变成什么样子："一个既没有活人也没有死人的地方。"一个毫无生气、被遗忘的不发达角落，一个神秘的、未被外面喧嚣的世界所

美国文学领域（1860—1890）

侵扰的地方。

这些事例证明，在战后的地域性小说中，没有任何一部作品完整讲述了发展对文化的影响。但它们却表明这些发展在多大程度上可以作为这种小说的历史参照物。而这又解释了为什么这种体裁在当时具有如此顽强生命力的原因。这种相当专业化的形式对战后作家和读者都有一种特殊的影响，因为它大量讲述了这个时期人们在文学之外的体验。资本主义工业化发展不仅形成了自己的商业经济，而且转变了美国之前建立的所有文化经济，在这样的时期，地方主义小说充当了这个巨变的记录者和代言人的角色。地区性写作的主题开始不局限于地方和传统本身，而是其他社会层面的变革给传统文化带来的影响。在这种意义上，区域性小说更是一种关于发展的文学：是19世纪了解社会变革力量的主要方式之一。

描写内战对社会的影响是地方性小说在这个时期享有特殊力量的原因之一。它准确描述当时经济历史以及社会副产品的方式是另一个原因。但是，如果我们把关于战后地方生活的文学以另一种迥异的方式地域化，我们就会对这种文学形式有一种截然不同的理解。在内战后的时期，这类小说似乎描述了所有的地方文化，事实上这样的小说每个州都有。但是，尽管小说的主题各异，但是每部小说都有其发生的特定地点。如果我们要问这个时期地方主义产生在哪里，答案无一例外是在文学中心的各个机构中。凯布尔是研究克里奥尔人生活的历史学家，但是正是纽约的《斯克莱布纳月刊》和它的后继者《世纪杂志》发现了凯布尔并把他推向公众生活的前台。《大西洋月刊》这个东部高雅文化的基地，对布莱特·哈特的"西部文学"有很大的需求量。它也出版了马克·吐温的《密西西比河的旧日时光》，伍尔森绝妙的《管理员罗德曼》（"Rodman the Keeper"）（罗德曼掌管的是被征服的但仍对新兴美国充满敌意的北部佛罗里达州的一个联邦墓地），莫夫利的《哈利森海湾的舞会》（Dancin' Party at Harrison Cove）和《沿着失去的小溪漂流而下》，以及朱伊特在一个月内完成的作品包括《深港》和《尖尖的杉树之乡》。《哈珀杂志》是出版了舍伍德·波纳作品的刊物，并几乎包揽了玛丽·维尔金斯·弗里曼的所有作品。

也就是说，19世纪后期的文化地域性文学不是在这些地域范畴内部产生，而是在它的对立体中产生。它也是通过高雅文学文化的刊物中产生，这种刊物试图把一个主流社会群体的风俗人情定义为"文化"本身。在这种情况下，我们必须假定文化地域性文学的独创性行为是这个历史性特定文化中的一部分。

重新思考19世纪地方色彩发生的地点，有助于解释为什么它涉及相关度假的内容。内战后在美国城市出现的上层阶级身份在很大程度上由它们的度假习惯来确认。战后,这个上层阶级把国际旅游艺术进一步完善,它把殖民地下的那些别具特色的避暑胜地、高山、海滨等作为它的旅游胜地。度假习惯这一群体生活方式同时体现了这个阶级的特殊社会身份。其世俗化的价值观要求人们去追求不被美国文化允许的世俗享乐;到处行走的便利使其区别于更加根深蒂固的社会结构;它有奇特的能力使其成员,尤其是妇女和孩子,不用参与经济生产;最重要的是,它有财富,它掌管着富余的金钱财产——并非人人都有这种财产:这些特征被总结概括,并在度假形式中展现出来,成为这个阶级拥有社会特权的一个标志。

并非所有阅读镀金时代出版的有威望的文学作品的读者都属于这个社会群体,但是这个阶级眼中的"世界"正是这些期刊所构建的。它们为这个群体服务并描写这个群体的人情世故,这种行为最明显的一个方式就是以度假为中心题材。事实上,这些刊物的目录中必须出现类似于以下这些作品的字眼,如《意大利北部的湖》("The Lakes of Upper Italy"),或者《法国小游》("A little Tour in France"),或者《阿迪郎达克山脉实景》("The Adirondacks Verified"),或者《圣劳伦斯的避暑胜地》("Summer Resorts on the St. Lawrence")。通过这样的特征,这些刊物实际上成为一个旅游辅助工具,到处寻找新的度假地点,然后刊登出来供读者们想象。镀金时代的国际主题小说与这些游记一起连载表明,它们也表达了对以社会为基础的旅游活动的浓厚兴趣。镀金时代的地方色彩小说也与这两种体裁同时被创作出来,作为同一食谱中必不可少的成分,暗示出它与那两种体裁共同勾勒出同一种意义上的世界。

这些作品通常直接明了地从一个夏日旅行者身上吸取创作主题。莫夫利之所以"了解"田纳西山地文化,是因为她在坎伯兰(Cumberlands)度过了炎炎夏日。(一个来自城市的度假者讲述了《哈里森海湾的舞会》。)朱伊特尽管实际上来自缅因,但她通过一个城市来的访客在《深港》中重新创作了缅因州:一个女孩为了改变在欧洲的无聊生活来到了海边度过夏日。但是不管这个说法明确与否,很明显,镀金时代的地区小说从度假者角度表现了世界。这种作品大量出现,看起来成为更大范围内文本行动的一部分,源源不断地为读者提供了一系列度假新选择——那些"未曾遭破坏"因此"未被发现"的地方——以供读者遐想。山漠岛(Mount Desert Island)是一个可供参观的真实地方,而邓尼特码头则是一个只能在作品中畅游的地方。

作为同时代度假写作的一个阶段,地方色彩小说可以说按照拥有娱乐特权的特定群体的喜好重新塑造了一个世界。但是我们也可以看出这种度假写作不仅造就了这个群体的欢乐与满足,也增加了它的文化影响力。19世纪的美国文化都意识到还有许多基于其他原则的文化形式存在。战后出现的上层阶级的一个特征就是它积极培养了这种意识,它坚持走出去见识新的世界,因而显得与众不同。但矛盾的是,这种有组织的学习国外形成了自己的文化中心地位。镀金时代的高雅文化刊物上登满了旅游题材的文学,就是因为旅游极为符合这个特征。这些刊物几乎每月都可发现新素材:如意大利山城、阿巴拉契亚山区地,或法裔加拿大省,或逐渐消失的新英格兰村庄,等等。这些作品不仅提供了可供参考的未来旅游胜地,同时也源源不断地提供了一种文化的异域性,从而创造出一个标有异地标签的世界:同时也使那种异域性易于理解,由此体现出读者所接受文化的高度兼容性。

用地方色彩小说来表现地方文化对立面的这种形式在一个早期例子中就表现出来。在《山区校长》的序言中,爱德华·埃格尔斯顿回忆当他还是学生时,是怎样憎恨那种把中西部生活排除在书本之外的主流文化的。他的目标就是通过扩大美国文学社会和语言的特权来抵抗一个肤浅的新英格兰文化霸权,使"西部各州偏远落后地区"有文学发言权,以记载一种"乡村语言",而不是詹姆斯·罗素·洛威尔的"新英格兰民间语言"。这种地区写作宣称它的目标就是利用地方文化特色来对抗中心区域的文化统治;但在实践中,埃格尔斯顿却完全采取了一个相反的路线。在《山区校长》中,文化通过另一种观点展现出来,这种观点使它显得野蛮又怪诞。具体地说,它是通过对这一时期新英格兰霸权文化的公众理解表现出来的。拥有火热情感和狂热行为的丛林地带所特有的宗教扩张运动在这部小说中出现——埃格尔斯顿是美国第一个意识到从事区域文化写作就意味着专事写作福音教义的清教徒主义文章的作家——但与此书描写的虔诚形式相比,它更像一个丑陋的怪物:一个冷静的、没有教派之分的正统宗教行为,这是波士顿唯一神教派的精神实质。同样,这本书的书名所说的山区学校也反对19世纪美国使得新英格兰文化模式得以规范化并广泛传播的主要机构:一个由霍拉斯·曼恩(Horace Mann)和他的同僚们在1840年左右设计的分级公立学校,这个学校由一个获得资格认证的地方教育官员掌管,杜绝棍棒类严厉威吓的教育方式。

本土文化通过《山区校长》为人所知,但是它与另一个过程息息相关,在这个过程中另一种高等文化获得确认。因此,也就毫不奇怪本作品大团圆的结尾是在山区重新建立了主流文化的控制工具:一个分级学校,校长培养年轻人接受其他文化,还有一个新的精神病院,校长的富有合伙人们用来管理离经叛道者。

没有太多作品像《山区校长》一样如此公开地恢复主流文化的统治地位。

但在一定意义上说，这个过程也无需公开，因为它作为一种形式体现在地方主义的内涵中。那种把其他文化的独特之处写作出来的想法暗示了一种帝国主义性质，一种把异类的或异己的文化兼并甚至破坏的态度（地方主义色彩小说产生的价值取舍只是单向度的朝着中心文化靠拢）。另外，这种体裁的形式特征决定了地方主义作品只有在处于从属地位时才能被展现出来。这个形式的一个必要成分就是方言。19世纪地方主义作家的一个主要能力就是创作出权威的方言范本。（说它权威是因为，读者只有通过地方主义作家对方言的转译才能了解这种方言。）因此，他们的作品也就充满了美国地方口音——如克里奥尔人："Dat marais's billong to me; Strit can't pass dare"; 南方黑人英语："you just take keer o' dis chil while I'm gone ter de hanging"; 新英格兰乡村交谈："I thought mebble Alfred would relish 'em fur his breakfast; an' he'd got to have 'em while they was hot"; 阿巴拉契亚山那拖得长长的腔调："Fur ye see, Mis' Darley, them Harrison folks over yander the hev determined on a dancin' party"; 中西部农场口音："*Good* land o' Goshen, if you ain't the worst I ever see"; 加利福尼亚矿工的口音："wa-al, I knew a Jim Smiley, and he were the durndest fellow."但几乎在每一个这样的例子中，方言都是与中心文化的标准语言对立的，这种语言是它的支持者们作为正统的语言系统重新建立起来的（这些方言口音的概念也就暗示了另一些语言的正规性）。所以"地道的方言"也就假定了其他一些语言不是地方的而是标准的。

地区小说可以说通过展现外来性这样的迂回方式来加强中心文化的权威。如果我们现在要问，这种小说中的外来性到底指的是什么，我们就能够更加具体地抓住它的操作方式。很难相信，镀金时代的文学读者会关注缅因州的渔夫和田纳西州的登山爱好者，只因为这些形象重复出现在他们阅读的材料中。但却可以想象其他的美国大众把自己的文化意识强加到读者身上：例如在19世纪末期，移民们把他们的外来文化越来越多地带到美国。在来自南欧和东欧的意大利人、犹太人、斯拉夫人和波兰人大规模移居美国的年代，朱伊特完善了她"邓尼特码头高雅的美国佬"形象。当加州通过它充满敌意的《限制中国移民法案》时，海伦·亨特·杰克逊写出了关于老墨西哥加利福尼亚的浪漫怀旧作品。在爱尔兰第一次控制了波士顿市政府时，杰克逊创作了她的马萨诸塞的乡村故事。在北部和中西部州立法会讨论是否通过法律要求牧区学校教授英语的年代，方言故事盛行起来。

无论在语言方面还是其他方面，镀金时代文学刊物的支配地位都受到了挑战，这种挑战来自美国文化中心力量大规模消失的威胁。这种威胁，更确切地说是创造文化的美国本地人感受到的威胁，是决定关于19世纪美国生活

美国文学领域（1860—1890）

的地方主义色彩小说的又一个因素。奇怪的是，在这个时期众多的体裁中，只有地方主义色彩小说关注这块土地上的陌生人。它讲述那些举止迥异的陌生人，那些生活方式体现种族（地区的又一概念）差异的美国民众。但是，因为它描述外来性，所以该体裁的方法就是使这种外来性不再那么突兀：首先用古老的本土的种族特性代替陌生的，如用新英格兰人代替东欧人，用边远森林区的清教徒代替儒家信徒或犹太信徒，然后把"他们的"区别变成我们可以了解并掌握的东西。地方主义承认美国城市儒雅文化敌对者的存在，但也只是象征性的承认，一种通过描述对立方的形象体现自身形象的方式。通过这种展现可以使读者在概念上掌握这个另类事务，把它融入自己的知识王国。从这种意义上说，地方文学不仅是为文化阶级服务，同时也代表了他们，代表这个群体的地位是自身成为读者推崇文学形式的原因。

地方主义写作和作者的作用

社会对一种文学体裁的定位完全不能限定作者对它的运用。当作者采用这种形式的时候，他便融入了自己的感想，使作品打上他的思想烙印。朱伊特运用地方素材创作出战后最有力量的伤感小说，哈姆林·加兰把这种形式带进了19世纪80年代的北部大平原，描写那里的大旱、小麦价格的下降、土地价值的降低以及大规模的农场债务危机。因此，可以说他用这种形式记录了当时的农业大萧条，使地区主义创作成为平民运动文学上的延伸。吐温的密西西比河乡村是一个田园般的地方，然而他又把这个地方作为反对奴隶制的据点：他那清晰有力的证词体现在作品《汤姆·索亚历险记》、《哈克贝利·费恩历险记》和《傻瓜威尔逊》中。

但是作家们并不能单独决定某种文学形式融入公众生活。它必须通过一种文化，通过各种社会力量在这个文化领域的作用来建立。在美国19世纪后半期，文化环境为地区小说创作提供了丰富的创作空间和原动力。这种体裁通过想象力来限制个人行为，因此有着矛盾的两面性：它必须认可工业的发展，又要假想一个规避的所在；向公众介绍一个隔绝的本土地区，又要描写一群外来者；逼真地描写当时美国文化的多元性，又得把这种多元性置于主流文化的支配之下。

这就是镀金时代地方主义的主要情况。还有一个事实需要说明：除了其他功能之外，地方小说是19世纪美国的主要文学形式。它篇幅较短、结构简单，相对来说比较容易成文；而且这种体裁的一个特性就是它不把那些处境不利的人排除在外，反而把这种不利当做一种素材。这种小说描写那些贫穷和边远地区的生活,从这些文化上处于从属地位的地区获得的第一手知识,使它们成为一种有价值的文学财产,并结出了丰硕的文学果实。尽管地方主义色彩小说把注意力都投向上层社会,但这时的文学世界却为那些没有高等文学背景的作家打开了大门。他们通过这种体裁、通过第三方客观的视角进入这扇创作的大门。

19世纪晚期,地方色彩写作的花名册上满是女性的名字:萨拉·奥恩·朱伊特、费尼莫尔·伍尔森、玛丽·诺埃利斯·莫夫利、海伦·亨特·杰克逊、舍伍德·波纳(凯瑟琳·舍伍德·麦克多韦尔[Catharine Sherwood Mac-Dowell])、罗斯·特瑞·库克(Rose Terry Cooke)、格雷斯·金(Grace King)等是这份名单中最亮眼的名字。它说明了地方主义小说为19世纪后期女性从事文学创作打开了大门,正像家庭生活小说为上一代女性打开了文学大门一样。原因很简单,由于和外面的大世界隔离,描写地方的写作素材为女性提供了类似于其传统家庭生活空间的封闭环境。这种相似性为妇女提供了一种新的工作机会:记录发生在那些尚未现代化地区的日常生活。

镀金时代的这种写作方式成为了女性正规的文学创作形式,但这种形式成就的不仅是女性。哈姆林·加兰出身远非什么高等文学文化阶层,而且比大多数女性作家的出身要卑微得多。他在中西部高地若干个农场中长大,16岁时他父亲找到了一个谷物输送机操作员的工作并移居城镇,他才开始不干体力活,专心致力于学校的阅读和写作。加兰对他非文化阶层的出身极其敏感。加兰刚开始写作时约瑟夫·科克兰德(Joseph Kirkland)对他说:"你是美国小说家中的第一个农民。"但是地方主义创作却把他带进了这个他渴求的世界。他以一个未开辟地区的素材创作出文学作品,并把它们交给东部的出版商们。他描写主流文学世界之外的那个遥远世界,并因此在文学领域立稳了脚跟。

加兰获得了文学地位,其代价是他完全脱离了自己的出身,这种复杂的情感孕育了丰富的作品。他的第一部作品《大路条条》(*Main Traveled Road*)中的主打故事《沿谷而上》("Up the Coulee")描写了他对自己逃离农场、逃离(在他眼里)农场艰苦丢脸的劳动的负罪感。他最优秀的作品,1917年的自传《中部边地农家子》就讲述了他怎样成为一个地区作家的故事:这个故事详细地描述了他怎样选择逃避、后又怎样接受融入镀金时代作家们特有的那种文化的经历。

几乎与加兰同时代的查尔斯·W. 切斯纳特通常被认为是第一个在主流文学文化中赢得一席之地的非裔美国人,他的渠道也是通过地方主义写作。他是自由黑人的儿子,来自北卡罗来纳州。这个自学天才很早就开始在教育界崭露头角，22 岁时就成为北卡罗来纳州黑人最高学府——州立有色人种师范学校（the State Colored Normal School）的领导。但他渴望另一种事业：1879 年他对州立有色人种师范学校刊物说："我的理想是当一名作家！"

新的南方方言故事这种文学形式的出现为他实现这个理想开辟了道路。乔尔·钱德勒·哈里斯（Joel Chandler Harris）的作品《雷莫斯大叔：他的歌与话》于 1880 年在纽约发表，在北方风靡一时，托马斯·纳尔逊·佩奇的弗吉尼亚故事，如《马尔森·陈》（"Marson Chan"），于 1884 年在《世纪杂志》上发表。这些作品都为南方本土的黑人传递了讲故事的力量。这些故事中生动的方言为黑人在文学中表达心声提供了途径，但是也满足了其他的甚至是对立面的需要。这些作品发表的时间在北方放弃重建计划之后，南方的白人取消了黑人战后获得的社会利益，因此这些故事明显地减轻了遗弃所带来的创伤。黑人们在这些故事中只是表达了他们对北方人刚刚交还给他们的南方旧秩序的满足。

但是，在白人读者和出版商中建立的黑人方言市场也产生了更为深远的、极为不同的影响。它为南方黑人的创作创造了条件，为非裔美国作家提供了创作空间。尽管切斯纳特没有发表过小说，但他能够用哈里斯—佩奇的模式写出富含南方本土色彩的原创文章，并在最有威望的报刊上发表。他的《上了咒的葡萄藤》（"The Goophered Grapevine"，1887）与霍拉斯·斯哥德为新英格兰文学标准推崇的大众教育辩论的文章一起于 1887 年在《大西洋月刊》上发表，第二年，《波·桑迪》（"Po' Sandy"）与亨利·詹姆斯的《阿斯本报》（"The Aspern Paper"）又在同一份刊物上发表。

没有几个作家能够像切斯纳特一样获得如此迅速的成功。然而在他看来，他还可以有更大的成就。一举成名后，他就想摆脱方言与民间故事这种形式，或者按他的话说就是"放弃作为代言人的黑奴"，"走出迷信王国"。他的这种愿望不难理解。尽管切斯纳特微妙地讽刺了那种白人主导、黑人从属的模式，但是他不愿推出有关种族关系的小说，因为它们实际上掩盖了事实，即南方种族隔离的制度化。作为一个自学拉丁语、法语、德语的天才，他也不愿接受这样的事实：黑人只被认为是文盲、下层阶级、黑种民族；这个事实对他来说，就像对他的白人读者一样遥远。

但是，当切斯纳特尝试脱离作品的首个程式时，他发现原本对他黑人方言作品趋之若鹜的文学界不太愿意接受没有有色种族外衣的作品。1890 年他把一本关于南方职业阶层中黑白混血种后裔的生活故事的小说寄往《世纪杂志》时，理查德·沃森·吉尔德认为它"不成熟"、"没意思"因而拒绝接受。整个 19 世纪 90 年代，他一直处于文学创作困境中，90 年代末期，他找到了一个出版商对他许诺,"只要他的作品有足够的'回忆性'故事",就出版他的一个故事集。也就是说,让他回到10年前那个他力图摆脱的文学体裁。

切斯纳特果然按他说的做了,最后成书《巫婆》(*The Conjure Woman*),这本著作被认为是美国地方主义小说中最重要的作品之一。但是切斯纳特并非唯一一个发现围绕地方主义的文学在成就一名作家的同时也限制了他的全面发展的作家。对这种体裁的需求使许多不同出身的人都成为19世纪后期的作家,但在这个领域中几乎没有人能摆脱这种形式的限制。另一位作家朱伊特与切斯纳特相比对这种体裁的态度平和许多,但她在这个形式之外鲜有作品可言也是一个不争的事实。在将近40年的创作生涯中,朱伊特是第一个也是最后一个描述没有现代化的沿海缅因州的作家,因此她文学尝试的力度也最小。

玛丽·维尔金斯·弗里曼的作品体现了这种限制造成的自我封闭意识。她借用了朱伊特的一个看法,即在那些偏远落后地区,最典型的人物特征就是对一件事过度沉迷。朱伊特笔下的利特佩奇船长有一个他不得不讲的故事;她笔下的伊莱贾·提勒(Elijah Tilley)在日常生活中只有一个兴趣:对她"亲爱的小可怜"的回忆;艾比·马丁(Abby Martin)一生只关注一件事,即她假想自己与维多利亚女王是双胞胎。这种对事物的过度沉迷在朱伊特的作品中已经很明显,弗里曼把它借用过来,使它成为其作品的主要特征。在她的故事中,人物陷入一种一成不变、无法逃避的沉迷。故事《"母亲"的反叛》("The Revolt of 'Mother'")中的母亲会得到允诺她的更漂亮的房子。《一个冲突的结果》("A Conflict Ended")中的英雄会坐在教堂的台阶上,默默地抗议一个被长期遗忘的教堂政策的变动,即使这会使他失去婚姻和幸福。《一个错误的慈善机构》("A Mistaken Charity")中上了年纪的老太婆也将会有住宅、食品,即使她们必须脱离慈善机构靠自己去得到它们。

这种沉迷包含了这些故事所描绘的那个世界的内涵。弗里曼暗示,在文化落后的偏远地区,那些通常会转化为行动的人的精力因为缺少释放途径而变成了一种怪诞行为。可以发现,正如它们描绘的那些地区一样,这些故事正在探索自我存在的形式与空间。弗里曼的创作方式和她那沉迷的英雄们一样陷入了千篇一律的重复中,封闭在那个造就了她的体裁里面,写作对她来说只是意味着不停地再次讲述已经订婚的两个人正在慢慢变老却始终不能结婚,再次讲述正在变老的那个女人拒绝从她自己的小文化圈里走出而被取代的故事,等等。小说中这种不断重复的主题通常是很有力的,但是弗里曼的写作却有相当的局限性。在弗里曼手中,以地方性小说衡量作者驾驭的狭小

美国文学领域（1860—1890）

空间，发掘作者身份的方式不是打破而是拼命保持那个狭窄的创作空间。

因此，镀金时代的地方主义与这种体裁的文化成果一起对作者产生了复杂的影响，而且这种体裁和它的作者们都在美国文学史上留下了持久的印迹。尽管到19世纪70年代晚期，这种体裁已被认为是陈腐过时的了，但是它努力没有像命中注定的那样消失，而且依然冲劲十足地进入到了下一个世纪。（它曾经完全消失过吗?）舍伍德·安德森笔下俄亥俄的温兹伯格（Winesburg）、佐拉·尼尔·赫斯顿（Zora Neale Hurston）笔下佛罗里达的伊顿威尔（Eatonville）、福克纳笔下密西西比州的优克纳帕塔法乡（Yoknapatawpha County）、劳拉·英格尔斯·威尔德（Laura Ingalls Wilder）笔下（达科他）平原上的小房子等等上百个这样作家的作品都是19世纪地方主义风格的继承者。

但是，后来的作家们不仅继承了地方主义作家千锤百炼的写作方式，也继承了他们的主题。伊迪丝·沃顿决心不像朱伊特和弗里曼那样成为一个自我重复、自我限制的作家，她通过避免地方主义写作体裁来抵挡他们的影响。（在被认为是地方主义女作家的危险过后，她又重拾这种体裁，写了一本地方主义的经典小说《伊坦·弗洛美》。）但是，后来的作家们采取了一种截然不同的创作方式。弗兰纳利·奥康纳（Flannery O'Connor）和尤多拉·韦尔蒂采用了弗里曼—朱伊特的模式：这些作家都回到他们的家乡进行创作，住在他们的大家庭中，而不是建立自己的小家；他们写关于他们本土的小说，不论当时的文学时尚是什么，并把这种选择看成是刻意自我界定的行为。（"所有的职业都意味着制约，"奥康纳在一封信中这样写道。她的前辈们一定深有同感。）他们对主题的选择与对事业的选择如此紧密地联系在一起，其原因正是复杂的历史：这是19世纪晚期美国文学对社会文化的又一影响。

文学形式和大众文化(1870—1920)

(宾夕法尼亚大学) 南希·本特利

1 博物馆现实主义

优秀卓越的缘起

威廉·狄恩·豪威尔斯在1887年《哈珀杂志》编辑专栏里提到美国四大期刊——《世纪》、《斯克莱布纳月刊》、《大西洋月刊》以及他自己的《哈珀杂志》——竞相发表亨利·詹姆斯的作品。"那效果就像是艺术家开画展,"他写道。换句话说,詹姆斯小说的"突然云集"令豪威尔斯想起一个独特的公共场所——博物馆或者是画廊,在那里"人们流连于名作之间",在每一件作品中都能发现"高度完美"。豪威尔斯将发表的小说比喻成博物馆展品本身并不新奇。比如说一个世纪以前,既包括小说又包括诗歌的"纽约市系列丛刊"就以《博物周刊》(*Weekly Museum*,1788—1817)为名出现。但是,19世纪80年代激发豪威尔斯这一比喻的与当年"纽约市系列丛刊"的情况却迥然不同。纽约的周刊自称为"博物馆"是因为它收集了读者普遍感兴趣的不同资料,自诩为"贮藏室"。然而,到1887年,博物馆这种说法不再意味着兼容并蓄,相反,它意味着一种"高度完美"的连续性,美学纯粹性更甚于多样性。而且,豪威尔斯博物馆这一比喻的使用也显示了一种新的文化权威,这也是以前的时代所没有的。通过援用博物馆这一说法,他声称小说的权威应该是基于训练有素的描绘,基于形象和物体的专业展现。豪威尔斯的比喻吸收了同时代史密森学会会长乔治·布朗·古德(George Brown Goode)所说的"现代博物馆思想"。

正如古德的说法所表明的那样,在之后的19世纪,博物馆不仅仅是一个机构或一个场所,而且是一种对文化理解有深远影响的、能引起共鸣的、有组织的思想。"博物馆思想"也是一种文学思想:博物馆思想能够提取高层文

○ 文学形式和大众文化（1870—1920）

化权威的精华，使博物馆成为小说领域的重要传统主题。亨利·詹姆斯的小说《美国人》（The American）第一幕便设在卢浮宫的一个房间里，这只不过是他小说中无数画廊场景中的一个。亨利·亚当斯在小说《以斯帖》（Esther，1884）里更是将纽约的圣约翰大教堂（Cathedral of Saint John）变成了世俗"画廊"，将宗教艺术当成人文文化的宝藏。伊迪丝·沃顿在《纯真年代》（The Age of Innocence，1920）里将一对恋人之间的一场重要会面安排在纽约大都市艺术博物馆（New York Metropolitan Museum of Art）古物展览室前。博物馆作为一个具有象征意义的场所，其重要性也使它成为一些最敏锐的主流文化价值批评的背景。简·亚当斯（Jane Adams）以欧洲画廊为阵地挑战富裕美国人的社会感受力。W. E. B. 杜波伊斯在《黑人的灵魂》里选择了纽约一家音乐厅来上演一幕种族寓言，还选择了芝加哥艺术学院作为《黑公主》（Dark Princess，1928）一书的场景。

比以博物馆为场景更重要的是，这些作品面向的读者都具有或者说应该渴望具有小说主人公所具有的见识。跟以往的作品不同，这样的作品期待读者都具有大都会博物馆参观者所具有的那种敏锐的鉴别力、专业趣味以及训练有素的观察力。而且，这些作家假定博物馆参观者的理解习惯是理解更广阔的世界不可或缺的。当詹姆斯某部小说的叙述者说人物们形成一个"小画廊"（一个女士是"玻璃下方的彩色粉笔画"）时，当他把人们聚会的乡村别墅称为"博物馆"时，詹姆斯提供了一个更为广阔的认知领域。博物馆思想是一种可传播的信仰，这种思想认为每当一个合适的观察者面对并理解了精选的作品时，无论这个作品在博物馆以内或以外，世界是最易认知的。因此，对于詹姆斯来说威尼斯就是一座"大博物馆"，人群穿梭于想象中的旋转式栅门或来来往往的平底船，乞丐充当着看守人的角色，而迎宾员"一定程度上自身就是展品"。

博物馆思想将机构和认知联系起来，这对于理解美国19世纪后期文学作品至关重要。这一时期的文学在主张独立自主方面取得了前所未有的胜利——小说创作成为一种被认可的职业，文学追求赢得了尊严，美国文学史成为大学的开设科目。但是，也正是这个独立自主体现了一种文化、政治、社会领域的新融合。博物馆是美国社会中心的一处世俗庙宇，在这里艺术更加独立、更加密切地融合到市政管理机制中。因此，这个时代最具有重大意义的文学发展——高雅文学文化的出现——可以被描绘成以现代博物馆为标志，见证了作品情节以及文学修辞本身对博物馆的忠诚。

那么，将豪威尔斯这样的编辑比作承担新工作的博物馆馆长就不是随意的比喻了。作为高雅文学界最有影响的批评家，豪威尔斯促成了对小说的全新理解，精选作品不仅仅是卓越的艺术品，还是一种有特殊表述顺序的艺术品。这种顺序就像博物馆展品一样，享有其他展示方式难以获得的知识。到19世纪80年代，通过豪威尔斯和其他人的共同努力，这种表述顺序上升为一种文学流派，被称为现实主义（Realism），与欧洲小说家的现实主义一致。回顾起来，豪威尔斯力图为美国现实主义小说确定一套完整可靠的形式特点和方法并没有取得彻底成功，但是毫无疑问他成功地为小说赢得了与博物馆一样的社会声望。豪威尔斯的文章和评论以促进公众民主的名义发表，他力陈文学不应该是为娱乐而创作，而应该以提升人们的洞察力和丰富文化为目标。在他最重要的评论著作《小说与批评》（*Fiction and Criticism*，1891）一书中，豪威尔斯详细描述了这种高雅现实主义小说的原则。他认为，以前那种随意的小说阅读正在转变成一种高雅文化价值的积累与保存。现实主义的任务就是"坚持忠实于经验和动机的可能性是创造伟大的富有想象力的文学作品的重要条件这一原则。这不是什么新的理论，"豪威尔斯写道，"但是它之前从来没有成为种种文学尝试的特征。"只有这种独特的文学领域形成后，豪威尔斯才可能接受诸如詹姆斯作品那样的全新杂志故事，将它们作为前辈大师著作的等同物——即时"杰作"。

至关重要的是，豪威尔斯在散文杰作上馆长般的权威在被他所憎恶的领域（即新兴大众文化泛滥的戏剧演出）里带给他一种相关的权威——这个权威虽然很脆弱，但却很有利。在他看来，作为一名重要作家的责任不仅意味着发表小说杰作，还意味着要拯救小说，使之免于因美国处处涌现的"作秀"这一庞大机器而蜕化的影响。《小说与批评》显示了豪威尔斯对大众文艺形式对读者鉴别力的影响这一问题的热切关注。"对奇迹的喜好"，豪威尔斯痛惜地说道，已经产生了一种跟马戏团和闹剧同等的小说。他承认，即使一个有修养的人，在偶尔一些"粗野时刻"也可能喜欢那些"高秋千、空中吊杆"之类的玩意儿，然而他坚定地认为，一些不真实的奇迹和闹剧所具有的马戏一样的吸引力如果渗透到小说中，就会产生一种扭曲文学。"在一个喜欢奇迹和闹剧、热爱现代竞技场里的冷酷运动的世界里"，小说家们很容易陷入"为感官服务"。诸如"闹剧和黑人游艺演出"之类的文学将不可避免地"歪曲生活"。

相反，优秀小说的标准恰恰在于它对"反映生活"的渴望——这也是人种学、自然史以及美术博物馆通过各自的专业方法努力追求的目标。现实主义的提倡者们认为现代文学是站在科学这一边的。豪威尔斯赢得了他那个时代对小说高度反映生活能力的最高信任。现实主义培养了一批严肃的小说读者，这些读者"要求小说家具有某种科学规范性。他不再希望阅读小说仅仅是为了获得消遣娱乐"。豪威尔斯认为他的朋友马克·吐温会发展美国小说，但最后是亨利·詹姆斯代表了现实主义小说的"完美技术"和"冷静分析"，这两点对高度现实主义至关重要。人们能够相信的唯一美学享受"来自真实的文学所蕴涵的美"。对于旨在推进一种新现实主义美学的批评家和编辑来说，重要的不是体裁——小说之于诗歌、虚构之于非虚构——的差异。真正的不同在于所代表的文化场所或体系的真实与否，在于忠实于真实的迹象和描述还是倾向于歪曲和过度的奇迹场面，也就是博物馆与马戏团的较量。只有像詹姆斯作品那样的小说才能充分"反映生活"。

然而，事实上，这种真实反映与不真实反映之间的基本对立本身就是个错误的观念，尽管它很强有力。豪威尔斯痛惜大众娱乐的"低俗效果"很容易玷污文学，这种痛惜掩饰了他焦急地意识到严肃艺术与低级艺术、现实主义艺术与商业诡计之间频繁互动这一现实。确实，这一时期，独立的高雅文化的崛起是一个重大事实；高雅艺术对美的庄严宣称与科学对以实际经验为基础的真理的宣称是一致的，是通往真实的另一条通道。但是高雅文化所取得的独立不应该被误以为是对那些粗糙的、迅速增长的流行艺术素材的帝王般的漠视。相反，正是高雅文化的独立性——艺术的自我定义与自我价值——使自身与这些混杂的素材对立了起来。从一开始，高雅文化就对它所反对的这些形式保持着高度兴趣，诸如廉价小说、廉价剧场、商业海报、色情表演、大量的报纸以及乐园里的虚拟世界。现实主义作家们意识到早期大众文化的幽灵正在迅速变成现代世界最顽强的事实。这些无羁无绊、变化多端的商业影像逐渐形成强大的塑造现实的力量。因为这种意识，高雅文化机构对它们反对的这个难以驾驭的商业娱乐世界产生了复杂的联系，一种混合了敌对与羡慕甚至模仿的联系。

博物馆本身最能生动地反映出高雅文化与其对手大众文化之间这种令人懊恼的亲密关系。在威严的大都市博物馆外面就潜藏着通俗的小博物馆，这些博物馆展出的恰恰就是令豪威尔斯建立的美国博物馆颇为紧张的来路众多且稀奇古怪的东西，显示了公众对人造影像和当时社会仍对之深为怀疑的活泼戏剧演出的强大兴趣。美国 P.T. 巴纳姆（P. T. Barnum）博物馆于19世纪40年代在纽约建立，巴纳姆在博物馆的赞助下推出他的奇珍异品并且把他表演的大厅称之为博物馆"演讲厅"，这一举动充分显示了这种矛盾。那个时期，博物馆充当一种正面角色，以尽量使观众避开那些可能带来麻烦的商业剧院组织。所有博物馆都或多或少地存在着一种压抑的戏剧氛围，一种潜在的哗众取宠的味道；巴纳姆的聪明之处在于，他充分利用博物馆表面的否认来将那些热闹的商业娱乐表演搬上舞台。这种策略在他的《奋斗与胜利》

(*Struggles and Triumphs*, 1869)一书中得到充分的体现,这本自传成为19世纪后期《圣经》之后被最为广泛地阅读的一本书。尽管巴纳姆一再骄傲地承认在他的"大演讲厅"里有"永远多样化"的展品(从"勤劳的跳蚤、机器人、杂耍艺人、口技艺人、活体塑雕、舞台造型、吉普赛人、白化病人、肥胖男孩、巨人、侏儒"到"机械人物、编织机以及其他机械艺术方面的成功代表,还有印第安人"),他依然宣称庄严的欧洲国家博物馆才是他的竞争对手,他说:"我经常将年客流量与官方报道的伦敦大英博物馆(The British Museum in London)的参观人数(免费)进行比较,结果总是发现我的观众更多。"

到19世纪80年代,随着美国主要城市中大都市博物馆的纷纷建立,博物馆这一机构终于摆脱了亨利·詹姆斯所说的公开的"巴纳姆联想和启示"。但是即使在后期,博物馆也不是一方纯净独立的空间,不是一个仅仅摆放保存艺术和自然真迹的"分类房间"。它以一种无形的但是结构上很重要的方式与它反对的商业展览更为无序的世界保持着联系。比如向巴纳姆马戏团提供演出动物的动物收集机构,同时也向自然历史博物馆科学展览提供动物物种。马戏团和博物馆之间甚至还有直接的动物移交:比如巴纳姆在一次巡回演出途中,有一头很出名的大象死了,博物学家和博物馆动物标本制作者立即赶了过去将大象尸体做成标本,成为纽约美国自然历史博物馆的一大亮点。博物馆展览用的厚玻璃板是由受托人老西奥多·罗斯福提供的,而他的公司出产的玻璃板同样提供给商场以陈列它们华丽的商品供城里人选购。在建筑设计技术、人群控制、展品陈列等方面,博物馆与游乐园、交易会以及商业展览采用同样的做法和策略,甚至采用同样的材料。博物馆与大众文化形式的这些暗中交流,再加上人们对博物馆的强烈反对,使得这一时期的博物馆展览别有特征、权威和魅力。

博物馆取得的声望应该归功于它所反对的大众文化这一点,指出了一些永恒的困惑。我们该如何理解对立领域之间的历史纠结所带来的影响?以利润为驱动的大众文化难道令流行作品及场所只剩下了商业价值?高雅文化形式是鼓励思想感情的积极转变、鼓励意识的更加自由还是促进社会排斥与控制?这些问题都悬而未决,它们于19世纪末期首次被人们提出,在美国这个大众文化重大革新的诞生地以非常突出的形式出现。在这段历史中,在我们这个依赖媒体的社会中,文学现代分类的形成、作用以及命运危如累卵。

当亨利·詹姆斯追溯他创造意识中的"最早期的美学种子"时,他说在他艺术的来源里有大量"巴纳姆"背景的马戏表演和百老汇演出。在传记《一个小男孩及其他》(*A Small Boy and Others*, 1913)的某一章中,他回忆了

◎文学形式和大众文化（1870—1920）

一些场景在他心中留下的依然生动的反应，如杂技表演、舞台上的战车比赛、巴纳姆"诡计大厅"里的"瓶装美人鱼"、"蓄须淑女"以及绝妙的西洋景，还有流行舞台剧中"木匠活吱吱嘎嘎"的声音清晰可闻，创造出更好的舞台效果。所有这些刺激的场面都在纽约的童年小亨利心中驻足停留。詹姆斯对于粗俗娱乐形式的"污秽及贫困"能在他心中产生如此兴奋的波动似乎时而感到愉悦时而感到懊悔，"从这些事物的总体印象中，我们以某种方式采撷到理想之花"。尽管他以相当的智慧表达了对他曾经认为颇有魅力的这些大众艺术形式的成年人的认识，认为它们是"粗俗"的，但他还是煞费苦心地强调这些演出"粗糙的舞台魅力"能够产生最高的批评和美学鉴赏力。在这些地方，他写到，年轻的詹姆斯"第一次看到对某一主题'自由发挥思想'的潜力，这个主题有力地将他投入到更大的文化舞台，投入到马修·阿诺德的批评领域里"——一个诞生于低级戏剧演出的高级声望。

甚至连欧洲和欧洲艺术的雄伟庄严，詹姆斯也是先在美国展览中感受到的。詹姆斯对尼布罗（Niblo's）和佛朗哥尼（Franconi's）花园娱乐场以及"空地帐篷下的马戏团"的回忆使他直接想起了对附近水晶宫（Christal Palace）的参观，水晶宫是纽约仿照伦敦展览大厅修建的，这里"大批展览"中"俗丽的雕塑"在尚未去过欧洲任何国家的詹姆斯心里产生了欧洲以及"欧洲伟大艺术"的效果。就是在那里，就是在那时，欧洲艺术通过美国式的巧妙办法首次被人们感觉到："我记得当时在那里感到很累，又冷又饿……但同时也意识到我不知怎么地到了欧洲，因为我身边的每一样东西都是从欧洲'带过来'的……如果这里是欧洲，那么欧洲的确是美丽的。"美国艳俗的观光地竟然真的使年轻的詹姆斯心里产生了关于欧洲的想法，一个未来的詹姆斯呈现于他的脑际，这个詹姆斯将由他从未见过的欧洲大陆来塑造。"水晶宫空间辽阔，并且令人目不暇接，欧洲似乎应该是这个样子的：是一种原始丛林深处的印象，颇具挑战性。"

与那种认为高雅与低俗生来就是矛盾的观点不同，这里詹姆斯坚持认为它们之间有密切的联系，这种很重要的关系将它们联系在一起。他对自己通过大众展览获得艺术"入门"的缜密分析，表明了在豪威尔斯的信条中所缺失的美学经验的复杂性。詹姆斯认为这些大众娱乐"为如果不曾混乱过就不会有任何成果的意识和如果不曾躁动过也将一无所成的好奇心提供了勇敢的开始"。詹姆斯承认了对流行展览中蕴含的这些起源的"逆向依恋"，确定了困扰着他那一代文学文化批评者的关于"表现"问题的语境。这表明这一时期各种各样的高雅艺术的独特美感、博物馆陈列品以及杰出小说及画作表现出来的优雅的现实主义，事实上可能受到了它们的竞争对手大众文化的重要影响。

　　交流和否认的双重趋势对文学作品具有重大影响。在新的现实主义小说里，就像在大都市博物馆一样，"反映生活"从来不是简单的模拟，不是社会现实的副本。在深层次上，现实主义写作也与其他有强烈吸引力的文化体系展开模仿竞争。现实主义是一类文学的传统称呼，但是在它形成的过程中，"现实主义"与其说是一个标码，不如说是一个标语，一个引导着区分差异的历史过程的法宝，它时刻对它自身反对的没有约束的大众文化产品保持着警惕。高雅现实主义小说是一个博物馆一样的体系，为自己与新兴大众文化的关系焦虑不安，以某种重要的方式被它既模仿又否认的无序的大众娱乐所影响。现实主义小说致力于公众教育以及新的阅读训练，其反面就是它自身未承认的来自流行娱乐和媒体的影响。这种形式关心趣味的培养和提升，尽管如此，依然会滑向粗俗魅惑的流行作品。现实主义小说主张小说必须具有科学家的超然技术，同时又主张将支离破碎的经验和变幻多端的情感状态生动地戏剧化。它渴求透明与真实，同时又着迷于虚构与创造。高雅现实主义相信它的读者能够严格控制自己的行为规范，尽管被它所想象的女人、移民以及有色人种等"外来者"的躯体所深深吸引。这种文体令人难忘的影响力以及其对意识和社会生活的敏锐探索不小程度上来自新兴的大众文化，那是它自身完善前进的基础。

　　在评价现实主义写作的时候，詹姆斯关于他自身的文化意识诞生于巴纳姆大厅的叙述为现实主义批评史及同类艺术史提供了指标。三大相关主题凸显出来成为关注点。首先，传记很详尽地再现了早期大众文化形式的全景，这里弥漫的乐趣和感觉激起詹姆斯更为缜密的美学评判。其次，美学意识诞生于对那幅大众文化全境的辩证关系里：非凡的鉴别力产生于低级戏剧演出，这种鉴别力将与诸如作家的书房、大都市博物馆甚至高雅艺术本身联系起来。最后，詹姆斯的传记确定了第三个主题，在他的回忆里，"欧洲"仅是一个幻影，欧洲的概念或者效果先行于这个地方本身。这个概念性的欧洲是为美国高雅文化、跨国联系和领土扩张确定方向的蓝图。美国关于欧洲的想象有力地刺激了文化和资本的跨大西洋传输，这种想象在美国早期的崛起中发挥了重要作用，用 W. E. B. 杜波伊斯的话说，就是美国以"强大的经济帝国"的面貌崛起。詹姆斯关于大众演出、文化差异、欧洲魔力和种族责任的论述涵盖了阐明历史及高雅文化及其他可能具有的意义的基本原理。

⊙文学形式和大众文化（1870—1920）

为 10 亿的文学

在伊迪丝·沃顿的小说《快乐之家》（The House of Mirth，1905）里，劳伦斯·谢尔顿（Lawrence Selden）轻视那些纽约精英们借助"公共宣传"、大发行量报纸和在公共场合招摇过市来呈现他们的生活。谢尔顿并不为这些圈子里的财富浪费、阶级势利深感困扰，他更多的是批评"将惹人注目（conspicuous）当做优秀卓越（distinction）之世界的理想"，在这样的地方，纯粹的社会知名度比感性更重要，声誉比品格占上风。在将"惹人注目"与"优秀卓越"对立起来的过程中，谢尔顿提出了一对重要术语来阐述 19 世纪末期美国东北部文学确立过程中与以经济为驱使的主文化之间难得的结盟所带来的永久困扰之一。

"惹人注目"（"conspicuousness"）和"优秀卓越"（"distinction"）都用来描述显著突出或社会认可，但将它们对立起来，它们便表示两种不同的认可来源。对于新兴的有文化有教养的职业人，如温文尔雅的律师谢尔顿，"优秀卓越"已经成为一种复杂的、几乎是流行的观念。成为"优秀卓越"的男人或是女人不再意味着他或她在主要有产阶级中占有稳固的一席之地，如这个词过去用来形容内战前的绅士贵族一样。在充满活力、竞争日益激烈的内战后美国文化里，真正"优秀卓越"的优越性越来越难以捉摸。出身或财富本身都不能令人"优秀卓越"；正如谢尔顿对有产精英们的轻蔑所表明的那样，人可以腰缠万贯、出身显赫，但依然达不到"优秀卓越"。相反，现在的"优秀卓越"植根于头脑及理解力这些内在品质中。要成为真正卓尔不群之人，就要有鉴别能力，能区分美学的丰富与商业的苍白，注重精神进步甚于物质改善。谢尔顿对"优秀卓越"之人有专门的称呼，称他们是"精神共和国"的公民。成为这个隐形共和国的一员取决于非凡观察与理解的非物质品性。他解释说，通往这个"国度"有"路标"，但是"人们要知道如何读懂这些路标"。

这样看来，真正的"优秀卓越"的特性是不能得到统一认可或阐释的；相反，"惹人注目"我们则不得不阐释。像广告、名人和其他现代宣传的创造物一样，"惹人注目"提供了自我阐释的标志。"优秀卓越"在于超群的洞察力，而"惹人注目"则是持续的偶像瞩目，后者排除了对洞察力的需求。因此，像谢尔顿这样有教养的人就感觉到有必要对这两个词语进行语义对比，因为"惹人注目"有使"优秀卓越"变得无关紧要甚至显得过时的危险。文化领袖们认为，在这个新兴商业社会中，无所不在的"华而不实的宣传效应"

对带有、更为含蓄更为私人阐释性质的最优秀的美学和道德评判构成了直接威胁。

尽管语言是遗传下来的,但语言却能敏感地意识到历史变化。相互关联的词语分裂成毫不相干的概念,或者不同的词语凝聚成新的词义,这都标志着重新安排的社会可能性和条件。这种转变可能正好能够阐释19世纪末期英语专门词汇中的"惹人注目"和"优秀卓越"之间明显的不同。正是在这一时期,城市成为大大扩展的商业领域的中心,也成为史无前例的通信产品、符号与意义贸易的中心——文字与图画、面孔与商标、视觉风格与商业程式的大量流行,所有这些都受到利益的驱动而不是遵循审慎政治与教育理性。在这样的情况下——大量发行的印刷品的存在、迅速增加的书籍销售、由商业展览和广告主宰的城市视觉全貌——早期启蒙运动理性的思想被逼到了崩溃的边缘。以前,启蒙运动的理想设定人类理性和人类进步之间有高度的一致性,彼此互相促进。而现在,理性现代化产生的物质变化似乎使个人的推理和判断力量相形见绌。公众理性以前被人们想象为共享的领域,而现在如果公众理性是一个可以实现的理想的话,则被看做用来区分公共宣传所带来的不加选择的名誉与个人所具有的理性辨别力。启蒙作为一种理想的阐释让位于一个自己形成的竞争对手:"惹人注目"与"优秀卓越"相对抗,符号与鉴别相对抗。

这些力量真的如此水火不容吗?尽管描述这种显著对立的作家提出了一种深刻的文化经验,但是我们有理由以相当不同的、不那么对立的方式来看待这种情况。有启发作用的感知——美学判断、品位、辨别这些微妙的认知能力——已经岌岌可危,这种想法催生了这一阶段高雅文化最有共鸣的作品。但是我们需要把这种想法看成一种复杂的、极其讽刺的现实。这个现实的反面则在于这种危险论的想法实际上对创造人们以为受到威胁的东西起到了促进作用:对品位的专业判断和对文化理解的标准形式。批评家、教育家查尔斯·艾略特·诺顿(Charles Eliot Norton)大声疾呼"不再有人懂得如何思考",并且将之归咎于公众对流行杂志的热爱。他在《新普林斯顿评论》(*The New Princeton Review*)中的《美国的知识生活》("The Intellectual Life of America")一文中颇具代表性地表达了他对流行出版物的谴责,他说流行出版物"主要是针对那些在书中不仅寻求当天新闻,还寻求满足低级趣味的强烈感官刺激的读者群,他们沉浸在名人、要人以及丑闻的刺激中,对正当的知识营养没有兴趣"。但是诺顿的评判来自于一种新的批评体制,而这个批评体制日益增强的权威很大程度上归功于它对不断扩展的流行界的反对。因此,诺顿世界——高雅文化杂志界、大学人文项目、连接纽约、波士顿与欧洲文化首

74

○文学形式和大众文化（1870—1920）

都的专业艺术网络——的种种思考模式无疑是新商业条件下的产物。

阅读这一时期的文学精品就会意识到流行写作的范围与规模——"为10亿的写作"，如詹姆斯所形容的那样——不可挽回地更改了文学成就的评估。从一个极端来说，这一时期印刷品的绝对量似乎预示着文学的灭亡。豪威尔斯在《文学与生活》（Literature and Life, 1902）的一篇文章中安排了一个对话者，他警告编辑当心他对"知识"书籍的愚蠢偏爱，借此讽刺性地表扬了杂志及星期天增刊，他说："如果你不能娱乐读者，你就会失去他们；实际上，你也就不存在了。"杂志销量先是在19世纪中期有了很大的增长，接下来更是迅猛增长。1885年，美国有四家杂志的读者超过10万，每月销售达60万册；1905年，这样的杂志达到20份，它们的总发行量达到每月550.5万份。几乎同期，约瑟夫·普利策（Joseph Pulitzer）的《纽约世界》（New York World）在1883年拥有读者1.5万人，而到1900年其发行量达到每月逾百万。

诺顿谴责杂志的洪流冲走了人们的思考能力，这也许更准确地说是他承认了自己的湮没感，因为这样的数字无疑意味着比以前更多的读者花更多的时间阅读文字——只是这些文字并非出自诺顿及其同行之手。相反，他们在阅读劳拉·琼·利比（Laura Jean Libbey）的女工小说，利比凭借《机工的女儿》（Only a Mechanic's Daughter）、《麦卡普·兰蒂》（Madcap Laddie）以及《阴谋与激情》（Plot and Passion）使其作品销售量超过1600万。他们在购买西尔沃纳斯·T. 科比（Sylvanus T. Cobb）的书，他成功地利用发表在纽约一份名为《纽约文汇》的报纸上的2305篇文章使自己成为122部小说的作者。各种各样的改革小说——劝诫、城市堕落、离婚以及劳工小说——持续推动着美国人的购书消费，阅读变成一种更为广泛的大众社会参与行为。同时这也是一种宗教参与形式：如哈罗德·贝尔·怀特牧师的畅销书那样的宗教小说经常被改编成帐篷戏，上百万的观众看完戏后会再去买书。换句话说，与其说大量生产的小说降低了读者的品位，倒不如说它将流行品位转移到以史无前例的数量创造新读者的工作中去了。

尽管像诺顿一样的作家远远没有消失，但是印刷和购书的猛增却产生了一批新的读者。对他们来说，精英作家大部分是局外人，因此就出现了作家们因远离詹姆斯所称的"中小学和报纸的民主"而产生的放逐感。这是新的消费重新安排的文化美国地图。在这张地图上，精英作家处于边缘位置，不是默默无闻便是未为人读的泰斗。内战前始于乔治·立帕德（George Lippard）和E. Z. C. 贾德森（E. Z. C Judson）的城市揭丑体裁在内战后蓬勃发展，爱德华·克拉普西（Edward Crapsey）的《纽约这边》（The Nether Side of New York, 1872）、J. G. 格兰特（J. G. Grant）的《旧金山之魔》（The Evil of San

Francisco，1884）以及乔治·史蒂芬（George Steven）的《芝加哥：邪恶之城》（*Chicago: Wicked City*，1896）等小说向新读者揭开了一个虚构的绵延至西海岸线的黑社会。小说中对这些公众不熟悉的城市黑社会的揭露映照出始料未及的庞大数量的读者。如果读者不像城市黑社会那么具有威胁性，那么他们更具有神秘性，至少对于文学体制是如此。他们来自哪里？未受文学监管人的邀请，这个读者之邦似乎是从天而降。

当然，他们不是横空出世。客观而又看不见的技术发挥了基础性作用。1885 年，整行铸排机的出现和快速印刷将生产量扩大到任何人都不曾料到的程度。出版物不仅数量多而且便宜。随着大众文化普及率的提高，报纸和平装本书籍一下子成为日常购买品。完善的全国交通保证了不再仅靠本地售书聚拢读者，广告宣传、跨大陆销售以及跨大西洋贸易日益成为聚拢读者的方式。这些发展意味着读者买书读书的地方不再重要；俄勒冈地区（Oregon Territory）的妇女缝纫小组成员、芝加哥饲养场看管员、南佛罗里达的旅馆服务生都可能看到同一则广告、同一个封面，从而成为某本廉价小说的读者。可以这样说，地点的重要性从读者的场所转移到小说的背景。这种转移可能是历史传奇小说在这个新的大众市场里特别成功的原因之一，因为它们富有异域特征的背景——卢·华莱士《宾虚》里耶稣时期的耶路撒冷、弗朗西斯·马瑞·克劳福德（Francis Marion Crawford）小说中文艺复兴时期的意大利——成为生活在不同地方的千百万人的共同背景。

在将人们从地域限制解放出来的过程中，大规模小说和新闻令现代性的标志性发展生动地凸显出来。大量出版使地理位置不再那么重要，表明了一种被一位当代理论家形容为从交流和跨时空重组的当地语境的社会关系的"跳出"。作为一种大众形式，历史传奇在 19 世纪后期的流行体现了社会关系的新调整：这种体裁创造了一个虚构场所，这个场所的特征恰恰是它地区分散的庞大读者群的反面。读者穿越时间的自由同样也是现代条件的迹象。在《宾虚》中，尽管回归到了基督教历史的起点，讲述耶稣的一生，但卢·华莱士的这本畅销书无疑反映了一种世俗的时间分配，这本平装书使耶稣的耶路撒冷像瑞德·哈格德（Rider Haggard）《所罗门王的宝藏》（*King Solomon's Mines*，1887）里的非洲丛林、查尔斯·梅杰（Charles Major）《骑士盛行时》（*When Knighthood Was in Flower*，1898）中的中世纪英国一样，成为一个旅游景点。如豪威尔斯一样自称为现实主义作家的人们将历史传奇的大受欢迎看成是对现代生活中令人不安的逃离。事实上，这种体裁是现代性强化的前兆，是日益远离现时现地的思维习惯的早期预演。换句话说，对历史小说的回望例证了技术和现代市场对宗教团体、市政银行、乡村日历的当地性、此时此

文学形式和大众文化（1870—1920）

地权威性的快速侵占。

流行演出和书房空间：亨利·詹姆斯和大众文化

对于文化领袖来说，现代化的这些后果似乎与现代进步格格不入。现实主义作家认为自己是在社会历史的范围内描绘、雕刻有根据的连续性和逻辑的可能性，而大众小说似乎只注重刺激轰动，是一种幼稚的倒退。用豪威尔斯的话说，"演出缪斯"是这个时代的文艺女神。这种说法出现在他关于文学命运思考的最有意思的一篇名为《一毛钱博物馆》（"At a Dime Museum"，1902）的文章里。豪威尔斯所说的一毛钱博物馆作为新兴大众文化的浓缩暴露了娱乐的急切性，这将所有文学表达降格为"作秀"。如豪威尔斯所知道的，所有对流行文化的批评都需要机敏和幽默；谴责别人就有被看成自命不凡的危险，从而丧失高雅的领域，而这个领地是批评家仅有的文化优势。为避开这种困境，豪威尔斯创造了一位温文尔雅的"朋友"，他在"大都市的廉价娱乐"的滑稽颂词中对一位编辑讲述他利用某个下午"两次约会之间"的一个小时，参观了一个一毛钱博物馆，并发现了"心照不宣的娱乐"。

这个朋友的叙述是来自文化荒漠的叙述，详细地描绘了在一家流行机构展出的大量"灵敏的"东西，从"两只忧伤的猴子"到"西班牙—美国血统的"柔体杂技演员。然而，豪尔维斯的读者却被含蓄地要求在这个朋友的讲述中发现他的精明巧妙。这个朋友是舒适地坐在编辑的书房中讲述他的故事的，书房是一处私人空间，读者获得入内的特权（"胳膊肘撑在我的书桌角上，他匆匆翻完几本书以写评论"），这个朋友的故事表达了认识到"流行趣味"之浅薄的第二层愉悦。这个朋友对快乐的承认因此都带有了一层微妙的——有启示意义的——不真实。他声称的娱乐是真实的，但又总是双重的：聪明的读者一定能听出两种声音，他的陈述和那该死的弦外音。例如，如果读者看出他对博物馆演出中卖力的演员"不知疲倦的精力"的描述其实不是赞美而是一种带有优越感的微笑的话，那么这就是读者待在家里看豪威尔斯的书而不去一毛钱博物馆所获得的奖赏。

当豪威尔斯的这个朋友能够嘲弄——也因此肯定——他在观看澳大利亚土著居民表演所觉察到的自身高超的感受力时，豪威尔斯不同层次的鉴别结构所蕴含的微妙乐趣变得格外复杂起来：

> 在大厅一端的台子上是一家澳大利亚土著居民，他们看起来比那两只猴子还要忧伤……看着下边的房间，他们脸上的种种表情都接近悲伤，

我感到一种很少会在两美元门票的剧院看悲剧时会产生的深切的同情。他们允许我离他们很近，不受约束地对他们背井离乡的沮丧表示同情。我不能通过与他们交谈来表达我对他们远离家园的回飞镖、袋鼠和松树根的遗憾，但是我知道他们感觉得到我的同情，因为它是那么显而易见。我没有看过他们的表演，我也不知道他们有没有表演。他们也许只是作为一个种族立在那里，但这是一个很好的目标，看到他们的精神痛苦本身就抵得上门票钱了。

这段文字暴露了民族演出的粗俗，但是它主要是豪威尔斯趣味分析的显著扩展。换句话说，叙述者对自己同情感的嘲讽表明豪威尔斯认为趣味更是一种道德标志而不是粗糙的情绪。这里重要的不是演出的种族性（这与叙述者自己的滑头叙述相一致，在他油嘴滑舌地提起松树根、回飞镖时尤为明显），而是豪威尔斯对廉价的低劣趣味的批评。

艺术鉴赏力是讲策略的，可以是一种先发制人的宣传策略。这篇文章中豪威尔斯展示出的高尚趣味为他的文化批评扫清了道路。这个虚构的"朋友"和至交（作为豪威尔斯创造出来的人物以作者的身份展示了编辑自己的温文尔雅）担当了向批评家们对大众文化所关注的问题提出最有力挑战的人物："难道所有的艺术不都是一体的吗？"他问道。"你怎么能说某种艺术就高于其他的了呢？"这个朋友指出，如果澳大利亚土人、女发明家以及南美柔体杂技表演能以低廉的价格给人们带来瞬间的快乐，这又有什么害处呢？"为什么扭动大脑就比扭动肉体高贵了呢？"

当然，这挑战实际上是豪威尔斯装扮讲究的稻草人。"我一再说扭动大脑根本不高贵，"豪威尔斯答道，"我觉得如果除了娱乐读者之外没有其他更高的目标，你的一切都将堕落成作秀。"将所有艺术一律看成不过是娱乐的不同分支，就是冒险将文化移交给这个商业时代的"演出缪斯"。这篇文章借助于一毛钱博物馆的诙谐巡演，陈列了豪威尔斯反对扭曲的商业文化只知道迎合"作秀"原则的观点——这些原则如新奇和怪异的诱惑（柔体杂技）、愚昧的愿望（算命人）和诈骗（永远转动的机器）的力量以及鱼龙混杂的展品和视觉冲击的吸引（奇珍异品厅）。一毛钱博物馆本身相对无害，对豪威尔斯来说，它预示着一个由衡量大众演出的物质标准来衡量文学成功的世界，在这个世界里一毛钱的戏剧就是人们更容易承担得起的《哈姆雷特》，一个文学作家只不过是美化了的巴纳姆。正如文中"朋友"这个人物向编辑所说的："你做点小小表演，只是因为舞台更大、房子更好，就以为你不再是那些在寒酸的地方表演只为娱乐大众的悲哀兄弟们中的一员了。"豪威尔斯的文章承认了

◎文学形式和大众文化（1870—1920）

文化的商品化，也展示了一种新的文化智慧，也就是说，豪威尔斯自己对文化的精通以及多种语言的趣味能够对抗大众文化的多种乐趣，并且能够比大众文化做得更好。这样，他就预见到了后现代艺术家们的战略，他们放弃抗议，在大众文化公认的力量和种种形式间建成复杂的文化审美层。

那么，在"一毛钱博物馆"中，大众形式代表的并不是障碍而是文学鉴赏力一次令人振奋的表现机会。对有鉴别力的读者来说，豪威尔斯的多声调及巧妙倒转击败了"为秀而秀"的哗众取宠的文化活动。然而，与表现出来的文化精通并行的是这篇文章对大众文化某种生产力的间接承认，可以说这种生产力超过了文学的"理性特点"。这样，豪威尔斯无意中确认了文学写作的某种局限。这是在文中对马戏团的调侃性维护中表露出来的，豪威尔斯虚构的朋友只承认对此种大众娱乐形式的一种批评，即马戏团三个圆形表演场的"多余"："设想一下同时阅读三本小说，同时听一场讲座和一场布道，这就像圆形表演场之间的两个舞台。"这种愚蠢的想法把大众文化的过剩与文学的深度相比，文学当然是赢家。但是这种比喻也承认了文学受约束的性质。豪威尔斯心中的高雅小说要求读者全神贯注于一个目标，即手中的小说。这种阅读要求摒弃其他有吸引力的东西。相对安静、身体不动以及环境的舒适都是必要条件，如果不是主要条件的话。文学阅读需要个体精神集中，要求想象力，排除其他身体以及社会的现实。然而，与这种对读者注意力的完全控制相反，马戏团、一毛钱博物馆之类的大众形式则寻求多种目标、多种刺激物。在大众文化的过剩中，这些场所面向多种体验、多种感觉，而这是高雅文化小说不可企及的。单是演出场面的直接感受可能在量上与文学正相反，但是马戏团向观众同时提供视觉和听觉的有力刺激，表明了大众文化所包含的美学多样性，如果不是对手的话，这使它接近于成为文学的对等方。想想吧，同时阅读三本小说！

如果豪威尔斯对大众文化的这个方面怀有敌对的复杂情感的话，那么他的文章对此就轻描淡写了。但是他把文章的绝大部分用来关注一毛钱博物馆可能无意中暴露出的一种超过豪威尔斯本意的防御姿态。豪威尔斯将一毛钱博物馆作为他的具有代表性的场所，实际上等于选择了一个到1902年可能已经被认为是相当过时甚至是怪异的流行文化场地。其时，受"演出缪斯"控制的其他形式已经出现并蓬勃发展，预示着更广阔更活跃的文化领域。亚文化模式如城市舞厅、游乐园世界、再现火车遇难的极端混乱场面——这些和其他娱乐形式都传达了19世纪末期流行演出的复杂力量。这些商业场所的感情体验远不是鼓励幼稚的退却，恰恰相反，它们是情感上的创新，这些创新回应着滋生它们的社会和物质技术。豪威尔斯同时阅读三部小说的嘲讽当然是一种讽刺，但是这种比喻可能也怀有一种愿望，即高雅文化有能力胜过大众文化场所新出现的物质和精神体验的多样性。

一毛钱博物馆所有好玩的东西都呈现在一个屋檐下，在参观者之间造成一种"亲密感"，豪威尔斯文中的对话者挖苦地将其比喻成"家庭圈子"。与这种博物馆的简陋不同，游乐园如科尼岛（Coney Island）、梦幻岛（Dreamland）和卢那园（Luna Park）则拥有现代都市的规模和复杂性。19世纪七八十年代，内战不久后出现的规模较小的（较破旧的）嘉年华和大西洋海滨胜地发展为游乐园，成为美国新兴大众文化的非官方中心。到世纪末，每年有大量游客穿过旋转栅门来到这些封闭但是广阔的世界里。这里的模拟城市有着自己的奇异建筑、好玩的交通与贸易。游乐园中的塔楼、发光塔、纪念雕塑预示了之后将主宰城市的摩天楼。水上滑梯、小型火车轨道洋溢着快乐的笑声，同时暗示着以后的城市机械交通。这些模拟城市，像一位游客说的那样，"比巴黎最疯狂的地方还疯狂"，它们是现代大都市的复制品，在那里城市演出的规模、变化及感官冲击都可以为了娱乐作巧妙的处理。与一毛钱博物馆不同，甚至跟马戏团也不同，游乐园不是舞台上的演出，而是完整的壮丽环境，那里到处都有界石、地图和路标。

尽管游乐园打算描绘出真实城市的规模及多样性，但是它还是很大程度上重塑了现代城市生活中最令人气馁的环境。工业城市的密度及速度，它们的超大规模和有意的混乱，都被改变成大众娱乐的成分。科尼岛一家巨型大象形状的旅馆以其稀奇古怪的外形使不断增长的城市建筑规模相形失色。游乐园里的人群本身就是一大亮点。到19世纪90年代，游乐园达到鼎盛，每天有20多万人涌进每一个重要园区。报纸、畅销书的读者以及后来收音机的听众仍然是看不见的和无形的，而游乐园却让大众消费者作为一个看得见的社会群体聚集在园里，这个群体至少在一天的时间里像一个休闲阶层。乘坐游乐装置和各种有趣的东西将工业社会的危险物化为令人振奋的乐趣，使人们争先用自己辛苦挣来的工资购买。比如在璐娜游乐园乘坐"跳蛙火车"的游客坐在小型露天厢里一路狂奔，眼看着就要跟迎面而来的车厢相撞，直到最后一刻轨道才会阻止撞车。频繁出现在报纸头版头条中的灾难和严重事故在游乐园里变成人们自己的现场演出。梦幻岛的一个叫"大战火焰"的作品涉及4000多个角色（包括300个矮子）。所有游乐园空间都是潜在的舞台。既然海洋能够再现一次著名的船难，那么为什么要限制它给游泳者提供海浪呢？为什么不能在冲浪处的人造湖上方搭建一个舞台作为三个圆形表演场的马戏团场所，配上悬空舞台表演马上杂技和竞走呢？尽管游客感觉进入了"另一个世界"，游乐园却并非是提供人们逃离现代性的空间。相反，它提供

○ 文学形式和大众文化（1870—1920）

的是暂时的超级现代体验，城市背景的视觉和动力刺激的巧妙运用使这一切成为可能。

游乐园的巨大规模、超多的游客、所提供的无限狂热的活动——这些特点与流行文学批评家们最反对的特征颇为一致。亨利·詹姆斯经常评论小说和新闻每天的"巨量"和"巨响"，对当时出版业的"巨大体积"既感到排斥又被吸引。在詹姆斯看来，出版界和游乐园一样，炫耀着它们自身的巨大规模和对"庞大公众"的赞美。伊迪丝·沃顿公开声称一生都反感"人群"，这种厌恶决定了她在自己的小说广受大众欢迎时所产生的明显的矛盾心理。游乐园之类场所的游乐项目及人群的巨大规模使人人都看到了其他情况下看不到的改变，即美国开始进入大众社会。规模上的同样改变同时也在改造着出版界，但是这种改造并没有产生愉悦，相反，整体状况的改变使精英作家们吓了一大跳，也使他们感到忧虑。

对于詹姆斯来说，新的出版业不仅规模超大，而且暗示着一些活跃得危险的东西，这些"大瀑布"或"小说的洪流"会一直上涨直到读者"淹没在数量和数字"中。在一篇代表性文章《小说的未来》（"The Future of the Novel"，1899）中，詹姆斯不无忧虑地提到"遍地都是书"。出版业成为毫无节制的媒体，小说似乎"渗透到最远的地方"，使不幸的读者无所适从。整个流行文化带着它的乘座装置、新奇及人群，意味着成千上万美国人寻求的正是狂热的感官刺激和封闭的环境。这正是詹姆斯对出版社谴责时所用的词语。那么，对现代文学来说更为糟糕的便是："小说的未来"与游乐园的未来太相似了。

但是如果出版业产生了纸张科尼岛，那么这个时代的文学也有它的当今圣所：作者的书房。作家的私人办公室或者书房成为神圣的地方，它远离现代的"数量与数字"。詹姆斯描绘过他步入书房时的轻松，书房对他是一个"未被侵犯的受上帝保佑的工作室"，一个"神圣的隐居庇护所。"学者和艺术家的创作室历来受到高度重视，从乔叟（Chaucer）故事集里哲学家的"书房"到詹姆斯通过诗歌回忆自然之美的室内静居处。但是在19世纪后期，书房不仅成为创造性思考的象征，它也象征着与外界大众的尖锐对抗。这样，它与私人生活的关系就带有了新的美学社会意义。如果游乐园是大众文化的首都，那么私人书房就是处于威胁中的高雅文明的神经中心。书房旨在创作作品而不是喧闹的嬉戏，进行静静的对话而不是人群的喧哗，与外边的大众演出世界格格不入。这样，书房就成为复杂大脑的文学空间——不仅是文学创作的空间，其本身就是文学的灵活象征。豪威尔斯开始为《哈珀杂志》写专栏的时候，把专栏命名为"编辑书房"。这个标题很有效果：个人书房的形象提供了"观看"豪威尔斯文学权威的具体位置,用它作《哈珀杂志》编辑专栏的名字确定了书房之文学宝库的象征。加州作家格特鲁德·阿泽顿(Gertrude Atherton)甚至在自己书桌上摆放了一张豪威尔斯书房的照片,像是通过这样的视觉形象传送原本抽象无形的文学财产。学者詹姆斯·罗素·洛威尔出版《我的书籍》(*Among My Books*,1870)和《书房的窗户》(*My Study Window*,1871)时,书名不仅点明了他的主题、他令人尊敬的文学理解,它们也通过他个人书房的私人空间这一形象向读者提供了通向这种知识的入口。这样的标题可以使批评家和作者将文学评判——包括关于文学定义的隐含判断——作为一种个人的、几乎没有外来介入的鉴别力来传播,尽管传播是通过出版这一媒介进行的。

无论是作为象征性场所还是真实的房间,作者的书房对现实主义小说家来说都是一个传统主题。移入到叙事小说中,这一形象揭示了私人书房作为象征性场所所真正包含的东西:不仅仅是书籍和书桌,还有不同的概念以及区分文人的必要的显著特征。在小说中,个人书房作为背景显示了主人的与众不同。比如,在沃顿的小说《纯真年代》(1920)里,小说回溯到19世纪70年代的纽约,沃顿通过列举主人公纽兰德·阿瑟书房的特点确立了他和他更为传统的妻子之间的不同。书房里摆设的是"纯东湖(Eastlake)家具,朴实的不带玻璃门的新书架",上面摆放的是赫伯特·斯宾塞(Herbert Spencer)和但丁·加布里埃尔·罗塞蒂(Dante Gabriel Rossetti)的卷集。阿瑟的书房是一个知识分子在静静地腐朽下去的资产阶级家庭里的保留区。细心的读者会发现这些内部装饰的细节通过含蓄的对比证实了潜心阅读的价值:阿瑟书房弥漫的睿智趣味不同于他上流家庭和社交圈子里的仅仅是优雅的趣味。这样,书房就成了思想和感情——文学的开放性——交互作用的活跃场所,而不是继承下来的重复。

书房通过一种形式上的叙述来展示文学的意义,这一点在豪威尔斯的小说《牧师的教区》(*The Minister's Charge*)中更为明显。西威尔牧师(Reverend Sewell)是个文人,一次偶遇使他开始鼓励一个未受过教育的(也没有天赋的)农民莱缪尔·巴克(Lemuel Barker)写诗。一天,巴克出人意料地来到他波士顿的家门前,西威尔一时不知所措,但他还是热心地邀请这个年轻人参观他的书房。

"到楼上我的书房看看,我要给你看一幅阿加西的照片。真是一张不错的照片。"

他带着这个年轻人走出会客室。他穿着拖鞋步履轻盈,巴克则穿着

○ 文学形式和大众文化（1870—1920）

厚重的靴子重重地踩在地板上。巴克并不是大块头，也不是天生笨拙，但他的一举一动就是透着乡土的厚重。有两次他试图用拇指和食指拿住照片，却两次都掉到了地上。

豪威尔斯的"编辑书房"和洛威尔的《书房的窗户》都是邀请读者进入一个共享文本空间来交流思想，而这里西威尔邀请巴克到书房却是暴露后者的无知。他踏在台阶上的"沉重"脚步表明一种与生俱来的"抵触"，一种文化抗拒或阻止他前进的障碍，预示了他不能理解（甚至拿不住！）西威尔书房里的文化试金石。就像按照自然规律一样，他进入书房这个空间揭示了他是谁——或者说，他不是谁。巴克的一切，无论是身体还是灵魂，没有一点属于这个书房。

「西威尔」继续指出陈列在这个安静的房间里的东西，一整面墙壁全是书架，他从上面抽下几本书给巴克看，然而巴克并没有接过来自己看一眼，评论一句。他只是照着西威尔的意思恭维一下这个，赞美一句那个；但即使是一个印第安人也不会表现得比他更沉默了。

沉默的"印第安人"这个比喻不是随意的；巴克坦然的迟钝反而表达了一种深深的文化差异。像摄影师的暗室一样，西威尔的书房使文化理解力的缺失明朗化了，这种缺失将定义巴克的生活，挫败他成为诗人的志向。无论是这里还是任何地方，豪威尔斯的现实主义使个人的趣味和领悟力成为社会现实的最可靠的信号。

这样看来，文学不是由书籍或作者来定义的，而更多的是由趣味和认知的级别来定义的，这种差别使文学意义与一种内在性密切相关。这样看来，文学也对立于演出的诗学——隐身而不是可视，私人的而非公众的，微妙渐增而非大吹大擂。与巴纳姆演出者的自我展示不同，作者的书房代表了谦让这一高雅创造的特点。（批评家托马斯·萨金特·佩里［Thomas Sargeant Perry］认为俄国小说家伊万·屠格涅夫［Ivan Turgenev］是一位"隐藏自己的现实主义者"，因为他追求"煞费苦心的精确性"。）但是尽管作者的书房这一传统主题意味着大脑默默真诚工作，但是它也表明一种静静的魅力，这种魅力从未直接被提出过，但是却处处有所暗示：这种不被承认的魅力我们称之为权威。在现代性中，哪里有魅力，哪里就有可能有偶像展示——换句话说，演出。一个可预见的悖论就出现了：这一时期作者的私人书房成为观光者、名人探访者以及文学爱好者最感兴趣的地方。报纸和杂志的文章就像英国记者艾德蒙·叶芝（Edmund Yates）19世纪70—80年代的《名人在家》（Celebrities at Home）系列，经常刊登著名美国作家的家，用大量的照片和和虔敬的标题来说明"文学创作室"。叶芝的书以及流行杂志上类似的照片文章是英美家自19世纪50年代起就盛行不衰的观光者朝圣"作家之家"现象的延伸。像詹姆斯在《个人的生活》（"The Private Life"）中说他的主人公那样，一个作家的声誉可能来自于他在"黑暗的房间"里未被人注意的写作，但是对任何得到公众称赞的作家来说，那个房间本身就是一处奇观，至少对愿意让公众"向内"瞥一眼的作家来说是这样。当然，对已故作家来说，书房经常成为一处"圣所"——不变的景象：小心摆放的书桌、笔墨、一副眼镜——不管他们生前是否希望得到这种特别的尊重。

那么书房这个隐秘的处所正好就可以展示了。私人书房的私人性对大众来说有一种几乎不可抗拒的吸引力。但到底是作者私人性的哪一点令书房成为文学创作开始的象征性场所呢？一方面，公众对写作处所的观光和报纸照片对写作处所的渲染都没有注意到一点，那就是书房这一背景使文学意义与内心感悟力和远离大众的庇护所密切相关。只有阅读和写作才是通向文学的入口；买杂志照片、寻访名人访谈或是参观作家之家——换句话说寻访詹姆斯所说的"作家这个人"——这些行为说好听了是一个错误，说不好听了就是侵犯。然而，另一方面，作家书房的大众营销说明一个重要事实：文学性与私人性（隐私、庇护所、个体领悟）的联系本身就已经和解。文学的隐私性是通过印刷业建立并传播的，而不是原封不动保存在个体的感悟力中。书房这一符号是现实主义者的宣传场合，是对一种崭新的文学对抗性理解的强势广告。

詹姆斯经常将大众对作家书房内部的兴趣讽刺为兴奋的偷窥癖。在他的故事《名流之死》（"The Death of the Lion"）中，有个记者急于将一位文学名人的"隐居"推上市场，他很高兴有机会来到作家的书房：

> 我被带到客厅，但是一定还有更多要看的——他的书房，他的文学密室，他身边的零碎物件，或者其他的家用物品或特色。他会不会在书桌上躺下来呢？人们总是对作家工作的样子非常感兴趣。有时候我们有幸看到几眼。多拉·福布斯（Dora Forbes）把所有抽屉都给我看了，甚至有一个差点挤到我的手！

如这段文字所显示的，很少有作家会像詹姆斯这样讽刺在他看来读者显示出的不恰当的热情，那种想知道关于作家个人生活（有利可图的）细节的热望。(伸手到作家书桌的"抽屉"是他最喜欢的——也是最有暗示意义的——一个比喻,这个比喻在他关于作家的故事和笔记中多次出现。)说詹姆斯着迷于他所称的"致命的现代宣传方式"并不过分。而且,对詹姆斯来说,当宣传侵犯了高雅文学的价值和体制时,宣传的腐蚀力量最显而易见,而他认为高雅文学的价值和体制应该对立于大众形式这个"庞大的机器"。采访、广告、书巡展及出版人照片,所有这一切在詹姆斯看来都助长了一种欲望,即把作者的隐私当成一种大量生产的物品进行消费,同时又假装向读者提供作者创作文学的隐居生活景象。

对詹姆斯来说,罪魁祸首是大规模的出版业,它将文学的意义歪曲成名人秀。正像他在一本笔记扉页写下的那样,产生于现代媒体的"贪婪的宣传"预示着"公众与私人之间所有感觉的消亡"。对詹姆斯来说,最能生动说明这种威胁的就是媒体将作家的书房变成流行演出、变成娱乐("快乐的偷窥")陌生人的舞台的行为。但是,没有作家像詹姆斯那样频繁地将公众的注意力引向书房——一次一次通过多种形式描绘书房。实际上,詹姆斯很多关于"文学生活"的故事都以作家的书房作为主要叙述场所。但是毫无疑问,詹姆斯对"贪婪的宣传"的着迷也是他在现代性这一最重要方面具有超常洞察力的源头。尽管詹姆斯做出了种种嘲讽,但他在小说里却深入探讨了一个这样的命题,即如果没有外部公众对作家隐私的压力,那么作家隐私——高雅文学起源——可能就不会存在。对于詹姆斯来说,种种复杂关系将现代文学创作与现代大众宣传联系在一起。

这个定义上的联系很微妙但是非常重要。詹姆斯、豪威尔斯、沃顿等当然认为如果没有远离现代条件("虚伪的商业之声和伪善之声")冲击的庇护所,严肃文学是不可能的。像其他作家一样,詹姆斯将庇护所与作家书房的私密空间联系起来。比如在《真实的事物》("The Right Real Thing",1899)中,一个传记作者在一位著名作家的书房里进行他的夜间调查。这位传记作者相信阿斯顿·多恩(Ashton Doyne)的书房仍然有这位已故作家的"个人神灵"。对他来说,这种"神灵"的力量如此之强烈(而且书房这个空间是如此的"私人"),以至于他"像恋人等待约会"一样守候在书房里。带着他特有的讽刺,詹姆斯肯定了作家隐私的重要性,他把一个外来者——这里是一位传记作者——如何力图通过进入书房来获得关于艺术家的隐秘信息的行为戏剧化了。当传记作者看到(或者他以为看到)多恩的鬼魂挡住他进入书房的路时,这个幻觉既批评了传记作者这个闯入者,同时也肯定了詹姆斯关于私人书房象征意义上的重要性。

很明显,詹姆斯是阻止这些行为的源头,作家—鬼魂形象意欲提醒过于个人化的读者离开。对于现实主义者来说,坚持作家书房的私密性就是维护叙事艺术的自治性。小说与它所描述的复杂世界保持着沉思的距离,需要公正的视野和独立的美学——如豪威尔斯所说"美只能来源于真"——只有这样才能创造高雅艺术。就像只能用来写作的房间一样,有价值的作品只能是小说艺术创作产生的启迪——不是社会主张,不是市场成功,不是时尚人士的关注,当然更不是大众的钟情。但是,虽然书房代表作家的独处和独立,在小说中詹姆斯式的书房却首先是一处私人空间遭到侵犯的地方。也就是说,他的小说总是突出对书房空间的侵入或干扰,用来引诱读者相信有可能获得更深刻的文学知识,而不是用严厉的威吓赶走读者。这些侵入有时是戏剧性的(《名流之死》、《死者的祭坛》("The Altar of the Dead")、《地毯上的图案》("The Figure in the Carpet"),有时是狡诈的(《阿斯本报》)、《大师的教诲》["The Lesson of the Master"]、《约翰·特罗卫》["John Delavoy"]),经常是两者兼而有之。像《真实的事物》中的传记作者,这些小说中的主角们都有超强的愿望进入书房或打开上锁的抽屉一探究竟,他们相信在这些地方能够发现隐藏的信息。但是阻止本身似乎又暗示着某种重要信息的存在,通常是有关性和家庭的。那么在詹姆斯的故事里,追求文学意义就是探寻一个秘密,一个被禁止的意义。这种隐藏的或者禁止的知识的感觉——秘密及知道秘密的欲望——正是詹姆斯在他的"文学生活"系列中探讨的感受。

总的来看,这些故事说明,对秘密的追求在詹姆斯看来是一种文学素材,是小说的实质。在最有名的《阿斯本报》中,叙述者想得到一位诗人的私人文件,他认为这些文件隐藏着关于艺术家生活的不为人知的秘密。他还认为这个秘密是浪漫的或是与性有关的。但是,詹姆斯努力使读者对哪一个猜测都不确定——叙述者关于杰弗瑞·阿斯本的性秘密的说法真的反映了叙述者自己占有和发表这些遗札的强烈愿望吗?这个谜团又引向下一个谜团:他占有这些私人文件的欲望暗示着叙述者自己的性秘密,即他对诗人本人持有着不可实现的欲望吗?这就是詹姆斯埋在他的故事中的模糊不清的性秘密。读詹姆斯的小说必定是想要知道这个秘密:读者并没有被赋予一个优越的位置从而免于与偷窥癖叙述者一样具有"想知道"的愿望。在《阿斯本报》中,"想知道"的欲望是一种远比与大众文化相联系的"宣传狂热"复杂得多的精神状态,即使这种欲望与大众文化密不可分。詹姆斯所说的"私人与公众之间所有感觉的消亡"的可能性,不管多么令人担心,却也能促成其他东西的产生。威胁本身就是一种新的美学"感觉",一种欲望与知识、私有与出版之间的界线趋向模糊所产生的意识的起源。界线的不稳定(一直很重要)恰恰成为文学的基础:詹姆斯的读者必须具有这种新"感觉"才能理解小说的错综复杂与模棱两可。的确，阅读詹姆斯的作品就是培养这种感觉，当它游走于私人与公众之间的不确定界线时，这种出众的对"不协调事务的理解力"将愈发敏锐。

最近很多的研究在观察这种叙述结构的同时，转向对詹姆斯本人的性特征和关于同性之间亲密关系的文化禁忌的研究，这种文化禁忌给同性间的亲密关系蒙上了一层面纱。此种传记解释颇具说服力——因为它实现了詹姆斯小说发出的警告（抑或是开玩笑似的建议？），即学者们应该在性传记中发现文学的意义。但是，极具曝光能量的大众印刷环境是詹姆斯关于秘密和公开的美学更为重要的历史背景。当然，像詹姆斯一样的现实主义者们一致反对他们在大众文学中看到的"不加思考、不予批评"的暴露动机。但是詹姆斯尤其认识到现代"想知道的欲望"是一种深刻思考的精神状态，产生于它所反对的环境。文学的目标植根于同样的环境中，它反对的不是大众文化，而是那种依赖商业主义来获得"永久声誉"的目标。詹姆斯自己的书房是一个"避难所"，但是在创作出版他的关于作家的故事时，他使作家的书房成为独特的"展览处"（他在《大师的教诲》中使用了这样的词语），一个现实主义场所，在那里私人的理解成为别人眼中的展览品。詹姆斯的小说不乏展示，不乏暴露的冲动——"抓住宣传的诱饵"——这种冲动与引发冲动的文学形式交织在一起，所有一切"集中起来可以创办一个博物馆"。对于詹姆斯，文化理解的这些错综复杂的细节展示像任何大众演出一样是一种"刺激"、一种"冒险"。

欧洲、种族和旅行：简·亚当斯、亚历山大·克拉梅尔和美国黑人学会

现实主义者捍卫的文学独立是建立在矛盾之上的。文学这个领域与个体思考和表达密切相关，欢迎任何有资格的作家加入。种族、性别和社会地位对于创造性的文学意识来说都不重要。但是这所谓的文学独立取决于受限的流动模式。能否受教育是一个明显的限制：对所有美国人来说，必要的教育几乎总是远得无法跨越。高雅文学表达也必须通过固有的地图、通过特定的旅行路线和终点城市使人们了解，这一点不那么显而易见。人们不必亲自沿着这路线旅行，但是文学理解必须包含一个观察家所称的"通过旅行而得到提升的品位"。这一时期的文学轮廓遵循着旅行和写作之间的特有联系，这些联系探索其他可能变化的途径，尽管它们标志着明显的种族和最高权力之间的界线。

1 博物馆现实主义

远在印刷出现之前,查尔斯·切斯纳特就通过文学独立意识到了这种联系。"在我的书房里闭上嘴,"他在日记里写道,"虽然没有志趣相投的人相伴,但我可以享受到英国最有智慧的文人学士的陪伴,可以陶醉在她天才的诗人和政治家们之间,加上一点点想象力,我发现自己就置身于全球的伟人们之间了。"这里,书房空间就是一块特别社会化的独居地,归属于一种认知,因此不受时间和地点的局限,同时也不受肤色的局限:对于切斯纳特,一个生活在重建后的南方的非洲裔美国人来说,书房的空间也意味着暂时摆脱贴在黑人身上的耻辱。但是这种文学独处决不是退却。相反,最近发表的切斯纳特的日记表明,他的书房是一个出发点。"我要到大都市去,"他写到,这话准确说来就是:这个时刻远大的文化理想同时也是对大都市生活的文学文化流动的渴望。切斯纳特的部分文学情感认可了作家身份与在旅行中实现自我设计之间的连贯性。"我努力工作,苏茜(切斯纳特的妻子)总是担心我,最后都讨厌我这样大量读书了,然后我收拾好旅行包,在接下来的一周里我登上了开往华盛顿、纽约等地的火车。"切斯纳特的短篇故事和长篇小说受到全国读者的欢迎,证明他的文学抱负得到了保证。但是即使切斯纳特实现了他旅行和创作的愿望,这也证实了全国乃至全球的限制模式。对高雅文学创作的追求最终将使切斯纳特流落于国家文学机构之外,就像普林·霍普金斯(Pauline E. Hopkins)被排挤在杂志编辑之外和 W. E. B. 杜波伊斯被放逐到非洲一样。

旅行模式在区分了文化阶层的同时也鼓励了民族感情。当移民们纷纷抵达美国的时候,许多美国人从移民登岸的同一港口开始了跨洋旅行,这个时代新型职业阶层的跨洋旅行巩固了一种独特的文化身份。横跨大西洋旅行比其他旅行路线都更好地为美国精英阶层界定了一块共享经验的区域。"今天跨大西洋的航行已经很普通了,大多旅行者只要做简单准备就像乘火车从纽约去一趟芝加哥那么简单,"诗人爱德蒙·克拉伦斯写道。悠闲地乘船去欧洲当然不普通:它依然是美国相当少数的富人才能享有的奢侈。但作为一种思想和文化象征,这些富裕美国人的跨大西洋旅行还是说明了更为广泛的民族重要性。它代表了对美国艺术家和思想者的水准鉴定(詹姆斯·罗素·洛威尔就说豪威尔斯在威尼斯的逗留是"他拿到硕士学位的大学");它代表了美国在帝国时代跨国"文明"的思想;它也代表美国全球经济强国时代的到来。

跨大西洋旅行也形成了高雅文学艺术领域。旅行随笔、文学翻译、外国文学评论都是高雅文学事业的标准练笔,作家们将手稿从欧洲发给波士顿、纽约和芝加哥的出版社。比如,豪威尔斯写于意大利、发回到《大西洋月刊》和《波士顿广告》(Boston Advertiser)的旅行印象都成为他早期作品《威尼斯

◉文学形式和大众文化（1870—1920）

生活》（*Venetian Life*，1866）和《意大利旅行》（*Italian Journey*，1869）等书的材料。詹姆斯在1870—1871年为 E. L. 格德肯（E. L. Godkin）的《国家》（*The Nation*）杂志写的旅行游记后来收集到他的《跨大西洋游记》（*Transatlantic Sketches*，1875）中，这是詹姆斯写作事业中几卷旅行写作中的第一部。康斯坦斯·费尼莫尔·伍尔森、亨利·亚当斯、约翰·德福雷斯特（John Deforest）、伊迪丝·沃顿、约翰·海这些作家的跨大西洋旅行都成为他们作品雏形和内容的重要组成部分。豪威尔斯的第一部小说《他们的结婚旅行》（*Their Wedding Journey*，1871）明显是他游记作品的扩展，他将"小说形式"描述为"一半是故事，一半是旅行随笔"。他的主人公巴希尔（Basil）与伊莎贝尔·马茨（Isable March）从欧洲回来，开始了观察美国生活全景的旅行。读者得知，他们是作为"很有意识的人"来进行这次冒险的，而且很明显，他们的意识、他们的观察和思考方式处处渗透着他们"欧洲旅行"的影响。

"很有意识的人"——"有意识的"这个词在这一时期的高雅文学创作中有独特的语义密度。像豪威尔斯的作品情节所显示的那样，这个词的附加意义是与作为象征和文化场所的欧洲密不可分的。当詹姆斯将小说家定义为"敏锐意识的历史学家"时，他很确定这样一部历史的深层起源在于欧洲"更为厚重的文明"。他说，美国人"必须或多或少地讨论欧洲，即使以隐含的方式"。但是确切说来，这种被旅行大大丰富了的"意识"的实质是什么呢？在詹姆斯阐述的艺术基本原理中有一些线索。"意识"有自己的历史（记录在小说中）和自己的祖籍（欧洲），但是就像詹姆斯所用的这个抽象名词所表明的那样，意识可以被理解成超个人的或者超验的，能够超越任何特定起源的限定。从这个意义来说，"敏锐意识"的思想是对启蒙思想的继承，启蒙思想认为，人的理解如果得到发展和加强，就能将自己从党派利益和地方盲目中解放出来。一位《大西洋月刊》的作者认为，听从"最明智的、最优秀的、经过训练的判断能引领我们走向精神和灵魂的全面完善，尽管永远不能到达终点"。

英国作家马修·阿诺德是这种俗世至善论最著名的拥护者。他的《文化与无政府状态》（*Culture and Anarchy*，1869）一书在美国文学圈子里有很大的影响力，他本人又于1883年跨越大西洋来到美国，在各大城市做巡回演讲，使更多的美国人接触到他的思想。阿诺德的思想在美国知识界被广为接受，这表明这段时间人们对思想和表达的热切渴望比对这个时代的民主主义忠诚和商业价值的渴望更为广泛。从另一个角度看，完善的"精神和灵魂"的吸引力是一种幻想的吸引，一种对不存在的全知的欲望。但是在美国很多人是带着谨慎——有时甚至是恶意——欢迎这新的跨大西洋意识的文化支配概念的。沃尔特·惠特曼是这种谨慎的代表。他反对阿诺德式的"优雅、美丽、得体、批评、分析：所有这些要将我们压倒"的新权威。高雅文化提倡的这种意识不仅仅是阿诺德所说的人类"普遍的人文精神"，而且是思想的独特框架——独特，因此片面，无论它多广泛。忘记其独特性是跨大西洋意识的危险所在。

简·亚当斯在她的《赫尔大厦二十年》（Twenty Years of Hull-House, 1910）一书中分析了这种危险。在《准备的陷阱》（"The Snare of Preparation"）一章中，她作为活动家和城市改革者回过头去看她自己19世纪80年代的跨大西洋旅行（亨利·詹姆斯也在船上）。亚当斯回忆道，这是一个美国的女儿们（不像她们母亲那一代）"漂洋过海寻找文化"的时代。但是这次旅行之后过了不久，"文明的追求"便开始显得像是一种带着眼罩的隔绝。亚当斯参观了伦敦一处贫民窟，看到大量的穷人聚集到一起接受廉价蔬菜，"接受那些已经不能吃的食物"。这种令人吃惊的经历使她的理解发生了明显变化。高雅意识的理想突然看起来不是一种普遍的主观性而是一种产生于特定阶级条件的独特"态度"。在亚当斯看来，跨大西洋态度将一套狭隘的趣味当成是广泛的理解。这位有教养的年轻美国女子遍游欧洲，却不能"与周围的生活建立真正的联系"，而只能"在画廊和歌剧院里那种熟悉的感受心态中才感到自在"。艺术和理解的敏锐力此时再次显得冷硬无力。这位年轻美国人"训练有素的和成熟的"感知力只有她在音乐厅或博物馆这些"被崇高化和浪漫化了的"教室里"坐在那儿接受培养"时才有用，亚当斯不无讽刺地写道。

就好像是从望远镜的错误一端观看景象一样，"旅行改善"意识这个假定中的视野扩展突然看起来像是一种胆怯的地方主义。这种新的观点是毁灭性的。跨大西洋意识可能不仅仅是狭隘的，实际上，它可能是将固有的利己主义伪装成高雅的美学理解力。她写道，她自己对"文化的狂热追求"的真正认识是通过艺术获得的启示。

> 无疑，我是在这种（"道德突变"的）心境中发现了自己对阿尔布雷特·丢勒（Albrecht Durer）的钦佩，然而对他的画却是以一种最背离传统的方式理解的，仅仅是将它们理解为人类的文献。我被他的画所深深吸引，因为他不愿意屈从于一种平和优雅的生活观，他决心记录生活中的挫折甚至是遮蔽我们想象力的可怕形式，他绝不放过任何人类的复杂性。

如果画廊的东西（丢勒的作品）帮助她发现了画廊孕育隔绝（如戴上眼

罩的教室）这个事实，那么亚当斯的批评岂不是自我拆台？作为徐徐展开的理解过程来看，矛盾只是表面的。亚当斯把丢勒的画作与对任何一种脱离了更为黑暗、更为复杂的世俗条件的意识模式的不信任联系在一起。一件有意义的艺术作品不会是"平和的"或美化过的形式，而是创造于复杂生活条件中的"人类文献"。以这样的领悟，亚当斯的批评实际上证实了高雅艺术"永恒区分"的功能，正如她通过丢勒的画发现的不同永远地改变了她看待高雅艺术的方式。

跨大西洋模式中最优秀的小说实现了关键思想的类似反省。如果我们广泛地阅读内战前10年的作品，我们就会意识到美国文学的明显变化。内战后的文学民族主义并没有淡化；但是"写一部真正的美国小说"（如豪威尔斯提出的目标）的努力更多的是放在培养跨大西洋旅行者的比较情感而不是实现本土家园的内在表达。（这一时期独特的地方文学的出现——通过不同和差异地域的描写来反映美国——也反映出了国家文学中相同的比较性重新定位。）关于博物馆的作用，简·亚当斯认为它是现实主义形成的重要场所之一。参观欧洲画廊是跨国语境下意识形成的关键场所。詹姆斯最喜欢的一个简略短语是"办画廊"，这个短语通过它电报式的简洁表明，参观欧洲博物馆应该是任何严肃文化分析的背景组成部分，是高雅意识基础的一部分。

从詹姆斯早期小说《美国人》（1877）的开篇中就可以对这种大西洋彼岸构架窥见一斑，因为小说的主人公是通过试图在巴黎卢浮宫"办画廊"呈现给读者的。坐在画作前的圆形大沙发上，克里斯托弗·纽曼（Christopher Newman）感到了"极大的享受"——但是，他的享受并非来自这幅名画，而是从他放松的身体"姿势"中获得的解脱："这位男士已经占据了最温软的地方，头后仰着，腿直伸着，就这样很享受地坐在那里，双眼盯着牟利罗美丽的圣母像。他已经脱掉了帽子，红色小导游册子和歌剧院望远镜也丢在了一边。"纽曼到卢浮宫看画展（"他已经看了印刷精美的的贝德克尔旅游指南上所有标有星号的画作"）看得他害了"美学头痛"。他第一次真正感到快乐就是这样倦怠地、舒展地坐在这长沙发上。这样，纽曼对艺术缺乏共鸣就与对他身体的突出描写相一致起来，读者很快就意识到纽曼不是常来参观博物馆的人，相反他倒成了博物馆的陈列物，等待感兴趣的观察者前来细细察看。

那么，画廊最大的重要性不在于为现实主义作家笔下的人物提供背景，而在于它是现实主义作品读者的意识基础。詹姆斯的文本使通常的潜台词浮上了表面：理解民族主义的意义取决于诸如卢浮宫这样的国外场所。博物馆画廊对于受过必要训练的读者的眼光来说是第二个跨国家园。"对民族类型稍有判断的观察者不难看出这位（男士）来自哪里……强健的美国人"：

他有构造完美的头颅,对称平衡的骨骼,还有一头浓密的褐色直发。他有棕色的皮肤,鼻子有大大的拱形。眼睛是清澈的冷灰色,除了浓密的八字胡,他的脸刮得干干净净。他的下巴平平,脖子是美国人很常见的粗健型;但是他的表情比面部特征更能显示他来自哪个国家,在这一方面我们的朋友的容貌非常具有说服力。

这里大量的视觉描写是现实主义小说的典型特征,这些描写构成了叙述者所说的作为美国"标本"的"身份条件"。有同情心但又有优越感的假想读者既具备了欣赏伟大欧洲画作的眼光又也具备了辨别民族"类型"的经验。这两种视觉对象在美学意义上来讲大相径庭(叙述者强调摊开手足躺在那里的纽曼"决不是要画肖像")。然而,博物馆培训出来的眼光对于现实主义"观察者"来说是一种关键能力,能够区分民族类型意味着受过国际博物馆的熏陶。

惠特曼提出的当心优雅的警告在这里就很清楚了。是不是说这种类型的跨大西洋意识冒充了打着现实主义旗号的纯洁美学?《美国人》中的纽曼当然比不上受邀在卢浮宫背景下给纽曼量尺寸的大都市"观察者"那样知识渊博。观察的意识是扩散的、思考的;民族"标本"则是呆滞的代表物。然而重要的是观察者和社会标本的立场不必互相排斥。在一封私人信件中,绝对文雅的詹姆斯通过在威尼斯一家画廊的反思确认了自己的美国性,"在公爵宫(Ducal Palace)的华丽展厅里,保罗·韦罗内塞(Paolo Veronese)在天花板上狂欢,丁多雷(Tintoret)在墙壁上发怒":"我感到好像如果我永远坐在这里(今天早上我已经在这儿坐了好长时间了),我只能愈加感觉到自己不可更改的身份。"依然是美国佬和美国佬。大西洋彼岸的语境对美国作家来说经常是一种否认,一种将自己与感觉到的民族身份限制分离开来的方式——甚至同美国跨大西洋旅行者的身份区分开来。这就是詹姆斯的目标,在为《世纪》杂志写的《威尼斯》("Venice",1882)一文中,他创造了旅行者的"盎格鲁—撒克逊洪流"的形象,"5000、5万的观光者",这使形单影只的亨利·詹姆斯感到欣慰,他满足地坐在"新的巨大的国家宾馆中的蓝色缎面长沙发上悠悠然地读着《纽约时报》"。

否认的另一面是批判的看法。将美国旅行者描绘成"成批的野蛮人"可能是势利或者把自己排除在外的行为。但也可能是一种无礼行为,在别的场合它可能是把美国人作为"商业人"(詹姆斯贴在克里斯托弗·纽曼之类美国人身上的标签)进行的仔细分析。与欧洲旅行相联系的意识有时候代表了一种用寻找评论的距离、跳出受商业文化影响的惯性感知来观察和思考的努力。

文学形式和大众文化（1870—1920）

欧洲为另一种观察提供了场所，其"厚重的文明"是分析镀金时代的美国活力和扭曲的一种对比方式。欧洲思想中的高雅艺术能够挑战现代化的价值，挑战马修·阿诺德在美国看到的典型的商业文化特有的信念与思习惯。在《罗德里克·哈德逊》（Roderick Hudson，1875）和《美国人》等早期小说中，詹姆斯的欧洲背景在描绘欧洲"充实的"有意义的经历的同时，主要用来强调美国现代性所造成的令人费解的缺陷和扭曲。相同的观点在后期作品《奉使记》（The Ambassadors，1903）和《金碗》（The Golden Bowl，1904）中更是加大了批评的力度。

伊迪丝·沃顿经久不衰的跨大西洋小说《乡间习俗》（The Custom of Country，1913）使这种评论明确无误——而且略带幽默。沃顿从跨文化角度精彩地体现了美国资本主义能量的破坏力。她笔下彻底商业化的主人公尤丁·斯布瑞格（Undine Spragg）是一个富有的美国离婚女人，她开了一条穿越欧洲的毁坏之路。带着一种"达到目的的商业意图"，尤丁将一切都看成是巨大的开放市场中的商品，不管是珍珠、绘画作品还是丈夫。沃顿在她身上表现了市场社会工具主义本性的巨大腐蚀力。尤丁具有文化点石成金的魔力，经她一点，所有的风俗、人与人之间的关系和美学创作立即变成脆弱的黄金，随即被毁坏了。

然而，正是对尤丁"商业人"的铺张塑造暗示着某种程度的不安。不管是这里还是其他地方，沃顿不遗余力地将跨大西洋的绵羊和山羊区分开来——也就是说，将为文化而旅行和为利益而旅行的人（沃顿称之为"海盗"）区分开来。但是这种区分很难维持。工业巨子们和艺术行家们实际上在同一个大西洋圈子里旅行。最著名的艺术收藏家，如亨利·克雷·弗里克（Henry Clay Frick）和安德鲁·卡耐基，同时也是那个时代最著名的"商业人"。从某种意义上说，美国旅行者只是在一个更广阔的跨大西洋商业和交流领域中的人类物体。塞拉斯·菲尔德（Cyrus Field）1866年铺成第一条跨大西洋电缆，使证券价格同步、外交通讯、新闻辛迪加成为可能，快速的电子交流使新的跨国经济成为可能，跨国经济则支持了海陆休闲旅行。尽管去往欧洲的旅游者经常认为他们的行程是"回归"到前现代化的生活方式（詹姆斯1875年的《感情朝圣》["A Passionate Pilgrim"]等故事阐明了这一点），但是即使是对文化继承的寻找也从未跳出经济发展的圈子。美国人可能去往欧洲寻找茅草屋和古老的绘画作品，但是他们对"旧世界"旅行的渴望是洲际经济联系的完全现代化发展的一部分。

那么，怎样区别旅行与跨大西洋交易呢？在自我意识最敏锐的时候，这一时期的小说反映出人们已经认识到高雅意识本身可能受制于它力图超越的

"耀眼的"商业世界的工具主义。在很多小说中，跨大西洋语境突然显得比粗俗的贸易路线好不到哪里去，变成一个艺术和美学感觉成为与经纪人安排的货物没什么区别的经济巡回。比如，在沃顿的中篇《试金石》（*The Touchstone*，1900）中，艺术感知被无情地商品化。侨居国外的著名小说家马格利特·奥贝恩（Margaret Aubyn）的私人信件遭受了"魔力过程"，魔力将这些信件变成跨大西洋盗窃和出售的经济物品——它们变成"支票"、"贿赂"、"武器"和一堆"盗窃品"。沃顿提出了对抗魔力的希望：人类的爱这一"无穷无尽的魔力"也许能够拯救艺术品的贩卖。但即使这些人类情感（它们来自"积累起来的热情）的"奢侈品"也带有它们力图克服的商品形式印记。金钱拥有更强大的改造魔力。在詹姆斯的小说中，关于美学意识的反省随着他事业的进展在语气和范围上都得到进一步强化。《贵妇画像》中的吉尔伯特·奥斯蒙德（Gilbert Osmond）只是詹姆斯很多艺术行家中的一个，他们对艺术和美的欣赏——包括奥斯蒙德例子中他的妻子在内——都无法与占有欲分开。美与占有之间的任何区分都被瓦解了。在《贵妇画像》中，这种腐蚀是奥斯蒙德不道德的标志，但是在詹姆斯的后期小说《金碗》（1904）中，詹姆斯抹去了这样的道德界线。美国百万富翁亚当·沃尔沃（Adam Verver）将伦敦变成他收集最伟大的欧洲艺术珍品的大本营——不是为了个人占有，而是为了美国博物馆的国家声誉。但是，就像吞掉自己尾巴的蛇，沃尔沃"博物馆中的博物馆"的理想使美学历史成为自我消费的机构，使欧洲的伟大博物馆变成一个等待商业帝国垄断接收的仓库。

跨大西洋小说在本应是私密领域的婚姻和家庭中也发现了商业交易的存在。几乎是通过属类定义，描写欧洲旅行和背景的小说必然会思考跨国婚姻的可能性，而跨文化婚姻的叙述——经常是美国女人嫁给欧洲男人——成为一种显著的亚体裁。记者也开始关注这个主题；国外美国女继承人的故事总是大众新闻的最爱。但是在高雅的现实主义小说中，跨大西洋寻求财富中的蓬勃发展的工业领域对这一体裁的内部腐蚀性要强于它的娱乐性。在伍尔森、沃顿、詹姆斯等作家的小说中，跨文化婚姻为读者提供了一个视角，透过这个视角，他们可以看到小说传统主题的核心，即中产阶级的社会生活和情感生活，至少是暂时性地受到了市场文化中工具主义价值的侵扰——市场文化的习惯表现、市场文化对数量和新奇事物的痴迷以及市场文化占有的天性。为检验市场文化的威力，詹姆斯在跨大西洋婚姻小说如《伦敦被围》（"The Siege of London"，1882）和《巴布丽娜小姐》（"Lady Barberina"，1883）中让种种家庭情感——不管这些情感是多么真诚或是表里不一——遭受压力，以发现现代市场对它的渗透程度。因为情感受到检验，所以婚姻小说作为一

文学形式和大众文化（1870—1920）

种体裁的命运也成了问题，小说暴露了这种体裁可能经受不住自我意识的检验。这种体裁没有经受住检验，至少按照文学历史学家的一致意见是这样的。在沃顿的《乡间习俗》和詹姆斯的《鸽翼》（*The Wings of the Dove*，1902）、《金碗》（1904）之后，盎格鲁—美国小说对私人家庭情感与公共体系如市场之间互不相干的传统信赖再也不能维持下去了。

詹姆斯《巴布丽娜小姐》中的跨文化婚姻揭示了关于旅行的另一个重要方面。一位观察者宣称美国和英国之间的"跨国婚姻"是"公平游戏"，因为他们"终究是一个种族"。感到有必要说明英—美婚姻的规则是"公平游戏"，说起来好像是要建立公平的贸易政策，这是跨大西洋小说讽刺婚姻的又一个例子。但是小说开篇即宣称婚姻的种族原则——"终究他们是一个种族"——碰触到又一个更为深层的潜台词。作为概念类别，这个时候的"种族"过于有伸缩性。这个术语可以分别指代国家、人口、历史文化、家族和有色种族。詹姆斯说他的关于欧洲国家的旅行作品在"将种族与种族进行比较"时采纳的是标准用法。而詹姆斯将美国—英国婚姻称为是"跨国婚姻"时，种族则与一国同胞同义。但意味深长的是，句子中间有了意义的转变：英国和美国可以跨国通婚而不用担心打破任何禁忌，因为他们，从另一个语义角度看，终归是"一个种族"。借助这样一个对种族的生物和基因意义上的理解，这部小说随时又暗示着由肤色决定的许多关系，一个总是用来界定大量的跨大西洋旅行但通常在小说中又看不见的全球世界。

跨大西洋小说中的潜台词在跨大西洋政治中一目了然。关于美—英婚姻的故事回应着同一时期出现的在大不列颠和美国之间建立"种族联合"的文字上的提议。19世纪后期美国工业的迅速扩展频频令其他国家感到震惊。到1902年，英国作家W. T. 史蒂德（W. T. Stead）描述了即将发生的"世界美国化"，并预言美国的经济扩展将超过大英帝国。史蒂德认为这种前景要求新的社会体制的出现。鉴于英国是"种族的摇篮"、美国是未来的工业帝国这一点，史蒂德和其他作家（包括马修·阿诺德）呼吁这两个国家应该在种族的基础上建立新的政治联合。这种提议在今天听来可能显得很激进，但它是一个广为接受的信念的逻辑延伸，即美国已经是一个种族联合——一个由"联合起来的亚利安种族"组成的国家。因此，对很多人来说，美国和英国之间更为正式的联合几乎是命中注定的。提议中的联合就像是"男女通婚一样自然"，纽约律师约翰·R. 多斯·帕索斯（John R. Dos Passos）写道："它实现了创造这个种族的目的。"

当然，这样联合的盎格鲁国家从来没有成立过，但这个提议反映了一种新兴的真实的全球秩序。任何一张以包括大西洋和大西洋以外的帝国领土的经济中心为依据而制作出来的地图都可能是一张"种族联合"的地图——换句话说,就是由对非白人的劳动力和土地的竞争而联合起来的白人控制的经济中心。W. E. B. 杜波伊斯将这种未画出来的全球界线称为"有色线"。作为第三条全球轴线,"有色线"不仅描绘了权力的布局,而且标明了权力的流动。美国旅行者喜欢的路线是北大西洋国家,而美国—欧洲旅行也提供了进入其他帝国地区的门路。1876 年费城百年展览上,库克的美国世界门票及咨询公司大肆宣扬休闲阶层旅游者的移动模式:"去往世界各地的票,美国、欧洲大陆、埃及和巴勒斯坦,从东至西任何地方……不管路线多么遥远、多么复杂。"跨大西洋旅游只是由种族勾勒成的更为广阔的全球移动的一部分,而"有色线"政治意味着拥有"世界门票"的游客几乎总是白人。

跨大西洋小说中的"意识"因此就是种族意识吗?高雅文学的文化是白色的吗?据经验来说,答案是否定的;从历史角度来看,给出肯定答案的种族逻辑却既是沉默的真实也是衍生出来的问题。这个争论不休的种族逻辑在非洲裔美国作家通过在知识界的领导阶层和文化界所取得的成就来推进黑人事业的努力中表现得最明显。他们在追求"最高艺术"的过程中与有色线困境进行的富有成效的奋斗照亮了白人作家忽视或者否认的部分。而且,他们的作品创造了迥然不同的"旅行提升"意识的美国画像。

1897 年,一些重要的非洲裔美国知识分子联合建立了美国黑人学会,他们这种"推动美国黑人作家文学学术作品出版"的有组织的努力是一种双重的政治挑战。在他们的纲领中,学会的明确目标直指白人种族主义:学会将驳斥对种族的"恶意攻击"。他们未公开宣布的目标则是种族内部的。培养"国内外的更高层次文化"的目标是向布克·T. 华盛顿的妥协政治发起的挑战。华盛顿是一位卓有成就的黑人教育家活动家,他主张政治上退却,把重点放在工业培训上,从而为他的黑人职业机构争取白人的支持。学会成员既反对华盛顿,也反对"受种族支配"的白人机构,他们将眼光投向高雅的文学和文化,使之成为推进美国黑人完全政治平等的工具。

这种三角斗争反映了高雅文化中既偶然又相关的种族政治。学会成员要面对两大不同的种族联盟,他们将阿诺德的改善教育的思想运用到黑人民族主义中,以解放黑人大众的名义提倡精英学习。这种格局会产生内部紧张,但也会带来生气勃勃的前景。这两种情况在学会建立者亚历山大·克拉梅尔(Alexander Crummell)的著作中都有特别清楚的表述。克拉梅尔的《非洲的未来》(*The Future of Africa*,1862)和《美国与非洲》(*America and Africa*,1891)是最早将西非带入美国跨大西洋著作的作品。74 岁的克拉梅尔是一位令人尊重的领袖和牧师,在他生命的最后一年带领大家为非洲裔美国知识分

○文学形式和大众文化（1870—1920）

子建立学者协会。他在剑桥大学接受了一流教育，著有多部文集和布道集。克拉梅尔的文学造诣帮助他将许多才华横溢的年轻作家吸纳到学会中来，如诗人保罗·劳伦斯·邓巴（Paul Laurence Dunbar）、论说文作家哈佛教授凯利·米勒（Kelly Miller）和杜波伊斯，他当时在宾夕法尼亚大学担任社会学讲师。拉丁语和希腊语学者安娜·朱丽亚·库珀（Anna Julia Cooper）是华盛顿M街学校的校长，她是学会唯一的女性成员。她的文集《来自南部的声音》（*A Voice from the South*，1892）论证了将"黑人的自由智力"既作为政治权利也作为人权维护的重要性。

年轻的时候，克拉梅尔钟情于"文明"的维多利亚理想，这是他实现美国黑人种族振兴、实现非洲种族"复兴"设想的基础。对克拉梅尔来说，文明（"文学、艺术和哲学的科学进展"）和基督福音是天生的孪生兄弟，是上帝赐给所有民族的救赎工具。像基督教一样，文明首先被赐予欧洲人民，他们有责任将它传播给其他依然生活在"异教"中的更为蒙昧的民族。尽管克拉梅尔可能是在讽刺欧洲的主宰（300年来，欧洲人穿梭于非洲海岸线，"整个海岸……凡是留下他们脚印的地方都遭到了破坏"），但他坚持维多利亚的观点，认为种族的历史命运受他所称的"上帝的经济"的支配。对他来说，坚持这种观点尤为迫切：除了通过上帝之手，还能怎样解释"当欧洲文明影响了一个国家时"这么多的土著民族所经受的蹂躏呢？对于基督教牧师来说，如果不将权力给予上帝，那就等于承认了白人至上这个不可容忍的原则。

克拉梅尔带着典型的矛盾口吻在1851年英国反奴隶制协会的演讲中表达了他的观点："在文明和启蒙进步之前，在处于劣势的那部分人类中有一种令人痛苦的事情。"尽管他接受这种"进步"有时会让他带有一点亵渎上帝的牢骚，但这同时也给全球的"非洲人民"提供了对未来的美好设想。"南海岛屿、新西兰、澳大利亚的土著居民像太阳冉冉升起时的影子一样随着盎格鲁—撒克逊移民的到来离开了，"克拉梅尔写道，但是"在所有这些令人忧郁的事实中似乎有一个例外"——"黑人"，他们的幸存和由奴隶制中不断解放出来的事实预示着在世界未来的历史中他们将发挥神圣的作用。促使克拉梅尔将白人统治作为上帝的设计来接受的同一宗教基础也给了他预言黑人文化支配地位的语言表达能力。最"高贵的"未来文明将由非洲人民来创造："它的到来也许很缓慢"，但是"它有希望获得区别于现在人们所看到的任何一种文明形式的鲜明突出的特征"。

这种语境下取得的文化成就远不仅是趣味的问题了。黑人在"文学和文明"中的成就是种族社会进步的信号。白人的进步目的论，命中注定但依然不完整，不能为白人至上而保留。到1882年，克拉梅尔走得更远了，听起来像是黑人必胜主义，在一篇文章中他称之为"黑人注定的优越"。但是这一时期的克拉梅尔更为典型地使用维多利亚文明论来表达他的设想，这种设想把西非和加勒比海纳入到已经将美国和英国连接起来的跨大西洋旅行圈中。这个旅行圈是克拉梅尔刚获得剑桥学位的时候曾经希望建立的，那时他离开英国到利比亚，之后他在蒙罗维亚的利比亚学院（Liberia College）任教20年。乘船从利物浦到西海岸的行程，像克拉梅尔描绘的那样，扩大了文明旅行的范围而不是离开了文明。航行"在眼前展开一幅全景图"，他写道，"进入旅行者视野的是英吉利海峡和它的几个岛屿、比斯开湾（the Bay of Biscay）特内里费山峰（Teneriffe）、马德拉（Madeira）和它多变的大都市生活、它美丽的风景以及它的贵族社会。"在将利比亚和塞拉利昂（诞生于那蒙昧海岸的伟大文明）的风景和城市带到跨大西洋旅行者"眼"前时，克拉梅尔改变了种族和进步的维多利亚准则，允许黑人参与到这个不再是白色的文明中。这样算来，非洲人民当然是新来者，非洲人民的传统艺术微不足道。然而，克拉梅尔的雄辩使种族等级的语言削弱了它本身的绝对性。他在《非洲的未来》一书中写道，"扬基黑人"尽管在白人手下遭受了很多磨难，他们却"没有脱离［美国］文明"，而谈到自主管理，他们比"俄国人、波兰人、匈牙利人和意大利人"都优越。

比这种肤色调整更为重要的是，克拉梅尔的维多利亚全球史学观坚持移居在外的黑人的独立作用："美国受惠于非洲。"像同为学会成员的耶鲁毕业生威廉·菲利斯（William Ferris）一样，克拉梅尔阐述了一种不同的黑人民族主义。他认为如果没有非洲，文明的历史就不可能产生。在菲利斯的两卷本研究《国外的非洲人》，又名《他在西方文明中的演化》（*The African Abroad*; *or, His Evolution in Western Civilization*, 1913）中，克拉梅尔的影响显而易见，这是一部百科全书式的作品，它认为非洲军事文化成就是古代世界不可或缺的一部分，从而改写了历史，它还叙述了一部现代史，其中美洲是"在外"非洲人的第二故乡。菲利斯"国外非洲人"的形象显著地改变了黑人历史的主题。在菲利斯的历史中，运送到国外的黑奴被黑人旅行者所取代，他们有机构、有移动性、有精明的意识。

"旅行中的幕幕景象多么给人以希望啊！"1894年克拉梅尔在给朋友的一封信中如此说，这说明益格鲁—非洲的跨大西洋自始至终都是他希望赖以存在的背景。"我回到伦敦后，就一直不停地参观画廊、大教堂和法庭，"他写道。在著名的林肯律师学院（Lincoln's Inn）法律图书馆，他遇到来自黄金海岸的"两位黑人绅士"，之后又遇到来伦敦参观的令人起敬的一位"西印度绅士"，这两次相遇都是支持克拉梅尔相信跨大西洋作用的旅行"景象"。他希望得到白人对黑人"种族能力"的认可,然而这种希望越来越难以支撑了,在他从利比亚回到美国定居之后,情况尤其如此。在美国生活其间,他对高雅文化进步的决心在重心上发生了显著变化。在他担任美国黑人学会第一任会长的短短任期内,他已经对通过认知和文学的天赋将黑人和白人连接起来共享一种文明的可能性产生了怀疑。考虑到当时两大白人帝国建立"种族联合"的呼声,克拉梅尔在谴责"黑人种族脱离于一切重大活动之外"时采用了一个非常恰当的比喻:"黑人与这个国家的商业生活、这片土地的科学生活、它的文学生活以及它的社会生活处于离婚状态。"

但是对克拉梅尔来说,吉姆·克劳(Jim Crow)①状况及全球帝国主义只能使追求高雅文学的重要性更加突出。他反对华盛顿的策略,即接受国民"分离"以换取白人对培训黑人劳动力的帮助。他在19世纪90年代写道,"这种工业主义的痛苦狂热"不过是阻碍非洲裔美国人取得任何实质性进步的"借口"。克拉梅尔曾经以为"文学和教养"是非洲人民加入欧洲"伟大文明"的通道。但他不再这样认为了。在发表于《美国黑人学会文集》(*American Negro Academy, Occasional Papers*)中的《美国人对黑人智力的态度》("The Attitude of the American Mind Toward Negro Intellect",1898)一文中,他宣称黑人的进步是一场积极的"战争",而它的"主要武器是有教养的科学头脑"。高雅文学不是高贵的文明平台,而是"奋斗"的竞技场。这篇文章的重点与一些历史学家的看法有相关之处,他们认为像克拉梅尔这样的黑人知识分子对高雅文学的关怀植根于对上流社会的崇拜。是不是有可能美国黑人学会实际上只是证明黑人中产阶级的阶级诚意的绅士俱乐部,而与大多未受教育的黑人民众没什么关系?被阶级扭曲了的愤恨和愿望无疑是学会成立的缘由之一。但是克拉梅尔的《美国人对黑人智力的态度》一文表明了他对"最高艺术"实质的主张:"最高艺术"是针对白人对整个黑人种族系统斗争的反攻。他认为白人制定的"黑人课程"根本不是课程而是"等级教育",以使黑人成为"不会思考的劳动机器"。它的目的是使非洲人民成为唯一没有脑力劳动者的民族,从而成为世界永远的"被剥削者"。那么,吉姆·克劳教育不是什么白人的"漠视或忽视",而是为"消灭黑人大脑"深思熟虑的持久努力的最新事例:"他们对黑人粗工、下人并不厌恶;但是一旦黑人成为有知识有文化的人,美国人的偏见就立即表现出来了。"

克拉梅尔呼吁黑人要有文化、有教养,同时他也表达了对剥削黑人劳动的"智力上的无法忍受"。"智力上的无法忍受"这一醒目的说法暗示着黑人

---

① 吉姆·克劳,美国对黑人的种族歧视或种族隔离制度。——译者注

1 博物馆现实主义

学者和艺术家与工人阶级劳工一样，要求"获得更多的由［黑人］辛苦劳作创造出来的财富"。克拉梅尔在美国黑人学会发表的另一篇文章《文明、种族的基本需要》（"Civilization, the Primal Need of the Race", 1898）中更清楚地表达了这种思想，文中他就"脑力劳动"做了详细论述，"脑力劳动"是"学者和思想家"的特殊责任。他认为知识分子的劳动最终产生的不是精神创作或美的装饰品，而是行动的形式（那些"已经洞察到事物的生命，已经掌握了会使人们行动起来的艺术"的人的作品）。克拉梅尔对高雅文化的关注不是渴望白人"文化阶级"的接受，而是服务于"我们民族整个社会和家庭生活"的事业。

克拉梅尔后期文章中明显的政治语境暴露了大多数跨大西洋高雅文化背后缄默的"白人"意识。"因为总的来说，美国人容不下黑人的智慧，"他写道，"黑人自己有责任鼓励和培养自己的种族能力。"到他事业晚期时，克拉梅尔的盎格鲁—非洲跨大西洋论不再是抽象的文明而是黑人的公众领域——"我们这个世界的智力"，像他强调的那样。在《美国人对黑人智力的态度》一文的结尾，他列数了黑人在欧洲所取得的艺术成就——亨利·坦纳（Henry Tanner）的作品《拉撒路的复活》（*Raising of Lazarus*）在巴黎获奖，在"著名的卢森堡画廊"（famous Luxembourg Gallery）陈列；保罗·劳伦斯·邓巴在"文学大都市伦敦"取得的几次"成功"。这一系列成就的影响改变了跨大西洋文化的轮廓。通过援引这些事例，克拉梅尔将欧洲画廊变成了"黑人知识界"的放逐基地，使人想起在种族隔离的美国边境之外有一个繁荣昌盛的美国黑人"文学共和国"。高雅文化将成为充满敌意的年代中黑人种族"知识分子"放逐的家园。

W. E. B. 杜波伊斯自身的意识受到欧洲留学岁月的深刻影响，他进一步扩展了克拉梅尔对种族与高雅文化之间时而看得见时而看不见的种种关系的分析。在《黑人艺术的标准》（"Criteria of Negro Art", 1926）一文中，杜波伊斯回顾了他自己世纪末的跨大西洋旅行。像一些美国白人作家一样，杜波伊斯也以欧洲背景的美——他选择的是苏格兰风景的"迷人之美"——作为批判地挑战镀金时代价值观的场所。然而与其他人不一样，杜波伊斯将商业批评与种族意识的问题在旅行这一传统主题上联系起来。

104

> 我读高中时背诵了斯科特（Scott）的《湖上夫人》（"Lady of the Lake"）的大部分。在以后的生活中我有幸见到了这个湖。那是一个星期天。四周很安静……周遭都能感觉到那部诗的韵律。［但是突然来了］一群游人。他们大都是美国人，大声喧哗着。他们涌到那只小小的游船

089

○文学形式和大众文化（1870—1920）

上，——男人们戴的帽子微微歪向一边，嘴角斜叼着香烟；女人们纵声谈笑着。他们将其他人挤了出去。安静的当地人和来自其他地方的游客默默又半是好奇地躲了开去。他们没有做什么坏事，但他们做得不对。也许他们带着一种力量和成就感，但是内心没有领会充溢着这个神圣地方的美。

对美的感悟成了判别美国白人游客所代表的民族特征的检验标准。"我们想做美国人，"他给一位黑人观众这样写道，"拥有其他美国公民一样的权利。但是仅此而已吗？我们仅仅是想做美国人吗？"不是的，如果它仅仅意味着那些"俗丽奢华"而缺乏理解力的富有游客所代表的"现在的目标和理想"。对杜波伊斯来说，跨文化的美景不是为了培养抽象的"意识"，而是为了批判性的观看。观察美国的商业价值是黑人对自身欲望和条件保持警惕的文化建设的一部分。"假设，你也……有钱有权了，"他写道，"你会想要什么呢？"杜波伊斯用跨大西洋旅行来检验"我们可以为自己、为全美国建设的那种世界"。美学理解之于杜波伊斯永远是语境下的意识，它游走于美的普遍吸引和根深蒂固的社会细节之间——他称之为"世界的事实"。跨大西洋意识，历史地但非本质地说来，是一种白人意识。杜波伊斯描绘了苏格兰之后，又用抒情的笔调记录了对美的沉思，打破了白人封闭的跨大西洋意识。

> 毕竟，谁会表述美呢？美是什么呢？今天晚上我想起了四件美好的事物：科隆大教堂，像一片石林，坐落在光影变换之间，反射着阳光，回响着庄严的歌声；西非维耶斯（Veys）的一个村庄，一个浅紫色的小小村庄，安安静静、心满意足地闪耀在阳光下；漆黑的房间里，古老泛黄的大理石上安放着米洛的维纳斯；大南部的一段乐句——纯粹的旋律——萦绕着、哀诉着，突然在月光下从黑夜与永恒中升腾起来。

对于杜波伊斯来说，由美和旅行带入生活中的意识变成了一个永久问题的关键："这种美与世界有什么关系呢？"这是美学的主要问题，而且杜波伊斯从未冒昧地对此给出一个答案。杜波伊斯反而在提出这一问题的时候明确指出了世界上这些矛盾体的存在：从卢浮宫到非洲大峡谷，然后达到南部的"黑带"，事实上它们汇集于一体。美学的问题在于用什么来衡量美以及用什么来将他所谓的不同"文化中心"联合起来。杜波伊斯促进"黑人艺术"的产生不是为了将人类文明的阶梯抬高一节，而是为了加快可认知世界之间的联系。

2 豪威尔斯、詹姆斯和共和国文学

高雅文化的公民作用

马修·阿诺德在他的著作《文化与无政府状态》中赋予了"文化"一词新的深邃含义。"我不会如此过分地说阿诺德发明了'文化'一词，"亨利·詹姆斯写道，"但是他使这个词的意义比以前更加明确——他使这个词充满活力。"当然，用有学识的行话来说，让文化"充满活力"的部分原因是阿诺德把这个词与"无政府状态"放在一起作为文化的反义词。"无政府状态"的紧迫性使"文化"变成其冷静和稳定的反面，成为一种社会骚乱的解毒剂。文化被看做一种人类经历中中立和公正的领域，在这个领域中，派系之间敌对的利益可能变得不是那么重要，它支持从一种共享的角度对现代生活进行理性的反思。W. E. B. 杜波伊斯在写《黑人的灵魂》时脑子里就有了这个领域，非洲籍的美国人希望成为"文化王国中的合作者"而不愿意被归类为政治领域中的"问题"角色。杜波伊斯也向我们警告了阿诺德式的文化概念中的某种错误。只要这种"文化领域"是带有隔离性的——即使它只是解决隔离的一种方法，正如杜波伊斯希望的那样——它就参与了种族这个难以驾驭的问题。只要作为政治超越或决议，这个文化领域就肯定带有政治色彩。

因此，沃顿的"精神的共和国"形象就带有了两面性，这个形象极好地讽刺了一个政治符号、一个共和国，以表明存在于政治的"物质偶然"之外的文化空间。当阿诺德从英国中产阶级中分辨出"许多外来人，如果我们可以这样称呼他们的话"时使用了一个相似的措辞，这些人发达的识别能力赋予了他们一种超越任何狭隘利益的特殊职责。文化外来人、精神公民、合作者的王国——这些自相矛盾的形象开始捕捉某些显现在人们努力设想与社会

文学形式和大众文化（1870—1920）

权力和公正相关的美学文化的过程中的紧张因素。他们同时提醒我们，在关键性的设想中，美学和社会相互影响，没有哪一方在概念上是独立的。

无论出于抗议、阶级轻视或者政治愿望，这一时期美国和英国的有识之士越来越多地开始谈及文化，这使审美问题成为全国关注的新焦点。独立战争结束仅几年之后，当托马斯·温特沃斯·希金森在《大西洋月刊》上发表《为文化辩护》("A Plea for Culture"，1867）一文时，这位文学人正在把先前作为美国陆军上校的精神转入提高国家艺术和鉴赏力的活动中——"为了艺术的美国，"希金森写道："我们的智慧还依然主要放在机器上。我们需要的是在某处能够有机会接触到高雅艺术。"他呼吁在美国建立"更好的艺术展厅"和"更高尚的生活方式"。这是战后早期演讲的典型例子，表达了阿诺德所谓的作为一种特殊国家资源的文化"内在运转"的观点。

希金森的"艺术的美国"是一种未实现的审美共和国，它代表了现实社会趋于完善的潜力。培养"真正的美国文学"的愿望始于战前的民族主义，但是在阿诺德的社会背景下，文学民族主义现在已经注重文化分层问题。只有"更高尚"的表达才能显示民族性。更为矛盾的是，此时的高雅艺术被赋予了为冲突中的城市带来和谐以及在极其多样化的人民中培养共同阶级情感的使命。约翰·苏利文·德怀特（John Sullivan Dwight）在《大西洋月刊》的一篇文章中说：最好的音乐是可以在美国"各种民族混居的人民"中传播"文明的媒介"，并通过对人们灌输"对秩序充满热情的爱"而抑制激进主义。根据大都会艺术博物馆创始人约瑟夫·乔特（Joseph Choate）的看法，最优秀的艺术可以直接"教化、教育和净化一个实干的、勤劳的民族"。设计恰当的花园和城市博物馆为公众提供了一个"相反环境的课堂"，以对抗杂乱无章的街道和平淡乏味的商店。

当艺术被宣传成直接控制暴民的手段时，人们对艺术的社会力量最有信心。有人提出，美学文化不仅能增强国家的团结、意志和目标的统一，而且还能保证"减少罢工"，保证产业劳力"更加忠诚地工作"。纽约艺术科学院（The Academy of Arts and Sciences）的部长极力主张建立"剧院、歌剧院、艺术学院和博物馆等"，认为这是解决"整体消沉"的方法，否则将"无法培养文化"。这种泰然自若的声明今天说起来令人不解。它们听起来像是"信念"和"恐惧"的混合物。这些呼吁是出于真诚还是欺骗？它们反映了某种希望还是仅仅是自欺欺人？

要理解这个问题，我们必须了解不同动机之间的关系，而不是要把这些不同动机进行分类。有人真诚地相信艺术可以带来国家的振兴，而其他人认为艺术带来的是国家的解体，这是一种思想的两个变体。每一次美国的进步

2 豪威尔斯、詹姆斯和共和国文学

和劫数都塑造了一种文化的领导地位，并且合法地把精英人士的品位和兴趣定为国家的标准。社会的职责和阶级的削减经常是同一种动力的两个方面。当波士顿交响乐团（Boston Symphony Orchestra）的创始人亨利·李·希金森（Henry Lee Higginson）要求一个"有公德心的"亲属向哈佛大学捐赠10万美元的时候（"你不但亏欠您自己，而且亏欠你的国家，亏欠了合众国"），他所表达的慈善动机反映了萦绕他心头的对"紧张并痛苦的"阶级争斗的恐惧："教育并从暴民中解救我们自己、我们的家庭和我们的财富！"

这样的观点表明，提倡文化和慈善可以作为社会控制的方式。但是，如果我们把这个时期的高雅艺术当成强制性阶级控制的计划的话，那我们就没有抓住艺术的社会力量这个最重要的方面。高尚艺术的倡导者们意识到文化形式需要一种人类内心最深的、最重要的转变。"文化具有传染性，"一位《大西洋月刊》的作者写道。文化的吸引力归根结底是对人们乐趣和感情的吸引，就是我们恰如其分地称之为品位的那种内心感觉。虽然用词不当，但是品位恰如其分地指构成文化理解力的那些微妙的感知判断和理解。像舌头对甜味和苦味的感觉一样，美学品位似乎更具有自发性而非沉思性，更属于身体的反映而非思想的反映。诗人威廉·卡伦·布莱恩特在一次攻击城市邪恶的艺术集会上，面对纽约的听众，着重强调了"美感"的重要性，强调了在内心可以让灵魂焕然一新的"对秩序、对称和比例的感知"。这个时期计划周密的全国范围内振奋美国文化的运动，代表了人们希望通过内心效仿而达到管理目的的努力：其目的不是统治，而是诱惑，是把感觉和乐趣改变成"对秩序拥有无限的爱"的个性。毫无疑问，这里所说的"秩序"并非所有的秩序；任何超出中产阶级标准的乐趣和限制都可能被认为是混乱，如果不是无政府主义的话。但是"对秩序的爱"这种措辞使人觉得中产阶级的标准就是通用标准。坚持"艺术的美国"并不是一个精心设计的把一个阶级的权威强加给其他阶级的手段，而是让所有的公民都接受内心转变的一个计划。

对内在性的强调意味着高雅文化的乐趣不可能强加于人，高雅文化只有作为礼物赠与人才能达到效果——无论这个礼物是否被接受。像希金斯、托马斯·萨金特·佩里和艾格尼丝·莱普利尔（Agnes Repplier）这样的作家把真正扩展大众的共享感情作为自己的职责。威廉·狄恩·豪威尔斯在这一主题上进行了一番最孜孜不倦的研究。豪威尔斯认为，最高雅的艺术将"拓宽人们的同情心"。他在对保罗·劳伦斯·邓巴作品的论述中写道："偏见注定要在艺术中灭亡。"这一看法今天已经成为了某种信条。从一个层次来讲，高雅文化机构有些像宗教机构，寻求在民众中创造同样的体验。《斯克莱布纳月刊》上的一篇文章中写道："像在宗教中一样，艺术中也存在着某种'精神的

109

○文学形式和大众文化（1870—1920）

见证人'。"同样的类比出现在伊迪丝·沃顿的回顾性小说《虚幻曙光》（*False Dawn*，1924）中，故事讲述了主人公在欧洲待了一段时间后回到了19世纪40年代的纽约，他重新认识了意大利原始绘画的美，体验到了"某种使徒般的狂喜"。在经历了这次信仰转变之后，他被激励"继续前行，去传播"重新发现的美学"新福音"。

希望人们改变信仰，鼓励人们体验共通性这种愿望的另一面是识别和标记差别的愿望。广泛传播艺术的出版物同时也攻击"百姓文明"（crowd civilization）的各种形式：

> 首先，取缔各种杂耍剧院，因为那里演奏配有粗俗语言的粗俗音乐，以免年轻大众在接受教育的过程中受负面影响。取缔大街上恶魔般的钢琴和手风琴演奏，这些演奏到处散播邪恶的曲调，降低了邻区孩子们的音乐品位，使他们像澳大利亚丛林居民那样认为噪音和节奏放在一起就是音乐。取缔原汁原味的美国怪诞表演……取缔剧院和乐队演奏杂耍剧院的玩意儿……取缔那些用稀奇古怪的所谓音乐表演者的免费广告来填充版面而降低艺术品位的报纸。

尽管带有修辞色彩，但是这个"取缔"大众艺术形式的呼吁依然具有启发性。命令的口吻、过度而不留有余地的措辞以及重复的节奏都表明了一种控制文化表达的强烈愿望。它产生的实际作用就是让人们把注意力集中在令人厌恶的东西上，使高雅文化与大众文化之间的区别具体化。这个过程隐藏在一种带有分类性的语言之后，自称在描述它所谓的怪诞和稀奇古怪的艺术"类型"。而且，所有的人都被认为处在高雅艺术的领域之外。正如 W. E. B. 杜波伊斯在《黑人的灵魂》中提醒读者的那样："黑人们或者被完全拒绝进入绝大多数的图书馆、讲座、音乐会以及博物馆，或者被允许进入，但是条款对黑人阶层极端羞辱，否则的话黑人会对这些地方产生兴趣的。"

扩大范围，标记粗俗：这两个匹配的命令阐明了建立一个"艺术的美国"的主要目的。因为艺术只对很少一部分人有吸引力，所以高雅艺术通常被描绘为孤芳自赏，具有排外性。但是除了杜波伊斯提出的需直接取缔的东西以外，强调高雅文化背后的重要原则并不是排外而是选择。人们只出于自愿而乐意接受艺术和文学，这一点成为衡量内心生活的有效尺度。高雅艺术的广泛传播而非限制是在社会学科中发挥高雅文化作用的基础，公众品位对其的拒绝与对其的接受（尽管程度要小得多）同样重要。豪威尔斯于1878年在《大西洋月刊》上发表了一篇题为《美国生活中的某些危险趋势》（"Certain

Dangerous Tendencies in American Life")的社论，文章一开始就阐述这些原则的重要地位。"我们正处在一场财产战争的初期，以满足文明生活对更高欲望的要求。"工人们渐渐把"艺术作品和高雅文化的手段，以及所有富有和高雅人士拥有的财产和生活环境"视为"劳动者贫穷和堕落的原因和象征，并对之恨之入骨"。社论指出，这种看法是一种误解，把高贵的艺术作品与奢侈无度混为一谈。艺术和高雅文化可以说是大众利益，因此它们代表了一种公共责任而不是专有的财产。社论断言，那些"相信文化、财产和文明"的人"必须建立必要的机构来传播新文化，一个更高秩序的文化"，以带来"大众的道德教育"。

对传播高雅文化的新"机构"的呼吁代表了一种意义深远的历史变革，把自由管理融入到了文化领域中。当然，艺术和文化能够促进社会利益这个观点几乎没有什么新意。诸如于尔根·哈贝马斯（Jürgen Habermas）这样的学者追溯了美学批评新流派发展的道路，它出现于18世纪，鼓励艺术从教堂和君主政治的权威传统中分离出来，此过程创造了一个独立的公共领域（即时依然受到限制），有财产公民的美学判断都受到社会辩论和文明进步的控制。到马修·阿诺德把艺术称为"对生活的批判"的时候，这个观点已经是老生常谈。但是，这个时期一个普遍的新观点就是美学文化具有使一个人产生自我转变的力量，在公共管理的实践日程上具有其显著的地位。在豪威尔斯发表1878年社论时，只有少数几个主要的大城市博物馆、大众交响乐团和地方歌剧团刚刚成立。然而，在短短的几年里，相当数量的类似机构被建立起来，在美国形成了一个控制高雅艺术作品和艺术演出生产和分配的职业机构网络。因为这些艺术机构已经脱离了主教和国王的控制，所以现在与城市和州政府的关系越来越密切。

管理这个准公共文化事业体制的主要是当地的私人赞助团体，但是这个体制很快与像公立学校这样的机构建立了联系。纽约大都市博物馆由金融家和艺术顾问们于1870年建立。波士顿艺术博物馆很快于1873年成立，同样也是由城市中的重要人物赞助建立的，1881年成立的波士顿交响乐团也是如此。费城艺术博物馆（成立于1877年）是在百年纪念展之后由州立法机构主要参与筹建起来的，这是政府参与建立博物馆的一个早期例证。尽管史密森学会（Smithsonian Institution）早在19世纪40年代就开始组建，但据其会长乔治·布朗·古德所说，直到1876年"一个真正的国家博物馆"才在华盛顿建立起来。像其他的文化领袖一样，古德强调一个博物馆必须能够转变人类内在的东西。"我们必须取消过去的博物馆，"他在1888年的一个报告里陈述，"重新建立新的博物馆，把博物馆从小古玩的墓地变成人类思想的培育室。"如果这种可能性成为现实,那么"未来的博物馆将成为更高文明的主要机构"。学校可以循环使用标本,犹如博物馆的权威"从美术馆到讲演厅,从讲演厅到郊区学校"的流动。

就此而论,显而易见文学创作是国家传播更高文明的另一个"主要机构"。高雅文学文化以一些主要杂志为基础,这些杂志中的大多数都是大出版公司的内部刊物。这些文学出版物——《大西洋月刊》、《哈珀杂志》、《世纪杂志》和《斯克莱布纳》都是公认的领导刊物——通过评论相同的书籍,出版相同作家的作品,采用相似的主题(通常互不干扰),相互雇佣作家和编辑,来加强彼此的威信。与其他文化机构一样,这些杂志视培养高雅民族文学为公共责任。在这些机构看来,高雅文化并不是什么高贵的财产,也不是一种娱乐形式,而是民族的道德源泉,应该由获得公众信任的专业人士来管理。豪威尔斯尤其指出,小说家特别适合提高公众的文化水平:"他承担了一个更大的职责,有些像医生或者牧师的职责,"而且"受到法律的约束,与法律工作一样神圣。"

这种把高雅艺术与公共秩序和职业机构联系起来取得的成功显而易见,但是其效果究竟如何呢?没有一个单一的标准可以评判人们把小说变成民族振兴工具的努力。"高品质"杂志以及杂志所宣传的作者们赢得了文学权威的声望,尽管并非没有挑战者。他们的声望吸引了大量读者,从而使众多的美国人认识了以前很少在美国杂志上曝光的作家,其中包括来自法国、德国、西班牙和美国的一大批作者。如出名一样,甚至这些批评家和作家的失败——比如他们没有能够吸引大量的读者——也造就了一种类型的成功。即使人们忽视了他们对高雅艺术的推广,他们的努力依然在公开场合表明了高雅文化所致力改变的社会差别。这个过程在沃顿的《虚幻曙光》一书中得到了阐释。准艺术使徒刘易斯·雷西(Lewis Raycie)强烈地希望赢得追随者,他把自己在曼哈顿的家变成了一个开放的画廊展示其意大利油画藏品,震撼了纽约。但雷西是一个没有国家的文化先知。正如小说描绘了他愿意与人分享自己的收藏一样,小说也有条理地勾勒了文化差异的新线条。对于沃顿的读者来说,雷西的画廊最终聚集了"一群沉默但有声望的人,他们心不在焉地在屋子里闲逛,出来时满腹牢骚地说这根本不值钱"。雷西的失败构建了一个自我毁灭的人群——这"群"人是"暴民"的中产阶级版本——他们拒绝雷西油画收藏的行为讽刺性地巩固了雷西作为沃顿笔下文化英雄的地位。这个故事阐明了高雅文化的一个独特的优势:一种因为失败而获得成功的能力。在一个大众社会中,声望会随着失败而提升。

但是声望的优势不应该掩盖文化竞争的现实。大量涌现的管理高雅艺术的"机构"发现自己正处在与商业文化的激烈角逐中。这些机构作出的吸引大众的努力真实而诚挚。"大量的读者现在正沉迷于纯粹的寓言故事带来的愚蠢快乐中,"豪威尔斯在《小说与批评》中指出,"他们应该提高到对小说描绘的真实生活所带来的意义感兴趣的水平。"然而,与商业文化争夺美国"大众"的竞争图突出了一个结构弱点。在这样的竞争中,高雅文化的本质,即它区别于商业文化的特点,成为了一个显著问题。怎样才能把文化洞察力这样的精神财富变成一个模式呢?怎样才能将无形的品位和判断能力变成有形的物体供人们效仿,或者做不到这一点的话,给人们带来威胁呢?解决方法很有讽刺意味而且不无风险:为了驾驭文化的力量,展现洞察力。这个时期的高雅文化通过新机构和新领域全力展示自己——使其与众不同之处引人注目。

博物馆再次提供了一个贴切的历史类比。城市博物馆已经成为指导公众挑剔性洞察力的一个场所,博物馆不仅仅展示物品,更重要的是它使参观者和未参观者同样能够意识到无形知识的存在——展品背后隐藏的专业知识——正是这种知识决定了那些展品可以搜集展出。换句话说,博物馆也收藏了不公开展览的东西:专家的文化权威。古德认为博物馆应该有"两大层次"的藏品,具体化了博物馆的功能。"展览系列"向大众公开,展品在"明亮的玻璃"后面"摆放整齐,引人入胜"。另一方面,"研究系列"("上百成千的标本")"永久地远离大众的视线",只为博物馆提供"知识上层建筑的基础"。藏而不露的藏品是博物馆权威的保证,而公共展品让人们目睹了博物馆的专业知识。(古德写道,"公众应该为博物馆的馆藏感到骄傲",这些馆藏仅为专家使用,但是"科学研究必不可少"。)同时,公共展品也使文化精品可供研究和学习。"人民的博物馆不应该仅仅是一个摆满标本玻璃瓶子的房间。它应该是充满见解和思想的地方,严格按照体系陈列和安排。"博物馆应不仅提供展示的物品,而且应该为专注的参观者提供机会,以获得不为外界所知的无形的知识。

文学的发展为我们提供了类似的直接和间接显示洞察力的例证。在一个作家职业有着各种形式的年代,书自身就是一种艺术形式。私人收藏和国家图书馆都寻找珍奇书籍或者介绍鲜为人知的知识书籍,例如,查尔斯·艾略特·诺顿的《中世纪教堂建筑史研究》(*Historical Studies of Church Building in the Middle Ages*,1880),伯纳德·贝伦松(Bernard Berenson)的《文艺复兴时期的重要意大利画家》(*Central Italian Painters of the Renaissance*,1897),博西韦尔·洛威尔(Percival Lowell)的《隐匿的日本》,又名《众神的出路》(*Occult Japan: or the Way of the Gods*,1894),伊迪丝·沃顿的《在摩洛哥》(*In Morocco*,1920)。这些书中都有作者们独到的见解和特殊的经历。与孤版

文学形式和大众文化（1870—1920）

不同，这些作品货源充足，但是作为读者手中或博物馆书架上的读物，它们依然代表着不为众人所知的文化知识，尽管这些书放在那里是供大家阅读分享的。

由期刊推动并发展的虚构故事对小说进行了重新设计，呈现出同样的充满矛盾的展示和歧视的规则。虽然现实主义小说延续了之前小说的相同主题——探讨求爱、家庭生活和社会行为，表现道德和社会之间的冲突——但是高雅现代主义的拥趸者把这个流派重新定位为挑战传统或流行小说的一种形式。相对于博物馆而言，小说的展示功能没有那么明显，但是小说已经被改造成一个教育空间，一种崭新的准公共空间，小说表达可以对抗"现有书籍"、演出和商业展览中存在的"扭曲的、误导性的相似性"。现实主义小说不仅仅坚持"真实地描写生活"，而且证实存在着一种专业知识——豪威尔斯明确地称之为"一种科学的规范性"——一种区分准确表达和歪曲、事实和寓言必不可少的知识。这种知识并不存在于故事中，而是存在于阅读小说必须具备的感知习惯中。现实主义小说不仅使表达本身成为虚构的媒介，而且成为一个独特的文化实践和竞争场所。带着恰如其分的洞察力阅读小说，使人们可以掌握一种特殊的知识——按照豪威尔斯的话说，就是"事物本身的价值"。

但是，一旦小说被蓄意改变为"表演和表象"的解毒药的话，那么小说就开始作为大众文化的"结果"而进入大众的视线。这个矛盾——为了使高雅文化脱离众人的瞩目，文化就必须引起众人的瞩目——确定了由此而带来的竞争的范围，说明了这个时期文学的主要活力和创造性。现实主义作品对此有着不同程度的见解，它们意识到大众文化正在重新制定现实的秩序。在竞争的压力下，现实主义小说开始与它所反对的现实世界越来越相似。但是这种相似性对于高雅文化小说来说不仅仅是一个简单的风险，它也是一个前提：正是这种相关性使现代主义洞察力越来越成为专门的、有价值的特质——简而言之，那就是特性。

威廉·狄恩·豪威尔斯、现实主义和《现代婚姻》

与这段时期的其他小说一样，豪威尔斯的《现代婚姻》讲述了一桩糟糕的婚姻；与其他作品不同，这次的婚姻问题不是通奸而是宣传导致的。报社记者巴特莱·哈伯德（Bartley Hubbard）与他的妻子玛西娅（Marcia）三年的婚姻出现了危机，起因是妻子以丈夫对婚姻不忠而把丈夫告上了法庭。但她错怪了丈夫，不久她就知道了这一点。但是这项错误的指控带来的后果与真实指控一样：它引发了一场激烈的争吵，然后是冲动的分居，到后来是戏剧般的离婚。豪威尔斯在这里运用了一种典型的情节处理方法——通奸，其意义是表现更深层次的传统家庭生活的瓦解。哈伯德的婚姻并不是由背叛感情而断送的——巴特莱并没有任何私人感情可供背叛。相反，他唯一持久的兴趣和满足来自于大众宣传的内在能量，或者是叙述者所称的巴特莱的"报纸本能"。同样，玛西娅的"家庭天性"是已经被商业文化扭曲了的女人的多愁善感。她不切实际的期望和感情主义是对情节剧"混乱的模仿"，豪威尔斯认为这种情节剧是这个时代大众小说的传染病。在出版了更多有关传统婚姻的小说如《偶遇熟人》（*A Chance Acquaintance*，1873）和《可怕的职责》（*A Fearful Responsibility*，1881）之后，豪威尔斯在《现代婚姻》中彻底改造了婚姻，书中美国婚姻的双方都受到大众社会的欲望和影响的束缚。他之后把这部小说称为他第一部真正的"现实主义"小说。

　　巴特莱的"报纸本能"既带有性爱的盲目性，同时又带有性爱的谨慎性，小说里对此进行了明显了比较。作为一家颇具攻击性的波士顿报社的记者，巴特莱梦想着创办一个更加有趣的报纸以吸引公众的视线。他计划中的"风味"新闻业将准确地瞄准各种读者的兴趣——为下层读者提供"本地的事故和犯罪"，为城市工薪阶层提供政治事件，为更高层次提供宗教漫谈（"它像谋杀一样吸引女性"），为社会精英阶层提供时装和财经报道——以此吸引整个大众读者群来购买同一份报纸。巴特莱把他的新闻"原则"简单地定义为满足需求——"你必须给人们想要的东西"——尽管它总是精心安排以激发人们的兴趣。巴特莱的想法引起了在酒吧碰到的一个剧院老板的兴趣，这个人推出了一种新的杂耍节目"滑稽表演"（演员全部为女性）。"我给了公众想要的东西，"这个滑稽表演节目的经理说。巴特莱回答道："报纸也是一样。"

　　豪威尔斯描写此景以获取幽默，但是把大众市场的新闻业与滑稽表演之间进行对比是一种尖锐的批评。到19世纪70年代中期，即小说发生的时间，滑稽表演团为美国观众提供了多种剧院效果的新奇表演同时，又没有任何下流猥亵的成分，因此大受美国观众的欢迎。比如在1868—1869年这段波士顿演出季的时间里，波士顿七家剧院中的五家都上演了来自英国的滑稽剧表演，这促使豪威尔斯在《大西洋月刊》上发表了一篇分析当时红红火火的滑稽表演《奇观缪斯》的文章。这些剧团全部由女性演员组成，她们打扮成男性模样，蹩脚地表演一些幽默短剧、歌曲、舞蹈，"绕场进行"滑稽说唱表演，以及就一主题进行拙劣的模仿。豪威尔斯的评论指出，尽管并非没有讽刺意味，但那位滑稽表演经理所谓的"大众品位的观点"似乎准确地测出了大众的口味("那些外表诚实、穿着朴实的男男女女")。豪威尔斯之所以对滑稽表演反感,并不是因为表演中有性刺激成分,而是因为表演故意给人造成不连贯的感觉——性别扭曲以及毫无关联的大量视觉冲击。他写道:"令人消沉的荒谬感、杂乱无章感,表演最后甚至都有一种下流感。"滑稽表演来势汹汹,改变了一切:"如果现在不受到法律的禁止,任何其他的新鲜事物都不会留下。"

滑稽表演不经意地汇集了多种新奇事物,是豪威尔斯文学现代主义的原型。1875 年,豪威尔斯观看了一场名为《美狄亚》(Medea)的经典演出,激发了他创作《现代婚姻》的想法。("我对自己说,'这是一个印第安纳离婚案例。'")他的《新美狄亚》("New Medea")意在探索现代人们的性和感情的瓦解。像豪威尔斯的小说一样,一个名为《伊克西翁》又名《缚在轮子上的人》(Ixion; or the Man at the Wheel,1863)的著名滑稽表演也通过典故的方式表现了现代婚姻的这个主题,但是其目的是模仿和引起观众的好奇。《伊克西翁》瞄准了社会精英们对离婚的爱好,选取了古典神话中的片段进行滑稽模仿。《伊克西翁》这部喜剧由 F·C. 伯纳德(F·C·Burnand)创作,著名演员莉迪亚·汤普森(Lydia Thompson)出演剧中色萨利(Thessaly)① 国王一角,国王到奥林匹斯山(Mount Olympus)的游玩为大量的主题玩笑、歌曲和舞蹈提供了背景。这种滑稽表演着意创造的不协调感导致另一位评论家把这种表演流派形容为娱乐的"畸形"形式:"说它畸形并不是说它邪恶、令人厌恶或者憎恨,而是说它畸形的不协调性和违背自然……它的整个体系是对体系的蔑视。"

对于豪威尔斯来说,同样的滑稽表演中的"演出缪斯"统治了大众新闻业。这类新闻业的问题不在于其普及性,而在于它是普及性的源泉,通过不必要的大众曝光而引起读者的兴奋。像滑稽表演一样,巴特莱的报纸依靠展示通常人们看不到的东西来引起人们的兴趣。豪威尔斯把报纸搜集、加工和传播杂乱无章、耸人听闻的消息形容为大众新闻业的"罪恶":"为什么记者要告诉我在东马柴厄斯(East Machias)一个已婚男人与他的女仆私奔了呢?"豪威尔斯笔下一位不满的角色这样问道。"为什么我要忍受一场铁路车祸带来的恐怖,让那些血淋淋的事实搞糟了我吃早饭的心情?""为什么我要从一份电报上得知三个黑人是怎样在北卡罗来纳州的绞刑架上死去的?"报纸就是一个伪装下的滑稽表演,为娱乐业提供了流行舞台表演中同样的种族冲击、家庭丑闻和新奇场景。在豪威尔斯看来,大众新闻业受到了吸引力的驱使,是一种现实中的滑稽表演。

---

① 色萨利,希腊城市。——译者注

2 豪威尔斯、詹姆斯和共和国文学

豪威尔斯的小说谴责了一系列被报纸所开拓的耸人听闻的话题，如私奔、铁路事故和自杀、追踪犯人的侦探、离婚审判以及谋杀。但是值得注意的是，相同的话题正是豪威尔斯自己小说中的情节。哈伯德的婚姻故事从私奔开始，在小说结束之前提到了玛西娅自杀的念头、巴特莱被侦探追踪、一场不太严重的火车事故、一起重要的离婚审判以及巴特莱自己被枪手谋杀的报道。小说就此展开，与它所列举和谴责的景象离奇地重叠。豪威尔斯的小说以这些丑闻构成看起来似乎有些古怪——难道这些不都是现实主义小说明确表达要规避的不必要的新奇？但是如果正确理解的话，这种叙述上的重叠并没有削弱豪威尔斯的现实主义；相反可以说它构成了现实主义，显示出现实主义历史构成的复杂性。对于豪威尔斯而言，像离婚这样的话题的确可以引起公众浓厚的兴趣，但是必须在正确的叙述模式下。《现代婚姻》意在恰如其分地揭露扭曲的报纸曝光，以允许有辨别能力的读者看出区别。这种重叠表现了高雅文学现实主义基础的文化竞争的缩影，是对近来不断扩大的大众表达力量的争夺。豪威尔斯对混乱状态的厌恶不是简单地对低俗乐趣的一个清教徒式的本能反应。相反，在越来越多的商业表演和庸俗小说标题的背后，豪威尔斯看到扩张的市场所具有的分解和重组变为传统的文化适应机构的力量。现实主义要成为现实的捍卫者，以抗击市场篡改事实的力量。

巴特莱作为新闻记者的敏锐使他对波士顿地区和居民有着"全面的了解"。但是小说也强调，读者应该认识到巴特莱严重缺乏另一种理解力：他对于"一个城市中各种世态的特性和区别鲜有了解，而实际上这种世态对于一个城市来说举足轻重"。这些传统的"世态"，以及理解世态必须的"特性"，并没有被明确地点出。但是这个评论让我们注意到一个更加引申的观点，一个小说本身最终意识到的观点。通过情节，小说展现了一幅哈伯德居所周围独特但相互影响的社会区域的画面：巴特莱采集新闻经常光临的地方，哈伯德居所周围规模不大的家家户户，波士顿上流社会的小圈子，职业办公室和俱乐部区域，以及一些公共场所如酒吧、饭庄、剧院，等等。豪威尔斯在评论中说道："生活就是生存在人与人的关系中。"豪威尔斯认为抓住这些"各种世态"的能力就是理解小说的关键。像滑稽表演和大众新闻业这样的对手也表现了社会生活，但是它们只是对各种事件和场景杂乱无章的拼凑。在豪威尔斯看来，我们必须把越来越多样化的城市世态看成一个社会整体。

巴特莱对于"特性的了解"在波士顿新建的高雅艺术机构这个独特的公共场所得到了检验。叙述者详细描述了巴特莱和玛西娅

> 有时候去美术博物馆的情景。在那里玛西娅又饿又累，好像那里是梵蒂

◎文学形式和大众文化（1870—1920）

冈。他们从公共图书馆里偷出几本书并引以为傲，在图书馆里他们蹑手蹑脚，大气也不敢出；他们觉得中午听一场大型管风琴演奏是一次神圣的享受。当他们坐在音乐厅时，音乐强劲而有力，冲击着他们年轻的心灵，此时巴特莱在玛西娅耳边给她讲了一个有关管风琴的笑话；在享受完贵族感觉后，他们一起去科普兰德（Copeland）或韦伯（Weber）或费拉（Fera）或者是帕克（Parker）等快餐店吃饭……

这一段里的特性都没有直接点明。这一段的意义在于让读者抓住没有被巴特莱和玛西娅看到的东西。读者知道这一对儿在风琴表演时所体验到的"贵族感觉"实际上表明他们真正缺乏艺术感知，因为那些懂得欣赏艺术和文化、生活在艺术氛围中的人永远都不会有巴特莱夫妇体验到的"贵族感觉"并认为自己的层次得到了提高。经常旅游的读者可以推测出，在波士顿博物馆疲惫不堪的玛西娅如果去梵蒂冈的话，可能会感到更加疲惫。通过让读者对比场景中出现的差距和不同，豪威尔斯断定有一种更大的、未明确规定的知识体的存在，它把那些差异变成了一目了然的社会关系。其作用就是把巴特莱夫妇的观点作为某种（不足的）理解力的范例分离出来，只有高层次的人才可以看得出。巴特莱和玛西娅并不是虚构的对象，他们是我们可能效仿、嫉妒或者责备的另一个自我。当然，他们成为了小说中的人物，豪威尔斯用他批判性的手法在一个更广泛的社会关系背景下把这些角色认真"单独地拿出来分析"。这些并不仅仅是可以看见的对象，而是应该被整体看透的对象，只有通过理解含意才能理解。这种结构使作者不能通过人物身份来判定人物的特点——即"为了情节而阅读"——它培养了读者的一个阅读习惯，即为了了解人物特性而阅读。

扩大和深化对"特性和差异"的分析是整个小说领域的一项任务。这部小说将把哈伯德生活中令人苦恼的迫切需求转变为"现代婚姻"，一个可以反映更广泛社会秩序的典型对象。如果把豪威尔斯当做喜欢批评别人的或自命高雅的人，那就大错特错了；哈伯德夫妇对于高雅品位的匮乏有其重要的意义，因为他们有助于定义"现代人"，那些对大众文化有共鸣的人。豪威尔斯之后的年轻作家有时把他形容为狭隘的维多利亚上流社会的捍卫者，但是美学品位的重要性对于豪威尔斯而言并非礼仪或者个人的优雅。他坚持认为自己不是"简单的文化培养者，典雅文学的追随者"中的一员，他这样说公平合理。对于豪威尔斯而言，美学感觉是社会差别的一个标志——最终它是一个关键标志——在差别模式中强调了一种"公民关系"的明确秩序。豪威尔斯同时代的人指责说，豪威尔斯的现实主义习惯过多的分析（"解剖刀下的波士顿",一个评论家这样描述豪威尔斯的小说),这种评论比把豪威尔斯描述成维护上流社会讳莫如深特点的神经过敏的捍卫者的评论更加贴切一些。

善于分析正是豪威尔斯把哈伯德失败的婚姻当成现代性意味深长的"实例"的原因。豪威尔斯对小说"实例"的观点——亨利·詹姆斯所说的"富有表现力的细节"——是现实主义分析中的关键因素。典型的或引起读者共鸣的实例(也是"类型"或"显著特性")使读者能够在"个体中寻找共性"。豪威尔斯对转喻表达的逻辑充满信心,这说明他认为存在一种人们可以理解的历史和社会关系秩序,在这个秩序下,精心描写的人物可以被批判性地分析。这样,豪威尔斯在小说中实现了乔治·布朗·古德所说的"现代博物馆思想",这个思想是古德为博物馆和艺术展览的专业人士而定义的。古德认为,组织良好的博物馆应当是"一个拥有精心挑选的展览样品并配有传播知识的标签的地方",这一定义证明了典型类型作为意义的基本单位的重要性。精心挑选的展品证明了一个基本的体系或者系列。古德强调,没有如此的系列,博物馆就只不过是一个"小古玩的墓地"。

正如古德描述的一样,博物馆的展品也是一个历史的样品,时间的产物。它之所以具有代表性是因为它在时间顺序上,即已知的文化历史中,占有一席之地。历史事件的发展顺序应该是小说的结构原则之一,豪威尔斯同意这一观点。只有当"实例"是一个重要时期的事例时,它才有意义,这里是指"现代"这个时期。在真正富有意义的艺术中,豪威尔斯坚持认为,颇具匠心的叙述手法将揭示"艺术和社会中的进化论"。豪威尔斯的现实主义同意博物馆应该条理清晰地安排展品这个"观点"。类型的分类和历史的时间顺序成为19世纪强有力的结构规则,把杂乱无章的(而且及其武断的)"文明"概念转变成其基本顺序的生动展示——国家的文化历史、艺术的演变、科技的发展以及一系列构成史前文明的"原始"文化。强大的进化原理使生物学和自然历史成为伟大的科学,博物馆原则以此为标准,体现了赋予文化以有机法则那种决定性秩序的愿望。当豪威尔斯提出小说需要"某种科学的规范性"时,他表达了一种普遍的信念,即专业性的展示能够传达现实中的知识,那种无形的事物之间的秩序。那些无法按照现实主义规范来"体现人类经验"的作家犯了"虚构自然"的错误。他们"按照自己的想象"塑造了生活。(豪威尔斯生动地把这种流行的形式归为"小说的石器时代"。)同样的原则也必须指导作家和评论家。评论家要"辨别类型,然后解释样本用了何种方式、为什么不完美、不合乎常规,"豪威尔斯在《小说与批评》中如此写道。文学评论必须完成这样的工作,即"观察、记录、比较;分析之前的材料,然后合成对它的感想。"

文学形式和大众文化（1870—1920）

然而，正如这些权威展示的原则对于像豪威尔斯小说那样的文化媒介有巨大影响一样，现实主义展览从来就没有只为一主效劳，甚至博物馆表现也可以脱离"艺术和社会的进化法则"而走上其他更加反复无常的道路。文化领袖们敏锐地意识到这种可能性。波士顿第一家博物馆建于1791年，展出的是富兰克林、华盛顿等人的蜡像，同时还有油画和活生生的动物。早期的博物馆经常为参观者提供一些自然历史中稀奇古怪的东西、从异国他乡如非洲或者中国搜集来的装饰物，以及诸如断头台这样的耸人听闻的技术展示。博物馆中明目张胆的真人表演意在吸引大批通俗观众；1819年波士顿美术馆展出了"小人国的歌唱家"，两个侏儒的演唱带有"绅士风度"。如我们已经看到的一样，当巴纳姆投身娱乐行业以后，他淋漓尽致地把早期博物馆变成展览各种奇观的场所。

现代博物馆通过艰苦的努力试图区别于满足人们好奇心的博物馆。正如1888年一位博物馆管理员说的那样，"当博物馆学生看到一个中国女士的鞋被鲨鱼的牙齿所包围"或者"一具埃及木乃伊置于一个中世纪的箱子里时，他的灵魂会颤抖"。如此绝对的展览对于一位有辨别力的观察者来说是公开的侮辱。然而公开侮辱的刺激暗示了博物馆与流行展览之间挥之不去的联系。1888年，中国鞋或者放在盒子里的木乃伊这样的视觉新奇物不仅象征了博物馆尘封的过去，而且象征了它的文化对手——大众文化展览。豪威尔斯的《现代婚姻》对于各种机构之间的竞争和竞争在高雅文学文化构成中的地位有一种尖锐透彻的看法。巴特莱和玛西娅到达波士顿的第一个夜晚参观了摩西·金宝博物馆（Moses Kimball Museum）的剧院，那是个专门演出流行剧目和杂耍表演的可以容纳900人的礼堂。剧院保留了它早期作为博物馆的痕迹，画廊展厅就是现在的一层大厅。

他们穿过长长的带有柱廊的大厅，大厅的两侧有油画、石膏模型、一排排放在玻璃盒子中的鸟和动物，对于那些被波士顿爱看戏的人所珍爱的东西（即使不是没有内在美的话），她几乎瞥都没瞥一眼：周围挤满了小人国居民格列佛，漂亮的鸵鸟和塘鹅标本，在玻璃钟罩下面的美人鱼，领导人的画像，大象标本，穿越特拉华的华盛顿塑像，埃及艳后和毒蛇，威廉·派坡瑞尔爵士（Willam Pepperell）的惟妙惟肖的画像，以及刻有异教徒的月份和季节的石膏模型——如果所有这些确实是展品的话——都是暗淡的魔术幻灯，在此中行走的巴特莱和玛西娅根本不觉得有真实性。

2 豪威尔斯、詹姆斯和共和国文学

大厅里毫无章法的"魔术幻灯"与豪威尔斯的现实主义"实例"形成了对立。展览漠视神化与自然、随意与严肃、艺术与奇怪物品之间的区别。展品不遵从任何自然或历史的秩序,因此它们只代表了自身的奇特。在《白鲸》中,梅尔维尔经常使用类似这种稀奇古怪的东西和不适宜的外来典故为他独特的文学艺术塑造一种崭新的抒情的象征主义。相反,对于豪威尔斯来说,把毫无关联的物品放在一起展示根本没有生命力,它们只是带有教育意义的化石,是大众品位"石器时代"的一个例子。公众对"新奇的兴趣"似乎越来越浓而不是渐渐消退,使得大众品位越来越不自然。展品都带有扭曲和做作的特点,它们代表了现代生活中众多"荒谬的、畸形的和人为的东西",在豪威尔斯的小说和评论中,它们就是女人的时装和矫揉造作的新美国"品位和情绪"。

然而,豪威尔斯详细再造的这个杂乱无章的景象暗示,展览的奇特性可能不是简单的过时现象。各种"魔术幻灯"般的城市景象也是小说关注的焦点,而且在豪威尔斯后来的小说中也确实如此。比如《牧师的教区》中就有一幅精细描写的画面:一个饭店着火使人们乱成一团、刑事法庭里情形突变、街道上一场血淋淋的电车事故——豪威尔斯笔下的角色们经常批评这些在小报上刊登的话题过于哗众取宠。高雅现实主义与它名义上排斥在现实秩序之外的东西关系密切。豪威尔斯所主张的文学现实主义建立的时候正是新近定义的高雅与低俗文化秩序在公开的竞争中面对面对峙之时。从那种意义上来说,现实主义是一种文学语言,产生于敌对状态中高雅和低俗文化之间紧密的关系,只有具备警觉区分密码的人才能看出两者的差别。这就是豪威尔斯现实主义的自觉职责。那么,尽管现实主义者敦促清除"没有章法的模仿",但是现实主义的话语只有牺牲现实主义特性最根本的东西,才能消除它所认为的不真实因素。

122

对于豪威尔斯而言,现实主义特性对于了解这个流派的基本制度——婚姻——非常必要。《现代婚姻》中的角色对哈伯德的婚姻持不同看法,有的认为稍微不如人意(巴特莱的意见),有的认为不可思议地缺乏亲密感(玛西娅的看法),有的认为严重缺少家庭生活的规矩(玛西娅父亲的看法)。但是,作者要求读者们把哈伯德的婚姻看成小说中另一个角色所称的"可怕、畸形的"婚姻——现代离婚形式下的婚姻。更确切地说,离婚是婚姻的变形,或者丑闻化的婚姻。这就是读者在现实主义小说中必须抓住的特性:对于豪威尔斯来说,哈伯德婚姻的问题并不在于它是多么与众不同,而在于它容易受到毫无根基可言的商业社会的攻击,具有代表性和教育意义。豪威尔斯的小说认为,像其他传统的机构如教堂和共和国政治一样,婚姻不再是一个躲避

105

文学形式和大众文化（1870—1920）

大众文化幻想的有效庇护所，大众文化如果不及时控制，将侵入亲密的人际关系，甚至影响意识本身。

这种见解需要看出小说中最细微的特征。哈伯德的婚姻最终并没有被看做是与众不同的"可怕畸形"，而是一个具有教育意义的"现代实例"。也就是说，它不是一个畸形的变态（虽然那个时候离婚很少见），而是一个具有代表性的案例，是豪威尔斯所说的在大众文化时代他对婚姻"实用的和现代的"处理的结果。只有这种差异——"实例"的分析价值——使小说不至于沦为它所坚决反对的东西，即过分渲染"离婚审判"（豪威尔斯在一篇批评文章中指名讨伐的）而取得"廉价效应"。固然，这是一条很微妙的界线：同一位作家既在小报的编辑评论中谴责了婚姻审判，而同时又以一个长而有趣的离婚审判作为《现代婚姻》的结局。然而划出这条界线正是关键，界线使小说表达的间接特性表露无遗。豪威尔斯的离婚审判并非为了取得廉价效应，而是为了取得现实主义效果，也就是说，让具有辨别能力的读者充分意识到大众文化的失真性，然后认识到社会整体的价值——现代性——一个很难把握的特性。

这种现实主义的美学观源于各种混杂交错的观点。豪威尔斯现实主义的观点坚持以揭示真理为本，即使这些观点在较低语域引起了极度的焦虑。每一个观点都是真实的情感，每一个观点都增加了另一个共鸣。他对于现实主义的深信不疑等于渲染了训练有素的表达力量。"最高层次的小说把自己当成事实。"这个阶段的想象力必须要承认这个时代事实所带来的全新的刺激和权威。自然科学以及新兴的社会科学的声望，源于统计学的不同寻常的理性影响，大学对艺术和人文学科的全新、专业的认识——所有这一切为小说的创作提供了跨学科的魅力。对于豪威尔斯和其他同时代的人而言，现实主义（"如当今世界正在见证的文学运动"）能够把无形的社会整体慢慢地具体化。

并非所有的人在现实主义"运动"中都发现了理性的魅力。有些观察者发现，豪威尔斯的现实主义过多地进行冷酷、无情的分析。诸如艾格尼丝·莱普利尔和威廉·罗斯科·塞尔（William Roscoe Thayer）这样的评论家，将19世纪90年代带有更多浪漫色彩小说的复兴看成是对现实主义分析"解剖家"的绝好替代。关于现实主义的争论在各大相互竞争的杂志和其他场所如火如荼地进行着，1893年，为了芝加哥—哥伦比亚博览会召开了一个文学大会，哈姆林·加兰、玛丽·哈特韦尔·凯瑟伍德（Mary Hartwell Catherwood）以及查尔斯·达德利·沃纳等大人物集聚一堂，对于一个评论家称为的"现实主义激情"各抒己见。尽管有对现实主义的恶意批评，但是那些感受到"激情"的人认为，现实主义是美国文学领域一个非凡的、真正令人激动的进步。支持者们感受着某种类似冲洗照片技术发展带来的兴奋和愉悦,他们相信现实主义正在把一个通常变化无常、迅速变迁、令人无法准确把握的社交世界带入了人们的视野。

对于豪威尔斯来说,现实主义"运动"也使小说变成了一个集体事业,变成了整个社会阶层的工作或职业。豪威尔斯说道:"尤其是对美国生活的描绘,其丰满程度史无前例。"因为小说是一群特别能干的作家的成果。"当然,一位作家、一本书做到这一点是不可能的;我们社会和政治的分权管理不允许这样做,而且可能永远不允许这样做。但是,众多优秀的作家出于本能,努力将国家的每一部分、每一历史时期的文明介绍给其他部分。"就像古德将图书馆视为"一部带有插图的文明百科全书",豪威尔斯将小说看做一种广泛的文化事业,通过全面的文字记载,使美国社会的多样性更加清晰透明。作为一个良师益友,豪威尔斯不断鼓励来自东北部文化中心外围的作家——比如来自田纳西州的玛丽·诺埃利斯·莫夫利,以及描写中西部田园生活的作家哈姆林·加兰和爱德华·埃格尔斯顿。豪威尔斯还支持移民这样的文化外来者,比如亚伯拉罕·凯汉(Abraham Cahan),他担任了《犹太先锋日报》(*Jewish Daily Forward*)的编辑,以此作为自己的"现实主义"事业,以及非洲裔美国作家查尔斯·切斯纳特。这项集体事业以文字形式完全反映了国家的概况,符合这个时代的"社会和政治分权管理"。

124

这种乐观展望的另一面是随之而来的焦虑。没有语言或者媒介来实现文化秩序的根本秩序,社会生活有可能看来仅仅是多种多样幻想和欲望的集合体。豪威尔斯力图使文学成为现实的机构是因为他深深感觉到,其他社会形式都不能描绘,或更糟糕的是,甚至歪曲了当代社会生活。豪威尔斯以一种奇特的方式表达了自己个人的焦虑,提出了大众文化的社会力量中悬而未决的问题,成为首批提出这个观点的学者之一。他的文化阶段概念以及现实主义的创立构成了我们坚持不懈努力的肇端,我们试图去理解文化表达的效果,去捕捉大众文化形式与多种多样的现代社会之间的关系——无论这种关系是腐蚀性的还是统一性的。豪威尔斯的解决方式是把文学定义领会为一个社会媒介,努力使文学区别于他认为不真实的大众竞争对手。在现实主义"秩序和制度"的科学腔调下,豪威尔斯的现实主义是一个调和的梦想,一个想象中的博物馆,是以现实为幌子收藏欲望。

豪威尔斯独特的文学民族主义中(一个"文学的共和国,所有人都自由而平等")所包含的乌托邦念头往往掩盖了它本身相互矛盾的前提。在现实主义者的见解中,道德的力量是固有的,正如豪威尔斯所想:现实主义作家的每根神经都"感受到事物的平等和人类的团结;他的灵魂是高贵的,并非因

○文学形式和大众文化（1870—1920）

为虚荣的外表、幻影以及理想，而是因为只有真理存在的现实"。豪威尔斯相信，那种见解的文学表达将把读者们的高雅见解变成社会改革的道路。只有现实主义象征了"文学的民主"，因为它保证"未来品位一致"，而不是迎合流行品位的大杂烩。但是"品位的统一"的前景也包含了理论和实践之间不可简化的矛盾。豪威尔斯真正的民主理想与其专业的文学实践是分不开的，文学实践的实际目的就是培养一定范围内的、自我选择的读者群。豪威尔斯日益感受到了由此带来的压力和不安。他的"文学共和国"的理想是一种统一文化的幻想，这一幻想的主要目的——通过"品位"把公民团结在一起——同时也掩盖了它与他反对的市场文化的关系。

我们在豪威尔斯自己的事业发展中也可以窥见同样的不安。豪威尔斯在俄亥俄州长大，接受过相当基础的教育。他在一家当地报社办公室工作，同时也为俄亥俄州的出版社写文学评论。最终他在波士顿的《亚特兰大报》以及纽约的《星期六新闻》（*Saturday Press*）上发表了几首自己的诗歌，在东北部的文学中心开始了一生的事业。晚年，他在流露真情的小说如《童城》（*A Boy's Town*，1890）和《我的青年时代》（*Years of My Youth*，1916）中回忆了在俄亥俄州度过的童年，但是他的绝大部分作品都是关于成就了他文学事业的欧洲和美国东北部。豪威尔斯为林肯竞选总统写过传记，并因此获得了威尼斯领事职位的奖赏，美国内战时期的大部分时间他都居住在威尼斯。他的意大利游记帮助他与波士顿和纽约文化圈建立了关系。他一回到美国就获得了纽约《国家》杂志专栏作家的职务，后来又担任波士顿《大西洋月刊》的编辑（1866—1881）。

豪威尔斯的成功被当做文学文化促进国家融合的范例。詹姆斯·罗素·洛威尔将豪威尔斯称为"差强人意的西部"之子，他与生俱来的才能被认为是东部文学最亮的光芒。或许更确切地说，豪威尔斯的天赋已经鼓舞了雄心勃勃的年青一代作家去热切地研究东部文学的地位。豪威尔斯是个局外人，但他敏锐的观察力帮助他跨过门槛而登堂入室，并且他独特的事业发展方式留下了久远的影响。对于年轻的豪威尔斯，波士顿是一个欲望和深度分析的对象，这两者的结合赋予了他旺盛的精力，让他的小说和评论更加犀利。他作为局外人对"公民关系"的掌握是他作为局中人取得文化成功的源泉。要了解豪威尔斯的作品——他的社会洞察力、评论以及他后来所感到的批评僵局——就应该注意到，豪威尔斯对社会特性的全面了解对于他来说既象征了公开的流动性，又象征了难以和解的差异。这是一个他永远也没有完全解决的矛盾。

出版界的百万富翁：巴纳姆和豪威尔斯

在《塞拉斯·拉帕姆的发迹》（1885）中，豪威尔斯以公开竞争的形式与商业文化进行斗争。小说的中心话题与当时大众印刷业已经确立的一个流派巧合：新的美国百万富翁形象。在这个时期，百万富翁的传记和新闻尤其受到大众的欢迎，比如资本家的智囊书有安德鲁·卡耐基的《财富的福音》（1889）以及欧瑞森·斯威特·马登的《推往前线》（*Pushing to the Front*，1894）。豪威尔斯在《塞拉斯·拉帕姆的发迹》中通过刻画一个百万富翁，从根本上挑战了商业文化，并且他对塞拉斯·拉帕姆绝对精妙的现实主义描写击败了商业文化。当然这是场注定的斗争，但它并非没有启发性。认识到竞争动机就是强调了小说的文学控制，以及小说生机勃勃、斗志旺盛的文学活力。豪威尔斯让印刷业因为小说的主要人物油漆商拉帕姆，一个拥有"巨大财富"的人，而获得了第一个成功机会。巴特莱·哈伯德再次出现来完成这个任务：他以年轻的新闻报道记者出现，刚刚结婚不久，接到任务去采访拉帕姆，写一个"波士顿真实成功者"的系列。巴特莱通过荒谬的生搬硬套把拉帕姆描写成"成功的美国人的杰出类型"。豪威尔斯在描写拉帕姆的时候，则揭露了巴特莱的新闻用语是一种错误的表达形式——既不是对"类型"的真正诠释，也不是对镀金时代成功现象的真实理解。报纸兜售经过润饰和扭曲的百万富翁的生活故事，豪威尔斯首先会揭露这些故事的虚假性，然后再重新撰写，好像给整个流行流派以因果关系的惩罚。

豪威尔斯的小说以击败这些肤浅的报纸故事的面目出现。巴特莱的真实成功者是温和的上层社会人物，而豪威尔斯则是通过人物的土语和行为使人物富有生命。巴特莱的描写充满了客套落俗的赞扬，而豪威尔斯则向人们呈现了一幅精心着色的画面——拉帕姆道德上的踌躇不决和屈辱以及他的自我矫正。《塞拉斯·拉帕姆的发迹》最好地说明了豪威尔斯关于现实主义的理解是相互对立的，他认为现实主义就是一种揭露和展示其对手的商业形式所歪曲和省略的东西的艺术。然而，如果想通过这些对立看到实质的话——表面与深层、扭曲与真实表达——就必须用豪威尔斯的特定说法来定义。可以肯定的是，所有有共鸣的读者都会在这些特定说法中看到它们，能够理解这些特性是成功阅读小说的关键标准。但是，豪威尔斯战胜巴特莱枯燥平淡的新闻业也是间接地为大众文化作出了贡献。这场竞赛本身不言而喻地承认存在着其他评价写作的标准，虽然对于豪威尔斯来说，它们是没有生命的文学，但是对于广大读者来说，它们却是充满活力的。

○文学形式和大众文化（1870—1920）

如果我们把《塞拉斯·拉帕姆的发迹》与一本关于美国百万富翁"发迹"的最畅销小说相比的话，很明显，豪威尔斯所描绘的特性带有其盲目性。豪威尔斯笔下的拉帕姆以本世纪最著名的商人菲尼斯·T. 巴纳姆（Phineas T Barnum）为原型，豪威尔斯的小说可以当成巴纳姆自己的小说的高雅文学版。巴纳姆的自传《奋斗与胜利》（1869）在运用流行小说的惯例上与《塞拉斯·拉帕姆的发迹》平分秋色。两本书都依仗"真实的成功"来达到不同的目的。豪威尔斯的小说表明，流行新闻业努力捕捉富裕美国人的新形象的努力是多么的乏味和感觉迟钝（巴特莱对拉帕姆的"磨难和奋斗"直截了当的赞扬似乎不能遮掩新闻报道者的嘲笑）。空洞的新闻记者语言证明了现实主义特性的必要性。对于巴纳姆而言，他的自传《奋斗与胜利》影响了公众对百万富翁故事的兴趣，极好地以自己的事业为幌子向公众说明了成功的含义。巴纳姆通过娴熟的技巧，让读者参与到一个游戏中，他们忽略了公众人物与那些通常代表了美国财富和"真实"成功的银行家和实业家之间的区别。巴纳姆的广告伎俩和偶然的露骨谎言被人们认为代表了公众人物的"诚实、活力、勤奋和勇气"。但是这种对差异显而易见的抹杀事实上需要另一种洞察力。巴纳姆的读者必须能够区分他表演的卑鄙手法与表演的创新性成功之间的不同，区分巴纳姆的夸大其词与生意的敏锐之间的不同，这种敏锐看到了一个新兴的、不断扩张的国家市场的存在。

夸张的技巧说明了两部小说的不同。豪威尔斯的小说能够认识到，拉帕姆喜欢自夸是一种民间特点，具有其自身的魅力。读者对这一方面的理解得益于拉帕姆的女儿佩内洛普（Penelope），她充满深情地模仿拉帕姆的自夸，很好地表达了她良好的社会评判力和她做儿女的忠诚。然而，所有豪威尔斯的读者都认为拉帕姆的自夸是一种缺点——并非因为自夸是坏品质的标志，而是因为拉帕姆没有意识到自己夸耀的行为，因此就不知道他的行为会如何影响别人对他的看法。每一次吹嘘都证明他缺少豪威尔斯笔下的波士顿最看重的品质，即文化洞察的能力。夸大其词在《塞拉斯·拉帕姆的发迹》中是一种艺术，但不是拉帕姆的艺术；它反映了作者豪威尔斯的艺术。但是相反，对于巴纳姆而言，夸大其词是颇具复杂性的自我意识艺术。读者们认为巴纳姆了解并利用了夸耀的各种形式和效果，而且认识到他自我宣传的骄傲与他娴熟地利用宣传技巧牟利之间的区别，前者言过其实，而后者深奥微妙。

比如，巴纳姆关于建新房子的叙述是一个研究自我吹嘘的不同形式的很好案例。正如巴纳姆的读者们知道（巴纳姆知道这一点）的一样，夸张地表现谦虚是任何持久的自吹自擂的前提条件。"在决定建什么样的房子的时候，"巴纳姆写道，"我决定以方便和舒适为主。我不太在乎风格，而我的妻子更加不在乎。"读者在紧接着的下一段就看到了巴纳姆的装腔作势，因为他告诉读者他的爱屋的"风格"是"乔治四世设计的亭式建筑"，是"英格兰唯一的东方式建筑"。巴纳姆称他的房子是"伊朗式"（Iranistan）的，这个名字像建筑本身就是一个永久的夸耀。但是吹嘘如果满足了好奇心也就不是什么冒犯了。巴纳姆对建造房屋的描述满足了读者对他奢侈度的好奇心（如果不写倒真正冒犯了读者）。他写家具、"昂贵的用水装置"和地面，还有专用马房、温室和其他户外建筑（"都是同类中最好的"），还包括"上百种"移植的树木。他没有写读者最想知道的事实，即房子的实际成本，但是他为读者提供了另一个最有用的东西：他对于成本的漠不关心。"整座房子的修建我实际上'没有考虑成本'，因为我根本不想知道要花多少钱。我在乎的是房子要让我满意。"段落的结尾带有一种自谦的口吻，以一种令人愉快的笔调化解了自我吹嘘带来的不和谐语气："当'Istanistan'这个名字公布的时候，一个爱开玩笑的纽约编辑把他的音节拆开了读成 I-ran-i-stan，意思是'我跑了很久才能站住！'"

总体来讲，吹嘘发挥了作用，因为巴纳姆使用起来游刃有余。像其他可爱的骗子一样，他令人陶醉，因为他没有隐藏自己的罪恶，反而充分利用它们，从而给自己增加了诱惑力。言辞上的表演也表明了巴纳姆敏锐的生意头脑。对房子的描述——像房子本身一样——把支出变成了利润，因为建筑本身成了巴纳姆事业的广告（他的信纸抬头就印着房子的画面）以及成功的标志。敏感的读者把这种炫耀的文字当成消遣来读，同时也把这本书当成事业成功的指南。

百万富翁房子的建设也是《塞拉斯·拉帕姆的发迹》中的核心情节。豪威尔斯情节设计的过人之处就是要准确地揭示像巴纳姆这样的人物如果要控制自己的自我炫耀就必须压抑对阶级屈辱的恐惧。巴纳姆的描述向读者呈现出一幅巴纳姆对建筑大师指手画脚的画面。相反，拉帕姆的建筑师在听到富人对材料和地板的要求时几乎不能"掩饰这些命令带给他的毛骨悚然"。当然，读者们对"毛骨悚然"一目了然；对于读者们来说，建筑师的厌恶其实体现了自身较高的洞察力。读者发现自己参与到了一个辨别情感、不同品位和标准反应的过程，这一切都是拉帕姆所看不到的。读者们也意识到一些高雅品位的界线。当婆罗门观察家布罗姆菲尔德·克里（Bromfield Corey）评价"普通大众像畜牲一样愚昧无知"时，他过度精细的观点像拉帕姆粗俗的观点一样成为批评研究的对象，被认为是毫无感情的见解。更重要的是，读者高超的洞察力使拉帕姆变得一览无余，他们可以看到拉帕姆竭尽全力想掩盖的惊慌和尴尬。（比如他不知道是否应该戴手套去参加克里举办的宴会，这是折磨他很久的一件事，但是他宁可死也不愿去咨询他年轻的雇员汤姆·克里。）

○文学形式和大众文化（1870—1920）

拉帕姆自己的"毛骨悚然"——而且他感受更深——记录了白手起家的人因为挤进了上流社会而感到的烦恼和无助。读者们看到"社交的变化无常"带给他"极大的痛苦"，自我曝光的风险"使拉帕姆感到不舒服"。他自己的欲望也是自己强加的禁忌。当拉帕姆的妻子警告他打掉把女儿嫁给汤姆·克里的念头时，他畏缩了，"想到带着羞辱隐藏的希望和抱负时就浑身发抖"。

与巴纳姆一样，房子代表了拉帕姆没有品位，并不代表他没有钱。但是房子的命运也显示豪威尔斯认为礼貌是资本主义的关键要素。品位是一种财富。当房子在一次拉帕姆意外引起的大火中被烧毁时，它不代表世俗虚荣心的徒劳无用，这是它可能带有的道德含义。相反，房子的突然消亡证明了拉帕姆缺乏足够的文化资本。建造这座新房子已经用尽了他的金钱，但是更重要的是，它已经大大超越了他有限的品位界限。财产的灾难是他在克里家晚宴上个人灾难的副本。当时，就像他无意中点燃的大火一样，他的社交焦虑使他意外地喝醉了，而醉酒又导致了他礼仪上的失态。在波士顿，拉帕姆不是一个有财产的人，而且他从来都不是；他只拥有金钱。小说的后半部，豪威尔斯设计了一个次要情节，让拉帕姆恢复了道德，弥补了他的经济和社交损失。如许多豪威尔斯的小说一样，道德转变有某种重要性，但是它也带有很强的外来感。很难否认小说真正富于戏剧性的活力在于把对拉帕姆品位的严酷考验当成镀金时代资本主义的内部故事。

拉帕姆内心深处的挣扎实际上来自于财富给他带来的回报。如果说巴纳姆的《奋斗与成功》是新时代的财富颂歌，那么《塞拉斯·拉帕姆的发迹》是一个带有警戒性的寓言。但是小说到底要警告什么还不清楚——小说是不是谴责内战后资本主义的过度欲望和错误的投机？或者对有洞察力的读者发出危险信号，教育他们拉帕姆"类型"是应该引起读者怜悯的文化无知的代表？对这一特性，小说并没有详细说明。小说似乎反对导致拉帕姆在资本主义文化中失败的苛刻条件，但是拉帕姆失败的幽灵也激发了小说内部的竞争活力，驱使读者在拉帕姆失败的地方寻求成功。只要读者否认对拉帕姆有任何喜爱之情，那么对他产生同情是可能的；从同情转为一致感（伤感小说经常要求读者这样做），要不就是引起自卑，要不就是拒绝小说本身的现实主义特性的条件。拉帕姆害怕羞辱起到了疫苗的作用：他的焦虑是读者的保护，他的失败是读者的进步。豪威尔斯的小说最擅长分析阶级焦虑，那种在19世纪末期的经济繁荣中越来越强烈的感觉。但是小说在带来这些活力的同时又展开了分析。《塞拉斯·拉帕姆的发迹》可以说由明显的和不明显的"毛骨悚然"构成，形成了一个固有的特性系统。累积的效果创造了拉帕姆丰满的性格，成为读者综合辨别的对象。第二个效果虽然不那么明显但是非常重要，

2 豪威尔斯、詹姆斯和共和国文学

就是小说把它理想的读者塑造成具有识别能力的主体,这个过程通过内心暗示、偏离的尴尬以及提高的文学理解得以完成。

左右了巴纳姆读者的欲望——那种公开的、毫无掩饰的向上爬的欲望——正是遭到豪威尔斯的读者强烈否认的。但是从另一角度来看,这个区别也是一个共同点。《塞拉斯·拉帕姆的发迹》像巴纳姆的书一样,是一本指南,提出了可供效仿的规则。正如我们期望的一样,豪威尔斯的规则与巴纳姆的规则完全不同,因为后者把他的建议整理成绝对的原则("赚钱的艺术"),用他自己的成功来证明这些原则的正确性。豪威尔斯的规则从来没有明说——它们以一种消极的形式存在,无言地指导读者表达与小说人物之间的情感以及观点的交流。但是,小说中最懂得社交规则的人,如佩内洛普·拉帕姆和汤姆·克里,也被明显地定位为成功的人,这并非是偶然。小说的结尾,柏涅罗帕和汤姆看起来使他们之间的差别得到了回报。汤姆意识到自己上流社会的品位带有讽刺意味的狭隘;他忘记了拉帕姆的耻辱,与佩内洛普结了婚,这为汤姆打开了国际贸易这一扇充满魅力的大门。佩内洛普则通过婚姻"上升"到了高一层的社会地位,这个婚姻没有辱没她敏锐洞察力的天赋。

豪威尔斯的小说展示了金钱文化。但是小说也从这个文化的内部证明了金钱文化与它所批判性描绘的文化品位分享着同样的经济原则,即使在美国资本主义的文化观越来越使豪威尔斯感到烦恼的时候。在《塞拉斯·拉帕姆的发迹》出版之后,他对生活和文学的看法变得更加悲观。劳工骚乱和经济冲突使他烦恼不已,对于别人来说是一种痛苦,而对于他来说是无助。豪威尔斯是唯一一位公开反对绞死因1887年干草市场暴乱而受到指控的无政府主义者的美国知识分子。1889年,他女儿温妮佛雷德(Winifred)的去世使他更加悲观。豪威尔斯的传记读者称他是一位"具有两面性的"作家。在这一时期,他继续创作闹剧和轻喜剧,但是他的小说开始体现一种新的社会混乱和漂流感,甚至当他试图通过现实主义手法来表现更广阔的社会前景时。在《新财富的危害》(*A Hazard of New Fortune*,1890)和《世界充满机会》(*The World of Chance*,1893)中,他直接分析了文化经济原则的代价和激烈冲突。美国生活的现实,像"不真实的"大众形式一样,开始变得扭曲和表里不一。1888年,豪威尔斯写信给亨利·詹姆斯,这封信经常被引用。信中他说:"美国似乎是世界上最古怪、最荒唐的国家。"

131

> 50年来我乐观地对"文明"心满意足,认为它有能力最终顺利地发展,但是现在我憎恶它,而且认为它最终偏离了正道,除非它重新回到

一个真正平等的基础上。同时，我感觉自己像是穿着一件皮毛外套，生活在我的金钱能够带给我的奢侈中。

就像他悲观自嘲的暗示一样，豪威尔斯自己的审美观并没有预示着一个和谐的未来，而是一个不平等的历史的延续。他所坚信的培养意识的观点似乎开始离他的"共和国文学"梦想越来越远，使品位和特性看起来只不过是审视精美外套的眼光罢了。

亨利·詹姆斯与公民的想象力

豪威尔斯面临的现实主义原则与未能实现的国民团结之间的差距具有启发性。从形式上来说，差距是根本的。现实主义对它所反对的大众形式的依赖注定了现实主义永远无法达到它所追求的优势。但是，这种困境也提醒现实主义者时刻警惕保持对文化差异的感性认识，建立和展示文学价值和大众形式之间的差异是现实主义小说履行的职责。因此，缺少优势成为愈演愈烈的紧张状态，现实主义作家创造出愈发复杂的关于特性的文学规则。作家们不惜通过造成读者脑子的混乱来获得他们独特的风格——有时甚至以一种讨好的方式——混乱来自他们使用的文学讽刺以及讽刺的文化对象。查尔斯·切斯纳特和伊迪丝·沃顿批判性地描绘了已经成为大众兴趣点的社交世界（南方和富人圈子），这样做也迎合了它意在批判的带有窥视癖的市场欲望。詹姆斯道德戏剧中出其不意的逆转和讽刺性特性的详细描述经常会形成自己的情节剧，这个美学效果让很多同时代的读者们怀疑詹姆斯自己是否道德反常。亨利·亚当斯的小说和早期文章认同豪威尔斯对分析特性的信念，后来发现那个分析思维模式完全坍塌。

用詹姆斯的话说，因为19世纪后期"至高无上的""分析本能"没能够统治大众品位，所以它允许豪威尔斯和其他作家们彻底把小说创作改造为一种特殊的职业和一个关键的文化权威，这个权威从内部由它认真检验过的现代性构成。这种在社会图景中的定位大大超过了任何特点或者统一的世界观，赋予了高雅文学的现实主义以形态和影响力。然而，一个问题依然让豪威尔斯认为美国是"古怪、荒唐的"：高雅文学文化获得了权威，但是目的是什么呢？现实主义分析的批判性力量比它的历史起源和地位更加难以确定。对于小说家来讲，把"品位的统一"看成一个完全狂妄的目标，将会导致豪威尔斯后期感受到的徒劳无益。另一方面，认为在高雅艺术中谈论公民因素是没有诚意的，就等于接受和支持高雅艺术是社会控制手段的观点。然而，任何认为艺术与社会无关的主张都将使高雅文学价值沦为社会精英分子自鸣得意的喜好而已。

高雅文学现代主义从其开端就隐藏着这种僵局的危险。真正的"艺术美国"如它最终证明的一样，更喜欢大众文化的商业艺术；现实主义孕育出来的"分析本能"除了能获得失望或鄙视感还能获得什么？亨利·詹姆斯这位最具分析风格的艺术家也是一位观察家，他提出了最具远见的意见，为文学在大众文化的时代找到了"可能的最好用处"。他关于"这种想象力的公民价值"的观点从来没有使他认为大众形式是有益的；詹姆斯一直谴责大众出版业和其他机构带来了下贱的动机和各种各样的破坏。他强烈地谴责报纸，比如最尖锐的一次，他写信给他的兄弟威廉说，在美国报纸头版关于1898年西班牙—美国战争报道的背后，他只看到了"疯狂、怒气、愤怒的丑陋以及机械性的反响，别无他物；我从心底同意你对尖叫的报纸的谴责，它们是一种肮脏的犯罪。对于我来说，它们很久以前就已经成为最大的危险"。然而几乎是同一时间，詹姆斯开始写一些文章，在一个已经发生变化的大众表达的背景下为"高雅美学特征"思考一个不同的、不是那么敌对的角色作用。

在《机遇的问题》（"The Question of the Opportunities"，1898）一文中，詹姆斯从来没有放弃他所称的"书之洪流"这个"略带恐怖"的观点，声明了书籍在美国文学中的地位，因为他意识到大量的书籍和不断增大的读者群已经永远改变了"文学"的真正含义。过去曾经定义文学价值的"相对小型的图书馆的书"不能再作为令人满意的衡量标准。印刷的数量和消费这些印刷品的"庞大的美国公众"已经使文学的本质变得不确定："在我们所能考虑的条件下，（印刷文本的）供应是否会获得文学应该具备的活力和特性"很难预测，尤其当"所有这一切都取决于我们脑子里所说的文学时"。但是在记录自己焦虑的同时，詹姆斯也强调了看到令人晕眩的变化时自己的兴奋感——"刺激和狂喜，而不是痛苦。"詹姆斯强调，文学价值的偶然性意味着出其不意的创造性，那种"由素材点燃的新火花"的可能性。

总之，新文学价值源于大众环境的观点带来了一种兴奋感，一种从"先前的结论和狭窄的条条框框"中的解脱。固然，一个以百万计的读者群（"或已经接近10亿"）并没有保证带来文学的成就——对于詹姆斯来说，正如我们已经看到的一样，它带来了绝对的危险，比如他在美国报纸上听到的人们对战争渴望的"机械性回响"。然而，不管有什么样的风险，对于詹姆斯而言，如此巨大的数量也肯定会带来艺术上的"机遇"："如果这10亿人都参与到生产和流通中来，那么他们也做了其他的事情；他们在我们面前铺开了一幅机遇的画面……我们不可能没有耐心和好奇心来接受这样的假设，即如此

文学形式和大众文化（1870—1920）

庞大的生活肯定会以均衡的频率分裂成各种表达形式。这些地方、这些时刻将是机会。"

此外，从这些环境中衍生出来的表达形式不仅代表了新鲜的文学启示，而且也代表了一种全新的文学领域。虽然庞大规模的印刷生产可能会带来"极其普通的"作品，但是詹姆斯认为这种同化的威胁也可能鼓励创新的倾向，这种倾向"会使个体大众们比其他任何地方都更加精挑细选、更加进化。"此处的复数"公众们"（publics）非常关键。詹姆斯设想多种相互联系但又特色鲜明的文学价值能够并存，它们处在同一个水平面上，"像一个棋盘那样分成若干小格，每个小格只表明自己类型的可达性"。棋盘这个比喻说明詹姆斯试图越过一个纯粹等级化的文学价值系统而又不切断文学与文化批评之间的联系。詹姆斯的棋盘形象主张文学价值必须保持社会性；文学"种类"重叠的景象使他能够想象一个至少在内部可以交流的阅读群体，甚至这个景象承认"个体天才"的力量可能以不同的方式发挥作用，带来完全不同的读者。接受文学的多种"类型"就意味着必须牺牲现实主义博物馆这个统一的专用文学表达体系的观点。但是牺牲带来回报：多种形式的文学领域通过创造性地"应对"大众衡量标准而变得更加富有生机，能够保存现在看起来带有偶然性的文学的批判功能。

詹姆斯在写给纽约版的《大师的教诲》（"The Lesson of the Master"）和其他故事（1908）的前言中探讨了创造性或"建设性"反应的类似观点。他声称，詹姆斯式现实主义"有效的讽刺"把使读者回忆起"另一件可能的案例"作为它的职责之一，即异常的行为或者情绪能够在环境中被想象出来，否则的话，这个环境只能带来唯利是图和虚伪。他建议，在小说中"记录""高尚的、有益的事例"代表了"公众对想象力的运用"："一个人如何能只满足于描绘生活中的琐事、粗俗和痛苦而不想时不时描绘一下好的行为或者解脱？"这里的讽刺喜欢更好的、更高贵的事例而不是较差的事例。这种情况下的小说没有放弃真实，也没有无视詹姆斯所谓的历史"未完成的工作"。但是在记录"其他可能案例"的同时，小说成为想象中的准真实史。它在纸面上想象出一个在现存条件下更加理性、更加高尚的公民社会。

文学潜力也是《巴尔扎克的教训》（"The Lesson of Balzac"，1905）中的主旨。詹姆斯在这篇文章中主张：尽管小说流派正在转变为一个"贸易中的大众商品"，但是"批判精神"能够在小说中幸存。他断言商业机器中数不清的出版商、编辑、采访者和制造者已经使小说成为一种"简易生产"的东西，一种"无用的、耻辱的艺术"。在这种环境下，詹姆斯以巴尔扎克的例子来恢复一个"竞争心强的伙伴"形象，一个"艺术家"形象的小说家，把小说恢复为用"手工"精心制作的物品。但是在文章中，詹姆斯最明显的痛惜——即目前庞大的"制造者和读者大军"一起使"生产失去了控制"，使人们不辨是非——逐渐成为他最鲜明、最乐观的意见。所有这一切有关制造者和生产的言论使詹姆斯认识到，小说完全可以不被想象成一个物品，而是一种实践、一个活动，由读者和小说的作者共同完成。詹姆斯指出，使有价值的小说充满活力的"注意力"可以在读者身上得到复制，他们与作者一样对既定的文学话题进行批判性的探究。

巴尔扎克就是这样一个"伙伴"，任何能够品尝他"文化冒险"的人都可以成为他的伙伴。詹姆斯认为，在"教育实践的力度"上，没有人能与巴尔扎克相提并论。这种实践总是可以得到满意的回报。詹姆斯坚持认为，巴尔扎克不仅给读者提供了"娱乐"，而且也传授了知识。但是巴尔扎克描绘的生活图景非常全面和深入，读者必须具备超常的分析"意义、关系和价值"的能力：

> 它蕴含了巨大的价值，因此给我们的视觉带来了巨大的享受——条件是我们的视觉有能力承受。承受——就是我们的承受——是件严肃的事情，因为它需要我们的注意力，从中我们可以尽可能地接受教育。

通过把小说重新设想为一种文学实践而非物品，詹姆斯把文学表现为制造了公众的创造性劳动，因为小说增加了共有"意义"之间的关系。因此，文章的结尾把小说区别于博物馆或展览室，重新塑造成为一个集体车间的形象："你也许会吃惊，"詹姆斯对他的读者说，"我说我们大家、你们大家、所有人都包括在内，都是小说家，经常出没于商店、实验室里，或者更高尚点说，经常在神殿庙宇里穿梭；但是这样的设想在当今这个印刷的时代可能从来不会遥不可及。"虽然詹姆斯依然拥护文学洞察力的特性，但是这个印刷品大量出版、"无人管治"的年代为一个集体的、真正能够培养不同公众的"公民"创造性提供了条件。在这个幻想中，没有单一的"艺术美国"，没有国家监管的权威博物馆。如果他是美国艺术之王，他有可能以别的方式发号施令。但是詹姆斯在大众社会条件下认识到了机遇，也意识到了代价。詹姆斯视"扩大经验和意识"为艺术的职责，只有通过大众形式的现实而非摆脱大众形式才能实现。

3 女性与现实主义作家

"冒失的新事物"：女性与宣传

　　1869年波士顿演出季时，豪威尔斯在《大西洋月刊》上发表了一篇题为《戏剧的新尝试》（"The New Taste in Theatricals"）的文章，文中描述了一种流行滑稽歌舞杂剧，剧中有女扮男装的表演。虽然"她们不像男的，但是（她们）更不像女的，似乎是一种另类性别的人，对男性和女性都是一种滑稽的讽刺。当看到她们'恐怖的美丽'时，人们肯定会大吃一惊，她们的淘气没有一点魅力，他们的'优雅'令人感到羞耻。"对豪威尔斯来说，这些反串表演生动地证明了流行娱乐把人类最基本的分类——性别——完全颠倒的能力。通过创造一种"另类性别"的幻觉，非男非女、滑稽剧的模仿成为"畸形的人工"发明之一。豪威尔斯在商业文化中发现这样的发明比比皆是。然而，正如豪威尔斯确实了解的一样，滑稽剧表演点出了一个事实，即使是一个扭曲了的视觉双关语的事实。也就是说，舞台上"非真实的"人显示了一种新的社会现实：公共生活中越来越多地出现了女性的身影。身着男装的女演员们在舞台上行走言谈，她们代表女性出现在原本只有男性角色的传统男性社会空间中，而女性之前只能待在家里。

　　中产阶级的女性越来越多地参与到公共生活中，这是战后美国文化中的一个突出特点。注意到这个现象的观察者们着重指出了美国战后发生的巨大变化。一位记者写道，在工厂，"从前一度只为男性保留的位置上，现在女性的身影也很常见"。商业消费中也出现了女性的面孔。比如最具剧场效果的百货公司的出现被认为是具有女性特点的变化："百老汇的女性是它最亮丽的特点。"社会学家托尔斯坦·凡勃伦（Thorstein Veblen）甚至声称，中产阶级女性的基本任务已不再是在家中接受教育了，而是通过服装、饰品和举止行为来展示自己的财富，甚至结了婚以后也一样，她们已经成为了社会人。1904年，当亨利·詹姆斯久居海外回到美国时，他描述了一个美国"景象"："新"女性的出现已经成为"美国天空中最壮丽的篇章"。

正如詹姆斯把女性比作蓝天上的作品一样，女性已经成为了现代生活中"冒失的新事物"之一，她们的出现既引人注目又令人惊奇。这些新事物对传统形式和文化权威不感兴趣，它们挤进公众的视线，在剧场演出中和城市街道上不断发展，似乎是对文学作家们所描绘的现代生活的挑战或者嘲弄——或者简单地说是忽视。在这段时期的美国，为全国观众描绘出文化最显著特点的不是那些精英作家们，而是那个不断发展壮大的商业世界——舞台表演、广告、大众市场的小说、新闻以及后来的电影——它们使全国观众看到了显而易见的文化特点。尽管它们都有太多的夸张，但是这些战后美国社会的商业表达形式最早记录了新的社会现实。这种流行文化的早慧表现得非常明显，尤其当它描绘那些第一次出现在既定公共生活中的人时——不仅仅指那些进入男性统治领域时被称为"另类性别"的女性，而且还指其他可能被视为排除在外的美国人。这样的外来公众包括奴隶制正式消亡之后产生的非裔美国人、大批移民到美国的外国人以及美国印第安人，即那些应该"消失"的美国人，他们在荒野西部剧和伤感小说中重返人们的视线。尽管大众文化极不严肃地忽略了模仿的真实性，有一种近乎种族主义的特点，但是它最真实地表现了这些美国人的生活，而高雅文学写作因其小心谨慎的特性和精确细致的衡量标准永远也达不到这个程度。

此外，流行景象从来就不仅仅是想象力或者孤立的形象。公共可见度本身就是一个商品，它是改变社会生活的最强的力量之一。新型大众文化的活力——这些活力来自商业展示不断扩大的空间，来自大众流通和专业发行行业，来自因大量新的外来移民人口和急剧积累的财富而形成的都市风景——所有这些力量本身就积极地提醒人们去注意豪威尔斯所谓的战后社会的"公民关系"。正因为如此，高雅艺术要完成表达整个社会公民关系的义务就必须面对它曾一度不信任的大众文化。

正如豪威尔斯对"畸形的"女演员感到悲伤所暗示的一样，面对流行景象可能感觉很不和谐，甚至充满敌意。但是，诸如出现公共女性那样的社会新事物，也是高雅文学叙述结构中的组成部分，对于文学内部的完善非常关键。高雅现实主义写作通过赋予事件以历史意义的技巧而获得感人的文学力量：准确刻画的社会类型、精心划分的地点和时间、交织的叙述线索把互不关联的世界和人物放在一个完整的社会视野中。这些主要技巧把学术理性延

文学形式和大众文化（1870—1920）

伸到文学领域中，唤起一种世俗的理解力，避开了早期小说和诗歌中源于宗教的象征意义。它们掌握了一种社会视野，成功地对经常是无聊或者粗糙的流行形式显示了权威。但是正是因为高雅现实主义如此成功地把某种理性原则带入到了文学想象中，所以它反复地发现自己遭遇着詹姆斯所谓的"冒失的新事物"，那种超越了既定表达规则的未经整理的素材。如豪威尔斯凝视女演员"恐怖的魅力"一样，高雅现实主义面对着杂乱无章、虚幻的现象一再感到震惊。但是，关键在于这些客体并非创造力发展的障碍。相反，追求高雅文化的文学主体可以说是在小心翼翼地面对新事物的过程中发展起来的。公共女性，新黑人公民，广告和新闻标题中古怪无言的话语，公司奇怪而且活生生的人格，暗示了多种新含意的衣服、家具和物品，以及源于现代环境的极端人类心理——所有这一切和其他至今还没有分类的现象与既定的公民关系格格不入，被看成是文化之谜，刺激了高雅文学创造力的产生。作者们发明了错综复杂的分析类型，发展了一个美学领域——有时是高度讽刺或者政治压迫的形式，如亨利·亚当斯笔下的无依无靠的"侏儒"，或者 W. E. B. 杜波伊斯的"双重意识"——能够把文化冲击转变成高雅艺术的优雅展示和关键特性的新原则。

也许，对于高雅现实主义的形成最为重要的问题就是女性的社会身份。美国女性是一个充满感情、备受争议的人物，她成为高雅文学文化定义自身典型类型和关键权威的焦点之一。在当代社会争论中，我们应该记住，谈论中的"女性"只涉及了相对有限的一部分人的生活：中产阶级白人女性，她们幸运地接受了（或者不是那么愉快，而只是渴望）她们兄弟们可以接受的教育，这些女性有可能把有偿工作当成通往独立或者社会地位的途径，而不是谋生手段。这些女性和她们的关注点非常惹人注目——作为女性问题她们惊人地清晰易懂，作为新女性她们有一个革命的姿态，作为美国女孩她们获得了国际性的宣传，作为返祖现象的亚马逊族女战士她们是一个令人恐惧的化身。劳工世界和大街小巷随处可见的工人阶级女性并不包括在这些关于女性的争论中，这是个明显的疏漏。她们被省略不计这个事实告诉我们，争论的重点不仅仅是女性出现在办公室或者百货公司这个直观现象。相反，新女性之新主要是因为一种从前只有男性才拥有的地位或行为，现在却堂而皇之地被一些中产阶级的女性所拥有，她们扮演了倔强的角色，作家夏洛特·帕金斯·吉尔曼（Charlotte Perkins Gilman）称之为中产阶级已婚妇女的"温柔可爱但失败的代表"。女性的作用问题、她们与社会力量和权力道路之间的关系是意义深远的主题之一。高雅文学的现实主义通过探究这些主题发展了自己典型的叙述风格和模式。女性的作用这一难题对谨慎的文学分析来说是一件烦恼的事,但同时也是一种动力,激励人们发展一种能够深入研究人的内心深处的分析方法。作为文学的话题之一,女性作一块试金石可以衡量现在已经完全商业化了的社会敏感性和国民健康状态。在这个文集中,性别和性特征不仅仅是主题,也是高雅的美国艺术文化权威的作用点,通过这个作用点,社会紧迫感可以与体裁革新通力合作。

女性于19世纪70年代和80年代时所获得的高度公众化的姿态有一个似乎不太真实的起源。在战前的文化中,女性已经形成了一种独特的女性感,即私人的和家庭的。她们产生的女性气质是一种脱俗的身份,其本质是虔诚,反对性特征,是一种家庭的直觉,与市场的深思熟虑正好相反。但是,凭借这种超凡脱俗的女性气质,中产阶级女性认为自己有权利获得一个行动的领域,把她们名义上的家庭工作扩展到一个家庭以外的新天地。内战是加速这种变化的一剂重要催化剂。为了满足国内战争的需要,妇女们获得了后勤服务技能,她们为医院补足供给,投身卫生工作,为慈善募捐资金。女性已经成为一种国家资源。由于常规的政治活动已经终止,因此战场后方的公共生活重新成为一种需要复原治疗的家庭生活——虽然是一个分裂的家庭。

克拉拉·巴顿(Clara Barton)做过战地护士,在其遗作《克拉拉·巴顿传记》(Life of Clara Barton, 1915)中,她回忆了当时的严峻考验。书中描述了女护士们看护伤者的情景,无异于男性士兵战斗的场景:"我很强壮,我想我应该去救治那些倒下的男人。"战争充满了混乱和血腥的恐惧,在此期间性别角色差别并不是那么严格。"如果你偶然感觉我所处的位置太艰苦了,看起来不适合女性,"巴顿这样写道:"那我只能回答,它们很艰苦,看起来也不适合男性。"战争同时也给了女性一个可接受挑战世俗的机会。在《一个南方女人的故事》(A Southern Woman's Story, 1879)中,菲比·叶芝·潘伯(Phoebe Yates Pember)骄傲地回忆道:"从南方女性觉得她们国家的权利受到侵犯的那一刻起,她们就公开地、猛烈地进行反抗。"尽管如此,当潘伯在弗吉尼亚州里士满的一家医院当护士长的时候,开始工作时她也有一些担心,因为"这种生活可能损害女性的柔弱和优雅——也就是说她的本性会堕落,她的感知会迟钝"。亲手管理一家医院确实改变了潘伯。但是这项工作同时也改变了她对女性能力传统的理解,不久她就开始憎恶男人们"内心隐藏的对她的讨厌",这些人因为她的管理而焦躁不安。战时暂时形成的新公共责任只会永久地改变理解和感知,这种改变反过来又可能重新安排社会制度和习俗。

因而,依然认为女性适合壁炉和家庭生活的观点有助于中产阶级白人女性把公认的女性角色和技能扩展到家庭以外的世界。战时的紧急状况成为了战后社会的既定特征。在19世纪60年代和70年代成立的女性俱乐部、教育

文学形式和大众文化（1870—1920）

机构和基督教联合会有助于把新兴的城市定义为永久需要女性服务的领域。那种需求反过来又促进了能够教育和培养女性的机构的建立和发展。更公然地为女性争取政治权力的呼声接踵而来。这一步并不令人吃惊，女性毕竟已经在社会服务领域非常努力地工作了。

正如家庭身份帮助女性越来越成为公共事务的参与者，类似反常的事情也发生在文学界。在战前的美国，由女性创作的短篇小说、短剧和小说占据了出版业越来越大的份额，到19世纪50年代，女性作家占有了大部分小说的市场。但是女作家们也改变了这个市场。她们创作的家庭小说成为新的畅销书，一般能卖出一些其他成功的作品的10到20倍。像苏珊·沃纳、哈丽叶特·比彻·斯托、凯瑟琳·塞奇威克、范妮·弗恩、E. D. E. N. 索斯沃斯和玛丽娅·卡明斯（Maria Cummins）这样的女作家成为公众名人，她们创作了关于家庭生活中精神力量的畅销书（"在男人的自私中，所有这些都是纯洁的、节俭的：爱、家园、家庭"），在这个过程中她们拥有了一个数量上前所未有、具有无限利润潜力的大众读者群。这些女性作者一次又一次地淡化她们的职业身份，使用笔名，否认对高雅艺术存有任何渴望，而且对自己在公共场合的曝光感到焦虑（"我对发表作品感到非常恐惧，"如塞奇威克所言）——事实上，所有这些否认反而有助于她们成为公众人物。虽然她们对于宣传的矛盾心理无疑是真实的，但是她们对名气的拒绝恰恰给她们带来了名气：女性作家们正是通过传播女性身份成为非公开的、脱俗的典型，不仅为自己而且也为她们对女性的观点获得了公众的注意力。

流行家庭小说也以一种更为物质化的方式让女性为世俗所见。家庭小说作家们把她们的文学作品比做针线活或者其他熟知的家务活，然而她们在商业上的成功使得她们的名字和面孔成为大众市场中的偶像。对于像斯托和弗恩这样的作家来说，广告、销售代言人、传记短文、平板画、巡回演讲和本人露面、在印刷物上出现以及名人照片等都使得女性的家庭生活甚至她们的身体和衣服样式成为向公众展示和消费的对象。人们未经授权就重新印刷她们的文章和故事，使得宣传长久不衰；像她们的视觉形象一样，她们的言语通过几乎是自动的、分散的作品发行而得到传播，提高了她们的公众认可度。女性神圣的、以家庭为中心的身份获得了一个明显带有公共性、商业性和政治性的地位。

对于许多传统主义者来说，这个变化等于一个通过印刷和照片得以实现的令人震惊的女性侵略。正如一位作家詹姆斯·威尔牧师（Rev. James Weir）所描绘的一样："我们看到过分扩散在社会各个领域中的（女性）堕落的形式和阶段，比如我们剧院上演的剧目以及整个国家每天出版的书籍和报纸。"正如威尔的警告暗示的那样，女性的公众可见性不仅仅局限于家庭女作家。舞蹈家范妮·埃尔斯勒（Fanny Elssler）和歌手詹妮·林德（Jenny Lind）是美国第一批通过新型的大众宣传网络而成为全国名流的女性演员。舞台演员的私生活，如莉迪亚·汤普森（Lydia Thompson）和埃达·伊萨克斯·门肯（Ada Issacs Menken），开始成为报纸绯闻专栏上的二手戏剧的素材。紧随像斯托尔一样的改革家之后，女性演讲家们代表各种事业的活动也使人们开始关注她们的生活。反私刑主义者埃达·B. 韦尔斯和女权主义者夏洛特·帕金斯·吉尔曼时常遭到谴责，也时常受到赞美和颂扬，但是这两种反应都提高了女性的公共姿态。

女性气质以多种多样的形式在现代社会茁壮成长。然而，对于像威尔牧师这样的观察者来说，印刷或者舞台的公众特性必然危及女性真正的身份。一位十分有影响力的政治作家弗朗西斯·雷博（Francis Leiber）声称："当一个女人进入公众行业的时候，她会损失相同程度的自然天性。"亨利·詹姆斯对他的作品《波士顿人》（1885）中的角色巴希尔·兰塞姆（Basil Ransom），一个南方传统主义者，也发出了同样的感慨。当巴希尔观察维丽娜·塔兰特（Verena Tarrant）做公共演讲时，一个"纯洁无瑕的"小女孩面对人群演讲的画面使他产生了"甜美的怪异"这种矛盾的感觉。对巴希尔来说，在公共展会上展示女性的主观性所带来的不和谐不仅具有讽刺性，而且是一个反常的挑衅。豪威尔斯对女性滑稽剧团的"恐怖的美丽"产生的反应，也是因为他看到了这种在公共场合公然违背女性最基本的私人和家庭身份的情景，所以产生了同巴希尔一样的感觉。

如果不是厌女症的话，在异口同声的反对女性越来越多地出现在公共场合的声音中有一个性别恐慌的音符，但是一些重要的东西还是把对女性的指责和早先对女性的敌意区分开了。毕竟，这些保守的批评家们中既有男性也有女性，他们都拥护精神上的优势性别，而不是低等或劣势性别。他们的蔑视不是针对女性，而是针对她们在现代宣传的新媒体中的堕落，很大程度上不受控制的影像和印刷机器正在制造威尔所说的"过分扩散"的女性画像。尽管如此，要想把当代反女性的情绪与同时存在的对大量新文化技术的焦虑区分开来是很难的，有时甚至是不可能的，这些技术从"整个国家每天出版的"影像和消息中牟利。批评家们对于流行文化业最担心的东西正是对女性的担忧：他们担心两者都容易受到不受控制的幻想的伤害，这是一种远离现实的趋势。恰恰基于她们的精神本质，她们易于低估或者完全不能领会决定了世俗体制和秩序的必需品。同样，只看重利润的大众文化生产对于传统的社会秩序以及由科学和专业人士带来的理性化的秩序都漠不关心。因此，人

文学形式和大众文化（1870—1920）

们广泛趋于把大众文化业本身看成具有女性的本性，而且趋于把文化影响女性化。在此，"女性"代表了不受限制的感情力量以及推翻现实秩序的愿望。用一位男性作家的话来说，流行文化是"在温柔的拥抱中窒息而死的圣母"，她拥抱的是与现实主义者和知识分子关系重大的真正的美国文化。

女性与大众文化的这种关系是否意味着不仅仅是把对女性的蔑视转移到一个新的生产领域？当然，在这个表面女性化的文化中，男性作家的不安情绪实现了美国高雅现实主义运动的发展。为小说写作维护一种不同的男性特色的愿望体现在现实主义小说的各个方面——主要情节、风格以及角色。同时，诸如豪威尔斯、詹姆斯以及后来的男性继承人们也继续努力来吸引包括许多女性读者在内的读者群。在《我的文学激情》（*My Literary Passion*，1895）中，豪威尔斯不安地发现"文学不再赋予任何人以男性活动世界中的稳定地位"。虽然豪威尔斯的小说稳固地定位于中产阶级家庭生活这个大家都熟悉的小说领域，但是他小说的情节设计也着眼于修正流行小说中求爱和婚姻的传统做法。比如《现代婚姻》和《小阳春》（*Indian Summer*，1886）这样的主要小说都致力于仔细分析考虑不周的婚姻带来的不良后果。现实主义小说中，阅读小说本身常常就是一种对女性的偏见和猜疑，正如福楼拜笔下的包法利夫人一样，喜欢看小说的年轻女性一般都没有美满的婚姻，而且有时情况更糟。

那么很明显，对女性文化曝光的焦虑——她们在流行文化中出现以及她们面对流行文化——使现实主义文学充满了生机勃勃的活力，正如人们对新型大众文化业的力量和范围感到的不安一样。但是，如果我们没有注意到这些生机勃勃的活力对作家们来说不仅是一种恐惧反应，同时也是一种意识源泉的话，那我们就没有抓住这些活力的真正含义。在高雅现实主义文学中，对性现象产生晕眩的历史感受到了一种深刻的、自觉的分析。在这类作品中，男性恐慌与造成男性恐慌的女性曝光同样得到展示。另外，令人眼花缭乱的女性宣传对于女性作家来说是一个引起兴趣的话题，对男性作家也一样，虽然现实主义对流行价值的反对堵塞了一些女性作家的创作之路，但是却为其他人创造了机会。最重要的是，妇女与大众文化的联系已经使妇女具备了爱默生式的代表性。如果说女性是具有典型性的文化客体，那么她们也是探索有理性、有感情的人类所经历的兴衰变迁的主体，人类经历了19世纪后期更加具有戏剧性、更加调和的社会。在现实主义内部，主要是女性及女性故事对人类行为和现实主义主要美学焦虑的自我的真实性展开了深入的思考。

豪威尔斯采用第一人称描述的他在舞台滑稽剧中面对的"令人震惊的"女性气质为深入研究打开了一个入口：读起来像是一种恐惧坦白，实际上是对性活力的一种谨慎叙述以及对将构成高雅文化艺术的主观性的着迷。豪威尔斯丝毫没有掩饰他对文学作品的苦恼。对他来说，传统的面容"秀丽"、身材娇小的女性做出盛气凌人的男性表情和动作看上去"太恐怖"了。一位女演员身着王子的衣服，"声音沙哑，嘴角傲慢地撇着，腰板挺得直直的，下颌朝上，手插臀部，右脚前伸，拍打着地板，摆出一幅凶巴巴的样子，向她的敌人挑战。看她这个样子，即使是在剧院的座位上坐着，你不感到退缩都是不可能的"。正如豪威尔斯强调自己的观看感受一样，表演需要把女性看成活跃的行为者——一种强加的修正或者认可。经过数十年来把女性描绘成缥缈的、超然的形象之后，拥有笔直腰板、目中无人姿态以及倔强声音的女性看起来完全像是一个不同的性别。第一幕中让人感到退缩的女演员"再次出现的时候看起来完全不同，她是一个魅力四射的年轻绅士的形象，身着粉色丝绸紧身裤，除了低领的胸衣以外，衣着上看不出一点儿女性的端庄"。这种转变并非来自幻想这些女演员是男人——如果有任何幻想的话，显露身材的道具服装强调了她们的身份是女性。相反，正是女性占据了世俗、自制、自作主张的行为者的角色这一带有喜剧色彩同时又很直截了当的景象，把演出者变成了一个"另类性别"。

144

　　豪威尔斯对于这种改变所揭示的东西和所扭曲的东西一样迷惑不解。戏剧表演不是不管表演技巧，而是通过表演技巧似乎揭开了一种本质的真相。"她脸上露出一种奇怪的、满足的光芒，"豪威尔斯这样描写一位女演员，"显而易见，这桩糟糕的生意是这个可怜的人儿的拿手好戏。"豪威尔斯承认，舞台背景允许我们稍微进行深入的观察。有一处，女演员们为了增加她们的男性效果，假扮黑人演出了一场种族性的模仿舞蹈，这种双重假冒显示出一种"令人愤怒的优雅和强烈的愉悦，看起来很奇特古怪"。虽然这种展示为我们长了见识，但是它同时也动摇了基本的认知类别。当自我脱离了传统的性别和种族类别，在豪威尔斯看来，主观性的基础就成了问题。舞台角色似乎给女演员带来了极大的愉悦，那么她"在舞台下完成女性角色的时候肯定觉得缺少了什么"。戏剧表演——"扮演角色"——不能只局限于舞台，这使得豪威尔斯思考女演员离开舞台以后的身份，结果发现她的舞台角色更加适合她——因为她在舞台上更加快乐。

　　同样，豪威尔斯自己作为男人的身份，正如他公开描述的那样，开始看起来像是一种相应的模仿。面对女性演员"强烈的愉悦"，豪威尔斯把自己的反应描述成对传统男性行为的滑稽模仿。看见一个女演员"贸然地服从经理的命令来迎合大众的品位，她躺在厚羊毛毯铺垫的舞台上，双脚冲着观众或者做出其他一些粗俗的举动"，让人生出骑士般的侠义："她没有必要这样做，

○文学形式和大众文化（1870—1920）

我禁不住大声抗议；没有人愿意或者想要她这样做。没有人？唉！那些人……他们就是想要这个，他们为女主角报以热烈的掌声。"豪威尔斯在这场演出中扮演了一个不幸的角色，把自己似乎当成了男性救星，结果发现自己只不过是在模仿英雄气概的自画像中突出了他反应的荒谬性。

豪威尔斯自写剧本的情节剧反映了他对性别的焦虑，点出了一个更大规模的对现代自我真实性的关注，是这个时期中产阶级美国人普遍感兴趣的问题。如豪威尔斯在文中描写的一样，自相矛盾的舞台表演使自我和人类行为立即变得更加透明，更加易懂，但也更加易变。看见"另类"女性，即使是在舞台喜剧表演中，所感到的震惊实际上也为我们提供了一个审视男性和女性自我的崭新的、饶有兴趣的视角。同时，这一从内部审视的观点也提出了前所未有的、令人不安的问题，挑战了传统上关于自我的概念。显然，豪威尔斯被滑稽喜剧游乐园般对现实的扭曲搞得身心交瘁，但是他也体会到由宣传媒介及其揭示和折射的能力所带来的女性魅力。他的痴迷以及道德上的忧虑同时反映出一种更广泛的文化吸收，即一位历史学家所称的"1850 年之后中产阶级文化的新型戏剧风格"。

豪威尔斯论述戏剧品位的文章证明了新的社会环境，戏剧和表演已经成为这个环境的形象比喻。19 世纪后期快速的城市化，不仅增加了文化赖以交流的特定媒介，而且也改变了日常生活的特性，侵蚀着人们熟悉的社会习惯，在公共与私人生活空间里引入了更加不可预见的景象。自然的城市街头生活的戏剧效果——意外的场面、新奇的偶发事件、公共场合的吵架和犯罪——与其社会对立面在根本上是相通的，如在私人晚宴或上流社会娱乐项目中精心设计的财富和地位的展示：两者都把面对面的社会交往变成了一种文化剧场。公共和私人领域都越来越多地被用来展示自我，整个社会就是一个观众群。很明显，这些大规模的变化为相当一部分人带来了某种愉悦或者满足；否则的话，城市中心以及城市所造就的大众媒体就永远不会发展得如此繁荣。但是，一个更加吸引观众的文化也加剧了一种感受，即纯正的维多利亚性格的美德——或者，其实可以定义为恶习——开始变得空洞乏味和失真。

对豪威尔斯同时代的作家来说，性别和性特征题材最清楚地表达了这些问题的意义。他们相信，属于私人领域的性爱活力如果暴露在大众文化中，会带来深远的社会变革——不是变得更好，就是变得更糟。比如在豪威尔斯《牧师的教区》（1886）一书中，舞台表演中猥亵的幽默（"一个下流的、令人发笑的影射和可笑的邪恶场景的大杂烩"）是社会"同谋"原则的主要特点。对于豪威尔斯来说，"演员和观众"共同为相爱场面负责，他们之间的同谋代表了文化品位与道德结果之间的关系，代表了个人消费和更大的社会团体与"整个社会构成"之间的纠缠。那么,"同谋"描绘了文化表现中的一种令豪威尔斯烦恼的力量:戏剧文化的危险在于它的力量,这个力量把公民依次变成"冷漠的观众"和表演"充满了新奇幻想"的困惑的演员。对豪威尔斯而言,我们需要一种新的文化表达,即用现实主义小说来对抗这些戏剧性的歪曲。这样,豪威尔斯对戏剧和滑稽剧效果的思考一开始就强调性别在高雅现实主义中构成关键分析的条件——性别的心理洞察力以及表现领域、对行动以及社会决定性的反映、对性行为的各种形式的着迷以及对归因于流行文化的社会疏远和伪装的着迷。

这些对立的分析条件主宰了詹姆斯的《波士顿人》(1885),小说中公共女性的形象是对战后文化场景的沉思。《波士顿人》展示了现实主义洞察力如何通过反对商业化的戏剧风格而取得了胜利。然而,商业化戏剧风格依然是现实主义传播社会知识最有效的场所。正如小说的主人公维丽娜·兰伦特体现的那样,一度被认为带有家庭和宗教本性的女性精神已经成为公共人物。带着一种类似神秘的灵感,维丽娜就社会话题发表了热情洋溢的演说。对于维丽娜那些思想开放的观众而言,这位年轻女性的公众精神并没有矛盾之处:她擅长演讲正是源自她女性流露感情的"天才",她的表达那么自然顺畅,应该为世界所共享,人们将了解女性的权利、爱的力量和其他更为高尚的真理。而另一方面,对于巴希尔·兰塞姆("最呆板的保守主义者")而言,公共场合的女性是一个固有的荒谬。维丽娜在城市观众这个"伟大的流行体制"前的成功与政治阴谋没什么两样,是"冒险和吹嘘的展示"。她的"天才"只不过是披上"魔法"外衣的催眠术师粗俗的招魂术,是在错误的地方展示出来的女性性魅力。"这只不过是一个热情的个人展示,"巴希尔坚持认为,"而且展示的这个人又碰巧很有魅力。"奥利弗·钱斯勒(Olive Chancellor),一个波士顿人,也承认维丽娜的公共事业中存在着"庸俗利用的危险"。但是对于加入了激进的女性改革者联盟的奥利弗来说,维丽娜成为私人利用的牺牲品——异性婚姻——的危险更加巨大。奥利弗显然爱上了维丽娜,她为维丽娜的事业提供资金支持,并让她住到自己家里建立了亲密的家庭关系,这种安排类似"波士顿婚姻",当时两个女性住在一起也被认为是一对儿。对于巴希尔和奥利弗来说,维丽娜"热情的个人"展示有一种与令人不安的宣传不可分割的色情吸引。

巴希尔坚持认为"公共场所没有维丽娜的位置"。然而维丽娜的经历显示,战后的公共世界正是充满女性化景象的地方。像那些写家庭题材小说而成名的小说家们一样,维丽娜起步的时候就是在私人聚会那种家庭氛围中展现她的精神"天赋"的。如女性俱乐部和志愿者组织为家庭走向更大的自治

文学形式和大众文化（1870—1920）

领域提供了桥梁一样，维丽娜事业的下一个重大进步就是通过她在波拉奇夫人（Mrs. Burrage）家周三俱乐部的聚会上成功的表演实现的，那是一个纽约社会有钱人的聚会。最后，在小说的高潮部分，维丽娜在波士顿音乐大厅演出的票一售而空，云集了一大批老牌的名流围坐在女演员周围。维丽娜的公共"天赋"已经转化成最广泛、最商业意义上的宣传。甚至当她还没有出现在"欢呼的人群"面前时，她已经经受了"成百人的注视"，因为他们从大批量生产的剧院海报和传单中已经频频看到了她的形象。

尽管是大批量生产，但这些形象完全没有人情味儿。詹姆斯捕捉到了由这些大量的复制品带来的色情吸引力，带有经济实用的艺术效果，他向我们描述了巴希尔对海报和传单的强烈嫉妒：看见它们使他"希望自己有钱把它们都买下来"。维丽娜的海报——性欲的公共发泄点——让人们想起平版印刷海报替代了19世纪70年代木刻板印刷的剧院广告。从这个时期幸存下来的海报大胆模仿了女性舞台演员的超凡性魅力，比如彩色的带有男性气概的少女或者舞蹈者的巨大形象，旁边是矮小的男性追随者。在波士顿出版的《海报盛行的时代》(*The Reign of the Poster*, 1895) 中，查尔斯·诺尔斯·博尔顿（Charles Knowles Bolton）编撰了一个画报海报的目录，记录了那些已经无所不在的广告形式。博尔顿描写了私人化的情色诱惑，它已经通过广告展示成为街头最常见的情景："（纸上的）女人，就像广告宣传画册，空前地吸引人，当我们一次次从橱窗口路过，不知有多少次沉浸在这些画册美人带来的欣喜之中！"

当然，维丽娜的海报可能展示了一个完全不同的肖像；她的长相和公共吸引力与著名歌星詹妮·林德（"世界上最红的女人"）比较相似，后者在舞台上以展现女性的天真烂漫而闻名，她身穿一袭白色长裙作为她的标志性服装，在挤满观众的剧场里演唱《家，甜美的家》。但是在描写印有维丽娜照片的大量海报时，很明显詹姆斯把她的力量与女性演员的大众魅力相提并论，叙述者同样把她形容为"走钢丝者"、"女演员"、"首席女歌手"和"歌唱家"。对巴希尔来说，这些超凡魅力的展示，它们"可爱的怪诞"效果，都促使他追求这位准明星，同时又设法终止她的明星梦。

虽然剧院海报吹捧那些非凡的魅力，但是詹姆斯的小说类别却具有分析性。詹姆斯在他事业的这个时期致力于创作"带有民族性、典型性……表现出我们的社会环境的"小说。他最具自我意识的现实主义小说之一《波士顿人》将性别、地区和民族这些类别融入了一部展现现代生活的小说中。这样一来，公共表演这个"伟大的流行体制"的超自然活力就成为现实主义类别的对象，是准确表现社会生活的理性基础。这些类别为"我们的社会环境"

提供了一个分类法，这个分类法可以帮助我们清晰地领会和衡量现代性的危机——巴希尔所谓的美国文化"该死的女性化"，詹姆斯以更中性的话所说的"女性的境遇"。重要意义在于典型性而非特别性、分析性而非舞台性或者戏剧性。或者如詹姆斯给现实主义事业做的总结一样，这部小说"对表象进行了更深入的分析"。

这个分析的转折也促使现实主义对于深入探索内心心理越来越感兴趣。与令人眼花缭乱但难以理解的舞台表演或海报表象相比，现实主义小说反对对人类内心明察秋毫的看法，即通过詹姆斯所说的现实主义分析的"发明"而实现的对内心世界的仔细分析，从"所见得以了解非所见"。因此，正如《波士顿人》有的地方过分讽刺（以至于许多波士顿人觉得自己受到了侮辱），詹姆斯所称的"物质环境"的基础依然使小说丰富细致地描写了人类动机和情感。比如巴希尔·兰塞姆的性格、他的主要台词和语气都总是贯穿他作为南部白人这个主线。巴希尔感觉到的与南部的"亲密的联系"为我们展示了一系列做作的关系——源于荣誉和羞耻准则的热情、愤怒和反射，辩白的无意识动力——巴希尔自己不愿意让别人知道（有时甚至不让自己知道）。奥利弗·钱斯勒同样也是詹姆斯所说的"代表性女性"，她复杂的性格以具体化的"人性背景"展开。她感情不一、动机复杂，形象地代表了现代女性的独特类型，即社交类型女性——未婚女性改革者——叙述者称之为"明显病态的"。叙述者以会意地取笑奥利弗的信仰和矛盾动机为乐。但是同时，小说分析性的洞察力也带着相当的同情探索了奥利弗的心理，有的时候带有一种令人激动的抒情语句，如奥利弗在鳕鱼峡孤独地守夜时的那段感人的、痛苦的真情表白。因为其"详细说明的可靠性"，现实主义小说将可识别的社会力量与由此形成的人物性格联系起来，在大众文化中创造了显著声誉。

然而，正如《波士顿人》论证了现实主义方法的有效性，它也指出了这些方法之间的矛盾，对"社会环境"的分析为探求心理深度提供了框架，但是这样的分析也为个人行为问题带来了令人烦恼的不确定性。自我决定从好的方面论似乎是一个脆弱的、不自然的人性能力，而从坏的方面而言则是一种人类幻想。在一定程度上，巴希尔与奥利弗分别代表了纠缠在控制维丽娜的斗争中的两种强大意愿。但是当我们通过社会关系网对每个角色深入了解的时候，什么是人类意愿这个问题变得越来越模棱两可。作为相互对立的"社会环境"的代表，巴希尔和奥利弗最终似乎只是在不同的范围内重复了那场战争，那场源于南北方难以驾驭的分歧、男性与女性之间古老对抗的战争。他们的对抗性似乎被更大的力量所支配，作为个体，他们开始类似那些毫不知情的演员，成为那些力量的傀儡。由此，戏剧文化开始看起来像是真正揭示了微妙的人类行为的历史和社会原因而不是对它们进行了歪曲。这个事实正是詹姆斯其他反戏剧小说中对于情节的结局不得不承认的东西，因为对角色意愿的表达由于带有明显的戏剧般的"表演"而显得模糊不清。比如，巴希尔下定决心占有维丽娜，他的形象重复了已经被创作和表演过的命中注定的角色。他有一种独一无二的、自己控制的使命感，叙述者谈到这种使命感的时候明暗示了另一个愤愤不平的南方人（职业演员）约翰·威尔克斯·布思（John Wilkes Booth）的使命："有这么两三次，他感觉他能想象出一个年轻人，等在公共场所，出于自己的原因，下定决心拔出手枪刺杀国王或者总统。"巴希尔"独一无二"的意愿现在看来像是一个重复的角色。

因此，戏剧表象幻想可以与分析深度带来同样多的见解，深度可能像表象一样难以诠释。奥利弗在小说最后也被拖入一个暧昧的舞台角色，看起来像是大胆的举动，一个规定好的对外部"环境"的屈从。当维丽娜不能再继续的时候，奥利弗冲上音乐厅的舞台，被描绘成重复了一个殉难者的历史角色："她宁愿自己遭人践踏而死或者被撕成碎片，"她的举动可能模仿了"一些巴黎革命中的女性叛乱者，她们昂首挺立在示威者设立的路障上，或甚至模仿了横扫亚历山大帝国暴民的希帕蒂娅（Hypatia）①"。这就是詹姆斯式对女性滑稽表演的解答。奥利弗的画面经过了故意的夸张，带有一种近乎嘲笑的情节剧色彩，把女性表演者的超凡魅力带入现实主义对"明显病态的"女性气质的分析中。然而，这个高潮场景也是小说没有直接描写的瞬间（所有维丽娜的表演都仅有简要的描述），好像小说不愿意——抑或不能——详细分析实际景象带来的表演力。这些现实主义人物角色最终成为模棱两可的社会演员。《波士顿人》对女性和宣传的分析描绘出了一个更大的窘境：对人类生活的分析越理性化，人类行为的问题就越不确定。

不相称的艺术：康斯坦斯·费尼莫尔·伍尔森

在《波士顿人》中，女性处于宣传的失真与家庭的限制、彻底的公共曝光与不为人所知的淡忘这样的两难境地。詹姆斯所描绘的窘境有些夸张，但是它两极化的措辞为我们追溯了安排这一时期大量小说和故事的情感结构。其中，中产阶级女性面临着私人与公共世界之间的分裂，任何一个世界的生活都不够丰富，但是两者之间又不能横跨。在《悲剧的缪斯》（The Tragic

---

① 希帕蒂娅（Hypatia），生活在公元370—公元410年间，历史上第一位对数学做出卓越贡献的女性，被当时的宗教势力以异教徒的理由处死。——译者注

Muse, 1890）中, 詹姆斯再次演绎了存在于严肃戏剧中高雅戏剧艺术面临的同样困境。但是詹姆斯的小说也含蓄地包含了女性可以避免困境的第三种立场——即, 他的立场。现实主义作家可以利用他的批判性视角分析并巧妙地超越困境。然而现实主义作者对詹姆斯小说中女性的作用没有认可。这种遗漏意味深长。在高雅现实主义传统形成的过程中, 众多因素与提高男性作家的作品水平有关。美国现实主义宗谱中最经常得到认可的欧洲小说家都是男性。虽然简·奥斯丁、乔治·艾略特和乔治·桑（Sand）等女作家对现实主义的写作实践产生了最重要的影响, 但巴尔扎克、福楼拜、左拉还有屠格涅夫仍是其中几位最常被提及和援引的典范。现实主义作家的作用在定位上带有世俗性而非宗教性, 在地位上带有职业性而非商业性, 在很大程度上与女性小说家截然相反, 她们在战前的美国成功地为家庭生活小说开拓了广阔的市场。

当然, 高雅的现实主义并非只是属于男人的领域。但是作为社会作品的文学流派是性别经历的沉积, 无声地表达了赋予性别的语言模式以活力的性别规范。这种线索对于美国写作领域高雅现实主义的历史非常重要, 首先是它们鼓励或者抑制准作家们的方式。谁能成为真正的（现实主义）艺术家？这个问题实际上从另一个角度展开：谁希望成为一个现实主义艺术家？许多成功的女作家——她们中的一些人甚至设法在很有声望的杂志和出版社发表小说——却从未被列入现实主义作家之列。到19世纪70年代中叶, 一些小说家如伊丽莎白·斯图亚特·费尔普斯、路易莎·梅·阿尔科特和伊丽莎白·斯托达德的作品较之早些年代的家庭生活小说为女性描绘了更多、更广泛的经历。尽管如此, 在形式上和主题上她们的故事和小说依然标明自己被排斥在高雅艺术领域之外——确实, 她们经常把这种排斥看成女性经历的代表性特征。

哈丽叶特·普雷斯科特·斯波夫德（Harriet Prescott Spofford）回忆道, 文学标准的重新拟定, 终止了她广泛探求心理活动的小说。"你可能会问我为什么不继续创作'琥珀神灵'系列,"她写信给她的朋友,"我想是因为公众的品位变了。随着豪威尔斯先生担任了《大西洋月刊》的主编还有他自身的影响, 现实主义到来了。我怀疑我以前写的那些东西现在没有一家杂志可以接受。"然而同时, 高雅现实主义思潮的制约也可能为相反的创造力提供了条件。比如在伊丽莎白·斯图亚特·费尔普斯的小说《艾维斯的故事》（*The Story of Avis*, 1877）中, 费尔普斯让她的女主人公与高雅文化机构保持一定的距离, 以便为一个充满视觉符号和特征的叙述模式创造空间。主角艾维斯·多贝尔（Avis Dobell）渴望成为一名画家——以便获得"人类最不可思议的天赋即训练有素的想象力"——她游历了佛罗里达和巴黎,并在那里跟一些艺术大师学习。但不像其他移居海外的艺术家如詹姆斯或沃顿,艾维斯从未直接在欧洲的博物馆或画廊展示自己的作品。故事对她艺术培训的叙述寥寥数笔就匆匆结束,她又回到了马萨诸塞州的农村,隔绝在她那"小而简陋的工作室"里,经常会有一些令人兴奋的、不成熟的艺术想象。

艾维斯丰富的艺术想象力与既定美学制度之间的紧张状态完美地表达了费尔普斯自己的艺术创新立场,因为她创作了栩栩如生、具有革新精神的小说,但同时又在很大程度上游离于高雅文学机构之外。她早期的畅销小说《半开的门》(1868)把明显非现实主义的天堂描写成一个理想的社会主义,在其他作品如《一月十日》("The Tenth of January",1868)和《沉默的搭档》(*The Silent Partner*,1871)中,费尔普斯在丽贝卡·哈丁·戴维斯的影响下,将浪漫主义小说和宗教改革文学的风格与对工业生活的描绘结合在一起。

在康斯坦斯·费尼莫尔·伍尔森的小说《格里夫小姐》(*Miss Grief*,1880)中,主人公是一个女人,她已经创作出了激情四溢且富有创造性的作品——"自由、宽广、浩瀚,犹如天空和风"——与费尔普斯笔下的艾维斯·多贝尔颇有想象力的油画非常相似。但是,与费尔普斯对艾维斯充满感情、着墨颇多的描写相反,伍尔森赋予格里夫小姐的故事以尖锐和详细的分析,更加带有现实主义的特点。伍尔森批判性的锐利风格——詹姆斯对她"认真、艰苦的研究"以及她"超常细腻的观察"给予了高度的评价——使她得到了高雅文学机构的认可,这种认可以前从未光顾过费尔普斯。尽管如此,要读懂《格里夫小姐》必须有一种清晰的感觉,即伍尔森在故事安排而非写作技巧上更加接近费尔普斯式的艺术家格里夫小姐,而不是那个叙述故事的成功作家,那个以自己艺术风格的"高品位"和英国式温文尔雅的举止而引以为荣的人。伍尔森可被看成一个现实主义者,她以批判性的眼光看待促进现实主义发展的高雅文化制度。通过巧妙的迂回写法,伍尔森精确地探究了获得评论家"高度评价"的一类小说,如她自己的小说,发现文雅的美学价值已经陷入卑鄙色情和阴险残酷的趋势中,很大程度上不为文化权威人士所察觉。

《格里夫小姐》实际上就是阿诺娜·蒙格里夫(Aarona Moncrief),一位住在罗马的美国妇女,她多次去拜访叙述者,一个美国作家,直到有一天她终于见到了他并恳求他读了自己的手稿。叙述者的仆人由于听错了名字而向主人说"格里夫小姐到访",叙述者就糊涂了:"不幸①至今还没有光顾过

---

① 此处作者使用了 grief 本身的含义。——译者注

我。"他后来一直用这个名字叫她，甚至在弄清楚她的真实姓名之后还这么叫，后来他还经常对她产生同情心，因为她的生活确实不幸：生活在贫困交加中，年老多病的格里夫始终坚守着那个微弱的希望，就是她那些出版不了的剧本和诗歌总有一天会找到有共鸣的读者。格里夫小姐这个误称精炼地表达了伍尔森主要的讽刺手段，从形式上使女性悲惨的生活显得很遥远，从而只有久经世故的文学人才能体会到故事的悲怆和凄凉。这样，蒙格里夫的痛苦为我们所知（故事实现了现实主义，这个说法很有吸引力），但是却只是通过文学权威人士讲的故事而得知；没有他的《格里夫小姐》，我们就不知道她的不幸。

那么如何理解女性的不幸呢？这个问题很含蓄地在一个故事中得到了表达，这个故事主题陈旧，关于一个濒临死亡的女人，同时使描写女性悲惨遭遇的情感小说惯例失去了效用。这个问题还在情节方面得到体现：一个颇有成就、自鸣得意、来自大西洋彼岸的小说家（"我稍稍模仿巴尔扎克"）如何能理解一个孤独的、未受过专业训练的女性的作品？伍尔森回答，其实他不能。一开始，叙述者对被迫看一个衣着褴褛、毫无吸引力的女人的作品很是懊恼，但当他读起来时，很快就受到她充满激情的文字的感染而"感动和兴奋"。他赏识她高超的艺术天赋，并如实告诉她，他们两人之间，她的"能力更强"。但是他也发现她"无拘无束的"创作的确很难理解。他找不到合适的措辞来评论她的"热情和能力"或者他所认为的不足之处。她艺术作品中的美学逻辑既不高尚也非怪诞——"如梦一般"——简直超出了他的理解范围。当然，它超出了他自己的小说所"研究"的现实主义美学，当他同意把她的手稿给他文学圈子里的一位编辑看的时候，这一点得到了证实。虽然编辑"被某些段落中的写作能力深深打动"，但是他说"情节的不可能性"使作品不能发表。

伍尔森以这种方式为读者呈现了一个美学裂痕。故事虽然被认为是超凡的文学作品，但是没有人能够读懂作品的力量和美，没有人能够解释作品的美学力量。这种裂痕一直持续到小说的最后：蒙格里夫死了，她的手稿一直未能发表，也未能被人所知。其效果就是让读者得到一种文学的意义，即尽管伍尔森的小说以讽刺性的敏锐观察而见长，但是她的作品不能被读者直接领悟。叙述者的现实主义视野好像开始有了局限性，即不是权威的艺术，也不是绝对的真实，使豪威尔斯式的现实主义价值更加鲜明。高雅现实主义的拥趸者批评许多女性作家的作品过于简单和幼稚，但是伍尔森小说实际上扭转了这个局面：精于世故的叙述者最终因为想象力太受局限而不能完全理解这个未接受过专业训练的女性的作品，而她的作品则成为一个"更伟大的"、

◎文学形式和大众文化（1870—1920）

难以达到的文学力量，这种力量的特点就是朴实简单。

可是，伍尔森情节的另一条线索暗示了这些无从比较的文学价值之间具有讽刺意义的联系。叙述者没有将能够拯救蒙格里夫的作品与他成功地赢得了一个颇有社会地位的年轻女子的芳心相对应。这个女子，伊莎贝尔，是小说中一个无关紧要的人物，她甚至不能直接认识到蒙格里夫的艺术才华。叙述者给她念蒙格里夫的诗歌，她认为"混杂和含糊不清"，只激起了她带有优越感的同情："她的脑子肯定不正常了，可怜的人呢！"听到这些话，叙述者有了一种微妙但是至关重要的情感反应，美学品位和性感受共同激发了一种复杂的诱惑力：

> 诗歌不是太模糊而是太浩瀚了。但是我知道我没法让伊莎贝尔理解这一点，（男人作为一种复杂的生灵）我知道我不想让她明白。这些仅是整部诗集中我能给她看的，我很庆幸她甚至连这么几首都不喜欢。

叙述者被那些诗感动了，但伊莎贝尔却没有，这实际上加强了她对他的吸引力。对于叙述者来说，使伊莎贝尔具有吸引力的原因正是因为她不同于那种诗所具有的"无拘无束的、奔放的"美："伊莎贝尔各方面都受到约束，像花园里的紫罗兰。我喜欢她的就是这一点。"一个人"喜欢"什么这个显而易见的简单问题背后，是伍尔森无声的观点，不同性别角色应该遵守不同的规则，这些规则取决于艺术感和情欲感。

以完成死去的蒙格里夫的"心愿"为名，叙述者决定不出版她的作品："我把它锁在这个箱子里。我本来可以自己出资出版，但我想现在她自己也知道了这部作品的不足之处，她不会再想出版了。"伍尔森对叙述者的言行表示了怀疑。蒙格里夫对于自己诗歌命运的"心愿"，像伊莎贝尔不喜欢诗歌的内容一样，最终证明与叙述者喜欢什么样的妻子（"受约束"的本性）和赏识已故女作家的天才（不朽的朦胧）纠缠不清："当我离开人世的时候，"叙述者吐露，蒙格里夫的手稿"将被销毁，无人阅读"。"就是伊莎贝尔也不能看见。因为女人会相互误解；尽管是我亲密珍爱的妻子，我也不能忍受她或其他任何人对于已经逝去的那位作家的作品有任何嘲讽，我那个可怜的'不被采用'、不被接受的《格里夫小姐》。"叙述者对格里夫小姐的挽歌同时是对她作品的故意隐藏。尽管他一直保持着完美的"高品位"，但字里行间暗示他有一种怪异而可怕的满足感，就是让她那些未经阅读的作品永远沉默下去。他对"已故的可怜"作家和在世的"甜美妻子"的赞美之词听起来带有一种坡（Poe）的音韵，让人想起蒙格里夫那位伤心的姑妈早些时候说过的夸张之辞,"所有从事文学的男人"都是"吸血鬼"。

伍尔森的一生没有什么能证明她对"从事文学的男人"怀有成见。她把亨利·詹姆斯、约翰·海还有诗人爱德蒙·克拉伦斯·斯特德曼当做她最亲密的朋友。她的母亲死后,伍尔森一生未婚,移居欧洲,在那里她与一些男女文学家以及他们的家庭相处和睦,并全身心投入到写作中。她与詹姆斯约好经常去一些欧洲城市共同游历访问。伍尔森也获有显著的文学成就,并不像她的"格里夫小姐"。她五部已出版的小说都很受欢迎——《安妮》(*Anne*,1880)是其中最有名的一部——她的短篇小说也不断受到好评。她的文集《遥远的城堡》(*Castle Nowhere*,1875)中的故事以她年轻时住过的五大湖区为背景,还有《管理员罗德曼》(1880)描写了南方当地的风土人情(她也在佛罗里达住过),这两部作品被誉为地方特色现实主义的最高成就。她许多后来的作品都以意大利为背景,评论家认为这些是她最好的作品。伍尔森还经常为《哈珀杂志》和《大西洋月刊》撰稿,发表自己的评论。

尽管她很受公众和评论家的好评,但是伍尔森发现自己很难逃脱不幸。从她30岁的时候,她就开始经受一次次的抑郁,并就此伴随了她一生。像她的《格里夫小姐》一样,她疾病缠身,生活拮据。虽然她的事业证明女人能以强有力的文学风格写作("我对那些'优美'、'温柔'的文章感到恐惧,我更喜欢那种丑陋、苦涩的风格,只要它也具有感染力")并获得高度认可,但是伍尔森似乎认为女性作家注定要有不幸的生活。她写给斯特德曼的信中说:"为什么女文学家这么容易崩溃?似乎只有不幸的女人才会去写作。"1894年,伍尔森从威尼斯的一个别墅的二层阳台跌下,或更确切地说是跳下,享年53岁。她葬于罗马。

亨利·詹姆斯曾对伍尔森所描写的"秘密历史"("懦弱的、多余的、失望的、丧失亲友的以及未婚者的'内心生活'")大加赞赏,对她的死感到十分震惊,并相信她死于自杀。詹姆斯对她的作品的评价早在几年前就出现在一篇题为《伍尔森小姐》("Miss Woolson",1887)的评论中,后来他又在自己《不完全的自画像》(*Partial Portraits*,1888)中再次发表。尽管他认为她的小说与现实主义的精神特质密切相关——"她有一种富有成效的直觉,把小说视为研究人类类型和激情的真实、典型的画面"——但是詹姆斯也指出了在他看来明显的女性特质,即她对于爱情和婚姻的"主要"关注:"错综复杂的问题几乎全都是爱情问题。"伍尔森追踪那些难题,直到人类死亡的尽头。詹姆斯认为,献身、放弃、痛苦这些基调是伍尔森最主要的困惑和基本事实。"献身的态度"肯定是伍尔森小说的一个显要部分。但詹姆斯认为,伍尔森"信奉"献身("它的频率以及它的美")正好掩饰了伍尔森坚持不懈要

○文学形式和大众文化（1870—1920）

表达的复杂性。

伍尔森一直关注女性的自我献身精神，也同样关注赢得爱情的条件和代价。特别是在她几部颇有影响力的小说中，浪漫的爱情随着女性对艺术的放弃接踵而来。比如伍尔森的《风信子之街》（"The Street of the Hyacinth"），小说中一个志向远大、不谙世事的年轻女子想成为画家，而她在罗马遇到的男人都暗示她的作品"从本质上极端糟糕"。小说围绕这两者之间的矛盾展开。她最终意识到自己缺乏天分（"我是个傻瓜"），这使她十分懊恼和难过，但这也是一个重要的转折点，因为她随后获得了三次求婚。《在克林城堡》（"At The Chateau of Corinne"，1886）甚至比《格里夫小姐》更加直接地指出，婚姻来源于女人在写作上的失败。故事中未婚夫妻之间充满感情的口头争吵，结局并非简·奥斯丁笔下主人公那样的相互妥协，而是更加强烈的性对抗。约翰·福特（John Ford）曾指责了普遍意义上的女性作家，尤其是德·斯代尔夫人（Madame de Stael），他还最直截了当地批评了温斯罗普的诗歌。他承认在此之后，他立刻发现了凯瑟琳·温斯罗普（Katherine Winthrop）的吸引力。小说场景的安排表明，约翰的性吸引力是随着凯瑟琳在公开场合受到羞辱而加深的。

当一个女人的魅力大小与她在艺术上的失败和难堪成正比时，詹姆斯所谓的伍尔森所具有的放弃的"美"最多只是一种模棱两可的美。我们很难相信詹姆斯认为伍尔森"信奉"献身的说法，因为在她的小说中，婚姻要么是女性艺术事业失败的标签，要么是女性创作天才的秘密坟墓。对伍尔森来说，因为艺术与不幸密切相关，这为我们提供了一个特殊见解，即密切性本身就是爱情和耻辱的美学媒介。

科学和自省：夏洛特·帕金斯·吉尔曼和爱丽丝·詹姆斯

一些女作家部分跨入了现实主义者的行列，不是因为她们不能彻底实现她们的审美目标，而是因为她们能够以独特的方式满足现实主义艺术的标准。萨拉·奥恩·朱伊特、玛丽·莫夫利、西莉亚·塞克斯特（Celia Thaxter）、玛丽·维尔金斯·弗里曼等女作家在像《大西洋月刊》这样的知名期刊上发表她们的作品，被男性编辑誉为"真正的艺术"。然而，为她们赢得了艺术家地位的那些优点——她们对地方独特文化的细致观察、她们创作短小精悍的小说的娴熟技巧——也使得文学机构把她们的作品归类于女性美学，以区别于广泛意义上的文学。尽管这些作家经常被归为地方主义作家，她们坚持自己作品的特点，如现实主义世俗的时间和具体的空间观念，但是乡村的僻静生活和简短的叙述方式又使她们的作品与现实主义作家的作品不同，主要是与男性作家的作品不同，因为她们的目标是一个开阔的社会范畴。

也许同样重要的是，出现在地方主义小说中的女主角，按文学类别加以界定，都属于或土生土长于缅因州的岛屿、田纳西州的山脉和新英格兰的村落，这些是地方主义小说中描写社会生活时频频出现的场景。相反，高雅现实主义作品中女主角的代表性价值在于她们能够突出归属感的遗失，艺术家和知识分子认为这样就充满了现代性。在高雅文学文化的内部，女性一跃成为文学主题，这并非因为现实主义作家是女性，而是因为这些作家倾向于把女性视为现代社会的代表人物。可以肯定的是，"女性状况"的主题提供了男性作者某种程度的客观评判，而女性作家则只有通过采用自省的特技手段来达到同样的目的。当女性成为现代性的文学传统主题，正如亨利·詹姆斯所说"我们社会生活中最显著最特别之处"时，女性取代了自然，成为最需要解释的现象。女性代表了自我的新的流动性，体现了社会变化最显著的方面，从有组织性的改革的力量（詹姆斯的《波士顿人》和《卡西玛西玛公主》[The Princess Cassimassima]、豪威尔斯的《安妮·凯尔白恩》[Annie Kilburn]、约翰·海的《养家糊口者》[The Bread-Winners]），到世界性美国文化的可能性（詹姆斯的《黛西·米勒》[Daisy Miller]、亨利·亚当斯的《以斯帖》、沃顿的《乡村习俗》[Custom of the Country]），再到新兴商业文化的喧闹与无序，"坚强的女性"这个女性化的景象。正是因为女性变化无常，所以女性的神秘莫测包含了理解未来的关键。詹姆斯发现男性的政治和历史领域太过狭窄，无法把握生机勃勃的世界，他在女性的命运中看到了现代性的命运。"我应该放弃研究男人，除了把他们作为一种附属品，重点研究女性的未来。"当商业文化被定为萧条的、无聊的生产时，商业男性只是无聊的生产着，女性却经常被认为代表了深度。在高雅文学文化中，女性带来了意识的内在观点，被突然间客观化、现实化了，这个观点成为一个文学对象，在纯熟的技艺处理下充满生气、活灵活现。女性成为人类主观性和人类辛劳的性别代表，与在动荡不安、缺少英雄的时代爱默生提出的"男性代表"的概念非常相似。

诚然，对于女性作家而言，"妇女状况"很快成了她们的文学主题和生活状况。在19世纪八九十年代，妇女开始在自己的文学作品中描写她们这种双重身份，从此在高雅文化中有了一块属于自己的领域。因此，她们的作品以尤其生动形象的手法刻画了妇女在美国社会中的地位，她们既是现代意识的代表，也是神秘莫测文化的代表。我们可以说，客观评论的要求既是女性的负担又是她们的天赋。当然，这个事实解释了为什么最有成就的女性作者都声称在科学研究中找到了文学智慧。凯特·肖邦公开声明："不研究自然科学中的某些真相，就不可能了解生活的真谛，而追求生活的真谛是所有人共同的目标。"肖邦主张，对那些继续反映"歇斯底里情绪"和"生活虚假面"的女性作者而言，潜心于科学是她们唯一的获救之道。伊迪丝·沃顿是学科中达尔文主义、遗传生物学和人类学的狂热追随者，科学实践是她小说成功的原因：最有价值的小说"探索深刻以达到与永恒规律的联系"。文学评论家需要像"历史学家或古生物学家"了解自己的专业一样，也对"他的学科领域了如指掌"。

对肖邦、沃顿、普林·霍普金斯和夏洛特·帕金斯·吉尔曼等作家来说，科学的魅力在于它把智慧的力量和文化的权威有机地结合了起来。对这些作家而言，科学知识意味着创造性，思想从传统束缚中解放出来。她们经常从科学中借用修辞格和引喻的手法，标志着她们的小说模式与传统的模式有了截然之别。就在沃顿的《快乐之家》最有可能被人们攻击为情景剧时，她从科学中借用了意象。譬如，她用植物学的方法描写了女主角如浮萍般"无依无靠的感觉"，或者反复咏叹"男人和女人……就像不断做离心运动的原子，彼此间越来越远"，这种修辞格通过控制自如的分析强化了情感。但是对这些女性作者而言，科学更大的魅力也许在于科学研究者的性格及其处事的态度，他们具有很强的分析能力，并且能敏锐地把握、智慧地控制外在事物。在客观评论的科学模式中，作者们找到了剖析社会状况的手段，而她们自己也每天生活在这种生活状态中。

沃顿称这种科学模式为"上流社会中自然主义者"的立场。从这个立场看生活和社会关系就会立刻掌握人类深刻的见识和"高度的公正性"，这两种能力互相促进。在评论集《小说写作》(*The Writing of Fiction*，1925)中，沃顿对什么是现实主义创作做了简洁明了的提炼。沃顿写道："富有创造性的想象力融合了洞察其他思想的能力，可以站在高处看到内心，然后用来诠释整个生活。只有达到一定的高度才能有如此全面的观点。"沃顿和一些作家重视分析胜过同情，重视科学方法胜过对号入座，她们把家庭小说改造成得到认可的向女性作家开放的高雅艺术。尽管这些女性作家同样获得了现实主义作家的称号，但是她们的小说经常会给同时期的许多作家带来一定程度的不安，甚至是大倒胃口。一位评论家在1905年说："沃顿夫人坐在她的书桌旁，精神游离于身体之外，具有敏锐感、批判性且不掺杂任何个人情感。"不仅有游离于身体之外的精神，也有身体的存在：应该注意，抱怨本身把坐在书桌旁的沃顿刻画成一个有血有肉的妇女。这种反差是很有启发性的。像沃顿这样的女性作家的成功之处在于把握了现实主义艺术家"公正的视角",这使得大家反过来注意她作为女性的地位,使她成为别人审视的焦点。在这种纠缠的评论中——女性作为现实主义者的状况——肯定会有很多困难,但也会有其特有的好处。通过这种评论,女性作家开始意识到艺术家必然作为社会成员而存在,是观察者也是被观察者。这种认识进而让人们意识到高雅现实主义艺术内部有裂痕。这些女性作者能够强烈地感知何谓科学研究的对象,因为她们既忠诚于科学,又有批判的眼光。

这种创造性的两方面——源于科学的灵感和女性作为科学研究对象——成为时代的主旋律。19世纪后期,科学日新月异,国内经济突飞猛进,不同的是,科学发展没有经济发展中繁荣和萧条的交替循环。在这个时代,科学地位的提高随着专门研究机构的建立而获得了稳定的形式。大学里的研究生项目、博物馆和展览馆、专门的协会、基金赞助的机构纷纷建立,科学事业成为了新兴而举足轻重的社会权威。各学科之间达成了一种共识,即研究普遍的性别差异——尤其是女性——很有科学价值。急速的社会变革"必然在种族发展中引起躁动不安",科学家保罗·布洛卡(Paul Broca)在1868年写道:"因此人类学家必须细心地研究女性的状况。"像布洛卡这样的学者如果给人的感觉不是过度紧张的话,那也是谨慎小心的。其他科学家,比如爱尔西·克鲁斯·帕森斯(Elsie Clews Parsons),在同样性别角色的"躁动不安"中发现了社会必然进步、妇女地位必然提高的前景。作为哥伦比亚大学的第一位人类学女教授,帕森斯曾沉思自语,美国将来某天必然会建立一所妇女博物馆,告诉"满腹疑惑的子孙后代,妇女曾是一个特别的社会阶层"。在她的作品中,如《家庭:人种学和历史学纲要》(The Family: An Ethnographical and Historical Outline, 1906)和《传统女性:关于性别的原始幻想》(Old-Fashioned Woman: Primitive Fancies about Sex, 1913),帕森斯推广了一种从人类学的角度批判当时的社会传统和性别传统的方法。帕森斯认为女性将无忧无虑地发展,这个想法与她的事业一样独一无二。在那个时代的科学家中间有一种更为流行的观点认为,固定的性别特征以及缓慢的进化过程决定了妇女的天性只有在面临巨大危险的情况下才会改变。

那种更加危言耸听的观点督促大家赶紧开始对女性进行定义、衡量、分类且找出典型代表。其结果是以科学现实主义为特点的五花八门的展示。帕森斯曾幻想未来将有一座女性博物馆,但事实上这座博物馆已经存在了,散布于教科书、展览会、个案调查以及从经验主义角度认识"女性状况"的讲座中。分类学赋予不稳定身份以稳定性。"敏感的白种妇女"("存在于小说、期刊、宴会上")、"单身妇女"("对斯宾塞关于个性特征与根源的规律的生

◎文学形式和大众文化（1870—1920）

动阐释"）、"有教养的妇女"（她们的"适婚性"和"生育力"正在被人们讨论）、"歇斯底里的女性"——诸如此类的标签给原本杂乱无序的现代女性群体勾勒出清晰的界线。雕塑在视觉上勾勒出现实主义的轮廓，把中产阶级的白种妇女和其他种族的"原始"妇女联系了起来。妇女的头颅、人体大小的"维纳斯"蜡像、各部分可以移动的医用雕像、在人种学展览会上"与真人一模一样"的人体模型，如在1876年费城展览会上展出了12个真人大小的美洲本地妇女、非洲妇女和波利尼西亚妇女模型，所有这些展品都为现实主义提供了丰富的手工制品。爱德华·A.斯皮茨考（Edward A. Spitzka）是一位科学家，同时他也是测量人脑重量的人体测量学工作者。人体测量学是一门让很多人疑惑不解的学科。他为头盖骨的不同等级作了划分，从脑重最轻的一位匿名丛林妇女（794克）到脑重最重的一位名叫伊万·屠格涅夫的男性现实主义小说家（2012克）。

以女性为对象的训练有素的观察模式是以严肃的态度衡量科学论文中女性地位的方法之一。层出不穷的科学意象轮番带来惊恐和兴奋的好奇心，意味着采用新的经验主义技巧来表现女性（"所见即所知"）的迫切需要。因此，科学是这一时期让女性成为注目焦点的又一领域。早期的科学家倾向于将女性列入整个人类研究。相反，19世纪后期的女性在人们用经验主义的方式努力实现文明的正常秩序、文明的法则、文明的力量以及文明的自然演变发展的过程中占据了中心地位。但是，与所有科学研究的对象一样，这种对经验知识的要求使人们趋于把女性描绘成没有行动的静态形象。女性的被动是不言自明的，是方法的结果。通过社会规律和自然力量来解释女性本质的努力使得妇女成为这些规律的产物——往往是它们明显的牺牲品。从经验主义视角观察到的女性都毫无生气、备受压抑，最极端地说就是死气沉沉的———种类型、一种症状、一具行尸走肉。按科学的标准，最具艺术性的描写也许要算约翰·巴霍芬（Johann Bachofen）的《母权论》（Das Mutterecht）了，那是一部颇具影响力的关于古代神灵崇拜的书，书中"把东方的坎迪斯（克利欧佩特拉）之死和奥古斯塔斯面对她毫无生气的尸体的冥想想象成"战胜了"埃及诱惑"的西方法律和文明的起源。

描写美丽的尸体是表现女性方式的一个极端。其对立面就是流行文化中活跃的女演员，她魅力四射、光彩照人，提高了女性在社会上的地位，获得了惊人的大众声誉。与巴霍芬描写的毫无生气的克利欧佩特拉并驾齐驱的是在百老汇名噪一时的演员埃达·伊萨克斯·门肯，19世纪60年代她在《迈兹帕》又称《鞑靼的野马》（Mazeppa; or The Wild Horse of Tartary）中因出演一个主要的男性角色而家喻户晓。在那幕情景剧著名的高潮中，门肯扮演的伊

3 女性与现实主义作家

万·迈兹帕王子近乎裸体（穿着肉色的紧身衣）地一个箭步冲上舞台，飞身跳到急驰的马背上。与这种动态的场景相反，巴霍芬所绘的插图是一幅静态的带有科学观点的讽喻。奥古斯塔斯对女性的观察充满了法则和理性的束缚，一个代表着生机勃勃的给人以美感的大自然的人物形象被扼杀了。门肯勇敢的一跃跟那讽喻截然相反。在舞台上是女性动态的场景吸引了观众，让观众瞠目结舌。被凝视是一种力量的源泉，而凝视是一种屈从，一种沉迷。（"门肯小姐展示的极其丰富的内心世界，"一位编辑写道，是通过她堂皇的动作表现出来的，"其重要性不屑解释"。）静态与动态、观察与表演、分析与美感、理性科学与感性场景：这些对比使得现实主义小说众多描写女性的方式秩序井然。人们定义女性本质的、不变的特征的努力间接地证明了女性地位的变化和不确定性。这个领域将力量和被动视为女性独有的特性，是她们地位突然逆转带来的两种对立的极端。

那么，大多数现实主义作品——男女作家的作品都包括在内——都反映了观察女性的紧迫性以回应这个表现领域的极端。亨利·詹姆斯的《贵妇画像》为观察女性既提供了方法又提供了故事。叙述者所谓的"有意识地观察一位可爱的女性"的活动是小说中主角们的主要工作，因为他们都在欧洲追求一位名叫伊莎贝尔·阿彻的美国年轻女子。在这个说法中，"有意识"这个词最有特色。这部小说相对于詹姆斯早期关于年轻女子的小说如《黛西·米勒》（*Daisy Miller*，1878）和《华盛顿广场》（*Washington Square*，1880）而言，对观察动作本身进行了细致观察。在高雅文化文学中，洞察力的极端重要性促进了对观察的自我反思，在詹姆斯的作品中，这个次要主题逐渐上升到显著的地位。

因此，读者有时会在詹姆斯的小说中发现令人叹为观止的真知灼见。"主人公生活的一言一行、一举一动都逃不出作者的视线，"一位评论家写道，"他的观察力随着每一部新作的问世而变得更敏锐，他的认识也变得更深刻。但是它会在何处终止？"对有些人来说，詹姆斯的见识过于科学、过于苛刻"而没有了同情心"。但是，《贵妇画像》使得观察这个行为在所有层面上——如叙述者所称的那种"观察的甜蜜性"——从来都不是没有感情的。观察伊莎贝尔（有"众多的仰慕者"）就是要了解她，占有她，利用她，爱慕她。视觉是及物的。视觉也往往是色情的，充满了愉悦，既慷慨大方又邪恶丑陋。

但是重要的是，对伊莎贝尔有意识的观察从来不包括目睹她的死亡。这一事实很重要，即使最终它不起决定作用；作为一种类型，19世纪的现实主义小说描写了大量逝去的女性形象。高雅的现实主义为女性活动的社会环境

162

141

◉文学形式和大众文化（1870—1920）

营造了一种逐渐浓厚的社会背景，经常解决长期困扰人们的关于女性主体性的问题（她想要什么？她是自由的吗？），对于她的死亡提出了一些社会性解释，或者至少是社会性的结论。甚至一名女性的自杀常常都不是一种个人行为，而是对社会或自然力量的无意屈从。现实主义作品都有一种审美逻辑，即红颜薄命。安娜·卡列尼娜、爱玛·包法利、肖邦笔下的埃德娜·庞特利尔（Edna Pontellier）、德伯家的苔丝、沃顿笔下的莉莉·巴特、詹姆斯自己的米莉·希尔（Millie Theal）——这些美貌动人的主人公在她们消逝的那一刻都清楚地揭示了她们生活的世界充满了虚伪和欺骗。

詹姆斯考虑过伊莎贝尔离世的各种可能情况，最后给出了惊人的美学答案。在她意识到嫁给吉尔伯特·奥斯蒙德是一个错误并且这场婚姻是一个骗局时，自杀的想法变成一件催人泪下的事："停止生命，放弃一切，不再想任何事情——这个想法很甜蜜，就像在热带地区一间阴暗的大厅里铺满大理石的浴盆中洗一个凉水澡。"伊莎贝尔的暴富让她有了一般女性所没有的独立行动空间，但是最后这种能自由选择行动的权利——"如果一个姑娘能自由行动，她过去也能"——让她感觉实际上她并没有这种权利。即使这样，与小说的用意相反，伊莎贝尔依然保留了一定程度的自主权，使她能反思让她身陷囹圄的环境。因此，"有意识的"观察也属于伊莎贝尔。在这一点上，她不同于黛西·米勒，那位詹姆斯最受关注的"年轻女性的本质"研究中的女主人公。黛西·米勒对欧洲上流社会礼仪的熟视无睹，与其说是道德上的无知，不如说是缺少分辨意识的眼光，这在最初表现为行为自由，最后在她离去时成为她的弱点。伊莎贝尔恰恰相反，她不仅是观察的对象，自身也有丰富的内心感受，反映了詹姆斯在序言中所称的"形影不离的观察者"，即"艺术家敏锐的意识"。

意识对詹姆斯的作品来说是必不可少的，是一种行动的形式，尽管带有局限性。在那方面，伊莎贝尔跟曼德蕾·李（Madelaine Lee）一样，曼德蕾·李是亨利·亚当斯的小说《民主》（*Democracy*，1880）中的主人公，她在被别人观察的过程中也练就了观察别人的本领，眼光跟她的观察者一样敏锐。曼德蕾仔细观察国内政治的运作情况和政客们的行动，"直入政治的中心，就像外科医生使用听诊器诊断身体疾病一样"。曼德蕾本来期望看到一个充满生机、运作正常的管理方式，但是看到的华盛顿却是一系列"精心设计的表演体系"，住满了机械模型和"蜡像"。（现实主义）关于社会的真相再次证明存在于令人痛苦的幻觉和想象中。共和国的最高制度与低级娱乐中的小把戏并无两样。

除了敏锐的洞察力之外，这些女主人公还拥有研究"女性状况"的观察者的智慧。尽管她们的阅历越来越丰富，但是因为她们毕竟是女人，伊莎贝尔和曼德蕾观察的本领与詹姆斯所说的现实主义女主人公的"命运"并不相称。她们的见识和她们命运之间的鸿沟展体在女性的自省中。当她们观察自己的时候，她们立刻变成了眼光敏锐的主体和麻木的客体："曼德蕾解剖自己的感情时总是会想它们是真还是假；她养成了一个习惯，脱掉她思维的外衣，就像脱掉一件裙子，审视它就像它是属于别人的东西，感情就像衣服一样。"

这个矛盾在《贵妇画像》中的"守夜"一章里得到了充分描写，其心理描写堪称史无前例。在这一章中，读者深入到伊莎贝尔不为人知的自我意识中，然而在外在的描写框架中，伊莎贝尔不说也不动。她痛苦地思考着，身体却纹丝不动，"静静地注视着"。她关注的本领随着她因婚姻束缚而形成的麻木日益增长。伊莎贝尔的命运浓缩成"无休无止的悲哀"。然而这也是一种"优美的"悲伤：这种美原本体现在未知的命运中，现在完美地体现在透明而又静止的意象中。因此伊莎贝尔的守夜提炼了一种完整的审美方式。在这种现实主义的审美方式中，女性思想越丰富，社会对女性的影响越大，她就越可能成为悲剧的牺牲品，一位美貌端庄但不言不语的女人的自画像。

这种文学形式中有某些仇视女性的因素，但是现实主义者寻找和表现女性社会未来的愿望大体上是具有同情心的。现实主义的洞察力能够集中表现原本分散的社会观点，这种观点开始认识到，原先人们认为是女性与生俱有的束缚其实是人为的束缚。认识到这种强加的束缚对女性来说是一种补偿而不是一种解决方法；它带来的只是使她们的处境有某种苍凉美和悲剧感。这种文学体裁对女性问题最鲜明的揭示同时也带有最明显的宿命色彩，这是此类文学体裁最令人深思之处。

一位默默无名的作家所写的一部小说打破了病态女性美的审美观。1890年，夏洛特·帕金斯·吉尔曼在加利福尼亚南部写了《黄色墙纸》（"The Yellow wall-paper"），并把它寄给了远在另一个大陆的豪威尔斯。这个摄人心魄的故事（豪威尔斯称其为"惨烈"且"令人毛骨悚然"）将自我解剖的幻想和自我展示的舞台揉捏在一块；这种加工揉捏吸取了现实主义意识的成分，再将其转换成一种幻觉演出。讲述该故事的无名女人有"轻度癔病倾向"，或者至少这是一位外科医生也就是她丈夫的诊断。吉尔曼描写的这位妇女是一个病态"例子"，因此观察的角度显得相当的医学化。故事讲述者，也就是女主角，被禁锢在一间单人卧室里，由她丈夫和妹妹轮流看管，他不在期间出现的"专业问题"由她妹妹回来告诉他。该故事使医学化的观察成为不被承认的控制，因为该故事使她的假病和卧病在床成为人为的陷阱。（"没有特别的许可，他几乎不会让我动一动。"）

◎文学形式和大众文化（1870—1920）

吉尔曼的女主角被劝告不要自我反省——"约翰说我做的最糟糕的事情就是思考我的处境"——然而她还是养成了一种批判的意识。但是称它为意识也许会有些误导。吉尔曼的讲述者既没有伊莎贝尔·阿彻清晰明朗的意识，也没有曼德蕾·李身处黑暗中的领悟。正是通过"非"直接理解自己的"处境"，该女人在头脑中对自己的处境有了奇思怪想：她想象了一个活生生的"女魔鬼"缚在她卧室的黄纸墙上。在吉尔曼的故事中，现实主义"纹丝不动地凝视"的主旨得到了强化和具体化，直到女主角天马行空的想象变成一群丑陋疯狂的幽灵，而她开始用肢体模仿这些幽灵。大多数现实主义肖像描写的中心是种悲剧性的寂静美。但与之相反，该讲述者禁锢的状态开始是被迫服从，最后变成抽搐痉挛。夸大女性处境的象征术语使吉尔曼同样对女性处境进行了强烈的谴责。拒绝美丽所引起的异议是因为读者对小说所揭示的内容深恶痛绝。在吉尔曼的女主人公身上没有病态美，没有面对自己命运的自暴自弃。在她结束时歇斯底里的表现中也没有任何力量——"我终于出来了！"——只不过是作为她不曾拥有的自我决定权的隐晦嘲弄而已。

吉尔曼的主人公连伊莎贝尔·阿彻身上最基本的自主权都没有。但是作为一个文学对象，她悲惨的处境也蕴涵着另一面。女性能按自己的意识观察和行动，但是这种自主权在作者夏洛特·帕金斯·吉尔曼身上得到了充分展现。身为作者的吉尔曼完全吸收了她外科医生丈夫的专业知识。故事是吉尔曼对他妻子的高超诊断，编造一些似是而非的医学知识（一位评论家称它是故事形式的"引人注目而又令人难忘的病态心理学研究"）。她像当时很多社会科学家一样研究了世纪末的女性，把女性描写成被动无能的动物，认为她们差不多就是一种独立的"心理动物"（引用一位当代男性学者对女性的评论）。但是吉尔曼坚持认为，这种病态状况是外部强加的，而不是内部存在的。外科医生促成了他们诊断的病态。吉尔曼在别的场合称女性被剥夺了自主权，这完全是因为女性丧失了几乎所有的事业，除了生育。吉尔曼问，当女性被限制在"退化的经济进程中一个微不足道的活动范围内"，也就是中产阶级家庭中时，她们还有什么其他能力？认识到这种状况，使之成为引人注目的文学对象，是吉尔曼掌握它的一种方法。

如果吉尔曼的小说是一份诊断书，那么它也是一份自我诊断书，也许是一份自我辩解书。吉尔曼的小说是基于她自己的经历，在1887年她接受了威尔·米切尔医生（Dr. S. Weir Mitchell）的"休养"治疗。米切尔是费城有名的外科医生（他本人也是一位小说家），他给吉尔曼和许多其他的新英格兰人看过病——包括伊迪丝·沃顿和简·亚当斯——他开的处方是长期卧床休息和差不多完全禁止的"写作生活"（"只要活着就不许碰纸笔"）。治疗的结果是吉尔曼颠覆了医生的诊断：米切尔所想象的医学治疗事实上是病理原因。接受米切尔三个月的治疗后，吉尔曼宣称："我能觉察到几乎到了精神崩溃的边缘。"

吉尔曼谴责米切尔的诊断和想法，但是她一点也不拒绝科学分析。事实上，她独树一帜的科学辩论令她声名鹊起。在《新英格兰杂志》上发表的《黄色墙纸》（豪威尔也许促成了小说的发表，但吉尔曼后来否认了这种说法）以及1893年发表的讽刺诗受到了好评之后，吉尔曼1898年出版了她对女性社会演变的重要研究。《女性与经济学》的每一页都表明她潜心钻研达尔文和人类学家，如她父亲向她推荐的 E. B. 泰勒（E. B. Tylor）和约翰·卢伯克（John Lubbock），以及美国社会学家如莱斯特·弗兰克·沃德（Lester Frank Ward），他的专著如《纯粹社会学》（*Pure Sociology*，1903）被吉尔曼认为是"人类进化以来世界思想史上最大的贡献"。《女性与经济学》几乎是一举成名，到1920年已是第九次印刷。

该书是科学和社会思想的一次严肃旅行，但是不可否认，它是吉尔曼一部想象叙述的作品，全面分析了从古代历史和现代制度，带有《黄色墙纸》中同样的创造性颠覆。一位科学历史学家将《女性与经济学》深层的文学特征描述为吉尔曼的天赋，她能"接受像达尔文和斯宾塞这些男人的假设，在此基础上发展他们的观点并形成超出合理限度的创新性结论"。尽管她的书中充满了诙谐幽默（也有些现在证明是错误的假设），但是该书肯定演变的"友善力量"是女性注定解放的证据——当女性地位的上升加剧了演化论者社会倒退论的传播时，这是个巧妙而勇敢的论据。甚至死亡和灭绝也因为是清除"病态状况"的途径而受到欢迎。如果《黄色墙纸》是吉尔曼哥特式诊断的话，《女性与经济学》则是她的科学传奇。吉尔曼从科学中提炼出无畏的语气和权威的声明，这种资源，早期的女作家都是从宗教上借用的，吉尔曼再批判性地将其用来破解她认为有害的小说，包括科学小说本身。

吉尔曼的写作也出于仇恨和文化蔑视。她是个直言不讳的本土主义者，她的科学倾向是优生运动中所倡导的纯种阶级。虽然在南部私刑流行的时候她表示了反对，但她在《美国社会学期刊》（*American Journal of Sociology*）上发表的文章中提出美国黑人应该被发放到国营劳改营中的观点。就像在别处提到的一样，她认为中产阶级妇女的自主权是通过排除其他弱势群体获得的，就像总数为零的微积分。吉尔曼的种族仇恨与动机和理想的付诸实践相关，而动机和理想使她的写作具有连贯性，使她的事业获得成功。

各种各样的动机从内部刺激了她的作品。她的大主题，即妇女在现代社会中的地位，形式上的连贯性来自于距离分析法，所谓的距离分析法是指她把自己从她处在家庭中感受到的"深深的痛楚"中分离出来。距离让她保持了清醒，确定了她一生的工作，是她保持身份意识的前提条件，即"我是我自己"。她在加利福尼亚的生活——在说服了她丈夫离婚后她很快搬到了那里——是这种距离观点在地理上的表现。吉尔曼是新英格兰比彻家族（Beecheers）的后代，比彻是新教改革运动时第一批移居美国的家族（吉尔曼与她的姑妈伊莎贝拉·比彻［Isabella Beecher］和哈丽叶特·比彻·斯托一同生活过一段时间），另外她和一些文化精英也有联系，比如她的舅舅兼作家爱德华·埃弗雷特·黑尔（Edward Everett Hale）。正如吉尔曼对科学有着持久的热情一样，她到帕萨迪那（Pasadena）的迁移使她能够远距离地分析自己在东北部的生活经历。在大陆的一角，通讯是一种受控的传播方式；她的作品就像她的巡回演讲一样，从不同的地点遍布全国各地。

这种不同也是一个特殊的美学定位。吉尔曼有意识地将自己的作品置于高雅艺术的框架之外，这个定位等于她否认了自己真正的文学作者身份，但同时又促使她自由地创作了数量惊人的作品——一生作品多达两千部之多，包括小说、散文还有诗歌。除了赋予那些颇有争议的作品如《女性与经济学》以新的形式之外，吉尔曼像马克·吐温一样采用了畅销的文体形式高度颂扬而不是缩小甚至否认商业文化的重要性，以达到个人的女权主义目的。因此，在她的哥特风格小说、家庭通俗剧和乌托邦幻想小说、甚至在谋杀推理小说（她的作品《逍遥法外》［*Unpunished*］在她去世后于1998年出版）中都有出乎意料的转折。她的小说《转变》（"Turned"），《如果我是女巫》（"If I Were a Witch"）以及乌托邦式的叙述体小说《她乡》（*Herland*）采用了反讽的形式，把期望转变成了气势磅礴的批判洞察力。吉尔曼独特的作家天赋在这些交叉中得以充分体现，达到了舞台女演员令人惊叹的力量，她的一举一动闪烁着智慧的光芒，她对于传统的解剖与摒除蔚为壮观。这是一个最有感染力的表演，是具有大师风范的理想设计。她的作品是人类能力的现实体现，具有复兴信仰的能力，无论对作者本身还是对于观众而言。

吉尔曼的大众文学表演与爱丽丝·詹姆斯（Alice James）"有限的事业"形成神秘的对应，在爱丽丝·詹姆斯的一生和写作中，吉尔曼对于机构的信任似乎以一种倒置的望远镜视角得以呈现：尽管视野被缩小，但却体现了难以捉摸的美。爱丽丝·詹姆斯是亨利·詹姆斯和威廉·詹姆斯的妹妹，她生命的范畴极度超载了。詹姆斯多次用"有限的事业"这个短语来修饰她自己，如果不是她最终非常认真地对待她自己和她的讽刺，我们有可能会认为这是她自我贬低的嘲讽（她一贯的笔调）。詹姆斯描述自己的"事业"本身就是一种反讽，因为她从未出版过任何作品；把事业称为"有限"带有一种嘲笑般的委婉。但是当我们一致认为她缺乏专业的作家才能时，她的日记于1964年出版发行，最终使爱丽丝·詹姆斯成为独一无二被人称颂的文学人物，此时讽刺再一次显现。她确确实实拥有了属于自己的事业，这是用文字书写的一生，这是用与众不同的笔触表现卓越文学才能的一生。

爱丽丝·詹姆斯给后人留下的文字与日记展现了一种纯而又纯的分析鉴赏力，向我们展示了纯粹的内在分析所带来的结果。爱丽丝·詹姆斯缺少或者说放弃使用那些吉尔曼和其他作者所采取的远离现代社会经验和情感的批判性技巧。相反，她把我们所称的现实主义特征的思想转化成了一种完完全全能够被自我参照的东西。爱丽丝·詹姆斯本人而不是她的作品，是世纪末处于迷惘境地的妇女们意义深远的代表。她的个人经历、她的洞察力以及她本人的身体状况都是强烈的文学思想的素材；她的一生而并非她所创作的作品，见证了现实主义形成的过程。

如果我们用爱丽丝·詹姆斯自己轻描淡写的"科学精神"的说法来检验她艰难一生的话，我们会发现一些目的感和形式。她在给她弟弟威廉及他的妻子玛丽的信中把自己描述成"十足古怪……一个可怜的精神萎靡的局外人……但你们却看到幸亏我在某个地方找到了一个事业！"爱丽丝·詹姆斯所描述的"古怪的"状态是指她几乎长达一生的与神经质发作的斗争，这也反映了她想试图摆脱那种没有病理原因的病痛以适应客观环境。在爱丽丝·詹姆斯自我剖析的背后是某些思想习惯——如果这些思想习惯不能简单地被归结为是詹姆斯家族传统的话——很明显参与了塑造东北部文化的大背景。她有着穿越大西洋的经历，与美国文学界和高等教育界的许多知名人士交往甚好，她对科学研究有着浓厚的兴趣并把它看成是实际分析的模式，她对英法作家了如指掌，她的家庭殷实并享有特权，能够允许她进行如此的追求——这些条件实际上与滋养现实主义高雅艺术显著特色的文化土壤完全相同。然而，爱丽丝·詹姆斯似乎总是生活在与自己的生存环境相背离的某种境地里。以她的欧洲之行为例，这次旅行对她而言与其说是教育的先导，不如说是"穿越大西洋的神经衰弱症迷宫"之旅。由于长期处于当地文化背景之下，她感到困窘不堪，她觉得自己融入不了男性或女性的职业，这也许促使她进行了大量的思考，使她似乎不能把这些思考运用到大众活动和表达中。她把自己的感受描写为"在主观感受的巨大压力下蹒跚独行"。她的兄弟威廉以及父亲老亨利·詹姆斯都遭受着相同的精神困扰，但是稳定的职业生涯、稳定的婚姻生活、为人父母以及出版作品都为这些男人提供了恢复的途径。

爱丽丝·詹姆斯转向内省并非是一种自我陶醉。在她的家族中，她比任何一个人都更加热衷于当时的政治问题，她曾经非常形象地描述说，政治问

文学形式和大众文化（1870—1920）

题能左右她的身体状况（她写自欧洲的信中说，她内部的器官会"随着这里发生的每一个小政治事件而疼挛"）。相反，爱丽丝·詹姆斯的内省是一种强制性的需要，为她亲身经历的那些感受至深的"奇异的、难于表达的情感"提供意义深远的形式。她在日记中把自己比作一只"一点一点堆积起来构建暗礁理论的珊瑚虫"。她所创作的作品或许是微不足道的，或许不会被发表，也或许永远被掩埋。但是，就如同吉尔曼多产的作品一样，爱丽丝·詹姆斯的作品证明了一种普遍性，确实也是一种紧迫性，即为那些处于不确定境地中的女性们找到清醒的、易于理解的形式。

对于爱丽丝·詹姆斯而言，她的病态和健康同她的阶级一起构成了阐明女性生命意义的主要风格。她曾经写道："死亡给最平凡的事情带来了多大的意义啊，它能使那些原本迷失的、模糊的、漂泊不定的事情变得完整而明晰起来，显示出它们本应代表的含义。"对于她而言，死亡的概念和意象是如此的强烈，强烈到真正成为一种形式，以至于她日记和文学作品中所提到的自我理解似乎变成了一种怪诞的、间接的现实主义典型产物。在爱丽丝·詹姆斯40岁的时候，她知道自己将会死于乳腺癌，她写道，这种意识"增加了事件本身的价值，因为这使一个人突然间意识到自己与众不同，那个原本摇摆不定、微不足道的自我有如浮雕般彰显出来"。我们可以在她自我描述中的许多地方直接找到那些来自于现实主义美学中的词汇和术语。例如，她曾经这样描述她自己经受忧虑煎熬后的感受，在那些寂静到麻木的时候，"她平躺着，但思绪却是灵动的"。

这样的语言能够明显地验证宿命论倾向，这是现实主义女性自我描述文学的主色调。爱丽丝·詹姆斯透过对自己死亡的理解体会到了为那个"摇摆不定、微不足道的自我"给出定义的使命感，并且感受到了那种似乎能决定事物真正价值的外部力量所带来的巨大压力。这种宿命论思想也成为当时文化中日渐强烈的最明显特征。诗人露易斯·爱莫根·桂尼（Louise Imogen Guiney）在她的书《路标》（*Patrins*，1897）中也表达了这种思想。她这样写道："我们和每一种可能的环境都有着不妙的关系。"爱丽丝·詹姆斯无疑能够渲染这个黑色主题："掩藏在这个我们称之为生命的死亡背后的是人们试图摆脱传统枷锁的抗争以及对于此抗争行为所带来的后果的承担。"然而，爱丽丝·詹姆斯从形式上构建了有意义的生命的行为"显示"了生命"本应代表的意义"，也找回了驾驭自我的感觉——尽管有限，但却意义深远。回首1890年到1891年之间那段时期，亨利"出版了《悲剧的缪斯》和《美国人》"，"威廉的《心理学》"也同时问世，爱丽丝·詹姆斯评价道："对一个家而言是个不错的表现！尤其是如果我把自己推向死亡，这才是最为艰巨的任务。"

3 女性与现实主义作家

称"把自己推向死亡"为一种文学才能不免有些诙谐,这当然也是现实主义文学所作过的最为固执的评论分析。但这同时也是现实主义似是而非特征的一个生动例证,验证了文学创作的艺术在于分析那些具有偶然性并且在难以掌握的关系中寻找出路。吉尔曼以有目的的投射解决了女性驾驭自我的问题,而爱丽丝·詹姆斯则是放大了问题,使其不确定性成为表现自己创造性的条件。

凯特·肖邦与欲望的现实主义

在许多现实主义的小说中,内省都有把女性的自我意识与她们所存在的直接背景相隔离的趋势。例如"静止的观察"彻底改变了伊莎贝尔·阿彻,有些时候,女性沉思时的自我意识能使她们忘记周围那个熟知的世界的存在,甚至忽略本身肉体的存在。然而凯特·肖邦重要的创新之作就是打破这种模式的典型代表。她的作品没有把精神活动描写得超脱一切,相反,内省带来的是对肉体的一种全新解读,包括直观的感受以及肉体所具有的不同阶段的自我意识。我们可以从凯特·肖邦备受推崇的小说《觉醒》中体会到肉体产生意识的那些典型时刻。一个下午,女主人公埃德娜·庞特利尔出去游玩,中途休息的时候独自躺在床上。她后来意识到自己爱上了下午和她一起游玩的伙伴罗伯特·勒布朗(Robert Lebrun),这对于一个已经拥有两个孩子的已婚妈妈来说将会带来重要的影响。但是在这个时候,她平卧休息,思想却是活跃积极的,她的身体就成为她意识的对象。

> 躺在奇异而又幽雅的床上,床铺周围到处弥漫着香甜的乡村月桂花的气息,她感到自己是如此的奢侈。她伸展着结实的双臂,感觉有些微微作痛。她用指尖轻轻抚弄那松散的长发,然后慢慢伸开双臂用手轻柔地抚摩着,静静地注视着这双臂,感觉自己好像第一次见到它们细腻却充满弹性的活力。

在这一幕自我沉醉中,"近距离的自我观赏"变成了看得见、摸得着的东西,甚至连艾德娜的思想里都充满了美好而又奇异的感觉——托着她身体的是一张陌生的床,连看到她自己双臂的感觉都是那么的新奇。这里具有象征意义的女性形象不再是美丽却毫无生气的样子;但是她的身体也不仅仅是那活跃着的思绪的起点。观察再一次成为女性通往行动的途径,但是艾德娜所获得的关于自我的新意识并非是现实主义观察者特点的聪明才智;她的"觉

171

○文学形式和大众文化（1870—1920）

醒"更多来自于肉体而并非来自于理性。凯特·肖邦作品中的自我意识总是一种感觉意识，是通过身体感受到的身体意识。

因此，当代的评论者对凯特·肖邦的小说《觉醒》有着奇特但却准确的评论，认为这是一部"分解灵魂"的小说。受到福楼拜（Flaubert）和莫泊桑（Maupassant）的影响，她把法国现实主义犀利的刻画手法运用到了对美国女性的描摹上。凯特·肖邦冷静而又精准的笔锋，手术刀般深刻的剖析，使她的作品被誉为"完美的艺术"，把小说带入了高雅艺术的殿堂。但是，作为凯特·肖邦艺术作品主题的自我或是"灵魂"，与其说是现实主义作家所中意的社会身份，倒不如说是浪漫主义诗人所青睐的内心美感。《觉醒》结合了福楼拜和惠特曼的风格，深入剖析了那些意识中所包含的零散甚至是混乱的感觉。凯特·肖邦通过把感官印象甚至是能够引起性欲的感受列入自己高雅艺术的描写范围，彻底打破了现实主义博物馆式的描写原则。在《觉醒》这部作品中，现实主义既不是捕捉公共关系的体系，也不是通过高品位来理解特性的大课堂。相反，凯特·肖邦把内心感受纳入现实主义的视角，强调意识屈从于肉体以及欲望的可变性，这种观点追随了现实主义寻求真理的特点，但同时也削弱了现实主义作者对聪明才智的热望。

与其说凯特·肖邦的艺术品位以及创作目的受到了比如豪威尔斯等东北部作家的影响，不如说是受到了她自身法国天主教背景的熏陶。凯特·肖邦母亲的家族从法国迁到了殖民地圣路易斯，并且在这个城市享有相当高的社会地位。她的母亲与当地一位爱尔兰商人结了婚，她于1850年出生于圣路易斯，原名凯瑟琳·欧·佛莱赫缇（Katharine O. Flaherty）。在凯特·肖邦的父亲死于一次火车意外事故之后，她开始接受家庭式教育，她的曾祖母教她法语和音乐，之后她毕业于一所天主教学校。当她与奥斯卡·肖邦结婚后，随同丈夫移居新奥尔良，在那里法语及法国文学对当地有着无所不在的影响。在这样的文化背景中，凯特·肖邦一生都阅读和翻译法国作品。

与众多的东北部现实主义作家相比，凯特·肖邦的现实主义作品有着完全不同的写作范围。随着她写作生涯的延伸，相比于其他现实主义作家如豪威尔斯和沃顿，凯特·肖邦的作品日益显示出了与大陆文学的直接关系，同时与大众文化之间的冲突没有那么明显。在她丈夫去世之后，凯特·肖邦又回到了圣路易斯并在那时开始出版自己的作品，她的两本故事集《支流人》（*Bayou Folk*，1894）和《阿卡地一夜》（*Night in Acadie*，1897）娴熟地描述了路易斯安那州小镇的乡村生活以及她结婚以后所熟识的丰富的克里奥尔文化。这两本故事集受到了评论界的赞扬，凯特·肖邦也被认为对当时流行于主要期刊的地方主义色彩小说作出了杰出的贡献。像众多的"高质量"地方

172

主义色彩作品一样,这些小说没有流露出对一直困扰着东北部知识分子(并激发了他们创造性)的大众文化的明显关注。但是,作为一种体裁,地方主义色彩文学作品有意避免采用大众文学所采用的任何形式,因此显示了与大众文化之间的冲突。地方主义色彩小说把乡村小镇生活描写为原汁原味的文化,这就等于默认了大众科技和形式与腐蚀性的现代性之间的联系——冷淡疏远、卑鄙无情、漠视人类的需要,但却为人类的破坏性欲望提供了滋长的土壤。

凯特·肖邦描写路易斯安那生活的那些小说作品从很大程度上反映了地方主义色彩小说固有的体裁特点。《卡地安舞会》("At the 'Cadian Ball")是一个潜在的性剥削的故事,但在这部作品中,凯特·肖邦也向人们展示了卡地安农场主与克奥里尔种植园主之间的阶级冲突。这部小说的最后一幕取景于传统的阿卡地安舞会,显现了这种紧张的冲突关系,但这些关系又和谐地融入了当地浓郁的地方主义色彩之中。

> 这是一个低矮却宽敞的房间——他们称之为大厅——房间里挤满了随着小提琴翩翩起舞的男男女女。房间四周是宽敞的走廊。靠一侧的房间里是一些表情严肃的男人们在打牌。另外一个孩子们在睡觉的房间被称为育婴室(le parc aux petits)。任何一个白人都可以来参加卡地安舞会,但必须支付自己所消费的柠檬水、咖啡以及鸡肉秋葵汤的费用,而且他的言谈举止必须像个地道的卡地安人。格劳斯比沃夫(Grosboeuf)能够回忆起该舞会仅被中断过的一次,那次事件是由一群美国铁路工人引起的,他们与环境格格不入但又无事可做,因此就捣乱。格劳斯比沃夫称这些人是"一群可恶的铁路工人"。

作为一种庆祝仪式,这种舞会加强了阿卡地安的价值观,体现了卡地安人的风俗习惯,相当重要的途径就是欢迎外来者,只要他们(是白人)能够而且愿意(了解阿卡地安人的言谈举止)模仿当地的文化习俗并且尊重"卡地安"的文化,但同时这种舞会仍然认为他们是外来者(因为他们需要支付自己所消费的饮料和食品的费用)。上面这个段落所体现的民俗规则是自明之理。这些记录陈述了社会准则,但却没有考虑到或许存在着这样的可能性,比如说一个社会地位比较高的人——一位阔绰的白人种植园主——或许能够很轻易地就模仿这些规则,但却居心不良,企图勾引甚至侮辱当地最受人仰慕的年轻的卡京(Cajun)姑娘;然而这种危险的可能性正是在小说叙述情节中所预料到并被解决的问题。凯特·肖邦的小说是民俗体裁的一种扩展和延

○文学形式和大众文化（1870—1920）

伸：她的小说情节中总是隐藏着一种潜在的危机，整个情节围绕着这个危机展开，她赋予这种危机以文学形式，假定当地的民风淳朴正直。虽然卡京人、克里奥尔人以及当地的黑人之间会存在利益冲突，但是卡茵河地区——就像这个舞会本身一样——有能力在那个能够维持自我持续发展的地区范围内承受并包容所有的矛盾。

唯独与这个世界格格不入的是现代性。"美国铁路工人"代表了科技的发展速度和传送本领，但是他们太具有破坏性而不为那个舞会所欢迎。他们也没有被故事的情节所吸纳：因为从本质上来讲，这些铁路工人是当地文化的对立面（"他们与环境格格不入"），所以有关他们的情节在这个地方主义色彩的叙事作品中也没有得到直接的描写。现代铁路交通系统统一并改变了战后的国家，但是铁路所拥有的速度、缺乏人性化的力量以及打破区域界限的本领在卡茵河的文化中是没有"生意"的，因此在具有地方主义色彩的小说中也没有一席之地，它的出现仅仅是一种危险的象征，不能融入当地的"环境"。

尽管《卡地安舞会》这部作品表示不欢迎铁路工人们，但是我们依然不能把小说看成对铁路本身持有敌意。因为，毕竟是这条连通全国的铁路系统把凯特·肖邦的手稿带到了纽约的编辑部，并且又是同一条铁路系统把她的《支流人》带到了从波士顿到旧金山的读者手上。现实中体现的现代性分歧比作品中反映出来的更加清楚明了。但是这种分歧并不一定是一种不可调和的矛盾。尽管一条连通各地的铁路系统有可能破坏了地方环境，但是这条铁路起到了商业运输的作用，为那些地方主义色彩作品的读者们提供了原本不可想象甚至是梦想的饱览各地风光、体会不同情感的大好机会。现代大众运输系统所传播的思想以及视野既不是简单意义上的传统，也并非简单意义上的现代。以凯特·肖邦的另一部作品《消极的克里奥尔》（"Neg Creole"）为例，在这部作品中，读者们首先看到的是新奥尔良的法国市场中所展现的生动的贫困，然而其真正用意在于使读者进一步去感受那个隐藏于某房间一角的一个垂死的妇女的穷困潦倒。在这里，凯特·肖邦并没有着意处理这个女人的生与死以达到惊心动魄或离弃怪诞的效果，她旨在强调画面的准确性以显示它的尊严。在《丁香花》（"Lilacs"）中，凯特·肖邦没有刻意描写巴黎歌手所司空见惯的都市的光怪陆离，而是着重刻画了一个长年呆在地方修道院中的妇女在日常生活中所体会到的那份"悸动"以及她与她的一个女伴之间所拥有的强烈的爱。（"多么热烈的吻啊！她们被幸福羞红了的面颊是多么的红润啊！"）这些描写并不是一幕幕对传统的怀旧，而是赋予那些还尚未被认可和承认的生活方式以及情感联结以应有的价值。社会认可必将来临——

一旦来临——世界也会是另一个样子。这一幕幕属于将来而绝不是过去。

凯特·肖邦的其他作品更进一步展示了地方主义传统与大众市场之间的纠葛联系。在19世纪90年代的10年中，凯特·肖邦的两个作品集全面问世，与此同时，举国上下都热衷于过去的南部种植园生活。那些讲述逝去的绿色风景和快乐农奴的故事似乎让美国白人集体得了令人宽心的健忘症。古老的南方童话给人带来欢愉，也同时带来财富：小说和戏剧中充斥着对种植园的怀旧情愫，游吟诗人、单曲音乐里吟唱的是昔日情怀，不论是大量生产的孩子的玩偶闹钟中，还是复古却新奇的玩具上，就连大人用的装饰器物都有失去的种植园生活的痕迹。这种现象使讽刺的效果不言自明：对前工业时代亲切的乡村生活和种族和谐的"记忆"由新科学技术和大市场所实现。现代工业的手段——社会大生产的进步、新的交通系统的生成、大众广告业的发展——使人们产生了对逝去的南部生活的神往，并且同时满足了人们那些虚幻的想象。马克·吐温和查尔斯·切斯纳特这样的作家为了自己的创作目的进一步挖掘了其中的矛盾，而凯特·肖邦对于这种讽刺采取的态度是视而不见或是拒绝面对。凯特·肖邦对诸如托马斯·纳尔逊·佩奇和乔尔·钱德勒·哈里斯这样的种植园小说家表示了钦佩，但她单单选中了黑人"孩子般的兴高采烈"作为描写对象，"因为他们不仅给我们的文学提供了幽默的要素，同时也是激起人们怜悯与同情的主要源泉"。当她在《鲁斯·麦克亨利·斯图亚特》（"Ruth McHenry Stuart"）中把那"全心全意的黑小子们"看成是斯图亚特时代路易斯安那州"身心健康的人的代表"的时候，凯特·肖邦含蓄地回应了种植园流派关于种族的正统呼声：奴隶制度下黑人与南方白人的关系是两相情愿的爱的关系；美国黑人依赖的本性使自己变得无助，使他们在现代南部成为感情上的孤儿；从本质上讲，黑人的生活为南部白人的生活舞台提供了丰富的背景。这些情感为现代小说提供了广阔的市场，就像杰迈玛大妈的商标①（Aunt Jemima trademarks）和吉姆·克劳的照片一样，纯文学的地方主义色彩作品生动地勾勒出了逝去的南部生活。

在这个市场上，凯特·肖邦像切斯纳特一样找到了热衷于南部缤纷生活的读者群。开拓了她写作生涯的短篇小说包括描写任劳任怨奴仆生活故事的《支流的那一边》（"Beyond the Bayou"）、描写对奴隶制时代享有美好回忆的老一代人的《波·莉姨妈》（"Aunt Polly"）和《拜尼图的农奴》（"The Benitou's Slave"）。此外，和切斯纳特相似的另一点是，凯特·肖邦在记录南

---

① 杰迈玛大妈商标是目前由桂格公司拥有的一种薄饼面粉商标，最早形成于1893年。——译者注

文学形式和大众文化（1870—1920）

部生活的作品中也巧妙地更改了种植园小说的某些传统。在《德西莉的孩子》("Desiree's Baby")中，她重新演绎了那个受黑人血统牵连而遭受痛苦的悲剧黑白混血儿的故事，但是她的故事使用了血统纯正的神话来反驳自身，目的是揭示蓄意维持白人血统的自欺欺人的心理状态。然而总体上看来，在凯特·肖邦作品中，美国人和墨西哥人都是点缀性的人物角色，她利用人身体肤色的多样性为地方主义色彩小说增添了色彩。

凯特·肖邦小说中所描写的内心世界大部分都是白人的内心世界。最丰富多彩的内心世界属于白人妇女，她们通常都是以某种方式挣脱了地方主义的枷锁。现实主义作家总是把现代都市以及消费者文化看成有能力改变——削弱甚至是彻底击溃——居于其中的人类主体。女性是最为敏感的因此也是最能检验这种改变的实验品。当凯特·肖邦把注意力从地方主义研究上移开的时候，她的小说便更加关注都市的生活，多以都市生活为主题，并且透过女性的生活来反观都市经历。但是仔细观察我们会发现，她的作品明显地回避了传统现实主义作家对都市消费者文化所持有的怀疑。在绝大多数现实主义的文学作品中，大众主体、大众体验被描写成了危害甚至扭曲人类生活的罪魁祸首，然而在凯特·肖邦的作品中，这些主题变成了通往各种不同意识状态的潜在入口。消费者文化被突出而不是被淡化了。因为以女性生活作为特殊的视角能使人们了解那些私密的身体真相，那些用语言或是思想都无法表达的压抑的欲望和不满。

以《一双丝袜》（"A Pair of Silk Stockings"）为例，缜密的思绪几乎完全是阻止自我了解的行为。一次意外获得的15美元使得一个家庭主妇花费了数个小时"思考盘算"："寂静的午夜时分，她躺在床上，头脑中盘算着一个又一个解决办法，似乎她已经想出了一条正确合理的使用这些钱的办法。"像其他现实主义作品中的女主人公一样，在一个大商场里萨姆斯夫人（Mrs Sommers）突然得到了启示。当她走到麻织品的柜台用双手触摸那商品的瞬间，她得到了启示。

> 她感到浑身无力，便把手漫无目的地搭在柜台上。她没有戴手套，但她越发觉到她的手碰到了什么极其柔软的东西，摸在手上十分舒服。她低下头，看到自己的手原来是放在了一打丝质的袜子上。旁边的广告牌上写着这款袜子是从原来的2.5美元降到了1.98美元；站在柜台后面的一个女孩微笑着询问她是否想感觉一下针织品的纹路……她继续抚摸着这软软的、光亮的奢侈品——她这次用两只手把这袜子拿起来，看着它在手上闪着光，感觉它像蛇一样滑过指缝。

她摩挲着、注视着这五颜六色的丝织品,仿佛自己被带到了另一个精神世界,使她完全忘记了她的财政预算("事实上她连想都没有去想"),感受到了其他奇妙的感觉——柔软的小山羊皮、油光锃亮的皮靴、宁静的餐厅里的美酒和黑咖啡。尽管凯特·肖邦像詹姆斯分析伊莎贝尔·阿彻一样剖析了萨姆斯太太的意识状态,但是萨姆斯太太所意识到的并不是自己社会地位的卑微,而是一种重新构建了她与自身之间关系的感知:"她的脚和踝看起来是那样的美丽。她都不曾意识到这样美的东西竟然是属于她的,是她身体的一部分。"

商业文化与欲望以及身体上的愉悦相融合,因此在凯特·肖邦的作品中,商业文化没有被当成一种幻觉而被排斥。商场里的商品可以唤起那些未知的或是被遗忘了的内在性情。身体的愉悦如此清晰和直接,萨姆斯太太所经历的强烈感受变成了一种现实,淹没了自己的理智,甚至改变了她原有的计划。与此同时,她作为母亲和妻子的责任倒变得越发虚无缥缈,越发不真实,因为她"希望"这个责任无限期地被推迟。在故事的最后,一位男士注意到了萨姆斯太太那"苍白的小脸",但却无法读懂其中的含义。即使是一个极其细心的外部观察者,也无法通过识别外在的事实和种种关系来捕捉到事情的真相。"他很难解读他在那里看到的东西,"凯特·肖邦接着写道,"事实上他什么都没有看到——除非他是个巫师,能够洞察到那刻骨铭心的欲望,这欲望有力得像缆车一样无法停下来,永远伴随着她走下去。"她的欲望超越了高雅现实主义艺术的界限,开始怀疑消费文化对女性欲望所产生的巨大影响。对于凯特·肖邦而言,人们必须解读身体的生命、它的欲望、它的感受、它的启迪才能真正找到真相。《埃及香烟》("An Egyptian Cigarette",1897)更加突出了上述观点,吸过一口尼古丁香烟所产生的奇异幻觉揭示了一个女人强烈的情感以及她对社会的认识。

这个诙谐的故事是在凯特·肖邦着手写《觉醒》之前完成的。故事虽然短小,但却没有像豪威尔斯那样刻意地显露想象的虚幻与叙述的真实之间的反差,这也预示了凯特·肖邦小说的显著特点之一。尽管《觉醒》把目光重新投向了路易斯安那州以及那里的风俗习惯,但它地方主义的特质在关键时刻体现了埃德娜·庞特利尔的情感以及内心世界。现实主义丧失了其意在表现真实的非凡主张。如同即将到来的现代主义一样,凯特·肖邦眼中的欲望富有意味,感官予人以启迪。普鲁斯特(Praust)在《追忆逝水年华》(*Remembrance of Things Past*)中把一块玛德琳蛋糕想象成一次世俗的圣餐,蛋糕的味道使记忆成为重要的叙事艺术。凯特·肖邦在《觉醒》中同样使人的情感战胜了理智,奏响了现代主义文学写实的主旋律。

在《觉醒》中,地点起到关键作用。埃德娜·庞特利尔从在海边度夏的

文学形式和大众文化（1870—1920）

那一刻起便从新奥尔良的家庭主妇变成了"克里奥尔的包法利"（评论界很快这样冠名），与她同床共枕的人她不爱，而她爱的那个人又不会与她同床共枕。堂皇岛度假胜地位于墨西哥湾，是克里奥尔人度假聚会的好去处，在小说中被大加渲染。但它所起到的背景作用并不像大多数现实主义作品或是地方主义色彩作品中所描写的那样。至少就埃德娜而言不是：克里奥尔的道德规范制约着堂皇岛的生活，但是对于她在那里学到的言谈举止以及萌发的性身份是没有约束作用的。叙述者强调那种身份源自"她内在的新境况"。内在的"境况"使埃德娜越发开始游离于一直包围着她的那张社会大网之外。《觉醒》也可以被解读成一部现代主义欲望瓦解了地方主义色彩作品中人种权威的作品。在豪威尔斯看来，埃德娜既不是传承克里奥尔文化习俗的典范，也不是一个反常状态下"现代婚姻"的实例，这个反常状态可以追溯到高雅现实主义风格中的大众文化以及对大众文化的不满。

虽然埃德娜的转变来自于内在境况的转变，但是堂皇岛依然对这个转变举足轻重。度假地的音乐、气味、灯光以及环抱小岛的大海都促成了她的觉醒，比如聆听娴熟的钢琴演奏就是一个重要的催化剂："这"或许是她第一次感受那永恒的真谛"。她第一次在洒满月光的海水中游泳是一个更加具有戏剧性的经历，当她的身体被海浪摩挲着时，她感受到一种"狂喜"，当她发觉自己渐渐远离岸边的时候，那种致命的孤寂使她"惊骇"。在这些时候，埃德娜感受到了"永恒的真谛"，但真谛究竟是什么，作者在小说中并没有解答。原因在于这个世界上抽象的真理并非人人都能接受。知识不再是一个思想者对外界物体理性掌握的产物，而是凯特·肖邦称之为瞬间的"觉醒"，是一种意识的转变，类似于一个人从睡眠状态到苏醒状态的过程不能与这个人的身体剥离一样。

似乎是为了表明她对于现实主义真理标准坐标系的偏离，凯特·肖邦两次把抒情叠句穿插于对埃德娜的叙述当中。"海的声音充满着诱惑；永不停息，细语、低鸣、咆哮，吸引着在静寂的深渊里游走的灵魂；引诱着它陷入无限的冥想中。海的声音与灵魂交语。海的抚摸充满美感，把身体拥入它温柔的怀抱。"正如惠特曼的草叶一样，海成了大自然的休憩所、比喻的媒介。诗一般的句子精炼出小说把自我与身体视为一体、把意义与感情和欲望视为一体的目的。思绪（"内心的冥想"）已经变成性欲的孤独。声觉是触觉的媒介。这是惠特曼的自然而不是爱默生的：自然界抒发了肉体的灵性，而非跨越物质达到空想的意义。（当埃德娜阅读爱默生的作品时，她昏昏欲睡，这是否是一种巧合呢？）当自然开口说话的时候，它通过愉悦和欲望这种感官"拥抱"的亲切语言到达了人类的灵魂深处。然而与惠特曼意义上的灵魂不同，促使埃德娜觉醒的自我的精神源泉并不仅仅是大自然。同样催化她欲望净化的还有她周围"绚丽"的中产阶级的陈设：豪华的坐椅、镶嵌钻石的锦缎礼服、"香醇的葡萄酒"、石榴红的鸡尾酒。凯特·肖邦使这些刺激感官的物品或媒介打动了她的女主人公，实现了豪威尔斯所担心的那一幕：现代市场允许欲望——而不是理性的洞察力——来认定现实。

惠特曼视自然及肉体欲望为无视法律习俗的精神许可，凯特·肖邦的自我之歌奏响了同样激进的主题。从20世纪70年代起，女权主义评论者就把《觉醒》誉为向19世纪男权压制下的婚姻及为母之道宣战的文学独立宣言。埃德娜所进行的抗争经常被视为瓦解了凯特·肖邦所谓的"母亲女性"的形象，那个既至高无上却又卑躬屈膝的中产阶级女神形象。但小说的主题与其说是探讨了性别平等以及妇女自治，倒不如说它所关注的是性解放的社会思潮。埃德娜对爱及充满活力的感官刺激的追求使她淡漠了责任感。看到她的孩子时，她会感到真正的快乐，但是当孩子们不在身边的时候，那种亲情维系的纽带就变得微不足道。随着埃德娜觉醒程度的加深，她的有关社会亦或是家庭的意识就变得越发淡泊，因此小说中的政治因素很大程度上是隐性的。如果把女性的情感和欲望当成为文学现实，当成现实生活的真实写照，这样做的结果是什么呢？在《觉醒》中，社会角色和限制并没有被批判得一文不值或是被撇到一旁。埃德娜故事的激进因素在于轻松的感官快感，在这种快感的驱使下，她试图摆脱原本麻木又漫无目的的生活。

白人女性确实自始至终都拥有这种力量吗？这种可能性存在于埃德娜毫不犹豫的选择与行动上，是带给我们的启迪之一。因为凯特·肖邦把现实主义的主题从社会类型和人际关系上移到了身体的真谛上，埃德娜的欲望意愿与她行动的自由相辅相成。当她面对身体的暴行——新生命诞生时，她感到了仅有的"内在痛楚"；分娩似乎让她面对了这样的事实，即身体上的痛苦远胜过了舒适带来的力量，抑或又一次验证了那个道理，即孩子是她身上掉下的一块肉。在任何一种情形下，甚至那"撕心裂肺的一幕"也赋予了埃德娜主宰自我的能力。随后，她赤裸着游向了大海，这也是小说的最后一幕，也是对用感官拥抱自然的讴歌。这最后的自由行为显然是一种自杀，但却清晰地显示了她对自己的主宰。如果采取行动的能力仅仅是有自由结束自己的生命，那么埃德娜这个人物和其他现实主义作品中的女主人公也就没有什么太大的区别了，只不过是欧美小说中那个美丽的躯壳。但是，如果埃德娜的选择是最后的也是最可靠的表达欲望的方式的话，那么这最后的一幕便不再代表死亡，而是蕴涵于她身体及感觉中意识的最后灵动："那里蜜蜂丛舞，空气中弥漫着粉红色的麝香味。"

○文学形式和大众文化（1870—1920）

诚然没有任何同时代的评论者把埃德娜的故事看成是英雄诗。有部分评论者把它看成带有悲剧色彩。那些勉强承认她创作出了"完美无缺的艺术"的读者们只不过是为了表达他们的不快；这部小说被有些人认为是"污秽的"、"病态的"甚至是"惨不忍睹的"。在他们看来，埃德娜似乎与豪威尔斯在喜剧模仿秀中见到的极不协调的女扮男装的"可怕的美"有着某种不可思议的相似之处。尽管埃德娜身上具有女性气质，但她的性自主给读者留下的印象是个披着现实主义外衣表里不一的现代女性形象。面对读者的刻薄反应，凯特·肖邦感到震惊和沮丧。（尽管最近有评论表示是她自己的疾病以及其他一些原因导致她继《觉醒》之后没有什么大的建树，而并非社会性排斥。）尽管后来评论者又把埃德娜解读成女权主义的殉道者，但是似乎凯特·肖邦同时代的作家更能捕捉到她创作埃德娜这个故事的真实意图：刻画一个靠多变的欲望为生的主人公，没有英雄气概，行动受到限制，就像利奥波德·布鲁姆（Leopold Bloom）①和福克纳（Faulkner）笔下的莉娜·格洛夫（Lena Grove）一样。

---

① 利奥波德·布鲁姆是乔伊斯的《尤利西斯》中的人物。——译者注

4 切斯特纳与帝国主义景象

美国印第安人文学与杰罗尼莫的作品

19世纪50年代至90年代的几十年间,美国大众文化工业的诞生与横跨密西西比河西部的美国印第安人的"漫长的死亡"同时发生。但这二者并没有严格的因果联系;大众文化的诞生是由于人口的迅猛增长及新技术的应用,然而即使这些优势也没有注定对美国"印第安人故乡"的霸占,印第安人故乡始于世纪中期北美大平原被许诺给土著民族后不久。但是二者的同时发生也确实创造了某些交互作用:大众文化的兴起也断断续续地记录了印第安人的文化被征服的过程。众多对美国印第安人的描述组成了一个奇怪的历史记录,相对于意识形态的争论和赫尔曼·梅尔维尔嘲讽地称之为国家信条的"憎恨印第安人的形而上学"来说,不是那么严肃但是更加具有启迪作用。伴随着对美国印第安人的轻视与敌意,大众文化带来了在美国军事活动和政策中从来都没有出现过的敬畏、内疚、同情和嫉妒感。至于美国土著人——以及那个时期广泛的种族问题——大众文化是白人政治备受困扰的无意识的思想,隐藏着欲望和恐惧,通过矛盾和否定的手段以大众形式出现。在这种实际存在的新空间里,照片、廉价小说、狂野西部表演以及圣化的电影,大众文化为印第安人创造了偶像般的生活,但实际上印第安人正在被白人霸占他们的领土,剥夺他们的自由生活。

美国印第安人用大众体裁来达到他们自己的目的。流行杂志和书籍传播了他们的主张和谴责,如果没有大众载体的话,这一切都将是政府机构石沉大海的信件。对于一些部落来讲,狂野西部的表演可以让已经在保护区被禁止的传统技能得以最自由、最充分的展示。这些场所容纳了原汁原味的印第

文学形式和大众文化（1870—1920）

安人表达形式，与豪威尔斯把大众景象等同于幻觉的希望不符。种族问题使这一点变得特别明了。对种族冲突与种族共存历史的审视驳斥了精英们的观点，他们把大众文化看做制造单调形象的工厂，认为这些画面多多少少是堕落的，总是不真实。对于黑人、美国印第安人和其他人来说，大众表达有时受欢迎有时被拒绝，但从来没有当做幻觉而被抛弃。美国大众文化的基础与产物拥有制造现实的力量，具有生死攸关的意义。然而高雅文化批评的正统思想使知识分子很少有能力或者意向来证明这种种族力量，实际上大多数文学作者都选择保持沉默。然而其他一些作者开始以一种全新的分析眼光转向种族问题以及种族互动本身的文学意义，他们敏锐地认识到大众娱乐与文学领域之间存在着对立。

P. T. 巴纳姆很快就发现在他的美国博物馆展出的美国印第安人创造了丰厚的利润。他于1869年出版的自传《奋斗与胜利》详细叙述了几段关于他如何把美国印第安人剧团带到纽约又扩展到欧洲的逸事，他的故事为读者提供了一种在表演者和"野人"之间新奇转换的间接视野。在其中的一章里，他详细讲述了1864年他的一个妙举。当时他成功地请到了一个曾经受林肯总统接见过的酋长团，并设法把他们从华盛顿弄到纽约。他从翻译那里得知那些酋长们是绝对不会允许自己像西洋景一样被陈列在一大群付费的观众面前展览，于是他就做出一种假象，使那些酋长们相信，他和观众们只不过是希望把他们奉为上宾来对待。接下来在巴纳姆呈现给观众的表演中，那些首领们在舞台上成为毫不知情的观众。眨眼间这个诡计就变成了聪明的美国佬对凶残的美国印第安人的胜利。

> 在舞台上展览这些印第安武士的时候，我向广大的观众朋友逐一介绍他们的名字及各自的性格特点……
>
> "女士们，先生们，这位稍矮的印第安人叫黄熊（Yellow Bear），是基奥瓦部落（Kiowa）的首领。他无疑已经杀了几十位白人了，他可能是大西部最凶嚣、最黑心的坏蛋。"说到这里我拍了拍他的头，而他呢，可能以为我在夸赞他，就会抓住我的胳膊朝我微笑一下，我又继续讲道："如果这个残忍的家伙知道我在说什么，他会立即杀了我；但是因为他以为我在恭维他，所以我可以安全地向你们说明一个事实，他是一个集骗人、偷窃、背叛、谋杀于一身的怪物。他曾经把既贫困又没有自保能力的妇女折磨致死，并谋杀她们的丈夫，残害她们无助的孩子；如果他觉得能够逃脱罪责的话，可能也会对你们和我做出同样的事情。这只是他性格的简单描述。"然后我又会在他的头上拍一下，他就会微笑着向观众

鞠躬，好像在证明我所说的完全正确，并且他还会非常感谢我的大量溢美之词。

巴纳姆的诡计具有双重的功效：即每个部落首领都是既令人敬畏的杀人魔鬼又是傻子。甚至在他们发现真相之后也仍然会有双重功效。他们因为被骗与不受尊重而产生的愤怒也只能证明野蛮人可笑的骄傲："他们的尊严被冒犯，他们充满野性的眼睛里闪烁着厌恶的神情。"

毫不奇怪的是种族主义的窘迫在此时此刻也只是娱乐而已。随着美国政府的默许，对印第安人土地的霸占发展成为一系列公开的战争，许多白人士兵和殖民者被杀，于是引诱美国印第安人上圈套就被冠以爱国及基督徒责任感之名被广泛运用。流行文化步其后尘，收获颇丰。比巴纳姆把印第安人形容为无灵魂的"怪物"更具有批判意义的就是他假意尊敬印第安人的态度。来自夏安部落（Cheyenne）、基奥瓦部落、阿帕契部落（Apache）及其他部落的首领们误以为他们的纽约之行是他们华盛顿使命的一个延伸。巴纳姆也假意把他们当做代表各自部落正当权益的权贵来接待。当然这不仅仅是巴纳姆假意的伪装；它们是巴纳姆幽默的前提。印第安人相信他们拥有很受人尊敬的地位，而实际上都是幻觉而已，巴纳姆抓住这一点并向白人兜售这种快乐。

巴纳姆的成功引发了这样一个问题：到底他的假意有多假？他的诡计得以成功是因为他发现了一个灵巧的方法，即把印第安人的外交官们作为一个个活生生的矛盾体来展示，而印第安人自己却不知情。而且那些首领又是印第安人的代表，所以巴纳姆的成功就具有更广泛的意义了。巴纳姆的假意恭维以及欺骗性的远足旅行（马车曾经列队穿过中央公园，到学校进行正式访问）是否说明刚刚在华盛顿进行的国事访问也是一个虚假的事实呢？1864年接见印第安人首领的林肯政府是否承认他们印第安人代表的地位这一点不得而知。但是根据历史的记载来看，华盛顿对部落首领的接受充其量也只是一场官方的做戏罢了。巴纳姆的诡计得以实现是因为他认准了政府表面上与印第安首领们协商的作秀与白人对跨种族的谅解背道而驰，当时大多数人认为那些首领们不具备政府假意承认并保证给予他们的尊敬。

就在同一年发生的臭名昭著的对克里克族人的大屠杀（Sand Creek massacre）使这一观点彰显无疑。在美国政府与夏安部落、阿拉巴霍部落（Arapaho）经过一个夏天的激战后，科罗拉多领区的官员宣布赦免一切自愿迁往居留地的人。夏安部落的首领黑壶（Black Kettle）遵照命令把他的人迁到里昂要塞（Fort Lyons）附近的沙地克里克。虽然黑壶已经屈服，但上校约翰·齐明顿（John Chivington）还是在那年的11月末带兵袭击了他们的帐篷，共杀

文学形式和大众文化（1870—1920）

害妇女、儿童98名，男人25名。并且每一具尸体都以一定的方式被切除了一些器官，后来在丹佛戏院展出。于是头皮、胸部、性器官就成为夏安人实际的代表，而且这么大的变化就发生在他们的部落首领在华盛顿得到空头认可的短短几个月之后。

东部的人都为大屠杀感到惊恐。如果巴纳姆在舞台上展出的是大屠杀中的手足与器官而不是活生生的印第安人物秀的话，他就不可能吸引观众，当然是不同的观众。然而丹佛舞台上的战利品与纽约马戏团的娱乐表演都利用了同样的控制印第安人的观点。巴纳姆的公开展示得以成功，取决于部落首领们对博物馆中观众所看所听的东西一无所知，他们亲自站在舞台上使得这种无知更加触目惊心。对于巴纳姆的观众而言，美国印第安人只是肉体没有自我，他们都是没有理解和交流能力的人形物体。实际上，印第安人的理解能力也是造成沙地克里克悲剧的一个重要因素。在大屠杀发生的几个星期前，上校齐明顿曾经发表过意见，认为与印第安人协商是办不到的，原因就是他们无法理解白人的语言："对于印第安人来说，遵守或者理解任何条约都是不可能的。先生们，我非常中意一种做法，那就是屠杀，这是我们能够在科罗拉多获得和平与安宁的唯一办法。"齐明顿眼中的印第安人就是一种一方面不能理解白人的语言，而另一方面又有天生屠杀白人嗜好的动物。在一些关键方面，这与巴纳姆所描述的印第安人是一致的，印第安人是既令人恐惧又不能理解别人的双重性格形象。再加上前线士兵的夸张，印第安人就变成了只有肉体没有灵魂的动物，而最终在丹佛舞台上展示的夏安人与阿巴拉契族人部分尸体的残骸就成为其最终的诠释。

19世纪末，威廉·詹姆斯也描述了同样的现象：美国白人把棕色人种想象为没有"内心世界"的肉体。当然他所指的不是美国白人与印第安人的历史，而是美国政府在菲律宾发动的帝国冒险。在诸如他于1899年发表的《菲律宾的混乱》（"The Philippine Tangle"）及1903年发表的《关于菲律宾问题的演说》（"Address on the Philippine Question"）等反帝国主义的文章里，詹姆斯把主要的帝国行动描述为有认知能力的行为，把那些黑皮肤的人当成只是一些没有心理意识的东西。"很明显，对于我们华盛顿的统治者来说，菲律宾人根本就没有内心世界，但是可能会被总统威廉·麦金利（William Mckinley）的宣言所打动……没有证据显示华盛顿的人曾经想过菲律宾人有可能拥有自己的感情和内心世界。"对印第安人的战争早已证明这是一个致命的重复：面对土著民族，如果没有认识到他们的内心世界，就意味着必然缺少外交手段，即无可辩驳的战争理由。詹姆斯把同样的政策作为美国干涉太平洋事务的理由。这种政策把菲律宾人变成了"图画"，只是由物质和颜色组成的物体而已:"总之,我们把菲律宾人当做图画来对待,一堆物质而已。因为他们距离我们太遥远,所以我们根本感受不到他们存在于他们的意识中。"

詹姆斯此处的分析——"图画"取代了外交——更富有启发性,也更令人不安。那个时期,露天表演和活人秀中最受观众欢迎的就是展出带有异国情调的种族。在战后的几十年里,企业家们把欧洲人对不熟悉的种族和习俗的经久不衰的兴趣融入到新文化产业的技术中。印第安人一直是个吸引人的亮点,但是那些在本世纪初巡回演出的小公司已经开始搞盛大的室外演出活动了,那些演出吸引着成千上万的观众,其中最出名的要数比尔·科迪(Bill Cody)1883年组建的狂野西部秀了。从前的骑兵军官与身着盛装的印第安骑手和武士表演射击、骑马和比赛等活动。除了竞技之外,还增加了著名的大平原战争的一些场面,因为交战已经成为美国白人对印第安人所了解的最真实的方面了。通过运用战争场面,狂野西部秀证明了这样一个事实,即只有印第安人的身体,无论是作为斗士还是支离破碎的战利品,才能在美国官方的眼里得到承认,而国家与印第安代表们就土著人的权力和主张而进行的外交行活动只不过是个幌子罢了。剧院里的"图画"——用威廉·詹姆斯的话来讲"仅仅是一团物质"——真实地表达了美国政府与印第安人之间的关系,一个充满讽刺意义的现实主义种族景象。大众文化最清楚地表达了美国社会种族关系的现实。

像科迪一样,巴纳姆与其他诸如亚当·弗帕夫(Adam Forepaugh)等戏剧制作人也发现,观众对种族展出的要求远远超出剧院里舞台所能提供的东西。1865年巴纳姆的博物馆被烧毁后,他开始投巨资创建P. T. 巴纳姆旅行博物馆、动物展览和世界博览会,展览会展出的类型有斐济的食人者(Fiji Cannibals)、莫多克族(Modoc)和掘食族(Digger)的印第安人,以及中国人、日本人、阿兹克特族人(Aztecs)、爱斯基摩人(Eskimos)的典型代表。在之后的一次种族展览中,巴纳姆1884年成立的人种大会(Ethnological Congress of the Barnum)及伦敦马戏团(London Curcus)汇集了更多的人们不太熟悉的人种,例如有食人者(Cannibals)、努比亚人(Nubians)、祖鲁人(Zulus)、回教徒(Mohammedans)、异教徒(Pagans)、印第安人及野人等。这个"大会"把那么多异国的男男女女运到美国,并不是为了给人一种异族人离我们的生活很近的感觉。相反,那次更大规模的展出舞台设在一个多洞穴的竞技场,展出那些用詹姆斯的话来讲"距离我们很遥远"的各类人种。巴纳姆为人们提供了"休闲观赏","那些人都来自很著名又很特别的部落……只有在他们的本土才能看得到",他们是在白人以前"从未涉足过的地方找到的"。换而言之,这种表演不是意在把不同种族的人集合到一起,而是回忆那些白人与土著人的接触时刻,当然不是象征外交,而是象征帝国的发

文学形式和大众文化（1870—1920）

现。19世纪90年代，巴纳姆甚至投入了数以千计的演员阵容编排了《哥伦布与美洲的发现》（*Columbus and the Discovery of America*）。

当美国开始构思其美洲的起源时，众多种族演出的技术被赋予了民族的目的。1893年在芝加哥举办的哥伦比亚世界博览会把新古典的"白人城"融入技术表演与艺术成就之中；机械、地图、艺术作品是欧洲与新世界等大国力量的外在表现形式。在种族村中，非欧洲人口代表的不是制造的物品，而是他们自己的身体。仿建的阿尔及利亚村、贝宁村以及埃及村设在中部的娱乐区，周围是游乐场的滑道和商店，褐色和棕色人种是基本血统身份的外在表现，也被认为是深色人种唯一的"内心世界"。但是芝加哥世界博览会也提供了一次把异族人归类为活图片的例子，收到了意想不到的结果。博览会的开幕典礼是为了纪念哥伦布的初次美洲之旅，由几位白人显要做演讲。但在政治家及展览会组织者的演讲之前，一位美国印第安人西蒙·波卡根（Simon Pokagon）上前敲响了一口仿制的自由钟。这个场景很好地解决了一个问题，即在帝国时期如何表达民主共和国的渴望。一个美国印第安人敲响了象征美国国家权力的自由钟这个画面，通过和谐的反差创造了国家意义的延续，他红棕色的身体与国家自由的标志连为一体。视觉的象征此刻取得了演讲只能暂时取得的效果：维持一个自由的帝国所必需的形式上的平衡。

然而，当波卡根发表《红种人的挽歌》（"The Red Man's Lament"）时，他的语言摧毁了良好的种族场景的视觉布局——那种表面意义上的安详。波卡根来自密歇根南部的波塔瓦托米族（Potawatoni），可以算得上是一个"开化的印第安人"，因为他在白人的学校里接受了教育，并且信奉了基督教。波塔瓦托米族绝大多数的人都已经被迫迁往中西部，但是一些信奉基督教的波塔瓦托米族人则采取与联邦政府合作的方式，避免了从自己的土地上被驱逐的命运。波卡根作为印第安人同时又是基督徒的双重身份，使他成为在开幕式上做演讲合适的人选，借此代表印第安种族与美国整体命运的结合。他的演讲准确地完成了文明开化的社会对他的要求，他流利的英语表明这是一个庄严文明的活动。但是波卡根也重新定义了这次活动的纪念意义：这不是一个周年庆典而是一个"葬礼"，自由的红色大陆就此消失。

> 我在这里代表我的民族——美国印第安人，向你们宣布白种人已经抢占了我们的土地和家园，所以我们没有心情和你们一起庆祝在芝加哥召开的哥伦比亚世博会，尽管这是一个世界奇迹。不，我们没有心情。我们在逝去的祖先的坟墓前欢庆今天，但是不久我们就将庆祝我们自己的葬礼，美洲新大陆的发现。

文明的波卡根凭借他对英语语言的熟练掌握，对观众面对这种死亡毫无悲伤评论道："为什么对于我们森林种族的消亡没有一丝哀悼？/因为你们从大自然的脸上把它抹去了。"

波卡根的"祝贺"成为了那个缺失的英语挽歌。后来波卡根和他的芝加哥律师 C. H. 英格尔（C. H. Engle）在展览会及其他地区分发了讲稿的复印件（有时候文章的标题已经变为《红皮肤人的悼词》["The Red Man's Lament"]），这可能是 20 世纪之前同类文章被阅读最为广泛的一篇了。尽管种族展示的竞技场能够把人变成图像，但是它仍然是一个公共场所，像波卡根这样一个讲英语的人能够把自己作为图像的价值转变为一种大众权威形式，以此重新调整他作为美国印第安人代表的地位。波卡根在演讲中把"年轻共和国"的故事彻底改写为联邦的美国印第安民族后哥伦比亚的历史，一个独立自主的"森林种族"。这样说来，这段历史似乎没有什么神的旨意，只是悲剧性的意外而已。"唉！白种人偶然来到了我们的海滩。"当谈到白人"卑鄙的忘恩负义"是他们给予印第安人早期为他们提供帮助的回报时，波卡根把白人定居者称作"野蛮人"，并且说："正如美国规定的'任何中国人不许涉足我们的海岸'一样，那么我们也认为像他们那样的野蛮人也不许涉足我们的海岸。"

如那条仿制的"规定"暗示的一样，波卡根并非拒绝文明的发展，而是重新评估了物质力量那令人敬畏的功绩。波卡根承认芝加哥是"世界的奇迹"，"大楼高耸入云"，铁路"的力气和体形比地球上任何动物都大"。欧洲人认为，土地的扩展、物质的进步是价值、创造性和增长的证明，是判定文明成果的主要标准。波卡根并没有争论究竟什么应该算做文明，也没有挑战文明带来的物质变化；他只是再次描绘了文明不可比拟的力量。"这场文明的大风暴一直向西部蔓延，连茂密的原始森林也不能幸免，致使小溪干涸，湖水枯竭；父辈们一向深情凝视的热土被破坏、被踩躏，只有太阳、月亮和闪耀的星星幸免于难，因为白人的能力还不足以战胜这些伟大精灵的智慧。"进步与破坏是文明的同义词，是一种现象中两个不同的准确称呼。波卡根将二者相提并论，发现了这个文明语言中的裂缝。英语单词、习俗及意义都包含一个割裂的、敌对的世界，其中白人的"胜利"在文法上等同于红种人的"牺牲"。作为一个开化的印第安人，波卡根试图通过他本人及他的演讲调和这种分裂。然而，他的《红种人的挽歌》以赤裸裸的语言揭露了文明本身所带来的破坏性。

如果这个裂缝不能被消除，那么它能被合理化。波卡根很清楚其中的缘由，这意味着印第安人的损失是一个铁的事实，但仅仅是事实而已，是"大

文学形式和大众文化（1870—1920）

自然不可改变的信条"。但是波卡根拒绝把这归罪于自然，正如他坚持文明具有双重作用一样。波卡根对印第安人以往平和生活的叙述因此就变成了他对后哥伦比亚文明历史最强烈的谴责。

  我们的几个印第安人孩子被允许接受白人的教育，他们很骄傲地告诉我们，在你们的历史中他们读到了这样一段历史：威廉·潘恩（William Penn），贵格派教友，一个正直的人，与19个印第安部落订立了和约并且双方都信守诺言；在由贵格派统治宾夕法尼亚州之后的70年里没有流血事件发生，也没有听见我们印第安人作战的呐喊声。

  波卡根强调了语言的交汇：宾夕法尼亚州70年的和平是红种人与白人记述的唯一一段相同的历史。作为一段共有的历史，宾夕法尼亚的和平表明欧洲人与印第安人在时间和空间上属于相同的历史，而不是大自然的不同命令。这段短暂的和平历史是战争法则的一个特例，同时也是自然法规驳斥战争法则的一个特例。

  1899年，波卡根于70岁前夕去世。印第安知识分子的年轻一代正在涌现和成长，他们将进入英语出版文化领域，成为印第安"思想世界"的倡导者。尽管他们中的很多作者发表了小说，但没有人涉足高雅现实主义小说的流派。原因并不是他们不愿意把批判思想带入豪威尔斯所指的美国生活的"国民关系"，而是作家们根本不清楚印第安人与美国社会之间的关系到底是什么，这种情况迫使他们改用其他形式的写作方式。诸如查尔斯·伊斯特曼（Charles Eastman）、兹特卡拉-萨（Zitkala-Sa）、卡洛斯·蒙特祖玛（Carlos Montezuma）以及劳拉·凯洛格（Laura Kellogg）等知识分子于1911年成立了美国印第安人社团（American Indian Society），并开始在华盛顿出版学会的杂志《季刊》（Quarterly Journal）和《美国印第安人杂志》（American Indian Magazine）。这些学术机构使作家们能够把教育提升到波卡根所期待的高度，即让文明了解印第安人并为其服务。然而印第安文学中最显著的讽刺之一就是，印第安人创建的高雅文化机构越多，他们的作品影响的非印第安群体就越少，而像波卡根与杰罗尼莫（Geronimo）这样的名人却因为他们与主流社会的意见分歧而吸引了大批的听众。与在高雅文学文化圈内发表的绝大多数散文相反，印第安人文学的发展与大众景象并不对立，但却笼罩在种族战场的阴影之下，这是印第安文学表达必然会经历的发展历程。

  当塞内卡族（Seneca）人类学家阿瑟·帕克（Arthur Parker）担任《季刊》的编辑时，他发表了反对"美国文明"的七条指控时，不同寻常地把对印第安人思想的剥夺列为第一条。他的第一条指控就是美国"剥夺了印第安人的理性生活"。这一选择并非书生气十足的学者的古怪行为,尽管帕克曾经真地赢得过奖学金,并且他与哈佛大学弗兰克·普特南(Frank Putnam)和哥伦比亚大学弗兰兹·博厄斯(Franz Boas)的合作证明了他在自己领域中的地位。他的选择也可能是一个有意的挑衅,意在反对那些种族主义分子所叫嚣的印第安人没有分析思考能力的说法。但是帕克把理性生活的剥夺放在物质和社会地位的剥夺之前,主要目的无疑是强调他的主张,即被盎格鲁白人所轻视的印第安民族的"内心世界"事实上是印第安人生活的基础。

> 在印第安人的自然状态中,他们有很多事情要思考。这些是他们内心思考和井然有序的外界活动的一部分……人类有进行理性活动的基本权利,但是文明袭击了所有的印第安人,摧毁并剥夺了他们的理性生活,使分散的人群头脑混乱。

帕克对于恢复印第安人的理性权利提出明确的要求:"印第安人的思想世界必须被归还。"

但是,如何定义及恢复印第安人的"思想世界"并不那么明确。达科他的一位苏族(Sioux)作者、激进主义者查尔斯·亚历山大·伊斯特曼(Charles Alexander Eastman)描写了他的经历。19世纪90年代,由于为基督教青年协会(YMCA)工作的缘故,他开始回过头来接触他从小就很熟悉的印第安"哲学",对他来说,这种哲学已经"被他在大学所受的教育和他信奉的基督教所覆盖并取代了"。正如伊斯特曼在1916年发表的自传《从丛林深处走向文明》(From the Deep Woods to Civilization)中提到的,他与部落里的长者们就基督教的讨论产生了并不出乎意料的结果:他茫然不知该如何反驳他们的"逻辑",并且发现"与种族思想的亲密接触"使他感到一种奇怪的慰藉感。1904年,故事集《红猎人与动物人》(Red Hunters and the Animal Man)得以发表;1907年,故事集《逝去的印第安人的日子》(Old Indian Days)问世。伊斯特曼和妻子伊莱恩·古黛尔·伊斯特曼(Elaine Goodale Eastman)革新了印第安人地方色彩的小说种类,这些英语故事把描写民族细节的现实主义与达科他的故事传统结合起来。伊斯特曼试图把他通过接受高等教育(曾就读于达特默思大学[Dartmouth University]及波士顿大学医学院)得到的理论知识与他"从小就学习的印第安哲学"融合在一起。但是,即使这九本文学作品也没有搞清楚该如何恢复印第安人原本的理性生活。伊斯特曼最终由一个激进主义的作者转变成一个独自在安大略附近的一间小木

◎文学形式和大众文化（1870—1920）

屋里度过余生的人。他停止出书是否表明他所追求的"理性世界"根本无法恢复呢？或者他的公然沉默表明理性世界可以实现，而且伊斯特曼自己已经实现了理性世界呢？

但是有一点可以肯定，伊斯特曼搬进了加拿大丛林，不再成为一个可视的种族物体或者"图像"。回避红色皮肤的身份有可能也要求必须从白人的视野中消失，因为即使是印第安知识分子也有可能在非印第安人眼中沦为那种地位。达科他族的兹特卡拉－萨曾经就读于印第安纳州（Indiana）的厄尔汉姆学院（Earlham College）及新英格兰音乐学院（New England Conservatory of Music），她意识到尽管自己是一位小提琴演奏家、一位擅长英语演说和文学的人，但仍然摆脱不了被当做种族图像的危险，就像《布鲁克林时代杂志》（Brooklyn Times）的措辞"一张应该被记住的图像"。与伊斯特曼一样，兹特卡拉－萨（曾用名格特鲁德·西蒙斯·波恩 [Gertrude Simmons Bonnin]）也致力于创造出一种能够把印第安人的思想与传说融入英语文学的形式。大学毕业后，她有一段时间回到生养她的地方扬克顿族（Yankton）的居留地，她发现在日常生活中有许多"写作素材"，但经常被戏剧制作人和其他作者所忽略。1900年和1901年，她在《哈珀杂志》和《大西洋月刊》上发表了小说和传记故事（后选编收录在1921年出版的《美国印第安人故事》[American Indian Stories] 里），还出版了一本描写苏族传统故事的书《古老的印第安传奇》（Old Indian Legend, 1901）。

兹特卡拉－萨、伊斯特曼的作品，及同一时期其他作者的作品，例如阿瑟·帕克关于塞内加族与易洛魁族的民间故事集，被公认为开始了印第安人文学的传统，这一传统在20世纪六七十年代开花结果。这种看似倒退的对印第安人思想的追本溯源成为印第安文学未来的根本源泉；如果说那些早期作者没有恢复印第安人的"思想世界"，那么他们肯定也创立了一种新的世界。但绝不是被埋葬的知识的重生。尤其是兹特卡拉－萨的写作带来了最动人心弦的效果，因为她的作品并不是挖掘被人们遗忘的知识，而是分析了帕克所谓的"文化分离"，是对印第安传统意义的分解。她的自转体故事简练、巧妙地叙述了印第安人寄宿学校如何使学生身心分离，真实反映了传统达科他族社会的生活，但是这一切只在它分崩瓦解的时候才以作品的形式得以公布于众。

兹特卡拉－萨的作品《印第安童年的印象》（"Impressions of an Indian Childhood"）及《印第安女孩的学校生活》（"The School Days of an Indian Girl"）讲述的是她8岁入学时的困惑与恐惧，那是一所由贵格派人为印第安儿童开办的学校。故事之所以具有影响力，是因为它创造出了一种文本上的隔离，小女孩的不知所措与学校"严格的纪律"之间形成的不协调，学校把印第安孩子们看成一些被动的躯体。例如她入学的第一天，学校里的教室和用来维持秩序的规定对她来说是杂乱无章的感官冲击。

> 我们被领到一间开着门的教室门口，明亮的灯光及从里面涌出来的一大群兴奋的白人儿童挡住了我们的去路……雪白的墙壁、耀眼的灯光已经使我眼花缭乱……早餐的钟声从钟楼上直接传入我们敏感的耳朵，鞋走在地板上的咯吱声也使人片刻不得安宁。

兹特卡拉－萨在她的作品里很少提及学校里的教师与管理者，因此她的描述让人感觉学校就是一种陌生的、满是"高大建筑物"的地方，意在把印第安人的身体与他们的信仰、记忆分离开来。学校是一个无形的、冷漠的机构——用兹特卡拉－萨的话说就是一架"文明机器"——存在于故事之外，但又造就了故事的一切。

> 我记得自己害怕地躲在床底，但最终还是被发现，虽然我发疯似的又踢又抓，但还是被拖了出来。我被拉到楼下，然后被结结实实地绑在椅子上。我大声地哭喊，拼命地摇头，直到感觉到冰冷的剪子贴到我的脖子上，听到他们剪掉我的粗辫子。然后我觉得自己的灵魂也随之消失了。

让印第安人受教育的目的就是补充他们所缺乏的认知能力，发展他们的理性世界，但是兹特卡拉－萨却认为白人对他们的教育刚好相反：白人学校的管理在开化她们红皮肤的躯体的同时，却封闭了他们内心的"灵魂"。

然而在这种颠倒的教育目的之下，还是有一些事情在悄悄起着变化。因为至少学校是兹特卡拉－萨学习掌握英语语言的地方，而她对语言的掌握一方面为她提供了一种表达内心世界的途径，另一方面她还可以对语言的应用及白人文化的象征进行批判的分析。她利用文学讽刺的手段把白人社会秩序的习俗与白人社会秩序的主要象征区别开来。例如中产阶级得体着装的准则成为一种放肆、不庄重的展示："当我穿着松软的印第安人皮鞋悄无声息地走着的时候，感觉像被陷进地板里去了似的，因为我肩膀上披的毯子已经被扯下来了。我环顾其他穿紧身衣服的印第安女孩，发现她们好像更不注意自己穿衣的不得体。"这种分离效果成为一面批判性的镜子，很大程度上向白人观众反映出印第安人的优势，而印第安人在其他方面只被认为是可视的物体而

◎文学形式和大众文化（1870—1920）

已。兹特卡拉－萨叙述的大学生活的一幕最直截了当地实现了这个目的，当时她代表就读的大学参加一个全国英语演讲竞赛。在上台做演讲之前，她朝满是白人的观众席望了望，以便做好准备去面对那些一见到印第安人就条件反射似地认为只是图像的白人观众——在这种情况下，是最带有贬义的图像，一个不起眼的印第安女人："在众目睽睽之下，竟然有一些大学的无赖举着一面白色的大旗，上面画着一个可怜的印第安女孩，下面还写着嘲笑我就读的大学派出一个印第安'女人'来参赛的字眼。"红色躯体的图像如此残忍地成为印第安人耻辱的象征——此处毫无疑问是个图像——它给予了兹特卡拉－萨力量，使她表达了人们认为她并不具有的理性。由于出色的口才，她在比赛中脱颖而出，赢得了校际大赛的大奖。通过更为微妙、更为复杂的暗示，兹特卡拉－萨还证明了一点，即通过书写和出版这些故事，她以书面形式表明了她不愿在公众场合展示的精神生活。在她的回忆录里，愤怒、得意以及与日俱增的孤独这些情感都得以巧妙的表达。《大西洋月刊》的读者从字里行间可以解读出作者的文学自我，她通过巧妙构思的文学文本向公众展示了独一无二的内心世界、训练有素的思想和情感。

然而，凭借流利的英语来打败那个印第安小女人的图片形象在兹特卡拉－萨的作品中并称不上是一个胜利，她把自己塑造成一个有文化修养的形象，但马上就又放弃了。在她的作品中她透露，她在英语文学上的每一点进步都加剧了与妈妈之间的裂痕，她妈妈原来本希望她能够留在扬克顿居留地。关于获得竞赛大奖她写道："那一点成功的滋味并没有满足我内心的渴望。在我的心中，我看见妈妈站在遥远的西部大平原上正在谴责我。"兹特卡拉－萨的故事表明，印第安人文学的发展将不是源自印第安人思想世界的恢复，而是来自那个世界的裂痕，这个裂痕激发了根深蒂固的、长久不衰的欲望，即通过文学表达来弥补缺失。在兹特卡拉－萨那个时代的文学空间里，她的文学成就使自己处于大众瞩目与日益衰退的印第安起源之间的无人区。

在大众文化年代，种族景象最为尖锐的矛盾体现在与兹特卡拉－萨截然不同的杰罗尼莫的生涯中。在近乎长达30年的《阿帕契战争》结束之后，1886年勇士杰罗尼莫投降，成为俄克拉何马州西尔要塞（Fort Sill）的一名囚犯。作为一名在押犯和乞丐，在20多年的时间里，杰罗尼莫也是一位获得马克·吐温与西奥多·罗斯福称赞的大众知名人物，成千上万的人通过他的照片、卡通及其传奇的生活经历而认识他。他口述的自传《杰罗尼莫：他自己的故事》（Geronimo: His Own Stories）于1906年出版，读者比迄今为止任何一部印第安作品的读者都要多。杰罗尼莫因为在抗击美国与墨西哥兵团时的英勇表现而出名并成为传奇人物。然而，按照杰西·詹姆斯（Jesse James）的话来说，他并不是作为一个英勇的囚犯而受到赞扬的。相反，杰罗尼莫在投降之后，获得了不同寻常的合法性，并且成为一些官方活动的固定节目。1905年，在罗斯福总统就职典礼的阅兵式上，他骑马穿过人群，人们呼喊着他的名字，掌声雷动。毫无疑问阅兵式上的有些人肯定于1898年在奥马哈举办的跨密西西比国际展览会（Trans – Mississippi and International Exposition）上见过他，或者1901年在布法罗举办的泛美国展览会（Pan – American Exposition）上见过他，或者于1904年在圣路易斯的世界博览会上见过他。公众人物杰罗尼莫是一个对立面的重合：作为印第安人的偶像，他的声誉使他获得了知名地位，同时也带来了人们的异议，然而他自始至终都是一个囚犯。杰罗尼莫反常的地位也是他的评论具有中肯性的基础。作为极少数获得国际声誉的有色人之一，他既是囚犯又是名人，这种奇怪的经历阐明了大众文化的环境。

杰罗尼莫从未追求过声望。他曾经拒绝了很多试图劝他出版作品的白人编辑，直到作家 S. M. 巴瑞特（S. M. Barret）提出付钱给他。杰罗尼莫也极不情愿去参加在奥马哈及布法罗举行的展览会，虽然巴瑞特只简单地提一了句，说他在那段时间的生活很"闷闷不乐，对什么都不感兴趣"。然而他的"闷闷不乐"和无动于衷使得读者难以理解他的畅销书。例如，为什么他在书中加了关于圣路易斯世界博览会的章节，并详细描述了所见所闻呢？为什么在几个章节谴责美国白人对他的欺骗和虐待之后，他又在书中加了世界博览会的章节，向美国白人公众大献殷勤呢？他声称："我很高兴去参加了那个博览会。我看见了很多有趣的东西并且从白人那里学到了很多。他们都是非常友善、非常平和的人。在博览会期间没有人试图用任何方式伤害我。"

巴瑞特的解释很简单，说的也很明了。杰罗尼莫不再那么暴躁主要是因为他皈依了基督教："圣路易斯博览会举办之时，他已经接受了基督教的宗教信仰并试图开始理解我们的文明。"但是，从杰罗尼莫自己的叙述中却看不出虔诚及对文明习俗的兴趣给他带来了变化。其实，他所试图理解的"文明"也仅仅是娱乐场里流行的娱乐活动：杰罗尼莫提到的只是博览会上的一些娱乐设施，例如会转动的"小房子"（摩天轮）以及站不稳的"古怪的独木舟"（激流勇进）。他描述这些东西的时候并非充满强烈的兴趣，而是带有一丝困惑与痛苦。但是即使是这样的兴趣也不能只看表面。在圣路易斯举办博览会的时候，杰罗尼莫已经是第三次参加博览会了，舞台表演和机械骑乘游戏不可能再是他描绘的神秘事物了。相反，杰罗尼莫"扮演印第安人"，为白人读者提供了观赏令人难以理解的印第安人的机会。他在书中这一部分的自我陈述是他在博览会上作为印第安名人形象的一个延伸：他在完成一名不可战胜

◎文学形式和大众文化（1870—1920）

的印第安勇士画面，对他来说城市生活展现了技术发展的奇迹。

巴纳姆探讨了被展览的印第安人的无知，而杰罗尼莫则以相同角色的自我展示实现了展览的价值。杰罗尼莫在他的书里重复这种角色的原因可以从书的结尾处推断出：在书的最后一章他向罗斯福总统提出了直接诉求（这本书就是献给罗斯福的）："十分感谢国家总统允许我出版此书。我希望他……会阅读我的故事，并且评判我们的族人是否受到了公正的待遇。"与罗斯福本人一样，杰罗尼莫深知名人只是一种货币而不是一种身份，可以用来换取想要的东西。尽管"闷闷不乐"的杰罗尼莫第一次很不情愿参加奥哈马的展览会，但是他深谙其中之道，把自己衣服上的扣子剪下来出售来换取他养家糊口急需的金钱。在巴法罗时，他学会了及时在纪念品上签上自己的名字来宣传自己，而且他在圣路易斯的六个月里还在商品目录中加上了自己手工制作的弓和箭来出售。《杰罗尼莫：他自己的故事》是一种他用来交换的物品，希望能够换取他最想要的东西：罗斯福允许他的族人——阿帕契人——回归他们的家乡。"我们族人的数量正在持续减少，除非他们被允许回到故土，这是非常必要的。"最后，杰罗尼莫肃穆的话语表明了他的心愿：

> 如果在我有生之年能够看到族人回归，那么我可以忘记我曾经受到的所有不公正的礼遇，并且心满意足地死去……如果这不能在我有生之年实现——如果我在被奴役中死去——那么希望我死后，阿帕契的其他族人能够获得他们所要求的特权——回到亚利桑那去。

杰罗尼莫，一个饱受痛苦的囚犯，希望通过一部讨公众喜欢的小说来换取族人回归家乡的许可。这桩交易的条款还是得到了全面执行：1909年，杰罗尼莫死于西尔要塞，在那之后，其余的奇瓦瓦人（Chihuahuas）被迁移到亚利桑那州的居留地。杰罗尼莫的书是由一个文盲囚犯的口述拼凑而成，很显然被列于文学范畴之外。但是这本书必须出版来完成杰罗尼莫的心愿，因为只有出版才等同于种族图像——一个没有文化的印第安人形象，曾经无所畏惧，依然傲气十足，但是被白人的技术剥夺了力量，痛苦万分——才能引起公众的注意，才能获得大众的默许，以完成他最后的夙愿。

杰罗尼莫作品的结构也反映出他对大众文化的经营规律了解透彻，同时他也清楚大众文化能够给他带来什么。杰罗尼莫在西南战事之后，描绘了一种只有两种空间组成的社会，那就是监狱与娱乐公园。杰罗尼莫眼里的美国一半是供人们苦修悔过的监狱，而另一半是供人们消遣娱乐的市场。这两种场所完全不同，但也并非截然分开。对杰罗尼莫来说，它们是组成白人世界的相互交错的两个部分，为具有超凡魅力的印第安首领提供了可能性和限制，他曾经在战争中被打败，但又在大众文化中传播了种族魅力。杰罗尼莫说明了一种矛盾，一方面他有一定的自由进行演讲、评论，甚至还会带来一些改变，而另一方面他受政府的直接控制。如果说兹特卡拉－萨是一位自由文学作家，她的每一句话都充分显示了她与白人的自我区分，那么杰罗尼莫是一位被囚禁的名人，他把监狱中的口述和自己的声誉变成了自我销售的商品，成功地为印第安人的生活带来了显著的改变，尽管他的身躯并不自由。

查尔斯·切斯纳特、耻辱与现实主义的局限

杰罗尼莫关于圣路易斯博览会娱乐场的描述，揭示了在那个时期的娱乐业中流行舞台与有色种族之间更深层次的历史关联。观众的兴趣为种族展览创造了一个更大的市场；但是那些满足了市场需求的种族表演者，那些有色演员的欲望和兴趣呢？甚至当杰罗尼莫"扮演印第安人"时——他展现自己的时候考虑到了大部分白人观众的期望——他很关注其他种族表演者的技巧及他们的特别之处。他在描写圣路易斯的篇章里以参观博览会的观众的身份出现，尽管之前他没有提醒读者，因为他是名人，所以身边有保镖跟着，这一点让他非常不高兴："政府派保镖跟着我，我到哪里他们跟到哪里，他们不允许我在没有保镖的情况下随意走动。"不知是出于有意还是偶然，杰罗尼莫所提到的所有种族表演者都是棕色和黑色人种；只有一个可能的例外，那就是表演把女人砍成两半的那个魔术师，他没有说出魔术师的种族。他描写了土耳其人（"戴红帽子的怪人"）表演舞剑；在每周一次的狂野西部秀上，他与一些不熟悉的印第安人参加跳绳比赛；那些"矮小的棕色人种"——菲律宾当地的伊格诺特人（Iggorrotes）——"是美国部队从很远的岛上俘虏的"，另外还有许多其他类型的人。杰罗尼莫身为有色人种，认为注意到这些表演者的种族很有意义，但是他并不是因为这些"奇怪的人"拥有异国情调的外表而注意他们，而是因为他们具有可以相互较量的种族能力。谁的技能或者力量最大？谁的眼力更加敏锐？

那些挎着短弯刀的土耳其人赢得了很高的评价："在赤膊战中他们是很难对付的人。"那些伊格诺特人好像天生就不擅长表演，所以他们不应该出现在博览会上。杰罗尼莫详细描述了一位黑人艺术家，他能够自己摆脱绳索的束缚。他对那些表演者的兴趣似乎都很专业，就像是对同行的好奇一样，但是这种可能带有职业性的共鸣很难与种族分开；肤色和能力相互作用。杰罗尼莫讽刺了那些不擅长击鼓跳舞的伊格诺特人，但是如果杰罗尼莫考虑到自己

◎文学形式和大众文化（1870—1920）

的历史,他就不可能忽略这样的事实,即那些人是被美国部队从遥远的地方俘虏来的。同样,杰罗尼莫对黑人艺术家的描述像是一个种族囚犯的故事一样引起了共鸣。

  在另外一场展出中,有一个长相很怪异的黑人。博览会的经理把他的双手牢牢地捆上,并把他绑在椅子上。我觉得他确实被绑得很紧,看起来脱身是不可能的。只见他在椅子上扭动了一会儿就站起来了,虽然还绑着绳子,但他已经能够自由行动了。我始终想不明白这到底是怎么回事,确实是一种很神奇的力量,因为还没有别人能够凭借自己的力量脱身。

  相对于其他的表演,杰罗尼莫最关注这个能够解放自己的黑人。尽管他有可能不太坦率,但他不把这种技巧看做戏法,却当做一种特殊的本领。他对黑人表演者"神奇力量"的溢美之词与他对伊格诺特人表演的不以为然共同构成了一个无声的行动象征。那些褐色及黑色人种具备摆脱奴役的能力吗?在保镖的看护下,杰罗尼莫看到一个黑人解放了自己,那个捆绑他的经理既没有帮助也没有阻止他。这个时刻定义了一种独特的力量,无法解释却又引人注意,这种具有教育意义的反常现象引起了讽刺性的共鸣。艺术家没有对任何人使用武力而解脱了束缚,但是他也没有遭受被束缚的痛苦。他的行动是一个例外——一个超出普通物理学规则的例外,一个强者与弱者、统治者与被统治者两者地位的例外。尽管基于幻觉,但是那种表演依然让观众看到一种特殊的能力,艺术家超越了统治和约束而解放了自己的能力,这种能力得到了观众一致的承认。

  由黑人展示这种能力并不仅仅是一个表演这么简单。在帝国盛典的年代及巴纳姆风格的展览中,黑人自我解脱束缚的表演有一种虽然不十分明确但又必然的种族意义。杰罗尼莫本人可能没有意识到这一点,但是他对那位黑人表演者的描述反映了非裔美国流行文学文化圈内对黑人魔术师或变戏法的人的浓厚兴趣,无论是从专业还是从消遣的角度讲,他确实拥有一些超乎常人的能力。1900年,《美国有色人种杂志》（*Colored American Magazine*）创刊号刊登了一篇题为《值得一提的魔术师》（"A Magician of Note"）的文章,介绍了里昂·苟翁苟（Leo Gowongo）。一位编辑解释道:"他是一位来自安提瓜（Antigua）的印第安人,是印度人与黑人的混血儿。这个年轻人有着闪亮的大眼睛和迷人的外表,他的每一个动作都充满了活力与智慧。"读者还被邀对他的外表进行评价:那篇文章同时刊登了四幅苟翁苟身着夜礼服表演魔术的照片。这个帅气小伙儿的照片、他的故事以及他成功的表演职业本身都很令人愉悦，但是杂志最强调的是他作为演员或者魔术师的魅力。那篇文章详细介绍了他的几个魔术表演，照片也捕捉到了观众欣赏完表演后兴高采烈的神情，所有这一切都证明，在这些超常表演的背后隐藏着特殊的"活力与智慧"。

作为魔术师，苟翁苟集民间变戏法艺人与现代黑人演艺者两种文化类型于一身，为了把在白人观众面前的露面变成非凡技艺的展示，这两种身份都存在着蒙受种族耻辱的危险。作为魔术师，苟翁苟也是化妆黑人演出中黑人的原型，这种演出是由白人对黑人进行拙劣的模仿以达到取笑奚落的目的。苟翁苟穿着晚礼服出现在各种招人眼球的照片中，他身处一个把自己伪装成休闲娱乐活动的风险极高的竞赛中。此时的非裔美国演艺者为了获得财富和名声，冒险进入商业剧院、音乐和舞蹈表演中，但是他们选择的时机不对，因为这个时候美国黑人在公共场合的出现比美国历史上任何时候都受到谴责。黑人与白人都把大众文化与表演作为另一个空间，来展示双方就奴隶制结束后黑人能力的意义和局限而进行的斗争。职业、金钱与文化力量是奖赏，而侮辱与落魄则是潜在的危险。这也许正是吸引查尔斯·切斯纳特与其他一些小说家试图把美国黑人生活带入高雅文学文化领域的一个必然的联结点。文学文化为切斯纳特提供了手段和机会来批判当时在美国各个公共和流行领域对非裔美国人身份的肆意歪曲，尽管他的文学批评同时也暴露出在美国文学界中存在着无形的种族界线。

切斯纳特于 1858 年出生，父母是自由的黑白混血儿。他小说家的生涯代表了高雅文化的成就，那时欧洲和美国的现实主义者才刚刚开始认可小说作家的地位。从年轻的时候起，切斯纳特就把人文教育和文学作为他进入社会上层的方式。最初，切斯纳特进入了位于北卡罗来纳的费耶特维尔（Fayetteville）专门为黑人孩子开设的学校，那个学校的创立者成为了他的良师益友，后来帮助他在一所黑人教育机构谋得了一个职位。1880 年，年仅 22 岁的切斯纳特已经成为位于费耶特维尔一所有色人种师范院校的校长。那时切斯纳特为自己设计的课程表比学校里要求的更高。他自学历史、音乐以及语言（包括拉丁语、希腊语、法语、德语），精通主要英语作家的作品，练习文学创作并翻译法国小说家的作品。他在日记中表示，希望某一天能够"在文学领域谋得一席之地"，文学领域成为他获得专门职业和谋取未来的途径。从这种意义上讲，切斯纳特是第一位真正把自己定位为如豪威尔斯与詹姆斯所说的小说家的非裔美国人，这意味着小说写作能够证明一个人的高雅艺术气质以及与之匹配的专业名望。

切斯纳特有足够的头脑来评价这个领域中的成功。他不可避免地把眼光

○文学形式和大众文化（1870—1920）

投向北方。他在南部的所有经历告诉他，北方文化的中心都市才有可能承认杰出的文学人才。但是他也明白他所说的"北方思想"已经开始对"南方的黑人"感兴趣了。作为南部一名年轻的黑人，他当时已经获得了敏锐的文学理解能力；现在南方绝大多数目不识丁的非裔美国人的生活已经成为文学领域一个令人感兴趣的话题。当切斯纳特于19世纪80年代信心百倍地开始出版作品的时候，还很难预测以上变化对于他来说是一个职业优势（正如他所希望的）还是一个额外的不利条件（正如他有时所担心的）。

他的前途错综复杂，因为北方人对南方黑人的兴趣错综复杂。与其他乡土文化一样，黑人的民间生活作为美国民间历史中一个独特的组成部分，已经引起了一些北方人和南部黑人的兴趣。学者和业余爱好者开始收集黑人的民间艺术品、民间故事以及表现种族价值的信仰等。例如托马斯·温特沃斯·希金森开始对黑人的民间歌曲产生强烈的兴趣，认为那些民谣简直可以与"只有在博物馆才能看到的奇珍异草相媲美"。有时切斯纳特冷淡地评论黑人民间生活对北方人的民族魅力。他认为北方人对黑人文化的热情及对黑人困境的关心与他们远离黑人生活有关："人类更愿意把自己的同情送给远离自己的人，而不愿意真正去关心那些他们身边正在受苦的人。"但是切斯纳特还是希望他小说中的非裔美国人会引起北方读者的兴趣，南方黑人有着独特的社会地位，他们刚刚摆脱奴隶制的枷锁，但是又在与新的暴君作斗争："我希望北方人都愿意了解有关南方黑人性格与习惯的作品。"北方主要杂志对地方主义的兴趣渐浓，也扩大了南方小说的读者群。

然而，随着这些社会与民族的兴趣，北方读者拥有了对南方文学经济及其黑人人口的兴趣。自从内战结束之后，北方的有产阶级已经开始持续在南方的土地及工业方面投资，随着北方经济的增长，他们在南方的投资收入也颇为丰厚。投资者们确实想了解南方黑人的"性格与习惯"，但是这与希金森搜索稀有黑人民间歌谣的初衷大相径庭。最后，由于南北方的经济联系更加紧密，北方的白人开始在南方表现出一种新型的漠视态度，也就是说人们关注的不再是"黑人的问题"，而是南方令人更愉悦的田园主义以及在北方城市早已丢失的谦恭。切斯纳特意识到北方人对南方黑人的关注或者同情，在相当大程度上只是一种对遥远民族的"浪漫"兴趣；他也知道，他们的同情和帮助会很轻易地就让位于简单纯朴的浪漫。

切斯纳特的第一部重要作品反映了他细致入微地观察和研究了北方人对南方生活所发生的兴趣。1887年，切斯纳特开始出版表现地方特色的故事，证明了一种不为人注意的文学技巧。切斯纳特收录在《巫婆》里的故事紧随了那些种植园小说家的传统叙述手法，其中包括托马斯·纳尔逊·佩奇、乔尔·钱德勒·哈里斯等，其中哈里斯于1881年出版的作品《雷莫斯大叔：他的歌与话》(*Uncle Remus: His Songs and His Sayings*) 以一种地方主义小说的形式成功地收集了很多美国黑人的民间故事。与雷莫斯大叔一样，切斯纳特笔下的朱利叶斯大叔（Uncle Julius）也是一个自由民，年轻时有过一段在种植园的经历，所以满肚子都是故事。对于北方的读者来说，这位黑人老大叔的人物形象绝对必要；当然，只要白人角色回忆起旧时南方的田园风光和黑人生活，就必定会引起人们对消失的奴隶制度或多或少的同情。这个困难得到解决——或者说逃避——方式就是黑人的语言，即方言。黑人方言的印刷版让现代读者读起来感到是一种折磨，但是正是因为印刷出来的"黑人"语言晦涩难懂，所以对于切斯纳特同时代的人来说才是一种语言滤网，把种族意义和奴隶制度的悲惨分离开来。作者很好地掌握了这些形式和地方色彩对读者的吸引力；他的第一批魔法故事出现在《大西洋月刊》中，故事集由霍顿在波士顿最大的公司米弗林（Mifflin）出版。

然而，切斯纳特把对北方读者的精心分析和评价作为故事本身的主题或者内容，这使得他的作品与其他作家的作品在体裁上有所不同。在每一个连续的故事中，朱利叶斯大叔都会为一对白人听众——约翰与安妮——讲述一个发生在种植园里的魔法故事，魔法可以把人变成树或动物。这对来自北方的已婚白人夫妇买下了一个葡萄园，并迁居到北卡罗来纳。就像切斯纳特的读者一样，这对白人夫妇都很钦佩朱利叶斯的广博见闻，尽管他们不相信故事的真实性，但还是被神奇的故事所吸引。朱利叶斯大叔本人不是魔术师，而且他也从来没说过自己是魔术师。但是他擅长了解听众的心理，例如约翰具有对财产与理性的判断性，而安妮却随时能够放弃怀疑以得到情感的愉悦。因此，他的故事通常都能设法赢得一些作为奖品的东西或者机会。虽然他不会使用诡计，但是切斯纳特的意图很明显，黑人讲故事者对他白人听众的了解远远高于白人听众对他故事的理解。

朱利叶斯口齿伶俐，是其自身魅力或者超自然能力的体现，切斯纳特通过使用在语气和效果上都带有辩护意味的种植园小说的传统手法加重了讽刺效果，间接揭露了在南方奴隶制度深处的暴力与耻辱。例如在《波·桑迪》这个故事中，朱利叶斯讲述了他曾经认识的一个奴隶的故事。那个奴隶不能忍受与妻子分离的痛苦，所以在他将要被卖掉的前一天晚上让妻子用她的魔法把他变成一棵松树，于是妻子就照做了，每到晚上，在夜幕的掩盖下又会把他变回人形。但是一次他的妻子外出了一段时间，桑迪被当做木材砍倒了。当妻子回来之后，"她发现只剩下一截树桩留在那里，树的汁液洒得到处都是"，朱利叶斯讲述道："树枝散落四处，她在附近转来转去。"魔法的比喻使

○文学形式和大众文化（1870—1920）

得作者能够使用一些奇异怪诞的想法来揭露奴隶制度的非人性而没有抹杀人类具有的主观性。流出的树汁以及那几根令人毛骨悚然的"树枝"形象地突出了奴隶制下非理性的现实主义。

在作品《巫婆》中，作者悲哀的语气比以往体裁中的表现更为巧妙，评论家们赞扬该故事具有其"魅力"。如果作品并非有意为之的话，这种说法很贴切。切斯纳特的才华为自己在高雅文学圈子里谋得了一个立足点，因为他能够细心地研究北方读者的心理并且利用自己的知识来赢得读者的兴趣与卖点。《巫婆》表明作者很早就被具有神秘的、超自然力量的人物形象所吸引：魔术师、变戏法艺人以及城府颇深的讲故事者——所有人物形象都把过人的能力隐藏在看起来很敦厚善良的外表之下以娱乐白人观（听）众。但关键是，切斯纳特自己的能力是他超常的文学能力，这个世俗的魔力使小说作为一种高雅艺术形式而区别于普通的写作。切斯纳特没有否认他与用方言讲故事的人之间的联系，他还要依靠前奴隶朱利叶斯大叔来凸现他自己文人的地位。换句话说，为了表现了一个既没有文化又没有任何社会保护可言的贫困的自由民的形象，他依靠了文学的基本区别，依靠了在运用叙述传统和文体的过程中培养起来的超强分析、发现和想象的能力。切斯纳特相信文学领域可以允许他直接谈及当时南部的公民关系，因为之前从来没有任何白人或者黑人作家曾经涉足过。

为了达到那个目的，切斯纳特很快转向其他体裁的写作。他在1889年的一封信中写道："我认为在把黑人作为代言人方面我已经走到了尽头，在将来的写作中我将不再使用这个形象，也不再使用方言。"他的目的不仅仅是为自己赢得一个在叙述艺术中取得最高成就的作家的名声。与现实主义的拥护者一样，他也认为美学成就可以更巧妙地改变与发展詹姆斯所说的"公民想象力"。所以，切斯纳特认为当时最紧要的任务就是"提升白人的素养"。无论他们的地位如何，甚至出于好意，美国白人也无法因为一种"对黑人微妙的、几乎难以解释的排斥感"而取得"道德进步"。切斯纳特相信文学形式能够打动人的内心最深处，所以他认为文学能够带来关键的社会变革。"黑人的任务就是时刻准备迎接社会承认与社会平等；文学的作用就是为这次变革扫清道路，即让公众习惯这种思想，不知不觉地引导他们逐步到达我们希望的境界。"那个时候，在切斯纳特看来，艺术成就与文明进步（白人道德的提升）是并驾齐驱的两个目标。

切斯纳特在《巫婆》问世之后，就开始以更加醒目的现实主义手法出版其他作品了。1899年，霍顿发表了切斯纳特的短篇故事集《他青年时代的妻子及其他程度分界线的故事》（*The Wife of His Youth and Other Tales of the Color*

Line, 1899),此书研究了新兴黑人中产阶级的阶层特征,不久又出版了小说《雪松后的房子》(1900),讲的是一对皮肤颜色很浅的黑人兄妹跨越肤色界线冒充白人的故事。1898 年的 11 月,就在这些作品准备要出版的时候,在北卡罗来纳的威尔明顿发生了反对黑人的暴力事件,这件事使切斯纳特感到"极为关注又非常沮丧"。他写信给《大西洋月刊》的编辑沃尔特·海因斯·佩奇(Walter Hines Page)说,这次袭击"是对黑人纯粹的恶毒攻击,是不可原谅的种族歧视,使我本人觉得很受侮辱,并且也为这个州和国家感到羞辱"。这件事促使他又开始写一部小说,审视了 11 月举行的充满欺骗的大选及随之而来的骚乱,小说人物形象都围绕着准确再现那场政治风暴的目的而展开。

切斯纳特选取这么一个动荡不定的话题究竟是受到一种新的"职业自信"的驱使,还是他有一种新的冲动来探索黑人"职业性的自我欺骗"(一位评论家如此形容故事的情节),我们很难裁定。感情、信心与沮丧相互作用可能是促使他创作《传统的精髓》(*The Marrow of Traditions*, 1901) 的原因。这部作品是他最优秀的小说,的确有别于他的其他作品,因为作者以一种更加悲哀的视角看待黑人娱乐业的政治,为我们贡献了一部态度最强硬的文学作品。切斯纳特在《传统的精髓》中再次谈到北方读者对南方素材持有复杂交织的兴趣这个问题,但是《传统的精髓》满足了北方人对南方生活的胃口,暗示出权力具有的不祥魅力。

小说中,故事的讲述者描述了在公开的暴力爆发之前一群北方人的威灵顿(威尔明顿的化名)之行。

> 一群北方的来访者已经在圣詹姆斯旅馆停留了好几天了。先生们很关注一个规划中的棉花加工厂,而女士们则关心社会状况,特别是黑人问题。在透露了他们想了解的信息之后,他们就被当地好客的显贵及夫人们簇拥着出去探访了。

接下来是一连串"精致的午餐"以及实地参观,这样北方代表团的成员们可以亲自探访并与"好客的主人们"讨论当地的情况。叙述者注意到:"不知出于有意还是无意,北方的客人总是没有单独与任何有色人种见面与谈话的机会,当然除了旅店的仆人之外"——但是这些仆人看起来都"很高兴"。巴纳姆当年愚弄印第安人首领的诡计得以重演,只不过观众和演员的身份被颠倒了而已。北方代表团成了这场欺骗性表演中不知情的观众,他们竟误以为他们看到的表演就是南方的社会现实。在当地主人的引导下,他们参观了

○文学形式和大众文化（1870—1920）

黑人教堂、黑人的教会学校及其他一些地方，一切所见所闻都使他们相信"黑色人种是一个快要灭亡的种族，无法经受与优等民族的竞争"。从前忠实的黑奴在奴隶制下兴旺昌盛，而现在他们的后代竟如此"退化堕落"，这是个令人伤心的故事，他们的白人主人都不忍心谈及。这个故事说明给黑人提供教育机会完全是徒劳的，某些黑人因犯下莫名的罪行而获得的私刑"虽然很粗暴，但是依然相当公平"。但是这个悲伤的故事有一个令人高兴的方面：不论黑人给白人带来了多重的负担，他们生活得依然心满意足。"毋庸置疑，一个从来不抱怨的民族不可能受到太大的压迫。"

北方是观众，南方是舞台，那些北方来客只是看了一场"当地状况"的戏剧罢了，这是一部由黑人出演的白人小说。切斯纳特巧妙地强调了这一点，他把客人最后一站的行程变成了真正的表演。

在客人离开威灵顿之前，为了给他们留下对南方很愉悦的印象，特别是为了表现那些南方黑鬼们随遇而安的性情和对现状的满意程度，旅馆在客人们即将离开的前一天晚上为他们安排了一个小节目来解闷儿：一场由黑鬼们表演的步态舞。

名为"解闷儿的小节目"，步态舞实际上是最具渗透性、最精心安排的一个活动，它把由白人策划的种族状况置于真正的黑人表演之后。非裔美国人被安排表演黑人的传统舞蹈，无意中使客人们认为他们在表现对当时自身政治制度的满意。正如切斯纳特所讲的，北方对南方感兴趣的各个方面，从经济研究（男性对事实的探求）到对种族关系的疑问（女性的社会关注点），都被白人捏造的种族状况和被他们操纵的黑人"令人快乐的传统习俗"而彻底改变了。切斯纳特坚持认为，这种改变的代价具有潜在的灾难性，随着情节的展开，他的语气愈加尖锐：步态舞表演为装扮成黑人的白人提供了一个手段，他们可以把任何可以判定死罪的行径都归罪于黑人，这个行为是后来暴力蔓延的开始。

并不是因为切斯纳特是作家才把北方人描写成观众的，或者这不是唯一的原因。除了它的木材、廉价劳动力以及其他资源以外，南方已经成为全国和国际最主要的"令人愉快的习俗"出口地。植根于黑人种植园文化、具有竞争色彩的步态舞成为美国北部各州和欧洲最受欢迎的娱乐项目。麦迪逊广场花园（Madison Square Garden）吸引了成千上万的观众来观看黑人舞蹈家比赛争夺大奖。那些详细重现种植园生活的演出，包括宏伟的旧南方生活"全景"，在北部和西部到处巡演，甚至还成为世界博览会的重头戏。就在威尔明顿发生大屠杀的同一年，一个名为"最黑暗的美国"的巨型节目在全国各地巡回演出，所有的演员和管理人员都是黑人，主要场景包括一个甘蔗种植园、一家棉花加工厂、一场职业拳击赛以及一个黑人跳舞的场景，这只是其中的几个。活跃在国内市场上的散页乐谱、说唱表演以及舞台戏剧同样都是文化的产物，为人们带来关于战前的景象和神话。在威尔明顿暴乱之后，切斯纳特带着一种紧迫感和警觉感来观察这种"令人快乐"的娱乐业。正如他在《传统的精髓》中刻画的，这些白人的快乐与其他一些复杂的情感有着千丝万缕的联系——如性恐慌、白人至上的狂热以及引发政变与种族屠杀的正义的愤怒感。切斯纳特坚持认为，剧院中的娱乐节目与政治高压密不可分，无论它们看起来是多么的让人愉悦，甚至代表了某种好心情。

切斯纳特的小说令他的北方读者——文学圈儿里的读者与评论家——大吃一惊，可以用瞠目结舌来形容。一些主要杂志的评论溢美之词甚少，销售量不温不火。豪威尔斯是作者文学上的良师益友，他为此写了一篇明显很复杂的评论，尽管他承认作者对南方种族关系的描述完全合情合理并且"表现得很有力量"，但是他称这是一部"很痛苦、很痛苦"的小说。引人注目的是，豪威尔斯评价了切斯纳特作为小说家的能力，把他描写成一个黑人舞台演员。

> 在我看来，切斯纳特先生已经以文学质量为代价获得了文学数量。尽管他的作品《传统的精髓》在取材方面还是像他以前的作品那样有说服力，但是情节过于错综复杂，因此作品的风格不是那么尽善尽美。当然即使在他表现最糟糕的时候，他也会超过一般小说家的平均水平，但是他应该永远表现得更出色，因为他的起点比较高。他是必须首先摆脱步态舞的那类人，即使那类人不会因比任何皱眉都令人难受的微笑而痛苦。他在进行一场战斗，但并不是由他来捡起廉价的幽雅与比武者的姿态。

根据豪威尔斯的比喻，切斯纳特应该进行一场战斗以获得现实主义领域的认可，但是他屈服了，反而扮演起了步态舞者来贩卖矫揉造作的"姿态"。为什么切斯纳特对于种族戏剧最具怀疑性的评价居然使得别人拿他与黑人说唱演员进行对比呢？《传统的精髓》无疑赞同豪威尔斯的主张，即有价值的小说是矫正扭曲了的大众景象的一剂良药。也许在那个时代，没有另外一部小说对当时新兴的各种机构，那些把国家中的所有领域都放在一个国家市场中的机构，如全国范围内的出版辛迪加和大众娱乐业，进行过如此尖锐的

文学形式和大众文化（1870—1920）

审视。豪威尔斯曾经批判过扮演黑人的吟游歌手，因为他们蓄意造成戏剧"谎言"以引起轰动效果；切斯纳特可以说已经把豪威尔斯的批判延伸到一整部小说里去了，所有的小说情节都用来展现以非裔美国人为牺牲代价的南北方种族重新联合的种族景象给生活、家庭和美国国内关系所带来的危害。然而豪威尔斯却将《传统的精髓》从"具有最高文学品质"的宝座上拉了下来，而认为它更接近于黑人舞蹈者的搔首弄姿。

这个困惑的答案在于切斯纳特对大众视角本质的重新解释。豪威尔斯批判吟游歌手的欺骗，认为美国国内的关系是由于吟游歌手利用黑色的躯体来出丑而造成的，而切斯纳特比豪威尔斯走得更远。这种过错不应该被认为是商业文化中对现实的歪曲，如豪威尔斯的现实主义所认为的那样。相反，切斯纳特指出，黑人的吟游职业及其他由白人控制的黑人生活都揭露了当时国内社会的现实，即在吉姆·克劳法之下，所有进入公共领域的黑人都必须在外表或其他方面以一种种族景象或符号的面目出现——一种人类的耻辱。

作品里的两个事件使这一点最具说服力。第一件事是那个无辜的桑迪被指认为杀人犯，并且还背上了强奸罪的黑锅（其实是由一个叫汤姆的白人假扮成黑人干的）。切斯纳特的情节把文学意义上黑人身份的被盗用与黑人的吟游职业联系起来，并把白人对黑人身份的盗用融入对黑人强奸犯的描述中。当那些白人主张把桑迪用私刑处死时，作者把小镇描写成第二个种族表演的场所，另一个利用黑人身体的公开演出。小说的叙述者解释道："为马上到来的处决，各种准备工作已经开始有条不紊地进行了。"

> 人们从铁轨厂弄来了一段T字形的轨道，男人们正忙着赶在临刑之前把铁轨安装在广场上。另一些人带来了链子，一大堆松木已经堆在旁边。一些精明的商人出于金钱的考虑已经开始筹备座椅了，这样可能会使观看更容易、更舒服些……铁路会把临近镇子上的看客接过来……几个年轻人讨论着他们想要犯人身体的哪个部位来当做纪念品。

切斯纳特从来没有给观众看到他们日思夜想的景象的机会，小说情节的最后关头，私刑没有进行。相反，他呈现给读者的是在一个黑人临死之际一群白人看客把这一情景当做美妙的视觉享受的贪婪面目。

北方人也是观众中的一部分。切斯纳特强调，大众媒体创造出了人们所期望的私刑的另一个版本，以印刷的形式进行公开展示：

> 美联社（the Associated Press）在全美国报道了另一起由一个粗壮的

黑人暴徒所犯下的卑鄙暴行——好像所有的黑人暴民看起来都很强壮——以及对于即将进行的私刑所产生的种种预期。这则消息具有很大的轰动性，几乎所有的日报都用很大的黑体字刊登在头版上。

此处报纸本身就具有一种可视的效果：正如它所讲述的故事，用黑体大字印刷出来的"黑人的身体"这些字眼如同在展示耸人听闻的黑色。这种视觉物体都属于同一类标识，无论是装扮成黑人的白人，还是报纸的头条，抑或是悬挂在铁路车厢上的吉姆·克劳法标志；它们都是黑人耻辱的具体体现。这种说法最充分的逻辑表达就是私刑，"黑人的身体"不言自明地标志着种族的卑贱，最终使黑色躯体与耻辱的含义完全画上了等号。正如夏安人的头骨与胸部一样，黑人身体的各个部分都可以被当做纪念品证明了非裔美国人的社会身份，他们被排除在参与社会生活之外。

居住在威灵顿的其他黑人完全知道如何诠释这些标志的含义，当白人们在为那场私刑进行准备的时候，镇子上的黑人们好像一下子"从公众的视线里消失了"。对于吉姆·克劳法控制之下的非裔美国人来说，只要在公共场所出现，实际上就意味着接受他们黑皮肤的耻辱，或者1896年普莱西诉弗格森案（Plessy v. Ferguson）中所称的"奴役的徽章"。（切斯纳特作为一位训练有素的律师，发表了文章批判普莱西案，并在《传统的精髓》的一章里含沙射影地分析了案子的结果。）吟游表演及其他形式的种族娱乐形式，利用它们视觉效果的表演，只是在已经认可的社会范围内以多种形式获益而已。切斯纳特关于这个主题的详述体现在他对暴乱的描写中。尽管长达几个小时的暴乱有其狂躁和混乱，但是它是由白人至上主义者提前策划的，依然是一种蓄意的种族景象。切斯纳特小说中的主人公——黑人医生米勒（Miller）——在暴力发生的时候正急急地从街上经过，他看到了一具黑人尸体，大吃一惊。让他大吃一惊的"并非是死亡，因为出于职业关系他已经对死亡司空见惯，而是死尸所代表的含义"。那时米勒意识到"黑人的尸体"是黑人社会地位与合法地位的最真实的表现——他们在社会领域中的真正角色就是扮演并不存在的黑人公民。"黑人似乎已经都被杀光，而此时街口马戏团的乐队正在演奏，那具黑人尸体令人触目惊心。"

黑人尸体的"例子"让米勒想到现实中的种族现象。那个时刻，米勒意识到他作为一名中产阶级的职业人在公众眼中仅是一个空洞的现实，没有任何社会价值。他曾经以为他所受的教育以及他的成就会提升自己的社会地位，并有助于非裔美国人事业的发展，但是现在他知道，黑人的角色就是被像"马戏团"一样地展示其卑贱，这样才能获得社会的认可。从一个角度来说，

○文学形式和大众文化（1870—1920）

《传统的精髓》是一部具有深远意义的小说，它实现了现实主义利用文学特点来批判性地审视大众景象的目的。切斯纳特利用批判的眼光深刻地重新诠释了国内关系。切斯纳特坚持认为，美国内战后庞大的商业娱乐与信息工业的发展并非反复无常的幻想世界，它绝对不是一个单独的领域，相反它是现代性的一个手段，完全存在于战后社会的国内关系中，愈发成为国内力量和变化的主要工具。

但是从另一个角度来看，切斯纳特的文学批评过于彻底了。切斯纳特转向北方文学传统来作评论，并逃避他所描绘的米勒所面临那种职业困境。文学、文学的价值与机制能够为文化批评提供一个可以反应不同论调的空间。豪威尔斯这样评价切斯纳特："在那个所有人都自由、平等的文学共和国里，切斯纳特站出来代表自己的民族，他的勇气与其说带有同情，倒不如说更具有正义感。"确实，在文学领域切斯纳特畅所欲言，但是他并没有完全逃脱他小说里主人公米勒的处境。豪威尔斯认为，切斯纳特在写这部"很痛苦"的小说时没有达到现实主义风格的写作要求，即"客观地处理"社会素材。但是同时豪威尔斯也承认，没有任何一个小说家——不论白人还是黑人——能够做到毫无个人感情地描写对他的种族所施加的"暴行"：

> 我并不是说（切斯纳特）缺乏艺术性而扮演了种族拥护者的角色；不论他有什么样的小弱点，他依然是后来美国人可以引以为豪的艺术家；但是当他充分认识到所有事实时，他的判断明显有编造的痕迹。我们不能因此就责备他；谁能做好自己的自我呢？如果情况刚好相反，也就是说几年前在北卡来罗纳州威尔明顿发生的血腥革命中，如果是黑人的暴力取得了最后的胜利，那么假如有一位白人作家在他的小说里描述了对方的凶残，那我们会不原谅他吗？

由于切斯纳特不能把自己的职业与自己种族的困境有效地分离开来，因此他被认为过于做作（"痛苦、痛苦"），不符合现实主义作家的要求。换句话说，他具有太多"必须根除步态舞的民族"的特点——他太具有黑人意识了——因此在如同吉姆·克劳法压迫那样具有政治意义的主题上，不能被归为取得最高"文学质量"的作家。然而，这种感情也是对他的一种赞许：豪威尔斯问道，作为黑人，他怎么不会去写一本很"痛苦"的书呢？但是当文学质量的衡量标准是"客观地处理"素材时，即使是上述认可也代表了职业身份的不公平性。揭示自己的痛苦就等于揭示自己的黑人身份，黑人作家就等于从种族角度丢失了客观性，而这种客观性正是豪威尔斯对现实主义分析的前提条件。那么，即使是在高雅文学文化领域里，切斯纳特依然带有种族的痕迹，因为他带有一种拯救被征服的种族的艺术责任感，被认为是"非嫡出的兄弟"。

因此，切斯纳特的生涯准确记录了美国现实主义中的种族局限。豪威尔斯曾经把现实主义定义为对国内关系进行的分析性阐述，但是当这种国内关系转变成一种对黑人的鄙视时——即吉姆·克劳法在法律和大众媒体上得到全国范围内的认可时——黑人作家写出具有高雅文学现实主义的作品就完全没有可能了。切斯纳特虽然被"文学共和国"所接纳，但是依然被认定是文学职业上的继子，除非他能够以某种既没有朋党的愤怒也没有步态舞的微笑的方式来描写美国国内关系。但是对于切斯纳特（或者此时任何一个渴望进入高雅文学领域的非裔美国人）来讲，两条路似乎都不可行，于是他只好退出了公众的视线。在出版了《传统的精髓》之后，作者放弃了他的文学生涯，开始全身心地投入到他自己经营的速记生意中去了。在速记那个写作领域里，对别人的语句进行形式上的再生产排除了个人发表思想的可能性，切斯纳特最终取得了财富与成功。

黑人的波西米亚与种族科幻小说：保罗·劳伦斯·邓巴、詹姆斯·韦尔登·约翰逊和普林·霍普金斯

纽约的一位部长查尔斯·H. 帕克赫斯特（Charles H. Parkhurst）确信非裔美国人将永远是一个被摒弃的种族："他们永永远远都不会为美国未来的国家建设做出一丁点儿的贡献。"但切斯纳特态度同样坚定（至少在1900年时）地认为，非裔美国人终有一天会与美国白人携手共进，完成"民族融合"。他的随笔《未来的美国人》（"The Future American"，1900）分三次在《波士顿晚报》（*Boston Evening Transcript*）上发表，他预言美国的高加索人（Caucasian）、黑人及美国印第安人等各民族将"渐渐地、不为人察觉地"一起构成一个唯一的"美国民族"。尽管帕克赫斯特与切斯纳特的观点相反，但是他们所理解的种族却存在一个共同点：双方都把黑色当成一个生理特性，与一个"国家性"的民族不一致。当然，切斯纳特认为这种状况很不公正，他在文章里指出"肤色"在美国反映了"社会结构"。肤色已经"证明并非是种族的检验方式"。并且，"纯粹的雅利安人种（Aryan）、印欧人种（Indo-European）的概念已经得到科学领域的否认"。但他承认"通俗意义上"的种族不言而喻依然会是国家身份的基础。但是美国民族的构成将要改变。他坚信，在遥远的将来，"黑人元素"会完全融入大众人口，到那时有色再也不会代表

◉文学形式和大众文化（1870—1920）

社会的耻辱，因为所有美国人都将会成为一个有色的民族，不管他们被称作"白人"或者其他的什么。

与帕克赫斯特的观点一样，切斯纳特对种族的理解与遗传和生育有关。据他们的估计，随着时间的流逝，出身将决定唯一的"美国种族"的自然发展史。但是与这种种族现实主义相反，其他对黑皮肤的描写此时正在大众文化领域里出现，它们没有过多地受到肤色和出身观点的束缚，甚至在一些最具种族主义特点对非裔美国人的描写中成为大众集合的场所。在剧院、舞厅及一些商业音乐里，人们可以见到脱离了自然历史发展逻辑的诋毁黑人的一些标志，并且还被当做创新表达的素材。

城市文化对于新的种族形成非常关键。大城市集中的商业娱乐场所为黑人音乐家、夜总会的表演者及歌曲创作者们提供了一个利用表演来谋生的机会，或至少是一个尝试的机会。1887年，一篇刊登在《纽约太阳报》（*New York Sun*）上的文章指出，位于曼哈顿中部的第六大道被称作"黑人的波西米亚"，那是一个聚集了很多夜总会、舞厅、卡巴莱酒馆的地方，在黑人哈莱姆文化高潮兴起的几十年前就已经形成了一个非裔美国人的文化中心。作家兼作曲家詹姆斯·韦尔登·约翰逊（James Weldon Johnson）回忆道，"黑人的波希米亚在许多俱乐部中已经初具规模，形成一个"诱人的世界"，"那些伟大的职业拳击手、著名的职业赛马骑师、知名的说唱歌手，那些经常出现在全国范围内广告牌上人们熟悉的名字和面孔，在这里都可以找到"。广告牌上对黑人拳手及杂耍演员的花哨的宣传使这个地区成为那些寻欢作乐的人的终点站，同时黑人观众的集中也吸引了有远大志向的表演者与艺术家们。1899年，约翰逊来到此处，希望能够上演他与哥哥合写的喜歌剧。约翰逊与诗人保罗·劳伦斯·邓巴（Paul Lanrence Dunbar）都写过反映曼哈顿黑人的小说，他们的作品都强调了文学价值与商业文化之间新的紧张关系，对于非裔美国人来讲有着特殊的相关性。受利润的驱使，大众文化欢迎新奇、可视的天赋及自我展示，因此形成了这样的一个矛盾：在纽约、芝加哥及其他城市中心的非裔美国人表演者发现，与文学文化中固定的种族类型相比，大众文化中种族主义的风格与模仿更容易产生创新性的转变。

邓巴的小说《诸神的娱乐》（*The Sport of the Gods*，1902）把纽约的雷格泰姆音乐夜总会及剧院描述为充满诱惑的世界，是黑人自我毁灭的地方。从很多方面看，这部小说都不像是出自一位"黑人桂冠诗人"之手，这个称号是布克·T. 华盛顿给予邓巴的。邓巴的几部诗集，包括《橡树与常青藤》（*Oak and Ivy*，1892）以及《下层生活抒情诗》（*Lyrics of Lowly Life*，1897），都显示了他擅长描写南方景致，擅长使用方言，奠定了他诗人的地位。邓巴曾经得到豪威尔斯的支持,并于1897年在英国举行的巡回朗诵会上受到了欢迎。邓巴在国际范围内赢得了读者们的赞誉,为黑人知识分子赢得了骄傲;亚历山大·克拉梅尔把他招入美国黑人学会(American Negro Academy)。总之,无论使用何种衡量标准,邓巴都是一个成功者,尤其对他这样一个前奴隶的儿子来说更是如此。他由母亲,一个家庭劳动者,在贫困中抚养长大(在俄亥俄州的代顿)。然而,那些编辑们好像只对他的方言诗及描写南方简朴的田园生活的地方特色故事感兴趣,这令他日渐失望。当《诸神的娱乐》出版时,小说标志着与作者以往较柔和语气作品的决裂。如果说《传统的精髓》是很"痛苦"的,那么邓巴的小说则接近虚无主义的边缘。

体裁上的重要转变带来了风格上的改变。《诸神的娱乐》是第一部关于非裔美国人"大迁徙"的小说,作品讲述了一个黑人家庭从他们南方"可爱的家乡"搬迁到北方城市一个令人困惑的世界,当时很多黑人移民正在开始与小说主人公相同的迁徙。与西奥多·德莱塞(Theodore Dreiser)及其他关注现代都市生活的小说家一样,邓巴在美国的城市里发现了一种冷漠的毁灭。但是,关键是主人公汉密尔顿(Hamilton)一家的崩溃开始于南方;北方的都市生活只是延伸和加重了破坏程度而已。当大管家贝里·汉密尔顿(Berry Hamilton)被控犯有偷窃罪时,他的雇主(他以前的主人)就将这位"讲究生活的黑人"送到了重罪监狱,于是他家里的其他成员也被迫离开了家园。由于汉密尔顿的节俭,他们家已经逐渐积攒了一些家庭积蓄,但是这只会使他们更容易受到别人的栽赃。更残酷的讽刺接踵而来。贝里的妻子凡尼(Fannie)与十几岁的儿子、女儿试图在纽约开始新的生活("在他们看来,纽约像天堂一般只在信念中存在"),但是还是以悲剧收场,因为父亲的含冤入狱带来了真正的犯罪——他们的儿子乔(Joe)谋杀了他的情人——和整个家族的悲惨命运。

小说的叙述者声明:"上帝想要毁灭谁,就会首先使让他疯狂。"这个悲剧性的语气还是很恰当的。无情的不幸频频降临在汉密尔顿一家人的头上,然而其根源还是白人的背信弃义与虚情假意造成的,而不是反复无常的诸神们之所为。邓巴引用了古希腊与莎士比亚的悲剧典故,尖锐地指责了由于白人的种族歧视而导致主人公家庭的毁灭。然而,叙述者引用古代戏剧的目的不仅仅是为了进行讽刺性的批判。《诸神的娱乐》不仅揭穿了南部地方色彩的神话,而且更巧妙地记录了从没有被记载过的壮丽的美国黑人生活。身为奴隶、遭受排斥的非裔美国人已经被归属为方言文化中的"卑贱生活",被小说中一个白人角色所称的"高雅文明"拒之门外。所以对于邓巴来讲,汉密尔顿一家来到纽约只能是一个讽刺性悲剧的开端,令原本已经地位低下的生活

文学形式和大众文化（1870—1920）

跌入更深的深渊。

等待他们的是一个充满"黑鬼秀"剧院、威士忌和大麻的毁灭性世界。叙述者警告这个从南方来的"乡下人"："如果他够聪明，他就应该离开"，尽量躲开纽约：

> 但是，如果他是个傻瓜，他就会继续待下去，直到城市生活成为他生活中最重要的东西……然后他就会不可救药，离开城市生活就等于死亡。树荫凉亭会是他的浪漫，百老汇会是他的抒情诗，公园会是他的田园诗，河流会是他的史诗，他会看不起其他人，认为他们都很可怜。

乔·汉密尔顿（Joe Hamilton）是个肤浅的花花公子，基蒂·汉密尔顿（Kitty Hamilton）是个有远大抱负的舞台歌手。他们的傲气和梦想对于他们这样对别的东西一无所知的人来说完全是自我毁灭。詹姆斯·韦尔登·约翰逊是邓巴的好朋友，他说邓巴曾"自我批判"过用方言写作的局限，还说邓巴的志向就是"用标准的英语写出一、两部与黑人有关的长史诗"。邓巴创作的忧郁悲剧（悲剧中有其自己的提瑞希阿斯［Tiresias］①，是一个名叫塞德尼斯［Sadness］的醉汉）同时也是对邓巴永远不能写出的更高水平的艺术作品的悲叹。

但是奇怪的是，虽然邓巴的小说明确无误地指责黑人俱乐部生活是"社会的污水池"，但是他自己倒是流行黑人剧院兴起的领军人物。他为著名的博特·威廉姆斯（Bert Williams）与乔治·沃克（George Walker）舞蹈剧团创立了"塞内冈比亚狂欢节"（Senegambian Carnival），其中沃克与他大名鼎鼎的妻子阿伊达·阿芙顿·沃克（Aida Overton Walker）一起在美国与英国颇有知名度。邓巴的音乐喜剧《克罗瑞迪》又名《步态舞的起源》（*Clorindy, or The Origins of the Cakewalk*）全部由黑人演员参加演出，由他与威尔·马瑞·库克（Will Marion Cook）合作完成。此剧于1898年在美国巡演，在全国范围内掀起了步态舞的狂热。当我们知道邓巴生涯中的这段事实时，他在小说里对于黑人波西米亚（尽管基蒂以前演唱"简单的老歌"，但是在纽约她转而演唱"舞台需要的黑鬼歌谣"）的尖锐批评就会提出一个很明显的矛盾。汉密尔顿一家在纽约的毁灭是否意味着邓巴对白人文学文化强加的限制不满呢？就像残忍的"诸神"为了娱乐而摧毁了黑人的生活一样，邓巴没有让他的角色们真正逃离"羞辱"和隔绝的命运，似乎是把那些白人的说法付诸实现，强调

---

① 提瑞希阿斯是希腊神话中的人物，因为看智慧女神洗澡而致双目失明。——译者注

黑人作家应该遵循发言写作的形式。

然而，更具启发意义的是，《诸神的娱乐》暗示出邓巴对于黑人城市文化中的创造性有深刻的认识，即黑人街头生活程式化表达所带来的"成功感"和兴奋感。在汉密尔顿一家最初到达曼哈顿的日子里，一天晚上他们被带出去看表演，邓巴对音乐及舞蹈的描述透露出一种几乎不可言喻的吸引力，这种吸引力是叙述者很不愿意承认的。尽管表演者们的服装很古怪，化妆也很粗俗，但是"他们能够唱歌，而且确实唱了，用他们的声音、身体与灵魂。他们把自己置身表演中，因为他们从中得到了乐趣，知道自己在做什么。他们几乎赋予了俗丽的音乐与空洞的话语以某种尊严和高贵"。基蒂被"迷住了"，乔很"茫然地待在那里"。甚至连他们烦躁的母亲也已经"一方面因看到一些女人衣服过于暴露而感到羞愧，另一方面却又享受着美妙的音乐"。这一刻就注定了他们的不幸，但是这一刻也给了他们即时的"美妙"感觉，给了他们新的希望与自尊。

这种两面性在邓巴自己的生活中具有决定性作用。他很清楚地知道流行歌曲能够唤起激动人心的感觉，而且他很擅长把说唱音乐与演出技巧发展为更具艺术性的作品。与《阿比西尼亚》（Abyssinia）、《汉的儿子们》（Sons of Ham）、《八分之一黑人血统的混血儿》（Octoroons）及其他一些由黑人作家编排的演出一样，邓巴的作品《克罗瑞迪》被认为摆脱了白人说唱艺术中较粗俗的种族主义。一位白人批评家在评论《阿比西尼亚》时说，《克罗瑞迪》"只在名义上是一个黑鬼的表演，实际上，这是一部很严肃的、接近于盛大歌剧的表演，我们对此毫无准备。"然而，作为黑人流行剧院源泉的城市文化对于酒鬼邓巴而言是一个毁灭性的环境，因为它既吸引、控制他，又令他胆战心惊。他在《纽约太阳报》上的文章《黑人的细皮嫩肉》（"The Negroes of Tenderloin"）描述了给道德和社会带来威胁的"不负责任的哄吵人群"，甚至邓巴的未婚妻（后来成为他的妻子）——作家爱丽丝·邓巴·纳尔逊（Alice Dunbar-Nelson）也曾经在信中劝他放弃对"娱乐"人群和纽约那个地区娱乐活动的偏好。

因此，邓巴的生活与写作抓住了美国黑人矛盾的两面性。一方面他们实现更高文化表达的抱负受阻，另一方面他们又想从流行艺术中获得利益；一方面中产阶级的"尊严"遥不可及，另一方面主要的城市美学因为与下层人士关系紧密而有羞愧和耻辱的危险；一方面高雅形式有其冷淡的传统，另一方面街头生活的快乐美景却也会带来不幸。邓巴重病缠身，情绪低落，在《诸神的娱乐》问世五年之后去世，年仅33岁。他的忧郁小说讲述了诗人被文化权威所排斥的流放感，那种文化权威他永远不能拥有。然而，对于邓巴

文学形式和大众文化（1870—1920）

而言，给他个人带来如此痛苦的文化和种族之间的对立也为他开创叙事形式、开创广受欢迎的音乐剧形式提供了源泉。

当邓巴笔下的基蒂·汉密尔顿成为黑人舞台上的一位"名人"时，小说预示了某种不吉祥的预兆；小说里唯一的另一位女性演员，基蒂的老师哈蒂刚刚被害。但在现实生活中邓巴的步态舞音乐剧《克罗瑞迪》中的演员明星阿伊达·阿芙顿·沃克却享受着截然不同的另外一种生活。邓巴一直挣扎在矛盾之中，而沃克却能巧妙地利用矛盾。虽然沃克早期的职业生涯仅仅局限于类似《食人的国王》（The Cannibal King）、《一个幸运的黑鬼》（A Lucky Coon）等卡巴莱酒馆的歌舞表演，但是后来她却成为一位具有创新精神的编舞者与舞蹈者，是百老汇的舞蹈明星。《综艺报》（Variety）称她是"最重要的黑人表演艺术家"。但是当时许多中产阶级黑人不喜欢舞台表演的职业，他们认为有失稳妥，不利于提升种族的地位。1905年，沃克在《美国有色人种杂志》里的一篇文章中写道："我知道很多善良的人们，特别是女性，不喜欢舞台生活。"为了鼓励资产阶级的风度与举止，受过良好教育的"种族领导者们"往往避开黑人身份的标志——言谈举止和衣着的风格——那些被白人们歪曲和嘲笑的东西。但是沃克实际上反其道而用之，她利用剧院里的自我展示来表现黑色是现代优雅的标志，是职业技术的标志。她坚持认为，当代的舞台是一个真正的职业，她在《美国有色人种杂志》上的文章中把她的职业描述为占据黑人中产阶级议事日程重要地位的"提高道德"的工作。关于黑人表演者，她曾经这样写道："在职业生活中，有许多为人诚恳、值得赞扬黑人男女，他们在这种职业或者其他的职业中毫不逊色于其他种族的人。""我们这些在聚光灯下工作的人必须尽职尽责"，我们"必须共同努力来提高我们的道德和社会地位"。

尽管如此，但是当快乐、利润及性感成为城市舞台不加掩饰的活力时，让黑人舞台表演来实现黑人中产阶级地位的社会提升就是一个离谱的要求。沃克早期生涯的机缘开始于一次广告的拍摄。当时她还是一个年纪轻轻的小姑娘，默默无闻，她同意与一家美国烟草公司合作，将她表演步态舞的照片印在那家公司的贸易卡片上。其他照片的模特是新近从加利福尼亚来到纽约的一个组合，沃克和威廉斯。这三个人成为第一批黑人演艺明星，成功的起点就是那种最直接的商业投机，即广告。广告大量生产和传播他们的舞姿——婀娜的身姿、服装以及褐色的面孔——完全出于商业目的。然而令人感到荒谬的是，与其他领域相比，这种出于商业目的的城市黑人表演可能会更容易实现转变大众文化中黑人形象的目的。例如，阿伊达·沃克的美貌及她娴熟的表演技巧使得她可以重塑舞台角色的感观魅力，这样非裔美国人的舞蹈动作就代表了一种跨种族的女性魅力。沃克的步态舞步、莎乐美舞蹈及其他一些动作都被广泛模仿,特别是在那些富足的白人女性群体中更是流行。不论是私人课堂,还是公众游行或者是杂志的专访,沃克都热情地传授她的姿势与技巧。("千万别忘了你们的眼神,要那么一点儿眉目传情——只要一点儿就够了——这可是重要的前提条件。")通过这些商业途径,她打开了观众市场,他们不仅欣赏她的表演,而且自己还特意模仿沃克的"黑人"风格。

然而阿伊达、乔治·沃克及博特·威廉姆斯的成功只是几个特例而已。更多的是白人表演者与制作人——约翰逊把他们称之为"海盗"——利用了大众对黑人创新风格表演的兴趣而大肆牟利。白人除了更容易接近主流文化场所、更容易获得经济资助以外,他们还能比他们所模仿的黑人表演者们更自由地在舞蹈和音乐中加入性感元素。在1906年的一次采访中,阿伊达·沃克指出,在白人公司所编排的舞蹈节目中,几乎每一场都有情爱场面,而在她长达10年的职业生涯中,"黑人的节目里从来都没有任何情爱场面,甚至一点情爱场面的暗示都没有",因为"大众通常会对由黑人出演的情爱场面产生偏见"。

由于种族的界限,不论在舞台上还是在台下,都会使人产生一种警戒。沃克曾经对采访者说:"对于我们必须要克服的困难,你们不会有一丁点儿的概念:那些足够使我们丧失干劲的偏见,不论是写歌还是唱歌,或者举办一场演出,甚至走在大街上,或者来到一个新的镇子的时候,我们都有应该避免的事情。没有一个白人会理解我们为什么会有那么多的小心与顾虑,当然就更谈不上正确评价我们的做法了。"当白人演员与黑人演员表演同样的"黑人"角色时,非裔美国演员不得不对拥有褐色皮肤所带有的社会意义而产生一种更深刻的自我意识。经常的自我反思也是一个负担。但是"每次当我们迈出一步时所做的成千上万种考虑",沃克这样措辞,有可能使得黑人演员对种族标志的内涵理解得更为独特和透彻。黑人的演艺风格既有市场又受到谴责,既令人兴奋又令人苦恼,既充满创新又容易受到种族主义者的取笑和奚落。因此,黑人表演既流行又受人鄙夷,这些充满活力的意义表明黑色并不是科学家所声明的根深蒂固的生物身份。

约翰逊关于纽约黑人的小说强调了种族符号的可变性本质。他的作品《一个前有色人的自传》(*The Autobiography of an Ex-Colored Man*,1912)表现了高低领域之间的区分,这个区分并不像邓巴所描述的那样是一个残酷的陷阱,而是一个可以渗透的边界,一个允许各种传播形式的文化分界,即使它进一步隔离了美国白人与黑人之间的距离。作品里的主人公是一个受庇护的年轻人,他的肤色很浅,有时竟会被误以为是白人。在南方经历了一次大

⊙文学形式和大众文化（1870—1920）

学任职的失败之后，他来到了曼哈顿。约翰逊关于城市"挡不住的诱惑"的描写也比邓巴更加直接："对于一些人来说，大城市中的刺激就像瘾君子离不开鸦片一样摆脱不了、必不可少。"但是占据约翰逊小说中心地位的"俱乐部"，其原型是艾克·海因斯俱乐部（Ike Hine's），并不仅仅是醉汉和妓女光顾的地方。俱乐部的常客还包括"医生"，一个来自哈佛大学医学院的非裔美国学生，他陷入了赌博不能自拔，以及那位黑人"说唱歌手"，只要他答应在俱乐部演出，他就"永远只朗读莎士比亚的作品，其他任何档次低的表演一概不做"。还有一些白人制作人与表演者也经常光顾，他们通过出版拉格泰姆节奏的音乐作品"发了财"，他们还"来这里获取黑人表演者的第一手材料以便模仿"。就像俱乐部墙上挂的大照片一样，如以弗雷德里克·道格拉斯为首的一群拳击手，俱乐部是个鱼目混杂的地方。各色人种差异明显。

那个没有名字的主人公是一位训练有素的钢琴家，黑人世界的音乐与创造力是他闻所未闻的，令他感到眼花缭乱。同时，他在俱乐部里认识了一位"腰缠万贯的朋友"，这个朋友把他带入到上层白人世界（在他家里，钢琴家演奏了新近学到的拉格泰姆音乐），并由此获得了去巴黎、伦敦以及柏林的机会，在那里，他自己像白人一样生活。以这种方式穿越种族与阶级的界限使他看到了丰富的文化传播的可能性。（他在柏林遇见的富有的德国人是拉格泰姆演奏方面的专家；马提尼克岛［Martinique］与海地的黑人却比那些真正的巴黎人更具有"法国味"。）但是约翰逊的叙述者并没有忘记文化层次仍然在限制并定义着"黑人"生活的意义。黑人们已经被归为"一边大笑一边拖着脚走路"的小丑，他们希望提高自己地位的想法被认为是一种荒唐可笑的戏剧表演：

> 从这个角度来看，黑人就像是一个伟大的喜剧演员放弃了喜剧角色而来出演悲剧。无论他演得多么投入，观众们还是不愿意他放弃原来的喜剧角色；甚至为了使他能够重新回到喜剧角色，他们还想方设法让他在这份严肃的工作上以失败告终。

与邓巴一样，约翰逊也反对将黑人的表达与假定的白人文明的高雅形式进行对立的思维方式。排除类似史诗或悲剧这样的形式，象征了黑人生活的悲惨变形。

但是叙述者强调说，这种错误的排除其实也是一个"机会"。"未来的黑人小说家和诗人"，那些绕开人为限制的人，能够"为国家提供一些崭新的、不为人知的东西。他们将描绘那些志在打破传统的狭隘限制的人，描绘他们的生活、抱负、斗争以及热情。"这一段可以说注解了《一个前有色人的自传》这部小说本身；约翰逊的小说情节融入了古巴的烟草厂、黑人夜总会、柏林歌剧院以及巴黎的咖啡厅等场景，是第一部描绘黑人生活中真正的世界主义元素的小说。但是约翰逊在大众文化及更多的文学体裁中发现了文学批评的机会，只有为数不多的知识分子能够意识到这一点。作者早年生活在佛罗里达州的杰克逊维尔（Jacksonville），他在那里学习了古典音乐，成为一名黑人教育家，后来又学习过法律，之后他移居纽约成为一名歌曲作家。他曾经与哥哥罗萨蒙德（Rosamond）一起前往曼哈顿，希望把他们的音乐剧《图罗索》（*Toloso*）搬上舞台，这部作品幽默诙谐地批判了美国军事扩张主义。作者在论文集《沿着这条路》（*Along This Way*, 1933）中写道："去年，美国吞并了夏威夷，当时还忙于美国与西班牙之间的战争。所以我们决定写一部讽刺美国帝国主义的喜歌剧。"

但是这部音乐剧却始终没有面世，也许是由于制作者们害怕承担"不爱国"的罪名。如果是这样的话，那么这部夭折的作品倒足以证明，大众文化对政治不满的容忍程度比文学界更低。但是，约翰逊遇到了邓巴以及其他像奥斯卡·哈默斯坦（Oscar Hammerstein）之类的名人，成为娱乐圈里一个很成功的人物，而且正是在这个"充满诱惑"的黑人商业文化世界里——一个"限制大大减少"但是"艺术可能性大大增加"的世界——约翰逊"开始探索实现美国黑人文化背景的重要性，开始实现他的充满创造性的民间艺术，并且开始考虑意识艺术的上层建筑"。

约翰逊的愿望也是《一个前有色人的自传》中叙述者主要关注的问题，他希望把正式的艺术共鸣引入例如拉格泰姆音乐、乡土黑人的布道以及黑人民谣等方言形式中。那位叙述者预言：这些"低等形式的艺术"本身有其丰富的魅力，并且"证明终有一天会被应用于较高层次的艺术形式中"。约翰逊的目的不是消除高雅的"意识艺术"与黑人的方言艺术之间的区别。相反，纽约的商业环境使他确信黑人的艺术形式反映了审美的力量与批判的洞察力，这势必有助于最高形式的美学表达，他致力于把表现美国黑人特性的风格渗透进所谓公认的"较高形式"的艺术之中。他的目标是使黑人的文化形式保留种族的意义——即表明非裔美国人集体的体验和情感——但是要去除那些不符合文明的东西。

约翰逊的工作和生活大大有助于实现这个目标。从某种程度上讲，他处理文学文化与黑人城市生活之间差别的手法比邓巴更加灵活。在曼哈顿生活之后，他先后做过驻尼加拉瓜和委内瑞拉的外交官，后来成为国家有色人种发展协会的第一位黑人领导，但是他一生都在坚持写歌、做诗以及记述历史，发掘黑人方言艺术的美学可能性。他最出名的作品包括《上帝的长号：七黑

文学形式和大众文化（1870—1920）

人布道诗》（*God's Trombones：Seven Negro Sermons in Verse*，1927）与《曼哈顿黑人》（*Black Manhattan*，1930），作品描写了从殖民起源到哈莱姆文艺复兴（Harlem Renaissance）时期城市黑人文化生活的历史。到1938年他去世之前，约翰逊不但在著名的黑人大学菲斯克大学（Fisk University）任教，而且还是纽约大学黑人文学研究方面的首位教授。他把黑人与白人世界之间富有创造性的相互影响带入了学术界，这正是他在艺术领域追求终生的理想。

对于约翰逊而言，任何种族问题都带来了想象力的可能性。在作品《一个前有色人的自传》中，种族既是事实又是想象力。尽管作品中的叙述者可以像白人一样生活，但是他从来没有忘记黑人时而命中注定的生活现实；他曾经亲眼目睹把黑人用私刑处死的场面，这使他对私刑的讲述具有毛骨悚然的逼真效果。（在杰克逊维尔，作者本人曾经被一伙惯用私刑的土匪抓获，这一经历也产生了类似的改变一生的效果。）但是小说也允许读者看到笼罩在现实世界种族事实外面那无形的、几乎不可思议的信仰和假设。叙述者写道，有一种"令人相形见绌、歪曲变形的影响左右着每一位美国的有色人种"。它的力量来自于一个事实，即所有的"思想与行动都必须经过种族地位这一漏斗的狭窄瓶颈"。这种影响非常荒谬，颇具毁灭性，然而它也是使得非裔美国人在白人眼里成为一种"谜"的力量。约翰逊的叙述者回应了阿伊达·沃克曾经讲过的作为黑人演员必须要做"成千上万的考虑"，他指出黑人的思想"经常受到各种考虑的影响，这些影响既微妙又敏感，连他自己都没法向白人说明或者解释"。因此，黑人的主观性是一种"同病相怜"，这种内心认知不是一个种族特点或者与生俱来的事实，而是一种类似于第六感觉的观察能力和理解能力，只为黑人所共有。

约翰逊认为，种族差异中的神秘或者暧昧成分有其创新面。种族耻辱的"歪曲"效果还具有其他方面的力量，那就是富有想象力地改变或者重塑大众对种族身份的幻想。有趣的是，约翰逊所讲的存在于黑人娱乐界里的"同病相怜"也存在于同一时期创作出来的种族科幻小说这一引人注意的写作类型中。这些作品大多是由一些文学知识分子创作的，这些人远没有约翰逊那样在流行文化领域里如鱼得水。《美国有色人种杂志》是波士顿的一家出版物，志在将政治批评与文化提升结合起来，以刊登一系列此类的短篇故事见长。与白人知识分子一样，许多黑人作家发现，驱动大众文化的市场动机中有一种贪婪的拉平一切的力量，这使他们很担忧这样发展下去的后果。但是黑人知识分子面临着双重束缚：科学和高雅文化有羞辱黑人的倾向，一如流行文化领域。科学与文学的现实主义并没有给黑人提供真正的避难所，使他们免受对黑人身份的歪曲。非裔美国作家们为了克服这个两难的境地，创作了一些想象力丰富的小说，他们把科学的语言融入小说,意在完成重新设想种族事实的任务。

由杜波伊斯创作的《一个独特的假期》("A Vacation Unique")虽然没有公开发表,但却是这类小说中的一个绝好例子。这部小说大概写于1889年左右,当时作者正在哈佛大学的哲学系学习。这个故事现存只有一些片断,讲述的是两个哈佛大学的本科生,一个白人和一个黑人,决定在暑假期间赚点钱,他们计划在全国进行"40到50场朗诵会"。那个黑人同学设法使他的白人同学相信,最能赚钱的办法就是要他进行一次"无痛手术",即暂时把自己扮成黑人。于是这两个哈佛大学的黑人学生为读者们提供了一种独特的景象("哈佛大学的黑人!"),并且他们也从世人对他们的"目瞪口呆"中获了利。

这个充满讽刺的计划,无疑反映了杜波伊斯在剑桥所经历的种族主义者假惺惺的纡尊降贵态度,把主题从黑人娱乐表演转向科学思索的构架。这是一场颠倒乾坤的说唱表演,哈佛大学的学生们要把黑人知识分子"令人震惊的、不适宜的角色"变成公众的娱乐。而且,白人学生变成黑人之后,他进入了"肤色的第四维空间",从这个位置他会以一个崭新的种族视角来观察美国白人。这些直接的提示表明作者借用了 C. H. 辛顿(C. H. Hinton)1884年出版的《科学的浪漫故事》(*Scientific Romances*)中的一篇题为《什么是第四维空间》("What Is the fourth Dimension?")的故事,另外,作者还借用了埃德温·艾博特(Edwin A. Abbott)的作品《平原》(*Flatland*)中的内容。《平原》是当时一部拥有众多读者的科幻小说,它的第二版于1884年面世。

与辛顿和艾博特一样,杜波伊斯利用小说构建了一个与事实相悖的理论世界。那个黑人学生对他的白人同学说:"因为肤色的第四维空间,你可以在头脑之外研究头脑,在物质之外研究头脑,你可能对第四种伟大的文明有惊人的见解。"但是就故事本身而言,作者没有像辛顿与艾博特那样提供很多的理论思索。相反,把白人变成黑人的奇异做法使那个白人学生在现实的美国社会真正体会到了黑人的生活。那种生活里充满着嘲笑与落魄,这一点黑人学生很快就以一种很刻薄的方式让刚刚变身"傻瓜"的白人学生有了透彻的了解:"变成黑人,你会进入一个全新的世界,对大多数人来说,他们从来都不知道宇宙里还存在着这样一个区域——你已经穿越了人性的界限。"生活在这样的一个维度里就像生活在地狱的边缘一样,因为所有的人都对你视若无睹:"没有人理会你的感受,他们根本不是历史的组成部分。"生活在这样的一个维度里也就是窥视到了邪恶,即"日耳曼文明"(Teutonic civilization)中隐藏的秘密与未来的"死刑执行令"。

由于那个黑人学生是作品中的叙述者,他总是以第二人称("你")来称呼他的"傻瓜"白人同学,这使读者感觉自己代表了被称为属于黑色"第四

文学形式和大众文化（1870—1920）

维空间"的生物。当你没有受到嘲弄与白眼时，就会感到白人的宽宏大量：
"女主人很友好：她会让你知道她对有色人种有多好；她会不经意地提起黑人欠了盎格鲁—撒克逊族一大笔债，这是因为白人对黑人很关心，去年冬天她们还把大批的衣物送到了塔斯基吉（Tuskegee）。"这个故事采用了第二人称的叙述结构。因此，就要求所有的白人读者都要进行自己的种族转变——或者将要进行种族转变，如果故事得以发表的话。整个故事不够完整，也没有出版，暗示了"第四维空间"是个事实：杜波伊斯所谓的美国黑人的"内心生活"在绝大多数人的公众生活中被掩盖或者忽略了，因此对于大多数美国白人来说，它就是人类生活的一个无形的维度。通过科学的比喻，杜波伊斯彻底表现了舞台表演中黑人的内心世界，揭露了那种扭曲力量，即不断在白人眼中塑造黑人身份的客观现实的力量。叙述者对现在身为黑人的白人"傻瓜"的愚弄与辱骂实际上是在模仿充满恶意和蔑视的白人，白人就是通过这样的方式来训练黑人在舞台上展示自己的。

其他几乎同样具有煽动性的种族科幻小说最终都成功地得以发表，如最初是作者自费出版萨顿·格里格斯（Sutton Griggs）的小说《绝对统治》（*Imperium in Imperio*，1899）。小说设想了一个黑人秘密组织，他们致力于在美国建立一个强大的"帝国"。这个黑人国家是与社会现实颠倒的一种设想，因为现实中一些白人至上主义者建立了隐形的秩序，他们成立了三K党（Ku Klux Klan），黑人国家把美国分散的黑人人口的力量设想为一种有组织的政治力量。经过小说的创作加工，《绝对统治》与格里格斯的其他作品一道，把"同病相怜"的种族内部警惕性变成了一种秘密的武装力量以及一个潜在的黑人共和国。

詹姆斯·克罗瑟斯（James Corrothers）的故事《他们不认识的一个人》（*A Man They Didn't Know*，1913）中也有类似的变革。克罗瑟斯是一位芝加哥作家、牧师，早年曾经与博特·威廉斯以及其他一些演艺界的黑人为伍。他的描写黑人城市生活的喜剧故事《黑猫俱乐部》（*The Black Cat Club*，1902）把他对黑人流行文化的熟知体现得淋漓尽致。该故事是一部滑稽的模仿作品，用方言讲述由来自芝加哥街头的一些无恶不作的恶棍构成的文学界。不过作者后来表示后悔出版了主题与语言都这么低俗的作品。在那之后，他投身于"文学英语"，写了很多主题严肃的故事，包括历史幻想。在《他们不认识的一个人》中，日本和墨西哥与夏威夷结成了联盟，当时的夏威夷已经脱离了美国联邦，并向美国宣战。美国黑人大规模地逃离美国军队，成为一支独立的武装力量，开始的时候倾向于站在入侵者一边。但是最终，他们的领导者率领着一万名黑人在加利福尼亚南部的一次决定性战役中有力地抗击了日本军队，在另外9万名黑人士兵的援助下取得了战争的胜利。对于克罗瑟斯和格里格斯来说，小说是一种反对历史的攻击性武器。面对战后重建时期黑人受到的打击与羞辱，克罗瑟斯和格里格斯把美国黑人设想为主要的国家力量。黑人不再代表低等与依赖；相反，当黑人勇敢地挺身而出时，所有的评价都被完全颠倒，他们成为美国意志与军事力量的全新化身。

文学现实主义已经被证明太具有限制性，商业文化的文学性又太弱；所以对于杜波伊斯、克罗瑟斯和格里格斯来说，科幻小说是一个很不错的代替，在这种写作类型中，种族的话题能够汇集一种较高的科学权威的氛围，而同时又允许种族符号与种族等级的自由转变。其中最具有代表性的作品之一要数普林·霍普金斯的小说《同一个血统》（*Of One Blood*，1903）了。该小说以连载的方式刊登在《美国有色人种杂志》上，当时作者刚好是杂志的文学编辑，这部小说把科学思考与异国情调的浪漫有意地结合在一起。与杜波伊斯的故事一样，这部小说的情节也是开始于哈佛大学，有一个叫鲁尔·布里格斯（Reuel Briggs）的年轻"天才"，他清醒地认识到自己作为黑人受到了众人的抛弃。他在同学间被当成白人看待，但是依然为自己低微的身份感到羞愧。当别人问他如何看待"黑人问题"时，他拒绝发表评论："我害怕讨论一些不幸人的悲惨，例如流浪汉、流浪狗、流浪猫以及黑人，或许由于我自己就是一个很不幸的人吧。"从现实主义的逻辑与自然主义的叙述来看，英年早逝可能就是大多数城市人的"不幸"，然而不祥的是，布里格斯竟有这种"病态的想法"。

因此，霍普金斯就以豪威尔斯的文学波士顿的准则开始了她的故事，利用了"冷静、有教养的新英格兰"精英集团以及哈佛大学学者们取得的成就。在作品的第一个场景中，布里格斯甚至正在学习一篇由威廉·詹姆斯编写的心理学课文（题为《隐藏的自我》["The Hidden Self"]，后来再次发表在《相信的意志》[*The Will to Believe*] 中），霍普金斯还从其中引用了几个段落。但是，正如把一只手套的内里翻到外面成为崭新的手套外里一样，霍普金斯从詹姆斯的文章里吸取了精神身份的概念（"那个隐藏的自我静静地存在于内心"），全盘颠倒了预期的叙述结构。鲁尔对一位朋友说："物质世界的奇迹远远比不上那些我们内心世界还未被发现的地方的神奇之处。"对这个领域，普通科学还有待探索。霍普金斯通过对未知领域的比喻延长了一个非洲种族主义者的白日梦：一个难以抗拒的幻想、神秘的胎记、神秘科学的发现以及一个公正的国王的复位——鲁尔的"隐藏的自我"和真正的身份——他们在非洲一个秘密的城市里建立了古老的黑人文明。霍普金斯用博物馆现实主义换取了最具浪漫色彩的考古学幻想。

然而，远古的非洲城市背景反映了一种严肃的学术兴趣。像其他许多黑

·文学形式和大众文化（1870—1920）

人知识分子一样，霍普金斯一直被"埃塞俄比亚主义"（Ethiopianism）① 的理论所吸引，这种理论认为远古的埃及文明起源黑非洲。她的研究《关于非洲种族早期辉煌的初步调查》（*A Primer of Facts Pertaining to the Early Greatness of the African Race*, 1905）评述了很多相信黑埃及这一理论的学者与经典作家。但是霍普金斯清楚地意识到非洲与古埃及的意象已经成为大众文化的中流砥柱了。一个爱开玩笑的白人（也是一个种族主义者）加入了鲁尔的北非之旅，他环望四周，然后断言说那里绝对是"巴纳姆杂技团"绝好的背景。"因为这里有阿拉伯人，有骆驼、到处走动的狮子、蝎子、豹子、大蛇，还有探险家，"他还吹牛说，"这里处处都是钱。"尽管作者本人对埃及古典主义非常感兴趣，但她还是准备利用帝国景象中很受欢迎的娱乐活动，她的故事以熟悉的情节转变为特色，如突然袭击的美洲豹以及发现大堆的珠宝等。但是巴纳姆的玩笑最终让那个白人成为笑料，因为一座神秘的城市——特拉萨（Telassar）——被人们发现了，这表明非洲艺术可以与"欧洲的美术馆"相抗衡，西方神秘的科学还只是处于"幼年时期"。她所讲述的"黑人故事"有意把现实主义转换成科幻小说，是对隐藏在世界历史"第四维空间"中的文明所具有的尊严和文化财富的颂歌，非洲的过去是衰亡的西方绝好的源泉。

霍普金斯的小说采用了过多的批评。当邓巴感到身陷文学与大众视角之间的矛盾中时，霍普金斯却把所有的高等与低等材料都融入一个笨拙的双重结构中，她确信这两个不同的领域将会目睹同样的现实：在黑人耻辱的背后存在着还没有被意识到的尊严与力量，一种在她的小说里被要求归还并拯救的高贵"血统"。小说应用了大量的种族符号，几乎已经超出了读者的理解力。在小说的结尾，这种解释并定义了鲁尔·布里格斯身份的"血统"获得了几乎所有能够想象出来的联系：生物学的世袭、遗传的催眠术、黑人文明、基督教的普遍主义、泛非洲的民族主义以及皇家直系后代的贵族等。尽管小说存在着一些内在的矛盾，但是所有的一切依然对于黑人种族身份确定的意义悬而未决——除了非裔美国人的血统之外，所有其他的血统都被定义为属于羞辱的次等民族，这种身份已经被载入美国的法律并成为惯例。但是，那种意义当然不能通过小说而中止，无论小说的构思是多么富于创造性。但是小说确实能够通过对比的方式来揭露由于受到法律的约束与限制而导致的种族想象力的贫乏。

---

① 埃塞俄比亚主义是殖民时代撒哈拉沙漠以南非洲人之间的宗教运动，始于19世纪80年代，主要起因在于不满欧洲殖民者的种族隔离。它是近代殖民时期非洲人民争取宗教和政治自由的一种斗争形式。——译者注

5 沃顿、旅行和现代性

现代速度与"潜在的冲撞"

伊迪丝·沃顿热爱速度带来的快感。在小说《乡村习俗》(*The Custorm of the Country*, 1913) 中，她写到自己驾驶着敞篷车在寒冬的薄暮曙光中穿越中央公园萧瑟的林阴大道，感到"一阵阵身体的愉悦"，这证明了她对汽车以及其强大机械动力的迷恋。对于沃顿来说，当地的汽车旅行或跨大西洋的飞机旅行是一种最基本的生命状态。亨利·詹姆斯总是这样形容她："结束工作，准备上路。"亨利对此颇感惊讶和困惑，在信中他曾经这样诠释沃顿："她有着持续不断的勇气，进行着令人炫目的长途旅行。"伊迪丝·沃顿对沉静像对速度一样痴迷——在花园里进行沉思默想，在室内交谈中获得灵感，写作时必须的聚精会神。这些完全的矛盾体——活动性以及思考的静态——使得沃顿成为一个现代生活的复杂观察者。一方面她对速度和旅行有着独特的爱好，另一方面她在写作中有根深蒂固的批判视角，这两方面反映出沃顿对于 20 世纪前 20 年中新兴的世界持有相互对立的态度。

评论家们大都认为沃顿具有一种"反现代性"的观念，她对于正在改变的传统道德观念持有一种怀疑态度，很大程度上表示不赞同。在她的眼中，传统社会秩序的削弱以及大众文化的兴起将会毁灭她所崇尚的丰富的内心世界，一旦毁灭将无法复原。但是，有些评论家们把沃顿这种对旧秩序的留恋伤感看成是一种墨守成规的保守主义，而另一些评论家则认为她的反现代性反映了她对 20 世纪 30 年代成熟起来的厌恶女性者和极权主义者的前瞻性分析。那么沃顿是思想保守还是具有政治上的先见之明呢？作为一个文化观察者，沃顿既没有表现出盲目的怀旧，也没有表现出持久的进步主义。相反，

文学形式和大众文化（1870—1920）

她的作品对于一个评论家所谓的 20 世纪"文化生产的高速发展"带有一种深刻的矛盾心理。面对现代性中社会习俗、家庭生活和物质文化领域的快速发展——高楼大厦、地理环境、多种语言混杂的人口——沃顿既感到兴奋又感到警觉。沃顿的日常生活和她自己的观点一样也是对立矛盾的。上午，她会在卧室中安静地写作，讽刺性地剖析现代"速度女神"，她们乘坐豪华游轮和高速交通工具旅行，同时剖析那些她们追求、结婚然后离婚的富有男性。而在下午，她却已经在下命令让她的司机准备好潘哈德汽车，去进行一次风驰电掣的兜风。因此，沃顿的朋友们都戏称她为"破坏天使"。

因而，对于沃顿来说，现代性不仅仅是一个目标或主题，而且是一种从内部塑造了沃顿写作风格的形成性力量。现代性的活力赋予了沃顿作品以生命，在社会惯例的表面下带有某种冒险感。沃顿的小说以快速转换的场景、日益奇特的反婚姻情节为特点，改变了她从 19 世纪继承下来的现实主义小说的写作手法。她的小说集同情和尖酸的讽刺于一体，描绘了令人吃惊的家庭重建和情爱关系。正如沃顿重新构想的一样，与其说社会风俗类小说记录了当地的社会范式，倒不如说记录了那些社会范式的瓦解和在全球范围内的传播。虽然沃顿是一位现代文化《奇观缪斯》的敏锐观察者，但是她通过自己对现代流动性意义的认识发展了现实主义关于社会戏剧风格的观点。因此，沃顿对文化和艺术的深刻关注可以在她对高速旅行的执著迷恋中捕捉到——那些旅行构建了她小说的情节，与旅行相关的隐喻是她塑造人物的关键，还有那些旅行的具体动力（机械速度、广阔的所到之处、洲际间的交流）恰恰就是沃顿写作的条件。

正如一些社会理论家所诠释的，现代性更多的是一个时代而不只是暂时的一段现象。沃顿以及她的同代人所面对的现代生活正是这种由财富和新技术促成的快节奏生活和频繁的改变。更高速度的蒸汽船、电报电缆、欧洲帝国的领土扩张、美国地域的延伸以及横跨地域的快速增长的出版物和消费品数量：所有这些物质发展以及其他领域的发明革新创造了一种快速转变的全球地理概念，一种由速度科技带来的崭新的空间排列组合。全球性旅行和交流在几个世纪以来一直处于蓄势待发的状态，而在 1875 年至 1925 年间（这段时间也几乎恰好跨越了沃顿的一生）终于进入了一位历史学家所称的"起飞阶段"。这一快速变化意味着由新的时间形态带来了不断转型的空间范畴。不管是住在罗马或孟买，还是去北非或纽约旅行，所有这一切都变得与以往大不相同，因为电报、电话还有汽车可以使得这些暂时的居住地在瞬间连接在一起。社会理论家安东尼·吉登斯（Anthony Giddens）把这种转型描述为"一种从当地交流背景中'跳脱出来'的社会关系，一种跨越时间和空间的社会关系的重新建构"。

我们不可能脱离这个正在转型的现代社会去想象沃顿或者是沃顿的作品。她对旅行的嗜好——她有可能曾经穿越大西洋多达70次——意味着沃顿人生的大部分时间都是在流动的旅途空间中度过的。但是，更为重要的是，她的职业生涯以及她的作品本身都是这种现代流动性的产物。沃顿成年后的大部分时间是在欧洲度过的，而她作品的出版是在美国，因此沃顿的文学创作在取材上可以说是跨大西洋的。旅行中的中间状态经常被用来作为小说情节的连接点。火车、蒸汽船以及豪华游艇成为其小说中戏剧性发现或关键性逃亡发生的场所，因为空间变化加强或者解决了小说中特定的人性问题。甚至她的有些作品中仅仅是对一个事件发生的地点进行描写——如富庶的美国曼哈顿地区或者新英格兰乡村区域——但那些描写也会带有人类学的特征，充分证明了一个游历丰富的观察者的视角。

但是，我们讨论沃顿与现代旅行之间的关系问题势必会面临某种矛盾。沃顿与洲际旅行之间的密切关系体现了她的阶级特权，体现了她属于富裕的精英阶层。只有拥有财富的少数人才能把全球化作为实现个人理想的手段；绝大多数人往往把世界上城市和地区之间日益紧密的连接更多地感受为一种不得不经历的帝国主义者统治和全球性贸易。对于沃顿而言，旅行中的这些发展为她提供了一些珍贵的自由机会——比如旅行可以帮她暂时离开令她窒息的婚姻，使她有机会与欧洲以及移居国外的美国作家们培养亲密的友谊，更不用那些关于在法国、意大利和摩洛哥的游记小说了。然而，沃顿在欣然拥抱行动自由的同时，旅行在她的作品中也往往成为她讽刺的对象。特别是在她后期的作品中，沃顿严厉批评了那些富有的旅游者"在欧洲和其他地方结婚、相互爱恋然后又离婚的行径"。

沃顿，一个富有的寡妇，旅居异国并习惯于旅行，她对于自己那个时代乘坐飞机到处旅游的富豪们持有批判性的眼光，这个事实中存在着显而易见的讽刺。然而，当我们意识到沃顿的生涯和她嘲讽性的生动描绘向我们展现了同一个现象的两个方面的时候，这种讽刺感就会慢慢消失。可以说，沃顿在她的作品里批判性地探索了在自己的生活中小心翼翼处理的各种社会环境，尽管有些时候她的处理方式具有盲目性。沃顿作品中虚构的速度、构成小说情节的许多跨洲旅行和跨国婚姻都证明了全球化的影响力，如果没有这些情节，全球化的影响力就不可能出现在她关于社会生活的小说中。这些机械化、商业化和帝国化的力量为沃顿的小说提供了独特的叙事结构，把现代性记录为形象化的感觉和亲身经历的体验。小说中的人物感受到令人眼花缭乱的快速变化和混乱，认为一切都惊心动魄、不计后果，具有灾难性，但是他们仅

○文学形式和大众文化（1870—1920）

仅是模糊地意识到这些感觉与潜在环境之间存在着联系。

轮船、汽车、火车这些机器改变了沃顿小说中的生活方式。比如在《快乐之家》（1905）中，莉莉·巴特就是被一艘豪华游轮所救。她的朋友贝莎·多西特（Bertha Dorset）邀请她乘坐多西特的蒸汽游轮畅游地中海，这个邀请帮助莉莉逃离了她曼哈顿生活圈里流言蜚语的威胁。尽管莉莉知道贝莎的社会圈子并不是非常高雅体面，但在她看来，这是她唯一能够想象寻找到安全快乐的地方。跨大西洋航行带着莉莉离开了社会名誉毁灭的危险，似乎象征着安全与奢华——确实，对于莉莉来说，安全感绝对是生命中最高的奢望。然而就在莉莉确信自己获得了最大的安全感时，她正在走向一个无底的深渊。蒙特卡罗那个故事片段以一次灾难性沉船事件的比喻为标志，篇幅多于四个段落。当劳伦斯·塞尔登（Lawrence Selden）第一眼看到莉莉时，就感到她是一个处于"灾难边缘"的女人，认为她就要"不幸地卷入"一次"潜在的撞击"。那次豪华游轮之旅看上去是一次安全之旅，然而实际上却载着莉莉进入了另一种危险之中，这个危险沃顿是通过严重事故的比喻表现出来的。

灾难性的沉船或撞车主题成为现代主义小说家和后现代主义小说家主要的关注点，比如在斯科特·菲茨杰拉德的《伟大的盖茨比》中，主人公最后死于一次致命的汽车事故；当代作家 J. G. 鲍拉德（J. G. Ballard）的《撞车》讲述了主人公们疯狂地希望得到车祸遇难者那种明星般的地位。旅行事故作为一种主题和隐喻，象征了由20世纪和21世纪快速生活所带来的巨大的力量和欲望，既有诱惑性又有威胁性。在绝大多数情况下，这些客观力量在《快乐之家》中并没有直接显现。小说中戏剧性的情节并不是通过机械力量的现代形式直白地表达出来，而是通过更加精炼的、暗语式的行为举止表现出来，比如细腻的手势和姿态产生的戏剧效果，引经据典的对白，以及暗送秋波的眼光流转。莉莉仍然处于一个被传统习俗控制影响的世界中。但现代主义者的灾难诗学在沃顿小说的字里行间异常显著，体现了她对工业化大众文化中动态活力的运用。比如在小说《快乐之家》中，莉莉在蒙特卡罗的"撞车"是在一个时尚餐厅的公开受辱，加速了她跌入"古尔默帮"（Gormer Set）那个不太光彩的社交圈，圈内人的生活以"汽车和蒸汽汽艇"为中心。古尔默社交圈的成员模仿名门望族们那种大都市的流动性，但是他们模仿出来的高品位旅行只不过是疯狂的、毫无顾忌的举动，一种近乎于极端变化的社会生活。在这样一个世界里，撞车似乎只是时间问题：莉莉经历了"那种被吸入人群中的感觉，就像一个乘客被无意中拉上一列高速列车一样"。

沃顿在小说中把古尔默帮的生活程式化，其手段不仅仅是通过高速火车的比喻，而且更加具体的是通过莉莉内心的火车旅行"感"，那种记忆犹新的被冷漠地挤入强大的机械车辆的感觉。这个比喻不仅激发了运动的快感，同时也带来了不祥之兆，惊人准确地鉴别出一种来自现代旅行的人类意识。沃顿在这个比喻上下了很大工夫。莉莉那种被抓上一列特快列车的"感觉"使人回忆起早些时候她在蒙特卡罗时的焦虑预感。当那天晚上贝莎和一个男性宾客未能及时返回到多西特家的豪艇上时，莉莉立刻感到了一丝惊慌——她也应该感到惊慌，因为她将成为这对情人曝光绯闻的替罪羊，而且将被驱逐出那座豪华客轮以及多西特的社交圈。莉莉首先把这种惊慌表现为对火车残骸的恐惧："发生了什么事——火车出事了？"叙述者所谓的"危险时刻"是婚姻和社会的危险，但是这种危险感贯穿了整个章节，甚至以具体的事故危险贯穿了整部小说。比如沃顿在随后描写莉莉感受到"被卷入撞击事故的感觉，而不是仅仅在路上目睹了事故"时再次使用了比喻。同样的比喻支配了劳伦斯·塞尔登的内心思考。他的沉思同样源自一种清晰的"感觉"，即他希望严重的事故会发生：塞尔登琢磨，"莉莉对灾难的恐惧多大程度上会因为她感觉到自己被卷入了灾难而加强呢？"然后他得出结论，"无论她……个人"与将要发生的"灾难"有什么联系，她"最好还是远离这种潜在的撞击"。

通过灾难和速度的比喻，沃顿改写了传统意义上的恐惧含义。《快乐之家》中的恐惧不是因为害怕无形的力量，如上帝，而是通过预料独特的现代事件来实现的，如高速旅行中的事故。旅行事故虽然发生的几率相对较小，但是带有较广泛的社会意义。《快乐之家》中众多人物所感受到的对"潜在撞击"的恐惧，更确切地说已经被数以万计的大众感同身受。1905年，当《快乐之家》首次出版时，旅客周转量刚刚被刷新。虽然火车旅行在19世纪早期就已经为世界带来了一种崭新的速度模式，但内陆和洲际旅行却是在19世纪八九十年代才成为一种大众广泛参与的现象，而且速度之快前所未有。沃顿通过旅行以及旅行风险的比喻，不仅记录了现代旅行的历史，同时也把现代性作为具体的感觉记录了下来，那种感觉产生于那段历史。

在19世纪后半叶，铁路和远洋客轮的协调发展带来了国际贸易重要的发展新阶段，但最终产生了深远影响的却是乘客旅行，即把人运输到各地。在1840—1870年间，英国铁路旅行的运客人数较以往增加了20倍，美国在晚些时候也发生了类似的增长速度。随着大批移民从欧洲涌向美国和英属殖民地，远洋旅行也迅猛发展起来，在1880—1883年和1900—1913年间增长速度惊人。远洋客轮不仅船体规模迅速增大，更重要的是内部食宿条件变得更加丰富和多样化：生意最成功的运营公司学会了把大容量的下等客舱预定与为富有的游客和商人们专门准备的豪华舱集于一身。最终，著名的卡纳德船运公司（Cunard Company）制造并开始将经济舱提供给中等收入的乘船游客。随

228

文学形式和大众文化（1870—1920）

着其他蒸气客轮公司纷纷效仿，跨大西洋旅行广泛流行起来，几乎到了普通大众化的程度。

欧洲精英们发起的"重新发现美国"意味着跨洋旅行双向都发展起来了。比如1895年间，仅抵达美国纽约的豪华舱人数就达到了96,558人次，而三等舱的游客人数则达到了3258,560人次。虽然移民和旅游业的发展使北大西洋航线成为海上最拥挤的航道，但随着帝国主义对外扩张的开始，蒸汽轮船便不断在太平洋上开发通往南美洲、中部美洲和加勒比海的旅行航线。1899年，美洲航运公司（American Line）成功地预订出它的豪华客轮巴黎号，来进行远赴西印度群岛美西战场遗址的长途旅行，这一史实充分说明大众旅行与商业和军事冒险活动之间有着多么密不可分的联系。在海地、波多黎各、特立尼达岛和牙买加停留之后，巴黎号这艘1898年曾服役于被美国海军称为辅助巡洋舰"USS YALE"的豪轮，搭载着400名游客游历了古巴海岸著名的战争遗址。三个月航行的高潮是在甲板上举行的一次正式舞会，当时豪轮停靠在圣地亚哥港口，由著名的古巴乐队和美国第五步兵乐队伴奏。小说《快乐之家》中的劳伦斯·塞尔登因对女主人公莉莉·巴特有种矛盾的感觉，所以为了逃避她而登上了新近重新开放的加勒比海旅游航线，莉莉在读报纸的告示时才发现塞尔登在乘客名单中，他正"乘坐顺风航运公司的安德烈斯号前往古巴哈瓦那和西印度群岛"。

莉莉自己的逃亡——越过大西洋到地中海——在故事中并没有叙述，但恰恰就是这种省略可以被认为是现代旅行特点的速度革命的标志。莉莉刚收到乘坐豪轮的邀请，下一页我们就发现她已到了蒙特卡罗。莉莉为私人信件使用的蜡封有"灰色的'超越'字眼，下面印有一艘飞驰的轮船"，这个蜡封也许可以很好地充当旅游业的标识，就像它表明莉莉的个人渴望一样。蒸汽客轮竞相争夺"蓝色丝带"以表明最快的跨洋航程，这种行业竞争最终使跨大西洋的航程缩减到了四天半。有时轮船之间会进行白热化的"肉搏战"，双倍的乘客站在甲板上充当着航行比赛的看客，尽管这样的较量在最后冲向港口的竞赛中不止一次以一艘船搁浅而告终。

然而，为人们提供了最直接的高速旅行可能性的是汽车。私家汽车可以为人们提供高速度和超刺激的切身感受，使汽车富有魅力并成为阶层的象征。尽管如此，机器"摄人心魄的"美依然受到普遍赞誉。这些现代交通工具可以让人们感受到速度和威力，使得旅行愈发具有新的超凡魅力。原先只有对社会名流享有的吸引力现在转向了具体的轮船和汽车。潘哈德汽车和路西塔尼亚号（Lusitania）跨洋班轮几乎与当时的魔术大师霍迪尼（Houdini）和发明家爱迪生（Edison）齐名。这些机械魔力同时令公众对于机器可能带来的破坏而感到忧心忡忡。迷恋和恐惧这两个因素使得1912年泰坦尼克号沉船事件成为有史以来最为著名的航行事故。泰坦尼克号标志性的高速航行能力最终使它成为现代性及其风险的国际代名词。

沃顿通过高速交通工具的危险揭示了莉莉所面临的社会风险，她让我们意识到原本在小说中无法传达的意境。如沃顿的其他小说一样，这部作品也没有描述当时富人们致富的根源——经济市场和那个年代快速的帝国扩张。但是通过推动小说情节的"汽车和蒸汽动力"，作者展示了当时正在改变世界的机械动力、高速交通工具以及经济扩张。因此，沃顿的小说围绕着一种紧张关系展开。一方面是她仔细观察的有着共同利益的集体，他们有地方性的仪式以及继承下来的性别角色；另一方面是她间接看到但是无处不在的经济世界的强大力量。这些力量的潜在威力，它们的重要性，对于沃顿自己以及她的角色们来说，既带来了持久稳固的焦虑，又带来了长久不衰的兴趣。预言中的撞击这个比喻强调冷漠的威力和对这些威力所产生的焦虑二者合而为一。

那么，莉莉对即将来临的撞击的"感觉"可以看成是无形的力量在她心中的内化。最终毁掉她的撞击实际上是流言蜚语、错综复杂的社会和守旧的思想。沃顿其实可以把莉莉被社会驱逐美化成一种自我牺牲（正如她的早期作品《纯真年代》中的人物艾伦·奥兰丝卡［Ellen Olenska］一样），但她却把莉莉刻画为现代事故的牺牲品，莉莉真正遭遇的力量更加冷漠无情，更具有偶然性，更加残忍——最终导致了莉莉的死亡。与艾伦·奥兰丝卡不同，莉莉屈服于贝莎的社会地位，最终是因为她经济不独立。如果她一定要旅行的话，她必须乘他人的游艇，并追随他人的路线。所以说她是在错误的时间出现在错误的地点。当贝莎的丑闻浮出水面的时候，莉莉明白了她不可能再继续做一名旁观者。正因为她曾是旁观者，回旋在富人的策划和权力之间，所以她必须承受一切打击。当丑闻为众人所知时，贝莎实际上抛弃了莉莉，她在蒙特卡罗的晚宴上向大家宣布："莉莉再也不会回到游艇上了。"尽管贝莎的行为是有意而为，但莉莉的命运并不是事先设计好的仪式般的惩罚（如19世纪艾伦被驱逐），而是客观的偶发事件所带来的灾难。多西特家的游艇之行以及游艇在社会场合体现出来的无情权威，印证了莉莉和塞尔登对火车残骸和比喻性撞击的恐惧。

因此，沃顿笔下的高速交通工具成为社会不安因素以及潜在社会灾难的象征也就不足为奇了。作者把古尔默圈内人的阿拉斯加之行形容为一个"跨越国土的无序混乱的进步"，这种措辞用前行的机械化旅行代表了具有煽动性的、难以控制的现代性，使得"进步"一词带有了讽刺性，如果不是完全用

文学形式和大众文化（1870—1920）

错了的话。沃顿把暴发户云集的社会形容为"旅行者潮"，批判当时的世界"速度能够减慢——生活在震耳欲聋的噪音下飞速运转"。

然而，虽然小说谴责这种"冷酷无情、自私的"生活，但是不可否认的是，"潜在的撞击"所象征的活力——运动、动力、悬念、对新奇感受的期待和引人入胜的情景——正是小说戏剧化冲突和刺激之所在。换言之，我们不能否认沃顿自己已经意识到现代感的趋势并把它作为自己的艺术源泉，小说中塞尔登和莉莉两人将现代感的趋势理解为即将发生事故的预感。这一引人入胜而又令人焦虑不安的预感是这部小说的主要线索。"潜在的撞击"是机械速度的结果，它作为一种感觉的构架可以说改变了——改进了——沃顿的写作风格。19 世纪的社会风俗小说往往是基于对社会生活的自己观察，如简·奥斯丁笔下内敛的教区居民，以及乔治·艾略特（George Eliot）笔下的乡村小镇。而在《快乐之家》这部小说中，跨洋旅行以及对交通事故的铺垫陈述使我们看到，社会不是自给自足的地方，而是受控于更强大、更冷漠无情力量的地方。沃顿小说最关注的问题已经不再是社会制度和婚姻抉择，而是不计后果的享乐和潜在的致命危险。

然而，提到沃顿小说中的危险因素，我们不妨停下来思考一下。比起那些居住在旅行者几乎未曾涉足的土地上的人们，富人们完全可以保护他们自己免受各种灾害。就如塞尔登通过新近开通的加勒比航线逃离纽约一样，富有的旅行者因为个人不满或感情受挫而逃跑躲避，他们走的是一组军事或经济航线，在沃顿所处的时代可以说对大众是封闭的。她笔下的角色总是通过跨洋旅行来逃避他们的个人危险感或损失感，也就是那个比喻意义上的"撞击"，他们所行驶的路线往往更容易将损失和动荡降临在穷人或者当地人身上，而不是他们这些有闲阶级身上。那么，沃顿作品中暗含的讽刺——对现代风险最感恐惧的竟然是那些最不可能受到实际伤害的阶级，正是他们从危险和伤害中获得了好处，我们应该如何理解这种讽刺呢？

沃顿的小说可以说规定了风险的布局，通过既揭露真相又含糊其辞的叙述小心翼翼地操纵着这种现代危险感。与这一领域早期作品的叙述不同，沃顿的社会风俗小说主人公面临的风险更大。当莉莉·巴特与劳伦斯·塞尔登调情时，她事实上在把贫穷当儿戏，最终拿她自己的生存开玩笑。当《乡村习俗》中结婚数次的女主人翁尤丁·斯普拉格每次与一个丈夫离婚的时候，结局往往是一种剧变，不是自杀就是遗弃孩子。奥斯丁小说中处理求爱和婚姻的那种较为细腻的讽刺在沃顿的小说中不复存在，取而代之的是苛刻甚至有时很突兀的矛盾，以及令人吃惊的具有破坏性的血缘关系：强迫性连续离婚（《乡村习俗》和《望月》）、两代之间奇异的三角恋（《母亲的报答》

[*The Mother's Recompense*]）以及乱伦关系（《夏日》、《孩子们》[*The Children*] 和《黎明睡眠》[*Twilight Sleep*]）。虽然沃顿的小说往往都以富人为中心，但是通过描写那些经济能力最为脆弱的小孩和单身妇女所承受的非同一般的可怕后果，沃顿在作品中再次提出了一条内在的阶级分界线。哪怕圆滑如莉莉·巴特的妇女都一样会感受到贫穷和物质上的威胁。而像《夏日》中年轻而贫困的查瑞迪·罗耶尔（Charity Royall）一样的妇女更是经受着双倍的威胁。笼罩在沃顿小说中妇女身上的社会地位降低和易受性伤害的阴影使读者感受到，即使在白人中产有闲阶级中也存在着现代环境的不平等。

然而，这些内在的阶级分界线既揭示了现实，又使现实更加模糊不清。沃顿的小说中没有真正认识到现代性中面临风险最大的人群：穷人和殖民地人民。对于他们而言，旅行航线代表了劳动而不是休闲，代表了帝国侵略而非逃避。那么，是否可以说"撞击"所具有的恐惧和兴奋的本性并非揭露而是掩饰了现代风险呢？沃顿的小说也承认——并非总是完全有意识地承认——一部分的现代体验诱使人们夸大或者转移、改变个人的危险感，以避免直面现代性所带来的真正风险和危害。

从这个意义上说，"潜在的撞击"再次成为一个关键性的比喻。与叙述者一样，《快乐之家》中的塞尔登感到莉莉在走向崩溃。小说对于塞尔登处境最细致的描写也是基于对旅行事故的比喻，这一点很重要。塞尔登使用了叙述者所谓的"个人超脱"的手段，目的是为了使他自己从浪漫的情感中脱离出来，他希望两人保持一定的距离。当他见到莉莉"处于深渊的边缘"时，他对她的关心也是一种自我保护的感觉，以免自己陷入她的困境，仿佛他自己处在深渊的另一端。但是即使是他的超脱感也带有一丝感情的风险，只有在莉莉的生命中他才愿意承认："对于自己的逃脱，他所持有的突出感受就是感激；他就像是一位非常庆幸能够从险境中被救出来的旅行者一样，一开始几乎没有意识到自身的伤痛。现在他突然感受到了隐约的痛楚，并意识到毕竟他也难以全身而退，毫发无损。"正如这段话所暗示的，把他人看做是无形伤害的潜在受害者（"处于深渊的边缘"）可能暴露出他自己对危险的恐惧。超脱的习惯可能与不承认自己脆弱的希望纠缠不清。

作为沃顿的读者，我们也永远无法逃脱这种思维习惯。像车祸一样，沃顿小说中的极端事件，有时甚至是令人吃惊的景象，在使读者瞠目结舌的同时，也勾起读者的兴趣，让他们神魂颠倒、激动万分。目睹处于社会下层的人，目睹各种稀奇古怪的不幸，一方面激起了我们的同情心，而同时也令我们为自己感到欣慰，并在安全距离以外饶有兴趣地观看破坏的结果。就像塞尔登一样，我们被迫注视"处于深渊的边缘"的主人公们。而另一方面，与

◎文学形式和大众文化（1870—1920）

塞尔登一样，我们作为读者或旁观者的兴趣也讽刺性地表明我们同样具有"普遍的不安全感"，也就是莉莉·巴特对经济和社会力量的屈从，是沃顿所刻画的妇女和儿童所普遍具有的不安全感。很明显，身处危险中的旅行者这个比喻反复出现在沃顿后来的作品中，几乎成了作者的习惯性技巧。例如在《母亲的报答》中，当描述主人公凯特·柯芬妮（Kate Clephane）所面临的危机时，叙述者似乎强迫性地一次又一次回到旅行事故这个比喻上。凯特被比作一位"绕过了灾难深渊"的"旅行者"，已经瞥见了"她还未曾掉进的无尽深渊"；被比作一位站在"悬崖边岩石架"上的"旅行者"；还被比作一位"在雪中沉睡"并在剧痛中醒来的"旅行者"。沃顿把感觉的构架等同于对事故的预感，抓住了现代生活中恐惧与兴奋两者并存的特点。对于沃顿而言，无论在个人还是社会层面上，旅行所象征的自由同时也是威胁，无论在个人还是社会层面上。沃顿认为这是现代性的关键。

民族性、国际性和全球性

至少在一个方面，"潜在的撞击"这一壮观景象有可能遮掩了现代旅行文化所象征的深刻变化。尽管沃顿看到了现代商业化酿成的毁灭性后果，但她却很大程度上对全球旅行给殖民地人民带来的破坏视而不见。因此，沃顿的国际性就是建立在视而不见这个并不稳固的基础之上的。我们不妨可以说，沃顿老于世故的国际感为她对全球性的忽视提供了一种借口或幌子。如果超脱的态度可以掩盖人们易受伤害的情感（正如塞尔登那样），那么同样，沃顿对于休闲阶级易受伤害的关注可能让她忽视了一些更加普遍存在的贫苦大众面临的危险，这些危险在她描绘的现代性画卷中鲜有出现。

在1927年的一篇文章中，沃顿引用汽车作为"使地球实现国际化"的机器之一。机械力和现代商品塑造了"事物的新秩序"，沃顿觉得这个秩序既迷人有趣又令人厌恶。"整个世界已经变成了巨大的电梯，福特汽车和吉列剃须刀共同把地球上最为遥远的地方捆绑在了一起。"但正如美国品牌所暗示的那样，对沃顿来说，这种"国际化"的秩序也是民族性的，显然是美国商业全球化进程带来的结果。"我们美国的管道业、牙医学以及词汇的广泛渗透使全球变成了我们人民的运动场；美国人第一个通过应用新通讯设施获得了好处，这些新设施主要是美国人发明创造的。"沃顿把这种商业全球化的秩序描绘成美国化秩序，这一点至关重要，因为这就是沃顿对现代性既视而不见又颇有见解的根源所在。很显然，因为美国的一些过分行为，沃顿把美国人归为"新的世界强制者"，断定美国利益的全球"渗透"具有破坏性。"事实上，我们已经使地球国际化了,毁坏了地球的特性,以及其他更为重要的东西。"

当绝大多数美国人众口一词地认为美国的扩张是一种进步的力量时,沃顿的态度却谨慎得多,表现出相当的敏锐和批判性。但是尽管这种解读全球化的方式对于美国商业力量持有不赞同的态度,但是沃顿的批评却基于一种差别之上,她认为欧洲帝国是美国的对立面,认为欧洲的全球秩序注重培养而非毁灭。然而,这个关键的差别——美国与欧洲之间、志在毁灭的帝国与志在保护的帝国之间——不仅是一种政治差异,也是一种审美的差别。对沃顿而言,辨别这种差异的标准也就是辨别美的标准:当美国化摧毁美的同时,欧洲的帝国主义却反其道而行之,对美崇敬有加。艺术和美是沃顿理解全球政治的关键,这一事实把艺术和艺术家更多地置于政治领域之内,尽管沃顿并不愿意承认这一点。

为了理解这些相互关联的标准,我们必须要从沃顿在大西洋两岸生活的童年时代谈起。在自传《回首往事》(*A Backward Glance*)中,沃顿把自己描述成"天生旅行家的后裔"。在她看来,她最深的情感源自那些"幸福的不幸"。在沃顿年幼之时,沃顿的父母迁居欧洲,因为国外生活会比内战后的纽约更加经济一些。沃顿相信,在欧洲的生活和旅行在她一生中留下了印记,欧洲是一个"充满美和古老秩序的地方"。从一开始,沃顿就把这种美的秩序与新世界的"丑陋"进行了对比。在传记中的一章"生活与我"中,沃顿描写了她早年从国外归来的情景:"我决不会忘记我对祖国的第一印象带给我的痛苦和失望。虽然那时我年仅 10 岁,但自从孩提时候起,我就一直受着美的熏陶,所以我的第一感觉就是'真丑!'。自此,我一直认为,或者觉得,在美国我就是一个流亡者。"

然而,非常重要的是,沃顿最终却在她少女时代生活的纽约看到了一种"令人哀怜的美"。正如在自传中所描述的那样,这种美只有在世界大战和现代化带来了"彻底毁灭"之后她才察觉到。但是,当沃顿把"少女时期小巧的(美国)世界"视作一种美的时候,她也正在把消失的美国等同于欧洲。这种逝去的美国世界不仅被定义为现代技术的对立面("电话、汽车、电灯、中央暖气系统……X 光、电影、镭、飞机还有无线电不仅不为人所知,而且大多仍然无法预料"),而且被当做"古老的欧洲文化传统"跨越大西洋的前哨而为人所铭记。

因此,对于沃顿而言,美国和欧洲与其说分属不同的地理空间,倒还不如说它们是可移动的对立的美学价值。看到 19 世纪纽约姗姗来迟的美,她认为纽约是不为人所知的欧洲文化之地。同样,沃顿也看到现代美国贸易"标准化"的操作让世界开始了大规模的商业"渗透"。沃顿所谓的"现代旅行

◎文学形式和大众文化（1870—1920）

设施的发展"指的是在世界范围内传播一套商业习惯，沃顿本人把这些商业习惯和美国的民族文化联系在了一起。的确，沃顿"把现代美国人看成了销售自己商品的宣传鼓手，从中国到秘鲁向人们灌输美国自己的信仰观念"。其结果对于沃顿而言非常不幸，即使沃顿极力主张美国商业帝国主义的戏剧性场景可以作为严肃小说的主题。但是沃顿把全球贸易当成了美国人的专利，这一点最引人注目，因为它为复杂多变的全球化进程提供了一种民族解释。认为全球贸易是美国人的做法这一观点促使沃顿把文雅高尚的旅行——沃顿美学观念的源泉——与深具危害性的商业旅行分割开来，而在现实中，艺术和商业（就像很大程度上控制了艺术和商业的欧洲人和美国人那样）实际上是在同样的全球范围内周转。

例如在沃顿的自传中，正是美国人"狂热地赚钱"，在"铁路、造船业或公司"中腰包鼓了起来。对这些美国人来说，旅行意味着钞票，运转代表了利润。甚至悠闲的旅行业对富裕的美国人而言只不过是另一种获取的方式，一种无法满足的对新鲜事物的渴求。在《乡村习俗》中，沃顿提供了一幅淋漓尽致的画卷，把富裕的美国人刻画成"新世界的强制者"，他们同时也是世界旅行家。这部小说记录了离婚后的尤丁·斯普拉格跨越大西洋的旅行，之后沃顿探索了理论家沃尔特·本雅明（Walter Benjamin）拿来与时尚和旅行等同视之的"对现代性的喜爱"。本雅明主张，对时尚的分析"阐明了（19）世纪后半期在资产阶级中非常流行的旅行的重要性"。"最不起眼的时尚征兆"，即便是"从雪茄到香烟的转变"，也反映了人们对于"现代生活节奏的迷恋"，"对于人们生活质量快速变化的渴望"。如旅行一样，时尚最终吸引了速度，一种"特定人群品位的高速转换"。因此，本雅明认同了社会学家格奥尔格·齐美尔（Georg Simmel）的观点，即时尚背后的基本动力"在旅行的狂热中得到了充分体现，旅行的狂热特意强调出发和到达，把我们一年激动人心的生活尽可能分成了几个短周期"。

简而言之，旅行赋予了时间本身以速度，赋予了激动人心的"生活"以速度。尽管本雅明和齐美尔通常把人们对于时尚和旅行的双重激情看做是资产阶级文化的特征，但是沃顿的《乡村习俗》还是把女性时尚和洲际旅行的融合表现为美国特有的现象。吸引尤丁到巴黎的不仅仅有巴黎的时装店，还有那些时髦的旅馆。美国人聚集在这些旅馆中，纵情享受属于他们自己的奢侈生活。尤丁的精力充沛代表了人们对于新奇事物的渴望，对从服装到丈夫所有事物改变的追求，小说认为这种渴望和追求是典型的美国产物。

正如不止一位批评家看到的那样，尤丁对文化的无知使她与伊迪丝·沃顿迥然相异，但是她身上依然有一些与沃顿相通的地方，如对"身体享乐"

的贪婪和喜好，沃顿同时代的人描绘沃顿为注重"身体享乐"的人。在自传中，沃顿本人坦然承认，在爱琴海乘坐特许游艇沉迷于旅行时，有两个多月她一直有种"幸福感"。尽管沃顿强调那次旅行毫无特色，纯属铺张浪费（"我的节俭作风像一阵青烟一样消失了"），但她还是把那次旅行描写成无尽的幸福，就像获得了万贯家财一样。在"那次神奇的航行中，似乎没有发生什么来削减我的幸福感，所以我的幸福就如同百万富翁资本的利息一样越积越多"。在沃顿眼中，流动和金钱是可以相互转换的。（很明显，沃顿利用她从第一本小说中得到的收益买了一辆潘哈德汽车。）

但是与朋友们描绘的沃顿相反——也许因为他们说得没错——沃顿却更喜欢把自己描绘成一个根深蒂固的家庭型人，而不是一个精力充沛的旅行者。在信件、传记甚至是她本人的照片中，沃顿都着重渲染她对个人空间的喜爱——花园、卧室，还有当地的环境。换种说法，沃顿摆脱了美国旅行家的角色，把自己重新塑造成一个安居乐业的移居国外者的形象，这种转变就把跨越大西洋的旅行变成了一种居所，一种稳定的生活方式。沃顿把自己在战前的巴黎社交圈描述成"紧凑亲切的小世界"，她的生活似乎成了飘忽不定的现代性的解毒药。伦敦的社交界使沃顿想起了旅行热潮——"新面孔不停地在我面前闪现，我感觉好像身处火车站而不是客厅"，但巴黎则象征了一种日渐稀少的"社交关系的连续性"，巴黎是培育亲密持久的人类关系的地方。在法国，沃顿不仅培养了恒久的友谊，而且也学会了园艺、装饰家宅等家庭艺术，起先她住在巴黎城内的寓所，后来她去了于1922年建造的帕维兰·科隆布（Pavillon Colombe）乡间住所。

这些社会关系把沃顿和许多美国游客，甚至和诸如菲茨杰拉德、海明威这样更加年轻、生活更加浮华的侨居巴黎的美国人区分开来。然而，如果我们相信沃顿描写的巴黎社交圈就是一个小型封闭、与世无争的旧世界的话，那么我们就会忽略这个"亲切的小世界"是如何惊人地左右着整个世界。从沃顿在圣日耳曼郊区（Faubourg Saint Germain）的同行们所撰写的政论文中，我们很清楚地看到，沃顿生活圈子中的众多法国记者、外交家以及作家构成了第三共和国这一帝国的主要建设者。同样，沃顿在巴黎的美国知己都是美国对外扩张主义的坚定支持人，他们发表了一些颇有影响的作品，赞成巩固美利坚帝国地位的做法。例如，美国学者阿奇博德·库里奇（Archidbald Coolidge）——是他把沃顿引荐到了巴黎的文化圈——在巴黎大学（the Sorbonne）做了系列演讲，这些演讲日后搜集在他宣扬帝国主义的小册子《美利坚合众国——世界的强国》（*The United States as a World Power*）中。沃顿曾经的情人、政治新闻记者莫顿·福勒顿（Morton Fullerton）撰写了一系列文章，

文学形式和大众文化（1870—1920）

敦促美国成为加勒比海地区的"统治力量"。福勒顿声称，为了完成国家的"使命"，美国应该在大西洋和太平洋地区保持海军的优势。在富勒顿的文集《权力的问题》（*Problems of Power*，1913）中，他断言美国人"正大步朝着帝国主义迈进"。

沃顿认为自己的朋友和熟人圈很封闭，但实际上这个圈子的影响力已经到达了全球。正是通过这个"小世界"，沃顿结识了休伯特·列奥特将军（General Hubert Lyautey），他是法国在印度支那、马达加斯加还有阿尔及利亚进行扩张的主要人物。在列奥特担任法属保护国北非常驻将军的时候，他邀请沃顿在殖民政府的保护下在摩洛哥各地旅行。沃顿把这次旅行记录在游记《在摩洛哥》（*In Morocco*，1920）中，该书或许可以被描述为对帝权重新进行了美学审视。尽管沃顿非常珍视巴黎社交圈中"社交关系的连续性"，但是这些男男女女们所主张的全球帝国关系却导致了影响最为深远的社交关系的断裂。沃顿认识到了这种矛盾，尽管是间接的。她在摩洛哥游记那本书中试图找到一个解决方法，但是她的努力与其说是解决了矛盾，倒不如说是进一步承认了矛盾的存在。沃顿承认了殖民主义带来的破坏性后果，结果只是认为殖民主义破坏了帝国对美的"欣赏"，这种审美力是沃顿在法国殖民地统治中找到的保护和鉴别美的力量。

与诸如富勒顿或她的作家朋友保罗·波盖特（Paul Bourget）之类的帝国狂热分子不同，沃顿从未打着进步的幌子为欧洲的殖民扩张进行辩护。实际上，沃顿在文章中用引号的形式嘲讽了殖民者的现代进步的概念，她写道："在列奥特将军还没来到摩洛哥之前，首都拉巴特已经受到欧洲'进步'的侮辱。要想到达残存下来的曾经十分漂亮的本土小镇，人们必须要穿过旁边铺着有轨电车的林荫大道，穿过旅馆的阳台、咖啡馆还有电影院。"沃顿坚持认为，"现代欧洲殖民者"最大的罪行就是他们给"古老、美丽、幽静的阿拉伯城镇"带来的"伤害"。

然而，正如对美的破坏是沃顿谴责殖民主义的最有力的事实，美学价值也成了沃顿捍卫后来法国在北非进行"干涉"的主要依据。沃顿认为，列奥特是出类拔萃的，因为他的情感非同一般：他拥有一种"殖民地总督很少具备的美感"。在沃顿的摩洛哥游记中，法国的殖民占领几乎完全被描写成了对美的保护。在阐述列奥特将军进行殖民统治的文化资格时，沃顿如此写道：

> 对美的敏锐感觉使他能够欣赏摩洛哥国内最为完美神圣的阿拉伯艺术，即使在他刚开始处理政治和军事问题的时候，他也忙中偷闲地在自己身边聚集了一群考古学家和艺术家，让他们负责审查保护国家文物，

并负责振兴日渐式微的民族艺术。

沃顿没有过多地谴责法国的殖民占领，而是把殖民占领放大成了一种监护人的作用，其主要任务就是保存民族宝藏，因为摩洛哥本国人没有这种能力。从修辞上来看，沃顿游记中的"法国政府"等同于"艺术部"，列奥特将军更像是一位艺术行家而不是殖民主义者。沃顿如此写道："要是（殖民）试验只是在艺术领域来进行的话，那么它就真的很值得一试。"

对沃顿来说，"艺术领域"就成了只选用西方价值的摩洛哥文化领域，因此西方人可以合情合理地拥有。沃顿的游记展现了一个相同的艺术布局，它审视了文明的法国统治的美学领域。然而，沃顿似乎也十分清楚，仅仅依靠这些"领域"来为殖民主义进行辩护的话是多么靠不住。沃顿游记的前言承认，她本人的旅行是依靠军事占据才得以进行的。（"除了伊斯兰地毯，每天早晨还有一辆军车归我随意调遣"。）与此同时，沃顿试图把自己的旅行与未来肯定会破坏摩洛哥的低俗旅游区分开来，因为"欧洲人的品位低下"。然后，前言颇为不安地承认，沃顿方式的旅游之所以独一无二，是因为她来访的时间正处于"一段短暂的转型时期，摩洛哥一方面正在完全屈从于欧洲的统治，另一方面它正在很快地打开国门来迎接平庸的、混乱的现代旅行"。前言听起来有丝忧郁的味道，随着西方大量游客的冲击，摩洛哥文化中的大量"神秘之物"将会"无可挽回地消失殆尽"。但是这个沉思掩饰了沃顿本人竭力压制的意识，即她用来为殖民征服辩护的艺术领域将会发展为类似固定的旅游地点，成群结队的游客将会沿着占领军和沃顿的线路蜂拥而至。

变迁中的亲情关系

沃顿回忆录中有一句特别引人注目的话，她这样写道："来到纽约的第二个冬天末，我把婚给结了；在那之后，我出门旅行的渴望将会得到满足。"应该说，这句话实际上从她的生活中抹去了婚姻的痕迹。读者期待的所有东西，如求爱、婚礼、蜜月——更不用说丈夫了——都被一个简洁的分号吞噬了。第一句"我把婚给结了"（"I was married."）为被动句，而第二句索性将结婚的事实和旅行中的激动和满足连到了一起，而对婚后的感情、性爱和亲密的伴侣等等只字不提。这个句子的结构相当奇怪，毫无疑问，沃顿慎重地回避了她和西奥多·沃顿（Theodore Wharton）失败的婚姻。但是这个句子也道出了一个关于沃顿的事实，即旅行对于她来说是一种激情和运动体制，是婚姻的替代品，安排了她与人和地点的关系。

文学形式和大众文化（1870—1920）

句子明确说明了婚姻、未提及的离婚以及旅行的热情，句子的文法阐明了沃顿后期小说的主要特点。这些小说中的人物永远在旅行，出发和回家的循环往复为我们提供了一幅现代婚姻和亲属关系的画面。家庭制度与这个时期其他的社会制度一样快速变化。社会学家安东尼·吉登斯特别提到，现代性将一种活力带进了人际关系，这种活力很不稳定，它会导致关系的破裂，同时也有潜在的带给人自由的革命性。婚姻的破裂、性关系的新形式、女性日益脱离男性而自主、非传统家庭或关系的存在——所有这些人类流动的例子都是现代性的特点，就像汽车的速度是现代性的特点一样。沃顿对于如此活力的矛盾心理显而易见，不仅体现在她的生活中，而且也体现在她的小说中。现代性给那些经济独立的女性提供了机会，让她们摆脱传统家庭和性别的束缚，沃顿小心翼翼并带有明显担心地利用了这一点，她最终在1913年与西奥多离了婚。然而，这些现代性欲和家庭的活力特点在她的小说里变成了一种灵活而有趣抑或是深刻探讨的对象。在她最具讽刺意味的文章背后，我们可以读到一种否认的意图，她试图谴责人们行事的不计后果，但同时否认自己离婚是因为不计后果，而是她自己的选择。然而，否认本身也等于作者间接承认了一个事实，即沃顿从内心里知道，传统家庭结构和更加根深蒂固的生活方式的瓦解在带来了兴奋的同时，也带来了伤害。

沃顿发现了一种天才的方法以在小说中捕捉这种活力。她将传统的婚姻情节与局部地点分开，代之以离婚、再婚、遗弃、领养等诸多故事，打破了时空的界限。沃顿把富有的美国人描述成"在欧洲大陆上相处、相爱、相离"的人，提取了她对现代性的一个主要见解，她认为旅行可以说明婚姻和家庭发生了彻底变化。旅行能够很快变化距离的远近，能够调节关系的疏远和亲密，反映了现代亲属关系的流动本质。婚姻，甚至血缘关系，都是可以分离、转移和任意拼凑的。

为了达到这个目的，沃顿后期小说的旅游情节常常先入为主，故意引起读者的错觉，将读者引入错综复杂的人际关系中间。1928年，小说《孩子们》以一艘开往意大利的远洋轮船作为小说开局的背景。坐在甲板长椅上的马丁·伯尼（Martin Boyne）看到甲板上一群孩子和一个照顾他们的"少女妈妈"，他搞不明白他们究竟是什么关系，他想弄清楚，但遭到了孩子们的嘲弄。马丁的困惑也是我们读者的困惑，因为孩子们的口音不同，肤色也不同，有不同的名字，但玩耍起来却像兄弟姐妹。他们令人困惑地出现在轮船上，最终成为证明他们家庭身份的最有力证据。在没有父母陪伴的情况下穿越大西洋，这一组各不相同的孩子们是多次婚姻、离婚、婚外情、再婚的产物，他们的父母至少来自三个不同的大洲。远洋客轮因此成为这些孩子们的最佳归宿,他们的关系是兄弟姐妹或者称"异父(母)兄弟姐妹"——确实,他们的生命归因于他们父母的媾和和分手这些与旅行密不可分的东西。同样,甲板上的孩子们没有父亲或者母亲,作者以此来强调现代"流动性"必然带来损失和破坏。这些孩子们属于哪里?属于谁?当小说解释了复杂的"婚姻棋盘",即孩子们不同的出身时,这些疑问只能深化成更加具有存在意义的问题。

小说也提出了一个更深刻的问题:"孩子们"真的是孩子吗?和亨利·詹姆斯的小说《梅齐知道什么》(*What Maisie Knew*)一样,沃顿重新审视了我们理解中童年的本质。在没有固定位置的旅行背景中,年龄和身份从来都没有任何联系。朱迪丝·威特(Judith Wheater)是小说人物中最年长的一个,她"时而是玩伴,时而是母亲,时而是女管家",马丁吃不准她的年龄。就如叙述者所言,"他越是盯着她看,就越是没法在时空中给她定位。"身份变化莫测,模糊不清:"无论她扮演什么角色,都是断断续续的。"随着原本应该确定的身份和年龄愈发变得飘忽不定,中年马丁不经意间爱上了朱迪丝。他自己对此毫不知晓,只是按内心的愿望同意"像父亲一样"来带领和照顾孩子们。他和这个十几岁的女孩子暧昧着,当其他人强迫他直面这一点时,他被激怒了,毅然离开,从一个混乱的世界中全身而退。在《孩子们》这部小说中,旅行的变化无常不仅导致了孩子与父母之间的距离,也会带来新的亲密关系,甚至有乱伦的阴影。

沃顿笔下家庭和情人的故事为我们提供了大规模时间和空间范围内社会关系"重组"的寓言,吉登斯称之为现代性。在沃顿的世界里,家庭关系实际上是一种地理分布,在空间上重新安排了一代代人的责任和权利,重新安排了亲密关系和性行为的途径。家庭既没有提供躲避商业化文化的避难所(如家庭小说),也没有提出解决阶级之间紧张关系的方案(如社会风俗小说),而是一个承载全球现代化"起飞时期"释放的爆炸性力量的中心地带。沃顿小说中的家庭吸收了这些力量,被令人目不暇接的变化、讽刺性的闹剧以及愈发真实的乱伦景象而改头换面。

现代错位感在《母亲的报答》一书中得到具体体现。沃顿小说的开头和结尾都以法国地中海小镇为背景,那里是"四海为家的女人们"的聚居地。无名小岛里维埃拉(Riviera)是那些可以说因为旅行过多而游离于社会之外的女性的风景胜地:在这个"女性世界"里,一群通奸者和离过婚的人聚集在一起,他们都曾经逃婚或者跟着别人当情妇各处旅行。沃顿的主人公凯特·柯莱芬尼(Kate Clephane)不堪忍受她丈夫"不能自拔的自我陶醉",乘上了另一个男人的游艇从纽约出发来到西印度群岛——正如流言所说,凯特

文学形式和大众文化（1870—1920）

和"另一个男人旅行"去了。很明显，对沃顿来说，就像对凯特而言一样，真正的错误在于凯特临时丢下了她年幼的女儿安妮。逃离婚姻后不久，凯特回来了，要从丈夫家里接走女儿，但是发现流动性不再站在她这一边了：到达之后她得知，丈夫柯莱芬尼一家已经带着小安妮"乘车前往洛基山"。

虽然小说以逃离婚姻和抛弃家庭为背景，但是《母亲的报答》开局却埋下主人公日后赎罪的伏笔。小说一开始就用旅行来比喻回家：柯莱芬尼家的女家长过世，凯特收到了女儿发来的电报，要她返回纽约。当兴高采烈的凯特走下纽约港的轮船跳板时，她感觉自己"获得了新生"。可以说，她结束了四海为家、远离家庭的流亡生活。但是，她发现的不是母亲和女儿的救赎，而是一个可怕的家庭关系的扭曲。凯特得知，她以前在法国的前男友，比她小得多的克里斯，已经向女儿安妮求爱了，而他并不知道安妮就是凯特的女儿。女儿和克里斯将来的婚姻成了凯特重返纽约社会的可怕的"报答"。

凯特逃离丈夫前往欧洲的决定导致了她以前的情人和女儿的"半乱伦"的纠葛。空间的距离轰然倒塌，变成了人际关系中具有破坏性的高度亲密。凯特的女儿也许没有意识到嫁给了母亲的前男友，这个秘密却让每一个原本充满怀疑的读者立刻产生了"反感"。作者通过快速切换，让读者产生反胃的感觉，以此来表现家庭关系的扭曲：小说中有一个场景，凯特乘火车冲出了纽约，在时间和空间中的陌生感一下子变得如此强烈，以至于她也觉得恶心。从这一点上看，世界不过是"毫无意义的你来我往"。

同时，沃顿的故事不仅仅是规劝读者要谨慎行事，也就是说，这些故事权衡风险，警告危险，但是同时它们也虚构了一种可能带来全新的亲密形式的现代家庭关系。沃顿暗示，当家庭关系是被选择而不仅仅依赖遗传时，它们有互惠或是纯粹的亲情的可能，不受传统家庭关系的苛刻约束。比如凯特重新获得了作为母亲的地位，只是因为女儿要求继续这一关系。因此，凯特认为她们的关系是"完美的伙伴关系"。她"不能想象自己对安妮还有什么权利"。内心深切的爱最后逼迫凯特放弃了她一心守护的母亲的角色，回到了在欧洲的流亡生活。现代亲情关系的基础是两厢情愿而非生而有之。只有当亲情关系能够被自由选择时，它们才会达到情感的深度，从而激发了沃顿的想象。比如，沃顿在《孩子们》中对造就了这样一个混乱的孩子"部落"的成人们进行了冷嘲热讽，但是相反却把孩子们的行为描写得带有深刻而又脆弱的英雄主义，因为孩子们不管别人怎么想，坚持认为自己组成了一个家庭。正是因为没有法律的规定甚至是血缘关系，他们自己选择相亲相爱，这才使得他们在小说通篇贬低的亲情关系中与众不同。

沃顿对家庭的描写基本上都是带有讽刺意义的：现代家庭的极度不稳定、

道德习俗的脆弱恰恰让真正可以彼此信赖的爱成为可能。比如小说《月亮掠影》(*The Glimpses of the Moon*, 1922)中,正是因为离婚大肆流行,才有了为了爱情而结婚的选择。小说中,尼克(Nick)和苏西·兰星(Susy Lansing)两个人都没有钱,他们进行了一个"试验",看他们仅仅依靠婚礼上收的礼金和他们有钱朋友的款待,婚姻能够持续多久。双方同意,只要对方有机会为钱而结婚,他们就解除婚约,他们用离婚来证明他们的临时婚姻。从某些角度而言,沃顿把他们的婚姻看成爱情的削弱版,当毫无风险的奢侈生活召唤他们时,这个爱情只是一个需要"遵守"的"合同"而已。然而小说最终暗示,如此离奇的协议,如果不是有悖常理的话,实际上证明了一种别具一格的亲密关系;这对年轻人"随意发挥的略显早熟的容忍和讽刺"最终成为读者心中唯一的保证,他们相信在混乱的世界中还有真正的爱情。

一个预期离婚的协议成了抓住真正爱情的唯一途径。这样的讽刺可以说是沃顿现代性的一贯特色,人与人之间的关系和身份在这里成了无本之木,无源之水;兰星一家周旋在"一群分不清国籍的人中,你觉得是俄国人的往往是个美国人,你以为是个纽约来的,结果证明是罗马或是布加勒斯特来的"。这些带有现代"超然性和灵活性"特点的人,他们的本质最鲜明的体现就是他们喜欢经常改变生活伴侣,经常变化旅行地点。然而,虽然尼克和苏西最终抛弃了离婚协议的行为批判了现代婚姻的昙花一现,但是他们真正逃脱了昙花一现的命运是因为他们发现双方都有能力来适应现代性的基础不牢靠这个本性。他们最后确定的婚约并非是对传统婚姻的回归,而是对传统婚姻无常未来的一瞥。

在《孩子们》和《月亮掠影》这两部小说里,至少对于少数幸运的人来说,现代性中临时拼凑的现代家庭关系呈现出一种"混乱的辉煌"。然而,沃顿小说中现代性自我意识最强的一部小说《黎明睡眠》包含了作者关于现代亲密情感最黑暗的描述。在《黎明睡眠》中,沃顿惯常使用的社会讽刺手法已经有意转换成不那么尖锐犀利的叙述性挖苦手法。譬如,保林·曼福德女士(Mrs. Pauline Manford)的现代适应性体现在她对一系列低俗时尚的寄托上,从崇拜她精神导师"马哈特马"(Mahatma)虚假的唯心论,到练习"韵律操"来减小臀部尺寸。早期关于家庭生活的现实主义所提倡的标准——三口之家的天伦之乐、婚姻关系的影响力——在曼福德的世界中荡然无存,倘若不是被忘记的话,那至少也是相当陌生的。确实,家庭的标准分类可以说在一场奇怪表演的比喻中得以重现:曼福德女士"对生活信念的快速转变早就习以为常,她颇引以为豪的是,所有关于家庭的完全相左的概念都在她的头脑中相安无事,就好比是流动马戏团演出的那些快乐家庭"。

文学形式和大众文化（1870—1920）

相比沃顿后期的小说，《黎明睡眠》更赤裸裸地把现代性表现为一种扭曲。曼福德的客厅看起来"与其说是一种固定生活的场所，倒不如说更像是宏伟的火车站候车厅"，现代流动性开始体现出局限性而不再是自由化，或者具有诱人的危险。以远洋客轮和汽车旅行为代表的"令人窒息的纽约生活"已经创造出一个充满不满情绪的静止世界：

> 曼福德女士今天真的感觉太累了：她靠在汽车的座位上，闭上眼睛，长叹了一口气。但交通信号灯又骤然把她拉回到现实中，在每分每秒都显得很珍贵的时候让她把车停了下来。人们都急急忙忙要赶往某处，但实际上大家哪儿也到不了。她看着和自己并列的三排汽车，看到每辆车上（就像自己在照镜子一样）都有一个穿着华贵的女子皱着眉头，身子前倾，满脸都写着不耐烦，眉宇间露出和她一样的赶路的烦躁。

然而，重要的是，在这个世界上，亲密的亲情关系看起来仍然是最好的——也许也是唯一的——人类情感和伙伴关系的庇护所。在这个"奇怪组合"的曼福德家庭中，离婚、再婚实际上已经建立了一种更为广泛的家庭成员间的情感。保林·曼福德和她的两任丈夫已经有了"一种无法言传的默契，因为他们都很关心这两次婚姻带来的后代"。婚姻的破裂不是产生了一个"破碎的家庭"，而是建立了一个新的家庭；在小说《黎明睡眠》中，甚至一位年轻女子"拒绝"与丈夫离婚也成了衡量残忍程度的尺度。但是，当读者在曼福德多变的家庭关系中看到"相互关心"而略感欣慰时，作者似乎连这也不肯放过，她又通过近乎乱伦的关系来逐渐破坏这种分享的"双重家庭"情感。

当戴克斯特·曼福德（Dexter Manford）爱上他继子吉姆的妻子时，甚至再生的家庭关系也屈服于"易变的、不稳定的现代世界"，正如小说中的一个人物所言。戴克斯特自己欺骗自己，说他对丽达（Lita）是兄弟般的感情。他们分享"吉姆与诺娜（戴克斯特的女儿）之间同样自由的、友好的关系"，他边想边告诉自己，这个想法与其说免去了戴克斯特的罪责，倒不如说是给曼福德家族共同的亲情添上了疑问。小说的叙述者这样解释戴克斯特的想法，戴克斯特"好像刚把什么黑乎乎的可怕的东西吃了下去"，这是个危险的暗喻，弦外之音暗合了一个事实，即此时他正载着丽达飞速行驶。他把双手放在方向盘上，努力忍住不去碰她。但几页之后，坐怀不乱变成了"撞击"，他抛开了所有的压抑，承认自己的欲望："'丽达'——他抓住了她的手。让整个世界撞击吧……然后……"

在小说的高潮处，"撞击"这个强烈的比喻在粉碎了这个家庭的枪击案中得以实现。阿瑟·怀恩特（Arthur Wyant）是保林的第一任丈夫，也是吉姆的父亲。在曼福特家乡下居所逗留的时候，怀恩特准备杀死戴克斯特，为儿子报仇。但在黑夜中，怀恩特开了枪，结果打伤的却是儿子吉姆同父异母的妹妹诺娜·曼福德。诺娜倒在地上流着血，呻吟着喊着："这是个意外。父亲——是个意外啊！"

我们知道，意外事故在沃顿小说中从来就不仅仅是偶然的产物。相反，沃顿小说中的意外事故是现代环境的一个暴力表现。意外事故的景象可以转移人们的注意力，能够掩盖那些环境，同时又说明现代环境的力量以及潜在的破坏能力。无论是出于事实还是想象，意外事故都是一个符号，标志着变化的速度、超乎寻常的力量，以及在沃顿的时代日益加强的潜在破坏力。在《黎明睡眠》中，沃顿把复杂的现代亲情关系变成了遇难场景。诺娜歇斯底里地说枪击是一次意外事故，她把大家的责任一人承担了，这样，家庭的其他成员就获得了解脱。"对有钱人家来说，旅行是疗治精神创伤的一帖良药"。诺娜静静地躺在地上，而怀恩特一家人则从温哥华去了科隆，曼福德一家从洛基山跑到了埃及。

"潜在的撞击"使沃顿的小说生动活泼，它将流行景象带来的视觉快感和现代流动性中内在的危机感捆绑在了一起。德国社会学家马克斯·韦伯（Max Weber）将现代性理解为一个静止的、束缚的"铁笼"，而沃顿的比喻远非如此。她为我们捕捉了文化活力的同时也加以了批判，在艺术中重塑了构成现代文化现象的速度与恐惧、兴奋与暴力。

246

6 亚当斯、詹姆斯、杜波伊斯和社会思想

在新世纪伊始，小说作为一种文化形式，如同一座博物馆建筑的砖块与灰浆那样坚固牢靠。它不仅体现于这种文学体裁，被公众认为是一种高等艺术，而且从新成立的美国艺术文学院（American Academy of Arts and Letters）于1898年将小说家列入艺术家范畴中也可以看出。除了新近被人们认可外，现在小说本身也已广泛被认为是公民社会的一种特殊资源。梅雷迪斯·尼科尔森（Meredith Nicholson）1902年在《亚特兰大月刊》上发表的一篇文章中写道："我们有理由来设想，根据事物的本性，我们应该越来越多地依赖现实主义小说来将文学中分散的、不集中的、变化多样的思想集合在一起，这样我们就记录了最生动的社会历史。"尼科尔森将这种文学集合限定为"现实主义"小说，然而越来越多的批评家们准备挑战现实主义的首要地位。即使如此，现实主义很大程度上有一个不同寻常的概念，即小说抓住了美利坚合众国统一的内涵和历史，这种看法到世纪末几乎已经成了人们的共识。

威廉·狄恩·豪威尔斯得到了很多荣誉，这均体现了人们对小说这一新体裁给予的尊重。青年小说家弗兰克·诺里斯（Frank Norris）断言，豪威尔斯创造了"体现我们自己特色的非常优美、大胆的文学的基础"。但是在1915年豪威尔斯的一封信中，他把自己描述为"麻木的崇拜与我的雕像一起倒下，在苍白的月色下长满了杂草"。他为小说开创的高雅文学地位得以延续。但是在新的世纪，他创建的有着博物馆功能的现实主义——利用具体的事实来教育和培养美国公民——将会失去其大部分的权威。

现实主义原则的腐蚀是美国文学的美学意义与社会意义更为深远的再融合。对于新世纪的美国小说家来说，社会问题的紧迫性并未减轻，但是对于许多觉察到亨利·詹姆斯所说的"所有文学形式在现代的崩溃"的作家而言，信仰现实主义的观察和符号看来既不恰当也不明智。

豪威尔斯希望看到文学情感被列为一种人们寻找社会理解的工具，但是他发现自己的希望在一个崭新的领域中实现了，颇具讽刺性——不是现实主义小说，而是在社会分析这个混合性的作品中。正当小说家们开始试验创作不协调的记叙体风格时，训练有素的社会思想家们如亨利·亚当斯和杜波伊斯转向文学感知和表达，当时正是他们认为社会思想的科学体制看来已经失败的时候。写一部科幻小说的梦想成为豪威尔斯麻木崇拜中的破裂的偶像，但是文学分析对于那些真正相信科学的背叛者来说变成了一种严格的思维方式。

超越现实主义：豪威尔斯和亨利·詹姆斯的后期作品

豪威尔斯将现实主义比作"文学中的民主"。这种说法虽然不完全错误，但也可以说有误导性。豪威尔斯的小说以平民百姓和共有制度为特色，这点没错——女房东、书记员、法庭和廉价的旅馆。作为男人，豪威尔斯拥有民主的同情心，作为编辑，他把国际性的"我们所称的现实主义"转变为呼吁美国小说家尽可能全面地记录美国生活。但是在追求平民美国的过程中，豪威尔斯关于平民的想法更接近于社会科学家而不是民粹主义者：它是一种分析的单位而不是民主价值的衡量。豪威尔斯对现实主义的追求遵循了某种虚构的常规；正如亨利·詹姆斯所说的那样，他"认为，当我们迈入罕有和奇怪的境地，我们就相应变得茫然和武断；表现真理，一句话，只有当我们可以证明和衡量它时才可以实现"。常规的物体和人类类型对于豪威尔斯而言带有频繁的、间或的价值，带有经理们和分析学家们比常人更加珍视的统计规律性。反常的人和事才是豪威尔斯概念中平民的对立面，而非社会精英；用詹姆斯的话来说："他对那些例外、反常和优越的东西，那些通常都令人惊讶、不和谐的东西从来都不正眼看待。"

虽然豪威尔斯努力追求一种对于整体美国社会的文学理解，但是他的现实主义小说并不是文学上的民主，就像社会学不是科学上的民主一样。豪威尔斯迷恋批判性的反思，这可能是他的小说从来不受普通大众欢迎的原因，就像吐温的作品；也可能是一些读者认为他的作品过于注重分析的原因，就像詹姆斯的作品。然而正是詹姆斯提出，豪威尔斯的批判性观点可能会产生一个特性鲜明的缺陷，他的小说往往包括一种"人为的注释"。豪威尔斯的反思倾向总是体现在小说中特定的知识分子形象中。他的知识分子形象几乎都是作家或者献身文学的人，而且几乎从来没有女性，这些人往往相互就叙述行为进行评论，形成一种为现代社会的绅士大合唱。像图书馆馆长或者博物馆讲解员一样，豪威尔斯的学者们都以教学的角色来帮助读者通过叙述的现

文学形式和大众文化（1870—1920）

象来达到最深刻的理解。根据豪威尔斯的理论，有价值的小说必须"帮助我们看清我们站在哪里，看清我们的双脚是否站得坚实。什么是我们的宗教，什么是我们的社会，什么是我们的国家，什么是我们的文明？"现实主义的视野应该引出这些问题。因此，豪威尔斯笔下的学者们不得不提出并思考这些问题。

詹姆斯对于豪威尔斯小说中"人为"因素的指责从两个方面正中其要害。如果学者们给那些早已经在叙述中令人信服地表现了的东西进行注释，那么他们充其量只是一些无关紧要的空谈者。如果他们的评论并非无关紧要，而是构成连贯叙述必要的部分，那么这些角色可能会帮助作者表现一个清晰的现实——对于"我们的社会"、国家或者文明的看法——但是这些看法实际上是一种强加的而非经过观察得来的。现代社会可以在小说中被准确地刻画吗？就此而言，我们能够通过观察现代社会以达到窥一斑而视全貌吗？詹姆斯对于豪威尔斯"热爱平民"的模棱两可的表扬也暗示，他对于现实主义的这个中心原则持有越来越多的怀疑，因为豪威尔斯通过"回避不和谐的现象"可能已经去除了现实生活中日常的杂乱无章，使得现实主义小说成为纯粹的唯我论，比任何通俗的爱情小说都更具有欺骗性。现实主义有可能是最做作的形式吗？

豪威尔斯在他最有雄心壮志的小说《新财富的危害》（1890）中自己斟酌这个问题。豪威尔斯做出了一个显著的变更，他让文学知识分子们成为他的主要叙述角色，从而通过情节的压力来检验现实主义在现代现象中辨别占统治地位的公民关系的能力。小说题目中的"危害"是指由一群作家、艺术家和他们的支持者在纽约创建一份新的文学杂志的风险。故事主线对于豪威尔斯来说是一个重大的创新，因为情节更加直接地探讨了现实主义的真正话题——即文学知识分子的社会洞察力——而且对于这些能力更加怀疑，以便更加深入地探究。豪威尔斯在小说中拿自己的文学规则做冒险：高雅现实主义中鼓励和提倡的情感——细致的批判性反思、对文化对象和文学作品结构中细微差别的意识——是否够来评价现代美国社会中根本的公民秩序呢？

回答这个问题要求我们必须对杂乱无章的材料表现出比豪威尔斯先前表现出来的高得多的容忍力。他在小说中对曼哈顿场景的描写等于做出了让步，认为不和谐的景象和物体不能完全只归因于大众文化业的蓄意歪曲。当他的主角巴兹尔·马奇（Basil March）和他的妻子伊莎贝尔（Isabel）从波士顿来到纽约的时候（豪威尔斯自己在小说发表的两年前也是从波士顿来到了纽约），他们淹没在拥挤的、令人困惑的环境里，这个环境中几乎没有礼节可言，甚至也没有几个人注意礼节。这个新场景符合豪威尔斯注意力的变化，

249

222

6 亚当斯、詹姆斯、杜波伊斯和社会思想

他先前对大众文化和娱乐非常痴迷，现在他开始转向整个大众社会，它的快速变化、难以把握的特点、它缺失的因果关系以及不可预测的含意。巴兹尔和伊莎贝尔是两个中心人物，两个个体遭遇其他两百万个生活、工作在同一个地点的人。当他们试图把自己的个人经历和反思变成强调"我们这个由不同的人组成的联邦国家未来"的价值时，我们可以说，豪威尔斯已经极尽所能地检验了小说形式在说明人类意识与社会环境之间关系方面的能力。

亨利·詹姆斯在大众社会中看到了一种"所有形式的崩溃"，一种传统与共享假设之间连贯性的丢失，有可能使所有小说的转喻结构失去功效。豪威尔斯在巴兹尔面对"纽约疯狂景象"的场景中描绘了相同的基础缺失。奇异的景象和新鲜事物并不仅仅局限于类似简易博物馆这样的地方，因为稀奇古怪的东西随处可见；最简单的形式如乘坐火车或者城市漫步都是对"眼球的冲击"。便宜的印刷品像空气和砖头一样普及。当巴兹尔突然碰到一个摆地摊卖民谣书的人，那些书在路旁堆了一大堆，他一下子买了"一口袋"。最令人震惊的是，人类生活就像集体生活一样闯入眼帘，随处可见"大群"的人，甚至"最富有的商业阶级"看起来也像同一个模式的复制品。

伊莎贝尔说出了面对这些环境的苦恼——纽约"让我迷惑让我失望"——尽管豪威尔斯使我伤心和精神分裂——虽然豪威尔斯想把她的反应定性成女性情感："我不能把我的同情用在200万人身上。"作为一家新出版物的编辑，巴兹尔采用了一种分析的眼光来寻找一些可以理解的秩序或者规划，但是什么也没有找到。

> 事故以及紧急事件似乎是产生作用的力量，从而达到了这样异常的效果；这些力量的能力不受限制、没有计划，就像那些把森林从土壤送到天空的力量一样；然后就有了为了生存而进行的艰苦斗争，更为强壮的生命战胜了残缺、损毁、破坏和弱者的腐烂。在他看来，整个世界似乎常常是无规律可言，无上帝可言；巨大的无序中缺乏有才智的、全面的生活目的，巴兹尔模糊地意识到，他必须通过激烈的斗争才能够战胜这些后果而得到更有意义的人生……

250

本段传递出豪威尔斯艺术中一个重大的转变。纽约的场景并没有引出一个需要区别于非真实大众景象的公民秩序，而是把日常的城市景象刻画成一个新的现实，使得人们怀疑是否有可能抓住任何支配性的秩序。社会不是一个公民关系的组织结构，而被看成一个特大号的力量范围——活力、斗争、控制和挫折。意识这个现实主义能力的关键，不再是能够衡量文化价值的敏

文学形式和大众文化（1870—1920）

锐思想和情感，而是一种智慧，能够非常敏锐地认清意外和偶然的破坏力量。豪威尔斯依然尽力来搞清楚社会关系，但是在《新财富的危害》中，社会问题发展为纠缠不清的冲突线索，而不是提供了叙述结构。劳方和资方的紧张关系是一个重要的线索，但是这个问题一直悬而未决，同时还有其他问题，如男人和女人之间的关系、南方与北方之间的分隔线、艺术与贸易之间争论不休的关系、移民对现存美国文化的影响等。与其说这个问题定义了公民社会的组织结构，倒不如说它暗示了一个远远超出了现实主义范畴的社会。

在这个权力分散的世界里，文学文化最接近于中心地带。巴兹尔·马奇观察城市的景象和居民，吸收了纽约"巨大的无序"，把它们用作文学素材。这个技巧使得他可以在令人痛苦的环境中发现"栩栩如生的粗糙"，在丑陋和无序中欣赏鲜活的生活。但是豪威尔斯意识到，巴兹尔以文学价值的名义养成了旁观者的性情，把他的不安转变成了视觉享受，这恰恰是大众文化消费者的习惯。文学价值的不确定性同样潜伏在杂志行业中。杂志是小说中各色人物可以发生联系的唯一地方，文学流通似乎是残存的为数不多的美国人之间分享反思的途径。杂志的创办者福克森（Fulkerson）把出版发行形容为"文学中非常激进的东西，就像政治中的美国独立战争；它是艺术界的自治思想"。这个声明与豪威尔斯把现实主义称为"文学中的民主"有着异曲同工之妙。但是福克森是个粗俗的广告人和企业家，他对出版发行的描述是想在文学名流和记者之间推广杂志，赋予了"文学界的自治思想"以商业口号的意味。如果这句话是一种宣传手段，那么我们就有必要停下来思考一下了。说到"艺术界的"自治——或者任何一种政体——它究竟意味着什么？豪威尔斯的小说情节并没有起到澄清事实的作用。杂志社成员之间关系破裂的时候正是劳工罢工中街道暴力爆发之时。这种比较暗示：现实主义与民主之间的关系不是一种错误的类比（文学不能具有民主性，民主中也不能具有文学性），就是一个逻辑错误（文学不能带来政治中的自治）。

巴兹尔·马奇是一位精明能干的知识分子，他对国民关系的这种状态也无法作出解释，因为他对此所作的努力全都以失败告终。然而，这个失败也意味着成功消除了现实主义唯我论的可能性：就算马奇本人愿意，他也无法用一个秩序的假象来冒充现实的真相。从那个角度来说，《新财富的危害》为高雅的文学情感提出了一个新的职责。富有洞察力的读者依然会试图去解读社会，但是文学洞察力的真谛将会在于认识到，社会现象是易变的或者社会现象中根本没有任何占有主导地位的设计，即便是面对那些希望能够控制社会现象的日益强大的权威们也是如此。詹姆斯把它描绘为"对不和谐现象的感知"，认识到讽刺性错位的不足而不是表现形式的透明公开。巴兹尔和伊莎贝尔离开了一位阳光热情的年轻妇女的家后，看到警察在与一位醉酒的妇女在大街上扭打。巴兹尔问道："这两位妇女真的属于同一个事物的规律吗？"不言而喻的答案就是事物没有规律可言，至少没有规律可以通过豪威尔斯1871年所说的"艺术的秘密"即"用肉眼观察"的方式来展示自己。个体所拥有的没有偏见的直接观察和反思能力不再是实际知识的源泉和衡量标准，《新财富的危害》是对于豪威尔斯现实主义在小说中定义事实的计划的一曲挽歌。

现实主义观察作为一种衡量公民社会的非常脆弱的手段出现，但是它相应也带来了一个矛盾：由于缺乏确定的社会见解，文学观察者重新受到了历史的影响——历史不是可观察的规律或秩序，而是急速增长的历史影响力。当工人罢工发生时，巴兹尔到大街上去观察"社会骚乱"，但是只看到了偶尔的伤亡和误用的暴力。没有任何规律性的事物或事件供他分析；文学观察者不再是公民关系未得到承认的立法者。但是他依然是一个意外的目击者，目睹了社会力量的冲突演变成了一个历史事件。他的意识看见并铭记了历史的爆发性作用，这是他在"规律"命题下不可能控制或者预见到的。在《新财富的危害》结尾，作者让他的角色们就前面结束的故事带来的启示进行评论。但是与他的早期作品相反，巴兹尔和他的知识分子朋友们最敏锐地认识到，在他们理解的"充满偶然的世界"和真实世界之间存在着鸿沟。他们转向基督教的主题，反而用爱与救赎般的献身来表达反思的意义。道德禀性而不是认知能力成为文学才智的衡量标准。巴兹尔声称："我嗤之以鼻的是这个由我们一手创造、我们生活其中的充满偶然的经济世界。"

既然现实主义的诠释宣告失败，那么转向道德评价使得豪威尔斯可以在角色和社会背景之间建立另一种联系。在豪威尔斯看来，如果人们可以对社会生活进行连贯的思考，那么一个未来的价值领域就会成为现代性的必要补充。这个时代的其他作者，如威廉·巴特勒·叶芝（William Butler Yeats）和威廉·詹姆斯，也觉得有必要为无法检验的信仰留有一个空间，如果有人要为现代生活构建一个足够的诠释框架的话。但是很少有小说家像豪威尔斯那样尝试把宗教冥想并入到现实主义小说中的社会范畴中。最终，豪威尔斯似乎自己也觉得现实主义小说是难以操作的混合体，因为他的后期作品停止了对社会的细致入微的观察，转向了更加明显的象征形式，如他的乌托邦寓言《来自阿尔特鲁利亚的旅行者》（*A Traveller from Altruria*，1894）。豪威尔斯最大的抱负是试图把现实主义的识别力转变成美国现代性的一个博物馆，最终却腐蚀了他最重要的前提，即只有小说适合描绘和展示现代社会公民关系的特点。《新财富的危害》戏剧性地表达了现实主义转喻的失败，无意中记录了

252

○文学形式和大众文化（1870—1920）

它不能代表的现代性。

亨利·詹姆斯试图在作品《美国景象》（*The American Scene*，1907）里描绘自己理解中的"巨大粗糙"的纽约城，该书基于他侨居海外20多年后于1904—1905年重返纽约的经历而成。对詹姆斯和豪威尔斯这样的人来说，在纽约，文学意识遭遇"现实潮流"是个严峻的考验。与豪威尔斯一样，詹姆斯发现想通过细致的描绘或分类来全面掌握"伟大的美国景象"的努力注定要失败。虽然街道、建筑物和人群是人们感兴趣的东西，是分析的对象，但是这个城市"过于目中无人"，詹姆斯又恢复了自己的风格，即"过分依赖印象"，"过度使用推测"。评论家们对这样的结果抱怨颇多，认为这本书既没有提供一幅连贯的美国景象画面，也没有对美国社会进行任何具有一致性的评价；正如一位评论家所言，该书没有"从某种集中的观点对生活作出综合的评价"。但是，与豪威尔斯不同，对美国现代性作出集中的、综合的评价并非詹姆斯的目标。

尽管《美国景象》与豪威尔斯的小说有颇多相似之处，但是该书对文学思想遭遇"畸形"的现代纽约时会发生什么、人们希望发生什么给出了不同的假设。在这部小说中，詹姆斯已经放弃了许多现实主义使用小说来记录历史的技巧，到世纪末，他的小说已经不再像现实主义的编年史了，如读者期待《波士顿人》中的现实主义一样。但是1907年问世的《美国景象》证明，詹姆斯依然被社会问题所深深吸引，依然热爱高雅现实主义所推崇的分析性反思。但是，虽然说《新财富的危害》没有能够理性地掌握社会现象是现实主义的失败，是从社会现象到宗教现象的转变，但是《美国景象》所缺失的是各种不同社会分析的基础。它的前提不是认知上的掌握，而是一种反思模式，源自带有纽约奢华生活烙印的"去屈服的意识"。这个屈服的过程产生了一种不同类型的评论知识，同时它也冒着有意自我展示的风险，使得詹姆斯自己成为供读者诠释的文学对象。

詹姆斯小说中的创新是他写作方法上转变的关键。在19世纪80年代，詹姆斯仍然贯彻现实主义必须记录社会的要求；他的笔记本上曾经记录了他认为小说家的义务就是要"描绘时代"的思想。他这个时期的主要小说包括《贵妇画像》、《波士顿人》以及《反射器》（*The Reverberator*，1888），仔细审视了"女性境地"和大众宣传的新体制给大范围内的社会关系带来的压力。詹姆斯从未像豪威尔斯那样是一个现实主义的深思熟虑的拥护者，但是很多他在欧洲作家身上观察到的特点——巴尔扎克对于"所有事物中都存在规律"的信心，左拉创造"完全象征的世界"的能力——都在他那个时期的写作过程中有所体现。但是在接下来的10年里，詹姆斯对现实主义的任务和描写社会的技巧不是失去了耐心,就是持有了怀疑态度。

在此方面,《圣泉》是他最出名的一部小说也是最怪诞的一部。在《圣泉》(The Sacred Fount,1901)中,詹姆斯夸大了现实主义手法,直到小说中科学性的客观态度和信心让位于恐惧和无常。詹姆斯刻画了一位观察家,他相信自己能够检测出"一个控制微妙现象的法则",并认为这个法则是"我们文明社会"的关键。这位观察家是小说中的无名叙述者,一次他参加了在英国乡村庄园举办的周末聚会,经过仔细观察来客,他追踪到了"掌握不可控制事物带来的喜悦"。个人动机的闪现会产生惊人的作用。认识到能提供一个解释性法则可以是喜悦的源泉——一种因为认知掌握而带来的"喜悦"。它暗示出詹姆斯对现实主义以类似科学的方式探求真实的观点的疑问。更为有趣的是叙述者关于控制性"法则"的理论本质。当他看到一个女人比他上一次见到时年轻了好几岁时,他确信这个女人令人称奇的重返青春源于她丈夫的衰老。"布里森登夫人(Mrs. Briss[enden])必须获得血液",那么"布里森登先生只有死"。同样,他推断,如果一个先前呆板无趣的男人获得了才智和聪慧,那么聚会中一个还不知道是谁的女人肯定最近丧失了智慧。一个性秘密——可能是布里森登夫人与最近变得聪明起来的吉尔伯特·隆(Gilbert Long)之间的风流韵事——是他假定的机制:"亲密关系当然是要假定的。"这位"专业观察家"充分相信社会关系中都有可预测的对称性,他全身心地想搞清楚四重唱中消失的女人身份。

作者使用最纯粹的分析性语言呈现了叙述者古怪的理论,造成了小说内容与风格之间令人困惑的矛盾。"小说如此安排美和恐惧",它是一部富足社会吸血鬼文化的小说吗?或者读者应该拒绝叙述者的理论,把他的超知性主义认为是精神错乱的表现?许多詹姆斯同时代的读者认为小说的模棱两可让人愤怒甚至更糟;一个评论者指出詹姆斯先前对"病态"小说的爱好现在已经发展成一种"慢性的拐弯抹角的反常"。但是,尽管小说有其怪诞离奇的地方,还是有证据表明詹姆斯在构思小说的时候有一些严肃的想法。因为在故事发展最重要的关头,叙述者对自己理论的不确定与读者的不确定不谋而合。在紧要关头,当阐述自己关于欲望和其后果的理论时,他体验到了他所谓的"意识的完全革命",一种突如其来的、毁灭性的转变。他把分析用在自己身上,意识到他也许已经爱上了其中一个研究对象。他自己的理性喜悦可能与那种他试图寻找的性爱力量纠缠在了一起,这个顿悟把他推向另一个可能性:他实际上可能就是那个他一直在寻找的"不知道是谁"的女人——也就是说,那个智慧被吉尔伯特·隆耗尽并使他获得了智慧源泉的客人。他惊恐万分,认为他找到了自己分析能力萎缩的原因,当然,这个事实(如果真是事实的话）可能不是证明了他理论的正确性，就是证明他的理论一无是处，不过是日益衰退的思维产生的一种幻想罢了。

叙述者意在发现欲望的法则，结果却意识到欲望的本质削弱了他寻找可观察法则的基础。从认真的分析中得来的关于自己的认识使他无法置身于他希望掌握的关系之外，最后，他"思想的宫殿"已经变成了"一堆碎石瓦砾"。詹姆斯的批评者勉强承认小说的处理方法具有"科学的精密性"，但却抱怨说该书本身是一种恶作剧。但是詹姆斯辩称小说"非常接近生活，具有连续性"。虽然叙述者希望证明一种神秘关系的努力宣告失败，但是小说既没有讽刺对规律的寻找，也没有讽刺分析的热情。在小说的世界里，叙述者的理论其实也许是正确的；小说的情节从来也没有排除某种社会经济或体制与角色间有着联系的可能性。（虽然詹姆斯几乎没有或者根本没有注意到他同时代的西格蒙德·弗洛伊德[Sigmund Freud]，但是他小说中对性爱对象之间的吸引力和位移的设计并没有完全远离弗洛伊德刚刚建立的有关无意识动力和性欲转移的科学研究。）但是，虽然小说没有排除关系体制的可能性，它还是降低了叙述者能够观察和掌握这样的体制的确定性。主要假设的缺失就是小说的情节。

那个情节也是现实主义叙述者的末日。《圣泉》是唯一一部詹姆斯使用第一人称叙述的小说。匿名叙述者登场亮相，随后就消失了；詹姆斯以后的小说实际上都没有了通过匿名叙述者的声音来进行反思性的观察和描述，而是通过那些完全加入了小说情节的角色们的眼睛来推动故事。《圣泉》中叙述者理论的失败，表明詹姆斯违背了现实主义的叙述。詹姆斯这样改变了自己的写作方法，并没有否认现实主义对社会分析的强调，反而是从分析外部现象转而分析意识、意识的危险、意识的纠缠以及意识对社会生活做出的反应。

一些批评家把这种方向性的转变认为是詹姆斯逃避到了一个未知的形式主义领域中，美学实验和花哨的语言把任何对社会的关注都排除在外。日常生活中的场景——公园中的长椅、地毯、过路人——都很少出现在詹姆斯后来的小说中。他的叙述风格在句法和结构上愈发复杂起来，有时甚至到了晦涩难懂的程度。但是如果我们认为詹姆斯后期描绘意识状态的小说割断了与外部世界之间叙述上的互动的话，那就大错特错了。相反，可以说詹姆斯调转了望远镜的镜头：他把一个很大程度上没有描绘出来的社会关系和外部力量变成了一个光圈，从这个光圈中来观察特定的人类意识。读者的任务就是把对意识的解读当成一个无形社会环境的记录。在许多作品中，詹姆斯把女孩或者女人的头脑变成"反射镜"，她吸收新经历的努力间接地记录了她周围各种社会关系对她的胁迫和统治。比如在《梅齐知道什么》和《尴尬的年纪》(*The Awkward Age*, 1899) 中，詹姆斯通过一个年轻女子对成人社会有限但是有时很精明的理解，更加有力地揭示了女性和年轻人容易听从别人的安排的弱点。在《鸽翼》、《奉使记》(1903) 和《金碗》中，对内心世界的精心刻画逐渐揭开了隐藏的性爱同盟和物质动机的全貌，一个纠缠不清的世界，这个世界迫使读者放弃资产阶级道德谴责的规则，但是依然需要对优雅的盎格鲁—美国人的行为和他们代表的社会阶层进行道德评价。

那种全貌和其他的东西一起再次出现在《美国景象》中。即使小说明显地关注和审查社会话题，但是该书并没有违背詹姆斯后期小说的关注点。在书中，詹姆斯承担了他已经为角色们所塑造的社会"反射器"的角色：他把自己作为叙述对象，描述了自己强烈的有时甚至备受困扰的意识，并以此来替代对外界事物模仿性的描写，然后提供给读者进行社会诠释。《美国景象》是一幅把艺术家刻画成"永不安宁的分析家"的自画像。它描写了詹姆斯永不停歇的甚至带有强迫性的理性反思的习惯。他的习惯并不是那种从无序的素材中发现和提取秩序的分析；他警告读者，他不能提供"报告和统计数字"的规律。19 世纪现实主义小说的方法也不能实现他的目的。"多种多样的生活"被压缩进一个摩天大楼，让他想起了"伟大的创造奇迹的埃米尔·左拉和他对人类群体"以及"人工微观世界的热爱"，但是回忆左拉最终使詹姆斯相信，即使是左拉那样的小说家都不能掌握那个"巨大的现象"，现在已经"没有任何能够捕捉它的可能性，无论是通过诗歌还是戏剧"。以往文学意义的秩序已经"消失并失去了它所有的权力"。

因此，詹姆斯类型的分析既没有抽象地调整也没有具体地表现"这个最奢华的城市"。相反，他提出了重复的想法（一个"疯狂的逻辑"，一个"不固定的评价"），冒着不连贯的风险，但是，这些重复的想法试图用自己的术语解读和评价现代性，不以任何补偿性的宗教思想或者与其他时代不公平的比较作为参照。实际上，那意味着他必须努力来理解社会历史的一个崭新的"史诗般秩序"，然而这个历史至今还缺乏任何史诗——即足够宽泛的写作风格或者一套文学表达传统。新颖和省略是城市最确定的特点。从视觉上删除教堂有点儿像"阿比西尼亚"的神秘，一种异国情调的消失使得城市面貌完全不同于欧洲的城市。华尔道夫－阿斯托里亚饭店（Waldorf – Astoria）是世上的一个新事物，一个现代的、组织完整的"酒店世界"的范例。在波维利（Bowery）戏剧表演中被移民们享受的糖果质量优良，通过实际的消费行为表现出现代的公民身份。

类似于这样的话题从普通意义上来讲不太像社会特点。糖果、鞋商和过多的窗户成为可以分析的形式，只要詹姆斯通过自己反思性的思考来观

257

●文学形式和大众文化（1870—1920）

察和说明它们。不存在任何控制正确分析的法则；"天灾人祸"与人人希望的"幸运"同样有助于分析。但是这本书涉及的话题之多远远超出了詹姆斯的古怪行为之和。正相反，他声称该书产生于他对外界环境的"亲密屈服"。物体和文化倾向似乎自愿地给他的思想施加了影响。詹姆斯通过使用拟人法（prosopopeia）传达了这种外部环境支配注意力的感觉，拟人法就是表现非生命物体的话语，记录他"听到"的一座新泽西大厦说的话以及空气本身说的话。

我的意思并不是说他敏悟的性情阻止了他对"真正的商业民主"的批评。詹姆斯并没有抑制对"新的冷酷的垄断"和美国高度的资本主义中"冷漠的托拉斯"的失望和沮丧。他也没有把对如此民主改革的惊恐只表现为对英语变化的惊恐，英语的变化是因为美国大众对语言的形式和命运漠不关心。但是通过吸收美国现代性中"喧嚷的"奇异性，詹姆斯试图在自己思想的记录中为历史的相异性、历史不可同化的他性留有一席之地。他提出了一个完全带有自己特性的"屈服的意识"，同时这个意识也促成了与他格格不入的"感知媒介"。

在前言中，詹姆斯声明他对自己的观察负责："实际上我愿意为它们而受难。"《美国景象》中的意象虽然有些奇形怪状，但是依然暗示了詹姆斯事业中的某种严肃性。他试图向历史开放自己的努力，也使得亨利·詹姆斯成为一个历史对象。他可能因为他的书而被认为是异端者或者先知，詹姆斯自己不知道他到底属于哪个。他把自己的意识变为历史的反射器，也使得詹姆斯这个人变成了接受批判性分析的文学对象。这种结论可以从两个话题中得出：大众文化和种族问题。它们证明是对这个时期高雅文学创作最有效的检验之一。

大众宣传对于詹姆斯而言是现代性的基本主旨，如空气一样带有流动性和扩散性。商业和积聚起来的财富能够以多种方式显现，这种能力来自于"纯粹的宣传。宣传是一种生活状态，一种末日审判，没有任何上诉的机会"。甚至纽约那个更加平凡的外表也是一个"拉长的展示柜"，像豪威尔斯一样，詹姆斯提出大众娱乐的景象已经成了完全"外显"社会的毫无特点的条件。这样的一个环境让美国人中詹姆斯所称的"文学欲望"急剧减弱；他意识到"美国人往往不尊重鉴别的艺术"。同时，作为一个"伟大的美国景象"的严肃对话者，詹姆斯把他的散文变成最好的文学景象：奇怪的、奇妙的、畸形的、矛盾的、蓄意哗众取宠的形象和他后期语言的风格。詹姆斯没有利用他的风格直接模仿他归因于纽约日常生活的"刀剑吞咽般的"突兀。的确，他的句子对于那些"习惯于报纸上电报般简洁语言的眼睛"来说可能很难看懂。

230

但是通过许多含蓄的方式，詹姆斯的散文反映了他对大众形式的责任。詹姆斯的文学语言间接地表达了他对自由的大众文化的敬意，大众文化创造了各种鲁莽的、特定的形式来迎接这个时代的危机。他从大众文化中学到了许多东西，如它缺少顺从，它敏锐地解读亚文化，它不成比例的巨大范围，它广泛的影响和快速的变化。詹姆斯采取了文学鉴别的"立场"，致力于分析性思考，但是在他的作品中，批判性与大众文化中奢华、冒失的新鲜事物相互合作，从而使文学得以生存。

詹姆斯也是"不可思议的外族人"的一个考虑周全的对话者。他记录了到埃利斯岛（Ellis Island）和犹太居民区的拜访，记录了他对美国路面电车和行人中"令人坐立不安的种族成分"的反思，这些都引发了批判性辩论。这些是该书中的关键段落，詹姆斯深思熟虑，试图按"种族的特性"来思考美国的现代性，他的努力要么能成功，要么就会完全失败。他并没有因为移民的思维习惯和情感与自己的相异而伪称他们不同于"外族人"。移民犹太人的"问题之多"，或者从一个意大利劳工那里感受到的回绝，都触发了詹姆斯一种个人距离感，这些他都详细地记录了下来。这些段落中强调的他性读起来像是一种贵族的畏缩，也许仅此而已。然而，像詹姆斯处理现代性的其他特征一样，保留移民"不可思议"的一面在他那种文学分析中具有战略意义，因为他的思想面对着充满差异的现实，虽然不能完全把握但是也不能对现实进行删节。他承认，在"如同瑞士和苏格兰那样亲密、甜蜜和完整的国家意识中"，有某种东西吸引着他，但是对于美国人来说，这样的意识不可能存在，除非意识违背历史封闭自己。移民们会"与我们一起分享圣洁的美国意识"，这一点确定无疑，是詹姆斯思想基础中的一个"确定要素"。那么，同一种确定性就要求假定的国家意识本质产生彻底的变化，同时为了承认历史现实，"国家概念本身经历了某种世俗的彻底检查"。

这个谜交给了詹姆斯来解开，而不是"外族人"。詹姆斯不同意外国人可以很容易地融入假定的美国命运的观点，这意味着詹姆斯只好依靠自己带有局限性的理解力来解开这个谜，他表示有一种"思想调整的意识需要"："在事实面前，他不知道，他不能说……似乎太多的音节一下子冒出来，以至于他没法清晰地说出一个单词。因此，在他的想象中，发音模糊的单词，这些问题费解的答案，就悬浮在美国广阔的天空中，像是幻想，像是咒语。"詹姆斯经常使用一些富有创造性但是晦涩难懂、毫无意义的形容词，来修饰他心中认为的"很有美国味儿"的东西。一些未知的和不可知的东西悬浮在美国的天空中，证明了透明的美国的命运的不确定性，这个美国命运自从清教徒时期开始就一直是一个导向性标志。接受"伟大的种族问题"就等于承认历

●文学形式和大众文化（1870—1920）

史的反抗和不透明，不可避免地侵蚀了国家神化的透明性。对于詹姆斯而言，种族划分和种族的问题都是难以理解的符号，它们妨碍了原本应该完整的前景或者"天空"，完整的"天空"象征了一个"甜蜜的、完整的"、然而歪曲了的国家未来。

纽约把未来的无常弄得"难以理解"；在南方，一段不为人所知的过去的残迹影响了詹姆斯。在华盛顿国会大厦的外面，他遇到了"三个印第安勇士，他们被剥夺了森林和草场，但是他们（在国会大厦的土地上）自由自在，就如同他们曾经在自己的森林和草场上自由自在一样"。他们头戴圆顶硬礼帽，（他想象他们）在口袋里揣着烟草和照片，这些应该"消失"的美国人们在现代社会出现，打破了国会大厦周围刻意营造的庄严气氛。这个情景很奇怪——他们拥有这块土地的"自由"具有讽刺性，他们非常像"日本的名人"——带来了一种不合时宜的感觉，揭开了一段不为人知的暴力历史：

> 他们看起来此时此地……似乎一瞬间就凸现出了一个形象，这个形象本身很巨大但是已经被缩小和简化——沦为平稳地跨过时间的血淋淋的脚步。但是在那里，在一个阳光明媚的好日子，人们揉了揉眼睛，看到了历史古铜色的面庞；在那里，人们看到一条完美无瑕、不留任何痕迹的美国发展道路。

詹姆斯曾乘坐火车去了南部腹地，在另一次种族遭遇中，他运用了他"感知不协调"的能力，这一次的不协调来自他自己作为观察家的身份。火车奔驰在广阔的乡间，他坐在豪华列车车厢里，透过火车的窗户看到了贫穷的白人和更多可怜的黑人，他开始考虑"附属人口"的问题。观察这种景象就是观察一段种族历史，种族历史"剥夺"了穷人的自由。同时，可以这样说，赋予了观察者实用的"舒适"："如此多的东西被残忍地剥夺，似乎由于冷酷无情的命运，令旁观者印象颇深，他坐在舒适高级的座位上悠然自得，享受着超乎寻常的现代特权，冷漠然而全神贯注地注视着附属人口的悲惨生活。"詹姆斯并没有回避这种见解的完全含义：他此时此地的"舒适高级的座位"，从历史意义上来说最接近南方奴隶主的地位。"毫无疑问，坐在有软垫还有厨房设施的豪华列车车厢里，认为自己的众多同类没有'人格'是一件很荒谬的事情；但是事实上大家都这么做了。"不知是出于无情还是忏悔，这句话准确地证明了詹姆斯在书中没有对非裔美国人进行真正的思考。但是詹姆斯也强调了阻止黑人劳工滥用世人"关心"的条件，在这个文学背景中那个表示"个性"的活动。同时，他指出，基于同样的物质条件，他自己作为"精力充沛的分析家"的明显个性带有社会和文学观察的"令人厌恶的现代特权"。

詹姆斯在该书中省略了黑人劳动的生活，但是用自己作为观察家的特权来阐述"附属人口"的历史悲惨境地。他在描写与一位文质彬彬的南方白人见面时，使用和强化了相同的技巧。此人温和的个性使我们从内心看到一个不温和的历史："虽然他不会伤害一只北方的苍蝇，"詹姆斯写道，"他站在那里，皮肤白白的，面带微笑，浑身散发着魅力，但是他可能做了许多伤害南方黑人的事儿。"历史存在于条件时态或者过去时态中：这位文雅的白人"可能"（would have done）对黑人做的事儿从语法角度过渡到了他们的残暴行径，如不为人知的私刑。历史激进主义分子伊达·B. 威尔斯（Ida B. Wells）称之为"血腥档案"。如同《美国景象》中的其他段落一样，詹姆斯让自己的意识面向历史的伤口和违反常规的东西。高雅文学的洞察力原本被认为是公民关系的"理解手段"，现在需要来解读费解的事实和"血淋林"的粗暴行为，否则的话，它理解的东西只不过是写在"不留任何痕迹的美国发展道路"上的东西罢了。

詹姆斯被迫来解读那些不文明的印迹，这一点在该书的最后一段表露无遗。他描写道，再次坐在火车的豪华车厢里，一种无法逃避的"清醒"迫使他完成这个任务。火车在向他述说着"自然和空间的全面征服"，商业世界充满信心的必胜信念"似乎邀请我来去欣赏商业社会声称已经取得的成就"："快来看啊——看看我的成就，我的成就！"作为回应，詹姆斯"滔滔不绝地表达了自己的恼怒"，构成了对美国现代性最著名的审问之一。重要的是，詹姆斯并没有代表那些受到这些"征服"力量伤害最深的人。"如果我是一个英姿飒爽、身挎印第安战斧的红种人，我肯定应该为分布均匀、时而塌陷的道路和时而布满泥泞的水沟而高兴"，因为自然景色躲过了商业和技术带来的改变。"只有那样的话，我才不应该坐在传教士的豪华车厢里，透过厚厚的玻璃"来表达他的认可。

尽管詹姆斯字斟句酌地把土著人的境地描写得清晰易懂，但是他的评论并非出自任何社会角度，而只是他自己的角度。詹姆斯似乎是以一个理解了"破坏"事实的现代性的继承人身份对火车的自夸进行了回击。他责问了美国在文明进程中所作的各种选择。

> 如果我是一个被你们驱逐的身上涂满花纹的土著人，或者试图效仿他的强悍的保守分子，那么你们的所作所为肯定比你们还未做的事情将

文学形式和大众文化（1870—1920）

给我留下更深的印象；因为那样的话，我肯定不会从你们身上寻找美和魅力。美和魅力对于我而言只能存在于你们已经破坏了的荒僻之处，我会对你们的破坏、你们的暴力以及令大地流血的每一道伤痕怀恨在心。不，虽然我理解你们的破坏，但是给我留下印象的是你们还有一张长长的余债单，你们经常到处散布这样的信息，即文明就是一个创造余债的巨大的处方。因为如此，所以永远不可能消失。

美国版的《美国景象》并没有包含这个长长的结尾部分。只有在英国出版的版本才包括这部分发人深省的话语，另外有一个供大家思考的问题："任何带有美好人性的、带有合适的成功社会性的萌芽应该扎根于如此无止境的扩张中吗？因为它最终的目的是要控制，而不是仅仅战胜自然的表面和自然的神圣。"

实用主义和意识文学

1913年，哲学家乔治·赫伯特·米德（George Herbert Mead）在一篇题为《社会性的自我》（"The Social Self"）的文章中写道："公平地说，现代西方社会近些年来很多理性的思考都是通过小说表现出来的。"其他哲学家中，几乎没有人将小说作为"社会科学"的一种思考模式。然而，米德将他自己归入奉行实用主义的人群中。实用主义是一种与文学文化有明显联系渊源的思想流派。亨利·詹姆斯与他身为哈佛大学哲学教授的哥哥威廉·詹姆斯之间的亲缘关系构成了实用主义与文学界最大的纽带。威廉·詹姆斯、查尔斯·S. 皮尔斯（Charles S·Pierce）、约翰·杜威（John Dewey）以及米德一起商榷出了一种能够研究关于人类思想本性诸问题的新框架。作为实用主义者，他们不像传统的哲学家那样通过抽象的理性体系来评估某种观点是否正确，而是预测该观点会对现实世界带来什么样的后果。如皮尔斯所说，一个观点的真实性取决于"它是否能够给行为以指导和激励"。我们的观点和信仰不是存在于头脑中的抽象假定，而是能指导我们行为的潜在规则。实用主义者最看重的是观点所带来的实际效应，即它在客观世界中的"有效性"。

实用主义将真实的事件和行为作为对观点最真实的检验标准，这说明了实用主义与小说的密切关系。然而，令人纳闷的是，并不是亨利·詹姆斯的哥哥威廉·詹姆斯，而是乔治·米德提出小说有助于"自我意识总体理论"的形成。在对小说的看法上，米德和亨利·詹姆斯是学术上最亲密的同盟者，而亨利和威廉似乎在对于小说的观点上意见相左。尽管在实用主义内部观点不尽相同,但当前研究中的实用主义仍然被认为是一种高雅文学文化:它属于美国文学中的一种新型文化,将小说从一种娱乐方式转变为一种严肃的思想和社会分析的载体。这样定义实用主义的方式也就是指出,实用主义作为一种意识文学,正在证明洞察力在大众社会中的命运。

同豪威尔斯和其他学者一样,威廉·詹姆斯对于小说阅读感到忧心忡忡。不适宜的小说类型,以及为各种不健康的目的来阅读小说,对一个人的心智来说是危险的。"过分的阅读小说和上剧院的习惯"会让一个人面临着以丧失理智行为为代价的情感泛滥的风险。詹姆斯反对说:"那些手无缚鸡之力的多愁善感者和梦想家们整日生活在情感泛滥的海洋中,而从不做一件果断、具体的事情。"这一警告出现在詹姆斯《心理学原理》(*Principles of Psychology*, 1890)一书著名的章节"习惯"(Habit)中,这是一部对于意识本性的开辟性研究的著作,包括了我们所称的"实用主义方法"的很多理论基础。詹姆斯集中研究习惯的背后是实用主义者的决心,即决心消除哲学中长期存在的思想与行为以及意识与世界之间的对立。我们的意识如何精确地解读世界"外"的东西呢?我们的思想给予我们在世界中选择和行动的自由意志,这个信仰的真实性到底有多大呢?对于詹姆斯来说,人类的习惯指出了思想与行动之间最终的连续性。归根到底,这二者的统一就如同一根大脑神经,听从大脑的调遣,詹姆斯认为,传统的哲学家几百年来一直是在对一个本可以不存在的对立争论不休。但是,他对于小说阅读风险的评论也揭示出他一个内在的焦虑和担忧,那就是意识可能会很容易地与行动的世界脱离开来。和文学中现实主义的倡导者一样,实用主义者希望证明反思性的思考可以帮助理解约翰·杜威所称的"复杂和违反常情的世界",但是那个世界中洞察力的命运并不确定。

思考究竟能带来什么好处呢?如果思考指的是大多数专业哲学家的思考方式,那么实用主义者认为它归根到底并不能带来真正的价值。约翰·杜威在文章《哲学复苏之需求》("The Need for a Recovery of Philosophy")中将实用主义者的言论总结为:尽管各种哲学体系都探索事实的绝对真相,却并没令人们离现实更近。他所提出的"知识的旁观者"的论调指出,哲学家远离世界,只作观望,提炼出抽象的规则和体系,以期能创造出真实世界的"记录"。这种思考方式无法用来应付世界上"千姿百态的具体事务",其实它也并不有志于此。杜威早年受到黑格尔和其他一些德国哲学家的影响,但是詹姆斯的《心理学原理》一书使他的事业有了新的方向。1894年,杜威开始在芝加哥大学教书,不久后他的朋友米德也来到这所大学任教。在这期间,他将注意力转移到研究反思性思想是否可以解决哲学家"留给文学和政治领域"

文学形式和大众文化（1870—1920）

的"现实困难"。"当哲学不再只是处理哲学家的问题的工具，而是变成了哲学家研究出来的用于解决人类问题的一种方法时，哲学就复苏了。"

当然，文学也正与现代生活中纷繁芜杂的各种事物作斗争——杜威的"多样性和彼界"。在《新财富的危害》一书中，豪威尔斯把当时纽约的文学朝圣进程在很大程度上归结为以失败告终，而巴兹尔·马奇回归基督教的伦理观标志着在一个"经济机会世界"人类观察所能达到的最远界限。实用主义者也认识到，即使最敏锐的观察者，无论是小说家还是哲学家，也有其认识的限度。但是，正是基于这种观点，实用主义者引出了他们最激进的建议：正是这些限度使各种感知和看法变得带有真实性。洞察力就是真实存在。许多当时的哲学家迅速宣称这种观点是相当大胆激进的。然而实用主义者辩护说，这一核心原则的有效性是基于人类的判断力的确存在限度这一事实，几百年来思想者被禁锢在无休止的"玄学争论"中。因为没有思想家是无所不通的，所以我们可以很安全地预测说，对于所有哲学类的问题，人类永远不可能找到最后答案。那么一个合理的结论便是，那类问题不再有重要意义。如詹姆斯所言："如果在一个地方没有区别，那么在任何地方都没有区别。"

"皮尔斯原则"（principles of Pierce）定义了思想发挥作用的各种可能性的新场景。在《实用主义》（*Pragmatism*，1907）一书中，詹姆斯将实用主义者总结为"背弃固有的原则、封闭的体系以及虚假的绝对性和起源。他转向物质性、适宜性、事实性、各种行动和力量。这意味着开放的氛围和各种自然而然的可能性，如摒弃教条、矫揉造作和伪装真实"。这些关于思想有效性的新标准重新定义了思想的目标。值得深入探求的观点应该是那些我们在当前已存在的既定事实中"能吸收、认可并验证"但同时又不无其他可能性的东西。如詹姆斯所强调的，这种标准对于被认定为有效的观点提出了很多限制。但是，因为思想的目的并不是对于"真实"做出即定不变的描述，所以思想便可自由地解决杜威所称的"生活的实际危机"。知识并不只为精确地描述世界（这一点完全不可能，因为没有人完全掌握世界的"记录"）。相反，知识是"为行动提供指南，从而使事件呈现崭新的面貌"。如杜威所说："智慧在行动的领域中发展，为了还未显现的可能性。""鉴于会出现的各种可能性，智慧在行动中显露出来。""务实的智慧是创造性的智慧。"

实用主义者笔下的创造性在一些人眼中令人兴奋，而在另外一些人看来则是极端错误，充满功利。这种创造性的基石是詹姆斯在《心理学原理》一书中提出的关于意识的观点。由于在定义意识时并没有用到形而上学的首要原则，詹姆斯从分析关于个体头脑中各种感觉的数据入手来定义意识。英国实证主义者认为感觉是由离散的几个原子模块构成，与英国实证主义者不同，詹姆斯坚持认为我们的各种感觉面对的都是"形形色色的事物和错综复杂的关系总和",一组"不加区分的群集连续体"。即使是詹姆斯的诋毁者也认为詹姆斯关于"意识流"的著名章节是描写人类心理的出类拔萃的文字之一。在该章节中,他创造性地区分了意识中的各种微小的趋势和行为,经他的文字渲染,这些趋势和行为成为让我们感到异常熟悉的事物。詹姆斯所做的生动分析以及所使用的激扬文字促使文学批评家对其"丰富的文学价值"大加评论。这篇文章在结构上采用了德国文学中一种叙述性的文学结构,该结构假定了个人最终实现了对意志和行动的拥有。在詹姆斯的故事中,个体的意识是主角。如果不用个体意识来拯救世界的话,特定世界的"群集特性"将会压倒所有可感知的意义。詹姆斯对初始"漆黑的毫无连贯性的空间以及成堆移动的原子群"近乎哥特式风格的引用,最终使从"无意义的混沌"中创造出的世界的"注意力"和人类意志给我们留下了更深的印象。通过"选择性的注意力"和"审慎的人类意志",大脑雕刻出一个"充斥着反差、偏向、巨变以及光影画面的世界"。

雕刻的比喻是詹姆斯式的。"简而言之,大脑处理接收到的数据,就如雕刻家开始雕琢一块石头一样。"人类大脑富有创造性,宇宙有可塑性。有些时候,詹姆斯承认在创造世界的过程中也有一定程度的集体行为:"我们所感觉和居住的世界将会是由我们的祖先和我们,通过渐进式的物竞天择"从同一种"已存在的物质中雕刻出来的"。但是大体上,詹姆斯把大脑的工作描绘成单一个体通过"选择"的机制发挥作用的过程。詹姆斯对于感觉和习惯自然而然的行为进行了发人深省的分析,成为他后来歌颂个人选择所具有的创造性力量的基础,对此有些读者似乎觉得难以理解。在文章的结尾部分,他将重心直接从习惯转移到选择上来。选择是理性背后的真正原则("推理只不过是大脑的选择性行为"),是美学背后的真正原则("众人皆知艺术家选择美学"),并且是"劝诫性道德观"的根基。通过选择的方式来解决理性、艺术和道德观,是让自由的个体返回"丰富"并冷漠的宇宙中心,但是这种方式在很大程度上否定了詹姆斯一开始所提到的世界的多样性。

同样的紧张关系也出现在詹姆斯关于多元主义的重要讨论中。实用主义者思考行为最重要后果之一就是必须放弃世界是统一的"一元论"的假设,即世界是一个将所有真理统一起来的单一现实。相反,实用主义者必须承认一个由各种不同的世界组成的多元化宇宙。"还有其他的雕刻家以及从同一块石头中雕刻出来的不同雕像!还有其他头脑以及从同一个单调的、无意义的混沌中浮现出来的世界!"詹姆斯"以个体神圣"的名义对容忍人与人之间的差别进行了热情洋溢的辩护,多元主义原则成为该辩护的一部分。存在于人类生命中的固有尊严谴责对另一个世界的任何强制性屈从。在《多元主义》(*Pluralism*) 以及其他作品中,詹姆斯论证了通过承认世界的多元化本质我们能够获得的道德和政治真理。

然而,一个断裂的、具有多种形式的宇宙也有一些令人不安的含义,虽然我们赞美宇宙间纷繁芜杂物质的存在以及我们可以从中做出的选择,但是这些含义却不会轻易消失。承认由其他头脑描绘的其他世界也意味着失去所有综合的观点,并导致心理上的眩晕感。多元化宇宙脱离中心的特性也在个人创造出来的世界中预先假定了一个封闭的存在作为这个世界的基本组成部分。同时,多元化宇宙既很开放又很密封,因此它有使统一的头脑和世界的前提条件失去意义的危险。当詹姆斯警告说"存在论的奇迹病态"可能会发生在那些迷失在自身预测性思想"迷宫"中的人身上时,他描述了一些与这种意义丧失相近的东西。在行动中"释放"思想是詹姆斯对此开出的药方,但是它会带来焦虑的追悔。

尽管詹姆斯反对多元主义与个人主义二者之间表面上的不一致,但是他与爱默生一起提出警告说,盲目地坚守二者是一致的观点将会导致更大的错误。二者之间唯一有意义的一致性在于实用主义者的后果。自主个体对一种信仰的坚持会导致不堪一击的行为或后果吗?不会,因为詹姆斯相信个体优先的观点,该观点使思想可以应付"生活的危机",并因此证明思想本身是一种真理。在年轻时期,詹姆斯经历了一段对他打击很大的消沉时期,这种心理的挫败感经常被认为是他天马行空的个人主义哲学情结的原动力。但是詹姆斯对于自我完整性的效忠不仅体现了其个人价值,而且也是对社会的关注。"无休止地阅读小说和上剧院"仅仅是现行自我开始瓦解的一个症状,这种瓦解似乎是社会生活中最令人担忧的事情。在《相信的意志》(*The Will to Believe*, 1897) 一书中,他提到"成千上万无辜的杂志读者被各种毫无根据的否定弄得惊恐万分,举步维艰",他们是大众印刷的殉难者。这"成千上万"的读者丧失了自己原本个性的棱角,越来越缺少个体的特征,逐渐融入了芸芸众生之中。

他在《相信的意志》中表达出一个反面的意象,即"智者的共和国"。这个纯洁自我的联盟成为一个社会团体,他们理性地容忍个体间信仰和世界观上的差异。然而,在这个由各种思想汇流而成的共和国中,每个个体仍是自主的,其自主性的程度即使在最严肃的人类联盟中都很难想象。詹姆斯欲从社会的层面来描写个人生活的企图是其作品中比较薄弱的环节。他的《共享的原则》("Principle of Partaking") 一文再次保证,不管个体概念中的世界多么的不同,但是只要他们共享同一个时间维度,那么他们的生活就是一致的。但是当詹姆斯企图描述一个面对面互动的世界时，结果便变得空洞和不自然：“如果一个穷人和一个富人”能够互有好感、相互了解地"注视着对方"，那么"他们之间的冲突就会消散！世界上就会拥有容忍的品质和善意的幽默，人们就会相互容忍地一起生活了"。这段话表现了一种可能的场景：这是穷人和富人面对面时可能做的事。就像亨利·詹姆斯想象一个南方白人"可能"对一个南方黑人的所作所为一样，威廉·詹姆斯也用了条件语气来描写社会遭遇。不同的是，威廉·詹姆斯假设的场景不是发生在过去，而是工人与资本家之间的怨恨越积越深。这个观点带来了希望和前景，但是却允许实用主义者的乐观主义超越了实用主义的后果原则，后果原则坚持必须重视过去。作为一种社会关系的场景，在想象出来的这一时刻，演员只需要用眼睛和心去感受对方，不用说话，甚至根本无需说话。

一个更加私人的社会生活模式是乔治·米德实用主义的中心思想。米德认为小说是理解人类意识的重要资料其实并不是巧合。如同豪威尔斯一样，米德认为小说中都包含着严肃的思想，小说所描写的意象有助于创造一种知识的形式。但是米德认为，并不是按固定顺序叙述的社会类型和社会关系构成了知识。小说本身并不是已被彻底完工的作品，一件彻底完工的作品还需加上阅读小说的过程，阅读小说的过程是读者大脑中意识的梳理过程——这一过程是获取小说价值的过程。通过阅读小说可以深化并延展现代自我的特性，即"反思性思考过程"。米德关于小说的观点背后是"社会意识"原理，该原理是他在出版的文章和在芝加哥大学的讲座中发展出来的，他曾于1894年到1931年去世前在芝加哥大学任教。正如米德所说，自我是社会性的，原因是"内心的意识"源于"外部世界"。

米德的出发点是关于自我的矛盾特征。我们都以个体的形式存在，都是一个单一的"我"。但是米德坚持认为，即使是最私密的自我也彻头彻尾地具有社会性。究其原因，是因为我们对于自身的认定总是来源于他人的评论。如果没有与我们身边的人的交流和沟通，自我感就不具备真正的内容，正如我们只有通过照镜子才能看到自己的脸一样，我们只有靠一直想象着自己生活在他人的视线中，才能对自我有一个中肯的印象。用米德的话来说："为了建造社会意识，个体不得不先通过别人的眼睛来得知'我'的意识。"为实现此目的，个体想象着自己生活在他人观点的影响下。"我们运用他人的感觉来反映我们自身的特征。"在通过他人的眼睛来审视自我时，"我"变成了一种外在的事物，变成我们所观察的一种凸显出来的物体，而不再是一种固有的内在特性。这种对自我的反射性意象是米德所称的"alteri"。尽管这种意象的集合存在于我们自身的意识中，我们自我的内部意义仍不断地被外部世界塑

●文学形式和大众文化（1870—1920）

造并重塑。"因为所有的意象存在于意识中，所以'我'是一个普通的个体。"我居住在独一无二的"我"中，但是当我拥有属于我的皮肉时，我也同时拥有一个包含外人的世界。

"社会程序"正是意识的主要内容。对米德而言，这一事实在社会生活和心理学两个方面都非常重要。我们的意识可针对外物做出反应，这一特性意味着自我能够扩大其认知的范围以认识更加多样化的群体和关系。我们的思考和行动可以是外部社会中具有创造性的组成部分。对此，米德最典型的例子是改革。工人运动和其他有组织的改革运动促使社会的其他成员最全面地认识这些运动参与者的社会身份，把他们看成是父母和邻居，而不仅仅是工人的身份。在此过程中，更大社会中的个体将会融入一种那些寻求改革者眼中反映出来的新的自我感。其结果是扩大了社会自我，并"引入了以前未发现的价值观"。

文学在这种社会变化中具有重要作用。小说和其他现实性的文学形式允许自我进一步扩展到社会领域中。"艺术家的社会作用是从各个方面对思考行为提供意象。"随着社会复杂程度的增加，对艺术家的要求也越来越高，"正是因为出现了大量社会问题，才有了当代的现实主义文学形式"。

当今文学的一大需求是通过意象将其他事物呈现在我们面前。戏剧和小说做到了这一点，使我们与人物之间进行对话。意象中包含着思考的心理过程。希腊的悲剧中……呈现出了距离我们很遥远的社会场景。我们的现实主义文学则反映出新的社会问题，这些社会问题虽并不典型，但是却都是在该时代出现的一些新问题。由于这些新的社会问题的出现，我们需要建立一些以前没有的新模型来承载以前没有过的新思想脉络。

因为包含着丰富的社会意象，小说成为现实主义文学的首选形式，但是其他文学题材也能够推动在米德的理论中处于中心地位的社会思考。"因此，小故事、照片和独幕剧可以对那些科学不能提供完全答案以及与外界尚未建立完全联系的现象做出回答。现实主义可以帮助我们对社会科学形成意象。"

米德的目标是描述并促进"民主意识"的形成。沿着实用主义者朝着真实世界迈进的方向，米德和杜威致力于在诸如学校和其他一些文化机构等"外部世界"中验证他们关于心理学和社会生活两方面的观点。他们希望在一个尽可能大的群体内加大可共享社会意识的可能性，从而让实用主义证明自己的真理。正如杜威所说，知识是"帮助行动取得成功的工具"。米德去世后才得以出版的论文集《意识、自我和社会》（*Mind, Self and Society*, 1961），以及杜威的许多表现实用主义者教育思想和当代政治思想的作品，包括《民主和教育》（*Democracy and Education*, 1916）和《自由主义和社会行为》（*Liberalism and Social Action*, 1935），记录了40年来对未来世界的社会可能性的理性探索。

然而，历史中是否有力量来推动理解"民主意识"和未来的社会行为的可能性呢？这种力量是否来自于实用主义者的一种必要，即为了实现未来的哲学而几乎不考虑历史因素？威廉·詹姆斯和其他实用主义者相对来说比较忽略历史问题，该事实暗示了思考的简约性，即对于未来世界的思考应建立在不考虑过去事实的基础上。同样的简约性也可能塑造与实用主义者意见不同的作者的想象力。对于亨利·亚当斯来说，历史问题不仅从个人角度而且从职业角度都是困扰着他的问题。正如他具有丰富的历史想象力一样，他也同时具有透视未来世界的丰富的想象力。

亨利·亚当斯以及他独特的理论

《亨利·亚当斯的教育》（*The Education of Henry Adams*, 1907）一书是关于亨利·亚当斯对其本人经历以及历史的反思。在此书中，亚当斯说他所受到的"最大最深刻的教育"是姐姐的死亡。这是他生平第一次真正认识死亡。这一死亡事件带给亚当斯的体会和威廉·詹姆斯以哥特风格描写的"既定世界"中的意识与"毫无意义的混沌"有异曲同工之处。亚当斯这样写道：

> 自然界表达的第一个严肃意识——她对于生活所持的态度——采用了幻觉、梦魇和疯狂的力量等要素。生平第一次，感觉的舞台场景坍塌了，人类意识的外壳被剥落，开始靠无形的能量震动，毫无抵抗力的物质团碰撞着、挤压着和破坏着同样的能量所创造的东西，使它们从永恒到完美。社会变得荒诞奇异，就像是充满机械运动的童话剧，所谓的思想融合到了生活的觉悟中。

亚当斯所描写的自己所受教育的终点是一个黑色未知的境界，而该境界正是威廉·詹姆斯各类感知教育的起点，这便形成一种鲜明的讽刺。他们二人是朋友，都有在波士顿生活过的经历，并且都曾在同一所大学任教（亚当斯曾是哈佛大学的历史系教授），然而他们二人对同一个问题却给出相反的结论。这个问题是：如何理解我的意识和它存在于其中的世界的关系呢？对于

○ 文学形式和大众文化（1870—1920）

威廉·詹姆斯来说，在一个世界中的思考和行动必定会赋予该世界一个意义，那便是这个世界是唯一可知的宇宙。不同的是，亚当斯所受的教育促使他竭力揭开对人类意义毫不关心的世界中无定形的东西和力量的纯粹物质性。"教育倒退了。"描写他姐姐死亡的那段文字仅仅体现了本书中所包含的一种心情；亚当斯在渐渐摆脱了这次打击带给他的阴影后，继续接受他的"偶然教育"，一直延续到20世纪。但是这个"打击"预示了他所接受教育的最终成果，这便是本书中所总结的社会恶化的定律。

亚当斯在读詹姆斯的《心理学原理》一书时，在书中所加的注释说明了他与詹姆斯截然不同的一些观点。他的《亨利·亚当斯的教育》一书可以被看做是他对詹姆斯哲学思想的一种注释。在书中，他客观地看待詹姆斯的思想，并未做任何曲解。受到詹姆斯意识和世界合二为一的观点的启发，亚当斯认为自发的"意识的舞台场景"坍塌了，而又有了一种更加接近现实的方式。詹姆斯的"智者的共和国"被亚当斯的"童话剧"社会所推翻，在这种"童话剧"社会中，社会行为只是一些空洞的、"机械的运动"。从一方面说，两位思想家的不同之处很容易解释。作为一名历史学家，亚当斯认为人类事件和制度的多样性可由一些浅显的定律来解释，这是社会创立者的需要，而避免产生亨利·詹姆斯所说的"现代性，可自由行使意志的可怕力量"。相反，威廉·詹姆斯认为历史应被归入"经验"的范畴，经验是激起新的事件发生并能解释这些事件发生的共同规律。因此，詹姆斯的实用主义比亚当斯的历史主义更适用于现代性，并且实用主义的目标也是为了要适应现代性。然而，从另一方面讲，虽然两位思想家的基本观点截然相反，但他们之间也有很大的相似性。二者都受到了一种吸引力，从而关注历史就要在意识中消失的关键时刻，但是对亚当斯来说，这个时刻是个终点，而不是任何有意义的人类意识的起点。

《亨利·亚当斯的教育》采用了一种新的体裁：它被默认为采用的是自传体。在此书中，亚当斯希望以一种真正科学的方式首次记录他的年龄所经历的历史，但是他却只能写出他自己在尝试这项行动时所经受的种种失败。这并不是一种谦虚的姿态，而是他早就知道这项行动一定会失败。但是因为本书体现了亚当斯所认为的关于历史的最高智慧，我们对于他关于个人失败的描写就不能只浮于表面。因为亚当斯所接受的教育揭示出关于可理解性的许诺是错误的，这便将他引到了正确的方向。只有亚当斯所生活的时代才能梳理完整的历史理论所不能描写的碎片。亚当斯具有讽刺意味的教育历程涉及了多种零碎的知识，包括达尔文化理论、中世纪历史、美国外交、西进运动、欧洲游历、华盛顿政治事件、教育学、热动力学、经济史、女性诗学、惠特曼以及两性。

很多人觉得这种形式太古怪了，威廉·詹姆斯就是其中一个："我们周围存在各种各样的常识、秘密以及讽刺（我欣赏'教育'这个字眼！）。"艺术史学家伯纳德·贝伦松尽管也很欣赏此书，但是他评论这种风格为"太詹姆斯风格了，我难以理解"。当然，这里的詹姆斯是小说家，而不是哲学家意义上的詹姆斯：和亨利·詹姆斯在《美国景象》一书所运用的手法相同，亚当斯紧紧握住他不能描写当代世界的失败，并以此来解释从意识空间里来的历史的不和谐性。

几乎没有人拥有亨利·亚当斯那么多的历史情结，这也就解释了为什么几乎没有人能像他一样以生动的手法表现出历史的错位感。他是美国历史上的一位总统约翰·亚当斯的曾孙，也是美国历史上另外一位总统的孙子，他曾经在亚当斯家族所居住的昆西生活，这些都说明了马萨诸塞州的昆西城（Quincy）、华盛顿、美国国务院（在那里，他曾在他父亲的手下做事，地点是位于伦敦的英国公使馆）以及白宫这些地方不论是从字面意义还是深层意义上来说，都是在不同时间段上"家"的延伸。由于这种家庭背景，亚当斯称自己为一个"17世纪和18世纪的小孩"，注定要在"梦醒后发现自己需要玩20世纪的游戏"。换句话说，他来到这个世界，希望它奉行的是"18世纪的道德观和行为准则"，这些有形法律的规则将政治与道德联系在一起，并且承诺实现自然与理性的统一。了解这些规则也会使一个人同样继承19世纪的规则，至少对一个"尚且不知道卡尔·马克思正站在远处等他"的孩童来说情况似乎就是这样：

> 这个男孩很自然地从他所耳濡目染的生活环境中得到一个唯一的教训。他想当然地认为他所生活的世界，大概就是在波士顿和马萨诸塞湾生活时的世界，是唯一适合他的世界。即使他已经知道欧洲的存在，他仍会得到同样的结论。路易斯·菲利普（Louis Philippe）、基佐（Guizot）以及托克维尔（de Tocqueville）所在的巴黎，罗伯特·皮尔（Robert Peel）、麦考利（Macaulay）以及约翰·斯图亚特·密尔（John Stuart Mill）所在的伦敦，仅仅是资产阶级上流社会的不同形式而已，他们与波士顿的提科诺（Ticknor）、普雷斯科特（Prescott）和莫特力（Motley）等都有本质上的联系……这种体系是最理想的人类进步。

年轻的亚当斯理所当然地认定人类进步的万能主体是"这个孩童"，即亨利·亚当斯，这是可以理解的。他是对的，这使得普遍性的假设是错误的。

文学形式和大众文化（1870—1920）

也就是说，无论从性别、种族、家庭背景、教育状况和机遇各个方面讲，除了密尔外，亨利·亚当斯都最接近于古典自由主义所假定的"个体"。这段话中展现了亚当斯剖析他在跨越大西洋的自由主义历史长河中所处的独特地位的技巧，从而揭示出在现实中古典自由主义所认为的人类的意识是一个特定的社会阶层以及其在大西洋彼岸的同等阶层的思想倾向。亚当斯坦白说，最显著的家族特征就是固执己见地认为他们阶层的思想可以代表整个世界的思想。"波士顿已经解决了整个宇宙的问题，已经实现了仍未尝试的解决方法。问题已经得到了解决。"

亚当斯以其他的方式得到了认识，当错误消失的时候，"孩童"的形象也消失了。在这方面，亚当斯已列举出了一系列古怪离奇的替身来取代"孩童"的形象。他是一个由某种形式的统一性或者中心"牵引的法国小狗"。他是一个"蠕虫"。他"原本应该是一个马克思主义者"，但是因为不再相信自己是一个宇宙主体，所以他意识到一些狭隘的新英格兰特征已让他不能改变。他是一个"保守的基督教无政府主义者"，"权力的朝圣者"，一个走钢丝的马戏团"杂技演员"，一个在现今世界中"已经过世的人"。所有这些都是对作者在前言中所述形象的不同刻画，在前言中他称自己为"矮子自我"，裁缝师的真人模型，为量他人衣服尺寸而专门设计的人体模型。这个形象源于托马斯·卡莱尔（Thomas Carlyle）的作品《萨特·莱萨特斯》（*Sartor Resartus*）。在该作品中，他创造性地刻画了一个后罗马主义的自我形象，已不再有有机和不可分割的灵魂。但是，当亚当斯热衷于描写自我不断变化的生动模型时，却让人们想到了百货公司玻璃橱窗后我们所熟悉的矮子小人。尽管亚当斯很少直接提到商业文化中的各种物质，但在他对于虚假的"感官舞台场景"的发现以及他对于"每月杂志女郎"的评论中，我们可以感觉到这些物质的存在。亚当斯承认自己热爱也流连于"娱乐场所的廉价物品"，并喜欢看"耍蛇表演"和"角斗竞赛"。对于亚当斯而言，20世纪大众文化的不连续性成为他用来回顾他在19世纪的成年生活的审美形式。

效果是很明显的。正如亨利·詹姆斯和杜波伊斯一样，为了文学目的，亚当斯将他所认为的混乱无秩序的大众文化转化成为一种分析性的意象。但是亚当斯这么做的动机并不明确。是什么因素促使他以讽刺性的口吻进行自我描述，并且运用一系列并无联系的荒唐形象呢？他所省略的部分可以作为一个证据。他对自我和世界的描述既神秘又具有讽刺意味，这在很大程度上与他妻子玛丽莲·亚当斯的自杀有关。在《亨利·亚当斯的教育》一书中，他承认了妻子的自杀的确是他人生的一个经历，并且因此删去了他人生中一个长达20年的记录。更加明显的证据是关于他与历史的争斗。从早年开始，他对于历史的疑惑就是对他的激励，人生中的转折点也会构成思考的动力。一个转折点是在 12 岁时全家去"奴隶州"的经历。在这些还实行奴隶制的州，亚当斯面临着"乔治·华盛顿成就功业以前所面临的奴隶制本身的邪恶这个道德问题"。另一个印象深刻的转折点就是英格兰伯明翰的黑人区，这"揭露了工业社会贫民中又一个未知的群体"。历史固有的问题即使没有提供最终的解决方案，却也使他的作品拥有了不寻常的生命力。他的历史学巨著《华盛顿和杰斐逊时期的美利坚合众国历史》（*History of the United States during the Administrations of Washington and Jefferson*，1889—1891）长达九卷，成就了他作为历史学家的光辉事业。亚当斯还匿名出版了两部成功的小说：《民主》（1880）和《以斯帖》（1884）。这两部小说都将当时的政治和社会中的热点问题融入小说的范围。另外，基于对 12 世纪和 13 世纪欧洲历史的研究，他还出版了《圣米歇尔山和夏尔特尔》（*Mont Saint Michel and Chartres*，1904）。

然而，正如在《亨利·亚当斯的教育》这部作品中所体现的那样，亚当斯作为历史学家的成功看来也只是加深了历史事实的问题而已。他写道，一个教授历史的人"必须把历史当做一种大事年表来讲授，或者从固有的道德意义上来讲，把历史当做一种进化来对待"。但是"他没有讲授进化理论，也没能使那些历史事实符合某一种进化理论"。这个进退两难的境地对于历史教师来讲是最敏锐的："因为历史本质上缺乏连贯性、缺乏道德，所以历史就要被如此讲授——否则的话就是伪造历史。"这样了解 19 世纪的"崩溃"以及美国的过去与未来（古巴人与夏威夷人的痛苦经历，以及尼加拉瓜人的混乱），就会显得更加急迫、更加复杂多变了。

我们应该根据这种观点来理解亚当斯的科学理论。亚当斯把毕生的经历都投入到科学研究中，他试图发现一块"最终统一"的领域，为此他从来就没有寄希望于宗教，但是当他试图从历史中提取答案时也还是无果而终。达尔文保证提供更真实的统一，即全球历史都要顺应大自然的规律。但是达尔文主义结果也像上帝一样令人怀疑：它被那些试图分享它力量的追随者们顶礼膜拜，认为它无所不知。《亨利·亚当斯的教育》带有回顾性的角度，当科学看起来也使亚当斯失败之后，他就开始诉诸于文学分析。然而，他转向文学并不是对理性的一种逃避，而是一种把科学的启示与人类意识和历史的问题连接在一起的方式，科学家们通常都会拒绝把这种方式作为搞科学研究的前提。这是他一直与达尔文主义及其他科学的分支产生分歧的一个较大原因。他在亚当斯家族里取代了以"类人猿"为人类起源的说法，他认为他家族起源于他最早的祖先，硬鳞鱼最近的亲戚，根据赫胥黎（Huxley）教授的说法，是一种叫做皮特拉皮斯（Pterapsis）的鱼。这位"最古老的朋友及表亲"将

文学形式和大众文化（1870—1920）

会提供一个"客观的衡量观点"来重新构建一整套有意义的规律。

达尔文主义对想象力的影响是亚当斯真正感兴趣的地方。"对于那些生活在1867年与1900年间的年轻人来说，他们所熟悉的规律就应该是生物从低级向高级进化、原子集合形成物体、多样性汇集成统一性、杂乱无章被迫形成秩序。"亚当斯在这里既承认这些规律，又带有些嘲弄的语气。当然，他也在这些年轻人之列，会把科学看做一种新的统一原则。但是作为一名激进的反语者，亚当斯强调了那些使人们热切地相信进化论的人的纯粹动机。尽管历史带有腐蚀性，但是它会带来最有猜测性的思想。达尔文主义的"诱惑"不在于它的科学性，而是在于它带给内战结果的历史意义，内战曾经使亚当斯认为有助于联邦政府出使英国。

> 在相同的情况下，没有受到破坏的进化会使所有的人都高兴，当然牧师与主教除外；它是宗教的绝好替代品，安全、保守、实用，具有彻底的不成文法的神性。这样一种宇宙的工作体系很适合一个才浪费了5亿或者10亿美元以及100万条生命的年轻人来把统一性或者一致性强加于那些反对这一观点的人身上。

亚当斯方法的力量是一种公认的无政府主义的力量，它有赖于他坚持把即便是具有重大意义的自然现象与历史的局限联系起来，但是这种联系的目的不在于调和二者，而是去探索它们之间不协调的意义。从本质上来说，进化的含义就在于进化；而在历史现象中，信仰进化的含义却带有截然不同的意义。在这个不同的空间里，人类历史中冲突领域特有的动机、侵略和理想等都发挥了作用。亚当斯谈及了战争的死亡、战争的偶然以及战争的残酷，这不禁使我们回想起不能被沉思尘封的暴力，这是自然法规的操作力量所难以掌控的。亚当斯的"矮子"——被剥夺权利的人类——被推向宇宙的中心，他也只能是某种鱼的又一位宗族亲戚罢了。但是，尽管人类会被降级为由鱼演化而来的，人类仍然停留在历史的舞台上，以便记录他们在试图与这个漠然的宇宙进行较量中所表现出来的勾结、抵抗与否认等活动。这种技术表现为亚当斯希望使人类能够对他们的行为负责任——即使人类活动的范畴已经不再受到道义的评判——时也依然如此。

以这种方法来观察世界，既不符合基本常识，也不很令人舒服。在《亨利·亚当斯的教育》一书中，历史意识用来对不能比较的秩序进行类推性的思考，因此在一些原本风马牛不相及的术语间徘徊不定。没有人比亚当斯更清楚地意识到保持一种观点或者态度是一件多么难的事情，更不用说保持一种令人很难以理解的观点了。"他的人为平衡是后天养成的一种习惯。他是一名杂技演员,背上背了个侏儒,正在过一条高悬于空中的松弛的绳子,如果掉下来一般都会摔断脖子。"正如亨利·詹姆斯许多其他的比喻一样,这是个自我贬低的形象,把一个贵族对马戏团娱乐方式的蔑视转变为他对自我意识进行分析的画面。同时它也非常严肃。当亚当斯描述1900年他的巴黎世界博览会之旅时,这种脖子被折断的形象又再次出现,作为他接受教育的最后一课。那个博览会是所有物品与形象的集合,代表了"一个全新的世界,与以前的旧世界没有共同的衡量标准"。当时现场展示的有镭、无线电波、戴姆勒(Daimler)发动机、动态气体以及巨大的电动发电机等,所有这些都显示了众多从字面上不可理解并具有明显威胁的神秘能量:"在1900年的博览会上,他发现自己躺在机器的陈列馆里,由于受到这些全新力量的冲击,他的历史脖子被折断了。"这一刻对于贯穿该书的"亨利·詹姆斯"是一种死亡时刻。作者所经历的巨大力量标志着任何可能说明统一原则的意识已经结束。从此以后,历史的真正主体将会是"力量"而不是意识。"连续性被打破了。"

亚当斯所讲的"力量"既具有科学性又具有文学性。"总揽全局"的文学标准使他能够比较不同时代"吸引意识的力量",从中世纪的基督教信仰与性爱的灵感到现代社会的机械能量,这就是他掌握历史分裂的方法。但是自从在巴黎的决裂之后,"力量"就成为一种打败文学智慧的原则,因此也打败了历史意识,因为力量上升并成为真正的历史主体。很明显,力量是一种非人类的主体,只遵从亚当斯称之为"加速规律"的原则,它是一种内在的逻辑并且被放置在所有的衡量标准之外。当亚当斯在他作品的最后一章里重新开始表达他那浓缩历史的力量时,人类作为偶然的形象出现,组成被称为侏儒的种族:很小的物体集合,他们毫无意识地在由"原子弹"统治的世界中等待着将会降临在他们身上的一切。

亚当斯认为力量的加速会赶上并超过人类历史,无论这个观点是否准确,它很明显已经抓住了他的想象力。他违背了自己的思想,提出20世纪占统治地位的力量可能会产生一种新的意识,于是人类的故事得以延续:"他过于好奇,既然地球上看起来已经没有其他能量可以用来繁殖后代,于是他想知道各种力量之间的冲突能否产生新的人类。"他对"一种新的社会意识"的期盼其实是人类未来的一个替代,但是它几乎没有能力把亚当斯推向任何有希望的推测上去:"教育的风格有可能非常具有强制性。"尽管如此,亚当斯假设历史的持续性时遇到的困难依然暗示了一个最终的讽刺,可能只有这一点被亨利·亚当斯忽略了:那就是他的历史设想倾向于认为历史本身随着他自身社会意识的死亡而终结。虽然亚当斯有着无与伦比的对于历史的思考能力,但是他对历史的理解仍然有一个局限，那就是历史的未来，当然这可能是过于理解历史的一个代价吧。

杜波伊斯、意识与文学形式

当亚当斯试图传达19世纪历史的"崩溃"思想时，他把其描述为对他的一次心灵创伤：历史折断了他的脖子。在他的心中一直有一个背上背了个侏儒的杂技演员的形象，亚当斯利用这个比喻把自己置于他所描述的历史中，并承认自己的脆弱与各种力量的强大。他有意地利用这种语言来避免仅仅扮演一位现代"马戏团"的旁观者的诱惑，这种倾向表现在1906年他写给约翰·海的一封信里："我的精神错乱吓到我了，我开始很严肃地考虑我是否要对在英国、德国、法国或者是印度的'世纪之末'马戏团有一个更好的理解，或者我是否应该在伦敦、巴黎、柏林或者加尔各答等地预订座位来亲眼目睹一下这场崩溃。"他可能会否认这种态度，但是观众席上旁观者的形象显然比那个冒着生命危险的杂技演员亚当斯要更准确些。全球性的选择预示着亚当斯身心两方面都尽情享受着异乎寻常的无拘无束，这种自由决定了他选择智力活动的能力而不是强化了分离感。他能够选择真的是一件很奢侈的事情。

对杜波伊斯而言，人体的脆弱性从来都不是一个安全的比喻，因此他的思想可以被认为开始于身心问题的一个特殊子集。他的作品《黑人的灵魂》描述了19世纪内战后黑人教育的问题。他在第一章里描写了"黑人学生"自我意识的萌芽："他开始第一次分析压在他背上的那个包袱，那个半隐藏在黑人问题背后的死一般沉重的社会地位下降的问题。"杜波伊斯可能只想把这个比喻作为一种暗喻，但是拥有黑人身体这个"死一般的沉重"的比喻太切题了，所以不能成为一种文字上的真实，这也正如《黑人的灵魂》所要表明的那样。在1900年，作为一位非裔美国人就等于他要公然挑衅笛卡尔的理论①，并且发现他自己已经被归类为一个躯体，而不具有灵魂了——我思故我知我是一个被鄙视的躯体。杜波伊斯从这种强迫的认识论观点出发，把书写一部新的历史哲学与美国的社会思想哲学为己任。当然，最终这将不光是非裔美国人的历史，而且是"未来世界"的历史。到那时，全球的历史都不得不认真对付"产业奴隶制与公民死亡"的事实，这是19世纪馈赠给20世纪的一

---

① 莱恩·笛卡尔，法国数学家、哲学家，被公认为是解析几何之父。他的哲学思想基于唯理性的前提"我思故我在"。——译者注

份礼物。杜波伊斯写《黑人的灵魂》的目的在于向人们展示,"黑人的问题"会揭示为更为广阔范围内的"灾难的结果"这一全世界都要面对的问题。

根据杜波伊斯自己的说法,如果能够回避的话,他会尽量回避黑人问题的。在他的自传《黎明前的黑暗》(*Dusk of Dawn*,1940)中,杜波伊斯写道:"要不是种族问题很早就强加在我的身上并且始终笼罩着我,可能我一出生就会成为一名毫无疑问的礼拜者,融入社会秩序的圣殿与经济发展的潮流中。"他在马萨诸塞州的巴灵顿(Barrington)长大,之后在菲斯克大学(Fisk University)的黑人学院学习,然后又一路拼搏,最后得以到哈佛大学的哲学系进行研究生的学习,当时他的导师是威廉·詹姆斯。与詹姆斯和亚当斯一样,他也曾经在柏林学习,并且也在宾夕法尼亚大学的一个研究所里得到了一个职位。这样,杜波伊斯接受了当时在他的研究领域里最好的训练。在求学路上,尽管他有时会因为黑人身份而受到打击——例如他的导师詹姆斯建议他改变研究方向,希望他从哲学学习转向历史研究;宾夕法尼亚大学在教师名单里略去了他的名字——他还是像詹姆斯和亚当斯一样最终在教育界与知识界取得了成功。那个世界很适合书生气十足的年轻人,他喜欢歌剧与欧洲,并且在闲暇的时候还写着一本关于哈佛的小说。但是黑人形象的问题,正如他所描述的,在世纪之交很有力地"闯入"了他的学术生活,"并且最终干扰了他的生活"。

1899年,当佐治亚的黑人农民山姆·何斯(Sam Hose)被吊死并且尸体被烧毁时,以私刑处死人达到了最疯狂的地步。当时杜波伊斯是亚特兰大大学的教授,他写了一封反对动用私刑的标准信件,然后离开他所工作的大学办公室,准备把信寄给《亚特兰大宪法报》(*Atlanta Constitution*)的编辑。但是当他走在亚特兰大的大街上时,听说何斯被烧灼的指关节被切成小块儿正放在一家白人店主的橱窗里展出,于是他转身回去了,并且再也没有寄过那封信。"当黑人们被任意用私刑处死时,一个科学家就不可能保持沉着、冷静与超然了。"何斯的尸体在橱窗里被展览的情形说明学术已经无法分析一系列的历史情况和联系。杜波伊斯在历史与社会学方面已经出版了划时代的作品,而且在这个关键时刻没有其他学者比他更有资格担任学术研究的重任了。他1896年出版的作品《制止非洲奴隶贸易进入美国》(*Suppression of the African Slave-Trade in the United States*)追溯了黑人的历史根源;而1899年出版的作品《费城黑人》(*The Philadelphia Negro*)是根据他在宾夕法尼亚大学的研究而著的,从社会学角度来讨论黑人问题。但是,如果杜波伊斯要解释何斯的尸体被展览这个现象,他最需要的正是重新定义从社会科学和白人的角度来看的黑人问题。他不得不从另外一个角度出发。那些曾经"目睹过暴徒与动用私刑的场面"的人，那些在内心深处意识到作为黑人必须背负"死一般沉重"的包袱的人，将会成为他所描写的历史主体。

"你成为一个问题如何感觉呢？"这个问题被放置在《黑人的灵魂》的第一段里，杜波伊斯把它当做一个工具或者一个杠杆，把黑人的位置从社会学的客体转变为文学和历史的主体。

> 在我与这个世界之间有一个一直都没有被问及的问题：没有被问及是因为有些人感情脆弱，而其他的人又不知道如何措辞。但是不管怎么样，所有的问题都是围绕着这个问题问的。他们会犹犹豫豫地走近我，抑或好奇抑或同情地看着我，然后也没有直接问我：你作为一个问题感觉如何呢？相反他们会说，在我的镇子里我认识一个很出色的黑人；或者说我在麦克斯维利（Mechanicsville）① 打过仗，或者说那些发生在南方的暴行不会使你热血沸腾吗？

为了取代这种虚假形式的黑人问题，杜波伊斯使自己处于社会划分的黑人与白人之间，并且把这些虚假问题的起源归因于"另外世界"的白人质询。作为对那些一"看到"黑人就会想起问这些问题的回应，杜波伊斯拒绝回答他们，"我会微笑，或者表示感兴趣"，但是"我几乎一字不答"。

然而他的身份成为问题是黑人历史生活的一个事实，也是理解这个真实问题的关键，如杜波伊斯重新定义的一样："其实是个种族分界线的问题。"他拒绝使用双重系统，即定义白人观察者会学会并且知道反对黑人的知识。杜波伊斯采取他自己的术语来分析"作为一个问题的奇怪体验"。杜波伊斯的中心理论是，黑人问题是个地位问题但不是本质问题。但是，他也坚持认为，一个卑微的社会地位在那个拥有这个地位的人的内心意识中具有塑造能力——那是一个具有决定性的"体验"，目前还没有学术讨论能够证明。为了复原这个领域的体验，杜波伊斯利用与分析紧密相连的记忆，与亚当斯一样，他通过自己的亲身经历来揭示未被检查的并构成了历史质询的社会关系。

他最早在英格兰的记忆讲述了自己的痛苦发现：一块"巨大的面纱"把他"排除"在他的白人伙伴之外。像亚当斯的"力量"一样，这块"面纱"将会成为一个主要的文学象征，使得杜波伊斯能够在一片被置于哲学与历史记载之外的分析空间里综合人类的意识与历史事实。结果就是他著名的关于"双重意识"的观念：

---

① 麦克斯维利是南北战争的战场，在里士满附近。——译者注

在继埃及人、印度人、希腊人、罗马人、条顿人（Teuton）及蒙古人之后，黑人是上帝的第七个儿子，他出生时就戴着一块面纱，并且在美国世界里被赋予了超人的视力——这个世界没有带给他真正的自我意识，但是只让他通过其他世界的启示来观察自己。这种双重意识是一种很特殊的感觉，总是要通过别人的眼睛来审视自己，通过别人充满好笑的蔑视与同情的言谈来衡量自己的灵魂。一个人总会感觉到自己的两面性——一个美国人，一个黑人；两个灵魂，两种思想，两种完全不能调和的斗争；在一个黑人的身体里存在的两种对立的想法，他也只好依靠自己顽强的力量使之并存而不至于被撕为碎片。

这段文章容易使人想起黑格尔用集体意识融合历史的框架结构，并且预示了乔治·米德的分析，即把社会意识当做自己"通过其他人的眼睛"创造出来的一种感觉。但是黑格尔和米德的系统都假定了一个标准的主体：自我或者"上帝的儿子"，而且都没有被任何面纱所限制。相反，美国"黑人"的面纱却是把他们当做隔离的种族客体，远离世界的其他主体，被认为"不完全是人"的群体。

换句话说，根据杜波伊斯的分析，主体已经是历史与社会人，他们生活在面纱的任意一面。奴隶制度的历史就是部分面纱，把非裔美国人当做"分离的东西"来奴役。美国内战后，南部的重建历史及其结果是部分面纱，再次奴役了那些获得了自由的人，而且试图"反复灌输对一切黑人有关的东西的鄙视"。黑人主体不被当成哲学主体，以社会科学问题的形象出现，因此他们不被"另外的世界"承认，并且是个既不受保护又被污蔑的群体。只有通过解释那块面纱或者种族分界线，才能解释山姆·何斯的现象以及"死亡与隔离"，这就是非洲人在美国的历史命运之一。"就在那些社会学家们快乐地数着他们的私生子与妓女时，汗流浃背的黑人的灵魂"正在忍受着"巨大的绝望"。

文学分析负有重新恢复黑人被排斥的主体地位的任务，杜波伊斯再次引入一种本国土语作为黑人的"灵魂"。但是仅仅意识到并且把美国黑人当做主体来写作并不能除去面纱。相反，只有实现黑人的灵魂才能使面纱呈现它本来的样子：是非物质材料做成的，但却是一堵历史标记与感知都不可穿透的墙，是"那个不了解也不想了解我们力量的另外的世界产生的想象"。在面纱之后，这个黑人知道了他（她）自己既是一个有意识的主体，又是一个受人鄙视的客体，这种不和谐会产生疑虑与"无结果的质问"。所以，双重意识是批判的范畴，能够恰当地阐明美国黑人生活中的"混乱"与绝望。

文学形式和大众文化（1870—1920）

但是杜波伊斯把同一个双重意识也描绘成上帝赋予的"超人的视力"。"在共和国的危机时刻"，杜波伊斯黑人主体特点的综合自我和"另外的世界"成为历史分析的一个强大武器。他回到了历史与社会学的领域来重新处理一些社会问题，这些问题曾经被狭隘地归为"黑人问题"。关于自由人办公署（Freemen's Bureau）、黑人政治领导与选举权的丧失以及自由教育等历史章节成为批判性反思的场所，引向了更为广泛的美国现代性问题。超人的视力意味着美利坚合众国的历史必须要包括美国奴隶制度的面纱史。当"运奴船最先看到詹姆斯镇的方塔时"，黑人的灵魂就开始书写历史了，并且双重的历史编纂记录了战前奴隶制与当今"成功的商业主义"的连续性，现在所有种族的人类越来越多地被看做"只对未来的财富感兴趣"。杜波伊斯接下来的几章是关于"黑人地带"的（被隔离的黑人农民阶级聚集的南方的农村地区），它通过文学形式再创造了社会学的研究方法。作为一个职业观察家，杜波伊斯利用寓言与暗喻来捕捉黑人日常生活的结构，"我们拙劣的社会标准还没有能力效仿。"他以图表的形式来说明管理结构的费用和失真已经把南方变成一个"为对付那些令人恐怖的黑人而武装起来的军营"。因此，黑人主体超人的领悟力可以理解众多科学无法回答的"无答案的斯芬克斯"。

杜波伊斯在关于黑人灵魂的描述中承认已经放弃了"传统作者所采取的客观、公正的态度"。他写道，"主观"的语气与风格意味着"权威"的丧失，但却"获得了生动的描写"。在那部作品中，美学的结构、诗歌的意象以及故事构成了全书分析与综合的主要部分。然而尽管在《黑人的灵魂》一书中与他1911年出版的作品《银羊毛的困惑》(*The Quest of the Silver Fleece*) 以及1928年出版的作品《黑公主》中文学表达占有重要地位，但是杜波伊斯一直是一个很难在文学机构和美学文化中定位的人物。他是一位欧洲高雅艺术不懈的追求者，他敦促非裔美国人通过去艺术馆进行深思从而完成"陶冶灵魂"的任务。然而，他坚持认为艺术要作为高雅的"宣传手段"来为政治目的服务，这使一些年轻的黑人艺术家认为他美学文学方面的观点太过于狭隘了。他赞同以"歌曲与故事"相结合的黑人表达方式，并把黑人的精神作为《黑人的灵魂》一书的主旨。他甚至声称他在作品中独特的写作方式是"热带非洲"的手法。然而他在这部作品中使用的语言过于华丽，倒是更像在刻意模仿维多利亚文体家写散文的风格。许多评论家认为杜波伊斯是一位远离黑人群体的精英，而同样多的评论家则认为他的书具有一种真正种族传统的黑人表达。

杜波伊斯在这个等级森严的文化界中不确定的地位使他成为研究那个时期文学价值的活力的一位很特别的人物。确实可以说，他独自明确地表达了那些关于活力的问题，因为他在每一章的开头都引用了双重引语，一个来自权威的西方文学著作，另一个来自一些无法识别的"哀歌"的乐谱，即转换成音乐符号的黑人灵歌。这样的配对提出了该书最深意义上的问题：在一个恢复了它"红色的过去"、恢复了同时期"第二次奴隶制"从而带来了公民死亡的社会，高雅文学文化的位置和价值何在？

看起来杜波伊斯至少不能直接说或者不愿意直接说。成对的引语在每一页上都类似，然而它们绝对不是来自对立世界的毫无关联的独立部分。但是在"约翰的到来"一章里，杜波伊斯进行了一次尝试，他把不同的文化氛围融入一段对话中。双重意识的观点现在变成了"两个约翰的寓言"：这两个年轻人都叫约翰，其中一个是黑人，另一个是白人，他们曾经是儿时的玩伴，在北方接受了教育之后一起回到了南方的小镇。那个黑人叫约翰·琼斯（John Jones）受到在北方求学的激励，包括来自纽约的世界环境与新世界的艺术和经历，他努力忍受着种族分界线之后的生活磨难。而那个白人约翰由于受到被给予特权的拘谨，只是感到很烦躁。

接着就是寓言的高潮部分：一次那个白人约翰试图强奸琼斯的妹妹，琼斯发现后把白人约翰杀了。在这场颠倒的私刑情节中，那个白人成为一个既没有生命也没有名字的躯体，或者说是"一个分离的东西"。当然，种族的秩序会自己得到恢复，寓言还是以琼斯向白人的私刑暴徒屈服而告终。但是私刑在琼斯内心深处得到诗一般的再现，瓦格纳的歌剧《罗恩格林》（Lohengrin）给他带来的狂喜记忆与黑人尸体的被毁融为一体，那场歌剧是他曾经在曼哈顿的"大厅"里听到的。"这是音乐的声音吗？还是人们的喊叫声呢？"咏叹调中"空中回荡的天鹅最后的哀号"被一种"奇怪的旋律"代替了——或许是他自己的号叫声吧！——这一切都伴随着暴徒的屠杀。

瓦格纳式的私刑是一种表现双重意识"特别感觉"的令人恐怖的方式。杜波伊斯的寓言使用"故事与歌曲"相结合的方式，他认为这种形式是美国黑人的天赋，但是歌剧风格的歌曲来自与南方黑人所不熟悉的世界，这正是故事引人注意之处。把瓦格纳式的歌剧与南方黑人的内心世界结合在一起所需要的知识几乎没有几个美国人具备，不论白人还是黑人。但是这种结合却是有意为之；事实上，杜波伊斯依靠了他观察到的高雅美学意识与暴力反对黑人的历史事实之间的差距。正是因为意想不到的结合，带来了意义深远的效果，并允许读者来感受双重意识的文学版本。高雅美学文化的价值不在于它作为高雅艺术的地位（当然黑人的"歌曲与故事"，价值也不在于它在文化的等级制度里较低的地位）。对于杜波伊斯来讲，在这种情况下，高雅艺术的价值刚好表现为它与黑人私刑历史间的美学距离，这个距离使双重引用的改造效果成为可能。

◎文学形式和大众文化 (1870—1920)

高雅文学写作成为一种通过文化裂痕来理解已经模糊不清的历史的方式。这就是杜波伊斯在更广泛奉行种族隔离的美国文化中具有的超人的文学领悟力的天赋。在作品的最后一章里他谈到，坐在"自己屋里的高窗户旁"，这个学者的书房是他写作的地方，也正是从这个地方，他听到"从地下砖头砌成的洞穴里涌现出来的"黑人"自由"的歌唱。这种比喻的写作手法使下面的歌声到达并且激励上面的作者，赋予了《黑人的灵魂》一书以空间表达：目的在于把高雅艺术与受人鄙视的命运之间的距离变成一块面纱，该面纱可以靠想象获得。在已经掀起了那块文学面纱、揭露了悲伤的历史之后，他依靠这样的描写来展示能够带来希望的未来。就像分享宗教的象征主义一样，对面纱的描写使杜波伊斯能够设想"无尽的公正"与灵魂的救赎："到那时，美国会撕碎这块面纱，所有受奴役的人都会得到解放。"

1940年，杜波伊斯的自传《黎明前的黑暗》为读者提供了另外一个关于面纱的寓言，这次这个障碍被描述为一块厚玻璃板。经过了40年之后，种族隔离依然存在，尽管这块面纱现在已经变得透明些了，但却更加难以描述、难以确定了。而且这种透明度依然没有使玻璃后面的人更容易得到认可与同情。

> 很难让其他人了解种族隔离给黑人造成的心理影响。就好像是一个人从一个大山的黑暗山洞里朝外张望一样，他看着来来往往的人们并且还和他们讲话，很礼貌地、很有说服力地同人们讲话，告诉人们他们这些被埋葬的灵魂是如何被困在大自然的运动、表达与发展中；如果他们能够脱离这个牢笼的话，那么那将不仅仅是对他们的礼貌、同情与帮助，而且也将会是对全世界的帮助。被困的人就这样平静地、有逻辑地诉说着，但却发现过往的人甚至不回头注意他一下，或者即使真的有人驻足，也只是好奇地匆匆一瞥，然后又会继续前行了。渐渐地，牢笼里的囚徒们就会认为过往的人听不见他们的讲述，因为那块无形的但又可怕的厚玻璃板把他们与这个世界隔离了。他们变得很兴奋，更大声地讲话，还做手势；这样一些路人会好奇地停下来，但是发现他们的手势好像没有什么意义时，就一笑了之，然后继续赶路。

美国白人以及更大范围内的人们都没有获得杜波伊斯在《黑人的灵魂》里所描述的那种超人的视力。相反，注意到玻璃后面有人的观察者会变成好奇的旁观者或仅仅当做一种娱乐。而且他们会一直都做旁观者，直到有一刻那块玻璃被打碎了，于是他们感到的就只有威胁了：

6 亚当斯、詹姆斯、杜波伊斯和社会思想

那时那些（被囚禁的）人可能会变得歇斯底里。他们可能会尖叫，或者为了越过障碍而大声叫骂，他们昏乱得几乎意识不到他们是在别人听不见的真空里喊叫。对那些从外面往里面看的人来说，可能觉得他们古怪的举止真的很滑稽可笑。当然他们也有可能在某处通过鲜血与受伤的代价得以突破重围，但是却发现自己被一群可怕的、难以满足而又势不可挡的暴民包围着，这时他们又开始真的为自己的存在而担心了。

283

宗教方面关于面纱的比喻被一个更圆滑、更现代的障碍玻璃替代了。没有了面纱，打破障碍的时刻也只能是暴力伤害的象征，而不是启示，并且在不久的将来也只会预示着更多的暴力。杜波伊斯用厚玻璃板替代了面纱，人们不禁会问，为什么他会转向这个特别的形象来表现种族分离的"心理内涵"。它是否来自更高雅的文化氛围（例如柏拉图的洞穴比喻）——比如是否来自透过博物馆展览的厚玻璃或者透过学者书房的"高窗户"的经历？或者这种想象是否来自不太高级的世界——动物园笼子里的玻璃窗或者临街开设的百货商店的窗户呢？这个故事没有包含任何相关的线索。然而，与《黑人的灵魂》最后的戏剧性局面形成对比的是，寓言里较高与较低之间的区别不再清晰了，因此无助于清晰地阐明转换理解的可能性。

不管这种形象是从什么样的文化背景中提取出来的，现代社会的厚玻璃板向人们灌输了一种习惯性感知的统一结构。它代表那些没有能力或意愿把卑微的人当做有灵魂的人来看待的文化观察者的反映。像玻璃一样，比喻中没有杜波伊斯能够运用的张力与质地以及内部的区别，以便这个世界可以用不同的术语来理解这些处于玻璃后面的人。在情节中只有观看，既没有写作、没有歌声，也没有对不同世界的高雅与低俗产品的理解，这些产品曾经为杜波伊斯的《黑人的灵魂》提供了活力。无论是高雅文学文化的分析资源，还是大众文化的超凡精神或者是方言，看起来都不能利用。值得注意的是，令那些囚徒恐怖的一点是他们生活在"真空"里的经历，他们的声音不被听到，因而感到很恐慌。这个寓言继续了种族烙印，是一个具有创新手法的反面寓言，可以通过高雅与低俗表达的相互影响来实现。这一切不禁会使人联想到一幅图画，里面描绘的是一个消音的、不通风的世界，黑人们都被遗忘在那里。

284

美国生活的展望(1880—1920)

(伊利诺伊大学) 沃尔特·本·迈克尔斯

1 美国悲剧或美国生活的希望

阶层与个人

在德莱塞（Dreiser）的《美国悲剧》（*American Tragedy*，1925）中，年轻女子在谈到心爱之物时，其实就是在谈及她们渴望的事物。这让我们注意到下面两种渴望之间的联系：一是桑德拉·芬吉莉渴望得到克莱德·格里菲斯——"桑德拉很愿意克莱德在这里，"她告诉他；另外一个是霍滕斯·布里格斯渴望得到鲁本斯特恩裘皮商店橱窗里的那件衣服——"噢，如果我能有一件就好了，哪怕只是一件，"霍滕斯对着那件衣服说道。这些女孩儿是否了解她们自身以及那些被她们的渴望而可爱化的事物，我们不清楚；克莱德把桑德拉称作他的"亲爱的小女孩儿"，但是桑德拉喜欢克莱德的就是他"对她的依赖"——哪一个才是心爱之物呢？这在霍滕斯与那件衣服之间就更直接一些了，或许这只是因为那件衣服提供给霍滕斯的东西比克莱德给予桑德拉的要明显多很多。那件衣服是"最宝贵的"，因为它是"最高级的"；正如我们将会看到的那样，克莱德在桑德拉面前象征着什么，这是一个社会问题，类似于在其双刃剑上的心理依赖，那件衣服对霍滕斯来说象征的是一种"社会地位"明确直接的转变。那件衣服是有阶层等级的，霍滕斯想象只要穿上它，她就开始属于那件衣服所代表的阶层了。

就像那件衣服与克莱德之间的类比一样，阶层转变和色情吸引在《美国悲剧》中紧密地联系在一起。在这本小说里，就跨阶层恋爱本身来说，这些阶层界限并不是爱情的障碍，但却是构成障碍的一个可能的条件。这一点在杰克·伦敦（Jack London）的一本关于阶层流动的伟大小说《马丁·伊登》（*Martin Eden*，1909）里表现得更为淋漓尽致；在一个"中产阶级女儿"的哥

●美国生活的展望（1880—1920）

哥向她介绍马丁·伊登时——"露丝，这是伊登先生"——马丁为第一个"崭新的印象所激动"，"并非因为那个姑娘，而是因为她哥哥的话"，尤其是"先生"这个称呼！她那个阶层人们的这种谈论方式使伊登对她一见钟情，甚至在他注视到她的"超凡脱俗的蓝色眼睛"之后，这种方式都还继续演绎着他们之间的爱情故事。小说中的一个场景再现了《地狱篇》① 中当保罗和弗朗西斯卡在读到兰斯洛特和格温娜维尔②的故事（"这本书和书的作者就是加列奥托……"）时而彼此吸引的画面，那时露丝和马丁正在一起看一本语法书："她搬了把椅子到他身边坐下了——他拿不定主意是否该去帮她搬。她翻着语法书，两人的头靠到了一起。她在提纲挈领地告诉他该做什么功课时，他几乎没听进去——她在他身边时带来的陶醉令他惊讶。"这一段的重点并不仅仅在于语法书与《亚瑟王之死》（*La Marte d'Artbur*）之间机智的替换。因为在马丁感觉到露丝令人分心的亲近的那句话的后面是："但是在她强调动词变化的重要性时他便把她全忘了，"接着，"他从没听说过动词变化，原来它是语言的龙骨骨架，能窥见这一点叫他很着迷。"当然，如果不把马丁对"动词变化"的发现看成至少从语法（后者词源）的角度替代了他对露丝的性趣的话，那是不可能的。但是能够肯定的是，本段真正的智慧在于它强调学习如何进行动词变化——就像被称作"先生"一样——有其自己的魅力；或者甚至在暗示露丝的爱最好被理解为替代了中产阶级对语法的高度兴趣。至少，人们可以从这段文字中看出在性欲和阶层流动结合中的一种责任："他往书本靠得更近一些了，露丝的头发便轻拂着他的面颊……她以前从来没有像这样跟他亲近过，此刻两人之间巨大的鸿沟之上似乎架起了桥梁。"如果语法就是你的加列奥托，那么就没有必要选择动词变形定义了。

在把对学问的爱和对中产阶级妇女的爱结合在一起上，马丁·伊登并不是唯一的一个没有文化的人；欧文·威斯特（Owen Wister）在《弗吉尼亚人》（*The Virginian*）中刻画的那位弗吉尼亚人花费了一个大雪纷飞的冬天来练习"拼写"与"书法"，以便那位来自本宁顿的女教师莫莉·伍德能够接受他。当她最终同意嫁给他时，时值被威斯特称作"勃朗宁会议"——带有一种伦敦所没有的讽刺——的时期。但是伴随着这种讽刺的是一种跨阶层欲望的缓和以及对它的一种批判。因为如果莫莉·伍德的来自革命战争英雄斯

---

① 但丁《神曲》中的一部。——译者注
② 兰斯洛特是亚瑟王传说中的一位圆桌骑士，他与王后格温娜维尔的恋情导致了他与亚瑟王之间的战争。根据亚瑟王传说编写成《亚瑟王之死》一书，成为欧洲文学中的一朵奇葩，在西方流传之广仅次于《圣经》和莎士比亚的作品。——译者注

达克将军的出身使她成为"青山女儿、萨拉托加神圣集团以及同盟殖民地链组织"的一员,那么弗吉尼亚人结果也会是来自"古老的世家",当"得到机遇时"(在墨西哥以及革命战争期间在"老山胡桃树①"的领导下),这个世家具有强烈的战斗欲望,使他们与斯达克家族很相配。从这一个立场上说,《弗吉尼亚人》里阶层流动的唯一真实的化身就是"在胡斯克瀑布(Hoosic Falls)最有前途的年轻人",在莫莉去西部之前,她拒绝了他的求婚。这位大有前途的年轻人的支持者们认为她的行为很"势利",他的"曾祖母"可能"与她的曾祖母一样伟大";莫莉的支持者们肯定了这种可能性,但同时指出"我们恰巧不知道她是谁"。从这个立场上讲,尽管弗吉尼亚人有文法及文学上的缺陷,但他却是莫莉摆脱与她"地位低的"人结婚的机会;当他被"印第安人"打伤并神志不清时,莫莉不得不说服他跟她一起回到定居地,提醒他说:"一个绅士是不会邀请一位女士出去骑马而扔下她的不管的。"《弗吉尼亚人》最终并不是关于一位下等阶层的男人想要一位中产阶级的妇女的故事;它要揭示的是下等阶层的男人是真正的"绅士",而中等阶层的妇女是真正的"淑女"。

所以当弗吉尼亚人最终到达了本宁顿镇,原本期待着一个手持马鞭、身着皮套裤牛仔的本宁顿失望了:"下了火车看到的仅仅是一位高个儿男子,他头戴一顶普通草帽,身着一件比大多数本宁顿人剪裁得更好的苏格兰式家织衣服——这令人感到很乏味。"弗吉尼亚人既不是"牛仔戏"中的英雄,也不是一个"平凡的小伙儿",他比东部想往上爬的年轻人穿要得体,因为他没有必要往上爬。他的衣服对他来说最重要的一点就是衣服"完全适合"他。而那些往上爬的年轻人们以及霍滕斯·布里格斯想要的衣服却是"完全"为他人所穿,他们梦寐以求想成为的那些人。因此,鲁本斯特恩橱窗里的那件皮衣对霍滕斯来说代表着一种可能性,即买了这件衣服改变了自己的形象就等于改变了阶层。而对马丁·伊登(就像克莱德一样,但他比霍滕斯"野心"更大)来说,语法和礼仪、新的"带颈服饰"和"牙刷"只是"彻头彻尾改变一个人"的最初几步。

但是"改变一个人"的最后结果却不仅仅是成为中产阶级,同样还有伦敦所说的"自我实现"。这就是说,阶层流动可以被理解为成为"上流社会人群"中一员的一条途径,也是成为一个"具有个性的人"的途径。"事实上,这是一件非同寻常的衣服,"鲁本斯特先生告诉霍滕斯,"这是仿照去年夏季

---

① "老山核桃树"(Old Hickory),这是美国第七任总统安德鲁·杰克逊的绰号,因其坚忍不拔的性格而得名。——译者注

◎美国生活的展望（1880—1920）

纽约最时髦的衣服制作的……你不会再找到相同的一件。"这件衣服很"特别"，因为它既是唯一的（在堪萨斯城再没有第二件这样的衣服），又不是唯一的（在纽约至少有一件像这样的衣服），并且还因为它同时可以给人以更高的"阶层地位"这个事实。霍滕斯想要那件衣服，既是因为它"个性化的时髦"，还因为这种个性化的时髦使她看起来就像纽约许多上层女士所穿的衣服。穿上它，她将同时属于那些穿上这种衣服的女人的阶层，但又什么阶层都不属于。

至少从某种角度看，这种地位最好被理解为是矛盾的。比如对美国阶层形成的近期研究在勾画工人阶层的意识上取得了一定程度的成功，但在把分析延伸到中产阶级时却遇到了困难。正如斯图亚特·M. 布鲁明（Stuart M. Blumin）在 1985 年发表在《美国历史评论》（*American Historical Review*）上的论文所指出的，其问题的根源在于"存在于中产阶级体系深处的个人主义"。研究工人阶层意识的学者们轻而易举地就可以发现工人阶层作为一个阶层的证据，但是只要"中产阶级的形成"牵涉到"建立一个阶层，这个阶层在某种程度上通过信奉社会个体论的思想，而把它的成员约束在一起成为一个社会群体"，那么它作为一个阶层以及作为一个阶层而存在的证据就难以寻找了。

识别中产阶级的困难因此就被纳入到定义这个阶层的过程中，或者至少纳入到解释那个定义的假设中，这个假设认为个体与阶层之间存在着根本的抵触。对于那些没有被中产阶级个人主义中存在的明显的逻辑问题所困扰但却被中产阶级个人的命运所困扰的人来讲，这个假设更为关键。因为在这里，个人与阶层之间的抵触就成为这两者之间的竞争，或者更为通俗一点来说，就是个人与那些为人知晓的"社会组织"之间的竞争。在马丁·伊登对尼采学说醒悟的阶段，他预料"个人主义者"将战胜"社会组织"，但是进步时代（即大约从 1901 年罗斯福就任到美国在 1917 年加入第一次世界大战的这段时期）更为频繁地被看做是一个关键时期，一个个人主义服从于新兴的现代主义官僚机构的时期。从这个立场上讲，我上文所描述的霍滕斯想具有的"个性"与想成为"上等人"之间的平衡必须被重新描述为一种妥协，她对于个人主义的渴望让步于一个对个体日益充满敌意、日益受等级结构控制的社会。

但是，这种妥协的必要性却是霍滕斯所看不到的，而且事实上在《美国悲剧》里，并没有出现这种平衡，也不需要妥协。相反，这些矛盾关系被重新安排为互补形式。就像鲁本斯特恩橱窗里的那件衣服一样，购买这类衣服的可能性把阶层流动与个人主义的命运联系起来，并且如果从一个角度（比如从《弗吉尼亚人》的角度）来看，"平凡的小伙子"的地位提升就意味着个性的毁灭，而从另一个角度（比如从霍滕斯和克莱德的角度）来看——恰恰通过平凡人的术语——又好像个人主义具有存在的可能性。一部《美国的悲剧》把对往上爬的年轻人和平凡的小伙子所代表的上流社会个性的威胁改写为对一种或许被叫做大众个性的还原，这种大众个性通过语法和大批量生产的衣服来体现。它标志着一段特定的时期，在这个时期里，个体与社会之间的对立以对立的消失而告终。我认为，到1925年，个性以一种标准化的效果而出现。霍滕斯欲望的不一致——她没有意识到一个人不可能既是个体同时又属于一个阶层——被一种阶层和个体的观点所消除，而这个观点认为，如果一个人想在阶层和个体之间选择其一，那么就得同时具备二者。

军队和工厂

马克·吐温塑造的康涅狄格州的美国佬在一次特别的演讲中说道："训练就是一切。"这篇演讲开篇就断言，社会要求个人有完全的决心——"训练就是一切……训练是一个人的全部"——而且结尾部分断言，"像原子一样微小"的"原始的"人应该拥有完全的自主权。换句话说，人不是训练的结果。因此这位美国佬的机会巨大——他能训练整个民族——并且由此他失败的机会也巨大——他们能够抵制他的训练。

尽管经常听到诸如"训练的力量！熏陶的力量！教育的力量！"之类的宣言，《康涅狄格州的美国佬在亚瑟王朝》（Connecticut Yankee in King Arthur's Court）最关心的是抵制训练的力量。这位美国佬在开化亚瑟王朝的"白印第安人"的努力中，对暴力和体力的过分依靠以及这些努力的失败都是个性概念影响的结果，这种个性概念系统地从根本上否认任何训练、熏陶和教育的力量。"人实际上就是一个人，"美国佬快乐地思索着。"长年的虐待和压迫都不可能抹杀人性。"这里讨论的人已经抵制了6世纪的暴政，但是这位美国佬对抵制了19世纪民主化的人士抱有同样的仰慕，他告诉他的"人类工厂"中那些忠实的年轻产品："英国骑士可以被杀掉，但他们却不能被征服。"他们不能被征服，因为再多的暴力和高压强制都不能在他们身上产生教育意义上的进步，这种进步的标志甚至就是承认失败。他们是个性的杰出典范，其特点就是抵抗的力量。

正是由于这样的原因，而非因为缺乏文明，他们就看似可信地被当成了"白印第安人"。"印第安人就像是从岩石中蹦出来似的，"弗朗西斯·帕克曼（Francis Parkmen）在1851年时就这样描述。"不破坏本质就想改变其形状是不可能的。"这样的人从本性上无法感化，只能用暴力来征服。因此，正如迈

美国生活的展望（1880—1920）

克尔·罗金（Micheal Rogin）在《父与子》（Fathers and Children）中谈到的，像安德鲁·杰克逊那样的"印第安猎人"通过他们的行为——依靠他们的行为，即猎杀印第安人——证明了自己与印第安人的相似性；"印第安人"的暴力迫使"印第安猎人"采取暴力；在杀害"印第安人"的过程中，"印第安猎人"成了"印第安人"的变体。在《康涅狄格州的美国佬在亚瑟王朝》的结尾，我们不难看到这种类似的证明，机关枪发出的"洪水般毁灭性"的火焰杀死了最后1万个"白印第安人"。这种大屠杀经常被批评家和历史学家用来作为对19世纪下半叶工业化的批判，吐温称这种工业化为"机器文化"，但是事实上，大屠杀就是那种文化和它造就的机器的明证。美国进步时期的美洲土著人日益被看成美国个人主义的典范，这种个人主义被认为创造了吐温所说的机器文化，这仅仅是因为他们具有绝对的不屈性，帕克曼在1851年就预言这种不屈性将导致他们的"毁灭"。因此，在托马斯·狄克逊（Thomas Dixon）反社会主义的反乌托邦作品《同志们》（Comrades，1909）里，除了资本家沃思（Worth）上校以外，正是"印第安人"萨卡（saka）成为了"个性"英雄：社会主义的"人类兄弟会"曾试图左右萨卡，但是没有成功，他们"只看到萨卡几个晚上，但在山边却听到了他的来复枪声，看见他的帐篷里燃烧的浓烟从邻近的平原上缭绕升起"。莫根（Morgan）认识到他的"印第安人"既不能被训练也不能被征服，因此就是承认了他们岩石般的性格，他要让他们全部灭绝并不是要抨击他们的野蛮，而是对他们的个人主义表示敬意。只有通过大屠杀，吐温才能确认那个"微小原子"的"真实的我"，这个自我不能改变，因而必须被毁灭。

然而，吐温的"印第安人"是用铁做的而非岩石。吐温在技术上投资的灾难，特别是"机械奇迹"即佩奇排字机（Paige Compositor）上投资的失败，是很出名的，并且正如《康涅狄格州的美国佬在亚瑟王朝》的结尾经常被看做是对19世纪后期工业化的批判一样，吐温的失败也经常被看做是对排字机的预先批判，正如詹姆斯·考克斯（James Cox）所描写的："在把莫根拖入困境时，吐温正象征性地消灭控制了他自己的机器狂热"。但是吐温与佩奇排字机牵连一事最引人注目的一点并非是这件事采用的形式过分（经济或伦理意义上），而是因为技术的热情而接受惩罚。如果吐温支持佩奇的竞争对手，即默根特勒整行铸排机（Mergenthale Linotype）的话，他有可能已经赚到了他期望中的大钱。问题就在于他选错了机器，并且他选那部机器的理由对理解《康涅狄格州的美国佬在亚瑟王朝》成功的个体非常关键。

正如吐温的经济救星H. H. 罗杰斯在佩奇排字机最终失败许多年后的描述："佩奇排字机是我所知道的所有机器中能够为人类做许多奇妙事儿的东

西。"默根特勒只铸造一个铅字并在每一轮完成后熔化掉,然后再铸造。与之不同的是,佩奇一次性就操作了一个人工打字员的各种过程——排版、调整和分配每一个字——这一切都是自动的,并且一旦工作起来就会非常迅速。17 岁的马克·吐温只能一天排 1 万个活字(更熟练一些的排字工能够排到 1.5 万个),而佩奇一小时就能排 1.2 万个活字(默根特勒大约只能排 8000 个)。但是,正如 H. H. 罗杰斯接着所说的,这并不是经常发生,因为对人类来说,那种奇妙的相似性"正好就是问题所在:人类化过分而机械化不足。它具有人类机制的所有复杂性,具有免于修理的所有能力,并且它不能轻而易举地由人工替换"。由于有 1.8 万个零部件(这仍然是个纪录),佩奇从来不能经济地运作;最终它使吐温破了产。但是它真正的意义不在于经济方面;而是其智慧方面;佩奇标志了 19 世纪人们试图用金属代替人工的尝试的最高点。作为一个建造有效机器的战略,这被证明是个失败;默根特勒的成功之处在于它绕开了贾斯廷·卡普兰(Justin Kaplan)所称的"人工模拟"。但是,正如一篇关于一个人究竟是一种什么东西的文章指出的那样——一种可以由机器来代表的东西,如果不是排字机的话那就是电脑——制造佩奇的思想没有并且现在都还没有以一种确定的方式被怀疑:至少 20 世纪下半叶的人工智能行业的一个部门在致力于坚持不绕开人工模拟。并且正如一篇关于个人主义本性的文章所指出的——"真实的我"是那个机械化的我,它不受训练的影响,正如狄克逊的美洲土著人不受社会主义的影响一样——佩奇提供了一个很有价值的堡垒,用来防御那些认为训练就是一切的人,以及那些主张有效训练的诀窍就是"抓住孩子天生的冲动和本能","让他充满服务的热情",因而使他适合于"大社会"的生活的人。约翰·杜威在《学校与社会》(The School and Society,1900)中也提出了相同的观点。

杜威在这里明确清晰地提出了一种全面教育的概念———一种彻底的"充满了"自我的教育——吐温想象的机械自我被认为是完全不可能。确实,进步教育认为,"个体心智是社会生活的一个功能",这种进步教育恰恰致力于发现被一种"早期心理学"所忽略的训练,这种"早期心理学"认为,"心智完全是个体的事情"。"早期心理学"的训练技巧就是把个人当做一个需要"外界"控制的自足实体;他们被放在"新的教育"里接受"引导",这种教育不是"从外部来强迫孩子",而是试图从内部来塑造他。一旦你"抓住了"孩子的"兴趣",你就没有必要采用"外部强迫"的策略了。

从传统教育向进步教育的转变就是要从"强迫"孩子转变为引起她的"兴趣"上,然而杜威自己却有些不情愿接受这种转变。但是,他的不情愿并非是因为创造出一种持续令孩子感兴趣的教育体制很难,而是因为创造出一种不能让孩子持续感兴趣的教育体制很难。即使那些通常被看做是"外部强迫"形式的训练行为——放学后把孩子留在学校,给她很低的分数,不让她升入更高一个年级——事实上就是间接地在引起学生的兴趣,后者引起对其"对应面"的兴趣:"害怕、厌恶各种身体上的、社交上的和个人的痛苦。"因此,对于杜威来说,即使是最明显的强制性教育方式,结果也像进步教育一样,依赖于某种激发兴趣的方式(从《康涅狄格州的美国佬在亚瑟王朝》的立场来讲,其结果就是强制不够)。

在教育方面,他愿意写一些大约15年之后的状况,"纯粹的外部引导是不可能的"。外部引导可能会引发一种"身体性后果"(就像把一个人锁起来以阻止他"闯入其他人"的房子一样),但是我们决不能将"身体性后果与教育性后果混淆在一起"——把那个人锁起来"可能并不会改变他入室行窃的倾向"。把那个人锁起来也许是阻止他入室行窃的一种有效途径,这里的关键之处并不是否认这点,而是提醒我们,作为教育者,我们感兴趣的是产生某种行为的倾向而非行为本身。然而,毕竟把一个盗贼锁起来(或者威胁他要将他锁起来)也许会改变他入室行窃的倾向(正如威胁孩子在放学后把她留在学校也许会改变她的倾向一样)。因此,完全消极的例子就是不带任何倾向的行为。

> 假设一个人机械地抓到一个球,然后扔给另外一个人,另外那个人抓到球后又机械地扔回给第一个人;并且在每一次做这样的动作时都不知道球从哪里来或到哪里去。显然,这种行为没有意义。这也许就是身体性的控制,但不是社会性的引导。

毕竟,对盗贼行为进行身体上的控制(对他进行监禁)也许会引起他的兴趣(免于受监禁的兴趣),对扔球者进行身体上的控制会引导他们对扔球不感兴趣,因为从一开始设想的就是扔球者对扔球不感兴趣——因为他们的行为一开始就被描述为机械化的举动。扔球者这个例子比盗贼这个例子要好,因为盗贼也许会抵制教育,而扔球者却不受教育的影响;对于扔球者来说,唯一可能的结果就是"身体上的",他们行为上唯一可能的改变就是"强迫"的功效。

为了寻找一种明智的令人满意(尽管可能与教学法无关)的方式来替代进步教育,杜威被迫采用了吐温的解决方法:他世界中的扔球者就是吐温世界中的骑士,这些骑士只能被杀掉而不能被征服,因为(就像扔球者而非入室行窃者)他们丝毫不受暴力威胁中隐而未现的兴趣的影响。因为没有一种

1 美国悲剧或美国生活的希望

教育是"纯粹外部的",因此在《康涅狄格州的美国佬在亚瑟王朝》里就没有教育;教育被吐温重新描述为制造,训练就是生产过程——这一切都发生在"人类工厂"或是"文明工厂"里。并且,文化之间的冲突实际上就是机器之间的冲突:即在美国佬的工厂里制造的机器与在教堂里制造的"政治性机器"之间的冲突;默林(Merlin)的"魔法"与美国佬的"科学"之间的冲突。同样的,这种冲突在本质上是暴力的;由于暴力不能威胁到那些骑士,因此他们唯一易受影响的就是暴力这个事实。"真实的我"的"微小原子"只有在(通过炸药)变为"骑士、武器和马尸的微小碎片"时才算是被改变了,这些碎片是不可数的,"因为他们不是作为个体存在,而仅仅是作为相同的原生质而存在,带有铁块和剑头的混合物"。杜威认为,旧式心理学中的"过错"就是认为"在从外部强迫孩子与完全的放任之间没有任何选择"。吐温拒绝认为在作为个体的微小原子和不是作为个体存在的微小碎片之间有任何选择,他就犯了这个"过错"。《康涅狄格州的美国佬在亚瑟王朝》中社会个体论的成功在于其能够把原子的转化看做是原子的毁灭。一个所有行为都是暴力行为的世界就是一个个体生存安全的世界。

然而,把这些转化定性为"暴力"也许不合适,就像是"外力"和"外部强迫"结果证明与旧式教育中使用惩罚有关一样。惩罚是不适宜的,因为,打个比方说,引起盗贼对坐牢感到的恐惧绝没有忽略他的兴趣问题,而仅仅是改变了想要引起的兴趣。至于骑士和扔球者,这也是不适宜的,因为认为他们是被强迫的或者甚至是从外部被强制的,这完全没有意义。从一开始机械的投球者就没有兴趣,因此,他们就没有任何兴趣受到侵犯,正如他们没有任何兴趣能得到激发一样。他们不能"从外部"得到引导,因为他们还没有真正地拥有"内心"——用杜威的话来说就是,一台完全是外部的机器。因此吐温笔下的机械似的"印第安人"代表的就不仅仅是帕克曼从岩石中蹦出来的"印第安人"的外延,而且是这种说法的完美诠释。在帕克曼看来,当"印第安人"的"外形"被改变时,他们的"实质"就被毁灭了;实质同时既不同于外形但又依赖于外形,就是这种不同于依赖的结合带来了暴力的可能性。但是在吐温看来,外形要么与实质完全相同,要么完全独立于实质;受害者的反应在这两种情况下都不相关。

因而,圣斯蒂勒特(St. Stylite),即那个"不停地、快速地把身体几乎躬到了脚上"的隐士可以被"带韧性绳索的设施"勾起来,并且被用来"操作缝纫机"。隐士在祈祷的同时又在忙于"机械中最有用的一个运转,即脚踏板运动"。这个例子很有嘲讽性,但其原理却并不具有嘲讽性——圣斯蒂勒特知道的和想要的与他能被用来做什么之间毫无关联。让我们想一想由计算尺带来的被"科学管理"的发明者弗雷德里克·温斯洛·泰勒（Frederick Winshlow Taylor）称作"切割金属的艺术"的区别："借助这些计算尺"，泰勒在1911年写道，复杂的数学问题"可以由任何一个好的技工在不到半分钟内解决，不管他是否懂得算术"。一个装备了计算尺的技工成为了计算机器中的一部分，一如圣斯蒂勒特装备的韧性绳成为了缝纫机的一部分。

确实，从这个角度看，这个技工相比圣斯蒂勒特是一个更为极端的机械化的例子，因为对于圣斯蒂勒特来说，形式与实质之间的区别或多或少符合身体与头脑之间的区别（似乎头脑不受机械化的影响），而计算尺却让身体与头脑之间的区别不相关了。经常有人指责泰勒"在产业工人的头脑和身体之间"制造了"分裂"，在泰勒式管理下的车间工人经常抱怨自己已经沦为自动操作员，因而不能为自己思考和行动。泰勒对这类抱怨的反应并不是一味地否认，而是把抱怨泛化。"同样的批判和反对"，他辩论道，"能够用来反对所有其他现代劳动力的分支。"外科医生的行动，如果被正确认识，也与那些砌砖工或是金属切割机一样机械化。用"每个人的每个行动都要遵循的严格规则"来替代"经验法则"——实质上，忽略个人的判断而代之以计算尺一样的东西——是对所有水平的人类行动进行科学管理的目标。已经成为科学管理标志之一的每个工厂工人人手一个的说明卡不仅详细说明了哪种工作必须完成的规定，而且也详细说明了工作完成后的评估规定。泰勒的追随者弗兰克·吉尔布雷斯（Frank Gilbreth）写道，这种卡要求"明确的质量。它们并不要求'完成工作以满足'任何人"。管理者的满意度与工人的进取心一样与此毫不相关。在科学管理中，管理者像其管理的工作一样机械化；头脑与身体一样像一个机器。相比于技工所想的与他头脑所想的之间的矛盾，泰勒笔下的圣斯蒂勒特所想的与其身体所做的之间的矛盾就表现得更为强烈。

然而，或许最极端的机械化例子就是美国佬自身，他的性格简直就是一个吐温自己参与佩奇排字机的产物。读者们经常注意到吐温刻画的美国佬表现出显著的矛盾性，比如他对摩根女爵（Morgan le Fay）①的受难者表露出悲痛之情，同时又为了显示自己的理智而欣然让她绞死演奏《永远的甜蜜》（"Sweet By-and-By"）②的乐队。用美国佬性格的复杂性来解释这种矛盾不能令人信服。对乐队的处置，像绞死幽默大师狄纳丹骑士（Sir Dinadan）③一样是一个玩笑，这个玩笑之所以可能，是因为对无差别的漠视，认为性格是

---

① 摩根女爵是传说中亚瑟王的姐姐。——译者注
② 《永远的甜蜜》是一首基督教圣歌。——译者注
③ 狄纳丹是亚瑟王圆桌骑士中的一员，有无畏的忠诚骑士之称。——译者注

机械性的，因此只受（但是绝对受）外界变化的影响：由赫拉克勒斯（Hercules）① 的铁锹带来的转变（即把美国佬从桥港［Bridgeport］② 带到凯姆洛特［Camelot］③ 的转变）是由马克·吐温的打字机带来的转变的原型。换句话说，美国佬并没有确切的性格，他是一个可以被描写成带有性格的人物，他的行为与他的性格相符，因为他的性格只能由他的行为来定义。如果圣斯蒂勒特和技工体现了形式优先于实质，那么美国佬就体现了形式与实质的统一。当唯一的统一是形式上的统一时，就不存在一致性的问题——只有重复或者不同，保持原状或者成为其他事物。因而，改变他即是破坏他，但同时又是在替换他。美国佬就像美洲印第安人，因为他不能被训练，但是他又不同于美洲印第安人，因为他可以被重塑；他完善了美洲印第安人的"不变性"，使之成为可变。

因此，《康涅狄格州的美国佬在亚瑟王朝》没有表达出对技术的态度。它既没有表达出热爱机器的吐温的乐观态度，也没有表达出对佩奇排字机越来越感到焦虑而开始担心机器文化的终极价值的吐温的悲观态度。相反，它着重表现了人与机器之间本质的相似性，吐温与佩奇排字机难解难分的关系以及吐温认为自己是写作机器的想法也体现了这种相似性：在吐温等待佩奇排字机最后一次尝试的结果时，他给罗杰斯写信道："我6天前开始工作，在一周内创造了平均11800个字的好记录。""科学管理的目的，"吉尔布雷斯在1912年写道："就是诱使人们尽可能地像机器一样去工作。"在美国佬的失败中，吐温预见了泰勒的成功；为了保护个体，他让他们为工厂做好准备。

在爱德华·贝拉米相当成功的乌托邦小说《回首往事》（1888）的续篇《平等》（Equality，1897）中，作者再次问了一个他曾在1888年问过的问题：那些没有认识到他们的"社会责任"并且拒绝加入在20世纪后半叶为公民提供了同工同酬以及平等权利的"工业大军"（依据贝拉米的观点）的人们应当做何处理？他在1888年对"全体兵役"是否是"强制性的"这个问题的最初回答是：它是"理所当然的而非强制的"。然后，他更直接地说道，一个"能够承担责任但坚持拒绝的人就应被关单独监禁，不给面包吃，不给水喝，直到他同意为止"。然而到1897年，面包和水——"强制某人违背意愿而行"——变得似乎"令人厌烦"了；在《平等》里，这种人被提供给种子和工具，在特意为他们准备的保留地上无拘无束地生活，也许就对应了20世纪

---

① 赫拉克勒斯是古希腊传说中的大力神。——译者注
② 桥港为美国康涅狄格州的一个市。——译者注
③ 凯姆洛特是传说中亚瑟王的宫殿所在地。——译者注

美国生活的展望（1880—1920）

对 19 世纪所说的话："你们那个年代为不愿接受文明的印第安人所设的保留地。"

这里的那个"印第安人"再一次成为带有抵抗性的个体形象，而那些为吐温和狄克逊所羡慕的像巴特利白那样的拒绝者则被贝拉米指责为"过分的个人主义"，甚至遗弃了"过分"，而指责为具有"不能合作"的迹象，这种"不能合作"来自于社会体制建基于其上的个人主义。"有谁不是经常感觉到……似乎个人身份感——比如他与他特殊的个性之间的联系——在悄悄地消失？"贝拉米在早期的一篇文章中这样指出。在"团结的信仰"里，个人可以被变为"一个原子，广袤海滨上的一粒细沙，浪涛翻滚的海洋里的一朵小浪花"。"团结的信仰"的吸引力或许可以理解成表达了阿瑟·利波（Arthur Lipow）所描述的贝拉米"对各种形式的个人主义的深深厌恶"，这种厌恶激发他在《回首往事》中试图通过压制个性和人格来解决现代社会中的个性问题，而且可以成为《康涅狄格州的美国佬在亚瑟王朝》的对照，是对吐温所支持的个人主义的攻击。

然而，《回首往事》的训导（并且这本书的大部分都是训导，由 20 世纪的利特博士［Dr Leete］对 19 世纪的朱利安·威斯特（Julian West）提出的问题进行回答的一系列讲座组成）同时似乎是对个人主义的反面说教，其中有一些叙事部分产生了反方向的作用。因为当朱利安·威斯特在 20 世纪的第一晚醒来后，他发现自己"极度悲痛地"在"盯着什么"，"不能重新获得他个人身份的线索"："在那些时候，我不能把自己与纯粹的生物区分开来，就像我们可以想象一个未得到生命的灵魂一样，灵魂只有得到赋予个性的触摸才能成为人。"渴望失去自身的身份与害怕失去自身的身份以及希望自己"永远不要知道"的那种害怕在这里紧密联系在一起；一个个人主义被根除的乌托邦社会同时被想象成一个个人主义得到保护的社会。

正是这种颠倒而非对借口的寻找，使得贝拉米宣扬的在工业军队里服役"更多是理所当然的事情而不是强制性的问题"就有道理了。狄克逊塑造的反社会主义的本土美国人是一个英雄，因为他依据"自然法则"而生活。在这种法则下，"没有人，哪怕是最穷的人，会因一种高级权力的命令而去工作。如果他愿意，他可以随时放弃工作。他可以选择挨饿……但是他仍然是自己的主人。他的意愿至高无上。他，并且只有他自己，可以说我愿意或者我不愿意。"在对契约自由（狄克逊抱怨说，社会主义把"契约"替换成为"命令"）典型的辩护中，狄克逊把个人主义与独立自主的可能性统一起来，并且那种可能性——拒绝服役——正好就是贝拉米所否定的。然而，他否定它，并非因为他不能支持它，而是因为在最后，他不能想象它。在《回首往事》

270

中，在工业军队里的服役与其说是一个个人的选择，倒不如说是一个人做出选择的基础。因此，拒绝服役就好像是"自杀"，因为这不是代表个人主义而拒绝，而是对个人主义的拒绝。"现在，每个人都是一个有清晰的位置和功能的系统中的一部分。我却在这个系统之外，"朱利安抱怨道，"并且我不知道怎样才能进入这个系统。"这种抱怨绝不是独立宣言，也不是放弃个人主义。相反，在这个系统里有"清晰的位置"（就像因为不能从"纯粹的生物"中"区别出"自己而产生的"极度悲痛"一样）标明了一种观点，即只有某种"系统"才能让个人主义得以实现。

在《回首往事》里，那种系统就是军队。狄克逊的战争英雄沃思上校厌恶军队的"组织机构"，厌恶"其铁一般的纪律，厌恶那些被设计出来以压迫该系统中成员个性的残酷机器"，而《回首往事》里爱好和平的老百姓却认为这种系统是很必要的，并且把它当做一种"完美的组织"，可以用来塑造他们所谓的"自我奉献"。这个工业军队系统被分为三个"等级"，这些等级反过来又被划分为两个"阶层"，在"等级""阶层"里面"有许多微小的等级差别"，这个系统更多的是致力于制造个人主义而非压制它。但是它所制造的个人主义是由差异性而非独立性来定义的。工业军队所提供的是一个细微分级的差别，一个使"自我奉献"成为可能的"组织"，因为在它的定义中，"自我奉献"可以被获得。在这个系统之外，你将不知晓自己是谁，因为你还不是你——你只是一个"纯粹的"（即非差异化的）"生物"。但是这个系统允许差别的存在——确实，它只是由差别构成——并且通过差别的存在使身份的存在成为可能。

从这个立场上讲，过去看起来像是个人主义的，现在看起来反而像是不能实现个人主义。在泰勒1895年在美国工程师协会中第一次提出"计件工资制"之后，其中一位讨论者承认了泰勒体制的功效，但是表达了对"科学管理"还"不必要"的年代的怀念，那个时候

> 这个国家的机器商店还是个体商店……在那些年代，商店工人与老板之间存在着某种共同利益的感觉。我认为随着机器商店的所有者变成了法人，随着商店由那些从来没有见过工人、对工人毫不了解而且对工人关心得更少（正如我担心的那样）的董事会来管理，这种共同利益的感觉就会消失。

但是泰勒把个体商店里的工人重新描述为在"孤立中"的"工人"，他们不能从对时间和行动的科学研究中获利，并且在这个方面（足够引人注目

地）在完全相同的情况下被描述为"成群"的工人；泰勒坚持认为，科学管理的对象既不是"孤立的"工人，也非"群体"中的工人，而是从没有差异的孤立和同样没有差异的群体中解救出来的"作为个体的工人"。

然而，在此处更为引人注目的是科学管理同时与保护个人主义兼容，又与攻击个人主义兼容：由拒绝加入"组织"来定义的"白印第安人"机械化了，成为理想的工人；仅仅由加入系统来定义的工业士兵也成为了理想的工人：机器提供了转换，通过这个转换，拒绝进入系统的个体可以成为由这个系统创造的个体；通过这个转换，威胁独立可以变成实现独立。因此，赫伯特·克罗利（Herbert Croly）对美国个人主义充满矛盾的抱怨以及他对那种抱怨的观点的适宜性就得到了验证。抱怨的内容是美国的个人化既过度又不足，而回应是把由差异性定义的个体当做实现了独立的个体。"个性必须以真正的差异为基础"，他指出，并且"在每一种实际操作中，专业化……正在变得盛行；这样个体就会获得个人效率和独立这些确切的令人兴奋的可能性"。很显然，差异化和专业化援引了贝拉米的关于差异就是个性的概念，而克罗利不是（像贝拉米那样）把独立换成差别，而是认为差别能为独立提供一个新的根据。这样，被雇主形容为"独立工人"的非工会劳动者就被克罗利看做是"一类被工业遗弃了的人"。如果他是一个真正的"独立的工业个体"，他就应该通过"加入工会"来显示他的独立和个性。

于是，克罗利小说中攻击个性与保护个性之间的对立，或者更重要的是，由差别来定义个性与由独立来定义个性之间的对立，就得到了解决，如在泰勒小说中一样。但是这并不是说这种对立就完全消失了，也不是说这种对立在一开始就不重要。个性受到威胁的意义有助于实现把人变成机器的热情；个性具有威胁性的意义有助于实现把人变成士兵的热情。但是这两种产品之间的一致性比两种动机之间的不一致性更加引人注目。从保护和攻击中产出的是一种个性转换，在这种转换中，由独立的机械性保护自己就成为机械的一部分，把独立的丧失重新想象为获得个性。这正是霍滕斯·布里格斯想要属于某个阶层而会希望的个性。在鲁本斯特商店橱窗里的那件具有"等级"的皮衣于是体现的就不是一个阶层问题，这个阶层之所以成为阶层，是因为由没有任何阶层的人组成，从而体现了个体解决方法，这个个体之所以成为个体是因为他不属于某个阶层。

标准与个体

在工业军队里，每一个人都穿着制服。这就是最近的一些诸如阿瑟·利波等作家用来证明贝拉米反对个人主义的证据之一，而且赫伯特 G. 古特曼（Hurbert G. Gutmen）已经注意到一个案例，即匹兹堡的铁路工人抱怨让"我们这些人穿上制服"的倾向："制服……会经常让他们想起自己的农奴身份，因而我宁愿失去工作也不愿穿上它。"对匹兹堡的铁路司闸员来说，制服会把你降为一个阶层（农奴）的无名成员，拒绝穿上制服就意味着一个人要求获得"生而自由的美国人的权利"；然而，对德莱塞笔下的克莱德·格里菲斯来说，那件旅馆服务员的制服，即他在饭店里找到第一份工作时需要穿上的那件衣服，标志着他从家庭中逃离出来并得到了一个"职位"，这使他第一次感受到"个人自由的快乐"。确实，那件旅馆服务员的制服只是对克莱德在下班时学着穿的制服的一个前奏——即那套"新的棕色套服、帽子、大衣、短袜、领带别针和鞋子"，这是"仿照"那件最"吸引人的"旅馆服务员制服而购买的，它赋予了克莱德某种"个性"的吸引力。穿上这套"几乎与他的师傅一样的衣服"，克莱德生平中第一次能够"看起来与众不同"。

在德莱塞看来，制服使与众不同成为可能——正如在泰勒看来，"方法"的"一致"使个性成为可能。在使与众不同成为可能的同时，也使得德莱塞称之为"个人"经历的新领域成为可能。当然，某种意义上来说制服已经使这一点成为可能。内战大规模的动员带来的影响之一就是对衣服尺码首次制定了可靠的标准。在战争开始之前，以及在 G. H. 克罗斯曼准将（G. H. Crosman）于1865年尝试为由军需官提供的"各种设备""制定尺码"前，绝大多数美国人穿的还都是家里做的粗糙的衣服或是二手的衣服，当然，这中间不包括那些只穿专业裁缝定制服装的富人。（弗吉尼亚人最好的那件套装用料是手工纺织呢，但是由裁缝亲手"测量"，两者巧妙地结合制成成衣；它体现了上流阶层对民间［与大众相对］艺术的热情，这种热情同样可以在工艺美术运动时期"大众化的"但又是定制的家具中找到。）然而，统一联邦军队制服的努力才第一次取得了"充足的数据"来"建立标准化的比例表"，直到1889年，军需官将军的《美国军队制服和设备》（*U. S. Army Uniforms and Equipment*）显示，士兵们有了四种尺码的外套、五种尺码的衬衣和六种尺码的裤子。随着成衣逐渐替代了战前人们所穿的家织的和尺码粗糙的衣服，普通美国老百姓第一次有可能穿上了合身的衣服。从定做衣服这个角度来看，标准化的尺码似乎意味着个性的丧失；而从家织衣服的角度看，这第一次使个性在某种程度上变得可能。

但是标准尺码的真正个性化力量不在于使穿上合身的衣服成为可能，而在于创造了一套全新的关于那些衣服的穿着者的个性化以及本质性的事实，这套事实对于穷人和富人一样有益。由于现在一个人有可能有了自己的尺码，因此很快就有必要不仅需要尺码，而且需要一套关于尺码的信念和欲望，比如太大、或是太小、或是正合适等。当然，一个人能够拥有自己的尺码成为可能只是因为他或者她完全不是"独立的"个体，而是作为一个大阶层中的一员，这个阶层足够大，以至于大批生产你的尺码的衬衫至少有利可图。因此，一方面，有自己的尺码就意味着成为了一个真正的社会群体中的一员；而另一个方面，标准化的影响几乎不是共有的：尺码现象带来的影响不是从属于一个群体，而是从群体里被排挤出去。

这种把个性理解为标准化的影响的观点有助于清晰地看到托克维尔平衡的不足。托克维尔把个体和社会之间的平衡看成理解进步时代个性转换的一个途径。比如科学管理培训下的工人不是由他的劳动成果来得到评价——一个以他努力的内在价值为评判的标准；或者通过与其他工人的劳动成果进行比较得到评判；一个明确的社会标准——而是通过他"符合标准方式的精确度"来得到评判，通过标准，实际上就是通过标准自身来进行评判。从这个角度看，科学管理对社会中的个体以及独立的个体持有同样的敌意，因为正是这种对相互竞争的工人的工作表现进行管理衡量造成了群体压力，从而降低了工人的工作表现；工人们担心（这种担心合乎情理）一个技术熟练、工作积极的工人的表现有可能导致他们所有人的报酬降低。这样，科学管理的目标就使得社会比较成为既不相关又孤立的行为。

换句话说，泰勒在把独立重新描述为"孤立"之后，又把它替换为"志向"，当工人"被聚成一群一群的而不是被当做独立的个人来对待"时，志向是得不到激发的。泰勒认为，一旦科学管理确定了一项"任务"应当如何完成、在什么时间内完成，那么它同时也就确定了一种标准，按照这个标准，每一个个体的表现可以得到评判，其评判者不是他的老板，而是他自己。标准的开发使得每个工人可以"衡量他自己的进步"，因而他获得的不只是"最高标准的效率"，而且还有"最大的满足感"。举个泰勒最有名的例子，一个生铁块搬运工整天时间都是在把生铁块从堆料厂搬到铁道汽车上，再走回堆料厂把又一块生铁块搬到车上。根据米德维尔钢铁厂的规则，当他被告之如何搬运生铁块、一次能搬运多少块、搬运的速度以及搬运之间的休息时间，那么他的搬运量可以从每天 12.5 吨增加到 47 吨，并且他的每日工资也从 1.15 美元涨到了 1.85 美元。但是最显著的变化既不是身体上的也不是经济上的，而是心理上的：科学管理使得工人能够体验对自己表现的满意或是不满意。这使得他有可能（尽管到 20 世纪末，这可能看起来是一种有点原始的方式）知道做到最好意味着什么，因而能够断定他是否做到了最好。

一致性使得贝拉米所说的"自我奉献"可以适用于一个全新领域。当克莱德试戴他那顶旅馆侍者的帽子时,他看到(甚至在他的老板告诉他之前)自己的头发"太长了";"他的头发的确在戴上那顶新帽子后会看起来很不合适,他现在都还讨厌它。"标准(制服)的引入带来了一种对自己的外貌全新的、强烈的反应。正如标准化尺码可能使衣服的尺码不合一样,那件旅馆侍者的制服就可能使克莱德头发的长度不适合,并且因此使他讨厌自己的头发。这种自我的体验只有通过标准的干预才能实现。吉尔布雷斯这样描述一个工人工作的情形,他的手指能够"在没有其他辅助的情况下,只通过大脑下达命令就可以完成工作",这个描述说到了"行动的自动性";而在德莱塞作品里,行动的自动性开始变得像是情感的自动性了。

确实,这种从行动到情感的进步其自身就可以被理解为一种自动化形式,这在著名的神经学者(他发明了修养疗法)兼当红作家(他有一部历史小说《休温》[Hugh Wynne,1896])S. 威尔・米切尔(S. Weir Mitchell)的作品中有所体现。在两本关于"性格医生"的著作(《特性》Characteristics,1891]、《诺斯医生和他的朋友们》[Dr. North and His Friends,1900])中,米切尔指出这种自动化标出了人类心智健全的范围。米切尔塑造的诺斯博士在赞美"原创性"和"个性"(一种每个人都保持与众不同的令人惊奇的方式)的同时,也对"自动模仿"感兴趣,并认为自动模仿在"性格成长发展"中起了作用。这种"完全的人类"自动化的危险出现在精神病中,"歇斯底里或者特殊的精神错乱,在这种情况下,一个人会自动地重复他听到的话,或者自动地重复他碰巧看到的一个人的手势"。这种危险不仅仅在于自动模仿会产生古怪的行为,而且还在于通过行为方式,自动模仿也产生了情感,那种被认为带来行为的情感。"如果……你把接受催眠术的人的前额肌肉掐起来,"诺斯博士指出,"以模仿一个皱眉的面部表情,他就会立刻变得很生气……如果你使他脸上的皱纹呈现出欢快的曲线,这表明一种愉悦,而他就会狂笑不止。"这里的情感是自动化的,并不在于说它们变成了自动化的反应,而在于是被自动化所激活的:我们自动地模仿他人的面部表情,并且这种模仿会产生一种副作用,即产生适合于被模仿行为的情感。

对于那些如诺斯博士一样关注于保护"原创性"和"个性"的人来说,寓意很清晰:"我们脸部表情中出现的第一丝热情的表露就是失去自我控制的第一步。"这里的情感不再被看做是个性的表达;反而,就自动化和模仿使个体的情感得以实现来说,情感成为个性的主要威胁。同样,标准化——即米切尔所指出的"生产完全相同产品"的努力——成为"热情"的重要术语。

因此,标准化可以被称为在生产自动化的过程中改变了自动化。行为自动化——就像计算尺一样——被认为替代了工人的大脑,科学管理的管理项

◎美国生活的展望（1880—1920）

目，正如我们所看到的，被认为用标准的机械化特征取代了"满足感"等心理上的概念。但是，甚至在泰勒看来，标准的机械化特征最终取代了以工作是否完成作为评判标准的管理者的满意感，而代之以工人完成工作所具有的满足感。而在米切尔和德莱塞看来，正是这种自动化使得满足感的条件成为可能，而标准的引入却创造了心理体验这个新的领域，同时还提出了一种标准化（从而个性化）的新术语。德莱塞的小说——其兴趣既不在于个人，同样也不在于社会秩序，而在于被德莱塞称为"个人的秩序"的东西——自身就是这个术语的一个例证，更为广泛地说，是19世纪末小说的例证，带有米切尔所称的"性格描写"。

因为尽管《特性》中对自动模仿的描述来自于一个旨在说明只有"伟大的特色"才能超越"模仿"的诗学影响的讨论，但是随后对乔治·艾略特小说的"特性天赋"的讨论在某种程度上改变了这个争论的条件。在回应小说的表现手法首先需要做到"联想记忆"的说法时，诺斯博士坚持认为："还必须有某种超越记忆的力量。必须具有拒绝和改变集合记忆的力量，以便最终创造出那种描述中的自然生存统一性，其结果就是塑造了一个栩栩如生的事物而非仅仅是照片。"特色依然是超越模仿的能力，模仿依然等同于某种自动性（照片），但是这里对模仿的超越最终也成为自动的了——"小说中持久不变的真正的塑造性格的力量是自动"，诺斯博士接下去说。威胁特色的自动性现在看来似乎成为特色真正的标志。此外，它所标志的特色是"特性特色"，一种创造真正个体的能力，这些个体的个性据说存在于他们回避自动性的能力中。现在说来，文学特色并不在于抵抗模仿，而在于利用模仿。"时下有很多书籍里边的人物代表了他所知晓的人们"；特征中的特色就是把这些表现、这些"记忆"以及"组合"纳入一个角色，从中"塑造"出一个"栩栩如生的事物"。虽然按照诺斯博士的观点，机器表现了人们为生产制作相同产品而进行的努力，"表现了生产手表或是引擎以便去除个性化产品的努力"，但是小说里的表现——如乔治·艾略特以及诺斯博士自己写的一本关于"塑造"人物的书——是用来生产个体的机器。

因此我们就可能认为，现实主义小说最应该被理解为参与到了标准化这个广泛的工程中，尤其对于特性刻画的投入应该被理解为是对建立标准化的投入，这个观点与两个主要假设形成了对立：小说是社会解放的代言人，是社会控制的代言人。但是，在这个部分的结尾，我不想强调这个观点，而是想对这个观点进行一个概括，尽管概括的方式及其简洁。

贺卡产业最早起源于维多利亚时代人们互换圣诞卡的习俗，近年来此产业却超越了与圣诞节以及其他节假日的联系，已经开始生产一系列的贺卡，

1 美国悲剧或美国生活的希望

用来表达恰如其分的情感,情感的表达不仅范围更广泛,而且更加私人化。从某种程度上讲,这概括了贺卡产业的发展历程:它发源于进步时代,最初问世的是首批母亲节贺卡(母亲节的第一次庆祝是在1908年,在1914年被伍德罗·伍尔森宣布为"官方"节日),之后(1911年)出现了更加私人化的"友情"卡,包含了被一位贺卡历史研究者所称的"特别写入的感情"。这些更加现代的卡实际上是老式友情卡的改良;代之以祝福人们生日快乐或是希望他们身体尽快康复,现代卡会有这样的字句:"在这个世界里,开放和脆弱是十分可怕的",或者"我想让你高兴,但首先我得让自己高兴",或者"你伤害了我。告诉你后我感觉好多了"。从一方面讲,这些新式的或至少说新时代的贺卡起源于一种曾由"无线电治疗专家兼作家(《精神病学家的素质》[*The Making of a Psychiatirst*])"大卫·维斯克特(David Viscott)经历过的虚幻体验。维斯克特告诉《时代》杂志:"我曾经听到过一种声音在说,'某天你将告诉人们他们内心真实的感受',而且我确实这样做了。"现在这种声音在数百万张贺卡上繁殖,使《时代》杂志变得很不安。杂志的记者评论道:"也许贺卡公司们正忙于用一种全能的情感方式来为许多美国人建立情感范围。"

对各种衣服尺码进行比较是适合的,但是对只有一种尺码的担心却失去了它的意义。那种担心基于一种假设,即人们已经形成了许多多变的、各异的情感,这些情感会因为被简化成卡片上引人注意的词句而受到危害。但是贺卡的一个论据是:人们不再像他们具备各种尺码的衣服那样具备多种感情。就像维斯克特需要一个声音来告诉他要做什么一样,这些贺卡的消费者也需要他的声音来告诉他们"真实的"感受;就像可以教人们如何去体验在举起并搬运沉重的生铁块时身体的运动一样,同样可以教他们如何去体验他们身体内荷尔蒙的变化。维斯克特的贺卡更新了早期的友情卡,也更新了它们的工业等量物,即泰勒的说明书。正如贺卡产业的一个成员所指出的:"我们从来没有创造过一条贺卡生产线,我们创造的是真实的感情。"如果这种断言有些言过其实,这并非因为真实的感情不能被创造,而是因为如此多的努力已经被投入到创造真实感情的过程当中——从旧式的友情卡和母亲节贺卡(实际上也是母亲节本身)这些微不足道的贡献到现实主义小说卓越的贡献。

阶层和大众

霍滕斯想要用那件毛皮大衣来提升自己的"社会地位",立刻那件具有个性的仿造外衣就具有档次了;霍滕斯还幻想着一旦拥有了那件衣服,她也会

美国生活的展望（1880—1920）

变得有地位了。但是为何桑德拉想要克莱德呢？克莱德的社会地位不比桑德拉高，但可以肯定的是，他的社会地位也不会比她低。因为毕竟他是来自格里菲斯家族，即使只是一个穷亲戚，所以莱柯格斯小镇以及格里菲斯家族的人也不确定应该如何来看待他。在格里菲斯家族里，格里菲斯先生以及他的儿子吉尔伯特代表了两种极端的可能性。父亲喜欢克莱德并且鼓励他，而儿子却讨厌他并且总打击他。瑟奇·爱森斯坦在为最终没能拍成电影的《美国悲剧》准备剧本时解释了父亲和儿子之间的区别。他注意到在格里菲斯家里

> 这些父辈依然盛行父式的家族民主精神，没有忘记他们曾经是如何衣衫褴褛地来到这个小镇并开始发财致富的。而之后的一代人已经接近富裕的贵族阶层了；就此而论，克莱德的叔叔以及其侄儿分别对他采取不同的态度就很有意思了。

吉尔伯特和克莱德之间在外形上的极度相似性，使得这种新型势利更加明显，但也表明，除了冷酷无情的阶层界线还有其他的因素在起作用。克莱德与吉尔伯特个性及其相似有助于形成（尤其对桑德拉来说）一种不可信的阶层性爱：克莱德与吉尔伯特之间的相似使得他——来自一个比芬吉莉家族稍有钱的富裕人家——被当做与桑德拉同阶层的成员，确切地说在某种程度上，克莱德的社会地位比桑德拉更高；然而，桑德拉同时为克莱德所吸引是因为他是一个低阶层的吉尔伯特——与吉尔伯特"冷酷的"目光不同，克莱德那带有"寻觅"性的目光显示他要从桑德拉身上得到某种东西，某种类似于霍滕斯想要从那件皮外套上所得到的一样的东西，这从而又进一步使他成为桑德拉感兴趣的对象，因为桑德拉在那些眼神里看到了她自己的阶层。克莱德的社会地位因此同时既高于又低于桑德拉的地位，作为一个几乎是乌托邦式阶层流动性的代表而非常具有吸引力——说是乌托邦式的并非在于幻想阶层界线可以跨越（格里菲斯和芬吉莉家族的历史证明这个界线可以被跨越），而在于幻想成为两种以上阶层的可能性，或者更确切地说，是在幻想所体现出来的跨越那个时刻的某个人（克莱德，并且通过他，桑德拉自身）。F. O. 马西森令人信服地把桑德拉描述为在回应"内心对克莱德的强烈感情，这种感情比她以往对任何一个学校男生的感情都高涨"，但这种强烈的感情不完全是私人的，或者从经济结构上讲是私人的。桑德拉对克莱德的回应是他对她的渴望（反映了地位较低的人眼中她所在的阶层）以及她对吉尔伯特的渴望（反映了从高处审视她自己的阶层）。她把霍滕斯希望改变自己"社会地位"的简单明了的愿望复杂化了，因为她并不想从一个阶层转换到另一个阶

层，而是想去体验阶层流动性背景下的阶层现象，通过阶层差异去体验她自己的"阶层"。

然而，爱森斯坦对莱柯格斯工厂冷酷无情的阶层界线的强调是恰当的。因为，尽管格里菲斯决心让克莱德从"行业的最基层"开始做起，并且该行业的经营体制是计件制，但是克莱德并不做计件工作；"我不想让他做计件工作，"萨缪尔·格里菲斯告诉吉尔伯特，"这看起来不合适。毕竟，他是我们的亲戚。就先顺其自然一段时间，然后看看他为自己干些什么。"格里菲斯把良好的"品质"与"物质生产"挂钩，但却认为计件工作是蓝领工人的标志，与计件工作保持一定的距离就是白领工人的标志，格里菲斯把这个距离延伸到工厂之外的地方，他禁止白领男孩与蓝领女孩约会。在莱柯格斯工厂，"穷人与富人"之间的"分界线"就像一堵"高墙"。因而，当洛蓓达的爸爸听说她遇害时，他只能想象女儿"在工厂里死于机器"；最终浮出水面的真相——即她是被一个"游手好闲的富人"谋杀的——破坏了穷人与富人、管理者与劳工、白领与蓝领之间的那堵高墙，似乎是一个特别可怕但也并非完全不可预料的结果。

而事实上，在工厂的里里外外，这堵高墙几乎从一开始就被用来保护它的"制度"破坏了。员工们在组成工厂"结构性工作"的"各个细节和过程中"都受到了"严厉的系统性的训练"。这种训练的目的在于生产产品的同时还要制造"有性格的人"，即"习惯于那种狭隘的朴素的生活方式"的工人。然而，效果却是十分不同的。白领克莱德发现，他非但没有习惯于那种狭隘的朴素的生活，反而训练得越好，就越不可能"把心思仅仅放在工作的机械程序上，或是不打公司里的女孩们的主意"。被雇佣的蓝领女孩们"工作如此机械以至于她们的心思可以自由地徜徉在各种享乐的点子中"，主要都盯着"离她们最近的对象"克莱德身上。泰勒曾经幻想工人的机械化会激发像萨缪尔·格里菲斯这样的人身上展现出来的品质，"个性化性格、精力、技术和可靠性"；科学管理的批评者们曾经指控机械化会驱使工人变得疯狂，或是满怀希望地预言科学管理将鼓励工人们去批判整个工厂的体制；在安东尼奥·格拉姆西（Antonio Gramsci）的《监狱手册》（*Prison Notebooks*）的一个著名段落里，他认为当工厂里的工作完全成为"机械程序"时，工人们就能够达到"一种完全自由的状态"，这将导致"摆脱陈规戒律的思想"。然而，德莱塞却认为工厂生产出来的既不是遵规守纪的萨缪尔·格里菲斯们，也不是不守规则的革命家们——它生产的是克莱德一类的人物，并且在蓝领与白领之间那座"高墙"的两侧都生产出了这样的人物。

这样，当洛蓓达的父母正在想象着她"静静地、认真地而且愉快地在那

○美国生活的展望（1880—1920）

条艰苦的、淳朴的道路上生活"（换句话说，就是经理们为工人们设想的那种生活）时，洛蓓达自己却已经卷入了与克莱德的爱情当中——她被克莱德的"个性"魅力所吸引，"被同样折磨着他的野心和不安所攫取"（更不用说其他工厂里的女孩了）。正如他所描述的他们之间的性关系："我从来没有真正地打算过想做什么……当然她也没有。我们从一开始就只是希望顺其自然……那会儿有规定，我不能随便带她出去，一旦我们在一起的时候，我们当然就是啥都不想了，我想就是这样吧……"除了阶层以外，工厂还制造了一种充满跨阶层爱情的气氛；它也参与了制造克莱德与洛蓓达之间"为了获得某种比以前更好的东西"的那种共有的渴望。工厂坚持不同阶层的人应当分离，它强迫并因此而招致了克莱德和洛蓓达关系的秘密性，这种强制的隐私使他们的性关系更加亲密。最后，工厂在每一个阶层中还制造了阶层差异，这甚至比亲近与隔离之间的结合更为有效：它提出把放任作为蓝领工人的条件——"我不想让他去做计件工作……就任其自然好了……"——并把放任作为蓝领工人的产品——洛蓓达不是被机器而是被一种渴望的梦想所杀害："我们只是任其自然罢了"——机器以及她自己劳动的机械化性质最终就使其成为可能。

"放任"在进步时代是一个被指责的词。对克罗利来说，这种顺其自然的"放任政策"标志着对他的民族理想的巨大威胁，一种与杰斐逊式反联邦主义一样的威胁。他认为，反联邦主义在内战前的几年里已经达到了顶峰，那时杰斐逊的杰克逊式继承人"没能想到联邦政府不会照顾好自己"："他们期待着他们的国家任其自然地漂流到幸福之地的一个安全港湾，然而那只放任漂泊的船只，其无情的结局却是要么遇到岩石要么遇到浅滩。"这使得克罗利的伟大英雄亚伯拉罕·林肯把自己置身于"一种个性膨胀、民族观望和精神麻木的体制"之上，以挽救联邦政府，并且宣布了克罗利自己的主张，即"美国是一个天性充满生机的国家"，"美国人对他们自己国家的完整负有责任"。

那么，克罗利对顺其自然的兴趣本质上就是他的美国的国家理想的反义词，但是当讨论不是那么带有国家主义倾向的时候，形成"国家漂移"背景的"精神麻木"和"对个性膨胀"的渴望就很容易地成为讨论的问题。因此到1914年，沃尔特·李普曼（Walter Lippmann）（正要为克罗利新的"新共和国"效力）就可能忽略了民族身份这个问题，而继续——在《放任与掌控》（*Drift and Mastery*）里——把放任当做一个强大的敌人："科学的精神就是民主的秩序，是远离放行，是一个自由人的观点。"克罗利反对国家漂移的理想，而李普曼反对行政和管理的理想，认为这是一种"科学方法，是行政技术的小心应用，是为了控制而对消费者进行组织和教育，是为了加强管理而对工人实行纪律。"在克罗利提倡新的选择时,李普曼却提倡选择本身:"我们不能再把生活当成涓涓细流慢慢向我们流来。我们不得不刻意地去安排它,设计它的社会机构,改变其工具,制定它的方法,训练并且支配它。"那么,对李普曼来说,"掌控"不仅仅是制定一项政治规划,而且是制定一种"人类生活"的"理论"以及实现生活理论的"方法"。

克罗利的放任主义者们是一些拥护放任政策的商人,他们认为如果能够自己管理自己,那么民主就会兴旺;《美国生活的前景》就提出了一种代替放任政策的政治方案。在李普曼看来,任其自然更为普及——"我们任其自然去工作,我们坠入爱河……几乎没有一件重大事件我们可以说:这是我们自己的选择"——因而反对放任不仅要涉及对其他人的管理,还涉及对我们自己的管理:我们不能允许任何"意外"来控制我们,我们必须"洞察自身空想的愚蠢",我们必须"自治"。然而,反对放任不仅仅是声明介入,而且是行动本身,李普曼的逻辑使一种新的领域可以用来放任漂移,在这个领域里放任漂移能够得到修复,在这个领域里,正如1922年一则题为《快乐的航行》("The Waterway to Happiness")的广告所描述的,重点就在于"仅仅去漂移而已"。

这则广告是为休闲领域的独木舟设计的。正如对克罗利和李普曼来说,生产行为领域日益由放任漂移的缺乏来定义,因而对"古镇独木舟"的制造者来说,休闲领域就由任何一种类似活力缺失的东西来定义:"不用努力,不用工作,只有快乐!"这并非是说工作和闲暇被完全从休闲的漂移景象中删除了;而是说它们被从乘坐独木舟的人身上转移到了"古镇独木舟"自身:"因为'古镇'是最容易划桨的独木舟。它对桨的微妙压力能做出迅速的反应。同样,每一艘'古镇独木舟'还具备速度以及力量和稳定性。"因而,工作被嵌入到了技术中,在独木舟里划桨并顺着溪流蜿蜒而上的年轻夫妇可能会被理解为克莱德和他工厂里那些女孩儿的化身,看着一群莫霍克族人"激起漩涡和涟漪",工作的"机械化程序"使他们自由地"徜徉在各种享乐的点子中"。那么,如果人们持续不断地试图把放任漂移从行动的王国里驱逐出去,其结果就是重新把放任漂移恢复为休闲的标准,那么休闲的条件就会与工厂劳动的条件难以区分。膨胀的野心、精神的麻木以及被李普曼称作"空想的愚蠢"的无意识的欲望——这些都是对放任漂移的一种表述。在克罗利和李普曼的"现代文明"中,这种放任漂移必须被分离或者被消除。在《美国悲剧》中,这种放任漂移不仅仅是作为一种现代文明的产物而再现,而且是作为文明技术分离或消除放任漂移的产物再现。

克莱德本人对"划独木舟"很"着迷",也就是说,他"为自己身穿一件户外T恤衫,脚穿一双帆布鞋,在卡拉姆河上休闲地划桨而构成的一幅别具一格的夏季画面而感到心满意足"。他和德莱塞都把诸如划桨、游泳和潜水等之类的休闲运动看做"社会成就";湖上的"画面"标志着克莱德阶层转换的资格,当然是因为漂移的乐趣是一种阶层乐趣。克拉姆湖上夫妇所用的独木舟就是"快乐的航行"敦促人们去购买的"按小时出租"的独木舟,但广告和出租的可能性两者都是在为阶层转变铺路搭桥。从这方面讲,它们就像格里菲斯的工厂本身一样,用吉尔伯特的话来说就是,担负着某种"社会重要性","生产并分配各种衣领,给人们以优雅和礼仪,如果这些衣领不便宜的话,那些人永远都不会拥有优雅和礼仪"。正如我在先前所说的,工厂生活的节奏造就了克莱德以及衣领,因为它把它的工人变成了"热情的"消费者,而且吉尔伯特对"廉价衣领"的"社会重要性"的描述使我们想起了工厂的两种产品之间的亲密关系:它生产的消费者消费它生产的产品,克莱德买廉价衣领。

我们可以想象在克拉姆湖上的克莱德和洛蓓达就像在"古镇独木舟"广告中的夫妇一样;"这是不可思议的时刻,"古镇独木舟的制造者说;克莱德和洛蓓达认为,它就像一个"梦""变成了现实"。并且我们可以想象克莱德和洛蓓达感情达到高潮的那一幕,在大麻鸦湖的划艇里"漂流,漂流",就像他们任其自然而发生的爱情达到顶点一样;"只管漂流……只管愉悦",独木舟广告上这样说着。但是"漂流的船舶无情的结局要么是遇到岩石要么是遇到浅滩",克罗利这样说。从这个观点来讲,《美国悲剧》把放任漂流的结局戏剧化了,似乎再一次强调了克罗利和李普曼的管理道德。但是,正如我们已经看到的,对于德莱塞而言,在放任与支配、工作与闲暇之间的选择被两者之间哪一个应当被选择的那种无法减轻的相互依赖折中了。洛蓓达之死的景象使这种纠缠最具戏剧性。当然,因为"漂流,漂流——在任何事物都没有尽头的无止境的空间里——没有企图——没有计划——没有需要解决的实际问题——什么都没有"本身就已经被设计为"行动的时刻——关键的时刻!"的前奏,而且"行动的时刻"不仅仅被漂流抢先和抛下了,而且被它占据了——"行动"是一起"事故",一个"无意的撞击",把洛蓓达撞入水中。在那时,紧随着已经成为"意外事故"的行为之后还有思考的时间——"什么也不要做"。当洛蓓达溺水时,不作为的思想不仅向麦克米伦牧师而且克莱德本人都证明了他实际上是个谋杀者,不作为就是有作为,直到克莱德游上了海滩,这一切实现了克拉姆湖上的"社交成就"之一。

当然,通常我们把德莱塞和美国自然主义更概括地理解为对人类手段局限的关注。确实,这几乎就是对自然主义的定义,其特征就是一种致力于宿命论的文学,一种致力于批判这种宿命论所带来的传统道义和理想主义形而上学的文学。但是我们一直在追溯的漂移系谱表明，对于手段局限的关注不应该被理解为一种形而上学的妄想，而应该被理解为获取了一种全新的约束模式和可能性。当李普曼担心"意外事件"将占据支配地位时，他担心的是专家们将不能控制国民经济；当克莱德想要"自由"时，他是想摆脱洛蓓达。因此，漂移系谱标志的不是执意要回到自由意愿和宿命论这些问题上来，而是标志着社会结构的转换，在此过程中这些问题又一次显示出紧迫性。进步时代对科学管理的狂热体现了对（自我）控制的专家统治论的幻想，这与自由市场的个人主义的漂移（对克罗利和李普曼而言）形成了对立，由这些幻想带来的控制技术反过来催生了诸如克莱德和洛蓓达的白领漂移者。

"对真正的美国青年标准来说"，克莱德"感觉自己置身于那些纯粹的手工劳动者之上"；"只要他像其他男孩那样有一个更精致的衣领、一件更漂亮的衬衣、一双更高雅的皮鞋、一套合适的西服、一件时髦的外套就可以了！"标准的分配使得衣领本身就成为了标准；泰勒"个人野心"的传播使得每一个美国人都野心勃勃而不屑去搬运生铁块。克莱德是"其中一位令人感兴趣的个体，他把自己看成是一个分离出来的个人"；他不仅在自己从属的阶层体验了特性，而且也在他所预想的一个更高的阶层中体验了个性。就像"有人""讽刺地"说格林·戴维森饭店"为大众提供了专有服务"一样，克莱德体现了一种成为大众认同工具的阶层差异意识。就像其他人一样，他在把自己想象为"一个分离的个人"的同时，并没有把自己想象为独立的人而是享有特权的人。于是，在克莱德的生涯中我们看见了对阶层差异的坚持，这种坚持是大众社会持续的、诱人的个人主义的预演。

"白领工人偷偷地溜进现代社会中"，C. 赖特·米尔斯（C. Wright Mills）在 1951 年这样写道，似乎以真正的冷战风格在描述阴险但同时又让人怜悯的人体异形（Pod-people）的到来："精神上毫无防备"，"政治上软弱无力"，除了"塑造他并且试图彻底操控他的大众社会的内容"之外，没有任何的"文化"。米尔斯把进步时代看做是"古老的中层阶级"（"古老的独立企业家们"）"最后一次表现他们反对官僚主义大众社会的政治立场"的时刻。他们失败了，现在"个性……丢失了，很危险"。也许个性的失去正是美国文化研究的重要主题，其对手只有个人主义的胜利，这也就是说美国生活中的社会变化通过个体历史中的一件大事得以典型体现。我们已经看到，在吐温把人想象成机器（独立的因为是不可变更的、机械的而非社会的）的过程中如何形成了对"群体"的反对和对个性的维护，我们也看到这种独立于社会的个性概念是如何作为"体制"中的差异既批判又补充了贝拉米的个性概念。对吐温和贝拉米来说，群体——他们往往叫做"老百姓"——是对个体的威胁，

美国生活的展望（1880—1920）

但是对于吐温而言，老百姓的另一选择是人（回想一下《哈克贝利·费恩历险记》中舍伯恩［Sherburn］的那段情节），而对于贝拉米而言，老百姓的另一选择是军队，军队不是由独立的个体的组成，而是由因为他们在体制中的地位而使他们个性化了的个体组成。我认为正是机械化在促使人们虚构反对社会的个体同时，使人们形成了"系统化"的个体的观点，从而促使人们敌视群体而表现为对组织的狂热。这种由独立个体的破坏精神到有组织的个体的野心勃勃的精神转换带来了它自身的瓦解：霍滕斯与桑德拉转变为克莱德与洛蓓达；这种稳定的"控制"差异致使不稳定的"漂移"欲望成为可能。

因此，白领人在美国文化中的出现既不能理解为是个人主义的胜利，也不能理解为是个人主义的失败；反而应该被理解为是个性转换的一个片段。只要这个阶段的文学参与了那些转换，那么它就应该被理解为白领希望和悲剧的文学，就像在格里菲斯衣领和衬衫工厂生产的希望和悲剧一样——那些白领人和白色衣领。

314

2 可视性的创造

种族分界线

现实主义对于视觉的关注到如今是一种起码的常识,这对于作家史蒂芬·克莱恩(Stephen Crane)来说更是如此,他同时代的人常常把克莱恩的作品比喻成一幅"摄影作品"。克莱恩的主要作品都展现了他的一个抱负,即让大家看到某些似乎不适合被看到的东西(如贫民窟),以及某些似乎不能看到的东西(如精神状态)。因此在他的小说《麦琪:街头女郎》(*Maggie: A Girl of the street*,以下简称《麦琪》)中,梦想有了色彩(吉米的梦想是猩红色的),"声音"可以"看到":其中最显著的现实主义效果之一就是波威利方言(Bowery dialect)——"约翰逊那家的丫头贼漂亮"("Dat Johnson girl is a puty good looker")。确实,方言作为现实主义的标志在19世纪90年代具有不同凡响的影响力,作家亚伯拉罕·凯汉(Abraham Cahan)在从意第绪语①转到英语写作并取得了小说创作上的突破的同时,也努力克服着这样一个事实——他用英语写作时,必须用斜体部分来代表对话中的意第绪语,让读者看到这些词时就像能听到它们的声音一样来理解这些内容。因此,在小说《耶克尔:纽约贫民窟传奇》(*Yekl: A Tale of the New York Ghetto*)中有这样的句子:"但是你怎么看待棒球(*baseball*)?所有的大学男生(*college boys*)和时髦人士(*tony peoples*)都在玩棒球。"在这句话里,如脚注告诉我们的一样,标准英语代表意第绪语,而用"斜体部分"代表"融入意第绪语中的英语单

---

① 意第绪语(Yiddish),犹太人通用的一种国际语言。——译者注

◎美国生活的展望（1880—1920）

词"。这些斜体部分表明，凯汉想超越小说界用标准英语代替意第绪语的传统做法，呈现给读者真实的东西。

与凯汉相反，克莱恩似乎没有那么孤注一掷，但却更有决心。在《麦琪》这部小说中没有斜体字，因为根本没有用到意第绪语，但同时，他想让读者看到的东西远远超出了他想让读者看到的词句。克莱恩的早期读者发现，他最明显的写作风格（在各种赞文、评论、讽刺文中）是对色彩的使用，不仅仅有"猩红色"的梦，还有"深红色的诅咒"、"红色年代"和"蓝色示威"。似乎他认为你可以"用某种方式给语言上色，使之更富表现力"（出自马克·吐温的老合作伙伴沃纳的原话）。1898 年，一位诙谐文章作家想象了一篇克莱恩的文章，其中"有浓重色彩的粗线条"代替了"描写颜色的文字"。在此，克莱恩现实主义的最高峰被设想成一种技巧，通过把文字变成"色彩……印在纸上"，把文字本身变成了读者视觉中的物体。

沃纳开玩笑地称此为"地方色彩"。"为一个故事、一个小品文假设一个主题或目标，"他写道，"问题在于如何表现这个主题，使之看上去自然真实。"解决办法就是加入"颜料"，把"见解"与"地方话"结合起来，保证故事是"真实生活的真实故事"。凯汉用的斜体部分为沃纳的嘲笑提供了理由，但是在高手笔下其效果可能会相当好。凯特·肖邦的小说《拉·贝尔·卓瑞德》（"La Belle Zoraïde"）宣称是一个"真实"的故事，描写的是"一位上了年纪的女黑人"讲述给一个听众（她的女主人）的故事，她的这位女主人就像喜欢地方色彩的观众一样"只听真实的故事"。不过，如果这部小说是为让读者了解克里奥（Creole）真实生活情况的话，（就像人们觉得《麦琪》这部小说讲了一些有关波威利的真实情况），它一定会让读者失望的，因为上了年纪的女黑人给女主人讲故事时用的是"悦耳的克里奥方言，英语是无法表达其美妙的声音与魅力的"。因此，故事形式上的问题就成了故事宣称的"真实性"与作者表现这种真实性的能力之间匹配的问题。肖邦最终用逆向翻译的办法解决了这个问题。详细叙述女主人与仆人之间用英语的最后交谈后，她写道："实际上戴莉斯太太（Delisle）与麦娜-露露（Manna-Loulou）"是这样交谈的——"Vou pré droumi, Ma'zelle Titite? "Non , pa pré droumi; mo yapré zongler. Ah, la pauv, piti, Man Loulou. la pauv' piti. Miexu li mouri!"这看起来就像凯汉是用意第绪语完成了他的第一部英语小说，或者似乎是克莱恩用有色线条代替了英语文字。从这一点来看，方言吸引了读者的眼球（如同吸引了读者的耳朵，或者有过之而无不及），它让英语暂时消失，使读者瞬间无法理解纸上的文字：在"Tooby shode pa'm er my han's w'ite"变成莱姆斯叔叔（Uncle Remus）的话"很肯定我的手掌是白色的"之前，读者们的脑子里会有瞬间的空白，因为他们无法理解这些文字。如果方言的作用是提供一种透明度——让读者能通过看文字听到说话者特别的声音，那么这种透明度的一个显著特点就是某种程度上的晦涩难懂。所有的语音写作都要求你通过看文字来听声音。而方言则坚持所听内容的重要性，又强调看到内容的重要性，这一点是自相矛盾的。因此克莱恩小说中"hideous puty goil"这样的字眼不仅表明了他想让语言成为一种媒介的愿望，通过这种媒介，读者可以看见本来不可见的事物（如麦琪的声音），还表明了作者想让语言本身可见的愿望。实际上，正是康拉德强调的"首先得让你看到"这种激进化的想法在迈克尔·弗里德（Michael Fried）的书（《现实主义、文学写作、扭曲变形》［Realism, Writing, Disfiguration］）中被定义为克莱恩现实主义目标的核心。

但是，如果克莱恩的正式目标是让读者们看到（说它正式，是因为他不仅让读者看到作品展现的场景，还有作品本身），那么他的主要作品，正如几乎所有的评论家认为的那样，还有一个显著的特点就是不懈地把看到作为主题，重复描写想看或不想看、想被看到或不想被看到。尽管这些描述也许确实代表了正式的写作环境，但它们只是把自身转化为作品代表的东西。也就是说，让读者看到眼前印在纸上的作品的愿望不能通过让他看到色彩本身或者暂时性地看到不能理解的方言文字而得到满足。因为作品的目的并不是让读者看见色彩或者文字，而是作品本身。而作品，作为一种表意系统，如果仅仅被看成是"印刷在文本上的东西"，那就永远不会被恰如其分地理解。

因此在《麦琪》这部小说中，表现作品这个任务只有通过转换成表现其他的东西——波威利——才能实现；通过这种转变，我们发现与看的愿望交织在一起的就不仅仅局限于看作品的愿望了。换句话说，我们发现我们面对的不仅仅是看见波威利的愿望（人们也许会把这种渴望理解成我们想看见作品本身的另一个版本，一种对正式渴望的主题掩饰），而且我们还面对这样的问题，如我们看到了波威利对波威利有什么影响吗？如果我们被波威利看到对我们有什么影响呢？虽然这些问题可能是出于表现作品的一时冲动，但是依靠这种冲动却不能回答以上问题。换句话说，克莱恩对作品可见性的投入必然被一种要求所改变，即如果你想表现作品，你就必须把作品当成一种表现。一部作品，如果既想让我们看见作品本身，又想让我们看到其他的东西，那么这部作品的正式目标就加倍了，则它原先正式的目标就必须有所改变，同时它提供了附加的、基本的去看的动力，而且使把想看（作品）的愿望（通过波威利）与想被（波威利）看到（通过作品）的愿望联系起来的构思成为可能。

克莱恩的中产阶级的读者至少对以上提到的问题中的一些有诸多答案。一些人根本不想看《麦琪》这部作品；《论坛报》（Tribune）的评论员认为这本书本应该被"查禁"。《国家》（The Nation）的评论员认为所有克莱恩的作品都"索然无趣"，特别是《麦琪》"根本没什么好悲叹的，我们只是对贫民窟这么脏乱感到遗憾，然后我们就看其他的东西了"。这样的反应不是很典型，不仅对《麦琪》，还有对《觉醒》（The Awakening）、《嘉莉妹妹》，甚至是相对文雅的小说《希伦·韦尔的堕落》（The Damnation of Theron Ware）来说，但却出现得很频繁，足以使大家清晰地看到19世纪90年代现实主义给人们带来兴奋的部分原因是现实主义者使人们看到了他们并不想看到的东西。当然，在随后类似的作品中，如杰克布·瑞伊斯（Jacob Riis）的《另一半人怎么生活》（How the Other Half Lives，1890），此书中带有图示说明和清晰的社会改革议程，其政治目的非常明显，即让人们不仅看见波威利，也能看到那时为止依靠传教士努力去改进社会的失败。"对此，你们将怎么做？"瑞伊斯问他的读者们。现实主义者希望中产阶级能看到那些贫民窟，能够受到感动然后为贫民窟"做点什么"。这里出现的现实主义作品如同报纸、杂志的堂兄妹，当然在这种情况下两种文章风格紧密相关——常常出自同一位作家之手，有时还包含相同的词句。（比如《嘉莉妹妹》有一章中的部分内容是从德莱塞为《德莫雷斯特杂志》［Demorest's Magazine］杂志写的一篇文章中而来的。）

但是从某种意义上说，《麦琪》几乎从一开始就反对把现实主义的描述看成是对中产阶级良心道义感的呼唤。更适当地说，它是把道义感与那种因感动而要"做"点儿事情的感觉复杂化了。因为在《麦琪》中，一开始就展现了一系列观看的场面，其中视觉最具挑衅性。当皮特饶有兴致地观看吉米和来自魔鬼街（Devil's Row）的男孩们打架时，他从那个打得最投入的人身后站了起来，朝他后脑打了一下，吉米的父亲看到吉米与比利（Billie）打架，便开始踢这群斗殴者，打了比利的后脑勺。这些场景能描写得如此有力源于这样一个事实——被观看者正专心致志做他的事，根本没有意识到有人在看他，而观看者的兴趣（如皮特、吉米的父亲以及全神贯注敬畏地等着看吉米的父亲怎样揍死的那些孩子们）不仅仅集中在暴力场面上，而且还通过观察者看被观察者这个暴力行为表现出了这种兴趣。

并且，观看者的角色不仅仅只有皮特、吉米的父亲和其他的男孩：

在一片低矮的马厩中建起的公寓房屋的窗户旁，倚着一个好奇的妇女。一些在河边码头从驳船上卸货的工人停下手中的活儿看一会儿打架；

2 可视性的创造

一艘懈怠的拖船工程师懒懒地靠在栏杆上,也在看打架;那边小岛上,一群身穿黄衣服的囚犯从不祥的灰色房子中出来,沿着河岸缓慢地爬行着。

318

这个看客的列表说明了皮特等人对看打架有浓厚的兴趣并不奇怪,实际上它提醒我们,克莱恩的读者也应该有这份兴趣(只有读者能看到那些罪犯,读者身处波威利之外,处于观察链的末尾,这一点清晰可见)。但同时,这段话至少说明了一个异常现象,因为在看客的名单上还有那些罪犯,而他们并不是看客啊!因此,在男孩们打架这件事中,这些囚犯起的是结构上的作用,说明他们都被别人监视着。无疑,作者在此一方面是要表明男孩与罪犯之间叙事上的一种连贯性,但是还有一个更直接的作用是提醒读者作为看客的身份,同时强调一种作为观看者所隐藏的力量(这类观察者本身不受人观察),从后面打后脑勺中清晰可见这种力量的存在。就读者对现实主义的兴趣这一点来看,皮特代表了读者(正如我说明的那样)。我们可以把这种兴趣理解为能在改革中引发暴力的一种力量。作者让读者看到波威利的目的是刺痛我们的道义之心,使我们有所行动,而我们想做的却是坚持我们对它的影响力和权力。有一个办法能让我们做到这一点,那就是让波威利变得像那些"全神贯注"的打架者吸引皮特一样,来吸引我们的关注。

为此,现实主义实际上是一个政治工程,它坚持现实主义作品的读者与作品中可见的人物之间的社会差别,并以此出发来写作。而在《麦琪》这部小说中,现实主义还把一个贫民窟变体搬到了"剧院",上演了"穷困而善良"的人战胜了"富有而邪恶"的人的一幕,这让麦琪有所思考;她在想:"她所看到的女主角表演出来的修养和文雅,对于一个住在租来的房子里、在工厂上班的女孩来说也能拥有吗?"克莱恩的"情节剧"以及被《麦琪》这部小说和读者称为的"先验现实主义"给出的答案是肯定的:"观众的代表"确实战胜了"坏人与富人",这就是为什么现实主义是"先验"的原因。但是《麦琪》这部小说却给了一个否定答案。贫民窟愿意看到他们被社会排斥的状况搬上舞台(快乐总是内在的,他们喜欢那个演员,因此快乐就不可避免地外现了),但只是在暂时被排斥的情况下;他们的"情节剧"不仅代表了瑞伊斯所谓的"阶级差距",而且还有(瑞伊斯提出的)跨越不同阶级的"桥梁"。对于麦琪来说,她的尸体被从东河(East River)里捞出来,这种"桥梁"根本不存在。

但是只在《麦琪》这部小说中表达的跨越阶层界线的贫民窟幻想在其他作品中鲜有体现。比如在爱德华·汤森德(Edward W. Townsend)的小说《廉价公寓里的女儿》(*A Daughter of the Tenements*,1895)中,女主人公确实逃离了贫民窟,这一点跟书中几乎每个人物都一样。实际上,在汤森德的描述中,那些廉价公寓只不过是"贵族们"在去往华盛顿广场之外或者长岛上"另一个世界的家园"而经过的小站。而且,贫民窟中的"贵族"证明是纽约住宅区真正贵族天生的支持者,因为小说中精彩地描述了他们反对社会中一心往上爬的人所进行的共同斗争。因此,书中的恶棍是"冒牌运动员"马克·沃特斯(Mark Waters),他试图(成功地)欺骗住在华盛顿广场的"儿子"们,还试图(没有成功)玷污住在廉价公寓里房客的女儿。《廉价公寓里的女儿》把每个(道德的和经济的)问题都归因于沃特斯的阴谋诡计,试图把对他的揭露和他的死亡作为解决所有社会邪恶的方法,似乎"大众与阶层"之间的差异是由那些一心往上爬的"头面人物"造成的,这些人想甩掉自己的过去成为真正的"绅士"。

《麦琪》经常被比作汤森德的贫民窟作品,特别是因为它运用了当代批评家所称的"强硬的方言"(tough dialect)("强硬的",就如"强硬的女孩"、"风格强硬的舞蹈",这一说法将会越来越多地运用在工人阶级文化中)。但麦琪说话时,如:"Dis is outa sight",这个廉价公寓房客的女儿经常被指责说话带着做作的口音,因为她说话像住在那里的工人伊利那·海兹赫斯特(Eleanor Hazlehurst)。汤森德解释说,她的口音正是从他那里学来的。这个解释好像站不住脚;更重要的是,这个解释还可有可无:小说中其他廉价出租房里的女人说话也都没有"受她们环境的影响"——吸毒成瘾的酒吧服务生比尔·威廉(Bill William)告诉他同样吸毒成瘾的情妇莫莉(Molly)说:"那个恶棍沃特斯,一直在收贿赂呢。"(Dis mug, Waters, has been collarin all de boodle)莫莉用和工人一样的口音回答:"你怎么知道他收了贿赂,你怎么知道特瑞莎没有收?"(How do you know he collaried the boodle? How do you know Terasa didn't get it?)口音的差别并不是简单的性别问题,尽管汤森德是以方言著名,比尔·威廉是在《廉价公寓里的女儿》中的唯一一个说波威利方言的人(书中其他一两个人偶然说爱尔兰土音或一点儿意大利语)。比尔·威廉也是唯一一个没有逃脱波威利方言的人;他说话像麦琪,也像麦琪一样在故事的结尾死去了。另外一个"属于桑树街拐角的贵族"从一开始就说话像贵族,最终搬到长岛住了。

因此,《廉价公寓里的女儿》作为一个永远不深陷其中的中产阶级幻想,重新上演了《麦琪》逃离波威利方言的"情节剧"。它把贫民窟的居民想象(并非不具预言性)成郊区居民的雏形来解决贫民窟问题——他们能够被改良是因为他们确实没有必要被改良。毫无疑问,最渴望出类拔萃的人物形象是现实主义者自己,如汤森德所言,现实主义者有能力"抓住"波威利的"典型人物",因为"他就生活在那里",但是他具有代表贫民窟的能力——尽管贫民窟有人们想象中的"强硬性"——这个能力同时也是他走出贫民窟的通行证：卡米尼拉（Carminella），那个女儿，把"孩子们伴着大街上风琴的音乐表演的真实舞蹈"搬上了百老汇的舞台，并一举成名；她的兄弟汤姆（Tom）通过给亲戚朋友画素描而在艺术上成就了事业。隐含现实主义思想的章节至少有两个，一章关于现实主义者的生活，另一章中现实主义者已经离去。某种意义上来说，现实主义可能性的条件是被麦琪之死而否定的卓越"情节剧"。麦琪可能死去，但是只要现实主义者自己一定是——真正成为现实主义者——贫民窟的居住者，那么他的故事就证明了他自己幸存的原因，由此也证明了他逃脱的可能性。

我们已经看到，《麦琪》也暗示了抹掉瑞伊斯两种观点之间差别的意图，但是小说同时也要求我们把自己想要看到生活另一半的愿望理解成为不要抹掉而是加强这种区别的愿望。然而如果认为《麦琪》希望我们在现实主义的两种社会版本中做出选择，那就错了。因为《麦琪》（孩子们遭遇到他们的母亲"仰卧的、硕大的身体"）中所看到的最使人震撼的场景既不吸引观察者的慷慨兴趣，也不吸引挑衅者的眼珠。吉米和麦琪"盯着"他们熟睡中的妈妈。像孩子们打架一样，妈妈无疑是视觉对象，也就是说因为她在睡觉，所以她就"非常投入"，如同那些打架的孩子们太"投入"以至于都没有在意皮特和吉米的父亲走过来一样，这一点不用费劲就可以看出来。但是对于这些男孩子们来说，聚精会神似乎既构成又耗尽了他们作为观察对象的兴趣，而对于母亲来说则没有。让吉米"似乎痴迷地"站在他妈妈面前的是一种期望（体验起来是一种"恐惧"），他期望妈妈会"睁开眼睛"。这种对看的痴迷包括了（确实至少部分原因是）被看的可能性："突然她的眼睛睁开了。小淘气鬼发现自己直直地盯着妈妈，而妈妈的表情足可以使他的血液凝固。"当妈妈再次闭上眼睛，麦琪和吉米整晚都坐在妈妈的旁边，"有某种力量把他们吸引在那里，盯着那个女人的脸"。

这种"力量"并不是读者自己的力量，此处经历的威力不单单是中产阶级视觉的威力，也有人把它想成是贫民窟的威力。孩子们如此地"投入"——纯粹的视觉对象——他们因此变成了暴力的对象，妈妈的"自我投入"似乎总是接近于挑衅的边缘；她紧闭双眼的魅力所在是它们随时可能睁开。甚至在汤森德的《廉价公寓里的女儿》中，波威利方言也被认为是一种威胁——"掠夺，烧掉你们平静的、菱形状的家园"——瑞伊斯的"拿着刀的人"为改革的问题提供了暴力解决方法："我们唯一害怕的是"，瑞伊斯写道（引自 1887 年《提高穷人生活条件协会的报告》），"改革会在大众愤慨的爆发中来临，把财产和美德统统毁掉。"麦琪的妈妈无疑代表了对财产和美德

○美国生活的展望（1880—1920）

的威胁；而且她给那些看她睡觉的孩子们造成的视觉痴迷就是这个威胁的一个效力——就是那个把"两个孩子的眼睛紧紧吸引住盯着女人脸看的""力量"。如果，像皮特一样，现实主义读者看贫民窟的"兴趣"中含有某种抵抗贫民窟的暴力，那么贫民窟的吸引力，如同麦琪的妈妈，就含有另一种方式的暴力威胁。

因此，麦琪对于我们为什么关注贫民区的问题给出了两个答案：我们想感受一下我们对贫民们的作用（当它们埋头前进的时候）；同时我们也想感受一下贫民窟对我们的作用（当它们停下脚步得时候）。这两个答案本质上都带有政治性，因为两者都把现实主义的利益放进本质上带有政治性的叙述，尽管它们并非完全雷同。但是，正如叙述之间潜在的差异所示（现实主义标志了无产阶级革命的开端还是资产阶级霸权的发展？），现实主义者文本自身的利益未必与它最终显示的政治内涵完全吻合。这就是说，对读者眼球的吸引可以在不只一个政治计划的背景下出现，可以为了不只一个政治计划而得到调动。

例如，在肖邦的《拉·贝尔·卓瑞德》中，现实主义在形式上的突破（克里奥语从英语中衍生出来）伴随着一种明显不同的对"真实性"的主题愿望。因为如果肖邦的故事非要麦娜·露露的克里奥语（像麦琪的强硬话语一样）具有可见性，那么麦娜·露露的故事产生的可见性既不在语言中也不在阶层中。麦娜·露露讲述的是关于卓瑞德的故事，她是个漂亮的奴隶，拥有"牛奶咖啡色"的皮肤，她的女主人把她抚养得"像皇家大街上最美丽的女士一样迷人、秀丽"。她的女主人打算把她嫁给一位"黑白混血儿"，这个混血儿拥有"像白人男士一样漂亮的胡须，眼睛像蛇的眼睛一样凶残和虚伪"。但卓瑞德痛恨这个混血儿，想要嫁给"英俊的麦卓（Mezor）"，他的身体"像根黑檀木"。卓瑞德提醒女主人说："我不是白人。"她不想嫁给一位白人赝品；她想嫁给黑檀木似的麦卓的愿望正好体现了肖邦在另一个故事中所称的"保持种族分界线"的承诺（这两个小说中都是向黑人妇女的承诺）。当卓瑞德怀上黑人麦卓的孩子时，她的女主人为惩罚她就把孩子送走并说孩子死了。结果并没使卓瑞德变得听话，反而把她给逼疯了。她始终抱着"一个用破布包成孩子一样的东西"并称它为"皮蒂（Piti）"。故事的高潮是女主人懊悔当初自己的行为，并把"真正"的孩子抱回来了，但卓瑞德却拒绝接受他："也没有人能够诱惑她允许她自己的孩子走近她的身边；最后小孩子被送回了种植园，从此成了一个不知父爱母爱的孩子。"

正是这个高潮部分产生了形式上的高潮——"可怜的孩子，生不如死啊！"（the poor little one! better had she died!）变成了"可怜的皮蒂，死了会

2 可视性的创造

更好些"(La pauv'piti! Mieux li mouri)——尽管两种说法不完全一样,但它们两者之间的联系不仅仅是叙事的因果关系。克里奥语在这里出现,"戴莉斯女主人和麦娜·露露倾心交谈的方式"与卓瑞德拒绝自己的"真正的孩子"相反相成;肖邦选择了真实的东西(克里奥语而非英语),而卓瑞德则选择了"假货"("玩具娃娃"而非"她自己的孩子")。这种疯癫的选择本身是女主人热衷于另一种模仿的结果,也就是用"长着白人那样胡须的"混血儿代替"黑橡树"麦卓。《拉·贝尔·卓瑞德》的悲怆不仅仅在于对女主人公品位的诋毁(从真父亲到假孩子),也存在于故事中模仿的选择(黑白混血儿,"皮蒂")与叙述者对真实的选择(克里奥语)之间的对照。作为现实主义者的肖邦表明了自己既反对"疯癫"的卓瑞德也不赞成"邪恶的"女主人的立场,是女主人对模仿物的选择战胜了卓瑞德最初对真实的选择。当然,混血儿这个分类变得令人可疑,因为在故事里只要混血儿拒绝被归入主要类别"白人"或者"非白人",小说就把他们归为赝品白人而排斥他们;美国的种族隔离(与南非的种族隔离不同)没有为混血的种族留下空间。如果现实主义胜利了,如果肖邦和卓瑞德有了自己的选择,那么"非白人"妇女就可以与被她的女主人称为"黑人"的男人结婚。这样的话,"种族分界线"就得以"保留"。

那么在《拉·贝尔·卓瑞德》中,对"真实"故事的需求就很难与对种族区别的需求区别开来了。克莱恩的有色线变成了肖邦的种族分界线,可见性的制造集中在了种族身份上;如果种族分界线被保留,那么种族身份就必须可见。因此在萨顿·格里格斯的黑人隔离小说《绝对统治》(1899)中,"黑皮肤的"男主人公与"棕皮肤的"女主人公的孩子生下来是"白色的",但是他的皮肤"越来越黑",直到最后他变得与他的父亲"一模一样"。混种人对种族身份的威胁不可思议地展现了种族可见性。在肖邦自己的作品《德西莉的孩子》中,德西莉是一名嫁入路易斯安那州"最古老最荣耀家族之一"的弃婴,婚后她生下一个孩子,刚出生时,孩子的肤色明显是白色的,但三个月后,却渐渐发生了"变化",以至于他的父亲认为孩子"不是白人"。然而,此处可见性的胜利与其说与孩子的肤色有关,倒不如说与他父母的肤色有关。因为虽然德西莉的肤色比她贵族出身的丈夫"更白",但她"含糊的出身"却导致她丈夫和所有的人相信她也一定"不是白人"。小说的妙处在于他们都错了。小说的结尾就如同莫泊桑的小说一样出人意料,阿曼德发现原来是他自己的母亲"曾经遭受了奴隶制的折磨"。因此,从保留种族分界线的角度来看,无论德西莉的命运多么悲惨,《德西莉的孩子》这部小说给予人们极大的信心;它主要的讽刺对象——忧郁的德西莉之纯洁和苍白的阿曼德之阴

323

美国生活的展望（1880—1920）

险——一点都不具讽刺性。只要现实主义的意义在于颜色的真实性，那么当德西莉说"我是白人"时，她是正确的。

有色人种的灵魂

在回自己的家乡肯斯区（Kingsborough）时，竞选弗吉尼亚州长的民主党候选人尼克·贝尔（Nick Burr）坐在"南方铁路上一节普通的火车厢里"，周围是一群"平凡的南方旅客"：走廊那边，"一位虚弱的母亲"怀抱"一个哭泣的婴孩"；更远处是"几个出差回来的商人"；他们对面，"一名漂亮的姑娘正在睡觉"；而懒洋洋坐在自己对面的是一个"新时代的黑白混血儿——两个不同种族的人结合产生的注定衰亡的退化后代"。尼克·贝尔是艾伦·格拉斯哥（Ellen Glasgow）小说《民众的呼声》（The Voice of the People，1900）中的主人公。如果说在 1899 年（小说的大部分是在此期间完成的）这样的景象仍旧"平常"，这样的旅客仍旧"常见"的话，那么当小说出版的时候情况就大相径庭了。紧随着最高法院对普莱西诉弗格森案的判决——最高法院判黑白混血儿普莱西（Homer Plessy）无权乘坐白人专用的车厢，维护了路易斯安那州法律中关于各种族享有"隔离但平等的设施"的规定——南方各州迅速出台了一系列适用于火车的吉姆·克劳法；1900 年弗吉尼亚州出台的法律是其中最后一个。因此，"新世纪"的部分新现象就是上述白人与混血儿同车的"异常"场面。如果不是因为 1946 年最高法院在摩根诉弗吉尼亚州案（Morgan v. Virginia）中的判决，贝尔州长就不可能坐在一名混血儿对面，即便火车穿越肯斯区（威廉斯堡[Williamsburg]）进入北卡罗来纳州。跨州交通再有 10 年也不会取消隔离。

于是就有了这样的情节：格里格斯的小说《绝对统治》中的贝尔顿·佩德蒙特（Belton Peidmont）因为在路易斯安那州乘坐了白人专用的火车厢而被赶下了火车，而且因为触犯了其他种族隔离者的规定险些被"黑人统治者"处以私刑。贝尔顿的朋友伯纳德（Bernard）说："那些盎格鲁—撒克逊人把我们这个种族当成帝国。"这个时候正是"美国国会考虑……与西班牙开战"的时候，格里格斯说伯纳德和贝尔顿这两个人附和了帝国主义者想要利用反帝国主义者解放黑人的呼声来扩张美国帝国的愿望。从这个角度来讲，吉姆·克劳法所引发的种族主义与另外一种种族主义密不可分，后者即压制菲律宾群岛的阿基纳多（Aguinaldo）政权并取而代之以美国统治。正如参议员小阿尔伯特·贝文瑞奇（Albert J. Beveridge）所说，像黑人和印第安人一样，"菲律宾人不是一个自治的种族"。

但是,如果内部压迫的种族主义与外部征服的种族主义不可分割的话,那么这两者之间也并不完全相同。因此,一位北方的反帝国主义者能够督促美国人民在开始"把我们文明的利益给予黑人、穆斯林海盗和其他菲律宾的亚裔混血"之前稍等片刻,因为"他们都是劣等种族……只要我们跟这些劣等种族接触,我们无一例外会陷入与他们的暴力和痛苦的纠纷中"。因此,佛斐逊·戴维斯(Jefferson Davis)的遗孀可以说她反对兼并菲律宾的"最重要的原因"就是"那里四分之三的人都是黑人",这些人"没有奴隶制带来的好处",是一个"半野蛮的""食肉"的种族。从这个角度来讲,吉姆·克劳法或许应该被理解为不仅带有反扩张主义性,而且反对更为地方性的帝国主义。托马斯·狄克逊有一部反映种族主义的畅销小说名为《同族人》(*Clansman*, 1905),主人公之一竟然是亚伯拉罕·林肯。在狄克逊的笔下,林肯解放黑奴的行为被看成是完全摆脱他们的方式,而不是要使他们成为公民的先决条件。狄克逊的林肯说,正如一个国家不可能"一半是奴隶,一半是自由人",它也不能"一半是白人,一半是黑人"。"我们要么同化,要么驱逐。"既然同化无法想象,那么驱逐——一种内在的或令人呕吐的反帝国主义——便变得绝对必要了。

另外,有一种更加激烈的意识——既是意识形态又是生物和地理意义上的——认为不能把美国的种族主义等同于扩张主义者的帝国主义。正如《同族人》中的林肯描述的那样,美国内战是一场"自我保护"的战争,而不是一场"征服"的战争。他甚至断言(仿佛与那些反对兼并菲律宾的人说话的口气一样):"宪法没有对如何管理已经被征服的区域作出规定。"因此,联邦政府没有权利解放黑人;因此,在《同族人》中,在反帝国主义者林肯死后,南部重建被认为是试图把南方殖民化。三K党的无形帝国(The Invisible Empire)的出现意在反对北方以及北方的黑人士兵,如强奸犯"加斯",他的全名是奥古斯特斯·恺撒(Augustus Caesar),被当成皇家突击队员一样对待。在《同族人》里,美国白人被认为是帝国主义的受害者而非帝国主义者。

然而这种阐述观点的方式并没有抓住局势的复杂性。毕竟,美国人习惯上认为自己是帝国主义的受害者,无论帝国是英国的——如整个19世纪——还是俄国的,如20世纪大部分时间那样。但是南方重建工作超越了仅仅让白人成为受害者。它不仅让白种人自认为是帝国势力的受害者,而且也让他们认为帝国势力是他们自己的政府。因此,就本质而言,邪恶的帝国既非英国的也非俄罗斯的,而是美国的。反对帝国的任务带有革命性,同时也是民族主义的。(这一点也一直存在:20世纪80年代的里根革命反对的是哪个政府?)南方重建使摆脱帝国锁链、建立新国家的革命情景得以重放,尽管那时

美国生活的展望（1880—1920）

没有帝国也没有新国家。因此，不像上一辈的乔尔·钱德勒·哈里斯的瑞莫斯叔叔的故事或者是托马斯·纳尔逊·佩奇的种植园的故事（也不像下一辈的《乱世佳人》），《同族人》既没有依靠对战前南方的怀旧情绪，也没有依靠奴隶制时代的友好种族关系。狄克逊像所有的废奴主义者一样认为，一半奴隶一半自由人的社会不可能存在，他笔下的内战并不是地区、政治和经济上差异的最终表达，而是这些差异被消除并由种族差异而取代的场所。他所称的北部菲尔·斯托曼（Phil Stoneman）和南部本·加默伦（Ben Cameron）的"偏见""融入了白热化的争斗中"，使每个人认识到任何一个和他俩一样的人"对这个国家的价值远比那些曾经踏足这个国家的黑人高得多"。因此，吉姆·克劳法标志的并不是回归到家长制的战前种族关系，而是对这种关系的最终否定，把黑人踢出家庭，北方和南方的白种人——菲尔·斯托曼和本·加默伦看起来"像双胞胎"——能够最终成为兄弟。只要由奴隶制带来的政治、经济和区域的差异已经阻碍了真正的国家身份，那么因为废奴运动而显现出来的种族差异使一个国家的诞生成为可能。对于狄克逊、格利菲斯（D. W. Griffith）和伍德罗·威尔逊（Woodrow Wilson）来说，三K党体现了种族身份与民族身份之间完全的偶然性。过去国家被分成政治、经济和区域问题，从今以后，正像狄克逊在他的第一部小说《野豹的斑点》（*The Leopard's Spots*, 1902）中写的一样："现在只有一个问题了——你是白人还是黑人？"

把美国人等同于白人这个观点运用了普莱西案中所称的"身体差异"，标志了种族思想中的一个新发展。因为"隔离但平等"的规定证明了这样的种族差别。换句话说，它证明了种族差别不受任何其他法律约束，因此，黑人与白人之间的关系就完全不同于主人与奴隶之间的关系。早在40年前，路易斯安那州最高法院就裁定了一项违宪的法令叫做《与奴隶和自由有色人种相关的法案》，声称"有色自由人与奴隶之间有很大差别，白人与奴隶之间也有很大差别"。但是1856年，分界线存在于奴隶与自由人之间，而在1896年，分界线则划分在白种人与黑种人之间。原则上讲奴隶是可以变为自由人的（事实上，路易斯安那州一直都有大量的自由黑人），但黑人决不能变成白人。

因此，制定法律时并没有考虑到差异的存在（主人和奴隶），这就为不能消除差异提供了强有力的证明，而这种差异性只有在法律中才能体现出来（黑人与白人），法律平等就变成了种族隔离的标志。在普莱西案中法庭是这样描述的："一项仅仅暗示了黑种人和白种人之间存在法律区别的法令——这种区别的基础是两个种族之间的肤色，而且这种区别将会永远存在下去，只要白人因为肤色而与其他种族不同——无意破坏各种族间的法律平等，也无

2 可视性的创造

意重建非自愿的奴役环境。"从主人与奴隶之间的差异转变到白人与黑人之间的差异，标志着种族主义从奴隶制度中分离出来的关键一步，标志着种族主义解放从封建经济中分离出来的关键一步。种族主义从它与"特殊制度"令人尴尬的困境中解脱出来，现在可以作为一种富有特色的现代现象而占有一席之地。这大概就是杜波伊斯的著名言论："20世纪的问题就是种族分界线的问题。"

但是正如普莱西案所解释的那样，"种族分界线"所引发的问题并不总是很容易回答，如狄克逊提出的问题："你是黑人还是白人？"以及问题的依据"什么使得白人是白人？""什么使得黑人是黑人？"在一些州的法律中写道："任何有黑人血统迹象的特征都为他们打上了有色种族的烙印。"但是这种区别白人与黑人的方式在荷马·普莱西身上则行不通，因为他"身上的血统的混合是无法辨别的"。因此，普莱西案确定的一个原则就是，以颜色为基础的区别并不一定看得见，所以各州应该自行决定根据"有色血统的比例"来确定有色人种。法院声称："法律无力根除种族的本性或消除仅仅因为肤色不同而造成的差异。"但是，荷马·普莱西应该属于哪个种族？他应该具备哪些不可消除的种族本性？这些问题只能由路易斯安那州的法律来定夺了。

327

这种方式的解释只强调了显而易见的事实，即普莱西诉弗格森案中令人吃惊地缺乏条理性。但是如果认为这种缺乏条理性令新兴的种族主义理念处于尴尬境地的话，那就大错特错了。因为如果把荷马·普莱西的肤色（白色）与他的种族（黑人）之间的不一致理解为对种族主义的批评，那么就没有把握住隐形帝国的不可见性。宗族是不可见的，部分原因是因为它的结构是隐秘的，但更重要的是，根据狄克逊的观点，因为它的身份从一开始就以超越了可见性的种族原则为基础——这个种族原则由"古老的苏格兰同族人的转世灵魂"组成。或者像自由民艾莱克（Aleck）所描述的劝他辞去郡长职位的"三K党"一样："那些精灵们（Dey wuz Sperits），骑着白马，长袍飘逸，眼睛血红。"《同族人》中的身份从根本上是精神层面的。因此，例如婚姻和"亲密甜美的家庭生活"比任何物质关系都更能使人们在"身体和灵魂上变得相像"：加默伦太太在给她女儿的信中说："人们对我说，我和你父亲比有血缘关系的兄弟姐妹更相像。就精神生活而言，此话千真万确。"这就是为什么通常小说中表现的内战是兄弟反目成仇，如小约翰·福克斯（John Fox Jr.）的《从英国来的小牧童》(*The Little Shepherd of Kingdom Comes*，1903)，而现在则被表现成从敌人变成兄弟，如《同族人》中的菲尔·斯托曼和本·加默伦至少成为姻亲或至多成为"双胞胎"。

根据福克斯的《从英国来的小牧童》，战争的悲剧在于"同族互杀"。但

美国生活的展望（1880—1920）

令人宽慰的是，当战争结束时，"儿子回到父母身边，兄弟回到兄弟身边……"其实，《从英国来的小牧童》的整体主题是"血统"会说明一切。小说开始于战争爆发前十几年，查德（Chad）带着"木马"遗弃了他贫穷的继父继母的墓地。随着小说的发展，人们认为他一定是"贵族出身"，尽管没人知晓的他祖先。在小说的结尾，战争结束了，查德回到了布鲁格拉斯（Bluegrass）"贵族"的墓地，结果证明这些贵族是他的亲生父母。战争使"一个衣衫褴褛的山区男孩"变成了一位"有教养、干净整洁、坦诚、高贵、英俊的军官"，或者说，战争为查德提供了一个展现真正的高贵品质的背景："这个变化真是令人难以置信，但血统已经说明了一切。"

相比之下，《同族人》认为血统无关紧要。那种让丈夫和妻子"比同血缘的兄弟姐妹更相像"，让斯托曼和加默伦走到一起的身份超越了生物学，用家庭这种自然的统一替代了精神上的统一，而精神的统一与家庭的统一不同，是真正不可分割的。这就是为什么三K党不仅仅是一个宗派的原因。艾莱克把他们描述成"精灵"（Sperits）这就更进一步证明了狄克逊的观点。他对精灵有一种迷信的恐惧，这种恐惧应该被理解为对本质上隐形的种族身份的可怕陈述的反应，而种族身份（尽管"德西莉的婴儿"正好相反）不能从人的皮肤上看出来（如荷马·普莱西的皮肤就看不出他的种族身份），但是可以从三K党身上裹的床单上看出来。床单的真正作用并不是掩盖三K党成员的个人身份；甚至有这么一种感觉——因为有像菲尔·斯托曼和本·加默伦那样的"双胞胎"——白色已经做到了这一点：为《同族人》高潮做准备的精心制作的情节剧取决于菲尔和本，他们俩人毫无伪装，尽情地相互替代，如同他们带了头巾一样。那么《同族人》中床单并没有掩盖个人身份，相反它把个人身份包含在种族身份之中；床单没有把个体成员可见的身份变得不可见，相反却把不可见的身份变得可见。三K党人披着床单是因为他们的身体并不像他们的灵魂一样洁白，因为没有人能够像白床单下的灵魂一样洁白。

这种对种族人的重新定义决不只局限于像狄克逊作品那样的反黑人的文本中。就拿弗朗西斯·E. W. 哈珀的《伊奥拉·莱洛伊》来说吧，故事中的主要人物都是黑人，而他们显著的身体外部特征是"白皙的肤色"，故事中写道：白人格莱斯汉姆医生（Dr Gresham）问黑人罗伯特·约翰逊（Robert Johnson）："当你的肤色像我的一样白皙时，你老说自己是有色人种有什么意义？"一位白人医生也对伊奥拉·莱洛伊说："当你像我一样拥有蓝眼睛和白皮肤，我就不明白为什么你老坚持自己是有色人种。"伊奥拉的弟弟哈瑞（Harry）肤色白皙，人们就拿他开玩笑说，"快给自己挂个标示牌吧，告诉人们'我是有色人种'"，这样上街乘车时就可以"避免给自己带来麻烦"。这种对白肤色的男女主人公的坚持被哈珀评价成"肤色偏见",正像她自己指出的一样,"这种偏见不仅仅局限于白人之间。"但是在狄克逊(文学意义上)把白色理想化以及被哈珀称为"当所有的身体特征消失了以后还要寻找黑人血统的存在"的努力的背景下,白皮肤混血儿形象在小说中依然占有突出的地位,这应该被理解为对种族身份的普遍研究和重新调配。普林·霍普金斯(Pauline Hopkins)在《同一个血统》(*Of One Blood*)中写道:"目前的口号是'打倒黑人!',但谁又能清楚地判别谁有黑人血统,谁没有呢?"混血儿的关键——混血儿把谁有"黑人血统"搞得模糊不清——就是黑人血统到底是什么——因为没有了恰当的"身体特征"。

根据哈珀小说的题目以及小说援引的《圣经》出处("我从一个血脉造出万族的人,居住在全地上",引自《新经·使徒行传》第十七章),这个问题的一个答案就是根本没有黑人血统这个东西,或者考虑到白人和黑人在北美洲的"融和",黑人血统再也不存在了:"没有人能够在两个种族之间划出分界线,因为他们都是一个血统。"基于此,白人与黑人的混血儿标志着有色人种这一身份的消失,霍普金斯小说中主要人物的"白"皮肤(《抗争力》[*Contending Forces*,1990]与《同一个血统》中的主人公皮肤都像哈珀一样白)象征着"种族分界线"的消失,取而代之的是普天下的"兄弟情谊",这正是如狄克逊一样的作家认为黑人所渴望看到的。但是《同一个血统》中有哥特式的情节——(明显白皮肤的)男主人公的(明显白皮肤的)新娘结果是他的(黑人)妹妹;而引诱她的(明显白皮肤的)男主人公的挚友结果是他的(也是她的)(黑人)兄弟——这种情节不仅扭曲了手足之情,同时也曲解了霍普金斯小说中主人公"所有人都出自一个血统"的主张。男主人公、女主人公以及恶棍,尽管他们的肤色都是白的,但他们都带有胎记,这个胎记证明了他们的"种族",证明了他们的"祖籍"是古代埃塞俄比亚国王,这确定了任何通婚都抹杀不掉他们的种族身份。他们在肤色上与白人难以区分的事实更加突出了白人与黑人在种族上的绝对不同。

对于霍普金斯来说,家族的历史包含了"与其他种族融和"之后得以保存下来的身份,非洲人的身份依然存在,尽管他们"生活在美洲大陆上",正如《抗争力》中一个人物说的那样,"根本没有纯粹的黑人这回事情",没有人能够"追溯纯粹的非洲人血统"。《同一个血统》使这种保存得以实现,它相信"唯灵论现象",相信在世界中逝去的人可以与在世的人进行交流,逝去的人可以与那些具有从一个世界到另一个世界"能力"的人交流。哈珀小说中的那位医生主人公已经"通过研究"发现,"生命的法则并不是依靠器官功能",他已经从他母亲那里"遗传了""人神灵交"和"超自然能力",这种

○美国生活的展望（1880—1920）

能力超越了器官功能，使他与"非洲国王们"建立了联系："他心中的神秘主义是一种梦一般的对影响了他祖先的神灵的热爱。"这里由"祖籍"确定身份的简单语言的运用，代表了"精神"身份这个非简单语言。一个人从母亲那里遗传来的东西不是血亲关系，而是超越了生物学的"法则"。因此，种族纯正对于霍普金斯和狄克逊来说，需要把"血统"变为"精神"。黑色人种因为250年来强制性的种族通婚而被破坏，因此黑色人种只能通过批判身份的生物法则，坚持"新法则"、"新观念"才能"保存"自己。通婚破坏了种族，"但是观念拯救了种族"。因此哈珀和霍普金斯作品中混血儿的主导地位标志了种族向观念的转化，标志了混血儿作为赝品白人的消失以及混血儿作为典型黑人的出现。混血儿"种族妇女"的白色皮肤没有表达"肤色歧视"，相反，代表了一种黑色皮肤所不能复制的黑，它是她披戴的压倒三K党人所披戴的白床单的床单。

马克·吐温的《傻瓜威尔逊》（*Pudd'nhead Wilson*，1894）中的女主人公罗克茜（Roxy）是一位"皮肤白皙"的"黑人"，她看起来像是狄克逊的种族身份理论的另一选择。当她自愿把自己卖回奴隶主以拯救她的儿子汤姆时，她对儿子说："你是我的孩子吗？你知道有母亲不能为儿子做的事吗？白人母亲可以为孩子做任何事情。是谁让她们这样？是上帝。是谁创造了黑人？是上帝。从内心来说，所有母亲都一样。"这里罗克茜是为种族身份说话，这种族身份随着你从外部进入"内心"而消失。或者说更重要的是——罗克茜仅仅是一个16世纪的黑人，马克·吐温说"那个16世纪并没有显示出来"——她代表了一种种族身份，因为这种种族身份并未在外部（罗克茜看起来是白皮肤）或者内部（罗克茜的内心与"白人"一模一样）表现出来，所以它只不过是吐温著名的说法"法律和习俗的小说"。如果认为《傻瓜威尔逊》和罗克茜反对《同族人》中关于种族不可见性的讨论那就大错特错了。因为当汤姆拒绝与两个侮辱他的意大利人争斗时，正是罗克茜本人认为汤姆是黑人。因为，"尽管你身上大部分是白色的，小部分是黑色的"，但"那个小部分是你的灵魂"。《同族人》中的白人灵魂证明与《傻瓜威尔逊》的黑人灵魂相互匹配而非相互对立。

如果你想真正找到没有颜色的灵魂，尽管这是个明显的悖论，你就得看杜波伊斯的《黑人的灵魂》这本书。书中有一个描写他小儿子之死的特别章节，杜波伊斯对于儿子种族意义上含糊的外表（他看起来像吐温的汤姆·狄里斯克）做出了痛苦的反应，表达了父亲对儿子种族的痛楚。

为什么他的头发里夹杂着金黄色？在我的生命中，金黄色的头发是邪恶的预兆。为什么他眼睛里的棕色不能消除他眼睛里的蓝色？因为他父亲的眼睛是棕色，他爷爷的眼睛也是棕色。因此在这片种族分界线的土地上，我看到面纱的阴影降落到我儿子的身上。

但是作为牺牲品的父亲无助地把孩子变成牺牲品的悲怆，首先包含在孩子早夭的更大的悲怆中，随后又被杜波伊斯的解释抹去。杜波伊斯认为早夭是逃离种族身份的方式。因为在这个文本中，种族身份已经因为肤色而枯竭，变得没有任何意义，在杜波伊斯的想象中，那个小男孩因为还没有意识到肤色，所以就还没有属于一个种族："他还不知道什么种族分界线……他爱那位白人护士长，他也爱自己的黑人护士；在他小小的世界中只有没有颜色没有遮盖的灵魂在走动。"黑人有灵魂，但他们的灵魂并不黑——或者也并不白。像一些描写种族差异的作家一样，杜波伊斯认为光凭肤色来判断种族是不充分的，但是与那些作家不同的是，他发现没有看得见的颜色，也没有种族灵魂。在《黑人的灵魂》中，至少在"论头生子的去世"这一章节中，种族差异真的是一部"法律与习俗的小说"。

在《傻瓜威尔逊》中，马克·吐温花费了很大精力来说明两个男婴之间根深蒂固的差别。这两个男婴看上去非常相像，吐温运用了著名的手纹鉴定法（吐温称之为"大自然的亲笔署名"），不只是要辨别白色面具后面的罪犯，还要区别白色面具后面的黑人：当傻瓜指控汤姆时，汤姆的脸色变得"灰白"，嘴唇变成了白色，但是这一切都没有用——他脸色越白，他就看起来越像黑人。当他昏死过去时，小说把他的昏死当成了忏悔（自然赐予的指纹起到了建立种族的过程中"虚构""法律"的作用）。汤姆被判处终身监禁，但这并不能满足种族身份的要求。因为白人可以进监狱，而他则必须被"卖到河对岸"，这才是黑人的命运。正是罗克茜试图使他摆脱那种命运才开始了这个故事。杜波伊斯设计了一个更加极端的解救儿子的方法，他把儿子的死解释为超越"面纱"："那些日日夜夜，我心中有一种可怕的愉悦，我的灵魂对我窃窃私语道：'没有死亡，没有死亡，只有逃脱；没有束缚，只有自由。'"杜波伊斯坚持认为看不到的就是没有颜色的，他把它儿子的死不仅想象成为从种族主义中解脱出来，而且是从种族中解脱出来。换句话说，他想象把种族缩小为可见性。

然而，像杜波伊斯自己意识到的那样，也像狄克逊和吐温的例子点明的那样，缩小已经变得不可能了。20世纪的种族主义分界线问题不是光凭肤色就能解决的。事实上，臭名昭著的密西西比河计划就是通过把种族和肤色区分开来而成功地剥夺了黑人的选举权。批准这个计划的州最高法院明确承认

○美国生活的展望（1880—1920）

了因肤色而歧视是不合法的："联邦宪法规定不得歧视黑人种族。"法庭写道："这个惯例有歧视黑人种族的特点。"美国最高法院根本挑不出这个色盲种族主义的任何毛病，它规定区分白人与黑人的所谓的"习惯、性情和性格特征"是可以接受的管理目标，而肤色不是。

那么，在密西西比的法律中，种族的不可见性变成了机会而非困窘，一个很少关心南方政治重组的作家们广泛运用的机会。因为如果把美国人等同于白人使南方重建成为反帝国主义的民族主义的必要条件，那么把肤色转换成"性格"就使得种族主义的术语可以用在把生物学重写成意识形态的这一更广阔、更极端的领域中。正如改革家华盛顿·格莱登（Washington Gladden）说的那样："我们文明中具有建设性观点的都是盎格鲁—撒克逊人的观点。"新的肤色种族主义不厌其烦地援引豹子的斑点永远不会改变的特性，而新种族主义观点则超越了这种诉求："你也许能够改变豹子的斑点，但你永远不能改变种族不同的特征。"反帝国主义者、弗吉尼亚参议员约翰·丹尼尔（John Daniel）在1899年写道。这个把种族变成隐形过程的顶点在于创造了一个新的种族身份：特迪·罗斯福（Teddy Roosevelt）把它称为"美国种族"。1907年，他对《纽约哥伦比亚骑士报》（*New York Knights of Columbus*）说："我们的目标并不是模仿一种古老的种族类型，而是要保持一个全新的美国类型，然后确保忠诚于此种类型。"只有把身体转变为灵魂，才能为确保忠诚这一政治计划提供充足的理由。正是种族身份的不可见性——这种不可见性带来了你是白人还是黑人的问题——使得这个问题可能转化成另一个问题——你是美国人还是非美国人。

狄克逊称《同族人》是"一个历史传奇故事"，称其前身《野豹的斑点》是"白人负担的传奇故事——1865—1900"。与之相比，艾伦·格拉斯哥则认为，自己也被别人认为是一位现实主义者。艾伦·格拉斯哥把自己早期的弗吉尼亚小说描述为从"20世纪第一个10年""美国小说自娱自乐"的"历史盛宴"中走出来，转向"生活在文学鼎盛时期的那些曾经活过、爱过、恨过并死去的人们"。在"节日服装的伪装下"，她发现了"文明的特征"。正是因为这个从历史传奇到现实主义的发现使她备受赞赏。一位《战场》（*The Battle - Ground*, 1902）的评论家说，她表达了"真实生活的"印象，"在大量关于内战的小说中"，这部小说"标新立异"。

实际上，在所有格拉斯哥早期关于弗吉尼亚人的小说中，"标新立异"才是她的真正主题。虽然《战场》故事发生在战前与战时之间，但它基本上都是关于战争在建立"新南方"中所充当的角色。虽然我们已经看到在《民众的呼声》（火车车厢里，混血儿坐在州长旁边）中，她自己认为"新"的东西将很快变得陈旧，但是格拉斯哥关注的并非是混血儿而是州长。正是尼克·贝尔，那个贫穷的白人花生种植园主的儿子，代表了她所称的"无望的现代对无助的过去的侵扰"，而且正是那些弗吉尼亚州第一代家族的儿女们（尤其是尼克·贝尔爱上的尤金尼亚·柏特）代表了尼克竭尽全力力图侵扰的过去，尽管他的侵扰并不是那么成功。因为尽管尼克被选为州长，但他仍得不到尤金尼亚·柏特尔的芳心。在小说的情感高潮部分，尤金尼亚认识到"阶层间的巨大沟坎"毕竟是无法逾越的。因此，格拉斯哥对种族的相对漠视伴随着她对阶层的日益关注；而她关注的并非白人与黑人的关系，而是白人与白人的关系。

但是这并不是说在格拉斯哥的现实主义中，阶层问题代替了种族问题，因为格拉斯哥关于阶层的关键词就是"种族"。在《战场》中，她透过"文学鼎盛时期"看到了下面的"文明特征"，她发现了"种族"：女人们，她们"经过同样纯洁的、正规的模式"一代一代被"培养出来"；男人们，甚至当他们还是"半饥半饱"的孩子的时候，"白白的"小脸儿，肩膀上扛着根棍子像哈克·费恩一样挑着个布包，他们就立刻被认为是"绅士"。因此，（在《民众的呼声》中）尤金尼亚看出了她和尼克之间不可消除的差别，她的反应就是寻找"种族的庇护所——紧紧抓住那个把个人和世代连接起来的不变的本能"。这里的阶层差异被理解为种族之间的差异，或者被理解为那些有种族身份与那些因为没有前辈可依而没有种族身份的人之间的差异——正如自由黑人依什叔叔说的那样，尼克是"从灰土里冒出来的新来者"。

从这个角度来看，格拉斯哥把从属于错误阶层的人重新想象为不属于任何种族的人，她在《民众的呼声》中的任务就是为这些人寻找身份。更深一层讲，这种创造带有政治性。当尤金尼亚·柏特找到了最终的幸福，"像她那个种族所有的女人，从出生就注定要成为母亲一样"（换句话说，她不仅从种族身份中找到了幸福，而且从她自身成为种族传播工具中找到了幸福，因为种族就是传播，这是种族身份的原则），而尼克在政党联盟中找到了自己的身份："他生为民主党人，活为民主党人，将来死也为民主党人。"在推举尼克为州长的代表大会上，其中一位发言人如此说。生为贝尔与生为民主党人之间的确是有差别的，但这并不一定是本质差别。尼克早就意识到成为一位律师而不是种花生的农民（像他父亲一样），这本身并不能使他超越他的阶层；而他对弗吉尼亚革命先辈的狂热认同——亨利、麦迪逊，更重要的是杰斐逊——才能使他从"工作中脱颖而出"。因此，尽管他可怜贫穷的白人农民，尽管他不愿意剥夺黑人的选举权，他还是不支持民粹主义，也不赞同共和党人，他始终忠诚于"弗吉尼亚民主党"。即使小说中包含了像尼克这样的人物角色——事实上没有种族的人——然而"一张民主党的合成照片"代表的"绝对是盎格鲁—撒克逊人的面部特征"。那么，在民主党代表大会上，"种族不变的特征"不是用来区分尤金尼亚家族与尼克没有家族而言的事实，而是用来暗示一种种族身份的程度，在这个程度上，上述的区别会消失，用来有效地暗示没有种族的人（因为家族）可以属于白人种族（通过政治）的方法。

这在美国文学中是标新立异。战争前，尼克·贝尔的父亲一直是工头，这个工头和他的儿子在南方重建小说中都是富有社会抱负的人物。例如在托马斯·纳尔逊·佩奇的《红石》（*Red Rock*，1898）中，工头把他的雇主骗得卖了种植园，更有讽刺意味的是，他的儿子称落魄的"贵族"为"主人"和"夫人"，仍然想与其中的一个结婚。一位忠实可靠的老"仆人"抱怨道："工头住在大房子里，而主人则住在铁匠铺里。"《红石》把重建想象为下层白人在造反。小说的结尾，他们的雄心抱负被挫败，在那些被佩奇赋予了维持"贵族"与"社会渣滓"之间警戒线的黑人们的帮助和唆使下，主人和夫人重新回到了大房子。《民众的呼声》与《红房子》非常相似，因为这个小说中的工头的儿子也试图娶一位贵族，但没有成功。同时《民众的呼声》与《红房子》又很不同，因为主人公最后成功地成为州长。《红石》的意义在于坚持"家族荣耀"；它对种族没有兴趣，它对黑人的兴趣仅仅在于证明"有素质的黑人"代表了他所属于的家族具有高素质。然而，《民众的呼声》的意义是质疑家族荣耀，虽然黑人在《民众的呼声》中的角色没有在《红石》中更重要，但是他们在小说的种族主题中至关重要，这种主题把奴隶与主人剥离开来，用颜色替代家族。

因此，种族身份是处理种族差别的一种方式，因为尽管种族是反直觉的，但它在《民众的呼声》中倒是一个比阶层更加灵活的范畴。有两个原因可以说明种族似乎是反直觉的：第一，因为植根于生物学中的种族范畴似乎没有本质上是社会范畴的阶层那么灵活；第二，因为像尼克·贝尔那样的贫穷白人本身就是盎格鲁—撒克逊人了——那么尼克成为撒克逊人意味着什么？但是我们已经（在《同族人》中）看到种族身份由肤色到灵魂的转变放松了生物学的要求。在《民众的呼声》中，不同的家族转变为一个种族的过程中也有类似的用精灵替代"血脉"：尼克是杰斐逊和麦迪逊（而非他父母）的精神继承人，这被理解成"使徒传统"（Apostolic Succession）。格拉斯哥小说中"新世纪"的普通火车车厢这个通常的场景暗示了一种环境，在这种环境下，人们可以想象自己已经成为盎格鲁—撒克逊人了。"新世纪"中的"新来者"需要"新黑鬼"。新黑鬼就是黑人，而不是一个奴隶。在黑人面前，没有种族的花生种植主的儿子从灰土里冒出来,以白人自居。因此,"新来者"需要"新黑鬼"使自己变成"盎格鲁—撒克逊人"。阶层改变依靠种族身份。

非洲裔美国作家查尔斯·切斯纳特阐述这个观点的方法是构想一个"白人"和"绅士"是同义词的世界。所以,虽然《传统的精髓》中的迈克班(MacBane)船长同尼克·贝尔一样是工头的儿子,但是"废除奴隶制"(切斯纳特认为废除奴隶制"为贫穷的白人阶级提供了机会"比"为奴隶们提供的"甚至"还要多")使他与以往雇主的儿子地位平等(在肤色上进而在社会地位上)。但当《红石》为上层社会白人的没落而惋惜痛恨,《民众的呼声》(胆怯地)为下层社会白人的上升而欢呼时,《传统的精髓》则为中产阶级的黑人命运而困扰。切斯纳特描写的主人公是一位医生,接受教育成为绅士,尽管他的祖父曾是一个奴隶,当然,至少从詹姆斯的《华盛顿广场》(*Washington Square*)以来,没有任何一个职业像医生这个职业一样占据了美国阶层野心合法化的中心地位(医生的无私与利益之间与众不同的结合具有不可抗拒的魅力)。当米勒医生与他的白人同事乘坐的火车快到瑞奇蒙德(Richmond)的时候,铁路旅行的新规定打断了他们的谈话,让他们意识到两位医生之间的不同,特别让黑人医生意识到"他的同胞"与美国医疗协会的其他成员是不一样的。他们都是"嘈杂的、饶舌的、快乐的、肮脏的、臭气熏天"的"黑鬼",他应该去跟他们同用"有色"车厢。"白人"车厢让工头的儿子与他的同胞们隔绝了;"有色"车厢把黑人医生还回到他的同胞中去。

贫穷的白人并非是唯一从吉姆·克劳法替代了奴隶制中获益的"新来者"。福克纳笔下的杰森·康帕森(Jason Compson)开玩笑地说:"1865 年,亚伯拉罕·林肯把黑人从康帕森家族中解放出来。1933 年,杰森·康帕森把康帕森家族从黑人中解放出来。"格拉斯哥的小说《战场》抢在杰森的玩笑之前并更胜过一等,它消除了两种解放之间 70 年的差距,把战争想象成既解放了奴隶,也解放了奴隶主。因为小说《战场》中的奴隶主就像奴隶。吃得肥头大耳的这些人,脱离了"工作"的现实社会,对他们的财产抱着一种"幼稚的信任",酷似对财产的"小孩子般的"心理;而另一方面,他们的妻子因为要关心"那些交到她们手上的黑人们的身心",因此被奴隶制搞得筋疲力尽,看起来"比实际年龄老得多"。格拉斯哥笔下的女主人公要求男主人公成为一个"真正的人",这个要求因为战争的爆发而部分成为可能,而南方部队的失败使之完全成为可能。因为只有在失败中,那些被《读书人》(*The Bookman*)的一位评论员所称的"地主"才被要求去干点儿格拉斯哥所谓的"实在的工作"。

丹·蒙特乔伊(Dan Montjoy)在一个依然忠心耿耿的黑奴陪同下,前往

336

美国生活的展望（1880—1920）

弗吉尼亚的家。为了给自己弄点晚饭吃，他开始去劈木柴。"走开，主人"，他的老奴"厌恶"地反对了一句：

"把斧子给俺，你去休息等着吃晚饭吧，你脸白得像张白纸。"

"我迟早有一天要干的啊"，丹转过身来，把斧头从肩部抢了过来，"我们各做各的晚饭，这不是很公平吗？——因为现在你是一个自由人了。"

如果在丹·蒙特乔伊在进入他的（也是他奴隶的）"自由"世界时确如一张白纸那样白，那么他的肤色（甚至包括那个描写肤色的传统比喻）在那个世界中就有了新的意义。黑人的解放不仅给了穷人而且也给了富人变白的机会。年轻的丹发誓要解放黑人，即使他得"通过奋斗才能实现"，而《战场》似乎要说明战争双方都想通过战争取消奴隶制度。《读书人》的评论员称赞了格拉斯哥对"地主与幼稚人群的代表"的描写，但这位评论员的措辞说明了他没有抓住格拉斯哥要表达的主旨。格拉斯哥所取得的种族成就并不在于她对旧时南方主人与奴隶之间关系的描写，而在于对新南方这种关系转变的描写，即由主人与奴隶到白人与黑人的关系的转变。

凡·伍德沃德（C. Vann Woodward）在《吉姆·克劳的古怪事业》（*The Strange Career of Jim Crow*）中写道："典型的进步改革人士在一场剥夺公民权利或白人至上的运动中取得权力。"伍德沃德自己把种族主义看成是改良主义的"盲点"，但同时他又引证了一些认为种族主义是改良主义"基础"的人。爱德加·加涅·莫菲（Edgar Gardner Murphy）是南方极富口才与修养的改良主义者之一，他认为"有意识的种族统一"是"新民主更广阔的基石"。他相信应该以此作为民主重组的基础，而不应该用来区分财富、行业、资产、家庭或阶级的不同。（要找出与莫菲观点相反的人，我们可以引用杜波伊斯。他坚持种族平等，但也坚持个人之间的"不平等的规则"。他提醒黑人教育者，"有些适合去拥有知识，有些适合去挖掘知识"。）实际上，格拉斯哥的种族主义既敌视种族平等，也敌视经济不平等。这一点在狄克逊的种族主义中更为显著。《汤姆叔叔的小屋》里的西蒙·拉哥里（Simon Lagree）在《野豹的斑点》里又出现了，起先是一个重生了的流氓，令人出乎意料地是，他是一个"黑人党"的首领。当那个政党失败后，他逃到了纽约。"他在华尔街开设了一家事务所，在股票交易市场买了一个席位，成为掠夺新民族工业的最大胆、最成功的盗贼之一。"狄克逊并不满足于把奴隶主变成无赖，他还把他们都变成了投机者，由此把新英格兰古老的废奴主义者恶魔转变成新英格兰

2 可视性的创造

进步主义的新恶魔。这两种恶魔之间的相同之处就是漠视种族，热爱奴隶制。老拉哥里从新奥尔良的奴隶市场上买来"漂亮的黑人女孩"，而新拉哥里则在他的磨粉厂从"无辜的女孩"中选择"他的受害者"。

正像拉哥里对黑人与白人之间差异的漠视以渴望利用阶层差异的面目出现一样，种族主义对白人与黑人之间差异的警觉以平等主义敌视阶层差异的面目出现。事实上，狄克逊认为种族主义本身就是对种族差异的破坏。"白人种族"认为自己与黑人不同，"融入了同种大众的爱、同情、憎恨和报复。无论是富有还是贫穷，博学还是无知，银行家还是铁匠，知名人物还是无名小卒，大家现在都融为一体"。私刑暴民体现了新南方的平等主义，并回答了两个狄克逊认为是"笼罩在美国人民未来头上的阴影"的重要问题："劳动与资本"之间的冲突，以及"非洲种族与盎格鲁—撒克逊种族之间的冲突"，后者甚至更为"危险"。私刑暴徒强化了种族间的差异，消除了种族内的差异。

我们看到了种族主义在建立似是而非的美国身份（罗斯福的"美国种族"）的过程中扮演的关键角色。白人与黑人之间的差异可以理解成美国北方人与南方人的差异，事实上取代了本土美国人与新来的"外族人"之间的差异。狄克逊急于同化移民的愿望与他急于隔离黑人的愿望一样迫切。我们也已经看到种族主义对于重新想象阶层差异所作的贡献：格拉斯哥笔下的州长为了"保护""一个可恶的禽兽"不受私刑暴民之害而死，但是从花生种植农的儿子到州长的转变只有把两者都放入盎格鲁—撒克逊"民主"中才能实现。造就了狄克逊私刑暴民的白人种族的融合也造就了尼克州长的融合。当他看着暴民的时候，他看见了"小时候玩伴的脸"，"那些脸跟自己的脸一样熟悉"，这并不是意外。最后，他致力于捍卫的"法律"——他是这个法律的"卫士"——标志着种族主义转变成了进步时代美国化的政治工具。这里的种族主义是现代化的力量，它用国家和政党的官僚政治的责任取代了古老的家庭和地区间的关系。因此，狄克逊的保守派们把政治当成一个"肮脏的"交易，要求他们的孩子们远离政治。但孩子们坚持认为："南方人必须步入政界……因为要解放黑人。"他们还争论道："如今国家是唯一一个所有人可以寻求正义的机构。"

在狄克逊的小说中，解放黑人要求白人加入到为国家服务的行列中，解放黑人完成了奴隶制的地方主义到种族主义的国家主义的转变；贵族家族成为平等主义的三 K 党。这种国有化的种族主义将很快找到更具有民族特征的表达——在格里菲斯的《一个国家的诞生》（*The Birth of a Nation*，1915）中，在 1912 年伍德罗·威尔逊选举后的联邦机构种族隔离中（在约翰斯·霍普金斯那里由赫伯特·巴克斯特·亚当斯举办的政治科学讨论会上，伍尔森坐在

338

●美国生活的展望（1880—1920）

狄克逊旁边），以及更早些时候，在赫伯特·克罗利的"新民族主义"宣言《美国生活的前景》（*The Promise of American life*，1909）中。在谈到"人民"与"国家"的关系时，克罗利坚持认为"人民主权"与"国家主权"之间存在着紧张状态。我们可以说："人民就是主权，但谁是人民，人民又是什么？"如果我们把人民定义成"今天在世的人"，那么我们就遵从了"多数人"的原则。因此，克罗利认为我们就利用了一个"极其容易出毛病的机器。"因为多数人原则对于美国"国家"生活的"极其棘手、遥远和复杂的目标"来说，确实仅仅只是"一种手段"（而且通常是一个"专断的、危险的"手段）。那么，为了把"人民主权"转变成"国家主权"，我们就必须承认（他引用了比斯马克［Bismark］的话）"真正的人民"并不是"见天在世的人们"，我们应该用"看不见的大众精神"来替代"今天在世的人们"，正是这些精神"为了国家的历史重任，组成了过去以及将来的国家"。克罗利的"看不见的大众"吸收了狄克逊的"看不见的帝国"。种族这个术语可以把移民变成美国人，把贫苦白人花生种植农的儿子变成"人民的呼声"。在《美国生活的前景》中，它把人民变成了民族，成为三K党的宗族现在则变成了国家。

颜色的承载者

《红色英雄徽章》（*The Red Badge of Courage*，1895）以一种看得见的艺术方式开头，比《麦琪》更加直接——"寒冷极不情愿地走过大地，雾气渐渐退去，大部队出现在山坡上，正在休息。"——这可以理解成试图使我们看见至今也不能描绘出的战争事实，就像《麦琪》把贫民窟赤裸裸地暴露在人们面前一样。哈罗德·弗雷德里克（Harold Frederic）在他一篇对《红色英雄徽章》出色的评论文章中写道："看起来就像战争的真实场景中有一种生机勃勃的特点，它控制并破坏了观察者的文学鉴赏力。"就像在爱德沃德·迈布里奇（Eadweard Muybridge）①之前，没有人看到过马"奔跑的真实动作"。因此，真实的战争已被"传统的叙述"搞得模糊不清（这种叙述不是决定于"观察者"真正"看到"的东西，而是决定于"观察者所读的书告诉他应该看到的东西"），直到《红色英雄徽章》"摄影般的展示"。"战争是现实主义小说的实验案例，"哈利·莱汶（Harry Levin）在70年后写道，"除了战争之外，没有什么别的主题会被传统的常青藤、传奇的具体化以及史诗和历史故事的传统给弄得如此模糊不清。"弗雷德里克的评论开创了把《红色英雄徽章》作为

---

① 爱德沃德·迈布里奇，被称为电影之父。——译者注

2 可视性的创造

现实主义去神秘化的典范而阅读的传统，摒弃习俗，呈现事实。

但是弗雷德里克也注意到《红色英雄徽章》中也有看似模棱两可的东西：绝大多数"评论家"理所"当然地认为《红色英雄徽章》的作者肯定亲眼看见了战争场面"，这是一个弗雷德里克认为"完全不合理的"推测，并不是因为他对作者的身世足够了解（直到1897年弗雷德里克才和克莱恩相识并结为好友），而是因为他真的认为战争的"真实场景"控制并破坏了"观察者的文学鉴赏力"。事实上，弗雷德里克认为，正是因为克莱恩（他的推断很正确）从来没有亲眼目睹过战场，他才能够"把现实归类"。尽管这个分析使与迈布里奇和"他的瞬间相机"的类比变得很古怪（毕竟，如果摄影不向我们提供真实的东西，那么它还有什么吸引力），但是它确实使类比更加有效，因为正是"瞬间相机"而非迈布里奇本人"看见了"（或者说记录下来给迈布里奇看）马奔跑的动作。正是一位"从来没有见过枪杆子里喷出愤怒的火舌"的作者的"想象"创造出了《红色英雄徽章》中"摄影般的展示"。《红色英雄徽章》没有突破或者摒弃把战争当成"现实主义小说实验案例"的习俗。相反，在这一点上，《红色英雄徽章》自身就是这些文学习俗的产物，并不是通过个人经历得到实现，而是通过摄影技术的文学想象得到实现。

因此，《红色英雄徽章》自本身趋向于把战争的现实主义非神秘化转化成同等的现实主义再神秘化。亨利·弗雷明（Henry Fleming）积极响应了报纸上的一篇文章《希腊一样的战斗》应征入伍，但是当他无法让他的妈妈理解希腊式的语言"佩戴勋章，荣归故里"时，他感到无比"失望"。但是尽管他妈妈"一直在削着土豆皮"，还说要给他补袜子，但她最终还是像斯巴达人的妈妈一样给了他一些忠告："如果有这么个时候你得牺牲或者做一些不好的事情，亨利，什么都别想，只做你认为对的，因为现在很多女人都要面对现实了，上帝会照顾好我们的。"此处的现实主义在于解释而不是批判神话，现实主义对于创造可见性的兴趣在于教导人们行为举止要得体。亨利的妈妈鞭策他说："想想看吧，就像我一直在看着你一样，记住这一点，你就不会出差错了。"如果克莱恩摄影般的展示是因为摄影者没有亲眼看见战场而实现的话，那么看起来似乎战场本身只有通过战争参与者的感受实现了，参与者感到他们被一系列瞬间照相机所注视。

现实主义表达中不仅描绘了母亲的注视，而且也描绘了"遵守规则的兵团"的注视（这就是为什么亨利"训练、训练、再训练"的原因），以及更广泛意义上的社会的注视（比如体现"一个衣履褴褛的人提出的简单问题"，维护一个"无情地探索秘密直到真相大白"的社会）。最后是亨利自己的注视，当他固执地站在"自己的影像前"审视自己、反省自己时，正如弗雷德

340

美国生活的展望（1880—1920）

里克的类比一样，这个注视把相机变成了心理研究的工具。

如果说《红色英雄徽章》在令事物变得可见上与《麦琪》很相像的话，那么它与《麦琪》的不同点在于对可见性效果的运用。贫民的现实主义涉及社会问题的处理以及观察者与被观察者之间社会差异的产生。它的关注点在于看见和被"另一半"看见。然而在《红色英雄徽章》中，一个人就是他自己的"未知量"，也就是说他自身就是社会问题。瑞伊斯的愿望是为有关廉价公寓话题"不断积累的"内容添加"信息"，而亨利的愿望则是"积累关于自己的信息"。从这一点讲，把现实主义的"相机"描绘成心理研究的工具没有任何意义，就像把瑞伊斯贫民窟图片认为是心理描写没有意义一样。我们不应该把亨利当成心理学研究的对象，而应该把他想成类似内化的社会学的对象。只可惜那个"内化"也不是十分恰当。当《红色英雄徽章》中现实主义者注视的对象因为亨利想积累关于自己的信息而内化的话，那么同时它也是外在的：起先亨利"被迫承认，就战争而言，他对自己一无所知"，然后被迫承认他了解自己的唯一方法就是"投身战火，然后用句比喻的话说，亲眼看看自己的腿有什么优点和缺点"。

"比喻"在这里是个心理让步，是从摄影师宣称"优点"和"缺点"可以从观察腿的过程中发现的后退。正如战争可以理解为现实主义的一个试验案例一样，它也可以理解为对那个心理对象的试验，这个心理对象被认为是现实主义的中心人物。亨利关于他自己的问题：我到底会不会跑——可以被理解为许多《红色英雄徽章》的读者想问的问题——亨利到底是个胆小鬼还是英雄？对于这些读者来说，亨利是否会跑是一个不能通过观察他的腿而回答的性格问题（因此"用比喻的话"），他们关心的是能够解释那些腿部动作的动机。但是《红色英雄徽章》的故事让那些动机非常明显（可见度很高），就像动作本身一样。因此被称为"红色徽章"的脑袋上的伤口不是勇气的符号，而是勇气的原因。伤口不是看不见的性格的可见印记，而是动作的可见动机，这些动作似乎在"点点颜色"中前进："波浪状的蓝色队伍"碰到"灰色的障碍物"，"年轻人"扛着"红白"旗帜冲入战场，夺下了敌方旗帜上的"红色辉煌"，使他成为实际上的"颜色的承载者"。正因为（把斯巴达的母亲转变为亨利的母亲）克莱恩认为现实主义不是为了表现英雄主义的"习俗"，而是为了更新这些习俗，因此（把身体转变成旗帜）他把一个人的真实性格转变为一个人的身体："他看见自己很勇敢。"《红色英雄徽章》使性格可见，因此就使性格很肤浅，也就使关于亨利内心动机的争论变得毫不相关。

威廉·詹姆斯的《心理学原理》至少阐明了一个理论，该理论认为内部的心理状态（比如害怕）似乎可以被更合理地理解为外部的"身体"状态。詹姆斯写道，"我们思考的自然方法"就是"我们对事实的心理感知激发了心理情感，即感情，然后这种心理情感又促发了身体上的感情外露"，"常识告诉我们……我们遇见了一头熊，感到害怕，然后逃跑"。但是，根据詹姆斯的理论，常识是错误的，我们逃跑不是因为我们害怕，我们害怕是因为我们逃跑。"我们因为悲伤所以哭泣，因为冲突所以生气，因为颤抖所以害怕。"那么，当亨利的腿跑的时候，腿应该被理解为产生而不是表达了情感。通过把害怕视为"身体状态"的表达而非原因，詹姆斯把动机想象为本体论，满足了现实主义对可见性的要求：照片是人体的图画，现实主义能够使动机变得可见，因为心理学已经使动机变成了生理机能。在詹姆斯和克莱恩的作品中，性格是外现的。红色徽章之所以是一个伤疤，是因为伤疤去除了人体的外在而揭示了内在，因此把所有的东西都变得外在了。

但是克莱恩的重点不仅仅在于现实主义在表面而不是在深层（身体的行为而非身体表达的东西）找到了真理，因为"摄影般的展示"要求不仅性格具有可见性，而且还得被看见，观察到的事实为被观察的性格做出物质贡献。"想想看吧，就像我在看着你"：想象自己被母亲注视着，就是想象你的行为不仅被注视而且被决定，你的行为因为被注视而决定。"训练、训练、再训练"把母性的权威转移到了军队纪律上。正是亨利想象自己被挑剔的军官观察，才激起了他近乎自杀的勇气——他有一个很模糊的想法，那就是他的尸体对于那些眼神来说是一个巨大的、辛辣的指责。亨利的想法不仅仅因为他的尸体，而且因为他的尸体被观察；不仅他的性格可见，而且性格之所以成为性格只是因为它被看见。

因此，亨利的腿在跑时他在做什么的问题只有通过当他跑时他被看见在做什么来解答了。因为如果关于亨利的事实并不在于他的感觉，无论他的腿在做什么（他的内心），那么事实也不在于他的腿在干什么，无论他的腿被看见在做什么——它们必须"被看"。所以关于亨利的问题得不到解答，直到亨利听到了军团胜利的欢呼，他"就像在犯罪时被发现一样战战兢兢"。只有看决定了一个人的腿已经干了什么。发现（不是感觉或者生理）是本质的，因为行动的特征如果没有他人的行动作为参照就不能决定——如果大家都在跑，那跑就是"策略"；既然大家都没有跑，那么跑就是胆怯。胆怯（或者勇敢）不在于一个人的感觉，也不在于一个人的行为，而在于一个人被看见的行为，以及由此带来的感觉。

这就是为什么亨利对这种发现的反应就是从军团的声音和视线中退却出来，到了一个如此安静和黑暗的"大自然"中的原因了，这里没有什么能够

美国生活的展望（1880—1920）

"吸引人来看他"。他从一个较为昏暗的地方转到一个更为黑暗的地方，当他到达"教堂"的门槛踏向"和平的信仰"之时，他被克莱恩所称的"所见之物""吓坏了"，停下了脚步。那是一具死去的联邦战士的尸体，恐惧完全可能被理解为来自那具尸体的腐烂程度（"一堆小蚂蚁在灰白的皮肤上爬来爬去"），如果没有克莱恩的下一句"他被一具尸体直视着……"克莱恩认为，正是这个东西的外观让看见这个东西变得可怕。试图从军团的视线中逃走变成了一个尤其可怕的与视线的相遇，可怕那是因为在"生者与死者""长时间的注视交换"中，显而易见你无路可逃。无路可逃的原因，弗雷明的"警戒性"无法"保护"自己不受"一个无情地探究秘密直到真相大白的社会"的影响的原因，当然就是小说让亨利自己既成为警戒的原因也成为警戒的对象。那个死去的士兵能够指责亨利，因为死去的士兵自己其实就是许多亨利想象中的死去的亨利之一，他们从"传统中"得到了"荣耀"，而在其他人的眼中却是"辛辣的指责"。那么，因为那位死去的战士"清澈的目光"在斥责着亨利，所以亨利的眼睛与那些把他的尸体看成"辛辣的指责"的眼睛是完全一样的。因此，生者与死者之间交换的注视是一种自省的注视，但是只要它获得、延伸了母亲和军团的注视，它就也是一个社会的甚至是社会化的注视了。

什么是现实主义的兴趣呢？我们从使贫民窟可见中看到了现实主义对社会管理的兴趣，以及现实主义对看到这种管理受到威胁的兴趣。我们也从麦琪和吉米没有与他们熟睡的妈妈交换眼神的形象中看到了一种兴趣，虽然这种兴趣充满了社会力量，但是它是从与其他所有社会规划的不同中汲取的力量，或者至少是从它自身所带来的两个社会规划中得到的力量。此处的现实主义不能等同于控制贫民窟的愿望（通过限制或改良贫民窟的手段），也不能等同于看到贫民窟在无政府主义或者革命的暴力中急剧增长的愿望。它的吸引力在于把自己既等同于维护权力，又等同于亵渎权力。它把害怕被看到的恐惧变成观看带来的乐趣的一部分，而且它带着某种政治性的渲染强化了一种要求，即我们只能占有其中一个位置而不能同时占有两个，我们应该去控制那些也许将成为下层阶级暴力对象的中产阶级。（也许我们应该把《麦琪》当做 21 世纪中产阶级城市居民的培训手册来读，书中给出了一系列指南，告诉我们——我们行走在纽约、芝加哥或者巴尔的摩街头的时候——如何去体会信心与紧张、同情与厌恶、怜悯与恐惧之间恰如其分的循环。）

亨利·弗雷明和死去士兵之间长时间的目光交换表明在《红色英雄徽章》中情况有些不同，他们相同的联邦战士的身份表明了至少一个不同的成分。在《另一半人怎么生活》、《廉价公寓里的女儿》和《麦琪》这样的文本中，某种程度上说，备受争议的总是看和被看这两者之间差别的问题。但是，在

《红色英雄徽章》中,这两者从身份转变成了功用,发挥这两种功用的体验——同时既看又被看——在看自己这个可视的自我意识体验中成为正常的或者被正常化。我此处所说的"正常化"(就像上文所说的"社会化"一样)意思是说,只要这里的自省是一种内向投适射的话——母亲和军团的注视转为内心形象——就产生了一种必然的(因为是结构上的)与母亲和军团的关联。为了看自己,你就必须变成能够看见你的人。因此,现实主义的兴趣在于产生了像亨利·弗雷明这样的主体/客体。换句话说,现实主义本身可以理解为技术(除了家庭和军队以外)的一部分,这个技术产生了它所表现的读者,即通过表现读者而产生了读者。因此,亨利想"走近战场"并"看战场如何制造尸体"的愿望(这个愿望产生在他遇到了那个死去的士兵)可以理解为现实主义读者想参与制造现实主义读者过程的愿望。

从这个角度来看,我们应该反对把《红色英雄徽章》当成战争的"意识形态"叙述的对立面的观点——如一位评论家曾经说的那样:"读《红色英雄徽章》使我们摆脱了意识形态,而且它尽可能地用自然状态的体验替代了意识形态"——我们应该把它当做在我们的意识形态形成过程中扮演了重要角色的书来读,它把我们所有真实的体验,如果不是自然状态的话,组织起来形成了意识形态。如果克莱恩鄙视老战士的话,鄙视政治家挥舞血迹斑斑的旗帜,鄙视历史学家所说的"战争在形成国家性格的过程中扮演了角色",那唯一的原因就是,对于克莱恩来说,正是文学而非战争或者甚至是战争预示的现代军队,为意识形态的产生提供了范例。

我们在第一章中已经看到了军队是如何为爱德华·贝拉米《回首往事》中的乌托邦社会提供组织模型的。但是军事模型的魅力并不完全是形式上的。利特博士对朱利安说:"工业军队不单单依靠完美的组织,它也依靠激励成员的自我牺牲精神。"在工业军队中,荣誉代替金钱成为抱负的目标,而实际上军队组织的初衷就在于激励追求荣誉。军队划分为三个阶层,三个阶层下面又分别有多个级别,每个级别中又有"许多差别微小的等级"。晋级的同时有奖金,奖金从相对物质性的("特权或者不受规定的管辖")到纯粹荣誉性的,应有尽有:这支军队中的所有成员都佩戴"金属徽章",一个级别到另一个级别的提升就伴随着徽章的变化——"铁质徽章"到"银质徽章"到"镀金徽章"。工业军队的目标是确保"任何形式的美德都要得到认可",实现这一目标的手段就是一个看得见的"等级体制",这个体制"让每个人时刻都清楚,超越目前自己的等级是最大的愿望"。因此,这个"组织"首先是一个"激励"的组织,它是自己的广告,同时还是这个组织里每个人可以成为他/她自己的途径。表示级别的"金属徽章""小到你可能都看不见,除非你知道

○美国生活的展望（1880—1920）

去哪儿找"。但是在强烈的"自我牺牲"精神的激励下，我们相信20世纪的居民们能够知道去哪里找。

在这一章的前面部分，我们也看到了战争是如何可以被理解为发明了白种人，创造了美国"国家"，甚至黑人种族主义替代了奴隶制是如何可以理解为通过让美国人肤色变白而使美国人成为美国人。第十三修正案（The Thirteenth Amendment，1865）已经宣布"奴隶制度和迫使奴役"不合法，在路易斯安那州最高法院上，阿尔比恩·图奇（Albion Tourgee）和詹姆斯·沃尔克（James Walker）在他们代表普莱西的辩护状中指出，吉姆·克劳法违犯了修正案，因为它"强制实行和延续了""奴役的象征"。但是普莱西案的法庭否认"两个种族之间实行的分离给有色种族打上了象征下等的标记"。吉姆·克劳法的目的就是从颜色中制造象征；普莱西案中的文字推敲以及像《同族人》（把种族由肤色转变为灵魂）或《民众的呼声》（从阶层中创造种族）这样的文本都把种族身份本身当成一种象征———一种美国民主的象征。

"他希望自己也能受伤———一个勇气的象征。"想要受伤就是希望有个可见性的勇气标志，这个标志应该被理解成构成勇气而不是体现勇气。军队和战争在《红色英雄徽章》中都充当了重要的角色：亨利想象中的长官的眼神"刺激了"亨利日益勇敢的"自我献身"行为；南方与北方之间的差别与《红色英雄徽章》和《同族人》都不相关，《红色英雄徽章》结尾把一个普遍化的"人"的形象的出现当做英雄，绝不是不利于种族主义者希望把战争看成南方和北方都胜利的愿望。但是正是现实主义而非军队和战争从"青年"中造就了一个男子汉，这个男子汉通过"真正地""看"自己，通过成为一种肤色进而变成性格而成为男子汉。事实上，种族主义自身可以理解为与可见性的现实主义产物谐调一致，这不仅体现在肖邦坚持的关于人们皮肤颜色的观点，而且尤其体现在随后而来的给他们的灵魂上色的计划中：黑人或白人的灵魂使你的种族显示了一种社会学上的自省，就像红色徽章显示了你的性格一样。现实主义把身体、思想和灵魂都变成了裸露在外的伤口表面。因此，管理工作就是工业军队中通过分发金属徽章来提高生产，美国公民身份的产生就是通过把种族奴役的徽章附加在人的皮肤上，这两者都归类在现实主义文学作品中，这些文学作品通过给他们制作徽章而使人成为人，通过让他们看见自己而让他们变得可见。

3 褊狭的心

流通的肖像

"他们都互相了解,感觉就像一个大家庭。"凯特·肖邦在《觉醒》(1899)中这样描述埃德娜·庞特利尔嫁入的"克里奥尔社会"。埃德娜不能算是这个家庭的真正成员,在某种程度上她对他们的行为很反感,比如她因为克里奥尔人的谈话中没有基本的"正经"而心感厌恶,她也讨厌人们在谈论拉丁格诺尔太太(Madame Ratignolle)"分娩"这个"悲惨故事"时使用的过于丰富的"隐秘细节"。当一本性描写很露骨的书在阔太太之间传阅的时候,她"禁不住偷偷地、孤独地一个人读,尽管别人都不这样做",而且当拉丁格诺尔太太谈到分娩的事时,她还脸红。但是埃德娜的脸红并非表明她对性很矜持,就像她愿意私下看小说并不表明她对小说不以为然一样。其实她不喜欢的是在公共场合——家庭场合——谈论这些话题,《觉醒》中揭示了这一点。

"孤独"并不仅仅是埃德娜阅读时的状态,这也是她为一支很喜欢的钢琴曲起的名字,一支可以激发她想象的曲子:一个裸体的男人"站在荒凉沙滩的岩石旁……当他望向远方振翅飞翔的鸟时,有一种绝望的屈服感"。当孤独等同于无力获取想要的东西时,家庭(与孤独相反)则首先等同于缺乏欲望的能力。肖邦写道,不论妻子们对性有多么直率,克利奥尔的丈夫们"永远不会嫉妒";"右手嫉妒左手!心脏嫉妒灵魂!"这里家庭被当做是一个躯体,一种使嫉妒不可能存在的理解,因为家庭会产生很大的影响(因此孤独),从而令欲望不可能。在肖邦不同寻常的短篇故事《一双丝袜》里,一个女人沉浸在一次意外的、轻率的购物热中,突然发现自己非常专注地盯着自己的腿:

"她的脚和踝非常漂亮。她根本意识不到这是属于她自己的,是她的一部分。"在这个故事里,欲望(至少是购物的愿望)与把一个人的身体和自身分离开来的能力联系了起来。在《觉醒》中,缺乏欲望的能力与缺乏将家庭(一个人的丈夫和孩子)与自己分开的能力联系了起来。

实际上,正是孩子的存在以及孩子出生的事实对流动在《觉醒》中的强烈欲望产生了巨大的威胁。小说结尾处,当埃德娜帮助拉丁格诺尔太太接生又一个孩子的时候,她想起了自己生孩子的情景:"空气中弥漫着浓重的氯仿气味,昏迷丧失了知觉,苏醒过来发现了她给予生命的小东西。"并不是疼痛使这次苏醒成为"痛苦的折磨",而是"对大自然方式的厌恶"。埃德娜一直讨厌她认为是对立的两个现象之间的关系——性欲和家庭。正如曼德利特医生(Dr. Mandelet)诊断的那样:"麻烦就是……年轻的时候太过幻想。这似乎是大自然的规定;一个为了种族繁殖而确保母亲的圈套。"幻想就是性欲望代表了逃离家庭,而事实却是性欲望却意味着制造家庭的手段。性造就了家庭,性带来了自身的死亡。

《觉醒》中描述了埃德娜无力逃脱那种死亡,无力逃脱想要什么就能得到什么的能力,这一点很重要。她想成为艺术家,不出几个星期,一个新奥尔良的画商就恳求得到她的画;她想摆脱乏味无趣的带孩子的责任,孩子的祖母马上就把孩子们接到乡下去了;她最想远离丈夫的约束,当她刚表达了想自己单住的愿望,马上就有了一间"给了她私密家居氛围的""小鸽笼"。正像许多读者已经感觉到的那样,如果《觉醒》中有那么一点儿童话特点的话,那主要就是埃德娜具有梦想成真的魔力。但是同时,正是这种能力使实现愿望的希望变成了毁灭欲望的恶兆。因为在《觉醒》中,欲望与满足欲望之间的关系映射出性欲和家庭的关系,后者被认为既是前者的敌人又是前者的结果。

正因为如此,单恋是《觉醒》着重渲染的情感。沃尔特·惠特曼(Walt Whitman)在《从永不止息地摆动着的摇篮里》("Out of the Cradle Endlessly Rocking")中写道:"我再也不会缺少未得到满足的爱的哭泣。"《觉醒》的结尾("大海的声音是诱人的,从不停歇地窃窃私语,喧闹嘈杂,低声细语")清晰地让我们想起上面这句惠特曼的诗句,正如惠特曼诗歌的结尾让我们想起了《乌鸦》("The Raven")一样。肖邦把埃德娜结婚前的浪漫描写为一连串的错爱——她先后爱上了一个"眼神忧郁的骑兵军官"、一个"订了婚的年轻人"和一个"伟大的悲剧作家"。"绝望"是所有这些恋爱关系中的基本元素,尤其给最后一段关系涂上了"高尚恋情"的色彩。因此,最终导致埃德娜回到了"现实",成了利奥斯·庞特利尔(Leonce Pontellier)的妻子。正是在她"秘密的巨大激情之中",她遇到并且嫁给了利奥斯。因此,婚姻"现实"的世界可以被理解为存在于两个未得到满足的爱情中,埃德娜对那个伟大的悲剧作家的单恋反衬出利奥斯对她的单恋。

但是错爱渐渐淡去:"很快,悲剧作家就和骑兵军官、订婚男人以及一些其他人一样被淡忘。"她再次体验到了(当她爱上罗伯特的时候)那种"症状","她第一次体验到的时候还是个孩子,之后是十几岁的少女,然后是妙龄女郎",但是埃德娜同时也体验到了那种症状的短暂:走在沙滩上,她已经预感到罗伯特将会"从她的身边消失",就像骑兵军官"从她的生活中……消失"一样。"走出摇篮"赞美了那只"徒劳地唱啊唱啊"试图唤回自己"伴侣"的反鸫;"徒劳"保证了"不再"——因为歌声不能找回已经失去的东西,希望得到失去之物的欲望永远存在。但是在《觉醒》中,即使是未满足的欲望也消失了。肖邦说,对于处在自杀边缘的埃德娜来说,"世界上再没有任何她还想得到的东西了",肖邦并不是把自杀看成埃德娜无力获取她想要的东西,而是看成她无力再继续保持想要的欲望。

夏洛特·帕金斯·吉尔曼在《女性与经济学》(1898)中抱怨道,现代女性已经被塑造成"消费庙宇里的女祭司";女性被"禁止创造,但是却被鼓励索取,"她已经被变成了一个寄生虫,被剥夺了"自由表达思想"的能力。但是全球性的"生产过剩"(换句话说就是大众欲望的衰退)带来了一系列的经济萧条和衰退,"消费女性"既必不可少,同时又如吉尔曼所称的边缘化。(实际上,即使在《女性与经济学》中,从女性到生产者的转变同时也被想象成消费的延伸。离开家参与生产的家庭妇女和"业余"妈妈同时也变成了消费者——不仅是餐馆里食物的消费者和专业清洁工,而且还有吉尔曼所叹息的"母爱成为了生意,一种商业交换形式"。)从这一点来讲,埃德娜的自杀看起来像是对她无力实现消费理想的一个忏悔。

但是还有一种方法,一个人对人和物的欲望衰退没有必要理解为那耗尽了欲望的所有可能性。当埃德娜对曼德利特医生说"我不想要任何东西,只想要我自己的方式"时,她把自己的欲望描绘得更加抽象、更加巨大——一个无论得到还是得不到想要的东西都可以存活的欲望。当埃德娜在听瑞兹太太(Madamoiselle Reisz)弹奏肖邦的时候,书中描写她"徒劳地"等待音乐总会激发她在想象中产生的那幅"充满孤独、希望和渴望"的画面。这次音乐没有激发充满热情的画面,反而激发了"热情本身",那种冲击着她的"灵魂"的热情,就像"浪花每天打击着她那美妙的躯体"。此处欲望的体验与充满欲望的对象(比如海滩上裸体的男人)无关,也与渴望得到的对象(如罗伯特)无关。热情之于埃德娜就像海之于她的躯体,这个说法暗示,她的自杀最好被理解为既不是批判一个人不能得到所有想要之物的社会,也不是逃离一个人不能想要所有可以得到的东西的社会,而是与欲望本身的正面交锋。

当《从永不止息地摆动着的摇篮里》中的男孩问大海一个"词"("最终的,超越一切的"),这个词不仅意味着失去的东西(因此希望得到),而且也因为命名而带来了那个失去的东西(换句话说,就是因为说而把它带回来了),大海回答"死亡"。死亡是一个哲学上的拟声词,它的意思就是它本身,但是死亡意味着失去。这个并非无价值的词(它会满足爱)首先是——因为它的意思就是它本身——"唤醒"爱和激发命名的失去。在《觉醒》中,"死亡"这个词带有的双重含义,表现为埃德娜的躯体渴望"躲避"她的孩子,而同时又变成了一个孩子,一个"新生儿";母亲的"欲望"被孩子杀死,又在孩子身上重生。在水中死去并不确切地标志着欲望的消退,而标志着在欲望中淹没,以及欲望的理想化,这种理想化使欲望不朽,因为它使欲望脱离了主体(主体死亡了),也脱离了欲望似乎得到的客体(也就是死亡)。

短篇故事《一双丝袜》开头是一个女人"意外得到了50美元",她打算去给孩子们买一些必需的衣物,小说结尾还是这个女人,她把所有的钱都给自己买了奢侈品,正坐在回家的公车上,她希望车子"永远都不要停,就带着她永远地开下去"。萨姆斯夫人想永远购物的欲望比埃德娜游入永恒早了几年,但是消费的精神和认真承担消费责任的努力占据了这两个文本的中心地位。一方面,这些责任包括了解,如萨姆斯夫人一开始就了解"讨价还价的意义","她可以花几个小时站在那里一点一点地砍价,直到她想要的东西以低于成本价卖给她"。一些当代家政学家认为,"非凡的"主妇"能够通过寻找物美价廉的东西来减少花费",每个主妇都有责任"控制在非必需品上无节制的花费"。但是其他家政学家鄙视这样的"吝啬",鼓励人们"多花费少储蓄",而且反对"没有物质也能过"的思想。从这个意义上来讲就是萨姆斯夫人最终具体化了,埃德娜被逼到了具体化的极限,消费的责任就是不惜一切代价调动欲望,把其从冷漠和满足中解救出来。从这个立场来说,《觉醒》的结尾音不该被认为既是成功地,又是失败的,成功是因为消费的理想被保存了下来,失败是因为这个理想只能保存在死亡中。没有人能够永远购物,没有人在肖邦的笔下可以代表永恒。

但是德莱塞的《嘉莉妹妹》中嘉莉·米博尔(Crrie Meeber)的身体就可以。把两部小说的结尾进行比较就能说明这一点。近期的学术研究表明,至少有一个版本的《嘉莉妹妹》的结尾哈斯特伍德(Hustwood)在纽约一家廉价旅馆中自杀,德莱塞认为这件事是他"缺乏力量"的后果,其本身就是他"热情"消退的后果,他那"年轻人如火般的欲望"已经消失。但是出版的版本以嘉莉"唱着歌想入非非"结尾。德莱塞说,对于她,"没有厌恶也没有满足"。埃德娜的深渊已经变成了哈斯特伍德的廉价旅馆,萨姆斯夫人的汽车已经变成了嘉莉的摇椅:"在窗边的摇椅中,你可以梦想那些你可能永远感受不到的快乐。"

肖邦利用购物的欲望写出了一个精彩的小故事;德莱塞在"女性对华丽服饰的喜爱"中看到了一个绝对普遍的自我转变真理,进而创作了一部史诗般的作品。因此嘉莉对于"一件带有珍珠母纽扣的茶色夹克"的欲望与她希望戒掉音乐喜剧而转向"严肃剧"的欲望之间的连贯性更像她那个聪明、"完美"的艾姆斯(Ames)让她读的巴尔扎克的作品《高老头》(*Pere Goriot*)。"如果我是你……我会改变。"艾姆斯对嘉莉说,重复着茶色夹克的信息,并且提醒读者买那件"非常流行的"夹克的欲望就是把自己转变成穿这样夹克的人的欲望。正是嘉莉对这种转变的永不知足才使她区别于哈斯特伍德,也不同与埃德娜。

她也因为自己的成功而与他们不同,与他们以及吉尔曼笔下的那些被指责为"经济上不独立"的"消费女性"相反,嘉莉既卖也买。当然,吉尔曼的女人也卖:"女人的经济利益来源于性诱惑的力量。"她们售卖自己,这就是为什么她称她们为经济上不独立的原因。但是尽管嘉莉也出卖自己,但是她进入的市场改变了(而不是重复)把自己只卖给丈夫的做法,对她来说其结果是经济独立。凯莉把"性诱惑"出卖给上千个人而不是一个人,她使婚姻市场范围狭窄的经济变成了娱乐行业的综合经济。

就像德莱塞描述那样,她戏剧表演成功的标志就是她的图片出现在一份刚刚开始"关注那些舞台上的漂亮女郎"的"新的杂志"上。这种注意最近在技术才刚成为可能,并且还没有受到广泛欢迎。塞缪尔·沃伦(Samuel Warren)和路易斯·布兰代斯(Louis Brandeis)在《隐私权》("The Right to Privacy",1890)中抱怨了"快照和新闻业者对神圣的私人生活和家庭生活领域的侵扰",呼吁"对于未经授权的私人肖像的流通采取补救措施"。(他们所引证的"流通肖像"中最主要的就是马瑞恩·马诺拉[Marion Manola],她的照片是被"偷偷"拍摄的,"当时她在百老汇剧场演出,剧情要求她穿紧身衣"。)如果说之前已经有一些补救措施的话,那也是与"所有权原则"有关。一个英国法庭禁止阿尔伯特亲王和维多利亚女王的铜版画被复制或者描述,原因就是它们属于知识产权。布兰代斯和沃伦赞成这个决定,但是反对这个决定的理由,他们认为尤其是禁止对铜版画的描述这一点说明了以财产为基础的观点不切题。他们说:"如果一个人私人拥有珠宝和古董的收藏,很难说任何人都可以为这些收藏出一份名录,然而从法律意义上来讲,那些列

美国生活的展望（1880—1920）

举财宝的文章当然不是知识产权……"文章是财产，但是不是知识产权，列举财宝有知识性，但不是财产。因此出版这样的文章侵犯的不是财产权而是"隐私权"。正是这种"更加普遍的"权利保证了一个人的"思想、情感、情绪"、嘉莉的"面部表情"或者马瑞恩·马诺拉"紧身衣形象"的尊严。

但是《隐私权》的效用在这点上与作者的意图大相径庭。因为它的权威被（以异议的方式）援引在一个1902年的案子里，此案子是为了支持一位名叫阿比盖尔·罗伯逊（Abigail Roberson）的妇女拥有"她自己脸部"的"财产权"（一个面粉公司在他们的广告中使用了她的照片），而这个异议成了1905年判决（第一个隐私权得到维护的案例）的基础。在那个判决中，1902年原告的"拥有脸部的使用不受侵害的权利"再次作为"原告的外形和容貌都归自己拥有"这一要求而出现。布兰代斯和沃伦已经提出，"隐私权"并不是来自"私人财产原则，而是来自人格不受侵犯原则"；然而到了1912年，诸如韦伯·拉特莫尔（Wibur Lattemore）这样的律师作家则把他们理解为把财产权定成了"隐私权的派生基础"，因此就成功地把财产权的范畴延伸到布兰代斯和沃伦自己认为只能被一些之前的（非财产）权利所保护的领域（如脸部表情）。虽然罗伯逊案子中败诉者只得到了一位纽约法官所称的对她"美貌"的"赞美"，但是现在密苏里州的法官（芒登诉哈里斯案 [*Munden v Harris*]，1910）倒可以这么问了：如果一个人拥有"形象特征"——那种可以成为"一种商品的"东西——那么他为什么不应该"利用它而为自己谋利呢？"根据这种新的逻辑，一个人的"外貌"可以被理解成具有密苏里上诉法院所称的"价值"，一个由新的法律和再生产技术联手发明和生产的价值。因为这种把阿比盖尔·罗伯逊的照片附在富兰克林面粉厂广告上的技术从美貌中创造出了价值，隐私权从个性中创造了个人财产。

那么，嘉莉的成功就在于兜售只是刚刚开始属于她的东西，而不是她的劳力，也不是她的"外表"，而且这种"外表"的"自然性"还进一步增添了优雅，也就是说与她作为演员应该表现的感情毫无关系："她的嘴角间或在说话和不说话的时候有一种马上要哭出来的样子。那不是一种经常存在的悲伤。某几个音节的发音让她的嘴唇有了这些特征——像感伤一样具有诱惑力，令人动容。"这种标志的绝对武断——来自于音素而不是词素，来自生理而不是心理——说明了为什么布兰代斯和沃伦对把面部表情算作财产表示担忧的原因。密苏里法院在维护像阿比盖尔·罗伯逊这样的女性对自己的形象拥有权利时问道："如果形象具有一种足够引起别人贪婪欲望的价值，为什么它不是它的给予者的财产呢？这个价值的源头正是那个人。"然而嘉莉并没有给她的面孔价值，也就是说，她并没有制造她面孔所拥有的价值。那么是什么让她的面孔变得值钱了呢？是什么让这个价值成为她所拥有的呢？

吉尔曼信奉"经济生产"是"人类能量的自然表达"，她否定了这些问题的前提，给出了否定的回答。在吉尔曼的短篇小说《黄色墙纸》（"The Yellow Wallpaper"，1892）中，顺化生产的意思就是女性确实制造了自己的价值，其途径是制造自己的身体。《黄色墙纸》的创作起源于被吉尔曼称之为"精神错乱"的打击，同时也作为对 S. 威尔·米切尔医生企图用他那个著名的"休息疗法"治疗她的歇斯底里的一种抨击。《黄色墙纸》描绘了一个既遭受疾病的折磨又遭受疾病治疗方法折磨的女性——吉尔曼把这两种折磨理解为妇女被剥夺了"自由表达意愿"的后果。"崩溃"来自于她孩子的出生，生孩子标志着女性的"生产"仅仅是为了"繁殖"。治疗方法完全掌握在米切尔的费城诊所的手中。诊所给她的药方就是："尽可能地待在家里。时刻把你的孩子带在身边……在你的有生之年永远不要碰钢笔、画笔或者铅笔。"而这个治疗方法正是引发她生病的根源。

然而《黄色墙纸》中的女人拒绝见她的孩子，并把自己关在育婴室里，因此将她的无生产能力转化成为生产的条件。吉尔曼在她的《自传》（*Autobiography*）中回忆道，如果她很努力地试图给孩子穿衣服，她就会"浑身发抖并哭泣"；而相反，她会"做一个玩具娃娃，把它挂在门把手上，和它一起玩"。她在《女性与经济学》中写道，女人"想要生产的愿望"再不可能"仅仅满足于繁殖"了。做玩具娃娃既是繁殖可悲的代替品，又是走向生产的第一步。《黄色墙纸》中的女人在没有小孩的育婴室里爬来爬去，拿身体在墙纸上蹭来蹭去，并把墙纸一点一点地撕下来，想象着自己把禁锢在墙纸里面的女人解救出来，最后她明白自己就是那个被解救出来的人。（"我说：'我终于出来了。'"）她既没有生产孩子，也没有生产布娃娃，她生产了她自己。当分娩变成单性生殖，繁殖就变成了生产。如果你能想象你自己正在生产你孩子的身体，那么你也就可以想象你的身体就是你的。

在吉尔曼看来，限制性的休息疗法最终是为了歇斯底里——荒谬地将育婴室这个家庭繁殖空间变成了公共的生产市场；《隐私权》对诸如马瑞恩·马诺拉和嘉莉·米博尔那样的女性——在保护"私人和家庭生活的神圣领域"的同时，把这些领域变成了在公共市场上出售的商品。埃德娜·庞特利尔对她"伟大的悲剧作家"的爱来自于"摆放在她书桌上的"他的"照片"。"每个人都可能不带有任何令人兴奋的猜疑和评论而拥有悲剧演员的肖像。"肖邦评论道，他进一步把这种"折射"刻画成埃德娜所"珍惜"的"险恶的"折射。埃德娜拥有肖像标志着一种与悲剧演员之间公共的而非私人的关系（这就解释了为什么"险恶"，考虑到《觉醒》中对交互作用的反对，也就解释

○美国生活的展望（1880—1920）

了"珍惜"）；你用不着得到他的爱就可以买到他的肖像。出卖嘉莉的照片标志着她脱离了家庭生活——把自己出售给德罗艾特（Drouet）和哈斯特伍德；同时进入了市场——把自己出卖给"公众"。她与悲剧作家和埃德娜一模一样。但是，悲剧作家出卖的是他"高贵的才华"，而嘉莉出卖的是她脸上的表情，埃德娜的欲望需要隐私或"孤独"，而嘉莉的欲望需要在公共场合、百货公司、餐馆饭店或者舞台上抛头露面。事实上，嘉莉不仅从出售自己的"外表"，而且从她出售的特殊"外表"中开创了自己的事业，这个能力跨越了公共场合中的售卖与私人空间中的欲望之间的差异。德莱塞说，她出售的"外表"，那个"嘴巴"偶尔显露的"表情"，"代表了所有的欲望"，"它正是世界想看到的东西，因为它自然地表达了渴望"。为了表现这个想让商品变成商品的愿望，就得有人需要它并能够购买它，就得有人拥有它并能够出售它。《隐私权》和《黄色墙纸》、《觉醒》和《嘉莉妹妹》开始想象一个让这些条件可以得到满足的世界。

某人的女儿

杰露莎·阿博特（Jerusha Abbott）（简·韦伯斯特［Jean Webster］的小说《长腿爸爸》［*Daddy-Long-Legs*，1912］）、贝丝·欧德琳（Bess Oldring）（赞恩·格雷［Zane Grey］的小说《荒野情天》［*Rider of the Purple Sage*，1912］）、苏珊·雷诺克斯（Susan Lenox）（大卫·格雷厄姆·菲利普斯［David Graham Philips］的小说《苏珊·雷诺克斯》［Susan Lenox，1917］）和查瑞迪·罗耶尔（Charity Royall）（伊迪丝·沃顿的小说《夏日》［*Summer*，1917］）出生的时候都是"无名氏"，她们都不知道生父是谁。但至少查瑞迪知道一些事情——两件事——关于她的名字。"她知道她被命名为查瑞迪①……以此来纪念罗耶尔先生对'收留'她的无私，同时又使她活在渐渐形成的依赖感中。"但是查瑞迪知道的这两件事之间存在着某种矛盾：一方面，她的名字是用来纪念罗耶尔先生"无私"精神的，他不想从收留查瑞迪并把她抚养成人中获得任何好处；另一方面，她的名字让她有一种"依赖感"，这种感觉慢慢变成一种义务。比如，当查瑞迪向海特查德小姐（Miss Hatchard）抱怨罗耶尔对她表示性要求的时候，海特查德小姐力劝她要宽容，毕竟是他把她"从山上带下来的"。"查瑞迪"这个名字说明她并不欠罗耶尔先生什么东西，但同时又提醒她对罗耶尔先生亏欠太多。或者，我们把这一点更概括

---

① 英文"Charity"有慈善、施舍之意。——译者注

地来说，如果它提出了什么问题的话，那它就提出了一个（不导致任何义务的）礼物与（带来义务的）报酬之间区别的问题，这个区别在一系列交换中不易察觉地表达出来。首先，查瑞迪的情人卢修斯·哈内（Lucius Harney）给了罗耶尔 10 块钱作为饭费和马车使用费的"报酬"，然后罗耶尔把这笔钱转给了查瑞迪作为"礼物"。但是小说的情节把"礼物"搞复杂化了，我们就有可能认为哈内既买了她最亲近的东西，也买了她父亲（罗耶尔），我们也有可能认为罗耶尔律师本身——通过把她从山上带下来，通过为她的孩子当父亲——买了她。那么查瑞迪是收了礼物还是报酬？她是把自己送出去了还是卖了自己？

此外还有一种感觉，查瑞迪的全名——查瑞迪·罗耶尔——使这些问题更加鲜明。她的名和姓都来自她的监护人，而这个监护人在故事中从来都没有自己的名——他通常被称为"罗耶尔律师"。他不需要其他名字，正如桑德拉·吉尔博特在她的文章《生活是一个空包裹》（"Life's Empty Pack"）中所说，因为"他终究扮演的就是他的职业头衔和他具有象征意义的姓氏所代表的角色：一个高贵的法律修理者"。但是，当"律师"与"罗耶尔"放在一起的时候并不意味着"高贵"。这种文字上的技巧映射着这种职业的终极目标，重复并修改着"律师"的意义，因此给了罗耶尔律师两个相同的名字。但在查瑞迪看来，罗耶尔律师的名和姓变成了一种区别，变成了当代合同法中核心问题之一的礼物与酬劳之间的区别。只要合同的执行占据了英国和美国法律的中心地位，那么这个区别也决定了法律涉及的范围。如果合同的第一要素是承诺，那么第二要素便是"报酬"，这是个必要条件，正如小奥立佛·温德尔·霍尔姆斯（Oliver Wendell Holmes Jr.）在他的《普通法》中（*The Common Law*, 1881）中分析的一样，对于任何一种承诺的服务，都应该有"酬劳"。因为如果没有承诺酬劳，即双方没有"服务将会有偿"的共识，那么"这种服务就是礼物"，就没有合同和法律义务需要执行。那么，从这一立场来说，罗耶尔律师的"无私"和查瑞迪"依赖感"的问题就可以被看做一个关于合同的问题——他把她从山上带下来是一个礼物还是为了获得"报酬"？查瑞迪·罗耶尔这个名字同时带有礼物的含义（除了礼物以外，施舍还有别的含义吗？）以及（通过文字暗指律师）法律世界中为了获得回报而提供的服务，标志了一种礼物和契约之间的区别——最好称之为紧张。

我的目的不是建议大家将《夏日》作为一个关于合同的寓言来读。如果我们将它当做一部解释查瑞迪和罗耶尔如何"在法律上结合在一起"的小说来读的话，我们根本不需要寓言就能看到小说对于刘易斯·摩尔根（Lewis Morgan）在《古代社会》（*Ancient Society*, 1877）中提出的所有合同的起源、婚姻合同的关注。摩尔根追溯了家庭的历史,从"混杂的性交"到"一夫多妻"和"一妻多夫"(包括兄弟与姐妹之间的婚姻)的中间阶段,再到"多偶婚姻"(不包括兄弟姐妹间的婚姻),最后到他所称的"一夫一妻婚姻"。摩尔根把这个历史与"财产观念发展"的历史结合起来。将自己积累的财富传给他们能够确定是自己的子女的愿望使男人们消除了一夫多妻制。乱伦禁忌的延伸以及随之而来的适合结婚的女性的限制使"妻子"资源"紧缺",把女性变成了通过"夺取"、"协商"和"购买""可以获取"的对象。因此,一夫一妻制既是财产变得日益重要的结果,也是其原因:一夫一妻制中的妻子们在使她们的丈夫能够遗传他们获取的财产的同时,也使自己成为财产的一个基本部分。如果购买妻子被认为是一种"原始"的行为,那并不是因为人们怀疑她们是否是被买来的,而是因为她们是从谁那里买来的。在罗伯特·赫里克(Robert Herrick)《在一起》(*Togerther*,1908)的开场中,"是谁给了这个女人婚姻"那个问题被看做是一种"过时的形式",因为"那当然是她自己给!"。《在一起》里中产阶级女性的婚姻是提供给男人"她美妙的身体和她的聪明才智,以此来交换一定的头脑和意愿的权力"。在《在一起》中,"幸福的一对儿"沦为"缔约的一双"。

一些作家认为在这种沦落中丧失的是爱情。"真正的婚姻,"1913年约翰·海恩斯·霍尔姆斯牧师(Rev. John Haynes Holmes)写道,"意味着伴侣之间的爱情——确确实实,别无他物。有爱就是婚姻——没有爱就是卖淫。"或者就像大卫·格雷厄姆·菲利普斯《她付出的代价》(*The Price She Paid*)中的女主人公一样,对愿意跟她结婚又愿意资助她唱歌事业的男人说:"我不会跟你结婚。咱们来谈笔生意吧。"至少对于像女主人公米尔德丽德·高尔(Mildred Gower)这样的社会女人来说,这部小说的开头点明了生意和婚姻之间的相似性(如果不是一致性的话),她们因为没有学到其他"挣钱"的方式,因此就离"贱民阶层的妇女"仅"一步之遥"。米尔德丽德没有去"做妓女",她把自己卖给了富有的西道尔将军(General Siddall),并成为他的"雇员"之一,不过当她发现尽管他有财富,但是除此之外"什么都没有"以后,就离开了他。这个失败的寓意在于,婚姻毕竟不能是商业交易:"我不能属于一个男人,除非我真正喜欢他,"米尔德丽德对她的一个继任者说,"我已经试过一次了,我再不做这种事情了。"于是她开始着手发展她的"事业",事业与爱分离,就像婚姻与金钱分离一样:她的母亲告诉她,你不应该允许男人"破坏你的事业",也不应该允许男人"碰你的事业"。

虽然小说在一开始就坚持对于(中产阶级的)女性来说,婚姻就是她们的事业,但小说真正的重点却是把婚姻和事业分开:米尔德丽德在小说开始的时候学到了应该为了爱而结婚，而小说结尾时她认识到了应该为了生活而工作。这种绝对传统的教训把婚姻从契约、把事业从性中解救出来，如玛丽·奥斯汀（Mary Austin）在《天才女人》（*A Woman of Genius*）（也发表于1912年，同样是关于一个在舞台上开创事业的女性故事，只不过她是演员而不是歌手）中所说的："把爱情和事业分别放在两个密不透风的容器里。""我不会跟你结婚，咱们来谈笔生意吧。"在奥斯汀笔下的版本是一封来往的电报："你会嫁给我吗？署名：加勒特。"回信是："如果你娶我的工作的话。奥莉维亚。"回答是否定的，因为这里的假定是工作不应该结婚，或者换句话说，婚姻不应该是工作。奥莉维亚放弃了婚姻，选择了工作。她的女权主义在于她认为加勒特会跟她想得一样。对于奥斯汀和菲利普斯来说，婚姻和事业必须相互对立，这种对立使男人可以追求自己的事业，以拯救婚姻不会堕落为卖淫。

但是将婚姻从卖淫中拯救出来的计划找到了一个更加广泛的社会表达，它可以被描述为将卖淫从卖淫中拯救出来。这个计划的紧迫性源自人们的普遍观点，即古老的"社会邪恶"问题已经变成一个新的、"无限复杂的现象"。在"远古"和"中世纪"，就像纽约十五人委员会（New York's Committee of Fifteen）（出现在一篇由哥伦比亚大学教授埃德温·塞利格曼［Edwin Seligman］编辑的报告中）所说的一样，妓女通常都是奴隶或者"外族人"，"是来自于外国的"；而今天——这就是现代卖淫的新颖之处——她们都是被委员会称为"公民"的人。因此传统的管制方法，正如委员会所认为的，是注定要失败的。管制希望通过减少卖淫对于"正派的社会"的影响（主要是医学上的）来处理卖淫问题，定期确认妓女身份，让她们接受医学检查以减少性病对正派人群的传播。对于奴隶和外族人来说，这个确认身份和实施控制的计划是切实可行的；如果所有的妓女都像管制的支持者们所形容的那样"丑陋、烂眼、堕落，一眼就认得出来"，那么这个计划依旧可行。然而事实上，现代的妓女看上去更像是一个"富有魅力的女店员"，而如果认为她和她的姐妹们可以被"轻易地从正派的社会阶层中区分出来"，那将是一个"极其可悲的错误"。

管制是没有效果的，因为现代的妓女看上去太像一个正派的职业女孩了，很难将两者区别开来。当我们想起，根据委员会的说法，现代妓女最大的特点就是她们既不是"奴隶"也不是"外族人"而是"公民"这一点时，我们可以看到妓女与有工作的女孩之间表面上的相似之处是一个更深层次的身份标记，这令人困惑但是并不是欺骗。因为妓女并不只是看起来像是富有魅力的女店员，她很有可能曾经是一个富有魅力的女店员，也有可能再次成为富有魅力的女店员：“也许对于绝大多数的妓女来讲，羞辱的生活只是一个暂时的状态。”与奴隶和外族人不同，现代的妓女不属于一个被分离出来的群体——她是"从有道德的阶层被募集出来的"，并被驱动那一阶层的相同力量所驱动着。委员会不同意诸如龙勃罗梭（Lombrosos）和塔诺维斯基斯（Tarnowskys）那样的"犯罪人类学家们"所持的妓女们是受到她们"天生邪恶"的驱使而走上街头的观点，委员会认为她们的动机本质上就是经济的："将年轻的女孩子推到了街上并毁灭她们的并不是激情或者是堕落的本性，而是一种现实物质的需要。"即使是这种解释也夸大了妓女和"正派"女孩之间的不同："无论典型与否"，美国妓女并非因为"绝对的欲望"而走上卖淫的道路，反而因为她"做着勉强能够度日的工作，但是年复一年同样枯燥乏味的工作使她产生了厌倦感"。她并不是堕落，也并不是那么贫困——她只是想要一个更好的工作。

龙勃罗梭将女性犯罪归结于堕落的观点，以及之后经济驱动的观点都遭到了反对，这在弗兰克·诺里斯的《麦克提格》（*McTeague*，1899）中得到明确表达，此小说混淆了上述两种观点。特瑞纳·麦克提格（Trina Mcteague）当然不是妓女，但是她身上同时体现的贪婪和自我虐待，"她对于金钱的热望和她对丈夫变态的爱（尤其当她丈夫对他粗鲁的时候）"，都让纽约十五人委员会感到很困惑。如果我们从一个立场来看，特瑞纳的双重欲望都是邪恶的；而从另一个立场来看，两个欲望又都是龙勃罗梭所称的"生理""畸形"到委员会所称的经济常态的转化。那么实际上，两者就是妓女从奴隶到公民的发展。

吝啬鬼是一个古老的形象，人们认为 19 世纪 90 年代早期经济萧条时期的货币紧缩赋予了吝啬鬼新的含义，按照诸如伊格内修斯·唐纳利（Ignatius Donnelly）等支持货币自由铸造的人的观点，这种货币紧缩有可能把世界带回到"蛮荒时代"，将自由的"美国公民"变成"奴隶"。唐纳利和其他一些人将这种威胁归咎于金子都消失在华尔街银行的金库中，甚至归咎于把黄金用来装饰和当做药品：因此，麦克提格是一个牙医，而特瑞纳最初的储蓄就是"他用来填充""她门牙侧面白色牙蚀洞的""黄金"。而自我虐待是一个最近的发明。自我虐待出现的第一个文本是利奥波德·冯·萨克-马索克（Leopold von Sacher-Masoch）的《穿貂皮衣的维纳斯》（*Venus im Pelz*，1870），由克拉夫特-艾宾（Krafft-Ebing）于 19 世纪 80 年代记述，并以利奥波德·冯·萨克-马索克的名字命名。受虐狂的第一个实践者就是此小说中的主人公们，带有自我虐倾向的塞弗林（Severin）和他"残暴的女主人"万达（Wanda）。塞弗林想成为万达的"奴隶"，他和万达对于现代欧洲奴隶制的消失都感到悲哀,他们计划着要去君士坦丁堡旅行,直到万达意识到一纸"合同"就可以在西方实现奴隶制在东方可以做到的事。事实上,一纸合同可以做更多的事情,让塞弗林的奴役成为一个"选择"的结果,而不是"法律"或者"权力"的结果。如亨利·萨默·缅因(Henry Summer Maine)在《古代法》(*Ancient Law*, 1861)中所说这种"强行法"的"缩减"以及"合同"的"扩展"导致了"现代""自由"的发展,当塞弗林同意成为万达的"财产",而她"作为交换"同意"尽可能地穿毛皮"出现时,"特别是当她残忍地对待她的奴隶时候",他们正在完成"强行法"的消失,用缅因著名的说法,是"进步社会……从地位到合同的运转"。萨克-马索克决定性地把受虐狂等同于合同,因此受虐狂不仅是最近的,而且是现代的。在《穿貂皮衣的维纳斯》中,自我虐待只用在"自由人"身上,因为"选择"受奴役的自我虐待合同正是那种自由的标志。

这一点在《麦克提格》中通过特瑞纳的自我虐待和吝啬得以表现。作为一个受虐狂,特瑞纳像塞弗林一样渴望被拥有:她对麦克提格的热情在于她坚信"她是属于他的"。但是作为一个吝啬鬼,她最渴望拥有。当麦克提格提到他们的存款"都在家里,你的就是我的,我的就是你的"时,特瑞纳回答道:"不,不是的;不,不是的;不,不是的……它们都是我的,我的。"在《麦克提格》中,这两种变态相互影响,拥有的欲望不仅符合出售的欲望,而且由出售的欲望来实现,然后才得以拥有。所以,如果说吝啬鬼是一种返祖现象(诺里斯将特瑞纳描述成回复到她祖先农民的状态),如果因吝啬鬼而产生的钱的消失导致了到"荒蛮时代"的回归,那么吝啬鬼想拥有的欲望与受虐狂想被拥有的欲望之间的联系把储藏变成了流通,把荒蛮变成了文明。十五人委员会写道,"卖淫是一种与文明社会并存的现象",认为"野蛮的和半野蛮的"人都不在其中。委员会与唐纳利一样,将文明等同于交易;像缅因一样,委员会将进步等同于契约。在特瑞纳"节俭的小身体"里,自我虐待从奴隶制里的脱胎同时就是奴隶制向公民身份的转化。

委员会所称的"无形的"、"不确定的"现代卖淫特征因此证明,与其他不那么明显的、应该受指责的城市经济活动在形式有本质上的类似,而那些曾经被称为的"贱民阶层"——"女人为社会所不容","男人们则被贴上了窃贼和赌徒的标签"——现在看来,就像是大卫·格雷厄姆·菲利普斯所认为的,似乎包括了"几乎所有的人——所有那些在不确定的市场售卖他们的身体或者灵魂的人"。那么,消除看起来与"公民"日常活动密不可分的"邪恶"就非常困难了。面对这种困难,反对卖淫的运动发生了一个有趣的转变:以《白人奴隶的故事》以及相关文本(比如1910年的《曼恩法案》)为媒介，它力图通过否认卖淫以十五人委员会决定的"现代"形式存在而消除卖淫。

虽然像克利福德·罗伊（Clifford Roe）这样的改革者——在他的概要《反对白人奴隶制的战争》(*The Great War on White Slavery*, 1911) 中——紧随委员会之后认为卖淫是一种"生意"，是一种由"贪婪"而非"性欲"带来的"商业化的制度"，但是罗伊抨击的重点（对白人奴隶制的着迷，而不是对"社会邪恶"的普遍担忧）是"女孩和女人的交易"是一个男性生意，女孩和女人在这个交易中是受害者。"商业化了的美国已经把它的女儿们商业化了。一个世纪以前的人们哪有想到今天，人们的女儿们就像五金器具和杂货一样被买卖？"妓女不再是一个"公民"，而再一次成为"奴隶"，法律起诉的对象是奴隶交易者。《曼恩法案》禁止"任何基于卖淫或诱奸、或者其他不道德目的的对女人或者女孩的交易"。它的目标不再是妓女，而是"职业诱奸者"、"皮条客"或"老鸨"。

十五人委员会认为，成为妓女具有其动机，但是对白人奴隶制的抨击则否认有任何动机的存在。白人奴隶制是男人之间买卖女人的贸易，（在《反对白人奴隶制的战争》中）所暗示的女性自己可能有商业利益的观点只允许出现在不择手段的律师口中，用来徒劳地为臭名昭著的"皮条客"辩护。一个名叫莎拉（Sarah）的"犹太女孩"在不择手段的律师口中完全不是受害者。相反，"带着她种族所有的特点"，她"镇定冷静地计划着如何挣钱"。她对挣钱的欲望绝对不带有单一的种族性，因为她把钱拿来与她的爱尔兰朋友莫利·哈特（Mollie Hart）一起分享，他们去舞厅、公园以及中餐馆。律师讥讽道："当然，当他们在舞厅的时候，他们全神贯注地背诵上帝的祈祷"，或者他们试图背诵《独立宣言》。

> 当然，当他们在公园的时候，他们想到了莎士比亚的戏剧，或者阅读或回想起过去的伟大诗歌。现在，在中餐馆、公园和舞厅，他们在想什么呢？他们在做什么？他们是不是在计划挣钱？是不是？她的确日夜计划着挣钱，她不是那么容易被欺骗的。她不容易被欺骗，也就不能轻易被别人拉皮条……她拉了自己的皮条……

这段论证在法庭上失败了。事实上，《反对白人奴隶制的战争》的整个目的就是确保这种论证的失败，确保没有女人被想象成拉了自己的皮条。因此，罗伊关于"经济原因"的部分，那个最有可能让人把妓女想成"独立的"经济媒介的部分，那个甚至包括了请求雇主们为女店员和职员开"生活费"的

3 褊狭的心

部分,反而以一首诗结尾(作者凯特·简·亚当斯[Kate Jane Adams]),阐明了《反对白人奴隶制的战争》的真正的经济责任:"无论她的脚步是多么任性,"亚当斯提醒她的读者,"不论她在罪恶中的沉沦有多深;/不论什么原因让珍珠溃烂;/尽管迷失,尽管孤独,她依然是某人的女儿。"不管她是哪个"某人的女儿",像特瑞纳一样,她肯定不是可以自己做主的女儿;不管"某人的女儿"会做什么,像莎拉一样,她肯定不会"拉自己的皮条"。只要"社会的邪恶"是白人奴隶制,所有的妓女们将都是奴隶而不是公民。

"最终绝大多数公众开始意识到,白人奴隶贸易比黑人奴隶贸易更加野蛮,"J. G. 希尔瑞尔(J. G. Shearer)在《伟大的战争》(*The Great War*)中这样写道。白人奴隶贸易比黑人奴隶制更加野蛮,但是并没有卖淫那么糟。事实上,从这个观点来看,白人奴隶制的狂热最好被理解成一种性表达,是对19世纪90年代在南方种植园文学中占主导地位的怀旧。正如我们看到的一样,发展中的种族主义愿意将奴隶制的消失当成是驱逐黑人的前奏。但在类似欧派·里德(Opie Read)的《我的小主人》(*My Young Master*,1896)的小说中,我们可以发现正好相反的事实:我们看到的是与一定程度上对奴隶制的容忍并存的反"黑人恐惧症",而不是与"黑人恐惧症"并存的反奴隶制。此外,对"黑人"的好感同时对于移民来说是一种灾难。因此当狄克逊欢迎东欧移民来到民族熔炉的时候,里德让他的黑人叙述者和男主人公赞扬南方军队(他在南方军队里骄傲地当一名奴隶)因为有了"更多的盎格鲁—撒克逊人",南方军队"比混杂的北方军队战斗起来更加有斗志,更加勇猛"。更引人注目的是,里德一再让男主人公处于可以逃离奴隶制的场景中,但是出于对"主人"的"奉献",他没有利用这些机会。作者借此来体现男主人公自身的高贵品质。

"你是一个黑人,但是你是一个绅士。"他主人的父亲这样对他说。既是绅士又是黑人,这种说法等于承认一个人隶属于主人,不是因为枷锁的束缚,而是因为"荣誉的束缚"。即使有人提出给讲述者一大笔钱让他去北方开始新的生活,他也断然拒绝了。就像拥有奴隶的绅士不会卖掉他的奴隶一样(老主人说:"卖奴隶违反了我做人的原则。"),一个自身是奴隶的绅士不会允许自己被买断,他宁愿戴着锁链也不愿意知道他的主人已经对他"失去了信任"。在《我的小主人》中,占据着南方的贵族——包括黑人和白人——将不会拿走你的钱,这个南方是白人奴隶制小说中的一个得到救赎的国家:奴隶不会出卖自己,他们的主人也不会出卖奴隶。

《我的小主人》的叙述者是黑人,但作者是白人,而《诸神的娱乐》(*The Sport of the Gods*,1920)的作者保罗·劳伦斯·邓巴本身就是个黑人,

363

美国生活的展望（1880—1920）

他对于自由带来的利益的矛盾心理比欧派·里德更加的令人震撼和引人注目。《诸神的娱乐》的开头将自己与那些"哀悼种植园、工头、主人、奴隶"的"小说"区别开来（如佩奇、哈里斯的小说，以及某种程度上还有里德的小说），把贝瑞·汉密尔顿（Berry Hamilton）的"典型的、生活状况良好的黑人所拥有的装饰整洁、现代的住所"与奴隶制中的"破旧的小屋"进行了对比。但这种对比也是一种比较。住所坐落在"距离他雇主宅邸几百码远的地方"，这一事实也导致汉密尔顿的孩子们"把他们的生活方式与旧式种植园制度之间进行了令人不愉快的比较"。父亲是"众多在获得自由之后没有离开南方的奴隶中的一个"，而孩子们想要"自己的家"，于是他们最终搬到了北方。从一个角度来看，这是进步，就像贝瑞从一个"奴隶"变成了一名"仆人"，孩子们则"想去工作，想挣自己的钱"，并将因此获得"独立"。然而，从另一个角度来看，小说以顽固守旧的南方白人之口开篇，以适应和接受结尾，这是一个灾难。

促使汉密尔顿一家搬去北方的原因（将他们从那个充满欢乐的类似汤姆叔叔的小屋里赶出去）是有人诬告贝瑞偷盗，小说把这个罪行看成对奴隶来说是绝无可能的，可对仆人来说却是不可避免的。"我们必须记得，我们现在已经不再生活在那些旧日子中了，"贝瑞的雇主说。当然，在旧日子中，奴隶有些时候会拿走一些东西，但是"这并没有犯罪"。那些"从前的黑人"不该受到责备，因为"他对金钱的价值一点儿都没有概念。当他偷东西时，他偷的是火腿、培根和鸡肉。这些是他最急需的必需品，他认为有价值的东西。"然而现在，他"充满野心"，"他已经认识到别的东西的价值，而不仅仅是那些能填饱肚子的东西。"奴隶自身没有财产所有权，因此对拥有别人的财产并不感兴趣。当他拿走一块火腿，他并没有获得火腿的拥有权，他只是吃掉它。而对于仆人来说，他对于自己有所有权，因此也就有了对于拥有别人的财产的兴趣。因此，尽管20年来贝瑞并没有任何不忠的迹象，但是"没有仆人不被怀疑。"奴隶因为不能拥有任何东西，也就不能偷任何东西；当一个奴隶变成"野心勃勃"地开始主张自己的财产权的仆人时，就只以损害雇主的财产所有权为前提去获得自己的财产权——他是一个仆人的事实本身就说明了他是一个贼。

这个来自从前主人对贝瑞野心的攻击把贝瑞送进了监狱，而来自邓巴的攻击则让贝瑞的儿子进了监狱。在贝瑞蒙羞之后，贝瑞的孩子们搬去北方（就如同德莱塞的嘉莉和十五人委员会的女店员一样），他们自己受到了"野心"的驱使：有着音乐天赋的凯蒂（Kitty）放弃了演唱家乡那些"淳朴的老歌"，开始练习"观众需要的令人厌恶的黑人小调"；乔（Joe）的"独立"

"渐渐演化成""蔑视",成了一个酒鬼和谋杀犯。他最接近救赎的时刻是当来自家乡的一个女人到达纽约,到处散布他父亲罪行的时候;一个从前被认为是不可容忍的小镇声音(邓巴将这种声音与"奴隶制的影响"联系起来)现在则被认为是一个救助良心的声音:"一些旧的教义和传统以某种方式在人生最关键的时候以一种令人烦恼的方式回来了,虽然人们早就意识到新的思维方式比它们更加真实可靠。"此处的讽刺是双重的。当然,关键是旧的方式确实比新的好,但是旧的方式是顽固守旧的南方方式,那个被四处传播的故事——那个应该让乔想起荣誉和"好名声"的重要性的故事——是虚假的。乔被要求将他父亲被控告的罪行(那个诬告)想成是他父亲犯的罪(偷窃),以便在精神上拯救自己;他被要求通过谴责他父亲获得自由的罪行从而把自己从自由中解救出来。

邓巴想象会有"一些人"用乔的命运"说教",他把他们刻画成想

> 向这些人鼓吹……在南方的田野上给上帝歌唱要比在北方的礼堂里给无赖跳舞更加美好和高尚。他们想说南方有它的过错——没有人宽恕这些过错——和缺点。但尽管如此,他们所遭受的痛苦也比在纽约大街上等待着他们的痛苦要好得多。

在《诸神的娱乐》中,纽约的吸引力、想过"自己的生活"的愿望不可避免地具有灾难性,但是对此唯一的选择就是那个"重新敞开了大门、重新装备了家具的"奴隶小木屋。贝瑞·汉密尔顿和他的妻子最后"毫无怨言"地回到这里。在《我的小主人》中,里德把奴隶想象为非常自由,他们仅仅受制于"荣誉束缚"的"愚弄",而邓巴对于"南方的荣誉"并不是那么尊敬,他知道"在那里,身体受到限制,他们感到烦躁……"但是,就像里德一样,他宁愿笔下从前的奴隶喜欢这种烦躁。

然而,作为一种文学流派,试图以较少罪恶的奴隶制替代较大罪恶的自由市场的最受欢迎的表达既不是纽约的故事,也不是南方奴隶的故事,而是一个发生在犹他州的故事。这个故事讲的是一个女孩被绑架并被虐待,"直到她屈服",但是这一切并不是残忍的奴隶贩子所为,也不是意大利或犹太皮条客所为,而是一名摩门教"诱劝者"所为。"她成为一个奴隶",枪手拉斯特(Lassiter)这样说他的妹妹米莉·恩娜(Milly Earne)。赞恩·格雷的《荒野情天》(1912)以拉斯特对摩门教徒的复仇开始,慢慢演变成他试图从"逼婚"中拯救另外两个女人的故事——米莉·恩娜的女儿和她最好的朋友。被逼婚意味着被迫嫁给摩门教徒,从这个意义上来讲,虽然西部有时被刻画成

美国生活的展望（1880—1920）

对家庭小说不是漠不关心就是充满敌意（"西部适合家庭小说，"简·汤普金斯［Jane Tompkins］在《西部诸事》［West of Everthing］中写道："正是对家庭生活狂热的对立面统治了美国维多利亚文化。"）但是事实上（就像是有关职业妇女的小说，就像是有关怀念黑人、白人奴隶制度的小说），西部是一种家庭生活的延伸和现代化；赞恩·格雷早期小说的意义在于将女人从与摩门教徒的强制婚姻中解救出来，并与相爱的"异教徒"结婚。"顺从"、"谦卑"和"恐惧"是大多数摩门教女人的命运，她们被绑架进入一夫多妻制家庭，就好像白人奴隶被绑架而成为妓女一样；格雷的枪手（就好像新的城市社会工人一样）营救她们，赢得她们的爱慕并与她们结婚（这一点超越了社会工人）：《荒野情天》的结尾，一个枪手带着他的未婚妻"回到了伊利诺伊——回到了我母亲身边"，另一个枪手带着他的未婚妻（她收养了一个孩子）回到了更加家庭化的背景"惊喜山谷"。事实上，正是这个孩子将简和拉斯特拉到了一起，孩子时不时地问："你干吗不和我的新妈妈结婚当我的爸爸？"这样使这个枪手"每天"都更加温柔，更加善良。格雷笔下的另一个枪手波恩·温特斯（Bern Venters）通过他与米莉的女儿贝丝（Bess）之间的恋情也成为一个"更加柔和、温柔"的人；"我是个男人，"他对她说，"一个你造就的男人。"如果说男人去西部是为了成为男人，那么在《荒野情天》中，他们通过寻找女人而成为男人，通过成为丈夫而成为男人。

如果说职业妇女小说的意义在于将婚姻从契约中拯救出来（通过将事业定义为除了婚姻以外的任何东西），白人奴隶小说的意义在于将卖淫从契约中解救出来（通过将妓女变成没有契约的奴隶），那么赞恩·格雷的西部通过把婚姻想象成事业和奴隶制的拯救选择，把两者结合了起来。《荒野情天》中的一个女主人公简因为独立而显得不同寻常：小说故事发生的小村庄是"她的私人财产"；枪手拉斯特为她工作，答应"听"她的"命令"，而且她在"犹他州没有一个亲戚"。另一个女主人公贝丝是简的另一极端——简不是任何人的女孩儿，而贝丝是强盗"欧德林的女孩儿"；简看起来是个"极度自由的女人"，而贝丝则是强盗欧德林木屋中的囚犯。但是通过让男人成为丈夫而使他们成为男人的西部必然会让女人们成为妻子。就像《荒野情天》推定的一样，奴隶制是被"强迫着"进入婚姻的，自由就是跟所爱的男人结婚的权利：贝丝获得了自由，因此她可以爱波恩·温特斯，并与他结婚，简被"逼婚"了（"没有女人可以像一个被逼过婚的女人一样去爱"），所以她可以爱拉斯特并和他组织了家庭。婚姻既是从自由的幸福解脱，也是从奴隶制的幸福解脱。

这一点在《荒野情天》的续集《彩虹桥》（*The Rainbow Bridge*, 1915）中表达得更为清晰。后者的男主人公来到西部"寻找一位妻子"，而女主人公斐（Fay），就像是之前的贝丝和简一样，必须从摩门教的婚姻中被解救出来。小说中大多数情节并不是发生在那种西部典型的"没有女人的环境"中，而是在一个有着大约 50 名"密封妻子"（sealed wives）和三个男人的小镇上（"她们中几乎每个人都……富有魅力，一些还……非常美丽"）。这些女人是一夫多妻制中的妻子，藏起来以躲避联邦检察官，而男人们——包括舍福特（Shefford），格雷笔下的男主人公——则负责保护她们。当其中的一名女人是斐时，解救似乎看起来是不可能的，但是当斐还没有被强迫进入婚姻时（还没有"屈服"），这个使命就回来了。"你不是一个妻子！……你是自由的，"舍福特惊呼，但接下去他说，"你是一名奴隶，你不是一个妻子。"奴隶可能是自由的对立面，但是受一个男人的奴役和把自己出卖给男人的自由这两者都与婚姻相对立。因此，一个"密封妻子"的村庄被叫做佛雷多尼尔（Fredonia），一个"自由女性的村庄"：用摩门教徒作为一个辩解——"白人奴隶的"辩护律师把犹太女孩形容为自由的；用赞恩·格雷和其他关于白人奴隶制的文本作为辩解，这个辩解讲出了事实，除了结婚自由以外的任何自由就是奴隶制。

或者说，因为"有爱就有婚姻——没有爱就是卖淫"。除了与你相爱的男人结婚的自由以外的自由，而这种自由的证明就是爱一个你还没有嫁给的男人。格雷对性关系非常严肃。波恩·温特斯准备好接受贝丝一直是"欧德林的女孩"这个事实，而且打算不管怎样都要与她结婚，但是当他发现贝丝并没有受到强盗"邪恶"的影响，因为欧德林把她监禁在木屋里事实上是一种保护性监管，他感到了极大的欣慰。尽管白人奴隶的圣战者鼓吹社会应该重新接受从奴役中被解放出来的女孩，但是格雷有可能实际上并没有准备接受《荒野情天》中的男主人公带着他曾经是妓女的新娘奔向家乡母亲身边的场景。然后，格雷已经准备好去想象没有婚姻的爱情。如果说白人奴隶制以及没有爱情的摩门教婚姻因为代表了男人之间对女人的交易应该受到谴责的话，那么甚至有爱情的婚姻也有可能看起来太像交易——太像契约——而不应该被允许。简·威瑟斯廷（Jane Withersteen）开始雇佣拉斯特并非因为爱他（尽管他表达了对她的爱）；她对他服务的回报是给了他一匹优等的阿拉伯马。故事的结尾，她所有的财产——在最后甚至那匹阿拉伯马——全部都没有了。虽然她不能再雇佣拉斯特了（身无分文因此被"逼婚"），她最终倒可以爱他了。在这方面，小说似乎是将家庭生活极端化了；从这个视角来看，《荒野情天》超出了将婚姻仅想象成一个在奴役和自由中二选一的选择。简对拉斯特表达了她的爱意——此时他们进入了"惊喜山谷"，简敦促拉斯特推动那块巨大的石头以切断所有的追击，把他们永远地封在谷里——此番话的结果就是

美国生活的展望（1880—1920）

他们不仅永远切断了通往自由世界的路，而且也切断了通往婚姻的路：在"惊喜山谷"，"婚姻"是"不可能的"。如果在一夫一妻制的家庭中可以发现（婚姻）合同的存在，那么事实上，《荒野情天》就准备通过把婚姻从婚姻中解救出来从而把婚姻从契约中解救出来。

老家周

惊喜山谷是赞恩·格雷对家庭领域的理解，这个家庭领域受到隐私权的保护，慢慢变成了可供公共买卖。一般而言，正如一个商人对《彩虹桥》中的主人公说的一样，西部是一个"没有一个白人……会愿意从你手里拿走一块钱"的地方。西部不仅象征了对女性从家庭生活中出现的回应，而且也象征了家庭生活本身的转变。这有点儿像欧派·里德笔下的老南方，或者颠倒一下，像邓巴的作品，没有黑人会从你手里拿走一块钱。里德的种族乌托邦理想把黑人想象成爱的奴隶，在拒绝接受能够帮助他获得自由的钱之前，他的主人公宣称他的"心"是他"真正的主人"。进步主义的性别乌托邦理想把黑人变成了白人女性：西部和白人奴隶小说反对女性出售她们不能出卖或者不应该出卖的东西的观点认为，无论女性做什么，她们肯定不是为了钱。

与职业妇女的故事一起，西部和白人奴隶小说代表了三个将爱情从合同中分离出来的不同战略，以此来区分婚姻与卖淫。职业妇女选择合同而不是婚姻；她不结婚，也许会有人说，她成为了一个妓女而不是新娘。另一方面，白人奴隶甚至连妓女都做不成；她没有能力出售自己，如果她成不了新娘，那么她就什么都成不了。而西部——通过驯服职业妇女和解放奴隶——使两者都可以有婚姻，在这种婚姻中爱如此重要，以至于婚姻契约——事实上就是契约自身——变得没有必要了。换句话说，所有这三个策略都完好无损地保留了《夏日》中奉献自己和出卖自己之间的区别，策略把婚姻想象成只是礼物，但是，正如《荒野情天》中极端婚姻（婚姻转变成某种像自由爱情的东西）所揭示的那样，把婚姻想象成只是买卖能够具有相同的作用。

因此，在沃顿《夏日》之前的小说《乡村习俗》（*The Custom of the Country*, 1913）中，尤丁·斯普拉格（Undine Spragg）的"事业"就是一连串与自己并不相爱的人的婚姻，这些婚姻在破裂的时候就像"生意伙伴关系的瓦解"。尤丁"不可剥夺的'回旋'的权利"比黛西·米勒对上流社会"绅士"的嗜好还要强。这是一个使她自己从婚姻中离间出来的不可剥夺的权利。尤丁继承了"她父亲做生意的本能"，她的名字就是以他父亲其中一个产品而命名的，在充满激情的谈判中，尤丁的感受与"斯普拉格先生在最紧张的纯净水交易谈判中的感受"一模一样。在《乡村习俗》中，没有礼物，只有交换，爱和契约如在《荒野情天》中一样安全地彼此分离。

这种从婚姻到契约的转变被《乡村习俗》中的人物们认为"违背自然"而备受谴责，他们不能适应"现代离婚闹剧"。就像我们已经看到的一样，人们有一种感觉，即离婚和婚姻都"违背自然"的特点有可能是正确的。实际上，人类学有关家庭研究的最基本姿态就是已经将婚姻看成了一种生意安排——财产的第一次交换——然后把那种财产交换，用摩尔根的话来说，看成是"让雅利安和闪族国家脱离蛮荒进入文明的力量"。在婚姻之前，财产并不存在（波兰人类学家布朗尼斯洛·马利诺维斯基［Bronislaw Malinowski］会说摩尔根信仰"野人共产主义"），而在财产之前，婚姻并不存在（美国人类学家罗伯特·洛维［Robert Lowie］将摩尔根所信奉的"性共产主义"称为一种"绝对的性乱交状态，在这种状态下性欲不受任何乱伦规则限制"）。在《夏日》中，北多尔摩（North Dormer）（罗耶尔律师是那里"最强大的人"）和山区（Mountain）比起来是文明社会，山区是那些像"野蛮人一样群居的"（毫不在意乱伦禁忌）"逃犯"和（对财产没有一点尊敬的）"擅自占住者"的家。体现在"查瑞迪·罗耶尔"身上的礼物与合同之间的区别被看做是山区与北多尔摩在地理上的区别，也被看做是自然文明在人类学上的区别。

但与此同时，还有一个很重要的观念，即山区与北多尔摩的区别——虽然被两个地方的居民所一再强调——其实并不是完全那么直截了当。如果说山区是一个"被动乱交"的地方，在那里人们有可能会和家庭成员中的某一个人睡觉，那么北多尔摩则将可能性变成了现实。查瑞迪的情人卢修斯·哈内炫耀般地被给予了一个与山区人里弗·海特（Liff Hyatt）一样的姓名首字母，查瑞迪怀疑他是她的哥哥。更惊人的是，虽然哈内最初对查瑞迪的兴趣被描绘成"更像哥哥般的爱而非情人的爱"，但是当他与查瑞迪真正做爱的时候，据说他"几乎像哥哥一样温柔地"拥抱她——连接在哥哥和情人之间的对立已经消失。当然，她最终的丈夫，"像父亲一样老的"罗耶尔律师自始至终与她保持着明确的父女关系。查瑞迪告诉哈内，罗耶尔律师那天晚上来到过她床前，"所以他不用出去"。事实上，查瑞迪、哈内以及罗耶尔先生之间关系的安排就是同族通婚的模式，他们中没有任何一个人需要"出去"。小说就这样将北多尔摩的"文明"转变成了原始的"杂交"，查瑞迪与她哥哥睡觉，与她父亲结婚。

但是《夏日》不仅将北多尔摩变成了山区，而且将山区变成了北多尔摩的形象，甚至变成了那个商业和"诉讼"中心——奈特莱顿（Nettleton）的形象。这一点在查瑞迪妈妈的山区葬礼这个未加修饰但是给人留下深刻印象

●美国生活的展望（1880—1920）

的对比中表现得尤为明显："我们没有带给这个世界任何东西，因此我们也应该什么都不带走。"牧师这样说。而其背后人们在争吵谁应该拥有死者留下的炉子，争吵达到了顶点"是我到克莱斯顿（Creston）买了它……所以我有权把它从这带走……"但是更加令人困扰的是，查瑞迪的母亲在奈特莱顿"慈母般"为人堕胎者的身份令她具有奇怪的双重身份。她不仅与查瑞迪说话的方式就像她"自己的妈妈可能跟她说话的方式"一样（而且提出让查瑞迪抛弃她的孩子，就像查瑞迪的妈妈抛弃查瑞迪一样），而且她说话的方式就像小说中"必须自己谋生的女士（尤其对于一个母亲）"一样，这个方式就是查瑞迪母亲谋生的方式——卖淫。因而，如果说文明的北多尔摩最终提供了一个原始"共产主义"的形象，那么山区——人们对私人财产争论不休——反映了一种性资本主义，妓女出售自己，与姐妹—女儿奉献自己形成对比。

　　在《夏日》中，奉献与出售、同族通婚与异族结婚、原始与文明之间的区别一直存在，但存在的地点并不总是相同。哈内付给罗耶尔10块钱作为膳食和使用马车的报酬，罗耶尔将钱作为"礼物"给了查瑞迪，查瑞迪用它买了衣服，当哈内看到她穿着新白裙的时候，"她在他的眼中读出了自己的回报"。这10块钱既是支付也是礼物。当它以查瑞迪穿着新衣服的形式回到哈内那里的时候，它既是礼物也是支付——一个给他的礼物（超过了他用这10块钱所买的东西）和一个对她的支付（他眼中"回报"的价值）。查瑞迪将哈内给她的胸针抵押用来堕胎，罗耶尔给了她的40块钱用来赎回抵押：查瑞迪被赠予了那个胸针，同时她也为此付了钱：这究竟是一个购买还是一个礼物？

　　与女性在市场中的出现相伴而来的是两种迥然不同的理解，一个是对"现代"婚姻契约的理解，另一个是对女性奉献自己的意义的理解。西部及白人奴隶故事通过否认卖淫的存在把婚姻从卖淫中拯救出来，婚姻不是奴隶制，又是没有它也能存在的爱情的附带现象。《乡村习俗》和一个女权主义对婚姻的评论将婚姻等同于卖淫："女人的私人利益"，吉尔曼在《女性与经济学》中写道，"与她们赢得和控制另一个性别的能力有着紧密的关系。当我们面对这个事实——在公开的罪恶市场上——时，我们感到恐惧而厌恶。当我们看到相同的经济关系……由法律明文规定的关系……我们认为这种关系清白、可爱而且正确。"婚姻如果不是有爱而没有契约，就是只有契约没有爱；新娘不是爱人就是妓女。

　　但是，如果爱人和妓女在理论上可以被描绘成在性关系上占有两个全然不同的地位——一个是奉献，一个是出售——的话，那么《夏日》可以说有意在这两个地位之间造成了混淆，甚至坚持认为——通过妻子的形象——尽管在理论上奉献和出售可能有所不同，但是在现实中两者不可分离。在《西太平洋上的航海者》(*Argonauts of the Western Pacific*)(出版于 1922 年，写于 1921 年，根据在 1914 到 1920 年之间进行的一项研究写成）中，马利诺维斯基对特洛布里恩岛民（Torbriand Islander）间的经济交易提出了一个分类法，包括"纯粹礼物"（特有地存在于"丈夫与妻子"或者"家长与孩子"之间）以及"纯粹而单纯的交易"（特有地存在于不同村庄的人们之间）。马塞尔·莫斯（Marcel Mauss）在他 1925 年的专著《礼物》(*The Gift*）中对马利诺维斯基的观点作出了回应，他否认存在纯粹的礼物，并断言马利诺维斯基认为丈夫给妻子的礼物是"无私的"这个观点尤其误入歧途；这样的礼物反而应该用特洛布里恩岛民的模式被理解为 *mapula*，即"一个丈夫连续付给妻子性服务的工资"。这个争论在《夏日》中的解决方法就是坚持认为婚姻既是礼物又是买卖。

表达这个观点的另一种方法就是认为，对婚姻的攻击和对婚姻的辩护共同导致了现代意义上婚姻内涵的转变。对婚姻的攻击认为婚姻只不过是一个契约关系（能够与卖淫区别开来仅仅因为一个是"瞬时交易"，另一个是"一生的讨价还价"），而对婚姻的辩护则认为婚姻是爱的表达，最重要的是没有任何交换因素参与其中（正如我们看到的一样，婚姻与"自由性爱"无法区别，犹如契约婚姻与卖淫无法区别）。因此，尽管像威廉·狄恩·豪威尔斯这样的读者抨击罗伯特·赫里克的《在一起》，认为作者"同情通奸"以及"自由性爱"，尽管海瑞克否认有任何这样的同情，但是攻击和辩护都没有抓住《在一起》中真正全新的观点，即通奸的不相干性。正如托尼·唐纳（Tony Tanner）在《小说中的通奸》(*Adultery in the Novel*, 1979)中所刻画的，通奸是"中产阶级小说中最主要的话题"，因为通奸把"欲望"与"契约"分离开来，对"社会结构"进行了"正面攻击"。唐纳说，"社会"通过离婚"来解决通奸问题"，但是在他讨论的所有小说中（《选择亲缘》[*Elective Affinities*]、《波拉莉夫人》[*Madame Bovary*]，《安娜·卡列尼娜》[*Anna Karenia*]等），"离婚都没有出现，而且感觉离婚并没有为社会中出现的问题提供任何根本的解决方法。似乎小说家们已经意识到，离婚是一个顺应时势的表面现象，是一种法院用来掩饰和压抑极度转折的回响和通奸含义的辩论术。"《在一起》中也没有出现离婚。然而，《在一起》完全致力于把离婚变成流行的现象学——即要求一个人的法律义务和一个人的性欲望相一致。从这个立场来看，对通奸的抨击就是对"中产阶级"小说情节的抨击。如果我们接受唐纳对于中产阶级小说情节的阐述，那么这种情节的设计就是要夸大形式与感情、法律与爱情之间的矛盾。

《在一起》首先通过支持这种矛盾来否定这种矛盾，把现代婚姻描绘成似乎已经是通奸行为。当《在一起》的开场中牧师问到"是谁给了这个女人婚

美国生活的展望（1880—1920）

姻？"这个问题时，如我们已经看到的一样，很"幼稚"："当然是她自己！言语只是一种派生的形式……""契约的夫妻双方"以及通常意义上的现代夫妻认为，正是超越了形式的言语才使他们的婚姻"区别于"他们父辈的婚姻，使这些新婚姻"印象更深"。既然把现代夫妻带到"一起"的不是"言语"而是他们的"欲望"，那么现代夫妻似乎已经拒绝了社会形式，从这个角度来说，现代婚姻似乎已经是通奸的了，以契约为代价而满足了欲望。然而，这样的婚姻没有爱，没有"充满热情的彻底的结合"，反而有"陌生的隔阂"；没有"形式"的"感情"伴随着没有"感情"的"形式"。因此，《在一起》把通奸问题当成它的前提，然后继续把婚姻想象成解决问题的方法。

372
在唐纳的说明中，对通奸的抨击中包含了一种以"热情"为代价的向"形式"的保守退却，但是《在一起》把契约转变成了欲望的文本。小说拯救了婚姻契约，但是其拯救的方式不是坚持认为婚姻契约比人的感情还要重要，而是在人的内心建立适合契约的感情，实际上就是把那些感情不仅想象为能够在契约中表达出来，而且想象成只有在契约中能够表达出来。对于理想的现代婚姻来说，契约作为"欲望"的表达不仅把形式和感情合为一体，而且消除了形式和感情之间可能存在的对立。海瑞克笔下的契约夫妻最想要的就是签订契约。契约就是伊莎贝尔最想要的东西，她在小说的结尾真正想变成她从一开始就想成为的人，一个"真正的妻子"。婚姻契约对她的欲望来说既是工具又是最终目标。因此这样的爱（支持离婚者口中的"自由性爱"，他们希望"有一天性行为能够完全被认为是隐私，不受任何州法律的约束"）以及这样的婚姻（天主教和主教派反对离婚者口中的"神圣结合"）都不够满足她的需要。这两种主张割裂了爱情和法律，不是把婚姻契约提升到了"圣餐"的地位，就是完全摆脱了契约。但是，对于《在一起》中的"契约夫妻"来说，没有契约的爱是不可想象的。小说结尾对婚姻的改革（他对"生意的新兴趣"引起了他对她的兴趣）是某种离婚和可以被称为一夫一妻制的再婚戏剧的蹩脚预演。与其说《在一起》中的婚姻契约是欲望的合法形式，倒不如说婚姻契约为欲望设定了合法形式。

起先，或者至少在"男女乱交的条件下"，"男人并不像他们在文明社会中被寻求一样出于激情寻找妻子，因为爱的激情对他们提出了更高的要求，他们对此还一无所知。"摩尔根写道："那时的婚姻不是建立在情感的基础上，而是为了方便和需要。"是方便和需要而不是财产，因为摩尔根所称的对财产的"激情"像爱的"激情"一样，要求更高的境界——"人的头脑中对财产的概念开始的时候很微弱，慢慢到最后成为最主要的激情。""正是这种力量把雅利安人和闪族国家带出蛮荒进入文明。"因此，一夫一妻制的明显标志，正如 19 世纪的美国人们所理解的那样，就是爱与财产重叠。这就是《夏日》把所有的礼物看成购买、把所有的购买看成礼物的含义；这就是查瑞迪与罗耶尔律师结婚、他说她是个"好女孩"、她说他是个"好人"的含义。在这个"商品"① 交换中，再也没有礼物与购买之间选择的问题了。

事实上，沃顿比摩尔根更胜一筹，她认为对财产的热烈感情存在于而不是继承了原始的乱交条件。因此《夏日》中表现乱伦的这个特点不仅使之区别于摩尔根的原始乱交，而且区别于更加流行的一些文本（如简·韦伯斯特的《长腿爸爸》）和更加深奥难解的文本（如沃顿自己未出版的《"比阿特里斯·帕尔马托"片段》["Fragment of 'Beatrice Palmato'"]，以下简称《片段》）。像苏珊·雷诺克斯和查瑞迪一样，韦伯斯特的女主人公出生的时候也没有父亲的姓氏，她的名字杰露莎·阿伯特（Jerusha Abbott）是随弃婴收管所所长的姓氏，她在这个收管所长大，之后在一位"不知名的"（他希望保持"匿名"的身份）资助者的帮助下，她离开收容所走入了社会。这位不知名的资助者让她称他为"约翰·史密斯先生"，这样更使她觉得自己没有"真正的"名字，于是她给自己起了新名字"茱迪"（Judy），很自然史密斯先生就成为了"长腿爸爸"，即《长腿爸爸》中那些信的收信人。这里契约的约定很清楚：这些信都是"完全义务性的"，是"史密斯先生要求的"，以此换取茱迪的学费和生活费。但是茱迪选用的名字把雇主变成了父亲（"亲爱的爸爸"），把拥有自己名字的人（杰维斯·潘德雷顿[Jervis Pendleton]）同时想象成她的兄弟（"杰维斯少爷"），高潮处她使用了所有的名字（"我最亲爱的杰维少爷长腿爸爸潘德雷顿史密斯" [My very dearest Master – Jervie – Daddy – Long – Legs – Pendleton – Smith]），把他当成了丈夫。如果一个人生来没有父亲的姓氏，那么为自己选择一个姓氏就意味着选择丈夫，在《长腿爸爸》中就是选择一开始就失去的父亲的姓氏。一个孤儿写信给"陌生人"的契约义务把这个陌生人转变成了她的"家庭"，由此消除了所谓的契约义务。乱伦对于一个女大学生的后果就如同白人奴隶制对于妓女的后果——它使她失去了公民身份："女性是公民吗？"茱迪问她的父亲。"我觉得她们不是"，茱迪自己高兴地回答。在事情的正常发展过程中，杰维斯·潘德雷顿登场的时候，茱迪正要被从孤儿院的"家"赶出去找工作，韦伯斯特让他成为她丈夫之前先成为她父亲，这样就保证她永远没有必要离开"家"，婚姻不应该被理解成她已经找到的工作。

在《片段》中，沃顿把爱与契约之间的距离定得更远。当比阿特里斯·

---

① Goods 与上文中的 good 是一种巧妙的词义替换。——译者注

帕尔马托的父亲"深深地插入她饥渴的身体",而她跌入"极乐的深渊"时,父亲对他的女儿喃喃地说:"我的小姑娘。"父亲对女儿的强烈欲望与女儿对父亲的欲望惊人地相似。但是,如果说比阿特里斯的情欲(像茱迪的情欲一样)带有乱伦性质,这种说法还远远不够,我们必须明确地把她的情欲与她对丈夫性行为的厌恶进行对比:她对父亲"充满情欲的渴望"实际上是她对"枯燥悲惨的婚姻"的反应。乱伦同时也是通奸。

但是《夏日》像《在一起》一样(只不过影响力更大),对通奸以及揭示婚姻并没有实际的作用,而且合乎逻辑,最多不过是乱伦。罗耶尔律师在查瑞迪眼里就是沃顿所说的"男人",只要他不仅仅是一个父亲(也就是说不仅仅是一个爱人),而且不仅仅是一个丈夫(也就是说不仅仅是一个妓女的客人)。"那是一个男人在讲话,"在"老家周"庆典上有人这样评论罗耶尔的演讲。沃顿说,也就是在同一天,罗耶尔"坚定的""形象"首次穿透了查瑞迪"梦想"中"燃烧的薄雾","如此清晰地矗立着"。演讲的内容是关于离家出走开创事业的男人,在"没有取得任何成就"之后"永远地(for good)① 回到了家,"罗耶尔这样说,"回家并不是为了坏事(for bad)……也不是为了获得家人的漠不关心……"换句话说,这个演讲是关于家庭生活和远大抱负之间的联系、关于在家创业、关于消除沃顿在别处所称的"个人"与"生意"之间关系差异的演讲。从这方面来说,《夏日》既表现了一种生意心理,即要求人们热爱自己的工作,也表现了一种婚姻心理,即鼓励人们与配偶离婚,然后与情人结婚。

苏珊·雷诺克斯拒绝结婚后(就像菲利普斯笔下其他的事业女孩一样)仍然是苏珊·雷诺克斯,贝丝·欧德琳和杰露莎·阿伯特结婚后成为贝丝·温特斯和茱迪·潘德雷顿,而查瑞迪·罗耶尔用她父亲的姓换了丈夫的姓,她既保留了又成为了查瑞迪·罗耶尔。查瑞迪爱情形成的基础既不是回到具有史前婚姻特点的乱伦关系,也不是对这些关系的否定,而是把它们转变成了婚姻。《夏日》真正抨击的是把情欲从财产中解救出来,这种解救在《长腿爸爸》中通过把婚姻变成乱伦得以实现,在《夏日》中通过乱伦和通奸的合而为一而得到保证。情欲本身并不比财产本身更加令人感兴趣。这就是为什么遵从习俗的《夏日》比违背习俗的"比阿特里斯·帕尔马托"更加具有影响力。婚姻得以全新阐释,因为沃顿对于家庭渊源的调查最终证明是一个重组家庭的方法。

---

① 此处 for good 也可以理解成"为了利益",沃顿利用了 for good 的两个含义。——译者注

4 成　功

虚构的交易

"她会做什么？"这是亨利·詹姆斯在其《贵妇画像》纽约版（1908年）的序言中两次提到书中的女主人公伊莎贝尔·阿彻（Isabel Archer）时提的问题。答案是结婚，一个对19世纪小说女主人公来说再寻常不过的答案，但是这个答案与亨利·詹姆斯本人的答案恰恰相反。他在给格雷斯·诺顿（Grace Norton）的信中写道："我不会结婚。"那时他正在创作而她正在读这本小说。此事几个月前，在给威廉·狄恩·豪威尔斯的信中他写道："在我身上能发生的重要事情只有死亡和结婚，至今我一件也没做。"他随信附上了该书的前几章。他做的事情就是写作。他1880年的书信中洋溢着似乎伴随着《贵妇画像》一书创作而来的自信与成就感。他在一年前给威廉的信中就曾提到："我必须尝试寻求比我已经取得的成就更大范围内的成功。"在写信告诉格雷斯，他永远不会结婚时，他已经能够把这本书称为"是我做过的最好的事情"，正是他一直在追求的"成功"。因此伊莎贝尔会怎么做这个问题就成了亨利会怎么做这个问题的答案。《贵妇画像》回答了第一个问题，也就回答了第二个问题。

当然有人可能认为，这些答案应当被理解为既截然相反又殊途同归。詹姆斯总是把自己没有结婚的事实与"个人新闻"的匮乏挂钩，伊莎贝尔必然结婚无疑是因为对于处在她那样环境中的年轻女子来说，想要做任何不带有私人性质的事情是十分困难的。但是，我们已经开始研究19世纪晚期技术的发展，这些技术会使私人与公众进行换位，我们也看到婚姻本身开始被理解为进入市场而不是退出市场的方式。这并不是说伊莎贝尔是为了金钱而结婚的（在某种意义上，她结婚的目的恰恰相反），而是说《贵妇画像》把她会嫁给谁（她会怎么"做"）这个问题看成非常类似于一种事业的选择。《贵妇画像》中找"事情做"的问题本质上就是寻找一种满足摩尔太太（Madame Merle）所称的"抱负"方法的问题，因此就逃脱不了寻找她所谓的"事业"的问题。

当然，把婚姻作为伊莎贝尔"乐意为自己做什么"的答案有些问题，并不是因为结婚看起来做不了什么，而是因为，正如我们对于白人奴隶的恐慌已经暗示的一样，如果它确实能做什么的话，那么它就做得太多了。"大多数女人，"拉尔夫·特切特（Ralph Touchett）谈道："什么都不乐意为自己做。她们以一种或多或少适度的消极态度等待着男人过来给她们一个命运。伊莎贝尔的独特性在于她给人以一种有自己意愿的印象。"走出白人奴隶制的被动性，进入婚姻市场。当然，虽然人们认为写作像婚姻一样可以有一种超越市场的价值（豪威尔斯在《作家如商人》["The Man of Letters as a Man of Business", 1902]里把生意刻画成艺术的"耻辱"，认为"不能真正用金钱标价的作品就不能真正用金钱支付"），但是人们轻易地认为写作只有市场价值。甚至在贝拉米的《回首往事》一书所描述的废除了"买卖制度"因而市场也完全不复存在的乌托邦社会中，文学仍然作为唯一拥有市场价值的商品而幸存下来。在那个社会中，作者们按照他们的"版税"而获得创作"假期"，当然，版税的数量是由市场对他们书的需求决定的。"亲吻……是由爱决定的"，豪威尔斯说过。他的本意是说服年轻作家不要去追求没有内在价值的成功，但这却肯定了否定内在价值的价值原理。

从艺术或婚姻市场的角度来看，写作和结婚都可以被称为"事业"；但同样由这个角度来看，两者身上都有"可以做的事"这个缺陷。弗兰克·考珀伍德（Frank Cowperwood），这个德莱塞《欲望三部曲》（Trilogy of Desire）(《金融家》[The Financier, 1912]、《巨头》[The Titan, 1914]、《禁欲者》[The Stoic, 1947]）的主人公，视"买卖股票"为一种"艺术"，也就是说是一种"纯洁简单的赌博"，或者借用新的期货市场术语，是一种"虚构的交易"。虚构交易中的虚构是下列事实的结果，即交换使得人们可以出售自己尚未拥有甚至不存在的商品，而不是农民和富有同情心的立法者所说的"真实事物"。因此，人们不用"生产"具有一定价值的商品，而一旦商品开始存在就去"赌"商品的价值。从19世纪80年代至20世纪20年代，农民及其他们的代表们一直在试图限制这些"寄生虫似"的"投机者"活动，但由于区分"合法"的现买现卖带来的价格波动与"非法"投机带来的价格波动难度很大，所以他们的行动一直没有十分成功。现买现卖者与投机者都是赌徒，他们都在赌自己不能决定的价格。因此，考珀伍德事业中的大事——他对爱琳·巴特（Aileen Butter）的爱、他在1871年芝加哥大火引起的短暂恐慌中失去财产以及他在杰伊·库克（Jay Cooke）垮台所带来的"更广更持久"的恐慌中东山再起，如他自己所说，都是他不能"控制的"。

更令人震惊的是，在伊迪丝·沃顿的《快乐之家》（纽约股票交易所中一家公司的别名）一书中，"风险"首先是男女之间性吸引的必要条件（莉莉·巴特和劳伦斯在确定他们结婚会冒极大的"风险"后激动不已），其次是道德完美的必要条件（莉莉原本可以参与那个"本质卑鄙"的敲诈计划，以便获得金钱和社会地位的成功，但是她高尚地拒绝了，那个敲诈计划据说是不用冒"风险"的），再次，最令人惊讶的，"风险"还是获得"力量"的必要条件（莉莉在著名的"活人画"［*tableau vivant*］中，面对着善解人意的观众，装作是雷诺德·劳埃德夫人［Reynold Lloyd］取得了成功，她这样做的直接原因就是她感到"自己在冒着极大的风险"）。伊莎贝尔想要的是做事的快乐，但是进入市场的经历（最坏的像农民）就是放弃那个快乐的经历（最多就是像诸如考珀伍德和莉莉·巴特那样的投机者），或者拿它换取来自"力量""醉人的感觉"，这种感觉并非来自做，而是来自赌。

莉莉的力量取决于她有可以出售的东西——她自己——以及买家。《快乐之家》一书中的情节很大部分就是关于她越来越不顾一切、想方设法地试图为自己找到市场的故事。但是伊莎贝尔"做事"的愿望却取决于她"不"卖，因此就要求她否认她唯一拥有的就是她自己。"我一点也不能支配我拥有的东西。"相反，"每一件事都是一个限制、一个障碍、一个完全专断的东西"。所有权在这里被理解为一种障碍，因此成功的获得被转变为一个与约束的邂逅。就像哈罗德·弗雷德里克谈到其《市场》（*The Market–Place*，1899）一书中新富主人公时说道："他比穷人吃喝能好一点儿……但是只在严格的范围之内。有一个确定的界限，在这个界限之外，百万富翁能填饱肚子的饮食并不比乞丐多。"这里，弗雷德里克正在重复一个对"富豪"野心的传统困惑，要理解人们想要足够的钱来买想要的东西并不难，难的是理解他们一直有想要的欲望。但是弗雷德里克在表达了富人愿望的"明确界限"的同时，既提出又回答了富人要什么这个问题。他们想要伊莎贝尔想要的东西：不受限制。

在某种程度上，这种欲望在美国生活和文学中是传统的欲望，经常出现在爱默生的作品中，尤其出现在惠特曼的诗《自我之歌》（*Song of Myself*）中。在这首诗中，"融入"超出自我之外的冲动（"我发现我融入了片麻岩、煤、长螺纹的苔藓、水果、谷物以及蔬菜根"）使作家采取了一种占有一切或

◎美国生活的展望（1880—1920）

一无所有的逻辑，这个逻辑把客观性的概念理解为一种界限，因此对自我产生了威胁；任何没有被自我融入的东西都会潜在地融入自我。在爱默生与惠特曼的作品中，这种扩张主义的现象伴随着美国到太平洋海岸的真正扩张。然而，到了19世纪90年代，人口普查的主管（the Superintendent of the Census）已经宣布美国的"西进运动"告一段落。1893年，弗雷德里克·杰克逊·特纳（Frederick Jackson Turner）认为边疆的界定就是"美国历史第一时期"的结束。其他国家的"发展"都有一个"限定的区域"，而美国的发展却一直来自于超出了既定界限的扩张，那个"新产品""美国"就是持续扩张的结果。现在，随着边界的确定，这种不受限制的感觉只有在其他地方才能找到，如果古巴、夏威夷及菲律宾对于一些特纳同时代的人来说可以算作是一个这样的地方的话，那么金融世界可以算作是另一个离美国稍微近一点儿的这样的地方。

因此，《市场》一书开头就是一个"胜利"的场景（该书的第一句话就是"战斗结束了"），一个"延伸到四面八方不受限制的、展开的征服"场景。造成这番景象的是一次股票交易，它不仅带来了大量的金钱（像任何成功的交易一样），而且也带来了拥有不受限制的权力的感觉。索普（Thorpe）"垄断了所有的空头"；他控制了其他交易人卖空的一只股的所有股票，当这些交易人不得不移交他们已经卖掉的股票时，他们得从他那里买进，不管他出什么价格。当然价钱会很高，但是关键是，无论价格多高，它都是由索普敲定的。因此，索普的"乐趣"不在于想象价格会有多高，而在于感受他对价格的控制力。这就是弗雷德里克把索普的胜利定性为"某种看不到的胜利"的原因，也是"当索普试图为自己界定价格的界限时而有一种入魔的痛苦感"的原因。乐趣和权力感只有在偿付的时候才能想象得到，但是偿付只能是乐趣和权力的终止——"他今晚是不会考虑这些事情的。"

索普享受的东西是一种有时在市场上可以得到的体验，但是这种体验决不是市场的特点，我们不能认为他有像考珀伍德那样的投机兴趣。因为尽管他把自己描述成"买卖差价"，因此对他所卖股票"财产的真正价值"并不关心（"如果没有这样的财产存在，那也会是完全一样"），但是他并不是一个投机者；他不去赌股票的涨跌。投机的乐趣在于利用你不能控制的环境，但是囤积居奇（例如垄断）的乐趣在于规划你能掌控的东西。垄断者的胜利与其说是在市场中取得的胜利，还不如说是超越市场的胜利。

因此，索普的野心是转型为一个绅士，一个"令城市里（这里的意思是市场里）所有事物都相形见绌的人"。但是作为一个绅士，尽管这让别人称他为"主人"，但并没有给他那种在市场中"碾碎"那些犹太人所带来的支配感。他在其乡村别墅"高贵索普"（High Thorpe）中的生活带来的只有无聊，没有感受到扩张，反而感觉到"蓄意的收缩"。为了回应这种界限蚕食的感觉，索普第一次发现了自己对"社会问题"的兴趣。安德鲁·卡耐基在《财富的福音》（1889）中向富人极力主张慈善事业带来的道德和社会利益，但他的良知更让索普信服，就是弗雷德里克所说的"古老的、潜在的、无形的对力量的欲望"。正如我们所见到的，无形是因为形式只是一种限制，像一栋房子（如索普的房子），一旦买下之后，只会证明一个人对住房需求的界限，就像一个人所说的，是对一个人对住房权力的界限。而慈善事业是没有这种界限的："我们眼睛所及的范围内，还有什么样的权力能像聪明、慷慨的慈善家们的所为那样带来如此多的回报，如此多的感恩，如此多谦恭的奉承？"索普赚钱的乐趣、碾碎那些犹太人的乐趣，只有捐钱的乐趣可以与之相比；只可惜捐钱的乐趣比积累财富的乐趣更大，因为，最终那些犹太人都会被碾碎（他们支付能力的界限也是一个人控制他们的界限），而来自慈善事业接受者的"谦恭的奉承"却是没有穷尽的。

"他拥有了权力……他拥有了过度的财富"，"但是他能用这些来做什么呢？"伊莎贝尔·阿彻的答案与索普的完全一样——"富有，"她想道，"是一种美德，因为富有才有能力去做事。"如果刚开始唯一能与这种无限权力相称的是拒绝（瓦伯顿伯爵［Lord Warburton］，卡斯帕·古德伍德［Casper Goodwood］），那么默尔太太则提醒了她："毕竟接受也是一种权力的运用。"的确，接受奥斯蒙德就是一种延续了伊莎贝尔拒绝逻辑以及索普慈善逻辑的权力运用；嫁给古德伍德或瓦伯顿是接受他们的权力所产生的界限（他们的财富、地位甚至男子气），而嫁给奥斯蒙德则是运用她自己的权力，"与一个穷人结婚的权力"。奥斯蒙德提供了一个与之前拒绝一样不受限制的接受的机会。但是，正因为像伊莎贝尔这样"脆弱的人"能做什么这个"美丽"、"有趣"的"难题"在作者的纽约版前言中得到了解决，作者"真正让她'做'了"，所以伊莎贝尔行动之时却最终证明是被别人行动之时："您与我有什么关系，"她这样问默尔太太，结果却得到了一个答案："一切。"这个答案与她自己想象通过与奥斯蒙德结婚能够行使的那个权力同样地不受限制。

寻求超越市场正如进入市场时一样是充满妥协的。在《美国人》（The American，1877）一书中，詹姆斯构思了如下的场景：一个年轻漂亮的女人受雇于百万富翁克里斯托弗·纽曼（Christopher Newman），她的工作是复制卢浮宫的画。她站在要临摹的一幅作品前（显然是一幅意大利人的肖像），向纽曼和他的朋友威林廷·贝里加德（Valentin de Bellegarde）承认她没有能力复制这幅画。为了说明问题，她先"横着"然后"竖着"用红漆在画上"乱

⊙美国生活的展望（1880—1920）

画"。对画"没有鉴赏力"的克里斯托弗认为她"毁了"她的画；懂画的威林廷·贝里加德则认为"画得比原版要好"。他说："现在更有意思了，这幅画讲了一个故事。"在写给《贵妇画像》的序言中，詹姆斯认为自己同特吉尼亚弗（Turgenieff）一样，是一个认为"角色"比故事（或者它的另一个不太好听的名字——"剧情"）更加重要的艺术家。确实，正是因为《贵妇画像》中的伊莎贝尔是一个"完全孤立的"、"独立的"角色，因此就出现了让她"有趣"的难题。当然，作者使用了与《美国人》一书中相同的写作技巧，使得伊莎贝尔变得十分有趣：詹姆斯加入了"一系列的搞笑角色"，那些"像马车轮子一样""推动主题"的"巧妙手法"变成了"帮助把皇室从凡尔赛带回巴黎的渔妇"。詹姆斯所谓的作品"精髓"被其"形式"所破坏，"角色"被"故事"破坏，独立的伊莎贝尔只有不再独立才能变得有趣。

那么有这么一个重要的感觉，即《贵妇画像》讽喻了作品的形式问题，但是也有另一个重要的感觉，即作品形式上的问题决不完全是形式上的。看到被涂改后的画后，因为它描绘了一个更加有趣的故事，所以威林廷问艺术家这幅画是否"出售"，她回答道："我所有的东西都卖。"詹姆斯1879年所期望的更大成功的一个方面就是经济上的成功。他希望能从《贵妇画像》一书中获得超过"他以前任何一本书"所能带来的连载版权。然而同时，他被书的（"并不辉煌的"）销售记录所迷惑（尽管詹姆斯绝对没有放弃经济上取得成功的希望）。在写前言之前，他对他市场的矛盾心态已经转变为对其读者的矛盾心态，并且开始变得消沉起来：艺术家必须满足于"只获得'聊以为生'的报酬"和"最低关注"，任何的超出部分只能算作是"赏钱"，一种"飞来横财"。"让她真正'做'"的意义急剧消失，伴随而来的是更加急剧消失的"伊莎贝尔能做什么"的意义。伊莎贝尔感觉自己在她面前的世界中可以做任何她选择做的事情，现在这种感觉被"某种（艺术）天堂的梦想"所代替，在这个天堂中，不管艺术家已经做了什么，他都可以享受偶然的"小费"，享受"他没有摇而从果树上掉下来的果实"。这种果实可以看成是艺术获得的飞来横财。想象中的天堂是一个无人可以垄断的市场。

组织人

詹姆斯的最后一部小说《金碗》于1904年出版，只卖出了几百册。那一年美国最畅销的书甚至在出版前就卖了4万册（依赖1903年《野性的呼唤》所取得的巨大成功），它就是杰克·伦敦的《海狼》，正好是一本冒险小说——"不可思议的商队与引人注目的海盗"——而《贵妇画像》则不是。

但是伊莎贝尔的问题"她会怎么做?"同样存在于《海狼》之中,尽管是以一种略为明显的形式。"你靠什么谋生?"沃尔夫·拉尔森(Wolf Larsen)问汉弗莱·凡·威登(Humphrey Van Weyden)。答案是什么也不靠(汉弗莱是一名绅士)。从一个角度来讲,《海狼》的故事就是他学习"做事"的故事,这个故事以它自己的方式提出了某种类似《贵妇画像》中的技术难题;《贵妇画像》是构思一个能做事的女人,《海狼》是构思一个不能做事的男人。伦敦的解决办法是一开始就执著地描写汉弗莱的女人气:当"马丁内斯"(Martinez)号沉没的时候,他歇斯底里地大喊大叫,就像那群"歇斯底里的妇女";他在"幽灵"号(Ghost)上当"管家",那是因为他的肌肉"又小又软,像女人的肌肉";他35岁依然单身是因为他像一个"和尚"一样"不正常",不懂"男女之爱"。这一切在"幽灵"号上都发生了改变,尤其是他在"爱情"上的无能:首先他迷上了沃尔夫·拉尔森(Wolf Larsen)的"男性"美,当诗人莫德·布鲁斯特(Maud Brewster)爱上沃尔夫·拉尔森时,汉弗莱更"迷恋"沃尔夫对莫德脉脉含情的眼神。在这最奇特的三角恋情中,汉弗莱通过迷恋一个爱女人的男人而学会了爱女人。在《海狼》一书结尾的胜利时刻,汉弗莱想道:"我成功了。"同时莫德也大声欢呼着:"你成功了。"他们在庆祝他成为了一个男人,这种成功的前提是他原先行为举止"像"个女人。

与《贵妇画像》形成真正对比的冒险小说的范式并非是一个男人在一群男人中的冒险,而是一个男人变成一个男人的冒险。这个范式也是一个男人变得"更像女人"的冒险,如脑瘤像一个"巨大的忧虑"把沃尔夫"消耗"到完全不能走动。拉尔森是一个"唯物主义者",嘲笑汉弗莱对"灵魂"的理想主义者般的信仰,并且在辩论中一再占上风,但是疾病使他瘫痪,最终结束了他的生命,这本身就是汉弗莱理想主义的胜利:"囚禁在这副皮囊之中,那无比的智慧……在燃烧;它在寂静与黑暗中燃烧。它脱离了肉体。对于那个智慧来说不存在客观的肉体。它不知道肉体。世界不是肉体。它只知道自身以及黑暗的无穷和深邃。"沃尔夫灵魂的证明不在于灵魂逃脱肉体,而在于灵魂被肉体埋葬。沃尔夫的唯物主义在于他相信与其"奋斗"不如"活着"("富有是一种美德,"伊莎贝尔·阿彻这样想,"因为富有代表了能做,而且……做只有可能是甜蜜的");那种唯物主义的失败就是把"做"退化到"生存":"生存是他唯一剩下的东西。"在瘫痪中,沃尔夫面临着"世界"转变为"无名小卒"的"无穷与深邃",他变成了汉弗莱,双腿"没有知觉",双手变得"麻木","刺骨的麻木""席卷了全身","慢慢渗入到"他的"内心",如同漂浮在"灰暗、原始、一望无际的"旧金山海湾上。最后,沃尔夫本身已经不能回答那个最初汉弗莱在社交、职业和爱情方面都无法回答的问题:"你能做什么?"因此,《海狼》的逆剧情重复并升华了《贵妇画像》的剧情:伊莎贝尔"面前的世界"变得"非常渺小",沃尔夫·拉尔森的世界则完全消失了。

但是,沃尔夫结局的绝对性同时暗示了与伊莎贝尔结局的不同,因为即使伊莎贝尔的世界变小了,但在那个世界中,她已经"自由"了。她的自由之处在于沿着一条"直路"她回到了婚姻中,并去扮演潘西(Pansy)继母的角色。"没有孤立的男人或女人这样的事儿",默里夫人告诉伊莎贝尔。伊莎贝尔回到奥斯蒙德身边等于放弃了对无所不能的孤立的幻想,这种放弃比默里夫人想象的还要决绝,甚至比瘫痪让沃尔夫放弃了幻想更要决绝。确实,默里夫人自身"伟大"野心的失败,就像沃尔夫野心的失败,可以被说成现代野心历史的转折点。沃尔夫的"野心"是拿破仑式的。然而,尽管他梦想像科西嘉人一样伟大,但是"机会"却从来没有降临过。他能达到的顶点就是成为"一艘船的船主和主人",嘲讽了帝国般的自我扩张,瘫痪使他失去了一切,只剩下了自我。拿破仑式征服世界的野心在这里(就像《贵妇画像》一书中默里夫人被描述为"伟大的、宽广的世界本身")被理解为成为世界本身;克服外在限制的努力最终使外部事物完全消失。但是这种希望人的能力没有限制的愿望反而被表现为完全不可能做任何事。与伊莎贝尔"所有事"都"有关系"的默里夫人什么都做不了,只能为了"美国"而放弃世界;体现了"动词'做'"的沃尔夫·拉尔森"没做出什么事儿"。反而是世界变得"很小"的伊莎贝尔嫁给了奥斯蒙德,正是汉弗莱而不是沃尔夫·拉尔森最终找到了伴侣并成为"幽灵号"的主人,享受到了"成功的喜悦"。

从这个角度来说,《海狼》像《贵妇画像》一样以婚姻为结尾意义重大。因为如果对于 19 世纪小说中的女主人公来说,嫁给拿破仑是最接近成为拿破仑的途径,那么《贵妇画像》和《海狼》中的婚姻可以说提供了一个使成为拿破仑的愿望变得过时的方法。婚姻通过改变了依赖的噩梦而改变了独立的梦想,把迄今为止的噩梦转变成迄今为止的梦想。所以,虽然像安布罗斯·比尔斯那样的读者对《海狼》中的"无性恋人"颇有微词(而且尽管汉弗莱自己,正如我们已经看到的那样,从不懂"男女之爱"中进步了不少),但是汉弗莱最终结婚对伦敦重写野心是非常重要的。他结婚的愿望既模仿了又改变了沃尔夫的愿望。这一点也同样重要。当然这种模仿在于一种灵感,只是沃尔夫对默德的欲望带来了汉弗莱对默德的欲望。但是沃尔夫的欲望(就像他巨大的野心一样)导致了他的瘫痪。当他正要强奸她时,他的头疼得非常厉害,"有生以来……第一次感到如此无助和害怕"。

要满足拿破仑式想象的要求,就必须超越詹姆斯所谓的"界限"和伦敦所谓的"墙",这种超越对于伊莎贝尔来说体现在"嫁给一个穷人的能力",对沃尔夫来说则体现(或者说是脱离)在他灵魂的解放,同时也是他肉体的瘫痪。但是"自由"回归到奥斯蒙德身边的伊莎贝尔把她行动的限制变成了行动的可能性。为了能让她做点儿事,那个她选择做什么就可以做什么的世界必须被改变成一个她所能做的最大的事儿就是帮助潘西嫁给耐德·罗西亚(Ned Rosier)的世界,改变的途径就是她与奥斯蒙德结婚。而从一名"绅士"沦为工资"奴隶"的汉弗莱摆脱了奴隶的身份,没有再次成为"绅士",而成为了一个"配偶",先是沃尔夫的然后是默德的,显而易见他从独立沦落为依赖,但是在这个过程中他把曾经的依赖变成了现在的"自立"。最终我们从这些文本中看到的不是野心的失败,而是某种对野心的观点的失败,是某种野心的消失,那种代表了 19 世纪小说拿破仑式的野心,同时也是拿破仑式的野心被新形式的野心所替代的开始,这个新形式的野心并不是消除"界限",而是由界限所定义的"成功"。

换种方式我们可以说,在伊莎贝尔和汉弗莱的婚姻中我们开始看到某种成功的官僚化。自我雇用的企业家被拿工资的工人所代替这一事实是大众关心的重点,它一直是美国社会历史中的一个重要主题。丹尼尔·T. 罗杰斯(Daniel T Rodgers)引用了塞缪尔·艾略特(Samuel Eliot)1871 年的主张,即"让一个人拿工资就是让他处在依赖的位置上",并且在 1903 年继续指出,当矿工联合会(United Mine Wokers)主席说"普通挣工资的人已经下定决心做一个靠工资吃饭的人",而且已经"放弃了"做"资本家"的"希望"时,"他在中产阶级中引发了抗议的风暴"。确实,到 1912 年,大多数美国人不再为自己或是作为"一名合伙人"而工作,而是作为"员工"或"企业的雇员"而工作,伍德罗·威尔逊基于这些事实可以发动一场运动。在这种背景下,伊莎贝尔对"独立"的爱——她爱得如此之深——以及她"独立"的丢失给正在转变为"新"中产阶级的"旧"中产阶级带来了最普遍的噩梦之一。然而也是在这种背景下,默里夫人对事业的鼓吹(汉弗莱与伊莎贝尔最终都获得了事业)达到了顶峰。因为事业——晋升的前景、专业的认可、把工作重新改写为职业、把工作色情化——对新的工薪中产阶级的作用(在生活中,如果在艺术上没有那么强的力度的话)与无穷无尽的积累的故事对旧的中产阶级资本家的作用一样。

这并不是说积累财富的故事已经完全没有了它的魅力,也不是说随之而来的充满矛盾的"绅士"理想也失去了魅力。矛盾之处在于生于富贵之家的人和白手起家的人之间的不同,但是这种不同可以随着时间而抹平(19 世纪小说中最常见的一幕就是,今天的绅士就是昨天的商人),或者更有创意的是

美国生活的展望（1880—1920）

（如果不是那么令人信服），二者可以重新改变成互补的事物。早在霍桑的《七个尖角阁的房子》（1851）一书中，贫穷而诚实的工人霍尔哥里夫（Holgrave）可以成为一个富有的地主，这既是通过家族权利使他获得真正属于他的东西，又是对他正直的回报；稍后，在小霍雷肖·阿尔杰的《挣扎向上》（Struggling Upward，1890）一书中，贫穷但是诚实的卢克·拉金（Luke Larkin）向他的雇主展示了他的"优良品质"，而他的雇主结果证明竟是他的表兄，就此成为他的"监护人"。在阿尔杰的作品中，积累财富与继承财富可以轻易地转化，因为积累财富的资本家和继承财富的绅士从本质上来讲都是独立的；而本质的不同存在于他们和工薪社会之间，如邓肯王子（Prince Duncan）冒充贵族，但是他甚至连"绅士"都不是，因为他不会为儿子的赌债还钱，受到贵族野心的趋使，他投身于灾难般的股票投机交易，这只会表明他原本就缺乏自立。人们经常评论说，在阿尔杰的作品中，盲目的运气对于他那些品德优良的年轻人取得成功来说至关重要，这有点儿冲淡了他那些白手起家的"神话"，但是阿尔杰小说的重点在于说明运气并非是盲目的。《挣扎向上》的副标题可以换成《卢克·拉金的运气》，因为运气被表现为具有"良好素质"，所以卢克的"成功"应该被理解为他品质的标志，而不是对他所作所为的奖赏或者他获得成功的条件。

出于同样的原因，《挣扎向上》一书中真正不断努力拼搏的人被展示为那些不配、不被允许呆在社会顶端的人，仅仅因为拼搏这个事实。野心勃勃的邓肯王子和他的"贵族"儿子伦道夫（Randolph）被揭露为不诚实的（因此不幸运的）的骗子，被"发配西部"，到了那里之后，"伦道夫只是一个周薪4美元的办公室杂役"，将无法向上爬；更重要的是，爬上去的真正可能性——换句话说，就是获得上流社会和/或企业家的独立的可能性——已经被等同于不诚实。

正如我们在第一章所看到的，一些对上流社会持有比霍雷肖·阿尔杰更加令人信服主张的作家们带着怀疑的态度看待往上爬。在胡斯克瀑布，弗吉尼亚人被人们谣传为一个"活跃分子"（rustler），按照威斯特的说法，这个词带有"许多含义"，但是在"所有词典"里都找不到。然而，所有的含义中没有一个贴合弗吉尼亚人。他不是"某种马"，不是一个"偷牛贼"；最重要的是，他也不是一个盛气凌人、"充满活力、干劲冲天的"新年轻人。在威斯特（以及贵族莫莉）的眼中，正是这一点把他与其他"胡斯克瀑布中最想往上爬的年轻人"区别开来。弗吉尼亚人是一名不需要奋发的"绅士"，因为他没有必要往上爬。

但是同时，《弗吉尼亚人》为"往上爬"想象了某种空间：在一定程度上是那种西部在人们印象中应该提供的空间——那个弗吉尼亚人攒钱买地，成为蒙大拿州一名独立的牧场主；在另一种程度上是那种在胡斯克瀑布变得越来越常见的空间。因为弗吉尼亚人的故事首先是一个自我发展的故事——他从牧牛工做到代理工头，又从代理工头升到工头。与著名的青蛙农场谣言相关的特兰帕斯（Trampas）受辱事件从公司政治的角度得到了解释——"作为一个牧场的老板，他击败了特兰帕斯，后者是对手牧场的老板"。当一个"残忍的""胜利的表情"浮现在弗吉尼亚人常常是"绅士般的"脸上时，那并不是因为他与特兰帕斯的决斗，或是著名的决斗威胁（"当你那样叫我的时候，笑一笑"），而是因为他得到了消息说，特兰帕斯"有势力的朋友"，"那个老工头"，已经换了工作。因此，从一个重要的意义上来说，尽管弗吉尼亚人以他文雅的举止区别于那些东部一心往上爬的年轻人，但是从另一个同等重要意义上来说，他不仅是他们的对立面，而且是他们的救赎：在西部，公司政治可以看做是对男人气概的检验，对雇主不光彩的"依赖"变成了值得赞美的对他的忠诚。

最重要的是，"往上爬"变成了继续安分守己/坚持自己的原则。《弗吉尼亚人》开篇的时候，弗吉尼亚人与他的挚友史蒂夫（Steve）都是牧牛工，他们一起工作，一起打闹。故事发展到结尾，史蒂夫成了一个"活跃分子"，而弗吉尼亚人应老板的要求以及自己正义感的驱使对其处以私刑。"你有一个朋友，你们的道路完全相同"，弗吉尼亚人说，但"后来你的朋友一心想发财并成为当地的重要人物。多年以后，你成了亨利法官牧场的工头，而他则横尸在棉花田里"。尽管正是弗吉尼亚人实际上往上爬了，但是一心想发财并成为当地重要人物的是史蒂夫。"我一直都在原来的路上，而他却走了另一条路。"当"充满干劲的人"变成了偷牛贼，活跃分子的含义也相互转换。"活跃分子"的另一个选择是做一名工头。"什么是工头？"莫莉的母亲在听到订婚的消息时问道。"一种高级仆人"，她姐姐给出了一个沮丧的回答。但是因为她的姐姐不能超越自我雇用和依赖之间由来已久的对立，所以她并不明白这个问题。干劲冲天的年轻人对活跃分子的吸纳，活跃分子与工头之间的对立，这一切使工头没有必要干劲冲天。工头的抱负是一种纯粹的"抱负"，即往上爬就是保持原状，是一个"绅士"的事业。

从这个立场来看，小霍雷肖·阿尔杰笔下的卢克·拉金与威斯特笔下的弗吉尼亚人之间的差别虽然真实存在，但又并非绝对。说它真实存在，是因为卢克与弗吉尼亚人不同，他没有获得工资，而且也没有得到提升；他因为出色的工作得到一个"慷慨的礼物"，而该书中唯一获得"提升"的是不诚实的鼓手J.麦迪逊·古尔曼（J. Madison Coleman），他最终去了乔利埃特

387

（Joliet）的监狱。但是这种差别又并非绝对，这是因为尽管弗吉尼亚人拥有既有工资又有晋升的事业，但是像卢克·拉尔金一样，这一切都是他"优秀品质"的结果。确实，《弗吉尼亚人》的要点从这个立场来看可以被理解为试图重新塑造成功与性格之间的关系，而这种关系似乎已经被自我雇用的自立打破而消失了。独立的牧场主/企业家向"买卖差价"的投机者的转变使所有这些行为像是偶发事件。从这个观点来看，对体现在卢克身上的"辛勤工作"和"自我牺牲"的赞美可以轻而易举地被认为是承认两者之间毫无关系。在市场上，幸运比作个好人更加重要。但是弗吉尼亚人的事业使得工作又一次带来了回报：把工人放到管理层可以使他摆脱工资奴隶的身份，也不用去从事投机。弗吉尼亚人员工的身份是他获得"一切"的源泉而不是障碍："受到承认、更高的地位、更好的运气、有一所独立的房子和……他想要的女人。""运气的游戏"（就像那场扑克牌游戏，最后特兰帕斯被命令微笑，或者像特拉帕斯的反抗，与"扑克牌游戏"很像，最后是弗吉尼亚人得到了晋升）结果成为宣扬"优秀品质"的场所，与投机倒把毫不相干。《海狼》和《弗吉尼亚人》是解救中产阶级力量的实验。

詹姆斯临终前，在神志不清的情况下给他"敬爱的哥哥姐姐"口述了一封署名为"拿破仑"的信；信中描述了他关于卢浮宫和杜乐丽（Tuileries）的"计划"（其规模的宏大程度超过了法国有史以来的任何建筑），并且在信的结尾处强调不能对这些设计或任何"你们亲爱的拿破仑未来的项目"进行"任何经济或艺术上的修改"。默里夫人也有说出来会显得荒谬的野心。詹姆斯的事业，就他对事业追求的强度而言，代表了这些帝国野心的毁灭与重生。纽约版的失败标志着大师失去了对市场的掌控，而《贵妇画像》一书的前言读起来就像是对这种失败的预言式的承认。市场的皇帝们，像伊莎贝尔一样，认为自己有无限的能力，最后也像伊莎贝尔一样"完了"。确实，完全无助的幻想与全知全能的幻想是如此接近，以至于在像弗兰克·诺里斯的《章鱼》（*The Octopus*）这样的书中，甚至两者之间的叙述差异——伊莎贝尔的所作所为转变为她行为的结局所需要的时间——都开始消失；麦格纳斯·德里克（Magnus Derrick）想让自己成为"大师"的渴望与他看到自己的"机会"时那种赌徒般的兴奋是一致的。"机会来时能发现，机会走时能承认……掌握机会，抓住机会，不加思考，不计后果，把一切都赌在风险上，那才是天才。"牧场主的语言把农夫和投机商做了对比，但是德里克集农夫和投机商于一身。他代表了致力于自治的农夫进入市场的范围，使完全独立的环境变成了完全依赖的环境。麦格纳斯·德里克想象自己"不加思考、不记后果地""控制着局面"，其实这个局面他完全控制不了。这就是诺里斯版的沃尔夫·拉尔森的瘫痪，万能与无能分不清彼此。

但是如果说在《贵妇画像》的创作过程中，詹姆斯坚持了自己"诚实的个性"，认为成功比结婚要好，由此表明了他野心的程度，那么在《贵妇画像》这部著作中，婚姻破坏了"诚实的个性"，而且已经开始看起来像是成功的途径。当沃尔夫坐在甲板上昏昏欲睡时（"绳子"，"用他的话说"，"就像是股市一样忽上忽下"），汉弗莱和默德正在重建"幽灵号"，并且讨论着默德所谓的"拆除""古老的万神殿"（"拿破仑、恺撒以及他们的随从们"），建立一个"新的万神殿"，他们两个达成共识，殿中将供养一个"现代的英雄"（"这个英雄将更加伟大，因为他是现代的英雄"），那就是斯坦福大学的"约旦博士"（Dr. Jordan）。大卫·斯塔·约旦博士是斯坦福大学的校长，在斯坦福之外因其种族主义的反帝国主义而闻名。他对吞并古巴或菲律宾的反对其实与《海狼》一书的主题没有多大关系——是他对真理的实际检验引起了默德的注意，"我们能让它起作用吗？我们能把生命交给它吗？"——但是他的反帝国主义思想也并非完全不相干。1898 年，他对斯坦福大学的毕业生作了一个演讲，演讲稿被多次印刷，并成为他的《帝国的民主》（*Imperial Democracy*, 1899）中重要的篇章。他不仅反对将古巴和菲律宾"据为己有"，而且反对诸如此类的帝国野心，反对激励了"罗马帝国"、"纳尔逊"、"威灵顿"和"拿破仑"的那种"诱人的"、"令人兴奋的""梦想"。他罗列了三个反对帝国主义的理由："首先，统治权是残忍的力量；其次，被占领国是奴隶国家；再次，塑造人比建立帝国更加重要。"正是第三点对他意义最为重大，而且在那个时期的文学中获得了共鸣。

确实，对外领土扩张，对内垄断——这种弗雷德里克·杰克逊·特纳认为由美国西进运动带来的"美国精神"的双重表达，随着西进运动的结束，必须找到一条新的出路——从这一立场来看同时也是对旧式"占有统治地位的个人主义"的怀旧。"新"个人主义将在构建界限而非消除界限的过程中找到自己的疆域。因此，进步时代最典型的"英雄人物"，即"有势力的人"，莫过于德莱塞笔下的"天才"，他最终成为能够"管理人"的"优秀管理者"。尤金·维特勒（Eugene Witla）被认为是一名伟大的画家，但是《"天才"》（*The "Genius"*, 1915）一书的大部分篇幅都在描写他作为一名"经理"的成功和失败："我喜欢去管理人"，当爬上公司内部阶层台阶的时候，他这样对他第一个雇主说。"噢，花儿脸（Flower Face），"他对 18 岁的女友哀叹道，"我这样管理错了。"而在《"天才"》一书中，那种拿破仑式的野心只剩下了对婚姻的敌视，这种敌视甚至在《菲利普·杜：管理者》（*Philip Dru, Administrator*, 1912）一书中也消失得无影无踪。在该书中，菲利普·杜（像尤金一样是一个"天才"、"领袖")被置于一个不仅仅负责一个州而且负责一个全国性组织的委员会主席的地位，最终他娶了美丽的意中人，资金募集人格洛瑞（Gloria）。在《菲利普·杜：管理者》一书中，那些银行家和政客们的旧镀金时代的贪婪引发了革命，他们让菲利普·杜坐上了"管理者"的职位，最终证明他们视组织比金钱或权力更为重要，他们的首领最后成了象征长官的密友和智囊。

约旦认为"帝国主义……属于过去"，而菲利普·杜更希望占领古巴和菲律宾以提高"效率"。但是对外政策的分歧在塑造和管理人的这个更普遍的热情面前消失了，甚至更大的分歧也在把野心的限制改造为实现野心的机会的努力中消失了。因为是匿名出版，所以《菲利普·杜：管理者》的作者一般被传为西奥多·罗斯福，但其实该书的作者是爱德华·豪斯上校（Col. Edward House），他是罗斯福1912年大选时卓有成就的政敌伍德罗·威尔逊的得力助手。在那场大选中，威尔逊与罗斯福的关键分歧正是他们对野心的看法不同，至少威尔逊是这么讲的。威尔逊的政治主张是把美国作为一个"完全充满各种自由机会的土地，除了自身性格与智力的限制，一个人不会受到任何限制"。他攻击罗斯福是垄断企业的代言人，想要让美国人只能成为"雇员，别无其他选择"。"新自由"保证让人民从这种对企业的"依赖"中解脱出来，回归到备受威尔逊推崇的上一任总统，即"自由""不受约束"的林肯总统的原则上。正是因为这一点，沃尔特·李普曼等评论家认为威尔逊本质上是极端保守的，他致力于个体企业家的"旧式理想"而不是新型的"产业集体组织"。李普曼抱怨说，威尔逊没有提到"新型的管理者、专家、受过特殊培训的商人"。但是与此同时，威尔逊坚持认为"新自由"并不是"什么都不管"。因为尽管他花了大量的竞选时间去批判他认为剥夺了人民自由的政治"机器"，但是他利用一个"巨大的机器"形象最好地表达了那种自由的含义，这个机器的"大活塞"能够"完全自由地"运转，唯一原因就是它能够"与机器的其他部件完美地合作和适应"。

威尔逊批评罗斯福的公司家长制作风，批评他对托拉斯独裁（只要具有慈善性质）的乐意接受。因此，李普曼批评威尔逊似乎退化到杰克逊式自力更生的企业家的模式。但是"新自由"真正的创新之处正是它对自力更生的修正，把自由重新想象为对界限的观察，把自由人重新定义为机器上完美适应的齿轮。与罗斯福相反，威尔逊追随了詹姆斯，重新改写了婚姻小说，从通奸的妻子形象中创造出了富有野心的经理形象。他追随了伦敦和威斯特，重新改写了冒险小说，从毫无畏惧的海盗和枪手形象中创造出了成功的管理者形象。

肖邦的六度和音

1881年，默尔太太向伊莎贝尔强调了"事业"的重要性，到了1908年纽约版发行时，"事业"这个词已经很普通了。为了突出它作为一种新鲜事物的危险性，詹姆斯（像威斯特把"活跃分子"这个词写成斜体一样）不得不把它译为法语：默尔太太告诉伊莎贝尔，对于在国外的美国人来说，他们的问题在于没有"事情可做"；拉尔夫·特切特的消费使他幸运地成为例外，"因为消费让他有事可做。他的消费就是他的事业"。这种变化中存在的部分风险就是，随着"事业"这个词被越来越多地使用，它所代表的内涵越来越缩小。在罗伯特·赫里克的《真实的世界》（*The Real World*, 1901）一书中，一个年轻性感的社会野心家向理想主义的男主人公杰克推荐法律，因为法律更为"世俗"（而教书或者牧师更像个"职业"），杰克对"她的事业选择"报以微笑，"似乎它就像家庭选址一样实际，人们没有必要花费太多时间来玩弄灵魂"。问题不在于杰克想当一名牧师——事实上，他确实做了律师——而在于他认为做律师更像做牧师，而不是"家庭选址"。尽管在19世纪末，牧师的职务对大多数有抱负的年轻人来说不再是一个看似理想的职业选择，但是在《真实的世界》中，牧师这个职业的吸引力仍然很大，并没有太多的减少。"世俗"的吸引更在于它与牧师职务的相似之处而非不同。

这种转变的困难之处——不是从认为自己是牧师的职业人士的角度，而是从认为自己是职业人士的牧师的角度来看——在哈罗德·弗雷德里克的《希伦·韦尔的堕落》一书中展现得再清楚不过了。书中，做一名牧师既代表着从事一种职业的可能，又代表着对这种可能性的否定。年轻的希伦"最初奋力抗争离开乡下，接受了教育，并以此打开了职业生涯的大门"。当"他处于人性的边缘，被一次接一次的宗教热情卷入到一个充满真正全新观点和志向的世界中"时，故事达到了高潮。但是这里所表现的传记般的叙述在别的地方却被理解为社会冲突——职业和宗教热情间的冲突，或者更具体地说，中产阶级文化（弗雷德里克称之为"文明"）和"严格而刻板的原始卫理公会派"之间的冲突。所谓"原始"卫理公会派，弗雷德里克是指"自由卫理公会派"，它是原教旨主义历史学家乔治·M. 马斯顿（George M. Marsdon）所说的"众多教派"之一，这些教派是应"对各种神圣教义的极端需求"而成立，这在19世纪后期"美国的信仰复兴新教主义中似乎随处可见"。神圣运动既反对"神学中的现代主义"，又反对"现代主义认可的文化转变"。由此，希伦·韦尔的教区憎恶"物质繁荣"，拒绝"引入书面布道和风琴音乐",甚至"教区中的年轻人稍有一点想在衣着打扮、言行举止上与教区外的年轻人一样",他们也会痛惜不已。因为自由卫理公会派要求牧师们摒弃文明化的职业目标,并将其视为不仅是对马斯顿所称的"一种正在消亡的生活方式"的威胁,也是对宗教信仰本身的潜在威胁,所以就存在了一种紧张关系,即:一方面,年轻的希伦·韦尔通过寻求一份职业使自己离开乡下走入了"文明",而另一方面,他选择了牧师为职业。因此,希伦·韦尔的"堕落"就此出现:在职业抱负(抱负就是有一个职业)的引领下,他离开了乡下,经历了信仰复兴主义者德怀特·L. 穆迪(Dwight L. Moody)极力主张美国中产阶级应该经历的那种宗教体验;然后,在"文明"——甚至风琴音乐——的奉承下又摒弃了信仰复兴主义。最终他失败了,用其妻子的话说,成了一个"倒退者"。

然而其堕落的直接原因不在于中产阶级的文明,而在于美丽的西莉亚·麦登(Celia Madden)(正是她弹奏风琴,并在一次更亲密的时刻弹奏了钢琴——肖邦的音乐)和天主教堂。这令人感到奇怪。当然,对于大多数美国中产阶级新教徒来说,天主教看上去是非美国化的、非中产阶级的。但是弗雷德里克为其卫理公会教徒们设想了一个天主教,这种天主教尽管有其外来的中世纪风格,但它在神学方面同信仰复兴主义者们所不齿的开明新教一样现代(或前卫)。在希伦·韦尔所想象的天主教"文明仁慈善的世界"中,"教条"是"不重要的":"福布斯神父可以闲静地谈论'基督神话',同时……又是一位非常活跃、给人留下深刻印象的牧师。"正是这个与"文明世界"的相遇被希伦·韦尔认为是"其事业的转折点",其原因正是因为"文明世界"提供了福音新教派所否定的东西——真正事业的可能性,而不是远离事业可能存在的世界的"职业"。

正如《真实的世界》中"务实的"年轻女人一样,在事业和职业二者之间,希伦·韦尔更倾向于后者,但是弗雷德里克比他们俩都更进一步,他认为事业和职业之间的对立已经过时了——先是在天主教中,然后是在让韦尔的教堂有了一个更可靠的经济基础的职业信仰复兴主义者中。索尔斯比一家(the Soulsbys)向希伦·韦尔介绍了实现复兴的"机器"的概念,即"组织",并把复兴和剧场演出(他从来没有看过一场戏——在威胁现代天主教的四大"诱惑"中,穆迪把戏剧放在进化论的无神论教义之前)进行了比较,让韦尔既震惊又兴奋。但是希伦认为他们明显缺乏"真诚"——明显是因为这一点标志着(宗教)信仰被(娱乐)交易所超越——索尔斯比一家则不认同。比如当被问到她和她的丈夫是否已经"真诚地皈依"了时,索尔斯比修女答道:"哦!我的天呢,当然了!……不只一次——十几次——我得说每一次。"然后她又说:"如果没有真正皈依,我们就不会做善事。"以索尔斯比一家为代表,"信仰"与"交易"之间的对立已经消除。确实,宗教热情被理解为做"善事"的关键。如果"原始"卫理公会派和希伦·韦尔都坚信需要从宗教热情和中产阶级对名利的追求中选择其一的话(纵使有不同的选择),索尔斯比一家则体现了一种不需要作出选择的职业观点——即信仰服务于事业,事业服务于信仰的互惠流通。惩罚的情节——为了职业放弃信仰,为了机器放弃了热情——因此被一系列赎罪的情节所替代:事业变迁与皈依体验之间难以区分。

据此,原始的原教旨主义复兴看上去更像是现代主义的技巧,而非反现代主义对"正在消亡的生活方式"的保护,卫理公会派与天主教之间的区别不再是原始信仰与开化的宗教怀疑论之间的区别,而成了两种不同组织与两种不同的管理风格之间的区别。一个教堂,"就像别的东西一样,"索尔斯比修女说,"必须有一个老板,一个头,某种程度上的权威,那样人们才会听从。"天主教堂被她描绘成"充满了权威",意思是从教皇到牧师再到教民,教义层层向下传达,教民"遵旨行事"。然而新教徒(尤其是卫理公会教徒们)却不要这种权威,"不愿听从什么老板"。所以要想让卫理公会教徒们做什么事,那些"负责运作"的人必须"时常激励,营造一种活跃的氛围","那就是权威、动力……通过动力把事情搞定"。换句话说,信仰复兴代替了等级制度,成为一种管理工具。天主教堂的官僚主义结构要求教民服从于一系列的老板们——这就是天主教的"组织",它的"机器"——卫理公会派信仰复兴则在内部创造出一个老板;它树立一种内部的权威并诉诸这种权威。"的确,除了教会组织、机器、文化以及讲坛祷告室外,还需要别的东西",A. M. 希尔斯(A. M. Hills)在《神圣与权力》(*Holiness and Power*, 1897)一书中如此抱怨道,听起来像是原卫理公会教徒中最原始的声音。希尔斯认为,我们最需要的是"增加神圣的露营聚会,增加卫理公会的神圣著作以及任命肯恩(Keen)和德翰(Durham)这样的人组织各种教堂聚会活动……",满足"圣灵力量"需求的良方是更好的"管理",希伦·韦尔所设想的信仰与组织之间的对立是不存在的。由于信仰复兴把信仰本身作为组织的机器,所以回归"旧时的""神圣"也是"新一代"的成功之路:"卫理公会教徒们掌握着未来的神学。"由于进入职业阶层依靠传播信仰而不是放弃信仰,因此只有你"真诚皈依"才能"做善事"。

由此,在《希伦·韦尔的堕落》一书中,卫理公会信仰复兴成了现代管理技术的典范,通过采用效率专家罗伯特·瓦伦丁(Robert G. Valentine)所谓的"有组织的准许"来代替"强制",从而改善天主教的权威分配。索尔

394

美国生活的展望（1880—1920）

斯比修女说，卫理公会派（不像天主教）是一种"自愿的体制"，所以对卫理公会教徒的管理就是让他们想成为你想让他们成为的那样的人，而且由于做善事需要真心皈依，那么也就是让你自己成为你想让他们成为的那样的人。通过对管理者和被管理者的管理，信仰与交易之间的对立不再存在，而且正如索尔斯比修女的行为一样，信仰与"文化"之间的对立也不复存在。在《希伦·韦尔的堕落》一书中，文明就是诱人堕落的西莉亚·麦登，她在教堂里弹风琴，在卧室里弹钢琴。"我把人分成两种，即希腊人和犹太人，"西莉亚告诉希伦·韦尔。她所谓的希腊人和希伯来人把天主教徒和原卫理公会教徒的区别诠释为美学术语。实际上，这两者的根本区别在于美学的存在或缺失——成为"希腊人"就是承认"美是生命中唯一有价值的东西"，承认"比希腊人还具希腊特点的"是肖邦，西莉亚正是以弹奏肖邦的一段乐曲作为第一步开始把牧师韦尔先生"希腊化"的。但如果肖邦标志着"希腊思想"的一个顶峰的话，在这个文本中他同时也与最富有希伯来文化的事件联系在一起，即"老式的，原始的""卫理公会友好聚餐"。因为正是在一次友好聚餐上，索尔斯比一家首次在欧坦维斯（Octarius）亮相，用一种"在场人从未听过"的曲调演唱了一曲《耶稣基督赞美歌》（*Rock of Ages*），征服了在场的人们。他们所唱出的"和谐之音"极为动听悦耳，当他们唱完时，已经赢得了欧坦维斯人的心。当然，曲调是肖邦的——索尔斯比修女采用了"肖邦各种各样优美的曲调，包括华尔兹舞曲、玛祖卡舞曲和梦幻曲等"。她选择肖邦的美学原因远远超出西莉亚·麦登所能希冀的；她的原因更加富有美学含义，因为西莉亚谈到肖邦时把他说成"爱"的诗人，并把他比作海涅（Heine），而索尔斯比则注重形式上而非文学上的音乐特点：肖邦的作品"充满了完美的六度和音"，索尔斯比修士"自己独唱就像一只乌鸦在叫"，但是他学会了"用这个六度和音来创造和声"，现在与其他人配合得"丝毫不差"。索尔斯比修女说："现在机器就是管理，就是组织。"

职业用语

《希伦·韦尔的堕落》把冲突重新想象成互补：职业抱负与宗教热情之间相互需要而非相互对立，管理技巧带来了热情而非限制了热情。在这种情况下，艺术成为爱情与工作之间重新调整关系的竞技场所，同时又是一个特权场所，甚至在试图把这两者决然分开的文本中也是如此，进步主义记者威廉·艾伦·怀特（William Allen White）的《一个富翁》（*A Certain Rich Man*, 1909）中的"道德娱乐"就是一例。怀特在书中成功地塑造了一个"工作努力刻苦"的富人约翰·巴克利（John Barclay），他面临着两个灵魂的选择，一个灵魂充满着对音乐和爱默生的"爱"，而另一个灵魂则是带有"美国佬血液的""天生的商人"，精通交换、买卖和节约：怀特解释说。正是在他青梅竹马的情人去世后，巴克利"终止了对爱默生的爱，显露出商人的本性，把钱搂进了自己的腰包"。但是这一抉择并没有最终决定巴克利的人生；事实上，巴克利对于他的创作者来说是如此"可怕"，是因为他的内心长期存在着"诗人"与产业大亨之间的矛盾。这一矛盾体现在对巴克利肖像的描写中，书中描写巴克利最"完美的特征"就是"他的右手"："那是一只修长、有力、毛茸茸、虚伪、贪婪、无情的手……一只可怕的手，手指倒像是艺术家的，手背上的高高隆起表明他的手掌很纤细，很贪婪。"但是这只贪婪而又具有艺术气息的、手背隆起的手并没有完全表达约翰·巴克利的力量。因为对于《一个富翁》来说，最令人瞩目的并不是金钱胜过艺术的选择，也不是没有能力作出选择，而是证明所有选择都是徒劳的。最终，生意人约翰·巴克利得出了他的最佳出路，那就是做艺术家约翰·巴克利："深更半夜，他穿着睡衣坐在钢琴的旁边，在读完《艾伯特·瓦格纳》（"Abt Vogler"）之后，他想出了关于巴克利经济门槛的所有计划。"而且瓦格纳的音乐不仅仅"激发"了他的计划，并且使他的计划具体化："瓦格纳的工作是致力于音乐的国家供应公司。"巴克利也非常欣赏肖邦的作品，但是他更喜欢"充满活力的""新音乐"；在这部作品中瓦格纳式的先锋化身就是托拉斯。

艺术不仅可以代表生意中的事业，而且本身也可以被理解为某种典型的事业。诗人布里森登（Brissenden）告诉马丁·伊登（小说《马丁·伊登》中的人物）说："为了美而爱美，不要理会杂志期刊。"布里森登就像西莉亚·麦登一样，把艺术定义为"成功"和美国中产阶级的对立面。但是没有人想比马丁·伊登成功得更快，他自己只是觉得正在写出"伟大的作品"，"终于"他"创作出了杂志欣然接受的东西"。马丁通过批判布里森登分析中对于"爱"的忽视来反驳他的观点（"爱在你的世界里根本不存在；在我的世界里，美是爱的侍女"），这种批判被认为是对杂志的辩护，因为爱对于马丁来说，意味着对"中产阶级的女儿"鲁斯（Ruth）的爱，花费一生来追求爱是因为这个过程似乎同时向他提供了"事业和赢得鲁斯芳心的方法"。

关键不在于写作应该被看成是一个"工作"；确实，马丁一贯藐视那些把"获得一个工作"当成"人生最高理想"的"奴隶们"，即使那份工作的报酬十分丰厚。鲁斯给他举了巴特勒先生的一个例子。起先，巴特勒先生在印刷厂工作，薪水是每星期3美元，他努力工作，最终年薪达到了3万美元。"他是怎么做到的？他是一个诚实、善良、工作努力、生活节俭的人。他没有那

美国生活的展望（1880—1920）

些许多年轻人都沉湎于其中的不良嗜好。"然而，马丁对巴特勒先生的职业并"没有""表示出丝毫的兴趣"。此中有与"他的美感和生活相冲突的地方"。巴特勒先生的问题在于他的事业太像他的工作。因为他"没有那些许多年轻人都沉湎于其中的不良嗜好"，所以他排斥"爱"，就像布里森登先生追求美一样执着。马丁与巴特勒和布里森登最相像的时候并不是当他最终开始取得文学成功的时候，而是当他在旧金山的一家宾馆里辛辛苦苦地当洗衣工的时候。那个活儿很苦，但是与马丁在写作和学习过程中的辛苦相比就算不得什么了。更为困难的是对于现状的否定："生命"只有在洗衣房外才可以找到。所以对于马丁的伙伴乔（Joe）来说，不做洗衣工做流浪汉——流浪汉"不工作"——而对于马丁本人来说，不做洗衣工他就当一位作家。作家与流浪汉不同，因为作家们工作；但是作家与洗衣工和巴特勒不同，因为他们的工作在为金钱服务的同时不拒绝爱；作家与布里森登也不同，因为写作在为美服务的同时并不拒绝金钱。事实上——正相反——马丁的工作就是去爱、创造和买卖美。巴特勒式的洗衣房没有给人留有时间去爱，布里森登的唯美主义没有给人留有空间去爱，而马丁每天都为小说写 3000 字，每晚都会写一首诗，他才是"第一情人，永远的情人"。他爱他的工作。

伦敦对马丁努力创作情景的描写与对马丁试图卖掉自己作品的描写在力度上旗鼓相当。区分这两者将会破坏工作的概念，事业的存在使工作成为可能。实际上，在《马丁·伊登》中，这种工作的概念非常脆弱，因为试图出版一个人的作品与打赌之间有相似之处：马丁所谓的"编辑机器"非常像"老虎机"，"一个投币口给你带来支票，而另一个投币口是退稿附条"。马丁写作只为了出版（只有出版才能让写作成为工作），但是机器的存在使写作与出版之间出现了矛盾，这个矛盾在《马丁·伊登》中表现为赌博过程中意图与结果之间的矛盾。通过马丁，伦敦似乎认为出版是写作行为中的一个组成部分，以出版为目的的写作与不考虑出版的写作有着本质区别。对于布里森登来说，当他"伟大完美"的诗歌创作完成的时候，写作行为也就告一段落（他拒绝了马丁要为他"推销诗歌"的好意），而对于马丁而言，只有出版以后，写作才称之为写作（他还是把布里森登的诗歌投给了杂志）。如果写作只有当出版实现的时候才能称为写作，那么没有能力出版最终就被认为是没有能力写作。因此，甚至出版的成功——只要成功最终是在"编辑机器"那里碰上了好运气，像卡波伍德（Cowperwood）在股票市场上的运气一样——也将被看成没有能力写作。

因此，马丁对于自己最终获得的成功颇为惊讶，因为这个成功对他来说似乎归功于"我身外的东西……一种不是我自己的东西"。甚至一个人自己的身体也可能成为"不是自己的"部分：马丁的自杀可以被视作对他"自动的生的本能"的胜利；"编辑机器"的自动性使写作变得与赌博神似，这种自动性再次体现在一个人自己的身体上，即使这个人想自己淹死自己，控制着"胳膊和腿"的身体也会"不自觉地"划起水来。但是在沃顿的《快乐之家》这部作品中——另一个以自杀与不可控性遭遇为结局的文本——丧失控制是令人兴奋的，人的身体就是那种丧失发生的场所，在《马丁·伊登》中，身体最终成为限制，使伦敦所称的"意志"得到了胜利。莉莉的死与其说是有意为之，倒不如说是她希望发生的；她吃一些药片来助她睡眠，"反复无常、捉摸不定的药性"把她送上了不归路；马丁的死是经过缜密计划的；为了战胜身体的本能，他把自己深深地沉入水中，当"意志"消退，双手和脚开始本能的划水妄图向上浮出水面的时候，已经太晚了——"他沉得太深了，所以它们最终没能把他带出水面。"在生命中的最后几个月里，马丁一直面临着创作与成功、希望与现实之间的矛盾，他已经不能工作了。他的自杀给这一切画上了句号，并不是因为自杀结束了他的生命，而是因为自杀恢复了"意志"和事件、生产和出售之间的关系，给他带来了伦敦所谓的"工作"。

因此，《马丁·伊登》这部作品中作家的成功既不是企业家的成功，也不是赌徒的成功，更不是艺术家的成功。艺术家拒绝商业或赌博，把自己想象成"绅士"。相反，赫里克关于挤入上流社会的小说——《一个美国公民的回忆录》（*The Memoirs of an American Citizen*，1905）和《真实的世界》——认为企业家、赌徒、艺术家这种分类穷尽了所有的选择，小说对前两个选择不屑一顾，主要描写实现第三个选择的困难和艰辛——一个向上爬的绅士。《一个美国公民的回忆录》是一部记述一个乡下来的男孩如何成为肉类加工厂老板的发迹史。在他的理解中，向上爬就是在"市场这个大游戏中"赚到钱。书中最被人称道的现实主义首先在于既赞同以积累财富为基础的成功模式，又对此模式表示厌恶。因为无法想象出其他形式的上进心，也不愿意认可书中想象出来的模式，所以《一个美国公民的回忆录》坚持认为市场的要求与道德的要求之间存在着矛盾，通过把美德与失败联系在一起，从而颠覆了小霍雷肖·阿尔杰书中的人物。

然而，《真实的世界》（更加带有自传性，想象更为强烈）把一个落魄的音乐教师的儿子变成了华尔街的律师。他在哈佛读书，在那里他不仅学习了法律，而且吸收了"这所大学无形的精神"；"那种精神不仅仅是讲座、课程，也不仅仅是信息或者奖学金……那是一种精神对宽容的、高尚的生活的理解，是感觉到如果你像一个绅士般生活，那么世界将是一个多么美好、多么高贵的地方"。为了构想没有世俗的上进心，哈佛大学把市场作为社会发展的手

○美国生活的展望（1880—1920）

段，用上流社会替代了"信息"，选择合法"事业"不可或缺的"玩弄灵魂"被肉品加工商的成功不可或缺的灵魂奉献所取代。

但是，即使律师也需要"信息"，也得选择事业，这就表明与上流社会之间还有一定的距离，所以对赫里克以及他的主人公杰克来说，问题就是协调事业与上流社会之间的关系，就是使杰克的事业不受污染，这个污染来自于一个眼光实际的年轻女子，她第一次教会了杰克"事业"这个词（"求你告诉我，'事业'到底是什么。"他哀求她说），后来证明她是一个寡廉鲜耻的人，杰克也看出来她是一个"庸俗的"、想挤入上流社会的人。"我创事业付出的努力与你创事业是一样的。"她告诉杰克，这正是问题之所在：如果一个人要创事业，他怎么能被认为是绅士而不是往上爬的人呢？小说回答了这个问题，解决了杰克既要做绅士又要挤入上流社会之间的矛盾。小说首先坚持他对"特权和阶层"有一种"憎恶"，然后把这种对所有阶层的憎恶当成通往上流社会的途径：他在很小的时候就被"挑剔的贵族"伊莎贝拉·玛莎（Isabelle Mather）抛弃，然后他离开了自己的家而成为伊莎贝拉·玛莎家族的一员。在两个关键的时刻他没有伸出援助之手，第一次是他没有去设法营救他那"庸俗"的兄弟；第二次是他没有去救伊莎贝拉的未婚夫，他因为挪用公款而锒铛入狱。他不愿营救自己兄弟的是因为他想帮助他的兄弟"像个男人"；他没有帮助伊莎贝拉的未婚夫似乎是因为上文提到的他对于阶级以及特权的憎恶——为什么罪犯有"有权有势的朋友"就能逃脱法律的制裁？他坚持原则的行为带来的回报便是与伊莎贝拉结为连理：在《真实的世界》中，对阶层差别理想化的蔑视就是脱离小资产阶级进入贵族阶级的通行证。

但是在另一个真实的世界中，摆脱庸俗就不那么容易了；上流社会"无形的精神"是唯一能把赫里克和"哈佛人"与那些大多数同僚区别开来的东西（赫里克早年曾在全新的芝加哥大学任教），他的那些同僚们受到了"成功"的诱惑，行为举止更像美国公民，"模仿商业世界"并把大学变成了某种"商业学校"。对于赫里克来说，哈佛"精神"是"商业学院"唯一的替代品；当那些"年轻而富有热情的哈佛人"聚在一起的时候，他们什么都讨论，就"不谈论买卖"。但是，当马丁·伊登偶遇一位来自伯克利大学的英语教授时，他实际上"促使"那位教授开口"谈买卖"。然而，他这样做的原因并非因为偏爱"商业学校"。相反，与"教养良好、衣冠楚楚的男女"坐在一起，与"真正的大学教授"交谈，令他兴奋不已。但是马丁与赫里克不同（也与鲁斯不同，她喜欢"所有普通的话题"），他认为所有人都应该谈论买卖。虽然此处的差别看起来像（也被赫里克理解为）阶层差别，但是对"买卖庸俗"的不屑一顾与《马丁·伊登》中巴特勒先生把工作从"生活"分开是一致的：马丁把"人们赖以生存的东西"重新想象为"人们身上最好的东西"，提出了一种工作的概念，把所有有趣的事情都包括在内。另一方面，唯美主义者布里森登公然指责鲁斯的家庭和朋友只不过是"商人窝"，证实了一种替代方式，即逃离买卖交谈的强烈愿望。但是对于马丁·伊登来说，对赫伯特·斯宾塞的争论与谈论"最新出版的小说、卡片、弹子游戏"一样都不能替代买卖。后者是"无所事事者的职业用语"，而前者是知识分子的职业用语——文化，预知将来的变化，是文化工作者的职业用语。

文学史学家克里斯托弗·威尔逊（Christopher Wilson）令人信服地把《马丁·伊登》称为"试图分析一个工人阶级作家同时面对事业和文化时的反应"，用这些术语描写了"小说中具有戏剧性的……两种不同观点之间的紧张关系：一个就是鲁斯的观点，她把艺术看成是地位和名望的文化载体，另一个是马丁的观点，他把艺术看成是一个企业、一个事业"。但是艺术的吸引力正是在于它代表了组织一种超越这些紧张关系的身份的可能性；《马丁·伊登》中的艺术家是一位视工作为生命的先驱，他的地位与事业、身份与事业都密不可分。正是从这个角度来说，文化与事业的区别——布里森登（对事业充满敌视的唯美主义者）和巴特勒（对文化漠不关心的野心家）——开始看起来明显地具有怀旧意味。也是从这个角度来说，罗伯特·赫里克的事业（相对于写作来说）开始看起来有所进步了。

赫里克是一位大学教授，同时也是一位小说作家，也就是说，他是第一批"创作型作家"中的一员，这个工作只有把艺术和大学课程结合起来才可以实现。正如我们已经看到的一样，他被芝加哥大学的商业精神给惊呆了，但是正如我们也看到的一样，在对商业充满兴趣和抱负的艺术家们眼里，这种情况算不上新鲜，更谈不上奇怪：在《回首往事》中，小说家实际上就是最后的企业家。事实上，当新世纪来临之时，人们认为艺术家的商业兴趣不仅能减少艺术的神秘感，而且可以使艺术理想化：《市场》中的慈善家/金融家说："艺术家坚持自己的美德。"他们与"医生"和"牧师"不同，这两种人都是"欺骗"。这里艺术家代表了独立商人的形象，而此时独立商人似乎正处在消失的边缘。赫里克小说——也包括《马丁·伊登》以及《"天才"》这些作品——中的创新之处在于，艺术家不是以弗雷德里克所钦佩的工匠形象出现，而是作为他所指责的职业人的形象出现。事实上，对于赫里克来说，正是从作家到职业人士的转变使他免于沦为一个工资奴隶。

在《"天才"》这部作品中，艺术家以经理的形象而不是拿破仑式的"业主"或者奴性的"狗腿子"的形象出现，这样很容易理解作为成功"艺术家"的尤金到"艺术指导"的转变。虽然小说不时想把这两者分开——"他

⊙美国生活的展望（1880—1920）

的天才是艺术气质，而不是商业或金融天分"——但是书中并没有提出可以区分两者的标准。因为尤金的"艺术气质"也意味着他有"艺术指导的气质"，也就是说，他是一个"天生的……组织者"。事实上，在德莱塞笔下，对组织人的抵抗根本没有任何职业性表达，只能表现在尤金对婚姻同样仇视这个私人形式中。詹姆斯把婚姻想象成反企业家实验的场所，而德莱塞则通过真实反映这个实验的过程，把对失去自立的恐惧转变为和多个女人上床的欲望。

然而对于赫里克来说，变化产生的机构是大学。一方面，大学的教授都是工薪阶层，所以他们冒着被"归类为白领阶层的"的风险，如赫里克学术小说《钟声》中的人物指出的那样。另一方面，赫里克也说："这种职业中的某些东西把大学教授以及他们的家庭与普通的工薪阶层和成功的资本家区分开来。"当然，这既阐明了一种事实，也表达了一种希望。"某些东西"就是"对生活更广泛的认识"，最终具体体现在欧洲的夏日度假中："对于一个教授，在每个学年结束的时候都会想去重游欧洲或者开始欧洲之旅。'当我们去欧洲的时候'或'下次我过去的时候'，他们相互交谈，由此认可了欧洲是他们的精神家园。"撇开欧洲度假不说，教授不是资本家，这是个显而易见的事实。教授是个拿工资的雇员。"创造型作家"的新作品是晋升的机会，而不是股票市场的投资。但是，教授不是"普通的工薪阶层"这个事实不是那么显而易见，明眼人一看就知道，去欧洲度假最糟来讲是一种试图建立根本不存在的差异的无力尝试，或者最多是试图把消遣的方式变成阶层地位的标志。

然而，如赫里克所言，欧洲并不仅仅是教授们的度假地那么简单，欧洲是他们的"精神家园"；欧洲是他们的精神之所在这个事实明确了他们的职业身份。换句话说，更为重要的是，欧洲假期并非仅仅意味着让他们逃离工作，同时也意味着工作的延伸。这并不是说教授在做"研究"而不是在真正度假；而是说教授在"徜徉"中得到的乐趣与他的"研究"密不可分。教授的假期——象征着一个人发现除工作以外的身份——反而象征了打破工作和乐趣之间的界线，在两者密不可分的关系中找到自己的身份。"当我们去欧洲的时候"是教授开始讨论专业时的方式。

按照默尔太太的观点，欧洲的美国人就像"一群游手好闲的流浪汉"，因为他们"什么都不做"；拉尔夫·特切特的消费是他残存的尊严："消费给了他一些事情去做。他的消费是他的事业；它是一种职位"。根据《牛津英语辞典》的记载，"职位"一词起源于1865年，通常指"社会地位或身份"，但直到1890年，这一词汇才第一次被引用来指"官职、地位以及职业"。准确说来，拉尔夫的消费并不是一种社会地位，但是即使它也不是雇佣的一种形式，它也是朝着那个方向发展的。马丁·伊登取笑鲁斯，因为她使用了"职位"一词而不是常见的"工作"一词，但是如同我们所见，在《马丁·伊登》中，更多的是在批判工作，赞同职位。从经济学的观点来看，将"产业工人的工作"转化成为"有权责限制的'职位'"就像斯坦福·雅各比（Sanford Jacoby）所说的"是一种从契约向地位的倒退"。当然，这并不是买卖似乎已经消失；而是职业包含了工作，加入了经济交换，把工作变成了一种生活方式。

402

"你是谁？"某夜，在带鲁斯去听了场演讲回来之后，马丁对着镜子中的自己问道。"他静静地盯着镜子中的自己看了很长时间。你是谁？你是什么？你属于哪里？……你会成功吗？"赫里克的玩弄灵魂在这里既是野心的结果，也是野心的原因，在某种意义上说，只有事业才是这些问题的答案，因此也只有事业才能问出这些问题，似乎所有的问题最终都是同样的问题。此处，契约与地位之间的对立转化为契约中地位的重新定位。你将要做什么的问题现在成了你是谁的问题；对于自身的好奇变成了利己主义的最新形式。

透过镜子

你是谁？你是什么？你属于哪里？你会成功吗？马丁·伊登对着镜子问这些问题，镜子在这里被想象成体现内在和外在反省的手段。的确，我们并不清楚这两种反省形式或者范围的区别——内心和外在——是否还存在。年轻时的克莱德·格里菲斯（Clyde Griffiths）非常在意他的"相貌"。他总是想着"他长得怎么样，其他男孩子看起来如何？"走在大街上，如果有镜子，他会偶尔在镜中瞥自己一眼，也会从别的男孩子的表情中以及偶尔把目光投向他的"对他感兴趣"的"各行各业的女孩子"的表情中看到自己的样子。年纪稍长时的克莱德爱上了罗伯塔（Roberta），并努力在莱克格斯上流社会表现自己，现在他可以带着一种"从前所没有的自信和欣赏……从镜子里看自己"。他的镜子显示了他的相貌，同时也显示了他的感觉。在死刑监狱里，克莱德沦为年轻时没有镜子的状态，那个时候他需要一个镜子来告诉他自己的感觉，现在他不再需要镜子来告诉他自己的相貌了："这里没有镜子……但是没有关系——他可以感觉到自己的相貌。"感觉变成了镜子；反省超越了在镜子中看自己的境界（在镜子中可以看到人的感觉），而变成了自己看自己，似乎人就是镜子（从自己的感觉中看自己，在感觉中看到"相貌"）。

403

镜子有助于相貌的产生；镜子像标准尺码一样是一种手段，它重新协调外在和内在的关系，即被看和被感觉之间的关系，创造出了一种新的个性。

◎美国生活的展望（1880—1920）

当然，对于许多人来说这样的效果似乎并不真实。辛克莱尔·刘易斯的《巴比特》（*Babbitt*，1922）在很大程度上是对标准化的驳斥。"标准的广告商品"（"牙膏、袜子、轮胎、照相机"）使巴比特的生活呈现出"固定的样子"，取代了"欢乐、激情和智慧"，"确定了他认为是个性的东西"。此处的含义是，真正的个性并不在于镜子中的影像，也不在于"机械化到了难以置信程度的"巴比特式的生活方式。在《巴比特》中，这样的个性很难达到，也只有在人们表达遗憾情绪的瞬间才偶然流露，如那个柏油屋顶的推销员拉小提琴表达出他"悲观的灵魂"，又如那个文笔拙劣的广告人想象自己"可能"写出的真正诗句。换句话说，艺术被理解为标准、机械和镜子的替代物。但是，已如我们刚才所看到的，这个时期创造伟大艺术作品的理想更多地被表现为内在性和外在性全面重组中的一个因素而不是否定，这种重组具体表现在德莱塞和伦敦作品中的镜子里。如果说一种描写美国文学史的方法是将之看成一系列的多少有些折中的反对、破坏和抵抗"主流"文化的艺术实践的话，另一种方法则是追溯它参与主流文化的过程。

但这并不意味着这里所描述的过程——即个体的外在化，契约的内在化，反思的社会化，抱负的官僚化——都应该受到颂扬推崇而非谴责反对。在詹姆斯·韦尔登·约翰逊的小说《一个前有色人的自传》（1912）中，浅色皮肤的叙述者在学校第一次和那些"黑鬼"划分到了一起，他赶回家来到他的"镜子"前。在镜中看到的是一个"俊男"，他以前听别人说起过，但现在自己可以亲眼看到，而且"第一次""意识"到了这些："象牙白"的皮肤，"柔软光泽"的"黑头发"。他的新意识因为他母亲说他"不白"而更加完整成熟。"从那时候开始……"，他说，"我的思想也上了色，我用另外的眼睛看世界。"学校、母亲、镜子让他看到了本来看不见的东西，看到了本来不存在的东西——这些都不是他"从前"的眼睛能看见的、一个有着某种肤色的人，而是只有"新"的眼睛才能看到的"一个有色的人"。身体外部到内心的转变造就了种族，就像标准造就了尺码一样。因此，种族身份就是这个过程的产物，就像对"表示阶层"的皮毛大衣的渴望。但是把人分为白人和黑人带来的后果肯定比区分10码和8码、40号普通尺寸或38号长尺寸要严重得多。

无论如何，无论好坏，文学在各种变革中都扮演了角色。正是在这里讨论过的诸多文本想象和表达了这种新的"社会生活"。我所说的"社会生活"并不一定指政治生活。虽然在《回首往事》取得巨大成功之后，乌托邦小说风行一时，但是各种新政治秩序的观点现在——像以前一样——并没有受到广泛关注。人们在更微观深入的层面上投入更热切的努力。认真考虑人类与机器之间的关系比发明虚构的新政治制度或创造新的机器要有意义得多。不管人们努力的动机是什么——正如我想说明的，他们的动机多种多样，马克·吐温试图保留在他看来正在消失的独立性，而泰勒却试图要提高工业效率——其结果是创造了一种新的个性，这种个性修正了而不是挽救了那种旧的独立性，而且如果效率得以不断提高的话，这种个性也释放了从内部破坏进步主义者梦想的充满原始欲望的精力。也就是说，通过梦想本身，标准化带来的阶层转变的梦想被破坏了。

当然，这样的梦想是否真正是"内部的"或者包含在某种东西的内部，这是个问题，因为正如第一章探讨的各种形式的不断出现和第二章研究的各种可视性所标明的那样，内在化是个备受争议的领域。但是备受争议并不等于完全消除。出于同样的原因，第三章探讨的情感与经济、情绪与交换之间的关系最终进行了重新布局，但是并没有消除内在性。只要在《夏日》这样的文本中买卖表现为爱的组成部分而不是因爱而生，那么这种重新布局可以理解为一种延伸；甚至买卖可以用在情感生活中。伊莎贝尔·阿彻开始的时候把"属于"她的东西看成"障碍"，看成是她与外界事物的分界，但是到最后，没有那些东西她就不能感知自我。那些障碍并没有被逾越——并没有爱默生式的内在战胜外在的胜利——但是它们被想象成互相包含而非互相排斥。你所工作的组织打破你为所欲为的梦想，但是离开了组织，你就不能妄想在组织中出人头地。

从19世纪90年代到第一次世界大战，我上述提到的变革都是美国文化和文学发展的中心。对于1925年发表了《美国悲剧》的德莱塞来说，那些变革也是至关重要的。但是我要说，《美国悲剧》与其他或多或少同时代的年轻作家的作品（《了不起的的盖茨比》[*The Great Gatsby*]、《教授的房子》[*The Professor's House*]、《太阳照样升起》[*The Sun Also Rises*]、《春天和一切》[*Spring and All*]）有着关键的不同，甚至与更早些时候的作品如《荒原》(*The Waste Land*)和《莫贝里》(*Mauberly*)也不同。理解这种不同的一个方法是看形式；许多20世纪20年代雄心勃勃的艺术作品都试图把作品的主题与素材之间的关系搞得一清二楚，而本书讨论的绝大多数作品并非如此。威廉·卡洛斯·威廉斯的口号——"不是'现实主义'而是现实本身"——明确表达了对一种艺术作品的渴望，这种作品坚持自身存在的自主性，摆脱了模仿功能，具有自己的存在和价值，他把与现实主义有关的模仿功能称为"剽窃"。威廉姆斯呼吁为诗歌和小说创造一种"新的形式"，他断言代表现代主义新颖特点的"传统""表现形式"必然会被打破。

但是，如果我们认为这种对表现形式的批评以及随后人们对事物的物质性与事物的特性之间更为普遍关系的反思在早些时候被人们所忽视的话，那

○美国生活的展望（1880—1920）

就大错特错了。相反，诺里斯的《麦克提格》的构思和写作是在关于金本位的辩论达到了高潮的时候，他感兴趣的问题是关于事物本质与事物表象的关系，毕竟，这正是金钱辩论的主要内容：黄金是因为它的"内在的价值"而成为"天然的货币"吗？那么更为廉价的金属比如银子，甚至其他本身没有多少价值的材料如纸张，能作为货币代表价值吗？诺里斯刻画的两个吝啬鬼形象，一个是积攒金子的特里纳，一个是收集垃圾的泽扣（Zerkow），为我们回答了这一问题。《麦克提格》把事物还原成它们的组成物质（把钱还原成金子），同时坚持认为钱的非物质性不可复原（把垃圾还原成钱），描述了经济现象的特性。事实上，我们可以把诺里斯一生的事业，从《凡陀弗与兽性》（*Vandover and the Brute*）到《章鱼》、到《粮食交易所》这些作品，理解为一系列差异和特性本体论的实验：为什么人不仅仅是组成人的物质，比如说"兽性"？为什么一个公司人不仅仅是公司物质的体现，比如公司的职员和股东？一方面，这些问题同时存在，而且人们认为人与兽性之间存在着差异；另一方面，公司人和"自然人"同时存在。这两方面暗示了公司人至少与普通人一样真实：《章鱼》结尾"怪物般"的大西洋和西南铁路公司（Pacific and South Western Railraod）的胜利也可以被理解为是人格的胜利。

从这一点来讲，美国现实主义对艺术作品的物质性非常关注，对言语本身的"真实性"而不是言语所代表的现实非常关注，如威廉姆斯理解的那样，这个特点有可能被认为是自然主义的顶峰，而不是偏离了自然主义。诺里斯在从金钱到公司这一系列现象中探究了物质性与身份之间的关联，至少现代主义中的一个元素使作品本身的物质性发挥了作用。也是从这一点来讲，《美国悲剧》与它同时代的作品之间的区别并不是那么绝对了。因为在20世纪20年代，人们试图想象存在着一个完美的个性，不仅体现在符号和指示物之间的某种关联上，而且也体现在成为美国人与美国人的意义这样的概念上。因此，20世纪20年代中叶的小说往往都有两个截然不同的主人公，一个人获得了这种身份（杰克·巴尼斯［Jake Barnes］通过aficion①，汤姆·奥特兰德［Tom Outland］通过蓝坪的印第安废墟，尼克·卡拉维［Nick Carraway］通过第一个遭遇新世界的荷兰水手们），而另一个则没有获得（罗伯特·科恩［Robert Cohn］、路易斯·马塞勒斯［Louis Marsellus］、盖茨比），而且在没有获得身份的人物名单上，我们很容易可以加上德莱塞笔下的克莱德·格里菲斯。确实，我们感到，所有这些小说至少从未加修饰的描写角度来看都涉及了一些局外人试图变成局内人的徒劳的努力，因此可以被理解为同类小说。

---

① 西班牙语，此处指对斗牛的喜爱。——译者注

克莱德想从桑德拉那里得到的东西正是科恩想从布莱特或者马塞勒斯想从罗斯蒙德,或者盖茨比想从戴西那里得到的东西。

但是,这种赤裸裸的(虽然我认为并非不准确的)描写方式至少也暗示了进步主义时期的目标与20世纪20年代的目标有所不同。明显的一点是,马塞勒斯和科恩想要的东西最好被理解为血统的改变;也就是说,他们成为犹太人的意义,如果盖茨比不是犹太人,他对戴西的渴望还是激发了汤姆对种族通婚的攻击,这就暗示了他们之间的问题是种族或者人种问题,而不是阶层流动性问题。很重要的一点是,这些文本中的主要人物都以兄弟姐妹的形象出现:本应与罗西结婚的汤姆已经是"家族的一员",汤姆·布克南(Tom Buchana)富有魅力的版本尼克是戴西的堂兄,杰克与布莱特之间的爱情因为那场著名的战争而转化成兄妹之情;作为一对情人,他们三年以后以福克纳笔下的昆汀(Quentin)和卡迪(Caddie)的形象终成眷属。正如一位20世纪20年代种族主义倡导者所说的那样,美国是一个"家庭问题",而这个时期的经典文学是有关家庭排斥和家庭组成的文学。

然而,克莱德已经从属了家族;正是因为他是格里菲斯家族中的一员,正是因为他看起来与堂兄吉尔伯特非常相像,所以他在格里菲斯衣领厂得到了一份工作。这不是说他是成功的而盖茨比和其他人就是失败的。相反,他根本就不想要他们所向往的东西。家族成员的身份对于他来说并不是他所渴望的目标,而只不过是他获得物质的手段:"更好的衣领,更棒的衬衣,更高档的鞋子,漂亮的套装,还有像一些男孩子穿的那种时尚的外套。"克莱德的那个更好的衣领象征了前面几页描述的转换物质和活动:亨利·弗雷明的伤口、萨姆斯夫人的丝袜、弗吉尼亚人的提升以及其他种种。对那个衣领的渴望意味着要生活于一个生产、消费、购买和售卖被重新创造的世界中,而新的生产者和消费者、买者和卖者的产生又是重新创造的前提。

20世纪20年代,这样的世界并没有消失,相反它却繁荣发展起来。虽然这种想要创造买者和卖者、工人及演员的努力已经获得成功,但是看起来似乎严肃文学——我指目标远大的文学作品——已经开始转移了方向。刘易斯把《巴比特》献给伊迪丝·沃顿。《巴比特》的主要作用是谴责沃顿、德莱塞、伦敦、克莱恩和肖邦所创造的东西。但其他的一些作家却没有过多地谴责被薇拉·凯瑟(Willa Cathe)轻蔑地称为"新商业主义"的题材,而是将其看成一种种族和/或文化不平等的题材,并把这种题材与自封为阿那萨齐族(Anasazi)①

---

① 阿那萨齐族(Anasazi)指现在普伟布洛印第安人的祖先,现主要居住在墨西哥和美国亚利桑那地区。——译者注

印第安人后裔的汤姆·奥特兰这样的作家所达到的种族及文化的纯洁性进行了对比。因此，虽然《美国悲剧》与同时代的其他作品之间确实存在着相似性，虽然现代主义者对表现的批评源自或者部分重复了自然主义者关于人与兽、货币与黄金之间的争论，但是美国现代主义的伟大作品确实代表了一种与德莱塞、伦敦、沃顿等人的作品在形式和主题上（即转变的困惑）的决然背离。

或者换种说法，它们代表了一种修正和美学辩护，针对的不是德莱塞的商业主义，而是狄克逊式的种族主义。对狄克逊来说，种族性是国家身份的关键，虽然那种身份的组成涉及了克莱恩和德莱塞这样的作家经常使用的表象增殖，但是克莱恩和德莱塞都没有将技巧运用在国家意义上：《红色英勇徽章》描写了美国内战，但并没有把内战当成现代美国的起点来描写而让读者铭记，德莱塞在《美国的悲剧》所说的"美国"，意味着美国社会让克莱德们成功的途径；他并没有通过克莱德构想出独一无二的美国身份。正如有时候人们提出的那样，如果南方与国家其他地域之间的差异为我们提供了一个地方文学而非民族文学的模式的话，那么我们也可以说，失败的但是进步主义的南方希望消除那种差异，这为我们提供了一个寻求建立和强化国家身份的民族文学的模式。

但是，对于我所描述的这个阶段的文学来说，美国身份的问题是一个微不足道的问题。当马丁·伊登在"镜子"中看着自己并自问自己是谁时，他不是在追寻自己的种族或人种的起源，对他来说只有阶级属性才是最重要的（"你同那些卖苦力的人是一类，同属所有下等的、粗俗的、丑陋的一类"），重要的是这种阶级属性可以被超越："你是谁？你是做什么的？……你想成功吗？"成功的条件是什么？如果不成功又会怎样？成功到底是什么？这些问题让世纪之交的文学充满了盎然活力。

渐进的多元文化：文化、经济和小说（1860—1920）

(波士顿大学) 苏珊·米兹如茜

1 介 绍

我叙述的题目把小说的基础置于广泛的文化和经济发展背景中。这些背景包括奴隶制的结束、外国移民的增加、工业资本主义发展引发的劳动力的动荡、交通通讯业的革命、大批量生产和分配的兴起、标准化和职业化进程、公司的出现以及随之而来的"公司文化"、报纸、杂志和广告等媒体形式的急剧扩张。但在这些历史发展中，日益觉醒的美国多元文化主义的意义最为重大。这个国家已经"随时准备"多元化。但直到 19 世纪下半叶，这种多元化的具体利害关系才得到广泛的概念化和讨论，这个时期的小说为这些概念化和讨论提供了重要媒介。这些小说中有的聚集有关奴隶制和战争的死亡研究，有的对失去的文化感到痛心，有的描述像杂志或服装加工等新型公司企业的内部运作方式，有的呼吁工业改革。跨文化比较不仅在混杂的城市中是社会观察的主流，在城镇和乡村地区也是如此。这是美国对异常多样化的自我意识时期——也是渐进的多元化时期——移民数量的增加以及对世界相互联系的逐渐理解，日益消除了狭隘的地方主义。

我们面对的难题是在传达这些发展的范围和复杂性的同时，抓住小说应对这些发展的多样手法。因此，我把我的叙述分为八个部分，每一部分都围绕该时期发生的大量文化和经济活动展开。第二章（追忆美国内战）和第五章（美国原住民在进步时期所做的牺牲）着重描述整个国家在内战期间以及后来美国西部土著居民为建立殖民地而被迫迁移或灭亡时所面临的大量死亡。第三章（社会死亡和奴隶制的重建）探讨了奴隶制时代以后美国黑人地区实行的社会、经济及法律习俗和制度。第四章（美国印第安人在进步时代的牺牲）探讨了伴随着 19 世纪后期现代化进程产生的混乱和幻想。第六章（营销文化）和第八章（美国企业界）讨论了广告和媒体形式的兴起以及经营方法

●渐进的多元文化：文化、经济和小说（1860—1920年）

的改变，包括公司扩张和托拉斯的出现，这些都是19世纪70年代之后文化改革不可缺少的部分。第七章（工作多样性）和第九章（现实主义乌托邦）表达了工人们和他们事业的支持者，以及宗教和政治理想主义者对该时期资本主义超速发展的不同反应，后者的乌托邦计划推动了社会和经济的全面重组。

每一章都突出了该时期的文化和经济起重要作用的特殊变革，同时每章的内容都对以下贯穿全书的主题提供了独到见解。第一，人们对文化差异的兴趣越来越大。对差异的着迷——差异可以产生新的形象、观点、商品和市场——就像一根线把该时期发生的重大文化和经济变革贯穿起来，同时也贯穿该时期一些逆向趋势和不利事件，从争取奴隶解放的内战到没有使那些被解放的奴隶完全得到社会权利和机会的重建时期，再到对待美国土著人的态度以及本土人对外来移民的敌意。第二，对信仰的理智质疑产生的世俗化及精神和道德问题。宗教历史学家在关于19世纪末20世纪初美国世俗化的深度和广度问题上产生分歧是可以理解的。达尔文科学革命引起的怀疑主义到底对知识分子精英们的影响有多深？普通美国人和杰出美国人仍然对宗教深信不疑。本书关注的主要方面之一是小说家和思想家的宗教信仰，他们的作品在此被拿来分析，因为这些作家中许多人及他们塑造的人物（或自我的变身）尽管对宗教持有保留态度，但都对宗教很虔诚（包括基督教、犹太教和达科他苏人的自然宗教）。第三，人们对技术变化既着迷又害怕。新发明所带来的影响是该时期不可逃避的事实：电的大规模推广，铁路和乘船旅行，电话、电报、打字机、缝纫机、照相机、汽车等的日益普及使用，这些发明不但提高了美国人民的生活水平，而且创造了生活水平的最高纪录。

本书是一个关于杰出的和普通的艺术家的故事：它涉及一些传统文学研究中必定会提到的小说家（马克·吐温、亨利·詹姆斯、薇拉·凯瑟），一些得益于对宗教法规系统采取修正手段的作家（伊丽莎白·斯图亚特·费尔普斯、查尔斯·切斯纳特、普林·霍普金斯）以及那些不属于传统文学研究学派和修正论学派的小说家（阿尔比恩·图奇、玛丽亚·露易丝·伯顿 [Maria Ruiz de Burton]）。它主要讨论哲学家、社会科学家、商人和宗教领袖们提出的理论，他们在各自的领域内都是非常重要的人物（海伦·凯勒、玛丽·贝克·埃迪），还包括那些在当时是关键人物但现在很少被人提及的小说家（亨利·乔治 [Henry George]、艾达·塔贝尔 [Ida Tarbell]、沃尔特·迪尔·斯科特 [Walter Dill Scott]）。本书在以下四个主要方面与以前关于改革时期历史的理论有所不同。第一，它通过历史角度的评判探讨了许多不同类型的文本，这种评判既考虑了广告形象的美学特质和社会科学理论，同时又考虑了文学作品所包含的经济、社会内涵。第二，它把艺术、科学和商业广告描述看做类似于讨论当时社会性质和社会变革经验的普通谈话。我的叙述论及各种作品，并把每部作品看做是独特而复杂的艺术品，同时它不容置疑地推崇文学。它说明文学形式可以作用于历史，正如文学形式吸收了历史一样，这就不同于社会学、人类学或揭露丑闻的新闻学的文化作品。第三，女性作家（文学界、新闻界、社会科学界等）既没有被边缘化，也没有被降入一个单独的群体，而被认为是变革的主要的发起者和分析家。第四，这里普遍性的分类得到了质疑，而不是假设（传统文学批评）或不予理会（近代历史学家文学批评）。我相信，一个人只有把文化形式和观点放在它们的个性中完全理解透彻，他才能认清哪些是普遍观点。我还认为一些先入为主的事物和观点实际上是普遍的、跨文化的和跨历史的。

我对主要方法的陈述可能有些平铺直叙。首先，文学历史主要可以通过文学本身来陈述，本书通过小说来陈述。我认为文学历史学家的任务是揭示深深蕴含于文学作品中的历史；是一个挖掘和补救的过程，更像一个考古学家，而非批评家。这种观点是通过对一种与当代历史发展密切相关的美国小说体裁的持续分析来体现的，同时这种观点也适用于其他时期和地点以及其他的文学形式。历史在现实主义时期的美国小说中无处不在：最复杂的历史意义不仅在最明显的场所，即根据实际历史事件编写的书中体现出来，这些书包括约翰·海的《养家糊口者》、弗兰克·诺里斯的《粮食交易所》（The Pit），但同时也体现在最不显眼的场所，即那些看起来比较个性化或富于想象的书中，比如詹姆斯的《奉使记》和鲍姆的《绿野仙踪》（The Wizard of Oz）。以上事例使我的看法并非陈词滥调。第二，文学历史的内容和范围相对广泛。本人认为文学历史学家的义务就是要解释广泛的发展，因而应该具有一定的深度。文学历史必须涵盖大量不同种类的作品：这些作品阐述得越错综复杂、越详细，得出的结论就越具权威性。

这种假设要求那些占有突出地位的作品在它们所处的时代确实具有重要性。我的叙述中所强调的作品新具备的四个特点确保了它们的重要性。第一点，这些书中至少三分之一被认为是畅销书，其最初的销售量等于或接近当时美国总人口的1%，美国人口总数每10年调整一次。这些书包括路易莎·梅·阿尔科特的《小妇人》和欧文·威斯特的《弗吉尼亚人》。阿尔比恩·图奇的《傻子当差》和海伦·亨特·杰克逊的《拉蒙娜》被认为是畅销书，销量接近总人口的1%。第二点，这些书一半以上在书正式出版之前曾在主要杂志（有的是精品杂志，有的是流行杂志）上分期连载。第三点，因为这些连载被刊登在含有消费产品广告的杂志上，有时这些广告穿插在故事和文章中间，因此这些书不可避免地加入了关于对资本主义发展所带来的变化的更

◎渐进的多元文化：文化、经济和小说（1860—1920年）

广范围内的文化对话中。第四点，也是最后一点，值得注意的是一位作家在不同时期都被放在具有无比精力、智慧和心胸宽广的人物之列，而这些时期可能限制了其他作者体现特定的文化范畴。

马克·吐温在这段历史上是一位举足轻重的人物，作为作家他好像与当时每一个重要现象都有直接联系：新闻、发明、标准石油信托公司事件、图书出版、股票以及通过广告自我推销（也就是把自己的事业商业化）。他精通几乎每一种可用的文学体裁：西部探险、旅行、少年文艺作品、乌托邦故事、历史题材浪漫故事、短故事、小说、散文、讽刺作品和讽喻。他在作品中揭露了最主要的社会矛盾冲突：在奴隶制和战后重建时期的种族关系、政治腐败、西部迁移和"印第安人的重新定居"、工业和资本主义扩张，既包括这些冲突的积极方面，同时也揭示了其消极方面。他私下结交了很多著名作家、商人、政治家、知识分子以及当时的各界名流，而且都关系不错。

本书中小说的具体作用包括：使人们认识到，小说在正式出版之前通过在杂志上连载的形式，像广告推销商品一样，起到了确定并打开市场的作用。出于自我推销的缘故，文学作品的作者在向杂志推销他们的故事和小说的过程中，也提高了杂志本身以及在杂志上做广告的商品的权威性和吸引力。美国杂志上连载的文学作品——不论质量好坏、受欢迎还是鲜为人知——特别是从19世纪90年代至20世纪20年代间的文学作品，进行了一系列的推销。文学作品出现在杂志上有助于提高杂志的文化水平，同时也有助于推销广告宣传的商品。

这一点使我们理解了该时期美国小说的作用，那就是确立了自己在广告四处漫延的时代中的地位，以及在加快消费资本主义进程方面的特殊作用。广告和小说都在讲述关于现代化的故事：现代化的影响和价值观、现代化在视觉和书面材料中所呈现的正式形式——广告形象、广告语和虚构的故事。像西奥多·德莱塞和亚伯拉罕·凯汉（他们或担任杂志编辑或创办了自己的杂志）这样的作家与广告商共同参与了翻译过程，把新市场文化用语翻译给情绪高涨但有矛盾情绪的普通百姓。这些翻译采用了各种复杂的方式，有时把商人人物描写为主要的宣传家，允许他们直接代表商业惯例和价值观念。同时他们也代表了对消费群体以及美国等级制度的深刻理解。正像威廉·狄恩·豪威尔斯所认识到的那样，人们试图推销杂志和他们创作的文学作品等文化商品，不可避免地面对了美国社会阶层等级森严的状况。也就是说，对市场的追求使人们必须对阶层进行分析。美国小说家促进了这一历史时期阶层特点和意识的形成，而且他们自己很清楚这一点。

我最重要的主张是，大概从内战至第一次世界大战这一时期是美国膨胀的多元文化主义被自觉地认识和辩论的时期，特别体现在文学作品中，这里所讲的文学作品包括各种形式的作品，从小说、短篇故事、回忆录、散文到政治传单和社会评论；同时也体现在正在日益发展的文化产业中，包括杂志、报纸、摄影、插图和广告。我试图通过重视对该时期重大历史事件的不同观点来表达这些认识和辩论。也就是说，对每一个特定主题，我都要深刻剖析具有不同文化、阶级和专业背景的作者的作品。选择这一历史时期作品的主要标准是该作品在当时的重要性、以评论界接受程度为基础做出的判断、受欢迎的程度以及作者的生活经历。如果一位作者在某一方面（人种、种族、地域、阶层或性别方面）对某个特定事件或发展变化具有特别有价值和可供选择的见解，那么他或她的作品将被收录进来。每一部分讨论的作者和作品体裁的多样性取决于这些作者和作品与重大历史事件的参与程度：内战、战后重建、城市化和移民、"清除印第安人"和灭绝种族大屠杀、广告和杂志的发展、工作环境、大公司的崛起、乌托邦反应。为了表现形式和内容的连贯性，本书安排了章节的顺序，让个别作家在不同章节中反复出现，很多作家出现在多个章节中（比如亨利·詹姆斯就出现在第二、四、六、七和第八章中，马克·吐温分别在第三、四、五、八和第九章中出现）。我希望阅读过这一段历史的读者将会产生一种自己参与了正在进行的对话的感觉，可以通过本书了解所介绍的要人、人物和事件。

关于这一时期美国兴起的多元文化主义的三个论点是根据我对各种资料（文学、经济、社会科学、摄影和商业方面的资料）多年的研究和分析提出来的。论点一：资本主义与美国社会独特的多样性之间的传奇故事开始于这一历史的时期。美国的经济和商业体制从1860年到1920年发展起来，它习惯性地利用美国日益增长的多元文化主义。这种机会主义采取了很多形式，包括把大量的移民吸收为美国的劳动力，不仅保障了工业扩张所需要的劳动力，而且便于老板和管理人员控制工人，他们可以依靠定期更新并接受低工资的外国人。同时，这些移民也是巨大的新消费者群体，无论工资高低，他们都渴望用刚挣来的薪水购买美国市场上神奇的商品。美国的广告商、美国出生的居民（"本地人"）也利用了他们对高移民率的普遍紧张情绪。通过不断唤起人们的焦虑和喜爱之情，通过各种种族人物造型，通过使美国人熟悉他们害怕的东西，广告商千方百计地吸引美国人的注意力。

论点二：美国异乎寻常的文化多样性激起了人们对发展成熟的福利制度的普遍反对。在一个其他资本主义经济高度发达的西方国家（英国、德国和法国）正在建立广泛的福利制度——养老金、工人补偿、医疗保险——的时期，美国是远远落后的。即使是到了20世纪后期，在富兰克林·德雷诺·罗

渐进的多元文化：文化、经济和小说（1860—1920年）

斯福提出新政福利计划之后很长一段时间，商业历史学家称美国的"福利状况"还远远不能像欧洲国家那样有保证。美国历史上存在的一种强大而持久的个人主义民族意识无疑要对此负部分责任，因为它促进人们强烈反对税收和"大政府"。平民主义对大众的吸引力以及其他支持社会和经济再分配的激进计划说明还涉及其他原因。我认为关键在于美国文化的极端多样性使大多数美国人都不愿意支持大范围的福利制度，这种福利制度是为了保护大量的非直系人口而制订的，他们认为那些人大多数都会从中受益。该时期乌托邦小说提出的社会变革计划告诉人们，要想建立全面的社会福利制度首先要净化主体统治关系。这些小说的社会背景中不存在外国人；美国印第安人、美国黑人和这一时期来自欧洲的移民都消失了。

论点三：人们普遍认为，从1860年至1920年文化和经济超乎寻常的迅速发展需要文化的牺牲。这些牺牲包括内战中牺牲的大量工人阶级战士。那场令人痛苦的兄弟之争带来了巨大痛苦和流血冲突，同时也解放了大规模的工业发展，而林肯联盟的胜利驱动了资本主义的自由发展。用战争的死亡换来资本主义的发展，最主要体现在战争的最底层，因为较高的伤亡率增加了对制服、军火、运输的需求，从而提高了商业利润。该时期发生的对美国印第安人的灭绝种族大屠杀不断被描述成一种普遍形式的实现——为了进步而做出的牺牲。美国黑人——在战后被排除在社会和政治之外，使他们的解放黯然失色——根据W. E. B. 杜波伊斯的说法，同样也是"进步圣坛上的集体牺牲品"，在该时期被巧妙地剥夺了人权。尽管那是当时盛行的风俗习惯和法律，美国黑人精英在此期间取得的成就不是因为它们。

后面的章节讲述了巨大的经济和文化变革，包括现代化和现代主义的开始。本书的中心——内容和结构——是文学文化的发展，以各种方式表达了文学文化独特的见证义务感，以及其独特的表述、颂扬、谴责和再创造的能力。

2 追忆美国内战

内战促成了出版业的诞生。北部联盟军和南部邦联军队之间的这场战争促进了编年史——摄影编年史、历史编年史、新闻编年史和文学编年史——的发展，其促进速度是以往的战争不可比拟的。如一位士兵特别提到他喜爱"廉价文学……当然了，我以前从来都没有读过这么多文学作品，将来也不会"。专门为士兵写的系列廉价小说的销量都在 10 万册左右，如道雷（Dawley）的"露营和围炉图书馆系列"和莱德帕斯（Redpath）的"篝火图书系列"。比较传统的小说，如麦塔·维克托（Metta Victor）的《联邦主义者的女儿》（*The Unionist's Daughter*，1862）、查尔斯·亚历山大（Charles Alexander）的《波多马克的波琳》（*Pauline of the Potomac*，1862）、约翰·特罗布里奇（John Trowbridge）的《击鼓男孩》（*The Drummer Boy*，1863）、爱德华·维里特（Edward Willett）的《韦克斯堡间谍》（*The Vicksburg Spy*，1864）、萨拉·爱德蒙兹（Sarah Edmonds）的《假小子或女兵》（*Unsexed：or Female Soldier*，1864），使待在家里和战场上的读者都能不断接触到很多勇敢的士兵、战时求爱故事和女扮男装、男扮女装的间谍。报纸和杂志都争相设立戏剧性的战争纪念专栏，比如老奥利佛·温戴尔·霍尔姆斯疯狂寻找在安提耶坦（Antietam）受伤的小奥利佛（后来的最高法院法官）的报道（《大西洋月刊》）。如《芝加哥论坛报》（*Chicago Tribune*）的约瑟夫·麦迪尔（Joseph Medill）、纽约《论坛报》（*Tribune*）的霍勒斯·格里利和《纽约时报》（*New York Times*）的亨利·J. 雷蒙德（Henry J. Raymond）那样的编辑们担当了资深政治家的角色，因为他们对军事和外交策略进行评论，而阿拉巴马的一位编辑警告那些与士兵打交道的记者要避免报道"使他们感到痛苦或使他们逃脱义务"的新闻。

○渐进的多元文化：文化、经济和小说（1860—1920 年）

最有意义的内战作品是怀旧性的作品。追忆内战的文章好像是在 1865 年罗伯特·李将军签署的投降协议还墨迹未干时就开始大量涌现了，并且一直持续到 19 世纪 60 年代末，贯穿整个 70 年代。最有意义的内战再现作品甚至持续得更加久远，出现在 19 世纪 80 年代和 90 年代，甚至一直延续到 20 世纪。最近一位历史学家竟还称内战"尚未结束"。从这方面讲，内战的主要文化影响是把美国人永远定格在那四年痛苦的冲突中（1861 年至 1865 年）。战后几十年很多著名作家出版的一系列小说和回忆录都支持这个观点，他们包括伊丽莎白·斯图亚特·费尔普斯、艾伦·格拉斯哥、弗朗西斯·哈珀、保罗·劳伦斯·邓巴、亨利·詹姆斯和尤利西斯·S. 格兰特。但同时，战争在加速资本主义发展和现代化（在一定程度上是通过根除过时的奴隶制度）进程方面也发挥了非常重要的作用。因此，对所有见证了战争的人们来说，内战似乎加快了整个国家快速进入未来的进程。

战争伊始，整个国家大部分都是农村和耕地，只有铁路才有资格被称为"大企业"。从 1865 年至 1895 年，许多竞争性行业——从纺织业、石油业、钢铁业到玻璃业、造纸业、酿酒业和糖业——开始进行合作，直至后来形成托拉斯。新型商业网络内部和相互之间的信息管理和传递需要更加复杂高效的系统。该时期新的打字和复印、档案管理和保存方法的发展为通讯革命的到来铺平了道路，通讯革命可以追溯到 20 世纪及以后的计算机。内战期间最具革命意义的发明是电报，这是一种先进的通讯技术，甚至连电话（1876 年由亚历山大·格拉汉姆·贝尔［Alexander Graham Bell］发明）都无法与之相提并论。像其他行业一样，电报也从战争中获得了巨额利润，最终成了西部联盟支持的真正的垄断公司。许多金融家通过购买证券和投机发了财，战争投资有助于统一全国货币，同时也加强了全国的银行系统。

内战前夕，北方比南方进步得多：更工业化、更城市化，可耕地面积是南方的两倍，有大面积的连为一体的铁路网络。因为南方会议取消了一项阻碍经济发展的重要立法，在内战期间，林肯总统就可以通过国会敦促实施各种现代化措施，并制订成法律，包括 1862 年的《宅地法》（Homestead Act），它刺激了西部开发，而关税法则促进了北方工业的发展，《太平洋铁路法案》（Pacific Railway Act）允许修建洲际铁路。南方巨大的军事资源是奴隶劳动力，这些劳动力使南方的铅、盐、铁矿和农业产量都很高。奴隶的征兵率在南方邦联白人人口中达到惊人的 80%。但这种资源被证明是不可靠的（就像弗朗西斯·哈珀在《伊奥拉·莱洛伊》中所描写的那样）。随着时间的推移，奴隶逐渐开始支持北方联盟军队，因为解放奴隶是他们的目的。弗雷德里克·道格拉斯（Frederick Douglass）早在 1861 年就预测道："美国人民和华盛顿的美国政府在一段时间内可能拒绝承认它，但最终'事情的残酷逻辑'将迫使他们承认它；在这片土地上正在进行的战争是一场支持和反对奴隶制的战争。"1863年1月1日，林肯签署了《解放宣言》，这是一项导致战争尽快结束的措施，尤利西斯·S. 格兰特称之为"对南方邦联的最沉重的一击"。总共有18万黑人在联盟军队中服役，其中3.4万人在战前就获得了自由。战争快要结束时，穷途末路的南方邦联做出给予参战的奴隶自由的决定，放弃了南方进行反抗所依据的原则。

内战的结束使美国陷入了双重悲痛之中——一方面为国家和个人的灾难性损失而悲痛，另一方面为一种生活方式而悲伤。虽然战争本身几乎不能为复杂而快速发展的工业和技术变革提供推动力，但许多人仍然认为内战和现代化是盘根错节的。战后几年创作的文学作品表达了日益多样化和分裂的美国社会的一种观点。看起来似乎南方和北方的不和留下了一系列余悸，产生了许多小的分歧和分裂。因此，小说、回忆录、自传甚至是摄影作品都把战争描绘成需要非常详细地进行描述的经历，而不是举国上下都很明确的事件。史蒂芬·克莱恩的《红色英雄徽章》是典型代表：小说主要描述了自愿参战或被迫参战的工人阶级，因为他们不能像有钱人那样雇人替他们打仗。克莱恩的战争小说不是一个国家的档案，而是一个阶级的档案，他认为这个阶级付出最多。这种观点在许多文学作品中都很明显，这些作品突出了俄亥俄州获得自由的黑人（邓巴的《狂热分子》[*The Fanatics*]）、新英格兰文雅的穷人（阿尔科特的《小妇人》）、南方受压迫的奴隶（哈珀的《伊奥拉·莱洛伊》）和北方的战争英雄（威斯特的《尤利西斯·S. 格兰特》）。

战争依旧

也许在19世纪后期，没有哪一种装置能够像照相机那样更能表达内战所代表的变化。摄影是一种表达内战与众不同之处以及内战如何把国家转变成一个现代化的工业强国的重要工具。另外，照相机使美国人对战争有独特的理解——能够以不偏不倚的立场看待大屠杀，就像用内心的观察镜精心拍摄的场面。下面讨论的作品代表了19世纪后期最受欢迎和/或最受评论界称赞的战争题材的作品，这些作品利用了集体死亡和哀痛的美学景色。追忆内战的故事是从两位摄影师马休·布雷迪（Mathew Brady）和亚历山大·加德纳（Alexander Gardner）开始的，他们认识到了这场兄弟之间的纷争可能会产生戏剧性效果，在战争还在进行、尚未结束时就让人们记住它。马休·布雷迪的早年生活不太为人所知，正如布雷迪写的那样："他是爱尔兰移民的儿子，

渐进的多元文化：文化、经济和小说（1860—1920 年）

大约在 1823 年—1824 年出生在乔治湖附近的森林地区。"他在 16 岁时到纽约市进入肖像画家、他以前的辅导老师威廉·佩奇（William Page）的公司，布雷迪曾在奥尔巴尼与他一起工作过。1840 年，布雷迪遇到了全身心致力于美国摄影早期工作的发明家塞缪尔·E. B. 莫尔斯（Samuel E. B. Morse），并且成了他的弟子。1844 年，布雷迪在纽约开了第一家银版照相工作室，并且在第二年出版了他拍摄的照片，题目为《杰出美国人摄影作品集》（*The Gallery of Illustrious Americans*）。他从一开始就设法让人们认识到他的工作室的社会声誉：在布雷迪的工作室内坐等摄影师是社会地位的象征。布雷迪的强项是具有工商企业家的能力，在当时，作为摄影的商业使者，他具有最高权威。他很快就认识到他的新技术具有巨大的变革潜力。在这项技术开始创新时，他紧紧抓住了这次重要的机遇。

布雷迪的业务经理、最终成了他的竞争对手的亚历山大·加德纳 1821 年出生在苏格兰，是一名科学家，年纪轻轻就涉足商业和金融。1847 年，加德纳受雇于一家储蓄和贷款公司，培养了记账和一般的商业管理能力，事实证明这些能力对他后来在内战中的摄影工作非常必要。同时，加德纳也是一位理想主义者，他积极参与并投身于旨在提高贫苦劳动人民的生活状况的社会改良运动。1851 年之前，加德纳一直是《格拉斯哥哨兵》（*Glasgow Sentinel*）的记者，在社论中支持工人阶级的利益。加德纳好像是在 1851 年在伦敦的水晶宫世界博览会上遇到了马休·布雷迪，当时布雷迪的《杰出美国人摄影作品集》获了奖。1855 年之前，加德纳自己的摄影作品在格拉斯哥一直受到好评。第二年他举家移居到纽约，去投奔布雷迪，并成了他的助手，涉足布雷迪的所有业务。

布雷迪和加德纳都抓住了内战主题的潜在商业机会，一步一步使布雷迪的公司专门为官方拍摄战争照片。布雷迪利用他与秘密服务机构侦探事务所的老板阿兰·平克顿（Allan Pinkerton）的私交，在 1861 年见到了林肯总统，总统签署了一张允许布雷迪随同联盟军的通行证。与此同时，管理着华盛顿办事处的加德纳订购了许多四筒照相机，期望满足士兵渴望穿着军装照相的愿望（很可能是最后一次）。他还与纽约的一家商业照相机构签订合同，购买可以以卡片形式大量发放的主要战争人物的照片底片。鉴于他们双方所具有的商人和摄影师的才能，布雷迪和加德纳最终成为对手是不可避免的。他们两人都想把拍摄战争的创意据为己有，并且分别向国会提出申请，并在 1869 年 2 月几乎同时向政府出售他们收集的底片。

布雷迪取得的成就是建立了"内战摄影"这个行业，并且使他自己与之齐名，《纽约时报》（1861 年）这样报道：

2 追忆美国内战

布雷迪先生是第一位获得战争摄影克里奥奖的人……他的摄影师随同军队几乎经历了所有的行军,把他们的太阳电池放在将军们致命的炮台旁边,悄无声息地拍摄城镇、城市和森林,大多数情况下都更具有探险性。结果是一系列照片被命名为"战争事件",几乎跟战争本身一样意义:因为这些事件构成了战争的历史,直接触动北方人跳动着的心。

"战争事件"的主题是战争间歇、会议、战前场景和尸体,这主要是因为摄影师不被允许亲临战场。但这同时也表明,摄影作为文化活动中的一种艺术形成,很大程度上帮助人们理解了一场战争,这场战争的影响随处可见,但对许多人来说,这场战争又是那么遥远和冰冷。例如,加德纳于 1865 年 4 月 15 日,即林肯被刺的第二天并且距离李将军在阿波马托克斯(Appomattox)投降不足一个星期,在弗吉尼亚州的科尔德港(Cold Harbor)拍摄了《掩尸团》(*The Burial Party*)。

在这样的时刻拍摄的这种照片的纪念意义表明,集体和个人都竭力做出纪念战的努力。它捕捉到了一种特有的群体仪式,还捕捉到一种全国上下把战争与战争牺牲者同时埋葬的责任。照片的顶部是黑黢黢的成排的树,非常茂盛,就像风景的胡须或翎颌一样。在树下面的背景中,四位身穿白衬衫、黑裤子、戴着黑帽子的美国黑人手拿铁锹,在多沙的草地上挖掘或做好挖掘的准备。前面还有一个身穿大衣,头戴羊毛水手帽的美国黑人从容不迫地摆好姿势,蜷缩在担架旁边,担架上整齐地摆放着五个骷髅头。离他最近的骷髅头直立着,龇牙咧嘴。这幅照片上没有尸体,只有一些暗示——从担架中间伸出来一只穿鞋的脚和半截腿。

这幅精心组合的照片配有令人费解的文字说明,就像关于这些人是谁一样让人百思不得其解。他们是收集战友遗物的老兵呢?还是想把这些远离亲人战死在异国他乡的烈士的尸体代替他们的家人掩埋起来的当地居民呢?或者他们是专业的掘墓人,受人雇佣游走田间,掩埋那些在战斗结束(1864 年 6 月)后还没有掩埋的尸体呢?这些"当地居民"使人想起许多关于战争的画面所不遗余力压制的东西——美国黑人奴隶变成自由劳动者的经济转变。但这些人从事的是什么样的工作?虽然说明文字暗示这是一项仪式性的工作,但这些工人既可能是为了宗教目的在掩埋尸体,也可能是为了科学目的在掘尸。

《掩尸团》揭示了美国自建国以来就一直普遍存在的死亡习俗与种族渊源

图1 《掩尸团》，弗吉尼亚州科德港，1865年4月15日。选自亚历山大·加德纳《战争速写簿》（1865）

之间各种根深蒂固的联系。其中一种联系是礼仪性的、自愿的和表示尊敬的，另外一种是科学的——利用死人骨头和头盖骨来解开人类差异的秘密——这是19世纪像约翰·威廉·德雷珀（John William Draper）这样的自然哲学家和像刘易斯·亨利·摩尔根这样的人类学家经常使用的方法。死亡习俗与种族渊源之间的第三种联系使人想起社会达尔文主义的理论。既然照片认定某个种族群体特别适合从事死亡工作，那么很可能就认定那个群体是行将灭亡的。

加德纳拍摄的照片使我们可以看出对死亡的普遍理解与历史性的特定理解之间的重大差别。在所有的文化中，死亡仪式都是为了顺利完成与亲人的最后离别——从最亲密的人（孩子、母亲、配偶和朋友）转变成其他人。但战后美国的这种仪式也是为了区分具有血缘关系的人之间的亲属关系与土著人、移居者以及移民之间的疏远关系，这就是为什么在那几十年中死亡习俗对人种论非常重要的原因。对战前科学人种论的创始人塞缪尔·乔治·莫顿（Samuel George Morton）的追随者来说，头盖骨和死人骨头为研究人类差异提供了多方面的知识。为了能与占主导地位的人类多种起源理论保持一致，死亡在战后日益被理解为一种表现城市主要阶层、种族等级制度以及宗教和文

2 追忆美国内战

化差异的形式。科学家们测量头盖骨，把各个种族和宗教群体的各种不同的免疫特性和死亡率制成图表。社会科学家把大量与死亡和哀悼有关的习俗和信仰进行分类。哲学家们则思考死亡作为普遍现象和作为社会特殊现象的对比含义。文学作家、画家、摄影师甚至是广告商表现了人们在把看似不可分离实际上却毫不相干的内容——死亡和人类差异——变成经得起美学和科学形式检验的内容所做的努力。最重要的是，在这个时代搞清死亡的意义是一件跨学科的事情，这就解释了为什么史蒂芬·克莱恩（他的早期事业将在第七章讨论）在开始创作他的关于内战的二手回顾性作品之前要先仔细研究布雷迪的战争照片的原因。

实际上，克莱恩的畅销书《红色英雄徽章：美国内战片断》好像直接置景一个机械再生产时代。小说描述了一个普通士兵亨利·弗雷明的故事，他参加了北方联盟军，渴望在战斗中通过展示勇气来证明他的"男子汉气概"。亨利在第一次遇到南方邦联军队时就逃跑了，但后来又重新参军，发现其他士兵奋勇战斗，战死在战场上或受了伤，愤怒和负疚感使亨利在战场上达到了近乎歇斯底里的程度，他变成了一位"真正的英雄"。克莱恩在小说中从头到尾对理想品质（勇敢、怯懦等）进行了嘲讽，逐渐削弱了小说在结尾提出的观点：战争成就了男人。克莱恩小说中主人公的思想有时就像一部照相机，时而遥不可及，时而又近在咫尺。

> 对年轻人来说，他似乎看见了一切。青草的每一片叶子都是醒目而清晰的。他认为他很清楚大片漂浮着的稀薄透明的水蒸气的每一个变化，棕色或灰色的树干的表面凹凸不平。军团中的男人瞪着眼睛，汗流浃背，疯狂地奔跑或倒下，好像一堆人头朝前的古怪的尸体——人们理解所有这一切。他的大脑只留下机械而牢固的印象，结果后来一切事情都要对他进行生动的描述和解释，除了他自己为什么在那里之外。

427

克莱恩的描述表明，摄影是回忆战争的一种很好的艺术形式：对焦点的注意力、捕捉素材和表面的企图、那些为了回顾思考而分类的具有穿透力的视觉细节。这种机械性艺术所不能理解的是含义，即事情的"为什么"。克莱恩把"他是战争盛宴后筋疲力尽的士兵的写照"这种观点贯穿于字里行间。在《红色英雄徽章》中，书面文字常常感觉像图片的说明文字：附庸风雅、巧妙、简练、明确，就如同克莱恩把他的小说置身于与布雷迪的摄影企业的对话中——既钦佩，又不服气，同时还有点讽刺的味道——超出了内战及其事件记载本身的意义。

385

◎渐进的多元文化：文化、经济和小说（1860—1920 年）

布雷迪以拍摄死亡为事业，但他好像从来没有考虑过他的事业所具有的理论或道德内涵。这种问题吸引着克莱恩。他的小说可能看起来像是一种表达了摄影所不能表达的东西的文学表述。克莱恩的描述一直贯穿着对象征死亡和死人脆弱性的窥淫癖的关注。这种窥淫癖的成分也存在于布雷迪的照片中那些活人的姿势中：内战士兵把他们的伤口暴露在照相机前。在精心包裹的身体中体现着一些诱惑性的、隐隐约约的露阴癖者的味道，把裤子向下拉到刚好能够露出"屁股上的皮肉之伤"，或是把裤腿撸起来正好可以露出"腿部的皮肉之伤"，或者是把袖子卷起来露出"前臂的枪伤"。照片上的人都直接盯着照相机，他们扫视的眼神中既有进攻性，还有些挑衅性。这些照片中活生生的被撕裂的战士的尸体突出了战争死亡者形象中暗含的意义：身体的受伤之处像他们模仿的死亡一样是极度私密的。身体某个部位的疼痛或死亡状态即使是亲眼目睹的人也无法体会到，那么时间和空间上相隔甚远的观众的感受更是大打折扣，他们对待疼痛或死亡的态度看起来可能是无动于衷或者是淫秽的。由于不是出于帮助或同情，这些让人们看的形象动作必定是淫秽的。克莱恩的小说是拉开一定距离以道德的观点来看。亨利·弗雷明不断无意中遇到尸体，当他发现尸体时非常奇怪然，然而惊人地平静。所有这些让丰富的构思表达出战争摄影所表达不出的道德因素。

《红色英雄徽章》在描述中一直受到道德尴尬问题的困扰，特别是在描述既没有亲眼目睹又没有亲身经历的充满血腥的战争时，这种尴尬被进一步强化了。描写内战会陷入道德上的两难境地，因为正如在小说开头所清楚表明的那样，内战是一场工人阶级作为替代品参加的战争，他们使用的语言显然不如克莱恩所描述的中产阶级或上层读者使用的语言那样文雅。富人通常都定期雇佣穷人替他们参加内战。利用战争经济发财并在战后积累了巨大财富的商业巨头——安德鲁·梅隆（Andrew Mellon）、约翰·D. 洛克菲勒（John D. Rockefeller）、皮亚庞德·摩尔（Pierpoint Morgan）、菲利普·阿莫尔（Philip Armour）、杰伊·古尔德（Jay Gould）——用梅隆的父亲的话说，依赖于"那些无足轻重的人或那些喜欢为别人服务而随时准备服务的人"。

小说的第九章以太阳像圆饼一样贴在空中这个著名的比喻结束，提示了基督教上帝为了众生的罪孽而死亡的终极替代。本章开头写道：亨利身体健全，徘徊"在伤员中间，一群人……在流血"。他代表那些没赶上内战或有意逃避内战的人，包括克莱恩本人。他没有受伤，所以因羞愧而蒙受耻辱。实际上，可以把这一章看成是这两种受伤的对比。走在亨利旁边的"幽灵战士"脸色苍白，令人毛骨悚然，"好像是对他的一种无声的谴责"，"高个子士兵"的手是奇怪的黑红色，同时亨利想象着大家都能看到他的羞愧："内疚的字样……在他的眉宇间燃烧。"小说中描述的每一次死亡都被巧妙地延长了，就像一种圣礼，吉姆·康克林（Jim Conklin）的死亡几乎用了一章的篇幅，在其他章节中也提到过，他的尸体最后变成了圣餐太阳圆饼。亨利是吉姆·康克林死亡的主要见证人，他的躯体反应与他周围将死的身体形成鲜明的对比。亨利的感受像身体的各个部位——"心脏"、"面孔"、"舌头"——，作为记录它们反应强度的一种方式。它们不是仅仅局限于一个部位，而是包括全部。为了与小说描述使用的一般现在时保持一致，亨利洋溢的感情体现了战争的全部特征。

批评家注意到，尽管小说具有历史意义，但好像故意抹杀了历史特性。没有地点名称，没有具体的战场或战斗，也没有提到主要人物或事件。小说中唯一的黑人是开头出现的"黑人卡车司机"，他的出现好像只是为了表明他的无足轻重。他实际上是一个消遣性人物，把人们的注意力从即将发生的战斗中移开，直到出现更有吸引力的消遣性人物。小说似乎表明，不管是黑人奴隶还是自由人，都是战争及其后果的附属品。小说对内战的描写很抽象，也是由于小说特别重视历史的原因，因为《红色英雄徽章》更关心战争带来的历史发展，而不太关心战争事件本身。这些发展中最有意义的是内战后工作性质的改变。克莱恩把战争理解为工人客观化的最极端的形式，由此工人不可避免地与劳动资料的关系非常密切——无法与军团、军队附属机构、国家区分开，同时与环境特性融为一体（为了生存的缘故）。他的这种理解与小说的写作背景 19 世纪 90 年代有特殊联系。小说中的士兵代表了工人阶级，创优产让他们在充斥着理性效率原则的现代工业中劳动着。这些方法后来被编撰在弗雷德里克·温斯洛·泰勒的《科学管理原理》（*Principles of Scientific Management*）中。这本书描写了战争凭借其力量产生了工业劳动者和管理阶层。泰勒的观点与同期出现的"男童子军"（1910 年在美国成立）及西奥多·罗斯福的"莽骑兵"（罗斯福的《莽骑兵》[*The Rough Riders*]，1899 年出版）是一致的——所有"艰苦时代"的努力（罗斯福的《艰苦生活》[*The Strenuous Life*]，1900 年出版）都是通过与自然和蛮荒制度化的联系来鼓舞现代美国人。人们认为这些在工厂里培训工人阶级和移民的新策略都是为了使整个社会更强大，因为人们认为效率低是不合情理的。《红色英雄徽章》使用了许多管理术语，因为亨利·弗雷明把上司对他的监督内化了。甚至是尸体也保持着这种管理控制：其中有一个场景是一具极其令人毛骨悚然但依然很警觉的尸体使感到内疚的亨利重新开始战斗。

《红色英雄徽章》现代性的另外一个明显标志是怀旧，通过古文物研究者的精神表达出来：士兵的形象如"供屠宰的羔羊"，成为战争机器的仪式祭品，战争既会造成死亡，也是神圣的。战争是一位神，他最喜欢的食物是人。克莱恩表达了自己对牺牲作为仪式的深刻理解，这种理解把社会意识形态基于活生生的人身上。他把盟军描写成主要由工人阶级组成。但最后，《红色英雄徽章》中并没有救赎。在这本小说中，宗教已经变得像第九章最后"贴"在天空中的圣餐太阳一样脆弱和孩子气。技术（以照相机的形式）和艺术（以克莱恩的独特风格和舞台场景）占主导地位是以由这种死亡景象引起的宗教问题为代价的。

对于那些想通过小说寻求精神安慰的人，另外还有两本内战畅销书值得一读，它们是由像克莱恩那样的牧师后代写的，即分别由新英格兰人伊丽莎白·斯图亚特·费尔普斯和路易莎·梅·阿尔科特在内战刚结束时写的《半开的门》和《小妇人》，这两部作品对内战产生的信仰问题有更乐观的回答。费尔普斯试图为林肯到达后问候士兵时谈到的天堂填入实质性的内容；阿尔科特详细描写了要求后方有教养的穷人所做的无数牺牲。《半开的门》和《小妇人》之所以受到极大的欢迎，很大程度上是因为他们省略的内容。费尔普斯和阿尔科特为人们描写了战争时期爱家守家的美好画面，而对伤亡和战场以及种族、奴隶制度和解放等问题则避而不谈。对以种族为主题，继而描写种族间浪漫爱情故事、结婚的内战小说，读者的热情不是很高。利迪亚·玛丽亚·查尔德（Lydia Maria Child）的《共和国之恋》（*The Romance of the Republic*，1867）、丽贝卡·哈丁·戴维斯的《等候判决》（*Waiting for the Verdict*，1868）和安娜·迪金森（Anna Dickinson）的《答案是什么》（*What Answer*）用各种方式完成了大胆的情节。查尔德让她多才多艺、美丽的混血儿女主人公们分别同一位德国人（他的国籍使他免受美国血统的种族主义影响）和一位波士顿废奴主义者结婚。戴维斯强调白人和黑人妇女之间的密切联系，但却不让黑白混血的医生约翰·布劳德里普（John Broderip）与他所爱的白人玛格丽特·康德（Margaret Conrad）结婚。迪金森让她的混血女主人公弗朗西丝卡·厄西道恩（Francesca Ercildoune）同白人军官威廉·萨里（William Surrey）结婚。威廉的父母告诉他对黑人的偏见是"永远都不会消失的，并且应该永远都不会消失，只要美国存在种族，这种偏见就会一直存在"。他们声明与这对夫妇断绝关系。1863年纽约征兵暴动中的种族主义者杀害了弗朗西丝卡和威廉更证实了他们的判断。

费尔普斯和阿尔科特的内战小说非常有影响力，因为它们打破传统，在熟悉的领域内寻找对战争的治疗性补救措施。它们没有要求读者期待它们本身展望未来。比如，它们不会让读者想象那些因为战争而地位得到极大改变的黑人会怎样适应社会、经济或政治方面的变化，相反它们从非常具体的文化和区域——盎格鲁—撒克逊新英格兰白人新教徒——等方面描写了妇女的世界,把她们的基督教信仰作为应对策略。在两本小说中,内战是很遥远很安全的:战争可能会夺取一位兄弟(费尔普斯)的生命,也可能会使一位父亲(阿尔科特)变得非常虚弱,但小说的整个社会环境还是不受战争影响的。这些书的力量在于它们宣称美国传统遗产仍然具有生命力,这些遗产的原则已经得到战争时期磨难的检验和加强。

伊丽莎白·斯图亚特·费尔普斯(1844—1911)因为潜心研究战争最重要的宗教发展而成为内战后一位关键的文化人物。她是一位忠实的女权主义者,写了很多卷小说、诗歌和散文,并且一直不愿意结婚,直到44岁才同一位比她年轻的神学院学生结婚。玛丽·格雷·费尔普斯(Mary Gray Phelps)(为了纪念她的母亲在8岁时改了名字)是地道的波士顿人,在她父亲做牧师的松树街教堂受过洗礼,在安道神学院附近长大。他的父亲奥斯汀是一位牧师,1842年与伊丽莎白·斯图亚特结婚,1848年成为安道神学院的教师,是教神学语言和讲道术的教授,这个职位他一直做到1870年退休。她的父亲奥斯汀·费尔普斯是许多宗教书籍的作者,他作为一个备受折磨、具有病态的负罪心理并且身患各种疾病的形象出现在他女儿1891年写的自传《生活岁月》(*Chapters from a Life*)中。她的母亲伊丽莎白·斯图亚特·费尔普斯是一位很受欢迎的作家,其关于牧师寓所的小说《阳面》(*Sunny Side*, 1951)在她去世之前为她带来了荣誉。玛丽·格雷·费尔普斯还是摩西·斯图亚特(Moses Stuart)的外孙女。摩西1810年在安道神学院开始研究希伯来人,鼓励对德国哲学和更高层次的评论进行研究。摩西·斯图亚特认为,如果安道神学院想成为"圣西点军校",它的学生就必须拥有自己的现代化武器。而安道神学院自1808年成立以来就以正统的加尔文主义的避难所而闻名,其神学理论常常比正统的加尔文主义还要混杂。学校不协调地混合着达尔文主义、上帝一位论和卫理公会派、常识、康德和黑格尔哲学、德国浪漫主义神学理论以及加尔文主义思想(包括得救预定论、完全堕落、耶稣基督的苦难)。对费尔普斯产生最重要影响的一个人是她的老师爱德华兹·A. 帕克(Edwards A. Park),他于1847年至1881年间在安道神学院执教。1850年,他在波士顿作的著名的布道《才智的神学理论和感觉的神学理论》,试图调和安道神学院官方对《圣经》绝对真实性的坚持与对情感或内心的恳求之间的关系。尽管费尔普斯是女性,但是她完全融入了安道神学院这个团体,在那里知识分子的严谨是一种生活方式。费尔普斯受她母亲的影响而喜欢写作,像她父亲一样以神学的严肃态度投身于写作。她的爷爷伊利亚金·费尔普斯(Eliakim Phelps)在康涅狄格州的斯特拉特福德有一个公理会牧区,官方的精神财产调查人员确认他的牧师住宅被敲击作声闹恶作剧的鬼侵占而远近闻名。这件事对他孙女有深远的影响，她一直到死都在进行超自然学会的研究，寻找千里眼以及同死人交流的证据。

《半开的门》是一部对宗教提出异议的作品，其最终目的是改革基督教而不是推翻它。小说的结尾，神职人员无可奈何地屈服于女性更有感染力、更能实现个人抱负的信条。女性对《圣经》的解释既恳切又灵活，她们自己就能够使基督教受到广泛推崇。费尔普斯在开始写《半开的门》前花了两三年的时间阅读关于哀悼和末世论方面的书籍，她把礼拜仪式作为补偿女性在战争中所遭受的苦难的一种方式。因此，小说引用了大量哲学和神学理论：约瑟夫·巴特勒（Joseph Butler）的关于人死后有可能重生的归纳理论；施莱尔马赫（Schleiermacher）对宗教信仰的浪漫主义解释；自由基督教强调上帝无所不在和人的可完善性。费尔普斯的小说在形式上以日记为主，混杂着布道、对话、诗歌、赞美诗和寓言。故事情节是关于一位年轻女子玛丽，在她弟弟罗伊（Roy）去世之后精神上总是心神不安。她知识渊博的姨妈温妮弗雷德（Winifred）代表至诚的理性，她引导玛丽回到宗教信仰（Faith）（Faith 也是温妮弗雷德即将失去母亲的女儿的名字）。温妮弗雷德姨妈让玛丽展示她的学问，赢得人们对她多愁善感的基督教神学的尊重。

费尔普斯所谓天堂的真实性长期以来一直在引起批评性的争论。小说被贬低为"比德迈（Biedermeier）① 天堂"、"镀金时代的天堂"、"天神退休养老的村庄"，同时也被尊崇为"精心构思的对《圣经》的文字解释"。然而人们常常忽略费尔普斯描述天堂的字面语言与修辞语言之间的微妙差别。小说实现了她的外祖父摩西·斯图亚特说过的话："热情洋溢的文字以真实抑或假想类比为基础。"在《半开的门》中，每一个对天堂的描述都是通过有保留的不确定词语来表达的，如下面温妮弗雷德姨妈与玛丽之间的讨论：

> 关于那些树和房屋以及你的其余的"漂亮东西"？它们和这些相似吗？……比如，我不认为房子是把橡树和松树钉在一起盖成的。但我希望天堂里的自然和艺术是这样的。那时我们得到的东西就是现在的样子……你可记得柏拉图的古老理论：每样东西的完美形式都永远存在于上帝的心中。假如果真如此——我看不到还会是什么情况——那么上帝的一切都通过世界上的花、草、人的面孔体现出来，为什么在天堂中不应该有对应于花、草或人的面孔的东西来体现呢？

---

① Biedermeier，英文意为庸俗级之意。——译者注

《半开的门》通过确定神的权力，放开了人物形象的想象力。温妮弗雷德姨妈认识到："《圣经》的神秘不在于它说了什么，而在于它没有说什么。"她的根本观点是假设天和地以理性的最终显示而统一，上帝所在的天国将不可避免地同上帝的尘世一起存在。上帝是一位非凡的功能主义者，他的世界不是一个统一的平面。因此，温妮弗雷德姨妈对小说题目的解释是：上帝"显然没有打开禁止我们看到天国的门，但他显然也没有关闭那些门；它们是半开着的，理性和《圣经》挡着不让它们关闭"。《圣经》是一部活文献，解释者的子子孙孙都可以阅读，从中受到激励的人也会对《圣经》进行更新。

在这种背景下，主人公感情生活的直接性和简单性使小说产生了很大的吸引力。主人公的悲伤使太阳失去了节奏，把熟悉的家庭生活变成了死气沉沉的牢房。玛丽以悲伤回报真正的安慰——温妮弗雷德姨妈受到神的启示产生了想象力。但这种世俗的联系就像玛丽和罗伊以及其他没有提到的家庭成员（父亲和母亲）之间的联系一样转瞬即逝，因为在描述中没有提到，就可以推断他们已经去世。温妮弗雷德姨妈的去世也只是一个时间问题，她死于乳腺癌，留下女儿菲斯让玛丽照顾。表明玛丽已经从悲伤中解脱出来的标志是她能够全面而客观地看待温妮弗雷德的女儿，像"照片"一样清晰地"拍摄"在她的脑海中。太阳恢复了原来的韵律，这是一种人们在温妮弗雷德姨妈去世时想起的光的庆典。费尔普斯为读者描绘了宗教信仰这种逼真的前景，作为对战争带来的悲伤的慰藉。

路易莎·梅·阿尔科特和费尔普斯一样留下了丰富的神学遗产，虽然她的小说不太正式且单调而重复，很符合一位超验主义者的女儿的风格。阿尔科特是教育家、哲学家和社会改革家布朗森·阿尔科特的第二个孩子。这位自学成才的康涅狄格州贫穷农民的儿子曾经在工厂干过活，做过小买卖，也教过书。阿尔科特因他激进的营养学理论和短暂的乌托邦试验果园（Fruitsland）而闻名。路易莎的母亲阿巴·梅·阿尔科特（Abba May Alcott）才是挣钱养育四个女儿的人，她寻找当时适合女人做的各种工作（其中也包括社会工作），而她的丈夫写书和讲课。虽然在某种程度上阿尔科特一家可以得到阿巴·梅富有亲戚的接济，但他们也经常遭受贫穷的威胁，他们的婚姻经常出现危机。比如，一家人在果园逗留期间，如果没有收成，其他的追随者就放弃冰雪覆盖的乌托邦，阿巴就强迫布朗森在家庭与试验之间做出选择：一家人离开他回到了康科德。阿尔科特好像喜欢他在《康德的时光》一书中描述的理论上和谐的家庭生活，而不喜欢常常为食物和住房而争吵的充满矛盾的现实生活。路易莎很崇拜她的母亲，以《小妇人》中的玛米来纪念她，但她与父亲的关系则摇摆不定。作为他的第一项心理试验，"我第二个孩子一岁时

○渐进的多元文化：文化、经济和小说（1860—1920 年）

对生活的观察"的关注焦点，她得到了正反两方面的强化——心理诱惑、操纵和恐吓。布朗森显然很疼爱他的女儿，把两岁的她描写成异常果断和坚强的孩子，但他也受到她的威胁，甚至排斥。

阿巴·阿尔科特送给女儿的礼物之一是鼓励她写作。她在一封信中写道，路易莎的艺术才能是"她被抑制住的悲伤的安全阀，否则这种悲伤可能会毁灭她年轻而温柔的心"。路易莎的艺术天分也补贴了家里拮据的收入。"我一直尽量把我的智慧变成金钱"，她在 1855 年时说。她写了成卷的书，使用各种文体和技巧，包括童话、哥特派恐怖小说、个人随笔和言情小说。她的作品有一个共同的主题：女人的工作、恋爱和婚姻经历，并且对这些经历有共同的观点——不符合传统且常常是女权主义者。路易莎在 30 岁之前就已经在《星期六晚报》（*Saturday Evening Gazette*）和《大西洋月刊》等有名的杂志上发表了 20 多篇引起轰动的文章，许多使用笔名发表，一些短篇小说使用她的真名。在写出《小妇人》之前，路易莎已经发表了近 100 篇小说，其中大多数是多愁善感的现实主义小说，其特点是年轻的女主人公为家庭奉献了一切，或者是年轻的女主人公追求独立，而不愿意充当传统妻子和母亲的角色。阿尔科特的作品似乎从一开始就是作为把她自己从妇女的传统角色中解放出来的一种手段。她父亲就曾经允许男孩女孩在果园都可以穿裤子，他同时也认为任何一个受智力支配的人都是男人，受内心支配的人都是女人。路易莎决定使她自己的灵魂受智力支配，她像她小说中的女主人公乔一样得出结论：她天生具有"男孩子的个性"。她打算"紧紧抓住她的才能，再一次影响世界"。阿尔科特是康科德第一个登记注册的女选民，她嘲笑那些不能行使这项特权的女人。

《小妇人》是她写作生涯的一项重大突破，产生了一系列关于马奇家族的书，给阿尔科特带来了她追求的名誉和财富。作为国内由女性撰写的描写南北战争时期的书，这本小说表明，在贫困时期家庭生活是多么需要上流社会和工人阶级的勇气。小说从圣诞节开始，节日被描写成一种牺牲机会：马奇家女孩子们的庆祝仪式不够谦虚；她们的母亲玛米坚决要求她们对家里仍然很穷的家庭态度谦虚。每一个女儿都会因为她的愿望没有满足而自动得到补偿以平息她对此事的不满。梅格得到了家庭幸福，乔找到了称心如意的丈夫和令人满意的职业；艾米嫁给了人好且有钱的罗瑞（Laurie），贝丝去了天堂。小说认为现在作出的牺牲将来会得到回报，同时也主张感恩。学会对小事情心存感激，当有大事发生时，你才能更好地享受。小说的主要道德观通过模仿和嘲弄新鲜事物、消费和广告使其批判现代经济的企图得以展现。例如，通过描述富有的罗瑞给梅格和约翰的新家买的礼物讽刺了不断令人们失望的现代商品，而与这些机器制造的有缺陷的物品相对比的是她勤劳的姐姐们手工制作的礼物。

虽然在马奇一家的世界中社会联合有很多来源，但小说强调的是分类，最突出的是阶级划分。性别是比较灵活的分类：许多人物符合传统，而其他许多人物则玷污了传统。乔和罗瑞在这方面尤其突出，马奇姨妈、马奇先生和太太也是这样的人物。玛米在马奇先生不在的时候完全处于家庭的领导地位，马奇先生一回来就变成一位聪明的幕后人物。书中多次提到他失去的财富，很少提及他的牧师生涯。阶级划分还是很明确的；没有人对为什么在罗瑞去上大学时穷教师约翰·布鲁克（John Brooke）却上了战场提出质疑。梅格在富有的莫法特家受到了很多羞辱，虽然阿尔科特强调的是枯燥乏味和粗野的行为或言辞，"他们虚假的外表不能完全暴露出来"。艾米也容易受到财富的诱惑，阿尔科特也坚信真正的上层人士与只是有钱的人之间是有区别的。

阿尔科特的理想是基督教的自制、内心的坚毅和抵制利己主义和名誉的诱惑。所以乔必须学会限制她的文学追求，避免使用她找到的能够使用且能赚钱的写作方式。她的救星是巴尔（Bhaer）先生，他像军人那样严格信奉基督教。当他使乔相信她的畅销小说毫无价值时，乔沉着地把她的小说扔进了火里。巴尔是最好的榜样，他其貌不扬并且很贫穷，但是却很大方。小说中的社会很容易受到马奇一家简单的道德观念的感染。贫穷使人们放弃过高的奢望，那是一切痛苦的根源。小说始终把穷人描写得比富人更富有。约翰和梅格·布鲁克的婚姻生活远远超过住在"一所孤独寂寞的豪宅里"的奈德和塞莉·莫法特的婚姻生活，乔在面对失去一切——失去了她亲爱的贝丝——时学会了真正的自我控制，在贝丝临终时放弃了她往日要取得文学荣誉的"雄心壮志"。她还写了一本富含寓意并且也很受欢迎的书，上面写着"衷心献给那些阅读此书的人们"。因此，这本小说传达的信息是：放弃，会得到一切。在他们共同失去贝丝后，玛米和父亲马奇得到了"收获"，一群婚姻幸福的女儿和外孙。

《小妇人》所称颂的向命运屈服的主题在很多描写战争的作品中得到强化，甚至在那些最不可能出现类似主题的战争将军的自传中，如欧文·威斯特的《尤利西斯·S. 格兰特》。威斯特主要强调把格兰特的生涯带入战争的那种无助和必然性的气氛，以及他成为战争英雄后令人吃惊的转变。威斯特一开始描写了格兰特39岁之前异乎寻常的失败感。他的家人已经习惯不把他当成养家糊口的人看待；他在家乡只是一个无足轻重的人，仅仅四年后他的照片出现在全国的每家每户。他后来担任总统时总是被丑闻困扰，很不体面地离了职，在63岁时中风而死。但他又被救赎了，这一次是在他死后。威斯特认为在所有事例中，格兰特屈从于命运，这种观点使描写惊人的复杂和引人入胜。总的来讲，他的研究紧紧围绕1885年由马克·吐温自己的出版社出版的格兰特自己写的畅销书《个人回忆录》(Personal Memoirs)对战争的描述进行。威斯特的传记最适合作为解释格兰特鲜为人知的真实故事的指南。

威斯特的主题是格兰特生活中疏忽大意和命中注定的方面，那是一种与深思熟虑毫不相干的生活：格兰特最终往往不能发挥他自己的才能和行动。格兰特的伟大成就——策划和指挥战争、管理下属、同敌对方进行谈判、与林肯协商、起草李投降的条件——表明了他的性格，格兰特恭顺地执行并且他自己也认为应该恭顺。在这种情况下，男人本质的被动性使威斯特可以最大限度地减少格兰特对丑闻应承担的责任——军事方面和政治方面——这些丑闻伴随了格兰特一生并降低了他的历史地位：他酗酒的故事，他对战争中最丑陋和代价最高的战斗要承担责任的故事，以及作为总统腐败的名声。

威斯特笔下的格兰特在战争中找到了他得心应手的方面：他具有通过地形预测战斗前景的天分，凭直觉知道如何通过控制从俄亥俄州的北方边境流入南部的河流而进入南方的大本营。战争中的格兰特成为一位登峰造极的演员，威斯特的描述显然富有戏剧性。他厚颜无耻地杜撰李将军投降时手脚伸开躺在苹果树下对着弗吉尼亚的天空沉思的故事（格兰特本人也不相信），甚至对它们大肆渲染。虽然格兰特认为南方的事业是没有道理的，但他对待李将军以及他的军队的慷慨大方预示着战争最终目标的实现——统一。格兰特是一位真正的男子汉，他认为无论在战争或和平时期，只要需要，他都会挺身而出。他代表着宗教精英领导阶级的梦想：一个已经把自己的性命交给了命运的普通人，在历史背景下一跃成为伟人。

战争讽刺作品

玛丽亚·露易丝·伯顿（Maria Ruiz de Burton）、保罗·劳伦斯·邓巴和亨利·詹姆斯的战争小说都是讽刺内战的作品，主要描写总统和将军们的怪癖以及在这场令人痛苦而难忘的手足之争中美国理想特别是宗教理想的机能障碍。与费尔普斯和阿尔科特以虔诚的态度看待宗教在战争中以及战后所发挥的作用相反，玛丽亚·露易丝·伯顿描写了一位新英格兰文人决心利用这场动乱来谋取利益。费尔普斯和阿尔科特笔下的姐妹们、妻子们和女儿们遭受的折磨，在詹姆斯的笔下由那些自以为是地甚至坚持不懈地陶醉于他们的损失的北方人所代替。保罗·劳伦斯·邓巴发表了对陷入危险的俄亥俄州自由黑人所经历的战争的独到观点，他们生活在奴隶制的边缘，就像离肯塔基的边界一样近，他们虽然能够看到，却触摸不到。这三位作者愿意放弃应该给予战争中主要人物的尊重可能由于他们是社会的旁观者——一位是墨西哥人，一位是非裔美国人，一位是移居国外的美国人。费尔普斯用很有争议的词语来描述宗教的正统思想，但她是作为正统思想的一分子这样做的。《谁本来会考虑这件事？》（1872）以战争前夕的马萨诸塞州为背景，是墨西哥裔美国人玛丽亚·露易丝·伯顿的第一部小说（将在第五章详细讨论她的事业），她对美国东部的宗教和文化机构不是很熟悉。因为其内容具有讽刺性，小说用笔名发表。小说是玛丽亚·露易丝·伯顿旅居东海岸时的作品，她同美国军官丈夫一起从位于加利福尼亚的家旅行到东海岸。她在这部小说中的立场如同她后来的作品一样对美国文化进行了无情的抨击。《谁本来会考虑这件事？》揭露了盟军内部的腐败问题、发战争财的要求、体面的北方中产阶级的种族歧视以及东部神职人员的歇斯底里。

玛丽亚·露易丝·伯顿对殖民主义背景下经济发展的关注提供了一种描写南北战争的小说的独特方法：通过对西部和西南部金银的掠取探讨了工业化、投资和投机的快速发展。小说情节由一系列的盗窃行为构成：莫哈维印第安人的金子被劳拉的母亲偷走了，然后又被新英格兰的诺瓦尔（Norval）家从劳拉那里偷走，然后被奸诈的海克威尔牧师（Reverend Hackwell）从诺瓦尔家偷走。玛丽亚·露易丝·伯顿描写了其他战争爱情故事所忽略的另外一个战争事实：对南部邦联监狱的大量描写，在那里联盟军俘虏不断死于寒冷、饥饿和疾病。她强调联盟军因采取拒绝同邦联军队交换俘虏的政策而成为这些监狱的伤亡事件的帮凶。据说这是格兰特的主意，这项政策是为了减少南方的人力，因为邦联军队的俘虏回去之后会重新应征入伍，而联盟军队的俘虏要回家。玛丽亚·露易丝·伯顿同样也痛斥了战争期间牟取暴利的行为。

小说的开头是地质学家詹姆斯·诺瓦尔（James Norval）博士完成四年的研究后带着一个皮肤黝黑的孩子玛丽亚·多罗斯·麦迪纳（Maria Dolores Medina）——大家都叫她劳拉（Lola）——和一大堆看起来像岩石标本的东西回到新英格兰的家。他在科罗拉多河上航行时被充满敌意的印第安人追上，然后被带到了印第安人的营地，在那里他发现了玛丽亚·麦迪纳和她的女儿，她们是被绑架来被迫做下贱的奴役，她们的皮肤被染成了黑色。麦迪纳太太在临死之前讲述了她令人伤心的故事，并使诺瓦尔博士答应照顾她的女儿和她在监禁期间积累的一大笔金子（那一大捆东西）。诺瓦尔博士的妻子杰米玛（Jemima）是一个种族歧视者，她拒绝让劳拉进门，但劳拉的金子让她息了怒。诺瓦尔家有两个邪恶的继母带来的女儿和一个英俊的公子哥儿子朱利安（Julian），他爱上了劳拉。随着染上的颜色渐渐褪去，劳拉的肤色渐渐变浅，

⊙渐进的多元文化：文化、经济和小说（1860—1920 年）

她原来的肤色使玛丽亚·露易丝·伯顿能够谴责北方的种族歧视。考虑到《谁本来会考虑这件事？》贴近历史以及亨利·沃德·比彻（Henry Ward Beecher）通奸的审判，小说的主要神职人员特别引人注意。后来与杰米玛·诺瓦尔通奸且虚伪而恶毒的伪君子约翰·海克威尔牧师和他的同谋海莫哈德牧师（Reverend Hammerhard）都是小说中的恶棍。

战争的开始使这些已经很混乱的社会关系更加复杂，诺瓦尔博士继续着他那非正统的方式：由于他暗示了对奴隶制事业的同情，有人控告他对联盟军队不忠诚，他匆忙动身前往非洲和阿比西尼亚。在一个处于战争中的国家，言论自由是一件很奢侈的事情。玛丽亚·露易丝·伯顿主要通过批评长老会牧师以及使长老会拥有财富和取得成功的女性宗教团体的成员对联盟军队进行批评，但同时也对战争司、国会甚至林肯总统进行了无情的批评，林肯被描述成无能之辈、没有什么作用的乡巴佬，他对"人民"的贡献是一个神话。玛丽亚·露易丝·伯顿最严厉的批评是针对清教对 19 世纪美国人的生活产生的影响。玛丽亚·露易丝·伯顿在她看到的每一个地方——从中产阶级家庭主妇的刻板到牧师们的歇斯底里，从政客们的贪婪到那些口头反对废除奴隶制的人的种族歧视中——中看到了使一个殖民帝国充满活力的 17 世纪的宗教残余。

《谁本来会考虑这件事？》中的内战本身就是对人们所认为的美国代表价值的猛然攻击，这些价值包括忠诚、民主和言论自由。朱利安·诺瓦尔环顾着美国军区战争司的走廊，他去那里是为了推翻一桩不公平的解雇案件而进行辩护，他在想还会有多少由于当事人的贫穷和无足轻重而造成的不公平事件发生。在《谁本来会考虑这件事？》中，前方战场上的战争同后方政府与人民之间的战争相呼应。朱利安被批准同总统一起参加一个听证会，仅仅因为他的财富和社会关系而被宽恕。玛丽亚·露易丝·伯顿认为，内战最大的受害者是整个国家的基本信念。她强烈暗示，这种基本信念从一开始就不是那么可靠。她认为随着 19 世纪慢慢过去，美国的道德状况只会越来越糟。朱利安·诺瓦尔在新婚妻子劳拉的陪同下选择移居到墨西哥生活而不选择在内战后的美国生活还会令人感到奇怪吗？

玛丽亚·露易丝·伯顿在描述内战期间的美国时，其坦诚和尖刻程度在美国小说中实属罕见，但并非唯一。保罗·劳伦斯·邓巴在他 1901 年写的小说《狂热分子》（*Fanatics*）中描写了俄亥俄州的黑人所遭受的痛苦，这些黑人在战争开始时就已经获得了自由，同时也描写了白人家庭内部令人痛苦的冲突，因为家庭成员在战争中持对立的态度。正像邓巴在小说中表明的那样，战争总是导致对立，但这种对立决不会分裂成单纯的两部分。

保罗·劳伦斯·邓巴1872年出生在俄亥俄州的代顿,这座小城在《狂热分子》中被称为多伯利。他的父母以前是来自肯塔基州的奴隶;父亲是一位粉刷工,自学认字,内战时在马萨诸塞州第55步兵团和第五黑人骑兵团服役。她的母亲是为奥维尔(Orville)和威尔伯·莱特(Wilbur Wright)家族洗衣服的洗衣工,虽然她不识字,但她喜欢诗歌。保罗是一个早熟的孩子,6岁就开始写诗。在高中时,邓巴是他们班唯一的黑人孩子,但他的天分得到了大家的认可,他担任校报编辑和文学社社长。他的第一份工作是搞新闻,在一家社区报社工作,在莱特兄弟的资助下出版了一份黑人时事通讯。在此期间,他还做过电梯操作员,他的诗歌得到了一份辛迪加新闻出版社的好评并引起了著名方言诗人詹姆斯·韦考姆·赖利的注意,他希望在此之后事业有所突破。詹姆斯的关注使得邓巴能够出版他的第一部诗集《橡树与常春藤》(*Oak and Ivy*,1892),传说他为了还钱给出版商,曾把诗集兜售给乘电梯的人。这本诗集提高了邓巴的名气,1893年他应邀到世界博览会上背诵诗歌,在那里弗雷德里克·道格拉斯称他为"美国最有前途的年轻黑人"。

邓巴的下一本书《大事小事》(*Majors and Minors*)得到了全国的认可。威廉·狄恩·豪威尔斯在他为《哈珀周刊》写的社论中称他为"第一位在文学方面显露了天生具有卓越才能的美国黑人……上帝使各个民族的男人都属于一个家族,可能这种说法表现在艺术方面,在艺术中我们的敌意和偏见都消失了"。他协助出版了邓巴的前两本书《底层生活抒情诗(*Lyrics of a Lowly Life*)。1897年,住在俄亥俄州托莱多(Toledo)的邓巴作为享有国际声誉的诗人去了英国。由于作为诗人不能养活他和妻子,邓巴在国会图书馆找到了一份工作。在身患肺结核并且婚姻破裂后,他就开始喝酒,这进一步损害了他的健康。他设法继续写作,虽然他在1906年英年早逝,但他写了十二本诗集、四部短篇故事集、一个剧本和五部小说。

邓巴最有名的诗歌是《我们戴着面具》,开头是这样的:"我们戴着咧嘴笑和撒谎的面具/它隐藏了我们的面孔,使我们的目光朦胧/我们为人类的欺诈付出代价/虽然我们的心被撕裂,在流血,但我们还要微笑/嘴角带着诡秘。"诗中的"我们"是全体黑人的心声,为了描写"双重意识"的感受,暂时放弃了各自的个性。等一下,请读者看看"咧嘴笑和撒谎"背后隐藏着的实际上是"撕裂和流血的心"。中途停下来重新考虑摘掉面具是否明智,那个声音正式再要求考虑哪个是诗歌传统的象征含义。"为什么世界应该过于明智/在计算我们的眼泪和叹息中/而且让他们只看到我们/在我们戴着面具的时候。"这首诗歌表明为了增强表现力,艺术形式被看做是掩盖其代表意义的面具。这样,这首诗为美国黑人赢得了一项特殊的艺术职责,他们由于需要已经成了掩盖方面的专家。

《我们戴着面具》是《狂热分子》很有价值的前奏。《狂热分子》这部小说的讲述者坚持不懈地保留着他的面具,如果没有名字出现,就无法探查作者的种族身份。小说以俄亥俄州边界为背景,描写了南方人对北方人的同情以及北方人对南方人的同情,同时也描写了与持错误立场的儿子以及爱上敌对方士兵的女儿断绝关系的父亲。邓巴很明智地没有按地区划分狂热主义。实际上小说表达的主要观点是,被北方人和南方人遗弃的美国黑人是内战最好的历史学家。由于被南北两方抛弃,他们能够独自准确而诚实地代表每一方。邓巴在他的描述以及描写黑人性格特征的作品中都附带表明了这种能力。小说中唯一的黑人"黑人埃德"(贬义词总是带引号)作为一位联盟上尉的仆人参加战争,后来由于他对受伤的人和死人的不带偏见的关心照顾而受人尊敬。由于巧妙地去掉了"黑人"所带的引号,邓巴的描写中包含着像豪威尔斯那样一位真正的自由主义者的种族主义想法。也就是说,人们无法从小说的人物塑造得知《狂热分子》的作者是黑人,他对主流文化关于种族的观点持批评态度。

唯一表明作者背景的是,小说一直都在重点描写内战时期俄亥俄州的黑人状况。能够被巴特勒(Butler)将军定义为"战争违禁品"的前黑奴,经常加入到联盟军的后卫部队,大批拥进像俄亥俄那样位于边境的州。虽然有时候能在军队里找到像厨师或贴身男仆这样的工作,这些脆弱的移民常常是一贫如洗,无家可归,他们随身携带着自己所有的物品。颇有意义的是,尽管他们有各种各样的困难,但他们没有一个人当了俘虏。俄亥俄州黑人社会的另外一个特点是,他们在内战前就已经是一个自由阶层,包括多伯利的黑人上流阶层。克利夫兰有它自己独特的"蒙羞贵族"。由于克利夫兰的地理位置比较便利,虽然靠近南方,但黑人是自由的,因此它是南方主人包养的黑人情妇比较喜欢的地方,主人把她们送到那里同他们的混血孩子生活在一起。两个原有的黑人社区都不欢迎刚刚得到解放的流浪黑人,他们受到双重伤害:同时受到白人和黑人同伴的伤害,这些黑人同伴害怕他们自己无法与流浪黑人区分开来。

邓巴的小说最后断言,南方和北方都没能招募到为黑人的自由而战斗的部队,这在其他内战小说中都没有提到。另外,战争一旦开始,在后来很长一段时间内,以前的奴隶受到了白人以及已经站住脚的黑人的排斥,因为他们威胁到了这些黑人的安全。想方设法减少多伯利新增黑人人口数量的白人很少关心黑人社区现存的阶级划分。邓巴认识到各个阶层的黑人后来所起的作用是巩固社会的纽带——替罪羊——对南北统一至关重要。邓巴在《狂热分子》中提到了内战中被许多回忆录忽略的方面。通过勇敢地面对被其他历史学家忽略的战争冷酷诚实的特性，邓巴对战后的情况也进行了很多阐述。

完全以美国为背景的亨利·詹姆斯的唯一的一部小说《波士顿人》（1886年，1884—1885年在《世纪杂志》［Century Magazine］上连载）也表达了这种观点。小说使用了大量内战及战后的语言和日程安排，把战争变成了一场前南部邦联的支持者巴希尔·兰塞姆和他的远房表弟、北方忠实的支持者奥利弗·钱斯勒（Oliver Chancellor）之间争夺爱情的闹剧。他们为了赢得以纯真、美丽、聪明、充满希望但却异常天真的工人阶级女孩维丽娜·塔兰特为代表的美国心而进行较量。像詹姆斯的其他小说一样，《波士顿人》主要表达了一些观点，而不是为了人物性格刻画的需要。奥利弗是纯粹的新英格兰后代，巴希尔是南方人的典型代表。除此之外，《波士顿人》读起来就像是一系列詹姆斯对美国的空洞乏味的抱怨。根据他悲观的观点，这个国家由贪婪的资本家和政治理论家组成——从极端的保守分子（兰塞姆）到激进的女权主义者（钱斯勒）。因此，《波士顿人》展示了清晰的历史衔接，是一部关于重建时期以及该时期社会发展特点的小说，包括性别角色、对性的观点的变化以及产生这些变化的政治运动、美国消费主义的兴起、广告宣传文化的发展以及美国民主和阶层之间日益紧张的关系。詹姆斯提出对一些小差别——小说中不同的流动形式（街上的汽车、马车和行人）、调解阶级关系所采用的方式——尤其应该警觉，同时也要警惕大差别，包括阶层差别和性别差别。小说也把美国作为一个多元文化社会进行戏剧化的描写，詹姆斯对这方面的理解所达到的程度和微妙之处确实值得注意。

美国给詹姆斯留下的最深刻印象似乎是传统性别角色的局限性，甚至是破坏性。《波士顿人》是第一部重要的严肃对待女权运动、以尊敬和理解的态度描写女同性恋需求的英文小说。在最初对小说的评论中，詹姆斯重点强调了这个方面：他写道，小说"有一个章节与所谓的'妇女运动'有关，应当是对新英格兰普遍存在的女人之间的一种关系的研究"。詹姆斯可能利用了他所熟悉的任何一对关系，包括他妹妹与她的朋友凯瑟琳·劳玲（Katherine Loring）以及萨拉·奥恩·朱伊特与安妮·菲尔兹（Annie Fields）之间的关系。这些评论带有一种硬要人家领情的态度，预示着小说从头到尾存在着叙述语气的问题。但詹姆斯对"波士顿婚姻"——当时新英格兰称呼女同性恋关系的词语——的描述确实是真诚和充满感情的。他对性别身份的广泛兴趣有助于解释为什么《波士顿人》中的人物比詹姆斯笔下的其他人物更加固定。为了与越南神经病学家卡拉弗特－埃宾（Krafft-Ebing）的理论（那时在美国很盛行）中提出的性别倒错（同性恋）的科学定义保持一致，詹姆斯在尝试使用生物学甚至是宿命论的定义。因此性欲望是天生的，是不会改变的。奥利弗渴望女人，维丽娜也渴望男人。维丽娜经历了同性恋的入会仪式，但她的身份是异性恋者。但也有另外一种选择的暗示，对性行为更加不确定的理解，在维丽娜无法确定谁是她最渴望的人的时候，这种理解很明显。这种不确定的理解也体现在作者对夸张了的性别取向的讽刺，比如奥利弗·钱斯勒对男人的憎恨，巴希尔·兰塞姆好战的男人气概，这种男子气概在小说结尾他悄悄跟踪维丽娜时发展成近乎歇斯底里。

《波士顿人》以对话开头，很适合小说人种论的目标。小说的题目表明这是一部描写上流社会的喜剧，试图对陌生的新英格兰部落的特征进行分类。通过最早出现的两个人物的观点强调了疏远和距离：一个是忠实的纽约人璐娜太太（luna），她对家乡新英格兰并不那么喜爱；另一个是巴希尔·兰塞姆，来自战败的南方的游客。小说一开始就存在着地域对抗，体现在北方人奥利弗让南方人巴希尔等候来控制他。这种上流社会的操纵使人们想起血腥的内战所付出的巨大代价，这种代价一部分体现在不同的时间概念上（北方进步主义、南方传统主义）。地域对抗也表现在各自的欺骗技巧上：北方人太诚实而不擅长欺骗，而南方人却把欺骗作为一种生活方式。

地域差异只是詹姆斯大量描写19世纪后期的美国作品急于要捕捉的众多差异的开端。社会多样性是现代生活的实际情况，理解差异对那些寻求理解并且想在社会中取胜的人来讲是必不可少的。因此小说人物都努力把对方归入不同类型——通过地区和性别、文化和阶层。奥利弗和维丽娜在他们第一次邂逅时都分别把对方看成是波士顿的上层人士和穷困潦倒的波希米亚人。在另外一个场景中，两个来自纽约有教养阶层的女人期待着古根海姆（Gougenheim）教授即将做关于塔木德的演讲，而波德茜小姐却不得不通过救助欧洲政治逃犯来表示她对地下交通网①的怀念。早在《美国景象》（1907）之前，詹姆斯就认为美国很快会成为一个由犹太人、德国人、荷兰人、黑人、爱尔兰人、意大利人和"美国土著居民"组成的文化"大熔炉"。像后来的作品一样，《波士顿人》着重描写了许多"美国土著居民"是如何严阵以待的，这种情绪使人们普遍关注人口统计和繁衍后代。

性别偏好以及性格偏好对婚姻和生育率的影响是《波士顿人》主要关心的问题。《波士顿人》把同性恋作为异性恋的另外一种有效形式。《波士顿人》有别于詹姆斯的其他小说，因为在这部小说里婚姻和子女是不符合常规的。另外，这本书已经意识到这种不履行法律责任的做法对社会造成了很大

---

① 南北战争前帮助奴隶逃往北部或加拿大的地下交通网。——译者注

威胁。詹姆斯的小说好像认识到，独特的人口发展表明了19世纪后期的美国人对待同性恋会持什么态度。盎格鲁—撒克逊白人担心在人口方面输给不值得保留的人种和种族，这种担心更增加了人们对背离异性恋现象的忧虑。美国在19世纪80年代发生了一场激烈的优生运动，警告人们"土著"群体正在进行"种族自杀"，促进这些群体中大家庭的发展。这种"家庭价值"改革者感到女权运动的威胁特别大，与女权运动紧密相连的同性社会行为和同性恋行为威胁也很大。像克拉夫特－埃宾和哈夫洛克·霭理士（Havelock Ellis）这些著名同性恋理论学家更增加了他们的担忧。

《波士顿人》不赞同这些理论，也不赞同这些理论煽起来的压抑的火焰。相反，小说绕开这些理论而另辟蹊径，突出性别间不协调的所有理由，坚持认为性欲望是暧昧的和危险的。小说的一个批判性观点是小说和神话会促进性别的两极分化和扭曲。书中每一个关于什么是男人或女人的观点背后都有一个故事。（巴希尔把自己想象成一位来"营救"维丽娜的游侠骑士；大家想象维丽娜存在于一篇篇充满异国情调的艺术散文中；奥利弗认为自己是悲剧的女主人公。）《波士顿人》展示了描写异性恋的传统文学手法。维丽娜与巴希尔的浪漫爱情使人们想起从《红字》和《广大的世界》到詹姆斯自己的《贵妇画像》这一系列的文学前辈。海斯特·白兰（Hester Prynne）无法忍受蒂姆斯代尔（Dimmesdale）的挑剔审视，与维丽娜不能面对巴希尔·兰塞姆色迷迷的眼神相呼应，尽管维丽娜能坦然忍受站在演讲台上被几百人注视。艾伦·蒙哥马利（Ellen Montgomery）和约翰·汉弗莱斯（John Humphreys）、伊莎贝尔·阿彻（Isabel Archer）和吉尔伯特·奥斯蒙德（Gilbert Osmond）是女人与向来不理解她们的男朋友分手的典型，这也是小说有吸引力的一个原因，因为两个例子都表明女性的好色与自我疏远有根本联系。两个情人都具有暴力行为：汉弗莱斯用鞭子抽打马，而奥斯蒙德的施虐欲是针对女人的。因此，在《波士顿人》的结尾，巴希尔·兰塞姆被刻画成一个暗杀者，为了结婚和生育的目的去"营救"维丽娜，作者把他比作悄悄靠近亚伯拉罕·林肯的约翰·维尔克斯·布斯（John Wilkes Booth）。詹姆斯反对这些扭曲的异性恋感情，更加细致入微地描写了女人之间爱的互利性。

很显然，虽然维丽娜深爱并且渴望得到巴希尔，但她与奥利弗之间也有纯真的感情。在后来的一个场景中，奥利弗和维丽娜夜不能寐，共同无助地目睹了维丽娜的异性恋渴望，他们认为这是"一种耻辱"，这又与《红字》相呼应。霍桑小说中的耻辱是通奸，而这部小说与传统的浪漫故事相反，耻辱被看做是异性恋本身的吸引力。可能只有奥利弗才有这种观点，维丽娜只是在一定程度上赞同。但实际上詹姆斯对此事的态度非常严肃。

渐进的多元文化：文化、经济和小说（1860—1920 年）

詹姆斯最敬佩那些不愿对恋爱关系妥协的人，普莱恩斯（Prance）医生就是这样的例子。普莱恩斯在外表上既不是女性也不是男性，她热情地献身于科学和健康，她自己非常健康。她的成就在于她努力利用自然的威力来消除自己的性取向。她不能从小说大部分故事发生的那种病态的、逃闭恐惧的环境中脱离出来，与自然融为一体。她非同寻常的独立性（人格上、职业上和政治上）是从她反抗性别开始的。詹姆斯认为性别是一个战场，包括自身内部以及自己与他人的关系。这就是为什么他的内战小说与性别和性欲关系如此密切，因为他理解所有这些现象：兄弟之间的战争给全国人民带来的痛苦，与冲突如影随形的性特征和性欲望必然会带来痛苦和失败。内战、异性恋和同性恋表现出独立与可怕背景下的依赖之间的激烈斗争。与心理学的还原论不同，詹姆斯对爱情故事和内战的本质进行的探索使他能够有力地阐述它们的内涵。

南方人的战争回忆录

詹姆斯小说中的事件发生在新英格兰和纽约，这两个地方都没有战斗发生，这就使得他的描述肯定有些抽象。与他同一时代的康斯坦斯·费尼莫尔·伍尔森是一个新英格兰人，她在战后到南方旅行，目的是想亲眼看看神秘的战场。她的一些有影响力的小说描写北方人试图与受创的南方建立亲密关系的经历。伍尔森的《管理员罗德曼：南方随笔》（Rodman The Keeper: Southern Sketches，1880）刊登在 19 世纪 70 年代的主要杂志上，这引起了亨利·詹姆斯的注意。后者成了伍尔森的知心朋友，他对伍尔森的作品时而赞扬时而轻视。伍尔森的南方作品包括《管理员罗德曼》和《为了少校》（For The Major，1883），这些作品与她和詹姆斯以欧洲为背景写的小说很相像。他们都表达了一种身在异乡但却似曾相识的感觉。她最成功的方面是她细致入微地分类记载了南方的场景和人物。她最不成功的方面是她认为北方人也带有南方人的神话和偏见。

《管理员罗德曼》是她最成功的小说，是对"看管"这个词引申意义的思考。有人阻止你不让你死意味着什么？人死后保存尸体意味着什么？死人得到最好的保存和看管是什么样的荣誉？看管死人的人应该有什么样的性格特征？随笔以一个奇怪的对话开头，既没有说话人，也没有听众，好像唯一能对墓地死人进行的对话就是这样的对话。对话满足了活人对冥界的幻想——死人可以听见人说话，这是人死后拥有的活人意识之一。看守人是约翰·罗德曼，他是新英格兰人，前陆军上校，被人雇来做佛罗里达国家公墓的看守人。罗德曼是一个奥菲利亚姨妈的形象，他来到南方，在一块掩埋着联盟士兵的荒废的、陌生的土地上执行命令。为此，他花几个小时煞费苦心地把死人的名字抄到名单上，锄了草，把他光秃秃的茅草屋附近的石子路修平。

随笔暗示看守死者的人在满怀内疚地降低自己的生活条件的同时，主要职责是表达死人的需求。幸亏罗德曼来自新英格兰，由于该地区典型的节制精神，使他在自我克制中自得其乐：一条狗的陪伴（狗的叫声会打扰他们），一支烟袋（太自私了，因为死人不能抽烟），少得不能再少的食物（这样他们就不会妒嫉他的饭菜的香味）。他几乎没有不孤独的时候：一位体弱多病的前邦联士兵带着他的仆人到来，不但没有减轻反而更增加了看守人的安静和孤独。这两位前士兵盘算了一下他们各自的损失，在沉默中相安无事。他们默默地用餐，吃的东西表明了管理员保留的另一个带有新英格兰特色的东西。因为"他的有成见的小厨房"只能做出新英格兰口味的饭菜，拒绝吃南方的饼干、熏肉和玉米片粥。

伍尔森认为人们必须当心南方女人，因为反叛者的愤怒还没有完全消除：正是这些人还坚决反对北方和整个国家的一切。在以下由因战争而沦落的四种人组成的松散的团体中——联盟军看守人、体弱多病的邦联士兵、现在已获得自由的老佣人和从前的南方美女——只有美女贝蒂娜·瓦德（Bettina Ward）小姐很看重她南方人的敌对态度，拒绝接受看守人的慷慨大方。看守人坚持认为庞普（Pomp）这个已获得自由的奴隶只能伺候他的"主人"，如果他通过墓地告示牌上唯一一首官方政府的诗歌来认字的话。虽然告示牌预示着定期会有成队的北方人前来祭奠死人，但纪念日时只有获得自由的黑人肃穆地排队祭奠。他们穿着在礼拜天才穿的最好的衣服，边向墓地撒鲜花对他们获得的自由表示感谢，边唱道"轻快的四轮彩车慢慢摇晃（Swing Low, Sweet Chariot）"。当卑躬屈膝的庞普在夜晚偷偷溜出去把鲜花放在这些北方士兵的墓上时，罗德曼有一种胜利的感觉。看守人拥有的东西包括来访者登记簿，用来记录所有来墓地哀悼的人的姓名。登记簿是空白的，这说明了一个事实：然而来哀悼的都是不会写字的获得自由的黑人，这使管理员失去了存在的意义，然而它应该是空白的，因为这与逝去的生命将永远不会被登记相呼应。

《大卫王》（"King David"）是年轻人大卫王感到沮丧并且令人沮丧的叙述，他来自新汉普夏郡（New Hampshire）的农村，在内战后到南方去教黑人。这篇随笔主要从大卫的观点来描写，充满了对他的讽刺。他怀着对一位北方改革者不合时宜的怀旧之情把一块由一位监工管理的古老的棉花地传奇化。当两个获得自由的黑人在吃饭的时间去他家时，他只是履行义务地留他

◉渐进的多元文化：文化、经济和小说（1860—1920 年）

们吃饭，但他们走后，他把剩菜全倒掉了，又做了一顿饭。随笔认为改革除了产生了改革家外并没有带来什么希望，大卫王像他设法教导的人一样是种族主义分子。文中的其他人物破坏了他的努力：一位邪恶的北方人用酒精控制了大卫的黑人学生，一位贵族利用阴险的手段摧毁了大卫对他们的忠诚。他的仓促离开表明新英格兰文化精英放弃了整个战败的南方和被压迫的黑人。

在《为了少校》（1883）这部作品中，伍尔森描写了一个让她充分发挥才能的南方世界。这部小说因离奇的情节而令人难忘。小说描写女儿和她年轻的继母为了争夺作为父亲/丈夫的一位年老多病的前邦联少校的爱和关心而进行的斗争。小说的背景是弗吉尼亚州的一座小山城埃德格雷，内战后这座小城一直坚决抵制现代化，墨守南方的旧传统。这两位意志坚强的女人之间的竞争被城里的那些饶舌者们看到。他们敬重这位妻子，她维护了在南方人的生活中仍占中心地位的优雅的礼节，他们鄙视那位女儿，她被继母赶到新英格兰度过了她的少女时代。继母疏远的阴谋得逞了，因为大家都认为女儿冷漠，行为举止不太像南方人。那位显然很健忘的少校生活在过去，只阅读《星期六评论》（*Saturday Review*）和欧洲新闻，因为这两种报纸都不报道当时的美国新闻。

这种幽闭恐怖的气氛因一个外来因素而消除，玛丽安（Marion）第一个儿子的出现勾起了她被压抑的过去，她一直认为这个儿子早已去世。杜邦特（Dupont）现在以音乐家的身份来到这个偏僻的南方小山城找到了她。与这个的孩子相认将暴露玛丽安过去的生活。她对他的矛盾态度，一种融合了疏远、害怕和疼爱的复杂感情，得到了小城的回应。从一开始，杜邦特的出现就很令人瞩目，但同时也很可疑：他的歌（美国土著歌曲、非洲歌曲和吉普赛歌）由被视为比当地贵族地位低下的社会群体所吟唱。

少校对这个陌生人的态度一直是个谜。他对妻子历史的了解可能超出她的想象？玛丽安"为了少校"一直在欺骗，把自己表现得比她的实际年龄小13岁。这种欺骗行为被萨拉发现了，她同意帮她一直保守秘密。这标志着萨拉恢复了她的南方人特性。两位女人对少校的强烈感情可以被看做是对南方人忠诚度的讽刺。小说描写了妻子对丈夫的自私自私和欺骗，女儿参与骗局，丈夫心甘情愿地被欺骗，揭示了战后南方对历史的否认和抛弃。

内战后的南方没有一位作家对那种责任和义务的理解比艾伦·格拉斯哥更深刻。格拉斯哥是一位弗吉尼亚作家，她经常说她是在用身体和灵魂来描述那个地方。但她渴望写出具有普遍意义的小说，而不是具有地区意义的小说。格拉斯哥出生时内战已经结束八年，她的父亲是一位富商，是苏格兰加尔文主义信徒的后代,在里士满拥有铁器工厂,例证了新南方经济和社会的形式,而她的母亲是最早在弗吉尼亚定居的英国后裔。《战场》(1902)是格拉斯哥早期的小说之一,可以作为她对南方贵族浪漫的、自豪的描写证明。格拉斯哥对里士满、弗吉尼亚战斗和战场进行了大量研究,但研究并不能使她对"失去的事业"满怀敬佩。格拉斯哥笔下彼此互称"先生"的白人贵族感到很高贵和自鸣得意,如同控制了另一个民族给他们带来的自豪感,对他们的描述不带讽刺意味。

> 高原的主人站在多利斯柱子后面的门廊上,得意地看着肥沃的土地,在这片土地上他的父辈们已经耕种收割了好几代。越过开满丁香花的小路和大门旁边两排银白色的杨树,他的目光不慌不忙、漫无目的地从蓝绿相间的草地转向黄褐色的麦田,麦田里奴隶们边摇摇篮边唱歌。天气很晴朗,远处的草地好像在用善意的微笑回应着他同样善意的注视。他以这片土地为生,已经得到了三倍的回报。

这是一个奴隶的乌托邦,每个人都对自己各自的状态很满足;大自然也微笑地回报主人,主人的统治也因土地的收成而得到巩固。州长知道如何奖励了解自己位置的下属(无论是黑人还是白人),这是所有贵族统治阶级都具有的一种特殊才能。

在成长中族长的标志是具有判断马或奴隶是否有好前景的能力。当丹·蒙特乔伊(Dan Montjoy)的祖父由于他的一次骑士般的勇敢行为奖励给他一匹马时,他没要马而要了奴隶大阿贝尔(Big Abel)——这是一次很明智的选择,因为大阿贝尔跟随他上战场,在他受伤时照顾他直到他康复。这是小说中黑人人物的楷模。忠心耿耿的奴隶的刻板形象一成不变,他们说话口音非常重,人们几乎听不懂他们在说什么。白人下等阶层虽然认识到他们和那些拥有土地的奴隶主之间的利益差别,但他们愿意为南方抛头颅,洒热血。当一个叛乱部队征兵时,潘特普(Pinetop)谈起联盟军战士说:"他们把脚踏上弗吉尼亚的土地,他们必须马上滚蛋!"

地区就是地区,土地就是土地(无论你是否拥有大量家产),血毕竟是血。在格拉斯哥的描写中,邦联部队由最富有的贵族组成,这种观点体现了虚构的选择性的回忆。1862年2月由邦联总统杰斐逊·戴维斯颁布的通用征兵令免除了拥有20个或20个以上奴隶的奴隶主的兵役。在这个法令颁布之前,大多数有钱的南方人都待在家里。征兵令颁布后,奴隶主一般都像北方有钱人那样雇人顶替。但是,随着战争的继续,像莱特福特(Lightfoot)父子

◉渐进的多元文化：文化、经济和小说（1860—1920年）

和阿姆博勒（Ambler）父子这些南方贵族比北方贵族更愿意入伍。小说的男主人公丹·蒙特乔伊是傲慢的贵族简·莱特福特（Jane Lightfoot）和打老婆的工人阶层苏格兰后裔杰克·蒙特乔伊（Jack Montjoy）生的孩子。丹对战争的反应继承了双方的种族特点。因此格拉斯哥把她母亲身上的传统贵族气息与她的苏格兰商人父亲身上的新南方商业气息有机地融合起来。

内战具有改变人们观点的作用，让人们对格拉斯哥笔下的贵族有一系列的认识。当丹看到潘特普艰难地阅读一个小孩子的识字课本时，他认识到了南方特权阶级和在奴隶社会沦为农奴的白人无产阶级之间的阶级鸿沟。丹未来的妻子贝蒂（Betty）理解了奴隶制度下另外一类受害者的经历：自由黑人。战争快要结束时，她在农场上寻找食物充饥时偶然碰到了也在寻找食物的莱维（Levi），突然理解了自由黑人的孤独，他们遭到黑人（害怕和嫉妒他们的自由）和白人（对他们深恶痛绝）的藐视。格拉斯哥描写了联盟军战士在李将军投降之后还好心地给快要饿死的叛军部队吃饭，这件事反映了普遍的人性，最大限度地改变了对生活的认识。然而正像邓巴所认识到的那样，统一常常以损失黑人的利益为代价，既包括以前的奴隶，也包括自由黑人。实际上，他们的危险处境甚至死亡，一次又一次地成为南北双方和平共处所付出的代价。

弗朗西斯·E. W. 哈珀的《伊奥拉·莱洛伊》对待在家里农场上的黑人表示理解，而当时对他们未来的地位至关重要的战争正在爆发，这个战争还会在之后决定他们的生活。哈珀的小说再版两次，受到主流期刊的推崇和好评。但这部作品后来却名誉扫地（20世纪40年代由于小说的虔诚而受到斯特林·布朗［Sterling Brown］的驳斥，60年代由于其政治见解而遭到黑人美学运动摒弃），一直到20世纪90年代才被一个女权主义评论机构恢复了名誉。《伊奥拉·莱洛伊》提出的政治问题比之前人们所认识到的更加深刻，主张不顺从的精神。可以认为这部小说是在更大范围内再现内战的小说之一，同《红色英雄徽章》和《狂热分子》是一类作品。哈珀在《伊奥拉·莱洛伊》中引导人们重新看待种族政策，同时教育年轻黑人了解为了他们的利益而做出的牺牲，他们不应该挥霍浪费。

弗朗西斯·艾伦·沃特金斯1825年在马里兰州出生时是自由人。一对为年轻黑人开办了一所威廉·沃特金斯学院的叔叔和阿姨把她养大，她十几岁去做佣人之前都在那里接受教育。沃特金斯总是有强烈的写作欲望，在废奴主义方面找到了灵感，定期给威廉·加里森的《解放者》（*Liberator*）写文章。在1860年嫁给凡顿·哈珀（Fenton Harper）之前沃特金斯在文学和政治上都事业有成，发表了诗歌、散文和小说，参加反奴隶制协会的巡回演讲。她短暂的婚姻以她丈夫 1864 年去世而告终，他们共生了三个孩子。哈珀作为一位单亲母亲继续演讲，在南方特别有名气。虽然她在妇女运动中很活跃，但她谴责主要的女权主义分子（伊丽莎白·凯蒂·斯丹顿［Elizabeth Cady Stanton］和苏珊·B. 安东尼），因为她们在 1869 年为了吸引南部的妇女，决定收回对黑人选举权的支持。从这一时期开始，哈珀在她所有的演讲中都强调家长制、资本主义、帝国主义和种族主义会继续存在。她认为美国黑人文化和灵感显然是当时美国流行的价值观念的另外一种形式。美国黑人可能会深受主流文化的迫害。她认为，如果是这样的话，整个民族应该更感激受难者，而不是感激百万富翁。

就像哈珀在她早期所做的关于废奴主义的演讲中所引用的诗歌一样，她唯一的一部小说《伊奥拉·莱洛伊》融入了她的政治承诺。她对人物的描述以真实的历史人物为原型——以伊奥拉为笔名而著称的埃达·B. 韦尔斯就是书中的伊奥拉·莱洛伊；刘易斯·拉蒂莫是一位黑人诗人，同时也是与托马斯·爱迪生和亚历山大·格雷厄姆·贝尔一起工作的科学家，书中是弗兰克·拉蒂莫博士；露茜·德兰妮是一位黑人女作家和活动家，在书中是鲁塞尔·德兰妮。《伊奥拉·莱洛伊》的情节是大家都熟悉的：伊奥拉·莱洛伊是一位富有的白人妇女，南北战争前在南方长大，内战开始时她父亲得黄热病死去，她发现自己有一部分黑人血统，并且很快被贩卖当奴隶。被联盟军营救后，伊奥拉做了护士，并被一位北方白人格雷厄姆（Gresham）医生追求，他不计较她的出身，强烈要求她要加以隐瞒，而且急于想跟她结婚。但是伊奥拉像她哥哥哈利（Harry）一样不愿意这样蒙骗过关。实际上，伊奥拉和哈利不断有蒙混过关的选择，在整部小说中成为一种伊甸园的诱惑，但他们都体面地抵制住了诱惑。为了实现他们种族的最高潜能，在与未来爱人私下谈话和集体交谈中，他们表现出了坚定不移的精神。战争结束时，哈利和伊奥拉与他们的母亲、叔叔和祖母团聚了，场面非常感人。在小说的结尾，伊奥拉和哈利分别同他们杰出的黑人同伴弗兰克·拉蒂莫和鲁塞尔·德兰妮结婚，他们分别以教育家（哈利、鲁塞尔）、医生（拉蒂莫）和作家（伊奥拉）的身份一起前往南部，去履行在黑人社区提高道德水平的救赎工作。

小说的开头是南北战争期间，采用留在南方农场上密切监视联盟军队和邦联命运的奴隶之间使用的一种秘密语言进行叙述。产品的质量——奶油和鸡蛋的新鲜程度——是传播胜利和失败消息的一种方式。事实上有很多解读战争报告的密码。一位聪明但不识字的奴隶只需要观察女主人的脸色就可以知道战况。另外一位女奴隶通过使用事先约好的方式晾晒床单，向附近的联盟军队通报敌情。这些例子使哈珀的兴趣主要集中在这些不着边际的体系上，

◎渐进的多元文化：文化、经济和小说（1860—1920年）

人们如何学习，如何传授，最重要的是如何破坏这些体系。在《伊奥拉·莱洛伊》中，语言既是一种解放的方法，也是一种压迫手段，识字和不识字的黑人发明了这种语言或深谙其义，因为他们依靠这种语言而生活。正像一位奴隶观察到的那样，第一批到达美国的黑人奴隶说很多种语言，这种多样性也多次体现在他们肤色的变化上——从近似白人到黑人。农场上被压迫和被残暴对待的人们的多样性使得反抗特别困难。哈珀证实了随着不同的非洲部落被带到美国，被困在甚至连一丁点儿消息都得不到的农场上，美国种族主义孕育了一种极其狠毒而稳固的奴隶制形式。哈珀历史性地描述出，虽然各种各样的非洲奴隶被野蛮强迫地过着无知的生活，但他们设法以惊人的速度自学并采用很严密的方式进行交流。

小说最突出的场景之一是在伊奥拉的教室里，提出了可能是哈珀最激进的观点：强加的无知实际上可能会使人们不受不真实的和压迫性的知识影响。不让识字，不让读书，使伊奥拉的学生们吸收了其他形式的洞察力，他们中的很多人都具有颠覆性，这反过来也使他们很难接受内战后为使他们的从属地位合理化而制定的教育信条。因此白人绅士过来跟孩子们谈白人种族取得的成就，这就犯了使孩子们陷入苏格拉底式的平等交换的错误，换来的结果是孩子们把获得的"进步"理解为以损害他们的利益为代价。

哈珀对种族之间关系的预测是悲观的，正如战争本身首先证实的那样，黑人士兵对北方的胜利做出了决定性的贡献。虽然她坚持认为美国白人依靠他们的黑人兄弟，但她在小说结尾时持不确定的态度。美国黑人是将作为公民的一员而被接受，还是将被置于从属地位，从而使他们内心深处的强烈愿望更加个性化、更加重视物质所得，这个问题一直到下个世纪中期还在争论，这是一个被布克·T.华盛顿（站在种族内部振奋的立场上）和W.E.B.杜波伊斯（站在完全平等的立场上）一直辩论到世纪交替之际的著名问题。

内战对所有美国人来说都是一种无法弥补的裂痕——在政治、经济和社会方面。尽管战后黑人仍然被欺骗、背叛，被残暴地对待，尽管南方白人千方百计地想建立一个与奴隶制可以相提并论的劳役抵债制度，但仍然存在一个事实，那就是他们是自由的，奴隶制一去不复返了。由保罗·劳伦斯·邓巴、弗朗西斯·哈珀、艾伦·格拉斯哥、利迪亚·玛丽亚·查尔德等作家的小说证实了一点：正如哈丽叶特·比彻·斯托指出的那样，在把一种东西改造成一个人的过程中存在着磨难和不公平。但大家都一致认为，无论他们的描述如何清醒合理，黑人一定会得到他们作为人的合法地位。由史蒂芬·克莱恩、亨利·詹姆斯、玛丽亚·露易丝·伯顿、伊丽莎白·斯图亚特·费尔

2 追忆美国内战

普斯和路易莎·梅·阿尔科特写的内战小说着重强调内战所代表的物质和经济革命,并且毫无疑问也加速了它们的发展,尽管这场革命不是由内战引起的。他们要么总是忧郁地强调必须承受的损失(阿尔科特、露易丝·伯顿),要么更加矛盾地预测艺术和宗教在逐渐逼近的现代秩序中存在的可能性(费尔普斯、詹姆斯、克莱恩),这些小说都表明一切都一去不复返了。

3 社会死亡和奴隶制的重建

在南北战争爆发的 1861 年，哈丽叶特·雅格布斯出版了《女奴生活的点点滴滴》(Incidents in the Life of a Slave Girl)。雅格布斯 1813 年出生在北卡罗来纳州的艾登顿（Edenton），生来就是奴隶。她的父亲是一位熟练的木匠，她的母亲是一位小酒店掌柜的奴隶。雅格布斯跟她的父母一起生活到 6 岁，学习读书认字，但在 1824 年，詹姆斯·诺卡姆（James Norcom）医生一家把她作为遗产继承了她，从此她不断受到诺卡姆的性骚扰。为了寻求保护，雅格布斯爱上了一位白人律师，并同他生了两个孩子。1835 年雅格布斯逃跑了，在白人和黑人邻居的保护下逃进了她已获得自由的祖母家里，栖身于仅够容身的小阁楼中，并在那里藏了 7 年。她靠做针线活、读书和写字打发时间，最使她烦恼的是她不能动弹，只能通过薄薄的屋顶与外界接触。她的健康长期受到损害，1842 年她逃到了北方，同孩子们短暂团聚之后，她找到了一份为纽约杂志编辑做保姆的工作。作为一个逃亡者（1850 年颁布的《逃奴法案》[Fugitive Slave Law] 规定所有逃跑的奴隶都必须回去），雅格布斯总是害怕被追捕她的诺卡姆抓到。于是她被迫逃到纽约，然后到了波士顿，后又跟随她哥哥约翰·S. 雅格布斯（John S. Jacobs）到了纽约州的罗切斯特。她哥哥是一位废奴主义者，在那里她进入了一个废奴主义者图书馆，每天在反奴隶制阅览室工作，阅览室就在弗雷德里克·道格拉斯的报社上面。在罗切斯特，雅格布斯同贵格会改革家、女权运动的倡导者埃米·波斯特（Amy Post）住在一起，她鼓励雅格布斯把在奴隶制下的遭遇写出来。1852 年，雅格布斯的纽约雇主为了确保她的安全和服务，花 300 美元把她买了过去。雅格布斯回到纽约之后开始同波斯特通信，那些信件就是她的口述内容的初稿（1853 年，以《一位逃亡奴隶的来信》[Letter from a Fugitive Slave] 为题目匿名摘录发表在《纽约先驱报》[New York Tribune]上)。1861年,这部作品出版时得到了利迪亚·玛丽亚·查尔德的社论支持和认可。虽然这部作品的废奴主义读者被战争分散了注意力,但这部作品,还是使雅格布斯得到了极大的认可,她受雇成为一名解救潜入北军战线黑奴的工作人员。在以后的生活中,雅格布斯仍然积极参与政治事业。她于1897年3月7日在华盛顿去世,被埋葬在剑桥的褐山墓园(Mount Auburn Cemetry)。

在《女奴生活的点点滴滴》中,雅格布斯把奴隶制描写成"普通人看不见"的全国性恐慌,希望唤醒读者的道德冷漠。虽然她的语气是克制的,但雅格布斯时不时地会按耐不住,向北方的姐妹们直接呼吁或对被动的北方集体提出抗议(鉴于这些事情,你们为什么要沉默,你们这些自由的北方男人和女人?)在小说伊甸园般的开头中,雅格布斯模仿读者对美国奴隶制度所表现的无知,巧妙地抒发了对南方的感情。雅格布斯展示的哥特风格的恐怖使历史学家们怀疑其真实性,但这样就会抓不住书中要表达的真实含义。雅格布斯指出,哥特风格的描写方法是真实描述奴隶制度的唯一恰当的方式。从历史意义上说,美国的奴隶制度是真实的哥特派。她的描写完全被亲身经历者的叙述所证实,比如20世纪30年代作品项目管理委员会对幸存的奴隶所作的采访。

雅格布斯的描写主要是为了揭露理想化的19世纪美国家庭生活对虐待黑人身体的依赖。在哈丽叶特·比彻·斯托的《汤姆叔叔的小屋》中,食物是养育的和谐象征,而食物在雅格布斯的描述中简直就是奴隶。贯穿《女奴生活的点点滴滴》,奴隶都被刻画为食物——当奶妈,被狗和老鼠吞食,受到性剥削者的威胁。许多对奴隶的惩罚好像都是为了破坏他们的食欲:厨师被迫吃下狗吐出来的烂糊食物,女主人往残羹剩菜里吐唾沫,用猪油把奴隶烫伤。同时,奴隶主是食欲的活化身;雅格布斯第一次提到她的男主人悄悄跟踪时,就把他想象成食人者。她幻想中的报复也如出一辙:她想象地球会裂开一个大口子把他全部吞没。与此相反,女奴隶主有厌食倾向:她们瘦得皮包骨,计算和测量食物,不断剥夺人们吃饭的权利。在雅格布斯的描述中,食物是非常重要的疏远奴隶的手段,不让吃食物就等于不让成为团体的一员——这是一种社会接纳和排斥的手段。雅格布斯通过比较两个场景把这个问题说得很清楚:一个是奴隶团体中真正的食物分配,另一个是教堂里精神食粮的象征性分配。在被她的女主人残忍地拿走圣餐的描写中,雅格布斯注意到她的这种象征性的坚定信仰并不能唤起人们的同情心。根据雅格布斯的描写,基督教不会超越社会背景,但可以表达社会背景。与斯托小说中基督教是社会统一的救世主不同的是,在雅格布斯的小说中,基督教加强了种族和社会分化。雅格布斯含蓄地对宗教信仰和压迫之间的关系提出了质疑：它们是互相依存的吗？雅格布斯的小说认为，基督教可能不仅助长了压迫，而且认可压迫。

雅格布斯认为美国的奴隶制度最终是死亡行业：一种为了杀害黑人而形成的制度。她强调奴隶制对育儿活动的影响，在奴隶制度下，育儿活动是死亡的媒介。在《女奴生活的点点滴滴》中，黑人妇女生孩子要以损害自己孩子的利益为代价，要么通过繁殖为奴隶市场提供商品，要么不顾自己的孩子被迫去照顾白人的孩子。值得注意的是，雅格布斯在描述中只有一次提到过她自己的母亲——她死的时候。臭名昭著的对黑人的虐待突出了奴隶制的非经济特性，更不用说其野蛮性和过时性。在这个残酷的世界中，黑人对自由的追求被描述成为了实现启蒙运动的理想。雅格布斯的祖母在革命期间已经得到自由，但依然被迫做奴隶，雅格布斯无情地讽刺了这种做法。雅格布斯自己在她的"藏身小孔"中的活坟墓——就像一件瓷器一样放在屋子里，就在壁橱上面——巧妙地表明了她自由后获得新生所产生的死亡。小说详细描写了死亡的传统仪式，包括隔离和肉体折磨（红色的小虫子钻进她的肉里以及冻疮、中暑）。由于被迫一直向下躺着，她在获得自由后必须重新学习走路。

雅格布斯虽然在小说结尾时自由了，但她仍然和整个国家一样，在1863年奴隶制正式结束之后很长一段时间内还经常受到决定她存在的机构的折磨。在一篇关于重建时期的回顾性文章中，W. E. B. 杜波伊斯描写了内战后几十年他称为的《黑人解放经济学》（*Economics of Negro Emancipation*）。黑人的顺从被有条理地制度化以保证"劳动力组织的落后步伐，比如没有一个现代化国家敢于广泛接受目前经济思想的曙光"。欠债和违反劳动合同就会被剥夺自由或投入监狱，忽视黑人教育，把黑人和白人在公共场所完全分开的吉姆·克劳法案，最后最骇人听闻的压迫形式是私刑，这些都是为了在现代资本主义国家长期保留类似于中世纪的等级制度所采取的各种办法。

接下来的章节将考察一系列描写内战后美国黑人遭遇和"种族关系"状态的小说和社会专著。很多作者都察觉到了奴隶自由后各阶层的黑人取得了令人瞩目的成就，但也认识到，无论社会和法律制度如何，这种进步照样发生。其他一些作者则坚持认为，黑人一定会一直处于近乎奴隶的状态下，直到这个群体最终不可避免地灭亡。由于美国黑人的命运和种族问题与整个国家的命运交织在一起，特别是在这个政治和经济扩张时期，所以重新开展关于命运的争论是非常必要的。杜波伊斯、埃达·B. 韦尔斯、查尔斯·切斯纳特和阿尔比恩·图奇在他们的小说和文章中都描写了黑人遭受的痛苦和不公平待遇，目的是重新梳理政治和法律形式。韦尔斯甚至把她反对私刑的运动带到了英国，她确信美国人需要在国际上曝光才能唤起他们沉睡的良知。威廉·本杰明·史密斯（William Benjamin Smith）、弗雷德里克·霍夫曼（Frederick Hoffman）、菲利普·布鲁斯（Philip Bruce）、纳撒尼尔·沙勒（Nathaniel Shaler）和托马斯·纳尔逊·佩奇都是著名的伪科学家，他们写宣传种族主义的传单，目的是使黑人的从属地位和最终灭亡合理化，他们的主张受到了像杜波伊斯和凯利·米勒（Kelly Miller）这些主要黑人活动家的驳斥。最后，马克·吐温、普林·霍普金斯和詹姆斯·韦尔登·约翰逊所写的剧本有力地预测了种族的未来。

牺牲形式

当时最有成就的黑人领袖是杜波伊斯（1868—1963）：他是大家公认的智者、编辑、作家、评论家、历史学家和社会学家，是现代真正的文艺复兴人物，对社会科学、新闻和文学都作出了重大贡献。杜波伊斯在他自世纪交替之际以来所写的作品中，纪录了制度化种族主义所达到的程度，这种种族主义的目的不仅仅是把美国黑人排除在社会之外，而且要让他们从社会上彻底消失。因此，这个时期的种族主义者的人种论就是不断提出黑人的礼仪性死亡是国家团结和复兴的一条途径的观点。为了支持黑人是献给进步圣坛的一种供品的集体形象的观点，黑人的死亡率被夸大。通过采用警戒和警戒行为的办法，白人想方设法限制社会各阶层黑人的愿望和成就。黑人被看做是异端的代表，他们成了宗教仪式报复的受害者。最近的分析家指出，美国白人，主要是南部的美国白人，是最后一批实行以人作牺牲品仪式的西方人，美国黑人就是牺牲的对象。

埃达·B. 韦尔斯和詹姆斯·韦尔登·约翰逊是反对私刑运动的主要人物，通过这场运动，并且通过他们的艺术，黑人活动家和作家们勇敢地面对强大的政治牺牲。把美国黑人所经历的普遍和特殊的牺牲搬上舞台是试图向主流文化遗产妥协的做法，但也可以把这些演出理解成复原献祭事业文化本土性的方法。以非洲人的报复传统为例。这些传统显然与黑人获得自由后的背景密切相关，同时也与把供品放在十字路口所反映的坦率精神有关。杜波伊斯像他那个年代的许多人一样认为，牺牲是美国一种主要的传统，不仅是基督教的传统，也是社会科学的传统。他特别强调，牺牲尤其适合一个扩张的资本主义国家的目的，但他也设法再次发现仪式是美国黑人自我实现的一种形式。《黑人的灵魂》明显表达了这种发现。

○渐进的多元文化：文化、经济和小说（1860—1920年）

　　当《黑人的灵魂》第一次出版时，威廉·詹姆斯给他弟弟亨利寄了一本，并附上一个字条，称书的作者是"我以前的混血学生"。亨利很受感动，称这本书是他多年来读过的南方人写得最好的书。《黑人的灵魂》不但赢得了普通读者的欢迎，也得到了评论界的好评，广泛受到知识分子的青睐，包括德国社会学家马克斯·韦伯。由于很难划分本书的类别，它吸引了各行各业的读者。杜波伊斯的多种职业——社会学家、历史学家、记者、编辑、政治家和作家——都在《黑人的灵魂》中反映出来。《黑人的灵魂》在以书的形式出版之前，曾作为独立的文章发表。这些文章之所以可以连贯成书，是因为大家对文学中最享有特权的话题——死亡——拥有共同的兴趣，也因为大家普遍认为美国黑人文化与其仪式有着密切联系。

　　杜波伊斯在描写他儿子的死亡"第一个孩子的去世"一章中所表现的挽歌哀悼是整本书的象征中心。在这里，对共同后果的理解使个人损失得以转移和忍受。不幸带有极端的表现，因为一个特定群体中的个体死亡永远逃不出群体生存的窘境。杜波伊斯描写了婴儿混血特征引起的恐慌，等于在承认所有年轻黑人的生命从一出生就带有对大群体能否长期存在下去的不确定烙印。因此，杜波伊斯关于哀悼的文章与爱默生的《论经验》形成了鲜明的对比。对杜波伊斯来讲，死亡的难以捉摸并不可怕，可怕的是死亡随时笼罩着黑人的生活，破坏了一种本来已经不确定的家庭生活。儿子得的由空气传播的疾病使父母的梦想彻底破灭，使人们想起杜波伊斯那些暴露危机四伏的黑人家庭的社会学著作。爱默生抱怨说，我们根本不可能充分了解我们的揭露所带来的影响。杜波伊斯抱怨说，黑人没有办法避免感受到他们的经历所带来的伤害。他极力协调个人悲哀和集体身份之间的关系，使黑人精英和黑人群众联合起来。该章节包括一个暗示黑人精英的生育率低得不成比例的人口报告，并且区分了不同黑人生活的相对价值。

　　该章带有严格的仪式形式，符合哀悼的风俗习惯，从头至尾都贯穿着殡葬仪式。这种框架的效果不是为了塑造一种叙述的固定性，而是重申把死亡理解成是一种旅行的观点。本章充满了旅行的画面：杜波伊斯从佐治亚州到伯克郡接他妻子和刚出生的儿子回南方的旅行；尸体从南方运到北方掩埋的旅行；儿子的灵魂到天堂的旅行。儿子南下的第一次旅行应验了迷信的说法：婴儿的第一次旅行应当往北，这样才能保证他长大成人。这些往返的尘世旅行——南/北，北/南，南/北——与杜波伊斯的儿子交叉的特征相呼应——蓝棕色眼睛，黄棕色头发，这些在杜波伊斯看来都是不祥的征兆。尸体运到北方掩埋代表帮助灵魂超越宇宙前行的愿望。同时，尸体是个体和腐烂的象征，通常几乎都由女人负责，从仪式上与表达集体忍耐力的不朽精神分离。人类

3 社会死亡和奴隶制的重建

学家已经注意到这种对殡葬仪式的划分有助于解决死亡的矛盾,即协调社会制度必须继续存在和社会成员显然不可能永生之间的矛盾。对来生的信仰调和了凡身肉体与永恒的身体之间的对立关系。但对永生的身体主宰的信心在19世纪后期的美国面对终有一死的黑人时就变得不那么坚定了。杜波伊斯的死亡政治学包括内部的团结问题:通过在小说结尾把他的人民中孤儿和被遗弃儿童的生命力与他自己失去的宝贝儿子进行的对比表现出来。

杜波伊斯在《黑人的灵魂》的开头表明了他与人民的亲密关系;关于他儿子的那一章又把他对这种身份的抵抗戏剧性地表现出来。杜波伊斯模棱两可的矛盾态度最明显的标志是拒绝把他儿子埋在南方的公共墓地。当他的生命被纪念的时候,这个黑人小孩的希望之躯脱离了命中注定的集体。混沌人群的堕落与波格哈特·杜波伊斯的升天形成对比,他的灵魂像星星一样冉冉升起。但他们的命运是通过墨西哥湾的风互相传染的。命运不能逃避,只能写出来。通过写作,杜波伊斯象征性地把死亡和悲伤升华到了牺牲的层面。全章都是对仪式的描写:从"预谋"中赫伯人对亲情的承诺,"预谋"是天人合一的祭餐的引述,到杜波伊斯宣布本书是混乱状态下的祭品的"事后反思"。关于他儿子的那一章提到了两项《圣经》里的祭祀替代品活动:一个是用血滴代替人体;另一个是用上帝的身体做祭品,代替人类的罪孽。该章的题目"第一个孩子的去世"提到逾越节,赫伯人被迫把血抹在门柱上,象征死亡天使一定会"逾越"他们家放过他们的长子的祭祀形式。同时,对儿子的描述都把他的出生和死亡与基督的故事联系起来。

460

此章开头几行是互相呼应的——"我看见盖布的阴影落下来越过我宝贝的身体……我看见盖布的阴影逾越了我的宝贝儿"——作者似乎要把耶稣钉死在十字架上的牺牲象征意义等同于逾越节。但是,它们当然是不能等同的。吞吞吐吐的第一句,婴儿的身体两边用逗号隔开,好像被朦胧的盖布罩着(尽管可能也是像皇袍那样披着),提醒人们那是新约中的牺牲。第二句一句到底,表示畅通无阻的动作,强调那不是赫伯人的牺牲。这两个圣经故事使我们能够更好地理解杜波伊斯对当时美国黑人的遭遇所持的观点:黑人的遭遇是一种完成或转移了的祭祀可能性。这个黑人小孩子的死亡使人们隐约感受到的集体的象征地位既是不平凡命运的作用,也是平凡力量的作用。他不平凡的命运在于基督上帝所遭受的痛苦永远赦免了无辜的人所遭受的痛苦折磨。平凡力量是最终可能导致黑人灭绝的把黑人排除在外的经济和社会力量,其残酷的延伸形式是私刑法。

他儿子的死亡和耶稣的牺牲在私刑方面显然与杜波伊斯的观点产生共鸣,他在这个时期一心认为私刑是一种牺牲形式。黑人约翰在被处以私刑之前听

●渐进的多元文化：文化、经济和小说（1860—1920年）

到的歌（第十三章）是哀悼者在波格哈特·杜波伊斯的葬礼上听到的歌（第十一章）的结束部分。通过在《黑人的灵魂》的开头对切诺基一家在亚特兰大的土地进行测量的描写，杜波伊斯把我们的注意力引到山姆·霍斯（Sam Hose）"被钉到十字架上"的地方。根据杜波伊斯的自传，在波格哈特去世前一个月，亚特兰大的一家临街店铺前展示了霍斯烧焦的关节，把亚特兰大变成了"一口被投了毒的井，被山姆·霍斯的尸体污染，反射出波格哈特淹死的画面"。这两个人的接踵死亡突出了杜波伊斯在本章的精神负担，他利用亲身经历的美国黑人高死亡率证明了自己的观点，找到了合适的评判距离。

《圣经》中的赫伯人对牺牲的通用术语是"*Korban*"、"带到近点"，暗含着竭力使上帝或众神更接近人类的经历。杜波伊斯在整个章节（论死亡、命运和上帝）中所使用的尖酸刻薄的称呼语清楚地表明他不相信这种亲密关系存在的可能性。杜波伊斯是一位不情愿的亚伯拉罕：他献出自己的儿子，愤愤不平地看着所有那些毫无怨言"献出的东西，除了他儿子以外"。杜波伊斯的怨恨提出了反抗以及黑人圈内举行牺牲仪式的地点问题。比如在关于田纳西州的山中教学那一章的描写中，杜波伊斯提到了牧师每星期都在圣坛上布道，是一种亚特兰大大学的精英们也经常履行的职责，在那里早晨的祭祀是一种例行公事。黑人宗教进行的祭祀习俗没有什么寓意，特别是奴隶制时期奥比巫术的朝拜形式。从杜波伊斯的描述中看不出谁是受害者或者这些血淋淋的祭祀仪式的特殊目的是什么，但他好像有意表明这种报复精神所产生的影响。他指出美国黑人做出了很多牺牲，但他们并非没有自己的祭祀机构。杜波伊斯对死亡和牺牲的关注构成了他留给我们的遗产的主要内容：面对美国黑人就是要认识到一种负面文化类型如何变成创造性灵感、批评甚至复兴的源泉。

杜波伊斯并不是在20世纪初期唯一认识到牺牲是一种持续的社会习俗的美国社会学家。在《私刑法：一份对美国私刑历史的调查报告》（*Lych-Law: An Investigation into the History of Lynching in the United States*, 1905）中，威廉·格雷厄姆·萨姆纳（William Graham Sumner）的信徒詹姆斯·艾尔伯特·卡特勒（James Elbert Cutler）把私刑描述成社会第三者的仪式性牺牲，以科学的态度对待。私刑作为一个展示暴民行为、不容异说、社会种族融合问题的舞台和检验自由主义缺点的试金石，我们很容易理解为什么当时私刑吸引了社会学家的注意力。杜波伊斯在了解到山姆·霍斯的命运之后所作的评论——私刑使他怀疑合理分析的价值——好像被卡特勒的研究证明是谬误的。然而，杜波伊斯的指责最终被证明是有道理的。卡特勒显然赞成私刑，他努力对私刑进行科学解释，实际上是为私刑辩解。他的分析使人毫不怀疑一点，

3 社会死亡和奴隶制的重建

那就是美国私刑与野蛮人的残暴、互相残杀的仪式之间的相似性使开明的社会科学工作者非常不安。卡特勒把私刑看做是社会不稳定的证据,同时他认为私刑是管理社会差异的一种非常重要的手段。他指出私刑法不可能逐步升级,大多数公民对暴民持敌对态度,同时只有当美国的立法制度被迫调解其抽象的理想与种族冲突潜在的社会和种族因素之间的关系时,私刑才会消失。政治原则是一回事,社会事实是另外一回事。

卡特勒把私刑描写成白人感情的疯狂统一。他把自己的观点扩展到美国殖民者最初对印第安人施行的私刑上。他认为当社会在新的情况下需要重新建立秩序时,迫于压力,私刑法才会盛行。除此之外,私刑是对极端主义或犯罪的反射性反应,卡特勒很羡慕那些足够简单的人(相对于现代化和科学)和足够自以为是的人(相对于模棱两可的矛盾态度)把法律掌握在他们手中。卡特勒紊乱的解释进一步表明社会学家远离私刑的牺牲习俗。只有在小说形式中(比如查尔斯·切斯纳特和阿尔比恩·图奇的小说)以及在更直接的政治调查批评中(埃达·B. 韦尔斯的演讲和小册子中),这种种族主义专题研究才能够进行深入分析和矫正。

461

查尔斯·切斯纳特的《传统的精髓》是根据一个真实的历史事件写成的小说:1898 年北卡罗来纳州威尔明顿暴乱。暴乱的起因是 19 世纪 70 年代后期对重建的颠覆,以及随之而来的黑人权利和机会的减少。它是由被共和党取而代之的白人民主党发动的,其中也包括几位在城市政府部门工作的黑人。因为在 19 世纪 90 年代黑人在威尔明顿的选举权一直居高不下,政府和官方机构的代表表明该城市的黑人占多数。但是白人日益反对被黑人警察逮捕或在黑人法官面前接受审讯。暴乱的一个主要导火索是 1898 年 8 月《威尔明顿纪事板》(*Wilmington Record*)的混血编辑亚历山大·曼里(Alexander Manly)发表了一篇社论,痛斥私刑,谴责白人记者对暴乱的种族主义者所起的煽动作用。曼里的社论勇敢地揭露了白人虚伪的本质,谴责管理混血人的白种男人的性骚扰,强调黑人男人的男人气概对白种女人的吸引力。白人报纸发表社论,表达了曼里的坦率所激起的人们大规模的义愤,南卡罗来纳州议员本杰明·蒂尔曼(Benjamin Tillman)还于 1898 年 10 月在法耶特维尔举行的白人至上主义者大会上火上浇油。威尔明顿暴乱造成的后果是成千上万的黑人被赶出家园,有的甚至被杀害。一项有效地剥夺了黑人政治权利的祖父条款(限制那些其祖父在 1867 年前已经选举过的人参选),被北卡罗来纳州立法批准。切斯纳特在写给编辑沃尔特·海因斯·佩奇(Walter Hines Page)的一封信中把暴乱描写成是一次恶性种族偏见事件,对北卡罗来纳州和整个国家来说都是一种耻辱。

417

渐进的多元文化：文化、经济和小说（1860—1920 年）

黑人死亡率的恶名及其在普通死亡仪式中的复原，死亡及其恶魔般的对立面私刑，长子的牺牲，这些都是《传统的精髓》的主题和事件。作为内战的老兵，小说中的白人角色在他们共同的毁灭感基础上抱有一种不稳定的信仰。卡特里特（Cateret）少校默默地缅怀在"失败的原因"圣坛上牺牲的家人，流露出被压抑的愤怒。这里提到的牺牲与救赎或重生无关；它是无穷无尽的暴力循环中的一部分。描述一直笼罩着死亡的气氛。在第一章的最后一幕，一位黑人老妇人为卡特里特的长子举行了神秘的仪式，仪式在月圆时埋葬一个瓶子时达到了高潮。这种特殊的返祖现象代表了一种普遍的信仰亚文化，一种对黑人文化和白人文化都至关重要的潜在精神。与此相反，同化仪式是制造分裂且互相抵消的。比如把头发拉直和把皮肤漂白的黑人佣人桑蒂（Sandy）证明了白人至上主义者的主张。但是黑人灭亡的神话被切斯纳特描写成白人计划控制南方的衰落；黑人发病率反映了南方的颓废。这是逆向死亡的情节。专门擅长扮演"黑鬼"的放荡公子哥汤姆·德拉米尔（Tom Delamere）为了抢劫和谋杀他年迈的姨妈而假扮成黑人。正像这个时期其他许多作品描写的那样，黑色是罪恶的颜色。关于其因果报应的问题不可避免地在白人和黑人中引起私刑的话题。在白人看来，私刑的目的是不管有没有罪都得对黑人实施私刑，这是古罗马时期就实行的一个原则，奴隶要对他们中任何一个人犯的罪行集体负责。切斯纳特把替代描写成对祭祀程序必须进行的修改。罗马典故的引用更明确了显而易见的事情：私刑法是为了使奴隶制度永远存在而发明的。另外，白人文明以私刑为条件。如果没有一个被贬低的黑人团体，白人就不可能建立他们光明的殿堂。

在《传统的精髓》中，黑人和白人都深陷在牺牲的逻辑之中，这一点在小说结尾达到高潮，双重牺牲的前景——失去两个长子，一个是白人，一个是黑人——即将来临。当米勒医生的儿子牺牲时（在由卡特里特火上浇油的社论引起的一场暴乱中被杀死），小说结束了。通过米勒医生的干预，卡特里特的儿子有可能获救。在这里牺牲不等同于黑人男人的责任，但被特别指出是黑人男人的责任。白人至上论的信条以人们熟悉的祭礼形式被重新书写：黑人提供供品，白人坐享其成。但切斯纳特通过描写米勒医生拒绝报复，塑造了一个宽容的基督教理想人物。

埃达·B. 韦尔斯可能是美国反对私刑运动中最勇敢的人物，这场运动是19 世纪 90 年代早期为了回应急剧上升的私刑事件而组织的。19 世纪 80 年代平均每年有 100 位黑人被处以私刑；1892 年被处以私刑的黑人男人和女人达到 162 个。1892 年三个年轻黑人商人在田纳西州的孟菲斯被处以私刑，韦尔斯在那里主编一份当地的黑人报纸《自由言论》（*Free Speech*），并因此事件

3 社会死亡和奴隶制的重建

而声名远扬。她用斩钉截铁的词语谴责私刑，激起了白人的愤怒，他们砸坏了她的办公室，使她被迫留在纽约，她当时正在那里出差。韦尔斯当时碰巧去拜访《纽约年代》（*New York Age*）的编辑提摩西·托马斯·福特恩（Timothy Thomas Fortune），他给她提供了一份报社的工作，在报纸的头版发表了她关于私刑的文章。这样，她就开始了自己的政治讨伐，成为当时最著名的人物。

韦尔斯1862年出生在密西西比州，是一对奴隶夫妇所生的八个孩子中最大的一个。她的母亲非常虔诚，父亲是一位熟练的木匠，被选为拉斯特学院第一董事会的一名董事。韦尔斯的父母都教她要热爱自由和教育，要独立。当韦尔斯16岁时，她的父母都得黄热病去世了，在朋友的帮助下，她用父亲留下的钱努力给她的弟弟妹妹支撑起一个家，一边在旁边的拉斯特学院上学，一边做老师。韦尔斯总是异常坚决地捍卫自己的权利，她的第一次反抗行为发生在1884年，当时白人把她从无烟车厢赶到吸烟车厢里——那是黑人在旅途中唯一能呆的车厢——她马上控告孟菲斯铁路局。低级法院判决她获得500美元的赔偿，但高级法院推翻了这个判决。1887年，韦尔斯开始创办报纸《自由言论》，她倾其所有成为报社的所有者之一和编辑，同时还继续教学。1891年，她由于写社论批评孟菲斯的有色人种学校而被解雇，后来她一直致力于新闻业。1892年发生黑人商人被处以私刑的事件后，韦尔斯号召黑人离开孟菲斯，同时也带走了劳动力和生意，给孟菲斯的经济蒙上了阴影。白人领袖被迫请求韦尔斯，但她拒绝停止让黑人离开。1893年，韦尔斯被英国的女权主义者邀请到英国讲私刑。她的旅行获得了巨大成功，在第二年再次被邀请去英国，《芝加哥大洋之间》（*Chicago Inter-Ocean*）负责对她的这次旅行进行报道。1894年，韦尔斯一回到美国，就同苏珊·安东尼组成了演讲团到美国各地巡回发表反对私刑的演讲。她也因在1893年的芝加哥世界博览会的哥伦比亚展区抗议种族歧视而闻名遐迩。同年，当时住在芝加哥的韦尔斯同当地的一位黑人律师费迪南德·L.巴尼特（Ferdinand L. Barnet）结婚。巴尼特与韦尔斯志同道合，他从西北大学法学院毕业后在芝加哥创办了第一份黑人报纸《保守者》（*Conservator*），并把全部精力投入政治活动。他们生了四个孩子，第一个孩子在1895年出生，从此之后韦尔斯就一边做妈妈，一边继续从事公共事务。1901年，巴尼特—韦尔斯一家成为第一个搬到芝加哥州际大街东部的黑人家庭。虽然他们没有受到威胁生命的暴力袭击，但白人孩子经常欺负他们的儿子。韦尔斯在家中藏有一把枪，把她在南部反对私刑的斗争过程中吸取的教训教给孩子们：如果她必须因受暴力袭击而死，她肯定会尽可能多带几个迫害她的人同归于尽。

渐进的多元文化：文化、经济和小说（1860—1920 年）

韦尔斯的《南方的恐怖：各个阶段的私刑法》（*Southern Horrors*：*Lynch Law In All Its Phases*，1892）和《红色纪录：1892 年—1893 年—1894 年美国的私刑》（*A Red Record*：*Lynchings in the United States*，*1892—1893—1894*，1895）是姊妹篇，两部作品试图提高整个国家对这种日益增长的暴行的认识。《南方的恐怖》在开头引用了弗雷德里克·道格拉斯的认可，表扬她忠于事实。韦尔斯在小说开头后紧接着指出私刑可以作为案例讲解给美国社会学系的学生们。她强调私刑是最经常被用来控制黑人社会流动性的一种手段，她同时也认为从私刑盛行的地方移居到其他地方以及联合抵制仍然是最好的反抗方式。另外一种明显的策略是舆论，以国际社会对她到英国进行的反私刑活动的反应为例，给白人施加压力让他们采取行动。在这里，经济利益也成了推进正义的因素，因为英国商人在谴责这种做法时明确表示私刑的做法妨碍了投资。

联合抵制、舆论、寻求所有现存的政治和法律渠道是韦尔斯协助人们前进的方法。她在晚年仍然积极参与芝加哥俱乐部运动，1910 年协助成立了黑人联盟，为城市中贫穷的黑人找工作和提供其他服务。韦尔斯指责城市中那些富有的黑人，他们不像白人支持简·亚当斯那样慷慨地支持她的工作。在 1910 年为《原有权利杂志》（*Original Rights Magazine*）写的一篇题目为《选举权如何废除私刑》（"How Enfranchisemnet Stops Lynching"）的文章中，韦尔斯也敦促黑人男人参加选举。她的孩子们从事法律、印刷、文秘和新闻专业的工作，他们一部分是受到妈妈的激励，她总是因为受到不公平对待而要"做点事情"（她最喜欢用的短语之一）。韦尔斯的自传《为正义而战》（*Crusade for Justice*）于 1931 年在她逝世后出版。

尽管埃达·韦尔斯从来没有提到她读过阿尔比恩·图奇的《傻子当差》及其续篇《无形的帝国》（*The Invisible Empire*），但 19 世纪后期没有哪本小说像这本书那样与她的目标和活动相一致。《傻子当差》在 1879 年出版时就成了畅销书，它是研究重建和三 K 党的兴起最重要的作品。《傻子当差》是北部一位亲身经历了这些事件的律师兼法官写的。小说描写了一位在战后来南方安家、富有同情心且意志坚强的北方人的观点以及他对三 K 党的暴力活动中所包含的恶毒的种族主义看法。图奇住在北卡罗来纳州，一方面由于温暖的气候有利于医治他在战争中受的伤，另一方面是为了协助重建。图奇具有法国和英国血统，1838 年出生在俄亥俄州，十几岁时搬到马萨诸塞州，在 1857 年出版了他的第一本诗歌和散文集《合理与荒谬》（*Sense and Nonsense*）。他是罗切斯特大学的一名学生，在 1862 年应征入伍。按照参加联盟军队的人在毕业之前可以拿到学位的惯例，他获得了学士学位。他同纽约和俄亥俄州的

3 社会死亡和奴隶制的重建

军队一起打仗,但后来由于他拒绝交出曾经救过他们连士兵的黑人逃犯违抗了命令而被捕。他回去后参加了很多战争结束前的主要战斗,包括图勒荷马战役(Tullohoma)、奇克莫加战役(Chickamauga)、瞭望山战役(Lookout Mountain)和传教士山战役(Missionary Ridge)。1864年,图奇被允许进入俄亥俄州法院,他在做军事法庭的法律顾问时发现了北卡罗来纳州的美景。北卡罗来纳州是南部各州受战争摧残最小的州之一。1865年图奇把家搬到了那里,不久就因为直言不讳地替黑人选民说话而受到当地居民的排挤。

《傻子当差》中虚构的卡姆福特·塞沃斯(Comfort Servosse)的生活很大程度上反映了图奇自己的生活。图奇帮助成立了吉尔福特(Guilford)县联邦同盟会,创办了报纸《联盟记事》(Union Register),主张激进的重建思想,积极参与制订州宪法。但与塞沃斯相反的是图奇担任了6年北卡罗来纳州法官,在依法处置三K党成员时毫不畏惧。1876年图奇离开法官职位时,格兰特总统任命他为罗利市官员,可以继续打击三K党,保护黑人人权。在居住了14年之后,图奇于1879年离开北卡罗来纳州,转行写小说,直接表达政治激进主义的局限。他在70年代后期至80年代后期这段时间内写出的文学作品包括《无花果和蓟》(Figs and Thistles),这部作品可以看做是联邦总统候选人詹姆斯·贾菲尔德(James Garfield)的竞选自传。图奇在《南方是小说的田园》(The South as A Field for Fiction)中指出,决定重建必定失败的特性使这个地区成了无与伦比的浪漫故事的背景。虽然图奇试图利用这种可能性,但他本人内心的倾向在现实主义作品《傻子当差》中反映出来,小说令人沮丧的结论设想了南方与北方之间可能会永久存在裂痕,主人与奴隶关系的扭曲心理会一代一代传下去,黑人政治平等的必要性以及重建并没有保证黑人的政治平等。

《傻子当差》一开始用笔名发表,引起了人们的极大兴趣。许多评论家都提起了《汤姆叔叔的小屋》,称图奇的作品在重建时期发挥的作用就像斯托的作品在废除奴隶制时期一样强大。小说在商业上取得的巨大成功促使图奇用真名写了记录三K党活动的其继篇《无形的帝国》。《傻子当差》不但通过对美国历史关键时期的生动描写,而且通过精心刻画的主人公卡姆福特·塞沃斯上校引人注目的癖好吸引读者。小说结构是书信的格式,一些深刻的观点是通过塞沃斯上校或他的妻子麦塔(Metta)给北方一些感兴趣的政治家、朋友和亲戚写的信表达出来的。塞沃斯上校的妻子麦塔在战后的特殊时期是南方社会敏锐的观察家,她把小说中一些最犀利的观点在写给她妹妹的信中表达出来,描写了传教士协会雇来教育以前的奴隶的北方女教师所经受的磨难、奴隶本身的渴望和苦闷,以及同样无知和贫穷的白人的可怕偏见——这些白人在种植园制度下也遭受着歧视。塞沃斯上校采用很多办法帮助黑人，但最具革命性的行动是他通过出售一部分自己的土地设法使这些黑人成为土地的主人，同时还帮助他们买马，接受他们用粮食付账的做法。从当地白人——上层人士和贫穷的白人——愤怒的观点来看，塞沃斯直言不讳地捍卫黑人的权利（在法庭上作证、成为陪审团成员和参加选举）相对而言好像并无害处。但他坚决主张解放奴隶的法律权利是不可避免的结论，南方人如果能部分实现这些规定就已经做得不错了，如此主张最令当地白人不悦。

图奇笔下明白事理但运气不好的傻子的努力奋斗和马克·吐温笔下的康涅狄格州的北方佬一样堪称人物与环境格格不入的人物描写的杰作。图奇的作品之所以不同寻常是因为他能够从两个方面表达重建的经验。图奇采用这种风格取得的成功似乎来之不易但却是接连不断的，比如他一度曾为了提纲契领地概括说明战前和战后南方与北方截然不同的地位重新制订了一个图表。因此，他一方面揭示了战前南方发布的独裁命令：审查制度的各项规定，禁止自由言论，把白人训练成主人，把黑人训练成奴隶，完全不考虑其他角色。他也设法证实了南方社会的敌对部分。比如其中一小撮民族主义分子在战争期间变成了一群"红绳帮"，他们利用一根一根的红绳子作为信号帮助联盟军，使人想起《约书亚记》中拉哈比（Rahab）放下红绳子引导战士离开她家的情景。首先，图奇生动地描绘了全世界黑人的情况以及他们不计成败地建立切实可行的宗教和教育机构的努力。他对黑人生活的描述中最突出的是居住地跛脚圣人杰里（Jerry）叔叔的性格，他可以戏剧般地进入催眠状态而看到上帝。他特殊的催眠状态还可以对当地发生的事情有更多的深入了解，包括看到当时发生的一起三K党谋杀案的罪犯，导致三K党对他处以私刑。三K党的话题遭到了图奇的极度谴责，一方面因为他认为在1868年至1869年冬天北方官员从一开始就严重低估了三K党的厉害。认为黑人都害怕鬼的偏见使人们误认为三K党只是相对有节制地控制黑人，这种误解使三K党迅速变成反对所有胆敢主张种族平等甚至种族之间相互尊重的黑人和白人的恐怖势力。图奇强调的是这个军事化团体的严肃性和行动时的热情，这些特点使得他们很难被打击。他们的面具——马和人都戴着面具——使他们能够逃避对他们的暴行的镇压；他们能够顺利地从白人社会各阶层中招募到人，这就确保有权势的人同时也被牵连进去，这样就阻止了试图限制或惩罚他们的活动的做法。三K党成功地使自己成为南方所有团体中最优秀力量的代名词。

整顿三K党的难度实际上无疑是图奇的小说中最具有吸引力的部分：高潮部分是塞沃斯上校的女儿挫败了三K党要对他施以私刑的阴谋。这一章充满了可以想象到的浪漫情节——这位重建时期的女儿和南方贵族的柔弱男子之间的爱情，从双方父母所属的阶层来看是罗密欧与朱丽叶式的浪漫故事，一次在夜间营救生命的危险行动——小说以三K党成员不可思议地放弃三K党而达到高潮。从三K党令人毛骨悚然的进攻细节来看，这种解决方案是不合情理的，这一点也很难与图奇最重要的主张保持一致——塞沃斯的努力是一种"傻子当差"。图奇一心致力于认识偏见中那些固有的、不合常理的本质，他笔下的傻子影射了北方在反对南方纯粹的暴行时没能坚守理想。正像小说表明的那样，北方人特有的有关种族的开明思想是那样普遍或确定。另外，从北方人的观点来看，特别在战后这个时期里，经济扩张和机会废除了所有的原则主张。但是，如果南方人是待人真诚的，那么没有什么可以公然反抗那条被威廉·本杰明·史密斯称为"南方灵魂明珠"的文化定律：种族界线。

种族界线

W. E. B. 杜波伊斯在他早期的许多作品中所列举的矛头指向种族分子的伪科学的例子中，没有一个像史密斯的《种族界线：代表未出生之人的辩护状》(*The Color Line: A Brief on Behalf of the Unborn*, 1905) 那么索然无味。史斯密是一位标榜自己的作品为"人种学调查研究"的数学家，他的资料表明这些种族辩论所起的作用就像可识别的知识分子团体之间进行的热烈交流一样，主要证实了他们的不同地位势不两立。在史密斯的书中，科学提供了剧本（种族斗争），宗教赋予它道德色彩，而社会运作法和慈善被认为具有同等作用而不再考虑。因此基督教和科学不仅是盘根错节的，而且是永垂不朽的：一个严肃主题的双子塔。黑人种族的牺牲不仅是神圣的，必需的。史密斯认为他有全国性的方法来最终解决问题。为了邀功，他在分析的开头就按地区划分了种族界线。1905年，杜波伊斯在《日晷》杂志上评论《种族界线》时指出，如果不是由于它反思了"成千上万同胞的积极信念……这是20世纪的新野蛮行为，所有的文明势力都必须与之作斗争"，这部作品就会"很容易被悄然遗忘"。正像被广泛引用的关于种族问题的当代研究所证实的那样，即弗雷德里克·霍夫曼的《美国黑人的种族特征和趋势》(*Race Traits and Tendencies of the American Negro*)，这种新野蛮行为好像无处不在。

《美国黑人的种族特征和趋势》开始时是对黑人生活的相对"无保障性"进行研究，后来发展成研究黑人特性、社会条件和种族偏见。它是社会学家的权威资料，是社会学深入研究达尔文理论的标志。霍夫曼是一位没有接受过社会科学培训的保诚集团的统计学家，他还著有《信诚人寿保险公司史》

(*History of the Prudential Insurance Company*, 1900) 和一本关于大城市贫民葬礼的著作 (1917), 他主要对生存感兴趣——从各个民族的对抗性主张到人类生来不平等的信念所产生的社会关系。《美国黑人的种族特征和趋势》把社会心理学、自由哲学、改良主义、统计分析、人种描述和种族主义教义离奇古怪地结合在一起。在波伊斯看过这本书，不断在 1896 年和 1903 年间出版的《黑人的灵魂》等社会学著作中驳斥它。《美国黑人的种族特征和趋势》主要关注黑人文化和死亡之间的最终联系，这种联系支持了霍夫曼研究的黑人在各种可能的背景下——即从农村的黑人地区到城市中的贫民窟——在社会、政治和心理方面孤立的根本原因。霍夫曼反对把黑人的高死亡率归因于环境因素的观点，从军队和监狱收集到的统计记录表明，即使给黑人和白人士兵吃同样的食物，穿同样的衣服，住同样的地方，黑人的死亡率还是很高。他发现年轻黑人——那些远离残存的奴隶制度的人——的死亡率最高。但是霍夫曼相信了黑人灭亡的双重判决，正像本书题目后半部分所表明的那样。"种族特征"表明一种天生的低劣性；"趋势"表明文学风格和文化惯例促进了演变倾向的发展。从整体来看，《美国黑人的种族特征和趋势》远远实现了保险精算师的理想，书中有很多页是关于疾病（肺结核、黄热病、疟疾和天花）的表格，人们认为黑人对这些疾病有免疫力，但是随着时间的推移，大量黑人因患这些疾病而死亡。霍夫曼的确承认有关黑人社会病理学（酗酒、精神失常和自杀）的证据很少，但是他要么怀疑这些证据，要么直言不讳地对这些资料进行了解释。

纳撒尼尔·沙勒是一位地质学家，但他写的关于种族的著作在社会学中的突出地位再一次证明当时就这个话题进行争论的界限是不固定的。沙勒出生在肯塔基州，在加入联盟军作战时他仍然对南方人表示同情，他在哈佛大学学习和教学时就是一位心怀不满的南方人。像大多数社会进化论者一样，沙勒认为进步要付出昂贵的代价，必不可少的社会牺牲永远都不可能平均分配。他认为人道主义是进化的最高形式，只能通过大大减少社会外来者的数量才能实现。根据沙勒的观点，在那些不能激起人道主义的人消失之前，富有同情心的人道主义就不可能达到其最高形式。因此他的建议包括限制外国移民的数量、快速同化"有价值的外国人"（爱尔兰人、德国人和犹太人）、禁止不同种族之间通婚、限制黑人选举权以及严格限制黑人劳动力。事实上，在沙勒看来，现代化的悲剧能够可怕地减少人们之间的陌生感，增进了人们之间的关系，而没有一种正式的手段把这种关系保持在适当范围内。其不可避免的结果就是，现代社会多样性产生的过时的跨部落间的同情不断增多。通过假定同情冲动的复杂性，沙勒能够认识到其易变性，把偏见看成其中一种形式,这种偏见是为了保留自己的同类而产生的一种富有同情心的憎恨。沙勒是一位社会进化论者,认为感情是天生的而不是后天学习得来的。他认为同情像其他身体器官一样可以进化和适应。在《邻居:社会交往自然史》(*The Neighbour*:*A Natural History of Social Contacts*,1904)中,他试图把社会进化论对待感情的方法变成一种社会关系理论。

查尔斯·切斯纳特的祖父和外祖父都是白人,他在北卡来罗纳州的法耶特维尔(Fayetteville)长大。他的家比当地其他大多数黑人家庭都富有,因为他的白人祖父和外祖父给了他们混血的孩子们一些财产。切斯纳特小时候受过良好的教育,学习了文学和多种外语,很早就决心以文学为事业。他很小就开始记日记,在其中一篇日记中写道:"黑人的任务就是准备使自己得到承认和平等,文学领域为黑人得到承认和平等——文学使公众接受这个观点——开辟了道路,引导人们不加思考地、无意识地一步一步达到我们的感觉所希望的状态。"切斯纳特漫长的生活跨越了美国黑人经历的动荡年代,从内战和重建一直到第一次世界大战。切斯纳特在南方和北方都居住过,他还是法律和商界的专业人士(新兴的黑人职业阶层的一分子),在文学界也很有名(第一批严肃的黑人作家之一),他慢慢习惯了杜波伊斯所称的"双重意识"。1884年,切斯纳特跻身俄亥俄州法律界,在法律速记和考证方面取得了成功,同时他也定期为几个主要期刊撰稿(1887年在《大西洋月刊》上发表了第一篇故事《魔咒葡萄藤》[*Goophered Grapevine*])。尽管切斯纳特必须在写作和生意之间分配时间,但是他还是在19世纪80年代和1905年间出版了三部小说、两本短篇故事集和一本弗雷德里克·道格拉斯的传记(收录在包括欧文·威斯特写的《尤利西斯·格兰特》的《指路人传记》系列丛书中),以及几篇关于种族的论文。1901年在《波士顿手稿》(*Boston Transcription*)上发表的题目为《白人与黑人》的文章中,切斯纳特写了关于横跨全国的火车上乘客的种族划分,强调只有南方火车上的乘务员才是唯一可以评判白人和黑人相对人性的人。切斯纳特小说的主题主要是种族界线:种族界线的心理影响,特别是那些能逃避种族界线的人(混血人种)以及种族界线的政治和哲学内涵。1928年在领取由全国有色人种协进会(NAACP, National Association for the Advancement of Colored People)授予的斯平加恩文学奖(Spingarn Medal)的致辞中,切斯纳特提到,他亲身体会到的混血人种的独特心理和复杂处境为他创造小说提供了极为丰富的素材。

《雪松后的房子》(1900)比同期其他作品更完全地实现了把种族界线写成剧本的可能性。小说开头描写了充满不同寻常波折的普通仪式:一位刚死了老婆的混血年轻律师约翰·沃尔登(John Walden)假冒白人在南卡罗来纳

⊙渐进的多元文化：文化、经济和小说（1860—1920 年）

州的法律界和商界取得了成功，回到家乡北卡罗来纳州。南卡罗来纳州和路易斯安那州都有大量自由黑人、美国印第安人、混血人种和梅斯蒂索混血人种等多种种族，在南北战争之前，他们介于白人奴隶主和黑人奴隶之间，在战后这种情况有助于模糊种族界线的绝对划分。约翰设法逃脱了兵役，并从内战的动乱中牟取利益。他同一位在战争中保住了财产的农场主的女儿结了婚，并跻身南卡罗来纳州法律界，得到了那些不愿意与滑头律师打交道的南方人的业务。约翰独立、现实且相当冷酷。切斯纳特着重突出他的个性主要与他的边缘性处境有关，而不是本性如此。约翰很理智，也是一个敏锐的观察家，他一直很清楚种族偏见的坏名声。他选定很容易冒充白人的他的妹妹丽娜（Rena）代替刚去世的妻子做他儿子的母亲，说服她跟他一起回到南卡罗来纳州。尽管丽娜对于离开他们的黑人母亲莫莉·沃尔登（Molly Walden）感到很内疚，但查尔斯顿（Charleston）为这个漂亮的姑娘提供了美好的教育前景和全新的生活。从学校毕业后，丽娜遇见并爱上了富家子弟乔治·特莱恩（George Tryon），但他们之间的关系伤害了彼此。丽娜虽然不愿意让乔治知道她是混血儿，但一次无意的事件暴露了她的真实身份。当时乔治出差到北卡罗来纳州，前往沃尔登家拜访，撞见了丽娜正在那里看望生病的母亲。特莱恩痛苦地与他内心深处的偏见作斗争，但等到爱情战胜文化时，丽娜已经死于脑膜炎。在现实中公开反对种族界线需要几十年的时间。

（一个） 种族的未来

1905 年，当纽约《晚邮报》（*Evening Post*）的编辑宣称"《亚特兰大大学出版物》（*The Atlanta University Publications*）是当今进行的唯一最科学的黑人问题研究"时，他等于承认在这些出版物出版之前出现了伪科学的浪潮。《亚特兰大大学出版物》分册包括关于种族的社会科学新领域的观点，既有非常开放的观点，引用大量目前仍然要用图表说明的知识领域，也有非常保守的思想，其中穿插一些理论和统计资料，许多都不准确或太偏激。杜波伊斯在描述这些专题著作的总体规划时承认这个项目主要是由黑人的高死亡率引发的。

很难夸大这套系列丛书的第一卷《城市黑人的死亡率》（*Mortality Among Negroes in Cities*, 1896）作为当地人种志的吸引力，其中充满了详细的文献资料和广泛的争论。医生、大学校长、母亲和禁酒改革者聚到一起解释黑人的死亡率为什么这么高；在各种各样不切实际的死亡率和社会批评中，主要有三种观点。第一，黑人死亡率迫切需要国家的关注。现代美国的未来取决于城市的生活质量，而城市的生活质量又取决于黑人居民的命运。第二，干预不是要干预，而是一种必要性；社会科学被重新定义为社会改造。第三，天性问题带有偏见的标签。在一个社会科学刊物上，一位黑人医生首次对黑人群体易得病、他们的健康设施的质量、黑人的高死胎率进行了评价。巴特勒医生为生活在城市底层孤独的劳动者描绘了一幅恐怖的画面。这种令人讨厌的但丁炼狱般的工作包括男人扫大街、掏地下道和捡破烂，而怀孕的妇女搬运煤和脏衣服。他不同意父母不关心孩子的观点，并列举了白人医生由于担心绝望的父母无力支付医药费而拒绝给他们的孩子治病的例子。巴特勒强调，令人奇怪的是黑人死亡率实际上很低。

尽管广告把《亚特兰大大学出版物》第二卷《城市黑人的社会和身体状况》(Social and Physical Conditions of Negroes in Cities, 1897)宣传成是第一卷的续篇，但它主要以辩护而不是批评为主调。高死亡率成了黑人的责任，却几乎没有提到他们的贫困。在一篇关于梅毒的文章中，费斯克大学 University 的一位教授宣布这种疾病在城市黑人中已经达到了流行病的比例。哈里斯（Harris）教授引用了霍夫曼的观点，他好像受这里很典型的卫生自我谴责观点的驱使。总体来说，第二卷涉及许多杜波伊斯当时感兴趣的话题：认为死亡是黑人在世纪交替之际的特征；丧葬殡仪员成为社区引人注目的人物；死亡、缺乏同情心与种族隔离之间的关系；对黑人资产阶级与黑人穷人之间距离的内部关系的认识，以及对黑人被主流文化排除在外的两难境地的外部关系的认识。杜波伊斯在编写了第三卷《商界黑人》(The Negro in Business, 1899)之后，开始到《亚特兰大大学出版物》做编辑。后 16 卷继续评价死亡问题，但强调的重点有所不同。总的来讲，我们发现关于死亡的表格少了，而关于种族隔离的数据多了。例如，种族隔离的主要后果是殡仪业发展成一种特别受黑人欢迎的职业。杜波伊斯对殡仪人员的成功进行讽刺，他在对一些行业把它们的成功归功于"这片土地上独特的黑人环境"进行评论时好像时刻记得前两卷关于黑人死亡率的内容，人们不会对杜波伊斯的观点产生误解。殡仪业有利可图是因为这个行业是独家生意（黑人可以单独埋葬死人），而不是因为黑人的死亡率比较高。另外，传统上认为黑人与死亡关系密切的观点保证了白人葬礼中数量有限但很稳定的交易。杜波伊斯描写的情况被芝加哥的一位殡仪员证实，他注意到当黑人丧葬业成为黑人独占的市场时，白人就会接受黑人殡仪员。这种"独特"趋势的历史从革命时期一直延续到 20 世纪。在《费城黑人》(Philadelphia Negro) 和后来的《亚特兰大》(《黑人教堂》[The Negro Church], 1903) 中，杜波伊斯描写了两位黑人牧师阿伯萨拉姆·琼斯（Absalom Jones）和理查德·艾伦（Richard

Allen）在1792年费城爆发流行病期间埋葬死人时远远落在后面。杜波伊斯辛辣地讽刺了人们出于虔诚和坚忍不拔而做出的这些值得称赞的行为，在集会者提出种族隔离的要求时，并没能阻止那两个人被逐出教堂不准拜神。

殡仪业的意义不仅仅局限于它是黑人商业中最有利可图的行业。对杜波伊斯来讲，黑人殡仪员的成功具有象征性的意义。与把死亡和哀悼工作归于"人性"的传统启蒙价值观念相反，杜波伊斯认为它们是深入了解种族的人的任务。《商界黑人》的主要观点是种族隔离付出的真正赔偿。《黑人商业》对作为大经济不正常的衍生物而形成的黑人企业的描述，代表了杜波伊斯所称的"不利条件中的有利条件"。杜波伊斯的观点比另外一位社会学家道格拉斯·马塞（Douglas Massey）的观点早一个世纪，道格拉斯·马塞详细论述了依靠黑人的大量从业日益取得成功的行业。

在《亚特兰大大学出版物》后来的几卷中又提到了死亡率问题。《美国黑人的健康和体格》（Health and Physique of the American Negro，1906）是《亚特兰大大学出版物》第二个循环的开始，是当时关于人口数字与种族界线的兴起之间的关系的最重要论述。这本书的开头是一些令人震惊的"典型美国黑人"的照片，范围从肤色最黑的黑人一直到白人，这是一种无言的叙述，实际上是用最强烈的措辞阐明了种族隔离的末日。种族理论的学生对这种方式自相矛盾的基础很熟悉：试图将种族差异编目分类，人种论作为一个人们感兴趣的领域而兴起，随之而来的是，人们发现了所有种族无可救药的混合特性。在19世纪，曾经为了对抗同化的现实情况而制定了更复杂的衡量和划分人种的方法。而事实却是美国在吸收不同的人口，这些人口自身的内在多样性反映了"本土"美国人自身的种族多样性。相同的历史事件——移民、开拓殖民地、资本主义工业扩张——这些导致人种论产生的历史事件很快就破坏了其分析基础。

这些发展变化意味着种族不明确性朝各个方向发展。唯一纯种的黑人是那些成见中的黑人，就像大卫·利文斯通所认识到的那样。他宣布"观察家凭空想象整个非洲都可以看见的可恶的黑人类型"只存在于"烟草店前面的招牌"上。杜波伊斯继续引用著名社会科学家的数据证明白人中黑人血统占有很高的百分比。更令人震惊的是，杜波伊斯含蓄地批评黑人人口的统计资料在某种程度上以这种不确定的数据为依据。在杜波伊斯默默地列举完"黑人"类型后所作的评论中，他指出大量的混血人种都很容易冒充白人，这样就不可能估计黑人人口的数量。《美国黑人的健康和体格》简要阐述了三个主要理论：黑人与白人之间的区别越来越明显；非洲文化只局限于美国人和非洲人的变种；黑人文化退化了。非洲被重新记载为古代最有成效的文化，现代美国关于黑人死亡率的统计资料就成了社会状况显而易见的结局。把其他群体置于类似情况下，结果将是一样的。杜波伊斯的比较范围从俄罗斯、英国和瑞典到芝加哥的牲畜饲养场，这些地方白人的死亡率超过黑人的死亡率。《美国黑人的健康和体格》以一系列由杜波伊斯、弗兰兹·博厄斯、R. R. 赖特（R. R. Wright）共同提出的观点结尾。第一，黑人死亡率在下降；第二，死亡率高是社会状况造成的；第三，迫切需要更多的黑人医生和健康设施；第四，整个国家的健康和忍耐力取决于美国黑人的命运；最后，整个美国必须对黑人问题给予更多的同情。

杜波伊斯对黑人死亡率的分类提出大量质疑，是由于他害怕这种分类已经木已成舟。一位来自佐治亚州的"黑人反肺结核联合会"的记者详细阐述了这种大家普遍关心的问题，他认为黑人的高死亡率是整个种族的"耻辱"，这个词语使定型的黑人形象令人不安地独立于社会事实之外。这可能就可以解释为什么《亚特兰大大学出版物》分册中关于死亡率的问题后来就不提了，好像黑人分析家想避免煽风点火。但也因为这些研究是通过数据而不是通过争论对当时普遍使用的种族理论提出了质疑，所以它们是合乎实际的社会学作品：根据社会经济学的原因和结果正视死亡率统计资料，对从掩饰黑人消失的种族隔离到公然表现黑人消失的"冒充白人"，提出每一种严格的限制条件。《亚特兰大大学出版物》分册的目的是以经验主义的方法揭示黑人的存在。这就解释了它们为什么篇幅很长：大量关于黑人企业、医院和医科学校的表格；大量的照片（关于黑人身体和家庭的变迁）；每一册都以长篇的"信件"结尾。只有细节才能填补道听途说和恐怖神话的空白，才能够把美国黑人从社会学分析中的幽灵变成杜波伊斯在《黑人的灵魂》开头提到的"有血有肉"的集体。

这个时期加在黑人群体上的高死亡率的污名可以解释为什么他们对待死亡的不同态度成了一种特殊的当务之急。当时的研究倾向于假设黑人与死亡之间有一种独特的亲密关系，菲利普·布鲁斯的《自由的种植园黑人》（*The Plantation Negro as Free Man*，1889）专门揭示了这个问题。像其他描写"黑人问题"的南方作品一样，布鲁斯没有简单地认为黑人是不一样的，他从自己的立场表明是什么使他们不同。他认为黑人文化很奇怪地带有死亡的阴影，黑人经常住在医院里徘徊在死亡的边缘，他们的哀悼仪式令人想起他们的野蛮个性中原始的非洲形式。布鲁斯认为正像哀悼形式表明的那样，黑人与白人的感情确实差别很大，暗示着一种民族间的对立（而不是简单的文化不同）。布鲁斯的主张和他的任务一样艰巨：非常亲密的邻居（许多人之间都有血缘关系）变成了典型的陌生人。布鲁斯的叙述可以解释为什么死亡仪式对于这种背景下的疏远关系的形成至关重要。把黑人看做陌生人和把活人看做死人是并行不悖的。在这两种情况下，人们必须把一个可打交道的和富有同情心的人当做外来的、关系疏远的人。布鲁斯最后举了一个例子：一个白人在向他的一位黑人朋友表示哀悼的过程中，发现了活着和死去的黑人之间的不同。这个例子是认识疏远的一个主要场景。黑人集体处理死亡的疏远场面在这里戏剧性地得到强调：社会死亡者带着特定的眼光看待他们的自然死亡。托马斯·纳尔逊·佩奇在《黑人：南方人的问题》（*The Negro: The Southerner's Problem*, 1904）中也阐述了类似的主题，但更加模棱两可。他倾向于悲伤地反映过去而不是思考现在的疏远。作为描写战后南方多愁善感的浪漫故事著称的小说家，佩奇不出意料地称赞"旧时代的黑人"，强调他对黑人种族的真挚感情。佩奇屈尊俯就的宽宏大量是由于他认为黑人只是在美国短期存在，必然会灭亡，哪怕会花费几代人甚至几百年的时间。在佩奇看来，实施私刑的白人和黑人抢夺者都是"瘟疫"的一部分，就像种族辩论的双方都处在国家这个同一艘船上一样，或者可能是一艘普通的木筏，木筏接下来要讨论的马克·吐温的是《哈克贝利·费恩历险记》（*Huckleberry Finn*, 1885）中的交通工具。《哈克贝利·费恩历险记》作为一本关于友情和爱情、关于自由的研究、关于对文化适应的描述以及关于哀悼（因为书中的小主人公总是被死亡及死亡仪式笼罩着）的作品，不断反映着这一章所讨论的祭祀牺牲、种族界线以及与死亡的特定关系等交叉出现的主题。

马克·吐温的畅销小说在1885年出版后三个月内就销售了5万册，小说节选发表在《世纪杂志》（1884年至1885年）上，杂志为它作了宣传，促进了销售，并且出版起始书的主题所引起的争议也提高了书的销量。《哈克贝利·费恩历险记》在19世纪因语言粗俗和反社会的角色典型而被禁止进入康考德公共图书馆（Concord Public Library），在20世纪以描写了美国黑人的负面形象为由而遭到谴责。小说因涉及许多19世纪的社会问题而具有不可估量的价值——从奴隶制和种族主义到妇女的从属地位和遭到排斥——马克·吐温的这些描写成为未来的文化遗产。在这部小说中，语言既是解放的手段，也是奴役的手段；既是一种危险的武器，也是有力的抒情方式。像马克·吐温的其他作品一样，《哈克贝利·费恩历险记》中健忘的男主人公再一次证明了文化记忆的重要性。小说突出了文化压力点——矛盾和冲突的例子，那些破坏不断突出和曝光的神话典型间的连贯性的细节。这样就与肯尼思·伯克（Kenneth Burke）的观点一致，后者认为文学描述反应了特定的历史形势，以包含作者态度在内的方式突出了社会形势的基本结构和内容。

最近引起批评家们对《哈克贝利·费恩历险记》关注的主要问题与马

克·吐温对他描绘的种族主义分子形象的观点有关。马克·吐温像他的主人公哈克那样看待自己的文化吗？或者马克·吐温是在调查和微妙地暗中破坏——通过对文化的"详细描述"——他设定的刻板形象吗？小说通过哈克同种族主义分子的准则作斗争，深刻而复杂地描写了这些准则。这样，小说在某种程度上公然反抗了种族主义分子的准则。哈克一再进步和退步。小说中有一个表现"良知"的场景：哈克把告发吉姆的信撕了个粉碎，然后自己备受煎熬。在此之后，莎莉姨妈（Aunt Sally）问哈克："有人受伤吗？"哈克回答："没有，就是死了一个黑鬼。"哈克这句著名的回答发生在"良知"场景之后，这点很关键。为了与我们文化中的文明准则一致，与马克·吐温的种族主义设想相反，哈克"进步了"，然后又倒退了。这是因为本书主要描写的是人们受到偏见的束缚，同时也描写了奴隶制度。马克·吐温从孩子的角度描写恰恰是因为孩子主宰着变化的前景，同时也体现了文化适应的过程。通过他们对一种文化准则的吸收，他们能够准确地指出那种文化的含义。当他们出于经验抵制那些文化准则时，那么抵抗往往是很强烈的。马克·吐温向我们展示了哈克如何慢慢认识到吉姆的卑贱地位，虽然他不情愿，但却是千真万确的。我们发现哈克逐渐具有我们现在所认为的种族平等的观点，然后又放弃了这些观点，就像看着整个国家渐渐苏醒、觉醒然后又重新回到黑暗。或者像第十九章开头描写的那样看着黎明慢慢来临，这是马克·吐温的所有作品中最抒情的一段。

> 穿过水面首先看到的是一种模糊的轮廓线——对面的树林——根本看不清其他的东西；然后是苍穹；然后是向四周扩散的更加苍白的景象；然后河水柔和起来，渐渐消失，不再是黑黢黢的，而是灰蒙蒙的。你可以看到河面上漂浮着几个小黑点，尽管非常遥远——商船之类的东西；长长的黑色长排——木筏；有时你可以听到巡逻艇的尖叫声；或者是颠摇的声音，四周非常寂静，声音传得很远。渐渐地，你可以看见水面上有一片船的列板，从表面上你可以判断船在急流处撞到了障碍物折断了，就使船的列板变成了那个样子；你可以看到薄雾在水面上袅袅升起，东方慢慢变红，映红了河面；你可以看见在树林边有一座小木屋，河的对岸很可能是一个木材场，上面堆着雀麦，你可以放狗在那里到处溜达；然后微风习习吹来，非常凉爽和清新，树林和鲜花的味道闻起来很好闻；但有时人们把死鱼和雀鳝放在岸上味道就不那么好闻了，又腥又臭；接下来的一整天一切都在阳光下微笑，燕雀刚刚掠过！

◎渐进的多元文化：文化、经济和小说（1860—1920年）

这个段落揭示了马克·吐温最乐观的一面。每天都有希望重生，重新开始，虽然周围总是有一些腥臭的鱼。这里，语言的节奏就像一个卷轴：哈克把一个个形象堆积起来，扣人心弦，就像光线随着太阳升起获得动能一样。这是凭灵感观看的节奏。但这种日光是危险的；因为哈克和吉姆在太阳升起来时必须躲起来，他们只能在夜晚前进，以免吉姆被抓住。

《哈克贝利·费恩历险记》与马克·吐温的其他作品在信仰方面关心的主要问题是相同的。人们如何开始相信他们相信的事情？如果可能的话，他们如何开始改变那些信仰？什么样的心理机制可以改变：好心、友好、顺从？小说中最突出的信仰是对奴隶制及其教义黑人劣等论的信仰。本书对奴隶制采用各种不同的方法进行描述，把奴役看成意识问题和制度问题。在《哈克贝利·费恩历险记》中，奴隶制既是针对黑人的特定历史制度，也是一种普遍状况，对黑人和白人都是一样的。小说区分了"给（哈克）自由"与"解除（吉姆）自由"之间的区别。哈克可以挣脱文化准则对他的束缚，至少是暂时在有良知的情况下，但吉姆却没有使自己自由的途径。虽然奴隶制成了印在黑人文化上的耻辱，但它仍然是一种永久不变的遗产，是一种世代相传的黑人状况的观点。这是极为痛苦的结尾所蕴含的意义。厄内斯特·海明威要读者跳过这一部分，这部分描写的是汤姆为了一只云雀而无情地延长吉姆被关押的时间，哈克刚开始不愿意加入，但到最后完全愿意。马克·吐温对奴隶制如何重新兴起并且在重建时期继续存在的探索表明，黑人虽然可以通过法令获得自由，但在白人和黑人种族主义分子的头脑中他们仍然是奴隶。对马克·吐温来说，南方人变成了北方的企业家、奴隶主的儿子（他家有一个奴隶）同废奴主义家庭的成员结了婚，把奴隶制和自由理解为一种发展中的美国逻辑。马克·吐温认为只有一种透彻地了解了奴隶制的文化，才能够理解自由最深层的含义。《哈克贝利·费恩历险记》表明，人们坚持不懈地把黑人看成奴隶的观点是多么合理，通过定型和贴标签，比如用"黑鬼"这个词，像鞭子的抽打一样使描写更加突出。

这与介绍性"短评"和"解释性注解"是一致的，在短评和注解中，语言是一种武器，谈话是欺骗和攻击的手段。由"军械署总管（G. G..Chief of Ordnance）"签署，"Ordinance"（法令）去掉字母"i"就变成了"ordnance"（大炮）。这是西方本身的戏剧效果；法律规定被武力规定取代，权力胜过知识，幽默暗中削弱了绝对道德准则的权威性。解释性注解强调方言和书中人物讲的各种语言的重要性，强化了短评对书中现实主义的认识。《哈克贝利·费恩历险记》中的故事、语言和抒情诗都没有超越社会背景，只是表达了社会背景。语言不是解放，而是揭示我们是谁以及我们无法逃避的事情的语言——我们的阶层、种族、宗教和文化。实际上，小说的主要叙述形式——讲故事、方言、对话——都是为了强调一个事实：语言是社会相互作用的产物。这种对语言的观点与把哈克贝利·费恩看做是依靠自己的能力取得成功的英雄，或批评本书颂扬脱离文化的行为的观点不同。哈克对抗文明的行为的确与亨利·梭罗在文化上是一样的；在寻求他与蛮荒和文化上的"其他人"吉姆的独特关系方面，他是墨守成规的人。哈克也是很典型的美国人，一边谈论自由，一边又对威胁自由的力量屈服——比如为救汤姆·索亚而充当人质，向国王和公爵的统治让步（讽刺贵族不符合美国风俗习惯的限制）。哈克的美国特征还体现在他的单纯幼稚和天真无邪：他没有幽默感，对马克·吐温自己编的笑话面前他是一个单纯直率的人。因此，在一本把笑话当做武器和乐趣源泉的小说中，哈克非常容易受伤害。可能最重要的是哈克和全国其他人一样有健忘症的倾向。他喜欢把过去抛在脑后，这种冲动使他陷入尴尬的局面，比如他会忘记此时此刻他在扮演哪个人。有些记忆丧失是策略性的，我们不了解哈克以前的生活，因为那段生活太痛苦，不能回忆。

　　哈克对正式宗教的模糊态度是描写新教徒本性的经典形式，一种塑造是与宇宙力量之间独特关系的喜好。制度上的基督教对哈克来讲没有意义，就像分等级的基督教或玛丽·贝克·埃迪的基督教科学教会对马克·吐温其他作品中的讲话者来讲毫无意义一样。但是马克·吐温作品中对宗教的批评常常表现了忠诚而不是怀疑主义。因为他和梅尔维尔一样是一个模棱两可的信徒或不成功的信徒，而不是非信徒。《哈克贝利·费恩历险记》与马克·吐温最优秀的作品一样，尊重自发的和普遍的精神实践。因为书有很多仪式的描写，那些文化仪式使特殊的战前南部社会得以运转，使像哈克那样的孩子得以成长。哈克相信整个世界笼罩着鬼魂和精灵，特别是在夜晚，当有不喜欢的情况发生时就要赎罪——例如，一只蜘蛛在蜡烛上烧死了，为了补偿就需要改变人的行为方式，在胸前画十字，把头发扎起来。哈克的迷信是连接他和吉姆的纽带，吉姆的信仰进一步证实了他作为奴隶的代表性。在哈克看来，"黑人总是在夜晚围着炉火谈论巫师。"哈克没有抓住整篇小说强调的主题：迷信的普遍性是无权力者的信仰。在《哈克贝利·费恩历险记》中，普通百姓的信仰根本不是理想化的价值体系，而是另外一种奴役的手段。马克·吐温认为这些虔诚的信仰是最受压迫群众的反应方式和麻醉剂，他预言了托尼·莫里森（Toni Morrison）的《心爱的人》中芭比·萨格斯（Baby Suggs）没有种族政治、务实的预言："世界上没有坏运气只有坏白人。"在这种普遍信仰的应用方面还有一些重要区别，有时这是一种安慰方法，有时却是一种虐待方法。汤姆·索亚那帮人组成的群体要求秘密发血誓，通过报复最亲近的人

◎渐进的多元文化：文化、经济和小说（1860—1920年）

惩罚不忠的成员，在受害者胸部画十字。尽管那帮人最后决定下星期再见面去抢劫和杀人的解决方案是假装的，但仪式本身使人想起南方确实存在的秘密兄弟组织：三K党。

在《哈克贝利·费恩历险记》中，私刑实际上一直都是一种威胁：好像是一种表达道德败坏的集体状态的野蛮行为。马克·吐温的小说充满了祭礼的场面：替罪羊仪式，宰杀动物作牺牲替代品，自我牺牲的传奇剧。这种对祭礼场景的偏爱是小说著名的讽刺性模仿的主要成分。可能没有比描写一头大母猪在恶狗袭击她之前一直心满意足地给小猪喂奶这样的情景能更有力地唤起这种场面。哈克因需要养成了大方的性格，他设法表达了一手造成这场小悲剧的人类"游手好闲者"的绝望，同时也让我们感到了猪的恐怖。

在猪吃她奶时，她伸展身体，闭着眼睛，晃动着耳朵，看起来好像发薪水了那样高兴。很快你就会听到一个游手好闲者哼着小曲走出来，"嗨！这孩子！泰格（Tige）快打他！"母猪往往会跑开，发出可怕的尖叫声，一两只狗摇摆着耳朵，又来了三四十只；然后就会看到所有的游手好闲者都起床了，看着那东西消失不见了，对这种有趣的事情大笑，看起来好像很感谢这种声音……除了狗打架，根本不可能有其他事情会把他们吵醒，使他们这么开心——除非是在一只流浪狗身上抹上松节油，然后在狗身上点火的情况。

对于马克·吐温笔下重建后的南方，着火的狗有明显的参照物：对黑人实施的私刑。在《哈克贝利·费恩历险记》晦暗的世界中，道德歧视像太阳升起时天空中"模糊的轮廓线"一样不明确，仪式谋杀可能是唯一能让人觉得还活着在世上的事情。读者希望哈克比这些人强，这种愿望马克·吐温往往不能满足。因为小说一方面以18世纪的流浪汉和无赖的冒险事迹为题材（难怪马克·吐温崇拜像托拜厄斯·斯莫利特［Tobias Smollet］的《汉弗莱·柯林克》［Humphrey Clinker］这样的书），让人想起这种文化类型对现代休闲形成旅游业的预料。《哈克贝利·费恩历险记》中的活动——在乡下四处转悠呆望，云雀证明了其他生活模式，并找出一种生活方式，然后离开——是一种避免枯燥和死亡的手段。马克·吐温提出这种方式与陷入泥沼、局限于一个地方或一种生存方式相反。但不论在经验上这些术语多么不同，在道德上它们几乎无法区分。虽然哈克贝利·费恩很讨人喜欢，具有雄辩的口才，心地善良，富有同情心，但在文化上他不过是个普通人。马克·吐温不厌其烦地提醒我们那是一种充满堕落的平民特征。

3 社会死亡和奴隶制的重建

《哈克贝利·费恩历险记》是一部极度悲观和反社会的小说,小说的节奏包括频繁地从正当的社会逃离、定期进入腐烂透顶的社区逗留这个情节可以证明。但这本书的力量就在于它能够使这种情节充满幽默和同情。吉姆越发就是书的开头描写的被嘲弄的对象,那时他相信巫婆把他的帽子挂在一根大树枝上是一种预兆。他的迷信最终表明那是抑制悲伤和发挥控制力的一种有趣的方式。哈克注意到吉姆了解各种预兆,但它们却只用于坏运气,他不知道吉姆是否知道好运气的预兆。吉姆的回答非常有道理:好运来临时你不需要知道,因为你不需要逃避好运。吉姆知道自己想什么,相信什么,最重要的是他知道自己不知道什么或者需要知道什么。他能够处理任何危机,具有很好的躲避危险的本能。最重要的是他成功地证实了道德相对论,这是马克·吐温的书所说明的道德标准之一。尽管哈克认为吉姆在反对所罗门王的智慧方面太固执,缺乏想象力,马克·吐温的读者可能会认为他没道理。吉姆明知地认为,帕普和道格拉斯寡妇对偷窥的观点都部分正确,而且他面对哈克最过分的恶作剧居然表现出了尊严,这两件事都强化了读者的疑问。马克·吐温的读者开始认识到,虽然吉姆是黑人和奴隶,但他对哈克来讲是比帕普或道格拉斯寡妇好得多的父母。

马克·吐温具有不可预测性和创造性,尽管他对奴隶制的力量有多种联想,但吉姆是小说中最有思想的人物。一部分原因是他的仁爱,这与其他许多人物的野蛮行为形成了鲜明的对比,但同时也是因为吉姆对所有制、所有权和投机方面存有疑问。撒切尔法官(Judge Thatcher)发现了山洞里强盗的钱后对汤姆和哈克挣的一笔小钱进行了调查,国王和公爵是小说中最贪婪的角色,但只有吉姆一个人老是仔细研究钱以及能生钱的钱。他的"从牛的第四个胃里取出来的"可以算命的"毛粪石"只有在付费的情况下才可以说出预测结果。吉姆在与哈克的第一次谈话中描述了他的投机买卖。场面虽然低级粗野,但对话记载了吉姆对金钱的重视,转达了他隐隐意识到的黑人如果能掌握财政的话,将可以在美国占有一席之地的观点。根据他自己毛茸茸的胳膊和胸部,吉姆预言了他可能拥有的财富。他的第一次股票投机是"牲畜买卖",它们都"翘蹄子了",使他打消了进一步投资这种生意的念头。他从这种陪衬性的生意中赚的一点钱(他零星地推销油脂和兽皮赚来的)存在另外一个奴隶开的银行里(后来银行被抢了,影射弗里德曼银行[Freedman's Bank]丑闻),剩下的部分给了一位叫巴鲁姆(Balum)的奴隶,他把钱捐给了慈善机构,因为将来还有希望返还("无论是谁向上帝捐献,都可以得到一百倍的回报")。吉姆最大的经济赌博是逃跑(防止在河边被卖掉),他认识到这样做,他现在就是他自己最好的资本投资。他说:"我希望有钱,我不想

481

渐进的多元文化：文化、经济和小说（1860—1920年）

过没钱的日子。"在小说结尾，从法律的观点看吉姆也拥有了自己，但他没有钱来证明这一点。他拥有40美元就觉得很富有，具有讽刺意味使人想起本来应允的黑人奴隶获得解放后可以得到的40英亩土地和一头骡子，而后来又反悔了。这个段落表明黑人在从奴隶变成自由人之后快速贬值。马克·吐温在这里再一次证明了严酷的现实使当时的私刑真实得可怕：黑人自由后对白人的价值远远低于被奴役的时候。另外，《哈克贝利·费恩历险记》全面叙述了奴隶制的发展历史，具有广泛性和预言性，预见了废除奴隶制最残酷的讽刺：按照弗雷德里克·道格拉斯的说法，黑人从"个人的奴隶"变成了"整个社会的奴隶"。

除了《哈克贝利·费恩历险记》和《汤姆·索亚历险记》之外，1893年至1894年在《世纪杂志》上连载的《傻瓜威尔逊》是马克·吐温唯一以战前南方为背景的一部重要小说。《傻瓜威尔逊》与《哈克贝利·费恩历险记》非常相似，也包括许多关于风险、金融和技术方面的内容，这些方面是马克·吐温在写出这两本小说之间的10年里最关注的方面。因此，《傻瓜威尔逊》对奴隶制时期进行了奇怪的现代描述，让现代知识发展对最古老的但依然最令人困惑的"奇怪"的制度进行仔细研究。现代知识发展包括新的犯罪侦查科学、关于教育和本性之间相互作用的社会科学理论以及关于种族和优生学的辩论。《傻瓜威尔逊》还具有一个特点，即它对奴隶制的生动描绘。黑人和白人不必住在边缘地区河中的木筏上而相互依赖，在这部作品中，黑人和白人通过血统和血缘关系完全融合在一起。因此《傻瓜威尔逊》完成了马克·吐温在他的《自传》中对南方战前生活的观察："所有的黑人都是我们的朋友，我们的那些同龄人是……同志，但也不是同志；肤色和条件设置了一条模糊的界线，双方都很清楚这条界线，这条界线使双方不可能完全融合。"《傻瓜威尔逊》是一部关注混合血统的影响以及混合血统被发觉后的后果的作品，小说中的"融合"既是生物学意义上的，也是社会科学意义上的。马克·吐温嘲讽地描写道，他的写作住所，那是位于佛罗伦蒂恩（Florentian）山中的维维安尼（Viviani）别墅，周围都是塞利塔尼（Cerretani）参议员们的半身像，他想象他们在默默地邀请他加入，这些为他细致地描写战前种族血统的影响做好了铺垫。通过使用这种他称之为"对读者说悄悄话"的方式，他介绍了一部关于奴隶制以及白人与黑人异种通婚的小说。马克·吐温有效地把各种不同的偏见形式同等看待。贵族的自命不凡、在一长串意大利参议员半身像面前阿谀奉承，这些都反映了欧洲人对缩短的美国血统的鄙视，缩短的美国血统又等同于对血统的担忧，最后等同于白人种族至上的信念。

进入"位于密西西比河的密苏里河岸的道森码头"，是一座集中了各种势利行为和偏见的城市。小说以两个男孩的出生为开头，一个是托马斯·贝克特·德里斯科尔（Thomas a Becket Driscoll），他是金融投机商、马克·吐温称作弗吉尼亚第一家族的后代、富裕的珀西·诺萨姆勃兰德·德里斯科尔（Percy Northumberland Driscoll）的儿子。另外一个是瓦利特·钱伯（Valet de Chambre），他是德里斯科尔家的奴隶罗克萨娜的儿子，是罗克萨娜被另一位富裕的弗吉尼亚第一家族的后代克罗奈尔·塞希尔·波莱·埃塞克斯（Colonel Cecil Burleigh Essex）诱奸后生出的孩子。珀西·德里斯科尔的妻子在儿子出生后一周内去世了，珀西·德里斯科尔本人继续做他的生意。两个孩子，简称为"汤姆"和"钱伯斯"，就全部由罗克萨娜（人们称她为罗茜）来照顾。情节是关于罗茜和她儿子的白色皮肤的。罗茜聪明漂亮，很有抱负，唯一让她作为奴隶与众不同的是她适应社会的能力和经验。由于担心她自己的儿子有一天会在河边被卖掉，她把两个无法辨认的孩子掉了包。因此，真正的汤姆就变成了奴隶钱伯斯，而真正的钱伯斯就变成了继承人汤姆，小说就变成了对天性和养育之间相互关系的研究。罗茜像其他人一样在汤姆面前很卑贱，钱伯斯被当成奴隶对待。汤姆是一个瘦弱的、被宠坏了的、令人讨厌的孩子，他长大后变成了一个坏人，而他的佣人钱伯斯却是一个强壮、健康、能干的人。两个孩子刚出生不久，从纽约来了一个陌生人大卫·威尔逊（David Wilson）先生，他是一位刚从法学院毕业的业余科学家，到道森码头定居。威尔逊喜欢格言警句，小说每一章的前面都有他说的格言，体现了马克·吐温本人的创造能力。但是，因为道森湾的居民像马克·吐温小说中其他很多南方人一样非常迟钝，因此他们无法理解他讲的笑话，他们对他第一次尝试表现出来的幽默做出的反应是认为他是一个傻瓜，后来他在城中被人称为"傻瓜"。但是，威尔逊还是知道如何区分两个孩子的身份，取了他们在不同场合的"指纹"（他取了城里所有人的指纹），他的知识是小说情节解开冲突的关键。

虽然马克·吐温从来都没有完全认可威尔逊，但他暗示当地人把威尔逊当成傻瓜实际上更多地反映了城里居民的特点而非威尔逊本人。由于他的名声使法律客户不敢来找他，威尔逊就有时间进行科学"试验"，包括手相术和对人们的指纹进行分类，这可能受了弗朗西斯·高尔顿（Francis Galton）的《指纹》（*Finger Prints*）一书的启发（马克·吐温在1892年曾读过这本书）。高尔顿认为指纹不仅可以辨别种族身份，而且还可以显示诸如是否聪明这样的性格特征。马克·吐温对威尔逊的高尔顿式的研究进行了详细认真的描写：描写了威尔逊随身携带的带有装小玻璃片的槽的细长的箱子；他如何让人们在把指纹印在玻璃片上之前先把手指在头发上摩擦收集天然油。作为一个作家和外行，威尔逊喜欢科学发明并且孜孜不倦地追求，他身上具有马克·

◎渐进的多元文化：文化、经济和小说（1860—1920 年）

吐温自己所拥有和珍视的冲动。另外他让角色在小说结尾时成为救世主，通过提供法律证据和咨询使无辜者得到了解脱，而恶棍得到了惩罚。他用轻松的讽刺手法，最后使威尔逊变成了一个值得那些曾经谴责过他的市民称赞的人物，尤其是与其他主要人物罗茜、汤姆和钱伯斯的悲惨命运形成了鲜明对比。马克·吐温不断地暗示尽管城里居民低估了威尔逊，但他们并非完全不相关，城里人最终还是接受了他，暗示得到了证实。在《傻瓜威尔逊》中没有类似英雄主义和幸福之类的东西，人物能做的最好的事情是避免下地狱或毁灭。傻瓜的结局显然比别人好：汤姆被卖到南方；伤心的罗茜到教堂寻求"安慰"；钱伯斯陷入了矛盾之中，痛苦万分。一方面他恢复了合法继承权，而另一方面他的行为举止和思维依然是奴隶。在这本小说中没有什么东西是神圣的，包括母爱。

马克·吐温对白人奴隶母亲罗茜的特别描写深刻控诉了奴隶制和养育儿女之间相互依存的关系。尽管马克·吐温有时候好像认为天性胜过教育，但汤姆的性格缺陷显然主要在于有悖常理的母爱。马克·吐温认为奴隶制下的母爱只能走上邪路，但罗茜的想象力在这方面是无与伦比的。"她自己编造的故事"是为了推翻把她儿子变成奴隶的"法律和风俗习惯的故事，"因为编造一个故事就需要编造另外一个故事来维持。问题是像《傻瓜威尔逊》中所有的故事一样，从威尔逊"古怪的日历"上写满的富兰克林格言到马克·吐温自己认为需要做"文学剖腹产手术"的"紊乱的"正文，这个故事被人类的解说者戳穿了。罗茜故事中的主人公汤姆是最不乐意合作的人，拒绝充分利用罗茜给他提供的在出生时从奴隶身份调换成财产继承人的大好机会。酗酒、赌博、撒谎、偷盗，最后发展到谋杀，一步一步走向他唯一可能得到的命运——成为奴隶——汤姆验证了贯穿整部小说的主题："他性格的主要成分没有被改变，并且也不可能被改变。"把汤姆的性格缺陷归结为人类的弱点并不是为了废除助长这些缺陷的制度。因为《傻瓜威尔逊》起决定作用的悲观主义，像《哈克贝利·费恩历险记》的悲观主义一样，是有害的奴隶制度产生的后果，奴隶制度在某些情况下（吉姆）可以完整地保留奴隶的人性，但根本不能完整地保留奴隶主的人性。正像马克·吐温在他的重建奴隶制回忆录中证实的那样，奴隶制在废除后很长时间内还会产生影响。

我们讨论过的各种例子中描绘的美国黑人的前景，比如杜波伊斯和查尔斯·切斯纳特、埃达·B. 韦尔斯、托马斯·纳尔逊·佩奇和马克·吐温的作品，可以归纳为三种明显的可能性：一种可能性体现在浅皮肤的"黑人"身上，如《雪松后的房子》中的人物约翰·沃尔登以及杜波伊斯的亚特兰大研究报告《美国黑人的健康和体格》中提到的无数混血人种。这种可能性是种族冒充，混血人种难以觉察地混入白色种族中，否认自己曾经是黑人，好像那是一场噩梦。另外一种可能性指代表人民进行的不懈的政治辩护，以韦尔斯和杜波伊斯的生活为代表，这需要在不断地面对挫折时保存强大的力量，不断收集有关美国种族主义生命力的证据。实际上韦尔斯和杜波伊斯自己的生活就表明，超常的才能和决心可以使一个人从贫穷无知变得世界闻名和智力超群。第三种可能混血人种是指个人和家族对抗美国黑人生活所遭受的侮辱而进行的斗争，在宗教中寻找安慰，利用各种可能寻求社会和经济进步。下面两部由两位美国黑人作家詹姆斯·韦尔登·约翰逊和普林·霍普金斯在世纪交替之际写的作品对这些前景都进行了描述。约翰逊在他的《一个前有色人的自传》（1912）中改变自我，在可以冒充种族的情况下选择放弃自己的黑人身份。普林·霍普金斯是一位于19世纪60年代和70年代在波士顿公立学校接受教育的新英格兰作家，她的小说《抗争力》［Contending Forces，1900年］勾画了黑人中产阶级在他们有可能繁荣昌盛的地方的前景。虽然受到奴隶历史的折磨，遭受着侮辱和不公正的痛苦，但霍普金斯笔下的人物都在波士顿的环境中取得了成功。霍普金斯描述的可能性被她那个时代的许多美国黑人实现了，她可以与弗朗西斯·哈珀、安娜·朱丽亚·库珀和 A. E. 约翰逊（A. E. Johnson）一起被视为建立了描写黑人中产阶级生活小说传统的人。

詹姆斯·韦尔登·约翰逊的《一个前有色人的自传》以种族冒充为主题，表明种族冒充主题在19世纪后期和20世纪早期的作品中是多么普遍。文学作品以奴隶制为主题是一种定式，在这些作品中奴隶（《汤姆叔叔的小屋》中的乔治·哈利斯，《女奴生活的点点滴滴》中的哈丽叶特·雅格布斯）习惯性地冒充白人逃跑。种族冒充也是重建时期的作品描写的一个主要方面，比如杜波伊斯的《黑人的灵魂》，在冒充与冒充之间设想了一种随意的潜在联系，也就是说儿子的蓝眼睛和浅色头发被看做是一种不祥的征兆，间接引用了关于混血儿比较脆弱的神话。切斯纳特的《雪松后的房子》也是以冒充白人为情节。在世纪交替之际及以后的文学作品中，冒充白人的事情不仅仅局限于黑人，因为在玛丽·安婷（Mary Antin）（《福佑之地》［The Promised Land］）和亚伯拉罕·凯汉（《戴维·莱温斯基的发迹》［The Rise of David Levinsky］）的作品中，犹太人有时为了变得更像"美国人"，会假冒成非犹太人。但是在约翰逊的作品中，冒充白人并不是美国化的手段，而是逃避美国化的手段。这与查尔斯·切斯纳特的小说描写冒充白人的情节中直白的解决方法形成了鲜明的对比。冒充白人被认为等同于世界主义而不是等同于美国化，是把种族问题从一个地方性的美国背景塑造成全球性问题的方法。同时，约翰逊被

渐进的多元文化：文化、经济和小说（1860—1920 年）

人种和种族的特殊性所吸引，不管这种特殊性多么难以理解和神秘，它都是很强大的。约翰逊描写的主人公在黑人世界和白人世界中都可以冒充，冒充（或切斯纳特在他自己的艺术生活中把它定义为边缘性）对他创造性的想象力非常重要。但是这位有色人也认为，真正的艺术才能是天生的，需要与自己的文化根源联系起来。因此本书把坦白承认自己血统的艺术家和放弃自己血统的有教养的人区分开。到欧洲学习语言和演奏音乐与在南方家里学习音乐所产生的文化韵味是不同的。前有色人描述了他如何自学语言，制订记忆300个基本词汇以及一些常用短语的计划，然后强迫自己只说外语。他总结说，一种语言的关键是最常用的观点和词语。前有色天生会弹钢琴，而不是后天学到的技能。他钢琴家的特性突出了黑人的遗传，包括他母亲会弹钢琴和他最初对一位非凡的爵士乐钢琴家的记忆，这种遗传体现在他喜欢钢琴黑键胜过白键。他逐渐认识到——特别是通过大家普遍喜欢爵士乐——钢琴黑白键之间的和谐可以弥补他生活中的种族冲突。

自传艺术本身对约翰逊笔下的前有色人来讲是一件自相矛盾的冒险计划，对他来说对相形见绌的自我描述是充满怜悯和危险的。揭示太多会连累和威胁他的掩饰，揭示太少就不能完全表达他对被悼念的自身的哀痛之情。正像切斯纳特暗示的、约翰翰逊明确表达的那样，冒充白人是一个死亡的愿望，不仅对必须消除文化固有属性的当事人如此，而且对唤起那种愿望的文化也是如此，因此冒充白人拒绝接受个体所代表的文化财富。约翰逊把书命名为《变色龙》（*The Chameleon*）。作为一个最终的边缘人，前有色人是名副其实的变色人，他反对与文化联系起来，尤其渴望继续模糊下去。他在孩提时就喜欢刨根问底，在他母亲的花园里一直挖到草的根部，看看它们到底长得有多深，对各种界线很着迷，从皮肤颜色到犯罪活动。文化是他逃避界线的避难所，因为文化似乎是可以超越种族界线的艺术语言。但是就像在杜波伊斯的世界中那样，这个世界的文化被玷污了，证明这一点的时刻是在歌剧院的那个夜晚，前有色人看见他的父亲和他同父异母的白人妹妹在一起，对比他自己的孤独和寂寞，他感到非常痛苦，他就去饮酒作乐，喝得酩酊大醉。

"做黑人没什么丢人的，但常常非常不方便。"在前有色人亲眼目睹对一位黑人处以私刑的可怕场面之前，那也是小说中最恐怖的描写，这种想法可能是他冒充白人的最终理由。他南下研究有关黑人教会的黑人圣歌，碰巧看到为了某种莫须有的罪名把一个黑人活活烧死。这个场景由一位把自己的政治生涯献给了倒霉的《染色工反私刑法案》而自己差点遭到私刑的作者（他与一位浅夫色的黑人女士坐在公园里），极其生动逼真。受害者痛苦地扭动着身体，叫喊着，呻吟着，而周围的人群却在欢呼，直到他变成一堆烧焦的骨头和皮肤碎片。前有色人相信烧焦的人肉味会一直持续下去，因为他的反应不是愤怒，而是更脆弱、更人性的东西——羞耻，他为属于一个如此无法想象的事情都可以发生的国家（美国）、属于一个可以如此对待的群体（黑人）而感到羞耻。约翰逊明白，私刑之所以可以得到认可，一部分原因是因为私刑转移了人们对更文明的压迫形式的注意力，但它也有助于把这些压迫形式合理地变成可怜的群体不可避免的命运。正如约翰逊在他的自传《沿着这条路》（1933）中详细论述的那样，矛盾是"白人花了这么多的精力使黑人呆在下等人天生就应该呆的地方"。同时，约翰逊对私刑发自内心的描写再一次证明这种非人性的仪式贬低了每一个人。前有色人最后与一个白种女人结了婚，他坦白了他的黑人血统。他们婚后生的孩子看起来都是白人，从来都没有人告诉他们这些孩子父亲的身份。小说结尾描写前有色人到卡耐基礼堂参加义演，在那里听到汉密尔顿的学生唱一些老歌，他特别渴望见到他的母亲及母亲那边的人。那些有面貌特色的名人包括 C. R. 奥格登（C. R. Ogden）、前外交官乔特和马克·吐温。不过是布克·T. 华盛顿吸引了前有色人的关注，致使他得出总结：他假冒白人使他离开了他的人民，离开了他的历史。

　　普林·霍普金斯的小说《抗争力：南北乱世情》（*Contending Forces: A Romance Illustrative of Life North and South*, 1900）中的人物与詹姆斯·沃尔登·约翰逊自嘲的自我变形所追求的目标大相径庭，他的解决办法对霍普金斯和她刻画的人物来讲似乎有些令人避而远之和悲惨。霍普金斯 1859 年出生在缅因州的波特兰，是诗人詹姆斯·M. 怀特菲尔德（James M. Whitfield）的侄孙女。她在波士顿长大，并在那里的公立学校上学。她从 1874 年开始她的写作生涯，当时她写的一篇关于酗酒的文章在由威廉·威尔斯·布朗（William Wells Brown）和公理会出版协会主办的竞赛中获得了一等奖。1880 年，她的一部描写地下交通网的剧本由"霍普金斯有色人种演唱团"上演，这个演唱团培养了霍普金斯的艺术追求。霍普金斯的写作和编辑工作在《美国有色人种杂志》达到了登峰造极的程度，这是波士顿的一家期刊，由有色人种合作出版公司创办，创始人包括沃尔特·华莱士（Walter Wallace）、杰西·W. 沃特金斯（Jesse W. Watkins）、哈珀·S. 福特恩（Harper S. Fortune）和沃尔特·A. 约翰逊（Walter A. Johnson）。霍普金斯担任杂志撰稿人。杂志 1900 年的创刊号刊登了她首次发表的故事《我们神秘的内心》（*The Mystery Within Us*），后来《抗争力》也由有色人种合作出版公司出版。霍普金斯为了生计一边先是在统计局后来又在麻省理工学院做速记员，一边做《美国有色人种杂志》（1903—1904）的撰稿人。《抗争力》是霍普金斯在有生之年写的唯一一部小说，被宣传为"一部可以激起黑人最大兴趣的关于种族的作品"。霍普金

渐进的多元文化：文化、经济和小说（1860—1920 年）

斯认为本书的主要目的是减轻她种族的堕落。霍普金斯的政治观点与杜波伊斯派的黑人行动主义一致，而与布克·T. 华盛顿派的黑人适应论不一致，其标志是当华盛顿的追随者弗雷德·R. 穆尔（Fred R. Moore）接管杂志后，她就辞去了《有色人种杂志》的工作（可能是被迫的）。不久，霍普金斯在名为《黑人之声》（*The Voice of Negro*）的期刊找到了稳定的工作，这份杂志的政治观点与她的政治观点很接近。霍普金斯还和沃尔特·华莱士在 1905 年合作创办了一家小出版公司，出版了一本名为《关于非洲种族早期辉煌的初步调查和非洲后裔重建的伟大可能性》（*A Primer of Facts Pertaining to the Early Greatness of the African Race and the Possibility of Restoration by Its Descendants*）的史书以及一本寿命很短的杂志《新纪元》（*New Era*）。霍普金斯度过了整个哈莱姆文艺复兴时期，但她继续过着白天做速记员晚上写作的生活。1930 年，她在一场大火中悲惨地死去，她的作品在她去世很久以后才公开发表。

《抗争力》的特点是通俗剧风格的情节和一系列从百慕大到北卡罗来纳和波士顿的背景。霍普金斯从美洲开始，描写了 19 世纪交替之际英属百慕大群岛的野蛮奴隶制度，包括土地所有人和他们最轻浮、最漂亮的女奴通婚。开头的"悲剧"部分描写了蒙福特（Monfort）夫妇和他们的儿子查尔斯（Charles）和杰西（Jesse）的故事。两个儿子在父亲死后发现了自己的奴隶身份，双双失去了自由和财产。小说转到 19 世纪后期的波士顿有些突兀，但另外一组可爱人物的出现更增加了这种突兀，主要包括萨福·克拉克（Sappho Clark），他是一个可爱的混血儿，他将揭示另外一个重要背景——19 世纪中期新奥尔良存在的奴隶姘居的可怕习俗。当霍普金斯转向波士顿情节时，主要围绕着"史密斯·马的宿舍"进行描写，她的主题就变成了世纪交替之际美国黑人社会以及黑人在大家都怀有敌意的环境下千方百计取得的成就。虽然黑人家庭被排除在有前途的行业和职业之外，但他们仍然设法体面地生活着，培养孩子的潜能。她对黑人和犹太人的困难处境进行了比较，重点强调他们为了生计而努力挣扎。尽管美国人都一心赚钱，在列举了当时的主要问题，比如关税改革、金银同价、托拉斯和合并的作用等问题后，她认识到没有一个问题比种族问题更重要。

霍普金斯揭示了意想不到的肤色等级问题，似乎下定决心在小说中提供她自己觉悟提高的形式。书的主人公威尔·史密斯（Will Smith）是最后向萨福求婚的人，他淡褐色的皮肤和卷曲的黑发明确地表明他的黑人血统，给富有的白种女人留下了深刻印象，她们不明白为什么这样的阳刚之美浪费在劣等种族身上。严格地讲，史密斯并非以杜波伊斯为原形，他是一个有知识的人，直言不讳地表达对平等权利的要求和对私刑的抨击。小说中的反面人物是瘦弱而虚伪的约翰·兰利（John Langley），他反而皮肤白皙，很容易被认为是白人。萨福住在史密斯家，做速记员，她和威尔一样，"才华横溢"但却绝对是"黑人"。对霍普金斯而言，理想人物的形象中虽然外表是黑人，但却是最好、最聪明的人。最不可取的命运是两个种族具代表性的劣等血统结合在一起，比如约翰·兰利，他的祖先就是地位低下的白人和黑人。霍普金斯塑造的形形色色的人物还包括一个布克·T. 华盛顿式的人物亚瑟·刘易斯（Arthur Lewis）博士，他是一位商人，在南方有一所很大的工业学校。她也讲述了鲁克·索亚（Luke Sawyer）的故事，鲁克忍受了他成功的店主父亲的破产，然后是新奥尔良收养他的混血家庭的破产，梅布尔·博比恩（Mabelle Beaubean）就是这个家庭的一员，故事最后证明她就是萨福本人。霍普金斯通过连续不断的预兆，证明小说中的所有人物都有血缘关系，这些血缘关系将构成美国黑人的文化遗产，这些设计使小说层出不穷的情节生动而有活力。这是关于过去；至于将来，霍普金斯通过威尔·史密斯详细描述了她内心深处理想的种族人物形象，他一直坚持既不服从白人也不与白人通婚。黑人作为人必须按照自己的主张前进，通过教育、政治活动和选举，以及采用任何可以利用的手段形成公众意见，宣传正义的理想。简而言之，霍普金斯在她的小说中把她毕生追求的目标戏剧化了。

霍普金斯的《抗争力》坚持认为，对美国黑人的现在和将来的描述都渗透着对这个群体被奴役的过去的认识，这部小说完成了杜波伊斯的最高目标，即从受害者的角度批判地审查了黑人的过去。当杜波伊斯注意到《美国有色人种杂志》上一篇评论《危机》（"Crisis"）的文章说霍普金斯由于"态度不够中肯"而被开除了编辑职务时，就认为霍普金斯是同路人。杜波伊斯和霍普金斯制订的日程计划包括在要求主流文化提供社会机会和合法权利的同时加强黑人团体自身的实力。他们两人都认为只有最高追求和理想、最激进的政治主张才能使黑人在现代完全拥有公民权利。詹姆斯·韦尔登·约翰逊的"前有色人"的解决方案对许多刚刚踏入美国国土的美国人仍然有吸引力，不管他们是奴隶还是来自外国。为了摆脱受尽折磨的过去或者只是出于意识本身发生了变化的缘故，实现进步的世界主义是许多文学移民的梦想，有时他们的愿望被证明是非常有害的。但这是人物——文学人物和非文学人物——的牺牲，是从亚伯拉罕·凯汉笔下的耶克尔（Yekl）到薇拉·凯瑟笔下的玛丽·贝克·埃迪（Mary Baker Eddy）都准备做出的牺牲。

4 大都市的变化

本章讨论的作品包括经典中篇（或短篇）小说（如杰克·伦敦的《野性的呼唤》）、移民小说和信件（如亚伯拉罕·凯汉的《耶克尔》和《一沓书信》[*A Bintel Brief*]）、移民和宗教极端主义的社会科学研究报告（由爱德华·A. 罗斯[Edward A. Ross]和威廉·詹姆斯著）、自传（爱丽丝·詹姆斯的《日记》[*Diary*]、海伦·凯勒[Helen Keller]的《我的生活》[*The Story of My Life*]）、传记（玛丽·贝克·埃迪的传记）以及主要美国小说（如《麦克提格》、《幸福之家》、《螺丝在拧紧》[*The Turn of Screw*]和《鸽翼》）。之所以考察这些作品，是因为作者描写了他们从19世纪后期最重要的变化中得到的主要灵感：城市化、移居和移民造成的人类迁移。许多文学作品都以城市为背景：弗兰克·诺里斯的《凡陀弗与兽性》（*Vandover and the Brute*）和《麦克提格》以旧金山为背景；亨利·詹姆斯的《鸽翼》以伦敦和威尼斯为背景；肖邦的《觉醒》以新奥尔良为背景；凯汉的《耶克尔》和沃顿的《快乐之家》以在纽约为背景；波士顿为玛丽·贝克·埃迪的基督教科学的繁荣提供了极好的环境。但有些作品以荒废的落后地区为中心（沃顿的《伊坦·弗洛美》）或把蛮荒作为最佳选择（杰克·伦敦的《野性的呼唤》）。有的作品由于不同原因以没有疆界的世界为背景：海伦·凯勒无比纯洁的黑暗世界；亨利·詹姆斯的"来生"的超意识；马克·吐温和伊丽莎白·斯图亚特·费尔普斯的极乐世界。这些作品中的人物通常由于他们的特立独行、极端或因意志薄弱犯的错误而令人难忘。这些人不能与他们被迫生存的环境"好好相处"——他们常常因易受各种因素的影响和不能继续生存而著名。有的人自杀了（莉利·巴特和埃德娜·庞特利尔）；有的被谋杀了（特里纳·麦克提格和约翰·桑顿）；有的死于自然疾病（米莉·希尔和爱丽丝·詹姆斯）；有的死于非自然的原因（迈尔斯［Miles］）；很多人都忍受着人格分裂的痛苦（耶克尔、默顿·丹希尔［Merton Densher］、伊坦·弗洛美和凡陀弗）。

这些作品描写了美国人在一个时期围绕流动性和自我转变这个中心主题发生的深刻变化。美国在这个时期由于吸引了大量廉价移民劳动力而在国际竞争中战胜了像阿根廷、巴西和西欧工业强国这些竞争对手，从1880年至1920年期间平均每10年吸引500多万外来移民。一部分原因是由于工业化和技术创新（以及它们产生的工作、住房和现代化的运输体系）的推广，城市总人口在19世纪80年代增长了56.4%。19世纪后期，20个农民搬到城市里才有一个城市居民搬到农村（一再出现的大萧条和农业机械化减少了农村的工作机会），10个农民的后代成为城市居民，而只有一个农民的后代仍然是农民。1860年，移民数量占美国主要城市人口的40%，包括纽约、芝加哥、旧金山；到1910年，移民加上他们在美国出生的孩子组成的人口已经占美国主要城市人口的70%（纽约、芝加哥、波士顿和底特律等）。这种快速扩张和多样化带来的结果使城市的社会生活支离破碎，虽然这种生活充满了机会，但对美国原住民、移居者和移民等来说，生活的支离破碎却可能是巨大的和令人不安的。

这些城市成了专门研究移民和城市化的新社会科学的重要试验田。德国社会学家乔治·齐美尔（Georg Simmel）的作品在19世纪90年代被翻译并刊登在《美国社会学杂志》（*The American Journal of Sociology*）上，芝加哥大学的社会学家如W. I. 托马斯（W. I. Thomas）和罗伯特·帕克（Robert Park）描述了城市工业资本主义带来的社会疏离的新形式。齐美尔在他的拓荒之作《钱的哲学》（*The Philosophy of Money*）以及非常有独创性的关于像时装、守财奴和边缘性等主题的文章中，描述了由不断刺激和现代社会的理性化引起的焦躁不安，现代社会能够给予更大的自由，但同时也产生了更加错综复杂的相互依存关系。由城市中种族的不同和社会的加速偏离造成的问题是托马斯和帕克关注的焦点。托马斯因写了关于种族歧视心理和女性青少年犯罪的作品以及他对欧洲和美洲的波兰农民的描述而著名。帕克是布克·T. 华盛顿的贴身助理，研究了大众传媒特别是新闻的影响及同化的过程，主要关注如何在千变万化的现代城市中获得普通的城市经验。

下面讨论的作品把世界大同主义的弊病戏剧化，表达了伴随着19世纪后期的现代化经验，人们不再抱幻想的各种做法。焦虑、压抑、疏远是看起来不断变化的社会普遍存在的疾病。尽管有些作家，特别是杰克·伦敦和弗兰克·诺里斯这些最令人难忘的作家，为人们勾画了蛮荒生活前景作为令人窒息的城市生活的另外一种选择，但他们笔下的人物也把他们的两难境地带入

○渐进的多元文化：文化、经济和小说（1860—1920 年）

了蛮荒世界，发现这些地方与他们想象的原始空间根本不一样。移居、移民和城市化在这里成了关注的焦点，最具体地描述了许多人用更晦涩难懂、更抽象的术语理解的混乱。

原住民和移民 "案例"

弗兰克·诺里斯（1870—1902）出生在芝加哥，在旧金山长大，擅长描写不适应环境、喜怒无常的人物，这些人物的主要驱动力——吝啬、利己主义、贪婪和强迫症——好像都是现代化的状况造成的。在他最优秀的小说《麦克提格：旧金山的故事》（*Mcteague*: *A Story of San Francisco*，1899 年）中，一位上了年纪的女裁缝整天都在考虑将她与她喜欢的憔悴的装订工人分开、使她不能跟他讲话的那堵薄薄的墙。《章鱼》（1901）的主人公是一个农场主，他带领人们与铁路斗争，他深受女人的折磨，一旦有女人接近，他就像一只长耳朵的大野兔一样逃跑。但可能在诺里斯的所有小说中，没有哪个人物比他的第一部小说《凡陀弗和兽性》（写于 1894 年，1914 年出版）中的主人公更古怪、更错综复杂，这部小说是诺里斯以特殊的学生身份在哈佛大学短期学习期间写的一部关于堕落的研究报告。第二年（1895—1896）诺里斯前往南非采访布尔战争，他的新闻报道表明他支持英国侨民或英国人，他把他们看做是由于大家所熟知的对税收不满却不能抗议而产生的现代美国殖民主义者。克鲁格尔（Kruger）带领的布尔人最终打败了詹姆森（Jameson）领导的英国侨民。诺里斯最后患了严重的南非热，这种病一直折磨着他，直到他在 1902 年英年早逝。

诺里斯像其他许多现实主义—自然主义作家一样在旧金山的一家城市报纸《浪潮》（*Wave*）做记者时初步涉足文学。《浪潮》由于一贯支持 C. P. 亨廷顿（C. P. Huntington）和铁路托拉斯而从像威廉·伦道夫·赫斯特（William Randolph Hearst）的《观察家》（*Examiner*）和阿瑟·麦克埃文（Arthur McEwen）的《纪事报》（*Chronicle*）等同类报纸中脱颖而出。主要以刊登安布罗斯·比尔斯、杰克·伦敦和威尔·欧文（Will Irwin）等作家的作品为特色的文学部是编辑约翰·奥哈拉·科斯格鲁夫（John O'Hara Cosgrove）的骄傲，他聘诺里斯写地方随笔——狂欢节、一群意大利人制作干红葡萄酒、在贝尔蒙特营地码头吃一顿新鲜的牡蛎。诺里斯从一开始就特意捕捉这座西部城市独特的文学魅力，1897 年他在《浪潮》上发表了一篇赞扬一座城市具有美学潜力的文章就已经表明了这一点，在这座城市里，那些具有代表性的居民似乎是虚构的。诺里斯把这归功于旧金山独特的与世隔绝的环境，使得那

4 大都市的变化

里的人们独具特色，同时也很极端。用左拉的话说，诺里斯为了避免单纯观察写出的文学作品，他会通过几次真正的接触抓住现实的核心内容。据编辑科斯格鲁夫回忆，诺里斯"并没有实际观察的能力，但去过一个地方接触到使他兴奋的事情后，他就可以在报纸上描述出来，完全和真的一样。我常常说他的毛孔就像他的视觉器官"。

《凡陀弗和兽性》同样也显示了诺里斯具有很强的人物塑造才能。凡陀弗是自然主义作家笔下哈克贝利·费恩式的人物，他故意丧失记忆、好色、倾向于消除各种经历的差别、天真无邪、不分是非。小说的开头描写了凡陀弗体弱多病的母亲在全家从东海岸迁移到西海岸途中在纽约西部的一个火车站去世。8岁的孩子可以麻木准确地描述当时的细节。虽然他不能区分从墓地出来的变化无常的人，但他表达了精神受到创伤的孩子的全部回忆，他竟会想起母亲咽气之前头放置的准确位置，竟会想起父亲把梳子和雪茄放在什么地方，竟知道临死的病人脸上的每一条皱纹，竟会想起搬运工如何擦前额以及如何处理多余的汗。叙述者为数不多的观察是克制的典型：一条评语——"旅行对她来讲太多了"——以及"火车的驱动轮一动不动，像一个巨大的狮身人面巨像卧在铁轨上……火车静静地冒着蒸汽，拖着长长的呼吸声"。

小说的情节发展像自然主义作家的情节剧所描述的教育小说（Bildungsroman）。凡陀弗在一部《大英百科全书》（*Encyclopedia Britannica*）关于产科的条目中发现了性，从此改变了他的生活，而他不同寻常的可塑性以及需要安慰的任性标志着他最终的兽性。他的一生是两个自我持续不断斗争的一生，一个是文明的自我——他对绘画事业雄心勃勃，尊重他父亲，尊重性欲爱好，是一个道德高尚的特纳·拉维斯（Turner Ravis）；另一个是兽性的自我——满心都是需求，经常嫖娼，时刻保持警戒状态。放荡的凡陀弗最后由于堕落而不能重新完成的寓意深刻的画"最后一个人"（The last Enemy），捕捉到他自己以及一般人性的困境。那幅画描写的是一位将死的英国骑士和他忠诚的马，一只吃人的狮子慢慢逼近，尾巴威胁地竖立着，张着大嘴，画面反映了善良的凡陀弗（骑士），他的文雅在他的爱犬考克（马）的衬托下更加突出，和残暴的凡陀弗（狮子）之间的内心斗争，遭受着变兽妄想狂（Lycanthropy-Mathesis）的折磨。这是狼人的技术用语。

小说的主要情节是为了使这些达尔文式的主题更加丰满。在凡陀弗从欧洲旅游返回途中发生的马扎特兰（Mazatlan）号沉船事件突出了反犹太主义认为合理的自我保护：残忍地禁止一个犹太人上救生艇，体现了凡陀弗的集体种族主义本能。接着发生了激烈的斗争：好斗的犹太钻石商想通过搏斗爬上船（有一些人同意他上船），但是失败了，他的身体下沉时，海水染成了红

○渐进的多元文化：文化、经济和小说（1860—1920年）

色。对凡陀弗人性的最后打击是他父亲的去世，他以熟悉的姿势坐在最心爱的椅子上像他母亲一样断气了。这种难以觉察地走向死亡的平凡与诺里斯笔下人物走向死亡的易如反掌并行。凡陀弗是典型人物中的极端分子，他不能对父母的死作出反应，最后以最冷酷无情的反应方式爆发。

诺里斯同时用两个场景表达了凡陀弗在他父亲去世后失去亲人的复杂感情。一个场景描写男管家在他父亲的吸烟室里，打开窗户，清扫干净，"重新摆放"家具。第二个场景描写凡陀弗在两周之后也来到父亲的吸烟室里，他已经接受了他父亲的死，因此心情轻松地想着他如何根据新的情况已经"重新安排"他自己。看出他父亲的影响，他把一只钢笔和一把刀偷偷塞进口袋里，把雪茄、口香糖和皱巴巴的手绢都作为遗物收藏在他的壁橱里。这个情节说明了物品是如何把记忆和感情联系起来的。起初悲伤是一种被压抑的感觉，但通过摆放熟悉的物品可以使之变得平淡，最后得到解脱。这是诺里斯所有的小说表明的一种观点——这里人们尤其会想起《麦克提格》。物品一直都被赋予巨大的反应能力，不仅火车变成了动物，物品本身也具有强烈的感情，激起了主人们的感情。一部分原因是它们吸收了人与人之间关系中已经消耗殆尽的表现力。但还有一个非常不同的原因，那是因为人无法处理失去亲人感觉，他们发现当把这种感觉转移到物体上时就能够有效地控制这种感觉。诺里斯的小说赋予物质世界以生命力，反映了小说人物超强的重要性，他们就像连环画中的超级英雄，在西部城市的大街上常常看起来特别高大。诺里斯的小说大部分以这些城市为背景。

在伊迪丝·沃顿的小说中，严格的礼仪规定限制了人们的情感，但人类和物品之间类似的交流也很普遍。她的作品表达了人们相信现实主义和自然主义文学作品所描述的超自然财产，与马克思关于商品拜物教的经济学和人类学的交换礼物的观点产生了共鸣。沃顿笔下颓废的纽约人曾经几乎要倒退回野蛮人的状态，诺里斯笔下的旧金山人也有相同的命运。他们毁灭的迹象表明城市中的上层人士里里外外受到威胁。凡陀弗最后成了旧金山他曾经拥有的工人住所卑躬屈膝的看门人，遭受反复发作的变兽狂症的折磨。莉莉·巴特（《快乐之家》的主人公）最终穷困潦倒，在纽约简陋的住所内自杀，反映了她阶级地位的急剧下降。"想想我曾经上过哈佛大学！"凡陀弗感到悲痛。莉莉对从前的自己感到惊讶，她目前在"苦工的地狱"中做的装饰帽子就是为那些她从前的社交名媛做的。移民潮、新兴的偏激的工人阶级、生机勃勃的商业和上下波动的经济催生了无数的暴发户——在上层人士的头脑中所有这一切都与他们自己逐渐丧失的职业伦理、道德和精神堕落以及出生率下降相对应。凡陀弗和莉莉黯淡的人生说明，作者相信阶级危机已经很普遍。

沃顿（1862—1937）把埃德蒙德·威尔逊刻画成"室内装饰诗人"，说明了她对漂亮物体及其主人的依赖。沃顿出版的第一本书《房屋装修》（*The Decoration of Houses*，1897）是与著名家居设计师奥格登·科德曼（Ogden Codman）合著的，此书主张室内装修——壁纸、家具及其摆放——都应当反映房子女主人的个性，同时也要符合传统的比例均衡原则。这跟沃顿小说中的物品所体现的内容是一致的，帽子、首饰、书、地毯、茶托盘完全体现了穿戴和使用这些物品的人为情趣。虽然沃顿很欣赏物质的光彩照人（她很理解女主人公莉莉·巴特对服装的痴迷），但她也认识到了这种欣赏所付出的代价。她的第一部主要小说《快乐之家》，在斯克莱布纳出版社出书之前曾在《斯克莱布纳月刊》（1905年1月至11月）上连载。沃顿用一位敏锐的观察家的观点来看待纽约的休闲阶层，这个阶层虽然生养了她，但她绝不会完全遵守其规范。小说一出现，有人就抱怨沃顿损害了她自己的生活圈子，把它完全暴露在众目睽睽之下。畅销小说成功的原因一部分是由于普通美国人有窥淫癖，小说还描写了他们对富人的迷恋。

沃顿好像已经意识到小说泄露了阶层秘密。她很熟悉托尔斯坦·凡勃伦1899年写的《有闲阶级论》（*Theory of the Leisure Class*）。凡勃伦对上层人士的经济习惯真知灼见的分析与沃顿小说中虚构的批评之间的相似之处值得注意。凡勃伦的基本观点是，富有的城市居民通过公开显示他们能浪费多少东西来获取并保持地位。实际上，妻子的特殊作用是通过她们炫耀性的休闲和消费来显示她们丈夫的经济实力。凡勃伦认为资本主义社会的人沉迷于模仿，通过与别人比较来确定他们的财富，卷入了一种由必须超过别人激起的永久性的欲望循环之中。在《快乐之家》中，广告助长了这种竞争性炫耀文化的存在。

小说的开头描写了不同社交圈之间的对比：纽约上流社会，人们只认有用之人，一个庞大的——国际和国内——网络（职业化、商业和证券交易）千篇一律地冲击着每一个人。日益流行的宣传工具——报纸、杂志——使大家可以接触到不同的阶层，阶层之间、个人与社会机构之间的距离感越来越强。媒体通过把各个阶层和不同出身背景的代表个性化，使人们了解社交界。一种以暴露——自己和别人——为主要目的的文化是被市场主宰的文化。对沃顿来说，个人不可避免地要体现交换冷酷无情的特性。因此，在小说的高潮——活人造型的情节中，莉莉和其他妙龄女子通过把著名肖像画的主题拟人化，按字面意义来解释它们的商品地位。莉莉变成了雷诺兹（Reynolds）的《劳埃德太太》（"Mrs. Lloyd"），释放了塞尔登（Selden）的热情；他可以暂

渐进的多元文化：文化、经济和小说（1860—1920 年）

时把莉莉看做艺术杰作来认识她的价值而爱她。塞尔登最后拒绝对莉莉进行"投资"，拿他的感情资本冒险。这反映了莉莉的姨妈佩内斯顿（Peniston）太太的吝啬，她剥夺了莉莉的继承权，注定了她的灭亡。

沃顿的理想是与市场力的混乱逻辑相对抗的天生的高贵和传统主义。经济上的贫穷只是表面的，更深层次的贫穷脱离了世世代代、地区与地区之间、几百年来居住的家与家之间相传的根、血统、信仰和忠诚。她小说的社会背景体现了达尔文的弱肉强食的观点，认为社会背景原有的伟大性在现代社会被降低了，这就使那位赚取人们许多同情、最终又成为人们批评对象的犹太人物罗兹戴尔（Rosedale）先生成了必须抵制的东西的象征。沃顿的另一种选择是以内蒂·斯特雷瑟（Nettie Strether）为代表的品德高尚的穷人，她是性格温和的工人阶级母亲，她的兴趣与真正的上层人士的兴趣一致。她认为穷人将永远存在，就像鸟在悬崖边筑巢一样。同时，天生的贵族，也就是塞尔登家族和巴特家族，无论他们的前途多么渺茫都必须团结一致，这就是小说结尾时塞尔登的悲观认识。如果盎格鲁—撒克逊白人贵族部落能够重新领会这种义务感，那么莉莉·巴特就没有白死。

莉莉·巴特的困境来自财产被剥夺和被取消继承权。她的父亲失去了财富，因此莉莉要依靠自私自利的亲戚朋友，她自己非常不喜欢这种依靠，这使她自暴自弃，成为导致她死亡的原因。但莉莉死亡的根源在于有闲阶层女人的特殊困境，她们被抚养成令人羡慕的对象，不能上班，还要学会培养自己无关紧要的能力。在一个各个阶层都日益以拥有适合市场需要的技能或职业地位来定义成功的社会中，缺乏企图心是充满矛盾的美国贵族阶层妇女所特有的一种损失形式。19 世纪后期，没有哪个人比这种情况下的爱丽丝·詹姆斯更悲惨，她不能依靠自己的才能，也不能依靠她显赫的家族给予她的物质和教育机会。像弗洛伊德"交谈治疗"法被广泛使用之前的盎格鲁—美国人和欧洲上层人士中的其他人（大部分是女性）一样，她毕生的职业就是寻求和睦与满足。

1894 年，爱丽丝·詹姆斯死后不久，她的朋友，显然也是她的情人、在她生病期间照顾她的凯瑟琳·皮博迪·洛兰（Katharine Peabody Loring）编辑了爱丽丝的日记手稿并寄给了詹姆斯还活着的兄弟们。威廉不承认收到了手稿，亨利销毁了他的那份手稿，建议洛兰不要发表，因为日记涉及很多隐私。这些反应都是她的兄弟对她一生的雄心抱负态度冷淡的表现。尽管她瞧不起她的哥哥们，但这些雄心抱负是一个大城市知识分子家庭所应有的。1848 年，爱丽丝出生在纽约市，是家中最小的孩人，也是玛丽和老亨利·詹姆斯的五个孩子中唯一的女孩。她和哥哥们一样接受了形形色色的教育，但经常由于他们的父亲催着搬家而中断。爱丽丝的童年饱受颠沛流离之苦；到她青春期时，正好赶上内战，她身体比较虚弱，预示着她长大成人后的身体和感情会出问题。她的哥哥鲍勃和威尔基加入联盟军作战，威廉和亨利尝试了各种职业，爱丽丝则遭受集体（全国死亡的景象）和个人的不幸（她痛苦的思想和身体）。

不十分清楚爱丽丝出了什么问题，但好像是，至少部分原因是由于詹姆斯一家都可能得的神经衰弱：过度紧张、被奇怪的幻觉支配、直接遇到恶魔的化身。家中最不成功的人经受这种疾病折磨时间最长，这个事实说明这种疾病的根源是能力不足和缺乏关爱的感觉。因此，亨利十分阴险地把爱丽丝的性格描述为："在某种程度上，虚弱的身体是她解决生活中实际问题的唯一办法。"爱丽丝很熟悉普遍使用的治疗不明之症的解毒药：冰和电疗法、热水浴和威尔·米切尔著名的休息疗法——强迫进行并中断一切活动。当爱丽丝1873年遇到凯瑟琳·洛兰时——当时她26岁，洛兰25岁——立刻一见钟情。爱丽丝发现凯瑟琳身上完美地融合了性别特征，不但具有完成最苛刻的"男子汉"任务的力气——劈木头和抓住脱缰的马——同时也融合有令人羡慕的女性特征。1884年，亨利·詹姆斯在欧洲见到这两个人时，就注意到了这种关系的好处，并劝他家里的人心存感激地接受这种关系。爱丽丝一直是身患不明疾病的身体虚弱的病人，直到1891年医生查出她患了乳腺癌。爱丽丝以她通常使用的讽刺和敬畏的方式来面对她所称的"伟大的丧葬时刻"。她于1892年3月去世，凯瑟琳和亨利守在她身边，她是被火化的，骨灰埋葬在剑桥的奥本山公墓中的家族墓地。

爱丽丝于1886年12月份开始写日记，刚开始只是作为从她阅读的很多卷书中摘抄一些格言的普通笔记本——比如豪威尔斯、洛蒂（Loti）、拉布吕耶尔（La Bruyere）、福楼拜、埃德加·昆内特（Edgar Quinet）、科顿·马瑟（Cotton Mather）、乔治·桑、托尔斯泰·勒南（Tolstoy Renan）、奥古斯特·孔德（Auguste Comte）和她的哥哥们的作品。但是到1889年，她就开始把日记作为一种补偿她虚度的人生的一种美学手段来认真对待。由于长期受身体的限制，爱丽丝寻求在日记中把那些身体的局限转化成充满想象的艺术。她声明："瘫坐在沙发上的人如果想要的话，可以得到比斯坦利屠杀野蛮人更广泛的阅历。"虽然爱丽丝显然认为她的智慧受制于她的身体状况，但在詹姆斯的家族历史中很多迹象都表明，爱丽丝的身体状况是她自我贬低的思想造成的。爱丽丝的传记作者特别提到她的父亲过低评价女性的智慧，强调家庭中一个家庭成员的成就需要另一个家庭成员的失败来补偿。威廉和亨利作为哲学家和文学作家所取得的事业上的成功分别由他们弟弟的能力不足和爱丽丝的无足轻重来平衡。这就解释了写日记人的沮丧，她使用失败者的修辞手法——宣布她自己为"小垃圾堆"或"发霉的毒菌"。像其他意志坚强但被忽视的人一样，爱丽丝很热衷于权力和政治，时不时从她崇拜的人物身上汲取力量，曾一度宣称拥有"俾斯麦的力量"。与此一致的是，日记充满了敌意和挑衅——针对熟人、佣人和整个世界，首先针对她的家庭。在这种情况下写作是表达失望和绝望的手段，而不是驱除失望和绝望的手段。日记的大部分内容都集中在她去世前的时间，因没有描写自艾自怜、内疚或恐惧而很有吸引力。这表明她的生活很空虚，也进一步证明这位詹姆斯家的孤单寂寞的小妹妹的特别之处。爱丽丝面对死亡时没有宗教安慰，拒绝给天堂传递口信，拒绝她哥哥威廉作最后的心灵顾问。她完全参加了为她的遗体制订仪式计划，坦率地提到即将到来的火化，想象着凯瑟琳把她的骨灰撒入大海。

爱丽丝·詹姆斯在任何地方都找不到家的感觉，她可能把自己想象成一个移民，为了寻找没有给她带来安慰的物质保障而被迫离开祖国。在这些移民中，没有人比亚伯拉罕·凯汉更了解移居的压力以及富裕的生活在抵消移居带来的影响时所具有的局限性。凯汉自《犹太先锋日报》（*Jewish Daily Forward*）1897 年创立至 1951 年他去世前一直都是那里的编辑，他也是第一部美国犹太人写的主要小说《戴维·莱温斯基的发迹》（*The Rise of David Levinsky*，1917）的作者，他是在犹太移民的重要时期支持美国犹太人作品和社会主义文化的重要人物。凯汉 1860 年出生在立陶宛的帕德波波里彻（Padbereezer），是正统的犹太拉比①和教师的后代，他不久就显示出他自身的能力在世俗教育中得到了最好的培养。他从公立学校毕业后一直做老师，直到 1882 年由于革命活动被迫移居美国。不久，22 岁的凯汉就开始在纽约的血汗工厂干活，他参加了劳工运动，截止 1882 年 8 月，他一直在为"宣传社团"发送意第绪语传单，这是一个致力于在犹太人中推进社会主义和无政府主义、由俄罗斯和德国移民组成的团体。他成了一个战斗口号为"我们必须用母语来煽动犹太人"的团体的意第绪语主要发言人。凯汉作为两家意第绪语社会周刊《新时代》（*Neuezeit*）和《阿拜特工人报》（*Arbeiter Zeitung*）的作家，表达了可能在美国看到公正的社会秩序的理想主义思想，这种理想主义激起了强烈抵制，包括支持者也指责它是煽动叛乱的外来主张。凯汉是一个真正的文艺复兴式人物，曾经做过教师、劳工组织者、演说家、编辑、小说家和记者，他作为一个决心改革新国家的外族人一直在接受生活的挑战。

尽管凯汉的作品主要发表在美国意第绪语杂志上，但他也吸引了一批英

---

① 对犹太学者、口传律法集《塔木德经》的编撰者或教师的尊称。——译者注

语读者。在长达五卷的自传中，他描述了从霍桑、詹姆斯和豪威尔斯那里汲取的灵感。他的第一部英文小说于1895年出版，得到了豪威尔斯的称赞，豪威尔斯在为《来自阿尔特鲁利亚的旅行者》收集资料时见过凯汉，凯汉后来把那本书翻译成了意第绪语并以《先锋》（Forward）的名字出版。豪威尔斯很欣赏凯汉对犹太移民的生动描写，帮助他找到出版商出版了他的第一部小说《耶克尔：贫民窟的故事》（Yekl：A Tale of Ghetto，1896年）。豪威尔斯在发表在纽约的《世界》（World）杂志上评论本书的一篇文章中称凯汉为"一颗现实主义新星"，后来称赞了他的两本书《纽约意第绪人的进口新娘和其他故事》（Imported Bridegroom and Others Stories of Yiddish New York，1898）和《戴维·莱温斯基的发迹》，后一本是摹仿豪威尔斯自己的《塞拉斯·拉帕姆的发迹》写成的。

　　由于豪威尔斯不是意第绪语的读者，所以他只是间接地知道许多人认为凯汉最伟大的成功是他在《犹太先锋日报》作了54年编辑。在凯汉开始任职时，报纸的发行量不到6000份，他感到这应该归因于报纸对意第绪语纯理性的探讨和对抽象理论的偏爱，甚至使东部的犹太人都避而远之，这些犹太人对托尔斯泰、斯宾塞和达尔文的喜爱使这些作品得以以手推车贩卖的形成流转。凯汉引入了意第绪语口语并且增加了许多人们感兴趣的特写。正像纽约《晚邮报》（Evening Post）上报道的那样："凯汉接手《犹太先锋日报》后八周内其发行量就增长了两倍……现在其日发行量超过了13万份（1912年7月27日）。"凯汉的民主化目标是以"失踪的丈夫画廊"专栏为典型，该专栏通过把那些抛弃家庭的丈夫们的照片刊登出来揭发他们，还有一个固定专栏"一沓书信"，都是普通老百姓写给编辑的信。凯汉长期表达他们在移民过程中遇到的困难和发生的奇迹的论坛"一沓书信"于1906年1月创设，凯汉在他的自传中写道，此栏目服务于"成千上万背井离乡、离开亲人……渴望表达孤独的灵魂、想听听意见的人和想得到解决重要问题的建议的人"。这个栏目非常受欢迎，给这个栏目写信（对不识字的人来说）本身就变成了一种职业。从一开始，凯汉就亲自回复所有信件，给找孩子的母亲回信，给有独裁老板的工人回信，给决定结婚的青年男女回信。在这里编辑就是可以信赖的朋友、精神顾问、就业顾问和治疗师。一位妻子的丈夫在俄罗斯大屠杀中幸存后移居到美国，一直受到基辅审判犹太人曼德尔·贝利斯（Mendel Beilis）的仪式性谋杀的困扰，凯汉就建议她为丈夫找一个好的精神病医生；其他人则交给了救济机构、工会或回到原来的国家。

　　不管"一沓书信"专栏的作者们写信是为了提供智慧还是得到智慧，他们都证明了同化的痛苦。因此"美国化"在凯汉的小说中是一项充满矛盾的艰巨事业，进入了有损于人的完美和真实性的价值观，如在《耶克尔：纽约贫民窟的故事》(1896) 中对棒球、舞蹈和女人的热爱和《戴维·莱温斯基的发迹》中贪婪的物欲。移民使原来国家的自我死亡，取而代之的是在美国鬼一样的外表。耶克尔经常出现在主人公的宗教教育中、他母亲的迷信中和他父亲的铁匠铺里，这其间一直伴随着的是耶克尔引人注目地逐渐变成"杰克"的过程：对宗教的相信程度减弱、用居高临下的恩赐态度对待过去。凯汉反对使他作品中的主人公头晕目眩的美国主流价值观念，这给小说带来了一种紧张的气氛和不可预测性，但同时他对贫民窟生活的描写仍然是丰富多彩和详尽的。凯汉描写了犹太人坚持不懈的精神（当他们不期然完成了宗教义务时这种精神会加强），使他们周围的世界生机勃勃，赋予物质敬畏之力。杰克对他父亲的死感到内疚导致他害怕父亲的鬼魂。杰克的移民妻子吉特尔 (Gitl) 的无助表现在她对美国新事物的恐惧——火炉、洗衣盆、油漆过的扫帚柄。在杰克考虑抛弃他的妻子和孩子时，普通床单就变成了裹尸布。这些想象都来源于犹太人和美国人的遗产：《米德拉西》(midrashic) 故事集中被鬼魂缠住的人物以及霍桑小说中灵魂备受折磨的人物。

凯汉的多元文化现实主义强调道德和心理的复杂性。无论拉比在离婚法庭上或告诉她儿子父亲走了时是多么可怜，被抛弃的妻子不是一位受害者，她找到了一个新丈夫，开了一个杂货店。同时，小说结尾把主人公写得很不幸，让人们认识到他的不幸是公平的。凯汉笔下的移民都苛刻、不大度：那些遭受痛苦的人罪有应得，那些没有遭受痛苦的人是幸运的，但他们都是引人注目的人物。凯汉给美国的文学传统增添了独特的元素。

移民鼎盛时期不断呈现的复兴前景并没有被美国社会科学家们忽视，他们从内行人的角度关注移民带来的影响。但这些专家——比如麻省理工学院的经济学家弗朗西斯·A.沃尔克 (Francis A. Walker) 和威斯康星大学的社会学家爱德华·A.罗斯 (Edward A. Ross)——可能是美国最难对付的看门人。社会科学家试图从美国"原住民"的观点来评价移民，就像罗斯在他颇具影响力的书《新世界中的旧世界：过去和现在的移民对美国人民的重要性》(*The Old World in the New*: *The Significance of Past And Present Immigration To The American People*, 1914 年) 中所写的那样。罗斯强调英国人、荷兰人、德国人和苏格兰人的活力和虔诚，他们为了基本信念在蛮荒地区定居下来，经历了连牲畜都无法忍受的艰难困苦而生存下来。17 世纪和 18 世纪移民所面临的挑战确保只有强大的种族才能把他们的特性传给未来的美国人。19 世纪中期以来，移民变得越来越容易，使一些弱小的外国种族的个性特征可以融合进来。罗斯引用了弗朗西斯·沃尔克著名的关于高移民率和原住民的出生率下降之间的重要关系的统计资料，他认为美国上层人士有消失的危险。这些分析巧妙地与那些悲叹无法抗拒美国化影响的移民作品相对应，认为移民对美国人的伤害比对移民自身要大。

提高中产阶级和上层社会的生育率是盎格鲁—美国社会学家提出的解决各种社会弊病的办法，并且在世纪之交受到了很多人的响应。这就是为什么像凯特·肖邦的《觉醒》（1899）这部描写休闲阶层的新教妇女毫无母性本能的小说会激起读者愤怒的一个原因。肖邦的家乡圣路易斯的公共图书馆撤掉了这本书，很快肖邦本人也被该城市的艺术俱乐部开除。很多评论家都反对一位妻子和母亲不顾自己的孩子而去通奸、酗酒和赌博消遣，沉浸于一种显而易见的无所事事的状态。《觉醒》问世时，肖邦（1851—1904）是48岁，已经是一位著名作家，并且已在大众杂志和精英杂志上发表了一百多篇故事、散文和随笔。肖邦是一位带着六个孩子的寡妇，有一个农场要打理，她在尽母亲的义务和经营农场之余进行写作。毫无疑问，埃德娜·庞特利尔是自我放纵、消极地陷在她的不快乐之中，其难以言喻的程度吸引了一些读者，同时也使一些读者非常愤怒。肖邦设法使一个如此行为举止的女主人公揭示深刻的意义，这充分证明了她的写作技巧。小说激励了一些评论家，但同时也惹怒了另外一些评论家，但大家都被它非常鲜明的描述风格所吸引。《觉醒》的描写非常淫秽和准确，这在当时美国的写作界还很新颖。

肖邦对埃德娜·庞特利尔的描写是期待弗洛伊德来解决上层社会妇女生活中的困惑，补充了现代女权主义者以及更保守的社会科学家得出的结论。对女权主义者（比如夏洛特·帕金斯·吉尔曼和薇拉·凯瑟）来说，女人既是她们自己的负担也是别人的负担，因为她们被剥夺了可以带来更大成就的教育和职业机会。对社会科学家（如 S. 威尔·米切尔、G. 斯坦利·霍尔 [G. Stanley Hall]、赫伯特·斯宾塞 [Herbert Spencer]）来说，现代女性不满足是因为她们抵制天生的东西——生儿育女、操持家务、塑造美德。肖邦的描写通过许多人物都提出了"埃德娜出了什么问题"这种疑问，来引出这个问题。埃德娜要么是一个典型的"歇斯底里的"女人，要么是一个受社会角色匮乏的压力而感到压抑和叛逆的"正常的"女人。但肖邦也把埃德娜的不满足归因于她的家庭和文化背景。埃德娜出生在肯塔基，作为一个长老会教徒被抚养长大，她毕生与情感和忠诚进行的斗争使她与天主教徒克里奥尔的婚姻在某种程度上具有治疗作用。与她丈夫的文化中的热情与凝聚力相反，埃德娜的成长过程是一系列失去的痛苦：她妈妈很早去世，父亲孤芳自赏并且沉溺于喝酒，埃德娜拒绝参加她妹妹的婚礼暗示着她们相互敌视。埃德娜的孤独是带有文化性的，因为值得注意的是，来源于美国新教主义的空虚及

◉渐进的多元文化：文化、经济和小说（1860—1920 年）

其过度强调个人主义以及被爱默生的哲学证明正确的价值观，令埃德娜不安。在小说情节的发展过程中，埃德娜也体会到其他人日益成为负担，发现人际关系威胁着她的自我发展。

但是这本书之所以产生很大争议，是因为书中对现代民主社会的新问题直言不讳的描述：妇女的地位，母亲自我牺牲的天性，对物质财产的有限满足，生活本身的价值。小说描写了一位不满足的妻子和母亲，舒适的生活不能使她满足，她最后自杀似乎是她解脱痛苦的最好方式。肖邦提出了关于自由个体与死亡的关系以及自由个体与女人成为自由个体的潜能之间的关系问题。可以认为，《觉醒》是为自杀辩护，对高于一切（已知的和未知的）的生活的世俗评价提出了质疑。肖邦的小说是美国第一部直面不受宗教信仰限制的死亡诱惑的作品，这与从瓦尔特·惠特曼的《一天晚上我在田野里值夜》（"Vigil Strange I Kept on the Field One Night"）到罗伯特·弗洛斯特（Robert Frost）的《在一个下雪的夜晚停在树林边》（"Stopping By Woods On A Snowy Evening"）的诗歌所表达的传统一致。死亡对埃德娜来说是回到了孕育同性欲望的地方，暗示着埃德娜会被好色的"母亲般的女人"拉提格诺尔（Ratignolle）太太吸引。这并没有否定后现代女权主义结束的意义。标准的女权主义解释认为，埃德娜·庞特利尔的觉醒达到了她的愿望极限，不管他们认为这种觉醒是令人失望的（她本可以忍气吞声地过一种充满活力的女权主义生活）还是令人钦佩的（产生了一位女权主义的殉难者）。小说还支持更激进的女权主义观点：一位超出当时的社会理想的"觉悟提高"者的故事。用传统的术语理解，小说的结尾有许多对大自然的描写，如通过描写大海的外观和感觉来证明女人和自然的节奏产生的共鸣，超出了社会和文明的范畴。通过描写大自然的吸引力而不是描写对现代城市生活的不满足，肖邦正在加入一场不同性别之间的对话，参与这场谈话的最著名的人物是弗兰克·诺里斯和杰克·伦敦这样的小说家。

野性的诱惑

当代使野性制度化所做的努力，在形式上表现为城市公园、动物园以及建立受保护的野生动物领地，像"莽骑兵"（Rough Riders）和"男童子军"（the Boy Scouts）这些强调生存技巧的团队非常受欢迎，这些努力一方面是与大自然加强联系的方式，另一方面也表达了人们对大自然的消失以及现代生活中越来越多的不自然成分的担忧。根据诺里斯和杰克·伦敦的观点，美国小说的未来在于摒弃优美的画面和文体，着重描写粗野的达尔文主义弱肉强食的斗争。诺里斯是一个美国作家群体中的一分子,这个群体的作家还包括杰克·伦敦、史蒂芬·克莱恩、欧文·威斯特等,他们认为小说家的作用是协调人类的天性与文明之间一触即发的紧张关系。诺里斯和伦敦在他们自己的冒险生活中模仿了这些虚构的行为,认同他们笔下的人物是在生产和消费严格分开的社会中寻找有意义的工作。同样,他们也认同他们笔下那些喜欢强烈的人类情感或完全没有情感的人物。他们小说的城市背景——极小、易导致幽闭恐怖症——似乎与主人公的势单力薄不相称,他们与社会难以满足的需求抗争,直到他们被置于他们所属的蛮荒地区。伊迪丝·沃顿的描写比较淡漠和压抑,以另外一种形式表达了类似的主题:不协调的人就像杂草一样要连根拔除或挪到更适合的环境中。

若想如这些作家一样主张人和其他物种平等,就要做出很大的让步。马克·吐温这位煽动家在1896年写的一篇文章《人类在动物世界的位置》("Man's Place in the Animal World")走得更远,提出了与认为人类是从低级动物进化而来的达尔文理论相反的观点——也就是说人类是从高等动物退化而来的。马克·吐温观察了人类和其他物种各自的消费习惯,得出结论:人类比其他所有物种都低级是因为只有人类为了消遣而杀戮。对采集方式进行比较——把人类与松鼠、鸟类和蜜蜂进行比较——也同样得出了准确无误的结果:人类贪婪、不大度,而这些小动物却不是这样。人类的复杂性导致忧郁、愤恨和侵略,算计着在与比较简单的以宇宙为家的自然界兄弟的相处中所带来的损失。一套准则出现了:人类为了享受痛苦的快乐而引发痛苦,他们发动战争,奴役他人,宣扬爱国主义和忠诚,拥有道德感,这种道德感好像就是为了违背才存在的。唯一能证明人类至上观点有理的能力是智慧,吐温认为在他熟悉的对天堂的描述中格外缺乏这种智慧。他推断,这毫无疑问是因为只有高等动物才能达到那种高度。杰克·伦敦著名的对野生动物和人类的描写对动物爱好者具有绝对的吸引力,他引用了大量详细的关于狗的行为的科学研究来证明,所有这一切与吐温的观点相呼应。虽然伦敦的达尔文主义等级分类理论强调两种物种中精英的作用,但这种理论由于缺乏吐温提出的"高等动物"勇敢无畏的案例而戛然而止。

杰克·伦敦1876年出生在旧金山,母亲是被他的星象学家亲生父亲威廉·钱尼(William Chaney)抛弃的音乐教师弗洛拉·韦尔曼(Flora Wellman),她后来嫁给了杰克·伦敦的继父约翰·伦敦。由于家里很穷,他们要根据庄稼的收成情况到处流浪,直到他们搬到了奥克兰。10岁的杰克经常出入那里的公共图书馆,显示出他读书的特殊喜好。伦敦从小就一边上学一边打工挣钱养家。15岁时,他在罐头食品厂找到了一份全职工作,借钱买了一

渐进的多元文化：文化、经济和小说（1860—1920 年）

艘船在旧金山湾打捞牡蛎。伦敦对当地的劳工政治很感兴趣，加入了考克西（Coxey）失业请愿军在加利福尼亚的分支凯利（Kelly）请愿军，这是失业人员赴华盛顿的请愿游行，后来席卷了整个国家。伦敦在纽约州北部地区以流浪罪短暂入狱，这一情节在《路》(The Road, 1907)中有详细描述。伦敦在这个时期培养了他的文学爱好，在一次旧金山举办的现场作文比赛中以一篇关于台风的文章获奖，表明他的阅读范围非常广泛。三年后，伦敦在 20 岁时上了奥克兰高中，取得了进入加利福尼亚大学伯克利分校的资格，1896 年，他在大学只上了不足一个学期的课。伦敦希望以写作为生，但最后在一艘轮船的洗衣房找到了一份非常繁重的工作（这些都写进了自传体小说《马丁·伊登》）。

1898 年，伦敦时来运转时还非常年轻：他的第一篇小说《致受审判者》("To the Man on Trial")卖给了《陆路月刊》(Overland Monthly)，第二年又把《北方人的流浪历程》("An Odyssey of the North")卖给了《大西洋月刊》。1900 年，霍顿·米弗林（Houghton Mifflin）出版社出版了他的第一部短篇小说集《狼孩》(The Son of the Wolf)，这是关于阿拉斯加州克朗代克河的淘金热的小说，1901 年，麦克卢尔·菲利普斯（McClure Phillips）出版社出版了他的第二部小说《前辈之神》(The God of His Fathers)。《野性的呼唤》使伦敦置于大众和评论界的赞扬声中。在后来的 10 年中，伦敦每年都在麦克卢尔出版社出版一本书，包括：《深渊居民》(The People of the Abyss, 1903)、《海狼》(The Sea Wolf, 1904)、《阶级之争》(War of the Classes, 1905)、《白牙》(White Fang, 1906)、《路》(1907)、《铁蹄》(The Iron Heel, 1908)、《马丁·伊登》(Martin Eden, 1909)、《天大亮》(Burning Daylight, 1910)、《南海传说》(South Sea Tales, 1911)、《月亮谷》(The Valley of the Moon, 1913)、《强者的力量》(The Strength of the Strong, 1914)以及《赤死病》(The Scarlet Plague, 1915)和《星游人》(The Star Rover, 1915)。在以这种紧张的节奏工作的同时，伦敦结了两次婚，曾在日本和韩国担任战地记者，进行了环球旅行，建了一个 1100 亩的大牧场，与此同时还要与疾病作斗争，最后积劳成疾，得了风湿病、肾衰竭和胃肠尿毒症。伦敦于 1916 年去世，可能是自己服了过量的药。伦敦之所以取得轰动性的成功，部分原因要归因于他的生活与小说十分接近。当麦克卢尔出版社给伦敦提供一份办公室工作和稳定的收入时，他拒绝了，并且评论说："如果我听从了杂志编辑的建议，我很快就会失败。"在典型的美国人看来，伦敦反常规的冲动行为是非常符合传统的：比如他追逐荒野的熟练技巧，他既是工人又是高产作家的职业道德，他用写小说赚的钱修建了梦想之屋。

4 大都市的变化

这些性格特征好像都融合在使伦敦一举成名的短篇小说《野性的呼唤》中，这部小说在成为畅销书出版之前连载在《星期六晚邮报》(*The Saturday Evening Post*，1903 年 6 月 20 日至 1903 年 7 月 18 日) 上。从文学作品中最具魅力的动物的视角来看，《野性的呼唤》是一部教育小说。和迈克尔·德雷顿 (Michael Drayton) 笔下的猫或弗兰茨·卡夫卡 (Franz Kafka) 笔下的狗侦察员一样聪明，比吐温具有讽刺意味的混血儿更有激情，比吉普林 (Kipling) 笔下的丛林动物心理活动更为丰富，伦敦笔下的巴克，这条 140 磅的狗的智力、感情可能是美国现实主义文学作品中唯一不会弄混的主人公。小说的开关与众不同、含义深刻：

> 巴克没有读报纸，否则的话他就会知道马上会有麻烦，不仅是他自己的麻烦，而且是每一条生活在沿海地区的狗的麻烦，这种狗肌肉健壮，长着长长的毛茸茸的毛，从普吉湾来到圣地亚哥。因为生活在黑暗的北极圈内的人发现了一块黄色的金属，还因为大轮船和运输公司使这个发现迅速发展起来，成千上万的人涌到北部地区 (Northland)。这些人需要狗，他们需要肥胖的狗，有强壮肌肉的狗，让它们干苦力，用它们的毛皮做大衣，免得自己被冻坏。

巴克不能阅读报纸只是他所缺少的一系列人类特性和爱好的一小部分。一切使巴克感到人类神秘的东西以及每一个它不同于他们的方面都是优越的标志。以文学现实主义讲述道德故事的方式似乎造就了狗的一生。巴克天生就是贵族，"是所有蠕动类、爬行类和飞行类动物……也包括人类的国王"。他本来在温暖的圣克拉拉峡谷中过着悠闲的生活，后来被拖到阿拉斯加的克朗第克干苦力，拉着装满写给探金矿者的信件的雪橇，一天跑 60 英里。为了生存而挣扎，他的道德感削弱了，但其他方面都提高了。

小说快节奏的开头描写了可怕的事件——巴克被绑架，从一个残忍的狗贩子转到另外一个人手里。没有人同情巴克，但有人敬佩他的坚韧和理解深度。这个世故的动物已经学习了原始法则，他很难理解他的新主人粗鲁的言语。伦敦强调了巴克从经验中受益的能力：决心再也不被拿着棍棒的人类打垮，也不会被一群残酷无情的狗当做替罪羊。巴克梦想的生活，即他庞大意识的另外一个宝库，有助于保证做到这一点。小说中的其他狗的特性比小说中的人类更深刻、更多样化。人类的作用主要是欣赏巴克，比如一位在蛮荒环境下变得坚强的团队司机为巴克酸痛而冻僵的脚制作软帮鞋，并因巴克忘记穿鞋不能走路而开怀大笑。小说最难忘的段落之一是描写打兔子，在这段

◉渐进的多元文化：文化、经济和小说（1860—1920 年）

情节中，伦敦歌颂了巴克的转变。处于创作巅峰的艺术家、在战壕中不知畏惧的爱国战士、可以发挥最大潜力的狗的力量和智慧的完美典型，都融合在一个自我整合的理想形象身上。但本书真正的高潮是当一位和蔼的喜欢狗的探金矿者救了巴克的命时，巴克第一次体会到爱。巴克在变得冷酷无情后还会对人类的慷慨大方行为作出反应最终证明了他的伟大，同时也表明他最终还是屈服于占支配地位的物种。

巴克和桑顿（Thornton）之间相互依赖是因为他们彼此感恩——桑顿救了巴克，而巴克也救了桑顿。使桑顿成为小说中最好的人的原因是他喜欢狗，并且他能够唤起巴克作为狗的忠诚。在巴克遇到约翰·桑顿之前，他已经听到了"野性的呼唤"、原始的狼嚎，这更证实了巴克要回到触动他内心深处的野性的关系中。为了解决可能存在的两难境地——强迫巴克在桑顿与他的本性之间做出选择——桑顿被美洲伊哈特（Yeehat）土著人杀死了。巴克单枪匹马报复了杀害桑顿的凶手，巴克成了传奇人物，人们认为他是邪恶的精灵或"魔鬼狗"，他的可怕行为使阿拉斯加克朗第克一带的山谷将永远摆脱伊哈特土著人。似乎是为了允许巴克最终回到狗群中生活，小说在结尾处的美洲土著人的出现突出了不同的人混杂在一起所引发的可怕冲突。伦敦不关心动机，没有暗示伊哈特人可能会通过大规模进攻来进行反击。无论不同物种之间的联合是多么令人欣喜若狂（比如桑顿与巴克之间的关系），伦敦都认为应该物以类聚。只有跟狼在一起时，巴克才完全意识到自己的本性。回归野性是自然界最高级的生物所追求的理想。

和杰克·伦敦一样，弗兰克·诺里斯利用似乎与文明不相符的力量把美国小说的未来置于"红色跳动的心脏"。诺里斯认为要想抓住和再创造这种原始主义，就要深入了解最棘手的社会问题和不发挥作用的社会规划。诺里斯的坚定信念来自世纪之交的社会科学观点，这种观点害怕文明下面隐藏着野性（随时有爆发的危险），同时也哀叹现代社会与大自然之间的距离。威廉·狄恩·豪威尔斯认为，使诺里斯赢得尊重甚至作家名声的小说《麦克提格》忽略了"地区特性"，比较偏爱"文明下面隐藏的野性世界……没有人可以阻挡他提出要求的力量，没有人可以阻止小说中过时的理想人物的虚伪行为"。这种评论对诺里斯有很大鼓舞，书的销售量好像也受到了鼓舞，第一年就达到 1.2 万册。小说的构思来自 1893 年发生在旧金山的当地幼儿园洗衣女工萨拉·科林斯（Sarah Collins）被她丈夫谋杀的案件。她丈夫一喝完酒就变成了十分可怕的畜生，因为她不愿意给他钱，他一气之下就把她杀害了。《麦克提格》既包括这些事实，也含有《旧金山观察家报》上刊登的受龙勃罗索的启发对杀人犯的描写。切萨雷·龙勃罗索（Cesare Lombroso）关

4 大都市的变化

于犯罪的理论认为，罪犯是隔代遗传的，详细描述了不同类型罪犯的身体特征，这种理论在19世纪90年代的美国非常流行，诺里斯很熟悉这些理论。

《麦克提格》的开头描写了一位单身牙医的星期天：在沙龙吃饭，在专业的会客厅里休息，从桶里喝多泡沫的啤酒，拉手风琴，只有一只金丝雀陪伴他。小说结尾描写麦克提格（牙医只称呼姓）在死亡谷，由同一只（快死的）金丝雀陪伴，他和一具尸体用链子拴在一起。在书的末尾，诺里斯营造了一种阴森恐怖的气氛，偶尔让读者如释重负地松一口气。《麦克提格》主要是一个爱情故事，强调性别二分法会消除爱，并且常常使爱情问题变得冷酷无情。《麦克提格》主要描写淫欲、吝啬、殴打妻子、不育、衰老、个人堕落和社会退化，这一切属于达尔文的人类社会范围。本书表达了动物王国的感情世界和实际生活内容，在动物王国中动物就是人，真正的动物最高尚。小说的发展趋势主要是向下的：麦克提格从牙医变成外科手术工具制造商、钢琴搬运工，最后变成矿工；特里娜从家庭主妇变成玩具制造商，最后变成洗衣女工。书中的人物努力爬上社会阶梯，最终摔得粉身碎骨：经过资产阶级仪式的通道（职业化、求爱和婚姻），从节制肉欲（被重新定义为"品位"和"快乐"）到受控制动物的本能。

小说把神圣的世界世俗化在某些方面类似于社会科学蓝图，虽然很少采用通常认同的龙勃罗索方式，更多采用了威廉·罗伯逊·史密斯（William Robertson Smith）和埃米尔·迪尔凯姆（Emile Durkheim）的模式。这里的社会深受道德沦丧之苦，社会关系变得很脆弱，血缘关系——母子关系、亲属关系——缺乏价值，朋友关系更是缺乏价值。血统传递虚弱而不传递生活资料。在四个街区的范围内，我们可以找到德国人、苏格兰人、爱尔兰人、墨西哥人、黑人和犹太人。诺里斯可能试图模仿上帝在他虚构的世界末日内把每一种可能的人种都包括进去。与《麦克提格》开头的死亡气氛一致，人物都显示出一定程度的强迫症和扭曲变形。这是一个贪婪、吝啬地集聚钱财者和格格不入者的社会，所有的人都对损失和财产很着迷，沉溺于爱财如命的自我克制的前景之中。虽然书中描写了许多小气鬼，并且没有人能逃脱这种特殊疾病的病态，但诺里斯把吝啬女性化，认为这是女性野心的显著特征。在那些似乎是神秘的韦伯式的描写中，诺里斯笔下的女性人物都与现代的合理化和归纳概括的原则有关，男性人物都被迫服从这些原则。麦克提格的母亲所做的努力就很典型，她设法把儿子的采矿生意（按照诺里斯的话就是"牙科漫画"）压缩成一种专业的口腔"艺术"。

诺里斯认为吝啬和归纳概括是女性的特征，证明他相信女人藏匿着可能是社会中最珍贵的商品。在《麦克提格》中，女人是不生育的繁衍后代者，她们的身体像空空的钱袋子那样干瘪，怀了孩子才会膨胀。性已经变成了纯粹的商品，女人的性和她的身份没有区别。因此，当女人"给出"性，她就失去了价值，失去了对命运的控制权。小说断言女人的性最明显的商品形式是繁衍后代，是当时众所周知的工人阶级超过盎格鲁—美国统治阶级的一种手段。但这个群体唯一的后代，犹太人泽尔科（Zerkow）和墨西哥人玛丽亚·梅卡帕（Maria Macapa）生的体弱多病的"混血儿"，出生后很快就死了。小说结尾描写的麦克提格和马尔库斯·斯科勒（Marcus Schouler）对抗死亡的斗争成了沙漠的祭品。只有三个受害者躺在沙漠之神面前——两个人和一只金丝雀。但和本书中其他过于格式化的东西一样，场景结束时没有精神启迪，都被牺牲的情节压垮了（而不是提升了）。

诺里斯的描述把理想化的反社会原则与家庭生活和进步的女性原则进行对比，这种理想最终与特里娜自己的极度贪婪不相符。暴力好像是人类需求与社会形式之间的分歧造成的，这种分歧在某种程度上是性别上的分歧——也就是把男性冲动与已经被消化吸收成为身体的一部分幽闭恐惧症的女性特征进行比较。但使《麦克提格》成为一部复杂而有震撼力的小说是因为小说打破了性别二分法。特里娜是社会形式的促进者，在她吝啬性格中也有反社会的一面。同时，控制并且最终使人类或社会希望破灭的天然荒原显然也被女性化了。在《麦克提格》中，驱使人类走向灭亡的力量是性别的独立，是男性和女性的独立，表现在特里娜虽然知道麦克提格会杀了她，但她仍然拒绝交出金子，也表现在麦克提格与马尔库斯·斯科勒在沙漠中一直搏斗，直到死亡，这两种都是自杀的形式：逃离文明及其华丽的装饰走向死亡的路程像沙漠一样"漫无尽头"、"无边无际"。这样，《麦克提格》的情节就使人想起诺里斯发表在《浪潮》上的一篇文章，文章把旧金山描写成广袤"荒僻"的荒原上的一个"弹丸之地"。来自西方的文明是暂时的，将要被痛苦地淹没在周围的环境中。

伊迪丝·沃顿以描写城市文明而著名，但她也能够敏锐地描写城市文明的对立面。《伊坦·弗洛美》（1911）可能是她最受欢迎的小说，以新英格兰的荒野为背景，诺里斯构想那里非常荒凉和令人恐怖。在这部作品中，沃顿以最鲜明的乡村形式寻求与东海岸城市居民的生活方式在心理和智力上相反的生活方式。她认为这部作品比她的乡村主题更复杂，假想村民中人种论者的样子，不过村民的传统比她的更古老。但她试图尊重被恰当地称为斯塔克菲尔德（Starkfield）的冷静品质，以及主人公伊坦·弗洛美不断遭受打击的命运，他是在小说开始时描述的几年前发生的一次可怕的车祸的受害者。

小说的情节发展像侦探小说——首先出现了尸体，然后是发生的事件。52 岁的伊坦走路时要"走一步停一下，好像拖着脚镣似的"。他的瘸腿从理论上和实际上完全被理解为新英格兰的命运，是一种集体的命运而不是个人的命运。死去的人在活着的人周围徘徊，如果不是仍然活着，看起来都一样：他们的墓"从雪中露出头来，好像动物伸出鼻子呼吸一样"。小城很荒凉，一个原因是随着火车的出现，交通路线改变了；另一个原因是由于雪太大，好像把一切可能存在的活力都压制"在一种柔和的宇宙万物的扩散中"。小说情节主要围绕 28 岁的伊坦展开，他不情愿地与刻板、体弱多病且比他大七岁的表姐齐娜（Zeena）结了婚。齐娜有一个长得很漂亮、22 岁的穷亲戚马蒂·西尔维尔（Mattie Silver），她到他们家帮忙料理家务。齐娜的丈夫与佣人之间发生了通奸。马蒂是伊坦的生活中最明亮的部分，沃顿把他们的爱情描写成是不可避免的。同样不可避免的是这种爱会遭受挫折，因为伊坦对他体弱多病的妻子感到内疚，并且他和马蒂都很穷。如果他们有办法逃走，能够心安理得地抛弃齐娜，他们可能就逃走了，而不得留在颗粒不收甚至都不能给植物提供养料的荒凉的土地上。在马蒂准备离开去寻求幸福的那个晚上，在坐雪橇才能到达的山顶上出现了一个雪橇，这个机会产生的心血来潮导致了他们的悲惨结局。不管是自然放纵的可怕后果还是惩罚性的逆转，他们开着雪橇撞到了山坡上一棵粗壮的大树上，这次撞树事件是他们分离的前奏，把他们打入了活地狱。瘫痪的马蒂得了脊椎病，由愤恨不满的齐娜伺候。伊坦守着两个体弱多病和敌对的女人，实际上离进坟墓的日子也不远了。

《伊坦·弗洛美》是一部关于匮乏和牺牲的剧本。对于小说中失去的人性，自我否定是一种可以接受的生活方式，即使是偏离常规一点点，都会异常痛苦。齐娜去看医生，医生给她开了昂贵的药，比药更昂贵的代价是她丈夫与佣人通奸。伊坦和马蒂之间充满激情的爱情以痛苦和身体残缺为代价。伊坦年轻时就想离开小城，在外面学习一年的时间里，这种想法更加强烈，这就使他永远受制于这种愿望。由于各种力量的影响，书中人物都被限制在这座破旧的小城中，他们的灵感都来自外来者："野心勃勃的爱尔兰杂货商"介绍"聪明的生意经"。斯塔克菲尔德的当地人在履行义务方面是很出色的：伊坦在他父亲去世后就辍学去种地；照顾他生病的母亲；与帮助了他们的表姐结婚；在面对爱情时尊重冰冷乏味的婚姻；虽然马蒂是通奸的一方，但出事后齐娜还从病床上起来照顾她；伊坦忠于两个可怜的女人结束了灾难循环。惩罚越严重，他们遭受的痛苦就越强烈。他们只能屈服于疾病的侵袭，比如马蒂的脊椎病。《伊坦·弗洛美》是一本关于欲望和欲望带来的不安分的作品，回应了消费和现代化的时代，严厉地提醒人们，一个极其尊重道德观念、

512

◉渐进的多元文化：文化、经济和小说（1860—1920年）

压抑情欲的地方对美国人来说依然是一个强大的起源神话。

沃顿笔下的斯塔克菲尔德人在心理和道德上都是很极端的。她刻画的人物都是有充足理由害怕他们的感情的极端分子——雄心、热情、嫉妒。他们住在边缘地带，对抗着威胁到他们当下生存的各种力量——大雪、死亡和精神失常。为了使普通人能够在社会的边缘生存下去而极力抗拒巨大的痛苦、磨难和欲望，沃顿含蓄地告诉《伊坦·弗洛美》的读者在社会范围内仍然存在一种可怕的快乐。下面的章节反映了那个时期一些最具特色的观点——海伦·凯勒、威廉·詹姆斯和亨利·詹姆斯、马克·吐温、伊丽莎白·斯图亚特·费尔普斯、玛丽·贝克·埃迪——他们都谨慎地打破了熟人与外来人之间的界线、科学立法与无法解释之间的界线、正常与异化之间的界线。他们出于需要，必须始终如一地追求这些界线：凯勒又聋又瞎；詹姆斯兄弟周期性地患神经病；埃迪的心理非常脆弱，但他们拥有独特的满怀激情的崇高纯洁的性情；吐温和费尔普斯都不断陷入对死去的家人和爱人的哀悼中。但他们都明白他们在用共同的观点探索未知世界，严肃认真地发挥作为心灵向导的作用。

他们这么做也是在顺从世纪之交知识分子之间流行的趋势。尽管他们拥有社会科学和科学进步的渊博知识并且拒绝接受传统的宗教做法，但他们都完全反对对人类经验的世俗解释。这些思想家都在各种公开场所进行斗争，以适应达尔文主义的出现和社会科学的建立对宗教提出的挑战。他们也私下提供活生生的证据证明这些典型事例失去了什么。这样他们就把世俗化论点的局限性拟人化——世俗化论点认为这个时期的宗教被科学理解所取代。因此，像詹姆斯兄弟和伊丽莎白·斯图亚特·费尔普斯、马克·吐温和海伦·凯勒这样的人都充分说明科学时代中精神的持久力量。他们的经历证明了当时美国的一位著名社会学家阿尔宾·斯摩尔（Albion Small）所进行的观察："从第一个到最后一个，宗教或多或少都是人类有意识地尝试对有限的生命进行的无限分类。科学永远都不会是宗教的敌人……我们掌握的科学越多，我们就越敬畏超出我们知识范围的奥秘并被其吸引。"

其他世界独特的呼声

马克·吐温曾经认为19世纪最有趣的两个人是拿破仑和海伦·凯勒。吐温和凯勒见过几次面，她在《我的生活》中描述了她如何通过把手放在他的嘴唇上"听"他讲故事。凯勒在19个月时由于猩红热而导致耳聋和失明。她是一位非同寻常的人物，她同样具有天分的老师安妮·萨利文（Anne Sullivan）对凯勒自己以书信的形式对她的生活和教育的描述进行了补充。萨利文出生在一个贫穷的爱尔兰移民家庭，10岁时成了孤儿，被送到了图克斯伯里（Tewksbury）救济院。她由于眼疾而半失明，她把亲身经历获得的知识和具有创造性的智慧运用在工作中。凯勒和萨利文的故事揭示了美国在世纪之交关于学习和教育的研究状态，也进一步证明了知识生活的价值，因为没有人比一个处于她自己所称的"看得见的白色黑暗世界"中双目失明的聋哑女孩更有资格对文化如何能够增长阅历作出判断。

　　凯勒是一个重要人物，其中一个原因是关于她如何消除黑暗的描述（她自己的和别人的）涉及她那个时代许多意义重大的文化发展。凯勒生于阿拉巴马，是一位南方邦联官员的女儿，进入了东部在内战后急切希望与南方重修旧好的教育机构——帕金斯盲人学院以及颇负盛名的剑桥学校和哈佛大学学习。亚历山大·格雷厄姆·贝尔（Alexander Graham Bell）发现了凯勒，介绍她去找帕金斯学院的校长迈克尔·阿纳格诺斯（Michael Anagnos），凯勒成了纽约和波士顿知识界的宠儿，一些著名人物对她进行描述，他们包括威廉·狄恩·豪威尔斯、奥立佛·温戴尔·霍尔姆斯和威廉·詹姆斯。由于跟《瞭望》（Outlook）的主编H. W. 马毕（H. W. Mabee）和《哈珀杂志》的主编威廉·艾尔登（William Alden）很熟悉，她得到了标准石油董事会成员亨利·H. 罗杰斯（Henry H. Rogers）的资助，标准石油曾经资助过马克·吐温。由于凯勒具有的南方背景，她特别留意在奴隶解放后变得更加稳固的种族等级制度。查尔斯·达德利·华纳称她为"世界上思想最纯洁的人"。为了抓住那些能看能听的人凭直觉抓住的东西，海伦·凯勒必须深入了解假想与信念之间的逻辑关系。安妮·萨利文注意到7岁的凯勒对种族差别非常着迷，继而凯勒认为思维可能会受这些种族差别的影响和限制。"我的思想是白色的，"海伦认为，"维尼（一个黑人仆人）的思想是黑色的。"凯勒1880年出生在阿拉巴马的小城塔斯卡比亚，她来自一个新英格兰家庭，母亲那边包括亚当斯家族和埃弗雷特家族，是来自南方的父亲第二次结婚后生的第一个孩子。凯勒的童年最戏剧化的事情是她对语言的掌握，也就是她把一只手对流动的水的感觉同她的老师在她另一只手上拼写的"水"这个单词联系起来的时刻。她后来回忆说，语言使她从外人的生存状态变成了"与世界其余部分建立了亲密关系"。萨利文认为凯勒在"感情的无意识语言方面"特别优秀，从其他人最微小的活动都可以推测出这个人的性格，表明每一种思维和感情都有一种具体的表现方式，虽然这种方式非常模糊。1888年，凯勒搬到波士顿，进入帕金斯盲人学院学习，到1890年之前她一直都在学习说话。1896年，凯勒开始准备拉德克利夫（Radcliffe）大学的入学考试。1897年考试时，在没有任何特殊照顾的情况下，她通过了所有科目，包括法语、拉丁语、英语、希腊语和罗马历史，在德国人和英国人中赢得了荣誉。1900年，她进入拉德克利夫大学，并于1904年顺利毕业。

在《我的生活：1887年至1901年间的书信及对她的教育的补充说明》（*The Story of My Life: With Her Letters, 1887–1901 And A Supplementary Account Of Her Education, 1901*）中，凯勒明确表达了对她拥有的有限但很强大的能力的感激之情，这本书在出版（1902年）之前部分连载在《妇女家庭杂志》（*The Ladies Home Journal*）上。她通过各种可能的手段来了解世界，在一次野外露营时通过吸入浓郁的咖啡香味、感觉马的跺脚和狗的喘息来感受人们早晨集体醒来的情景。她对坐着平底雪橇从陡峭的山坡上滑到冰冻的湖面上的经历激动不已。1893年在尼亚加拉大瀑布时，她感受到震动的空气和颤动的大地。她携带允许她触摸展品的总统特别通行证来到芝加哥世界博览会，"来自地球最远的地方的奇迹——令人惊奇的发明以及工业、技能和人类生活所有活动的财富都从我的指尖滑过"。凯勒可以区分深度学习与教育之间的差别，后者要求在没有时间消化的情况下摄取信息。她的常规学习是为了发挥残疾人的潜能，但常规学习远远不能令她满意，实际上她第一个"连贯的故事"就促使她自此"狼吞虎咽地吞下……我饥饿的指尖所能触摸到的所有印在书上的内容"。凯勒是一个伟大的读者：她像梭罗那样对原创经典作品中的特殊力量充满了热情，认为阅读是一门艺术，需要共鸣而不需要博学。一方面因为读者不能抓住凯勒讽刺智慧的深度，还因为她的观察是真正具有颠覆性的，凯勒对自己大学生活的评价激怒了读者。

凯勒和萨利文不同寻常的经历促使人们对1829年出生的又聋又瞎的女孩劳拉·布里格曼（Laura Bridgman）与塞缪尔·格里德利·豪（Samuel Gridley Howe）之间的教学关系不断进行比较，塞缪尔·格里德利·豪是一位试验科学家，他对劳拉使用了后来被称为布莱叶盲人用点字法的系统。凯勒从一开始就好像比同样丧失嗅觉和味觉的布里格曼有更大的潜能。凯勒身体健壮、精力充沛，她优雅、机敏并且聪明过人。凯勒拥有安妮·萨利文这位颇具创新精神的教育家，她的个性正好非常适合凯勒的个性。萨利文相信教育必须以孩子的天性、以玩耍和自由为基础，而不能以机械的指导和限制为基础。常识是萨利文最主要的方法，她制订计划按照常规过程教海伦学习语言。小孩子在能够说话之前的很长一段时间里对周围的语言表现出理解，甚至包括对一些非常复杂的事物的证明。听别人说话、在他人指导下学说话的几个月是学会说话的关键途径，它在孩子会说话之前逐渐灌输了复杂精细的语法知识体系。萨利文决定亲自对凯勒采用相同的方法，假设海伦可以听和模仿

4 大都市的变化

"在她手上进行交谈"。萨利文像一个受过教育的父母,她用完整的句子讲话,形成她想灌输的语言形式,总是与她的学生进行知识水平很高的谈话。萨利文致力于感同身受的教学法,她的实用主义和自谦,她在遇到挫折时勇于承认失败但保持乐观的能力,最重要的是她对学生的尊重,这一切确保了她的成功。

萨利文对凯勒的潜能深信不疑,这一点很令人感动:

> 我内心深处的东西告诉我,我会非常成功……我知道(海伦)有杰出的才能,我相信我可以培养和塑造这些才能。我说不清我如何知道这些事情。不久前我还不知道如何进行工作。我在黑暗中感受到这一点;但不管怎么样我现在知道并且我知道,我知道。我不能解释。但当遇到困难时,我感到困惑或怀疑。我知道如何面对它们,我好像可以凭直觉猜到海伦的特殊需求。

凯勒最大的才能好像是精通文学和批评。阅读对凯勒来说是从黑暗到光明的解脱,是建立内心的圣所,在那里思想完全是本质的并且被增强。阅读也是她尽情享受孤独的一种方式。读了奥马尔·海亚姆(Omar Khayyam)的几首诗后,凯勒认识到"我感觉好像在一座雄伟壮观的坟墓中度过了最后半个小时。是的,就是一个勇敢地埋葬希望、欢乐和行动力的坟墓"。阅读关于埋葬的作品是另外一种死亡,凯勒对这种死亡显示了早已具备的敏感。尽管从来没有人跟她讲过死亡或埋葬,她在7岁第一次进墓地时,就立刻变得很忧郁,一遍一遍地在老师的手中拼写"哭——哭"。一年之后,她对死亡显示了更强的直觉。虽然没有人告诉过海伦,她和安妮·萨利文陪同去墓地的女士失去了名叫弗洛伦斯(Florence)的女儿,海伦就径直走到她女儿的墓前。安妮·萨利文写道:"没有人给她讲过她(弗洛伦斯)的任何事情,她甚至不知道我的朋友有过一个女儿。"萨利文很懂得如何忍住对神秘莫测的事情不做解释。凯勒在她为拉德克利夫大学英语教授查尔斯·T. 科普兰(Charles T. Copeland)写的许多优秀文章中的一篇关于植物生长奇迹的文章中提到:"现在我明白到处都是黑暗甚至比我的希望更有潜在价值。"凯勒是她那个时代活生生的例子,证明未知的和看不见的事物能够以其慷慨大方令我们瞠目结舌。这种慷慨曾在与凯勒同一时代的美国伟大的哲学家威廉·詹姆斯身上体现得更明显。

与他作为当时全国著名的哲学家相符,詹姆斯渴望挑战专业科学与日益成为美国大众文化核心的科学兴趣带来的财富之间的界线。詹姆斯被一位学

○渐进的多元文化：文化、经济和小说（1860—1920年）

者描述为"对精确思维过程的反对达到了病态的程度"。这表明他在当时的杂志上用通俗的口语发表的一系列关于神秘主义和超自然的文章可能一直是他最擅长的，他写起来有可能已经得心应手。比如《隐藏的自我》（*The Hidden Self*）1890年发表在《斯克莱布诺杂志》上，这是一个大众论坛，它欢迎詹姆斯提出的关于新兴心理学的发现与灵媒和神秘学的广泛证明之间的几种关系。詹姆斯认为这种证明向科学提出了严肃挑战："使传播停留在历史的表面，无论你在哪里翻开历史记录，你都会发现有关占卜、灵感、恶魔附身、幽灵、催眠、精神恍惚、神奇地治愈疾病和莫名其妙地得病以及特殊的人拥有控制他们周围的人和物的超自然力量的记录。"詹姆斯接着提到19世纪灵媒的流行好像起源于纽约州的罗切斯特和法国梅斯梅尔（Mesmer）的动物磁性说，每个时期、每个地方都知道这些做法。尽管大众都对超自然感兴趣，并且创作了大量的文学作品，但科学家却对超自然的主张充耳不闻。在科学家与神秘学之间进行的几次辩论中，科学家在理论上占优势，但神秘学掌握了大量的事实。詹姆斯称赞法国科学家对待无法解释的现象的态度比较坦诚，他把这归因于文化对人类多样性的青睐。珍妮特先生（Monsieur Janet）对癔病患者做的勒阿弗尔（Havre）试验揭示了个人内心存在着不同层次的意识，甚至可供选择的意识，这就提供了新的治疗方法以及解除人类痛苦的巨大可能性。詹姆斯相信超自然研究和基督教科学都有相同的潜力。他对英国超自然研究学会的创始人弗雷德里克·梅耶斯（Frederic Myers）在专业和大众场所极力鼓吹的研究特别感兴趣。詹姆斯对梅耶斯的整体原则印象深刻，根据这个原则，真正的科学理解要追求知识范围之外的现象。梅耶斯建立了一种多种现象体系——无意识的精神活动、催眠术、癔病、天才的灵感、幻声、临终幻影、中度迷睡、魔鬼复审、神视、思想传递、幽灵。正如詹姆斯所说的那样，梅耶斯得出结论是：大自然是"哥特式风格的，而不是古典风格的。她形成了一个真正的丛林，在那里一切都是暂时的，彼此并不完全适合，而且不整洁"。梅耶斯是思想荒原上的开拓者，她的成就是把科学的旗帜插在这片荒原上。

在《科学和近代世界》（*Science and the Modern World*）中，阿尔弗雷德·诺斯·怀特海德（Alfred North Whitehead）称詹姆斯为新时代的楷模，认为他的主要知识倾向是反对笛卡尔的身心二元论。人们可能认为这种倾向在《宗教体验种种》（*The Varieties of Religious Experience*，1902）中最明显，这是詹姆斯对体验主义多样性中宗教体验的主要研究。《宗教体验种种》这本书被当时的人们称为"我所知道的野蛮宗教"，在爱丁堡大学做"吉福德讲座"时第一次作为讲义发放，詹姆斯是第一个获此殊荣的美国人。演讲稿使人们很容易理解詹姆斯对高度民主的实用主义思想的阐述，特别是他非常反感形而上学，坚持认为思想来源于经验。重视经验，表明詹姆斯强调不要超越个别；他认为宗教"是人的自我论史上不朽的一章"。他列举的例子——托尔斯泰、约翰·班扬（John Bunyan）、圣弗兰西斯（St. Francis）、罗素（Rousseau）、穆罕默德（Mohammed）、乔治·福克斯（George Fox）、马丁·路德（Martin Luther）、乔纳森·爱德华兹（Jonathan Edwards）、伊格内修斯·罗耀拉（Ignatius Loyola）、西班牙的耶稣会信徒莫里纳（Jesuit Molina）、鲜为人知的波斯哲学家和神学家安萨里（Al-Ghazzali）、沃尔特·惠特曼（Walt Whitman）、约瑟夫·史密斯（Joseph Smith）、尼采（Nietzsche）、丁尼生——跨越不同的文化和几个世纪，他的话题也是如此——超感知觉、乐观主义、路德的神学论、思想疗法、悲观主义、自我分类、皈依、神圣、神秘主义、禁欲主义、机械行为论、拟人论。关于具体物而不是抽象物的科学解释了大量的具体事例，那些极端的描述（宗教中称为"狂热"）而非规范的描述（宗教中称为"行动迟缓的习惯"）提供了关于宗教性情的参照，这种分析必定像宗教信仰和表现本身那样宽泛，而宽泛的探索需要宽泛的范畴："单个人独处时的情感、行动和体验，只要他们认为自身与他们看做神灵的事物有关联即可。"

虽然詹姆斯和爱默生一样，有时会被指责为缺乏罪恶感，但他非常清楚进化论乐观主义的局限：只要心智健康存在就是好的。具有重要意义的是，詹姆斯提供了关于它不存在的第一手资料。在一次关于《病态的灵魂》（"The Sick Soul"）的演讲中，他描述了一位精神病院的男患者，他是一个黑头发的年轻人，长着绿色的皮肤，像一个食尸鬼，他的样子吓坏了一个看见他的人，后来这个人与他关系密切。这个在看见他之后很长时间内还很紧张的人被描写成一个法国作家，大家都认为他是詹姆斯本人。实际上这件事很像老亨利·詹姆斯在儿子还小的时候经历过的一件可怕的"劫掠"。詹姆斯观察到这些抑郁症、幻觉症、妄想症的强有力的事例解释了复兴运动和其他纵欲宗教的持久性，因为极度焦虑需要极度的宗教方法解决。最成功的宗教——基督教、佛教、犹太教——有最为发达的悲观主义因素。

在这些演讲稿集结成书出版之前，詹姆斯加入了续篇，显示了他自己暂时的信仰体系。他设想在每个个体之外有一种有利于他和他的需求的更强大的力量，也许这种力量不是别的，而是"更高大、更像上帝的自己，现在的自己那时可能会变成那个自己，但却是残缺不全的"。宇宙那时可能被认为聚集着各种长得像上帝的自我——如果是多神论的话就是某种自我。这是讲得通的，因为多神论一直都是普通人的真正宗教，认为一部分世界丧失，一部分世界被拯救，詹姆斯认为这是一种关于集体精神状态的正确观点。《宗教体验种种》首先以当时一种伟大的科学思想的谦恭为范例。詹姆斯用科学的护理方法治疗许多科学家都认为患有幻觉症的人,因为那些经历了幻觉症的人都相信那些幻觉是真的。不同时间和地点的描述都惊人地相似,更增加了它们的可信度。不同环境下的宗教信仰者都体验到了他们信奉上帝的相同证据。詹姆斯对遥远的多样的宗教体验具有非凡的宽容,充分说明他对人类特异功能的毕生兴趣,以及他对求知世界的持久兴趣。

约翰·杜威写到威廉·詹姆斯和亨利·詹姆斯时说:"前者关心人性的广度和共性(像沃尔特·惠特曼,他把大量的感受进行平均),而后者关心精神生活在不同个体上呈现的特殊而独特的色彩。"亨利·詹姆斯在长期的文学生涯中创作了成卷的小说、散文和评论,记载了他关于道德、宗教和心理学的观点,在一篇很有特色的散文《死后有来生吗?》("Is There a Life After Death?", 1910)中,亨利提到了他弟弟的哲学和精神兴趣。亨利和威廉都认为他们对死亡的思考来自于两人都不接受他们的父亲乐观的基督教精神和超验主义。他们的死亡概念主要来源于他们关于意识的体验:意识已经存在于他们自己丰富的思想中,并且与其他许多这样的思想相互影响,他们两个都不可能相信在死亡之后,这些至关重要的引擎会立刻就关闭。威廉在1908年写给查尔斯·艾略特·诺顿的信中写道:

> 我非常相信我们的这种经历只是与它有关的经历的一部分;但其余部分是什么或在哪里我猜不出来。但它只能让人们充满希望地说"在面纱后面,在面纱后面",不管有多少疑问和多么模糊。

亨利和威廉都相信人死后有意识,他们引用了一个没有特色的宗教暗喻:人们按照为进入伊丽莎白·斯图亚特·费尔普斯的基督教天堂作准备的方式为詹姆斯主张的来世做准备,过一种完全虔诚的生活,屈从于思维的力量。詹姆斯和费尔普斯都相信确实存在着连续性:如果你一直培养欣喜若狂的感觉,那么就会有永久的狂喜状态等着你。詹姆斯主张长期强化精神生活,把死亡想象成意识的升华,主要是最敏感的思想,这样的死亡绝不是一种损失,而是一种胜利,思想最终摆脱了对肉体的依附。

亨利·詹姆斯比较偏爱精妙深奥的人物,他们的深思熟虑构成并推动了小说情节的发展,这遭到了他的兄弟威廉的批评,他抱怨亨利"颠倒了讲故事的每一条传统原则,特别是讲故事的根本原则"。威廉特别提到《鸽翼》(1902),亨利在1902年的信中也承认这本书"过于头重脚轻",他一直试图"写一本不头重脚轻的书——即身体大、脑袋小。因此,如果我能活到150岁我可能就能做到"。詹姆斯的困境被马克斯·比尔博姆（Max Beerbohm）画成漫画，放在他著名的《大师詹姆斯》的画中——大脑袋、小身体。比尔博姆画的詹姆斯表明艺术力必须控制肉体。詹姆斯笔下受控于大脑的肉体获得了巨大的力量。肉体就是通过压抑获得有力的表达方式。不然的话，小说的世界怎么就成了以疾病和死亡为中心主题的世界了呢？

520

同时，在《鸽翼》中说话在某种程度上就是在扮演角色，暗喻有一种特殊的甚至是致命的力量。人物通过各自的属性彼此控制，称呼他们是谁和是什么：凯特对米莉说"你是一只鸽子"。同时，禁止使用表明危险事物的词语，大家都保持沉默，都养成没话习惯省略和强调未说出来的内容。小说没有说出小说中的美国女继承人得的是什么严重疾病不仅出于谨慎，而且表明到处弥漫着对死亡会传染的恐惧。当代人类学家罗伯特·赫尔兹（Robert Hertz）在提到对死亡的原始态度时说："死亡是一片乌云……它笼罩在死者周围，污染它接触到的一切。"《鸽翼》比詹姆斯写的其他任何作品都更关注禁忌的范畴，认为词语与它命名的东西之间没有区别，因而说出一个被禁止之物的行为也应该被禁止。奥特加·Y. 加塞特（Ortega Y Gasset）（《艺术的非人化》[*The Dehumanization of Art*]）认为这种可怕的暗中说话的需要就是暗喻的根源。詹姆斯喜欢晦涩难懂，拒绝明确说出关键词和概念，这可以看做是他对听众的矛盾态度的一部分。虽然詹姆斯渴望听到大众的喝彩声但他也鄙视人们的喝彩声,,就像他努力成为剧作家但却失败了一样，他对"入门读者"的系统阐述就证实了这一点。詹姆斯那富有创造性而非盛气凌人的方式始终留意现代化的影响，特别是现代化对语言的影响。对詹姆斯风格的详细研究表明，这种风格在当时人们的讲话中普遍存在：陈词滥调和短语的措辞挂在他笔下描写的盎格鲁—美国中产阶层和上层阶层每个人的嘴边。因此，《鸽翼》描写了一个处于世俗挣扎中的社会，经历着破坏传统信仰和道德观念的历史变革。詹姆斯的小说用赤裸裸的道德词语勾勒了一系列左右为难的困境，而小说中的人物努力使不断困扰他们的道德观念清晰明了。虽然在特定的情况下，人物都被明确划分为清白无辜者和阴谋策划者，但这些分类在叙述的过程中发生变化并且变得很模糊。

《鸽翼》是一部关于精神的戏剧，它设法让死亡变得有意义。小说为我们描写了一位富有、大方、善良，身患疾病、没有一个活着的亲戚的美丽的美国女主人公米莉·希尔，以及两个身无分文的英国人凯特·科洛伊（Kate Croy）和默顿·丹希尔，他们都很英俊、聪明、勇敢，都在谈恋爱，非常需要钱来得到爱情。小说提出了这样的问题：死亡能时髦或漂亮吗？死人在乎他们死后人们如何处理他们的钱吗？死人还在乎一切吗？话语会杀人吗？死亡可以被战胜以至于死人的影响比活人还要大吗？这个故事好像来源于1894年詹姆斯在笔记本上为舞台表演写的随笔，它的第一个化身有很明显的悲剧色彩。米莉是一个可怜的必然灭亡的老实人，而凯特·科洛伊显然更善于操纵和贪婪。两个人物都一直保持着这种最初的截然相反的性格，主要情节要素、死亡、欺骗和背叛都保持着舞台悲剧的典型特点。可以肯定的是，詹姆斯的思想是地道的悲剧型。他的秘书西奥多·鲍赞克特（Theodore Bosanquet）评论说：" 当他走出书房到外面的世界四处张望时，他看到一个痛苦的地方，在那里食肉动物永远把它们的爪子刺入注定要死亡的、无助的光之子。" 詹姆斯在1896年记在笔记本上的条目中写道：" 我能够想象灾难，认为生活是可怕的和不幸的。" 詹姆斯的恐惧感由来已久：他一生都对战争很着迷，无论是他年轻时没能参加的内战、他长大成人之后的帝国战争，还是他那个时代尚未结束的第一次世界大战。他的恐惧感还具有神学的因素：作为无神论者，他对宗教和道德问题非常关注。他偶尔会任选一种精神形式进行试验（比如弗雷德里克·梅耶斯的" 超自然研究"）。还有心理动力学的因素：詹姆斯对给别人带来" 方便" 的人物仍然很着迷（《贵妇画像》中的默尔太太就是原型）。在《鸽翼》中，悲剧行为与暗喻的表达方式相遇，被无情地复杂化了。

《鸽翼》由于其没有表达出来的内容而闻名：后来丹希尔和凯特的性关系；罗德·马克为了向米莉揭露阴谋而去与她见面；米莉最后与丹希尔见面；米莉宣布把遗产留给丹希尔的信。这个揭露隐私的方式好像是为了保护所有重要人物，把他们完好无损地藏在" 鸽翼" 里。詹姆斯很重视表面现象的深层含义。手势、叙述和外表都是隐藏在它们下面的含义的表面现象。詹姆斯从来都不触及深层含义的内容，而是触及深层含义赋予表面现象的内含。这正是他使用暗喻所起的作用。这种倾向在詹姆斯后来的小说中随处可见，可以看成是走向最后深渊——死亡的一种方法。詹姆斯不断地阻止我们了解决定性的场面只是为了强调它们同样都会达到不可知或无法描述的最终状态——死亡本身。但这并不是说他笔下的人物都不努力争取控制死亡。小说末尾，米莉成功地获得了来世，可以理解为詹姆斯最后对永生的幻想。通过她自己精心编排的情节，她从坟墓中控制着一切。她在死亡中体会到了她自己对鸽子的理解，在圣诞前夜给丹希尔送礼物，把一切都藏在一个带翅膀的斗篷下，这个斗篷除掉的与它保护或联合的一样多。米莉的策划是无法逃避的，特别是凯特把米莉附随的信扔到火中确保米莉的遗产处于乌有状态之后。詹姆斯在小说结尾提示至少用两种方式理解米莉的力量。作为一种永生的艺术形象，她把事件按顺序排好，特别是在没有信的情况下为解释的可能性和丹希尔的永远忠诚埋下很深的伏笔。这是犹太教和基督教共有的解释：把导致永久争论的行为神秘化。作为犹太人和其他文化背景下的人缅怀死者的一种形式，人们通过明文规定的仪式行为追忆米莉。无论是作为艺术家还是作为先人，米莉都可以在死后口述其他人的意识内容。丹希尔对死去的米莉的崇拜使他一再回忆起与凯特发生的性关系，这一点很重要。这种常用的同时描写性和死亡的写作方法，可能暗示着第一个场景（性）被第二个场景（死亡）消除，更深刻的含义是它好像说明了小说的体验经济。因为詹姆斯一直在列表计算损失，建立一种相称关系：凯特失去了贞操，丹希尔得到了财产；米莉在活着时失去了丹希尔，但在死后永远得到了他；丹希尔用一个他只能够拥有一时的女人的身体换来了他可以永远拥有的死去的女人的身体，最后小说表明生命和死亡的戏剧性情景是根本不可能相称的，从而否定了相称性的观点。詹姆斯认为只有在死亡后我们才存在于意识中，只有别人的心和头脑记得我们，我们才有力量唤醒爱并控制我们爱的人。因此，米莉·希尔在小说结尾改写了第55首赞美诗中的诗句："哦，我像鸽子一样拥有翅膀／然后我会飞走安息……／因为谴责我的人不是敌人／他是你／我的伙伴和好朋友。"在小说结尾她也许是离去了，但作为詹姆斯作品中死去的人物之一，她很难安息。

《螺丝在拧紧》和《鸽翼》一样主要描写死人对活人的控制。女主人从坟墓中发出了神出鬼没的力量，把读者吓得手足无措（使用的手法类似于死去的米莉对丹希尔和凯特的控制），使这个家庭女教师的故事成了一个鬼故事。在整个故事中，死人和活人之间的界线完全可以穿越。家庭教师像个幽灵或弗洛伊德的梦，是一个处于边界的边缘人物，通过穿越边缘来确定边缘。她是一位调解员，传递来自孩子们和他们的叔叔以及来自麦尔斯学校的官员的信息。对于看不到信的内容的读者来说，她是一个死信件保管处，用她自己沉默的墓穴保存没有泄露的信息。像詹姆斯所有的死信一样，这些信件引发了解释的冲动。同样，梦作为从无意识到有意识的被锁藏起来的信息，也引发了解释的过程。《螺丝在拧紧》在一个故事结束后才开始，预测另一个故事的开始。这表明小说与人们对故事的喜爱、与人们所能承受的故事之间的间隔有关，我们只需在另外一个故事开始之前松一口气。小说开头和结尾在内容上很接近（从"没说一句评论"到"他发出喊叫"，从"屏息的"听众到麦尔斯的"最后一口气"），就像书两边的两个书档一样，这表明开头的听众对故事的渴望与结尾描述的死亡之间可能存在一种偶然关系。我们可以这样来理解，詹姆斯把对故事的渴望认为是强迫性的窥阴癖，甚至是具有潜在的谋杀性。

小说的故事主要关注界线，以及强化界线（通过勾画界线的轮廓）或削

渐进的多元文化：文化、经济和小说（1860—1920年）

弱界线（通过采用可通过的界线）的手段。门、窗、走廊、楼梯等所有把空间连接起来同时也把它们截然分开的边界地区是舞台的核心内容，自然界线也是如此——使用黎明和黄昏的景色作舞台背景——与阶层界线——叔叔与家庭教师、仆人与孩子以及家庭教师与管家之间的界线，这些界线一般都被破坏了。詹姆斯通常把写作看成是穿越界线的行为。

> 只有当一个人站在虚无中时，他才会感到灰心丧气和失去信心、感到压抑和黑暗——虚无的意思是没有光辉灿烂的艺术天堂。我一真正重新进入这个天堂——跨过可爱的门槛——就站在了天国高大的房子和神圣的花园里——整个王国再一次在我面前越来越大……我相信，我看见了，我确确实实看见了。

艺术家的目标是"生活在创作的世界中——进去并待在里面——经常出入并且经常在那里逗留"。这里的写作指进入一个完全不同的领域；它肯定是精神上的，是与死人沟通以及使他们复活的一种手段。家庭教师因此在写作时第一次忐忑不安地等待奎因特（Quint）的鬼魂似乎很恰当——"当我看见这一页我写的文字时我就看见了他。"鬼魂像故事一样真实。詹姆斯在1908年他为《螺丝在拧紧》写的前言中超越了这种主张：

> 在最后的分析中，我必须表达什么样的感觉呢？用一个词语表示的话，就是那对幽灵夫妇无所不能……我对自己说，那只会使读者对邪恶的总体看法足够强烈——并且那已经是一份很诱人的工作——而且他自己的经历、他自己的想象力、他自己的同情（对孩子的同情）和畏惧（他们的虚假朋友的畏惧），所有的细节将使他显得非常丰满。使他思考罪恶，让他为自己思考，你就从论述不够详细中解脱出来。运用这种我煞费苦心想出的巧妙构思——实际上也需要费点心思，取得了显然完全超出我意料之外的成功。

詹姆斯坚决主张作者和读者有一种充满想象力的合谋，他暗示读者渴望看到鬼魂以及它们凶残的阴谋。与沃尔特·本雅明在他的文章《讲故事者》（"The Storyteller"）中的观点一致，詹姆斯再一次证实了求助于死人的必要性。本雅明认为我们需要小说，"不是因为它多办是说教性地为我们描述了其他人的命运，而是因为这个陌生人的命运通过其燃烧殆尽的热情，给予了我们在自己的命运中得不到的温暖。小说吸引读者的地方在于，读者希望通过自己阅读关于死亡的故事来温暖他自己战栗的生命。"小说,特别是鬼怪小说,让我们通过近距离看待并非我们自己的死亡来温暖我们自己。在这个时期的一系列小说中,马克·吐温和伊丽莎白·斯图亚特·费尔普斯描写了亲身经历的死亡,表明了描写死亡的任务在文化和政治方面是多么具有启迪作用。

马克·吐温的《斯多姆菲尔德船长天国之旅造录》（*Extract from Captain Stormfield's Visit to Heaven*,1907年12月至1908年1月在《哈珀杂志》上连载）,是他最早写的作品之一（手稿写于19世纪70年代）,也是他出版的最后一本书（是1909年在马克·吐温去世六个月前由哈珀和兄弟出版社作为圣诞礼物出版的）。吐温认为《斯多姆菲尔德船长天国之旅造录》是对1868年费尔普斯的畅销书《半开的门》的嘲讽性模仿。吐温认为费尔普斯

> 想象了一个如罗德岛那么大不值钱的廉价天堂——一个大得足够装得下在过去19个世纪中死去的几十亿基督教徒的千分之一的天堂。我提高了限制条件;我建了一个大得惊人的天堂,把基督教徒的人数增加至现代墓地人数的10%;我自己也愿意出于善心允许在上述漫长的时间内死去的异教徒的千分之一进来。

吐温对费尔普斯的来世的批评主要集中在其委托人的排他性:费尔普斯的天堂是为白人中产阶级读者设计的,他们在那里只希望找到他们自己那样的人。《天门外》（*Beyond The Gates*,1883年）和《天门之间》（*The Gates Between*,1887）是《半开的门》的续集,因其描写了主人公亲身经历了来世而超越了《半开的门》。《天门外》是关于40岁玛丽的故事,她是一任牧师的未出嫁女儿,在许多方面都对她所在的社区作出了贡献:做过教师、内战护士以及卫生委员会、公民事务管理局和国家劳动局的董事会成员。虽然她为别人做了许多事情,她却很难相信上帝、永生和耶稣基督的来历。这使她在精神上是平凡的。玛丽患猩红热病倒了,最后得到了安息并在她的病房内发现了她的父亲（已经去世20年了）。费尔普斯用通常使用的现实主义手法详细描写了这些事情:房间内熟悉的家具有助于基督徒读者想象一位死去的父母领着他们前往天堂。

在玛丽的漫长旅行中,她小心地强调她的描述只是接近她已经知道的事情:尘世根本就没有合适的词语可以表达天堂的完美。但是只有在天堂里,通过基督耐心而充满深情的劝告,人类才能得到完善。这实际上是对玛丽的

◎渐进的多元文化：文化、经济和小说（1860—1920 年）

启示，她一生都被怀疑折磨着：玛丽不是上帝的选民，她比那些完全过着世俗生活的人富有。因为天堂完全可能是尘世时间的延伸，在那里各个年代和各种文化都集中在一起，天堂是一个充满无尽可能的地方。在天堂里可以见到各个时期伟大的思想家和领袖——罗耀拉、圣女贞德（Jeanne d'Arc）、路德、牛顿、哥伦比亚、达尔文——还可以找到穴居野人，到行星上旅行，包括太阳和火星，甚至还会遇到文学人物——赫斯特·普林（Hester Prynne）、汤姆叔叔和冉阿让（Jean Valjean）。天堂也是生活中的不如意得到补偿的地方。当玛丽正要跟一个老男人结婚时，她痛苦地从前往天堂的旅途中醒来，原来是一个梦。她毕竟没有死，在新英格兰一个霜冻的早晨醒来，工厂里的钟声催促贫穷的工厂女工去上班。

但当主人公真正死亡而使天堂完全变成现实时，就像费尔普斯三部曲中的最后一部《天门之间》描写的那样，就失去了一定的戏剧效果。那一年是187－年，主人公是49岁的埃斯莫拉尔德·桑恩（Esmerald Thorne），已经结婚四年了，在建立了医学事业并积累了一笔财富后遇到了他的妻子。虽然有人告诉他海伦既善良又美丽，但仍然是一个自我专注的工作狂，热衷于权力、地位和金钱。看起来他似乎是地球上最后一个去天堂的人，这是他去天堂显而易见的原因。他死后遇到的第一个大问题是放手：他徘徊在活人生活的大地上，观看人们对他的死做出的反应，仔细阅读报纸上的报道，甚至还关注着股票交易。在天堂里，他百无聊赖地四处游荡，直到他的儿子出现，尽管桑恩没有马上认出他（可能是他活着时跟儿子在一起的时间太少了）。桑恩学着照顾儿子，遇见了上帝，获得了信仰，在他的妻子也升天后得到了报答。他没有从天堂之梦中醒来。本书以嘲讽性的碑文结尾："考虑到有人会问，我是如何把这个故事送到活人的世界，我将这样回答：那是我的秘密，就让它永远这样吧。"费尔普斯在处置唯灵论和来生的力量方面令读者信服，读者们使这三部与天门有关的书都成了畅销书。三部书共同的观点是：死人的灵魂是可以接近的，天堂是所有基督教徒包括数量最少的异教徒都可以认识的理想场所，唯灵论者关于来生的观点与正统的基督教教义是可以取得一致的，这些都是费尔普斯根据自己的亲身经历提出的设想。她也从蓬勃发展的唯灵论运动中获取支持。哈丽叶特·比彻·斯托认为，内战后唯灵论的支持者达到了400—500万人。最重要的是，费尔普斯接受其他的宗教习俗，毕生努力使基督教顺应当时日益感染人们的超自然、精神和科学的发展。

尽管马克·吐温表面上很鄙视费尔普斯关于来生的观点，但他的来世观与费尔普斯一样来源于同根深蒂固的信念所作的斗争中。吐温所有的作品表明他精通复杂的宗教遗产，包括他父亲的自由思想、母亲的长老会教义以及他在汉尼伯（Hannibal）① 接受的教育，即基督门徒会者的密苏里文化教育。《斯多姆菲尔德船长天国之旅造录》为吐温关于死亡和来生的思考提供了有价值的论述，同时它也对当时流行的对天堂的描写进行讽刺，并且从令人难以置信的成功中赚到了钱。这部中篇小说在杂志上发表获得的利润用来购买了位于康涅狄格州雷登的一座新房子的侧厅，这座房子被恰当地称作"斯多姆菲尔德"。据说吐温一直等到他妻子奥莉维亚（Olivia）（她是费尔普斯作品迷）去世后才出版这本书，也可能是因为他从来都对这本书感到满意。

这部中篇小说以一位朋友耐德·威克曼（Ned Wakeman）船长的梦为依据，他的这位船长阅读圣经，对圣经内容了如指掌，对天国的想象和吐温相同。但吐温对费尔普斯的回应占主导地位：她的基督教天堂最使他厌烦的东西好像是它的唯一性和褊狭。想象天堂的行为对她来讲是行使权力和控制——设想宇宙中也有同样的精神理论。在吐温手中，天堂正好相反：主张谦卑，认识到人类在无边的宇宙中所占的空间是多么渺小。地球上设想出来的测量方法无法用来测量地球以外的无限空间。斯多姆菲尔德船长经过无数光年的旋转穿越太空到达天堂，发现他自己排在一个长着七颗脑袋一条腿的天蓝色的人后面。他的关于天国的知识就是不断证明人类的渺小，否定人类对天国的信念。天堂大门旁边的官员连地球在哪里都不知道，更不用说美国了。经过好多天的搜索，他们最后设法在地图上确定了地球在太阳系的位置，斯多姆菲尔德了解到地球被称为"讨厌的人"（the Wart）。

吐温描写的天堂是非常庞杂的，包括各种各样的习俗，与其数不尽的王国相配。这个天堂说明了地球上所有国家"混杂的"特点。与天堂的多元文化相一致，天堂里的名人来自各个时期和地方，有些可以认得出来，有些是无名的。莎士比亚、荷马、孔子、佛陀和穆罕默德必须走在来自田纳西州的一位普通裁缝和一位来自阿富汗名叫萨卡（Sakka）的为马治病的兽医后面。真正体现了基督教戒律"最后一个就是第一个"：田纳西裁缝是头顶白菜叶、骑着一根栏杆跑遍了整个村庄的替罪羊。他很卑微，从没想过要进天堂，更不用说作为一个高贵的人了。这是普通老百姓的天堂，到处都是生命的形式：当斯多姆菲尔德船长高兴地坐在一片云上小憩时，他发现周围坐了100万人。吐温庞杂的天堂提出了令人自渐形秽的预言：在现代纪元，白人在全球范围内的地位微不足道。在后来的描述中，斯多姆菲尔德对天堂里没有金发碧眼的天使感到不可思议，很快就有人给他讲了一通人种论：白人在由古铜色人种控制的人类历史上只是短暂的一瞬。为了发现这个浩瀚的天堂，斯多姆菲

---

① 汉尼伯为马克·吐温在美国密苏里的故居。——译者注

尔德首先得使自己摆脱限制他进入天堂的教条。和地球上一样，天堂中也存在痛苦和折磨，因为"快乐本身并非一件东西——它只是与不快乐的事情形成对比……天堂中有很多痛苦和折磨——相应的也就有很多对比物，快乐是没有尽头的"。斯多姆菲尔德告诉他的导游："这是我听说过的最合理的天堂……尽管与我长大成人的那个天堂不一样，就像活着的公主与她自己的蜡像不同一样。"《斯多姆菲尔德船长天国之旅造录》证明了吐温非凡的能力，他能够一边声称信仰和惯例的严肃性以及他对信仰和惯例的需求，而一边对这些信仰和惯例进行讽刺和挖苦。吐温与虚构的天堂的关系和他与从小接受的基督教科学或思想—疗法的关系息息相关。在他还是一个小男孩时，看到一位农民的妻子——她是著名的思想治疗师——消除了他母亲的牙痛。另外一个类似的信仰疗法术士神奇地治好了他妻子奥莉维亚的瘫痪。他的女儿克拉拉（Clara）是一个癔病患者，成了一个基督教科学派成员，而他的另外两个女儿苏西（Susy）和简（Jean）曾经寻求新宗教术士的帮助未果。

吐温对小说是成功还是失败很了解，这部分解释了为什么读者对他关于基督教科学的作品感到迷惑不解。虽然他鄙视在玛丽·贝克·埃迪的统治下基督教科学的制度形式，但是他还是能认识到它是如何帮助人们的。比如，《费城医学杂志》（*The Philadelphia Medical Journal*）对他们发现的吐温对基督教科学发自内心的尊重表示惊讶，而哈珀和兄弟出版社（Harper and Brothers）则对吐温的信息进行相反的理解，由于害怕这本书会冒犯埃迪的观点，在1903年撤销了书的出版。显而易见，吐温的《基督教科学》（*Christian Science*，1899年10月节选刊登在《大都市杂志》[*Cosmopolitan Magazine*]上，1902年12月刊登在《北美评论》[*North American Review*]上）在作为书出版之前就引起了如此不同的反应。因为吐温在所有作品中表现出强大的能力，使信仰看起来真实可靠，即使他反对这种信仰或者取笑这种信仰的时候也是如此。他描写了"充满深情的同情和怜悯……如何治愈了肉体的疾病、痛苦和悲伤——全部——只是用一句话，用手摸一下"，并且"每一个真诚的基督教徒"都可能"用信仰治愈可能对人的肌肉和骨头造成伤害的疾病"。因此，借助简单的信仰奇迹，基督的抚摸使得生命得以复苏。考虑到吐温在作品中对信仰的忠贞不渝显示的好奇，以及他对信仰戏剧化的可能性的关注，他对基督教科学着迷是可以理解的——他既赞赏又鄙视。吐温赞赏基督教科学派反对人类习惯性地倾向于偏爱精神力量的负面作用所采用的方式，特别是健康问题。在生病的情况下，局外人极力强调意识产生正面力量的观点看起来很了不起。

但吐温鄙视那些利用人类的脆弱的人。埃迪就是这类人的代表："我认为

4 大都市的变化

她对金钱的酷爱在强度上并没有减弱，我认为她活着时从来都没有让朋友从她那里得到过一块钱。"她是一位以宗教领袖形式出现的高超的女商人，她作为基督教科学派的先知取得的惊人成功向人们提出了关于伟大的精神领袖的起源这个令人不安的问题。但在吐温的描述中，她最应受谴责的是，有大量证据证明她剽窃了基督教科学派圣经《科学和健康》（Science and Health）。吐温认为很容易看出哪些是埃迪自己写的段落，因为她根本就写不出明白易懂且符合语法规则的英语。她的文章空洞无物，这表现在她对危如累卵的精神问题以及对自己抱负的困惑上。吐温在《基督教科学》的开头描写了一个非常滑稽的场面：一个人从山上掉下来，浑身的骨头都摔折了，他发现几英里内唯一能找到的医生是一位基督教科学派成员。他在这本书中的主要观点是非传统药物可以作为权威医疗机构的合理补充，这些机构常常连最基本的病都治不好。当非传统药物本身成为教条的时候，问题就来了。吐温很乐意接受每一种可以解除痛苦的方法，不管是精神上的还是肉体上的；随着年龄的增长，吐温发现自己越来越孤独，也就越来越关注这个问题。

吐温并不是唯一欣赏基督教科学派可能性的美国重要作家。西奥多·德莱塞在他1915年写的小说的最后几章中把他体弱多病的"天才"交给了一位基督教科学派的信仰疗法术士。《希伦·韦尔的堕落》的作者哈罗德·弗雷德里克在1898年患了两次中风后接受了基督教科学派的治疗，因为他的爱人凯特·莱昂（Kate Lyon）是一个虔诚的信徒，拒绝服用传统药物，但这引起了争议。但最精通基督教科学派的历史和教义的美国作家是薇拉·凯瑟，她为基督教科学派的创始人代写传记，这是《麦克卢尔杂志》纽约编辑部分派给她的第一项任务。1906年在出版发表了她自己的30多篇故事之后，32岁的凯瑟开始在《麦克卢尔杂志》工作，报社女编辑乔治吉恩·米尔尼恩（Georgine Milnine）已经收集了关于埃迪的生活和基督教科学派的资料，人们认为1907—1908年在杂志上连载埃迪的文章以及1909年由道布尔戴（Doubleday）出版社出版的《玛丽·贝克·G. 埃迪的生活及基督教科学史》（The Life of Mary Baker G. Eddy and the History of Christian Science）这本书都是她的功劳。但编辑终止了这个项目，凯瑟的同伴伊迪丝·刘易斯（Edith Lewis）坚持认为凯瑟是主要作者。研究凯瑟的学者最近认为传记是她的第一部长篇著作，她连续投入了18个月的时间来写这本书。但凯瑟尽量减少她与这本书的联系因为书引起了争议，还因为她特别鄙视她的新闻工作，《玛丽·贝克·G. 埃迪的生活》在她的整个事业生涯中都受到关注。凯瑟被培养成浸礼会教友，和她的家庭一起转到美国新教圣公会教堂。凯瑟后来的小说表明她有丰富的关于罗马天主教的知识。她的传记强调以女人为本的宗教意义，同时对

◎渐进的多元文化：文化、经济和小说（1860—1920 年）

埃迪的神授超凡能力的影响提出质疑。凯瑟似乎对与世隔绝、被雪封住的佛蒙特州（Vermont）和马萨诸塞州的村庄以及内布拉斯加州和科罗拉多州偏僻的居住地的精神渴望很着迷，同时也感到很烦恼，她对玛丽·贝克·G. 埃迪特公然的欺骗行为进行了纠正。

凯瑟证明她是一位写传记的能手，把批评家的强硬（她对待埃迪抄袭菲尼斯·帕克赫斯特·昆比 [Phineas Parkhurst Quimby] 的《科学和健康》的态度）和理解（捕捉到生活中的痛苦而不矫揉造作）结合起来。她的描述不但很全面，而且也很准确，充满了难忘的画面：埃迪过于激动的父亲马克·贝克自己搞错了礼拜一和礼拜天，却长篇大论地谴责邻居违反了安息日的规定；玛丽童年得的癔病破坏了她的鳏夫父亲的家庭规定；玛丽的第二任丈夫拖着像人那么大的摇篮招摇过市，这样每天晚上可以摇她睡觉；玛丽被她的家庭抛弃，被迫到许多家里做客，在那里她被当做王室成员伺候。埃迪继承了她父亲的虔诚、讲究实际和自以为是的特点，同时也吸收了新英格兰农村宗教世界的方方面面。

玛丽·贝克·埃迪出生在 1821 年，那时还没有铁路和使农民可以从繁重的农活中解脱出来的现代发明，一切都是手工制作。家里的男孩子接受的教育是断断续续的，只能在播种和收割之间才有时间，而女孩子们则进入了地区学校。玛丽是六个孩子中最小的，非常敏感，由于反对这种相对温和的管理体制，因此接受的正规学校教育很少（凯瑟暗示她能写出基督教科学派哲学思想就更难以置信了）。埃迪好像天生就爱炫耀，她不停地追求她家买不起的衣服的流行款式和风格。凯瑟在整个分析中把她发现的事实情况与埃迪自己自吹自擂的自传《回顾与反省》（Retrospection and Introspection）进行比较。埃迪毫无根据的声明还包括她父亲认为她的"脑袋对身体来说太大了"，就让她待在家里教她学习希腊语、拉丁语、希伯来语、逻辑和自然哲学。同样可疑的是，玛丽强调她在多年倾听灵魂之声后，于 12 岁时被允许加入公理会教会，她成功地拒绝了教会的宿命论教义。而教会文件表明埃迪按照传统是在 17 岁加入教会的，没有任何反抗。埃迪有比她的丈夫活得长的本事，1843 年同石匠乔治·华盛顿·格洛弗（George Washington Glover）结了婚；六个月后他死于黄热病。玛丽回到他父亲家，在 1844 年秋天生下了儿子乔治·华盛顿·格洛弗（George Washington Glover）。从一开始，玛丽的行为用她父亲的话说就"像一只不会生小羊羔的老母羊"。孩子定期被送到他以前的奶妈那里，那个奶妈最后收养了他。1853 年，玛丽又与一位牙医丹尼尔·帕特森（Daniel Patterson）结了婚。

埃迪是一个过分担心自己健康的人，同时她确实也很虚弱，她像海绵一

4 大都市的变化

样吸收各种流行思想,她热衷于催眠术、唯心主义和顺势疗法,这些都是 19 世纪中期新英格兰流行的宗教。催眠术是由梅斯梅尔的一个法国弟子查尔斯·波伊恩(Charles Poyen)传过来的,他在新英格兰地区四处演讲,并在 1837 年出版了一本书《新英格兰动物催眠术》(*Animal Magnetism in New England*)。《伟大的哈尔莫伊亚》(*The Great Harmonia*)的作者、新英格兰著名唯心主义者安德鲁·杰克逊·戴维斯(Andrew Jackson Davis)也开始以意识控制物质的观点吸引人们的注意力。在埃迪的一生中最重要的事情是她拜访缅因州波特兰的菲尼斯·帕克赫斯特·昆比,他发明了一种通过意识简单而仁慈的力量来治病的方法。昆比的职业是制造钟表,他是著名的"昆比(Quimby)钟表"的发明人,他对机械有天生的才能。他经常出现在哲学和科学书籍中,受到查尔斯·波伊恩的观点的启发,他是"一位性情温和的新英格兰苏格拉底,不断地审查他自己的观点,常常对他的朋友们的平凡的信念进行证明"。昆比利用基督的使命是治愈疾病的观点,认为疾病是错误的推论,来自人类而不是上帝。1863 年,当玛丽·格洛弗·帕特森(Mary Glover Patterson)来到昆比那里时,她很穷,并且很消瘦。昆比对她的脊椎病的治疗神奇地消除了她的疼痛。埃迪成了一个信徒,开始仔细阅读他的手稿并给当地报纸(比如《波特兰大信使报》[*Portland Courier*])写信支持这种治疗方法。当昆比 1866 年由于他自己的方法根本不能治愈的胃部肿瘤去世时,埃迪积极参加对他的哀悼,并参与决定将来如何处置他的作品。如果昆比的其他信徒比较警惕的话,就绝不会出现埃迪的《基督教科学》。昆比去世后 9 年,埃迪出版了《科学与健康》,这是一本主要根据昆比的治病系统写成的书,但并没有把昆比定为原作者。凯瑟以事实为依据直接叙述了埃迪的剽窃历史,其方式是把《科学与健康》中的段落与昆比的原文进行对比,并引用了昆比的同事和中立观察者在法庭上发誓保证的证词。最确凿的证据是埃迪自己表达她对昆比的感激之情的信件和言论,但在把他的体系用于她 1875 年及以后的书中时,却完全忘记了对昆比的感激之情。这些细节就可以解释为什么基督教科学派成员竭力禁止出版凯瑟写的传记,蓄意破坏此书在图书馆的发行,并授意凯瑟不要承认此书为她所著。

《科学和健康》1875 年的版本由于有很多错误和拙劣的写作,很大程度上被大家所忽略了,但有几本已经送给了著名哲学家和神学家,其中包括托马斯·卡莱尔。埃迪在书的开头提出了意识是唯一的原因而身体是精神的唯一工具的基本原则。昆比认为人类与物质的不完美有关,上帝与意识的完美有关,埃迪以此为基础在书中把《创世纪》中的亚当看做是"错误之人"。在《科学和健康》后来的版本中,埃迪忽略了"亚当"这个名字希伯来语的来源，而强调其字面意义——"一座大坝"或"障碍物"。作为把生活信念物质化的人的化身，亚当是所有疾病、罪恶和死亡之源。亚当及他造出来的夏娃被赶出伊甸园实际上就是物质与意训的分离，这种决裂持续了几个世纪，直到耶稣出现。耶稣是"有史以来最科学的人"，是人类和上帝之间重要的协调者，是"基督教科学派的伟大导师"。埃迪和无数神学家一起提出了《新约全书》认为神有感知力的论断，反对《旧约全书》中认为神无所不能的论断，这样自然就产生了两个逻辑难题。第一，如果上帝代表一切，而没有物质形式的上帝，那么物质从何而来？第二，基督教科学派意味着依靠时间的治愈力；基督教科学派对于时间不能救治的疾病是无能为力的，比如昆比自己的胃部肿瘤。埃迪承认基督教科学派的最终障碍是死亡。尽管基督教科学派信仰疗法术士可能从未接受过死亡，只是在思想中超越死亡，但目前死亡是不容置疑的。凯瑟认为，埃迪的体系简直就是反感自己的身体结构，反对与自然环境之间的关系，反对自己的机体需求和自己种属的永恒性。它反映了一个沉湎于狂想症的个体，一心相信她的病人摆脱的烦恼可能会转移到她自己身上。其中最有影响力的是埃迪相信"恶意催眠术"，也就是说怀有恶意的人、特别是那些报复心重的她从前的信徒有可能会超过她。

埃迪的信徒总是男性和年轻人，来了又走。埃迪主宰他们，帮助他们和其他人联系，要求他们忠于她的需要。他们的离开往往是令人不愉快的，比如埃迪和她用巫术控制的丹尼尔·斯波福德（Daniel Spofford）的决裂。斯波福德于1878年5月14日被带到马萨诸塞州塞拉姆的最高法院，波士顿《环球》杂志报道了这个诉讼案。显然埃迪受到了她感觉到的厄运的刺激。在她宣称最痛苦的时期，她创办的基督教科学派王国迅速扩张，她的杂志——最后变成了《基督教科学箴言报》（*The Christian Science Monitor*）——创刊了，修订后的《科学和健康》（在技能熟练的作家詹姆斯·亨利·威金［James Henry Wiggin］教士的协助下）面世了。

凯瑟勉强以敬佩的心情记录了埃迪是如何随着年龄的增长而改进，改掉了说话不符合语法规则的习惯，学会带头认识她自己的局限性，并且为了营造一种神秘气氛而将自己与世隔绝。在她生命的最后10年内，埃迪致力于基督教科学派在美国的发展壮大，吸收了密歇根、明尼苏达、内布拉斯加等偏僻地区的皈依者，凯瑟写道："自从靠武力宣传宗教以来，宗教从未以这种系统化的有效方式宣传和传播新的信仰。"埃迪的那帮信仰疗法术士主要是来自中产阶级的白人基督教徒和女人。招收的男性成员常常是医学院的退学者，包括一位波士顿船长，他为了给妻子治病而求助于基督教科学派，从而发现了一种职业。用凯瑟的话讲，约瑟夫·S. 伊斯特曼（Joseph S. Eastman）船长

4 大都市的变化

"逃过了台风、珊瑚礁和食人王,只是到达了完全陌生的意识探险地"。令他吃惊的是,他参加在波士顿举行的基督教科学派的会议时看到的是一个包括"许多高度文明的人"的集会。埃迪成功地建立了"一个女人在美国曾经建立的最大最强的组织。很可能没有其他任何一个有这么多缺陷的女人——在智力上有局限性,在行动上不确定,被仇恨折磨,被琐碎的敌意牵制——能从孤苦无助和依赖别人的状态上升到拥有这么多权力的地位"。

基督教科学派代表了老生常谈的治病技巧被注入了新的活力:时间会创造奇迹。埃迪的天才在于能够认识到思想中巨大的精神潜力及其适应时代和文化的能力。她对她那个时代身体成为屈从的场所的方式有一种直觉,一部分通过内战前后遭受痛苦的人、受伤的人、伤残的人和死人的形象,一部分通过美国人在大规模移民时代面临差异的痛苦景象。埃迪强烈主张放弃身体及其历史,她坚决主张身体只是精神的工具,这好像给城市中占教会信徒大多数的中产阶级和有闲阶级的成员一些安慰。1910 年,玛丽·贝克·埃迪死于肺炎,享年 90 岁。她不太关注理论本身,而更关注于把理论作为个人的专卖商品进行宣传和制度化。曾经的信徒和习惯性的批评家马克·吐温证实了埃迪的成功,把她的事业描述成与标准石油公司和美国钢铁公司一样的"精神托拉斯"。

基督教科学派对美国文学传统的意义远远不只是许许多多作家表现出来的对其观点和方法的兴趣。与同时期其他日益发展的行业一样,基督教科学派孕育了进步的推动力量,也孕育了落后的力量。基督教科学派是一种以女性为中心的宗教,它向那些接受过少许教育、通常为女性的、用宗教迷信给人治病的术士灌输了神的力量,以此与新兴的男性医疗机构抗衡。基督教科学派与在内战和第一次世界大战之间以各种文化、法律和政治方式发展起来的女权运动保持一致。基督教科学派回顾了那个认为人的精神和身体之间存在一种联系、身体健康是田园生活不可或缺的一部分的年代,代表了对新工业资本主义秩序的深思熟虑的反抗,在这个秩序中,职业的专门化和制度化占统治地位。最重要的是,基督教科学派表达了现代城市居民对物质以外的某种东西的渴望,表达了不能通过资本积累满足的需求以及抵制市场的强烈愿望。虽然存在宗教创始人设法在这些强烈愿望的基础上创造大量财富的矛盾,但这种矛盾也证实了这种运动在美国是多么深入人心。

5 美国印第安人在进步时代的牺牲

西汀·布尔（Sitting Bull）认为："对财产的热爱是他们的一种病。"这句话非常准确地概括了他看到的白人和印第安人之间的本质不同。人们可以认为这句话是对19世纪后期美国土著居民的痛苦境地的贴切解释。1865年内战结束时，美国有30万印第安人，这个数字不包括那些没有计算在内的。在内战期间，印第安人的忠诚按地区划分。包括切罗基人（Cherokees）、乔克多人（Chocktaws）、奇克索人（Chickasaws）、西米诺尔人（Seminoles）和克里克人（Creek）在内的东南部印第安人，因得到承诺他们战后可以成立自己的州，因此这些印第安都支持南方。这个人们所称的"五个文明部落"，本身都是奴隶主，同时由于政府屡次不能履行协议条款，他们表示不满，这两个原因导致他们支持南方邦联。来自其他部落的4000名印第安人为北方而战。双方的印第安人在战争期间和战后都遭受了领地被掠夺、村庄被烧毁、牛群被屠杀的痛苦景象。战争结束时，胜利的北方联盟军对忠于南方邦联的印第安人进行了比南方邦联更严厉的惩罚。重建条约征用了印第安人的土地用于修建铁路和白人居住地，住在淘金热地区的印第安人在追求财富者的侵略中勉强幸存下来。在1867年的《杜立德报告》（*Doolittle Report*）中，林肯重新作出改善战后政府与部落之间关系的承诺，表明在白人—印第安人事务方面冠冕堂皇之词和现实之间存在的差距。《杜立德报告》记载了反对印第安人的残暴军事行为和居留地官员的贪婪行为，最后呼吁政府给予更大同情。但报告最根本的观点是自私的达尔文主义，预测弱势种族会逐渐被强势种族代替，掩盖了印第安人几个世纪以来从战争、流行病和被迫移民中幸存下来的事实。在内战后，同化和种族灭绝这两种占主导地位的方法进一步限制和毁灭了印第安人的生活方式。在尤利西斯·S.格兰特总统任职期间，他发誓要继续履

5 美国印第安人在进步时代的牺牲

行林肯的诺言,对印第安人事务局进行改革。他优先实行了一项同化政策,扩大土著人的居留地,把特定的土地分配给每个印第安人家庭,制订了强调手工业的印第安儿童教育制度。在这种政策下,军队的作用,用格兰特的话讲就是保证"印第安人在政府的管辖之下在居留地住着舒服就住下去,住着不舒服就离开"。格兰特依靠宗教组织特别是朋友会对印第安人进行教育。格兰特执政期间,在印第安事务方面有很多开明和公正的时候,它们反映在一些宽容的居留地官员的描述(派尤特人萨拉·韦尼姆卡[Sara Winnemucca]写的《派尤特人的生活》[*Life Among the Piutes*]、阿拉巴霍部落卡尔·斯维兹[Carl Sweezy]写的《阿拉巴霍部落方式:一个印第安男孩的回忆录》[*The Arapaho Way: A Memoir of An Indian Boyhood*])中。格兰特在内战期间的私人秘书是描写李将军在阿波麦托克斯(Appomattox)投降经过的艾力·S. 帕克(Ely S. Parker),他是来自纽约州北部地区的塞纳卡印第安人,他曾协助刘易斯·亨利·摩尔根准备关于印第安人的自传性研究,是一位接受过法律培训的土木工程师(因为印第安人不是美国公民,所以被拒绝进入纽约州法律界),是第一位被任命为印第安人事务司法行政长官的土著人,他的任期因一桩后来被撤销的虚假诈骗案而缩短。

19世纪80年代的主要信条是把印第安人的土地分配给每个印第安人家庭,名义上这是取得公民身份的第一步(直到1924年才授予他们公民身份)。政府在进行了一项部落民意调查之后分给每个印第安人"家庭"160亩土地,相当于一个普通宅地的大小,然后从居留地的总亩数中减去用于分配的土地数,剩余的土地,可能超过居留地面积的一半,被拿到公开市场上出售。每个部落都是以这种方式丧失了土地,依阿华州的一些印第安人丧失的土地高达90%。在这种安排下发达起来的印第安人就有资格成为公民。根据1886年印第安人事务司法行政长官的规定,印第安人要学习"美国文明鼓吹自我主义,因而要说'我'和'这是我的',而不要说'我们'和'这是我们的'"。似乎没有人关心这项计划与1886年的美国诉卡格马(The U. S. v. Kagema)案件中一项最高法院的裁决相矛盾,当时的裁决宣称,所有印第安人都受国家的保护。另外,艾力·S. 帕克认识到,1887年的《道斯法案》(Dawes Act)所提出的计划等于消灭印第安人的生活方式。国会一致通过,由卢瑟福·B. 海斯(Rutherford B. Hayes)总统签署成为法律的《道斯法案》提出把印第安人赶走的措施,部分原因是印第安人很难适应美国的税收和土地租赁方法。周围的养牛工人和农民随时准备一有机会就购买印第安人的土地。对一些印第安人来讲——五大湖地区的奇佩维安人和印第安领地的肖尼人——分配的结果是失去土地和变得一贫如洗。一位俄克拉何马州的克

渐进的多元文化：文化、经济和小说（1860—1920年）

里克印第安人抱怨道："埃及有蝗灾，亚洲国家有霍乱，法国有极端激进分子，英国有黑死病，孟菲斯有黄热病……但不幸的印第安领地遭受了19世纪最严重的灾难：道斯委员会。"

卡尔·马克思在《美国和内战》（*America and the Civil War*）这本书中描写了畅通无阻的资本主义发展，传统制度和革命的社会主义都不能改变这种发展。唯一明显的障碍是詹姆斯·麦迪逊（James Madison）总统所说的："我们内部的黑人朋友和边境的红色土著人。"虽然有时白人把印第安人想象为被镇压的黑人，但他们很少使用色情或贬低性的词语来形容印第安人，这种词语被用来形容黑人，为了给在奴隶制前和奴隶制后发生的白人暴力寻找借口。相反，印第安人被描写成文化落后的高贵野人。自由的契约原则、信守诺言和承担个人责任的理想违反了他们好战和无政府主义的个性。印第安人在19世纪以各种方式对他们处境令人沮丧的改变作出反应（17世纪美国印第安人数量大约为150万，进入20世纪时减少到23.7万人）。有的印第安人寻求精神解决方案，比如苏人的鬼魂舞，这是一种期待死去的亲人和失去的生活方式回归的救世主似的宗教活动，以及神圣的佩奥特教仪式，把组织起来食用可以引起幻觉的仙人掌的祈祷者和把全国的追随者联合起来的泛美国印第安人政治结合起来。其他部落，切罗基人和克里克人则选择军事反抗，但他们的反抗都被镇压下去了。许多在20世纪前10年发展起来的印第安人精英所进行的活动代表了另外一种方式。1911年10月12日，在俄亥俄州的哥伦布一群印第安人开始了一项共同事业，他们成立了印第安人学会。这些人中有的自称是纯正的土著人血统，有的一半是土著人血统，大多是工业或寄宿学校的毕业生。艾力·帕克的弟弟阿瑟·C. 帕克是一位研究印第安人文化的历史学家和人类学家，他认为这项活动的参与者"都是男人和女人中的优秀分子，优于肤色苍白的入侵者"。帕克呼吁大众媒体要认识到"这个种族的领袖们要求该种族确定在现代生活中所承担的义务，并在履行这些义务的过程中获得以前他们被剥夺的每一项权利"。

这些领袖包括查尔斯·亚历山大·伊斯特曼（Charles Alexander Eastman）博士，他是明尼苏达州的桑蒂（Santee）苏人。伊斯特曼是混血苏人，他的祖母是姆德万科顿苏人首领克劳德曼（Cloudman）的女儿，她是西部画家塞斯·伊斯特曼（Seth Eastman）上尉的妻子。伊斯特曼的母亲玛丽·南希·伊斯特曼（Mary Nancy Eastman）1847年嫁给了瓦佩顿（Wahpeton）苏人首领曼尼·赖廷斯（Many Lightnings），1858年在生伊斯特曼时去世。伊斯特曼同父亲分开后由祖母和叔叔充当他的父母养育他，1873年，他又与父亲团聚。1887年，伊斯特曼在达特茅斯学院（Dartmouth College）大学拿到理科学士学位，1890年在波士顿大学又取得了医学学位。伊斯特曼的第一份工作是在居留地的松树岭印第安事务处工作，在那里他目睹了伤膝谷大屠杀（Wounded Knee Massacre）。在担任居留地医生期间，伊斯特曼抽时间进行文学创作，最后写成了两本在商业和评论方面都很成功的作品《印第安人的童年》（*Indian Boyhood*，1902）和《印第安人的灵魂》（*The Soul of the Indian*，1911）。在作品中，伊斯特曼强调印第安人具有取得伟大成就的能力以及保留各个部落不同特性的印第安人文学的重要性。他同时也坚决主张人民的政治权利和公正待遇。尽管他雄辩的口才和个人魅力已经使他成功地成为一个公众人物，但他的两部作品却使他拥有最多的听众。凭着他的个人回忆录《印第安人的童年》，伊斯特曼是第一个拥有相当数量商业读者的印第安人作家。

他的作品例证了种族灭绝大屠杀后这个时期印第安文化的可能性和局限性。这一时期，白人和印第安人作家都创作了关于白人和印第安人之间的冲突以及印第安人部落灭绝的作品，他们都面临无论是使用政治、哲学还是宗教措辞为进步时期人们的牺牲寻找合理借口的艰难任务。像查尔斯·伊斯特曼这样的作家从文化内部入手，以压制着愤怒的语气进行写作，试图详细描述失去的文明仪式，同时也代表印第安人的后代记载了国家犯下的罪行。伊斯特曼的写作风格类似于弗雷德里克·道格拉斯充满矛盾的自传：一方面对主流文化的理想表示赞赏，一方面又对以原则的名义违反原则的行为的虚伪做法进行批判。刘易斯·亨利·摩尔根、赞恩·格雷和薇拉·凯瑟都从旁观者的立场以赞美的方式使人们相信印第安人社会是优秀的社会典范，但是准备把这个社会划归英雄的过去。其他像海伦·亨特·杰克逊和萨拉·韦尼姆卡这些作家通过他们的小说《拉蒙娜》以及非小说《百年耻辱》和《派尤特人的生活》对政府和军事政策进行谴责，同时也简述了改革日程。最后，还有的作家描写了美国社会残存的印第安文明。兹特卡拉－萨在她的小说中、玛丽亚·露易丝·伯顿在《擅自占地者和西班牙贵族》（*The Squatter and The Don*）中把成功进行同化的印第安人描写成他们往昔的自身幽灵。在这些例子和后面要探讨的内容中，西订·布尔的智慧会重新不断告诉大家，在这个实利主义时代印第安人仍然对财产不感兴趣，这是具有更高的人性价值的体现。

仪式

萨拉·韦尼姆卡·霍普金斯的《派尤特人的生活：他们的错误和主张》（*Life Among Piutes：Their Wrongs and Claims*，1883）是本土作家的一系列作品中的第一部，它从语言和政治方面反映了印第安人事务的早期历史。对擅用

◎渐进的多元文化：文化、经济和小说（1860—1920年）

读写能力可能产生的后果有自我意识，这使人想到奴隶讲述人关心的问题，同时对改变印第安人处境的前景抱有一定的乐观态度。韦尼姆卡的人民所处的危险处境激励她进行写作，她生活在仍然具有活力的本土文化中。这使她的作品不是一种挽歌作品，而是一种政治宣传。伊斯－曼和兹特卡拉－萨把在青春期这个微妙年龄段进行的同化，描写成是内战后他们的文化遭受破坏产生的直接后果，韦尼姆卡主张重建印第安人的领土和文化。伊斯－曼和兹特卡拉萨是通婚的结果，而韦尼姆卡完全是派尤特人的血统，她强调自己的贵族血统以及她们那里赋予部落精英的责任和义务。

萨拉·韦尼姆卡·霍普金斯或者谢尔·弗劳尔·派尤特（Shell Flower Paiute）1844年出生在内布拉斯加州的亨博尔特河边，是派尤特人的总首领特鲁吉（Truckee）的孙女，她是成功继承了父亲的地位而成为部落首领的老韦尼姆卡的女儿。韦尼姆卡在舞台上很舒适愉快，当她的家族开始把商业剧作为补偿部落逐渐减少的资源的一种方式时，她在他们的保留节目中赫赫有名。1864年，她和父亲、姐妹们和八个勇士在内布拉斯加州弗吉尼亚市演出，一年后来她又在旧金山参加了"印第安人生活活人画"的演出。在媒体对这些演出的评论中，她有时被称为"派尤特公主"。韦尼姆卡以脾气暴躁而闻名，她有很多丈夫，她在当地人的心目中以及她作为代表和政治活动家参加的更大的社会范围内是一个有争议的人物。但她的热情在进行当众演讲时非常有用，她1879年在旧金山发表的第一次演讲取得了惊人的成功，她立即来到东部，在那里她发表了三百多场演讲。韦尼姆卡在爱默生、惠蒂埃和亨利·L.道斯这些名人家里演说时，得到了伊丽莎白·皮博迪和她妹妹玛莉·泰勒·曼恩（Mary Tyler Mann）的支持，玛莉·泰勒·曼是霍拉斯·曼恩（Horace Mann）的妻子。她的演讲激起的热情使她得到了出书合同和曼答应帮忙编辑的承诺。《派尤特人的生活》包括对"派尤特人"人种的描述，韦尼姆卡在书出版的前一年把它发表在《加利福尼亚人》（*The Californian*）上。1884年，她在她弟弟位于内布拉斯加州情锁（Lovelock）镇的农场上定居下来，为派尤特人的孩子创办了一所学校，后来由于资金不足和疾病最终放弃。她于1891年去世。

玛莉·曼恩在《派尤特人的生活》的前言中说："印第安人在人类文学中第一次爆发……只有一个目标——说句真话这个目标存在于一个真正的爱国者的心中和头脑中，这位爱国者对两个种族的了解使她有机会公正地把他们进行比较。"这本书描写了派尤特人与移民的第一次接触、冲突、重新定居以及与联邦政府的谈判。韦尼姆卡的家人大多数都被杀害了，她的部落被强行迁到一个居留地；她的哥哥被投入了阿尔卡特拉兹（Alcatraz）监狱；毫无道德观念的居留地官员折磨她的人民。通过描述亲眼目睹落入美国人手中的派尤特人个人和集体所遭受的痛苦,韦尼姆卡的作品使我们觉得黑人与印第安人受压迫的经历很相似。这一点在书的开头特别明显。她强调了美国印第安人的口头文化和白人把什么都记下来的书面文化之间的不同,白人把记标记和编目录作为征服和拥有的手段。

> 我大概于1844年出生在某个地方,但我不记得准确的时间了。第一批白人到我们那里时我还是一个很小的小孩。他们像狮子一样来了,是的,像咆哮的狮子,并且从此一直不断地来,我永远不会忘记他们第一次到来时的情景。那时,我的人民零零散散地分布在现在被称为内布拉斯加的整个版图中。

她用简单而生动流畅的语言反驳了达尔文的野蛮人被文明的力量"取代"的观点。对于生活在西部和谐和安宁中的小女孩,白人的到来是野蛮的掠夺行为。而她一向乐观的部落首领爷爷把白人的出现看成是祖先的拯救——"我长期盼望的白人兄弟终于来了"——他们的枪辜负了他敞开的怀抱。特鲁吉首领坚持用传统的观点为白人的到来辩护,认为这是期待已久的白人和美国印第安人的团聚,白人和印第安人只是在世界成立之初被"我们的前辈"分开了,因为双方都很残忍。白人的归来说明神灵重新开始憧憬白人和印第安人之间和平的相处。一开始这种观点有助于增进双方的关系:首领甚至在1848年跟随弗莱蒙特上尉参加了墨西哥和美国之间的战争,回来时又多了一个新头衔"特鲁吉上尉",多了一只政府发的手枪,以及对加利福尼亚风光的赞美之情。特鲁吉首领在韦尼姆卡的描述中非常突出,一直坚信人性的普遍性——认为白人"和我们的想法一致"。

1859年,特鲁吉首领的去世代表着一个时代的结束。新的十年内战以及伴随内战取得的快速进步对派尤特人来讲是灾难性的。他们的处境毫无希望,其明显的标志就是妇女因害怕无力保护后代而减少生育,这已成了不成文的规定。在这一部分,她集中描述了班诺克战争,详细讲述了她在1878年6月担任派尤特人和美国军队的联络员的经历。她赶着马车在敌人的防线之间行驶了223英里,冒着遭到班诺克印第安人和美国人向她开枪的危险。尽管她达到了保护派尤特人免受双方伤害的目的,但她发现美国人和班诺克人都很残忍。韦尼姆卡对班诺克战争的描写像詹姆斯·费尼莫尔·库珀和赞恩·格雷的探险小说一样引人入胜,而她整体的修辞方法最接近言情小说的传统。她反复恳请得到读者的同情:"亲爱的读者,我必须再多说一说我可怜的人民

⊙渐进的多元文化：文化、经济和小说（1860—1920 年）

以及我们在白人兄弟的手中所遭受的痛苦。"她强烈呼吁正义，特别是她对"亚基马事件"的详细描写。在这次事件中，派尤特人在冬天像牛一样被驱赶到另一个州，人数比原先减少了三分之一。

> 啊，多么丢人！你们受过基督教政府的教育而懂得战争术，你们的职业训练使你们成为你们所谓的野蛮人的天敌。是的，你们称自己为伟大的文明；你们曾跪在普利茅斯岩石上，向上帝立约承诺把这片土地变成自由人和勇士的家园……你们所谓的文明从海边一直横扫到内陆；但是，啊，我的上帝！这片土地的道路上洒满了鲜血，散落着继承人和入侵者两个种族的尸骨。我向你们大声疾呼正义——是的，为遥远的西部平原请求，为黝黑而忧郁的哀悼者请求。

通过回忆弗雷德里克·道格拉斯对白人的船帆使用的呼语、哈丽叶特·雅格布斯对白人妇女会的请愿以及苏珊·沃纳和哈丽叶特·比彻·斯托的情感小说，韦尼姆卡在美国文学传统的范畴之内清楚明白地展现了她的人民所遭受的痛苦。书的末尾描写了部落成员零散地分布在俄勒冈平原上，这是白人违背诺言的强有力的证据。韦尼姆卡在书的结尾，通过请求归还她的人民在内布拉斯加的土地强调了她的政治议程。她请求读者签名，然后转发给住在波士顿的玛丽·曼恩太太。在 19 世纪的美国文学中极少有这样书面写作目的如此直接的实例。

查尔斯·亚历山大·伊斯特曼的《印第安人的童年》是献给"出生太晚而没有亲眼目睹残酷生活的戏剧性场面的小儿子"。这表达了书中分裂的观点，其已被同化的作者反复注意到印第安儿童的童年和美国儿童的童年是不同的。同时，伊斯特曼的描写是为了推翻文明生活和野蛮生活的传统区别。印第安人不是天生的而是造就的，要成为印第安人必须经过系统化的教育。《印第安人的童年》是给长期沉浸于陈腐题材中的白人读者看的指导手册。例如伊斯特曼说"印第安青年是天生的猎人"，然后花很多篇幅详细描述细心而知识渊博的叔叔如何帮助"欧西耶萨（Ohiyesa）第一"为将来的野外生活做准备，作为对此观点进行的反驳。

伊斯特曼在书的开头用设问句把印第安男孩的世界设定在美国文学的传统范围，包括粗鲁的侦察员、捕鲸者和能够胜利穿过荒原地区的逃亡者："什么样的男孩在他想起世界上最自由的生活时不想成为一个印第安男孩呢？"纳蒂·邦波（Natty Bumpo）、以赛玛利（Ishmael）、哈克贝利·费恩和欧西耶萨代表了在大自然这所学校中锻炼成长的英雄血统，他们的所有感官都得到了

5 美国印第安人在进步时代的牺牲

开发,与动物成为朋友并且猎取它们。不同之处是:伊斯特曼的生活从一开始就是有目的的(掌管他出生的巫医预言他未来的事业是成为一名医生);对于他能活下来,女人的作用非常关键,也很受尊敬(她母亲在临终时把婴儿交给她的婆婆照顾,婆婆是精力异常充沛的60岁的女人);在蛮荒地区的生活并不是一个坚强的个人战胜不平等的故事,而是一部关于集体劳动、共同庆祝的戏剧场面。春、夏、秋是收获的季节,冬天是失去的季节。对桑蒂苏人这个游牧民族来说,为避免缺乏食物作准备是不正常的。1862年,他的人民起来反抗明尼苏达州的白人时,伊斯特曼只有4岁,他们在一个月内杀死了800个白人。美国军队把他们驱赶到加拿大,逮捕了大多数男人,包括伊斯特曼的父亲和哥哥们。因此,他回忆录的内容主要是描述他在马尼托巴南部的成长经历,他的叔叔和奶奶负责他长达10年的文化教育过程。一个"印第安人"的童年是一个不断得到指导的时期:各种树皮、鸟的颜色和叫声,与狗熊、野猫和狼搏斗的各种方式。"印第安"男孩要学会斋戒,整天奔跑,夜晚在森林中寻找水,学会控制他们的感情。伊斯特曼在书的高潮章节中展示了最后这项技能,证实了宗教在"印第安人"生活中的中心地位。他在8岁时,被要求向"伟大的神秘力量"第一次献上意义重大的供品,他的奶奶督促他放弃心爱的伙伴"乌黑的小狗"奥西提卡,"把狗的尾巴尖和鼻尖都涂成银白色"。虽然这种牺牲使他身心交瘁,但人们的敬畏和那个场合的庄严肃穆使他变得更加坚强。"印第安人"的童年是对忍耐力的考验。伊斯特曼在回忆录结束时令人吃惊地意识到,他一生要为他父亲和哥哥们报仇的目标因为他们还活着而落空。他们被"大刀党"囚禁,已经变成了基督徒。伊斯特曼长期以来一直对白人和他们的技术、他们对财产、税收和交换的观念感到好奇。但在开始新生活的途中,他承认感到"好像我死了,走在去圣灵之地的途中"。听着他父亲一天早晨在他的"美国家"里唱基督教赞美诗,这显然使伊斯特曼感到同化过程将是一个漫长而复杂的过程。

伊斯特曼的《印第安人的灵魂》(1911)以《印第安人的童年》的结尾开头,提出了一个以美国印第安人的方式教育出来的男孩如何适应基督教以及如何适应对基督教进行补充的陌生的财产法规的问题。《印第安人的灵魂》描述了"典型的印第安人"在跟白人接触受折磨之前的宗教。和亨利·刘易斯·摩尔根一样,伊斯特曼强调了古希腊和当时美国印第安人生活方式的共性,最重要的是与自然的关系,神灵寓于每一种植物、树木、昆虫、地球、太阳和天空上,无处不在。伊斯特曼强调了印第安人对白人唯物主义的排斥。印第安人与白人对待动物的方式也不同,动物为了它们的人类朋友而牺牲自己,受到人类的尊敬和感激。

◎渐进的多元文化：文化、经济和小说（1860—1920年）

当时的基督教充满了虚伪和迷信。虽然基督教的教义与印第安人的宗教教义一致，但白人特别看重金钱。伊斯特曼发现基督教的原则和现代价值观是不可调和的；如果白人诚实的话，他们同样也会承认。他引用一位克劳族印第安人的话：

> 智者说我们可能信奉他们的宗教，但当我们试着理解他们的宗教时，我们发现白人的宗教种类太多，我们理解不了，关于哪一种适合学习，几乎找不到两个观点一致的白人。这使我们感到很困惑，直到我们看到白人并没有像对待法律那样严肃地对待宗教，白人把宗教和法律抛在脑后，把它们看做有益的东西，在有利于他与陌生人打交道时才使用。这些都不是我们的方式。我们遵守我们制订的法律并且把我们的宗教流传下去。我们从来都不能理解白人，他们没有欺骗别人而是自欺欺人。

一个克己且身体力行的政权，一种必不可少的道德合理性，被一种放纵和贪婪的文化所代替。对印第安人风俗习惯和信仰的记载恰恰标志着他们将悲惨地消亡。伊斯特曼在结尾谈到了死亡话题没有引起多少恐慌。印第安人从来都没有怀疑过灵魂不朽，他们既不会推测未来，也不会说出死者的名字。伊斯特曼的描写中自豪的挽歌语气表明了其主要目的：为所剩时日已经屈指可数的宗派团体编撰宗教习俗。

伊斯特曼的《从丛林深处走向文明：一位印第安人自传的点点滴滴》(*From the Deep Woods to Civilization: Chapters in the Autobiography of an Indian*, 1916) 是他最支持文明的书。本书以伊斯特曼的父亲的出现开头，他回来带他的印第安儿子"走向文明的家"。伊斯特曼对主流文化的接受体现在他对基督教的坦率。他同样也称赞白人的读写能力，承认白人的读写能力代替他自己的口头文化是有好处的。同时，伊斯特曼也为被遗忘的印第安文化中的优秀成分以及白人对印第安人的不公正待遇感到痛惜，同时他也拒绝接受认为遭受痛苦是进步不可避免的结果这种自私自利的观点。但伊斯特曼通过接受主流文化的发明和积极进取的习惯证明自己是当时的男子汉。他担当了印第安人代表的角色，但他让别人明白，作为高贵的印第安人家庭中的一员，他通过通婚与强大的美国东部人建立了社会关系，因此他的生命受到保护。没有哪个印第安人大学生被介绍给爱默生、朗费罗、帕克曼（Parkman）和马修·阿诺德，他们也没有像他一样在寻求职业时得到帮助。可以肯定的是，伊斯特曼具有超常的个人天赋——智商高、长相英俊——和很强的克制力（在他的文明生活中一直保留着印第安人的教育痕迹）。在毕洛伊特学院，他同情贫穷的学生，因为他自己也经历了入学的艰辛（政府不得不采取一项支持印第安人教育的政策）。在诺克斯学院，伊斯特曼与未来的名人结交朋友，如 S. S. 麦克卢尔（S. S. McClure）、埃德加·A. 班克罗夫特（Edgar A. Bancroft）（未来国际哈维斯特公司的律师）和《美国杂志》的约翰·S. 菲利普斯（John S. Phillips）。1882 年，伊斯特曼进入达特茅斯学院，他从前印第安校友身上吸取力量，包括一个世纪以前的奥卡姆（Occum）和远近闻名的印第安人丹尼尔·韦伯斯特（Daniel Webster）。

伊斯特曼接受了多种广泛教育，再加上他天生有好奇心，使他接触到了两种文化的精华，从而成为他的人民的宝贵财产。伊斯曼在相当小的年纪时就已经确定了终生目标：印第安人必须放弃对传统的忠诚，使自己适应主流文化提供的机会；信奉基督教能够使各种语言达到和谐的效果，使所有人都信奉一种信仰。他像许多理想主义者一样，是一个永久的局外人，批评白人没有实践他们鼓吹的事情，批评印第安人拒绝承认白人的社会理想是很好的，尽管白人社会的风俗不那么好。伊斯特曼的边缘性使他成为一个非常有价值的文化冲突的历史学家。他对 1890 年伤膝谷事件的描述是一个很恰当的例子，250 名印第安苏人，大多数是妇女和儿童，被白人骑兵杀害了。因为他是附近松树岭居留地的医生，他知道带有挑衅性的宗教运动是对一系列不公正待遇——削减居留地配给量以及随之而来的营养不良、官员无视疾病蔓延和违反条约规定——做出的反应。伊斯特曼举出许多事实，证明伤膝谷大屠杀发生在圣诞节前后，回忆了他如何在居留地的教堂中在圣诞树下照料伤员。他与艾琳·古戴尔（Elaine Goodale）在圣诞节的订婚并没有给他带来安慰，艾琳一方面是清教徒的女儿，另一方面还是托利党。最后伊斯特曼把作为医生和伤膝大屠杀目击者的经历发表出来，伤膝谷大屠杀证明是印第安人与军队之间的最后战斗。他认为他的修正主义者的历史是对主流新闻不准确的报道进行的反抗。

伊斯特曼在《从丛林深处走向文明》整本书中都以基督教徒的名义强调有哪些方面白人必须向印第安人学习，这与他不断批评现代社会有关。实际上，伊斯特曼认为印第安文明是基督教原则的完美典范。考虑到纽约、芝加哥和波士顿可怕的贫穷，他特别提到印第安人是不会容忍极度富有和一贫如洗同时存在的。伊斯特曼的自由普救论在他 1911 年作为印第安人代表参加在伦敦举行的第一届全体种族代表大会时取得了圆满结果。他很高兴地发现他自己的种族平等信仰得到了那里同行们的支持，他因要求不同宗教信仰都应该受到尊重而闻名，这个要求得到了犹太人菲利克斯·阿德勒（Felix Adler）和亚洲佛教代表的支持。伊斯特曼在书的末尾向白人和印第安人提出了独具

◎渐进的多元文化：文化、经济和小说（1860—1920 年）

特色的恳求。在美国，"美元是衡量价值的尺度，可能也意味着权利"。但是印第安文明已经不复存在，别无选择，只能适应美国的方式。他认为，宗教，特别是基督教，包含着拯救现代社会的可能性。一个没有强大的精神性和伦理道德的社会是不可能存在下去的。

伊斯特曼作为印第安人试图同化融入美国社会的异化经历并非唯一，因为当时的兹特卡拉-萨也有相同的经历。她曾称自己为"既不是野蛮的印第安人也不是驯化的印第安人"。兹特卡拉-萨关于世纪之交印第安人在美国成长经历的随笔发表在美国最好的杂志上，包括《大西洋月刊》和《哈珀杂志》。兹特卡拉-萨，或红鸟，也被称为格特鲁德·西蒙斯·邦尼恩（Gertrude Simmons Bonnin），1876 年出生在南达科他州的扬克顿苏人事务所，她的母亲是完全的苏人血统，白人父亲在她出生之前就去世了。兹特卡拉-萨在 8 岁时被送到印第安纳州沃巴什的印第安纳手工劳动学院，她的哥哥就是从那里毕业的，从此之后她就感到无家可归。在兹特卡拉-萨的一生中，她认识到这种没有归属的感觉是个人经历和集体环境造成的。在她的教育过程中（在印第安纳的厄尔翰学院），这个多才多艺的年轻姑娘在演讲方面得了奖，并且被培养了成为小提琴家的能力。她在卡莱尔印第安学校教了两年学，随后在波士顿音乐学院接受培训成为一位小提琴独奏家，再后来随同卡莱尔印第安乐队到欧洲巡回演出。在这个过程中，兹特卡拉-萨认识到她的人民在他们自己的土地上还不如移民，这种认识经常困扰着她。她意识到尽管他们不断得到帮助，但没有什么样的帮助可以减少这种不公正的待遇。她意识到她生活的方方面面都受到教育家、官员的侵犯，不管是好意的还是恶意的，或者受到人们在他们相遇时所寄予的一成不变的期望的破坏，这种意识必然使她最终回到了苏人的居留地，同一位政治上很活跃的苏人结了婚。从 1903 年到第一次世界大战开始，她和丈夫塔利菲斯·邦尼恩·雷蒙德（Raymond Talefese Bonnin）以及 1903 年出生的儿子雷蒙德一直住在犹他州的犹因他和沃瑞居留地。1916 年，她搬到华盛顿哥伦比亚特区，她和丈夫成了印第安人事业的游说者。在以后的 20 多年中，直到她 1938 去世，她以演讲者和作家的身份闻名遐迩。她最重要的贡献是在 20 世纪 20 年代写了关于俄克拉何马印第安人的遭遇的调查报告，那里印第安人的土地拥有大量的石油储备。在《俄克拉何马贫穷而富有的印第安人：贪赃枉法和剥削者的花天酒地生活》（*Oklahoma's Poor Rich Indians: An Orgy of Graft and Exploitation*）中，兹特卡拉-萨详细讲述了莱德熙·斯泰奇（Ledcie Stechi）的故事。她是一位继承了富饶的油田的乔克托孤儿，最初由她的印第安人亲戚照顾，发现石油后，一位白人银行家就成了她的监护人，那位银行家只给她和她年迈的奶奶发放了仅够维持生活的物品。莱德熙在接受银行家的监护后不久就死了，很显然是被毒死的。

兹特卡拉-萨把对自己童年的描述收集起来编辑成《美国印第安人故事集》（*American Indian Stories*，1921），这部作品虽然没有那么骇人听闻，但进一步表明了白人监护人的破坏性影响，揭示了她早期在居留地的生活与在贵格教会学校的学生生活之间的强烈对比，她在居留地学会了女人的手艺——串珠饰、编织、采集和做饭。故事集主要描述她的人民像牛群一样被从他们的土地上赶走并大批死亡的悲惨情景，同时也列举了由无能和怀有敌意的人管理的救济机构对印第安人所做的坏事：戒酒机构的医生的职责是把病人早点送进坟墓，一位性施虐狂老师不断告诉一位印第安年轻人他只是政府的乞丐从而粉碎了他的远大抱负。尽管在居留地的生活很快乐，与母亲的关系也很亲密并且害怕白人，兹特卡拉萨-还是受到红苹果和骑"铁马"的承诺的吸引，对白人文化很感兴趣。一个才华横溢、有远大抱负的女孩只能选择在白人中生活，虽然这种生活不断使她的期望落空并且使她不能得到体面的感觉。乘火车旅行会因白人家庭的冷漠和挑剔而大为减色，他们一点都不同情想家的印第安人孩子。虽然学校采取善意和严厉并举的手段，但学校最大的特点是无视孩子们的情感和身体需求。她为没人理睬他们遭受的痛苦而忧愁，描写了每天如何从一个偌大的瓶子里舀一汤匙药来治所有的病。她一直都因在贵格教会学校没有受到很好照顾而不能完全恢复过来，她也不能从自我封闭的经历中恢复过来。这反映在对坟墓和活埋场面的描写中，这些描写强调了她如何陷于白人学校灌输给她的禁锢意识和日渐衰退的印第安文化给她的精神安慰之间，而她母亲皈依基督教就象征着印第安文化的衰退。

这种从一个不断消失的世界寻求救助的奋斗历程使"为什么我是一个异教徒"成为她的随笔中最感人的部分。她指出，在印第安人的教义中，无论大小，所有事物都由于是神创造的而受到尊重。伊斯特曼注意到这些观点和基督教箴言有相似之处，而兹特卡拉-萨只看到了差异：和谐的亲情观念与她所知道的基督教教义无论在理论上还是在实践上都是不同的。她的宗教哲学否认基督教教义与行为之间存在着鸿沟，因为她早以发现不同文化的宗教信仰之间的相似性是一种普遍愿望。随着种族中心主义的蓬勃发展，她把新发现的和平确定为"伟大神灵"的遗产，使世界生机勃勃，把万物联系起来。《美国印第安人故事集》的结尾让读者了解了一个"好心肠的苏人"在经历了民族同化之后的悲剧生活，这位同化论者在传道士学校的9年中皈依了基督教，然后作为传道士回去。他的印第安人同伴不听他的布道，可能因为他们快饿死了，尽管实际上居留地的旁边就是一个有很多牛群的白人居住地。

因为看到他的父亲快死了而内疚,这位温和的苏人就偷了一些肉,把追赶他的白人杀死了。结尾是温和的苏人走向绞刑架时雪地上溅满鲜血的场面。显然他误解了他在基督教中的作用;他不是牺牲原则的代言人,而是要牺牲的目标。

内战之后,本土作家的批评热情得到了一些描写印第安人事务的白人的支持。刘易斯·亨利·摩尔根就是这样一个例子。他是一位律师、商人,最终成了"美国人类学之父"。摩尔根是出生在纽约州的奥罗拉人,他对人种的兴趣是由对他居住的那个地区的印第安人的关注引起的,他们在19世纪40年代为了保住祖先留下的土地而斗争。摩尔根的第一本书《赫-德-诺索-尼联盟或易洛魁人》(*The League of the Ho-de-nousau-nee*, or *Iroquois*, 1851)是在艾力·S. 帕克的帮助下写成的,帕克是一位塞讷卡印第安人。美国人种局的局长约翰·卫斯理·鲍威尔(John Wesley Powell)认为这本书是"世界上第一本关于印第安部落的科学论述"。摩尔根和帕克记载了殖民时期前的印第安社会以及最初对白人的反应,包括"汉森湖"(Handsome Lake)宗教运动的教义,汉森湖是一位塞讷卡印第安人,1815年去世。汉森湖的教义在他的后代中日益流行,在很多方面都与当时住在纽约州北部地区的白人的宗教复兴类似,强调自我克制和精神虔诚,同时也禁止离婚和堕胎。同时,汉森湖不鼓励与白人接触,强调必须保留易洛魁人的土地。摩尔根对当地印第安人的调查使他相信不同的人一般都采用同一种关系分类系统,并且一直可以追溯到亚洲。

1871年,摩尔根在《人类家庭的血亲和姻亲制度》(*Systems of Consanguinity and Affinity of the Human Family*)中提出了他关于印第安人的亚洲起源理论,这本600页的书带有近200个表格,列举了北美、欧洲、亚洲、大洋洲和非洲各个部落和民族的关系用语。书中关于起源的理论经证明是没有根据的,但摩尔根确定了血缘关系和与之关系密切的人类学的分类。摩尔根在强调原始社会关系以血缘关系为基础而现代社会关系以财产为基础的观点时提出了一项很重要的特征。他后来在辩论性的《古代社会》(*Ancient Society*, 1877)中对这些财产关系的探讨表明他很欣赏印第安文化。《古代社会》一书把道德热情和高深的学术内容相结合,使这本书成了摩尔根最著名、最受欢迎的作品。他把财产描写成一种作法自毙的怪物,变化多端,搞不清它会产生什么后果。他预测:"人类的智力上升到控制财产水平的时代即将到来,根据国家保护的财产确定国家的关系……如果和过去一样,进步是未来的法则的话,纯粹追求财产的事业并不是人类的最终命运。"尽管摩尔根试图以认为印第安文明过时的方式描述印第安文明的特征,但他强调了印第安文明的复杂性。他对多元文化的接纳能

5 美国印第安人在进步时代的牺牲

力预料到了关于文化差异的假设,而文化差异在新世纪之后很长一段时间里都没有得到广泛接受。

摩尔根对印第安人风俗习惯的详细记载证明了他对这些风俗习惯的尊重。他在《古代社会》中描述的印第安人对所有制的观点还击了印第安人在现代市场中不能生存的观点。摩尔根从增强印第安文化连续性的立场来探讨印第安文化的同时也关注其差异。在定义一个民族的价值时,摩尔根与社会科学重视家庭和家庭习惯的理解保持一致,比如《古代社会》的第五章"美国土著居民的房屋和家庭生活"(节选自《北美评论》),描述了印第安人热情好客的原则和共有制的观点。摩尔根呼吁对印第安人的艺术和发明、建筑、行为方式、语言、宗教信仰、治病方法和政治制度进行更多探讨。他最后说,印第安人的生活方式不仅因其复杂性而值得关注,而且为了减少开拓殖民地带来的文化冲突也值得关注。

与摩尔根同一时期,没有哪个人比海伦·亨特·杰克逊更坚定地致力于补救该过程产生的恶果。她是新英格兰的一位著名作家,她在去世前不久曾说自己描写印第安人状况的作品是"到目前为止唯一令我感到高兴的事情,它们将永存并且会结出硕果"。杰克逊的观点似乎得到了读者的认同,《拉蒙娜》(1884年5月15日至11月6日在《基督教联盟报》[*Christian Union*]上连载)成了畅销书,读者们对她的专著《百年耻辱》作出反应,恭敬地表达愤怒之情。像杰克逊有意识地进行模仿的斯托的《汤姆叔叔的小屋》一样(她1883年写道:"如果我能写一本小说对印第安人产生的影响能及《汤姆叔叔的小屋》对黑人产生的影响的千分之一的话,我下半生就很欣慰了。"),她的小说产生了政治影响,促进了《授助印第安传教士法》("Act for the Relief of the Mission Indians")的通过,为加利福尼亚的传教士"印第安人"保留了成千上万亩土地。杰克逊也像斯托一样宣称在写作的过程中得到了神的帮助。《拉蒙娜》在评论界和商业方面都取得了成功。阿尔比恩·图奇把这本书和《汤姆叔叔的小屋》一起称为那个世纪两部伟大的伦理小说。1879年10月29日,杰克逊在波士顿的园艺厅举行的欢迎蓬卡人(Ponca)首领立熊(Standing Bear)的仪式上"皈依"变成了"印第安权利"的倡导者,蓬卡首领到东部希望引起公众对他的部落被迫从达科他州的家园迁走的关注。杰克逊改革性的写作先以写给报纸的公开信的形式发表(比如《纽约晚邮报》、《纽约时报》、《春田共和党人报》[*The Springfield Republican*]和《波士顿广告日报》[*The Boston Daily Advertiser*]),1881年被收集成《百年耻辱:简述美国政府对一些印第安部落的处置方法》(*A Century of Dishonor: A Sketch of the United States Government's Dealings with Some of the Indian Tribes*)。

549

斯克莱布纳和罗伯特兄弟出版社认为此书太有争议而拒绝出版，之后哈珀兄弟出版社出版了《百年耻辱》，这本书主要是关于政府对七个部落——蓬卡部落、切罗基部落、德拉瓦尔部落（Delawares）、夏延部落（Cheyennes）、内兹佩尔赛部落（Ne Perces）、苏人部落和温内贝戈部落（Winebagoes）的处理方法。前言一章概述了关于先占权的国际法则，并为印第安人索要这些权利。关于"印第安人被白人屠杀"的那一章揭示了引发印第安人暴力行为的频率；一系列的附录详细描述了"印第安人的性格"和白人的挑衅达到的程度；以及萨拉·韦尼姆卡对印第安人的观点。对《百年耻辱》的评论全都是正面的，这本书使杰克逊成为研究印第安人方面的权威。1881年秋天，《世纪杂志》委托杰克逊写四篇关于南加州的文章，她开始专心研究南加州的历史：米格尔·韦尼格斯（Miguel Venegas）和弗朗西斯科·杰维尔·阿尔杰（Francisco Javier Alegre）创办的耶稣会会员的描述，J. 拉塞尔·巴特勒（J Russell Bartlett，美国人种学会的创始人）的《在得克萨斯州、新墨西哥、加利福尼亚州、索诺拉和奇布阿布阿探险的个人描述》（Personal Narrative of Exploration in Texas, New Mexico, California, Sonora, and Chibuabua），爱德华·埃弗雷特·黑尔为威廉·卡伦·布莱恩特的《美国通俗史》（A Popular History of the United States，1876—1880）撰写的关于加利福尼亚的部分。她还在休伯特·豪·班克罗夫特（Hubert Howe Bancroft）西部美国文献图书馆研究了加利福尼亚的传教活动和牧场工人棚屋区的历史。

杰克逊被南加州的多元文化主义吸引，她试图用浪漫的手法描写教团印第安人的悲惨经历和她所称的"墨西哥要素"——非常"生动别致……红色的屋瓦、棕色的面孔、头上戴着方巾——深色的眼睛、柔和的声音和西班牙口音"。1882年，亨特担任南加州教团印第安人的地方行政长官。她是第一批担任此职务的女性之一。杰克逊工作不要报酬。（她的第二任丈夫威廉·夏普尔斯·杰克逊［William Sharples Jackson］是科罗拉多州斯普林斯一位富有的银行家，后来担任丹佛市格兰德河西部铁路公司的总裁。）和杰克逊一起担任行政长官的阿博特·吉尼（Abbot Kinney）描述了她与当地居民十分融洽的关系："她可以走上去和任何一个陌生人讲话，这些各具特色、五花八门，他们的本性、社会地位、工作、教育和理想各不相同，在几分钟内，不需任何引导或帮助，他们好像都会把心里话倾诉给她。"这些官方旅行的结果是，杰克逊和吉尼在1883年写成了《关于加利福尼亚州教团印第安人的状况和需求的报告》（Report on the Condition and Needs of the Mission Indians of California），这篇报告认可教团印第安人的居住权。杰克逊关于传教团的报告承认了"重新安置"的印第安人所受到的无法忍受的不公正待遇。

《大西洋月刊》在19世纪80年代出版了杰克逊欧洲之行写的文章和诗歌，但拒绝发表她的南加州作品。这与19世纪80年代和90年代的美国精英文化的保守倾向是一致的，这种文化视文学为唯一的艺术媒介，是政治和伦理道德不可缺少的。杰克逊轻而易举地在其他地方出版了她的南加州作品，其中包括《独立报》（*Independent*）、《世纪》和连载发表《拉蒙娜》的《基督教联盟报》。

《拉蒙娜》在四个月内写成，是一部传奇历史作品，写作场所更增添了其传奇色彩：纽约的伯克利酒店，杰克逊在那里写作时周围都是印第安人的篮子和她虚构的男女主人公的半身像。19世纪的加利福尼亚白人、西班牙人与印第安人之间的殖民冲突是杰克逊发挥她新英格兰地区作家技能的理想素材。小说的主要情节和人物是：一位理想化的女主人公（拉蒙娜），父亲是苏格兰人，母亲是印第安人，还有一位冷酷的、善于操纵他人的西班牙继母（西诺拉·莫雷诺［Senora Moreno］）。拉蒙娜同一位高贵的印第安人（阿雷桑德罗［Alessandro］）结了婚，后来丈夫去世成了寡妇，就嫁给了一直爱着她的继母的儿子（费利佩［Felipe］），成了大庄园的主人。小说的引人入胜之处还在于对一种文明的详细描写，以各种神话为基础，在特殊的文化背景下重新塑造这种文明。《拉蒙娜》是一个以加利福尼亚为背景在向现代化过渡的不同阶段中发生的多元文化浪漫爱情故事，是一部浪漫的流亡故事，是近代版的《创世纪》，刻画了不幸的拉蒙娜和阿雷桑德罗从一个被摧毁的印第安村庄流浪到另一个村庄，一路记载了印第安人文化遭受的破坏。最有影响力的人物是强悍的西诺拉·莫雷诺和她软弱的儿子费利佩。但杰克逊笔下的坏人是小说中胆小怕事、根本没有详细描述的"美国人"。正是西诺拉·莫雷诺的反美国主义才表明了杰克逊对她的同情。

> 当行政长官沿着通往山谷的公路从她家房子后面而不是前面穿过时，她感到难以言表的满足……每当她看到可恶的美国人的马车从那里经过，想到房子是背对着它们的，她都会高兴得发抖……这种快乐中混杂着宗教虔诚和种族对抗，即使是最滑头的牧师也很难决定她的行为是罪恶还是美德。

美国人应该为他们粗鲁而野蛮的西方文化、作为屠杀特殊群体的资本主义制度的代理人而遭到谴责。在小说的结尾，费利佩移居国外，他放弃了蒸蒸日上的农场，在妻子拉蒙娜的陪同下到了墨西哥，拉蒙娜急于让女儿摆脱

○渐进的多元文化：文化、经济和小说（1860—1920年）

在美国的"杂种"生活。费利佩放弃美国表达了贵族对贪婪的加利福尼亚暴发户的鄙视；他回到墨西哥象征着他回到了所属的阶级和种群。杰克逊的浪漫种族主义在增强类似的种族与阶级之间的特殊姻亲关系的同时，在一定程度上是赞成种族通婚的。

美国因残暴地对待善良的印第安人以及违反了神圣的（从新英格兰和新墨西哥的角度看）上层社会法则而遭到排斥。虽然《大西洋月刊》的编辑和读者们对杰克逊的争辩持保留态度，但他们有可能发现《拉蒙娜》中的道德观点有许多值得钦佩。小说在捍卫加利福尼亚的印第安人失去的事业的同时——这些印第安人只能以有限的方式（把他们的血同更强大的民族的血混合）在故事中幸存下来——还肯定了许多精英文化的理想，包括新达尔文科学的种族主义原则。在这一方面，杰克逊的作品与东部支持社会达尔文主义作家的作品相一致，这些东部精英们因在这一时期创作了描写白人和西部印第安人的作品而名声在外。

社会达尔文主义

到目前为止，西方作品中最离奇古怪的是马克·吐温的《艰苦岁月》（1872），这是马克·吐温1861年担任他弟弟奥里恩（Orion）的助手时顺便写的文学作品，当时他弟弟被任命为内布拉斯加领地秘书。马克·吐温在成为邦联士兵的很短的一段时间之后，就欣然接受了同弟弟一起去西部旅行的提议，这使得他可以进行勘探、思索和撰写新闻报道。《艰苦岁月》集游记、自传和小说的手法于一身，表现了初出茅庐的作者的特点，他时而自嘲，时而自我吹嘘。因为他的观点总是似真非真，因此我们很难对他不断表现出来的蔑视和对女人（他遇到的几位）、印第安人、中国人、黑人和墨西哥人的偏见进行评价。这些观点是否证实了模糊的种族主义像有害的暗流一样一直贯穿他的整个事业，代表了吐温无知的青年时代？或者它们是一位文学人物，一位来自密苏里州的新手希望拥有的独特观点吗？这个问题意义重大，因为初出茅庐者都具有固执的毛病，也因为他比典型的吐温叙述者更迷恋在前往西部的途中被他抛在身后的文明。正像《艰苦岁月》中描述的那样，西部领土是多种文化的交叉口。爱尔兰人（有时被贬称为"Micks"）、中国人、墨西哥人（有时被贬称为"Greases"）、法国人、俄国人和德国人一起来寻求金子和土地所提供的机会。《艰苦岁月》和马克·吐温的所有小说一样有两个主要情节。第一个情节是西部的戏剧性事件，在19世纪60年代，西部仍然是一个充满梦想和发明的地区，一个使美国小说——一夜暴富的故事、自我转变、独立和自由的理想——变成现实生活的地方，它以外来文化为代价，主要是印第安文化。第二个情节是作者自己的故事：吐温开始了成为深受欢迎的美国作家的事业，并且声称要成为伟大的作家。吐温在他成为特别成功的演讲家、故事家（讲《加拉维拉斯县有名的跳蛙》）和游记作家（《傻子出国记》）后写了《艰苦岁月》，作品表明作者很清楚要获得文学声誉需要使用什么样的语言。要想研究书中对这个主题的创造性探讨，就要认识到两个主要情节之间的相互联系——西部最终可能是戏剧中出现最多的地方；西部是这个国家原住居民做出牺牲的地方。

吐温关于西部扩张、神话创作和印第安人重新定居的戏剧取决于达尔文主义者的分类和设想，包括原始人比文明人跟动物的关系更近、进化性进步要求他们被取代甚至被毁灭的观点。马克·吐温在整个作品中使用动物——兔子、丛林狼、奶牛甚至是西部人不知道的种类（例如骆驼）——作为具有西部特色的语言的基础。因此，售票员"栩栩如生"的土语营造出一个挂着厚厚的帘子、"像奶牛的肚子里一样黑"的长途汽车的画面；"傻瓜兔子……起的名字很好"；外来的骆驼是唯一能做出公正判断的动物，因为讲述者的一本手稿"窒息而死"。动物阐明了达尔文主义者的理论基础，认为印第安人是屈从于有效率和有魄力的殖民者实施的人口控制的土著种族。初出茅庐者希望在西部找到的野生动物目录（"野牛和印第安人、草原犬鼠、羚羊"），这个目录不祥地把印第安人与19世纪60年代的野牛大屠杀联系在一起。这种联系是一种讥讽呢还是下意识地为小说初出茅庐的叙述者的天真但危险的计划寻找借口呢？还是自圆其说呢？抑或还是早期无知的吐温的含蓄想法呢？

作者持偏见态度的方面表现在把印第安人描述成一贯好斗的民族，用经典的反语"定居"和"囚禁"进行叙述。看一看小说最难忘的描写之一：

> 一只细长、生病、看起来很可怜的骨瘦如柴的动物，身上是灰色的狼皮，一根还过得去毛茸茸的尾巴永远弯垂着，一副被抛弃和痛苦的绝望表情，一种逃亡者的邪恶的眼神，长而尖的面孔，微微上翘的嘴唇和突出的牙齿。他浑身都带着早产的迹象。丛林狼是关于贫困的活生生的、会呼吸的寓言故事。他总是很饿，一直很穷，运气不佳，没有朋友。最微不足道的动物也鄙视他，甚至是跳蚤也为了一辆脚蹬车而抛弃了他。

553

这种用暗喻表达的谴责在与印第安人的对比中达到极致，是美国经典文学作品中对印第安人文化最直接的攻击。

◉渐进的多元文化：文化、经济和小说（1860—1920 年）

[丛林狼] 将吃掉世界上的任何东西包括他最早的远房亲戚，不断被抛弃的印第安人部落将吃掉任何他们咬得动的东西。一个奇怪的事实是，后者是历史上唯一有名的动物，他们将吃掉炸药，如果能活下来的话会要求更多。落基山脉以外沙漠里的丛林狼生活特别艰难，因为他的亲戚印第安人像他一样灵敏，会在第一时间通过沙漠的微风嗅到诱人的香味，然后循着这种香气找到发出香味的公牛的尸体。当这一切发生时，他必须坐在远处等着那些人剥光和挖出所有能吃的东西然后带着那些东西走开。然后他和等着的乌鸦开始勘查尸体残骸，把骨头吃得干干净净。大家都认为丛林狼和不吉利的鸟以及沙漠里的印第安人彼此之间有血缘关系，他们依靠这种血缘关系完全自信而友好地一起生活在地球上被废弃的地方，同时憎恨其他所有动物，渴望参加他们的葬礼。

虽然这种诋毁几乎是不能原谅的，但这里作者可能想起了一个被遗弃的印第安人群体——"沙漠……部落？"，但他后来引用了一位更低下的印第安人格苏特（Goshute）的话，"我见过的最可怜的人类"，他们"又瘦又小……黝黑的皮肤像普通美国黑人一样；偷偷注意着一切，像其他所有'高贵的红种人'一样"。在初出茅庐者的眼中，所有印第安人都差不多，下面的内容证明了这种猜测："人们无论何时发现一个印第安部落，就会发现一群或多或少被形势和环境改造过的格苏特——毕竟只是格苏特。"初出茅庐者的偏见应该是肆无忌惮的，这种可能性使人们希望幽默更加尖刻，以至于幽默变了味。虽然嘲笑偏见很快变成了吐温的专利，但《艰苦岁月》还没达到这种程度。但小说确实表明，在最重要的媒介中语言工具的确是很冷酷的，特别是在西部。这是《艰苦岁月》中最重要的观点之一。因此，定居仪式是：历险、不由自主的谈话、害怕和憎恨结合在一起，它们有助于掩饰灭绝和土地掠夺。但在言辞的下面，一连串提及骨头、尸体残骸和头盖骨的词语都证明内战后的西部很快变成了美国印第安人的坟墓。

《艰苦岁月》期待着 19 世纪 70 年代的到来，这 10 年是最具侵略性的西部扩张时期，为描写这个主题最重要的小说提供了背景。玛丽亚·露易丝·伯顿的《擅自占地者和西班牙贵族》、欧文·威斯特的《弗吉尼亚人》（1902）和赞恩·格雷的《紫艾灌丛中的骑士们》（*Riders of the Purple Sage*，1912）都以 19 世纪 70 年代为背景，分别通过墨西哥裔美国人（露易丝·伯顿）、弗吉尼亚和新英格兰人（威斯特）和摩门教（格雷）的主人公表达了对这个时代的不同观点。这三部关于殖民开拓和发展的作品的共同点是都以印第安人为受害者，在三部作品中印第安人在自己的土地上都是闯入者。

5 美国印第安人在进步时代的牺牲

《擅自占地者和西班牙贵族》是露易丝·伯顿写的第二本小说，是墨西哥裔美国作家写的第一批英文小说中的一本，描写了西南部的墨西哥人口逐渐被白人所取代。尽管按照1848年的《瓜达卢佩－伊达尔戈条约》（Treaty of Ctuadalupe－Hidalgo），墨西哥人取得了完全公民权，但这个条约包括一系列由州和国会制订的把他们的土地转到市场上出售的法律条款，在市场上白人投机者、农民和铁路大亨一下抓住了机会。伯顿在描写被称为加利福尼亚、美国国会、资本主义开发商的受害者的墨西哥贵族或"加利福尼亚早期西班牙及殖民者的后裔"时，忽略了最初印第安人失去的土地（被墨西哥人侵占）。出现在《擅自占地者和西班牙贵族》中的美洲印第安人是后添上去的，比如佣人或日间工人，他们通常懒惰而不诚实，虽然伯顿以各种方式对待墨西哥贵族的错误，但以这些方式对待那些试图取代墨西哥贵族的粗俗的美国人要强得多。《擅自占地者和西班牙贵族》与《拉蒙娜》之间的相似之处是显而易见的，但缺失了杰克逊为印第安人道德的辩护以及完全真实的印第安人物。像刘易斯·亨利·摩尔根一样，杰克逊是一个了解文化的人，亲眼目睹了印第安民族为美国做出的牺牲。露易丝·伯顿只关心自己的人民所受的委屈，却忽略了那些原住居民。改革主义的敏感性导致了支持自己的群体之外其他群体的政治主张，至少在当时的文学界是这样的，显然要求新英格兰人要有一种感到内疚的良知。

玛丽亚·安佩罗·露易丝·伯顿1832年出生在下加利福尼亚洛雷托（Loreto）一个富有的地主和军人领袖家庭。露易丝·伯顿的外祖父在1853年去世之前一直担任下加利福尼亚的州长，他拥有宝贵的加利福尼亚领土，还包括一片在下加利福尼亚的土地，他的外孙女为了保护这片土地一直斗争到死。露易丝·伯顿高贵的出身来自她的母亲，这就可以解释为什么她随母亲的名字露易丝而不是父亲的名字阿兰戈（Arango）。露易丝·伯顿1847年遇到她的丈夫亨利·S.伯顿（Henry S Burton），他是一位美国上尉，当时他来到拉巴斯接管下加利福尼亚。伯顿负责拉巴斯的割让和起草墨西哥人签署的投降书条款，使他们拥有美国公民的权利，同时可以保留他们的土地和政府形式。这些条款被《瓜达卢佩—伊达尔戈合约》代替，该合约把下加利福尼亚排除在外，把上加利福尼亚以及西南部的其他领土割让给美国。在此期间，露易丝·伯顿同她母亲一起前往旧金山，两人都成了美国公民。1849年，露易丝·伯顿先由一位长老会牧师主持同伯顿上尉结婚，后来又在天主教的牧师主持下结婚。伯顿是一位28岁的鳏夫，露易丝·伯顿16岁，这桩婚姻被歌颂为"天敌"之间的浪漫结合。夫妇俩住在圣地亚哥的蒙特雷，在内战期间搬到东部，伯顿升为少校，然后是盟军的准将。伯顿在南部作战时染上了

555

⊙渐进的多元文化：文化、经济和小说（1860—1920 年）

疟疾，后来一直都没有恢复健康，1869 年去世，留下他 37 岁的妻子以及孩子内莉（Nellie）和哈利（Harry）。露易丝·伯顿返回圣地亚哥，住在伯顿多年前买的杰莫庄园里。

不知道露易丝·伯顿是何时开始写作的，但她的小说都是在丈夫去世后发表的。她的小说（引用了约瑟夫·爱迪生［Joseph Addison］、塞缪尔·约翰逊、托马斯·卡莱尔、拉尔夫·瓦尔多·爱默生、威廉·埃勒利·钱宁［William Ellery Channing］和赫伯特·斯宾塞［Herbert Spenser］等人的文句）和很多卷的书信展现了她广博的文学、哲学、欧洲和美洲历史知识。她的第一部小说《谁可能考虑了这件事？》(*Who Would Have Thought It?*)（在第一章讨论过）是从一位来自东海岸的墨西哥裔美国人的角度来写的，1872 年由 J. B. 里平科特（J. B. Lippincott）出版社出版。虽然书名页没有列出作者的名字（很可能由于小说辛辣的讽刺被迫如此），但该作品还是被列入了国会图书馆的目录中，分在 H. S. 伯顿和亨利·S. 伯顿太太名下。露易丝·伯顿的第二部小说《擅自占地者和西班牙贵族》1885 年以自称忠诚的 C 或"忠实的市民"的名字由塞缪尔·卡尔森（Samuel Carson）出版公司出版，这是墨西哥正式书信中传统的署名方式，对墨西哥裔美国公民不被赏识的忠诚是一种讽刺。整个 19 世纪 70 年代和 80 年代，露易丝·伯顿一直在为争夺杰莫庄园的所有权与土地委员会进行斗争。她还在儿子哈利的协助下管理企业——培育蓖麻、建水库，并且为了利用土地的石灰石矿藏而建了一个水泥公司。但是她的大多数时间都用在土地纠纷上，这些情节都写在她的第二部小说中。露易丝·伯顿给报纸写文章申斥她的对手，并把他们告上新墨西哥的法庭，但直到她于 1895 年在芝加哥孤独地去世，这个案子仍然没有结果。《擅自占地者和西班牙贵族》充满了促使露易丝·伯顿为她的土地而斗争的正义感，这部作品有意对加利福尼亚早期的墨西哥后裔斗争的事实进行描述，有时书中这样的描写几近泛滥的程度。露易丝·伯顿当时拥有的读者数量很少，被撤出了文学名单，只是到了 20 世纪 90 年代她的两本小说作为学术性美国墨西哥裔文学遗产系列丛书重新印刷时才被重新发现。《擅自占地者和西班牙贵族》中的人物经常长篇大论地反复述说他们的委屈，这种喋喋不休在有钱的"美国擅自占地者"富有同情心的长子克拉伦斯·达赖尔（Clarence Darrell）和"西班牙贵族"马里亚诺（Mariano）之间尤其成为家常便饭。意味深长的是，西班牙贵族在讲述墨西哥后裔的掠夺即印第安人土地的历史时却一笔带而过。西班牙贵族马里亚诺把此解释为印第安人被迫放弃土地，以便为墨西哥人的企业腾地方，他含蓄地表达了他的美国邻居的社会达尔文主义思想：文明人代替原始人是正当的。虽然克拉伦斯·达赖尔指出，众所周知，几乎没有美国人支持政府在加利福尼亚的行动，但开拓殖民地——盗窃土地和灭绝种族——是不言而喻的事实，它从一个地区蔓延至另外一个地区。

在《擅自占地者和西班牙贵族》中，最强烈的批评是针对垄断资本主义，代表人物是加利福尼亚中央太平洋铁路公司的四位所有者：利兰·斯坦福（Leland Stanford）、科利斯·亨廷顿（Collis P Huntington）、查尔斯·克罗克（Charles Crocker）和马克·霍普金斯（Mark Hopkins）。该公司在1869年得到900万亩空地和几百万美元证券和建设西部铁路的费用，从19世纪70年代到1910年，公司侵占了加利福尼亚每一个企业和行业的大部分利润。在此期间，斯坦福、亨廷顿、克罗克和霍普金斯敛聚了资本主义公司史上前所未有的财富数量，顽固阻止加利福尼亚其他开发项目参与竞争，包括得克萨斯太平洋铁路，这是一条以圣地亚哥为西部终点、线路最短的洲际铁路，本来可以为圣地亚哥和加利福尼亚南部带来繁荣。露易丝·伯顿和她丈夫在得克萨斯太平洋公司投入了大量资金，也说明了她为什么对他们怀有敌意。但19世纪80年代的报纸报道证实，中央太平洋铁路公司贿赂了国会和南部立法机构人员，并且进行了其他非法的政治操作，以确保得克萨斯太平洋铁路不会修建。露易丝·伯顿在她的小说中强调斯坦福和亨廷顿等人的阴谋诡计不仅仅是因为贪婪。她的描述有两个方面值得注意。她在小说中描写了主人公为了替得克萨斯太平洋公司进行最后的请求去拜访斯坦福州长，揭示了斯坦福傲慢自大、完全丧失社会良知的本性。弗兰克·诺里斯在《章鱼》中对铁路托拉斯的控告只局限于犹太替罪羊S. 博尔曼（S Behrman），与之不同的是露易丝·伯顿把权力扩张的罪名都加在加利福尼亚盎格鲁—撒克逊的上层人物头上。同海伦·亨特·杰克逊的作品不同，露易丝·伯顿作品中的美籍墨西哥贵族都是积极肯干的企业家，是公开竞争的资本主义制度的捍卫者，反对限制合理竞争的垄断势力。这表明《擅自占地者和西班牙贵族》是揭露19世纪后期西部殖民者使用非法和不公平手段霸占土地的宝贵资料，他们的违法和不公行为总是要印第安人和墨西哥裔美国人付出代价。这部作品还鼓舞人心地控诉了斯坦福、亨廷顿、克罗克和霍普金斯掌管的中央太平洋铁路公司，以小说的形式再现了美国其他小说家宁愿忽视或忘记的美国历史上重要而丑陋的部分。

小说最精彩的方面证明，它是历史浪漫主义的强有力例证，人物塑造引人入胜，分别来自三个家庭：两个美国家庭和一个墨西哥裔美国家庭，情节吸引人并且充满悬念。女性人物很突出，常常能识破她们丈夫的政治错误和种族偏见。玛丽·莫里尼·达赖尔（Mary Moreneau Darrell）就是这样的人物。她在与小说的"擅自占地者"结婚前就认识到他的暴躁脾气会带来很多不幸。威廉·达赖尔（William Darrell）曾经占用墨西哥裔美国人的土地并争夺他们

○渐进的多元文化：文化、经济和小说（1860—1920年）

在美国法院的头衔。虽然政府拥有很多供移民者使用的土地，但最肥沃的土地属于墨西哥裔美国人，这就导致美国人擅自占用这些土地，引起他们进行诉讼。占地者威廉·达赖尔和土地拥有者西班牙贵族马里亚诺·阿拉马（Mariano Alamar）先生之间的斗争涉及美国移民者在这片领土上对最肥沃的土地的"权利"以及墨西哥裔美国人保留他们土地的"权利"。达赖尔和阿拉马都来自大家族，这些家族的孩子都很有魅力，他们互相吸引。小说交织着许多浪漫故事，达赖尔家族、阿拉马家族和麦克林（Mechlin）家族（为了父亲的健康搬到加利福尼亚的有钱的纽约人）互相联姻。麦克林家族不是擅自占地者，他们支持阿拉马家族，这表明了露易丝·伯顿的观点：真正的贵族（与金钱无关的地位）能够相互理解。小说的男主人公克拉伦斯·达赖尔在各个方面都比他的父亲强：作为企业家（他在20多岁时就因矿藏股票的投机生意成了百万富翁，而他思想狭隘的父亲禁止他做股票生意）；作为爱人和道德人物，克拉伦斯的财富使他能够私下为他父亲占用的土地而付给阿拉马家一笔钱，从而赢得了马里亚诺先生心爱的女儿默西迪斯（Mercedes）的芳心。但关于私下付钱的事情，父亲和儿子之间的对抗导致克拉伦斯被赶出家门，四处流浪，并且患了疾病（他染上了伤寒），给双方的家庭都带来了痛苦。

小说以悲剧和希望结尾。马里亚诺先生和詹姆斯·麦克林（James Mechlin）成了遭到挫败的圣地亚哥铁路的牺牲品，不仅在经济上使他们破产，而且置他们于死地。麦克林的家搬回了纽约，马里亚诺先生的家搬到旧金山，在克拉伦斯的帮助下寻求在银行和金融方面的发展；克拉伦斯积聚了更多的财富，同他心爱的默西迪斯结了婚。小说的结尾描写了马里亚诺先生悲伤的妻子把美国新贵（在旧金山"新"百万富翁抛的"伟大的上流社会银质婚礼球"中有详细描述）信奉凡勃伦经济学说的生活习惯和她自己在大牧场上高贵的快乐生活进行比较。小说在详细描写西班牙和美国血统的互惠结合的同时，暗示了资本主义健康发展的前景，同时也为被既不属于任何阶层又无良知的商业社会赶走而在墨西哥拥有土地的墨西哥贵族感到惋惜。露易丝·伯顿关于西部开拓殖民地的小说只是一个墨西哥人和美国人的故事，几乎没有印第安人的痕迹。正如最近重新出版的《擅自占地者和西班牙贵族》表明的那样，文学历史可以是它所记载的达尔文主义和殖民地的斗争。另外，小说中常采用的最著名的对西部移民的处理方式，使对印第安人的描写更少。"胜利者"代表了"失败者"，如同幽灵在一块被进步征服的土地上游荡。

在内战结束至第一次世界大战开始这个时期创作的所有小说中，欧文·威斯特的《弗吉尼亚人》最为成功。小说一下子就成了畅销书，在出版的第一年就重印了13次。《弗吉尼亚人》重新再现了1874年至1890年的怀俄明，但威斯特设想的牛群之乡的挽歌好像与牛群毫无关系。不过许多人都认为他成功地描写了西部令人叹为观止的景色，他把这种景色同《创世记》进行了比较。小说是威斯特听从 S. 威尔·米切尔医生的建议去疗养时写的，医生是他们家的朋友，以治疗神经疾病著称。威斯特出生在东部的上流社会，在圣保罗学校上学，然后进入哈佛大学，1882年毕业，在古典音乐方面获得了最高荣誉，他被送到欧洲学习音乐，但由于身体不好被迫在1884年回到美国。威斯特的西部旅行使他安心从事法律事业：从哈佛大学法学院毕业后，他于1889年在费城开了一家法律事务所。威斯特在费城长大，是欧文·琼斯·威斯特（Owen Jones Wister）和萨拉·巴特勒（Sarah Butler）的独生子，他父亲是一位医生，是宾夕法尼亚州的荷兰后裔，母亲是一位发表了很多作品的作家，是女演员芬妮·肯布尔（Fanny Kemble）和南卡罗来纳州一位种植园主的女儿。这个家庭的名声使他们结识了一些有影响的人物，比如鼓励威斯特写作的西奥多·罗斯福、反对他写作（至少最初反对）的威廉·狄恩（William Dean）、弗雷德里克·雷明顿（Frederic Remington）和亨利·詹姆斯。威斯特做律师时把西部的经历写成故事。1891年发表在《哈珀杂志》上的两篇小说受到了热烈欢迎，这更增强了他追求艺术事业的决心。

威斯特发表的第一部小说《弗吉尼亚人》是关于传授一位理想青年获得令人尊敬的职业和婚姻的经验故事。因此，小说描写了需要以文明的名义加以克制的冲动和力量，从同性恋（通过复杂的仪式控制来调节的危险主张）到过分认同自然，到害怕死亡，死亡被描述成一种"孩子气的"软弱。因为传授经验的目的是为了设定分界线，从阶级分界线到性别分界线到禁欲，小说人物表现得急于忘却这些分界线。与西部人的传统一致，《弗吉尼亚人》把西部描写成一个贫穷的地方，符合的西部传统。除了那些以各种方式准备和吃青蛙腿的场面外，难得有消费的描写。《弗吉尼亚人》倡导禁欲主义，生动描写了不睡觉、不吃饭、也没有性时身体所遭受的痛苦，反对一切家庭生活。小说也是反基督教的，用阳刚气概和博爱代替上帝。但在物质和人类行为准则方面，受苦是有价值的。小说的男主人公在接近天然物体时渴望寂静和深奥。《弗吉尼亚人》中的人物追求死亡，为了掩盖暴力行为，屠宰必定是以符合某种特定程序的方式进行的永久威胁。

威斯特对西部人这些典型特征的描写，说明他脱离了阶级矛盾和社会多样性日益增多的现代美国城市。他的书信具有乡土作家的语言风格，如他描写"外来入侵的害人虫使我们的国家退化为半是当铺半是经纪人办公室的地方"。他在其他地方写道："要想在牛群之乡生存下去，必须具有冒险、勇敢

◎渐进的多元文化：文化、经济和小说（1860—1920年）

和自给自足的精神；在那个地区你找不到很多波兰人、匈牙利人或俄罗斯犹太人。"像威斯特这样的作家面临的困境是，如何协调他的盎格鲁—撒克逊白人至上论（根据他的文章《牛仔的变迁》["The Evolution of the Cow Puncher"]，牛仔代表现代版的中世纪骑士）与要求一部分盎格鲁—撒克逊白人必须服从的资本控制劳动力的观点之间的关系。《弗吉尼亚人》阐述了阶级特权的生物社会学原因，证明天生贵族的进化是正当的。就这方面而言，小说讲述的是一个美国人的成功历程：内战后一位贫穷的弗吉尼亚人赢得了有钱有势的人的喜爱，成了一位实业巨头，特别是煤矿业的巨头。《弗吉尼亚人》是以牧场主（怀俄明种植者协会）、银行家和铁路之间真实的历史冲突（与激发了诺里斯的想象力写成《章鱼》的紧张关系类似）为线索写成的。同其他西部人一样，印第安人被描写成愚昧无知的领袖和聚集起来的看不见的侵略者。比如两个印第安人首领是听不懂弗吉尼亚人有名的关于青蛙腿的故事的听众。首领们是游客关注的目标，除了销售他们制作的小玩意的时候外，一直都穿着鲜艳的传统服装。意味深长的是，最让人瞧不起的人物，如巴拉姆，也是最敌视印第安人的人，而小说的男主人公表现出了更富有同情心的态度，如果也有些谦卑的话。小说中的印第安人不是普通人物而是典型人物，他们被迫住在有时允许他们离开、有时又不允许他们离开的居留地，对不配得到居留地的白人犯下了滔天罪行。

《弗吉尼亚人》是典型的西部小说，入门经验、男人之间的手足之情、同性恋、文明与野蛮、个人与团体、讲故事与语言能力之间的协调，以及西部人、确切说是美国人的暴力倾向这些主题，都是美国小说传统的主要内容，这其中包括库珀、梅尔维尔、马克·吐温、杰克·伦敦和F. 司各特·菲茨杰拉德的作品。小说的作者既把男主人公和西部理想化，又对他们进行批评，和许多美国文学作品一样用第一人称的反身代词叙述，如从以实玛利（Ishmael）到尼克·卡拉维（Nick Caraway）。小说中有很多亡命之徒，但是区分了变坏的好人（比如被男主人公弗吉尼亚人亲手绞死的他的盗马贼朋友史蒂夫）与恶人（如小说结尾在一次戏剧性的枪战中被男主人公打死的特拉姆帕斯）之间的区别。这两个例子表明，弗吉尼亚人在必要时会采取暴力手段：在小说所描绘的社会中，保安委员会成员的正义行为或私刑法律就是社会秩序的同义词。如果新英格兰教师莫莉·斯塔克·伍德（Molly Stark Wood）要服从西部的规定和她未来的丈夫弗吉尼亚人的话，她就必须接受这个原则。《弗吉尼亚人》表明私刑在西部从法律规定的"自然权利"逐渐演变成对抗"危险"或边缘人群的阶级权利或种族特权。与内战后南方的种族主义和祭祀性的黑人私刑不同，由合适的人施行的私刑是得到认可的。威斯特把西部描写

5 美国印第安人在进步时代的牺牲

成一个讨厌女人但同时又充满浪漫色彩的地方：大量篇幅描写了男女主人公之间爱情的发展。女人是对文化内涵理解肤浅的文化代理人，对于那些她们屈尊寻求教化的天生聪明人（如弗吉尼亚人）来说，她们是一本打开的书。女性的价值观被嘲笑（比如在母鸡埃米莉的寓言中）或遭到拒绝。基督教关于爱情和宽恕的理想标准，像情感小说中的内心活动和限制形式一样体现在东西部人身上，体现的方式要么明显（诺里斯的《麦克提格》）要么不明显（威斯特的《弗吉尼亚人》）。在《弗吉尼亚人》的高潮部分，女性显示出男人的力量，变得和她们爱的男人一模一样。莫莉·斯达克·伍德必须把弗吉尼亚人从印第安人的袭击中救出来，表现出了柔中带刚的个性，这完全就是弗吉尼亚人的特性。莫莉·斯达克·伍德和弗吉尼亚人结婚生了很多孩子，确保了北方在多愁善感的、充满浪漫的同时，又是有利可图的西部的赌注。1892 年的牛战争毁灭了西部，但修建了一条通往弗吉尼亚的铁路支线，保证了弗吉尼亚人子孙后代的繁荣。

赞恩·格雷的《紫艾灌丛中的骑士们》和《弗吉尼亚人》一样受欢迎，证明了 19 世纪 70 年代在西部历史中的重要意义，但这部小说描写了不同的社会背景。《紫艾灌丛中的骑士们》以 1871 年的犹他州南部为背景，在那里信仰摩门教是许多定居地城镇的生活方式。印第安人在小说中只是一种记忆，一种歌颂不同人物的荒野技能的手段。就这方面而言，格雷的小说与他经常提到的詹姆斯·费尼莫尔·库珀的作品相差 100 年。这里没有为了挽歌的需要而描写莫西干人。相反，印第安人的心灵手巧一直是小说的基调，书中令人尊敬的人物、男主人公吉姆·拉斯希特尔（Jim Lassiter）和神枪手波恩·本特斯（Bern Benters）同样心灵手巧。摩门教徒代替了虚伪、贪婪和恶毒的被谴责的外来人。虽然女主人公简·惠泽汀（Jane Withersteen）是摩门教徒的女儿，但小说对出身名门的非摩门教徒神枪手吉姆·拉斯希特尔清除了她受毒化的思想表示称赞。赞恩·格雷 1872 年出生在俄亥俄州的赞斯维尔（Zanesvill）。他的家族在两代以前移居到那个小城，他的父亲是重要的公民和牙医。格雷赢得了宾夕法尼亚大学的棒球奖学金，在那里学习牙科。毕业后，他在纽约市开了一个牙科诊所，但很快就不安分，开始模仿詹姆斯·费尼莫尔·库珀的作品写关于西部的小说和非小说类作品。格雷早期的四部小说《贝蒂·珍》（*Betty Zane*，1903）、《边疆精神》（*The Spirit of the Border*，1905）、《最后的踪迹》（*The Last Trail*，1905）和《最后的平原居民》（*The Last of the Plainsmen*，1908）在商业上都失败了，但他通过创作写给男孩子看的小说和为杂志写文章挣钱。《沙漠遗产》（*The Heritage of the Desert*，1910）是格雷第一部在商业上取得成功的作品。但正是他 1912 年创作的

●渐进的多元文化：文化、经济和小说（1860—1920年）

关于犹他州宗教矛盾的小说《紫艾灌丛中的骑士们》使他跻身于畅销书之列。格雷的作品显示了他非常酷爱旅行经过的地区的壮观景色——亚利桑那、新墨西哥、古巴和墨西哥——这些都是在他1916年在加利福尼亚定居之前进行的旅行。小说情节和格雷描写的西部人的刻板形象都令人难忘，但对土地、山脉、沙漠、峡谷和各种大风暴天气的详细描写却使他的作品更具特色。

《紫艾灌丛中的骑士们》的开头生动描写了被人类征服但仍然占支配地位的大自然。"清脆的咯噔咯噔的铁蹄声越来越小，渐渐消失，从下面的棉花地里飘起的黄尘覆盖在鼠尾草上。"马是驯化的，受上面写有主人名字和用途的"铁掌"的限制。但到处都是尘土和鼠尾草，代表着西部风景的支配地位。无论小说中带枪的居民破坏性有多大，他们都必须屈服于大自然。小说是关于简·惠泽汀的故事，她是大笔财富的唯一继承人，包括一片覆盖全城主要水源琥珀温泉的大牧场和几千头那个地区最好的牛和马。城中严阵以待的摩门教徒等待着异教徒的入侵，但中立的偷牛贼的出现使这种对立更加复杂。简·惠泽汀是一位和事佬，与非摩门教的流浪者交朋友，因此招来了摩门教长者的不满。他们的头领图尔想娶简，到了她的牧场，想赶走简保护的异教徒波恩·本特斯。但是一个危险人物出现了，像从天而降似地从鼠尾草里冒了出来，他就是拉斯希特尔，他不吉利的容貌吓得摩门教长者们急忙躲了起来。拉斯希特尔是摩门教徒发誓要对付的敌人，他详细叙述了他们如何把热的烙铁靠近他的马的眼睛把马弄瞎的过程。拉斯希特尔成了简的骑士，替她喂马、喂牛和照管牧场，承受着那些摩门教友的威胁，他们因为简的不忠诚而偷她的牲畜以示惩罚。每一个主要人物，波恩·文特尔（Bern Venter）和他爱的伊丽莎白·厄恩（Elizabeth Erne）、吉姆·拉斯希特尔和他爱的简·惠泽汀都有一个在幸福地结合在一起之前必须揭露的秘密。小说采用自我意识的方式揭示主题——征服，使小说不单单停留在对刻板的西部人的描写上。格雷通过上千年移民和迁移的历史考察了西部的冲突，因此他的作品对荒野——蛇、青蛙、海狸、兔子以及动物群和叶子——的描写非常多。文特尔第一眼看到的"幻觉山口"展示了一个神奇的避难所，将证明简·惠泽汀和吉姆·拉斯希特尔最终会得救。

> 文特尔转弯走出峡谷，突然像岩石一样一动不动地停住，他被眼前的景色惊呆了。石桥高大的轮廓笼罩在日出中，穿过壮观的桥拱爆发出光芒四射绚丽的金色光芒，斜照在惊奇谷的中心。阳光只能穿过桥拱，山谷的其余部分还在沉睡，墨绿色、神秘且影影绰绰，其水平线与像清

5 美国印第安人在进步时代的牺牲

晨的云彩一样朦胧和轻柔的墙融合在一起。文特尔走下来，穿过桥拱，抬头看看它的高度和磅礴的气势。桥横跨了整个惊奇谷，从一边到另一边完美地延伸着。尽管文特尔急急忙忙且心事重重，但也不由自主地感受到了它的庄严。他想悬崖上的居民一定把这座桥视为顶礼膜拜的对象……最后他走过从桥拱处呈扇形延伸出去因曝晒而褪色的石坡；看到了向右延伸、杂草丛生的梯田，大约和橡树梢平齐，下面是棉花地。这块大陆架上到处都种着大齿杨，他穿过杨树林来到一片林中空地，比他见过的任何一个地方都美并且更适合作野外的家，银白色的云杉长在高耸而陡峭的墙根下，山洞的表面呈锯齿状，没有离开岩石的独立暗礁或因曝晒褪色的部分。云杉外面的平地下陷变成了一条小沟。这是一排茂密而纤细的杨树林，从那里传来轻轻的水花四溅的声音。那块林中空地一直向西延伸，使山谷中绿色的树梢一览无余。

563

悬崖和山谷象征着遥远但持续不断的往事，不同的人都满怀崇敬地把这些悬崖看成神的化身。"风吹日晒的岩石"，云杉和杨树的茁壮成长，都反映了自然环境对时间的抗拒。后来，当文特尔发现了一个完全的石头世界——带有壁炉、陶器和其他家居用品的房子——时，这一点得到进一步强化，它们可能已经有一千多年了，在山洞中未遭到破坏，保存完好。

格雷认为，文化冲突是一个关于人类的活力、继续生存和灭亡的周而复始、永无休止的故事。格雷在小说的结尾把两个主人公简·惠泽汀、吉姆·拉斯希特尔和他们收养的女儿一起关进了这些山洞，并让他们远离山洞的出口（至少在他们的有生之年），让鹅卵石像雨点一样砸在追赶他们的摩门教徒身上，强调了他们在跨越时间和文化的文明过程中的位置，不同文化的居民都有保护亲人对抗外人的共同目的。通过不断暗示真诚而唯命是从的简·惠泽汀只是把对摩门教长者的忠诚转移到了吉姆·拉斯希特尔身上，格雷为大家提供了一个强壮、沉默寡言的神枪手与渴望得到统治的女人之间俗套的爱情故事的传统结局。但小说把相爱的一对年轻人送回到现代社会中，暗示着他们更易受影响的临时的性别身份可能特别适合20世纪。例如文特尔可以承认伊丽莎白是个比他强的骑手，两个人都不带有摩门教狭隘的传统标记。对这对前途远大、拥有他们在"幻觉山口"发现的金子的年轻人来说，现代文明总比西部紫色边疆的生活要好。

《边疆精神》（1905）是格雷的俄亥俄三部曲小说中的第二部（第一部是1903年写的《贝蒂·珍》；第三部是1905年写的《最后的踪迹》），并没有提升格雷作为小说家的名声。但这本书是历史小说的典范，既诠释了真实的人物(刘易斯·威克斯尔[Lewis Wexel]、约翰·G. E. 亥克威尔德[John G. E. Heckewelder]、西蒙·格迪[Simon Girty]和埃伯尼泽·赞恩[Ebnezer Zane]),又解释了20世纪早期人们关于印第安人未来的观点。《边疆精神》是根据1782年3月在俄亥俄州发生的对印第安基督教徒和白人传教士的大屠杀真实情况写成的。摩拉维亚人到吉内登哈滕(Gnadenhutten)("优雅的木屋")定居,那里是不断的冲突中平静而繁荣的"绿洲"。住在那里的传教士中有《印第安民族的历史、行为方式和风俗习惯》(*History, Manners, and Customs of the Indian Nation*, 1819)的作者摩拉维亚人约翰·亥克威尔德和摩拉维亚人的首领大卫·齐斯伯格(David Zeisberger)。对大屠杀的描写证明大卫·威廉森(David Williamson)上校带头进行袭击,得到了印第安人叛徒西蒙·格迪的内应。在19世纪之交殖民冲突的历史中,格迪是一个恶毒的人物,挑起印第安人袭击白人移民,促使美国、英国和印第安人彼此打起来。在格雷对这方面历史的重述中,格迪的哥哥是个恶棍,爱好和平的印第安基督教徒成为自己印第安同胞的受害者,因为这些同胞对他们皈依基督教怀恨在心。格雷的修正版为白人民兵在可靠的历史记载中要承担的责任进行开脱,同时突出了印第安人皈依的主题。

格雷认为白人流浪者对白人移民和印第安人一样残忍,边疆最野蛮的暴行都归咎于他们。格雷小说的目的之一是为刘易斯·威哲尔(Lewis Wetzel)澄清罪名,大家常常把他看成流浪者,但格雷认为他是一位真正的英雄。威哲尔从年轻时起就因在森林里游荡,寻找机会报复杀害了他的家人的印第安人而远近闻名。他蓄意谋杀的狂暴行为非常可怕,受法国人煽动的印第安人称他为"死亡之风"。格雷的小说以同情的态度把威哲尔描写成吉内登哈滕传教士的救星,对女人易动感情,甚至有时对印第安人也动感情。格雷把小说的背景定在一个特殊地区,描写准确而谨慎,利用了真实的历史人物,引发了一段引起争议的历史事件。通过以上手法,格雷向他的导师詹姆斯·费尼莫尔·库珀表示敬意。相似性到此还未结束。《边疆精神》把美丽的白人姐妹送到荒野中帮助他们的传教士叔叔,充当白人军队、传教士、"白印第安人"与印第安人之间无休止的战争中的人质。小说把英雄主义定义为利用印第安人的秘密行动和聪明睿智来探索荒野的能力。小说区别了各种杀戮,除了无缘无故的杀戮外,其他都是许可的,这样就把边疆的道德观念与文明的道德观念区分开来。《边疆精神》还提倡男性手足之情,最亲密时简直就如同夫妻之间的关系(乔·道恩斯[Joe Downs]和刘易斯·威哲尔之间的友谊)。

格雷与库珀的分歧是了解他的当代观念的关键。小说显示出对基督教及其传教目标的矛盾态度。宗教只有服从社会达尔文主义更深远的现实才能占有一席之地,社会达尔文主义通过小说家令人赞美的历史想象力来看待原始人和生活方式。格雷与库珀的另外一个不同之处是他描写了一系列边疆白人男士与像荒野一样具有吸引力的印第安女人之间的和谐婚姻。没有白人女性嫁给印第安男士的情况,一部分原因是白人女性很少,但更深刻的原因是这些文明地区长大的女性从历史角度来讲在1905年还不愿意到荒野去。与库珀最大的不同是,格雷描写的冲突是由白人盗窃印第安人的土地引发的,后来被其他居心叵测想挑起战争的白人所激化。

但正是格雷对印第安人皈依基督教前景的描写最符合他自己历史时刻的理想。格雷主要以历史资料为依据,描写了印第安人对基督教的接受,以及传教士长途跋涉来到形势险恶的边疆希望拯救灵魂的令人肃然起敬的信仰。他主要描写了摩拉维亚传教团,他们在19世纪70年代把全部精力贡献给西部部落,主要是德拉瓦尔部落。印第安人皈依者来自许多不同的部落,这是传教士在俄亥俄州取得成功的标志。传教士很尊重印第安人的尊严,认为他们对移民怀有敌意是应当的。比如乔的兄弟、传教士吉姆·道恩斯"渴望信守(印第安人的)理想——因为他认为印第安人的理想比他自己的理想更美丽——顺着他们信仰的思路进行传教"。这样,当他激励和开发他们的思维时,他就能够从他们已经了解的过渡到他们不了解的白人基督教教义。这里虽然有谦恭的含义,但同时也有一种信念,认为印第安人的宗教与基督教之间是相通的。在描写吉姆在各个部落的成功布道时,格雷效仿当时查尔斯·伊斯曼笃信的同化,同化把对印第安文化的赞赏和相信印第安人可以适应基督教的观点结合起来。实际上,基督教的牺牲理想被描写成了布道者、叛徒和军官共同拥有的理想,但印第安基督教徒证明自己是模范的宗教信徒,他们用中世纪殉难者的狂热接纳了牺牲。

《边疆精神》描写的目的论与格雷后来的小说中对印第安人的描写是一致的。实际上格雷在写小说时使用了许多19世纪后期的历史资料——埃伯尼泽·赞恩上校的日记、威尔歇尔·巴特菲尔德(Willshire Butterfield)领事的《格蒂斯的历史》(*History of Girtys*,1890)、E. G. 凯特莫尔(E. G. Cattermole)的《著名的边民、拓荒者和童子军》(*Famous Frontiermen, Pioneers and Scouts*,1883)、西奥多·罗斯福的六卷本《西部的胜利》(*The Winning of the West*,1887)、詹姆斯·麦克米契恩(James McMechen)的《俄亥俄山谷传奇故事》(*Legends of the Ohio Valley*,1881)——强化了小说本身隐含的内容。在世纪之交,由一位西部作家创作的戏剧化表现印第安人生活的最持久的作品以小说的形式出现,背景是遥远的过去,这一点非常有力。

渐进的多元文化：文化、经济和小说（1860—1920年）

不足100年以前，那时的托马斯·杰斐逊总统在1808年对赞恩·格雷笔下的德拉瓦尔人、莫西干人和穆恩里斯人（Munries）致辞时曾经预言过：

> 一旦你们拥有了财产，你们将想要法律和地方行政官来保护你们的财产和人民，惩处你们中犯罪的人。你们将发现我们的法律可以达到这个目的；你们将希望在这些法律条款下生活，你们将与我们团结起来，将加入我们伟大的顾问委员会，和我们团结一心，我们将都是美国人；你们将通过婚姻和我们混合，你们的血液将流入我们的血管，将和我们一起在这座伟大的岛上扩展。

19世纪不是第一个世纪，也不是最后一个世纪，那时的文学描述（通过格雷、露易丝·伯顿、威斯特、吐温、韦尼姆卡、伊斯特曼和杰克逊等作家）掩盖了政府发言人关于印第安人地位的自鸣得意的乐观态度。当时印第安人对杰斐逊规定的民族同化论做出的反应（如果有的话）没有记载。如果他们自己的最乐观的预言被记载下来，德拉瓦尔人、莫西干人和穆恩里斯人的头领肯定会提供一幅印第安人在世纪交替之际完全不同的生活画面。

6 营销文化

在1984年冬季奥运会的电视转播期间，小说家约翰·厄普代克（John Updike）发现他自己不是被比赛项目所吸引，而是被伴随着比赛的高额奖金广告所吸引。他评论说："从投入精力的强度和数量以及产生的明显的潜意识效果的微妙之处来讲，我不怀疑我们这个时代的艺术奇迹是电视广告。"他补充道："除了在狭窄的职业圈子内，益格鲁—撒克逊诗人和古新世洞穴画家这样的艺术家，都不为人们所知。"厄普代克的观察在100年前就被《芒西》（*Munsey's*）杂志的编辑预测到了，他们在1895年7月的一个专栏中写道：

> 一些最聪明的作品——今天搞文学的人通过最刻苦、最精细的工作创作出来——都可以在一流杂志的广告页上找到。每一个词都得用放大镜进行衡量和检查，以便看它有多大，有什么含义，有多少种含义。

广告在美学方面投入的提高与之在商业方面投入的提高是一致的：内战后，广告开支呈指数上升，从战后的5000万美元上升至世纪末的5亿美元。杂志编辑认识到他们企业的商业目的完全与他们的文化活动有关。比如期刊上刊登特定的广告等于含蓄地认可了他们宣传的商品，甚至提高了对责任的关注程度，当赛勒斯·科蒂斯（Cyrus Curtis）和爱德华·博克（Edward Bok）宣布他们的杂志将不再为专利药品做广告时就证明了这一点。编辑与广告商之间的商业依存关系显而易见：杂志想方设法地把版面卖给出钱最高的投标者，同样广告商也千方百计地寻求最著名、传播范围最广、能提供公开讨论机会的期刊。在1904年的一则广告中，一个8岁的小男孩对他的妈妈说："像《麦克卢尔》这样的杂志告诉你想要什么，在哪里可以得到你想要的东

○渐进的多元文化：文化、经济和小说（1860—1920 年）

西。《麦克卢尔》杂志是全世界的市场。"广告捕捉到把有闲阶层的妇女塑成消费者的机会，同时广告商意识到孩子们易受商业广告的影响。在这些例子中，广告提供了一种新的阅读理念（像购物一样），也是区分社会经验的新范畴，它确定新的需求领域（干净的牙齿、一次性手纸、地毯清洗剂），并介绍新的商标物品来满足这些需要（高露洁彩条牙膏、舒洁纸巾和斯考瑞恩 [Scourene] 洗涤用品）。在某些情况下——比如 1888 年在《里平科特》杂志上连载的埃米莉·莱夫斯（Amelie Rives）的小说《活人还是死人》（*The Quick or the Dead*）——文学作品包含品牌商品以及预测"产品布置"的策略，这些策略在后现代电影、电视、戏剧中已经成了消费者转喻的标准方法。那个时候，小说人物可以通过出现在另外一部小说中（哈克贝利·费恩出现在《汤姆·索亚历险记》中）或者她的阅读品位（《诺桑觉寺》[*Northanger Abbey*] 中凯瑟琳·莫兰 [Catherine Morland] 迷恋哥特式恐怖小说），得到"公认"。因此，杰里·塞恩菲尔德（Jerry Seinfeld）偏爱谷类食物成了他是平凡的戏剧家的证明。蜂窝状的箱子和克朗奇（Crunch）上尉出现在没有门但方便使用的厨房橱柜中，都是常用的对长大成人进行文化抵抗的标志。19 世纪后期是一个把广告和艺术、文学以及拍摄或绘画出来的可视图像组合在一起作为相得益彰的产品的时代。在发行量大的杂志上，附属在文学作品后面以及日益围在文学作品四周的广告给文学作品带来的是现代化和时尚的气息。

威廉·狄恩·豪威尔斯写的故事出现在精心构思的萨普里奥（Sapolio）牌肥皂的广告旁边，显示了两者之间的关系。一些分期连载作品，比如马克·吐温写的《我的自传片断》，是在为其作者们做广告，同时也为他们赚钱。吐温长期以来一直坚持写自传文章，都是围绕着重要交谈或重大事件来写：他与尤利西斯·格兰特的友谊、他的环球旅行、他心爱的女儿苏西的去世。当乔治·哈维（George Harvey）称赞吐温与他合写的文章并拿出 3 万美元把它们发表在他的《北美评论》上时，吐温才开始认真写作。虽然吐温对许多个人或公共话题表示关注，但自传好像首先发挥了文学作品的推销作用。

对那个时期连载的大多数广为人知的书籍来说，这种情况在某种程度上是真实的。在书出版之前出现在著名杂志（有的是精品杂志，有的是大众杂志）上的其他作品有：海伦·凯勒的《我的生活》（《妇女家庭杂志》）、詹姆斯的《波士顿人》（《世纪》）和《奉使记》（《北美评论》）、华盛顿的《从奴隶制中奋起》（*Up From Slavery*）（《瞭望》）、凯汉的《戴维·莱温斯基的发迹》（《麦克卢尔杂志》）、诺里斯的《粮食交易所》（《星期六晚邮报》）、豪威尔斯的《现代婚姻》（《世纪》）和《新财富的危害》（《哈珀周刊》）、S. S. 麦克卢尔的

《我的自传》（《麦克卢尔杂志》）、杰克・伦敦的《马丁・伊登》（《太平洋月刊》）和《野性的呼唤》（《星期六晚邮报》）、赫里克的《一个美国公民的回忆录》（《星期六晚邮报》）。 569

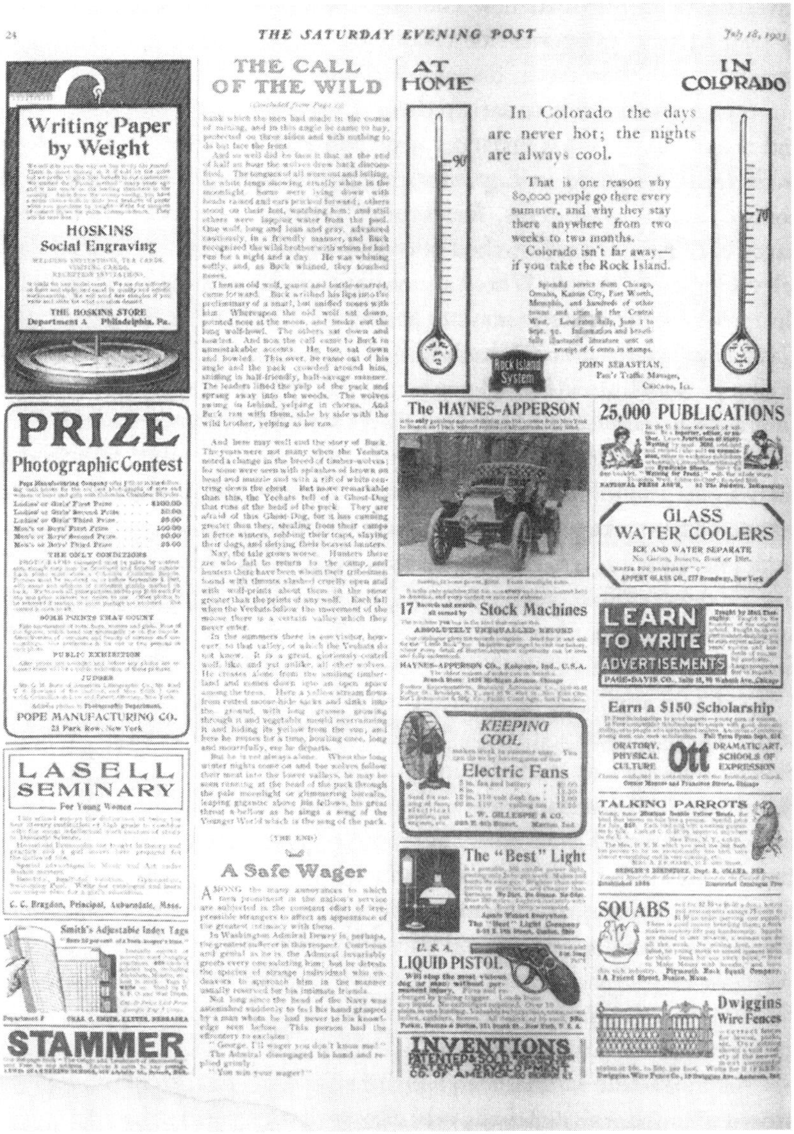
24 THE SATURDAY EVENING POST July 18, 1903

THE CALL OF THE WILD

A Safe Wager

Writing Paper by Weight
HOSKINS Social Engraving
THE HOSKINS STORE Department A Philadelphia, Pa.

PRIZE Photographic Contest
POPE MANUFACTURING CO.
23 Park Row, New York

LASELL SEMINARY For Young Women
C. C. Bragdon, Principal, Auburndale, Mass.

Smith's Adjustable Index Tags

STAMMER

AT HOME

IN COLORADO

In Colorado the days are never hot; the nights are always cool.

That is one reason why 80,000 people go there every summer, and why they stay there anywhere from two weeks to two months.

Colorado isn't far away—if you take the Rock Island.

Rock Island System

JOHN SEBASTIAN, Pass'r Traffic Manager, Chicago, Ill.

The HAYNES-APPERSON

17 Stock Machines

HAYNES-APPERSON CO., Kokomo, Ind., U.S.A.

KEEPING COOL

Electric Fans

L. W. GILLESPIE & CO.

The "Best" Light

LIQUID PISTOL

INVENTIONS

25,000 PUBLICATIONS

GLASS WATER COOLERS
ICE AND WATER SEPARATE

LEARN TO WRITE ADVERTISEMENTS

PAGE-DAVIS CO.

Earn a $150 Scholarship

ORATORY, PHYSICAL CULTURE

Ott

DRAMATIC ART, SCHOOLS OF EXPRESSION

TALKING PARROTS

SQUABS

Dwiggins Wire Fences

图 2　杰克・伦敦《野性的呼唤》的正文，周围是广告，选自 1903 年 7 月 18 日《星期六晚邮报》 570

○渐进的多元文化：文化、经济和小说（1860—1920年）

因为这些分期连载作品发表的杂志上几乎总是包括消费产品广告，广告有时配有小说或文章做点缀，这些书不可避免地参与了在更大范围内进行的关于生产和分配过程、商品的地位、创新和技术的影响、现代工业时代工作的性质以及资本主义发展带来的变化等问题的文化讨论，所有这些都是在内战后30年内出现的急需解决的问题。

广告

内战后美国的商业秩序和价值观念是调解日益发展的文化多样性和美国社会阶级分层的一种重要手段。在广告界这些都被编成逼真的戏剧，广告把艺术创想延伸至超出以前想象的范围，同时把其他领域结合起来而成为一门"科学"。广告商特别热衷于促进他们职业的"进步"。一位观察家在1895年评论道："现代广告呈现的科学和技巧是殖民时代所不能想象的。"一位来自芝加哥著名广告代理公司的代表说："期刊上的广告现在读起来像读阅读材料一样充满激情。"著名广告杂志《油墨》（Printer's Ink）的一篇重要评论认为："广告可以制作得很有吸引力和适合阅读，达到无论我想不想要广告宣传的产品我都必须继续读完的程度。现在精力充沛的广告商实际上就是娱乐竞赛中阅读材料供应商的强大竞争对手。"在广告还主要局限在杂志的末尾页的时候，为了鼓励读者仔细阅读广告页，在杂志发运之前，广告页就被先截下来，剩余页再由杂志的接受者裁剪。许多广告文字撰稿人（如海伦·兰兹道恩·雷瑟[Helen Landsdowne Resor]是智威汤普森广告公司[J. Walter Thompson]的行政人员），有时也是杂志编辑，千方百计地把广告及搭配的小说和文章协调地结合起来。在像《广告心理学》（The Psychology of Advertising，1908）和《有效的杂志广告》（Effective Magazine Advertising，1907）这些书中，主要从业人员（有时把普通消费者的评论加入他们的分析中）提出关于建议的力量、消费模式以及营销与种族特点之间的关系等问题。沃尔特·迪尔·斯科特和弗朗西斯·贝拉米（Francis Bellamy）认为，商品不仅代表生活方式，而且带来生活方式。他们也建议杂志设定的目标应当高于预期读者的实际阶层地位，因为恭维是消费的最大诱因。

这些广告最吸引人的地方可能是他们对种族特点的描述。一个例子是《哈珀周刊》（1908）上刊登的拉辛（Racine）独木舟的广告。广告上说"拉辛独木舟外观漂亮，并且完全像海华沙想理①的大独木舟（Cheemaun）一样舒适、耐用。"

图3 《拉辛独木舟》，选自1908年4月18日《哈珀周刊》

小号字列出了在纽约西34街、波士顿米尔克街和芝加哥密歇根大街的地址，这样就准确指出了这家老字号企业的市场——压力之下筋疲力尽的城市居民。画面上的周围灌木丛生，反映了一个的理想的五口之家，四周用暗含怀旧情感的文字包围着。拥有一艘拉辛独木舟就可以拥抱纯朴宁静的"原始"生活；同时也可以摆脱繁忙紧张的现代城市节奏以及白人与印第安人之间的冲突问题。这则广告与查尔斯·迪斯（Charles Deas）（《航行者》[*The Voyageurs*]）和阿尔弗雷德·雅各布·米勒（Alfred Jacob Miller）（《捕兽者的新娘》[*The Trapper's Bride*]）的画中19世纪中期的独木舟截然不同，他们的画强调的是已经采用了印第安人生活方式的白人。拉辛独木舟广告中的白人一动不动地坐着，郑重其事地对手工艺，也可能是对留下这些文化遗产的最初设计者，表示敬意。广告培养了一种错觉，即购买能力是唯一能阻碍人成为心目中的人物的东西：买了拉辛独木舟就成了拥有财富和休闲的团体中的一员。另外一个利用种族和演变主题进行产品促销的广告是沃特曼（Waterman）钢笔的广告。

广告表明，买一支沃特曼钢笔就是认同进步，因为它把《大西洋月刊》读者的注意力集中到在弗吉尼亚的诺弗克举行的詹姆斯镇（Jamestown）展览会，该展览会由制造商、政府机构、铁路甚至烹饪学校赞助，其特征是展示、演示和提供样品（比如一号展厅"精致的赛璐珞纪念品"书签是"免费"的）。这些展览会使文化多样性和产品创新看起来好像是全球市场的两个理想目标。在广告中，一位温和慈祥的约翰·史密斯满怀喜爱之情地盯着他勤奋

---

① 海华沙（Hiawatha）是美国诗人朗费罗创作的长诗《海华沙之歌》的主人公。——译者注

渐进的多元文化：文化、经济和小说（1860—1920年）

好学的学生波卡洪塔丝（Pocahontas），种族灭绝和迁移的事实从种族人物（波卡洪塔丝、史密斯）转移到了书写工具上（羽毛笔、自来水笔）。波卡洪塔丝和史密斯穿着与自己的文化和地位相配的17世纪的服装（她的服装属于印第安人的等级体系，他的服装属于军队的体系），但画面主要突出的是羽毛和钢笔之间的紧张关系，这种紧张关系必然突出了他们的形象。过时的羽毛

图4 《理想的沃特曼自来水笔》，选自1907年6月《大西洋月刊》

笔在广告的左边，与波卡洪塔斯现在已经过时的头饰相呼应，而钢笔像匕首一样从史密斯上尉的左边轻松活泼地刺下来，使人想起有教养的"天才"的化身身上题写的帝国和进步的细节：画面右边的自来水钢笔。

从1884年到1910年这一时期最著名、用途最多的广告之一是肥皂、"萨普里奥洗手液"和"萨普里奥"块状多功能洗涤剂的广告。它的用途从沐浴和护肤到洗盘子、擦地板，甚至清洗墓碑、磨刀和清洗假牙。从一开始，肥皂的大量销售就意味着要求道德完善。那么亨利·沃德·比彻牧师对他自己1884年为皮尔斯（Pears）肥皂进行的广告投机产生的效果感到如此自豪就不足为怪了。萨普里奥公司广告经理阿提莫斯·沃德（Artemus Ward）为萨普里奥公司在营销界取得了许多丰功伟绩使萨普里奥广告在连载重要小说的文学杂志（《世纪》、《大西洋月刊》、《普特纳姆杂志》（Putnam's）和《麦克卢尔》）上无处不在。伊诺克摩尔根子孙（Enoch Morgan's Sons）公司把萨普里奥广告评选为19世纪60年代脍炙人口的广告，萨普里奥广告主要刊登在《哈珀周刊》和莱斯利（Leslie）的《画报周刊》（Illustrated Weekly Newspaper）上，其广告开支达到了以前无法想象的地步。1871年萨普里奥做广告花费了1.5万美元，1885年为7万美元，到1896年，萨普里奥的广告费用就达到了40万美元。萨普里奥广告的多样性和创造力在当时是独一无二的。1884年，萨普里奥的制造商是第一个在公共交通工具上做广告的人，利用了纽约街头马车中迫不得已在场的听众的无聊。1892年，沃德设计了乘坐被命名为萨普里奥号的14英尺长平底小渔船到西班牙的航行，航行路线与哥伦布当年的路线逆向而行，这个广告大量刊登在流行刊物上；1900年，他推出了著名的"一尘不染的小城"活动，广告配有它们公司定期写出的短诗。这项活动非常成功，以至于"一尘不染的小城"形象被编入了常用特殊词汇（在报纸、卡通、政治演讲和舞台上使用的词汇），作为干净、有条理和完美的代名词。萨普里奥生产的免费宣传品在数量上仅次于福特汽车公司。

萨普里奥广告特别值得关注的是它们吸引了许多不同社会阶层的人，并且使用了许多历史事件。1904年和1907年之间，刊登在《普特纳姆杂志》和《世纪》上的整版广告表明了萨普里奥创办者的远大抱负。他们依次用下列方法支持他们的产品：野心勃勃的巴拿马扩张主义，吉普赛占卜者的传统迷信智慧，在清晨起床打扫屋子的中产阶级管家；土耳其浴，男人们聚在一起欣赏和感受使用"萨普里奥洗手液"后"闪闪发光的眼睛和……四肢"带来的色情的快感；最后还有"希伯来种族"的"礼仪法则"，"非常独特、非常严厉"。在最后的画面中，洁净礼和禁酒的精神法则是6000多年来犹太人所特有的，不可避免地与"严格按照犹太教规洗涤"的萨普里奥"植物油"联系起来。另外一个画面是"萨普里奥之屋",屋子实际上是用肥皂制成的砖一块一块砌成的,把精神征兆说得更玄乎。这个广告的广告词——"生活的方方面面……建立声望或使家保持干净的坚实基础"——暗示着每个干净的人都可以进入这座罗马风格的房子,或每个进去的人可能都会变干净。这种情况是完全有可能实现的:广告给予读者一种泰然自若地站在门口的假象。进去就是上升到这座肥皂宫殿里,宫殿本身显然是伊诺克·摩根子孙公司施了魔法的产品。这里传达的信息是站在门口的每一个人,如果经过适当清洗都是受欢迎的。通过萨普里奥广告,现代市场宣称具有根除把美国人区分开来的灰尘和污渍的宗教仪式力量。在这个多元文化形成的时代,每天使用肥皂的仪式有可能会减少差异和不同。要说萨普里奥的威力,大批量生产和商品关系会给"卫生间和浴室中最安全的肥皂"带来一种特别不安的感觉。萨普里奥广告表明这种肥皂具有神秘的力量,它可以改造人。

图5　萨普里奥《使灰尘飞走》,选自1907年6月《普特纳姆杂志》

6　营销文化

图 6　萨普里奥《一个好运》，选自 1905 年 9 月《世纪杂志》第 69 期

◎渐进的多元文化：文化、经济和小说（1860—1920年）

图7　萨普里奥《它光临你的家了吗?》，选自1907年5月《普特纳姆杂志》

图 8　萨普里奥《土耳其浴》，选自 1907 年 9 月《普特纳姆杂志》

图9 萨普里奥《严格按照犹太教规清洗》，选自1904年6月《世纪杂志》：与雷·斯坦纳·贝克的第一条相对应

图 10　萨普里奥《萨普里奥之屋》，选自 1907 年 7 月《普特纳姆杂志》

◎渐进的多元文化：文化、经济和小说（1860—1920 年）

对美国广告历史学家来讲，内战改变了广告这个职业是不争的事实。要求了解战争新闻的呼声大大增加了报纸的发行量，政府通过报纸上的广告出售有助于确保联盟军队取得成功的战争股票。销售节省劳动力的收割和耕种机械（代替入伍的男人），向士兵介绍工厂生产的标准化服装和鞋子，都大大增加了广告需求和收入。战争中参战的男人不仅被机器代替，而且被以前只制作家庭必需品的女人代替。因此在内战期间和战后，人们在家制作的物品越来越少，取而代之的是人们出去工作，然后购买广告宣告的他们日益了解的外面生产的商品，特别是那些有时间阅读和消费的有闲阶层的女人是广告的主要受众。19 世纪后期，广告方式发生了两个重大变化，体现了该时期发生的经济、商业和生活水平的改变。一个变化是职业广告撰稿人写的广告代替了产品制造商自制的广告。1869 年，当第一条洲际铁路建成时，大多数商人都是自己写广告；到 1910 年，绝大多数人都委托著名的广告商。另外一个重大变化是广告词的变化，从强调生产和加工（把制造商描写成"进步英雄"）转变成强调消费、市场增长和多样化。

广告促进了 19 世纪 70 和 80 年代一系列经济变革的发生：扩大了销售，革新了新机器带来的生产工艺，煤代替木材成为主要能源，工厂规模扩大，使生产效率更高、成本更低；出现了电灯、电话、汽车、留声机、动画、铁路等新发明，所有这些不仅保证有大量商品供应，而且也保证了能够把商品运送到偏远地区。这一时期的特点还包括电气业开始发展，这一发展在使普通人的生活更加舒适的同时将会变革工业，对美国人生活中的各行各业产生影响。持续的经济发展需要新的市场和消费者，广告商瞄准了越来越多逐渐识字、能够理解印刷广告的消费人口。到 1880 年，美国的文盲率降低到 17%，这主要归功于免费的公共义务教育制度。在 1880 年和 1890 年之间，广告销售额从 2 亿美元增加到 5.42 亿美元。广告商不仅鼓励公众购买肥皂、面包、衣服和其他生活必需品，以代替自制的物品，而且鼓励他们重复购买同一种商品。纸袋和折叠盒子的发明促使工厂生产的品牌商品代替了散装商品。品牌带来了广告专业人士所称的"软销售"：一种利用生产商的信誉和想法设法使商品与令人难以忘记的事物联系起来以平衡相对较高的价格的方法。但消费者不再直接与产品生产商打交道，这一现实严重破坏了商业道德。广告商进入了现代买卖匿名制产生的真空地带，广告千方百计地利用和姑息这种匿名制。

广告需要翻新和改变，19 世纪没有人比被称为"现代广告之父"的约翰·E. 鲍韦尔斯（John E. Powers）在赋予广告这个职业合法性方面做得更多的了。19 世纪 60 年代，鲍韦尔斯在英国学习广告，引进了聚焦广告的做法：

针对适当的受众大做广告。同样具有影响力的是，鲍韦尔斯认为广告应当简洁明了，一则广告限于传达一个意思。这个原则及其催生的"鲍韦尔斯主义"与认为现代美国人注意力集中的时间特别短的主张一致。因此产生了象牙肥皂的"它漂浮"、柯达相机的"你只需按下按钮，其他的我们来做"、信诚保险公司的"直布罗陀的优势"这样的广告词。这种注册为商标的口号价值高达几百万美元。具有人情味的商标特别受欢迎，其中的代表人物有希雷斯根（Hires' Root）啤酒广告中的卷发小男孩、优尼达（uneeda）饼干广告中穿雨衣的男孩、奥米加油（Omega Oil）广告中的鳕鱼肝渔夫、麦乳大厨（Cream of Wheat Chef）、盔甲（Armour）"黑人"、杰米玛大婶（Aunt Jemima）、福氏麦片（Force Cereal）广告中性情开朗的吉姆。

广告业的另一位革新者是波士顿人纳撒尼尔·C. 福勒（Nathaniel C. Fowler），一开始他是一位记者，19世纪80年代写了一系列书，包括《广告和印刷》（*Advertising and Printing*）、《商业建造》（*Building Business*）和百科全书《福勒的广告术》（*Fowler's Publicity*）。福勒认为广告是一门科学，但不是精确科学。广告商的目的和医生一样，充其量是多成功、少失败，因为广告是一种偶然的生意。福勒认为女人是家庭的主要消费者，负责购买从燕麦片到百叶窗的所有物品。到19世纪90年代，广告的主张已经过于雄心勃勃。一位工业分析家称广告是"世界上最伟大的力量——需求与供给之间沟通的媒介，在人类进步中它是比蒸汽机和电还要强大的因素……人类认为广告应该成为世界上最伟大的科学之一，并盼望着这一天的到来"。这种预测等来了19世纪90年代的戏剧性变化：专业机器、铁路系统和更先进的通讯形式的发展提高了生产和销售速度，这些情况与人口急剧增长同时发生。从1880年到1910年，美国人口几乎翻了一番（从5000万上升到9100万，其中有1800万移民），同时这个国家的购买力和出口量也增加了。只剩下一个问题：说服消费者购买。

在所有生产商中，肥皂制造商最充分地利用了广告，使广告成为大规模的企业。萨普里奥广告较高的美学标准表明了其远大追求。创造了最受欢迎的萨普里奥口号（"一个干净的民族就是一个强大的民族"）的阿提莫斯·沃德严密搜寻各种外语，利用世界各地的谚语。萨普里奥在19世纪60年代也雇用了布莱特·哈特，利用年轻有为的作家写广告词或利用名人支持产品是广告策划取得成功必不可少的条件。当拉克瓦纳（Lackawana）铁路开始利用广告向乘客宣传纽约和布法罗之间的铁路服务时，就利用了马克·吐温的支持。正像《拉克瓦纳铁路史》（*A History of the Lackawana Railroad*）中记载的那样，吐温在1899年给他们写信报告说："今天上午穿着白色粗布衣服乘坐拉克瓦纳铁路的火车离开纽约，衣服依然是白的。"吐温的支持激发了后来广告活动的主题"无烟煤之路",画面是一位穿着白色衣服的年轻女子"菲比·斯诺(Phoebe Snow)"的特写,目的是为了突出他们的机动车烧的是无烟煤,产生的煤灰比硬煤少。视觉画家也介入了广告业:麦克斯菲尔德·帕里什(Maxfield Parrish)画菲斯克(Fisk)轮胎,N. C. 威斯(N. C. Wyeth)画麦乳,诺曼·洛克威尔(Norman Rockwell)画亨氏烘豆和提子脆麦片(Grape Nuts)。

广告商的美学追求与他们对职业作风和科学的参与携手共进。与当时所有制度化的新"科学"一样,广告业在实践和理论方面也有一个知识体系,占据了没有被其他行业填补的合适位置。像智威汤普森公司这样的机构在进行种族研究时与客户建立了秘密关系,建立了宝贵的数据库(按类别和州划分的人口和销售统计,不同广告活动的分刊评估)。在后来的几十年中,营销研究人员一直都在使用这些资料。同时,发展中的暗示心理学鼓励广告商直接吸引人们的思想和感情。这样,他们利用弗洛伊德和荣格的新理论,在国内则利用了西北大学心理学家沃尔特·迪尔·斯科特的研究成果,后者推动了广告的学术研究。

斯科特的第一本书《广告理论和实践》(The Theory And Practice of Advertising,1903;1902年至1903年在《马欣杂志》[Mahin's Magazine]上连载)阐述了心理学家必须向广告主管提供什么。他大胆断言广告业在世纪交替之际已经变成了一个大行业,强调智力和商业投入是相互依赖的。正如献身科学的科学家知道在全世界使用他提出的原理的价值一样。有进取心的制造商也将认识到他需要理论,斯科特的理论代表了1902年对大脑工作原理的最新认识,分析了它们对广告的意义。比如在讨论"观点的联想"时,他证明无处不在的广告带来的好处,即公司成为广告宣传的产品的代名词,(比如皮尔斯和肥皂)。他强调了他所称的"融合"广告的重要性,同时也揭示了阶层分析对广告取得成功的重要性。广告商必须为产品制造一种氛围,仔细考虑广告媒介的语气,参与刊物的排版,为广告选择一个合适的定位,要根据阶层的不同调整广告措辞:经证明,有一个社会阶层用得很成功的表达方式用在另一个阶层可能就会失败。像当时他的许多社会科学同行一样,作为一个社会建设者,斯科特认为心理差别主要来自阶层和环境,认为只有一种大脑成像是天生的、与众不同的——形象化的能力。一个人在早餐桌旁可能漫不经心地就看到了全部内容,而另一个人看到的可能充其量只是有印象而已。这种差别可能使一位消费者对香水广告中醒目的花花绿绿的鲜花着迷,而另外一个人却无动于衷。因此,广告商在策划吸引来自庞杂阶层的消费者的广告时必须动用所有的感官。

6 营销文化

斯科特的《广告心理学》（1908）是一部完全吸收了大企业观点的学者的著作。在赞美美国商人的乐观进取精神的同时，斯科特期望迈克尔·舒德逊（Michael Schudson）对广告特性的描述是"用资本主义的方式说'我爱你'"。斯科特把广告誉为资本主义的臂膀，写了一本关于针对适当阶层做广告的书。他最具有启迪作用的一个例子证明了他关于上层社会对一种商品的偏爱与移情和本能有心理联系的理论。为了进行说明，他重新创作了帝豪（Regal）鞋的广告，画了一个刻板的爱尔兰人，嘴里叼着烟斗，头戴三叶草帽，他俏皮地说："天啊——如果我能穿上一只帝豪鞋，我该多幸福啊！"

由于他的脚（穿着黄色的工作靴）与旁边优雅的帝豪轻便浅口鞋相比看起来是那么大，显示他不太可能得到幸福。这个广告把强烈的阶级愿望戏剧化：广告商并不希望顾客像那个爱尔兰人，但要有那种愿望。他确实希望中产阶层消费者会同情这位卑微的爱尔兰人，他认为把自己的脚挤进那双帝豪鞋将是他爬向上层社会的途径。为了换取消费者的同感，广告使消费者处于令人满足的居高临下的位置：穿帝豪鞋的生活是爱尔兰人的痴心妄想，它并不适合他。事实上，人们可能认为广告实际上是通过在具有相同愿望的人之间塞入一个楔子而取得了成功：每个人可能都想成为帝王，但只有一些人能够成为帝王。许多人想要帝豪鞋，但永远也得不到，这一事实就使得到帝豪鞋的人更加珍爱它。斯科特认为帝豪鞋的广告没有达到目的，因为它只是让人们识别他们根本不想识别的定型人物的身份。但斯科特没有注意到，广告希望消费者认同文字信息（社会流动性）而不是认同媒介（身份低下的爱尔兰人）。斯科特把他关于美国消费行为的阶级分层的观点扩展到消费领域最基本的方面。在"食品广告心理学"一章中，他暗示了食品与个性之间的关系。现代食物与对社会地位的担心有更多联系，而不是与胃口有关。因此，人们喜欢火鸡胜过喜欢猪肉，喜欢鹌鹑肉胜过喜欢鸡肉。

斯科特特别注意习惯，他认为习惯与广告的关系最密切。斯科特认为广告在不经意间渗入消费者的潜意识时产生的影响最大，这一观点与他对习惯的兴趣一致。习惯是我们做了什么我们自己也不知道：我们怎么穿衣服——哪只胳膊先伸进大衣袖子；我们如何看报纸——是先看最后一页呢，还是一版一版地看呢，还是全部浏览一遍呢？这些可以预测和量化的行为对广告具有不同的意义。正如斯科特在倒数第二章"公共汽车广告的潜意识影响"中解释的那样，汽车广告之所以有效，是因为它是广告最潜意识的形式。

弗朗西斯·贝拉米的研究《有效的杂志广告：508 篇关于 111 则广告的文章》（*Effective Magazine Advertising*：508 *Essays about 111 Advertisements*，1909 节

渐进的多元文化：文化、经济和小说（1860—1920年）

图 11 《帝豪鞋广告》，选自沃尔特·迪尔·斯科特的《广告心理学》（1908）

选自 1907 年的《人人杂志》[*Everybody's Magazine*]）证明，用来唤起那种潜意识的策略都不是偶然的。贝拉米的书是根据 1907 年一份进步的中产阶层期刊《人人杂志》发起的一场竞赛写成的，比赛要求读者评选出 11 月份的杂志上的最佳广告并写出理由。比赛表明，到世纪交替之际广告业还存在大量的自我意识，他们想方设法研究潜在消费者在阅读广告时的想法。广告商和杂志都是相互增强的争夺观众的活动参与者，因为读者在一定程度上根据对杂志上广告的喜爱程度判断杂志质量的好坏。同时，广告商也认为他们的产品得到了刊登广告的杂志的实际认可。确实，期刊的每一个方面，从印刷的纸张到知识内容，都会影响它作为广告媒介的价值。最重要的是，贝拉米的分析揭示了消费者对商品的喜爱程度，以及自觉了解如何得到产品的程度。他认为，对广告和销售感兴趣的人尽管都是自己选择这么做的，不过还是暴露了这一时期消费研究中人们很少认识到的商人文化程度和世故。

在贝拉米的整个分析中，他强调最好的产品在最好的杂志上做广告，公众很清楚这一点。很显然广告有一种循环，公司在广告上花的钱越多，人们认为公司的产品越好；人们认为公司的产品越好，买的人就会越多，就会给公司带来更多的利润，公司在广告上就会投入更多的钱。在贝拉米清楚易懂的前言后面，书的内容与他在前言中概述的主要原则是一致的。贝拉米重新创作了一系列有关钢琴、散热器、证券、电动剃须刀、珠宝首饰、咖啡、沥青铺设材料、照相机、窗帘、度假村、鸵鸟围巾、衣架、越野客车的广告（这只是前40页！），并附有普通杂志读者对成功广告的评价。一个广告的成功通过它吸引的注意力来衡量，取决于简单和创造力的融合。最好的广告以常见的事物为基础，但通过出人意料的方式表现出来。由贝拉米重新创作的广告评论文章对广告词的溢美之词毫不吝啬，这证明了广告的风格如何能够无休止地自我复制，从而激励消费者兜售他们自己非凡的欣赏能力。广告循环最终都是围绕受众，把他们当做购买者，而且把他们当做自恋和物恋潮流的参考者。

编辑

这种比赛是规则而不是例外，它使广告成为普通美国文化中的一部分。到19世纪80年代，大多数杂志读者把广告看成是他们所阅读的杂志不可分割的部分。杂志广告的急剧增长在一定程度上是由于竞争的大大增强。内战后，新的杂志从出版社蜂拥而出，从1865年到1870年，美国杂志的数量翻了一番，到1880年数量又增加了一倍。除了《世纪》杂志从一开始就积极拉广告外，大多数文学期刊在19世纪60年代拒绝出售广告版面，但到了1870年，把广告内容局限在文化主题范围内的杂志也接收各种付费广告。精品杂志为了支付与新杂志竞争的费用以及作家和艺术家的稿费，设法获得他们以前唾弃的广告，作家和艺术家的稿费因为有更多可以发表的地方而上升。事实上，大多数杂志依靠其吸引广告的能力而生存。1879年，美国政府允许大宗邮寄，从而大大促进了杂志业的发展，单单是第二类邮费就大大降低了杂志出版的经济成本。同时，19世纪80年代电铸版和插图的照相铜版的成本大

●渐进的多元文化：文化、经济和小说（1860—1920年）

大降低，插图逐渐变成彩色，大大提高了广告的视觉效果。因此，许多杂志开始把广告分散在整本杂志，而不是单独放在最后。到世纪交替之际，广告已经发展成一种高级美学产品，增强了它与杂志中相邻的绘画和文学作品的协调性。广告商也受到提倡中世纪手工艺理想标准的英国工艺美术运动以及把浪漫主义和现代加工工艺及其产品融合起来的新艺术运动的影响。新艺术的自然形式与用新艺术形式促销的大批量生产的产品之间的明显差别体现了20世纪广告业普遍存在的一种矛盾。精美的新艺术海报也使杂志封面更加生色，比如《哈珀杂志》、《大西洋月刊》和《世纪杂志》。这些杂志的封面由尤金·格拉谢特（Eugene Grasset）这样的法国艺术家和奥布里·比尔兹利（Aubrey Beardsley）和威廉·H. 布拉德利（William H. Bradley）这样的盎格鲁美国艺术家设计，把商业、艺术和文字内容融合成一个流畅的整体。人们认为他们的设计是直接对女人说话，女人是世纪交替之际广告商的特殊目标，她们认为自己承担了85%的购买责任。尽管广告业已经认识到吸引女性消费者的必要性，但广告中的职业女性一般与其他发展中领域的女性具有相同的命运——被边缘化。

　　杂志和报纸对广告商来说特别宝贵，因为报纸和杂志急剧增大的发行量加快了市场细分。一些大城市的报纸，如《纽约时报》以富人为市场目标来吸引当地和全国的广告商。尽管报纸吸引各种潜在读者的方式与杂志有很大不同，但传统上认为杂志是针对"更好阶层"的。现代杂志编辑精心排版的主要目标仍然是取得广告赞助。然而，与行业扩张和合并的模式相符，当19世纪90年代杂志逐渐成为广告总体成功的最大受益者时，杂志的数量急剧下降。内战后至1900年之前出现的几千种杂志中，只有不到三分之一的杂志宣称有大量读者和很高的广告收入。19世纪80年代和90年代不能吸引广告商的杂志仍然靠吸引更多的读者然后吸引更多的广告商这样一个互相支持的循环方式生存。在世纪交替之后那些做杂志取得成功的人，如在《星期六晚邮报》取得成功的赛勒斯·K. 科蒂斯（Cyrus K Curtis）认识到，成功取决于吸引广告收入，而不是通过改变订阅量和内容。1906年，科蒂斯说："我可以雇人进行杂志的编辑并照管发行量……但我认为生意的促销是我自己应该过问的事情。"

　　这也是豪威尔斯的《新财富的危害》（1890）中经营管理几家主要杂志企业的辛迪加商人福克森（Fulkerson）理解的观点。豪威尔斯的小说表明，在1890年之前，文学界都是依靠像福克森这样知识渊博、有企业家精神的文化经纪人。他的主人公巴兹尔·马奇（Basil March）是一个"来到东部的西部人"，从波士顿搬到纽约承担一家很有前途的杂志的编辑工作，他竭力使自己的美学原则同杂志的主编和赞助人的商业动机保持一致。豪威尔斯的小说证明杂志已经把美国的文学界变成了一个赚钱的行业。豪威尔斯很熟悉行情，如19世纪70年代的著名文学杂志《纽约文汇》为范妮·弗恩的一篇故事支付了1000美元，为亨利·沃德·比彻的小说《诺伍德》（Norwood，1867）支付了3万美元。《新财富的危害》中提出的造就"作家……一个生意人"（豪威尔斯当时一篇文章的题目）的方法是杂志为撰稿人着想，"一次性"付给撰稿作家和艺术家很低的稿费，但同时分给他们一定百分比的总利润。小说中愤世嫉俗的艺术家安格斯·比顿（Angus Beaton）认为，杂志是"艺术与美元之间失去连接"的一个很重要的调解者。豪威尔斯有代表性地创造了一种复杂的、最终不能解决的、对抗的道德困惑。小说是豪威尔斯根据在纽约和波士顿做编辑时的经验写成的。他起先在《国家》做编辑助理，后来在发表了他的第一首诗的《大西洋月刊》做编辑。豪威尔斯在《大西洋月刊》担任了10年（1871年至1881年）的总编，到1881年杂志的所有人终止他们之间的合作关系时才辞去这个职务。与此同时，豪威尔斯逐渐成为一位成功的小说家，后来他把全部时间都用来写小说。在与詹姆斯·R.奥斯古德签订合同后，豪威尔斯通过出售其作品的独家出版权获得稳定的收入。1885年，当这家著名的出版社倒闭时，豪威尔斯与哈珀兄弟出版社签订了一份更赚钱的合同。但豪威尔斯是个天生的编辑，杂志世界是他到生命结束才肯放手的行业。1886年，他开始定期为《哈珀杂志》的"编辑书房"专栏写文章；1892年他在《大都会》（Cosmopolitan）作了很短一段时间的合作编辑（四个月后辞职，私下抱怨与其他编辑"根本无法相处"）；1895年他为《哈珀周刊》开设了一个"传记与书札"的专栏，1900年他为《哈珀杂志》创设了"编辑的安乐椅"，这个专栏一直持续到1920年他去世。

590

《新财富的危害》描述的世界正如美国广告商们展望的那样，严格按照阶级界线划分。小说里新杂志背后的人是福克森，他具有把出版商和广告人融为一体的企业家技能，把"他的兴趣和出版业最大限度地结合起来"，确保"到处都能看到他巧妙设计的各种段落"。和其他雄心勃勃的总编一样，福克森认为他的杂志的未来取决于杂志确定最广泛的独家读者的能力。大多数出版商和编辑把他们的读者确定为职业阶层，虽然有些杂志如《莱斯利大众月刊》（Leslie's Popular Monthly）和《女性宝典》（Women's Argosy）设法吸引广大的工人阶层。正如豪威尔斯在突出他做编辑的男主人公巴兹尔·马奇的经济收入时建议的那样，虽然编辑自己受到城市富有的上层人士的尊重，并且很容易跟他们周旋，但他们的收入无疑只是中产阶级的水平。马奇是《大西洋月刊》那类杂志的一名编辑，是一位喜欢沉思默想的道德家，特别注重艺

渐进的多元文化：文化、经济和小说（1860—1920年）

术和工艺，避免谈论事情的商业方面。在他认识到杂志的潜在读者大部分都是美国农村的中产阶级时，他也认识到受读者期望约束的内容有一定的必然性：一则故事，一篇旅行随笔，一篇文学论文，一篇关于社会问题的论文，一个戏剧片断，一篇翻译，对最新的书籍、剧本、服装、诗歌的评论，自由地贯穿杂志中成功的插图，这些都是杂志成功的要素。豪威尔斯认为成功的、大家普遍感兴趣的杂志针对的是白人中产阶级新教徒，它必须能反映美国社会在形式上（类型的多样性）和社会方面（作者、艺术家和主题的文化范围）的多样化。编辑的目标是以一种令人满意的连贯方式把不同的因素结合起来，把多种效果融合成一个有吸引力的整体，使大家广泛购买从而获得回报。

豪威尔斯很重视杂志编辑的这个方面——编辑千方百计地在多样性中找到连贯性——与他小说中描写的思路相统一。许多描写漫步在纽约街头的人物、反映不同阶层截然不同的生活和周围各种种族的片断，看起来好像背离了这本杂志小说的主要情节，但它们实际上对小说来讲是不可或缺的。杂志取得成功的原因是它具有利用现代城市混乱的多样性并把这种多样性最大限度地变成这个国家可以利用的清晰易读的商品的能力。正如福克森认识到的那样："没有一个主题像纽约市的生活那样对全国的普通老百姓产生如此大的吸引力。"成功的杂志设法进行"对比……为了加深印象"。但也正是《每隔一周》（*Every Other Weeks*）的员工的多样性——背景、政治和品位——导致了它的倒闭。当社会主义翻译者林道（Lindau）侮辱资本主义老板德莱夫斯（Dryfoos）、马奇被迫解雇林道时，他陷入了典型的豪威尔斯困境中。尽管马奇不赞同林道的激进观点，但他也不能为一个不允许撰稿人自由发表言论的老板工作。小说结尾处是具有辨别力与良知的人物马奇与地道的商人福克森结成了理想的伙伴关系，把《每隔一周》带向了更大的成功，福克森似乎注定要影响南北方之间的调和。

亨利·詹姆斯一生都致力于杂志的商业和文化，因此他最令人难忘的小说之一《奉使记》的主人公是一位编辑就不足为奇了。詹姆斯不仅把他的主要人物兰伯特·斯特雷瑟（Lambert Strether）塑造成一位编辑，并且把杂志连载的做法作为小说明确的结构。1902年至1903年，《奉使记》在《北美评论》上连载，与《奉使记》一起连载的还有马克·吐温的《基督教科学》、哈姆林·加兰的《小说中的心智健全》、伊迪丝·沃顿的论阅读以及豪威尔斯的论芝加哥小说。小说优美的文笔、深入再现人物意识和偏爱心理活动的抽象性、推动情节发展的方式都具有典型的詹姆斯特点，表明连载一直是詹姆斯写作生涯不可缺少的部分。詹姆斯的第一部足本小说《罗德里克·哈德逊》

的创作实际上是由《斯克莱布纳月刊》的一位编辑给他写了一封信,建议他为杂志写一本连载小说开始的。詹姆斯把这个建议跟在更有名的杂志《大西洋月刊》的编辑威廉·狄恩·豪威尔斯说了,他起草了一份为《罗德里克·哈德逊》这本小说支付 1200 美元的合同,小说分十二部分,从 1874 年 11 月到 1875 年 11 月期间在杂志上发表。

在《奉使记》中,詹姆斯一方面对美国文化的商业化感到痛惜,一方面又设法从中盈利。《奉使记》是詹姆斯的不朽艺术作品,他表达了对自己国家的不满——物质和社会生活贫乏、偏爱功利主义价值胜过真正价值——并且以小说中贫穷的美国男主人公的身份有力地表达了巴黎艺术氛围的厚重。詹姆斯在他详细的预审报告"亨利·詹姆斯的小说工程"中写道:

> 斯特雷瑟的名字作为编辑出现在封面上,是他有些好转的生活中为数不多的不加掩饰的快乐之一,他已经喜欢看见他的名字出现在封面上了。他通过那个苍白无力而昂贵的封面而出名——封面已经成为他的主要身份。他是一个喜怒无常而且有各种想象力的人,有时他认为这种身份卑微、贫穷和可怜,而有时他又认为和他周围的大多数人一样好。

斯特雷瑟的资助人(并且可能成为他未来的妻子)、富有的寡妇纽萨姆(Newsome)太太派他做"大使",要完成的任务是"拯救"她长时间待在巴黎的儿子查德·纽萨姆(Chad Newsome)。到巴黎后不久,斯特雷瑟遇到了神秘的法国奸妇维奥娜(Vionner)太太,查德就是因为她而迟迟不愿意回去。在查德看来,维奥娜太太就是一切,是在马萨诸塞州伍利特等待他的婚姻和他的事业的无法代替的,并且渐渐地斯特雷瑟也这样认为。她给斯特雷瑟一种莫名的美和聪明的感觉,他发现自己最后因此而不愿意完成任务。维奥娜太太和她生活的巴黎的氛围唤起了斯特雷瑟对伍利特、纽萨姆一家以及他们所代表的美国的不满。小说主要讽刺了那位大使,他被派到巴黎去带回迟迟不愿回来的逗留者,自己反而在巴黎产生了死亡的恐惧,认为自己还未"真正活过"。

在纽萨姆一家唯一关心的更大的"商业授权"中,他开始认识到他自己在绿皮的《伍利特评论》的编辑职务是对文化知识贫乏的首肯,虽然反复提到纽萨姆家的企业,但詹姆斯特别不愿意直接描写商业生活或商人。小说通过对斯特雷瑟和查德的同情表现了对把他们拉回家的物质因素的抵触。在前面的一个场景中,为了避免描写纽萨姆公司,斯特雷瑟运用了一系列貌似强大的形容词:"一家卓越而生机勃勃的大企业……生意兴隆……一个车间……

渐进的多元文化：文化、经济和小说（1860—1920 年）

生产量很大……伟大的行业……一家制造厂，如果管理好的话可能会成为一个垄断企业"。从"出生"（卓越而生气勃勃的大企业）到"成长"（"生意"、"车间"、"生产"）到扩大，最后甚至有望成为"垄断企业"，斯特雷瑟描述了一家美国企业的生命周期，却始终没有说明公司是做什么的。同时，查德的家族要求查德为了美国环境而放弃巴黎以及已经让他"名声在外"的暧昧关系，在美国他必须"证明自己"是"一位伟大的商人"。他最后与斯特雷瑟的谈话流露出他对"广告艺术"的崇拜，他认为广告是科学的，是"一股伟大的新生力量"。他的言辞抵消了更深层次上的损失。

詹姆斯通过一个来自现代美国未能完成使命的大使形象，设法描写了商业主宰生活和文化的方方面面的美国情景与生活和文化有自身价值的欧洲情景之间难以克服的竞争。利润激励斯特雷瑟去完成任务，如果顺利完成任务，就意味着可以同纽萨姆太太结婚，拥有她的大量财富。但小说结尾时声明放弃这项使命会获得更大的利润，经济上的损失可以在生活中得到补偿。詹姆斯喜欢想象美国的反向移民，这在一个许多人为了追求小说中的人物所抛弃的物质机会移民到美国的时代是很引人注目的。但詹姆斯小说中的想象常常与他自己代表艺术所做的企业家的努力不一致。那些希望作者的作品与他的生活一致的批评家甚至忽略了一件事，即詹姆斯自己努力利用美国文学市场提供的商业机会与他的小说中的商业描述是相悖的。因为詹姆斯和文学界的每个人都理解资本主义精神是激励和支持了美国文化机构，同时也使文化机构显得微不足道。（在后面关于作家职业的部分詹姆斯有更全面的讨论）。

这种支持对塞缪尔·S. 麦克卢尔的成功至关重要。他是一位爱尔兰移民，1893 年创办了《麦克卢尔杂志》，他"唯一真正的资本"是他认识许多有才能的作家，在 10 年内把那本杂志打造成了世界上著名的杂志之一。麦克卢尔的成就来源于一个简单的信念，他坚信在美国一定有五花八门的中产阶层杂志的一席之地，在英格兰这些杂志对文学文化至关重要。他是一个很聪明的外来者，抓住了美国人喜爱英雄的个性，鼓励艾达·塔贝尔描写伟人形象，实践证明这对杂志最初的成功非常重要。麦克卢尔还在杂志上连载有关日益受欢迎的科学创新的作品来满足美国人的另外一个需求。最后，他认识到人们具有喜欢多种观点的文化倾向，因此他鼓励一种调查性的新闻形式，西奥多·罗斯福称之为"扒粪"（搜集并揭发丑事）。比如林肯·史蒂芬斯（Lincoln Steffens）关于城市政治腐败的文章和艾达·塔贝尔关于标准石油公司违反卡特尔规定的系列报道，这些文章的目的是在反对激进变化的同时鼓励建设性的社会改革。显然，杂志的商业客户对杂志这种敌对的风格感到满意，因为麦克卢尔揭露最臭名昭著的丑事的时代也正是杂志广告最赚钱的时期。

正是他们的科学严谨性、全面性和生动的散文风格使得具有各种政治立场的不同读者能够接受塔贝尔等人的系列报道。《麦克卢尔》的署名文章把科学和新闻的优点结合起来，弥补了新闻的简单性与倾向于褊狭固执的专家之间的差别。麦克卢尔的计划是支付记者足够多的稿费，使他们有时间收集关于一个主题的资料，这样即使没有专家的权威资料，他们也能够写出有足够深度和准确性的报道来吸引聪明的公众。

麦克卢尔自己曲折的生活本身就值得连载（1913年至1914年发表了《我的自传》）。这部连载作品是与薇拉·凯瑟共同写成的，满怀留恋地描写了他在爱尔兰的童年，他于1858年出生在一个贫穷的农民家庭，然后移民到美国中西部。这个好奇而聪明的男孩在寻找可以阅读的东西的过程中不断面对各种挑战，这给他将来的工作埋下了种子。麦克卢尔阅读所有他能够弄到手的资料，包括国会议员发给选民的《农业报告》，他把后来成立报纸辛迪加的主意追溯到他在美国农村不能接受教育的青少年时期。麦克卢尔利用城市报纸和县周报在全国范围内传播故事，设法满足他最了解的文化生活贫乏的农村孩子的需要，同时也为他崇拜的作家开辟新市场。麦克卢尔的自学使他有资格进入伊利诺伊州的诺克斯学院学习，他通过暑假做小商贩赚取学费，同时也增加了对美国农村人的了解。麦克卢尔在诺克斯学院遇到了许多后来在他的杂志中赫赫有名的人物，他们包括《麦克卢尔杂志》的共同创始人约翰·菲利普斯、未来的营业部经理阿尔伯特·布雷迪（Albert Brady）以及后来成为西屋电气公司主席和重要投资家的罗伯特·马瑟（Robert Mather）。

麦克卢尔后来在波士顿的崛起是经典的美国成功故事。到波士顿不久，他设法说服波普制造公司（自行车）的老板创办了一本名叫《骑车人》（*The Wheelman*）的自行车杂志。由于在美国骑自行车是最受欢迎的户外运动，因此《骑车人》也很火。麦克卢尔把《骑车人》卖掉后搬到了纽约，到《世纪》杂志社做了一份低级的工作，这使他有时间进行思考，产生了他伟大的创新之一——辛迪加。辛迪加原本不是麦克卢尔提出来的，像《纽约太阳报》（*New York Sun*）等报纸已经尝试成立辛迪加，他们买来作家写的故事，然后同时在全国各个城市发表，但他们尝试辛迪加的规模从来没有达到他构想的规模。他对他的计划非常有信心，1884年他决定自己亲自检验其可行性。鉴于他在金钱和曝光丑闻方面给予作者的待遇很丰厚，他不难找到撰稿人，大多数编辑都很小心谨慎。但麦克卢尔的辛迪加一年之后才被大家接受，他最后能够与萨拉·奥恩·朱伊特、伊丽沙白·斯图亚特·费尔普斯、乔尔·钱德勒·哈里斯和阿瑟·柯南·道尔这些著名作家签约。

麦克卢尔在杂志业的成功都是由于他对移居国家及其先进制度的明智评

渐进的多元文化：文化、经济和小说（1860—1920 年）

价。尽管他的员工写了许多深度调查报告来揭露社会腐败现象，但他一直坚持他的理想主义，代表了从发明创造、制造加工和创作到联盟组织和新闻在内战后推动美国在各个领域扩张的企业改革家精神。如果麦克卢尔自己寻找一个人在他的连载作品中描写诸如"伟大的个人"或"科学创新者"，如果他一直寻找在"天才"王国中类似的人物，如果他喜欢代表一个固定社团谈论一家蒸蒸日上的杂志的价值，代表其主要利益，提高其水平，那他没必要比 W. E. B. 杜波伊斯看的还要远。麦克卢尔确实曾经购买过杜波伊斯的一篇文章，但认为太具有政治煽动性而不适合《麦克卢尔》的读者自由揭露丑闻的口味。这种经历无疑更坚定了杜波伊斯认为需要有一本表达黑人社会的情况和愿望的杂志的信念。

在杜波伊斯漫长的事业生涯中，他很早就成了大家公认的智者、作家和社会科学家，他梦想"可以找到一本对美国黑人至关重要的杂志"。为了达到此目的，杜波伊斯于 1906 年在田纳西州的孟菲斯采取了第一步，创办了一份取名为《月亮》（*The Moon*）的周刊。1907 年《月亮》周邢搬到了华盛顿，改名为《地平线》（1907 年至 1910 年）。1910 年当杜波伊斯在新成立的社团全国有色人种促进会（NAACP）担任行政职务时，他首先倡议把《地平线》改名为《危机》（1910 年至 1913 年），这个名字是受到詹姆斯·拉塞尔·洛威尔的诗《现在的危机》的启发而起的。在不到 10 年的时间内，《危机》成了黑人知识分子阶层不可分割的一部分。发行量从最初的 1000 份，到 1918 年达到 10 万份，并在两年内就开始盈利（到 1920 年，年收入已经达到 7.5 万美元）。显然《危机》对宣传全国有色人种促进会的章程和全面改善美国黑人的条件非常重要，它连续对这些条件的实际情况进行曝光，同时不断报道国家在改善条件方面采取的明显措施。

激励杜波伊斯创办《危机》的杂志中包括第一批针对美国黑人读者全国发行的月刊：弗雷德里克·道格拉斯的《北斗星》（*North Star*）、威廉·加里森的《解放者》和提摩西·托马斯·福特恩的《环球》。大多数全国有色人种促进会的领导都和阿尔伯特·皮尔斯贝利（Albert Pillsbury）一样持怀疑态度，他给杜波伊斯写信说："杂志现在像埃及的苍蝇一样多并且会传播疾病，大多数都遭受到相同的待遇。"但杜波伊斯一如既往地致力于使杂志取得成功，杂志的主要目的是揭露种族偏见的毒害。《晚邮报》（*Evening Post*）的编辑奥斯瓦尔德·维拉德（Oswald Villard）提供了办公场所，杜波伊斯与凯利·米勒（霍华德大学的系主任）、麦克斯·巴伯（Max Barber）（前《黑人之声》编辑）、威廉·斯坦利·布莱斯维特（William Stanley Braithwaite）（《波士顿手稿》[*Boston Transcript*] 的诗歌编辑）和玛丽·邓洛普·麦克莱恩（Mary

6 营销文化

Dunlop Maclean)（《纽约时报》的正式撰稿人）签了约，聘请他们为撰稿编辑。杜波伊斯坚持实行低价订阅、内容多样，把提供信息和分析与娱乐结合起来、鼓励大范围发行的政策。因此在头四年中，《危机》有一个固定栏目"肤色界线"，包括关于政治、教育、提高社会地位、组织和会议、科学和艺术等子版面；"观点"版面翻印了读者来信；"社论"版面；专门报道全国有色人种促进会活动的版面和记录近期对黑人的残暴行为的"责任"版面。"谈谈女性"（敦促黑人女性加入到支持女性选举权的更广泛的运动中）和"本月人物"（报道黑人发明家、外科医生、精神病医生、建筑师和其他模范人物）后来作为固定栏目加入进去。

《危机》的第一期重点报道了对试图逃避劳役抵债制的南方黑人实行的私刑和谋杀，社论把黑人参与国家政治作为反对这种暴行的一种手段。这一期杂志包括约翰·米尔霍兰德（John Milholland）太太写的《谈谈女性》，这篇文章表明了杜波伊斯对女性问题的支持；一篇弗兰兹·博厄斯写的痛斥关于种族的伪科学理论的论文；和一篇关于布克·T. 华盛顿欧洲之行的评论报道（《一踏上美国的土地，华盛顿先生就宣布美国的黑人比欧洲的贫困阶层还富有》）。这一期的广告客户包括"最杰出的黑人女艺术家"E. 图森（E. Toussaint）女士的艺术和音乐学院、"纽约黑人房地产代理商的先驱"菲利普·A. 佩顿（Philip A. Payton）房地产中介、纽约州雪城（Syracuse）的L. C. 史密斯兄弟（L. C. Smith & Bros）的打字机公司、亨利·菲普斯（Henry Phipps）适合有色人种家庭居住的经济公寓模型、位于西第53街的马歇尔酒店、"美国著名有色人种饭店"和尼安萨（Nyanza）药店——"纽约市唯一一家有色人种药店"。随着杂志不断取得成功，主要黑人大专院校——亚特兰大大学、菲斯克大学、霍华德大学、绍尔大学、弗吉尼亚联盟学院和威尔伯格斯大学——和黑人作家的主要出版商，包括出版《黑人的灵魂》的出版商，都加入了这些广告商之列。

在杜波伊斯担任《危机》编辑的23年间，他是杂志的主要撰稿人，他的看法占主要地位。一些读者确实抱怨杜波伊斯的种族进步的信条非常强烈，甚至达到了接近宗教狂热的程度。但没有人否认，《危机》是第一份也是最杰出的政治杂志，为美国黑人争取着根据《宪法》和《独立宣言》他们所应该拥有的权利。杜波伊斯在一篇社论中描述了第一次世界大战爆发前联邦密探闯入《危机》办公室的情景，这些联邦密探不信任黑人，把黑人归入"外国侨民"之列。杜波伊斯回忆道，当时密探询问"我们的目标和活动究竟是什么？我对能够坐回到椅子里感到很满意，泰然自若地回答说，'我们设法使美国宪法得到完全彻底地执行'。"杂志也毫不留情地严厉训斥了重大改革运动——特别是妇女选举权和参加工会组织的劳工——因为种族主义分子而把黑人妇女和黑人工人排除在外。虽然《危机》也准备感谢偶尔取得的胜利（海伍德世界产业工人大罢工的胜利，马萨诸塞州劳伦斯市的所有种族和行业的工人都可以参加这次罢工），但杜波伊斯无情地揭露了改革者的虚伪，这些改革者看不到他们代表的被压迫妇女或工人的呼吁与更受压迫的黑人的敌对态度（常常是暴力的）之间的矛盾。在《危机》的文章中，没有哪个主题比私刑这个主题受到的谩骂更多，杜波伊斯积极地面对私刑。在一篇题目为《让鹰尖叫》的关于宾夕法尼亚州科蒂斯维尔的一位精神错乱的黑人受到私刑的社论中，杜波伊斯描述了在9月份的那个星期天，几千名白人涌进教堂观看冒烟的柴堆。杜波伊斯写道："问题是他是黑人，黑色必须受到惩罚。黑色是罪中之罪。"

1934年，杜波伊斯公开谴责促进会关于泛非运动的团结一致（他们反对这种观点）和种族隔离（他们并不明确反对这种观点）的政策，之后杜波伊斯离开了《危机》和全国有色人种促进会，此时人们对他完全依靠自己的力量创办了一份月发行量达10万份的杂志表示称赞："没有一分钱……在美国新闻界取得了前所未有的成就。"同样重要的是，他为黑人知识分子阶层提供了一个评论性的新论坛，同时也对美国的"种族问题"进行了更为广泛的启蒙。杜波伊斯认识到杂志的大发行量很有可能推进关于美国黑人的全国性讨论在黑人圈内外的扩展，他再一次证明了他自己具有利用多种媒体、学科和政治形式的独特能力，同时也为他的人民在20世纪取得真正进步保留了一种独特的批判视角。

创作

内战后，没有哪个美国作家像亨利·詹姆斯那样更注意文学的商业前景以及杂志在开发这些前景方面发挥的作用。詹姆斯的作品在20世纪文学史的大部分时间内都被认为是抽象、独特和缺乏美感的，但人们往往忽视了他对文学市场的关注，对读者数量的关心，以及作为美国著名作家在当时享有的声誉。但是，詹姆斯为了使自己成为享有国际声誉的美国作家而精心描绘的美学、政治、经济的方方面面，阐明了内战后的总体创作情况。被S.S.麦克卢尔巧妙开发的读者数量急剧增长、期刊数量激增、出版公司增多、广告专业化以及文学商业化，所有这些变化都与詹姆斯发展成为一个跨大西洋两岸的作家同时发生。根据1881年英国的一项民意调查，3400名调查对象称自己是作家、编辑或记者；到1901年，数量上升至1.1万人，而美国的数量更多。19世纪70年代，美国的出版商每年出版3000种新书；到世纪交替之际，数量增加了一倍。在1891年之前，美国与英国之间没有签订国际版权协议，因此美国和英国作家的作品在跨大西洋交易中容易被盗版。因为詹姆斯虽然住在英国，但仍然是美国公民，他受到两个国家的版权保护。詹姆斯实际上在两个国家申请版权，并在书出版之前把版权出售给美国和英国的杂志连载，从而得到双份的收入。詹姆斯成功利用了通常对作家不利的大西洋两岸的图书行业，这使他成为该时期消息灵通的专业作家的提倡者。

1865年，詹姆斯通过威廉·狄恩·豪威尔斯正式进入被他描述为"现代训练有素的作家阶层……持续生产者的大军"。威廉是《大西洋周刊》的编辑，付100美元购买了詹姆斯的内战故事《一年的故事》（*The Story of a Year*）。1875年，美国出版商詹姆斯·R. 奥斯古德出版了《热情的朝圣者》和《跨大西洋游记》，詹姆斯分别得到了88.20美元和196.80美元的版税，数量相对较少，这也解释了在詹姆斯的事业生涯中，为什么他连载书稿得到的收入远远高于他从出版成卷的书时得到的收入相对不高的原因。比如1876年，《大西洋月刊》因连载《美国人》而付给詹姆斯1350美元。当詹姆斯不情愿地与许多作家一样找文学经纪人帮他们在日益多样化的文学市场疏通作者与出版商之间的敌对关系时，他告诉他的弟弟威廉，经纪人是专门用来搞到连载协议的人。虽然到世纪交替之际，詹姆斯一直从他在纽约州雪城的家族财产中获得一笔相当可观的年收入，但他仍然渴望利用连载市场。你"能安排连载《金碗》吗？"他给他的新文学经纪人詹姆斯·B. 平克写信问道："那将是一个幸福的梦想，我将永远祝福你！"詹姆斯能够主要靠文学收入为生，是因为他的作品的连载以及在版权保护下能够在英国再版他的作品。当鼓励一位美国作家到英国出版作品时，詹姆斯评论说："认为我们比他们读的书多是一种爱国主义谬论。我们并不比他们读的多。"

英国文学市场相对稳定是因为小说都是成卷出版，价格是美国同类作品的四倍，那时候面对的都是中产阶层或中上阶层。另外，现有图书俱乐部和大众图书馆或专用图书馆可以保证小说有足够的销量使英国的出版商盈利。但美国的情况就不是这样，出版商预先就要有可观的利润，并且要想方设法成为畅销书。除《黛西·米勒》（1878）由哈珀出版社出版之后几个星期内销量达到2万册之外，詹姆斯的其他著作的销量相对适中。詹姆斯的一生大部分都靠连载稿费和/或作为作家的个人补助生活，他的经历是很典型的。但他几乎无法忍受默默无闻以及20世纪评论家对他事业的否定。正如丽贝卡·维斯特（Rebecca West）评述的那样："注意在詹姆斯先生的讣告中多次说到他从来没有受到大家的欢迎，这是很有趣的……从1875年到1885年（大概

渐进的多元文化：文化、经济和小说（1860—1920 年）

是这个时间）整个英格兰和美国都被詹姆斯先生清晰优美的作品吸引了。"但毫无疑问，詹姆斯并没有得到他渴望得到的名望，其中的原因是因为他描写的事物具有独特性，使他很容易经常成为当时和后来评论家批评的对象。

在文学史上所有针对詹姆斯的攻击中，最具毁灭性的是指责他的小说具有高人一等的优越感。他描写的人物总是一边喝茶或参观博物馆，一边花很多时间滔滔不绝地谈话，很少有对他们工作的描写。《贵妇画像》的开头就是一个典型的例子。

> 在某些情况下，生活中没有多少时间比花在一种被称为下午茶仪式上的时光更惬意的了。有时不管是否喝茶——当然有的人从来不喝——事情本身也是令人愉快的。我一开始产生的了解这件事的简单历史的想法为消磨时间提供了一个绝妙的借口。这个小型宴会是在一座英国乡村老房子的草坪上，在一个我认为时间非常合适阳光明媚的夏日午后举行的。下午的时间已经过去一部分，但还剩下大部分，剩下的都是最美好、最珍贵的。

这是一个由排他性定义的社会。每一种主张都小心地有所保留，但大家都热切要求在风格、思想和行为上达成一致。作者投内行人所好，宣称描写是针对那些能理解其符号和手势的人的。这个开头主要描述了一个特殊阶层的仪式。在这种情况下，作者表面上的谦恭是一种假象：历史根本不是"简单的"，就像毫无疑问"宴会"也不会"小"一样。在詹姆斯看来，坐下来喝茶完全是一种道德行为：它是"完美的"、"美好的"和"珍贵的"。尽管小说强调纯洁和简朴，强调保留长期存在的传统，但认识到这一点很重要，即在这个开头的场景中三个男人有两个都是移居美国的人——丹尼尔和拉尔夫·托切尔特（Ralph Touchert）——他们都自愿采用英国的礼仪。他们也可以坐下喝午后咖啡，咖啡肯定很好，但肯定不是英国的。

詹姆斯在这里对移居美国的人物的描写预示了他的小说大体上关注的主要方面之一：移居到一个国家并接受一套传统意味着什么？詹姆斯很注意不同文化特有的礼仪。詹姆斯认为观察力是现实主义小说的主要目的，因为观察力属于同时代发展的社会科学。詹姆斯使社会观察成为一门高深的艺术。但詹姆斯的现实主义总是得到现代派相对主义者的支持。詹姆斯所有的观察都是主观的，任何观点都是彼此相对的。詹姆斯的小说严格遵循的一项准则是，小说必须有清晰的叙述者的观点，读者的观点总是受限于一个缺乏创见的感知者的观点，这个感知者可以在不同的人物思想之间徘徊，但总是因为某种特殊的洞察力而受惠于一种单一的意识。人们可能认为詹姆斯实际上是通过把他阐述的观点局限于特定的意识,才能把他赋予每种观点的强大力量戏剧化。就像在《贵妇画像》这个题目中对"画像"的强调所表明的那样,詹姆斯沉迷于艺术的力量,这是改变人的技巧和传统的能力。他认为人类的感知和形式是占主导地位的、卓越的,人类的感情也是如此,詹姆斯赋予它们特权,为他独特的心理现实主义提供了依据。在作品的情节中,主要动作是看、想和感受:在詹姆斯的作品中暴力总是心理方面问题。

虽然他在文字上和理论上对文化传统的多样性感兴趣,但他自己流放国外的经历却打上了矛盾的烙印。比如,在1867年写给托马斯·佩里的信中他乐观地写道:

> 我认为成为一个美国人就是为文化做好了最充分的准备。我们有极高的种族素养,对我来讲好像我们领先于欧洲的种族,因为我们比他们中的任何人都能更加自如地处理有别于我们自己文明的文明形式,能够筛选、选择、同化,一旦发现就马上(比如从美学方面等)据为己有。到目前为止,没有民族特征一直是我们的一种缺陷和缺点,但我认为美国作家也有可能证明广泛的知识融合和世界上各种民族特征的综合比我们看到的成就还要重要。当然,我们必须有自己的东西——一些有特性的类似的东西——我认为我们将在道德意识、空前的精神愉快和活力中找到这种东西。在这种情况下,我们至少会有一种民族标志。

但是,也可以把《贵妇画像》中对枯燥、残忍的流放生活的描写看成是悲观情绪的充分表达。

尽管詹姆斯的一生都在进行屠格涅夫所说的"诗人与祖国的争吵",但他一直等到逝世的前一年1915年争吵结束时才放弃他的美国国籍。小亨利·詹姆斯(1843—1916)于4月15日出生在纽约市的华盛顿广场。他的祖父威廉·詹姆斯1789年从爱尔兰移居到美国,他当时没有钱,说拉丁语,怀着远大抱负来到这个革命的战场。由于在他最后定居的纽约州奥尔巴尼的土地买卖和在雪城的盐加工生意取得了成功,威廉·詹姆斯在1832年去世时留下了价值300万美元的财产。威廉·詹姆斯把他的四个儿子都培养成长老会教友,家中年龄最小的老亨利·詹姆斯一直都反对这种严厉的教义。老亨利在联盟学院和普林斯顿神学院学习,在那里他开始努力寻找仁慈的上帝,遇到了将成为他妻子的玛丽·罗伯逊·瓦尔什(Mary Robertson Walsh),但她是一位神学院同学的姐姐。虽然玛丽在严格的加尔文主义家庭长大,但她愿意在她丈夫信奉的宗教仪式前举行婚礼。这样，小詹姆斯出生在一个富有的、对神学持怀疑态度的家庭，他不安分的父亲为了保证他的孩子们（威廉、小亨利、加思·威尔金森［Garth Wilkinson］、罗伯逊和爱丽丝）在具有全世界拥有不同哲学导向的学校接受教育而不停地搬家，这对两个年长的儿子似乎产生了积极的影响，威廉成为实用主义哲学家，他的弟弟亨利成了作家。1862年，小亨利在哈佛大学法学院学习一年后，开始给美国杂志撰写文章，取得足够成功后就开始全职从事文学创作。

詹姆斯怀着无比的热情勤奋写作，他写的小说、故事和评论比美国其他著名作家都要多。因为亨利一贯反对把他自己的职业与他父亲和哥哥的职业活动联系起来，所以批评家就不断地拿他的文学背景说事儿，而对那些与家人关系比较密切的作家就不这样。但毫无疑问，詹姆斯的小说受到了他父亲和哥哥的知识分子气质的深刻影响。老亨利·詹姆斯的神学思想主要来自爱默生和伊曼纽尔·斯威登堡（Emanuel Swedenborg）的作品，后者是一个全力倡导道德和社会责任的哲学家。哲学家父亲和搞文学创作的儿子在思想上的共同点包括共同关注个人主义和女性的地位（这是由现代世俗主义与精神问题之间的紧张关系引发的），还包括对亲情和同情这些主题共同感兴趣。小亨利也潜心研究了他哥哥威廉的哲学和社会科学作品，并且积极参与他们发起的争论。亨利有时甚至写社论支持他们，比如在1868年，他在《国家》上发表了一篇题目为《人类学的进步》（"The Progress of Anthropology"）的文章。

在可以称为美国文学传统典范的作家中，没有一位作家的作品比纳撒尼尔·霍桑的作品产生的影响更深远。1879年，詹姆斯为麦克米兰（Macmillan）的"英国作家系列丛书"撰写了霍桑传记。虽然詹姆斯认为他描写的霍桑很"和蔼和性情敦厚"，但在美国却引起了强烈抗议，因为文章对新英格兰作家有一种居高临下的傲慢态度。在描写霍桑的工作日程时，詹姆斯评论道：

> （读者）从霍桑的美国日记中构想出来的画面总体来说并不令人感兴趣，虽然说这些日记并非无魅力可言。我这么说并不担心有任何不公平。那个画面的特点是极其单调乏味——毫无色彩并且缺乏详细描写。正如我所说的，霍桑非常喜欢细节。因此，一个对他反复给读者灌输缺乏内容的东西进行评论的人就会受到谴责。对我本人而言，在我翻阅他的日记时，我似乎觉得他生活的社会浅薄而简单……就像后来霍桑在生活中感受到的那样，他花费很多精力来了解更茂密、更富饶、更温暖的欧洲景色——小说家必须积累大量的历史知识和风俗习惯，体验不同的行为方式和类型，才能积累大量的素材。

传记《霍桑》（Hawthorne）表明了詹姆斯渴望远离——远离他的文化，可能重要的是远离他傲慢自大的家庭。心理需求和艺术需求结合在一起：在欧洲做美国人的前景使他的社会观察艺术保持独立。但詹姆斯的传记也可以看做是利用语言描写的国外流放生活扮演了一个美学的重要场景，以掩盖对霍桑新英格兰背景的羡慕。与詹姆斯不同的是，霍桑属于——"他的生活与他祖先的生活之间的连续性一直没有间断。"虽然詹姆斯对霍桑的分类——作为民主党，作为外省人，作为自学成才的艺术家——为我们提供了他自己成为一位更为伟大的小说家（因为他老于世故并四海为家）的历程，但传记也可怕地暴露了詹姆斯担心的艺术缺陷，一个没有国籍的人可能进行写作吗？

同时，詹姆斯对霍桑的文学文化的贬低掩盖了美国公众在小说创作和阅读方面的真正活力以及詹姆斯在这方面的投入。詹姆斯的作品好像不仅更美国化，而且更加细致入微，因为人们认为他的作品把查尔斯·布鲁克登·布朗（Charles Brockden Brown）、苏珊·沃纳、哈丽叶特·比彻·斯托的情感小说与詹姆斯·费尼莫尔·库珀、赫尔曼·梅尔维尔与纳撒尼尔·霍桑的历史浪漫小说相互影响的传统特性有力地结合起来。作为詹姆斯艺术道路上的一个岔口，沃纳的《广大的世界》描写了许多被认为属于"詹姆斯风格"的内容：感情生活的准确描写，突出思维和想象力，采用童话的主题，强调女性之间的关系和友谊，关注女人从童年到青少年、再到青年的发展，对"皮格马利翁主题"着迷（塑造理想的妻子形象，然后与她结婚），注重日常生活的仪式化、普通人的心灵净化。亲密关系的力量是詹姆斯小说中起主宰作用的心理，在詹姆斯的小说中，自我规定了文化的惩罚性限制，这种力量与沃纳描写的基督教博爱典型的深刻反省和自我克制的个性是一致的。

詹姆斯既受到他吸收的美国传统的激励，也因此而感到烦恼，这一事实在一定程度上激励他努力创造一种艺术遗产，那就是从1907年就开始为他自己的作品《纽约全集》写的18篇序言，这些序言本身必然也成了20世纪美国作家的遗产。序言是半自传（作者自己写的）半传记（小说的展开）形式的，描述了作者和作品的美学历史。作品中出现的欧洲场景——比如詹姆斯对在威尼斯起草《贵妇画像》的情景的回忆——表达了把历史变成小说理论的过程。而詹姆斯对他的每一卷作品扉页插图使用的照片都精心挑选，表明他渴望自己的小说在历史作品中处于醒目位置。詹姆斯在1906年写给斯克瑞布纳出版社的信中强调他偏爱"景色、物体或地点……拍摄得很完美并且复制得无懈可击"。詹姆斯得到了阿尔文·兰顿·科波恩（Alvin Langdon Coburn）的支持。科波恩是1905年詹姆斯在纽约遇到的一位22岁的摄影师，当时他在为《世纪杂志》从伦敦和巴黎到威尼斯和罗马的24个景点（圣约翰树林、圣保罗大教堂、波兰皇宫、卢森堡花园、凯旋门）拍摄照片。詹姆斯选择一位"年轻的美国专家"和照片本身作为介绍他的著作的各个部分的媒介，使他的《纽约全集》具有一种特殊的美国印迹，目的是把这种印迹认同为他的祖国全面的现代化。这部作品在商业方面遭到严重失败，这使詹姆斯非常郁闷。他花费了4年时间对主要小说和故事进行修改，使它们能够恰当地表达他的创作原则，但受到了冷遇。另外，他本来希望这个项目在经济上可以资助他度过晚年，现在正如他向豪威尔斯抱怨的那样使他"陷于破产"的境地。虽然詹姆斯不可能一贫如洗，但《纽约全集》的失败促使伊迪丝·沃顿私下从斯克莱布纳出版社付给她的丰厚稿酬中拿出8000美元作为购买《象牙塔》的预付款给了詹姆斯，詹姆斯没有写完《象牙塔》就去世了。

那个时期，没有一个美国文学作家比与詹姆斯同时期的威廉·狄恩·豪威尔斯作为文化机构的裁决人享受的职业声望更高。如果詹姆斯的事业代表了他那个时期美国现实主义的顶峰，那么豪威尔斯的事业就代表了那个时代美国现实主义的顶峰。豪威尔斯是当时审查批准文学作品的文化机构的重要人物，其中包括杂志、出版社、新闻以及广告代理机构。他也是一位重要的成名经纪人，帮助许多作家开创事业，其中包括马克·吐温、亨利·詹姆斯、布莱特·哈特、史蒂芬·克莱恩、弗兰克·诺里斯、保罗·劳伦斯·邓巴、萨拉·奥恩·朱伊特和亚伯拉罕·凯汉。他创作的一部作品表达了美国伟大的现实主义文学家对待婚姻和离婚的态度，这种态度以专业新闻行业的兴起为背景。小说的名字是《现代婚姻》（1882年，1881年至1882年在《世纪杂志》上连载），豪威尔斯认为这部小说是他一生中在文学方面取得的最高成就。

豪威尔斯无与伦比的职业作风一定程度上是由于卑微的出身要求他在追求文学声望的同时还要找到收入来源。豪威尔斯（1837—1920）出生在俄亥俄州的马丁斯费里，是玛丽·狄恩（Mary Dean）和威廉·库珀·豪威尔斯（William Cooper Howells）的儿子，他的父亲是一位理想主义的印刷商，矢志忠于斯维登堡神学主义和废奴运动，因此豪威尔斯在颠沛流离的童年受到了他们家居住的小城里人们的排挤。在比较富有的同龄人（凯瑟、詹姆斯和吐温）都在学校接受教育的年龄，豪威尔斯就开始做印刷工的工作，他是自学成才的。豪威尔斯对文学很感兴趣，特别是诗歌写作，他父亲的职业使他能够很早就有机会在当地报纸上发表文章。到1860年，豪威尔斯已经在新英格兰有声望的杂志《大西洋月刊》上发表了五首诗，并且能够到东部去见新英格兰文学家。豪威尔斯拜访了霍桑、爱默生和梭罗以及霍尔姆斯和朗费罗，并因与威尼斯的一位领事合写了亚伯拉罕·林肯的竞选传记而获奖。他和出生在一个受尊敬的新英格兰家庭的新婚妻子埃莉诺·米德（Elinor Mead）战后在波士顿定居，在那里他先是在《国家》杂志做编辑，然后在《大西洋月刊》做编辑。豪威尔斯很快就成了家里的顶梁柱，家庭的品位和习惯使他越来越依靠他可观的职业收入。但他对编辑工作带来的声望和权力的喜爱，并没有减轻他为了协调编辑工作的需要与他认真写作的愿望之间的矛盾而进行的痛苦挣扎。豪威尔斯作为编辑取得的杰出成就使他对那个时代的文学史产生了重大影响。他对新闻同样也很精通。他把第一部重要小说的主人公的职业定为记者就是受到他自己的经历的影响，他早期在俄亥俄州父亲的报社做印刷工，从事文学职业，后来又担任《辛辛那提公报》（Cincinatti Gazette）、《俄亥俄州刊》（Ohio State Journal）、《星期六新闻报》（The Saturday Press）和《波士顿广告报》（Boston Advertiser）的记者。

　　小说的创作受到了1875年在波士顿的一次演出《美狄亚》的启发。据一次采访称，豪威尔斯通过"印第安纳州一个离婚案件"看到了美狄亚对自以为是的贾森的锲而不舍的爱，"……小说就诞生了"。后来的几个夏天，在马萨诸塞州雪莉的一个农场上，男女主人以前也都离过婚，他们不停地争吵，更加深了豪威尔斯对这个题材的感觉。豪威尔斯以布莱特·哈特为原型来塑造贾森式的人物巴特利·哈伯德（Bartley Hubbard）。哈特是一位多才多艺的作家，在新闻以及其他方面也都很出色，他以外表英俊、爱喝酒、负债累累和玩弄女性而闻名。小说在连载之前，豪威尔斯在写给《斯克莱布纳》的信中把小说的中心主题描述为"一个离婚问题……我们都知道这个问题在美国人的生活中是一个很大的现实问题，但从来都没有被认真对待过"。豪威尔斯的主题被《世纪杂志》同时（1882年1月）刊登的华盛顿·格莱登（Washington Gladden）的文章《离婚率的增加》（"The Increase of Divorce"）强化了。豪威尔斯不太了解离婚的法律程序，因此他向专家咨询，还专程到印第安纳州（这个州有独特的自由离婚法）听取判决。印第安纳之行预示着中西部——新英格兰地区将成为他小说的轴心。《现代婚姻》反映了豪威尔斯对内战后美国东北部乡村生活的向往。

　　他在小说开头怀着敬畏的感情描写了缅因州阴冷、衰败的新英格兰公平镇。豪威尔斯认为缅因州即使在隆冬季节也是完美的。从前的精神紧张已经被宗教自由主义所取代：去一家一家教堂，把仪式、娱乐和总体的不安分结合起来。新英格兰的虔诚已经成了平凡而茫然的唯物主义者理想的"公平"。小城中迷人的年轻夫妇巴特利·哈伯德和马西娅·盖洛德（Marcia Gaylord）一直交谈到深夜，一种"其他文明几乎无法理解"的自由，包括所有后来决定他们婚姻和离婚的问题：迷信和信仰、嫉妒、抱负、乡村和城市生活。这对满怀激情的情侣在灰色背景的衬托下更加显眼。因为激情和信仰一样，只要是真实的，就与公平不相干。他们的激情实际上在结婚后逐渐变得不对等，马西娅全身心地爱着巴特利，而巴特利好像只在乎他自己。

豪威尔斯这部小说的典型特点是特别关注阶级差别，把19世纪后期的波士顿描写成按照明确的阶级界线划分的城市，豪威尔斯突出了把巴特利从最好的社会排除在外的波士顿上层阶层的势利行为。巴特利是一位最终靠自己的奋斗取得成功的人，他在道德模糊的新闻界发现了一种职业，他意识到这是一个天赐良机，准备夸大事实。他立刻抓住了人们对寻找公寓的兴趣，把他们的经历变成对重大社会问题的充满感情的描述：没有更严厉的法律法规，波士顿高得离谱的房价最终会使波士顿失去"这个城市未来繁荣的中流砥柱，即那些收入不高的已婚年轻人"。巴特利也证明自己对曝光富人的事情很在行。他把阿谀奉承和曝光完美地结合起来，他的良心缺失和机会主义使他成为天生的记者。

豪威尔斯的《现代婚姻》指定了一种超越地区和阶级的类型，针对现代价值观念和信仰日益混乱的状态。巴特利认为报纸充其量只需要反映各个地方的不同兴趣和阶层，正是这种根本的实用主义观点导致他抛妻弃子，以至于最后灭亡。对马西娅由父亲和女儿陪伴着前往印第安纳州面对离婚诉讼的旅行的描写被看做是现实主义的杰作。小说的结尾，离婚被认可为一种合法选择，尽管其社会影响受到了谴责。宗教被当做一种解释性系统，同时证明对个人是一种安慰。爱，马西娅对巴特利的爱、对她父亲的爱以及本·哈勒克（Ben Hallek）对她的爱，是一种超出了道德范畴的冲动。对话中的最后几句话——"啊，我不知道，我不知道"——表明了《塞拉斯·拉帕姆的发迹》和《新财富的危害》（1890）的结尾所显示的长期以来模棱两可的态度，它们证明豪威尔斯在最好的作品中喜欢不对道德问题下结论。

薇拉·凯瑟和威廉·狄恩·豪威尔斯一样在杂志界做了很长时间的文学学徒。凯瑟比豪威尔斯小36岁，她在开始创业时要面对更加商业化和更加复杂的杂志行业，她加入了在文学内容上比豪威尔斯的《大西洋月刊》和《国家》更加多样化的杂志。作为《麦克卢尔》的编辑，凯瑟开始熟悉文学业务，获得了新闻杂志方面的经验，但她同时也涉足了她可能从来没有想象过的分析领域。在此期间，她参与合著了《玛丽·贝克·G. 埃迪的生活及基督教科学史》以及 S. S. 麦克卢尔的自传。她也发表了她的第一部小说《啊，拓荒者!》（*O Pioneers!*），她努力使她了解的地区经得起艺术的检验。"每个人都知道内布拉斯加州作为文学背景是很落魄的，"她写道，"它的名字就使追求优美协调的批评家因难为情而不寒而栗，堪萨斯州几乎与内布拉斯加一样没有前途。"小说在1913年《纽约时报书评》(*New York Times Book Review*) 列出的100本最佳图书名单中占有一席之地，这表明凯瑟曾努力使内布拉斯加州成为文学作品关注的有活力的甚至可能是别具一格的目标。

凯瑟（1873—1947）出生在弗吉尼亚州一个祖先可以追溯到大革命时期的美国家庭中。她的父亲是一位律师，先靠放羊，后来靠卖牲口、农用设备和房地产为生。凯瑟4岁时，她家移居到靠近她叔叔婶婶兴旺的农场旁边的内布拉斯加州韦伯斯特县（Webster）。凯瑟与来自斯堪的纳维亚、俄罗斯、德国、法国和波黑的移民很熟悉，他们主要居住在内布拉斯加州，她也听了许多农村拓荒妇女讲的故事。她在10岁时遇到了一位名叫威廉·杜克（William Duker）的零售店店主，他开始教这个有雄心壮志的小女孩学习希腊语和拉丁语。凯瑟还定期到新开的红云歌剧院（Red Cloud Opera House）演出。她参加了当地的戏剧创作，但她对科学也感兴趣，在高中毕业典礼上她发表演讲，为自由科学调查进行辩护。1891年，凯瑟进入内布拉斯加大学，马上就在文学方面崭露头角。她作为新生在《内布拉斯加州刊》（*Nebraska State Journal*）上发表了一篇关于卡莱尔的文章，她还定期为杂志写小说、诗歌和文章。她为林肯的《信使》（*Courier*）担任助理编辑，为该报关于女性小说家的专栏撰稿，1896年，她成为《家庭月刊》（*Home Monthly*）的编辑，这是一本专门与《妇女家庭杂志》竞争的刊物。凯瑟对其他作家的看法大胆而坦率。马克·吐温既不是"读者，也不是思想家，更不是热爱艺术的人"，而"是一位聪明的美国佬，他已从写作中得到了'好处'"。她认为威廉·狄恩·豪威尔斯的作品"激情、文学或其他内容都不是（他的）强项"。但弗兰克·诺里斯的《麦克提格》是一本"伟大的书"，她认为亨利·詹姆斯"高明的散文"像"莫扎特的音乐一样正确、经典、平静和微妙"。

世纪交替之际的内布拉斯加州没有一个印第安人是薇拉·凯瑟描写的多元文化"拓荒者"，只提到了一次印第安居民，当爱着小说中女主人公亚力山德拉·伯格森（Alexandra Bergson）的画家卡尔·林斯特姆（Carl Linstrum）宣布他要去阿拉斯加时，她怀疑他是要去画那里的风景。在"多风的内布拉斯加高地"，凯瑟笔下的挪威、德国、法国、波黑和墨西哥的移民与富饶的土地作斗争，不再有人想把从辛苦劳作的农民上升为有钱的地主的过程变得复杂。《啊，拓荒者！》综合了凯瑟在她宏伟事业的头10年培养的许多兴趣，在此期间她曾经当过作家、评论员、编辑，经常看歌剧，并且还是试验同性恋和性别杂交的女权主义者。凯瑟，她的家人总是称她为"威莉（Willie）"，在青少年时期就剪平头，穿男孩子的衣服，把她的名字签成威廉·凯瑟总经理（William Cather, M.D.）。凯瑟对艺术和新闻的追求使她成为可以与女性建立性关系的先锋派作家。《啊,拓荒者!》的女主人公亚力山德拉·伯格森是一位不同寻常的人物,对家庭行使权力,反对传统的恋爱和婚姻,她非常独立。亚力山德拉的父亲在临死之前把掌管家庭农场的权力交给了她,因为她是家中年龄最大也是后代中最能干的(虽然其他孩子都是男性),也因为只有她继承了他对土地近乎神圣的热爱。父亲的死对家庭的财产来说是一种恩惠,因为亚力山德拉是一位优秀的管理者和创新者,农场因此也被变成了一项财产。

16年后,内布拉斯加州是一派进步的景象,到处都布满了电话线和星罗棋布的肥沃农田。在亚力山德拉现在的生活中,重要的人是她最小的弟弟埃米尔(Emil),她把他抚养大,并且认为他可以做比经营农场还要伟大的事情。在小说的开头带有不祥的预兆,埃米尔在埋葬父母的挪威人墓地大门前割草。他是内布拉斯加大学的一名学生,英俊、身体健壮,作为边界地区最富有的农场主之一亚力山德拉·伯格森的弟弟,他的前途一片光明。亚力山德拉周围的农民都辛勤工作、去教堂做礼拜、结婚生子,享受各种各样的社会活动,有时梦想一下自己的祖国,但大多数情况下他们都在这片土地上尽情享受。他们与大自然之间的和谐同他们自己与各个种族之间的和谐一样明显,因为在那个地区各种居民之间没有文化纠纷,即使是他们已经注意到各种文化之间的差异,他们似乎也很高兴,这暗示着肥沃的土地保证了人们之间的和谐。虽然有这些好运气,小说还是以悲剧结尾。之所以是悲剧,其中一部分原因是小说女主人公的悲剧性性格缺陷:她缺乏体会人类激情复杂性的想象力。她对土地有深厚的感情,对埃米尔充满了母爱,但她不懂浪漫,未察觉到埃米尔和鲁莽的玛丽亚·沙巴塔(Maria Shabata)之间发展起来的最终危及生命的爱情。亚力山德拉的一个充满激情的画面是她时不时会陷入一种对土地的幻想,一位古铜色面孔(印第安人?)的勇士带着她穿过成熟的玉米地。但埃米尔对玛丽亚保持着一种不太抽象的热情,玛丽亚是他从小就喜欢的波黑美人,她一时冲动嫁给了一位她现在讨厌的巫师。在埃米尔离开的前一天晚上,他们的爱发展成了寂寞而短暂的通奸,导致他们被玛丽亚的丈夫出于报复而杀害。在小说的结尾,亚力山德拉与卡尔结了婚,确保这场空想的爱情不具有破坏性。凯瑟暗示亚力山德拉后来年纪大时可能会理解她以前拒绝的肉体的快感。小说结尾描写的一位温和而具有艺术气息、显然在世纪交替之际在美国的企业和资本世界中没有取得成功的男人与一位意志坚强、精力和智慧大大超过西部人并且挣到了耕地财产女人的结合是不符合传统的。亚力山德拉好像不可能在40岁之后组成家庭。小说结尾呼吁"这个幸运的国家将来有一天把像亚力山德拉这样的人放在怀抱里"。这表明女主人公的热情只是为了土地。

在 1915 年《云雀之歌》(*The Song of the Lark*) 出版 17 年后薇拉·凯瑟给这本书补写的序言中，她强调她在书中主要讲述了一位歌剧演唱家通过"一丁点的机会""使她摆脱平凡"而取得成功的故事。书的其他部分详细讲述了这个女孩随着她的艺术自我超过她自身而逐渐丧失人性，凯瑟坦言这部分内容本该留给读者去猜测。一位艺术家一旦得到命运之神的青睐，别人可以理解的自我就相对消失了。《云雀之歌》的中心主题是对歌剧演唱家的着迷，特别是对理查德·瓦格纳（Richard Wagner）的音乐的着迷，对凯瑟来说，这种着迷可以追溯到她在《匹兹堡每日社论报》(*Pittsburgh Daily Leader*) 工作期间担任艺术评论员和新闻记者的时候，凯瑟发现自己在世纪交替之际对富有的匹兹堡法官的女儿伊莎贝尔·麦克朗格（Isabelle McClung）产生了同性恋。这一件事贯穿她的一生，使她对因在歌剧中创作女性角色闻名的瓦格纳心生好感。

《云雀之歌》描写了一位瑞典裔美国歌剧演唱家西娅·克龙伯格（Thea Kronburg）的成功历程。她出生在科罗拉多州的一个凯瑟称之为月亮石（Moonstone）的小镇。西娅在童年时就受到很多成年男子的爱慕。在家里，母亲是最同情西娅的艺术需求的人，但由于负担太重并且本身太平凡而不能欣赏她。西娅父亲和兄弟姐妹的反应先是漠不关心，后来是嫉妒。凯瑟笔下的艺术家都是自我创业、自学成才、自我激励和自我永存。西娅在纽约达到成功的顶峰时，她想起了第一次出发去寻找好运时的情景："我带了生活必需品，那是我现在所取得的成就的基础。"瓦格纳对她艺术天分的认可非常重要，对她来说，色情的和脱俗的音乐是"生活的唯一理由"。音乐体验在宗教和感官方面都是可以使人改变和令人陶醉的，这种狂喜的艺术力量是不分男女的。瓦格纳通过强调自制和淫荡以及他唤醒理想主义和激情的能力呼吁两性之爱或同性恋唯美主义者的产生。凯瑟的小说受到了著名女歌唱家以及像 H. L. 门肯（H. L. Mencken）这样的文化经纪人的欢迎，他们认为凯瑟是"来自卑微阶层得到了青睐的美国小说家"。

与凯瑟同时代的西奥多·德莱塞同样也试图把他的小说与中西部和西部人的豪爽精神结合起来，同时也扩大了美国文学文化权威人物可以接受的界限。德莱塞尽量用他认为属于现实主义文学的词语描写人类的肉欲，这样他一生都与审查官有矛盾。像凯瑟笔下的人物一样，德莱塞笔下的人物也都模仿作者的生活，设法解决他们成长的农村与实现了他们愿望（有时遭受挫折）的城市之间的利害冲突，小说中的人物不可避免地放弃了传统的道德观念。德莱塞曾经忍受过比其他美国著名作家更贫穷的生活，像他那一代的很多人一样，他进入杂志界谋求小说事业的发展。《"天才"》（1915）是德莱塞最具

○渐进的多元文化：文化、经济和小说（1860—1920年）

自传性的小说，记录了他努力把成功杂志的艺术价值和商业目的协调起来的艰苦历程，他既要实现现代主义的美学目标，又要避免别人指责他的小说下流。1911年，德莱塞开始写小说时经济很困难，当时他由于与一位助理编辑18岁的女儿之间的通奸关系被巴特里克出版社开除，失去了主编这份薪水很高的工作。德莱塞把当时的情况写进了小说《"天才"》，解释了为什么朋友们和编辑都反对他正在创作中的作品。因此，他把注意力转移到关于商人查尔斯·T. 耶基斯（Charles T. Yerkes）的生活三部曲上，1912年出版了《金融家》（The Financier），1914年出版了《巨人》（The Titan）。但德莱塞仍然对《"天才"》很有信心，后来多次进行修改，其中包括把主人公的职业从现实主义作家改为阿什坎学校的油漆工。文学历史学家斯图亚特·谢尔曼（Stuart Sherman）的《西奥多·德莱塞粗俗的自然主义》（"The Barbaric Naturalism of Theodore Dreiser"）就是对1915年出版的小说做出反应的例证。谢尔曼的评论发表在《国家》杂志上，用战前仇视外国人的语言暗示德莱塞描写的人物的"兽性行为"都来源于作者的德国背景。虽然谢尔曼这样的评论并没有对小说的销量产生不良影响，甚至还起到了促进作用，但西部防卖淫学会（Western Society for the Prevention of Vice）的指责在全国同类学会中产生了连锁反应，成功地阻止了这部作品的出版。1923年此书重新出版时，德莱塞采取攻势，在重新写的序言中质疑是否要以牺牲喜欢"这种艺术刺激方式"的"几千名普普通通有责任心的人们"的利益为代价来保护"年轻人的道德观念"。H. L. 门肯起草了一份反对审查官的请愿书，得到了一些名人的签名支持，包括爱德华·阿灵顿·罗宾逊、阿米·洛威尔、罗伯特·弗罗斯特、埃兹拉·庞德（Ezra Pound）、薇拉·凯瑟和维尔金斯·弗里曼（威廉·狄恩·豪威尔斯以不知道《"天才"》这本书为理由没有签名）。但是，出版商以拒绝额外印刷为理由扣押了小说。德莱塞越来越痛恨他认为阻止了"独创思想"、严格把其他社会集团的人排除在外的文化制度。德莱塞作为贫穷移民儿子的边缘性的感觉，使他倾向于19世纪二三十年代许多美国作家效忠的社会主义和共产主义。

德莱塞（1871—1945）出生在印第安纳州的特雷霍特市，父亲约翰·保罗·德莱塞是德国马延当地人，母亲萨拉·斯卡纳布（Sarah Schanab）是一位成功的摩拉维亚孟诺派农民教徒的女儿。德莱塞的父亲是一位有远大抱负的织布工：受雇于一家羊毛厂，成为生产经理，然后买了自己的工厂。当工厂被烧毁时，他努力重新修建，结果受了伤，再也没有完全恢复。德莱塞出生时，约翰·保罗·德莱塞50岁，通过正统的宗教信仰来排解他的失望。由于给孩子们灌输惩罚性的天主教教义，当孩子们一个一个经济独立后，他反而受到蔑视。尽管德莱塞比其他兄弟姐妹更同情父亲的尴尬处境，但求知欲强的德莱塞很憎恶他被迫去上的天主教学校的狭隘。他喜欢多愁善感、宽容的母亲，她是总是挨饿并且不断背井离乡的八个孩子的感情支柱。德莱塞在 13 岁进入了印第安纳州华沙市的一所公立学校，这拯救了他。在那里，他的智力和文学感受力得到了认可，他受到鼓励而努力学习化学、物理和历史并掌握了德语，这样他就能阅读歌德和海涅的作品。

1886 年，当德莱塞独自一人前往芝加哥挣钱时，他只有 15 岁，他在 14 年后描述一个女孩的样子时（《嘉莉妹妹》）再现了当时的情景。像他后来的主人公一样，德莱塞从一份低薪工作换到另一份工作（刷盘子、餐厅侍者助手、店员），但同时还可以上公立学校。他在那里做得非常好，结果吸引了高中校长的注意力，她（自己出钱）设法把他作为特殊学生送入了布鲁明顿的印第安纳大学。他没有受过完整的课程教育，并且还因为他是贫穷的外来者而感到沮丧，但那个时期促进了他对知识生活的热爱。他的第一份工作是做记者，报道 1892 年民主党的全国提名大会，这使他在《芝加哥环球报》（*Chicago Globe*）谋了一个职位。一篇受到好评的关于芝加哥贫民窟的文章使他进入了《圣路易斯环球民主党报》（*St. Louis Globe-Democrat*），在那里他采访了阿瑟·斯坦利（Arthur Stanley）、约翰·L. 苏利文（John L Sullivan）和安妮·贝赞特（Annie Besant）这些名人。

赫伯特·斯宾塞（Herbert Spencer）的作品和大哥保罗·德莱塞（Paul Dresser）的鼓励给予德莱塞重大的影响，保罗是纽约一位成功的歌曲作家。对德莱塞来说，斯宾塞的进化法则以及他的人性机械论观点把他从天主教中彻底解放出来。同时，他努力把自己亲身经历的贫穷与斯宾塞"适者生存"的观点协调起来，这种观点被当时的社会达尔文论者广泛使用，对穷人不利。事实上，当德莱塞到纽约去找哥哥时，那里给他印象最深的是穷人与富人之间的巨大鸿沟。1895 年夏天，德莱塞努力适应环境，为《世界》（*World*）杂志报道警察法庭，与《嘉莉妹妹》中著名的纽约鲍厄里大街上那些穷困潦倒的人亲密接触。他后来成了一本名为《每月》（*Ev'ry Month*）的杂志的编辑，在那里他描述斯宾塞的理论、纽约市的贪污受贿以及压榨劳工的工厂的恐怖。到 1899 年，德莱塞作为记者和编辑已经具有写出第一本书《美国名人录》（*Who's Who in America*）的资格。

但是，德莱塞与图书编辑的关系从一开始就不顺利。双日出版社（Doubleday）在接受了他的第一本小说《嘉莉妹妹》（1900）后不久就禁止出版这部小说，但为了履行这份不能违反的合同，出版社只印刷了 1000 册而未作任何广告。这件事致使德莱塞在三年内情绪变化无常，害怕写作。杂志促使他在精神崩溃六年后重新从事文学事业,当时他为女性编辑了一本受欢迎的杂志,这段经历被写进《"天才"》一书中而名垂千古。这本书描写了尤金·维特勒(Eugene Witla)在他精神崩溃后取得成功的故事,他先是在《纽约世界》(New York World)杂志的广告部工作,然后在杂志广告方面取得了成功,这个故事是展示这个新兴产业的宝贵窗口。这部小说很具有自传性质,描写了尤金在神经衰弱后做日间工人的经历。尤金虽然同一位热心、平和、年龄比他大一点儿的女人结了婚,但他感到跟那个女人越来越疏远。他喜欢年轻女性并且与她们关系混乱,后来发展成为一位现实主义画家。尤金一开始在萨默菲尔德(Summerfield)广告代理公司策划美国晶糖提炼公司的促销活动,该公司想销售袋装的绵糖、砂糖和方糖。尤金的老板萨默菲尔德对他说:"问题是我们可以在最小的可利用空间内放入多少新奇、简单而有震撼力的内容。"尤金得到了有关复杂的人类心理方面的指导,但他仍然是艺术家和科学家。他从萨默菲尔德广告代理公司跳到费城的加尔文出版公司,这家公司是一家更有特色、更有钱的公司,由奥巴代亚·凯尔文(Obadiah Kalvin)经营,他是一位虔诚的基督教徒,吸引保守的顾客。联合杂志公司提出让他主管他们的图书业务,同时监管七种杂志的艺术、内容编辑和发行,这给他提供了大好机会。

尤金在联合杂志公司开始了鼎盛时期,但他缺乏在那里生存所需的冷漠无情。他没有认识到在杂志业务中经济利益的必要性,对下属管理不善,只是激励他们工作,却不给他们增加稿酬。德莱塞强调尤金对权力和物质享受比较淡漠,因此他为了年轻女人可以不惜一切代价。《"天才"》第三部的题目是"反抗",暗示着对成功神话的否认。尤金在与他情人有钱的母亲发生激烈冲突后与情人长期分开,他对长期受苦的妻子的死深感内疚,当他濒临再次精神崩溃时,因受到姐姐的劝诱而不情愿地转向基督教科学,他姐姐自从癌症"奇迹般地治愈"后就成了基督教科学的追随者。德莱塞花费了很多篇幅来描写宗教——上帝的旨意是根本,反对现实的邪恶,痛苦的想法是人类的弱点——同时也描述男主人公逐渐皈依的过程。他对待宗教的态度是恭敬和谦卑的。虽然琼斯太太住在宽大、设施齐备的公寓内,有一位电梯工和佣人,但她周围的一切,从她不漂亮的外貌到毫无品位和平庸的穿衣打扮以及家具的摆设,都是为了对虚荣心和利己主义轻描淡写。正是该哲学和其追随者的朴素、简单甚至平庸最终治愈了现代社会复杂的物质困境。

德莱塞选择以探索基督教科学的终极目标而不是制度形式来结束"艺术家的画像",反映了主要小说家对那个时代价值观念普遍的矛盾态度。没有一位小说家可以忽略写作本身在当时已经成为一项严肃的商业活动所达到的程度，其中一些人（特别是吐温、伦敦和沃顿）都想办法使个人的商业化利益最大化。但所有人面对这些情况都缺乏信心。这种不满有时通过政治议程来表达，有时通过不同种类逃避现实的艺术形式来表达。豪威尔斯、伦敦和德莱塞积极从事激进的政治活动。托尔斯泰的《那么我们该怎么办》（*What To Do?*）对豪威尔斯产生的影响像爱德华·贝拉米的乌托邦民族主义对他产生的影响一样强烈。他忠于基督教科学，谴责"少数人获得财富，他们好逸恶劳却骄奢淫逸地把财富挥霍掉，而大多数人过度工作却食不果腹"的制度。德莱塞是一个很坚定的个人主义者，因此没有被共产主义制度所拉拢（1928年他为写《德莱塞看俄罗斯》［*Dreiser Look At Russia*］而亲眼目睹了共产主义制度），他只不过被一种旨在根除他童年遭受的贫穷的社会深深吸引。杰克·伦敦在整个事业生涯中都是积极的社会主义者，他在去世前退出了该党，因为他相信不久就"不再有顺利发展的社会主义状态"。凯瑟对西部丰富的多元文化传统非常崇拜——印第安人、波黑人、德国人、捷克人和挪威人。伊迪丝·沃顿和亨利·詹姆斯用一生中的大部分时间完成了阶层的选择以及在欧洲和英国的旅行和流放。他们远离与他们的作品、职业经历和个人生活紧密不可分割的商业风气，证明了这些作家的模范作用。正是这一点使得他们的文学作品成了那个时代极为珍贵的宝库。

7 工作多样性

工作性质在 19 世纪下半叶发生了变化，所有先进资本主义国家都经历了工厂系统增多、机器生产量提高、工薪人员数量增多、劳动细化的阶段。而工业化在美国的开始，是以 1820 年在马萨诸塞州的洛厄尔建立第一个工厂城为标志的。从 1850 年至 1900 年，各行各业急剧扩张，从机车、收割机和温切斯特连发式步枪到纺织业、雪茄烟业和玻璃制造业。自 1860 年到 1920 年之间，加工产品的数量增加了 14 倍。在内战之后的时期，迎来了劳动力史学家大卫·蒙哥马利（David Montgomery）所称的"生产力崇拜"，其特点是专业管理阶层强行提高生产率，增多科学管理方法。虽然 19 世纪后期的工人完全习惯了一种工业时代感（这是一种整体的文化转变，其标志是美国马萨诸塞州沃尔瑟姆手表公司大批量生产的怀表），他们也清楚自己作为一个谨慎的集体对生产过程的控制力。正如一位效率顾问观察到的那样，每一个工厂都有"一种方式，一种工作习惯，新来的工人都要遵循这种方式，因为不遵守是不体面的"。雇主同样也很固执：1885 年，麦考密克收割机厂的管理人员与联合起来的铸铁工人之间发生了冲突，最后把他们全部开除。另外，工人阶级利益的和谐一致受到美国环境特有的限制。艾拉·卡兹纳尔逊（Ira Katznelson）认为："需要解释的不是美国政治中阶层的缺失，而是阶层对工作范围的限制。"他认为美国的工人与欧洲或英国的工人不同，他们把工作中的自己看成工人，而把家中的自己看成不同的种族，同一阶层的人在工作场所非常团结，但在其他地方，种族和区域身份则占主导地位，有可能决定政治策略和行为的结构。工人阶级的意识划分减少了福利待遇——失业保险、医疗保险、养老金——在美国实行的可能性，这些福利待遇在其他先进的工业国家是社会制度不可或缺的一部分。

虽然美国的普通工人不像其他西方国家的同行们那么能忍受工业化的辛苦,但他们也不像他们的祖先那样相信辛苦工作与经济回报之间的假定关系。19 世纪 70、80 和 90 年代连续发生的大萧条以及生产资料丰富和财富过剩时仍存在的大量贫穷现象(1901 年美国劳动局的一项调查报告表明 20%—30% 的工薪人员的收入处于贫困水平)进一步加强了他们的怀疑。早在 1877 年,一位经济分析家就先后注意到了西部扩张的衰落以及企业成功必需的资本储备,他预测社会流动的消失是一种理想的构思:"生来就是劳动者,受雇于别人而工作。"他得出结论,典型的美国人会以这种方式消亡。工人阶级困难的生活以及他们认识到这种生活可能永远存在,就产生了内战后代表工人合作组织进行的改革运动,运动的章程号召工人参与制订政策、分享利润,努力恢复普通工人的价值和尊严,吸引了劳工骑士(Knight of Labor)的领导人特伦斯·鲍德利(Terence Powderly)和《国家》杂志的编辑 E. L. 格德肯(E. L. Godkin)这些似乎不太可能参加的人加入。格德肯在合作运动中的作用代表了中产和上层阶级中许多人对威胁到传统自由理想的资本主义工业增长的保留态度。威尔·米切尔的《疲劳和眼泪或过度劳累的提示》(*Wear and Tear*; *or Hints for the Overworked*,1871)和乔治·M. 比尔德(George M. Beard)的《美国人的焦虑》(*American Nervousness*,1881)描述了技术和经济发展要求的快节奏生活方式,同时也对美国人的身体所付出的代价感到惋惜。

同时期把工作作为主要关注对象的小说、社会改革专著和回忆录的作品对这些变化进行了详细预测或证明。厄普顿·辛克莱尔的《屠场》(*The Jungle*,1906)、玛丽·维尔金斯·弗里曼的《工人的命运》(*The Portion of Labor*,1901)和西奥多·德莱塞的《珍妮姑娘》(*Jennie Gerhardt*,1911)分别描写了书中人物在肉类加工业、制鞋业和玻璃制造业谋生的奋斗经历。W. E. B. 杜波伊斯的《费城黑人》(1899)、约翰·斯巴戈(John Spargo)的《孩子们的痛苦呼喊》(*The Bitter Cry of Children*,1906)和夏洛特·帕金斯·吉尔曼的《女性与经济学》(1898)探索了世纪交替之际在新工业秩序中成为工人的黑人、儿童和女性的特殊命运。布克·T. 华盛顿的《从奴隶制中奋起》(1901)和玛丽·安婷的《福佑之地》(1912)证明了"工作道德"在实践和理论中的持续性,而此时人们普遍认为"工作道德"正在消失。因为这些作家都很深切地了解这个时期他们自己的文学职业发生的变化,并且他们中的一些人来自工人阶级或者在开创事业的同时要为了养家糊口而努力奋斗,还因为他们中的许多人在社会上的地位(如女性和少数民族)使他们能够理解特殊群体进入可以得到公平补偿的工人队伍对他们的生存机会会产生怎样

◦渐进的多元文化：文化、经济和小说（1860—1920 年）

的影响，所以他们阐述了关于来自不同阶层和文化背景的人们的工作经历的不同看法和观点。下面的内容将讨论这些作家以及支持劳动改革和财富再分配的亨利·乔治、雅格布·里斯和塞缪尔·龚帕斯（Samuel Gompers）等人的作品，这些人堪称内战和第一次世界大战之间见证工作变化的典范。

工厂工作/计件工作

在《屠场》的结尾（1905 年 2 月至 11 月连载在社会主义杂志《呼吁理性》[Appeal to Reason] 上），厄普敦·辛克莱尔穿插了一段街头演说来抨击社会达尔文主义和资本主义企业联合会，并与专门报道丑闻的记者亨利·德马雷斯特·劳埃德（Henry Demarest Lloyd）一起宣布这是他们共同的事业。《屠场》在发表后几个星期内就在全世界成了畅销书，该书之所以受到欢迎，一方面是因为人们对揭发丑闻很感兴趣，还因为辛克莱尔的主题存在普遍性：美国肉类加工业危害健康的做法与每个吃香肠的人息息相关。同样具有吸引力的是，辛克莱尔揭示了不同种类的腐败现象之间的关系，从城市的贪污受贿和公司的违法行为到房地产的欺诈和操纵，这些都发生在贫穷、目不识丁的移民的家里和工作中。小说在一个高度仪式化的立陶宛人的婚礼气氛中开始：辛克莱尔向《呼吁理性》的编辑解释说，他努力烘托"一种环境和气氛"，这个场面表达了这些移民虽然贫穷但却不愿意放弃"ueselija"或"盛大宴会"的辛酸，这是"（每个人）的一生中他能够挣脱锁链、展翅飞翔、拥抱太阳"的时刻。《屠场》是关于一位立陶宛农民杰格斯·鲁德克斯（Jurgus Rudkus）急于在芝加哥的牲畜饲养场发迹的故事。杰格斯在小说的开头与欧娜·鲁克斯塞特（Ona Lukoszaite）结了婚，他和一个有 12 口人的大家庭挤在两间狭窄的房子里。为了追求他们的美国梦，他们按照欺诈性条款购买了一套房子，为了支付房款，家里所有人，从年迈的安塔纳斯·鲁德克斯（Antanas Rudkus）到弱小的孩子斯坦尼斯洛瓦斯（Stanislovas），从清晨到黄昏都像奴隶一样在帕金镇干活。欧娜生了一个孩子，但她必须在身体恢复之前回到工厂上班，因此她的身体就彻底垮掉了，杰格斯在工作中受了伤，小说的其余部分描写了他们的悲惨损失——陷入了一种绝望的循环中，从事越来越卑贱的劳动，失业，欧娜和他们的儿子死去，杰格斯转而求助于社会主义。在整部小说中，辛克莱尔详细描述了帕金镇和令人作呕的生产过程联合起来的斗争历程。

辛克莱尔的观点是对资本主义企业的高度概括。这个行业的各个方面都被科学地构想和管理着：从无处不在宣传产品奇妙之处的广告到对遍布帕金镇大街小巷的乞丐的管制，他们中有一部分人是肉联厂可怜的受伤人员，其他的人则有舒适的家，在利用腐败的制度赚钱的银行中有存款。辛克莱尔的描写重点是把屠宰场的猪与在那里上班的移民进行对比。一种残忍的功能论占支配地位：猪本身提供了使它们爬上斜槽的能量。大量的有生命的动物被送往死亡，死亡首先是最省事的，对任何痛苦或喧嚣都无动于衷，除了猪尖厉的叫声，对猪身上的每一部分都可以利用。

> 那是用机器加工猪肉，利用应用数学的原理加工猪肉。但最平凡的人也不能以某种方式帮助猪进行思考。他们非常天真无邪，因此他们来时都深信不疑；他们抗议时非常人性——他们完全在自身合法权利允许的范围内进行抗议！他们没有做任何应该受到这种惩罚的事情。在伤害的基础上又增添了侮辱，就像这里所做的事情，以这种残忍而无情的方式把他们悬挂起来，没有假惺惺的歉意，也没有尊崇的眼泪……一个人如果不变得精通哲学，没有用符号和明喻开始经营，没有开始倾听宇宙中的猪叫的话，那么他是不能忍受，不能长时间观看的。可以相信在地球上或地球之外并没有猪必须忍受这些痛苦的天堂吗？这些猪中的每一头猪都是独立的动物，有的是白猪，有的是黑猪；有的是褐色的猪，有的是斑点猪；有的是年龄大的猪，有的是年龄小的猪；有的是长而瘦的猪，有的是庞然大物。每头猪都有自己的个性、自己的意愿、希望和内心的渴望；每头猪都充满了自信、自重和自尊……现在人们是否要相信根本就没有猪的上帝，对这个上帝来说猪的人格是宝贵的、猪的号叫和痛苦是有意义的呢？谁会把这头猪抱在怀里安慰，因为出色的工作而奖励他，告诉他牺牲的意义呢？

这段话由于其神人同形论而引人入胜，批判了旨在使动物客体化这样人类就可以吃动物的科学技术。辛克莱尔用感伤的文体反对资本主义制度，认为资本主义制度不仅对生命体进行剥削，而且令生命丧失了尊严。杰格斯回忆，在立陶宛森林中给猪开膛的情景与利用组装生产线杀猪的方式形成了鲜明对比。肉类加工学在理论上是合理和功利主义的，但在实践中看起来好像是残忍的折磨。这里的一种"含义"是：无限制的资本主义对"清白无辜的"动物来说是一场噩梦。在这里没有一种动物比杰格斯更"正直"，他很快就像那些"悬挂"的猪一样腿受了伤。在辛克莱尔的描写中，人与动物令人不安的相似度说明了作者努力加大有关"符号和明喻"的残杀距离。人类与动物最明显的区别是人类可以使用语言；掌握了语言这种工具，人类将充满乐观地、永远也不会发现自己如此残忍的虐待。动物是人类首先使用的符号的来源，这一事实在伤害动物的基础上又加入了讽刺。因此，讽刺在导致了人与动物之间不可逆转的区别的原始交流行为中扮演了一个根本角色。

但小说中最巧妙的细节是它提到"权利"。在什么情况下猪可以被认为拥有权利呢？小说与哈丽叶特·比彻·斯托的《汤姆叔叔的小屋》的关联性——辛克莱尔认为他的小说与之"完全相同"——是非常清楚的。辛克莱尔的猪/工人使人想起斯托笔下的奴隶，他们的进步依靠他们受苦的能力。根据斯托和辛克莱尔的观点，一种能受苦的动物是一种能够赋予"权利"的动物。1789年，杰里米·本瑟姆（Jeremy Bentham）就提出来，像遭受痛苦的奴隶一样，遭受痛苦的动物的权利终有一天会得到认可。在回应法国殖民地为解放黑人奴隶所作出的决定时，本瑟姆预测道："其他动物要求那些权利的日子可能就要到来了。"这些权利将被判决，不是根据"他们能推理吗？也不是根据他们能讲话吗？而是根据他们能受苦吗？"辛克莱尔代表了他受苦受难的猪兄弟们，以斯托的方式，组织了一个能够感同身受的社团。同时，他倡导一种普遍的人类（和动物）生存的观点，注意到不同的猪个体的独立性和独到之处。他描写了猪王国中更高的秩序，由猪神掌管，猪神的职责是补偿猪在生活中得不到承认的尊严。辛克莱尔坚持认为猪具有人的特性，这就强化了小说提出的主张：在容忍可以如此对待无助的动物的社会制度下，没有一个脆弱的人是安全的。

辛克莱尔把小说中无助者的范围扩展到美国的消费者——年轻人、老年人、穷人、富人、印第安人和移民，使《屠场》在文学界引起了轰动。辛克莱尔的消费者团体包括受苦受难的移民。他的小说最终成为一部改革作品而不是社会激进主义作品，其标志是从始至终辛克莱尔都把他们描写成吃肉的人。他们遭受的痛苦与工厂里的动物遭受的痛苦类似，但他们并不是动物的"亲戚"。小说从开始到结尾，故事中的人物一直在享用香肠。可以这么说，当小斯坦尼斯洛瓦斯整个晚上被锁在工厂里睡觉并被老鼠啃噬时，是动物们进行了报复。鉴于小说中的人物都吃肉以及对帕金镇令人作呕的生产过程的持续描写，只有一个人物——伊丽莎白可怜的不健全的孩子——因吃腐肉死去，这真是不可思议。但小说中有足够多神秘的死亡事件使读者相信帕金镇致命的危害不仅仅局限于一个地方或一个种类。《屠场》在消费者中引起的恐惧使小说马上产生了影响。在小说出版后不久，西奥多·罗斯福总统给辛克莱尔写信，承诺对小说中描写的弊病进行调查。罗斯福补充说，辛克莱尔的社会主义是"可怜的"，实行社会主义会在道德和身体上（由饥饿和流行病造成的死亡）毁灭社会主义千方百计想拯救的阶层。劳工委员会的报告证实了辛

7 工作多样性

克莱尔谴责的所有事情，结果马上通过了在国会已经积压了多年的《清洁食品、药品和肉类检查法案》(Pure Food and Drug and the Meat Inspection Acts)。

辛克莱尔的小说带来的影响可能没有他期望的那么大。小说促进了一场长期的改革，但没有带来一场社会主义革命。辛克莱尔本人对他自己在种族和文化方面构想的局限性负全部责任。同他对动物和人类的划分一样，辛克莱尔把黑人工人——工厂老板为了阻止工会的罢工从南方找来的黑人工人——描写成低于人类的"人兽"。他们与工厂的动物更相似，而不是白人工人，他们的到来威胁到了白人工人的工作。实际上他们增加了国际食品供应中的污染物。显然对辛克莱尔来说，把黑人奴隶和立陶宛的"带薪奴隶"进行对比是一回事，而主张与黑人工人阶级团结一致是另一回事。与他描写的被吃掉的猪和吃猪的移民之间的区别一样，厄普顿·辛克莱尔认为在工作场所必须严格区分外人与亲戚。

《屠场》中最有意义的见解之一也是最不明显的见解之一是：即使在最无法忍受的条件下获得工人之间的团结也是非常困难的。正如小说表明的那样，工厂老板和管理人员很容易在种族和文化差异的基础上制造矛盾和挑拨离间。在拥有大量外国移民和黑人季节工人的芝加哥和纽约，广阔的城市工业环境淹没了工人之间最根本的阶层相似性以及共同的机会、生活和报酬。小说以小城市小城镇的工厂生活为中心，描写了一些更加相似的工人们，向我们提供了该时期美国各阶层的显著特点。在特定小说中探究阶级，其目的是为了理解阶级在美国工会史的某个阶段被否认的微妙的多种手段，而在这个阶段中阶级的存在是不可否认的。约翰·海的《养家糊口者》和玛丽·维尔金斯·弗里曼的《工人的命运》把阶级描写成对个人心理和社会组织至关重要的方面。弗里曼以浪漫主义手法描述工人阶级，而约翰·海以一位毫无同情心的反对者的立场进行描写。弗里曼的小说以新英格兰一座工业小镇为背景，是一部资本主义的神话，最后的结局是贫穷的工厂工人的女儿与工厂主的儿子结婚。约翰·海的小说以克里夫兰为背景，根据1877年的工人罢工写成，最后的结局是工人与资本家之间发生了暴力冲突，罢工工人领袖背井离乡。弗里曼小说中的人物超越了他们的阶级身份，除了他们的贵族或无产阶级的血统之外呈现出各自的个性。约翰·海小说中的人物是定型的，体现了他们截然不同的阶级地位的优势和劣势。在《工人的命运》中，富人与穷人之间的差别被消费文化缓解了，而消费文化成功地把共同的愿望和前景结合起来。证券市场被描写成一种民主化的媒介，能够不分阶层，赏罚分明。

在《工人的命运》（1900年至1901年在《哈珀新月刊》杂志上连载）的开头，鞋厂工人的女儿埃伦·布鲁斯特（Ellen Brewster）从家里跑出来，被

621

○渐进的多元文化：文化、经济和小说（1860—1920 年）

市场橱窗里的陈列品深深吸引。工厂主孤独的姐姐辛西娅·利诺克斯（Cynthia Lennox）把这个沉默而顺从的孩子当作孤儿带回了家。由于利诺克斯非常想要一个她自己的孩子，尽管全城都在寻找埃伦，并且她的失踪也登在了当地媒体上，她还是把孩子留下来了。当埃伦幸福地与家人团聚时，她无论如何也不愿意使利诺克斯受到牵连，这就表明了她阶级忠诚的分裂性。这件事使这位无产阶级的女儿与城里的贵族之间建立了联系，最后她嫁给了辛西娅的侄子罗伯特·劳埃德（Robert Lloyd）。值得注意的是，这种阶级之间的联系使消费者着迷。通过扩大和加强广告的效应，消费被描写成一种取得自由和社会流动性的手段。在小说中，当埃伦后来同上层社会的爱人罗伯特·劳埃德一起重新回到同一个橱窗前时，她已经实现了这种资本主义神话。小说暗示仅仅对市场商品的渴望就可以使人上升到上层社会。埃伦还是一个穷孩子时就对橱窗非常向往，这种梦想由于她的仙女教母辛西娅·利诺克斯的出现以及后来嫁入上层阶级而很快实现了。但她作为一位年轻女人和富有的爱人一起回来，表明她自己反抗这种神话的复杂心情。埃伦强烈反对劳埃德的观点，他把广告看做一种艺术形式，并且认为广告商发挥了公众角色的必要作用，在服务于美学的同时也满足了肉体的欲望。而她的观点强调假想的大众化消费的欺骗性，这种消费使人人似乎都可以取得丰富的物质，只是增大了贫富分化。在上层阶级的男主人公罗伯特·劳埃德沉溺于景色的纯粹艺术特征时，工人阶级的女主人公埃伦·布鲁斯特却在"成堆的西红柿和长长的翠绿色的玉米穗"中赏识她的家人买不起的劳动果实。

埃伦分裂的忠诚体现在她复杂的身世上，她是洛德维尔的布鲁斯特贵族家族与不求上进的洛德家族的后代。在小说结尾没有明确说明罗伯特·劳埃德如何解决他感觉到的对埃伦家的排斥，也没有明确说明埃伦如何在接受她的新婚丈夫的理想的同时维持与家人的关系。小说暗示婚姻将发挥作用，因为跨阶层的婚姻是惯例。罗伯特·劳埃德自己的父母就来自"相差很大的家族"：他的父亲来自一个古老而有名望的家族，她的母亲是一位制鞋匠的孙女，提供了工厂需要的资金。埃伦文雅而有教养的祖母与妈妈之间长期以来的世仇，通过埃伦"上嫁"实现了她们共同的愿望而得到了化解。但这种保证被小说中的另外一种主张破坏了，那就是阶级是天生的。辛西娅·利诺克斯上流社会的朋友对她计划送埃伦进瓦萨尔学院感到不可思议："为什么你想把这个可怜的孩子的社会地位提高到远远超出她小小的双脚所无法承载的高度呢？你可能还会教祖鲁人钩花边而不是教他们如何使用长矛吧。"

《工人的命运》认为阶层与天生的特性和机能一样是固定不变的，这与细分工人阶级是自相矛盾的。弗里曼的阶级代表与辛克莱尔的种族代表之间的区别是婚姻的要素，婚姻好像是用来消除她笔下人物之间的差别的。弗里曼小说中的人物与另外一个有魔力的人类命运的主宰者紧密相连——股票市场。小说中另外一个增强了婚姻情节的情节涉及安德鲁·布鲁斯特在矿山股票方面的投机，这种投机违背了他作为贵族和作为坚决主张诚实劳动的工人内心深处的价值观念。股票市场的反复无常不仅使这个家更加贫穷，而且造成了安德鲁的衰败。

最重要的是，这个情节提供了埃伦自己逗留于社会地位与进入鞋厂之间所必需的动机。但在小说结尾，挽救了安德鲁·布鲁斯特并为他赢得了尊贵的是股票市场而非工作，他得到自己的红利，重新有钱，恢复了男子气概。罗伯特·劳埃德也从这次经济上升中得到好处，生意的好转使他给工人涨了工资，重新得到了他的无产阶级爱人。你可能认为小说结尾描写的股票红利增长给人们带来的好运暗示着要用投资民主化代替小说强调要排斥的消费民主化。在另外一种情况下，弗里曼虚构的社会口号是混乱的和易变的，这与约翰·海小说的严密性形成了鲜明对比。

《养家糊口者》（1884年匿名发表）充满了阶级愤怒，使贵族的特权与工人阶级天生的低人一等对立起来。约翰·海的小说在出版之前在著名杂志《世纪》（1883年至1884年）上连载，要想了解约翰·海的小说为什么会成为畅销书，就要把握美国这一时期阶级怨恨的深刻程度。在1884年哈珀出版的版本的前言中，约翰·海的儿子克劳伦斯指出，1887年爆发的著名的铁路员工大罢工是小说的背景，这次罢工导致了大范围的暴动和抢劫。约翰·海（1898年至1905年担任美国国务卿）对混乱感到很震惊，在1877年的一封信中他抱怨了政客们的伪善，他们"只同情劳动人民，却不同情用企业和资本养活他们的人"。《养家糊口者》的目的就是想调整这种不平衡。正像约翰·海描写的那样，高贵是一种基因遗传，毫不例外只属于上层阶级的品质，与工人有关的任何事情，包括工作本身都是贬义的。《养家糊口者》中，贵族男主人公阿瑟·法恩汉姆（Arthur Farnham）的"表明他们没有干过活"的双手是一种荣耀。小说以法恩汉姆的客厅开头，粗俗但很漂亮，莫德·麦奇恩（Maud Matchin）到他家里拜访。莫德·麦奇思是一位勤劳的木匠的女儿，她唯一的抱负就是嫁给有钱人。他们之间的对话表现了工人的阴暗和奸诈以及上层人士的彬彬有礼和体贴。莫德的父亲索尔·麦奇恩（Saul Matchin）好像是一个例外，他很令人敬佩，但由于他没能表达他的价值观，以及对不配得到他的爱的莫德付出徒劳的爱而使形象受到损害。莫德也很幸运，有一位专一的求婚者山姆·斯里尼（Sam Sleeny），对她父亲来说，他是一位沉默寡言的、很体面的学徒，但她无情地拒绝了他。虽然莫德拒绝山姆被描写成阶级

渐进的多元文化：文化、经济和小说（1860—1920年）

自我仇恨，但小说预示的他们婚姻的结束好像证明她的行为是合理的。同时，《养家糊口者》中的每一位政客都是腐败的，其中最坏的一位是精明的犹太人雅格布·梅茨格（Jacob Metzger），他把同样的规则运用到他的屠宰生意和政治中——"从动物身上牟取最大利益。"小说最具想象力的地方是塑造了狄更斯小说中恶棍式的人物安迪·奥菲特（Andy Offitt），他是发动工人暴动的"养家糊口者兄弟会"幕后的操纵者。约翰·海拒绝把这次事件冠以"罢工"的美名，他把"骚乱"描写成最无能的工人的无组织的暴力行为。约翰·海的小说坚决反对玛丽·维尔金斯笔下社会流动性的理想，也反对工人自身，他赢得了一大批欣赏他的读者。

其他作家都设法在同情工人阶级人物苦境的同时逐渐削弱社会流动性的基础。在世纪交替之际发表的一系列小说中，1870年出生在一个富有的犹太家庭的伊塞克·卡恩·弗里德曼（Isaac Kahn Friedman）在强调工人阶级鲜为人知的快乐生活的同时，试图肯定社会主义观点。《穷人》（*Poor People*，1900）是一部描写芝加哥经济公寓生活的小说。《只依靠面包》（*By Bread Alone*，1901）是一部以1892年发生在宾夕法尼亚州荷姆斯泰德（Homestead）的卡耐基钢铁厂的大罢工为题材的小说；《乞丐自传》（*The Autobiography of a Beggar*，1903）和《激进分子》（*The Radical*，1907）是关于一个从送信的小男孩成长为美国参议员的故事，描写了他逐渐拒绝自己作为"人民的拥护者"的角色，这些小说被主流出版社出版，评论文章都发表在最好的杂志上。

弗里德曼在他的小说中没有流露出他犹太人的身份。他小说的特点是叙述者来自各种文化背景，甚至把犹太人塑造成固定的模式，虽然这表明了某种自我疏远，但也反映了作者努力想获得工人阶级经历的多元文化财富。《穷人》描写了作曲家托马斯·威尔逊（Thomas Wilson），白天在百货商店做职员，晚上为歌剧谱曲，他设法过着贫民窟的生活，同时也保留着对这种生活的艺术素材的感觉。他在芝加哥的公寓是一个文化的海洋：一位酗酒的德国木雕家、一位爱尔兰铁匠、一位贪得无厌的犹太裁缝、一位波兰鞋匠和信仰疗法术士、一位荷兰占卜师和一位瑞典缝纫女工。不论他们是在附近的工厂上班还是在家做计件工作，这些人物都赞同现代工业的打卡考勤制度，他们能否生存取决于他们是否能适应这种制度。弗里德曼小说的独到之处是小说强调了贫穷的劳动人民生活中的美学方面。阿道夫·沃格尔（Adolph Vogel）在创作题目为《穷人》的杰出作品的同时与艾达·威尔逊（Ida Wilson）谈恋爱，关心他酗酒的父亲，并且同他自己爱喝酒的毛病作斗争。

弗里德曼对经济公寓生活的描述证实了与他同一时代的芝加哥人简·亚当斯的许多设想。比如他们都同意穷人是他们兄弟的保护人，他们也都相信在最痛苦的情况下不同文化的人可以和谐地生活在一起。在一次婚宴上，威尔逊预测"好的上帝必须对看到他各个民族的子民们友好和睦地围坐在公寓的桌子旁感到满意而笑容满面"。小说结尾描写了一系列的婚姻——年长的德国人沃格尔与荷兰占卜师结了婚，波兰鞋匠娶了瑞典缝纫女工。另外一个人发展成暴发户，把她的父母接到她更好的家里，但他们又重新回到经济公寓。阿道夫的《穷人》中对经济公寓的几乎未加掩饰的描写，是为了得到批评性的喝彩。弗里德曼的小说和阿道夫的剧本有两种共同的道德观念："一旦你知道了经济公寓生活的神奇之处，你是不会舍得离开的；对于那些非常敏感的人来说，它的艺术素材非常丰富。"简·亚当斯可能发现她也有相同的设想，因为她的主要目标之一是释放贫穷的工人阶级的艺术潜能，这种潜能存在于他们的大多数劳动中。她确实感觉到所有社会阶层都可以从被现代劳动制度扼杀的创造力的发展中获得利益。

亚当斯认为，贫穷移民的问题可以通过把工作和家庭生活更好地结合起来以及工作中更大的目的感来解决。工厂工人要忍受分离的感觉，要彼此忍受，要在工业上付出更大努力。帮助工人认识他或她在一个大企业中的工作地位；让工人们理解他们互相依赖，这样他们的工作才会充满活力。亚当斯在赫尔大厦（Hull House）开的劳动博物馆是以手工商店、原始工具展览以及工艺家的工艺形式为特征的，是这些理想的证据。虽然亚当斯从没有像布克·T. 华盛顿那样强烈支持职业教育，但她邀请他到赫尔大厦演讲，她确实推动了产业教育和培训在公立学校课程中的设立。在她的一生中，亚当斯树立了一个把对世俗的强烈热爱与高度理智主义结合起来的理想典范。

1856年，芝加哥重要市民查尔斯·J. 赫尔（Charles J Hull）建造了赫尔大厦，那里是大家经常慕名前去的地方，曾经是一家古老的二手家具商店，在成为进步年代改革的最重要部分之前是一家工厂。在亚当斯开发的早期项目中，赫尔大厦前10年（1890年至1900年）曾经是一座幼儿园，还曾经做过男孩、男人和女人俱乐部、缝纫教室、临时住房、工作咨询室、煤炭协会、音乐学校、体育馆、操场、旁边带有剧院的咖啡屋、美术馆和简俱乐部——一座女性合作公寓。在此期间，亚当斯也担任她所管区域的卫生检查员，使管辖区域内的死亡率在芝加哥从排位第三降到第七。

在《赫尔大厦二十年》（*Twenty Years at Hull House*，1910，由诺拉·汉密尔顿［Norah Hamilton］配插图，摘录在《美国杂志》和《麦克卢尔杂志》上）中，亚当斯阐述了她在长期的社会改革生涯中得到的深刻见解。最重要的是，她宣称："个人恩惠根本不能解决城市中大量被剥夺了应享权利的人的问题。"她也强调穷人彼此之间应该很慷慨大方，这种设想与社会达尔文主义

○渐进的多元文化：文化、经济和小说（1860—1920 年）

者的生存是人类最深层的驱动力的设想相抵触，因此移民在融入美国生活的同时有必要保留和重视他们原有的文化。像大多数赫尔大厦的居民一样，经常受到丰富的文化遗产的困扰实际上是一种恩惠。亚当斯认为移民的不同过去有助于缓和美国长期以来的种族问题。亚当斯描写了一群地中海移民如何有礼貌地到赫尔大厦听杜波伊斯发表演讲，暗示了他们的种族意识远没有美国听众的种族意识那么强烈。

简·亚当斯的生活和作品揭示了世纪交替之际改革意识实际取得的卓越成就。它们也以事例说明女性对改善城市工人阶级的状况产生的影响。女性加入城市改革活动，她们中许多人都有宗教和家庭理想，这对城市移民（来自外国和其他地区，比如南部）的同化以及改变大家对待移民的整体态度非常重要，她们也使当地工人的状况能够发生重大改善，特别是在住房和卫生条件方面。这些城市改革者以及她们管理的机构（典型的是基督教女青年会[YWCA]和救世军[The Salvation Army]）缓和了个人和公共领域的关系，允许彼此熟悉但并没有家族关系的居民住在同一个地方。就像亚当斯所说的"慈善事业与立法之间的边缘状态"一样，她们暂时解决了工人的问题，期待着长期的解决方案。但可能比她们提供的必要服务更重要的是，在大多数美国社会机构都还没有准备好要利用这种宝贵的人力资源时，这些改革活动已开辟了利用中产阶级、工人阶级女性力量的方式。

女性的工作

针对中产阶层和上层女性职业能力的文化矛盾情绪在世纪交替之际特别强烈。夏洛特·帕金斯·吉尔曼的《女性与经济学》阐述了简单而有力的观点：只要女性在经济上依靠男性，就不可能完全发挥她们的潜能。这部书立刻使其作者在全世界赢得了认可。这本书被翻译成七种语言，使吉尔曼成为全国公众注意的焦点。作为哈丽叶特·比彻·斯托的侄女，她很容易就获得了声誉和知识权威。更有利于她写作的一个因素是吉尔曼是由单身母亲抚养长大，她母亲兼职做学校教师来维持生活。吉尔曼先后放弃了维多利亚式的婚姻理想和做母亲的权利而全心全意地追求职业抱负。她在18岁时进入罗得岛设计学校，后来全身心投入公共服务事业。然而在她1885年嫁给罗得岛的一位画家查尔斯·沃尔特·史特森（Charles Walter Stetson）并生了一个女儿凯瑟琳·比彻·史特森（Katherine Beecher Stetson）时，这些计划都被放弃了。吉尔曼患了产后抑郁症，只能让著名的"休息疗法"大夫 S. 威尔·米切尔来照顾自己。《黄色墙纸》（1892）是吉尔曼的第一部也是最著名的文学作品，是对这段苦难经历的小说形成的记录。切尔命令吉尔曼完全把作品放在一边，只是休息和吃饭，这种饮食起居制度更加重了她的痛苦。吉尔曼拒绝米切尔开的处方，同时也拒绝婚姻，因此她与丈夫分开了，在 1888 年带着女儿搬到了加利福尼亚州的帕萨迪纳，这次搬迁是她作为女性事业的演讲者和作家生涯的正式开始。

对吉尔曼的《女性与经济学》产生重大影响的有查尔斯·达尔文、社会学家赫伯特·斯宾塞和莱斯特·沃德以及乌托邦小说家爱德华·贝拉米。吉尔曼特别喜欢贝拉米的《回首往事》（1888）中提出的社会主义思想和关于女性的进步观点。吉尔曼自己的"社会母性"制度把养育孩子的任务分配给经过培训的专业人员，通过对传统的两性服装样式进行改革使家庭生活变得更为激进。《女性与经济学》的开头描写作者观察到女性在生活上对男性的依赖与其他动物是不同的，吉尔曼警告说，这种后果对女性，以至于对整个人类都极其有害。中产阶级女性擅长的工作——照顾孩子、做饭、清洗——不仅是个人最不满意的工作，而且是得不到酬劳和认可的工作。正像吉尔曼指出的那样，家务活根本不能算"工作"，因为家务活既没有生产价值，也没有效率，还有永远也做不完的事情。但吉尔曼对家庭劳动的反对与工作本身无关，而是与劳动者的孤立有关。在一篇与简·亚当斯的观点有许多相同之处的评论中，吉尔曼把工作定义为能够使参与人员与其他人建立联系的合作性社交活动。吉尔曼渴望女性可以从寂寞的家务劳动中解放出来："正如他们应该做的那样，一起工作对大家都有好处。"吉尔曼也遭到批评。1909 年，在纽约面对工人阶级女性听众与女权主义演说家安娜·霍华德·肖（Anna Howard Shaw）的一场辩论中，吉尔曼声称女性是"寄生性动物"，靠别人为生，遭到了肖发自内心的驳斥。肖认为女性的家庭和公共工作拯救了她们的家庭和他们的阶层，这种主张得到了大多数人的赞同。实际上，正如一位给《哈珀时尚》（Harper's Bazar）写信的妇女看到的那样，问题是美国女性还没有学会"充分依靠别人"。

吉尔曼花费一生的时间与很多女权主义者一起完善和发展她关于女性与经济的观点，这些观点的意义表现在，事实上在将近一个世纪之后，它们仍然与美国文化争论密切相关。这些观点的生命力体现在同时期美国小说对女性工作的描述中，在这些小说中，女性可以做的工作从《嘉莉妹妹》中地位较高的杂耍表演到《麦琪》中地位较低的卖淫。主要作家在世纪交替之前和之后的几十年中创作关于女性和工作的作品时，都必然会描写低层阶级。德莱塞从工人阶级的角度来描写，他是贫穷劳动人民中的一员，亲眼目睹了他的姐妹们卖淫和成为单身母亲的经历，而格特鲁德·斯泰因（Gertrude

◎渐进的多元文化：文化、经济和小说（1860—1920 年）

Stein)、亨利·詹姆斯和史蒂芬·克莱恩则作为旁观者来描写，他们的描写都带有精英主义和超然脱俗的印记。

格特鲁德·斯泰因并不总是被认为是一个敏锐的社会观察家，但斯泰因关于社会庞杂性问题的观点——不同种族和人种群体混合在一起，世纪交替之际的美国不同阶级的经历，不同性别之间的关系——对她那个时代工作的意义有独到的见解。她的小说对于探索工人阶级移民生活的形态特征、性别差异的性质和种族混合的代价是一座文学宝库。《三面夏娃》(*3 Lives*，1909）是一系列案例研究，对移民和黑人家仆从出生一直描写到去世。第一种生活的主题人物好人安娜认为她是做家务的能手，对于任何介入她的领地的事情都感到生气。在所有的顾客中她最喜欢医生，因为他对她的专业领域就像她对他的领域一样一窍不通。她只愿意为平和但没有能力的女性顾客服务，这些女人允许她掌握家务大权。安娜的职业作风体现在她能够把其他人分类，并判断他们的生活方式是否适合他们的社会地位。作者评论说："安娜非常了解每个社会阶层生活中的丑陋方面……她了解每种事情的最佳方面，在她积极热情的生活中，她从来不会放弃女孩子穿什么比较合适的感觉。"对社会等级制度以及个人标志的体现——穿着、财产、行为举止（像故事的标题"好人安娜"、"和蔼的莉娜"）——的关注，让人想起中世纪的代表性人物。但这并非是怀旧情绪。斯泰因描写了国家转型期间中世纪阶层划分形式的复苏，以及对人物固定性和严格的行为准则的坚持。她对20世纪早期巴尔的摩工人阶层和中下阶层穿着的描写准确地把社会地位和物质表达方式联系起来。

在理论上，斯泰因的描述代表了世纪交替之际与文化多样性进行的前所未有的对抗，重点描写了两个德国移民佣人和一个来自黑人中下阶层的混血儿的生活。但从写作技巧上来说，这些故事突出了他们残忍的共性。她笔下的人物类型极其有限，她的范畴少而贫乏，情节重复而且单调。由于作家对语言的分层含义非常警觉，所以斯泰因描写佣人并非偶然。这部作品中每一个故事都涉及一位佣人，故事都强调社会差异对家庭生活的喜爱，这对斯泰因自己是一种恰当的有特色的文字戏弄。在《三面夏娃》中，斯泰因的主题是把庞杂的日常场面统一化：是一种把差异融入可认可的家庭规范的方法。

斯泰因对家庭生活带来的心理影响有很敏锐的理解。她强调她的"佣人女孩"和"真正的黑人"的内化过程——那种渗入到他们关系中的自我仇恨的邪恶的小形式。"梅兰克莎（Melanctha）"表明种族主义如何已经侵袭了巴尔的摩黑人的心灵。她以贬低的口吻描述黑人铁路搬运工讲故事的样子——"由于讲述的故事给他们自己带来了恐惧和神秘，他们的肤色在油黑的皮肤下变成灰色，他们的眼睛瞪得大大的，露出惨白的眼球"——这种口吻是主流文化中种族主义分子的典型。这些最受尊重的黑人服务行业的代表由于自己的迷信带来的恐惧而把自己吓得连皮肤都变了颜色（变成"灰色"和"白色"）。斯泰因描写了使整个黑人社区大惑不解的优雅漂亮的混血洗衣女工梅兰克莎与肤色更黑的罗斯之间的友谊，抓住了巴尔的摩黑人的集体道德观念。黑人们自己认为智慧是属于白人的，而愚蠢属于黑人。同样，斯泰因笔下的移民佣人不仅贬低自己，而且彼此瞧不起。斯泰因作品中的佣人认为佣人都没有人情味儿。在好人安娜看来，每一个佣人的生活都是与她自己潜在的"佣人女孩特性"的斗争。佣人们都认同自己的女主人所持有的主人和奴隶具有典型的共生关系的观点。斯泰因的模仿是复杂而虚伪的，常常重复她声称要挖苦的东西。虽然理查德·赖特为她对"梅兰克莎"身上种族主义的描述进行了辩护，但其他人发现斯泰因的模仿与她的主题有一种令人不安的、冷漠的距离。但尽管如此，斯泰因还是设法满怀同情地探索她的佣人和洗衣女工这些"底层人物"。

亨利·詹姆斯的《笼子》（*In the Cage*，1895）也混杂着类似的冷漠和同情的态度。小说描写了一位女电报发报员，并紧紧围绕她的工人阶级生活细节来描写。通过这个人物的生活叙述，这篇中篇小说阐述了新技术的发展对个人产生影响的独到见解，同时也记录了不同阶层之间相互依赖的关系。《笼子》描写的是一个关于现代生活通过距离给人们带来一些小小亲密行为的故事，距离是因为技术和日益明显的阶级和种族分化而产生的。在詹姆斯的注解中，他把这部中篇小说看做是他在伦敦闲逛时的产物。在他眼里，伦敦是"雄伟的灰色巴比伦中的茂密丛林"。他乔装打扮成一位冒险家或者说是探险者，在小杂货店里不断增多的电报机尤其给他留下了深刻的印象。詹姆斯对一个商店进行了观察，对这些年轻的电报发报员可以了解到富有顾客的经历感到好奇。

19 世纪 90 年代，在电话普及之前，电报在伦敦和纽约这样的大城市是一种快捷但比较昂贵的通讯方式。设置在杂货店内的电报所是跨越各阶层不知名的各种鸿沟的众多途径之一，在这部小说中则是跨越工人阶级发报员与发电报的富有顾客之间的鸿沟的途径之一。詹姆斯的中篇小说以两个贵族即埃弗拉德（Everard）上校和布莱蒂恩（Bradeen）女士为中心，他们想从詹姆斯没有点出姓名的一位发报员工作的电报所发一封可能带有诽谤性内容的加急电报。电报发报员在笼子后面几乎不为人所见，詹姆斯清楚地表明这些尊贵的大人物只是把她看成发报机的附属物。然而她也依靠他们的电报来往为生，对他们的每一个动作都抱有极大的兴趣和好奇。詹姆斯让我们明白，发报员的偷窥狂症使她能把他们（通过记住电报内容）从灾难中解救出来。在小说

渐进的多元文化：文化、经济和小说（1860—1920年）

结尾时，她意识到不管那两个人曾对她意义多么重大，但她对他们来说却毫无意义，她自己的生活是枯燥乏味的。

小说对女主人公的视野进行了限制，这使得这部中篇小说读起来比较费劲，同时又使詹姆斯式的描写意味深长。她在充满理性和自我意识方面是典型的詹姆斯式的女主人公，但她的选择异常有限。她的生活除工作以及勤劳和有耐心的杂货店店员穆吉先生意料之中的求爱之外，几乎再也没有别的内容。因此，她的想象力与机遇之间存在着完全的矛盾。读者与这位电报发报员之间的关系和她与顾客之间的关系完全一样；小说只让读者了解她生活的片断，并不让他们把整个故事串联起来。电报本身也是一种创作，神奇地把信息发到世界各地。电报发报员是一位詹姆斯式的艺术家，与詹姆斯描写的典型人物既相似又不相似。她的确被赋予了想象力，但也因为具有想象力而受到惩罚。这部中篇小说论述了超出一个人的社会地位范围的过分欲望所带来的危险。

发报员对活字很着迷，这种迷恋对于一个酒鬼的女儿非常自然。她有一段时间沉浸在一个梦幻世界中，但发现那些梦想不被所有阶层的人接受。像穆吉先生这样一位把物质利益当成最主要、最终极目标的追求者，对于她来说是非常必要的。然而，需求和欲望不可避免地相互对立，《笼子》的结尾令人沮丧。发报员徘徊在帕丁顿运河低矮的围墙边，笼罩在大雾中，在巡逻的警察眼里她显得心神不安，警察的工作是保证社会的边缘地带不发生卖淫嫖娼和自杀事件——卖淫嫖娼被管制，而自杀则不合法。发报员是在考虑自杀还是只是对她以前的轻率行为进行反思，围墙的哪一边代表死亡都不得而知。詹姆斯可能在暗示，如果发报员顺从地接受单调的工作和乏味的婚姻，她也可能会生存下去。

与史蒂芬·克莱恩笔下的麦琪的生活相比，她的经历看起来还是有希望的。由于《麦琪：街头女郎（纽约故事）》的凄凉和主题，克莱恩找不到一份愿意连载这部小说的杂志或出版社。1893年，小说的第一版是私下印刷的，只是送给朋友、改革者和文学评论家，同时附有克莱恩承认这份材料具有煽动性的说明。这种咄咄逼人的作家风范成了他的作品和事业的主要内容。克莱恩无愧于一位牧师最年轻、最叛逆的儿子和一位狂热的禁酒改良者，他从一开始就好像决心要煽动读者。克莱恩（1870—1905）在新泽西长大，靠着一笔垒球奖学金而进了雪城大学，退学后不久转向写作。《麦琪》这本书的评论者称此书为"挑衅的现实主义"，称克莱恩是美国文学的"淫荡学派"。但《麦琪》为克莱恩赢得了哈姆林·加兰和威廉·狄恩·豪威尔斯这些有影响的作家的青睐，使他的文学事业一开始就有一个稳固的起点。1895年，很快成

7 工作多样性

为畅销书的《红色英勇徽章》取得的成功使《麦琪》能够再版。此书的出版社要求对小说进行修改，他们认为这对文雅读者的感受力非常必要（后来20世纪的编辑又改回了克莱恩1893年的版本），修改使此书获得了商业成功，更增加了他日益提高的声誉。

克莱恩对麦琪悲惨生活细节的描写使得小说薄薄的58页对最冷酷无情的读者来说也是一种痛苦的经历。克莱恩以一种残酷的方式把麦琪描写得很温顺。她天生就是一个柔弱的人物，挣扎着为她毫无希望的贫民窟世界注入一些颜色，她也拥有美貌，"是经济公寓地区最罕见、最绝妙的造化"，她的美貌吸引了他哥哥吉米（Jimmie）的朋友，那个以自我为中心、肆意妄为的酒吧招待皮特。皮特对她的关注起先不仅帮她缓解了在衣领厂工作的单调乏味，同时也帮她摆脱了母亲酗酒后的酒疯。皮特带她去啤酒园、动物园以及博沃尔（Bowery）大街看戏剧，这些都使她情绪高涨，她天真无邪地崇拜皮特而不怀疑他的动机。但她的母亲一点都不相信这个恶棍，与她的女儿断绝了母女关系。麦琪因此被迫投入了皮特的怀抱，而皮特在得到她的处女身之后就抛弃了她。由于无处可去，麦琪只好去做娼妓。

一些批评家认定最后麦琪自杀了，但小说中几乎找不到证据证明麦琪会自杀。在小说接近尾声时，克莱恩描绘了一个残酷的画面：麦琪在寻找目标，最后她锁定了一个令人害怕的色迷迷的人，"一个穿着破破烂烂、满是油污的衣服的肥胖男人"，克莱恩暗示这个人要对麦琪的死负责。在整部小说中，克莱恩的目的是强调环境对她命运的重要性。没有人应该对麦琪令人难以接受的结局负责：我们不应该谴责她虐待狂的母亲，她是一个无可救药的酒鬼，也不应该谴责玩弄女性的皮特。作者把合理化的东西拿出来进行讥讽——尤其是那些邪恶的警察、禁酒联盟和教堂。

亨利·詹姆斯曾经认为史蒂芬·克莱恩进入了已经完全职业化的文学世界。《麦琪》确实展示了令克莱恩的作品闻名遐迩的所有特点：神秘的讽刺，嘲笑传统的倾向，对文学预期（比如可预测的人物、清楚明了的情节发展和结尾）的挑衅。在克莱恩的小说世界中，没有人要负责任，但有些人，即那些最温柔的人，要遭受很多痛苦。他的小说并不通过唤起读者心灵深处的道德准则来达到慰藉，克莱恩的小说就是这么一种境界。

西奥多·德莱塞的小说也体现了类似的特点，即这个世界对待人类和动物的达尔文式冷漠，也体现了一种类似的感情主义的融合。小说徘徊在多愁善感的边缘，但仅此而已。这种冷漠与情感的交融非常残酷，在他以工人阶层妇女为女主人公的小说《珍妮姑娘》和《嘉莉妹妹》两部小说中体现得淋漓尽致。《珍妮姑娘》是德莱塞的第二部小说，也是使他在商业上取得成功并

◎渐进的多元文化：文化、经济和小说（1860—1920 年）

得到评论家好评的作品，同时也是除《"天才"》之外德莱塞最具自传性的小说。这部小说比德莱塞的其他小说更生动地揭示了在美国工业资本主义扩张时期德国移民家庭的命运与贫穷的劳动人民的命运一样动荡不安。小说描写了威廉·格哈特从德国移民到美国，成为玻璃工匠，描写了他的旧世界的价值体系和他狂热的宗教信仰，描写了他的受伤、衰败和他对女儿珍妮更放任的道德观念的接受，这种经历与德莱塞的父亲约翰尼·保罗（Johann Paul）的生活是相同的。同样，格哈特太太和珍妮细心周到和不猜疑的个性使人想起德莱塞的母亲和姐姐梅米（Mame），梅米在婚外与一位上层男士生了一个孩子，这种尴尬的境地使德莱塞全家都受到人们的鄙视。最后，家庭成员之间显示了对彼此的责任感，尽管在成长过程中遭受贫穷和鄙视，这种关系在某种程度上变得更加稳固，这一点在德莱塞对格哈特一家的描写中再一次得到证实。

《珍妮姑娘》充满了德莱塞对资本主义来临前某些伊甸园生活的怀旧情绪，小说的主人公几乎没有宗教信仰，朴实而热情。德莱塞对于珍妮身上女性的顺从和养育方面天才特性的虚构可能令人乏味，但小说对她作为工人阶层女性在严酷的城市环境中挣扎着生存下来的状况表示同情。这部小说对那个时代的描述没有《嘉莉妹妹》那样有力，其原因是德莱塞坚持描写一个对当时社会完全持对抗态度的人物。珍妮姑娘完全没有嘉莉的贪婪或机会主义特性。德莱塞强调她天生超脱于物质主义社会之上。在小说开头，珍妮只有 18 岁（和嘉莉同岁），当时她陪妈妈到俄亥俄州的哥伦布找工作。格哈特一家遭受了一系列的打击，最沉重的打击是她父亲在玻璃制造厂受了伤，然后在工厂给予补偿之前就失了业。珍妮和她母亲在一家旅馆找到了做洗衣女工的工作，在那里美丽的珍妮吸引了有钱的单身小伙子乔治·布兰德（George Brander），他是一位美国参议员。当珍妮的弟弟巴斯（Bass）由于偷煤而被抓起来时，珍妮求助于参议员布兰德，他向这个家庭伸出了援助之手，同时也成功地向珍妮求了婚。德莱塞暗示布兰德本来能够照顾怀有他孩子的珍妮，但是他在知道她怀孕之前就去世了。

因此，小说的情节是这样的：一位美丽的工人阶层女孩带着她非婚生下的私生子在中西部工人阶层移民的非难中挣扎度日。珍妮的父亲认为她是一个"妓女"而把她赶出了家门。她被一位兄弟救了，他建议她搬到克里夫兰，在那里她可以远离丑闻而慢慢恢复健康。这座城市充满了机会，珍妮很快就成了一个富有家庭的佣人。但另外一位上层男士莱斯特·凯恩（Lester Kane）追求珍妮，他是一个肆无忌惮的家伙，他们的恋情占据了小说的大部分篇幅。莱斯特·凯恩是一位富有的马车制造商的儿子，这样德莱塞就可以说明合并时期家族工业的变迁。凯恩家族企业的本部辛辛那提是美国最大的马车制造业的基地,全国马车制造商协会于1872年在那里成立。莱斯特的父亲阿奇博尔德·凯恩(Archibald Kane)是白手起家取得成功的理想典范。他有两个儿子,一个是风度翩翩的莱斯特,他在生意经方面比较守旧;另一个是罗伯特(Robert),他被认为像"苏格兰长老会教徒一样……对重大机会怀有一种东方人的领悟力"。两个儿子都参与公司的事务,但是由于他们对公司的未来持截然相反的观点,因此他们之间不可避免地要产生矛盾。罗伯特的计划包括压制竞争、提高生产效率和建立马车托拉斯,这些是传统的做法。莱斯特的方法以拉关系和给好处为基础,是感性的做法。虽然德莱塞的内心支持莱斯特的做法,但他的理性判断却倾向于罗伯特。罗伯特成功了,而莱斯特死了,珍妮要忍受痛苦。

尽管罗伯特取得了成功,但是《珍妮姑娘》主要表达了对商业领域、劳动人民和通往成功的道路的一种怀旧情绪。有远大抱负的商人开始时应该很贫穷,对一个想法苦思冥想,并且对这种想法有一种不可抑制的热情。从事劳动的男人或女人的最高贵之处是他们毫无欲望,愿意自我牺牲。珍妮的父亲把老板的赞美看得高于一切物质补偿,珍妮也像他一样,放弃了自己与莱斯特结婚的梦想,并且拒绝任何补偿。小说以称赞珍妮的一句话结尾:她的伟大成就在于去爱和付出。因此《珍妮姑娘》对无情的资本主义市场和贬低热情的高雅文化都提出了修正。

《嘉莉妹妹》是研究社会流动性的一部经典著作,是一部关于劳动女性提高社会阶层的重要小说。小说开始于1899年8月,18岁的女主人公登上了火车,她是希望和无知的化身。她外表朴实,暗示着她是一个无足轻重的人物。在现代资本主义社会中,财产是一个人的物质延伸,它不仅象征着身份,也是身份的组成部分。同时,感情不是真情实意而是矫揉造作。嘉莉离开家"与母亲吻别时的泪如泉涌","在回顾熟悉的村庄绿色郊外时的可怜叹息"。这种开头预示着嘉莉最后成了一名演员——把充满柔情的告别变成一种戏剧性表演。

德莱塞并不是一个不合格的戏剧拥趸者。他会重视戏剧对城市移民的吸引力,因为这些人促使一个全新的商业行业从杂耍表演到音乐剧到早期的电影一步步地走向繁荣。但他也会质疑戏剧在鼓励观众合理参与公共和政治事务方面的作用。在《嘉莉妹妹》的整部小说中,通过重点描写嘉莉虽然缺乏真正的才干但是依然成功地在社会中立足,德莱塞表达了他对制度的蔑视。嘉莉身上突出的优秀品质就是她的顺从,让人们相信她可以被控制,这种品质尤其对男人有吸引力。一个没有任何台词的角色打开了嘉莉事业的大门。

德莱塞对表演的吸引力和人们对明星的崇拜持有明显的保留意见,认为这些表现进一步证实和强化了业已存在的人与人之间普遍淡漠的关系。

《嘉莉妹妹》的评论家在德莱塞是支持还是批评扩张的消费资本主义体制这个问题上意见不一,但大多数人认为他的小说既表达了赞美之情,同时也认识到消费资本主义体制的局限性。这点也许可以解释为什么他把资本主义的追求者定为女性。为了能准确描述追求财富的辛酸和脆弱,德莱塞把主人公塑造成一位"半武装的小骑士"。出于同样的目的,德莱塞把消费女性化。女人是男人之间进行交换的用来消费和被消费的珍贵商品,是服装的终极鉴赏家,是欲望和买卖连锁关系中的完全参与者,这种连锁关系使小说描述的社会得以运转。缺乏欲望就是已经丧失了生活的意愿。德莱塞注意到消费社会赋予人们的购买能力所具有的奇异力量,同时也注意到购买是一种完全被动的行为。所有在资本主义转型幻想中参与被动消费的人们都被女性化了。他们的追求表现了社会的无能为力,就像当时典型的中产或上等阶层女性的消费水平总是代表一种她自己没有取得的社会地位一样(她的消费水平体现的是她丈夫的社会地位)。

就像德莱塞在整篇小说中描写的那样,女人是天生具有物质主义审美观的诗人。如果她们没能欣赏诗人们狂热赞美的自然之美,她们绝不会错过自然之美的人为形式。德莱塞对物质主义过于赞赏,这种赞赏深深植根于他成长过程中接受的天主教思想,以至于他不能完全摒弃他赋予女人的独有的物质主义欣赏力。实际上人们可以认为,像 F. 司各特·菲茨杰拉德(F. Scott Fitzgerald)一样,德莱塞使我们更接近一种美学,这种美学否认上帝恩赐之物与人造物之间存在纯粹的差异。但德莱塞无法掩饰他对喜欢黄色的裙子荷叶边却不喜欢黄色金凤花的女人的轻视。在女性杂志社作总编时(具有讽刺意义的是这份工作给德莱塞带来了物质回报,而《嘉莉妹妹》却没有带来物质回报)德莱塞支持女人的这种选择,表明他当时仍然很注重金钱买不到的优秀品质。在《嘉莉妹妹》中,被含糊地表达出来的美德和爱是这些优秀品质中最不具物质性的。

女主人公嘉莉渴望过上更好的生活,在此过程中丧失了她的美德;男主人公赫斯特伍德(Hurstwood)追求爱情,在努力赢得爱情的过程中犯了罪。德莱塞认为嘉莉的诱惑是无法逃脱的,在某种程度上她要为诱惑负责。与此形成对照的是对乔治·赫斯特伍德(George Hurstwood)的描写,他是芝加哥一家俱乐部事业有成的经理,他面临的严峻考验就是从俱乐部的保险箱里偷钱,这是现实主义文学中最著名的场景之一。赫斯特伍德深信自己爱上了嘉莉,但自己身陷一桩不幸福的婚姻中而不能自拔,他暴露了中年危机的种种迹象。有一天晚上，赫斯特伍德去关保险箱时发现它是半开着的，因而受到了极大的诱惑。小说接下来大段的篇幅（很多页）描写了赫斯特伍德在责任义务与欲望之间犹豫不决的心理。最后他拿了钱，安排嘉莉上了火车，小说的剩余部分描写了他们最后到达纽约后赫斯特伍德的结局：经济破产导致嘉莉抛弃了他，最终他无家可归，在公寓里自杀了。

  德莱赛把嘉莉的堕落描写成必然，把赫斯特伍德的堕落描写成是一个错误，这样的安排使两个类似的堕落变得特别复杂和神秘；一个人的堕落只是通过另一个人的视角表现出来，另一个人的堕落紧随其后，使读者感到两个人物的堕落具有内在的联系。赫斯特伍德是受制于他无法控制的力量的现代人，这种力量包括内在力量——血亲关系、性欲和感情——和外在力量——他在一家小机械公司是个无名之辈，他的老板和妻子牢牢控制着他。但对于世纪交替之际那些谴责德莱赛小说的批评家来说，嘉莉与赫斯特伍德之间最重要的区别在于她得到了财富和明星的光环，而赫斯特伍德的一生却被彻底毁掉。赫斯特伍德因为违背了道德标准而在小说中得到了惩罚，而嘉莉虽然做了更加伤风败俗的事情（因为没有足够的渲染）但却受到了奖励。与德莱赛同时代的人都大为愤慨。虽然德莱赛在小说结尾引入了一位收留无家可归者的社会改革家、富有的年轻发明家鲍勃·艾米斯（Bob Ames），这个人物突出了嘉莉的一无所成、空虚和不满足，但对于想撤销出版承诺的出版商来说还是无济于事。尽管如此，德莱赛意在通过这些人物提出重要问题：为什么一个人半途而废而另一个人达到了成功的顶点？为什么有的人忍受着对生活的不满梦游到老，而同样的不满会驱使其他人不惜一切代价进行冒险呢？人们怎么能够每天忍受着不平等的现象——剥夺一些人的全部所有，而对另一些人的富有却无动于衷呢？《嘉莉妹妹》是德莱赛最早探究美国成功神话中所存在的矛盾的作品。在这一方面，德莱赛对这个神话依然感到迷惑不解；他后来更加成熟的小说对此矛盾进行更加深入的研究。《嘉莉妹妹》对一个社会的描写仍然以失去和得到的变化模式为基础，社会制度的受害者（赫斯特伍德）与胜利者（嘉莉）之间有一种完美的对等，这与进步时代的经典抗议作品保持了一致，如亨利·乔治的《进步和贫穷》（*Progress and Poverty*，1879）和雅格布·里斯的《另一半人怎么生活》（1890）。

抗议作品

  内战以后，两种观点在社会抗议作品中占主导地位。第一种观点是以亨利·乔治和 W. E. B. 杜波伊斯的理论为代表，关注当时流行的意识形态。两个人的理论都针对当时盛行的"稀缺伦理学",这种伦理学认为必须有一个群体痛苦挣扎,而另一个群体富有兴旺,并且提出贫穷和富有同时存在是一个健康经济体制所必需的。乔治主要对土地垄断进行了批判,他认为人们应该把土地当成是整个社会所拥有的物质利益的集体资源。杜·波伊斯认为操纵劳动力是一个中心问题,特别是经理和公司老板们费尽心思把工人放在不同的工作岗位上以造成竞争的现象。第二种观点是以雅格布·里斯、约翰·斯巴戈和塞缪尔·龚帕斯的披露性文章为代表,这些作家认为对童工和贫穷移民的剥削,让他们长期在危险条件下工作,没有足够的空气、光线和休息,这种行为更接近于中世纪的野蛮行为,与现代美国民主不符。

一家出版社勉强接受了《进步和贫穷》(阿普尔顿 [Appleton] 出版社接受了此书的出版,前提是乔治必须自己支付制版费),亨利·乔治一夜成名的故事颇具传奇色彩。这本书被翻译成 25 种语言,闻名全世界;到 1905 年为止一共售出了 200 万册,是有史以来最受欢迎的经济学著作。列夫·托尔斯泰和乔治·萧伯纳等人宣称他们的生活被乔治的研究改变了。1897 年,乔治去世时有 5 万多人在纽约街头列队目送他的灵柩,为他送行。《进步和贫穷》的第一版是一本题目为《我们的土地和土地政策》(*Our Land and Land Policy*, 1871) 的小册子。在这本 48 页的小册子中,乔治叙述了仅仅一项土地税就能够满足政府的支出,甚至还有盈余,应把进步的果实让出一部分给工人。通过打破土地垄断和把税收负担从劳动和资本身上转移给土地所有者,乔治的计划保证可以缓和贫富两极分化,他这种单一税制的改革可以提高产量,保证分配的公正,对各个阶层都有利,并由此产生一种更高级、更伟大的文明。乔治明白他的观点与当时盛行的社会达尔文主义的法则相矛盾,后者认为弱势文明和个人自然而然要被强势文明和个人所代替,遭受痛苦是进步必然要付出的代价。他认为,一旦不平等现象变得很普遍时,通过联合而产生的进步就必然会成为倒退。在他看来,自由主义最终将导致社会主义,是一种社会法则和道德法则之间的调和。当他认识到这个问题比他想象的更深刻、更广泛时,他立即开始进行更全面的研究。

乔治的观点具有革命性,但由于它符合民主的理想而深受大众的欢迎。他观点是在用通俗的语言呼吁拯救一艘值得保留的船只。像这里所表达的那样,乔治认为单一税制能够带来神话般的逆转。通过再一次把所有美国人与他们有权享有(当然印第安人的权利要求除外)的土地结合起来,乔治的单一税制可以弥补后来威斯康星历史学家弗雷德里克·杰克逊·特纳提出的美国边境的损失。

尽管乔治的观点具有开拓性,但是依然具有明显的政治局限。他把卡尔·马克思描写成"头脑混乱的王子"（他的判断得到了回应），并把所有的社会主义者开除出了他所在的联合工党。他的观点充满了本土主义者的热情。在发表于纽约《先驱论坛报》（Herald）的《太平洋沿岸的中国人》（"The Chinese on the Pacific Coast"，1869）中，乔治把中国移民描写成"好色、胆小和冷酷……不能理解我们的宗教"和"我们的政治制度"之徒。20年后，在写给威廉·劳埃德·小加里森的回信中，乔治为他的国家和种族纯正的观念进行辩护。

1839年，乔治出生在费城的一个贫困家庭，14岁时离开学校来到海边。在旧金山定居后，他开始做印刷工，然后成了一名记者。1861年，他身无分文但却获得了爱情，之后他结婚了，到他搬到纽约开始为他的旧金山小报创办新的分支机构时，他已经是两个孩子的父亲。由于强大的新闻界与电报垄断相勾结，乔治在东部的新闻事业失败了。但是他所亲身经历的纽约的旺盛活力以及令人触目惊心的贫富两极分化状况对他的一生意义重大。他把穷人与富人之间的差别归因于自然资源的垄断，特别是土地垄断。进步提高了土地的价值，使土地所有者变得富有，但工资却没得到提高。修正这个问题的方式似乎很明显：取消除土地税以外的所有税收，给予生产者全额工资，政府获得自然收入，集体拥有对土地价值的权利。

《进步和贫穷》作为一本书取得了轰动性的成功，此外还产生了真正的政治意义。一个公正的国家可以消除贫困和痛苦这一观点催生了一个建立在单一税制想法之上的政党。乔治成了一名公众人物，他把余生都用来演讲、写作，以及努力把他的观点付诸实践。1886年，乔治作为改良党的候选人竞选纽约市长，在选举中输给了阿卜拉姆·S. 休伊特（Abram S Hewitt），但比共和党候选人西奥多·罗斯福的选票多。虽然乔治的观点对他那个年代的影响大大超过对之后年代的影响，但是它们继续影响着全世界的税收立法。衡量一部社会抗议著作的尺度是它在当时的政治影响；按照此标准，乔治的书是成功的。

根据同样的标准衡量，杜波伊斯的《费城黑人》就是一个失败，因为这本书的影响若干年后才得以显现。但是在当时所有关于劳动和资本的研究中，《费城黑人》对盛行的美国经济体制进行了最为深刻的批评。杜波伊斯早期事业的主要内容是种族主义与资本主义发展相互依存的观点。但是《费城黑人》并没有以怀旧的笔触反映资本主义最初的一些选择。杜波伊斯提出，每一个时期的偏见歧视都表现出新的类型和活力，随着占支配地位的社会力量的改变而改变。他引用人口数据来说明黑人费城的生命力（到1890年费城是美国城市中最大的黑人选区），解释了贵格城①种族主义的恶毒。杜波伊斯强调黑人带来的经济威胁，把种族看成次要原因。发展中的资本主义经济就是使黑人贫民和犯罪分子的问题更加突出，而否认黑人中产阶级的存在。羞辱黑人和他们的前途是一种控制发展中劳动力的重要手段。在杜波伊斯的诠释中，对黑人劳动力的贬低是具有循环性和系统化的：任何与黑人相关的职业都失去了尊严。与其他许多被认为可以同化的移民团体相比，黑人被看做是天生不能提升自己或他们从事的工作的人。杜波伊斯收集了一些蓄意诋毁黑人劳动力的事例来反对这种观点。他注意到"大多数人都愿意并且很多人都迫切渴望黑人应该永远都是低贱的仆人，而不应该发展成为工业要素"，"人们尽力阻止黑人成为工业劳动力"。老板和经理们支持这种偏见的存在，因为这样能保证剩余劳动力。杜波伊斯引用了一个著名的案例，黑人被雇佣只是为了把由于种族关系紧张而分裂的一群人团结起来。黑人的高移民率不仅威胁到白人，而且妨碍黑人找到适当的职业。

《费城黑人》把黑人描写成移民：费城是黑人的埃利斯岛②，是封建的南部与现代化的北部之间的种族关口。本书还描写了杜波伊斯对职业合法化的追求，这在某种程度上是他进入社会学新领地的移民通行证。社会科学传统要求每一个特殊观点都必须有论证才能得到承认。但是杜波伊斯为社会科学传统注入了种族（和政治）含义。黑人对成功的定义就是：要有自己的"个人"观点，同时又不要让自己的"个人"观点引人注目，从而变成隐形的社会知识调解者。杜波伊斯以一种低调的姿态公开接受然后抹掉了他自己的社会地位，代表了世纪交替之际费城中产阶级黑人的生活。首先他让他们出现以反对"黑人"一律都是病态的观点；然后他让他们消失来满足他们自己的愿望。

杜波伊斯把隐形认作是衡量黑人成就的一个指标。他在书的结尾处对每个阶层和肤色的人们提出了请求和告诫。他公开提出黑人精英必须意识到他们对辛苦工作的黑人大众应负的责任，但美国白人有更大的义务——他们要认识到自己的命运与美国黑人的命运紧密相连。虽然奴役并没有使黑人灭亡，但"却有可能把黑人排除在经济和社会之外"，这对整个国家可能造成的损失将是无法计算的。杜波伊斯在《费城黑人》中采取了抗议作品作家经常采取的态度——代表自己的群体进行呼吁。虽然杜波伊斯作为社会学家的职业角

---

① 贵格城为费城的别称。——译者注
② 埃利斯（Eills）岛是纽约市曼哈顿岛西南的一个小岛，曾是美国入境移民的主要检查站。——译者注

色要求他客观地对待这种连带关系,但是他的同情心显而易见,特别体现在他对黑人中产阶级苦境的认识中。

约翰·斯巴戈是世纪交替之际一位改良作家,他也描写了自己的亲身经历。虽然斯巴戈是一位多产的作家,但他的书没有一本取得了像《孩子们的痛苦呼喊》那样的成功(此书在出版的第一年就重印了两次)。这本书是他在20世纪的头10年内写的最受欢迎的社会改革方面的作品。斯巴戈是一位奉献终生的社会主义者,在他漫长的写作生涯中,直到1976年去世,他的书的主题广泛,从卡尔·马克思的传记和对约翰·D. 洛克菲勒(John D. Rockefeller)的分析报告到佛蒙特州和美国早期陶瓷厂的历史故事。由于社会党的反战政策,斯巴戈于1917年退党,与塞缪尔·龚帕斯共同组建了美国工人和民主联盟(American Alliance for Labor and Democracy)。

《孩子们的痛苦呼喊》源自罗伯特·亨特(Robert Hunter)比较概括的研究《贫穷》(*Poverty*),这本书对纽约吃不饱饭的孩子的数量进行了估计。由于童年时曾忍受贫穷,斯巴戈因此受到触动,准备对美国的这个主题进行更明确的描述。"当我描写饥饿时,我是在描写我自己的经历。"斯巴戈在序言中写道,"所以当我在描写童工的时候也是如此。"斯巴戈从一开始就表明贫穷不应该归因于缺乏进取心。工人阶层的所有成员在一生中的不同时期都会经历贫穷。他回忆起不久前在面对219名工会成员演讲时,他问他们中谁遭受过饥饿之苦,有184人举起了手。斯巴戈在书的第一部分的重点是证实他所称的"出生民主",即所有人生来都同样健康的观点。斯巴戈很熟悉当时普遍流行的证明这个观点有误的医疗证据;他的关键目的在于质疑那些依据天生健康缺陷率较高的统计数据而拒绝对穷人的孩子进行援助的做法。饥饿和营养不良、被污染的牛奶、得不到适当照管(因为母亲被迫工作)——所有这些情况都使穷人的孩子在竞争日益激烈的工业社会中得不到立足之地。

斯巴戈最慷慨激昂的语言就是他对童工细致入微的描写。他认为20世纪交替之际的美国童工与19世纪交替之际的英国童工有相似之处,当时的情况非常悲惨,令那些看到滥用童工详细报告的议员们作呕。当英国的慈善机构致力于废除奴隶制时,"小孩子在资本主义的工业大坑中被摧残致死。"在人道主义方面美国比英国落后一个世纪,现在面临着同样的工业剥削危机。这个问题遍及全国,从纽约州雇用4岁儿童的罐头厂到南部6岁小女孩通宵劳作的棉花厂。斯巴戈不认为这是因为父母没有尽到责任,也不认为是风俗习惯的结果。他指出,在过去的几个世纪中,儿童们在具有培训性质的家庭企业中干活,这也保证能够在一个行业得到宝贵的教育。工业资本主义毁坏了

渐进的多元文化：文化、经济和小说（1860—1920 年）

家庭工作场所，把儿童和大人交给无情的工厂监管。父母不想让他们的孩子工作，但是别无选择。雇主们贪求使用童工，因为可以付给他们较低的工资（雇用童工还可以压低大人的工资），而且童工们由于听话和精力充沛而工作得更卖力。斯巴戈突出了一些事例，如雇主雇佣成人时，其前提条件是这个大人的孩子也得干活。资本是没有良知的；除非政府决定制止这种情况，否则没有人能够从这种残酷的生活方式中解脱出来。

据报道，1900 年 16 岁以下的童工数量接近 200 万（《美国人口调查》），但斯巴戈认为实际数字更接近 250 万。单单在宾夕法尼亚州的一个小城镇上，斯巴戈就发现无烟煤煤矿非法雇用了 150 名"轧碎机男孩"，从早到晚俯身在煤槽上，从在他们眼前流过的煤中挑出石板和其他废物，在此期间他们一直吸入煤灰，有可能被砍断手指或失去胳膊。这可能成为他们以后得哮喘病、肺病以及驼背和其他脊椎变形的原因。为了做试验，斯巴戈代替一个 12 岁的小男孩干活（每天工作 10 小时挣 60 美分）；在一个短暂的工作定额结束时，他的手又青又肿而且有很多划伤，几个小时之后，他从肺中咳出了无烟煤颗粒。

最大的问题是那些可以帮忙的人对事实不知情。斯巴戈嘲笑女性改革者那些多愁善感的活动，她们用鲜花代替贫穷孩子的收入。他提到纽约妇女同业会给 1 万名住在经济公寓的孩子们每人送了一盆"盆栽植物"，希望能够使他们变得"高尚"和"脱俗"。如果一年内有孩子使盆栽植物茁壮成长，她们就发一条丝带给他作为奖励。"收到鲜花的孩子们在第二年并非都还活着。"斯巴戈尖刻地评论道，他们有的已经"在夏季枯萎，并且像花一样在干旱的地面上死去了"。但是现在水分很充足，因为很多同业会女性看到自己的慈善行为的结果而哭泣流泪。

斯巴戈的书出现在一个自 19 世纪 70 年代以来就得到了发展契机的领域。对贫民窟和工人阶级生活压力的描写连续不断地出现在杂志、报纸和像查尔斯·洛令·布雷斯（Charles Loring Brace）的《纽约的危险阶级》（*The Dangerous Classes of New York*，1872）和乔西亚·斯特朗（Josiah Strong）的《我们的国家：未来和现在的潜在危机》（*Our Country：Its Possible Future and Its Present Decay*，1885）这些畅销书中，大量灌输给中产阶级读者。这部文学作品和 1884 年备受关注的纽约城市公寓委员会（New York City Tenement House Commission）的成立，增强了中产阶级想更多了解聚集在城市中心的工人状况的欲望。在所有作品中，图片纪实小说最受欢迎，这种形式的最佳典范是雅格布·里斯的《另一半人怎么生活：对纽约经济公寓的研究》（*How the Other Half Lives：Studies Among the Tenements of New York*）。虽然里斯在政治上没有斯巴戈那样激进,但他也代表那些不富裕和生活不舒适的人描写了自己亲眼目睹的情况。

《另一半人怎么生活》反映了作者的移民身份,其中可能最引人注目的一点是这本书尊重美国社会的主导价值观念和制度。雅格布·里斯出生在丹麦,是一名木匠,在21岁时独自移民到美国寻找发财致富的机会。从1870年到1873年,他在纽约州、新泽西州和宾夕法尼亚州游荡,干着不同类型的短工,为阿勒根尼的一家制铁厂建工棚,在纽约州北部造轮船、兜售家具、反复讲解熨斗的使用方法。尽管他忍受了人们对移民的歧视,尽管这种流浪生活方式不稳定,但是他的经历坚定了自己任何人在美国都能找到工作的信念。回到纽约后,里斯找到了一份做新闻记者的自由职业,后来成了纽约《论坛报》(*Tribune*)的治安记者。这份工作使他完善了自己写简短小品文的技能,为他后来的著名研究打下了基础。人们普遍感兴趣的那种描写一个特殊人物的故事、他自己的生活状况以及与贫民窟生活千丝万缕的联系使里斯确定了他的作品的主题:不是人造就了贫民窟,而是贫民窟造就了人。像当时其他"环境保护论者"一样,史蒂芬·克莱恩积极响应了里斯的主题。

19世纪80年代后期,里斯开始收集贫民窟的照片,他认为这些照片对充分认识住在贫民窟的人们的生活困境意义重大。里斯的照片起先是以两台投影仪产生10平方英尺的幻灯片的形式在演讲中呈现给听众,演讲的内容以照片人物的故事、个人轶事和简练的道德格言为主。里斯的演讲除了在其他改革集会场所外还在教堂发表,有时也在诵经、祷告和福音音乐之后进行。1888年,纽约《太阳报》(*Sun*)公开发表了一次里斯演讲的内容,之后他的演讲变得众所皆知。1889年,《斯克莱布纳月刊》接着发表了一篇题为《另一半人怎么生活》的19页演讲文章和插图,后来里斯把这篇文章扩展成书。《另一半人怎么生活》(1890)这本书一举成名,里斯就开始在全国各地进行巡回演讲。虽然后来的批评家对里斯是否对这些照片人物寄予同情,以及他以自己的名字发表所有这些照片应该负有的责任提出质疑,但这本书是内战之后、第一次世界大战之前出版的描写贫苦工人阶层的最有影响力的作品。每位对社会改良感兴趣的人都会读《另一半人怎么生活》——新闻记者、社会科学家、政策制定者和普通老百姓。西奥多·罗斯福认为这本书对他担任纽约治安行政长官的任期非常宝贵,称之为"既是一种启迪也是一种鞭策,我对此感激不尽"。

正如历史学家指出的那样,里斯在书中描写的纽约下东区在城市贫民窟中是很独特的,因为那里的房子很密集,且年轻人很多,犯罪率非常高。书的大部分内容都集中描写不正常者的行为,由于里斯刚进入新闻界时是一名

○渐进的多元文化：文化、经济和小说（1860—1920 年）

治安记者，因此这方面的内容他是信手拈来。和当时大多数贫民窟一样，用里斯的话说，这个贫民窟是"一个奇怪的多种因素的混合体，就像一个玻璃杯中的威士忌和水一样努力奋斗和工作着"。里斯以人种和种族成见为特点对这种多样性进行了分类，他的分类有时像本土文化保护主义者所做的分类一样尖刻。但里斯把他的道德愤怒直接指向城市宗教团体，使人们了解远离自己的异乎寻常的痛苦、地主们的贪婪以及有闲阶级的冷漠。里斯提出的解决办法包括：普通市民的责任、立法禁止使用荒废的公寓以及一项新的改造和建设提议。里斯建议城市法律要支持私人企业，他把费城商人建设公寓得到的回报作为证明材料。这种把道德问题及可行性、他感同身受的文件资料的生动性以及他的观点（包括他对各种贫穷移民的偏见）的常规性结合起来的做法使这本书很受欢迎。

但正是照片的质量以及与主题的完美结合使《另一半人怎么生活》具有经久不衰的意义。此书的第一版包括 39 幅图片：一幅幅捕捉贫民窟生活本质的照片。题为《纽约市法院》（Gotham Court）的照片中，一条黑暗狭窄的巷子里滚木桶玩的孩子们停下来好奇地盯着照相机（图 12）。

透进来的光线象征着照相机及改革目标：启发从而减轻痛苦。在《罗斯福大街后面的公寓》（Rear Tenement, Roosevelt Street）（图 13）这幅照片中，凉台和栏杆坚硬的棱角、鼓起的衣服和床单似乎没有留下多少空间供人类居住（如三个孩子从第一层的一个阳台上往上看着照相机）。

在《睡觉区的街头阿拉伯人》（Street Arabs in Sleeping Quarters）中，三个光着腿的男孩蜷缩着睡着了，两个相互拥抱着，第三个贴着墙（图 14）。

《穆林小巷》（Mullin's Alley）中仔细排列的普通民众通过准确的聚焦和随意的姿势在精心的布局内保留了独立性（图 15）。一位金发碧眼、长相非常出众、戴着帽子的男孩处于最显著的位置，他纤细的手轻轻握着他的手腕；一个笑呵呵的男孩靠着墙，一只手揣在口袋里，这个姿势和表情传达出一种虚张的勇气和自发的热情；两个女孩，一个穿着白色衣服，另外一个穿着条纹衣服，默默地把自己缩在角落里，一个直勾勾地窥视着照相机，另外一个身体与照相机的角度垂直。这些形象衬托着他们自己的改革议程，在里斯的书中其他任何地方都没有。这是一种对多样性的论证。住在贫民窟的人各式各样，情况各不相同：他们的个性以及他们的民族自尊心，使他们可能天生具有活力、好奇心强、不活泼、善于观察和热情。尽管很穷，但是他们的穿着很独特，他们有不同的想法，他们的父母为了他们做着不同的梦。里斯的拍摄目的是详细描述从而赋予纽约经济公寓的居民以人性。无论里斯描写的语气多么迫切，无论它们多么符合当时流行的中产阶级改革的倡议，这些照

7　工作多样性

图 12　《纽约市法院》，选自雅格布·里斯《另一半人怎么生活》（1890 年），纽约市博物馆谨献

片本身讲述了一个更加深刻的故事。这个故事蕴含着一种力量，这种力量能够使人在千篇一律的环境中保留个性，能够探询地盯着照相机镜头寻找后代而保留自我、为了睡得舒服而互相紧紧拥抱，能够拥有穿不同颜色衣服的朋友。住在贫民窟里的人都有作为人的这些方面，并且都被照片捕捉到。里斯

585

渐进的多元文化：文化、经济和小说（1860—1920年）

图 13 《罗斯福大街后面的公寓》，选自雅格布·里斯《另一半人怎么生活》（1890），纽约市博物馆谨献

的照片所反映的一切并非都是乐观的。《在一家血汗工厂》（*In A Sweatshop*）（图16）中从丝质装饰品中抽取丝线的英俊小男孩有一只眼睛发黑，可能是被他旁边其中一个强壮的男人打的。

《陶工工地的壕沟》（*The Trench in the Potters Field*）（图17）中正在雪中掩埋棺材的四个工人和一名警察正在把一些很小的尸体放进去。

在《泽西大街一位捡破烂的意大利人的家中》（*In the Home of an Italian Rag-Picker, Jersey Street*）（图18）中瘦弱的母亲眼睛微微向上凝视，她晒黑的双手抱着包裹在毯子里一动不动的婴儿（他死了还是活着？），她的身体由

图14 《睡觉区的街头阿拉伯人,》选自雅各格布·里斯《另一半人怎么生活》（1890），纽约市博物馆谨献

于筋疲力尽而全然不动，好像已经无力向更高的神灵恳求。每一幅照片，无论是穿黑衣服的男人不怀好意地挤作一团，无家可归的人住在5美分一晚上的房间里，还是血汗工厂的工人们，它们对表达里斯的观点都非常重要。通过照相机形式化的仔细观察，这些人都变成了照片中的人物。这样一改变，他们就可以得到人的机会。

作为一个深入研究移居国家的丹麦移民，雅格布·里斯认识到对个性的主张对任何一个社会群体的命运都非常必要。塞缪尔·龚帕斯是美国劳工联合会的创始人，出生于英格兰一个荷兰犹太移民家庭，他跟里斯有相同的观点。龚帕斯由于支持美国一个劳工组织——志愿主义而在20世纪一直受到劳工领袖们的称赞。虽然列宁称龚帕斯的方法为"不牢固的结合"，但大多数人认为他的方法是保证劳工在美国取得成功的实用现实主义的标志。从龚帕斯在美国内战之后开始成为劳工组织者起，他就显示出想在社会和经济体制内

渐进的多元文化：文化、经济和小说（1860—1920年）

图15 《穆林小巷》，选自雅格布·里斯《另一半人怎么生活》（1890），纽约市博物馆谨献

部工作的急切心情，尽管他已经意识到这个制度中的不公正。他的目的是发起一场劳工革命，其基础不是海外劳工的状况而是美国的机会。

在《七十年生活和劳动》（Seventy Years of Life and Labor, 1925）中，龚帕斯详细讲述了他在英国的成长岁月。他回忆了自己的法国胡格诺教徒邻居，那些织锦工们，他们的生活由于机器取代了他们的工作而受到毁灭性打击，

7 工作多样性

图16 《在一家血汗工厂》，选自雅格布·里斯《另一半人怎么生活》（1890），纽约市博物馆谨献

这些事件对他影响很大。他在一所犹太人免费学校读书，在那里他学习了犹太法典（除基础课之外），使他接受了逻辑方面的训练，他认为这对他后来成功地成为劳工战士至关重要。龚帕斯是家里的长子，他在10岁时离开学校学习制作雪茄，这是他父亲从事的行业。三年后，他的家庭成了英国雪茄制造商同盟（English Cigarmakers Union）帮助下移居美国的一群人中的一分子，这项移民计划是为了减少英国工人的竞争。龚帕斯对美国的第一印象就是一个种族冲突的场景，这场冲突是由他父亲在曼哈顿的旧城堡花园着陆区引起的。当时龚帕斯先生与一个黑人握了手——这个黑人是船上的雇员，曾经在艰苦的海上旅行中帮助了他们家——因而受到了旁观者的攻击。他的父亲拒绝退让，这使他们在维护自己的信仰方面得到了终生教诲，同时也成为龚帕斯努力在黑人与白人工人之间建立联盟的榜样，他的这种努力遭到了强烈抵抗。龚帕斯和他的父亲在纽约轻而易举就找到了工作，这个男孩被这个城市下东区的世界性和多样性所吸引。1864年，龚帕斯加入了当地的雪茄制造商同盟，三年后他同另外一位雪茄制造商索菲亚·朱丽安（Sophia Julian）结婚。正像《七十年生活和劳动》中描写的那样，制雪茄是一个有利于交际的

渐进的多元文化：文化、经济和小说（1860—1920年）

图17 《陶工工地的壕沟》，选自雅格布·里斯《另一半人怎么生活》（1890），
纽约市博物馆谨献

行业。因为人们在把烟叶切成长条卷成雪茄时可以思考和交谈，工作时候的"思想自由"有利于讨论和大声朗读。工人之间建立的牢固友谊为共同的爱好和政治组织打下了理想的基础。

雪茄店变成了论坛，在那里由重要经济理论家写的书——马克思、拉萨尔、亨利·乔治——被大声宣读和讨论。龚帕斯发现他自己学到的知识被马

图 18 《泽西大街一位捡破烂的意大利人的家中》，选自雅格布·里斯《另一半人怎么生活》（1890），纽约市博物馆谨献

克思关于工会是"实际机构，可以使工薪阶层过上好日子"的观点证实。但 1873 年的金融危机带来的痛苦，失业者不断增多，许多人失去了生活来源，由工会极端派系斗争造成的暴力，所有这一切使龚帕斯对激进主义非常谨慎。虽然他参加了 1873 年和 1877 年的雪茄制造商大罢工和支持铁路工人罢工的示威游行，但他继续坚持自由企业的信念。龚帕斯于 1872 年成为美国公民，在他一生从事组织工会的事业生涯中值得骄傲的是，他只被捕过一次（1873年）。在他的劳工联合会成立的最初几年里，龚帕斯专门从事组织犹太兄弟的工作，特别是从当时的俄罗斯移民过来备受服装制造商剥削的许多犹太裁缝。但是龚帕斯最为著名的劳工改革是缩短工作日时间。当时提出的一个口号是："一天工作 8 小时，休息 8 小时，还有 8 小时做我们想做的事情。"龚帕斯组织的唯一一次最有效的罢工是 1886 年 5 月 1 日各行各业进行的争取 8 小时工作时间的游行，游行非常成功，提高了全国各个工会的社会地位。龚帕斯认为一天工作 8 小时不仅仅是提高工资、降低失业的一种手段，也是一种人权，他为美国工人受到的弗雷德里克·W. 泰勒提出的生产力下降的控告进行了

辩护。

龚帕斯在19世纪后期对工作和资本这两个多变领域的明智驾驭最充分的展现,就是他对于自己的劳工联合会与社会党之间颇有争议的联盟所采取的态度。虽然他坚持认为政党同盟应该排除在劳工组织和宪章之外,不过他还是清楚地表达了对社会主义原则的尊重。龚帕斯也为干草市场的无政府主义者以及尤金·德布斯(Eugene Debs)辩护后者因普尔曼(Pullman)大罢工以及后来反对第一次世界大战而被捕入狱。像雅格布·里斯和亚伯拉罕·凯汉等其他著名移民一样,龚帕斯竭力使他移居的国家忠实于理想。无论这项工作如何艰巨,龚帕斯在一生的努力中从来都没有动摇过他的追求。

工作伦理

历史学家探索了19世纪后期美国工业化的到来如何腐蚀了人们传统意义上对工作的理解。由马克斯·韦伯编撰的《新教伦理》包括了日常生活的精神化,即每个人都有一种特殊的天职或者内在需求,都有成为有用之才和充分利用时间的义务,努力与回报之间存在着一种关联。虽然19世纪中期韦伯的"伦理观"开始黯然失色,但是内战后工业资本主义的扩张加快了这一进程。自我牺牲和生产力仍然是重要的价值观念,但美国正在成为一种"消费文化",这种转变由广告的快速发展而引发。消费文化鼓励标新立异的价值观念,特别是富有和休闲价值观。在这个工业进程不断改变、生产和消费观念不断变化的时期,工作伦理仍然是美国化的重要方面。实际上,三位典型的社会局外人在经典文学作品中对工作伦理进行了赞扬,他们赞扬的方式才是世纪交替之际关于工作伦理特别值得关注的事情。他们三位分别是曾经身为奴隶的布克·T.华盛顿、犹太移民玛丽·安婷和暗地里搞同性恋的霍雷肖·阿尔杰,他们通过各自的畅销书《从奴隶制中奋起》、《福佑之地》和破衣迪克系列赋予了处于危险境地的工作伦理以新生,同时也利用工作伦理获得了个人名誉和财富。

布克·T.华盛顿在世纪交替之际是最有权威的非裔美国人领袖,他在政治上的精明和成功是当时任何人都无法与之相比的。华盛顿在阿拉巴马州创建了塔斯克基(Tuskegee)学院,并因学院的工业教育项目而闻名。为了获得经济良机,他采取调整自己以适应白人的偏见并放弃黑人对公民和法律权利主张的政策,因此成为当时和后来颇有争议的人物。实际上,物质至上主义对华盛顿来说才是他真正的信仰,他的社会哲学与马克斯·韦伯在《新教伦理与资本主义精神》(*The Protestant Ethic and the Spirit of Capitalism*, 1905)

中的阐述惊人的一致。华盛顿并非随随便便地接受流行的资本主义社会思潮，他吸收了那种思潮并把它转变为在南方农村地区生活的黑人可以接受的语言。塔斯克基学院的教职员工回忆起他们听到校长旅行回来时马车车轮的声音就非常害怕，因为校长回来就要恢复早晨视察。华盛顿骑着马在校园中巡视，他会注意到每一片垃圾、每一头迷路的动物以及每个学生外衣上脱落的纽扣。每一种浪费或漠不关心的迹象都会被他记在红色的笔记本上，以后再以塔斯克基学院正在建设的黑人新教王国的名义一一纠正。塔斯克基是华盛顿这种乌托邦的砖和泥；《从奴隶制中奋起》则是语言的解释。他力图把学院变成一种类似精神必需品的形式，同样强调从基础开始，对手工劳动重新进行评价。华盛顿主张南方黑人的最高职责是"以不同寻常的方式做普通的事情"。作为一名平凡性的策划者，无论外人评价如何，华盛顿为自己赢得了永久的一席之地。

华盛顿的政策为他赢得了广泛的政治威信，但是也招来了黑人领袖对他的攻击。然而在他作为协调者高度公众化的事业生涯中，他私下资助了很多法庭诉讼案，对反对黑人、黑人车厢、劳务还债制和不能接受陪审团服务的不公正行为提出质疑。1895年，他在亚特兰大博览会上的发言引起了公众注意，当时他提出了著名的格言："在所有完全社会化的事务中，我们可以像手指那样独立，但是我们每个人都像手一样对共同进步是必不可少的。"之后，华盛顿觉得应该开始写他的回忆录。他的第一次努力是《我的生活和工作经历》（*The Story of My Life and Work*，1900），大部分都由黑人记者艾德加·韦伯（Edgar Webber）代笔。由于对结果不满意，华盛顿决心自己执笔，写出了《从奴隶制中奋起》（1900—1901年在《瞭望》杂志上连载），这本书成为讲述他从奴隶制中奋起成为全国和全世界知名人士的畅销书。毫无疑问，华盛顿特别欣赏柯达老板乔治·伊斯特曼（George Eastman）做出的反应，他给塔斯克基学院捐了5000美元的支票。最尖刻的评论之一是W. E. B. 杜波伊斯在《日暮》杂志上的评论。虽然杜波伊斯承认华盛顿取得的成就以及他们的立场之间存在的主要共同点，但他强调了华盛顿的让步带来的最严重危险，即把黑人受压迫的负担从白人身上转移到黑人身上。杜波伊斯认为华盛顿的方法忽略了阻碍南方黑人进步的三个障碍：资本家的贪婪把农村地区黑人工人降为"半奴隶状态"；南方工人对竞争的恐惧助长了白人剥夺黑人公民权的行为；无知者和被剥夺权利者的热情使可怕的虐待包括私刑永远存在。杜波伊斯的批评并没有阻止华盛顿邀请他在夏季到塔斯克基学院造访，这表明了华盛顿的政治技巧以及他为了宝贵的联盟而把分歧置之度外的能力。正如当时有人观察到的那样："华盛顿一点也不相信白人，但他却很受白人欢迎，因为如果他在与一个白人讲话,他会坐在那里,搞清楚这个白人想让他说什么,然后尽可能快地说出来。"华盛顿在南方一生下来就是黑人奴隶,从童年开始就非常熟悉白人种族主义的恶意,但他培养了一种掩饰感情的独特能力。实践证明这种能力在写作和生活中都非常有用。

华盛顿被了解他的人称为"男巫",这个绰号使人想起《从奴隶制中奋起》这本书中清晰可见的他的性格和思想的复杂性。这部作品是华盛顿与记者马克斯·班尼特·施莱瑟(Max Bennett Thrasher)共同完成,该书详细描述了受害人从遭受失忆的痛苦然后努力学习文化知识,到后来成为雄心勃勃、足智多谋、一心扑在工作上的代理商的转变。这类作品一般来讲都是以描写奴隶为开头,到结尾就变成对成功的描写。《从奴隶制中奋起》的大部分内容是关于在美国取得成功的故事,与当时的作品比如雅格布·里斯的《造就一个美国人》(The Making of An American)和玛丽·安婷的《福佑之地》类似。奴隶制对华盛顿来说是主题,但这本书的结构证实了他和杜波伊斯在《费城黑人》中表达的一致观点,即非裔美国人如果要进步就必须对移民进行重新定义。奴隶制的创伤渗透在他的字里行间,体现在他过于朴实的语气中,以及他多次拒绝憎恨多年来所有忽略他的人和制度(他的白人父亲、南方白人、联邦政府)中。但华盛顿的忍耐不仅有战略意义——这是他努力改变非裔美国人身份的一部分——同时也是诚心诚意的,是他宗教信仰的结果。因此,当华盛顿把奴隶制描写成一所"学校"时,就像他在作品的开头多次描写的那样,他试图使非裔美国人的经历正常化,这样,这段经历的影响充其量就像语言障碍一样难以抹去。但他也想暗示:像其他许多罪恶一样,制度预示着一种上帝的安排。奴隶制可能是腐败的和不道德的,但它也有上帝认可的重要性——黑人的教育。华盛顿的信心基于他对黑人选举的信心:他的人民所受的磨难是神的恩惠,最终将会得到回报。华盛顿观察到:"衡量成功的标准并非一个人在一生中达到的地位,而是他在努力获得成功的过程中克服的障碍。"

《从奴隶制中奋起》的早期评论注意到华盛顿作品中的人物与富兰克林的《自传》(Autobiography)人物有相似之处,韦伯认为《自传》是新教伦理的典型代表。韦伯把新教和资本主义发展融合在一起,用对富兰克林的叙事形式进行了描写,华盛顿把这种模式进行了充分发挥。富兰克林和华盛顿都坚持认为在采取勇敢行动的时候必须采取隐蔽行为。上帝是这种做法的代表:隐形的上帝鼓励观察者"在所有生活细节中认出他的手指"。他们两个人都害怕欲望——富兰克林认为欲望对一个稳定、实用的制度(社会制度或政治制度)具有潜在的破坏性;华盛顿认为欲望的结局可能是一条私刑的绳索。华

7 工作多样性

盛顿的节制和谦逊的理想非常适合黑人解放后的南方，在那里，黑人的远大抱负被认为是一种煽动形式。

华盛顿在他书中最令人难以忘怀的一篇小品文中详细地阐述了他对欲望及欲望所带来的不满足感的看法。他声称他喜欢奴隶制时期每周发的糖蜜胜过在巡回演讲时吃 14 道菜的大餐。从渴望吃上一小口糖蜜的卑微的奴隶到对极其奢华的盛宴都无动于衷的杰出政治家，这种转变是彻底的转变。小时候每当"倒糖蜜时"他就会闭上眼睛，期待着能惊喜地得到一大份。长大成人后他知道如何掩藏他的渴望，如何避免南方白人对黑人奴隶胃口令人痛苦的限制。华盛顿巧妙地把要表达的思想混合起来；他的语言给人以慰藉，但很扭曲。无论这个特殊的黑人长到多大，他的欲望（和梦想）仍然是奴隶制时期的糖蜜。他很喜欢他的"那份"，但"从来都不想"在希望得到的物品上"垄断"市场。为了打消抱有希望的种族主义者的疑虑，这则趣事表明在华盛顿的指导下，黑人将不会要求得到远远超出奴隶制时期分配量的"份额"。他们只有在被命令的情况下才知道吃 14 道菜的大餐。但是形成明显反差、显而易见的一点就是，回忆着年轻时吃糖蜜的这位前奴隶已经变成了吃 14 道大餐的名人。像巨人（安德鲁·卡耐基、约翰·D. 洛克菲勒）成为走向致富之路的典范一样，华盛顿童年遭受的清苦生活结出了更甜美的成功果实。

糖蜜趣事表明，黑人在可以自由调节的情况下能够培养出对工作和回报的健康愿望，只是由于奴隶制破坏了劳动与放松之间、能量消耗与享受自己的劳动成果之间的自然节奏。华盛顿热爱土地，他坚信只有通过紧紧依附于最基本的东西，他的人民才能进步，这种信念可以被看做消除奴隶制污迹、进行清洗和净化以便重新开始的象征性尝试。黑人必须从最基本的方面开始，然后才能达到更高的愿望。华盛顿对获取技能和辨别合适职业的能力的强调，与其说是目的本身，倒不如说是达到目的的手段。实际上，他并不反对黑人接受高等教育或职业培训："当一名黑人女孩学会做饭、洗碗、缝衣服、写书，或一名黑人男孩学会养马、种植美味的土豆、制奶油、盖房子或能够行医或者比其他人都强时，不论种族或肤色，他们都会得到回报。"华盛顿的后代做到了这一切，他们都有各自的职业抱负，同时在多种实际技能中远远超出他人。他的女儿是一位梦想成为音乐家的裁缝；他的大儿子是一个以建筑为理想的砌砖工；他最小的儿子是一个专注于医学的手工劳动者。

实际上，《从奴隶制中奋起》的中心目的是重新评价各种工作。华盛顿认为工作是美国奴隶制的巨大受害者，甚至比黑人荣誉受到的伤害还要大。《从奴隶制中奋起》最强有力的观点之一就是：在一种对于人类尊严不可或缺的工作理想被破坏的制度下，黑人和白人工人都遭受同样的痛苦。这种理想是

渐进的多元文化：文化、经济和小说（1860—1920年）

人类尊严所不可缺少的。

奴隶制整个系统的建构通常都是为了把劳动贬低为堕落和低劣的象征。因此，劳动是奴隶种植园上的黑人和白人都想方设法逃避的东西。我们这里的奴隶制度在很大程度上是消除白人身上自立和自助的精神。

这里含蓄地指出南方白人也可以从他们自己的塔斯克基中得到很大好处。华盛顿对美国黑人职业道德的修订与黑人至上的社会方针的其他方面保持一致。正是华盛顿深刻而精确的洞察力使他在世纪交替之际成为美国黑人唯一一位代言人。在使白人相信他对他们保持尊重的同时，他送给黑人伙伴一个礼物，那就是他们是他唯一关心的对象。

通过擅用非裔美国人的职业伦理原则，布克·T. 华盛顿表明他的群体很适合同化。在华盛顿看来，新教主义的根本价值观念为他的人民在奴隶制结束后得到复原提供了最佳方法。玛丽·安婷笔下描写的犹太移民的问题在于他们的部落很容易被美国化。由于犹太移民的适应能力很强，同时也因为犹太人与美国人价值观念之间存在诸多相似性，因此犹太人在美国面对的挑战是如何保留自己的宗教和文化特征。玛丽·安婷除了详细描述职业伦理理想——牺牲、努力奋斗、坚毅和宿命感——外，还把它们进行了拟人化。她在畅销自传中描写的自我是一个活生生的新教伦理的化身，但这本书之所以在心理学和文学方面有着珍贵的价值，是因为安婷的俄裔犹太人自我与书的作者热切追求的同化之间进行的奋争。

1912年《福佑之地》出版，玛丽·安婷因此一举成名。此书得到了广泛的好评，安婷收到了狂热读者的来信，其中包括前总统西奥多·罗斯福这样的著名人物。安婷马上开始巡回演讲来扶持她珍爱的事业：开放移民政策、犹太人复国运动和公共教育。安婷的移民主张也是她的第二本著作《他们敲击我们的大门：移民指南大全》（They Who Knock at Our Gates: A Complete Gospel of Immigration, 1914）的主题，显示了她对许多国家里需要美国提供机会和保护的犹太人的忠贞。《福佑之地》表达了一种对于移民过程与犹太价值观和美国价值观之间难以调和的矛盾心理。作为所有作品中关于同化过程最复杂的个人描述之一，本书把美国化描写成一种仪式化形式和一项犹太人特别愿意掌握的技能。有的读者批评安婷对移居国家所持有的敬畏，比如犹太哲学家霍勒斯·卡伦（Horace Kallen）为她想成为"过分做作的谄媚的美国人"而感到悲哀。上层社会文化评论家伦道夫·伯恩（Randolph Bourne）表示他对于"失去犹太人的热情，变成一个只有基本需求的贪婪动物的犹太人"的鄙夷。但如果把安婷的作品仅仅认为是一本关于白手起家走向成功的故事的话，那就等于忽视了作者所强调的移民所带来的痛苦。虽然安婷的作品很粗犷、热情，但仍然是一部令人忧伤的作品，甚至是一部哀悼的作品，哀悼她在"赢得美国"的奋斗中所抛弃的至关重要的传统、精神和家庭力量。安婷可能强调了她在美国的再生，但她从没有让我们忘记《福佑之地》是移民经验的入门书，同样也是"临终前的忏悔"。

1881年，安婷出生在俄罗斯的波洛茨克（Polotzk），1894年与全家一起移民到波士顿。安婷是一个早熟的孩子，特别受到她父亲的鼓励，他以前在俄罗斯是一位商人，思想开明，为他的女儿们寻求自由教育。在美国，伊斯雷尔·安婷的每一次商业投资似乎都以失败告终，因此整个家庭的希望就落在了玛丽身上，她优异的成绩使她在著名的波士顿女子拉丁语学校赢得了一席之地。她的学术成就吸引了老师和博爱主义者的注意力，比如喜欢鼓励"健全"新人的爱德华·埃弗雷特·黑尔。在希伯来移民援助社团的社会工作者给伊斯雷尔·赞格威尔（Israel Zangwill）看了一系列玛丽写往俄罗斯的信之后，喜欢看移民故事的中产阶级市场促使安婷开始了文学创作。玛丽的这些信被从意第绪语翻译成英语，之后在赞格威尔的推荐下于1899年发表。安婷辗转于她位于贫民区的家和富有的赞助人提供的机会之间，这种双重生活带来了意料之中的冲突，同时也增加了叛逆婚姻的可能性。在一次由移民机构黑尔之家（Hale House）主办的自然历史俱乐部的郊游中，安婷遇到了阿迈德斯·葛利普（Amadeus Grabau），他当时是哥伦比亚大学古生物学讲师。1902年他们结婚时，她19岁，他31岁。他们唯一的女儿约瑟芬（Josephine）于1906年出生。虽然安婷的犹太导师们都对她同异族结婚感到不悦，但安婷继续坚持献身于犹太教。

"福佑之地"的神圣特征之一就是美国的教育制度。除了神圣的地方还有什么地方能够使身无分文的俄裔犹太女孩成为阅读名著的学生，成为得到出版商和博爱主义者的教诲，嫁给美国出生的教授呢？本书描写了不只一种转变：从俄罗斯流浪者变成美国公民；从传统的犹太主义变成自由的超验主义；从在俄罗斯的犹太居住地培养出的共同的少数民族种族特点变成美国个人主义；从贫穷的移民变成畅销书作者。像其他类似的精神自传作品一样，安婷的书是根据圣经的象征意义来组织的，把她生活中的重大事件看做是神选的象征。同时，她的生命具有代表性，安婷在"为上千人说话"。

安婷的作品以她祖父的葬礼开头，她认为这是她有记忆以来的第一件事。在描写祖父的尸体被埋葬之前的形状时，她担心自己的回忆不够真实，采用了一种令人熟悉的自责语体。安婷的叙述倾向、以自责为特征的对自我的过

渐进的多元文化：文化、经济和小说（1860—1920年）

度关注在精神自传作品中非常典型。在乔纳森·爱德华兹（Jonathan Edwards）的传统中，把一个人的生命交给上帝审判是一种令人谦逊的经历。因为安婷想象不出神的观众，因此她的姿态更具有迷信的性质，而不是在精神上富有意义的行为。同样，旧世界中牺牲仪式里的许多具有象征意义的征兆都被新世界中的家庭情感剧所代替。当俄国犹太人居住地传统的犹太人为了确保婚姻吉利而扭断鸡脖子，或"捐钱给穷人花"作为"消除诅咒的保护措施"时，他们是在参加一种集体的朝拜仪式。作为开明父亲的女儿，安婷公开承认对上帝是否愿意处理人类的事情感到怀疑。但她在赎罪节前夕和其他犹太人一起把鸡悬挂在头顶上，并且相信自己在这个过程中得到了救赎。

这种宗教意图的意识在美国会发生什么呢？安婷的叙述表明，宗教意识的传统不会一下子消失。相反，这种意识被转变成对犹太移民仍然有效的最富有意义的集体形式：家庭。在原来的国家中适当的宗教行为在新国家中变成了家庭心理，就像玛丽·安婷的姐姐弗丽达（Frieda）成了安婷在美国发展的牺牲品。作为犹太居住地的产物，安婷知道"荣耀"属于那些做出牺牲的人。作为美国的产物，安婷知道那些被要求做出牺牲的人常常被认为是下等人。在一个建立在个人主义之上的世俗唯物主义社会中，牺牲变成了一种损失状态，一些人经历过而其他人没有经历过。个人分配方面的差异必须合理化，在这种情况下，依据安婷所称的"家庭传统，玛丽是两个孩子中反应较快、比较聪明的一个，她分配到的不能与其他人一样多，因此弗丽达要提供帮助"。

大多数批评家都强调安婷明显偏爱移居国家，而有的人则在描写俄罗斯的章节中找出了抒情的语句，这在安婷对食物的描写中最明显。第五章"我记得"描写了她的写作生涯是怎么从死亡开始的，这一章里总是提到食物。在《福佑之地》中，食物是失去和收复的媒介。"做这样的蛋糕要花费很长时间"，安婷观察了俄国犹太人居住地烘烤奶油蛋糕的过程。由"在山谷采摘的雏菊和三叶草、德维纳河水的甘甜、新翻整的泥土的芬芳"做成的奶酪蛋糕像其他食物一样表达了时间和空间的特殊性。因此，思想和躯体是真正储存味道的档案室，是失去和找到自我的调解者。安婷在描写俄罗斯的片断中表达的对食物的怀旧情绪与她在描写美国的片断中对食物的反感情绪并行不悖。美国使人联想到"从小罐头盒里取出来马上就可以吃，不需要烹制的食物"，那种带着"猪肉的粉红色"，安婷在"餐桌上吃得比任何人都多"，表明了她愿意同化的程度。

在《福佑之地》中，消费是写故事的自我能够在旧世界与新世界之间、在生与死之间、在不能复原与真实世界之间往返的通行证。对于人类学家来说，食物往往是关于界限理论的中心内容。食物作为穿越身体的东西有助于描述关于分界线的更抽象的概念。食物是区分血缘关系和表明接受的普遍手段。民族食物的商业化——墨西哥玉米粉蒸肉、犹太人做的硬面包圈——标志着在美国的同化过程，尽管这种同化只是部分性的。为了与此一致，一些被重视的食物——咖啡、茶、糖和盐——在证明国与国之间边界的国际贸易中被明显地标识出来。虽然全世界对一个国家的主要商品都产生喜好肯定会降低这个商品本身的国家身份，但是这个商品通常都保留其原来的与国家的联系。但它只是一个联系而已。比如咖啡从一开始就是一个完整的产品，是它的世界不可缺少的一部分。而作为商品放在其他国家的货架上时，它就成了完全不同的东西。

安婷笔下的移民与食物完全融为一体，这使安婷对食物的描写发人深省。她的移民被比喻成商品、奶油蛋糕而不是消费者。安婷在美国的失落是一种来源于其出生之地的完整感，即使是像俄国犹太人居住区这样狭小的地方。像W.E.B.杜波伊斯在《黑人的灵魂》中描写的"劣势中的优势"一样，把受到可怕压迫的美国黑人得到的好处当作处于困境的俄国犹太人获得的实际好处。旧世界的犹太人得到的补偿是强烈的归属感，这是一种非常强烈的由宗教虔诚支持的部落意识，对安婷来说它就是一种"堡垒"。由于贫穷而向国外移居的想法变得很强烈，这是一种与生俱来的强烈愿望："在重建巴勒斯坦的梦想中，[犹太人]忘记了这个世界。"在犹太教即移居国外的犹太人的文化中，令人费解的是犹太人总是在对他们最不友好的国家中最完整、最有凝聚力地生活着。安婷通过唤起俄罗斯犹太人居住地的生活热情，通过让这种生活热情胜过她在美国的生活，重点描写了犹太人在充满物质机会和对宗教比较宽容的国家所处的独特的进退两难境地。一个犹太人在这个世界既可以很了不起又可以保持犹太人的身份吗？保留犹太教要以牺牲自我发展和自我满足为代价吗？这些问题的答案并不在于《福佑之地》中得意洋洋的言语，而在于解释这种言语的最深层含义的高低贵贱各色人物。

安婷在叙述那些向她打开美国大门的书籍的时候，回忆起路易莎·阿尔科特的书是她最喜欢的书，除此之外她最喜欢那些为"男孩子"写的冒险书，其中许多都是霍雷肖·阿尔杰的作品。对于安婷的偏好最有可能的一个解释是霍雷肖·阿尔杰的小说所陈述的价值体系与她自己的有类似之处。一位女犹太移民阅读阿尔杰的作品，这个事实说明他的作品在世纪交替之际是多么流行。在他那个时候，阿尔杰是许多写男孩子书籍的成功作家中之一，其他还有詹姆斯·奥蒂斯（James Otis）、奥利弗·奥普蒂克（Oliver Optic）和G. A. 亨狄（G. A. Henty），他们的书名在阿尔杰作品的第一版后面做过广告。只有阿尔杰自己的小说经久不衰，这是因为他的作品别出心裁地再现了美国的成功神

渐进的多元文化：文化、经济和小说（1860—1920年）

话：关于靠命运和辛勤劳动进入上流社会的戏剧作品。

阿尔杰从1867年到1899年他去世共写了100部小说，每部小说都有相同俗套的道德说教：贫穷使人高贵，使人节俭有志气；美德和勤奋的回报往往是社会地位的提高；优点是创造其自身的贵族。在阿尔杰的世界中，行为正派、美貌和智慧是分不开的。唯一的笨人是被宠坏的富家男孩，而良好的举止和品位是与生俱来的。男主人公的优秀品质一旦形成，小说常常会让他认识一位富有的恩人，这个恩人喜欢男主人公，为他提供进步的途径，并且总是以购买一套新西服开始。阿尔杰的小说书名——《火车男孩》（*The Train Boy*）、《报童丹》（*Dan. The Newsboy*）、《年轻的银行信使》（*Young Bank Messenger*）、《弗兰克·弗勒尔》（*Frank Fowler*）、《送款员》（*the Cash Boy*）、《鞋童汤姆》（*Tom the Bootblack*）、《童仆》（*The Errand Boy*）——反映了他们的工作性质。虽然这些作品支持一种职业伦理，但却没有提及实际劳动。在书名突出各种职业的小说中几乎没有对工作过程的描写，甚至都不讨论。另外，阿尔杰忽视现代工业的发展，反而突出那些不受时间限制的工作，比如商界、农业和银行方面的工作。阿尔杰在一个工作变化引起很大焦虑的时代高度怀旧地把工作概念化，这毫无疑问地增强了这些概念的吸引力。同时，阿尔杰的作品经常描写现代投机活动，要么是令破衣迪克着迷的远方的公司（他不断提到他幻想出来的在伊利铁路中的股份），要么是主人公自己从事的一项业务。在许多阿尔杰的系列丛书中（《破衣迪克》、《穿破衣服的汤姆》、《幸运和打击》、《勇敢和鲁莽》），男主人公用微不足道的存款进行投资来购买一些企业的股票，常常是一座矿山，通过赢利设法建立了经济基础。太多投机是一件坏事，特别是当贪婪的富人进行投机时（《挣扎向上》）。但如果卑贱的穷人靠智慧和诚实进行投机，投机总是获利的。

阿尔杰1832年出生在马萨诸塞州的莫尔巴勒（*Marlborough*），是贫穷但受人尊敬的唯一神教牧师的儿子，他父亲有能力先送他到大学预备学校读书，然后去哈佛。阿尔杰是一名优秀学生，满怀写作志向。虽然他可以在高质量杂志——《哈珀杂志》、《普特纳姆》、《北美评论》——上发表文章，但1860年从哈佛大学毕业后，他自己养活不了自己，因此就求助于牧师职业。他在科德角的布鲁斯特举行小型宗教集会，在完成牧师职责的同时继续写作。但是在布鲁斯特任期的第二年里，四处就流传着阿尔杰搞同性恋和猥亵儿童的传言。阿尔杰失去了牧师职务后就搬到了纽约市，专门从事写作。

阿尔杰是通过描写而把他对男孩子的喜爱进行了升华，还是在纽约的无名之辈身上发现了更具体的发泄渠道，这一点还不清楚，但是有证据证明，作为一个通过描写同上层社会流动的故事而飞黄腾达的城市作家，他同自己

7 工作多样性

和解了。阿尔杰是詹姆斯家的一位朋友，他对自己的欲望很坦率，虽然他好像认为这些欲望是"精神错乱"的一种形式（老亨利·詹姆斯在写给小亨利的一封信中说，阿尔杰自己很可能是同性恋）。多年后，阿尔杰可以公开提到他"天生喜欢男孩"，并且评论说他把"他的笔租给了他们"。在《为男孩子写的故事》（1896 年发表在《作家》[*The Writer*] 上）——这是一篇经常被广告摘选的文章——中，阿尔杰表示："描写男孩子的作家应当对他们有足够的同情心……应当学会像他们那样看待生活。男孩子反感诋毁他们的文字。一个男孩会对理解他的人或作家敞开心扉。"阿尔杰的第一次重大成功是畅销书《破衣迪克》，此书带给阿尔杰的一个结果就是他结识了查尔斯·洛令·布雷斯，后者是一位慈善家，管理着儿童救助协会（Children's Aid Society）和收留无家可归孩子的报童寄宿处。阿尔杰定期到这些机构去，随意利用住在那里的孩子们作为他写作的主题。

《破衣迪克》又名《纽约街头生活》（1868 年连载在《学生和校友》[*Student and Schoolmate*] 上）是阿尔杰最具感染力的小说。阿尔杰在这里逼真地描写了社会的一个方面——纽约市中心曼哈顿擦鞋者之间的高度竞争——以及一位相对现实的男主人公：迪克远远不如阿尔杰后来小说中的主人公那样善良。他抽烟、骂人，酷爱作弄土里土气的乡巴佬和毫不提防的老绅士。他挥霍浪费，这种性格在阿尔杰的男主人公身上越来越少见。典型的阿尔杰男主人公不仅从收入权益上受到家庭责任的限制，而且本性都很节俭。迪克在感情方面的辛辣刻薄也不正常。他承认在流浪生涯中感到很孤独，并且很同情那些犯罪的穷人，这种深度在阿尔杰后来的男主人公身上都没有体现。迪克讲粗鲁的方言，表明他没有受过什么教育。小说结尾，迪克越来越受人尊敬，其标志就是他在讲话方面的深思熟虑。重要的是他对金融很着迷，他整天幻想着经济地位的提高，开着他自己"在第五大道上光彩照人"的玩笑。他对股市异常关注，对待牛市和熊市采取截然相反的策略。一次偶然的机会激励他改变了前途——从开玩笑变成自由选择。当时，他偷听到一个富家男孩同他的叔叔之间的对话，他叔叔需要有人带他的侄子弗兰克在城里四处转转。迪克提供了他对曼哈顿的专业知识（显然他破烂的衣服和粗俗的语言没有形成妨碍），这样就开始了双方之间的互惠。迪克向弗兰克介绍了街头生活，而弗兰克向迪克介绍了上流社会。迪克渐渐认识到弗兰克的价值，这种转变在叔叔把弗兰克穿旧的西服送给迪克作为第一件礼物时就有所预示。随着迪克的不断进步，他受到一位擦鞋伙伴、仗势欺人的米基·马格尔（Mickey Maguire）的跟踪，马格尔充满敌意的嫉妒突出了工人阶级孩子之间复杂的社会关系。小说以迪克救了一个从布鲁克林渡船上落水的男孩结尾，

◎渐进的多元文化：文化、经济和小说（1860—1920年）

男孩的父亲是一位有钱的商人，他为了报答迪克，让他在会计室当职员。受雇于一位永远感激他的有钱人，迪克的未来有了保障。可以预测到这位资助人送给迪克的第一份礼物是他曾经拥有最漂亮的西服。仗势欺人的米基·马格尔继承了迪克丢弃的衣服，这预示着他也将要进入上层社会了。

到1890年，阿尔杰的下一部意义重大的小说《挣扎向上》出版时，小说的男主人公发生了巨大变化。阿尔杰在《破衣迪克》和《挣扎向上》之间塑造的男主人公表现出慢慢增多的文明的本能和习惯，包括谈吐得体、干净整洁和彬彬有礼。那些使人们难以忘记的破衣迪克所具有的品质——幽默感、忧郁和绝顶聪明——都消失了。卢克·拉尔金（Luke Larkin）是一位贫穷寡妇的体贴周到的儿子，他是一个完美无缺的人物，同时也是完全的顺从者，没有新鲜的想法或说法。小说发生在一座离纽约市不远的小镇上，卢克的对手是心怀不轨的富家子弟伦道夫·邓肯（Randolph Duncan），与愤怒的流浪儿米基·马格尔大不相同。对手之间的不同表明阿尔杰越来越偏爱赤裸裸的道德对立，而不喜欢比较模糊隐蔽的性情和行为。《破衣迪克》的纽约背景与小说的故事情节融为一体，而《挣扎向上》的背景却与故事情节毫不相干。阿尔杰的戏剧创作能力似乎妥协于成功，那是一种为了商业利益在很短的时间内创作出标准作品的责任和义务。

但在《挣扎向上》中有一个场景表明，阿尔杰还是想方设法使他的描述复杂并突出重点。卢克·拉尔金坐在黑山驿站的马车上时遇到了一位乘客，这个人显然是一位同性恋者，并且阻止了一次抢劫袭击。驿站马车的场景包括一位陆军上校布莱登（Braddon），这个人吹嘘自己很勇敢，而实际上却是一个胆小鬼；一位牧师使用"一种因果报应手段"帮助勇敢的莫蒂默·普朗泰基纳·斯普雷格（Mortimer Plantagener Sprague）击败了抢劫者。斯普雷格是同性恋，被描写成"一个十足的花花公子。就外表而言，他是一个杨柳细腰、声音轻柔的年轻人，穿着最入时的衣服，说话略带口吃"。阿尔杰的称赞在卢克的反应中表现出来："尽管他的行为举止有点矫揉造作，并且有点女里女气，但卢克认为，在需要时，斯普雷格先生并非完全缺乏男人气概。"在接下来的一段很长的对话里，斯普雷格暴露了他的口吃和软弱，把"really"说成"weally"；每句话都以"你不知道吗？"结尾，并且很喜欢因为马车车轮"突然下陷"而把健壮的上校颠倒在他的两膝上。"如果这对你来说也是一样的，"他讽刺道，"我宁愿坐在你的（引者加的着重号）腿上。"突然抢匪出现了，他们对惊恐万分的乘客发号施令。斯普雷格以典型的超人风格掏出一对左轮连发手枪，用一种与他一直使用的娘娘腔完全不同的坚定的声音说道："滚开，你们这些恶棍，否则我要开枪了！"几分钟后，"花花公子"又回来了，大肆赞扬牧师，而对自己的英雄行为闭口不谈。斯普雷格在同性恋的伪装下表达了阿尔杰所赞赏的品性，他对自己好色的表现癖有着完全的控制，同时也表现了对野蛮西部的控制。

在阿尔杰的内心深处，莫蒂默·普朗泰基纳·斯普雷格不是一个骗子，而是一个人：把软弱和勇敢的本性、自我表现和谦虚的渴望、消极和过分自信、男子气概和女性化结合起来。作为对阿尔杰作者身份的讽喻，事件发生的顺序既是吸引人之处，也是为他的作品辩解。阿尔杰自己就是一个花花公子，外表看起来也像花花公子，身高五英尺七寸，男孩子的瘦长身材，有点结巴，行为举止过分热情。他能够在一部一部的作品中塑造出非常勇敢的具有男子气概的小男主人公形象。但是这些具有男子气概的小男主人公都是既贫穷又足智多谋的人，无论内心多么害怕都完成了分配给他们的任务，然后回到妈妈身边，或回到他们的孤儿或被抛弃的生活中相互寻找安慰。这些成长形式与道德水平的提高毫无关系；它们并非阿尔杰的男主人公必须得到或应该得到的满足，它们是天生的才能。正是他作品中这种超出成功范围的意愿才使得阿尔杰的小说本身值得我们进行文学研究。

布克·T. 华盛顿、玛丽·安婷和霍雷肖·阿尔杰用他们各自的作品成功地扩大了工作伦理的界限，把一般不符合新教标准的经历和人物类型包括了进去。华盛顿通过重新评价手工劳动者的价值达到了这个目的，他认为手工劳动者在奴隶制度下非常受轻视，需要在黑人和白人中间重新进行大规模推销。玛丽·安婷陶醉于为了自己的利益而努力奋斗和取得成就，通过她的自我描述，强调了一个有才干、积极进取的人如何充分利用英才教育的机会。霍雷肖·阿尔杰创作了由受到命运公平对待的纯洁善良的年轻人组成的虚构世界。两部关于美国工作伦理的最伟大、最具矛盾性的小说 F. 司各特·菲茨杰拉德的《了不起的盖茨比》和西奥多·德莱塞的《美国悲剧》中的男主人公都被描写成是霍雷肖·阿尔杰的热心读者，这也是对阿尔杰遗产的一种赞誉。在工作伦理的合法性从实践和理论上都尚不确定的时期，华盛顿、安婷和阿尔杰通过把工作伦理转化成文化神话而使它幸存下来。

8 美国企业界

约瑟夫·熊彼特（Joseph Schumpeter）在他 1939 年出版的极具影响的著作《商业周期：关于资本主义过程的理论、历史和统计分析》（*Business Cycle: ATheoretical, Historical, and Statistical Analysis of the Capitalist Process*）中说道："只生产出令人满意的肥皂是不够的，我们还必须引导人们去洗衣。"内战后，美国人民被引诱去洗衣。1860—1920 年间，美国大企业的出现和美国经济的迅速扩张是由若干因素推动的。在 1860—1900 年间，67.6 万项专利得到了美国专利局的批准，其中部分原因是受到钢铁生产的发展和电在工业中的应用的刺激。新发明的引入提供了将国家丰富的自然资源变成产品的技术。远在标准石油建立之前美国就有铁路，这是 19 世纪 30 年代和 40 年代组织铺设的，到 19 世纪 90 年代，全国已有 20 万英里长的铁路线。国家铁路采用大企业的组织形式，在将产品运到不断增长的国内和国外市场的过程中培养了它的雇员，包括安德鲁·卡耐基和工会组织的工人。19 世纪，许多外来人口移民美国以寻求经济机会，这更新和补充了美国的劳动力，从而促进了美国长期的经济增长。1800—1900 年这段时期，美国变成了一个大众社会（人口从 530 万上升到 7600 万），它的人口多样性是世界上其他国家所无法比拟的，这种多元文化性在纽约、芝加哥等城市里尤为明显，这两个城市分别有 80% 和 87% 的人口由移民或移民的子女组成。而像纽约州的福尔里弗（Fall River）和宾夕法尼亚州的斯克兰顿（Scranton）等小工业城市中的人种更为混杂。美国西部也是一样，大约超过 800 万的移民来到南达科塔州、堪萨斯州和内布拉斯加州买卖土地。这些移民带来了新农业品种，这些品种被证明比在原来的地方存活的时间更长。例如由俄罗斯门诺派教徒引进的库班卡（Kubanka）和哈尔科夫（Kharkov）小麦在明尼苏达州繁茂生长，到 1914 年，美国消费的小麦中大约有一半都是这两个品种。

8 美国企业界

除了这些物质和人力资源以外，美国的投资者和企业家还从多种经济经营中获利，这些都是一些与农业无关的行业，如制造、银行、服务业等。总之，美国的立法系统对商业企业情有独钟。在州或地区间很少设置关税壁垒，企业主或资本家也受到政府直接或间接的补贴以保护其与国外企业之间的竞争。公司法或合同法、仁慈的银行和破产法，以及可以免除对劳动力必须加入工会的要求和环境保护主义者的要求的相关规定都表明，社会环境对商业企业非常有利。由于政府成立较晚，力量相对弱小，没有贵族，没有教堂，没有常备军队，国家几乎没有阻止过市场力的扩张。1861 年，美国仅有的大企业是美国铁路，到最高法院于 1911 年解散标准石油、美国烟草和杜邦时，托拉斯（Trust）成了当时美国经济的固定形式。亨利·亚当斯（Henry Adams）在和他弟弟查尔斯（Charles）合写的《伊利花絮》（*Erie Chapters*，1886）中对大企业提出了预言性的严厉批评，把铁路看做强盗的现代形式。但这些批评并没有阻止 1895 年到 1905 年间并购行为的扩张，这段时间内，300 家企业组成了托拉斯公司，其中许多公司都家喻户晓，如金吉达（Chiquita）、柯达、可口可乐、锐步（Reebak）和通用电气等。20 世纪 90 年代财富 500 强的企业中，189 家都是在 1880 年至 1920 年间成立的。仅在 1897 年至 1904 年的 7 年间，4227 家美国公司变成了 257 家联合企业，有时这一过程是政府强制促成的。

从理论上讲，信托企业的目的是中心化管理，把小企业联合在一起以使生产更为理性，从而提高效率，降低价格。19 世纪 70 年代、80 年代和 90 年代的经济衰退和恐慌使得这些企业急于探索控制价格和产量从而调整利润的有效方式。许多企业采用托拉斯联合方式的主要目的是保持它们的生产全速运转，以此弥补高资本投资和成本。但是在世纪之交，价值近 10 亿美元的约翰·洛克菲勒的标准石油公司是大公司的缩影，标准石油公司垄断生产，破坏竞争，操纵价格。"强盗大财主"的提法——1880 年堪萨斯州的农民在反垄断的小册子中所创——表达出了人们普遍的担忧：托拉斯企业侵害了美国个人主义的进取心和创新精神。洛克菲勒本人受到了 1890 年《谢尔曼反托拉斯法》的控告，这部法案的目的是控制最严重的滥用联合问题以确保健康的竞争。需要注意的是，一进入第一次世界大战，标准石油公司由于其服务为国家所需而得到再次发展。

除美国立法系统外，文化领域中对商业最感兴趣的莫过于美国文学。现实主义小说的一个最明显特征是它们对美国企业方方面面的痴迷。部分原因在于，像豪威尔斯、费尔普斯、吐温和德莱塞等小说家自身的文学作品也在实现商业化。在那个时代里，杂志连载、广告、庞大的读者群以及文学名气

渐进的多元文化：文化、经济和小说（1860—1920年）

都能为他们带来利润，这一点并不为他们之前的小说家所知。美国文学对商业感兴趣的另一个原因是，商业文化提出了智力和美学方面的要求，这种商业文化正在通过现实主义小说家所关心的方式改变着社会，改变着人们的时间感、物质财产的概念、机会的条件和价值等。下面提到的所有作家对当时资本主义发展所引起的社会变化的态度都是好恶相加的，既沉迷于它，又对其深恶痛绝。这种喜好和厌恶构成了他们作品的框架：经济学术语，特别是亏本交易的语言遍及亨利·詹姆斯的小说，豪威尔斯和费尔普斯的小说中充满了阶级和善恶观念，投机、联合和信用等是马克·吐温、诺里斯和德莱塞小说世界的主要范畴。

制造商

伊丽莎白·斯图亚特·费尔普斯和威廉·狄恩·豪威尔斯既有传统的基督教徒对猖獗的物质至上主义的蔑视，同时又表现出对由无限制的资本主义所引起的阶级冲突的担忧，从而他们在内战后创作出了两部最重要的刻画生产者的著作《沉默的搭档》和《塞拉斯·拉帕姆的发迹》。在这两部著作中，费尔普斯和豪威尔斯运用熟悉的场景和主题来表达他们对一种新的、危险的经济—工业秩序的恐慌。费尔普斯描写的是她在安德沃（Andover）的家附近一个有许多工厂的新英格兰小镇的情况，强调了各个阶层妇女脱离禁锢的可能性，这种脱离能够减轻工厂扩张所带来的极具破坏性的结果。豪威尔斯在其作品里是从严格的新教徒道德观的角度来描述一个自力更生、完全脱离农村的商人——塞拉斯·拉帕姆的。通过不断上演塞拉斯·拉帕姆在经济利益和良知之间的心理矛盾，豪威尔斯认为这两者从根本上是不相容的。然而，豪威尔斯小说结局的模糊性进一步证实了这种划分是不清晰的，而且将会被后来的小说家弄得更加模糊不清。

伊丽莎白·斯图亚特·费尔普斯对那个时代道德价值和商业实践之间的对立进行了不加任何掩饰的刻画，她的灵感来自于一件实际发生的事件，在那件事中，生产者的疏忽使得雇员失去了性命。小说中记录了费尔普斯对1860年彭伯顿（Pemberton）工厂灾难的鲜活记忆。当时一座不合格（由于一位"粗心的检察员"的疏忽）的建筑物坍塌倒向750名工人，把其中的88名工人活埋。费尔普斯在她的自传《生活岁月》中回忆道："工厂女工深陷废墟，毫无逃脱的希望，她们开始歌唱……她们年轻的灵魂从彼此熟悉的声音中获得勇气。"费尔普斯把这一悲剧编成小说，与她的一个观点保持一致，即"一个文学艺术家就是要讲述关于他所生存的世界的真实情况……尽可能地发挥其创造力来塑造伦理道德观和美感。"费尔普斯访问了那些重建的工厂,询问了工程师、官员、物理学家、新闻工作者以及那些从灾难中侥幸存活的人们。她的调查结果取名为《1月10号》,发表在《大西洋月刊》(1868)上。虽然这个故事尊重客观事实,但费尔普斯仍然觉得没能充分解剖这一事件背后所隐藏的全部社会问题,故事提出了更多的问题而不是解答了问题。各阶层妇女之间的同情和政治联盟的前景如何?资本和劳动的冲突是不可避免的吗?基督教在调解中扮演什么样的角色?生产者对其雇员的责任达到什么程度?在《沉默的搭档》中,费尔普斯努力以更加复杂的语言来研究资本家与工人之间的关系。这些群体的代表是两位妇女:珀莉·凯尔索(Perley Kelso)是一个家庭富裕、年龄仅有23岁的社会名流,父亲是霍尔和凯尔索工厂的所有者;西普·加思(Sip Garth)是一个未受过教育的工厂工人,年龄21岁,她有着与生俱来的雄辩和超自然意识。两个女孩都是孤儿:在小说的一开始她们就没有母亲,然后不久也都失去了父亲。珀莉的爸爸死于火车车祸,西普的爸爸死于工厂事故——"失去亲人的遭遇"使得珀莉对西普心生同情。

小说的开场安排了两人相遇的机会,那是在一个雨夜,珀莉享受着马车里的温暖,而西普却在大街上,连床被子都没有。"就像乞丐和富豪,面对面",这种对立贯穿了小说的其余部分。自从父亲死后,珀莉成了镇里主要工厂的合伙人,她渐渐认识了西普和其余的工人。在西普的引导下,珀莉从劳苦工人的角度对工厂进行了一次但丁式的参观。她遇到了一个被非法雇佣的8岁大的勇敢男孩,他被碾碎机压碎了。她还看到一位年迈的工人因为生产效率低而被解雇,从而只能在救济院里等死。珀莉还遇到了西普的妹妹凯蒂,她是小说最后的牺牲品基督式人物。凯蒂生来就聋哑,因为她母亲在分娩前一直长时间辛苦劳动。西普的人生充满了不幸,在凯蒂被淹死时达到了顶点。聋、哑、瞎(一份择羊毛的工作使其手受到疾病感染,又通过揉眼睛将疾病传染到眼睛)的凯蒂掉进了洪水里被淹死。因此,"人类造就的、耶稣基督为其付出生命的穷苦人民的世界,是一个聋、哑、瞎、受命运摆布的人在我们面前安心地步入毁灭的世界"。

这些话语使西普成为传播基督教的和平信念的传教士。珀莉选择进行上流社会的改革,远离工厂的精英和与普的工人阶级。珀莉和西普之间唯一的联系就是她们共同成为反对男权的"女权主义者"。珀莉取消了与她父亲的合伙人、铁石心肠的儿子马弗里克·黑尔(Maverick Hale)之间的婚约,他是一个对劳苦大众冷漠无情的人。同时,她也拒绝了比较富有同情心的史蒂芬·加里克(Stephen Garrick),他靠着自力更生脱离贫穷,成为工厂的合伙人。

⊙渐进的多元文化：文化、经济和小说（1860—1920年）

珀莉的决定和她自我实现的精神有关：对独立的追求使她不愿成为"沉默的搭档"。西普在认识到她的阶层地位是天生的、无法逃避的现实后拒绝了婚姻。她对自己认为唯一能给她幸福的男人说："在战争之前我就听过奴隶的传闻，在那场战争中，父母不希望自己的孩子和自己一样继续为奴，那就是我的感受。"

费尔普斯对工厂所有者没有任何同情，她把他们刻画成唯利是图、冷酷无情的人。她对他们赖以生活的上流社会也没有任何好感。费尔普斯潜在的激进基督教思想使其采取了一种缓和战略，正如她的女权主义者的自强只限于温和的社会改革一样。最后，她的道德标准似乎是一种相当怀旧的补救手段，借以对抗那些需要更系统、更复杂的策略才能应付的力量。豪威尔斯的《塞拉斯·拉帕姆的发迹》（1884—1885 年连载在《世纪杂志》上）有着和费尔普斯同样的道德窘境。这是他最有名的一部作品，也是美国第一部将商人作为主角的小说，这种传统从豪威尔斯开始一直延续到富勒（Fuller）的《悬崖住客》（*The Cliff-Dwellers*, 1893）、赫里克的《一个美国公民的回忆录》（1905）、诺里斯的《粮食交易所》（1903）、德莱塞的《金融家》（1912）和凯汉的《戴维·莱温斯基的发迹》（1917）。不管这些作家是写制造商还是金融家，小说里主人公的道德敏感性问题都必然是中心问题。

豪威尔斯关心商业对社会道德的影响表明了他所持有的的商业文化优越感，正如他把《塞拉斯·拉帕姆的发迹》中的人物指定为"典型的美国人"一样。小说中贵族布罗姆菲尔德·克里的话使这一点变得更加清晰。克里说："金钱……是我们这个时代的浪漫和诗意，它是撞击人们想象力的主要事物。到这里的英国人对百万富翁比对别的什么都更加好奇，更加尊重他们。"通过生产、创造产品、开发土地、占据市场来获得大量财富，显然已经变成了美国人的活动。内战后物质帝国的建造是这个国家对世界文明的贡献。和德莱塞不同，豪威尔斯更关心描述道德影响，而不是寻求建立物质至上主义的美学可能。因此，豪威尔斯的小说更加重视成本、后果和补偿：个体和整个社会为国家的拜物主义付出的代价。和费尔普斯一样，豪威尔斯的目的也是极力使他的叙述与企业保持一定距离。他的小说人物讨论他们对生产和产品的感受，沉浸于事业成功的喜悦中，包括建房屋和谈恋爱：他们也因为对那些和他们一样成为新经济的受害者而不是受益者的人的责任和义务而自我折磨。他们对自己的动机是做慈善事业还是赚钱提出质疑，并思考商业的社会影响。考虑这些问题的人物是塞拉斯·拉帕姆，他是一个独特的商人，他的发迹——为了什么而发迹——构成了豪威尔斯小说的情节。

塞拉斯·拉帕姆被推荐去见巴特莱·哈伯德（Bartley Hubbard），后者是

《现代婚姻》中一个愤世嫉俗的新闻记者，豪威尔斯将他重新塑造成一个负责"波士顿男人团结起来"栏目的记者。拉帕姆的骄傲自大使得他很冷漠，在整本书中是一个道德观念始终处于模糊状态的人，这个人物既值得尊重，也值得同情，因为他好像任由巴特莱·哈伯德的摆布。骄傲自大也使豪威尔斯能够将拉帕姆的发迹细节联系在一起。拉帕姆的发迹始于他在家族农场上发现的一个具有商业前景的染料矿。就在内战前，美国西部一艘轮船的爆炸引发了对不可燃染料需求的广泛宣传，拉帕姆决定检测他继承的家族遗产的特性。一位专家的评论表明这种染料是防火、防水且不易腐烂的。像其他所有新产品一样，对制造商来说，拉帕姆的染料就像一件神奇的礼物。拉帕姆的染料生意在内战期间没有得到发展，虽然拉帕姆知道他可以把这种染料"交给政府"，从而获得大笔财富，但他没有这样做。他参了军，受了伤，成了陆军上校，最后幸存下来。回到家乡后，他全身心投入了"像我自己的血液一样"的染料生产上，把各种产品都印上家族名称作为商标。不久他就把产品运到了"世界各地"，令人惊叹地补偿了战争时期做出的牺牲。

然而，拉帕姆的良知并不固定，他解雇了他最初的合伙人，一位愚蠢的无赖，名叫米尔顿·K. 罗杰斯（Milton K. Rogers），当初是他为染料生意提供了启动资金。拉帕姆为了补偿对罗杰斯的内疚，接受了他关于新生意的提议，最终毁掉了拉帕姆，因为这个提议要求他把土地卖给可疑的投资者，并以整个社区作为代价，这是拉帕姆拒绝做的事。简而言之，他是一个商人，却批判现代商业惯例，在一个只有无情或残忍才能取胜的制度里坚持公平交易。评论家对这个过分理想化的成功商人形象表示怀疑，豪威尔斯的描述按照他自己的标准甚至可以称为是不现实的。在 1891 年的一篇论文《提倡现实主义》中，豪威尔斯指出，小说必须"停止点缀生活；让它描述人们本来的面貌，人们都受到我们所熟知的动机和热情的驱使"。拉帕姆经营染料获取财富，却发现其财富的获得与其基督教价值观并不相符，这样有雄心的商人并非不可能存在。但有一点永远无法弄清楚，即为什么拉帕姆把土地卖给罗杰斯的投资者就会损害社区的利益。必然会出现两选一的情况：拉帕姆要么牺牲他的财富，要么牺牲他的道德。无论在什么情况下，他都不可能两者兼得。

同样固定的安排在小说里的爱情故事中也很常见，这对揭示现实主义的本质非常重要。拉帕姆的两个女儿，艾琳（Irene）和佩内洛普爱上了同一个年轻人汤姆·克里（Tom Corey），但汤姆只爱佩内洛普。和商业情节类似，爱情故事中问题的解决也是为了共同的利益做出必要的牺牲。拉帕姆必须放弃他的财富才能保持他的美德，艾琳必须放弃汤姆才能成全佩内洛普。两个解决方案都尊重实用主义的道德：一个人遭受痛苦总比两个人或更多人遭受痛苦要好得多。阅读这种商业主题的难处在于它假设拉帕姆为了保持好的良知就必须遭受，但小说没有令人信服地做到这一点。阅读这种爱情主题的难处在于它的假设痛苦，按照神话故事（与现实主义小说相反）的习惯，一旦汤姆和佩内洛普结了婚，他们的麻烦就消失了，然而似乎两个人都将继续为艾琳的痛苦以及他们在其中的角色感到悔恨。这些解决方案的复杂性表明，豪威尔斯的现实主义基础是他对人们关于什么构成道德行为的信仰有浓厚兴趣。豪威尔斯的小说是现实主义的，因为它关注的是19世纪末人们寻求解决他们困境的方式，这些方式对他们来讲似乎都是合乎正道、诚实的，不管它们实际上是否（或可能）如此。

小说中的人物坚信他们的最终决定是正确的，而并非豪威尔斯本人。小说最深奥的观点则是选择了不确定和没有结论，暗示着行为的结果是不可预测的，无论现在它有多么大的道德益处。这使豪威尔斯对美国商业的态度最终与诺里斯、德莱塞的态度一致而不与费尔普斯的一致，表明他接受现代性的所有形式。

豪威尔斯的《塞拉斯·拉帕姆的发迹》激发了亚伯拉罕·凯汉创作一位犹太移民在美国"取得成功"的作品《戴维·莱温斯基的发迹》（于1912—1913年连载于《麦克卢尔》上）的灵感。凯汉对小说中的商人主人公有着和豪威尔斯同样的矛盾态度，小说强调了他的活力，同时却怀疑他在爱情和商业中行为的道德性。再者，这两位小说家都强调了非常流行的牺牲道德规范，小说中的人物都相信职业方面的成功要求他们丧失一些重要的东西。因此，小说结尾莱温斯基可怜的个人状态被理解成是他事业成功的代价。这些小说在描述生产制造的文学作品的30年历史中平衡着积极和消极两个方面，揭示了商业世界从1885年至1917年间的变化，其中最引人注目的是移民在美国主要行业中所发挥的日益重要的作用。例如，罗伯特·赫里克的《一个美国公民的回忆录》描述了一个身无分文的农场男孩爱德华·范·哈林顿（Edward Van Harrington）的人生。他努力奋斗，最终成为芝加哥米特信托公司的掌门人。小说描述了他成功的一个原因，即他认识到制作符合犹太饮食教规的肉类产品具有特殊的市场。通过与德国犹太人做生意，哈林顿能够在当地立足，并最终实现了大规模的扩张。他蒸蒸日上的事业中最重要的合作伙伴是约翰·卡米切尔（John Carmichael），他是一个"说话下流的爱尔兰人"。可以这样说，赫里克这个"美国公民"实际上是踩着那些小移民商人的后背才得到了名望和财富，这个事实证实了莱维斯基自己"发迹"的意义。

因为凯汉从局外人的角度走近美国商业世界，深深意识到商业世界给莱温斯基这些外来者提供了机会,所以他对商业所造成的社会影响更加乐观。然而,这种乐观由于受到对移居国家犹太人困境的担忧而减弱,这些在小说写作的过程中都得到了强化。《戴维·莱温斯基的发迹》最初源于《麦克卢尔》一位编辑的提议,凯汉为该杂志撰写一套关于商业界移民的系列丛书。他们两人都没有想到在凯汉的系列小说出现之前一个月,副编辑伯顿·J. 亨德里克(Burton J. Hendrick)发表了题为《犹太人侵入美国》("The Jewish Invasion of America")的文章(包括"犹太人竞争的强度"、"犹太人,最伟大的土地所有者"、"犹太人是美国铁路中的伟大力量"等主题)。他们也不知道亨德里克会宣布即将连载凯汉的小说。杰伊·汉姆比奇(Jay Hambridge)为《戴维·莱温斯基的发迹》配的插图更增强了亨德里克文章产生的影响,插图里包含具有冒犯性的犹太人的陈规形象。

图19　杰伊·汉姆比奇为亚伯拉罕·凯汉的《一个犹太人的自传:莱温斯基的发迹》配的插图,选自1913年7月《麦克卢尔》

这些事情,加上凯汉的描写中过分放肆的现实主义,导致有人控告作者背叛了他的人民。虽然凯汉的同情是显而易见的,但是商业中的犹太人这一主题不可避免地会引起人们陈规性的联想,这一联想注定是有争议的。尽管如此,戴维·莱温斯基(是一位上衣生产商,他在俄国时衣衫褴褛,到美国却得到了财富和权力)的错误是作者塑造的产物。考虑到凯汉由于莱温斯基所遭受的责骂,那么在写作的过程中,基辅进行的审判对他的困扰就颇具讽刺意义——一位犹太人被控告谋杀了一个基督教男孩并用他的血祭祀,后来被宣告无罪。另外一桩审判发生在佐治亚州的亚特兰大,一位犹太人列奥·弗兰克(Leo Frank)因杀害一个基督教女孩被判有罪,后来被一群暴徒处以私刑。

图20　杰伊·汉姆比奇为亚伯拉罕·凯汉的《一个犹太人的自传:莱维斯基的发迹》配的插图,选自1913年7月《麦克卢尔》

对犹太人的迫害以多种方式构成凯汉小说的重要潜台词。小说中刻画的服装产业是1881—1882年间俄罗斯大屠杀的直接受益者。俄罗斯裁缝汇集于此寻找避难所,美国妇女对大规模生产的大衣、礼服等不断增长的需求更刺激了服装产业的发展,并且导致了对服装的极端民主化。用戴维·莱温斯基的话说就是:

> 俄罗斯的犹太人引入了工厂制作的礼服,不断地完善,并不断降低其生产成本。手头不是很宽裕的美国妇女现在花几美元购买的丝绸成衣

不仅具有最新的款式，而且在线条、色彩搭配和配料方面的雅致只有高级设计师才能设计出来……普通美国妇女是世界上穿戴最华丽的，俄罗斯犹太人在这方面功不可没。

凯汉通过详细讲述俄罗斯犹太人逐渐成为服装生产业核心力量的过程，使他的故事变成了一个多元文化故事，其中一部分原因是因为美国投机者无与伦比的热情，他们急于为犹太厂商提供资金，认为这是一项好的风险投资。凯汉认为美国金融家根本不排外，反而欢迎犹太人进入不断扩张的城市市场，重视他们在生产和销售方面的技能。

19世纪末期，美国经济增长的焦点是城市商业，这是犹太移民企业家最擅长的方面，他们随身带来了与全球各地消费者打交道的经历。在欧洲的各个城市里，犹太工人和制造商对贸易和销售都很熟悉，他们几乎垄断了服装和鞋类生产。甚至在俄罗斯的城市里，这种情况一直持续到19世纪80年代，那时反犹太主义制裁毁掉了许多商人。美国市场不可思议地停止了对犹太企业的反犹太主义限制。许多犹太人在美国刚开始时通常都是小商贩，但到了19世纪后几十年，很多犹太人都能确立自己的特色商品，建立百货商店，如波士顿的菲尔尼斯（Filenes）、匹兹堡的考夫曼斯（Kaufmanns）、哥伦比亚的拉扎罗西斯（Lazaruses）、孟斐斯的戈德史密斯（Goldsmiths）、达拉斯的桑杰斯（Sangers）、新墨西哥的斯派杰尔伯格斯（Spiegelbergs）、亚利桑那州的戈德沃特斯（Goldwaters）、波特兰的梅尔斯（Meiers）。虽然美国人将犹太人看做适合从事商业活动的人种，然而他们并没有着力去阻碍这个被《纽约论坛报》的一名作家称为"希伯来人蜂箱业"的发展。

凯汉对美国文学的贡献在于他将这些经济趋势写成了具有影响力的小说。他的小说并没有局限于服装生产，小说中主人公的雄心也将他带入了商业活动的其他角落，包括纽约房地产，在这一领域犹太人再次成为中坚力量。凯汉把俄罗斯犹太人称为建设者，"在他们活动的魔力之下，3—4年内，在大纽约的边界内一下子冒出许多比敖德萨还大的城市"。凯汉的这句话强调了犹太人从典型的流浪者变成了土地开发者这个不可思议的转变。这些细节强化了凯汉要表达的主题：在犹太人眼里，美国是"与众不同"的，没有哪个国家比美国更优待犹太人追求利益的才能，也没有哪个国家对犹太人特征中的重要组成部分——灵性和智慧——比美国更具有威胁性。

莱温斯基在小说的结尾坦白道："我值100多万，我的利润非常巨大。我没有信条，没有理想。"莱温斯基认为他需要一个妻子和家庭。于是，他爱上了一位诗人的女儿，她向莱温斯基抱怨美国的物质至上主义和精神匮乏。对

○渐进的多元文化：文化、经济和小说（1860—1920 年）

她来讲，莱温斯基已经被社会深深同化了，从而拒绝了他的感情。在小说最后一段"孤独生活的插曲"中，小说主人公巨大的财富和萎缩的灵魂形成了鲜明对比。小说以莱温斯基注视着犹太法典《塔木德》、麻木地怀念自己当初作为身无分文的学校男孩的场景作为结尾。事业成功与个人幸福是相互排斥的。然而，凯汉更深刻地表明，无论从宗教上来讲还是从人性上来讲，移民与美国化之间有一种根本的相互隔离。莱温斯基辛苦劳作，获得了物质上的胜利，然后却跌进了人生的悲剧里，这个悲剧他已经意识到但无法改变。在小说结尾，他变成了一件不能买卖的商品。"在商业中，人们都说我能够展示我商品的最好一面给顾客，但在个人生活中，这一本能似乎抛弃了我，在这里，我更加倾向于把最不好的商品放在橱窗里加以展示。"这其中的原因在于莱温斯基对商业有很深的文化偏见，并因此而贬低他的成就。莱温斯基也有令自己满意的方面：在绘制美国商业增长图中的智力乐趣和在这一增长中他的犹太伙伴所发挥的作用。虽然他享受着这一成功带给他的物质生活，但他随时愿意与犹太学者、雕塑家或音乐家调换位置。凯汉使他的服装生产商感到孤独、缺乏自信，因为他相信他的人民有更高的社会职责。与德莱塞和诺里斯相比，凯汉没能看到大衣或小麦中的诗意。凯汉的问题并不在于社会经济的特定结构，而在于社会对物质的抢先占有。诺里斯的《章鱼》（1901）对小麦生产赋予了深刻的美学敬意，这使得此小说在处理方法上有别于其他作品，其他作品分别描写的是纺织品（费尔普斯）、染料（豪威尔斯）、服装业（凯汉）。这可能就是为什么他的小说为我们提供了那个时代制造业最现实的刻画的原因。

和《沉默的搭档》一样，《章鱼》也是从历史事件中得到了灵感，即穆塞尔斯劳大屠杀（Mussel Slough Massacre），力求揭露铁路托拉斯这一特定产业中的不道德问题。诺里斯处理这一主题的方法和费尔普斯类似：他没有兴趣用精确的语言讲述历史，但以历史戏剧化的可能性为小说的基础。1880 年 5 月，在加利福尼亚的穆塞尔斯劳地区，代表铁路公司的联邦代理人杀死了 5 名参与大规模游行示威的农场工人，此游行的目的是抗议即将发生的把他们从自己的土地上赶走的事情。南太平洋铁路公司邀请农场工人去开发土地，并承诺随后以微不足道的成本价格卖给他们。但几年后，当铁路对土地定价时采用了新价而不是原始价格，这实质上是让农场工人为他们自己土地价值的增加买单。这一事件已经为一部小说即哲学家乔西亚·罗伊斯（Josiah Royce）的《奥克菲尔德克里克人的世仇》（*The Feud of Oakfield Creek*）提供了灵感。诺里斯在圣华金河谷的机械图书馆确实做了一些研究，并拜访了铁路巨头克里斯·P. 亨廷顿（Collis P. Huntington）。同时，他还在圣安妮塔农场（Santa Anita Rancho）呆了一个夏天，亲眼目睹了使用第一批联合收割机和打谷机进行的现代小麦的生产过程。

我们必须认识到，诺里斯小说中的主人公是资本家牧场主，他们在土地和农场设备上进行了大量投资，同铁路争夺小麦生产带来的丰厚利润。他们不是特别热爱土地，目的就是赚取利润。他们对失去铁路委员会的重要决策权做出的反应就是决心"收买"自己的委员会成员。这种描写的复杂性正适合诺里斯，他是盎格鲁—撒克逊人的精英分子：他母亲是古老的新英格兰和弗吉尼亚家族的后代，他父亲是一位自力更生、白手起家的富有商人。例如，他在报道宾夕法尼亚州的矿业罢工（《矿区生活》，1902，载于《人人杂志》）时，他的观点并没有明确支持劳动者。但是，诺里斯的父亲在1894年与他母亲离婚时剥夺了他的继承权，这增加了他对中产阶级和工人阶级的同情，也增强了他从事他父亲曾经反对的写作事业的雄心。诺里斯的小说《章鱼》被接受，这既是商业上的成功，也是非常重要的成功，给了他很大鼓舞。双日出版社为小说作了很好的广告宣传，第一次印刷就成功卖出3.3万册，同时一位资深评论家断言这部小说将"激发良知，唤醒道德敏感性"。诺里斯将铁路形象比喻成"章鱼"，这种怪异的"庞然大物"将一切事物都吞没在萌芽之中，这个比喻变成了著名的"刺耳的反公司话语"的样本。然而，小说的真正魔力既不是技术，也不是从技术的生产力中获得利益的商人，而是大自然本身，诺里斯的作品往往把大自然资本化。

《章鱼：加利福尼亚故事》（*The Octopus, a Story of California*）是诺里斯小麦三部曲的第一部，其后还有《粮食交易所：芝加哥故事》（*The Pit: a Story of Chicago*）和《狼：欧洲的故事》（*Wolf: a Story of Europe*）。《章鱼》关心小麦生产，《粮食交易所》关注小麦的分配，而《狼》则关注小麦的消费。在开始写《狼》之前，诺里斯死于阑尾炎，享年32岁。诺里斯的《章鱼》是根据诗人普莱斯利（Presley）的故事改编。普莱斯利雄心勃勃地谱写西部之歌，但却患上了写作障碍，这种疾病只有通过真心地与"人"有认同感才能治愈。最后普莱斯利受到农民环境的刺激，创作出一首"社会主义"诗歌——《辛勤劳动者》（"The Toilers"），取得了巨大成功。对普莱斯利的描写类似于旧金山诗人埃德温·马克汉姆（Edwin Markham）的人生，他1899年的诗歌《拿锄头的人》（"The Man with the Hoe"）是根据米利特的画写成的，发表在《观察家》上，也很成功，改变了他的命运。普莱斯利变成了名人，成了反对铁路托拉斯的人民战士和上流社会宴会的谈资。这没有使普莱斯利停止向企业界大亨谢尔戈利姆（Shelgrim）（此人否认了现代生产的所有原理，宣称铁路和小麦一样自己成长）坦率且天真地抱怨铁路。普莱斯利对

◉渐进的多元文化：文化、经济和小说（1860—1920 年）

谢尔戈利姆的多愁善感和对艺术的献身精神感到非常吃惊，这与他迷人的体格和个性不符。实际上，小说中满是行为古怪的人。有一位萨利亚（Saria）牧师，他是现代版的圣弗朗西斯，他喜爱大大小小的生物，虽然他有一个秘密的、羞于人知的斗鸡爱好。小说中也有一位悲惨的牧羊人范纳米（Vanamee），他每天夜里在树下与自己喜爱的人约会，但突然有一天发现他的爱人被人污辱，处于昏睡状态。他由于悲痛过上了流浪生活，成了沙漠中的一位犹太流浪者，神秘的强奸者是否是欲望失控并膨胀得令人恐怖的范纳米本人永远都是一个谜。小说中的另一位人物是农场工人安尼克斯特（Annixter），他是一位典型的自然主义者：迷恋自己的消化道，具有超强的男子气概，并在智力、体格等所有方面拥有超人般的能量。他天生具有管理农场的才能，对法律也有同样的才能，因为一旦他为了对抗铁路托拉斯决定弄通法律时就掌握了法律的精髓。虽然他完全轻视被他称为"女人！蠢货！"的另一半人，他还是不可救药地被可爱的农场挤奶女工希尔玛·特里（Hilma Tree）深深打动。然而，正是安尼克斯特一时厌恶而注意到，西部农民的种植方法具有极端的自我毁灭性，他们从不改变种植的农作物，从而毁坏了土地，然后只能对着因为土壤养分耗尽而带来的困苦时期而哀叹不已。

小说的中心神话是自然法则，这个伟大的力量必将击败人类最精心的设计："人不存在，死亡不存在，生命也不存在；只有自然的力量存在——这个力量把人类带到这个世界上，把人类挤出这个世界为子孙后代腾地方；这个力量使小麦生长，把它们收进谷仓迎接下一茬作物。"第二个神话是加利福尼亚小麦种植者作为自然选择的受益者的神话，他们为全世界供应小麦。这两个神话都由于小说中关于全球小麦生产状况的描写而变得真实。诺里斯强调了每个农场办公室安装的电报机，它能够联络旧金山、明尼阿波利斯、德卢斯、芝加哥、纽约和利物浦等，并传递有关全球小麦商铺的信息、最新价格、最偏远的小麦生产地的天气情况等。电报机表明各农场是互相依赖的，它们的位置"只是全球范围内小麦生产基地的一个单元，感受到几千里以外的影响——达科他牧场的干旱、印度平原的雨水、俄罗斯草原的霜冻、阿根廷伊莱诺斯的热风"。这一段话通过强调自然界对每个小麦生产区产生的影响扩展了这一神话的深度，但同时也破坏了加利福尼亚农场统一的小麦生产能力。为了与此保持一致，小说突出强调不同因素——当地的、国家的、国际的——这些因素经常降低小麦的价格，其中包括小麦区域的延伸、超出世界人口需求的竞争以及中间环节（包括银行、仓库、商人、购买者，最主要的是铁路）对小麦生产者利润的榨取。

19 世纪经济的口号是生产，20 世纪是消费。这是小说中主要生产商塞达奎斯特（Cedarquist）的主要论点，他认识到了开拓市场的必要性。他的先见之明促使农场主有了新的梦想："摆脱托拉斯的控制，实现他们自己的垄断经营，卖他们自己的小麦，组成他们自己的大托拉斯公司，把他们自己的代理人派到中国的各个港口。"该小说中的经济是托拉斯的同义词：农场主摆脱铁路托拉斯是为了建立小麦托拉斯。当然小麦托拉斯并不会形成。正如商业历史学家指出的那样，只有某些行业能够形成托拉斯：那些具有规模经济特征（钢铁、石油、汽车）和范围经济特征（医药、商标注册的快餐）的行业。能够把大规模生产和大规模分配联系起来的技术先进行业的产品最可能以企业联合的形式生存下去。国家饼干业在世纪之交变成了成功的托拉斯公司，而国家小麦却没有。要把它变成托拉斯需要一定程度的人造行为。

从这方面看，小说以描写所谓的小麦的报复作为戏剧性结尾是十分恰当的，小麦活埋了铁路犹太代理人 S. 波尔曼（S. Behrman）。波尔曼出于好奇，窥视小麦斜道，从而被吸进去窒息而死。亚伯拉罕·凯汉认为，虽然波尔曼是最终的犹太中间人，但他也是一位值得同情的精通贸易的资本家。作为铁路势力的先锋，他是农场主难以取胜的劲敌。作为一位地道的商人，他毫无疑问冒犯了大自然，作为虚假事情的调停者，他最终受到了生产力合理而具有惩罚性的报复。诺里斯把最后的决定权交给了大自然的高产量。但在这个胜利的高潮中有一种深刻的认识：这确实是最后的决定权。

资本家

在美国现实主义作家中，塞缪尔·克莱门斯（Samuel Clemens，1835—1910）是最深入剖析商业世界的一位。1863年，他把自己的文学作品冠以笔名"马克·吐温"（测量水深的术语）。吐温的父亲约翰·马歇尔·克莱门斯（John Marshall Clemens）是一位律师和法官，他的每一项投资事业都归于失败。吐温的母亲简·兰普顿·克莱门斯（Jane Lampton Clemens）年纪轻轻就成了寡妇。约翰·克莱门斯死后留给家庭的财产很少，只有7万亩田纳西州的土地，除吐温外，每个人在这些土地无价值之后很长一段时间内还把希望都寄托在这些土地上。在父亲去世那年，吐温才12岁，他是在密苏里州密西西比河畔的汉伯尼镇长大的。他的人生与哈雷彗星（在他出生和死亡的年份都出现了）有着不解之缘，他的成熟和成功伴随着国家经济和技术的惊人发展。他好像掌握了那个时代每一件重大的经济投机事业。吐温对新技术很着迷，并经常进行投机："佩奇排字机"是这些投资中最著名的，还包括淡化海水的家用蒸馏器和拖船用的新蒸汽发电机。他同时还与人合作冒险投资了一家出版公司，在鼎盛时期出版了畅销书格兰特将军的《回忆录》，但最终证明是一项失败的投资。

吐温与商业世界最重要的联系是他与标准石油托拉斯的首席主管亨利·H. 罗杰斯之间的友谊，后者19世纪90年代引导吐温走出破产困境，重新获得了巨大财富，足够吐温享用余生。(图21)

罗杰斯非常崇拜吐温的作品，通过互相接触，他知道了吐温的财务困境。在他的作品《名人录》的开场中，罗杰斯把自己描述成"资本家"，并曾经对调查标准石油的政府委员会说："我们从事商业不是为了健康，而是为了赚钱。"但他很重视对艺术的资助。罗杰斯控制吐温的所有投资，他们的关系变得非常亲密，有时吐温甚至会在罗杰斯标准石油大楼的办公室里呆上一天，读读报纸，抽抽烟，而罗杰斯则在一旁办公。吐温也和安德鲁·卡耐基关系密切，他们互相称对方为"神圣的马克"和"神圣的安德鲁"。吐温住在第五大街，在图克西多（Tuxedo）公园避暑，并与卡耐基和罗杰斯那样的人在棕榈滩和百慕大度假。1908年，吐温在阿尔丁俱乐部（Aldine Club）面对50位杂志出版商发表演说支持洛克菲勒家族。这不是马克·吐温对早期民族冲动的背叛，而是表现了他一贯与富豪交往的嗜好。正如吐温写给约瑟夫·特维奇尔（Reverend Joseph Twichell）牧师的信中所说的那样："对金钱的贪求一直都存在，但在世界历史中，在你我所处的时代到来之前，都未曾变得如此疯狂。"吐温认为自己处在对金钱的疯狂中，但他自相矛盾的天赋使他认识到这是一种道德和政治失败。正是这种对他自身资本家野心的愧疚，对深深吸引并且亲眼目睹了其鼎盛时期的商业世界的抵制，使他成了那个时代非常重要的见证人。

马克·吐温曾经将西奥多·罗斯福刻画为"20世纪政界的汤姆·索亚"，暗示总统不成熟，是个"爱炫耀的家伙"。这种称呼也突出了美国北方人的独创性。吐温在写《镀金时代》（*The Gilded Age*，1873，与查尔斯·达德利·沃纳合作）的同时，也在进行《汤姆·索亚历险记》（1876）的写作，这些小说都对继承遗产、持有股份和投机性质盎然。吐温后来把《汤姆·索亚历险记》称为孩童时代的"赞美诗"，但他最初设想这部小说能够被他所期望的读者即成年人拜读。小说中许多例证的场景和细节都涉及资本及其操纵技巧。交换使圣彼得斯堡（St. Petersburg）的虔诚世界运转着，好像驱动着每一项社会的交互作用。但是，汤姆是最终的掌控者，他设法胜过了每一个人，从始终无法对汤姆实施应有惩罚的波莉姨妈（Aunt Polly）到被他成功困在杰克逊岛上的朋友们。汤姆在偷糖时设法留几块，在炫耀时总能表现得很真实，设法搞到领取主日学校发放《圣经》奖品的所有入场券，虽然他对《圣经》

图21　马克·吐温和亨利·罗杰斯一起在百慕大航行的照片（1907）

并不熟悉，也不在乎。唯一能与汤姆的投机霸权对抗的孩子是"村里的小贱民"哈克贝利·费恩，他被排除在小镇占支配地位的经济之外。作为小镇里一位违法、懒惰、肮脏的酒鬼的儿子，哈克贝利·费恩由于他公开的"自由意志"引起了其他男孩的嫉妒。哈克是一个在他们从事的所有交易中都胜过汤姆的人，他从不屈服于汤姆的商业计划：把粉刷篱笆从家务杂事重新定义为拥有特权的活动。波莉姨妈强迫汤姆把她的篱笆粉刷成白色，汤姆把这件搞得很有诱惑力，男孩们要花高价才能买到这个机会。到那天结束时，汤姆也成功地使自己从"早晨还是一贫如洗的小子"变成了"腰缠万贯"的人，这一变化预示了小说的结尾。吐温观察到，如果汤姆没有用完油漆，"他可能会使村里每个男孩都破产"。汤姆用一条最根本的价值原则教育自己：这价值取决于获得它所做的牺牲。人们对某一事物付出越多，就越想得到它。在小

渐进的多元文化：文化、经济和小说（1860—1920 年）

说的结尾汤姆拥有"巨额收入"并不奇怪，他投资的财富获得6%的利润。但门外汉哈克·费恩具有相同的财务状况这一点表明了吐温在他的事业上对金钱的理想主义。

虽然投机和攫取财富被《汤姆·索亚历险记》中的孩子完美化了，但关于这项活动没有什么是清白的。这一点在《镀金时代》中更是如此。《镀金时代》是写成年人的，且主要描写华盛顿腐败的政治生活。《镀金时代》以"今天的故事"（"A Tale of To‑Day"）为副标题，成功地创造了一个大体上能够代表内战后一个时代的短语。值得注意的是，这是吐温第一部也是最后一部描写这一历史时期的小说。描写那个以贪婪和暴力为特征的时代只能促使吐温逃往其他时代，正如他在后来的作品中做的那样。在《新版要理问答》（"Revised Catechism"）（《纽约论坛报》，1871）中，吐温悲痛地写道："什么是人类的主要结局？——得富有。用什么方式？——可能的话就不诚实；必须的话就诚实。谁是唯一真实的上帝？金钱是上帝。"这种悲痛延伸到了《镀金时代》，这部作品表达了吐温对无拘无束的资本主义发展产生的影响的失望之情。这部小说描写了两位康涅狄格邻居之间的协作，他们很反感当时的文化状态，对比彻—蒂尔顿（Beecher‑Tilton）审判案（审判有名望的亨利·沃德·比彻［Henry Ward Beecher］部长和一位正直的宗教团体成员的妻子西奥多·蒂尔顿［Theodore Tilton］太太之间的通奸罪）感到晕眩，并深信美国民主将很可能是一个失败的试验。

沃纳是一位报社编辑，他从来没写过小说，吐温以前的经历是"艰苦岁月"。吐温以他的家人沉迷于他们父亲留下的田纳西州的土地为基础，而沃纳则能够利用他在密苏里州做一个铁路检查员、后来在费城做商人的经历。吐温负责写作最重要的讽刺部分，即霍金斯对他们在田纳西州土地的投机买卖，还负责华盛顿政治的片段。沃纳负责发生在费城的爱情故事，也负责关于密苏里州铁路检查员的部分。他们共同创作了关于劳拉·霍金斯（Laura Hawkin）作为政治说客的职业生涯以及对她谋杀罪的审判。吐温和沃纳在当代场景中发现许多可利用的内容：比彻事件、信贷公司丑闻（控告联合太平洋铁路公司的分支信贷公司伙同几位与这桩贪污受贿案有牵连的国会议员盗窃美国国库的事件），涉及参议员塞缪尔·C. 鲍密洛伊（Samuel C. Pomeroy）（小说中为迪尔沃西［Dillworthy］参议员）的参议院贿选控告案。马克·吐温在他的一次演讲中尖刻地说："我认为我可以说，可以自豪地说，我们有一些立法机构，产生的代价比世界上其他国家都高。"这种尖锐讽刺的目的是为了呈现那些公认的情形和社会名流。虽然这部小说有一个很有创意的地理位置设计，小说中一部分人往东寻找财富，另一部分人往西寻找爱情并解决出身问题，但是多余的人物和情节不断地对这种地理位置设计产生威胁。实际上，在对那个时代资本主义风气的控告里，吐温是具有代表性的，小说中颇有魅力的投机者拜利亚·塞勒斯（Beriah Sellers）上校是虚构的正直诚实的主要源泉。这是因为吐温不断在对资本主义道德的憎恨与对资本主义利用人类的（包括他自己的）能量和热情的赞美之间徘徊。读者对吐温这种正反两种感情并存给予了回报，小说在头两个月就售出了 3.5 万册，但之后就几乎一本也没卖出。吐温遣责了 1873 年的恐慌，但他也应该把他自己这种完全对立的观点作为一个因素。

吐温的作品充满了动物，它们承载着重要的道德和政治的砝码。他的小说和故事里有大量的猪、青蛙、狗、草原狼、猫、马和牛；无论是生是死，它们对吐温小说中人类角色的良知提出了很高要求。这也表明吐温是一位坚定的自然法则信仰者。他的作品通常都将自由意志控制在最小化。人类是堕落的动物，在退化的世界中执行他们的天性发出的指令。通过提供那些可能被称为达尔文美学的基本元素，吐温的作品为当代文学现实主义者关于商业和经济世界的描述提供了一个很好的开场白。德莱塞和诺里斯也通过在现代社会的残酷无情中找到灵感来履行这一基本原则。相反，小说《戴维·莱温斯基的发迹》通过偏爱宗教和文化理想破坏了主人公的商业价值观念。在费尔普斯的《沉默的搭档》或者豪威尔斯的《塞拉斯·拉帕姆的发迹》中，道德因素与城市工业的残忍节奏背道而驰。德莱塞的小说因为对这些限定并不在意而变得令人瞩目。

作为商业时代的编年史家，德莱塞是独一无二的，因为他对成功的资本家有着近乎天真的崇拜。德莱塞与古斯塔夫斯·梅耶斯（Gustavus Myers）形成鲜明对比，后者根据自己的调查创作了《美国豪门巨富史》（The History of the Great American Fortunes，1900—1910），而德莱塞则被"大金融家"弄得眼花缭乱。梅耶斯强调了约翰·D. 洛克菲勒、J. P. 摩根和科利斯·亨廷顿等人的无情和虚伪，他们都是由自身的性格、艰苦的童年以及机遇造就而成。德莱塞仔细除去了梅耶斯作为典范所表现的特性，特别是清教徒式的简朴。尽管亲身经历过残酷的美国经济带来的贫穷和最终会变成社会主义的政治激进主义，德莱塞认为这些人物都是真正的艺术家。生来就从事金融的人就像诗人或画家那样摆脱了道德约束，对他们来说，投机是一种激情。德莱塞的小说人物弗兰克·阿尔杰农·考珀伍德（Frank Algernon Cowperwood）是一位执著的、有权威的好色之徒，这体现在他生来就喜欢女人并且对女人有吸引力。作为银行出纳员的儿子，他对投机和储蓄有着与生俱来的、坚定如钢的热爱，他确切地知道如何处理叔叔留给他的横财，把钱存在银行里，作为一种抵押

◎渐进的多元文化：文化、经济和小说（1860—1920年）

信用，使它的用途超过其实际价值的10倍。他甚至想到"自我复制"，生出"贪得无厌的"孩子。考珀伍德的道德免疫性来自他作为自然法则的化身，是一位超人。在《金融家》（1912）出版后的一次采访中，当被问到小说中的主人公是否有道德权利那样做时，德莱塞回答道："在自然界，没有什么有权去做或有权不去做的东西……我深信所谓的堕落、罪恶和破坏以及所谓的邪恶完全都是宇宙生物进化过程的一部分，就像所谓的美德或善行一样，都是有好处的。"

然而，德莱塞采取道德中立的态度对资本家进行描写，实际上揭露了美国内战带来的一个最重要的后果：一场毁灭了许多人的事件实际上造就了另外一些人。这是美国第一场造成了大量受害者的战争，也是第一场产生大量财富的战争。战争为德莱塞小说的主人公提供了一次重大机会，操纵国家贷款，带来了巨额利润和自身名望的提高。但1871年芝加哥的重大火灾却引起了股票市场的恐慌。考珀伍德的投机买卖通常都非常鲁莽，他成了这次恐慌的替罪羊，部分原因在于他正在和一位大老板的女儿巴特勒通奸。和往常一样，考珀伍德在监狱里不费吹灰之力就掌控了监狱里贵格派的政权（强调安静、孤独和反省）。考珀伍德被释放时正值1873年恐慌期间，他利用恐慌产生的影响在小说结束之前重新掌握了财富。《金融家》是德莱塞三部曲中的第一部，这三部曲是根据商人查尔斯·耶基斯的人生写成的，包括《巨人》（1914），主要描写考珀伍德重新出现在芝加哥以及街道铁路系统建成之后的事情，以及《斯多葛派》（*The Stoic*，1947），这本书在德莱塞1945年去世前没有完稿。虽然考珀伍德第一家成熟的企业是伴随内战发展起来的，但《金融家》关注的是战后美国经济的扩张。

在整部小说中，德莱塞强调了考珀伍德与主宰他那个时代经济的机会主义原则与风险之间成功的调和。考珀伍德在13岁时的第一次商业投机与洛克菲勒完全一样，洛克菲勒从自身经历（引自塔贝尔［Tarbell］的《标准石油公司史》［*The History of Standard Oil*］）得出的推论也可以作为考珀伍德的推论："把金钱变成我的奴隶而不要把自己变成金钱的奴隶是一件好事情，这种思想在我的脑海里越来越清晰。"天性敏感的考珀伍德偶然发现一场大规模的拍卖，凭直觉购买了七箱卡斯迪尔肥皂，转手卖给了当地的杂货店，净赚30美元。在这次才能展示中，考珀伍德无愧于他中间的名字"阿尔杰农"（为了向霍雷肖·阿尔杰表示尊重）——一种发现机会的特殊能力——他果断、有远大抱负。更重要的是，这种交易方式预示着战后经济的一种基本机制——期货合同，考珀伍德对其将达到驾轻就熟的程度。期货合同允许产品在递送之前就能够买卖，对卖者的益处在于防止价格下跌带来的损失，对买者的益处在于防止价格上涨带来的多付款情况，使双方能够在一年的时间内分配他

8 美国企业界

们的销售和购买。它最主要的影响在于产生了一个介于购买者与生产者之间的新的商人范畴：投机商。投机商根本不拥有商品或希望得到商品，他们只是通过过程赚钱。在肥皂交易中，德莱塞描写了年轻的弗兰克在小范围内创造了一种方法，商人历史学家阿尔弗雷德·钱德勒认为这种方法在19世纪50年代和60年代被发明，并于1870年成为一种行事习惯。他父亲对于肥皂情节的反应："你已经打算作一位金融家了吗？"看起来更是一种肯定而不是简单的探询。考珀伍德成功地在新商业的一个专业市场中获得了一席之地，从而证明了他不愧是那个时代的年轻有为之人。

686

在德莱塞的所有作品中，没有哪个时刻比那段描述年轻的弗兰克·考珀伍德在当地鱼店凝视鱼缸的场景更能把握德莱塞对那个时代的感觉：

> 一天，他看到一条鱿鱼和一只龙虾被放到鱼缸中，由此联想到伴随了他一生的悲剧，并且相当理智地解决了一切问题。从旁观者的角度看，龙虾肚子空空，鱿鱼便自然地被假想成它的猎物。它潜伏在透明玻璃鱼缸底部的黄沙上，显然看不见任何东西——你分不清它黑纽扣一样的眼睛朝哪里看——但很明显，它的视线从没离开过鱿鱼。鱿鱼，苍白而光滑，看上去有肥肉或碧玉的外表，像鱼雷一样四处游动。但它的移动显然没有跑出敌人的视野。龙虾将像弹弓一样跳到鱿鱼栖息的地方，后者貌似在懒洋洋地做梦。而警觉的鱿鱼会快速游开，同时喷出墨汁一样的液体，借此逃生……这件事给考珀伍德留下了深刻印象。这件事大致回答了过去一直困扰着他的谜："生命是如何形成的？"事物彼此赖以为生——事实就是这样。

这一场景突出了适者生存的理念，人和动物生存法则的相似性是德莱塞小说的主要思想。为了阐明这一点，德莱塞有可能利用了早期为《通俗杂志》（*Popular Magazine*）所写的文章《来自鱼缸的教训》（"A Lesson from the Aquarium"，1906）。《金融家》里有很多这种鱼缸里的教训。实际上，在龙虾和鱿鱼以及结尾描写的骗人的"黑鲶鱼"之间，小说提供了自然主义的教训，介绍和总结了小说中金融家这个无情但仍高贵的职业。年轻的考珀伍德每天都来这个鱼店，像被催眠了一样来观看这戏剧性的掠夺行为。龙虾以鱿鱼为生，一个肢体一个肢体地、咯吱咯吱地慢慢把被逮住的可怜的猎物吞下去。意味深长的是，这个男孩没有感觉到任何东西，只是冷漠地观看这一过程，他认为这是一直困扰他的问题的答案。德莱塞认为考珀伍德对目的、道德、政治、心理系统的感觉都是这一场景形成的。但在"懒洋洋做梦"的鱿鱼喷

渐进的多元文化：文化、经济和小说（1860—1920年）

射出墨汁一样的烟雾来保护自己这一行为中蕴含着一个深刻的寓意，而这个初出茅庐的金融家没有看到。尽管鱿鱼难免一死，但他试图梦想可以通过快速逃离和喷墨延长自己的生命。这是个悲剧，这增强了它的不可否认的艺术性。尽管德莱塞钦佩龙虾一样的金融家，但他同情体内含有墨汁的鱿鱼，鱿鱼的成功在任何情况下都具有戏剧效果。这里正是德莱塞的艺术目的所在，这种目的来源于他的信念，即生命组织是残忍的，以及他对这种信念坚持不懈的思考和反思。

《巨人》是考珀伍德生活的延续，写的是他和新婚妻子艾琳·巴特勒（Aileen Butler）搬到芝加哥后的生活，在这里他投资于路面电车系统。这部小说与《金融家》相比，不受人物个性驱动，更像纪录片。特别是对考珀伍德努力赢得对路面电车的专有权，反对市政系统对交通、天然气等这些对社区的命运至关重要的系统的控制的详细描写中，这一点表现得更突出。《巨人》强烈的空间感在小说对当地和全国政治的描写中表现得也很明显。例如，这部小说对威廉·詹宁斯·布赖恩（William Jennings Bryan）努力在金、银价之间建立法定的平价关系以保证在央行和巨头们控制之外有足够的货币供给的活动进行了详细描述。考珀伍德向芝加哥大学捐赠望远镜（使他想起在监狱时凝望星空的情景）是一次炫耀性行为，目的是为了取得作为公众赞助人的资格，以便能更容易地从芝加哥银行得到贷款。小说中有两个爱尔兰老板克里甘（Kerrigan）和提尔纳恩（Tiernan），他们反对考珀伍德在政治上控制那些对他的铁路扩张十分必要的区域，这一点十分关键。然而《巨人》的结局相当具有预言性，缺乏了前部作品的完整性和感染力。问题不在于一些评论家所指出的那样，金融本质上是抽象的，缺乏现实性和油漆或小麦的物质性，因而无法使读者对两部长篇小说都感兴趣，因为德莱塞对最活跃、最具有艺术性的社会活动进行了推测。德莱塞在这部小说中也没有对历史事件进行更多的描写，因为他的金融家不太吸引他。虽然处于多种恋爱关系中，考珀伍德仍然是一位引人注目的人物，这与他在《金融家》里只忠于妻子和情妇有很大差别。实际上，尽管他的年龄和吸引他的年轻女孩的年龄相差很大，但他仍是一位可靠的爱人。

这部小说的主要缺点是德莱塞局限于考珀伍德积累巨额财富（在他从芝加哥动身前往欧洲时身价为2000万美元）和慢慢变老的过程；在这部小说中，他的生活很难有真正戏剧性的行为。考珀伍德作为巨头的经历是积累的过程：金钱、房屋、女人和极品的积累。但他同这些东西的关系实质上是很乏味的，因为德莱塞使他非常适合搞金融。投机、出售、投资、分配金钱和用钱购物时刻伴随着考珀伍德。在爱情上的投机不能用替代品，因为掌管女人不能采用对待没有感情的货币一样的方式。他对财富提供的消费性物质至上主义不感兴趣。他人生中相当满足的时刻是在监狱的那段时间，但很明显，他那时一无所有，只能从眺望星空中获得快乐。在《巨人》的结尾，考珀伍德失去了他投资时代的灵活机敏，对自己的巨额财产有些麻木，这种状况与他自己的本性完全不一致。在考珀伍德即将离开芝加哥，奔赴新的外国经济领域之时，德莱塞试图重新燃起这位金融家的活力和他早期的本能。在这一点上，与德莱塞对查尔斯·耶基斯人生的任意进行改写一样，小说比现实更仁慈。"在使芝加哥铁路系统陷入混乱之后"，马休·约瑟夫森（Mathew Josephson）报道说，耶基斯"永远地逃往了伦敦"。

在德莱塞看来，芝加哥之所以能够把金融家变成巨头，是因为这座"草原大都市"没有东部城市的"虚情假意的体面人"。在这个地方，像考珀伍德这样的人能够重新开始，而不用穿越大陆。芝加哥是一个辽阔的、贯穿东西并不断扩张的门户通道，在这里几乎每个行业都很繁荣，从牲畜饲养和铁路到房地产、饭店业和五金器械等。那些"极大地操纵他人生活的"路面电车深深吸引了考珀伍德。除此之外，考珀伍德还迷恋于投资芝加哥的股票交易，特别是小麦、玉米和其他谷物的交易。芝加哥股票交易所进行的小麦交易也为另一位美国文学作品中20世纪早期的伟大金融家注入了活力，他是诺里斯的小说《粮食交易所》（1902—1903年连载于《星期六晚邮报》）中的人物柯蒂斯·杰德温（Curtis Jadwin）。《粮食交易所》是诺里斯死后出版的，这部小说出版前订单数量非常巨大，以至于在正式出版之前就已经重新印刷了两版。第一年的销量达到9.5万册。这部小说不仅得到了广泛而充满敬意的评价，而且获得了不寻常的商业声誉，于1904年被改编成剧本，1917年被拍成无声电影，并于1919年根据芝加哥商品交易所的意见被设计成扑克牌游戏。像《巨人》一样，《粮食交易所》是三部曲中的一部。诺里斯对威廉·狄恩·豪威尔斯解释道，《小麦史诗》（*Epic of the Wheat*）的目的主要是为了"让像尼亚加拉瀑布一样的小麦观念从西滚到东"。

如《章鱼》一样，诺里斯利用一个真实的历史事件作为小说的主要情节，即约瑟夫·利特（Joseph Leiter）在1897—1898年对小麦市场的垄断。利特被授予了"小麦之王"的称号，他抬高了小麦的价格，成功控制了芝加哥商品交易所长达6个月之久，直到最后屈服于由肉类托拉斯菲利普·阿莫尔（小说中是的人物叫加尔文·克鲁克斯［Calvin Crookes］领头的卖空者们。除了在芝加哥花费时间观察贸易部的活动，诺里斯还请一位年轻的经纪人讲授市场投机的复杂性，这位年轻的经纪人发明了一个游戏，以帮助诺里斯掌握市场走向的波动。把一根金属丝从地板上的散热器穿过天花板上的吊钩，然后

◎渐进的多元文化：文化、经济和小说（1860—1920年）

穿上浮标，他的上升（火炉热量的流入使之上升）表示牛市，下降表示熊市。

与其说柯蒂斯·杰德温是以约瑟夫·利特为原型，倒不如说是以诺里斯的父亲为原型：他在威斯康星州日内瓦湖度过的夏天；他的密歇根湖公寓，靠近马歇尔·菲尔德（Marshall Field）、乔治·M. 普尔曼（George M. Pullman）、菲利普·阿莫尔的寓所；他的乡村童年和自力更生取得的财富；他对穷孩子主日学校的资助；他与使他着迷的有教养的装腔作势的女人的婚姻。为了与诺里斯的父母保持一致，柯蒂斯和劳拉·杰德温被塑造成受人尊敬的人物，几乎没有《麦克提格》里遭人讽刺的人物的特点。劳拉多情而美丽；杰德温通过他力所能及的事情被以传统的男性用语介绍出场。他是一个单身汉，在房地产上赚了钱，他偶尔会参加小麦或玉米的交易，在那里会有看重他的精明的金融家们向他咨询。小说从劳拉·杰德温的角度展开叙述，这似乎是为了扩大它的读者人数，因为女人是一个很大的小说购买群体，而男人们可能仅仅会被主题所吸引。小说的显著意图也通过在详细描述现代经济趋势的同时伴随着可预测的浪漫场景表现出来。芝加哥看上去肮脏不堪，但却给人留下深刻的印象，包含了所有金钱能够买到的富人文化和商业机会。

但是，诺里斯通过一个女人的意识来传播他对商业世界的设想，其主要原因在于他深信女人激发了商业世界。文化和宗教，像掌管它们的女性一样，在《粮食交易所》中有着普遍深入的影响。对杰德温在美国新教圣公会教堂举行婚礼的描述是满怀敬意的。"在复活节的盛况和仪式中，圣坛所和高高的圣坛并没有释放出更强大的影响……整个世界突然被拿走，与此同时男人和女人生活中的伟大时刻开始了。"杰德温对市场的绝对追求就包含在这种高尚纯洁的结合中。准确地说，女人对商业活动的本能反对反而促进了商业活动。杰德温的单身生活需要认真权衡商业活动和高尚的善举，对穷人孩子主日学校的资助这一显而易见的细节证明了这一点。杰德温作为一个已婚男人对慈善行为的忽略表明他被他"妻子"的文化和精神活动解放了。

诺里斯的金融家并非统统无情，杰德温与他渴望成为的德莱塞描写的考珀伍德完全不同。实际上，杰德温是个农民的勇士，当熊市使小麦价格下跌时复演了农民遭受的痛苦：借款堆积如山，农作物提前抵押，没有新的农场可供使用，没有运输车，没有店铺。在杰德温的牛市把小麦价格抬高之后，种小麦的农民组成代表团带着礼品拜访了他，并为这种繁荣而欢呼。正如在《章鱼》里一样，诺里斯强调了全球经济事件的关联性，哪怕是最足智多谋的代理商也无法控制这一切。小麦交易所的"离心力"在全世界引起了反响。诺里斯在那个全球的商业系统中投入了大自然的力量。这一点体现在把小麦交易所常规自然化为熊市和牛市的说法，不断暗示小麦具有生长的独立原则，还体现在把小说中的金融家描写成"为这场游戏注入了血液"。但是小说中大自然也有一个奇怪的缩影,即一只猫在所有交易员都已离去的小麦交易所里徘徊。

> 商品交易所的地面空荡荡的,在被人遗弃的小麦交易所的边缘,在一个阳光最充足的地方——一个微不足道的弱小生命消失在浩瀚无边的空荡荡的地板中——这只灰色的猫独自梳洗着,不停地舔大腿内侧的毛,一条腿好像脱臼了一样举在空中,高过头顶。

她的腿向上指着,是在嘲弄般地模仿交易员的出价手势,这只驯化的动物是更强大的自然法则的较仁慈、较温和的变身。

对诺里斯来讲,自然和奸诈是交织混杂的:最人为的事物看上去最自然,有的时候最自然的事物看上去最像人造的。在小说中,这种自然化好像是补偿性的,目的在于减轻对托尔斯坦·凡勃伦所称的"信用经济"的担忧。信用经济与众不同的特征在于商人的首要位置,在这里商人不再直接指挥真实商品的生产,而是通过投资和市场操纵价格,从而引发一个不停地估价、再估价的过程。凡勃伦注意到美国战后的经济越来越被信用和金融家所主宰,他集中关注繁荣和萧条的毁灭性循环,这种循环的部分原因是投机者互相竞争以寻求抬高账面价格而非实际价格。在 19 世纪 80 年代以后占主导地位的信用经济是一种所有价格似乎都是非物质的、动荡的经济。《粮食交易所》在对伟大的金融家表示敬意的同时,最终也和凡勃伦一样对它的影响表示担心,这种担心不是以凡勃伦认可的社会主义的名义。但是诺里斯在《粮食交易所》的结尾决定毁掉金融家和他的投机冲动,使他回归一种完全的农业生活方式,这一做法可被看做是一种恰当的民粹主义形式。

诺里斯对亨利·亚当斯在 1869 年题目为《纽约黄金阴谋》("The New York Gold Conspiracy")的文章里描写的事务状态表示担心。亨利·亚当斯在文章中抱怨"一种投机狂热……几乎每一个有点钱的人都会购买股票、黄金、铜、石油或国货,希望价格上涨或在预计价格下降时下注"。诺里斯全力关注于投机金融的后果,他利用宗教、文化和女性特质使其平衡。诺里斯的传统主义没有表达出他的信仰,即价值本质上都是内在的,但表现出他很关心市场经济对人所产生的影响。显然,柯蒂斯·杰德温崇拜的小说家是威廉·狄恩·豪威尔斯,他小说中的塞拉斯·拉帕姆唤起了"他所有的同情"。

在小说结尾,杰德温淹没在他自己的毁灭中,这种构思是恰当的。幸运的是,对杰德温来说,他是一个金融家,因此小麦只是用来投机的,他的毁

渐进的多元文化：文化、经济和小说（1860—1920 年）

灭只是金融上的而不是根本上的毁灭。另外，和犹太人伯尔曼一样，杰德温不是替罪羊；一个巨大的经济社区共同承担了他的损失，他的家庭避难所变得富足，显然成了他经济破产的受益者。小说的结尾充满了灵魂复活的气氛：杰德温的西迁、破产，希望在更坚实的基础上重新开始。他们朝身后"黑黢黢的、如磐石一般的、像蜷伏在地基上恐怖的斯芬克斯怪兽一样的商品交易所大楼"的一瞥是代表整个国家的一瞥。从诺里斯死后人们的怀旧观点可以看出，美国人渴望把投机的家伙抛在他们身后。他活着时没有意识到这才刚刚是开始。

巨头

到 1905 年，美国大企业安得其所。内战后，美国大企业取得了胜利，因为在一个认为物质进步高于一切的国家里，大企业被证明是最有效的组织生产和金融的方式。这是亨利·亚当斯的观点，这种观点是他思考陆续在中西部重要城市（芝加哥，1893；圣路易斯，1904）举办的盛大的世界博览会时得出的：他的国家完全忠诚于机器、物质至上主义和工业资本主义。亨利·布雷克·富勒的《悬崖住客》和亨利·詹姆斯的《金碗》都围绕这段关键时期。富勒的小说写的是他的家乡芝加哥，这个城市吸引了许多商业和金融方面的文学历史编纂者的注意力；而詹姆斯的小说主要写的是伦敦，偶尔也会回忆一下"美国城市"，那里是小说中美国商业巨头的匿名家乡（显然在中西部），他在小说的结尾回到了那里。这些随后要讨论的小说和社会分析作品把大企业理解成既定的社会和经济事实。正如在诺里斯和豪威尔斯的小说里一样，公司精神不是道德审查的重点，或者说与德莱塞的小说一样，公司思想不是一个以自然法则进行解释的现象。对富勒、詹姆斯、托尔斯坦·凡勃伦、艾达·塔贝尔和安德鲁·卡耐基来说，这是文化的一个统一的、决定性的要素。这些作家评价美国公司文化在世界史上的位置时所持的是一种长远观点。他们意识到制度化的标志是出现可识别的仪式，他们开始将这些仪式编入目录，每一种仪式采用不同的方式。若干年后人们会如何理解这些仪式化的商业惯例（富勒、凡勃伦）？礼物交换的原始原则与现代公司文化盛行的送礼原则之间的相似性是什么？关于原始原则和现代原则之间的连续性，它们揭示了什么（詹姆斯）？世纪之交的巨头将被后人看做是造福者还是不法之徒（卡耐基、洛克菲勒、塔贝尔、劳埃德）？

《悬崖住客》是一个关于贪婪和社会流动性的故事，描写了芝加哥一群在 18 层高的"克利夫顿"（Clinfton）商业大厦工作的上层人士，那座大楼是小说中故事发生的主要地点。这些日后的"悬崖住客"（富勒想象出来的）后来组成了一个"部落"，它的与众不同之处在于各种各样的仪式，包括偶尔求助于"抽长管烟斗表示和好"。这些细节表明富勒对商业领域的看法本质上是人种学的。无论在现实生活中他们的群体有多大，也不管别人对他们群体规模的推测，悬崖住客像以前任何一个人类群体一样处于不安定的境况，是诸多社会团体中一个随着时间已经消失的群体。富勒决定用社会科学语言来描述芝加哥的商业世界，这样一部以讽刺为主的小说就诞生了。小说中的主人公乔治·奥格登（George Ogden）是一个在更加广阔的商业领域努力奋斗的新英格兰人。这种地区差异决定了距离感的存在，同时也解释了他相当独特的观点。"在公共交往中"，他发现了"许多他以前从未见过的人种；但很快所有这些不同的成分就似乎可以被分类，可以归于一种目录排列中，从而给每个特征安排适当的位置——脑袋、前额、步态、气味、面部棱角和耳朵"。因为暴风雨，这位爱沉思的主人公被迫进入了城市主要的公共图书馆的阅览室，被"互相抵触的民族的洪流"所包围。这种洪流表明，由于共同的道德观念，人们普遍可以建立一种手足之情。实际上，死亡是小说最终要提到的事情，通常是为了反对小说主要人物的贪婪，这与小说的主要观点保持一致。奥格登的困境是生存，在小说情节的发展过程中，他失去了所有关系。其中有一个重要场面，他和他的一位朋友安排他父亲的葬礼，这位朋友帮助他在自己的悲痛与送葬者的贪婪之间进行调节。掩埋了妻子和小女儿后，奥格登发现富裕的芝加哥人为了墓地里最好的位置进行的争斗就像为了得到最好地段房地产的争斗那样积极。因此，奥格登对精神错乱和自杀的传染速度，对社会的"细纺网是如何约束和扼死我们的"等问题进行了思考。在小说结尾，奥格登退隐的方式是与卑鄙无耻的银行行长愤愤不平的女儿结婚，这表明他陷入得有多深。小说最后几页通过一个人物描写了一个仪式化的基本悲剧形象，这个人物对珠宝的过度需求使她必须得到建筑师丈夫的微薄工资。"正是为了这样一个女人，一个男人建立了克利夫顿，而另外一百个男人却为此殉难。"通过把世纪之交富裕的芝加哥人的习惯和许多灭绝"部落"的仪式习俗联系在一起，富勒预测到"悬崖住客"的灭亡即将到来。

《金碗》被詹姆斯及许多评论家们看做是他最好的一部作品，它提供了接近世纪之交资本主义的一种更为复杂的人种学研究方法。这部小说的中心主题是交换：男人和女人跨越宗谱的交换，即婚姻，以及像金碗一样商品的交换。这部小说的背景主要在伦敦，主要角色有：一位英俊的意大利年轻贵族普林斯·艾墨雷哥（Prince Amerigo），他来自一个已经破落的家庭；一个积极进取的美国人亚当·沃尔沃（Adam Verver），除艾墨雷哥高贵的血统外他拥

渐进的多元文化：文化、经济和小说（1860—1920 年）

有一切；麦琪·沃尔沃（Maggie Verver）是亚当可爱的女儿，她得到了金钱所能买到的一切，包括异常的天真；美丽且老练的夏洛特·斯坦特（Charlotte Stant）是寄宿学校里麦琪仰慕的老朋友。小说的情节以筹备普林斯和麦琪的婚礼开始，描写了一系列简单的细节。麦琪的母亲很早就去世了，她担心结婚后要离开父亲。虽然他们的关系几乎没有因为婚姻而改变，但是麦琪设想了一个让她父亲娶夏洛特的计划。夏洛特和普林斯以前有过一段短暂但刻骨铭心的爱情，这份爱情在双方认识到由于两人都没钱而不可能时告终。沃尔沃父女对此一无所知，并且他们也没有感觉到这件事挥之不去的后果，部分原因在于他们沉浸在他们自己深深的父女情结中，这是小说里"公开的秘密"。

詹姆斯小说中的每一样东西——从贵族地位、朋友、丈夫、父亲、女儿到瓷砖、珍贵艺术、宴会请柬、性和爱——都可以交换。《金碗》主要描写了盎格鲁—美国帝国的处境以及对它的存在至关重要的社会和性的形式——异性婚姻。然而，正如碗本身所体现的那样，婚姻因受到少许损害而破裂。碗被一个有点"险恶"的犹太人贩卖，他把金碗和店里其他的小古董郑重其事地分开，碗似乎把小说里的社会和种族情节（主要是帝国的危险处境和对帝国产生危险的社会外来人）与家族情节（主要是奇特的安排——小说的四个主要人物之间的乱伦、通奸）结合起来。这部小说描写了两个犹太商人，而不是一个，每人负责一个重要的交换时刻：无名的古董商和瓷砖商古特曼·休斯（Gutterman-Seuss）先生，他有"11 个长着棕色面孔、没有感情的眼睛长在没有感情的鼻子两侧的孩子"，他的这个父亲身份威胁性地与亚当·沃尔沃（麦琪）和普林斯·艾墨雷哥（普林西佩诺 [the Principino]）的只有一个孩子的家庭形成对比。每一次种族之间（犹太人是詹姆斯的一个种族类别）的商品交换反映了相伴而来的"新娘"的交换，即分别指麦琪和夏洛特的交换。经济的突出地位和这些刻板的外来者形式上的关键作用表明外来形式和人可能会发生危险的同化。小说也突出了詹姆斯对全体犹太人以及他们与小说中的关键行为——通奸之间的具有象征意义的特殊关系的总体态度。

这部小说的人物经常思考古老的交换仪式，如在小说开头几章中，普林斯对他的婚姻和血缘关系的反思以及对犹太商人"触及古老的犹太民族的一些神秘仪式"的描写。这样的思考往往被精神化；许多人用马塞尔·莫斯的"原始"感觉预料"礼物"的种类，包括从新娘交换到冬季赠礼节的礼物。莫斯的《礼物》是他在第一次世界大战后写的作品，其中一个目的是为了得出一个结论，道德本质"与我们自己的法律和经济组织的危机所带来的问题相关"。其中最重要的是交换与战争之间令人不安的相似性。"社会已经进步

了，"莫斯写道，只要社会

> 成功地交换了商品和人……在部落和民族之间，更重要的是在个人之间。只有到那个时候，人们才能学会如何去创造相互的利益，令彼此满意，最后不用诉诸于武力来保护自己……这就是将来在我们所谓的文明世界里阶级、民族和个人都必须学习的东西。

莫斯和亨利·詹姆斯一样，都有利用原始和现代系统间的差别去强行寻找暗含的连续性的习惯。因此，当莫斯注意到当时的一种把物质世界看做是无声、迟钝和运转的，并且只有通过人和语言才能认识的倾向时，他也记录了现代人对物体不受约束的活力和力量的信任和担忧。当他提醒我们第一批契约是人类与上帝或死去的灵魂之间的契约时，实际上是在证明这种契约在现代社会仍然留有残余。当他想起慈善的由来一方面是礼物与财富的道德概念，而另一方面是牺牲时，他想到了现代的慈善行为。詹姆斯在《金碗》中凭直觉了解到人类学家逐渐认识到的东西，即礼物与商品之间的共性，以及主宰礼物世界的"互惠精神"与主宰商品世界的"以利润为本的精算精神"之间的共性。

亚当·沃尔沃在《金碗》中是把两者统一起来的中间力量，是展现资本家的利己主义与原始交换之间连续性的人。亚当·沃尔沃把古老的箴言"富人之所以富有主要是为了能够给予穷人"变成他自己的座右铭。对他来说，给予是保有的一种方式。如果一件礼物没有得到价值相当的反馈礼物，那么一种永久性的债券关系就形成了，这种关系限制了债务人的自由；"控制"某个人的方法之一就是维持一种持久的非对称的债务关系。沃尔沃在美国城的博物馆具有

> 对文明的所有约束力……一座房子，通过它敞开的门和窗户，向成千上万存感恩之情的人、饥渴的人开放，较高等或最复杂的知识从房子里洒出光泽普照大地。这房子主要是献给他移居的城市和国家的礼物……在这所房子里，他的精神今天仍然活着，正如他所说的，弥补了失去的时间，在门廊周围徘徊，期待着最终的典礼。

沃尔沃的力量来自于他给予的能力，这种能力的回报就是可以无限制地获取。对他来说，这个世界就好像是等待被占有的物品的海洋，特别是那些心爱的物品。因此，他的女儿回想起一些"细长的、挂在梵蒂冈或卡匹托尔

山上朱庇特神庙墙上的'古董',都是晚期的、精致的,非常珍贵"。他对待自己的小外孙普林西佩诺"就像对待珍贵的小玩意儿一样"。虽然没有资料记载詹姆斯像马克·吐温那样与美国商业巨头关系密切,但他那位对约翰·D. 洛克菲勒非常敬佩的哥哥威廉曾向他详细描述过商业巨头的事情。威廉于1904年1月写给亨利的信可以用来描写亚当·沃尔沃:"一个10层楼深的男人,对我来讲他深不可测……他灵活、狡猾、严谨,其貌不扬但善良且有良知,然而却被指责为我们国家塑造的商界最大的恶棍。"

詹姆斯在第一卷《普林斯》("The Prince")中,通过让麦琪和普林斯·艾墨里哥结婚,夏洛特和亚当·沃尔沃结婚,使送礼物成为结婚的基础,送礼物就是与"穷人"分享财富,把婚姻看成是最典型的交换方式。婚姻也与其他社会集团有着不可忽视的联系,它们在小说里的重大交易中发挥了关键作用。令人难忘的双语犹太人(他偷听了夏洛特与艾墨里哥之间用意大利语进行的谈话)随后将金碗卖给麦琪作为她送给父亲的生日礼物。由于也讲意大利语,这个商人与普林斯(他在鉴别碗的瑕疵方面同样也很精明)站到一边。小说还通过第二部分中两个人各自的"转变"再次结盟。普林斯再婚,那个商人决定告诉麦琪这个金碗有裂纹,这一举动"在各阶层的卖主中很少见,在以色列节俭的孩子中几乎是前所未有"。这种对碗商的蔑视与对瓷砖商的描述是一致的。《金碗》中的陈旧模式为詹姆斯时代犹太人身份的千变万化提出了理由:犹太人在英国和美国是一个古老的群体,特别适应资本和现代事物。

同时期的一则(萨普里奥)肥皂广告(见第六章图9)揭示了犹太人身份显著的二重性。这个广告采用了希伯来人手迹来宣传萨普里奥肥皂的仪式性洁净——大家公认的"按照犹太教规进行洗涤"的特性,萨普里奥肥皂作为健康和洁净的代名词,它的好处是可以吸引高度传统的人们。另外,这则广告利用犹太人来刺激销售,也含蓄地利用了犹太人善于经商的假定。詹姆斯和伊诺克摩尔根子孙公司(萨普里奥的生产商)以一个犹太人的生存和适应诀窍的假定为基础:虽然这种文化自古就有,但却很容易等同于现代的经济交换关系。

然而詹姆斯描写的犹太人几乎都不是清白的。实际上,在他的小说中犹太人首先代表的似乎是一种具有威胁性的现代性,这种现代性被认为既不可避免又问题重重。这样,他们在社会中的地位与詹姆斯理解的通奸在婚姻中的地位完全相似。《金碗》的情节得出了下列假定:犹太人对社会(盎格鲁—撒克逊)就如同通奸对于婚姻——违背道德准则并且令人讨厌但又必不可少。通过暗示王子不忠才使他与公主的婚姻得以存续,通过把复杂的犹太外族人描写成婚姻不可或缺的交换仪式中的重要参与者，詹姆斯支持了强调原始与现代之间连续性的人类学理论。

这些假设是托尔斯坦·凡勃伦想法的基础，他是詹姆斯的同时代人，与詹姆斯一样憎恶伟大的美国商人，但同时也被他们深深吸引。凡勃伦担任芝加哥大学教授时，曾写过措辞激烈的文章批评工业领袖，芝加哥大学直接继承了洛克菲勒的慈善事业。凡勃伦指责大学校长威廉·瑞尼·哈珀（William Rainey Harper）是"博学巨头"，这是用在知识分子头上的强盗称号的变体，表明了他自己打破旧习，拒绝被收买。凡勃伦被《财富杂志》称为"美国现代商业和商业文明价值观念最著名和最有影响力的评论家"。他的独特性来自于对世纪之交公司合并范围和复杂性的深刻理解与一个文化外来者观点的融合。挪威农民有才气的儿子穿上了以前主要由亨利·亚当斯和亨利·詹姆斯等文人雅士穿过的斗篷。凡勃伦对社会理论最著名的贡献是《有闲阶级论》，在书中他独自创造了一个新的阶级，详细描述了它的特征、与其他阶级的关系以及它对整个社会的影响。有闲阶级被定义成不需辛苦工作、拥有的财富足够支撑其奢华生活的阶级。"特权行为"在社会上之所以非常重要，是因为这种行为像胶水一样把各地的上层阶级联合起来，促成从上层人士的联姻到公司的行政决策的看似毫不费力的利益协调。

凡勃伦1857年出生在威斯康星州农村一个工匠的家里，他家里共有12个孩子。他的父母都是忠实的平民主义者，受过良好的教育，自己教授早熟的儿子希腊语、拉丁语和德语。由于凡勃伦在家说的是挪威语，英语是后来学的，因此他在长大成人后英语仍说得含含糊糊。但这并没有妨碍他在明尼苏达州的卡尔顿学院（Carleton College）表现优秀，他是17岁入学，在那里遇到了那个时代最伟大的经济学家约翰·贝茨·克拉克（John Bates Clark）。从约翰·霍普金斯大学和耶鲁大学（他在那里拿到哲学博士学位）毕业后，凡勃伦由于他的无神论而没能从事学术工作。回到农场后，他广泛地阅读社会主义著作，并受到爱德华·贝拉米的乌托邦民族主义的启发。在这段时间里，凡勃伦是《政治经济学杂志》（*Journal of Political Economy*）的忠实读者，专攻社会主义方面的书。1891年，凡勃伦接到了他的第一份学术工作，任教于芝加哥大学的经济学院。被芝加哥大学解雇后，他又被斯坦福大学聘用，但不久后又被解雇了。凡勃伦的免职要归咎于他与女学生之间的恋爱事件，但无疑也与他异端的观点有关。《高等教育：商办大学行为备忘录》（*The Higher Learning*: *A Memorandum on the Conduct of Universities by Business*, 1918）表明，凡勃伦对20世纪早期高等专科学校不再抱有幻想，它原来的副标题"堕落研究"表达了诸多书中的主张。在密苏里大学，凡勃伦虽然在事业上没

◎渐进的多元文化：文化、经济和小说（1860—1920年）

有更大成功，但还是卓有成效的，他写了许多书，包括《手工艺才能》（*The Instinct of Workmanship*, 1914）、《德意志帝国》（*Imperial Germany*, 1915）、《和平的本质》（*The Nature of Peace*, 1917）。在第一次世界大战期间，凡勃伦在食品管理局工作，战后在纽约的一家从事社会研究的新学校工作。后来他回到了斯坦福，住在校园附近的一个小木屋里，于1929年去世。

《有闲阶级论》被完全理解为当时社会的人种学作品。在这里，他把许多社会标准——"金钱竞争"、"炫耀性的休闲和消费"、"相信运气"——变成了仪式分析的对象。凡勃伦的方法是进化论的，从人类历史上最长、最和平的野蛮时代追溯人种的发展，那时人们最关心的主要问题是群体的生存，最首要的是估价技巧。工具的发明促进了盈余和财富的产生，这反过来导致了阶级差别和剥削。一个掠夺的捕猎勇士阶级让位于一个封建贵族阶级，即现代工业所有者和管理者的先驱。现代工业社会强调消费是阶级地位的最终指标。凡勃伦是认识到强加在现代资本主义社会公民身上的消费义务实际上增大了阶级差别和矛盾的第一个人。当其余的经济学家相信更多地接触消费商品将会使阶级意识达到最小时，凡勃伦却相信，这将成为表达阶级意识的主要渠道。他希望这些不公平的差别将导致阶级系统的颠覆以及最终被社会主义所取代。凡勃伦利用反向趋势的证据，如工业创新的价值、机器和科学文化的总体重要性、新妇女运动的挑战等，来预言有闲阶级风气的结束。然而，他对精明能干的消费者社会是如何产生了错误的意识形态的详尽论述与这样的希望相矛盾。另外，认识到凡勃伦所描述的有闲阶级只是上层阶级的一部分这一点很重要，上层阶级的大多数精英人士和强大的自然环境培养了其不显著性。一个群体或个体的地位越高、越安全，他们可能越敏感、越保守。

向上的社会流动通常易于被注意到。这是那个时代最有名的巨头之一安德鲁·卡耐基的主要原则，卡耐基把他个人对关注的渴望（对于一个身高只有5英尺3英寸，低于全国平均身高4英寸的男人来讲是可以理解的）提升为一种信条。他理解关注的各种含义，强调一直成为众人注意焦点的重要性以及全身心投入特定的商业事业的重要性。他得到认同的一句格言是："把鸡蛋全部放在一个篮子里，然后看住那个篮子。"卡耐基在《商业帝国》（*The Empire of Business*, 1902）中写道，"一个崭露头角的人必须做一些特别的事情，他必须吸引注意力"，让老板明白"他的雇员不仅仅是为金钱而工作……而是将所有消遣时间和持续不断的思考投入到他的事业中"。

这是卡耐基在通向财富的道路上不断完善的方法：把他的形象印在老板的脑海里，比如他重要的导师托马斯·A. 斯科特（Thomas A. Scott），他雇卡耐基担任宾夕法尼亚州铁路西部分公司的办公室经理，并把他置于自己的保护之下。卡耐基在公司被称为"斯科特先生的安迪（安德鲁的昵称）"。他们相识时卡耐基才17岁，他崇拜斯科特，并从他那里得到了至关重要的帮助，包括他第一次重大商业投资所需的资金。一些人认为卡耐基后来对待斯科特的方式表明了他的固执，甚至是商人的无情。在1873年的大恐慌期间，当卡耐基担任宾夕法尼亚州铁路的高级副总裁时，斯科特向卡耐基请求提供另一份贷款，那个时候卡耐基由于大恐慌的缘故大大扩展了他的钢铁事业，并且以前也曾帮助过斯科特，但是尽管斯科特和他的支持者们苦苦哀求，卡耐基还是坚定地拒绝了。

卡耐基1835年出生在苏格兰的一个村庄里，是一位熟练织布工的长子，他父亲是一位人民宪章运动的拥护者，不幸的是他的手艺被蒸汽织布机取代。全家在1848年移居美国，住在宾夕法尼亚州匹兹堡附近的一个工业小城里。由于环境恶劣，小城被当地居民称为"厚木板城"（slabtown），但卡耐基带着满腔热忱去了那里，并决心成功。他在13岁时得到了第一份工作，在一家棉纺织厂绕线圈，每周挣1.2美元；43年后，他积累了3亿多美元。随着在工厂里职位的不断升迁，担任宾夕法尼亚铁路电报业务经理的卡耐基迎来了最大的转折点，他晋升到铁路的管理层，从此他开始投资铁路、桥梁建设以及其他企业。到1868年为止，得益于内战的帮助，33岁的卡耐基身价为40万美元。"钢铁注定要改变文明的物质基础"这个意识使得卡耐基进入了千万富翁的阶层。在19世纪晚期之前，钢铁太贵，无法进行大规模生产。1856年，人们发现了从生铁迅速去除杂质的方法，之后该方法公开用于钢铁的大批量生产。然而目标仍难实现，因为还有其他的问题需要解决，比如可以轻易地得到另外的原材料——铁矿石、石灰石和焦炭——这对钢铁生产是必不可少的。但是直到1881年，在与一个主要的焦炭生产商弗里克（Frick）合作并雇佣了一位专业的德国药剂师之后，卡耐基的王国才开始建立。卡耐基的成功建立在以下原则上：使钢铁厂保持运转；雇佣顶尖的工程师设计原始设备（从而避免了昂贵的工业灾难）；支付必要的费用以保持较低的运营成本；经营规模愈大，产品越便宜；市场越大，竞争优势越大。

在卡耐基为公众消费所写并发表在当时的流行杂志上的所有文章中，他都根据自己的亲身经历提出了一个实用的、精明的自我发展的观点。和他的崇拜者布克·T. 华盛顿一样，卡耐基批判了大学教育，特别是古典教育，认为它不可能成为成功的途径。他认为教育只有在直接为一个人注定要从事的职业做准备的情况下才是有用的。当卡耐基从启迪、教化的角度考虑教育的潜能时，他可能听起来十分幼稚，如他认为资本和劳动的共同利益可以通过使工人掌握政治经济法则以及使资本和劳动共同遵守这些法则来提高。卡耐

◉渐进的多元文化：文化、经济和小说（1860—1920年）

基认为贫穷有利于激励胸怀大志的人，但他又一次过分渲染了他的主张，他荒谬地坚持认为："你很少能够说出一项伟大发明或伟大发现……一幅伟大的画、一尊伟大的雕像、一首伟大的歌曲或者一个伟大的故事不是由出生贫穷的人创造的。"卡耐基得出结论：消除贫穷将导致所有进步的终止。卡耐基对继承财富的怀疑增强了他对慈善事业的本能的热情。正如他在《财富》（"Wealth"，《北美评论》，1889）中所写："去世时仍拥有大量财富的人（没有捐献给慈善事业）是可耻的。"从19世纪80年代晚期到他生命终结，卡耐基将他的精力全部投入到慈善事业中，因而享有了世界上最伟大的捐助者的美誉。洛克菲勒钦佩卡耐基的遗赠，特别是对赠品深思熟虑的安排（卡耐基对文化机构尤为关注），这使他自己在关注科学和医学研究的过程中仿效了这一点。

如果不是发生了像1892年7月的宅地大罢工（Homesead Strik）一样的危机，卡耐基可能会留下相对光彩的名声。以前卡耐基被看做工人的朋友，这对一个雄心勃勃的生产商来讲是不可思议的（例如，他反对利用"工贼"来终止罢工），然而他自己的工厂里也爆发了罢工，因为工人对削减工资表示不满，并要求工厂主承认工会的存在。卡耐基的合伙人和执行经理亨利·弗里克反对工会，并决不妥协，他设法把主要的订单转到另一家工厂，雇用了300个私人侦探和一批武装力量。经过四个月的僵持，历史上劳资之间最血腥的对抗爆发了，结果造成几百人受伤，10人死亡。冲突结束后，工会被解散，工人们重新回到了工作岗位。对这场罢工的处理违背了卡耐基公开宣扬的关于劳资关系的所有原则。卡耐基也许认可这一点，因为他放手让弗里克监督工厂对工人的长期围攻。弗里克让卡耐基及时了解一切情况，冲突一结束，他就自豪地向卡耐基汇报说，虽然罢工造成的经济损失十分沉重，但公司仍获利400万美元。在意大利休假的卡耐基电报做出了回应："全面庆贺——生命又重生了——意大利真美呀。"

到1913年为止，洛克菲勒的净资产大约为9亿美元（那年联邦政府的支出是7.13亿美元），是卡耐基的两倍。洛克菲勒霸权地位的建立部分原因是他在自己的领域内能力胜过卡耐基。由于事先预期到铁矿石（钢铁生产非常关键的产品）的价值，洛克菲勒确保了在这一领域的垄断地位，使卡耐基不得不从洛克菲勒那里购买这种对其行业非常重要的原料。虽然两个巨头从他们的合作中攫取利润，但是洛克菲勒赚得更多。同样，在卡耐基乐于其慈善捐助事业（有生之年总共捐助3500万美元）的时候，洛克菲勒的慈善事业远远超过了他（洛克菲勒去世之前是5300万美元，他的后代又捐了12.5亿美元）。他们雄心勃勃地积累巨额财富，又将其中一部分用于以他们的名字命名的慈善机构，这一切说明他们十分关注自己的名声。这在洛克菲勒身上更为明显，自19世纪80年代以来，他一直是人们不断升级的攻击的目标，主要指控是针对他垄断、合谋和固定价格的行为。洛克菲勒在这些所有的事情中对批评一直保持高度敏感，并非常关注他的人生和著作将如何被后人解读。

1917年，当洛克菲勒同意接受经他授权的自传作家威廉·Q. 英格里斯（William Q. Inglis）的采访时，他建议一个重现1865年至1878年之间所有重要年份的最好方法就是参考他的两个对手写的书，标准石油公司就是在那个期间建立起来的。在《财富与国民的对立》（*Wealth Against Commonwealth*，1894）和《标准石油公司史》（1904，连载于《麦克卢尔》，1902—1904）中，亨利·德马雷斯特·劳埃德和艾达·塔贝尔分别记载了洛克菲勒事业最伟大的奋斗和胜利。这表明洛克菲勒自己读过了这些关于自己人生的书，并且认为这些书对评价他的一生必不可少。标准石油引起的争论牵扯到与它相关的每一个人，其中包括评论家。在塔贝尔长达406页的书出版后的一百年，读者们对这位巨头和他作品的最终评价意见不一。显而易见，虽然塔贝尔遵从了詹姆斯给她的著名忠告"珍惜你的轻蔑"，但她对强盗大王的主题也表示赞赏。她这种复杂的反应表明一个人知道得越多，对美国历史和文化中这段关键时期的国家大事保持坦率的态度就越难。因此，最佳的历史文化研究应该以当时那些消息最灵通的人士为主，特别是那些引起争议并得到不同政治立场的人们尊重的人士。

19世纪中期以前，在美国很少有人认识到石油在多方面的商业潜力，它深深地埋在诸如肯塔基州、弗吉尼亚州、俄亥俄州，特别是宾夕法尼亚州的地下。在打井寻找盐水的过程中发现的这种黑色的、发臭的物质在当时被看做废物。直到新宾夕法尼亚岩油公司将一个样本送给耶鲁大学化学家本杰明·西里曼（Benjamin Silliman）检验后，这些油的商业特征才广为人知。检验结果报告简洁明了："你公司拥有一种原材料，对它进行简单、低成本的处理就能生产出非常有价值的产品。"这段文字既有科学性和文学性的精确，也道出了样本的商业价值。到1859年8月，石油就以每天25桶的速度从宾夕法尼亚州的地下抽出；在两年的时间内，抽取速度达到每天2000—4000桶，每桶的价格从20美元下降到10美分。为这种喷涌而出的物质提供配套产品的工厂不断涌现：保证石油稳定流畅的钻井机；盛放石油的桶，刚开始时是木桶，然后是铁桶，随后渐渐被输油管取代；运输石油桶的公路、水路和铁路服务；炼油产业。在一个希望、得意、绝望的不断循环中，财富在无情的、毫无章法的石油工业扩张中被创造出来，然后又失去。内战结束时，成千上万的人涌进了这个地区。用塔贝尔的话说："宾夕法尼亚州的这个小角落吸引了比美

◎渐进的多元文化：文化、经济和小说（1860—1920年）

国其他任何一个地方都多的人。"她有可能是说"人越多，人员越复杂"，因为在这个地区似乎可以听到任何一种语言——一个多元文化的劳动力与产品市场的多元文化相匹配。到1872年，石油从宾夕法尼亚州农村被运送到40个欧洲港口、中东和东西印度群岛。在整个19世纪80年代里，没有人知道石油的一种主要废弃物——汽油的价值，它通常被人们随意扔掉，排到附近的小河里，时刻存在易燃的危险。19世纪90年代，一种"分解"石油的方法被发明出来，从而可以得到更多的汽油，此时正值第一辆福特两缸汽车的问世。

早期的挫折（罗伯特·E. 李入侵宾夕法尼亚州、内战的苛捐杂税、1870年普法战争阻止外国出口、石油价格的波动）从来都没有阻止这些工业先驱们，塔贝尔认为他们在10年时间内建立了高效且有利可图的石油企业。对这些自力更生的商人来讲前途一片光明，其中也包括塔贝尔的父亲，直到有一天，"一只不知从何而来的大手窃取了他们的战利品，并扼杀了他们的未来"。这只"手"是约翰·D. 洛克菲勒的。洛克菲勒的所作所为大胆又简单：他逐步垄断了世界上最重要的资源。洛克菲勒与伊利铁路的杰伊·古尔德和詹姆斯·菲斯克（James Fisk）、宾夕法尼亚铁路的托马斯·斯科特、纽约铁路的科尼利厄斯·范德比尔特（Cornelius Vanderbilt）以及他的合作人威廉·安德鲁斯（William Andrews）和亨利·弗拉格勒（Henry Flagler）一起共同创立了南方改良公司（South Improvement Company），这等于是新组建的标准石油公司与铁路之间建立了独一无二的合作。标准石油刺激了铁路的发展（比如承担火灾和事故的法律责任；每天60整车免费精炼油），而铁路也为标准石油提供了运费方面的折扣，费用只是竞争者的一半。大部分竞争者都被不公平的运费击垮了，洛克菲克继续收买幸存者，提供给他们标准石油的股票以交换他们的炼油厂。一次又一次，这些处于挣扎中的公司无法拒绝洛克菲勒的诱人出价。洛克菲勒本人一直把他的垄断看成是一种理性的甚至是理想化的行为，意在把秩序引入一个自我毁灭、过度扩张的行业中。他的儿子小洛克菲勒1902年在布朗大学演讲时总结了他的想法："美国蔷薇只有通过除去生长在四周的花蕾才能光彩夺目并散发芬芳。"塔贝尔将这句话作为她的《历史》（History）一书的题词。

洛克菲勒1839年出生在纽约州的里奇福德（Richford），并在附近的摩拉维亚长大，摩拉维亚是位于被称为"滚烫地区"（the Burned - Orer District）中心的一个北部小城，那个地区因为新教福音主义的狂热而闻名。洛克菲勒在童年时就证明是个机敏的学生，擅长金融，酷爱数学，还喜欢登记账目。甚至还是孩子时，洛克菲勒就记了一本账，他称之为"分类账A"，他在上面认真记下了每一笔进账、开销和慈善捐助。他的严谨得益于他母亲的严格管教，在他父亲离家外出时（这是常有的事），母亲就让最年长的儿子充当小家长。洛克菲勒在奥韦戈学院（Owego Academy）里是一个对什么都漠不关心的学生，他唯一感兴趣的话题是校长每周关于商业新发明的报告。像其他从卡耐基到比尔·盖茨那样的大亨一样，洛克菲勒放弃了大学教育而选择了商业学校三个月的课程。洛克菲勒的母亲留给他的遗产是虔诚的浸礼会教友的信仰。虽然伊莉莎·洛克菲勒（Eliza Rockefeller）接受的遗产是一个强调改变一切可能性、自由意志和自我反省的民主信条，但她禁止吸烟、喝酒、跳舞、打牌和进剧院，鼓励节俭和慈善行为。因此她那闻名遐迩的儿子，用他自己的话说，"从不渴求任何东西"，就不足为奇了。

　　洛克菲勒父亲留下的遗产则完全不同。威廉·洛克菲勒（William Rockefeller）是一个江湖骗子，对女人颇有诱惑力，他曾经当过小贩、医生、伐木工人，最后成为重婚者（甚至被起诉犯强奸罪）。毋庸置疑，他的行为造成他的长子对感情不信任的后果。他不断离家出走，工作一直没有规律，导致了经济状况的不稳定。同时，老洛克菲勒实际上对金钱有着不可救药的、深深的和世俗的热爱，正如一个与他同时代的人回忆道："这个老人对金钱的喜爱达到了近似疯狂的程度。"另一个人回忆说，威廉在有偿付能力的那段时间，家里放有一个四加仑的桶，里面满是金条。虽然约翰·D. 洛克菲勒极度轻视这种证据，但他回忆自己第一次看见重要钞票和他当记账员时白天不停地开关保险柜只为能看到老板的钞票的样子，与对他父亲的描述何其相似，更不用说德莱塞的《嘉莉妹妹》和诺里斯的《麦克提格》中的关键时刻。洛克菲勒的渴望使他不仅酷似他的父亲，而且非常具有那个时代的代表性。像其他许多雄心勃勃的年轻人一样，洛克菲勒买了个替身并且随后每年捐款逃过了内战的征兵。他在克里夫兰做的食品和农场生意从这场战争中获取了暴利，年收入为1.7万美元，是战前的四倍。1863年，洛克菲勒（和他的合伙人）在炼油业投资4000美元，他很快认识到了这个新兴产业远大的前景。1865年，他成为克里夫兰最大炼油厂的拥有者。

　　洛克菲勒曾经这样评价他的石油帝国："在我和我的上帝面前它是正确的，假如我明天才开始这项事业，我还将用同样的方法进行。"评价这些声明是否正确的任务，留给了两位自身具有强烈的道德感和公众意识的人亨利·德马雷斯特·劳埃德和艾达·塔贝尔。劳埃德出生于1847年，他父亲是一个贫穷的加尔文教牧师，在迁居纽约城住在他妻子有钱的亲戚附近之后，他成为一个书商。童年时期的劳埃德虽然贫穷，但是接受了良好的教育（他母亲当掉继承的银器给他买了套鞋，他后来接受奖学金成了哥伦比亚大学的学

◎渐进的多元文化：文化、经济和小说（1860—1920 年）

生），再加上他对世俗基督教越来越热爱，这些使他倾向于公民改革。从哥伦比亚大学法学院毕业后，劳埃德在自由贸易协会工作，编辑该协会的杂志，提倡自由放任的自由主义，反对政府腐败。在与一个有钱家庭（《芝加哥论坛报》的所有者之一）的女儿结婚后不久，他在《芝加哥论坛报》谋了一份差事。劳埃德最后在《芝加哥论坛报》负责"金钱和商业"这个栏目中关于经济问题的内容，包括消除芝加哥商品交易所中的粮食囤积、对国家铁路的疏漏进行更加严格的管理，以及 1878 年的铁路大罢工，这次罢工导致了一百多人死亡，几千人受伤，财产损失不可计数。

像亨利·乔治的《进步和贫穷》一样，劳埃德的《财富与国民的对立》的主要观点在成书之前就已经以论文的形式发表。与亨利·乔治发行量适中的小册子不同，劳埃德的论文《伟大垄断的故事》（"The Story of a Great Monopoly"）发表在《大西洋月刊》上，杂志的编辑威廉·狄恩·豪威尔斯预测该文将取得轰动性的成功。《伟大垄断的故事》（这篇文章使 1881 年 3 月份的《大西洋月刊》6 次重新印刷）只有 16 页纸，在试图肯定标准石油公司"合法的伟大性"的同时，对公司厚颜无耻的做法感到痛惜，因为公司布下了一个非常周密的行贿网，公司"和宾夕法尼亚州的立法机关无恶不作"。劳埃德以消费者支持者的立场提出，美国人对公司垄断造成的危害一无所知是很危险的。13 年以后，劳埃德（他把布克·T. 华盛顿、简·亚当斯和罗伯特·路易斯·史蒂文森当作好朋友）选择了马克·吐温的出版公司将那个故事出版成书。当吐温由于跟罗杰斯是朋友关系而拒绝出版《财富与国民的对立》时，豪威尔斯再一次帮助劳埃德与哈珀兄弟公司签订了合同。

虽然劳埃德在写《财富与国民的对立》的过程中将自己刻画成"一个社会主义者、无政府主义者、共产主义者、个人主义者、集体主义者、合作者、贵族、民主党人"，但他的忠贞使他安全地进入进步主义阵营。洛克菲勒是书中的中心人物，劳埃德在别处称他为"世上最自私的巧取豪夺者"，但为了避免诽谤的控告而在书中没有直接点明。劳埃德不指名道姓的陈述也强化了自己的研究所具有的更广泛的涵义，他认为这项研究是对美国商业文明的一次全面控诉。劳埃德对阴谋者的仪式和石油商业的语言非常痴迷，这使得该书能够完美地揭示那个时代和主题。他对调查委员会令人紧张的故作姿态很感兴趣，详细描述了委员会代表是如何对一些石油公司的员工严加盘问以弄清楚反复出现的短语"拧另外一个螺丝钉"（"强迫不情愿的牺牲者使其服从"）的意思。劳埃德很欣赏他的故事的内在戏剧性，让故事中的人物以自身的立场讲话。因此，劳埃德将他反对石油垄断的案例集中在洛克菲勒王国里四个特殊的受害者的经历上：一个贫穷的寡妇，一位上了年纪的发明家，一个小生产商和一个自以为是的蓄意破坏者,此人输给了比他更狡诈的人。

这些人的命运直接引出了劳埃德的结论,在结论中他和亨利·乔治一起采取了反现代主义者的立场,坚持认为更早的年代具有优越性,那个时候辛勤劳动的革新者能够过上很好的生活而不受到垄断窃取的威胁。他认为,美国在与魔鬼做交易,出卖其与生俱来的职业权利仅换来微薄的薪水——买来越来越多成堆的商品。劳埃德的解决方法——托拉斯归政府所有——与他分析的历史轨迹是一致的,即联合的无情趋势。他认为监管委员会无力与过度的垄断资本主义抗争,需要采取更有力的社会主义手段。劳埃德为新社会科学构想了一个理性管理方法的主要任务。他写道:"科学是良心的实质,这不是口头上说说而已的事情。"在知识分子和一个新的职业管理阶层的领导下,这些社会改革将使"攫取利润的工业领袖"被"为公众服务的工业领袖"所取代。但劳埃德设想的前景并没有实现。虽然他的书卖得很好,在出版的第一年就再版了四次,但劳埃德沮丧地发现"托拉斯在美国实际上是至高无上的"。

艾达·塔贝尔不算是政治上的激进分子,虽然她不像劳埃德对于垄断那么着迷,但她准备像劳埃德那样通过文学作品反对托拉斯。1900 年,《麦克卢尔》的编辑们希望通过刊登一系列关于公司托拉斯的文章在竞争激烈的新闻市场引起轰动,他们认为在新世纪头 10 年这个全国性的话题肯定会赚钱。塔贝尔是这家杂志的责任编辑和一流作家,她因为写了拿破仑和林肯的传记而获得公众和专业人士的称赞。塔贝尔在考虑了牛肉、糖和钢铁托拉斯这些领域之后锁定了标准石油。在某种程度上她的选择是出于个人的原因。她在石油地区长大,亲眼目睹了她父亲和其他许多人被洛克菲勒的公司逼得破产。更为重要的是,她认为公司历史的书面记录(由于公司创始人热衷于记账,这一点不足为奇)简直可以与内战或法国解放战争的档案文件相媲美。国会对公司的调查报告(1872 年,1876 年)和州政府的调查报告(1879 年,1891 年)可以引用,这使得新闻报道更加引人注目。中间还出了一段小插曲:一份重要的书面文件不翼而飞。一本题目为《南方改良公司沉浮记》的小册子很难找到,原因与凯瑟/米尔恩合写的玛丽·贝克·埃迪的传记很难找到一样——当事人收购并销毁了大部分现存资料的副本。当塔贝尔最终找到一本时,她掌握了南方改良公司和洛克菲勒标准石油公司违法活动之间重要联系的证据。

艾达·诺娃·塔贝尔是为塞缪尔·麦克卢尔工作的著名作家中名声最大的一位,这些著名作家包括雷·斯坦纳·贝克(Ray Stannard Baker)(他关于工会弊端和美国钢铁的文章很有名)、林肯·史蒂芬斯(Lincoln Steffens)(他是著名的市政腐败调查员）和芬利·彼得·邓恩（Finley Peter Dunne）（《多利先生讲故事》的作者）。塔贝尔1857年出生在与"五月花"有联系的家庭里，3岁时移居宾夕法尼亚州产油区的中心，她父亲希望在那里能发财。弗兰克林·塔贝尔（Franklin Tarbell）是一个虔诚的卫理公会教徒，他的石油事业是该行业发展变化的历史缩影。他首先在罗斯维尔（Rouseville）生产出第一桶油，然后钻油井，最后拥有了塔斯维尔（Titusville）的一个炼油厂。他后来成为南方改良公司的第一批受害者之一，他的利润因为铁路运费百分之百的增加而变为零，当时塔贝尔才15岁。塔贝尔是一个聪明的女孩子，她怀着对知识的好奇和决心阅读了很多书籍，她开始追求进化科学，尽管这与她卫理公会教派的教育是矛盾的，她还反对传统对妇女的期望。从卫理公会教派的阿勒格尼学院毕业后，她在《查特奎恩》（The Chatauquan）做编辑，帮助杂志的发行量从1880年的1.5万份上升到80年代中期的5万份。这主要是由于塔贝尔扩大了杂志的内容，使其涵盖了从劳资冲突到保护性关税的斗争这些当时重大的经济事件。

她后来的老板塞缪尔·麦克卢尔卓有成效地利用了辛迪加出版业，他将塔贝尔从宾夕法尼亚州产油区的幽闭恐怖中解放出来。塔贝尔突然想到她可以在像巴黎一样的异国他乡写文章，然后投给全美国的辛迪加出版社。1891年，塔贝尔移居巴黎，继续从事写作，直到有一天麦克卢尔本人亲自登门拜访。他已经从塔贝尔的辛迪加文章《巴黎的铺路石》（"The Paving of Paris"）中发现了他在纽约刚创办杂志时所渴求的科学精确和戏剧才能等品质。到1894年，她欣然接受了在纽约做一位全职编辑的建议。塔贝尔在《麦克卢尔》杂志社立即取得了成功，她的名人系列传记大大提高了杂志的销售量。从来没有人享有过她那样的殊荣，塔贝尔在1900年开始着手一部连载的作品，这一作品注定要成为美国历史上最重要的新闻作品之一。塔贝尔对资料进行研究、审查和标明出处，还雇了一个助手来探索她自己无法达到的领域，这样她的主张就会有确凿的证据来支撑。她把草稿交给威斯康星大学的约翰·R. 康门斯（John R. Commons）和卡尔顿大学的约翰·贝茨·克拉克等资深经济学家进行审查，麦克卢尔聘请他们以保证她的论点符合社会科学的要求。资深编辑约翰·S. 菲利普斯（John S. Phillips）和麦克卢尔本人也审查了艾达·塔贝尔的手稿。这个作品有一个意义重大而引人注目的主题，加上塔贝尔的写作和研究才能，同时又得到有着同样才能的专家和编辑的支持，因此作品的影响得到了保证。这部作品的第二部分（1902年12月）意味着洛克菲勒的名望开始消亡，这一部分提供了证据说明他在南方改良公司残酷无情和违法的策略中所充当的角色。塔贝尔在她的结论中写道："洛克菲勒先生玩灌铅骰子的技术很高明，自1872年以来他是否曾经与竞争对手有过竞争或者开始过公平竞争值得怀疑。"

虽然塔贝尔曾经说过《麦克卢尔》的编辑们几乎没有"坐在一起，紧皱眉头试图改造世界"，但是她很高兴能受到罗斯福总统的表扬，并得知她的作品迫使罗斯福总统亲自处理托拉斯问题（他领导下的众议员共和党投票通过给总检察长办公室500万美元拨款让他们负责审理此案）。1911年5月，塔贝尔的作品以两卷本的形式出版7年后，美国最高法院下令解散标准石油。意味深长的是，除了与威廉·英格里斯会面的记录——这一点记载在后来传记的档案文件中——外，洛克菲勒从来没有对塔贝尔在《历史》中提出的指责作出回应。他最近的传记作家罗恩·切诺（Ron Chernow）认为，洛克菲勒保持沉默是因为如果他不默认一些指控的公正性，那么他就不能否认其他的指控。

塔贝尔对这些现象的揭露在她自己的时代里受到了称赞，并且从此之后被树为自由媒体战胜危害国家民主主义理想的重大问题的典范。然而，标准石油公司能够在第一次世界大战中政府号召支持战争时，像凤凰一样从它的灰烬中重生，表明了美国公司力量的深度。为了集中生产和调整资源，石油战争服务委员会得以组建，由标准石油新泽西分公司总裁担任该委员会的主席。虽然这条石油巨蟒被最高法院的裁决剁成碎片，但这些碎片显然具有神奇的力量重新组成一个单纯的公司实体。对艾达·塔贝尔和这个典型托拉斯的其他观察家来说，它好像从来没有被打扰过。

9 现实主义乌托邦

众所周知,最受欢迎的文学乌托邦主义作品之一,即爱德华·贝拉米的《回首往事》(1888),创作于美国文学现实主义时代;而大量涌现于《回首往事》与夏洛特·吉尔曼的《她乡》(1915)之间的乌托邦小说却鲜为人知。19 世纪 80 年代末到 20 世纪初之间就有 150 多部乌托邦小说在美国出版,这个数字是任何其他国家或历史阶段都无法相比的。从文学史的观点来看,在一个实用主义和物质主义盛行的文化中出现乌托邦艺术和思想风格似乎很荒谬。但是,恰恰就是资本主义的迅猛发展有助于解释乌托邦思想在那个时代具有吸引力的原因。乌托邦小说的形式为作家提供了一段距离,这段距离便于他们对当时纷繁复杂的经济发展与社会发展进行意义深远的理论探索。在一部部作品中,叙述者和人物都在认真思考着乌托邦的前景。他们试验着使那些极端原则制度化,有时这些极端原则是非常进步、开明的,如威廉·狄恩·豪威尔斯的作品《来自阿尔特鲁利亚的旅行者》(1894)中的那些原则;有时则是危险、悲观的,如伊格内修斯·唐纳利《恺撒的圆柱》(1890)中的原则。他们想象出一些超越同时代人认知范围的发明和科学进步,如艾尔维拉多·富勒(Alvarado Fuller)的作品《公元 2000 年》(*A. D. 2000*,1890)和亚瑟·伯德(Auther Bird)的作品《前瞻》(*Looking Forward*,1899)。要么,他们构思出一些社会,在这些社会中那些有可能会发生然而却非常遥远的政治变革得以实现,如妇女的选举权和与男人平等的工作权,这表现在由爱丽丝·琼斯(Alice Jones)和埃拉·默沉特(Ella Merchant)合著的《揭开相同情况的面纱》(*Unveiling a Parallel*,1893)之中。

创作于 19 世纪 80 年代到第一次世界大战之间的美国乌托邦小说代表了一种文化形式,这种文化形式是随经济与产业扩大而出现的,并且有助于表达"进步时代"的改革心境。乌托邦小说对当时的主要政治问题,从大公司的崛起到贫富差距的增大,从移民问题到女权主义,都采取了多样化的态度。一些乌托邦小说的作者本身就是商人:金·吉列(King Gillette)是吉列剃须刀的发明者和《人的趋势》(*The Human Drift*, 1894)的作者,布拉德福·佩克(Bradford Peck)是纽约最大商场的拥有者之一和《世界是一座大商场》(*The World a Department Store*, 1900)的作者, L. 弗兰克·鲍姆(L·Frank Baum)是个懂得广告技巧的四处奔波的推销员和《绿野仙踪》(1900)的作者。务实与空想这两个看上去对立的范畴汇聚于一身,不仅仅证明了这些乌托邦小说的流行(即使是商人也写乌托邦小说),同时还进一步证明了这类小说的宗旨之一是修正资本主义扩张所带来的严重后果。诸如吉列和佩克这样的作家认为,创新和进取的价值应该与人和精神的价值和谐地统一起来。许多乌托邦思想的小说家都很关注宗教理想的革新,认为这能从根本上减少社会的罪恶。贝拉米的《回首往事》记录了浸礼派牧师的父亲对他的影响,唐纳利的《恺撒的圆柱》以一个更加公正的基督徒的名义滑稽地模仿了上层社会的新教主义;豪威尔斯的《来自阿尔特鲁利亚的旅行者》描绘出一个理想的基督教社会主义;鲍姆的《绿野仙踪》反映了他对通神论的信仰,认为"上帝就是自然,自然就是上帝"。这些作家寻求一种摆脱了宗教论战的宗教,既能够随时应用于普通生活中,而且也接受达尔文科学。

乌托邦小说对繁殖、种族划分和种族特征的关注更加明显,表明这种文体非常有助于表达由于社会成分越来越混杂所产生的极大烦恼(此时为美国移民的高峰期)。乌托邦小说之所以成为这一时期最重要的文体,是因为它吸引了众多来自不同文化背景的作者——美国黑人如萨顿·E. 格里格斯的《绝对统治》(1899),犹太人如所罗门·辛德勒(Solomon Schindler)的《年轻的西部》(*Young West*, 1894),和爱尔兰人如伊格内修斯·唐纳利的《恺撒的圆柱》——以及许多女性作者。乌托邦小说通常描述一个旅行者走进一个未知的、充满奇妙事物的地区,遇到既生疏又熟悉的人和文化,然后通过这个旅行者的陈述,小说为世人提供了一间文学实验室以探讨文化差异的本质。典型的乌托邦小说描绘出一个或一群跨越时间的美国旅行者,有些是走在时间前面的人物,如贝拉米的朱利安·威斯特,有些是回到历史中去的人物,如马克·吐温的康涅狄格州的美国佬人,他们的经历表现了殖民和移民两种状况的直接逆转。这些旅行者来到新世界,有时候是他们自己的国家发生了变化,本国的那些行为规范和礼仪活动似乎已不合情理,尽管对那些仍然留在祖国的人来说依然合意。这些旅行者成为新世界的俘虏,并通过持续熏陶和再教育对主流价值产生了浓厚的兴趣。

在这代人中,很多重要的小说家如威廉·狄恩·豪威尔斯、马克·吐温、杰克·伦敦、夏洛特·帕金斯·吉尔曼等都对乌托邦小说做出过贡献。这种文体发展的鼎盛时期表现出了与这个重要的历史时期各种趋势之间最有意义的文学对抗。贝拉米的《回首往事》和吉尔曼的《她乡》这类小说被看做是这种文体当之无愧的样板,但是如唐纳利的《恺撒的圆柱》那样的作品也深受读者的喜爱。吐温、豪威尔斯和吉尔曼分别在各自的作品《康涅狄格州的美国佬在亚瑟王朝》、《来自阿尔特鲁利亚的旅行者》及《她乡》里保留了自己特有的风格和所关切的事宜,如同他们在这些文学乌托邦世界里所创造出的人物和环境,无论到哪里都承载着明显的个性特征和文化特点。但是,这些作家在促进他们生活年代中极其盛行的乌托邦思想独特的表达模式构成的过程中,也展示出相当大的美学范围和政治广度。

日趋完善的创作

作为一部寻求解决最严肃的社会和经济问题答案的作品,《回首往事:2000—1887》可与经典的社会理论著作比肩并立,如柏拉图的《理想国》(*Republic*)、莫尔的《乌托邦》(*Utopia*),以及19世纪欧文和傅立叶的著作。《回首往事》体现了贝拉米对军国主义和社会主义的关注以及对女权运动的同情。同时小说也反映了作者对浪费宝贵资源的社会的鄙视,如剥削劳工、允许一些工厂处于闲置状态、对通货膨胀和经济萧条的恶性循环置之不理等。贝拉米确信这些罪恶的根源不在于技术与革新,而在于财阀势力的日益扩张。这部小说的销售量近50万册,是一部全球畅销作品。它被译成各种语言,掀起了一场全国范围的社会改革运动,几乎影响了当时美国所有重要的知识分子。19世纪90年代几十个续篇随之而来,这又一次展现出了贝拉米这个浸礼派牧师的儿子启发人心灵的卓越才能。贝拉米在他的日记中生动地回忆了陪父亲去福音派营地聚会的情景,他拥有一股道德热情,这种热情尤其适合于19世纪末遭到丑闻和腐败破坏的美国社会。对这种全国范围的隐忧,贝拉米做出的回答,用马克·吐温的话来说,就是通过"在地球上建造一个更好的幸福乐园,使天堂变得微不足道"。

马克·吐温的话把《回首往事》置于宗教的论域,不仅表达了马克·吐温对这部作品高超的创作手法和深刻理念的赞扬,而且表达了他对这部作品政治局限性的理解。尽管民族主义和社会主义在一些重要方面有相似之处,贝拉米在自己所有的作品里则有意识地采用"民族主义"这个术语,以示他所讨论的事情有别于社会主义。1888年,贝拉米在给豪威尔斯的信中写道:"社会主义"这个词是他"无法忍受"的……首先是一个外来词，并且其所有内涵也是异国的。对普通美国人来说它充满了原油的味道，有红旗的暗示，有各种性行为的意味，并带有对上帝和宗教不敬的语气，而在我们的国家里，至少我们对上帝和宗教是毕恭毕敬的。

一想到社会主义这个词语就立即认定它是"外来词"并具有煽动性，从而对其产生反感，这一点在贝拉米所主张的社会纯洁性的乌托邦小说里得到进一步加强。贝拉米小说的悖论在于，乌托邦的存在要以社会的异质性、发明和改革为代价，也就是说，要以首先能促使技术进步和经济发展的所有事物为代价。这部小说取得的巨大成功部分由于它语气温和，没有狂热的言辞，这与他所喜爱的作品即亨利·乔治的《进步和贫穷》中的语气很相似。贝拉米在《回首往事》中紧紧围绕其激进的话题展开讨论，使用平淡和不偏不倚的词语来唤起读者的兴趣。

贝拉米的《回首往事》与19世纪末其他社会抗议形式不同，为美国社会这片愤怒的海洋提供了一个方向盘。到19世纪90年代，美国27个州中就有160个贝拉米俱乐部。参与这一社会运动的职业人士和知识分子还在波士顿创办了自己的杂志《民族主义者》（*The Nationalist*）。1891年贝拉米创办了他自己的杂志《新国家》（*The New Nation*），其目的是制定一份实际的改革计划，根据这个计划，政府拥有所有的支柱产业，包括煤矿、钢铁厂、电报公司和铁路。1891年，一个新的民族主义政党在贝拉米思想的基础上成立，并在新英格兰赞助一些候选人，在贝拉米特别受欢迎的中西部，他的政党还与当地的平民党联手（另一位著名的乌托邦作家赞助者伊格内修斯·唐纳利）。由于健康原因，贝拉米的政治活动于1893年后大大减少（1898年他死于肺结核），于是他又把政治热情投入到写作之中。《回首往事》的续篇《平等》（1897）既不畅销，也没有得到文学评论家的好评，这主要是由于他把背景直接设定在美国的黄金时代。贝拉米最优秀的小说之所以成功，在于表现了现实社会（富裕中充满了公然的不平等和悲惨）与理想社会（充满了人类理性和善良）之间的冲突。

贝拉米1850年出生于马萨诸塞州的奇克皮福尔斯镇（Chicopee Falls），在一个宗教家庭中长大，母亲信奉教规严格的加尔文教，父亲是浸礼派牧师。与该地区许多工业城市一样，奇克皮镇到处是移民家庭，这里的居民每天工作时间很长，收入却很少，且常常会有劳资冲突发生。因为镇子比较小，随处都能看到拥挤的出租房，这些都给贝拉米留下了深刻印象。贝拉米毕业于

渐进的多元文化：文化、经济和小说（1860—1920年）

联合大学，之后又去德国留学（学习德语、法律和社会理论），回国后他便开始了记者生涯。1871年，他去了纽约，成为威廉·卡伦·布莱恩特创办的《晚邮报》的记者，之后又为西奥多·蒂尔登（Theodore Tilden）的进步报《黄金年代》（*The Golden Age*）做事，后来贝拉米创办了自己的报刊《斯普林菲尔德便士新闻》（*The Springfield Penny News*），他的文章涉及如"富人与腐败"、"工厂里超负荷工作的童工"、"社会的浪费与负担"这样的话题，为他日后创作《回首往事》奠定了基础。贝拉米做记者时写下的小说（四部小说和23部短篇小说）以及他在最优秀的杂志社的地位（如《大西洋月刊》和《世纪杂地》）同样有利于《回首往事》的创作。

《回首往事》中的主人公朱利安·威斯特是个庸俗的波士顿上流人物，有点神经衰弱，原打算新房一盖好就马上结婚。可是这个计划被像他的失眠症一样反复出现的一次次工人罢工拖延了。威斯特靠一些偏方来减轻睡眠问题，如使用催眠术，夜晚睡在"坟墓般安静"的地下酒窖里。有一天晚上他睡得特别沉，一觉醒来已是113年后的2000年的乌托邦美国。李特博士（Dr. Leete）和他的妻子以及女儿伊迪斯（Edith）带威斯特参观了这个新社会中的一个个理想的新鲜事物。在小说结尾处，威斯特与伊迪斯结了婚。贝拉米的艰巨任务就是找到一个可信的方法来提供临时演讲台，这样他书中的人物就可以列举19世纪末美国政府的错误及其乌托邦变体的优点。小说《回首往事》中的乌托邦具有饶有趣味的预言性，它勾勒出在一个完全平等、民主的政府统治下出现的很多20世纪的现代事物，如购物中心、信用卡（伊迪斯·李特是位互联网购物狂）、电视模样的无线可视电话。小说甚至提前上演了建立在网络基础上的21世纪宗教礼拜活动，牧师巴顿（Barton）先生的形象出现在可视电话里，同时向15万听众布道。乌托邦社会的集中化经济旨在消除资本主义自由放任经济所造成的极端现象和低效率。乌托邦社会有组织地进行生产和分配，每个人工作到45岁，大家的年收入相同。为了丈夫和孩子的利益，妇女外出工作要不影响家务，但妇女享有平等的机会和工资待遇。大众创造的财富每个人都能享受，其标志之一就是暴风雨期间覆盖在波士顿人行道上的机械伞。

美国1887年严格的阶层划分和物质财富差别已经被消除，其代价就是多元文化类型的消失，因为2000年的美国完全是个没有差别的大同世界。的确，这部小说缺少人物，这说明贝拉米很难描述具有什么思想观念的人才能顺从于他所构想出来的改革。他强调系统性的变化，但同时又尽量减少使系统复杂化的人为因素。《回首往事》里乌托邦的成功之处在于它全部是理论性的。贝拉米未能表现出那些有助于表达乌托邦总体融合的社会氛围中发生变化的社会关系，如亲切随和的会话形式、习俗、集体仪式和感情行为。由于贝拉米在描写人物特点上有欠缺，因此人们无法看到他在小说中描述的乌托邦社会制度成功的潜在性。同许多乌托邦著作一样，其小说中最迫切、最关键的问题是可预言性本身的性质：社会变化所产生的后果及其未来能够被预言吗？

因此，宗教对于小说最深层次的想象力具有重大的意义。从宗教的观点来看，未来从根本上说是可预测的。在乌托邦社会里，"仍然保留着礼拜日和布道活动"，因为贝拉米19世纪末的读者需要某种信仰方式。贝拉米自己的信仰方式一生未变，证明他始终都致力于对美国未来的预言，正如他1892年在《致人民党之书》（"Letter to the Peoples Party"）中写道的："让我们牢记，如果〔美国〕是个失败者，它将是最终的失败者。"贝拉米对美国未来的预言与《圣经》的预言论（他把美国看做是新的以色列）一样建立在清教文化遗产之上，其目的在于把美国"镀金时代"的危机转化成关于基督教千年期的预言。这在无所不知的乌托邦主人李特博士最初给无知的朝圣者朱利安·威斯特的说教中已清晰可见。正如李特将信将疑的观察："至少你一定意识到了……人类的苦难是这种重大变化的先兆。"同样重要的是，作品把威斯特接受乌托邦观念看做是一种"皈依"。尤其在小说的后半部分威斯特自己的噩梦中，他的长久探索的坚定精神基础显而易见。回到了19世纪末的美国，威斯特试图向那些没有转变信仰的人宣讲自己的观点，但发现他们的迟钝无可救药。贝拉米把这种乌托邦的皈依比作是一种宗教皈依，无论皈依如何成功，其本身也只能是空想式的。如果人的思想在精神方面的皈依如同他们在社会经济方面的转化一样开放就好了。

如何改变信仰的问题是乌托邦小说的根本。马克·吐温在这个问题上比任何小说家的兴趣都浓厚。他使这个问题成为他那些伟大作品的中心点，抓住了它与乌托邦思想之间特殊的相关性。马克·吐温对思想的灌输和坚持有近乎科学的理解。在马克·吐温看来，人与机器之间的类比是互补的。一个人可以从机器去研究当时创造这些机器时人的头脑中所具有的新理念。检验人类令人惊叹的智力的最好环境莫过于把一个旅行者放到乌托邦，也就是把一个陌生人放到一个陌生国家。马克·吐温的《康涅狄格州的美国佬在亚瑟王朝》比任何小说都能诱发出19世纪末美国民众的想象力，一个具有创业精神的机械师被放到6世纪的英格兰，这样的创意很具有吸引力，因为它把历史小说的特征与现代革新和产业的价值观结合起来。吐温在上演不同文明相碰撞的一幕时，描绘出了他一生所目睹的显著的社会变化。生长在奴隶制的南方，马克·吐温亲眼目睹了奴隶解放的种种影响。他经历了运输业的革命，

○渐进的多元文化：文化、经济和小说（1860—1920 年）

从公共马车和汽船向铁路的变化，经历了无数的技术革新和生产模式不断变化所促的全面成熟的产业化。查尔斯·达尔文一类的大思想家们掀起的推翻原有理论、创建新的学说的热潮同样让马克·吐温感觉到了时间的变化。查尔斯·达尔文十分喜欢马克·吐温的小说，马克·吐温于1879 年拜访了达尔文。

《康涅狄格州的美国佬在亚瑟王朝》是马克·吐温最具有政治性的激进小说，它生动地戏剧化了历史与知识的错位。这部小说描绘了物质的进步，把它看做是通向"新的黑暗时代"的悖谬路径。美国佬在亚瑟王朝汉克·莫根（Hank Morgan）把那些社会福利机构说成是"文明的加工厂"和"人类的加工厂"，表明了他对产业化的看法，即产业化必然是非人性的。丹尼尔·比尔德（Daniel Beard）为小说绘制的颇受争议的插图加强了莫根的说法，在众多的反抗资本主义的措施中，这些插图将吐温的叙事与亨利·乔治的"单一税收计划"（Single Tax Plan）联系起来。比尔德最不堪入目的一幅画是"奴隶的监工"，他手执皮鞭，一只脚踩在已经俯倒在地的女奴胸上，模样很像铁路巨头杰伊·古尔德。1889 年，吐温在给比尔德的信中称赞道："让我永远欠你的人情了。可能会有上百个艺术家能为我其他的作品绘制插图，但只有一个人能为这部作品绘画。"比尔德在他的自传中写道，那些给吐温留有深刻印象的插图"大大得罪了一些大广告商"，因此使得这部小说不能再版。

《康涅狄格州的美国佬在亚瑟王朝》是一部力作，因为它细腻的政治与经济描述与其人物的性格特征构成了一个有机整体，尤其是作为叙述者的主人公，尽管他精力充沛，雄心勃勃，但仍怀有好奇心。在小说的开头，汉克·莫根轻声叙述道："这是一片平和、安静的夏季景色，像梦境一样美丽，像礼拜日一样无人打扰。空气中充满了花香，昆虫的嗡嗡声，鸟儿的叽喳声，没有人迹，没有车辆，没有生活的干扰，万籁俱寂。"汉克的叙述如同哈克贝利·费恩的叙述一样充满了感官的细节，揭示出没有人类因素的自然世界的仁慈。小说开头所叙述的宁静自然界与小说中野蛮残酷的人类社会的对照毫无疑问是刻意为之的。汉克·莫根是带有明显汤姆·索亚成分的哈克贝利·费恩：哈克慢慢悠悠的沉思默想与汤姆冒险的贪婪融为一体。

《康涅狄格州的美国佬在亚瑟王朝》最值得称道的是它所勾勒出的社会进步样式。19 世纪的美国人是否已经发现了某种强大的理念，并能把它直接调用到亚瑟王朝时期的英国，再通过精力旺盛的美国佬的发明创造在那里实现他们的构想？汉克·莫根没花多少功夫就实施了多种19 世纪的发明创造。在故事结尾处，这个康涅狄格州的美国佬独自一人就成功地使6 世纪完全现代化了。那里有学校、大学、报纸；写作是一种职业，奴隶制被废除，法律面前人人平等；还有电话、电报、照片、打字机、缝纫机和股票市场，甚至还有棒球运动。在汉克·莫根看来，所有他介绍到凯姆洛特的发明创造中，没有一样比肥皂和肥皂市场更有可能引发集体性的转变。善良的百姓对莫根现代化的操控相当容忍，证明了亚瑟王朝独断专行的政权对人们的影响非同一般。莫根那么容易就实现了他的抱负并得到百姓的认可，暗示着现代创新与传统的等级制度二者将难以共存。莫根最后（运用所有进步成果）发动的大屠杀与旧世界的野蛮行径之间最主要的差异就是新技术所造成的杀戮程度远非旧时代的杀戮可以比拟。然而他还是不厌其烦地把中世纪的压迫方式与近代的压迫方式进行对照，认为还是后者比前者强。毫无疑问，在他心里，他的出生地康涅狄格州无论多么腐败，其权力最后还是掌握在人民的手里，总比他见到的亚瑟王朝要好。

在小说《康涅狄格州的美国佬在亚瑟王朝》相互矛盾的因素中，其政治设想最能反映出19世纪美国的状况。莫根精心策划的不同文明之间的碰撞成功地上演了一幕美国社会传统思想与美国社会现代理念的冲突戏。美国人能在多大程度上适应他们那个时代的社会、经济、政治和精神巨变？假如太多的人跟不上那些急剧变化的形势，结果会如何？在马克·吐温看来，最重要的是人们的思想怎样才能适应变化，比如从运输方式、商品形式等这些最具体的变化，到达尔文违背《圣经》关于人类起源的解释这样非情感方面的变化。莫根试图大规模地启发那些最迷信的人，开始深入探索如何才能坚定人们的信仰。因此，他把注意力从最初的发明创造、产品知识产权保护集中到传授创新思想和手段的学校教育和传播新知识的报纸上。这位美国佬不断地思索着自己伟大的目标，即怎样才能一点一点地完全改变亚瑟王朝的集体心态。历史以禁令的形式侵犯了乌托邦的利益，在禁止使用电灯方面，教会威胁到了莫根帝国的根基。虽然莫根组织起男孩子进行武装抵抗，但是大多数凯姆洛特的成年人屈服了。接下来是莫根的小部队与教会骑士队伍之间的冲突。莫根确信他会胜利。的确，通过使用电器，他成功地击毙了大批的敌军，使其彻底覆灭。但是莫根最终也屈服于战争的后果，成为这场大规模死亡的受害者之一。

如果注意到吐温对佩奇自动排字机的痴迷劲儿和他写《康涅狄格州的美国佬在亚瑟王朝》之间的相似之处，那么小说具有预示性的结尾里出现的投资错误也就不足为奇了。吐温的排字机与小说结尾处莫根军队选择的武器——加特林机枪——同是康涅狄格州哈特福德（Hartford）镇的武器制造公司制造的。生产魔幻般高速印刷的技术与发出魔幻般迅猛炮火的技术被紧密地联系在一起。吐温把文学的火力与致命的火力相联系已不是第一次了，《哈

渐进的多元文化：文化、经济和小说（1860—1920年）

克贝利·费恩历险记》的开篇格言就是一例。吐温对佩奇自动排字机灾难性的投资仅仅是他近乎狂热地投入资金的近百项新发明之一。在小说《康涅狄格州的美国佬在亚瑟王朝》里，吐温似乎想通过主人公兼叙述者的那个不幸人物，从一个侧面来仔细思考那些创新的热情。吐温认识到乌托邦所要求的东西不仅要对人们有益，而且人们还要认为他们需要这些东西。

虽然评论家们把这种结局看做是吐温对时代进步的清醒认识，但这个结局同样也是对人性的忧心忡忡的评论。"人的思想是一种奇妙之物，观察研究它们很有趣，"莫根评论道，"我有我的思想，国王和他的人民有他们的思想。两种思想活动的范围都跳不出各自时代和习惯所形成的框架，如果一个人试图通过理性和思辨来改变其活动方向，那么他必须投入长期的工作。"谈话本身就是思想的最大障碍之一：只要是滔滔不绝的高谈阔论，就很难给人留下思索、发表异议和革新的余地。此外，个人经验的局限性也造成了思想活动的巨大障碍。19世纪的美国人与亚瑟王朝的英国人，不会就对方遭遇的不幸而产生真正的同感。

为了保持作品主要思想的复杂性和扑朔迷离，吐温的小说摆脱了乌托邦小说的固有模式，既像一部独特的启示传奇，又是一部真正的乌托邦小说。但这部小说专注于乌托邦，并寄希望于未来能向过去展示乌托邦——这正是进步神话的根基所在。《康涅狄格州的美国佬在亚瑟王朝》更像一部评论乌托邦小说的作品，而不像一部真正的乌托邦作品。吐温的小说打破了典型的乌托邦模式，即一个能解读高尚社会（或低劣社会）的向导与主人公——一个来自异国他乡倍感困惑的陌生人——成为朋友。吐温让那位跨越时代的旅行者成为一群愚昧的中世纪人中的专家，向他们介绍世界的发展所必然带来的现代化，这样吐温就扭曲和改变了典型的乌托邦内容。尽管吐温声称他很欣赏贝拉米，可是他的乌托邦——反乌托邦（理想社会与糟糕社会并存）小说读起来像是对完美主义的严厉否定。吐温暗示形形色色的乌托邦总是会失败，这并不是因为人从根本上有缺点，而是因为任何改革的体制都致力于完善强权者的决策，而这注定要犯可怕的错误。吐温在小说中对基督教进行了严厉的讽刺，但这并不是一场信不信基督教的争论，而是吐温的悲观思想，即超越人类的邪恶力量总会拥有决定权。吐温为我们塑造了一个最讲究实际的办事人——汉克·莫根，但他的乌托邦最终还是偏离了正道。

从这一观点来看，金·坎普·吉列的《人的趋势》（1894）中出现的有悖情理的论点同吐温刻画的人物直接相关。吉列在此书中宣称，生意人是唯一适合建设乌托邦的人选。虽然吉列在国际上的知名度是靠他发明的剃刀片赢得的，至今依然如此，但是他在自己那个时代的声望同样也来自于他的社会重组计划,一个大制造商具有重组社会的目标确实让人难以理解。在《人的趋势》开篇之处,吉列断言商业巨头是改革的最好资源,因为他明白资本的力量。他可能缺少改革的动机,但他的理性会最终占据上风,让他把握住汇聚金钱的不可逆转的潮流或"趋势",并让他明白这股强大的汇聚力量总有一天会同资源一起得到平等的分配。只有建立在吉列所号称的"统一智力和物质平等"的基础之上,美国才能有潜力实现现代的产业和创新。吉列的论点类似于许多同时代的乌托邦小说提出的论点,其中许多被郑重地认为具有文学历史意义。这本书的重要性一方面因为作品在当时引起了人们的关注,还因为它至今仍然能引起人们的好奇。一个雄心勃勃的商人是怎样创作了一部以纯洁的理想主义著称的作品,况且这部作品的问世仅仅在他发明的那个给他带来名利双收的产品的前一年?虽然许多商业巨头都在从事着自己梦想的种种不同事业,其中有些人比另一些更实际一些(约翰·D. 洛克菲勒投资研究边缘医学,安德鲁·卡耐基寻求"世界和平"),但是这些事业都是建立在上百万美元积累的基础之上,而且自身富有了才有条件去从事一些合适的公益事业。吉列不同凡响,他的理想主义早于他生意上的成功,并且成功之后仍坚持不懈。

　　《人的趋势》用150页的篇幅提供了充满激情的政治评论、历史分析、诗歌和建筑设计,渴望实现现代产业财富的公正分配。正是由于这部乌托邦小说形式的开放性,《人的趋势》才成为经典作品。因为吉列的艺术存在于他的建筑学中。豪威尔斯从建筑学中获取了他创作《来自阿尔特鲁利亚的旅行者》的灵感,吉列也同样受到芝加哥世界博览会"白色之城"的影响,构思出一块多种成分和谐共存的城市空间。无论从美学的角度还是从社会的角度看,他的规划中最有创意的方面是公寓的设计:螺旋上升,并设有户外户内的公共场所。钢筋、砖块、陶瓷、玻璃与树叶、青草和鲜花相结合,这些在美学上令人惊讶的建筑带来了最大的耐久性和有效性。吉列乌托邦中的城市居民过着高雅、紧张的城市生活,没有遭遗弃的现象。美国的乡村也得到了重建,更利于大规模生产,乡村居民能享受到装备齐全的现代化设备,如图书馆、剧院、饭店、学校等。吉列的大都市容纳着整个北美的人,7000万人住在4万座摩天大楼里,每座大楼都环绕着一个天庭,天庭里充满了绚丽多彩的植物,里面还有很多挂灯,楼房的四周是田野,用来为楼内城市居民提供所需要的食物。虽然每座大楼和每套房间面积和质量都是相同的,但公平并不等于单调,在吉列看来,大都市中的每座大楼都应该是一件独特的艺术品。

　　从吉列的生活背景中找不出多少理由来解释为什么他会把商业上的雄心大志与乌托邦的理想主义结合起来。与许多其他乌托邦作者相比,宗教在他

◎渐进的多元文化：文化、经济和小说（1860—1920年）

的成长过程和成年后并未发挥什么重要作用。吉列1855年出生在威斯康星州的一个普通家庭，家中有七个孩子，父亲是一个小商人，喜欢摆弄一些新发明，母亲出版了一部很畅销的烹饪书。举家搬迁到芝加哥后，父亲开了一家五金供应店，在1871年的芝加哥大火中他损失殆尽。吉列17岁开始工作，起初做五金推销员，后来卖瓶塞和萨普里奥肥皂。同他父亲一样，吉列也喜欢试验，尤其对一次性商品感兴趣。他从一位成功的老板那里得到了启发，开始琢磨发明一种需要不断购买的一次性商品。根据公司的传说，吉列按照字母查字典，搜索在他所需要的物品中哪种物品他可以发明出来。1895年的一个早上，在刮胡子的时候，他想到了一次性安全刀片。虽然一个想法可能瞬间产生，可是吉列与其搭档，一个麻省理工学院的工程师，花了六年时间才建起美国安全剃须刀公司，又花了两年时间才开始大规模生产，资金来自于一位爱尔兰移民酿酒商。

正如他对一次性产品寄予的信任所表明的一样，事实证明吉列是一位聪明的制造商。他的那个一次性产品被商业历史学家们称作"故意淘汰"。1903年，他花了200美元为自己的产品登了第一份广告，介绍了他的剃须刀的特点。随着公司的发展，广告活动越做越大。因为吉列的形象一直出现在产品的广告上，并且这几百万美元的生意也在全球市场上获得了巨大成功，因此吉列的面孔很快就被世人熟知（他曾描述过在中东旅游时被热情的埃及人团团围住时的场面）。吉列为自己美好的商业目标做出了许多发明创新，他的脑子怎么还会留有空间去考虑全然不同的社会改良这样的思想理论问题呢？为了他的1894年的乌托邦梦想，《人的趋势》延伸到他商业生涯的全过程。吉列观点的真正独到之处是把社会激进主义的思想与讲究实际的做生意方法结合起来。所谓的社会激进主义旨在建立一种物质平等化和集体控制化的社会体制，这种体制要求完全废除原来的社会状况，尽管对此吉列提出了告诫。吉列在平衡表面上互相排斥的两个目标方面的能力确保了他乌托邦措施的实际意义上的胜利，并对20世纪的城市规划者产生了直接影响。

同金·坎普·吉列一样，布拉德福·佩克也是一位既有商业经验又探讨乌托邦社会理论的成功商人。佩克比吉列更向前推进了乌托邦，他不仅用"合作"这个词语来检验乌托邦，而且在更加令人满意的虚构故事中设想乌托邦。1899年，也就是佩克发表他的小说《世界是一座大商场》的前一年，他在缅因州的刘易斯顿（Lewiston）镇发起了"美国合作联盟"运动，在厂家与消费者之间建立生意伙伴关系，消除像银行家、投机者、广告商这样的中间人。佩克认为这些中间人造成了商品价格的提高。合作联盟的成员主要是上层社会的那些盎格鲁—撒克逊新教徒，把注意力集中在社会的渐变上。佩克确信他的乌托邦规划——包括合作饭店、合作食品店和合作电灯公司等——非常具有吸引力，全国都会效仿。佩克的唯一小说《世界是一座大商场》的目的在于得到人们对他构想的社会模式的支持。佩克与吉列都把商业实践与乌托邦理想结合起来，在世界发展的进程中，他们更看重效率而不是竞争。在宗教信仰上，佩克和吉列不同，他是站在鲍姆和唐纳利一类的乌托邦作者一边。佩克具有生意性质的乌托邦促进了一种彻底基督教化的商业。

佩克1853年出生，由于生活需要，他成长在一个更重视干活而不是受教育的家庭里。12岁时他就当了一家商店的收银员，用美国儿童文学作家霍雷肖·阿尔杰的经典话语来说，佩克是那种靠艰苦奋斗发家致富之人，他期望有朝一日有自己的商店。踩着零售买卖的梯子，他一步步地往上爬，终于在缅因州的刘易斯顿镇开了自己的商店，把它经营成除波士顿之外新英格兰最大的商场。佩克从贫穷走向富有，而且他在商业冒险中的相继成功（如在房地产和干货等方面）使他提出了与吉列的事业所引发出的相同问题：是什么动机促使这位成功的资本家去设计社会重组的乌托邦规划呢？就佩克的情况而言，答案是其对基督教的终生奉献。他认为基督教与现代资本主义的竞争行为和达尔文的理论相抵触。

《世界是一座大商场》显示出《回首往事》对它的影响，小说刻画了主人公25年后在一个乌托邦国度里醒来，在这个乌托邦中，处于世纪转折点的美国存在的所有错误已经得到纠正。这位主人公对新世界的无知和对以往社会竞争的记忆带来很多详细地比较两种社会差异的机会。正像贝拉米和吉列的作品一样，这部小说里也没有厨房，获取食品、做饭、服务都职业化了。家庭作为哺育孩子的地方已经消失；负责孩子成长的专家分组培养下一代。除了用于医药，液体没有其他用途。但是，大多数的社会等级差异（特别是阶级、性别、人种差异）还保留着。社会是严格的基督教社会，绝对没有其他信仰。唯有出现在教室里的非白色面孔才能展示出过去还有不同肤色的人种。佩克笔下的乌托邦的这种大同性得到了小说中完美对称的浪漫爱情的肯定：黑发男性与金发女性结合，金发男性与黑发女性结合，他非常谨慎地使之保持平衡。这种浪漫爱情的可预测性与小说中的重要活动——购物的可预测性正好相配。不再有挑战或精疲力竭，没有讨价还价，没有排队结账，没有拥挤的人群。更为重要的是没有广告，佩克把广告描绘成现代市场通货膨胀的主要根源。

佩克把合作看成一种为高效率的制造商与上层社会谋利的体制。威胁厂家利润的中间人被消除了，如同威胁社会和谐的非盎格鲁—撒克逊人、非基督徒和工人阶级被清除了一样。佩克设计的乌托邦不是为了改善资本主义竞争中那些主要受害者的命运,而是消灭这些受害者本身。虽然他的观点不符合基督徒的态度,基督徒应该忍受和爱所有的动物和人类,但是佩克对基督教的理解使基督教理论随时能与他的商业实践相一致。在佩克看来,基督教只有在有助于最合理、最有利可图手段的社会里才能繁荣发展。在《世界是一座大商场》里,世纪转折时期的基督教被展现为一桩糟糕的生意:一种关于战争信条、争夺人员和资源的体系。在佩克的乌托邦里,基督教已经标准化了。的确,它看上去非常像基督教托拉斯。在小说结尾处,佩克对类似约翰·D. 洛克菲勒和标准石油公司的颂扬证实了这一点。佩克为熟悉的合作公司辩护,赞赏公司合作的组织方法。很明显,佩克的"合作"与私营公司有更多的共同之处,而与那些害怕合作公司所具有的社会主义理想的人对合作的理解有所不同。对《世界是一座大商场》的读者而言,这一点具有重大意义。

在美国现实主义时期,名望仅次于贝拉米的乌托邦作者L. 弗兰克·鲍姆的生涯,与前面所讨论过的每位作家都有共同之处。鲍姆有马克·吐温对于发明创新的无限热情以及才能炫耀,甚至像马克·吐温一样在取得巨大成功之后再进行巨大的冒险,直至破产。如同贝拉米和佩克一样,鲍姆有很高的精神追求,但他不太注意道德说教,更愿意他的宗教是神秘而充满乐趣的。鲍姆还具有吉列善于做生意的本领,干过各种各样的职业并总是成功。1900年,鲍姆出版了两部密切相关的书:《装饰干货店橱窗和内部的艺术》(The Art of Decorating Dry Goods Windows and Interiors)和《绿野仙踪》。第一部反映了他当年作为旅行推销员去过的一些村镇,他为中西部的店主们设计过橱窗。作为美国橱窗装饰全国联合会的创建者,他已经为这个话题积累了足够多的素材来写这部部头不大的作品,并采用订购的方式销售这部书。这部书的书名证明了鲍姆把广告看做是一种娱乐艺术的观念,尤其是商店橱窗那种非常动人和直接的广告形式的观念。橱窗设计是一些叙事法规,设计给店门前潜在的消费者,就好像他们是剧院里的观众。因为人的本性对工艺设计有好奇心,必然会停下来审视一件动人的物体,所以鲍姆认为橱窗展示特别有价值。吸引潜在消费者的兴趣等于完成了一桩生意的一半甚至还多。

鲍姆对发明和展览的热情、他的广告技能和想捕捉人们兴趣的愿望在他闻名世界的小说中得以实现。当被问到创作《绿野仙踪》的灵感来自哪里时,鲍姆回答说,他仅仅是"伟大作家"的某种"工具",以附和刚刚结束的上个世纪的那些诚信圣灵的小说家们的话。鲍姆的回答表明了他的信仰对他的畅销小说所起到的重要性。他的信仰混合了通神论(自然宗教)、神秘主义、精神论和革新过的基督教。这些信仰来自于他的卫理公会教的成长环境、他的家乡对福音教义的极端信奉、日益增长的自由主义以及其时代对宗教的怀疑。鲍姆深信他的书很可能会成功，因此据说他把写书用的铅笔（只剩下笔头）用镜框镶起来。没等多久，他的期待就得以实现；书出版后几周内就销售了上万册，然后又进行了第二次和第三次印刷。当时的评论家很感慨，称它为"本世纪最优秀的儿童故事书"（《明尼阿波利斯杂志》［*Minneapolis Journal*］），开创了为儿童创作的新纪元（《纽约时代周刊》）。

莱曼·弗兰克·鲍姆1856年出生在纽约北部地区的一个小镇奇特南戈（Chittenango）。当他的父亲——制桶商老鲍姆——在宾夕法尼亚州的泰特斯维尔（Titusville）采到石油后，就在纽约州的雪城市郊盖了一座乡村别墅，鲍姆和他的四个兄妹都在那里长大。家庭的富有和对正规教育的不重视给鲍姆足够的自由去从事编辑、印刷、出版杂志和经营家禽饲养等活动。他的家禽饲养在同行业内闻名于全国。1886年，他出版了自己的第一部作品《汉堡包大全》（*Book of the Hamburgs*）。然后，这个闲不住的、多才多艺的鲍姆又把注意力转向当地的戏剧，在一些业余演出中扮演角色，并为雪城的巡回演出剧团创作剧目。1882年秋天，鲍姆同莫德·盖奇（Maud Gage）结婚，她是著名的女权主义者、赛内卡秋季女权大会的代表之一马迪尔达·约瑟琳·盖奇（Matilda Joslyn Gage）的女儿。不久鲍姆就加入了家庭石油的行业，以保障妻儿的衣食供应。鲍姆的妻子莫德提议搬迁到达科他州地区去，她有亲戚在那里。在南达科他州的阿伯丁（Aberdeen），鲍姆发现了他对新闻业的业余爱好，编辑了《阿伯丁星期六先驱报》（*Aberdeen Saturday Pioneer*），在该报的观点栏目他经常探讨一些如女权、美国白人与土著人的冲突等话题。

鲍姆站在达科他先驱者一边，拒绝当地土著人的所有要求。的确，1890年在对美国印第安人进行的伤膝谷大屠杀之后，鲍姆公开赞同灭绝剩余的土著人，担心他们会寻求机会报仇。普遍的不安和经济萧条使得大批定居者于19世纪90年代初成群离去，鲍姆也随之离开，重新回到了芝加哥，在那里成了一家瓷器批发公司的旅行推销员。此时，鲍姆家中有四个儿子，鲍姆利用回家休息的时间为孩子们编写故事。他的第一部儿童故事书《无聊的鹅妈妈》（*Mother Goose in Prose*）由麦克斯菲尔德·帕里什绘画，于1897年出版，随后他又出版了《大烛台的注视》（*By The Candelabra's Glare*，1898）和《鹅爸爸和他的书》（*Father Goose, His book*，1899），后者成为畅销书，受到豪威尔斯和吐温的极大赞赏。

与这些早期的书一样，《绿野仙踪》是视觉儿童文学的起点，由威廉·丹斯洛（Willian Denslow）配图，将新艺术与日本线条清晰的绘画结合起来，绘制出了大胆创新的彩色图画。从叙事的角度讲，小说语言直白简洁，避免了说教和多愁善感。鲍姆在写字台上放着一块饰板,上面记着从《哥林多书》(Corinthians)中的摘抄:"当我还是个孩子的时候,我按孩子的方式讲话,按孩子的方式理解,按孩子的方式思考。"一种温和、民主的精神统治着多萝西(Dorothy)的世界,在那个世界里,夜晚巫师的嚎叫声比巫师咬人更可怕。多萝西是中西部开拓文化的一个机智勇敢的产物,一个走在类似班扬①的旅程上的小孤儿。她不仅成功营救了自己,还营救了她一路上交的朋友们,战胜了许多艰难险阻,在没有传统形式的男性帮助之下,朝着她既定的目标推进。多萝西的同伴有稻草人、铁皮人和狮子,在芸芸众生之中分别代表了三中自然状态——植物、矿物和动物,也代表他们各自寻求的三种个人功能——智力、爱和胆量。同时,还可以把他们看做是当时社会运动和发展的象征:土地改革(稻草人)、工业化(铁皮人)和回归自然(狮子)。小说明确表明多萝西和她的伙伴已经拥有了他们寻求的东西。强调自我发现,强调战胜一系列考验去找到内在的力量,这既具有美国的特色,也具有普遍性。

小说强调的最典型的美国类型是"巫师"本人,在小说的结尾处,他的面纱被揭开,露出了他"骗子"的真面目,他的真正职业是口技艺人和操纵热气球的人。巫师让人联想起19世纪那些善于表演的人和假装内行的人所耍的花招。但是他还是同样优秀的资本家,能指导那些前来拜访者如何在交换的基本法则中获利。恳求者必须付昂贵的费用才能使用他神奇的力量。巫师的翡翠城很像由美国商业领袖们设想而成的1893年哥伦比亚博览会上的"芝加哥白城"(The White City of Chicago)。尽管巫师骗人,但他不是一个恶棍,他的长相会让受骗人同样尊敬他。鲍姆曾在一篇社论中说:"当巴纳姆宣称美国人民愿意受骗时,他是正确的。"鲍姆关于橱窗装饰的理论依据的是同样的欺骗满足感。但鲍姆著名小说中更有力的部分是关于诚实和坦率的理想。在他所追求的各种商业事业中,他所支持的一些原则与他在那些最令人难以忘怀的故事中所创造出来的讲究实际和儿童般的世界似乎有些不相称。

  太阳把翻耕好的土地烤成了一片灰色,地上干得出现了一些小裂缝。连草也不绿了,因为太阳烤在长长的草叶顶上,把它们烤成了遍地的灰色。房子曾经油漆过,但是太阳晒得油漆起了气泡,雨水又把它冲掉,现在房子也同其他东西一样单调灰暗。当埃姆(Em)大婶搬到那里生活时,她还是一个年轻漂亮的妻子。太阳和风也改变了她。它们夺走了她

---

① 班扬(Banyan)是美国民间故事中的伐木巨人,力大无比,后成为美国巨大与力量的象征。——译者注

眼睛里的光彩，剩下了忧郁灰暗的目光；它们夺走了她面颊和双唇的红润，让它们变得灰暗。她现在消瘦憔悴，从来不笑。当多萝西，一个孤儿，第一次来到她的身边时，埃姆大婶被孩子的笑声吓了一跳。因此，一听到多萝西快乐的声音她就会尖叫，并把手按在胸前，但她仍然用惊奇的目光看着小女孩，以便能够发现可笑的东西。……是托托（Toto）逗多萝西在笑，使她不会像周围的人和物体那样变得灰暗。托托不是灰色的，它是一只可爱的小黑狗，长着长长的银白色毛发和一个好玩的小鼻子，鼻子两边长着一双快乐的、一眨一眨的黑色小眼睛。托托整天玩耍，多萝西跟它一起玩，非常喜欢它。

在这里，鲍姆上演了一幕经典的争斗戏，一幕使生活变得郁郁寡欢的东西（从干旱或缺水到单调乏味）和使生活变得活跃的东西（孩子以及宠物的本能的幽默和快乐）之间的争斗戏。这种场景展示了自然界所具有的矛盾力量：先消磨掉生活的色彩，再通过孩子和动物恢复其活力。在这样的情景中，成人根本无法摆脱灰暗。但孩子和动物仍然保留着天生独特的快乐，这种快乐对眼前这个世界来说非常陌生，所以它使人心情紧张。这段节选通过省略来认可多样性：人、动物和草木生存的多样性，以及那片土地裂缝里还未发现的未知世界潜在的多样性。

鲍姆所描述的翡翠绿的乌托邦在得克萨斯州并不存在：它是一片丰富多彩的生命海洋，其中大多数是变了样的，如小矮人、行走的稻草人、会讲话的盘子、巫师、小精灵和飞猴。这并不说明一个支持灭绝达科他州印第安人的作家的内心却是多种文化主义的捍卫者，而是证实了一种文学评论的陈词滥调，即小说能承载作者本人所不知道的信息。此外，这些观点也与鲍姆对不同宗教的自由开放态度相吻合。他被一些深奥难解的信仰所吸引，如犹太卡巴拉教（Kabbalism）①和玫瑰十字会教（Rosicrucianism）②，以及东方佛教的轮回转世和因果报应说法。他参加过各种各样的宗教仪式活动，主持过降神会，参加到招灵术人群的行列中，对各种超自然的活动都很敏感，比如他去芝加哥的鬼屋。对他而言，信仰是想象的、自觉的、灵活的、综合的，必须与一个发明创新的时代相配。

---

① 卡巴拉教是犹太教中神秘的一支，它依靠希伯来语在老师与学生之间秘密地口头传承。——译者注
② 玫瑰十字会教是近代欧洲字教秘密会社，自称拥有古代传下的神秘宇宙知识。——译者注

◎渐进的多元文化：文化、经济和小说（1860—1920 年）

最重要的是，鲍姆确信现代科学为人们提供了一种更加精神化的宇宙观，他就这一话题所写的评论读起来像是附加在《绿野仙踪》之后的哲学评论。"科学家们让人们知道，宇宙的每一块地方，无论多么微小，都有居住者。每一块木头、每一滴水、每一粒沙子、每一部分岩石都有各自无数的居住者——动物都是由一个共同的造物主造就，而且都自然而然地忠于这个造物主。"有人会说这样的忠诚最终会促使一种多元文化形式的构成。可能就是由于作者本人信仰的多样性和灵活性，才使得《绿野仙踪》比同时代的其他小说具有更长久的生命力。在鲍姆的时代，这部作品被制作成一部有交响乐和娇美声音的动画片，成为美国文化史上最受欢迎的电影之一。通过不同的媒体，这部小说中由多种动物组成的乌托邦走进一代又一代人的想象世界里，成为人们想象世界中不可缺少的一部分。无论怎样的不经意，通过这样的方式，这部小说促成了非乌托邦美国对不断增长的多元文化的宽容和接纳。

种族和阶级的再创造

在 19 世纪末美国的乌托邦小说里，人种特征差异和种族文化差异最能引起人们长久的关注。这些乌托邦小说的作者多数是盎格鲁—撒克逊新教徒的后裔，他们在小说里描绘了各种各样理想的世界。在这些世界里，没有当时美国社会里日益明显的令人不安的文化多样性。这些乌托邦的社会组织，无论在政治和经济上多么激进，常常是优生学的提倡者，为创造纯种的平民寻找根据。因此，在亚历山大·克雷格（Alexander Craig）的《爱奥尼亚》（*Ionia*，1898）这部作品里，犹太人被禁止互相结婚，任何犯罪的犹太人都会立即遭到绝育惩罚。在亚瑟·文顿（Arthur Vinton）的《进一步回顾》（*Looking Further Back*，1890）和约翰·巴奇尔德（John Bachelder）的《公元 2050》（*A. D. 2050*，1890）两部作品里，邪恶的华人无故对美国发起进攻。弗罗娜·科尔本（Frona Colburn）把她的作品《剑鱼座耶麦伯》（*Yermab the Dorado*，1897）献给"所有时代的白人骑士"，他们代表了她理想化的雅利安人英雄。除了沃尔特·麦克杜格尔（Walter McDougall）的《隐形城》（*The Hidden City*，1891）外，这些乌托邦小说几乎没有提到过美国黑人和美国印第安人。乌托邦中没有黑人和红种人这一点突出证明这些人不适宜于生活在高度发展的文明时代。在《盎格鲁—撒克逊，前进！一部未来的传奇》（*Anglo-Saxons, Onward! A Romance of the Future*，1898）和《善恶大决战：一个爱情、战争和发明的故事》（*Armageddon: A Tale of Love, War, and Invention*，1898）两部作品里，本杰明·拉什·达文波特（Benjamin Rush Davenport）和斯坦利·滑

9 现实主义乌托邦

铁卢（Stanley Waterloo）预言，在 20 世纪的全球大战中，盎格鲁—撒克逊的军队必胜，战争的结果是灭绝所有的劣种人。

另外一些来自于不同文化背景的乌托邦作者们用种族多元化的格调代替了种族灭绝的冲动。萨顿·E. 格里格斯博士，一位美国黑人作者，其乌托邦小说绝对统治（1899）构思出一个位于美国境内的独立州，在那里黑人能够实现自己特定的目标。这部作品在美国黑人中广泛流传，受欢迎的程度超越了查尔斯·W. 切斯纳特和保罗·劳伦斯·邓巴的作品。犹太作家大卫·卢宾（David Lubin）的作品《让世上充满光明》（*Let There Be Light*，1900）展现了一系列的对话，主人公犹太劳工埃兹拉（Ezra）幻想着能有一个不同阶级和不同种族和谐相处的乌托邦。还有一些人力求夸大在知识分子中日益流行的多元化，如霍勒斯·卡伦和查尔斯·伊斯特曼，他们迫切要求人们接受美国多元文化的特征。因此，在夏洛特·帕金斯·吉尔曼的《她乡》（1915）中，"只要可能，最底层人的教育问题一直在得到了关注"，虽然显著的人种特征差异仍然存在，但是理想的多元成分已成为总体的目标（"西利斯是具有金、蓝、玫瑰三种颜色的人；阿莉玛是具有黑、白、红三种颜色的人……埃拉多是棕色的：柔软的黑头发像海豹的皮毛，光亮的棕色皮肤焕发着健康的色彩"）。这些例子共同的目的就是致力于改进当时盛行的社会和人种再生产的方法，从而缓解这些作者理解中的那些对多元文化共存不利的局面。现在当我们反思时发现，很明显这些乌托邦作者一直坚持不懈地锻炼自己在种族和文化问题上的洞察力，因为文化差异的奇观无所不在，而且这个话题常引起政治上的冲突和知识界的辩论。通过彻底改造种族，这些作者为一种建立在消除贫富差异基础上的社会体制的革新铺平了道路。很多乌托邦作者坚信，如果造成社会等级差异的种族差异可以得到减轻，那么每个人在公正的社会中的利益就会更大。乌托邦作品中同种类的人种出现得越多，势必会带来更强的集体利益感。

伊格内修斯·唐纳利的畅销书《恺撒的圆柱：20 世纪的故事》（*Caesar's Column: A Story of The Twentith Century*，1890）以笔名"埃德蒙·博伊斯吉尔博特，MD"（Edmund Boisgilbert, MD）发表，因为含有反犹太人的内容而出名。该书刻画了一个犹太人恶棍雅各布·艾萨克（Jacob Isaacs），他号称加巴诺王子（Prince Cabano）（其有钱的父亲为他买来的意大利头衔），是个十足的作为统治阶级剥削者的可怜虫。他长得臃肿肥胖，大鼻子，还有一张"希伯来的模具铸造出来的脸"。他是一个野蛮的残暴者，是成百万人遭受苦难的罪魁祸首。他还对漂亮的少女贪得无厌，从自己设立的白人奴隶市场上把她们买回来，养在他别墅中女眷居住的内室里。唐纳利塑造的这些犹太恶棍们涵盖了政治范围内的两个目标，因为另一个没有提到名字但同样凶暴的犹太人部分是夏洛克式的人物，部分是布尔什维克式的人物。这个长着俄国人的鹰勾鼻子的瘸腿犹太人盗窃了自己效力的兄弟会的财产，逃到了朱迪亚（Judea）①，在那里希望"重建所罗门时的荣耀，恢复犹太种族古老的辉煌"。

伊格内修斯·唐纳利是爱尔兰移民的儿子，1831 年出生在费城。作为第二代移民他深知在美国作为外国人的感受。他父亲是在美国接受教育的医生，他本人也就读于公立学校，受过法律培训，1853 年被宾夕法尼亚法庭录用，同年与凯瑟琳·麦卡弗雷结婚。婚后他们搬到西部明尼苏达州一个叫尼尼格的小镇，他在该镇投资了大笔资金，希望这个小镇最终能与芝加哥竞争，成为中西部的商业中心。然而其投资失败了，部分原因是 1857 年的大恐慌。随后唐纳利转向政界，他的演讲才能帮助他连任了两届副州长。然后他进入国会。在国会里，他积极维护人民的权利免受公司利益集团的侵害，并由此出名。1874 年，他回到了明尼苏达州为州参议院工作，与此同时，唐纳利创办了名为《反垄断者》的报刊。从事新闻事业增强了他写作的欲望，在随后的 10 年里，唐纳利出版了五本乌托邦小说和一本替弗朗西斯·培根编写莎士比亚的戏剧辩护的专著。唐纳利的第一部博学巨著《亚特兰蒂斯：大洪水以前的世界》（*Atlantis*：*The Antediluvian World*，1882）旨在证实亚特兰蒂斯的存在、它作为古代神话源泉的作用及其在一次自然灾害中的毁灭。这本书获得了成功，受到了好评，销售量很大。但在这之后到《恺撒的圆柱》之前发表的一系列乌托邦小说，虽然在视野上与《恺撒的圆柱》类似，并为《恺撒的圆柱》做了前期的准备，却不太引人注意。

提到唐纳利卓有成效的政治生涯，人们会以为他的生活是由很多间断的政治活动穿插着文学创作构成的，因为他在 1892 年帮助创建了平民党，是平民党 1900 年竞选副总统的候选人。但事实上，他极其旺盛的精力足以保证他同时在两种事业上的追求。唐纳利的政治活动和文学创作相互支撑发展。作为一名政治家，他胸怀大志和理想，一如他的文学创作，尤其是以支持公共教育事业而闻名。他小说中人物的演讲听起来经常像是平民党的讲坛。在他的众多小说中，最能表明其政治观点的作品是生命力最长久的小说《恺撒的圆柱》。唐纳利的创作灵感来自于先前的两部畅销书：贝拉米的《回首往事》和约翰·海的《养家糊口者》，后者以匿名的方式发表，这可能影响到唐纳利决定去使用一个假名。唐纳利交付小说的第一个出版商（A. C. 麦克罗格）（A. C. McClurg）发现这部小说具有煽动性，而第二个出版商（弗朗西斯·

---

① 朱迪亚位于古罗统治时期的巴勒斯坦南部地区，属犹太人居位地。——译者注

J. 舒尔特）（Frances J. Schulte）把它看成是一部告诫性的哀史。

的确，尽管作者政治见解激烈，《恺撒的圆柱》仍是一部反极端主义的作品。叙述由主人公加布里埃尔·韦尔特斯坦（Gabriel Weltstein）写给在家乡非洲乌干达的兄弟亨里奇（Heinrich）的一封封信构成。加布里埃尔是一位在1988年来到美国的但丁式旅行者，也是一位人道主义者，他对两种极其野蛮的现象常常感到困惑不解：一是统治阶级的贪婪；二是在革命来临时，为民众利益而奋斗的兄弟竟然会叛乱。唐纳利书中动荡不安的社会展示了乌托邦的成分，比如饮酒是非法的，可是统治者却可以狂饮；一种很科学的消费形式大大延长了那些能够消费得起的人的寿命，这是因为富人常去的地方的空气质量得到了改善。小说的情节被安排在动态之中，三个主角在一场交通事故中相遇：加布里埃尔、马克西米里安·皮申（Maximilian Petion）和埃斯特拉·华盛顿（Estella Washington）。马克西米里安·皮申原是上层社会的名流，现在是兄弟会的领袖；埃斯特拉·华盛顿是乔治·华盛顿漂亮的后代，是那个邪恶的加巴诺王子的新情人（此时还是个少女）。马克西米里安带着加布里埃尔到地下世界去旅游，在那里，他看到大群的美国人生活在贫穷之中，这是19世纪末经济政策的最后结果。同时，那些名流们（多数是"以色列人"）却过着花天酒地的奢侈生活，统治着政府、军队和媒体，高高在上。在这个错综复杂的机器里，唯一的缺口就是那个（莫名其妙）永久的公共教育体制，这个体制成功地让那些劳动阶级受到良好的教育，使他们当中博学者和能言善辩的领导人辈出，否则他们的情况会很悲惨。

在题为"加布里埃尔的乌托邦"一章里，唐纳利的主人公提出的解决方案是一种工具性的基督教精神，以其发明者的名义向所有人推广创新和工业的成果。"占领世上所有的政府，实施公正"的任务落到了真正的宗教献身者的头上。根据《恺撒的圆柱》，社会的改善靠的是实现基督教的基本原则。一群把大笔钱财花在衣服上的女人们是唐纳利笔下基督徒堕落的实例，她们一边听着关于基督徒必经经受苦难的布道，一边还观赏着舞蹈，舞蹈演员穿着土地女神的衣服，衣服上还湿漉漉地沾着鲜血。这种完全堕落、喜欢感官享受的基督教直接导致了小说结尾处不可避免的大劫难。

在这个巨大灾难发生的过程中，兄弟会的领袖恺撒·朗米里尼（Lomellini）成功地战胜了罪恶的富豪统治，使世界发生了翻天覆地的变化。但是，暴徒的统治比原来预料的要恐怖得多。恺撒站在这群暴徒面前，"沾满尘土和鲜血，黑得像个黑人……他的头发竖起来像野兽的鬃毛……他目光狂野，怒气冲天"。大街上到处是尸体，难以通行，所以恺撒下令用尸体堆砌成一个圆柱，以炫耀他的威力。加布里埃尔、埃斯特拉、马克西米里安还有他的益格

○渐进的多元文化：文化、经济和小说（1860—1920年）

鲁—撒克逊新教徒的新娘克里斯蒂娜（Christina），从他们乘坐的电子飞船上望见恺撒圆柱顶上有一个可怕的图像——领袖的人头。马克斯解释到，谋杀领袖是暴徒的第一本能。回到乌干达，加布里埃尔和他的伙伴们加强海岛防御，以防外国可能的入侵。不到五年，这个建在山里的小国已成了一个理想的王国，在那里没有过分的贫富悬殊。像许多其他乌托邦社区一样，他们的社区里没有美国城市中"吓人的黑压压的人群"。唐纳利是怎样使这个纯洁的理想王国与他自己的爱尔兰天主教背景二者之间不发生冲突，这还是个谜。安全地生活在自己偏僻的田园国度里，唐纳利所描述的同种类的岛屿社区能在世间自由地实现耶稣的理想。正是由于作者的平民党观点，《恺撒的圆柱》赞扬了农业民主理想，反对最终会给富人和穷人都带来灾难的现代多元化。

在夏洛特·帕金斯·吉尔曼的《她乡》里，那种绝对女性的乌托邦背景同样是偏僻而遥远的。当时盛行的单亲繁殖法确保了居民是更加完美的人种。吉尔曼的小说预见了美国女性作家乌托邦小说中反复出现的幻想（除了玛丽·莱恩［Mary Lane］写于20世纪末的《米罗拉》［*Mizola*］之外，多数如此）：一个没有男人的世界。吉尔曼是美国现实主义时期乌托邦小说家的典范，她建议只要减少人的总类别，某些社会问题就会得到解决。而且吉尔曼是个老练的作家，她笔下的乌托邦不同于莱恩和唐纳利笔下的乌托邦。虽然吉尔曼提出了关于人种、繁殖和社会组织等类似问题，但是她探讨这些问题时更加深入复杂。此外，她把自己的理论兴趣更加巧妙地融入小说形式中。《她乡》里有各种具有矛盾倾向的人物，有令人吃惊的、起伏跌宕的情节，有充满想象力的细节丰富的场景，还有反映认真阅读和反思的哲理探讨。当吉尔曼提出关于性别的改革意见时，这些意见由小说中善于思考这些问题的人物用令人信服的观点提出来。吉尔曼的小说深深地融入了当时知识界的辩论之中，这一点使她的小说在美国乌托邦小说的杰作里尤其引人注目。

在创作《她乡》（1915年在《先驱》上连载）时，夏洛特·帕金斯·吉尔曼已经由于她的小说、辩论文章和讲演而成为国际名人了。作为一个渴望讲话的人，吉尔曼出版了8部小说、171篇短篇故事、9部纪实录和1000多篇论文。吉尔曼还是自己的杂志《先驱》［*Forrunner*］的编辑，她的许多作品都登在《先驱》上。她最受欢迎的作品《黄色墙纸》（《新英格兰杂志》，1891）既有大量的读者，又颇受争议。在《我为什么要写黄色墙纸》（《先驱》，1913）一文中，她解释说这个故事源于自己一次痛苦的经历。那时，她是著名医生S.威尔·米切尔的病人，她试图想说服她的医生"他的治疗方法有误"。吉尔曼利用自己生女儿前后的抑郁症作故事的题材，以说明凡是不太理想的生育都会被当作有病来治疗。故事的主人公兼叙述者被委托给她当内科医生的丈夫去进行休息疗法。她的丈夫是个相当理性的人物,禁止她做任何事情,这简直快把她逼疯了。这个故事说明,表面上的"精神错乱"事实上是愤怒的表现形式。主人公唯一的精神寄托就是在日记里秘密记录下这个故事。

《她乡》里母性的构思是对《黄色墙纸》里女主人磨难的直接回应。这部小说描绘了三位男性探险者:范(Van)是一个学习社会学的学生,偏爱社会观察;特里(Terry)是个有钱的企业人士;而杰弗(Jeff)是名医生。由于他们三人都很年轻,敢于冒险,因而他们联合起来进行一次"科学探险",前往地图上未曾标注的布满原始森林的大山里,那里有文明社会闻所未闻的地方土语。一路上向导们常常提起一个从没有人去过的女人国,这激起了他们的好奇,于是三人中断了考察去寻找这个女人国。《她乡》就是他们的所见所闻。

吉尔曼就普遍的社会问题提出了自己极其理性和全新的解决方法,她的乌托邦使这些方法制度化。使科学的理性与女性的理想主义和谐共存的努力构成了《她乡》小说结构的一部分,由那个社会学的学生范讲述。小说最深层的内涵暗示就是所有妨碍理性行为的倾向都是投射到女人身上的男性特征造成的。这成为范进行反思性叙述的主要目的:由一个男人的意识来回忆他是怎么在女人国里渐渐地接受了一个反情理的、令人窘迫的现实。范的讲述从头至尾传递着自己刚刚意识到的对女人国文明的真心感叹,以及当发现这个国家两千年都没有男人时而感到的惊奇。因为女人国的女人就是想保持现状,所以她们没收了范小心翼翼做下的记录和所画的图,范只有靠记忆来描写他在女人国的见闻。但是他的热情——"世界需要了解这个国家"——对她们不利。范的讲述一直把自己的一些野蛮冲动(他的其他男伴也有)与女主人的克制和表现出的彬彬有礼进行对照。范开始时对女人国做出的反映是:"嘿,这是一个文明国家!必须要有男人!"这是一个以他自身为代价的反讽,表明他必须去了解很多东西。就小说的要点——女人国是世界上最文明的国家——这一点来说,确切地讲是因为世上就没有最文明的国家。范向女人国中急切想听他故事的人描述了自己的祖国,通过这些描述,当时美国社会的混乱无序在女人国的条理有序面前暴露出来。

女人国是没有等级制度的母系社会,其社会模式是福利国家。所有的国民都能从母系政府中获益,享受平等的丰衣足食的生活,这种富裕的生活来自对国家资源的明智开发。繁衍后代的唯一形式是孤雌生殖,并有严格的规定,这让英国科学家弗朗西斯·高尔顿都会妒忌。对人类繁殖的严格控制贯穿于所有其他种类的生产上,如动物、农作物和人造物;抚育后代是受尊敬的专家们的工作。这里既没有竞争，也没有贫穷；犯罪闻所未闻；即使生病也被降到最低点，所以医药行业成了"一种失传的艺术"。这种理想社会秩序的关键在于消除了性行为，性行为在这个"人种"里绝对不存在。"一个十分美丽的、未被发现的国家"已取代了夸大"女性气质"的现代西方性传统。女人国里激情的唯一标准形式是母爱，子女的孝顺和姐妹般的奉献被看做是可接受的母爱的产物。这种母爱非常强烈，所以当女人国的女人知道了现代美国的生育过程时吓得脸色苍白，因为在美国把孩子生下后往往与母亲不在一起，并且通常不用母乳喂养。

女人国的女人们能自由地完成自己的本能，因此女人国人丁兴旺，创造了一个没有罪恶的世界。女性的弱点，如"顺从、无聊、小气、嫉妒、歇斯底里"等，其实都是男性的典型产物。1913年，吉尔曼在一篇题为《新世界的新母亲》（"New Mothers of a New World"）的论文中提到了小说中的议题。在这篇论文里，她把大多数社会问题都归于男人，并在论文的结尾处用强烈的言辞说道："人类的妇女们，让我们为一个更高级的人类共同努力吧。"按照吉尔曼的观点，正是因为男人的存在，才没能创造出像女人国那样完美的人种。孤雌繁殖是优化繁殖的最高形式，是唯一能保证基因遗传得到绝对控制的形式。正像那些通过母性遗传来规定亲属关系的人所认识到的那样，孕育卵子、胎儿，并在胎儿成熟后把胎儿生出来的母体是唯一永无缺陷的亲代纯正的源泉（即使在DNA时代这也是一个有争议的话题）。在吉尔曼看来，无论她的描绘怎样抵制男人，从理论上讲都本应引起当时社会学家的兴趣。她认为在传递过程中，自然是不可预料的，而社会化的特征是完全可以控制的。社会学家们同样本应同意吉尔曼关于女人不允许有性活动和欲望的观点，恢复维多利亚时期把没有肉体情欲的女人看做完美女人的社会风气；社会学家还应该感到欣慰，因为在吉尔曼的乌托邦里，培育后代是快乐和权力首要的和终极的形式，这使得小说看上去是对吉尔曼自己经历的修正。

尽管有如此多的矛盾，吉尔曼巧妙的叙述还是取得了完全出乎意料的效果。表面上看这些男性来访者所具有的条件更优越，比如他们具有世界上的文明、科学、现代性、进步、受过西方教育和第一手世界知识，却发现尽管这些女人已与世隔绝两千多年，但这个孤立社会的女性身上具备所有这些优点。在吉尔曼的安排中，人们相信女人生来就具有这些本质。《她乡》暗示，文明、理性、现代化、对知识的渴望、智慧等对女人们来说如同母乳一样自然。如果没有男人的特权妨碍社会的发展，比如爱国主义、竞争、性欲、征服等等，其结果必然是理想的乌托邦社会。

虽然用人种和繁殖方法来解决社会问题在现实主义乌托邦里很普遍，但这些作者（正像我们所看到的那样）同样也注意到了社会经济改革的必要性。的确，优化人种常常被看做彻底改变经济的先决条件；文化一直是到达更加公平社会的第一步。大多数乌托邦作者提倡彻底改变当前的资本主义制度，以获得更加合作的集中化经济和更均衡的财富分配。虽然大多数作者，如爱德华·贝拉米，因为缺少真正彻底的重组社会计划而放弃了原有的观点，对社会主义进行抵制；然而还有一些作者，如威廉·狄恩·豪威尔斯和杰克·伦敦，则欢迎社会主义。他们确信，国家垄断资本主义的不断扩大让财富集中在极少数人的手里，就会创造出一个永远处在社会底层的阶级。豪威尔斯和伦敦担心，越来越大的贫富差距将意味着美国中产阶级的消亡。杰克·伦敦在他著名的无产阶级乌托邦小说《铁蹄》（*The Iron Heel*, 1908）里，构思出一个反面乌托邦的噩梦，大多数美国人被困在财阀统治的贫穷之中，革命的暴乱迫在眉睫。

《铁蹄》预见了20世纪末科幻灾难片的场景，预言了无节制的资本主义产业制度灭亡后世界的状态。这部小说是伦敦给同时代人发出的信息：时间紧迫，1908年的美国已经到达了哈米吉多顿（Armageddon）①的边缘。叙述的中心线索围绕着安东尼·梅瑞迪斯（Anthony Meredith）——一位来自乌托邦"419 B. O. M"（离现在700年）年代的未来历史学家——发现的一份手稿展开。埃弗哈德（Everhard）的手稿讲述了1912到1932年期间发生的事情，这时无产者反复向罪恶的统治阶级挑战，每一次的结果都是灾难性的。这篇手稿再现的是艾维斯·埃弗哈德（Avis Everhard）的回忆，她是革命的重要领导者厄内斯特·埃弗哈德（Earnest Everhard）忠贞的妻子。所以叙述就夹杂着两种成分：主人公的妻子为社会主义革命所作的个人辩护和来自乌托邦的历史学家写的一大串笔记，记录了20世纪最初几十年发生的事情。安东尼·梅瑞迪斯的笔记为美国人提供了20世纪头几年里令人瞠目结舌的历史教训。笔记重点放在大公司的发展上，诸如洛克菲勒和标准石油公司的崛起，提供了有关社会主义的全部理由。但同时梅瑞迪斯对艾维斯·埃弗哈德叙述中革命和革命者热情洋溢的描述一直保持着冷静的态度，因为他认为革命者不懂历史，无法想到法西斯的铁蹄很可能就是剥削性质的资本主义的产物。

埃弗哈德的手稿把厄内斯特·埃弗哈德描绘成无产阶级的"超人"（übermensch），一个典型的伦敦英雄。叙述中很多都是艾维斯充满深情地介绍他生动的抨击性的长篇演讲，艾维斯总是能描绘出他发表演讲时的样子，恰恰符合小说中的乌托邦理想主义。无论埃弗哈德的议论多么矛盾，如他把

---

① 即基督教预言的世界末日善恶决战场。——译者注

●渐进的多元文化：文化、经济和小说（1860—1920年）

尼采式的达尔文主义、社会主义和民主理想主义混为一谈，他从一开始就是一个十分成熟的革命理论家。作为"一个天生的贵族"，埃弗哈德显现出了那些伦敦的工会领袖们通常表现出的与工人们的对立态度，不管工人们多么拥护他们，如何把他们理想化，他们总认为自己比工人们优秀。埃弗哈德也没有因为大脑发达而身材瘦小，他胜过常人的智慧与他那十分强壮的身体匹配完美。强大的身体力量和超常的智力在如同战斗的理论辩护中相得益彰。在那些工会的领导人中，埃弗哈德智力上的主导地位依靠的是他身体上的强壮，他能够猛击对手直到把他们打败。

在这些论战中，埃弗哈德总是专横霸道。这种象征性的激烈行为不单纯是为了取悦他富有的妻子。他的妻子在发现"自己的一生中从来没有被如此野蛮地对待过"之后立刻就爱上了他。小说里爱情故事的成功动力在小说的政治情节里被倒转了。在小说的政治斗争中，工人阶级被法西斯的铁蹄踩得支离破碎，小说里反复出现的一句话说明了铁蹄的目的就是"在他们的脸上行走"。虽然埃弗哈德的措词很有说服力，他所列举的事实显而易见，但是故事的讲述还是一步步地走向了无情的灾难性结局：在一场大屠杀中，中产阶级和工人阶级消失了，大街上尸体遍地。

虽然在《铁蹄》里没有哪个阶级是绝对残忍的，但上层阶级更接近这一点。或许小说中最令人难以忘怀的形象是磨坊工人杰克逊的形象，当他的胳膊在工作中被机器碾碎后，他拒绝接受赔偿金。在小说里，寡头政治的统治无所不在，如禁止在讲坛和报刊自由发表言论，镇压大学里支持不同政见者，压制中产阶级，以大多数工人利益为代价同工会领袖做交易，在众议院和参议院里塞满自己的亲信，大量增加重要垄断企业的资产，等等。虽然有一些改变现状的希望，但转瞬即逝，如在1912年的大选中，埃弗哈德的社会主义者们以压倒一切的优势取得了胜利，但是当他们进入众议院时，却发现自己毫无权力；还有，通过美国工人和德国工人制定同盟，拒绝去为剥削自己的资本家的利益而厮杀，他们成功地避免了一场与德国的战争。但是，这些无产阶级的胜利仅仅是死灰里的星星之火，正如小说进展中出现的一些章节的标题所示意的那样："终点的起点"，"最后的时光"，"咆哮的深海野兽"。这场非乌托邦式的阶级战争其最后结果是人类变成了野兽。

艾维斯的声音就是杰克·伦敦的声音，伦敦是个社会主义信仰者，1906年在耶鲁大学的一次演讲中他宣称："我们社会主义者将会从现在的统治者手中夺取政权。如果必要的话，要通过战争。如果谁能阻止我们的话就阻止吧。"听演讲的学生被煽动起来了，演讲结束后，一群学生很快成立了"校际社会主义社团耶鲁分团"。然而，《铁蹄》结尾处的大灾难证实了1901年伦在一封信中所表现出的更清醒的态度："我更愿意在明天顺利进行的社会主义国家里醒来；但是我知道我不会。"假如伦敦活到20世纪30年代，他会看到他的小说作为社会主义的崇拜物而被神化，在手举红色火炬的人群中广为流传，被看做是抨击法西斯敌人的强烈的社会主义理论言辞。虽然作为社会主义的支持者，威廉·狄恩·豪威尔斯和杰克·伦敦两个人站在同一政治立场上，然而，在威廉·狄恩·豪威尔斯的阿尔特鲁利亚三部曲中，他构思出的温文尔雅的乌托邦不可能会比杰克·伦敦《铁蹄》中表现出来的暴力的非乌托邦更激进。同样，伦敦的主人公厄内斯特·埃弗哈德激烈的挑衅言辞也被《阿尔特鲁利亚的旅行者》中亚利斯泰迪斯·荷马斯悦耳、合情合理的言辞所代替。实际上，持同一理论观点的人可能会用不同的方法来表达自己的观点。

豪威尔斯构思出的乌托邦把自己身兼数职的生涯推向了恰当的顶峰：他是现实主义的小说家、颇具影响力的编辑、文学新手慷慨的支持者和人道主义政治事业的发言人。作为一个作家，他完成的实际文化事务比同时代任何美国作家都多。豪威尔斯的职业活动还具有无法比拟的理想主义特点。他关注贝拉米的"民族主义"，同样也关注基督教社会主义，支持过1886年"芝加哥干草市场骚乱"中被指控的无政府主义者，对发生在宾夕法尼亚州霍姆斯蒂德（Homestead）的卡耐基钢铁公司罢工人员所做的处理表示出惊愕。1889年至1891年他住在波士顿时，经常参加贝拉米民族主义者的会议和爱德华·埃弗雷特·黑尔的托尔斯泰小组的活动，支持哈姆林·加兰为把文化实践与社会主义结合起来所作的努力。在此期间，豪威尔斯所关注的重点也在不断地转移，从最初关注美国财阀统治的社会效果和大规模变化的重要性，到后来把重点转向基督教社会主义的前景上。1888年，豪威尔斯在一篇评论《那么我们该怎么办？》的文章中，称赞了列夫·托尔斯泰的进步基督教，他辩论道：如果一种制度只让社会名流积累财富而大多数人生活在贫困之中，那么这个制度注定是短命的。豪威尔斯的来自阿尔特鲁利亚的旅行者直接回应了这个评论，他注意到最终导致自己国家垮台的原因是极其可怕的对财富的贪婪，这种贪婪简直到了不可容忍的程度。

阿尔特鲁利亚的故事是应约翰·布里斯本·沃尔克（John Brisben Walker）的请求而作。沃尔克是位成功的商人，1889年买下了《大都会》杂志社，他请求豪威尔斯写些"社会学的文章"，以支持他们共同追求的基督教社会主义信仰。豪威尔斯更喜欢"利他主义"（altruism）① 这个词，而不是社会主义。1892年他在编写最后一期《哈珀杂志》的"编辑书房"专栏时引入了利

---

① 阿尔特鲁利亚的英文为 Altruria，含有利他主义（altruism）之意。——译者注

渐进的多元文化:文化、经济和小说(1860—1920年)

他主义这个词。在这期专栏中,他以利他主义为原则虚构了一个社会。豪威尔斯解释道:阿尔特鲁利亚是"一个居住着一些好心人的边远地区,是一种经济的乌有之乡(pays du tender)"。假如利他主义能成为一个社会或一项国家政策的驱动力,那么豪威尔斯阿尔特鲁利亚的故事就是在寻求夸大利他主义的可能性。豪威尔斯写道,阿尔特鲁利亚的人"为他人"活着,相比之下,美国人则"踩着他人"活着。

规划中的乌托邦三部曲的第一部《来自阿尔特鲁利亚的旅行者:一部传奇》于1894完成,从1892年至1894年分期连载在《大都会》上。小说描绘了亚里斯泰迪斯·荷马斯(Aristides Homos),一个来自乌托邦之国阿尔特鲁利亚的旅行者,他来到了19世纪90年代初的美国,被美国的社会现象惊呆了:"4000个美国百万富翁所拥有的财富比其余所有美国人的财富加在一起还多。"旅行者的向导是位作者,也是小说的叙述者,他是一位善于思考却又单纯的上流社会成员,尽管他努力地去解释主要的社会习俗和理想的事物,但是在讲解过程中他却发现自己被缠绕在美国信念和美国实践相互的矛盾之中。他集合了一帮诚实的朋友去见来自阿尔特鲁利亚的旅行者,其中有教授、医生、律师、牧师、银行家和制造商,他们看上去狂妄自大,思想封闭,无法从其他角度去理解社会秩序,只从自己的角度去看社会。旅行者对这些人大肆嘲讽,认为他们简直就是"野蛮"。小说着力描写了叙述者渐渐放弃了自己的观点,转而赞同旅行者的看法。由此,他们的关系让人颇感兴趣,叙述者对这个动摇他信念的人(也即旅行者)产生了矛盾心理,有时他会质问他是不是真正的人,比如有一次,他盯着旅行者看时想弄明白:"他真的是个人吗,一个像人类一样的人,一个像我们一样实实在在的人,或者他仅仅是一个对传统和信仰起瓦解作用的精灵?"

来自阿尔特鲁利亚的旅行者对他们两个人所处的不同世界进行了对比分析,找到了分开他俩的鸿沟。"如果你能想象出基督教的千年期从未到来过的阿尔特鲁利亚是什么样子,你就会明白美国是什么样子了。"在与美国继续对比时,这位旅行者又描述道,阿尔特鲁利亚是一个基督教社会主义社会,在那里每个人都生活在气氛融洽的小社区里,他们经常到城市中心进行娱乐和领取物质资源。所有的人都一样,没有货币,没有人为他人干活,每个人干自己的那份活,享受平等的社会财富。此外,这里的经济生活中没有投机。这里也没有匆匆忙忙的奔波,因为既然人们已经停止了互相竞争,也就没有必要匆忙了。在一些关键之处,豪威尔斯的乌托邦如同威廉·莫里斯(William Morris)的《乌有乡消息》(*News From Nowhere*)(教授对阿尔特鲁利亚的各种描述做出的一个反应:"他那是从莫里斯那儿学来的。")一样敬重手工艺,试图恢复劳动的高尚:大规模生产消失了,职业道德又重新受到推崇。正如这些例子所展示的,豪威尔斯的乌托邦流露出怀旧之情,怀念工业社会之前的农业社会秩序。他认为那具有他童年时中西部的特点。总之,阿尔特鲁利亚人说的话就是基督教要说的话,当时的美国是耶稣在十字架上受难的情景,因而在未来某个像阿尔特鲁利亚一样的世界里,他才有可能被人们知晓。

豪威尔斯的小说连载打动了大众的情感,他说这个故事比他多年来写的任何作品都受欢迎。他收到了来自美国各地各种各样的人热情洋溢的信,在这些崇拜者中就有爱德华·贝拉米,他热烈地称赞,豪威尔斯对当代美国的批评振奋人心。书的出版商哈珀兄弟出版社的反应却比较冷淡,并且拒绝以书的形式出版第二部连载——《阿尔特鲁利亚旅行者的书信》(1893—1894年连载在《大都会》上,还有一部分收录在1907年出版的《针眼》[*The Eye of the Needle*, 1907]一书中)。1894年9月,纽约《每日先驱报》(Daily Herald)发表了一篇关于《来自阿尔特鲁利亚的旅行者》的评论文章,题目为《诗人也成了社会主义者:豪威尔斯拥护社会主义》,表明了出版商为什么冷淡的原因。豪威尔斯太精明了,他努力去减轻出版商的担忧,因为他的出版商是出了名的对政治争端很敏感的人。的确,在为《哈珀杂志》当编辑时(他一直做到1920年去世),豪威尔斯说他总是时刻准备着随时听到"小铃铛的叮当声",那是老板 J. W. 哈珀来到的信号,这表明此时他的栏目可能表达了一些让保守的读者们感到不高兴的观点。而事实上这种铃声从来没有响过,因为他成功地将其声音内化了。

这可能就是为什么豪威尔斯决定在他的乌托邦三部曲的最后一部《针眼》中,把一个阿尔特鲁利亚人和美国上层社会一成员之间的爱情故事作为小说最引人注目的内容,并使用"罗曼史"这个词作为第一副标题。伊芙莉丝·斯特兰奇(Eveleth Strange)是一位富有的年轻寡妇,具有特别积极的社会良知。像吉尔曼女人国里的女人们一样,伊芙莉丝不是那种阿尔特鲁利亚人见过的爱卖弄风骚的女人,并且独立性很强,敢直言不讳。虽然她经常参加慈善事业,但却感到力不从心,因为能得到施金的部分太有限了。社会的困难使得她不知所措,她不能坐视不顾,并确信只有完全重组社会才能解决问题,所以她开始接近公正的乌托邦旅行者。伊芙莉丝天生的利他主义来自于同母亲之间的关系。她与母亲生活在一起,她母亲是虔诚的基督教徒,从事教导心灵的工作,她把美国的现在与美国的过去进行了强烈的对比,这与那位阿尔特鲁利亚人进行的社会对比一样强烈。豪威尔斯努力去保持这两个来自不同社会的人的浪漫故事的复杂性,坚持认为无论伊芙莉丝多么理想化,都是

○渐进的多元文化：文化、经济和小说（1860—1920年）

自身环境的产物，是个有地位并过着豪华奢侈生活的贵夫人。《针眼》的第一部分是发生在美国的事情，由阿尔特鲁利亚人讲述，结尾时是他迫使伊芙莉丝在爱情与金钱之间做出选择，他担心这个选择会阻止他们的婚姻。第二部分是发生在阿尔特鲁利亚的故事，由得到幸福的新娘讲述，她消除了所有疑虑。《针眼》剩下的部分是伊芙莉丝快乐地讲述阿尔特鲁利亚的生活（她说服了她妈妈陪着她）。虽然一些评论家注意到在《来自阿尔特鲁利亚的旅行者》中，旅行者对阿尔特鲁利亚回忆式的描述要比《针眼》中伊芙莉丝亲身经历后给出的描述更具有吸引力，但小说还是受到了好评。

虽然豪威尔斯致力于社会公正，真正同情社会主义的事情，但他在性情上却保持着道德主义，他发现把自己的理想主义与《哈珀杂志》强加于他的无以言表的压制进行协调的任务相对比较适宜。从他1907年在一封信上发表的评论来看，总的来说，他对乌托邦和社会重组的赞扬总是比较矛盾的，不同于那些激进的同行们所创造出来的旅行者，总能够重建社会。豪威尔斯注意到，他自己已经情不自禁地发现"即使在乌托邦里也有不完美之处"。他矛盾的心理并没有使他虚构的故事缺少勇气或不完整。与声望相同的其他大作家一样，豪威尔斯的乌托邦反映了他自己长期以来一直关注的问题，如社会责任的本质、集体生活中同情的作用等。与此相同，杰克·伦敦的《铁蹄》也表示了他对阶级斗争的极大热情，因而成为一部受崇拜的作品，其中热烈的言辞鼓舞着一代又一代的社会主义者。鲍姆的《绿野仙踪》里具有魅力的创新，成功地把精神意义延伸到陌生的国度里。夏洛特·帕金斯·吉尔曼与社会主要问题的有力交锋，以及《她乡》里的理论，是因为她作为一个关心公共事业的知识分子而产生。最后，吐温极富想象力并且精彩的作品《康涅狄格州的美国佬在亚瑟王朝》把很多具有哲学、经济、政治和宗教意义的内容融入它的形式结构里，展示出了作者独特的视野。

或许令这些作者与众不同的是他们的乌托邦小说中所抵制的东西。他们谁也没有像佩克、唐纳利以及其他一些作家那样使用种族特征和种族划分的旧框框，或者使用优化人种的方案，在作者理想的社会里生产出文化大同。吉尔曼孤雌繁殖的方法最接近这种方案，但《她乡》的社会绝对是多元化的，它欢迎所有有色人种。豪威尔斯、伦敦、吉尔曼、鲍姆和吐温好像都意识到了，即使在乌托邦里，也要对历史加以考虑。他们隐约地感到一个有文化差异的乌托邦如果有碍于社会福利，就只能徒有其名。虽然他们以不同程度的恐慌看到了这个事实，但是他们明白，美国作为世界上多元文化的国家在未来还将会持续下去。

大事年表(1860—1920)

约翰·E.特西托尔

大事年表(1860—1920)

年代	美国文学作品	美国事件、作品和艺术	其他事件、作品和艺术
1860年	丽贝卡·哈丁·戴维斯(1831—1910),《炼铁厂的生活》(小说) 纳撒尼尔·霍桑(1804—1864),《大理石农牧神》(小说) 奥利佛·温戴尔·霍尔姆斯(1809—1894),《早餐桌边的教授》(杂文)	拉尔夫·沃尔多·爱默生(1803—1882),《论行为》(哲学), 马萨诸塞州洛威尔5层的派姆伯顿厂房倒塌;88人死亡,几百人受伤。 亚伯拉罕·林肯当选为总统。	乔治·艾略特(1819—1880),《弗洛斯河上的磨房》(小说) 约翰·斯图亚特·穆勒(1806—1873),《代议制政府》(政治哲学) 英国在美国内战中持中立态度。
1861年	奥利佛·温戴尔·霍尔姆斯(1809—1894),《艾尔西·文纳》(小说) 哈丽叶特·雅格布斯(1813—1897)《女奴的生活遭遇》(自述) 西奥多·温斯洛普(1828—1861),《塞西尔·德利姆》(小说)	联邦军队在萨姆特要塞开火,内战开始。 杰斐逊·戴维斯当选为美国南部邦联总统。	俄国沙皇亚历山大二世解放了农奴。 维克托·伊曼纽尔二世宣布成为统一的意大利的国王。 路易·帕斯特提出疾病的细菌理论。 查尔斯·狄更斯(1812—1870),《远大前程》(小说) 乔治·艾略特(1819—1880),《塞拉斯·马纳》(小说) 亨利·萨默·梅恩(1822—1888),《古代法律》(法律史)
1862年	查尔斯·亚历山大(1837—1927),《波多马克的波琳》(小说) 哈丽叶特·比彻·斯托(1811—1896),《奥尔岛的珍珠》(小说)	亨利·大卫·梭罗去世。 亚历山大·克拉梅尔(1819—1898),《非洲的未来》(政论文)	奥托·冯·俾斯麦被任命为普鲁士首相,发表了"血和铁"演说。 利昂·傅科测量地球上光的速度。

675

大事年表(1860—1920)

年代	美国文学作品	美国事件、作品和艺术	其他事件、作品和艺术
	麦塔·维克托(1831—1885),《联邦主义者的女儿》(小说)	林肯签署《家园法案》,以160亩为一个单位向移民开放西部2.7亿亩土地。	维克托·雨果(1802—1885)《悲惨世界》(小说)
		南方邦联政府总统杰斐逊·戴维斯颁布南方18岁至35岁男人普遍征兵入伍的法令。	赫伯特·斯宾塞(1802—1903)《第一法则》(生物进化论)
		马休·布雷迪在他纽约的摄影室开办战场照片展《安提坦战役的死者》。	伊万·屠格涅夫(1818—1883)《父与子》(小说)
		朱丽亚·瓦尔德·豪(1819—1910),《共和国战斗颂歌》(诗/流行歌曲)	
1863年	路易莎·梅·阿尔科特(1832—1882),《医院随笔》(短篇故事)	林肯总统签署《奴隶解放宣言》,结束美国南部邦联各州的奴隶制。	法国把柬埔寨变成受保护国。
	爱德华·埃弗雷特·黑尔(1822—1900),"没有国家的人"(短篇故事)	西弗吉尼亚成为一个州。亚利桑那和爱达荷并入美国领土范围。	奥地利大公马克西米连成为墨西哥皇帝。
	纳撒尼尔·霍桑(1804—1864),《我们的老家》(游记)	纽约市为期4天的草案暴动结束,1200多人死亡。	T. H. 赫胥黎(1825—1895),《人在自然界中的地位》(生物人类学)
	约翰·汤森恩德·特罗布里奇(1827—1916),《击鼓男孩》(小说)	联盟军在葛底斯堡战役中胜利,扭转了内战的局势,随后在战场和公墓所作的献辞中,林肯总统发表了《葛底斯堡演说》。	爱德华·莫奈(1832—1883),《奥林匹亚》(绘画作品)
		F. C. 波南德(1811—1872),《伊克西恩》,又名《车轮上的人》(滑稽讽刺作品)	约翰·斯图亚特·密尔(1806—1873),《功利主义》(伦理哲学)
1864年	萨拉·爱德蒙兹(1842—1898),《假小子:或女战士》(小说)	霍勒·格里利(1811—1872),《美国冲突》(历史)	查尔斯·狄更斯(1812—1870),《我们彼此是朋友》(小说)

大事年表(1860—1920)

年代	美国文学作品	美国事件、作品和艺术	其他事件、作品和艺术
	亨利·大卫·梭罗(1817—1862),《缅因森林记游》(游记)	亚伯拉罕·林肯再次当选为总统。	列夫·托尔斯泰(1828—1910),《战争与和平》(小说)
	爱德华·维利特(1830—1889),《韦克斯堡间谍》(小说)	格兰特·S.尤利西斯被任命为联盟军司令。	路易斯·帕斯特发明了著名的"巴斯德氏杀菌法"。
		西尔曼将军开始"走向大海的征程",摧毁了邦联从查塔努加到萨凡纳的土地。	第一届日内瓦会议创建了红十字会,救助那些在战斗中生病或受伤的人。
		纳撒尼尔·霍桑去世。	法国工人得到罢工的权利。
			第一国际工人联盟在伦敦成立。
			世界上第一个地铁系统,大都市铁路,在伦敦建成。
1865 年	亨利·大卫·梭罗(1817—1862),《科德角》(游记)	4月9号罗伯特·E.李带领南方邦联军队在阿波马托克斯法院向尤利西斯·S.格兰特投降,结束了南北战争的主要战斗。	美国要求法国从墨西哥撤军。
	约翰·汤森德·特罗布里奇(1827—1916),《三个火枪手》(小说)	4月9日林肯总统被刺杀,副总统安德鲁·约翰逊接任总统。	卡尔·奔驰设计了第一台不是从马拉马车改造的汽车。
		P.T.巴纳姆的第一家美国博物馆被大火烧毁。	威廉·布斯成立了救世军。
		第三条修正案通过,废除了奴隶制。三K党在田纳西州成立。	刘易斯·卡罗尔(1832—1898),《爱丽丝梦游仙境》(小说)
		亚历山大·加德纳出版了他为马休·布雷迪工作时在战场上拍摄的照片《战争素描照片》。	

年代	美国文学作品	美国事件、作品和艺术	其他事件、作品和艺术
1866年	奥古斯塔·埃文斯(1835—1909),《圣艾尔摩》(小说)	赛勒斯·菲尔德铺设了第一条跨海电缆。	普鲁士与奥地利之间爆发七星期战争。
	威廉·狄恩·豪威尔斯,(1837—1920),《威尼斯生活》(游记)	为了游说8小时工作日由技术工人和无特殊技能的工人组成的全国工会成立。	阿尔弗雷德·诺贝尔发明炸药。
	亨利·大卫·梭罗,(1817—1862),《一个美国人在加拿大》(游记)	温斯洛·荷马完成了《来自前线的囚犯》(绘画)。	费奥多·陀思妥耶夫斯基(1821—1881),《罪与罚》(小说)
1867年	利迪亚·玛丽亚·查尔德(1802—1880),《共和国之恋》(小说)	托马斯·温特沃斯·希金森(1823—1911),《文化辩解》(评论)	墨西哥皇帝马克西米连被处死,贝尼托·华雷斯重新当选为总统,恢复了共和国统治。
	奥古斯丁·戴利(1838—1899),《在煤气灯下》(戏剧)	联邦政府的杜立德报告记载了美国印第安人所遭受的虐待,建议采取一种更具有同情心的政策。	芬尼安暴行在爱尔兰增多。
	玛莎·芬莉(1828—1909),《小公主》(小说)	内布拉斯加成为一个州。联邦政府以720万美元从俄罗斯购买阿拉斯加。	约瑟夫·里斯特在外科手术中使用消毒和防腐程序。
	布莱特·哈特(1836—1910),《缩写小说和其他文章》(短篇小说)		卡尔·马克思(1818—1883),《资本论》第一卷(政治哲学)
	马克·吐温(1835—1910)《卡拉维拉斯县著名的跳蛙和其他杂记》(短篇故事)		朱塞佩·威尔第的歌剧《唐卡洛》在巴黎首次公演。
1868年	路易莎·梅·阿尔科特(1832—1888),《小妇人》(小说)	詹姆斯·巴顿(1822—1891),《人民的传记书》(传记)	明治天皇对西方开放日本。
	霍雷肖·阿尔杰(1832—1899),《破衣迪克》(小说)	约翰逊总统被弹劾,被美国参议院宣告无罪。	古巴爆发"十年战争"。

大事年表(1860—1920)

年代	美国文学作品	美国事件、作品和艺术	其他事件、作品和艺术
	丽贝卡·哈丁·戴维斯(1813—1910),《等候判决》(小说) 安娜·迪金森(1842—1932),《答案是什么》(小说) 伊丽莎白·斯图亚特·费尔普斯(1844—1911),《半开的门》(小说)	尤利西斯·S. 格兰特当选为总统。 第十四项修正案通过,赋予所有在美国出生或加入美国籍的人公民权,保证受联邦法律同等保护。 8小时工作日成立。	威尔基·科林斯(1824—1889),《月亮宝石》(小说) 费奥多·陀思妥耶夫斯基,(1821—1881),《白痴》(小说)
1869年	威廉·狄恩·豪威尔斯(1837—1920),《意大利之旅》(游记) 哈丽叶特·比彻·斯托(1811—1896),《老城人民》(小说) 马克·吐温(1835—1910),《傻子出国记》(游记)	在美国黑人不能成为全国工会会员时,全国有色人种工会成立。 P. T. 巴纳姆,(1810—1891),《斗争和胜利》(回忆录)	爱尔兰教会与政府分离。 苏伊士运河开通。 马修·阿诺德(1822—1888),《文化与无政府状态》(评论) 古斯塔夫·福楼拜(1821—1880),《情感教育》(小说) 弗朗西斯·高尔顿(1822—1911),《遗传的天才》(优生学) 约翰·斯图亚特·密尔(1806—1873),《论女人》(社会理论) 理查德·瓦格纳的歌剧《莱茵河的黄金》在慕尼黑首次公演。
1870年	路易莎·梅·阿尔科特(1832—1888),《一个落伍的女孩》(小说)	《斯克莱布纳月刊》创办。	奥托·冯·俾斯麦总理为了促进德国统一发动了法德战争。

679

年代	美国文学作品	美国事件、作品和艺术	其他事件、作品和艺术
	伊丽莎白·斯图亚特·费尔普斯（1844—1911），《束缚》（小说） 布莱特·哈特（1836—1902），《喧嚣营的运气和其他杂文》（短篇故事）	詹姆斯·罗素·洛威尔（1819—1891），《我的书》（评论） 纽约大都市艺术博物馆建成。 约翰·D. 洛克菲勒成立标准石油公司。 第十五条修正案通过，保证全部男性公民都有选举权。	拿破仑三世的帝国解体，法国第三共和国成立。 第一届梵蒂冈会议宣布教皇无谬性教义。 儒勒·凡尔纳（1828—1905），《海底两万里》（小说） 利奥波德·里特·冯·萨克-马索克，（1835—1895），《穿皮大衣的维纳斯》（小说）
1871年	路易莎·梅·阿尔科特（1832—1899）《小男人》（小说） 爱德华·埃格尔斯顿（1837—1902），《胡齐尔人乡村教师》（小说） 威廉·狄恩·豪威尔斯（1837—1920），《他们的结婚旅行》（小说） 伊丽莎白·斯图亚特·费尔普斯（1844—1911），《隐名合伙人》（小说）	玛瑞·哈兰（1838—1918），《家庭常识》（家庭建议） 亨利·亚当斯（1838—1918）和查尔斯·亚当斯（1835—1915），《伊利的花絮及其他故事》（历史） 詹姆斯·罗素·洛威尔（1819—19141891），《我学习的窗口》（评论） 威尔·S. 米切尔（1829—1914），《磨损和拉伤或过度劳累的提示》（医疗健康） 刘易斯·亨利·摩尔根（1818—1881），《人类家庭的血亲和姻亲制度》（人类学）	从三月至五月激进社会主义同盟公社控制了巴黎。第三共和国重新夺回这个城市后二万多名公社社员被处死。 查尔斯·达尔文（1809—1882），《人类的起源》（生物人类学） 乔治·伊利亚特（1819—1880），《米德镇的春天》（小说） 威尔第的歌剧《阿伊达》在开罗首次公演

大事年表(1860—1920)

年代	美国文学作品	美国事件、作品和艺术	其他事件、作品和艺术
		威廉·狄恩·豪威尔斯成为《大西洋月刊》的编辑	
		芝加哥大火烧死了大约300人,10万多人无家可归,毁坏了几千座建筑物。	
		詹姆斯·麦克尼尔·惠特勒完成《画家的母亲》(绘画作品)	
		沃尔特·惠特曼(1819—1892),《民主愿望》(评论)	
		P. T. 巴纳姆的"地球之最表演"马戏团在纽约开张。	
1872年	玛丽亚·安帕罗·露易丝·伯顿,(1832—1895),《谁考虑了这件事?》(小说)	爱德华·迈布里奇拍摄了马奔跑的过程,预示着动画时代的到来。	维也纳发生金融恐慌。
	马克·吐温(1835—1910),《艰苦岁月》(游记)	布朗森·阿尔科特(1799—1888),《和谐年代》,(回忆录)	为了合法的王位继承权西班牙爆发第三次王室正统派成员之间的战争。
		查尔斯·洛宁·布雷斯(1826—1899),《纽约的危险阶层》(纪实报告)	克劳德·莫奈完成《印象·雾》(绘画作品)
		国会通过《总赦法》,赦免了前南方邦联者。	弗里德里希·尼采(1844—1900),《悲剧的诞生》(评论)
			儒勒·凡尔纳(1828—1905),《环游世界80天》(小说)
1873年	爱德华·埃格尔斯顿(1837—1902),《迈特罗伯利斯维尔的奥秘》(小说)	波士顿艺术博物馆落成。	西班牙帝国阿玛迪奥一世退位,被一个不稳定的共和国取代。

大事年表(1860—1920)

年代	美国文学作品	美国事件、作品和艺术	其他事件、作品和艺术
	威廉·狄恩·豪威尔斯,(1837—1920),《邂逅》(小说) 马克·吐温,(1835—1910)和查尔斯·达德利·沃纳合写《镀金时代》(小说)	北太平洋铁路财政家杰伊·库克宣布破产,引发全国金融恐慌。	马修·阿诺德(1822—1888),《文学和信条》(评论) 沃尔特·佩特(1839—1894),《文艺复兴史研究》(艺术史) 赫伯特·斯宾塞,(1820—1903),《社会学研究》(社会学)
1874年	托马斯·贝利·奥尔德里奇(1836—1907),《普鲁登斯·帕尔弗里》(小说) 爱德华·埃格尔斯顿(1837—1902),《巡回骑马传道员》(小说) 查尔斯·达德利·沃纳(1829—1920),《巴德克和那种事》(游记)	儿童保护协会在纽约成立。 基督教妇女禁酒联合会在克里夫兰成立。 讲习集会运动在纽约州北部开始。	英国工厂法规定每周56小时工作制。 第一届印象派画展在巴黎举行。 托马斯·哈代(1840—1928),《远离尘嚣》(小说)
1875年	路易莎·梅·阿尔科特(1832—1888),《八个表兄妹》(小说) 威廉·狄恩·豪威尔斯(1837—1920),《无法避免的结局》(小说) 亨利·詹姆斯(1843—1916),《罗德里克·哈德逊》(小说);《跨大西洋游记》(游记) 康斯坦斯·费尼莫尔·伍尔森(1840—1894),《无名城堡:湖乡游记》(短篇小说)	安德鲁·卡耐基在他美国宾夕法尼亚州布莱德克的工厂引进贝色麦炼钢工艺,保证了他在钢铁市场的霸权地位。 布拉瓦斯基夫人在纽约创办神智学会。 玛丽·贝克·埃迪(1821—1910),《科学和健康》(神学论)	英国和俄罗斯干涉法国和德国之间的冲突,避免了另一场战争的爆发。 比才的歌剧《卡门》在巴黎首次公演。

年代	美国文学作品	美国事件、作品和艺术	其他事件、作品和艺术
1876年	路易莎·梅·阿尔科特（1832—1888），《盛开的玫瑰》（小说）	科罗拉多称为一个州。	波菲里奥·迪亚斯领导革命取得了成功，成为墨西哥总统。
	布莱特·哈特，（1836—1902），《加布里埃尔·康罗伊》（小说）；《沙洲两人》（戏剧）	费城百年纪念。	瓦格纳的《指环》在拜罗伊特第一次完整上演。
	马克·吐温（1835—1910），《汤姆·索亚历险记》（小说）	亚历山大·格林汉姆·贝尔发明了电话。	勃拉姆斯创作出《第一钢琴交响曲》 乔治·艾略特（1819—1880），《丹尼尔·狄隆达》（小说）
1877年	路易莎·梅·阿尔科特（1832—1888），《一个现代的摩菲尔斯》（小说）	拉瑟福德·B. 海斯和塞缪尔·J. 蒂尔登之间的美国总统选举由国会选举委员会决定，海斯当选为总统。	由于领土纠纷最后一次俄土战争爆发；1878年结束。
	亨利·詹姆斯（1843—1916），《美国人》（小说）	重建时期结束；联邦军队从南方撤军。	维多利亚女王宣布为印度女王。
	萨拉·奥恩·朱伊特（1849—1909），《深港》（小说）	七月、八月爆发全国铁路大罢工，以罢工者和美国军队之间的暴力冲突结束。	英国查尔斯·戈登将军成为苏丹总督。
	伊丽莎白·斯图亚特·费尔普斯（1844—1911），《艾维斯的故事》（小说）	费城艺术博物馆落成。	罗丹·奥古斯特完成《青铜时代》（雕塑）
		托马斯·爱迪生发明了留声机。	埃米尔·佐拉（1840—1902），《小酒店》（小说）
		刘易斯·亨利·摩尔根（1818—1881），《古代社会》，（人类学）	
1878年	路易莎·梅·阿尔科特（1832—1888），《丁香花下》（小说）	查尔斯·桑德斯·皮尔斯（1839—1914），《如何使我们的想法清晰》（哲学）	希腊对土耳其宣战；欧洲列强在主要战斗开始前介入。

年代	美国文学作品	美国事件、作品和艺术	其他事件、作品和艺术
	布莱特·哈特（1836—1902），《漂流》（短篇小说） 亨利·詹姆斯（1843—1888），《欧洲人》（小说）	劳动骑士团在宾夕法尼亚州瑞丁召开第一届全国大会。	国际劳工组织成立。 伦敦的街道开始使用电气路灯。 吉尔伯特和苏利文的歌剧《皇家舰队》在伦敦首次公演。 托马斯·哈代（1840—1928），《返乡记》（小说） 威廉·莫里斯（1834—1896），《装饰艺术》（美学）
1879年	乔治·华盛顿·凯布尔（1844—1925），《克里奥尔的旧日时光》（短篇小说） 亨利·詹姆斯（1843—1916），《黛西·米勒》（中篇小说） 威廉·狄恩·豪威尔斯（1837—1920），《阿鲁斯托克的妇人》（小说） 阿尔比恩·图奇（1838—1905），《傻子当差》	亨利·乔治（1839—1897），《进步与贫穷》（经济学） 菲比·耶茨·彭伯（1823—1913），《一位南方女人的故事》（回忆录） 亨利·詹姆斯（1843—1916），《霍桑》（传记） 邮政服务降低了大宗邮件的邮资。 玛丽·贝克·埃迪在波士顿成立了第一基督教科学会。 托马斯·爱迪生展示他新改进的灯泡。	独立的祖鲁国和英国之间为争夺南部非洲的控制权爆发了祖鲁战争；虽然损失惨重，英军在那年年底打败了祖鲁军。 亨利克·易卜生（1828—1906），《玩偶之家》（戏剧） 乔治·梅瑞狄斯（1828—1909），《利己主义者》（小说）

年代	美国文学作品	美国事件、作品和艺术	其他事件、作品和艺术
1880年	亨利·亚当斯（1838—1918），《民主》（小说）	詹姆斯·A.加菲尔德当选为总统。	南非的英国殖民者和荷兰殖民者之间爆发德兰士瓦战争（或第一次布尔战争）；一年后以英军战败告终。
	乔治·华盛顿·凯布尔（1844—1925），《格兰迪赛姆斯家族》（小说）	联邦代表在加利福尼亚州的穆塞尔史劳发生的铁路工人大游行中杀死了5个人。	在费迪南·德·勒赛普工程师的指导下，法国开始修建巴拿马运河。
	乔尔·钱德勒·哈里斯（1848—1908），《雷莫斯大叔：他的歌和话》（民间传说）	纽约市的街道采用电气路灯。	吉尔伯特和苏利文的歌剧《班战斯的海盗》在英国的佩恩顿首次公演。
	威廉·狄恩·豪威尔斯（1837—1920），《隐秘的国度》（小说）		奥古斯特·罗丹完成《沉思者》（雕塑）。
	亨利·詹姆斯（1843—1916），《华盛顿广场》（小说）		费奥多·陀思妥耶夫斯基（1821—1881）《卡拉马佐夫兄弟》（小说）
	卢·华莱士（1827—1905），《宾虚》（小说）		埃米尔·佐拉（1840—1902），《娜娜》（小说）
	康斯坦斯·费尼莫尔·伍尔森（1840—1894），《安妮》；《管家罗德曼》（短篇小说）		
1881年	乔治·华盛顿·凯布尔（1844—1925），《戴尔平太太》（小说）	乔治·M·比尔德（1839—1883），《美国人的焦虑》（医疗健康）	法国军队占领突尼斯。
	亨利·詹姆斯（1843—1916），《贵妇人的画像》（小说）	小奥利佛·温戴尔·霍尔姆斯（1841—1935），《普通法》，（法学）	爱尔兰自治运动活动家查尔斯·斯图亚特·帕乃尔被英国政府以煽动恐吓罪送入监狱。

年代	美国文学作品	美国事件、作品和艺术	其他事件、作品和艺术
	威廉·狄恩·豪威尔斯(1837—1920),《可怕的职责》(短篇小说);《布林大夫的实习》(小说)	海伦·亨特·杰克逊(1830—1885),《百年耻辱》(历史) 波士顿交响乐团成立。 布克·T. 华盛顿创办塔斯克基学院。 塞缪尔·龚帕斯创办了美国和加拿大有组织行业与劳工工会联合会,这是美国劳工联合会的前身。 加菲尔德总统遇刺,副总统切斯特·A. 阿瑟成为总统。	作为对沙皇亚历山大二世被刺的回应,俄国圣议会实行了一系列镇压政策,包括对犹太人进行大屠杀。
1882年	亚伯拉罕·哥尔德法登(1840—1908),《女魔术师》(戏剧) 威廉·狄恩·豪威尔斯(1837—1920),《现代实例》(小说) 马克·吐温(1835—1910),《乞丐王子》(小说)	沃尔特·惠特曼(1819—1892),《试验年代》(回忆录) 拉尔夫·瓦尔多·爱默生逝世。	意大利在厄立特里亚建立殖民地。 英国军队袭击开罗。 理查德·瓦格纳最后的歌剧《帕西法尔》在拜罗伊特首次公演。 亨利克·易卜生(1828—1906),《人民公敌》(戏剧) 罗伯特·路易斯·斯蒂文森(1850—1894),《金银岛》(小说)
1883年	伊丽莎白·斯图亚特·费尔普斯(1844—1911),《天门之外》(小说)	韦尼姆卡·霍普金斯·萨拉(1844?—1891),《派优特人的生活:他们的错误和主张》(回忆录)	法国在越南建立摄政国。

年代	美国文学作品	美国事件、作品和艺术	其他事件、作品和艺术
	马克·吐温(1835—1910),《密西西比河的生活》(小说)	威廉·科迪创建了巡回演出:《布法罗·比尔的西部荒野》。	俄国第一个马克思主义政党:劳工解放团体成立。
	康斯坦斯·费尼莫尔·伍尔森(1840—1894),《为了少校》(小说)	纽约大都会歌剧院开放。	《牛津英语辞典》第一卷出版。
		连接五大湖和太平洋的北太平洋铁路竣工。	弗里德里希·尼采(1844—1900),《查拉图斯特拉如是说》(哲学)
		铁路火车驾驶组织成立。	
		国会通过《彭德尔顿文官制度法》,结束了政府官僚机构中的"分赃制度"。	
1884年	亨利·亚当斯(1838—1918),《埃斯特》(小说)	格罗弗·克利夫兰当选为总统。	《重新分配法》规定英国21岁以上的男子享有选举权。
	马克·吐温(1835—1910),《哈克贝里·费恩历险记》(小说)	纽约市经济公寓委员会成立	里纳德兄弟发明了飞船。
	约翰·海(1838—1905),《养家糊口者》(小说)		费边社在伦敦成立。
	C.H.辛顿(1838—1905),《科学的浪漫故事》(短篇小说)		
	海伦·亨特·杰克逊(1830—1885),《拉蒙娜》(小说)		
	查尔斯·伊格伯特·克莱多克(又名玛丽·诺埃利斯·莫夫利)(1850—1922),《在田纳西山上》(短篇小说)		

大事年表(1860—1920)

年代	美国文学作品	美国事件、作品和艺术	其他事件、作品和艺术
1885年	威廉·狄恩·豪威尔斯(1837—1920),《塞拉斯·拉帕姆的发迹》(小说)	劳工骑士团在美国发动了第一次罢工。	莫斯科外面8000名纺织工人大罢工被哥萨克士兵镇压。
	亨利·詹姆斯(1843—1916),《拜尔特拉费奥作者》(短篇小说)	由威廉·勒巴隆·詹尼设计的第一座摩天大楼10层的家庭保险公司大厦在芝加哥落成。	路易斯·巴斯德发明了狂犬病预防接种方法。
	玛丽亚·安帕罗·路易丝·伯顿(1832—1895),《擅自占地者和西班牙贵族》(小说)	尤利西斯·S. 格兰特(1822—1885),《尤利西斯·S. 格兰特个人回忆录》(回忆录)	戈特利布·戴姆勒改进了内燃发动机,创造了第一台现代汽油发动机。
		乔西亚·斯特朗(1847—1916),《我们的国家:未来与现在的潜在危机》(纪实报告),	吉尔伯特和苏利文的歌剧《天皇》在英国伦敦首次公演。
			文森特·凡高完成《吃马铃薯的人》(绘画作品)。
			埃米尔·佐拉(1840—1902),《萌芽》(小说)
1886年	路易莎·梅·阿尔科特(1832—1888),《乔的儿子们》(小说)	南方铁轨宽度标准化使全国铁路系统成为一个整体。	古巴废除了奴隶制。
	亨利·詹姆斯(1843—1916),《波士顿人》(小说)	最高法院判决美国诉男娼案,宣布所有美国印第安人都受到国家的保护。	海因里希·赫茨发现了电磁波。
	威廉·狄恩·豪威尔斯(1837—1920),《牧师的教区》(小说);《小阳春》(小说)	自由女神像献给纽约港。	H. 瑞德·哈葛德(1856—1925),《所罗门王的宝藏》(小说)
		《大都市》杂志在罗切斯特创刊。	托马斯·哈代(1840—1928),《卡斯特桥市长》(小说)

年代	美国文学作品	美国事件、作品和艺术	其他事件、作品和艺术
		美国劳工联合会成立。不久就领导各行各业工人进行争取8小时工作日游行。	T. H. 赫胥黎（1825—1895），《科学和道德》（伦理学）
		奥特玛·默根塞勒发明了铸造排字机。	弗里德里希·尼采（1844—1900），《超善恶》（哲学）
			罗伯特·路易斯·斯蒂文森（1850—1894），《化身博士》（中篇小说）；《绑架》（小说）
			奥古斯特·罗丹完成了《吻》（雕塑）。
1887年	伊丽莎白·斯图亚特·费尔普斯（1844—1911），《天门之间》（小说）	当一颗炸弹在麦考密克收割机厂举行的罢工中爆炸时芝加哥的干草市场暴乱爆发。	第一届殖民地大会在伦敦举行。
	乔西亚·罗伊斯（1855—1916），《奥克菲尔德克里克人的世仇》（小说）	铅、糖和威士忌托拉斯成立。	奥地利、德国和意大利之间形成三角联盟。
		美国得到把珍珠港作为海军基地使用的权利。	维克多利恩·萨尔都（1831—1908），《托斯卡》（戏剧）
		西奥多·罗斯福（1858—1919），《西方的胜利》（历史）	奥古斯特·斯特林堡（1849—1912），《父亲》（戏剧）
1888年	爱德华·贝拉米（1850—1898），《回首往事：2000—1887》（小说）	本杰明·哈里森当选为总统。	苏伊士运河条约宣布对战争和和平期间的一切交通开放。
	威廉·狄恩·豪威尔斯（1837—1920），《安妮·凯尔白恩》（小说）	乔治·伊斯特曼发明了柯达箱式照相机。	"开膛手杰克"在伦敦杀死6个女人。

年代	美国文学作品	美国事件、作品和艺术	其他事件、作品和艺术
	亨利·詹姆斯（1843—1916），《阿斯本文件》(中篇小说)；《反射器》(小说)	布朗森·阿尔科特和路易莎·梅·阿尔科特去世，相差两天。	里姆斯基—科萨科夫的管弦乐组曲《天方夜谭》在圣彼得堡首次公演。
		伯灵顿铁路大罢工在芝加哥爆发，持续了近一年。	古斯塔夫·马勒完成第一交响曲。
		亨利·詹姆斯（1843—1916），《不完全的画像》(传记)	奥古斯特·斯特林堡（1849—1912），《朱丽小姐》(戏剧)；《债主》(戏剧)
		查尔斯·艾略特·诺顿（1827—1908），"美国的知识分子生活"(评论)	
1889年	马克·吐温（1835—1910），《康涅狄格州的美国佬在亚瑟王朝》(小说)	北达科他、南达科他、蒙他拿和华盛顿变成州。	沃尔特·佩特（1839—1894），《欣赏》(评论)
	乔尔·钱德勒·哈里斯（1848—1908），《逃跑的杰克老爷和其他故事》(短篇小说)	简·亚当斯在芝加哥创立赫尔大厦。	在巴黎召开的第一届国际社会主义代表大会创立了第二国际。
	康斯坦斯·费尼莫尔·伍尔森（1840—1894），《丘比特之光》(小说)	美国革命女儿会成立。	埃菲尔铁塔矗立在巴黎的世界博览会上。
		安德鲁·卡耐基（1853—1919），《财富的福音》，(励志)	第一届泛美大会在华盛顿哥伦比亚特区举行。
		亨利·亚当斯（1838—1918），《华盛顿和杰斐逊执政期间美国历史》(历史)	
		布鲁斯·菲利普（1856—1933），《获得自由的种植园黑人》(人种论)	

年代	美国文学作品	美国事件、作品和艺术	其他事件、作品和艺术
1890年	小霍雷肖·阿尔杰(1832—1899),《勇猛拼搏》(小说)	平民党成立。	英国提出第一个免费基础教育计划。
	约翰·巴奇尔德(1817—1906),《公元2050》	烟草托拉斯成立。	亨利克·易卜生(1828—1906),《海达·高布乐》(戏剧)
	伊格内修斯·唐纳利(1831—1901),《恺撒的圆柱:一个二十世纪的故事》(小说)	国会通过《谢尔曼反垄断法》,规定以"贸易管制"运作的大企业联合体垄断为非法行为。	奥斯卡·王尔德(1854—1900),《道连·格雷的画像》(小说)
	艾尔维拉多·富勒(1851—1924),《公元2000》(小说)	在南达科他州发生的伤膝战役中近300名美国印第安人和25名联邦代表丧生,这是印第安战争的最后一次主要战役。	
	威廉·狄恩·豪威尔斯(1837—1920),《新财富的危害》(小说)	密西西比州立法机关实行《密西西比计划》,对美国黑人提出人头税、文化考试和居民身份要求。	
	亨利·詹姆斯(1843—1916),《不幸的缪斯》(小说)	路易斯·布兰代斯(1856—1941)和塞缪尔·沃伦(1852—1910),《论隐私权》(法学)	
	亚瑟·文顿(1852—1906),《进一步回顾》(小说)	威廉·狄恩·豪威尔斯(1837—1920),《一个男孩的城镇》(回忆录)	
		威廉·詹姆斯(1842—1910),《心理学原理》(心理学)	
		雅格布·里斯(1849—1914),《另一半人怎么生活?》(纪实报告)	

691

年代	美国文学作品	美国事件、作品和艺术	其他事件、作品和艺术
1891年	安布罗斯·比尔斯(1842—1914?),《军民故事》(短篇小说集)	森林保护法保留了几百亩尚未开发的土地,临时用作自然研究。	巴西采用共和国宪法。
	哈姆林·加兰(1860—1940),《大路条条》(短篇小说集)	美国和英国签订第一份版权协议。	开始修建西伯利亚大铁路。
	沃尔特·麦克道哥尔(1858—1938),《隐形城》(小说)	赫尔曼·梅尔维尔去世。	亚瑟·柯南·道尔(1859—1930),《福尔摩斯兄弟历险记》(短篇小说集)
	S.威尔·米切尔(1829—1914),《特征》(小说)	威廉·狄恩·豪威尔斯(1837—1920),《小说和评论》(小说)	乔治·吉辛(1857—1903),《新寒士街》(小说)
		亚历山大·克拉梅尔(1819—1898),《美洲和非洲》(争论文)	托马斯·哈代(1840—1928),《德伯家的苔丝》(小说)
			伊丽莎白·斯图亚特·费尔普斯(1844—1911),《生活岁月》(回忆录)
1892年	安布罗斯·比尔斯(1842—1914?),《和尚与绞刑师的女儿》(短篇小说集)	彼得堡附近的侯姆斯戴钢铁厂工人大罢工经过四个月的僵持后结束;平克顿侦探和武装军队与罢工工人发生冲突,10人死亡,几百人受伤。	亨德里克·劳伦兹发现了电子。
	夏洛特·帕金斯·吉尔曼(1860—1935),《黄色墙纸》(中篇小说)	安娜·朱丽叶·库珀(1858—1964),《来自南方的声音》(论文集)	保罗·塞尚完成了《玩纸牌者》。
	弗朗西斯·E.W.海勃(1825—1911),《振奋的愁容》(小说)	埃达·B.韦尔斯(1862—1931),《南方的恐惧:私刑的各个阶段》(纪实报告)	皮亚特·柴可夫斯基的芭蕾舞《胡桃夹子》在圣彼得堡首次公演。

年代	美国文学作品	美国事件、作品和艺术	其他事件、作品和艺术
		爱丽丝·詹姆斯去世。(她的日记,《爱丽丝·詹姆斯:她的兄弟们——她的日记》在1934年出版)	格哈特·霍普特曼(1862—1942),《织工们》(戏剧)
		沃尔特·惠特曼去世。	
1893年	安布罗斯·比尔斯(1842—1914?),《能有这种事情吗?》(短篇小说集)	夏威夷变成受美国保护的领地。	妇女在新西兰获得投票权。
	史蒂芬·克莱恩(1871—1900),《街头女麦琪》(小说)	芝加哥哥伦比亚世博会召开;一位波塔瓦托米人西蒙·波卡根为博览会开幕致辞,后来以《红种人的挽歌》为题目发表。	比利时工人在四月份发动了一次大罢工。
	亨利·布雷克·富勒(1857—1929),《悬崖住客》(小说)	塞缪尔·麦克卢尔创办了《麦克卢尔杂志》。	安托宁·德沃夏克完成《第五交响曲》("自新大陆")
	威廉·狄恩·豪威尔斯(1837—1920),《世界充满机会》(小说)	弗雷德里克·杰克逊·特耐(1861—1932),《边疆在美国历史上的意义》(历史)	埃米尔·涂尔干(1858—1917),《劳动分工》(人类学)
	爱丽丝·琼斯(1846—1905)和埃拉·默沉特(1857—1916),《揭开相同情况的面纱》(小说)	几个主要铁路公司破产后发生金融恐慌。几百家银行和几千家企业宣布破产,整个国家陷入萧条,一直持续到这个十年结束。	奥斯卡·王尔德(1854—1900),《莎乐美》(戏剧)
1894年	凯特·肖邦(1851—1904),《巴尤民间故事集》(短篇小说集)	一场铁路工人大罢工从芝加哥外面的普尔曼公司城开始,然后蔓延全国。随后罢工工人和联邦军队之间发生的暴力冲突造成13人死亡,57人受伤。	土耳其军队开始系统地检查美国人。

年代	美国文学作品	美国事件、作品和艺术	其他事件、作品和艺术
	金·坎普·吉列(1855—1932),《人的趋势》(短篇小说集)	亨利·德马雷斯特·劳埃德(1847—1903),《财富与国民的对立》(公司史)	威廉·格莱斯顿由于支持他的《爱尔兰自治法案》被迫辞去英国首相的职务。
	威廉·狄恩·豪威尔斯(1837—1920),《来自阿尔特鲁利亚的旅客》(小说)	欧里森·斯威特·马登(1848—1924),《最大的敌人是你自己》(励志)	尼古拉斯二世接替亚历山大三世成为俄国沙皇。
	所罗门·辛德勒(1842—1915),《年轻的西部》(小说)		在南非的德兰斯瓦发现金子。
	马克·吐温(1835—1910),《傻瓜威尔逊》(小说)		鲁德亚德·吉卜林(1865—1936),《森林王子》(短篇小说集)
1895年	斯蒂芬·克莱恩(1871—1900),《红色英勇徽章》(小说)	威廉·狄恩·豪威尔斯(1857—1920),《我的文学激情》(评论)	甲午战争结束,日本战胜,中国割让台湾岛,承认高丽独立。
	亨利·詹姆斯(1843—1916),《在笼子中》(小说)	艾达·B.威尔斯(1862—1931),《红色纪录:1892—1893—1894年美国的私刑》(纪实报告)	皮亚特·柴可夫斯基的芭蕾舞剧《天鹅湖》在圣彼得堡首次公演。
	爱德华·W.汤森德(1855—1942),《合租房的女孩》(小说)	纽约公共图书馆落成。	奥古斯特和路易斯·卢米埃尔兄弟发明了第一台动画照相机。
		第一座水力发电厂在尼亚加拉大瀑布安装。	威尔汉姆·伦琴发现了X—射线。
			奥斯卡·王尔德输掉指控昆士伯雷侯爵诽谤罪的案件,因鸡奸罪被捕入狱。
			何塞·马蒂在古巴领导起义反抗西班牙帝国政府。

年代	美国文学作品	美国事件、作品和艺术	其他事件、作品和艺术
			马可尼·吉列尔莫·发明了无线电报。
			亨利克·显克维奇(1846—1916),《暴君焚城录》(小说)
1896年	亚伯拉罕·凯汉(1860—1951)《耶克尔:纽约贫民窟传奇》(小说)	威廉·麦金利当选为总统。	第一届现代奥林匹克运动会在雅典举行。
	哈罗德·弗里德里克(1856—1898),《西伦·威尔的堕落》(小说)	犹他变成州。	亨利·贝克勒尔发现铀的天然放射性。
	萨拉·奥恩·朱伊特(1849—1909),《尖尖的丛树之乡》(小说)	格罗尼莫投降,结束了长达30年的"阿帕奇战争"。	诺贝尔物理奖、诺贝尔生理学奖、诺贝尔医学奖、诺贝尔化学奖、诺贝尔文学奖和诺贝尔和平奖设立。
	S. 韦尔·米切尔(1829—1914),《休温》(小说)	最高法院对普莱西诉弗格森一案的裁决,判决公共场所的种族隔离合法。	托马斯·哈代(1840—1928),《无名的裘德》(小说)
	欧派·珀西瓦尔·里德(1852—1939),《我的小主人》,(小说)	在阿拉斯加的克朗岱克河发现金子。	H. G. 威尔斯(1866—1946),《拦截人魔岛》(小说)
	查尔斯·梅杰(1856—1913),《骑士盛行时》(小说)	W. E. B. 杜博伊斯(1868—1963),《美国对非洲奴隶贸易的镇压》(历史)	
	马克·吐温(1835—1910),《圣女贞德回忆录》(小说)	亚特兰大大学出版了《城市黑人死亡率》(第一卷)。	
		哈丽叶特·比彻·斯托去世。	
1897年	爱德华·贝拉米(1850—1898),《平等》(小说)	A. M. 希尔斯(1848—1935),《神圣和力量》(宗教)	法国政府开始调查阿尔弗雷德·德雷弗斯叛国罪。

年代	美国文学作品	美国事件、作品和艺术	其他事件、作品和艺术
	凯特·肖邦（1851—1904），《阿佳第之夜》（短篇小说集）	威廉·詹姆斯（1842—1910），《相信的意愿》（哲学）	阿诺德·罗斯先生发现疟疾杆菌。
	弗罗娜·科尔本（1859—1946），《剑鱼座耶麦》（小说）	亨利·奥萨瓦·塔纳完成《拉撒路的复活》（绘画作品）。	埃米尔·涂尔干创办《社会学》。
	威廉·狄恩·豪威尔斯（1837—1920），《地主和狮子头》（小说）	伊迪丝·沃顿（1862—1937），《房屋装修》（内部设计）	约瑟夫·康拉德（1857—1924），《白水仙号上的黑家伙》（小说）
	亨利·詹姆斯（1843—1916），《梅齐知道什么》（小说）；《波音顿的珍藏品》（小说）	美国黑人学会成立。	哈维洛克·艾利斯（1859—1939），《性心理学研究录》第一卷（生物人类学）
	马克·吐温（1835—1910），《赤道旅行记》（游记）	亚特兰大大学出版了《城市黑人的社会状况》第二卷。	爱德蒙·罗斯坦德（1868—1918），《伯吉拉克的赛拉诺》（戏剧）
		美国重要意第绪语报纸《犹太前锋日报》开始在亚伯拉罕·凯汉的编辑指导下发行。	布莱姆·斯托克（1847—1912），《吸血鬼德古拉》（小说）
			H.G.威尔斯（1866—1946），《隐形人》（小说）
1898年	亚伯拉罕·凯汉（1860—1951）《进口新娘和纽约犹太人的其他故事》（短篇小说集）	西班牙—美国战争在二月份爆发，十二月份结束。美国侵占古巴和菲律宾群岛。	埃米尔·佐拉发表《我控诉》，这是一封给法国总统的公开信，抗议对阿尔弗雷德·德雷弗斯以叛国罪被捕入狱的不公正判决。
	托马斯·纳尔逊·佩奇（1853—1922），《红石》（小说）	跨密西西比河世界博览会在内布拉斯加州的奥马哈举行。	皮埃尔和玛丽·居里夫妇发现了镭和钋元素。

年代	美国文学作品	美国事件、作品和艺术	其他事件、作品和艺术
	斯蒂芬·克莱恩（1871—1900），《海上扁舟和其它故事》（短篇小说集）	北卡罗来纳州的白人至上主义者在威明顿大屠杀中谋杀美国黑人。州立法机关制订"祖父条款"，有效地剥夺了前奴隶的选举权。	费迪南德·齐柏林伯爵发明了硬式飞艇。
	亨利·詹姆斯（1843—1916），《螺丝在拧紧》（中篇小说）	国会批准国家文学艺术协会成立。	保罗·高更完成《我们从哪里来？我们是谁？我们到哪里去？》（绘画作品）
	斯坦利·滑铁卢（1846—1913），《大规模战争：爱、战争和发明的故事》（小说）	保罗·劳伦斯·邓巴（1872—1906），《踢踏舞的起源》（音乐剧）	H. G. 威尔斯（1866—1946），《世界大战》（小说）
		夏洛特·帕金斯·吉尔曼（1860—1935）《妇女与经济》（社会学）	
1899年	亨利·詹姆斯（1843—1916），《尴尬年代》（小说）	亚特兰大大学出版第三卷《商界黑人》。	英国和荷兰殖民者之间在南非爆发第二次布尔战争。英国在1902年控制了这个国家。
	查尔斯·切斯纳特（1858—1932），《巫女》（短篇小说集）；《他青年时代的妻子和其他故事》（短篇小说集）	美国黑人山姆·何斯承认谋杀了他的白人雇主，他受尽折磨并且在亚特兰大外面一大群人面前被活活烧死。他的死激发艾达·威尔斯写出她的反私刑小册子《佐治亚州的私刑法》。	第一届和平大会在海牙召开，禁止使用化学武器、弹尖中空型子弹和空袭轰炸。
	凯特·肖邦（1851—1904），《觉醒》（小说）	W. E. B. 杜波伊斯（1868—1963），《费城黑人》（社会学）	国际妇女大会在伦敦举行。

大事年表(1860—1920)

年代	美国文学作品	美国事件、作品和艺术	其他事件、作品和艺术
	斯蒂芬·克莱恩(1871—1900),《积极服务》(小说)	亨利·詹姆斯(1843—1916),《小说的未来》(评论)	
	哈罗德·弗里德里克(1856—1898),《市场》(小说)	大卫·斯塔尔·乔丹(1851—1931),《帝国民主》(政治科学)	
	萨顿·格里格斯(1876—1933),《绝对统治》(小说)	托尔斯坦·凡勃伦(1857—1929),《有闲阶级论:关于制度的经济研究》(经济学)	
	弗兰克·诺里斯(1870—1902),《麦克提格》(小说)		
1900年	L.弗兰克·鲍姆(1856—1919),《绿野仙踪》(小说)	威廉·麦金利再次当选为总统。	义和团反对西方政治和文化的思想开始在中国产生影响。
	查尔斯·切斯纳特(1858—1932),《雪松后的房子》	《美国有色人种杂志》创刊。	英国侵占德兰斯瓦。
	斯蒂芬·克莱恩(1871—1900),《威勒姆维尔故事集》(短篇小说集)	美国采用黄金标准。	马克斯·普朗克提出能量量子理论。
	西奥多·德莱塞(1871—1945),《嘉莉妹妹》(小说)	十五委员会是一个市民团体,致力于铲除卖淫嫖娼和赌博,在纽约成立。	安东·契诃夫(1860—1904),《万尼亚舅舅》(戏剧)
	伊塞克·卡恩·弗里德曼(1870—1931),《穷人》(小说)	约翰·杜威(1859—1952),《学校和社会》(教育)	约瑟夫·康拉德(1857—1924),《吉姆爷》(小说)
	艾伦·格拉斯哥(1873—1945),《民众的呼声》(小说)	欧文·威斯特(1860—1938),《尤利西斯·S.格兰特》(传记)	西格蒙德·弗洛伊德(1856—1939),《梦的解析》(心理分析)
	普林·霍普金斯(1859—1930),《抗争力量》(小说)	斯蒂芬·克莱恩去世。	奥古斯特·斯特林堡(1849—1912),《死亡之舞》(戏剧)

大事年表(1860—1920)

年代	美国文学作品	美国事件、作品和艺术	其他事件、作品和艺术
	杰克·伦敦(1876—1916),《狼孩》(小说)		
	大卫·卢宾(1849—1919),《让世上充满光明》(小说)		
	韦尔·S. 米切尔(1829—1914),《诺斯大夫和他的朋友们》(小说)		
	布拉德福·佩克(1835—1935),《世界是一座大商场》(小说)		
	伊迪丝·沃顿(1862—1937),《试金石》(中篇小说)		
1901年	查尔斯·切斯纳特(1858—1932),《传统的精髓》(小说)	麦金利总统被刺杀,副总统西奥多·罗斯福成为总统。	维多利亚女王去世,爱德华七世继位。
	保罗·劳伦斯·邓巴(1872—1906),《狂热分子》(小说)	泛美洲博览会在纽约州的布法罗开幕。	马可尼·古列尔莫发送第一条跨大西洋无线电信息。
	玛丽·伊利诺·维尔金斯·弗里曼(1852—1930),《工人的命运》(小说)	古巴变成美国的受保护国。	鲁德亚德·吉卜林(1865—1936),《吉姆》(小说)
	伊塞克·卡恩·弗里德曼(1870—1931),《只依靠面包》(小说)	J. P. 摩尔根组织美国钢铁公司。	托马斯·曼(1875—1955),《布登勃洛克一家》(小说)
	罗伯特·赫里克(1868—1938),《真实世界》(小说)		
	亨利·詹姆斯(1843—1916),《神圣源泉》(小说)		

年代	美国文学作品	美国事件、作品和艺术	其他事件、作品和艺术
	弗兰克·诺里斯(1870—1902),《章鱼》(小说)		
	布克·T.华盛顿(1856—1915),《从奴隶制中奋起》(自述)		
	兹特卡拉-萨(1876—1938),《古老的印第安传说》(民间传说)		
1902年	詹姆斯·克罗瑟斯(1869—1917),《黑猫俱乐部》(小说)	美国以4000美元从法国购买修建巴拿马运河的权利。	约瑟夫·康拉德(1857—1924),《黑暗之心》(中篇小说);《台风》(中篇小说)
	托马斯·狄克逊(1864—1946),《野豹的斑点》(小说)	新土地收复法促进了西部的灌溉工程,包括西部河流的筑坝工程。	弗里尼欣和约结束了布尔战争。英国承诺在南非设置一个代表政府。
	保罗·劳伦斯·邓巴(1872—1906),《诸神的娱乐》(小说)	罗斯福总统任用仲裁委员会协商结束无烟煤罢工,创造了联邦仲裁的先例。	亚瑟·科南·道尔(1859—1930),《巴什克维尔的猎犬》(小说)
	艾伦·格拉斯哥(1873—1914),《战场》(小说)	安德鲁·卡耐基(1835—1919),《商业帝国》(商业)	弗拉基米尔·伊利奇·列宁(1870—1924),《什么是要做的?》(政治哲学)
	普林·霍普金斯(1859—1930),《同一个血统》(小说)	查尔斯·亚历山大·伊斯特曼(1858—1939),《印第安童年》(回忆录)	《泰晤士报文学副刊》第一次在伦敦发行。
	亨利·詹姆斯(1843—1916),《鸽翼》(小说)	威廉·狄恩·豪尔斯(1837—1920),《文学与生活》(评论)	
	欧文·威斯特(1860—1938),《弗吉尼亚人》(传记)	威廉·詹姆斯(1842—1910),《宗教经验种种》(哲学)	

大事年表(1860—1920)

年代	美国文学作品	美国事件、作品和艺术	其他事件、作品和艺术
		海伦·凯勒(1880—1968),《我生活的故事》(回忆录)	
		布莱特·哈特去世。	
1903年	W. E. B. 杜波伊斯(1868—1963),《黑人的灵魂》(文学人种论)	欧尔威尔和威布尔·莱特兄弟在北卡罗来纳州基蒂霍克进行了第一次人类飞行。	艾米琳·潘克斯特在曼彻斯特成立妇女社会政治联盟。
	约翰·小福克斯(1863—1919),《王国中的小牧羊人来了》(小说)	福特汽车公司开设第一家工厂。	在伦敦召开的一次代表大会上,布尔什维克和孟什维克就俄国的激进社会主义的命运问题分裂。
	伊塞克·卡恩·弗里德曼(1870—1931),《乞丐自传》(小说)	《火车大劫案》(电影)导演爱德温·S. 伯特。	哥伦比亚拒绝美国修建巴拿马运河的特许权。巴拿马城叛乱成功后,巴拿马成为美国的受保护国。
	亨利·詹姆斯(1843—1916),《奉使记》(小说)	沃尔特·迪尔·斯科特(1869—1955),《广告理论和实践》(商业)	乔治·萧伯纳(1856—1950),《人与超人》(戏剧)
	杰克·伦敦(1876—1916),《野性的呼唤》(小说)	莱斯特·弗兰克·沃德(1841—1913),《纯粹社会学》(社会学)	
	弗兰克·诺里斯(1870—1902),《小麦交易所》(小说)		
1904年	查尔斯·亚历山大·伊斯特曼(1858—1939),《红色猎人和兽人》(短篇小说集)	西奥多·罗斯福再次当选为总统。	因高丽和满洲的控制权问题爆发日俄战争。1905年日本取得胜利。
	亨利·詹姆斯(1843—1916),《金碗》(小说)	罗斯福总统把"罗斯福推论"附加在门罗主义后面,保留美国管理西半球的权利。	美国开始建设巴拿马运河。

701

大事年表(1860—1920)

年代	美国文学作品	美国事件、作品和艺术	其他事件、作品和艺术
	杰克·伦敦(1876—1916),《海狼》(小说)	世界博览会在密苏里州的圣路易斯举行。	安东·契诃夫(1860—1904),《樱桃园》(戏剧)
		亨利·亚当斯(1838—1918),《圣米塞尔山和沙德教堂》(艺术史)	约瑟夫·康拉德(1857—1924),《诺斯托罗莫》(小说)
		托马斯·纳尔逊·佩奇(1853—1922),《黑人:南方的问题》(人种论)	马克斯·韦伯(1864—1920),《新教伦理与资本主义精神》(社会学)
		纳撒尼尔·沙勒(1841—1906),《邻居:社会交往自然史》(人种论)	普契尼的歌剧《蝴蝶夫人》在米兰首次公演。
		艾达·塔贝尔(1857—1944),《标准石油公司史》(公司历史)	
		凯特·肖邦去世。	
1905年	托马斯·狄克逊(1864—1946),《宗族成员》(小说)	国会特许成立美国文学艺术学会。	随着工人动荡局面和政府镇压的不断增加,第一个工人苏维埃在俄国成立。
	赞恩·格雷(1872—1939),《边疆精神》(小说)	海伦·凯特从雷德克里夫学院毕业。	波坦金号战舰的全体人员在敖德萨港叛变。
	罗伯特·赫里克(1868—1938),《一个美国公民的回忆录》(小说)	世界产业工人联盟在芝加哥成立。	阿尔伯特·爱因斯坦提出特殊的相对论以及光量子理论。
	伊迪丝·沃顿(1862—1937),《欢乐之家》(小说)	詹姆斯·艾尔伯特·卡特勒(1876—1959),《私刑法:一份对美国私刑历史的调查报告》(社会学)	亨利·马蒂斯完成《戴帽子的妇人》(绘画作品)
		玛瑞·哈兰(1830—1922),《日常礼仪》(家庭建议)	西格蒙德·弗洛伊德(1856—1939),《性理论的三个贡献》(心理分析)

大事年表(1860—1920)

年代	美国文学作品	美国事件、作品和艺术	其他事件、作品和艺术
		普林·霍普金斯(1859—1930),《与非洲种族的伟大有关的重大事实》(历史)	巴恩斯·艾玛·奥特西(1865—1947),《猩红的繁笺花》(小说)
		乔治·桑塔亚纳(1863—1952),《理性生活》(哲学)	乔治·萧伯纳(1856—1950),《芭芭拉少校》(戏剧)
		威廉·本杰明·史密斯(1850—1934),《种族界线:代表未出生之人的辩护状》(人种论)	奥斯卡·王尔德(1854—1900),《深渊书简》(辩解书)
1906年	安布罗斯·比尔斯(1842—1914),《魔鬼词典》(原题目为《犬儒词典》)(讽刺)	罗斯福总统参观巴拿马运河,是第一位在职总统出国访问。	在重新审判阿尔弗雷德·德雷弗斯时发现他没有触犯叛国罪。
	杰克·伦敦(1876—1916),《白牙》(小说)	R. A. 费森登在美国第一次播放收音机节目。	教皇庇护十世颁布通谕,谴责法国教会和政府分离。
	欧·亨利(威廉·希德尼·伯特)(1862—1910),《四百万》(短篇小说集)	旧金山大地震造成700人死亡和4亿美元的经济损失。	阿尔伯特·史怀哲(1875—1965),《历史耶稣的探索》(神学)
	厄普敦·辛克莱尔(1878—1968),《屠场》(小说)	国会通过《洁净食品和药品法》。	
		国会通过《赫伯恩法》,赋予州际商业委员会监管铁路收费的权利。	
		亚特兰大大学出版《美国黑人的健康和体格》(第11卷)。	
		爱尔西·沃星顿·克鲁斯·帕森斯(1874—1941),《家庭:人种学和历史学简述》(人类学)	

703

大事年表（1860—1920）

年代	美国文学作品	美国事件、作品和艺术	其他事件、作品和艺术
		杰罗尼莫（1829—1909），《杰罗尼莫自己的故事》（回忆录）	
		约翰·斯巴戈（1876—1966），《孩子们的痛苦呼喊》（纪实报告）	
		保罗·劳伦斯·邓巴去世。	
1907年	亨利·亚当斯（1838—1918），《亨利·亚当斯的教育》（自述）	罗斯福总统与日本达成"君子协定"，在放松旧金山的种族歧视法律的同时限制日本移民。	圣雄甘地在非洲印度人中开展被动反抗运动。
	查尔斯·亚历山大·伊斯特曼（1858—1939），《逝去的印第安人的日子》（短篇小说集）	J. P. 摩根从欧洲进口1亿美元黄金，终止了金融恐慌。	第一届立体派画展在巴黎举行。
	伊塞克·卡恩·弗里德曼（1870—1931），《激进分子》（小说）	《齐格飞女郎》在纽约市首次公演。	罗伯特·贝登堡开展童子军运动。
	威廉·狄恩·豪威尔斯（1837—1920），《针眼》（小说）	威廉·詹姆斯（1842—1910），《实用主义》（哲学）	帕布罗·毕加索完成《亚威农的少女》（绘画作品）
	亨利·詹姆斯（1843—1916），《美国景色》（游记）	马克·吐温（1835—1910），《基督教科学》（写实文学）	亨利·伯格森（1859—1941），《创造进化论》（哲学）
	杰克·伦敦（1876—1916），《路》（小说）		约瑟夫·康拉德（1857—1924），《间谍》（小说）
			马克西姆·高尔基（1868—1936），《母亲》（小说）

大事年表(1860—1920)

年代	美国文学作品	美国事件、作品和艺术	其他事件、作品和艺术
1908年	罗伯特·赫里克(1868—1938),《在一起》(小说)	威廉·霍华德·塔夫特当选为总统。	在一场没有流血冲突的政变中年轻的土耳其人使苏丹阿卜杜勒·哈米德二世退位,在以后的10年中控制了土耳其帝国。
	杰克·伦敦(1876—1916),《铁蹄》(小说)	亨利·福特开始制造T型汽车,是第一种大众市场可以买得起的汽车。	在波斯发现石油。
	马克·吐温(1835—1910),《斯多姆菲尔德船长天国之旅选录》(小说)	美国画家"垃圾箱画派"成立。	
		杰克·约翰逊成为第一位美国黑人重量级拳王。	
		玛丽·贝克·艾迪开始出版《基督教科学箴言报》。	
		沃尔特·迪尔·斯科特(1869—1955),《广告心理学》(商业)	
1909年	托马斯·狄克逊(1964—1936),《同志们》(小说)	W. E. B. 杜波伊斯等人创办了全国有色人种协进会。	韩国民族主义者刺杀伊藤太子后,日本侵占了韩国。
	杰克·伦敦(1876—1916),《马丁·伊登》(小说)	德拉威州是第一个禁止雇佣14岁以下童工的州。	英波石油公司成立。
	格特鲁德·斯泰因(1874—1946),《三面夏娃》(短篇小说集)	乔治安·米尔米恩和薇拉·凯瑟(1837—1947),《玛丽·贝克·G. 埃迪及基督教科学史》(传记)	亨利·马蒂斯完成《舞》(绘画作品)。
	威廉·艾伦·怀特(1868—1944),《一个富翁》,(小说)	威廉·詹姆斯(1842—1910),《多元宇宙》(哲学)	H. G. 威尔斯(1866—1946),《安·韦尼罗卡》(小说);《托诺—邦盖》(小说)。

大事年表(1860—1920)

年代	美国文学作品	美国事件、作品和艺术	其他事件、作品和艺术
		约翰·D. 洛克菲勒(1839—1937),《人与事随想录》(回忆录)	
		萨拉·奥恩·朱伊特去世。	
1910年	简·亚当斯(1860—1935),《赫尔大厦二十年》(自述)	W. E. B. 杜波伊斯创办《危机》,这是全国有色人种协进会的官方杂志。	墨西哥战争爆发,反对波菲里奥·迪亚斯的独裁统治。
	赞恩·格雷(1872—1939),《沙漠遗产》(小说)	马克·吐温去世。	英国国王爱德华七世去世,乔治五世继承王位。
	亨利·詹姆斯(1843—1916),《细粮》(短篇小说集)	查尔斯·威廉·艾略特编辑55卷《哈佛经典名著》系列,为不上大学的人提供文科教育。	中国收复对西藏的控制权。
		黑人联谊会联盟成立,为城市美国黑人提供服务。	世界传教士大会在爱丁堡召开。
		国会通过曼恩法案,禁止为了"性活动"进行州际旅游。	伊格尔·斯特拉文斯基的芭蕾舞剧《火鸟》在巴黎首次公演。
		赫伯特·克罗利(1869—1930),《美国生活的承诺》(政治科学)	E. M. 福斯特(1879—1970),《霍华德庄园》(小说)
		梅耶斯·古斯塔夫斯(1872—1942),《美国豪门巨富史》(历史)	卡斯顿·勒鲁(1868—1927),《歌剧魅影》(小说)
		埃兹拉·庞德(1885—1972),《浪漫精神》(评论)	贝特朗·罗素(1872—1970)和阿尔弗雷德·诺斯·怀特海(1861—1947),《数学原理》(数学/罗季哲学)

771

大事年表(1860—1920)

年代	美国文学作品	美国事件、作品和艺术	其他事件、作品和艺术
1911年	西奥多·德莱塞(1871—1945),《珍妮姑娘》(小说)	在单独的案例中,最高法院宣布标准石油公司、杜邦公司和美国烟草公司违反了反垄断法并拆散了他们。	满清政府垮台后,革命党在南京集会,选举孙中山为中国的临时总统。
	W. E. B. 杜波伊斯(1868—1963),《银羊毛的困惑》(小说)	查尔斯·亚历山大·伊斯特曼(Ohiyesa)(1858—1939),《印第安人之魂》(回忆录)	第一届全球种族代表大会在伦敦召开。
	伊迪丝·沃顿(1862—1937),《伊坦·弗洛美》(小说)	克利福德·罗伊(1875—1934),《反对白人奴隶制的伟大战争》(纪实报告)	欧内斯特·卢瑟福提出原子模型,包括电子围绕原子核转。
		弗里德里克·温斯洛·泰勒(1856—1915),《科学管理原理》(管理)	J. E. 凯斯里·海佛(1866—1930),《伊索比亚自由了》(小说)
		美国印第安人学会成立。	约瑟夫·康拉德(1857—1924),《西方眼界下》(小说)
		146名三角衬衫公司的员工因没能逃出纽约工厂的火灾而死亡。这场悲剧引发全国提高建筑物的安全规范。	理查德·瓦格纳(1813—1883),《我的生活》(回忆录)
1912年	玛丽·安婷(1881—1949),《福佑之地》(自述)	社会主义周刊《大众》开始在纽约发行。	
		伍德罗·威尔逊当选为总统。	第一次巴尔干战争在东欧爆发。
	玛丽·奥斯汀(1868—1934),《天才女人》(小说)	美国海军入侵尼加拉瓜。	泰坦尼克号在首次航行时沉没。

年代	美国文学作品	美国事件、作品和艺术	其他事件、作品和艺术
	薇拉·凯瑟(1873—1947),《亚历山大的桥》(小说)	F.W. 伍尔沃思公司成立。	埃米尔·涂尔干(1858—1917),《宗教生活的基本形式》(文化人类学)
	西奥多·德莱塞(1871—1945),《金融家》(小说)	詹姆斯·洛布资助出版《洛布古典丛书》前20卷,以拉丁文和希腊文与英文对照出版。	C.G. 荣格(1875—1961),《精神分析理论》(心理分析)
	赞恩·格雷(1872—1939),《荒野情天》(小说)		
	科尔·爱德华·豪斯(1858—1938),《管理员菲利普·德鲁》(小说)		
	詹姆斯·威尔登·约翰逊(1871—1938),《一个曾经是有色人的自传》(小说)		
	大卫·格雷厄姆·菲利普斯(1867—1911),《她付出的代价》(小说)		
	基恩·韦伯斯特(1876—1916),《父亲的长腿》(小说)		
1913年	薇拉·凯瑟(1873—1947),《啊,拓荒者!》(小说)	第十六条修正案通过,认可联邦政府第一次征收收入税。	第二次巴尔干战争在东欧爆发。
	亨利·詹姆斯(1843—1916),《一个小男孩及其它》(回忆录)	第十七条修正案通过,批准大众选举参议员。	弗朗西斯科·马德罗遇刺后,墨西哥陷入政治混乱。
	伊迪丝·沃顿(1862—1937),《乡间习俗》(小说)	纽约军械库展向美国介绍现代欧洲艺术。	伊格尔·斯特拉文斯基的芭蕾舞剧《春之祭》在巴黎首次公演。

年代	美国文学作品	美国事件、作品和艺术	其他事件、作品和艺术
		福特汽车公司开始组装生产 T 型汽车。	在基辅对曼德尔·贝利斯的审判,错误地指控他在反犹活动中犯了仪式谋杀罪,使国际社会关注俄罗斯犹太人的苦境,贝利斯被宣告无罪。
		威廉·菲利斯(1873—1941),《国外的非洲人:或者,他在西方文明中的演化》(历史)	尼尔斯·玻尔改善了他的原子结构模型,奠定了量子机械学的基础。
		威廉·莫顿·富勒顿(1865—1952),《权利的问题》(政治科学)	约瑟夫·康拉德(1857—1924),《机会》(小说)
		乔治·赫伯特·米德(1863—1931),《社会自我》(社会学)	D. H. 劳伦斯(1885—1930),《儿子和情人》(小说)
		爱尔西·沃星顿·克鲁斯·帕森斯(1874—1941),《过时的女人:关于性的原始想象》(人类学)	托马斯·曼(1875—1955),《魂断威尼斯》(小说)
			马塞尔·普鲁斯特(1871—1922),《在斯万那边》(追忆似水年华第一卷)(小说)
			乔治·萧伯纳(1856—1950),《卖花女》(戏剧)
1914 年	西奥多·德莱塞(1871—1945),《巨人》(小说)	联邦贸易委员会成立。	奥地利的弗兰茨·斐迪南大公遇刺后第一次世界大战爆发。
	辛克莱·刘易斯(1885—1951),《我们的莱恩先生》(小说)	伍德罗·威尔逊总统宣布母亲节为"官方"节日。	巴拿马运河开始商业运输。

年代	美国文学作品	美国事件、作品和艺术	其他事件、作品和艺术
	弗兰克·诺里斯（1870—1902），《凡陀弗和兽性》（小说） 布斯·塔金顿（1869—1946），《彭罗德》（小说）	《小评论》在芝加哥创刊。 《新共和》在纽约发行。 玛丽·安婷（1881—1949），《他们敲击我们的大门：移民指南大全》 沃尔特·里普曼（1889—1974），《放任与控制》（社会理论） 塞缪尔·S. 麦克卢尔（1857—1949），《我的自传》（回忆录） 爱德华·A. 罗斯（1866—1951），《新世界中的旧世界，过去和现在的移民对美国人民的重要性》（社会学）	马库斯·加维在牙买加成立全球黑人促进会和非洲委员会。 克里弗·贝尔（1881—1964），《艺术》（评论） 詹姆斯·乔伊斯（1882—1941），《都柏林人》（短篇小说集）
1915 年	薇拉·凯瑟（1873—1947），《云雀之歌》（小说） 西奥多·德莱塞（1871—1954），《天才》（小说） 夏洛特·帕金斯·吉尔曼（1860—1935），《她乡》（小说）	亚历山大·格林汉姆·贝尔在纽约和托马斯·A. 沃森在旧金山第一次接通了横跨大陆的电话。 列奥·弗兰克是一个犹太商人，由于 1913 年的一个谋杀案被错判入狱，后来一群暴徒把他弄出监狱在佐治亚州的玛里埃塔处以私刑。事后反诽谤联盟成立监督仇恨团体。 克拉拉·巴顿（1821—1912），《卡拉拉·巴顿的生活》（回忆录）	德国潜水艇卢西塔尼亚号在爱尔兰海岸沉没，迫使美国对它在第一次世界大战中的中立态度提出质疑。 圣雄甘地在南非生活 20 年后回到印度，代表印度移民提起诉讼。 马多克斯·福特（1873—1939），《好兵》（小说）

大事年表(1860—1920)

年代	美国文学作品	美国事件、作品和艺术	其他事件、作品和艺术
	赞恩·格雷(1872—1939),《彩虹桥》(小说)	《一个国家的诞生》(电影)由 D. W. 格里菲斯导演。	弗兰兹·卡夫卡(1883—1924),《变形记》(中篇小说)
			D. H. 劳伦斯(1885—1930),《虹》(小说)
			W. 萨默塞特·毛姆(1874—1965),《人性的枷锁》(小说)
			伍尔夫·弗吉尼亚(1882—1941),《出航》(小说)
1916 年	舍伍德·安德森(1876—1941),《温迪·麦克弗森的儿子》(小说)	伍德罗·威尔逊再次当选为总统。	潘丘·维拉在新墨西哥边境袭击美国。美国入侵墨西哥但没有抓到他。
	艾伦·格拉斯哥(1874—1945),《生活和加布里拉》(小说)	国会通过第一个童工法《基廷—欧文法》;最高法院宣布这个法案是州际商业的非宪法法规。	英国军队在爱尔兰镇压复活节起义。
	威廉·狄恩·豪威尔斯(1837—1920),《革木植物神》(小说)	亨利·詹姆斯去世。	詹姆斯·乔伊斯(1882—1941),《一个青年艺术家的自画像》(小说)
	林·拉德纳(1885—1933),《埃尔,你认识我》(短篇小说集)	约翰·杜威(1859—1952),《民主和教育》(哲学)	
	马克·吐温(1835—1910),《神秘的陌生人》(小说)	查尔斯·亚历山大·伊斯特曼(1858—1939),《从丛林深处走向文明》(回忆录)	
		威廉·狄恩·豪威尔斯(1837—1920),《我的青年时代》(小说)	

711

年代	美国文学作品	美国事件、作品和艺术	其他事件、作品和艺术
1917 年	亚伯拉罕·凯汉（1860—1951），《戴维·莱温斯基的发迹》（小说）	美国参加第一次世界大战。	全国工人大游行爆发俄国革命，沙皇尼古拉斯二世退位。
	大卫·格雷汉姆·菲利普斯（1867—1911），《苏珊·伦诺克斯》（小说）	波多黎各成为美国的领土。	德国开始不限制潜艇战争。
	厄普敦·辛克莱尔（1878—1968），《煤炭大王》（小说）	剑桥大学出版社出版了《剑桥美国文学史》第一卷。	布尔什维克在弗拉基米尔·伊利奇·列宁的领导下成立了共产党。俄国改名为苏维埃社会主义共和国联盟。
	伊迪丝·沃顿（1862—1937），《夏天》（小说）	约翰·杜威（1859—1952），《恢复哲学的必要性》（哲学）	一场世界流行性感冒夺走了2000万至4000万人的生命。
		哈姆林·加兰（1860—1940），《中部边地之子》（回忆录）	托马斯·曼（1875—1955），《非政治人物的反思》（政治哲学）
1918 年	薇拉·凯瑟（1873—1947），《我的安东尼娅》（小说）	威尔逊总统向国会发表"十四点"讲话，简要介绍了他的战后世界前景，包括成立国际联盟。	奥斯瓦尔德·斯宾格勒（1880—1936）《西方的没落》（历史）
	布斯·塔金顿（1869—1946），《伟大的安伯逊家族》（小说）	詹姆斯·乔伊斯的《尤利西斯》第一次在《小评论》上连载，在美国引发了审查大战。	加尔斯·李顿·斯特雷奇（1880—1932），《维多利亚时代名人传》（传记）
		社会主义活动家和政治家尤金·V. 德布斯由于"战争时代煽动叛乱罪"被判处10年有期徒刑。	
1919 年	舍伍德·安德森（1876—1941），《小镇畸人》（短篇小说集）	第十八条修正案通过，禁止生产、销售和运输"令人兴奋的酒类"。	凡尔赛条约结束了第一次世界大战，成立了国际联盟。

大事年表(1860—1920)

年代	美国文学作品	美国事件、作品和艺术	其他事件、作品和艺术
	艾伦·格拉斯哥(1874—1945),《建设者》(小说)	在西雅图发生的五天大罢工和全国钢铁工人大罢工造成全国爆发反极端、反布尔什维克的活动。	圣雄甘地在印度开展公民不服从运动。
	约瑟夫·赫盖斯海麦(1880—1954),《爪哇头》(小说);《琳达·卡登》(小说)	H.L.门肯(1880—1956),《美国语言》(评论)	沃尔特·格洛佩斯在德绍成立包豪斯设计学院。
			卡尔·巴特(1886—1968),《罗马书释义》(神学)
			赫尔曼·黑塞(1877—1962),《德米安》(小说)
			卡尔·亚斯贝斯(1883—1969),《心理学人生观》(哲学)。
			W.萨默赛特·毛姆(1874—1965),《月亮和六个便士》(小说)
			伍尔夫·弗吉尼亚(1882—1941),《日日夜夜》(小说)
1920年	F·司各特·菲茨杰拉德(1896—1940),《尘世乐园》,(小说)	沃伦·G.哈定当选为总统。	列宁领导的红军打败了反共产主义白军,俄国内战结束。
	辛克莱尔·刘易斯(1885—1951),《大街》(小说)	第十九条修正案通过,赋予妇女选举权。	国际雇主组织成立。
	尤金·奥尼尔(1888—1953),《琼斯王》;《天边外》(戏剧)	参议院投票反对美国加入国际联盟。	国际联盟第一次在巴黎集会,成立了国际法院。
	伊迪丝·沃顿(1862—1937),《纯真年代》,(小说);《在摩洛哥》(游记)	尼古拉·萨可和巴托罗米欧·凡宰蒂有无政府主义的嫌疑,因谋杀罪被捕入狱。	西格蒙德·弗洛伊德(1856—1939),《超越快乐原则》(心理分析)

777

大事年表(1860—1920)

年代	美国文学作品	美国事件、作品和艺术	其他事件、作品和艺术
		威廉·狄恩·豪威尔斯逝世。 范·威克·布鲁克斯(1886—1963),《马克·吐温的严重考验》(评论)	D. H. 劳伦斯(1885—1930),《恋爱中的女人》(小说) 凯瑟琳·曼斯菲尔德(1888—1923),《布里斯河其他的故事》(短篇小说集)

参考书目

本参考书目精选了为全书撰稿的各位作者所提供的书目。它代表了这些作者认为特别有影响或者有意义的著作。本书目不包括博士论文、文章或者作者个人的研究。我们也未将原始资料收录在这份参考书目中,但是某些选集作为例外选录其中,因为这些材料是学生或者学者们通常并不了解或者无法得到的。

Adams, Bluford. *E Pluribus Barnum: The Great Showman and the Making of US Popular Culture*. Minneapolis: University of Minnesota Press, 1997.

Allen, Robert C. *Horrible Prettiness: Burlesque and American Culture*. Chapel Hill: University of North Carolina Press, 1991.

Barron, Hal S. *Those Who Stayed Behind: Rural Society in Nineteenth-Century New England*. New York: Cambridge University Press, 1984.

Barrish, Philip. *American Literary Realism, Critical Theory, and Intellectual Prestige, 1880–1995*. Cambridge: Cambridge University Press, 2001.

Bell, Michael Davitt. *The Problem of American Realism: Studies in the Cultural History of a Literary Idea*. Chicago: University of Chicago Press, 1993.

Bennett, Tony. *The Birth of the Museum: History, Theory, Politics*. London: Routledge, 1995.

Bentley, Nancy. *The Ethnography of Manners: Hawthorne, James, Wharton*. Cambridge: Cambridge University Press, 1995.

Boardman, Gerald Martin. *The Oxford Companion to American Theater*. New York: Oxford University Press, 1984.

Bourdieu, Pierre. *Distinction: A Social Critique of the Judgment of Taste*. Cambridge, Mass.: Harvard University Press, 1984.

Bramen, Carrie Tirado. *The Uses of Variety: Modern Americanism and the Quest for National Distinctiveness*. Cambridge, Mass.: Harvard University Press, 2000.

Brodhead, Richard H. *Cultures of Letters: Scenes of Reading and Writing in Nineteenth-Century America*. Chicago: University of Chicago Press, 1993.

  The School of Hawthorne. New York: Oxford University Press, 1986.

Bush, Clive. *Halfway to Revolution: Investigation and Crisis in the Work of Henry Adams, William James, and Gertrude Stein*. New Haven: Yale University Press, 1991.

○参考书目

Carby, Hazel. *Reconstructing Womanhood: The Emergence of the Afro-American Woman Novelist*. New York: Oxford University Press, 1987.

Chandler, Alfred. *The Visible Hand: The Managerial Revolution in American Business*. Cambridge, Mass.: Harvard University Press, 1980.

Charvat, William. *The Profession of Authorship in America, 1800–1870: The Papers of William Charvat*. Columbus: Ohio State University Press, 1968.

Chernow, Ron. *Titan: The Life of John D. Rockefeller, Sr.* New York: Random House, 1998.

Cohen, Margaret, and Christopher Prendergast, eds. *Spectacles of Realism: Body, Gender, Genre*. Minneapolis: University of Minnesota Press, 1995.

Denning, Michael. *Mechanic Accents: Dime Novels and Working-Class Culture in America*. London; New York: Verso, 1987.

Dimock, Wai Chee. *Residues of Justice: Literature, Law, Philosophy*. Berkeley: University of California Press, 1996.

Donovan, Josephine. *New England Local Color Literature: A Women's Tradition*. New York: F. Ungar Pub. Co., 1983.

Douglas, Ann. *The Feminization of American Culture*. New York: Knopf: Distributed by Random House, 1977.

Elam, Harry Jr., and David Krasner, eds. *African-American Performance and Theater: A Critical Reader*. Oxford: Oxford University Press, 2001.

Elfenbein, Anna Shannon. *Women on the Color Line: Evolving Stereotypes and the Writings of George Washington Cable, Grace King, Kate Chopin*. Charlottesville: University Press of Virginia, 1989.

Fetterley, Judith, and Marjorie Pryse, eds. *American Women Regionalists, 1850–1910*. New York: W. W. Norton, 1992.

Fisher, Philip. *Hard Facts: Setting and Form in the American Novel*. New York: Oxford University Press, 1985.

Fox, Richard Wrightman, and T. J. Jackson Lears, eds. *The Culture of Consumption: Critical Essays in American History, 1880–1980*. New York: Pantheon Books, 1983.

Fox, Stephen. *The Mirror Makers: A History of American Advertising and its Creators*. New York: William Morrow, 1984.

Fredrickson, George M. *The Black Image in the White Mind: The Debate on Afro-American Character and Destiny, 1817–1914*. New York: Harper and Row, 1971.

Freedman, Jonathan L. *Professions of Taste: Henry James, British Aestheticism, and Commodity Culture*. Stanford, Calif.: Stanford University Press, 1990.

Fried, Michael. *Realism, Writing, Disfiguration: On Thomas Eakins and Stephen Crane*. Chicago: University of Chicago Press, 1987.

Gaines, Kevin K. *Uplifting the Race: Black Leadership, Politics, and Culture in the Twentieth Century*. Chapel Hill: University of North Carolina Press, 1996.

Garvey, Ellen Gruber. *The Adman in the Parlor: Magazines and the Gendering of Consumer Culture, 1880s to 1910s*. New York: Oxford University Press, 1996.

Gillman, Susan. *Blood Talk: American Race Melodrama and the Culture of the Occult*. Chicago: University of Chicago Press, 2003.

Godden, Richard. *Fictions of Capital: The American Novel from James to Mailer*. Cambridge: Cambridge University Press, 1990.

Glazener, Nancy. *Reading for Realism: the History of a US Literary Institution 1850–1910*. Durham, N.C.: Duke University Press, 1997.

Hahn, Steven, and Jonathan Prude. *The Countryside in the Age of Capitalist Transformation: Essays in the Social History of Rural America*. Chapel Hill: University of North Carolina Press, 1985.

Heinze, Andrew R. *Adapting to Abundance; Jewish Immigrants, Mass Consumption, and the Search for American Identity*. New York: Columbia University Press, 1990.

Hounshell, David. *From the American System to Mass Production, 1800–1932: The Development of Manufacturing Technology in the United States*. Baltimore: Johns Hopkins University Press, 1984.

Horwitz, Howard. *By the Law of Nature: Form and Value in Nineteenth-Century America*. New York: Oxford University Press, 1991.

Howe, Irving. *The World of Our Fathers: The Journey of the East European Jews to America and the Life They Found and Made*. New York: Harcourt, Brace, Jovanovitch, 1976.

Howells, William Dean. *Literary Friends and Acquaintance: A Personal Retrospect of American Authorship*. New York: Harper and Brothers, 1900.

Huyssen, Andreas. *After the Great Divide: Modernism, Mass Culture, Postmodernism*. Bloomington: Indiana University Press, 1986.

Johannsen, Albert. *The House of Beadle and Adams and its Dime and Nickel Novels: The Story of a Vanished Literature*, 2 volumes. Norman: Oklahoma University Press, 1950.

Jones, Gavin R. *Strange Talk: The Politics of Dialect Literature in Gilded Age America*. Berkeley: University of California Press, 1999.

Kaplan, Amy. *The Social Construction of American Realism*. Chicago: University of Chicago Press, 1988.

Kasson, John F. *Amusing the Million: Coney Island at the Turn of the Century*. New York: Hill and Wang, 1978.

Civilizing the Machine: Technology and Republican Values in America, 1776–1900. New York: Grossman Publishers, 1976.

Katz, Mark D. *Witness to an Era: The Life and Photographs of Alexander Gardiner: The Civil War, Lincoln, and the West*. New York: Viking Studio Books, 1991.

Katznelson, Ira. *City Trenches: Urban Politics and the Patterning of Class in the United States*. New York: Pantheon Books, 1981.

Kelley, Mary. *Private Woman, Public Stage: Literary Domesticity in Nineteenth-Century America*. New York: Oxford University Press, 1984.

Laird, Pamela Walker. *Advertising Progress: American Business and the Rise of Consumer Marketing*. Baltimore: Johns Hopkins University Press, 1998.

参考书目

Lears, Jackson T. J. *Fables of Abundance: A Cultural History Of Advertising in America*. New York: Basic Books, 1994.
  No Place of Grace: Antimodernism and the Transformation of American Culture, 1880–1920. New York: Pantheon Books, 1981.
Levine, Lawrence W. *Highbrow/Lowbrow: The Emergence of Cultural Hierarchy in America*. Cambridge, Mass.: Harvard University Press, 1988.
Marvin, Carolyn. *When Old Technologies Were New: Thinking About Electric Communication in the Late Nineteenth Century*. New York: Oxford University Press, 1998.
McCraw, Thomas K, ed. *Creating Modern Capitalism: How Entrepreneurs, Companies, and Countries Triumphed in Three Industrial Revolutions*. Cambridge, Mass.: Harvard University Press, 1997.
Menand, Louis. *The Metaphysical Club*. New York: Farrar, Straus and Giroux, 2001.
Michaels, Walter Benn. *Our America: Nativism, Modernism, and Pluralism*. Durham, N.C.: Duke University Press, 1995.
Mitchell, Lee Clark. *Determined Fictions: American Literary Naturalism*. New York: Columbia University Press, 1989.
Mizruchi Susan L., ed. *Religion and Cultural Studies*. Princeton, N.J.: Princeton University Press, 2001.
  The Science of Sacrifice: American Literature and Modern Social Theory. Princeton, N.J.: Princeton University Press, 1998.
Morrison, Toni. *Playing in the Dark: Whiteness and Literary Imagination*. Cambridge, Mass.: Harvard University Press, 1992.
Moses, Wilson. *Afrotopia: The Roots of African-American Popular History*. Cambridge: Cambridge University Press, 1998.
  Alexander Crummell: A Study of Civilization and Discontent. Oxford: Oxford University Press, 1989.
Mott, Frank Luther. *Golden Multitudes: The Story of Best Sellers in the United States*. New York: Macmillan Co., 1947.
  A History of American Magazines, 5 volumes. Cambridge, Mass.: Harvard University Press, 1957–68.
Moylan, Michele, and Lane Stiles, eds. *Reading Books: Essays on the Material Text and Literature in America*. Amherst.: University of Massachusetts Press, 1996.
Norris, James. *Advertising and the Transformation of American Society, 1865–1920*. New York: Greenwood Press, 1990.
Nye, David. *Electrifying America: Social Meanings of a New Technology, 1880–1940*. Cambridge, Mass.: MIT Press, 1990.
Nye, Russel Blaine. *The Unembarrassed Muse: The Popular Arts in America*. New York: Doubleday, 1982.
Ohmann, Richard M. *Politics of Letters*. Middletown, Conn.: Wesleyan University Press, 1987.
  Selling Culture: Magazines, Markets, and Class at the Turn of the Century. London: Verso, 1996.

Orvell, Miles. *The Real Thing: Imitation and Authenticity in American Culture, 1880–1940*. Chapel Hill: University of North Carolina Press, 1989.

Patterson, Orlando. *Slavery and Social Death: A Comparative Study*. Cambridge, Mass.: Harvard University Press, 1982.

Pizer, Donald. *Realism and Naturalism in Nineteenth-Century American Literature*. Carbondale: Southern Illinois University Press, 1966. Rev. ed. Carbondale: Southern Illinois University Press, 1984.

Pope, Daniel. *The Making of Modern Advertising*. New York: Basic Books, 1983.

Presbrey, Frank. *The History and Development of Advertising*. New York: Doubleday, 1929.

Porter, Carolyn. *Seeing and Being: The Plight of the Participant-Observer in Emerson, James, Adams, and Faulkner*. Middletown, Conn.: Wesleyan University Press, 1981.

Posnock, Ross. *Color and Culture: Black Writers and the Making of the Modern Intellectual*. Cambridge, Mass.: Harvard University Press, 1998.

The Trial of Curiosity: Henry James, William James, and the Challenge of Modernity. New York: Oxford University Press, 1991.

Rampersad, Arnold. *The Art and Imagination of W. E. B. Du Bois*. Cambridge, Mass.: Harvard University Press, 1976.

Rodgers, Daniel T. *The Work Ethic in Industrial America, 1850–1920*. Chicago: University of Chicago Press, 1978.

Roemer, Kenneth M. *The Obsolete Necessity: America in Utopia Writings, 1888–1900*. Kent, Ohio: Kent State University, 1976.

Rogin, Michael. *Ronald Reagan the Movie: and Other Episodes in Political Demonology*. Berkeley: University of California Press, 1987.

Ross, Dorothy. *The Origins of American Social Science*. New York: Cambridge University Press, 1991.

Scheckel, Susan. *The Insistence of the Indian: Race and Nationalism in Nineteenth-Century American Culture*. Princeton, N.J.: Princeton University Press, 1998.

Schivelbusch, Wolfgang. *Disenchanted Night: The Industrialization of Light in the Nineteenth Century*. Berkeley: University of California Press, 1988.

Schudson, Michael. *Advertising the Uneasy Persuasion: Its Dubious Impact on American Society*. New York: Basic Books, 1984.

Seller, Maxine Schwartz, ed. *Ethnic Theatre in the United States*. Westport, Conn.: Greenwood Press, 1983.

Sivulka, Juliann. *Soap, Sex, and Cigarettes: A Cultural History of American Advertising*. Belmont, Calif.: Wadsworth, 1998.

Skocpol, Theda. *Protecting Soldiers and Mothers: The Political Origins of Social Policy in the United States*. Cambridge, Mass.: Belknap Press of Harvard University, 1992.

Slotkin, Richard. *The Fatal Environment: The Myth of the Frontier in the Age of Industrialization, 1800–1890*. New York: Atheneum, 1985.

Regeneration through Violence; the Mythology of the American Frontier, 1600–1860. Middletown, Conn.: Wesleyan University Press, 1973.

Starr, Kevin. *Americans and the California Dream, 1850–1915*. New York: Oxford University Press, 1973.

Stepto, Robert B. *From Behind the Veil: A Study of Afro-American Narrative*. Urbana: University of Illinois Press, 1991.

Sundquist, Eric, ed. *American Realism: New Essays*. Baltimore: Johns Hopkins University Press, 1982.

To Wake the Nations: Race in the Making of American Literature. Cambridge, Mass.: Belknap Press of Harvard University, 1993.

Susman, Warren. *Culture as History: The Transformation of American Society in the Twentieth Century*. New York: Pantheon Books, 1984.

Taylor, Helen. *Gender, Race, and Religion in the Writings of Grace King, Ruth McEnery Stuart, and Kate Chopin*. Baton Rouge: Louisiana State University Press, 1989.

Tebbel, John William. *A History of Book Publishing in the United States. Volume 2: The Expansion of an Industry, 1865–1919*. New York: R. R. Bowker, 1975.

Tedlow, Richard S. *Giants of Enterprise: Seven Business Innovators and the Empires They Built*. New York: Harper Collins, 2001.

Thomas, John L. *Alternative America: Henry George, Edward Bellamy, Henry Demarest Lloyd and the Adversary Tradition*. Cambridge, Mass.: Belknap Press of Harvard University, 1983.

Tompkins, Jane P. *West of Everything: The Inner Life of Westerns*. New York: Oxford University Press, 1992.

Tomsich, John. *A Genteel Endeavor: American Culture and Politics in the Gilded Age*. Stanford, Calif.: Stanford University Press, 1971.

Tractenberg, Alan. *The Incorporation of America: Culture and Society in the Gilded Age*. New York: Hill and Wang, 1982.

Reading American Photographs: Images as History: Mathew Brady to Walker Evans. New York: Hill and Wang, 1989.

Warren, Kenneth W. *Black and White Strangers: Race and American Literary Realism*. Chicago: University Press of Chicago, 1993.

Wiebe, Robert H. *The Search for Order, 1877–1920*. New York: Hill and Wang, 1967.

Wexler, Laura. *Tender Violence: Domestic Visions in an Age of US Imperialism*. Chapel Hill: University of North Carolina Press, 2000.

Williamson, Judith. *Decoding Advertisements: Ideology and Meaning in Advertising*. London: Boyars, 1978.

Wilson, Christopher P. *The Labor of Words: Literary Professionalism in the Progressive Era*. Athens: University of Georgia Press, 1985.

Ziff, Larzer. *The American 1890s: Life and Times of a Lost Generation*. Lincoln: University of Nebraska Press, 1979.

索 引

注:索引是按照词的字母顺序排列的,涵盖的范围从第 1 到 673 页。作品的名称只列在作者名字下面。提供的参照页数指的是题目被提及的主要部分。

A

Abbott,Edwin 埃德温 A.·艾博特,219

Abyssinia(show) 阿比西尼亚,213

Academies 研究院,美国艺术文学院,66,247;美国黑人学会 99—100,102,204,210

Adams,Charles 查尔斯·亚当斯,667

Adams,Henry 亨利·亚当斯,91,133,139,247—248,270—277;参展 275—276,692;《伊利花絮》(与查尔斯·亚当斯合写)667;《民主》,164,274;《亨利·亚当斯的教育》270—277;《以斯帖》66,158,274;《华盛顿和杰斐逊时期的美利坚合众国历史》274;《纽约黄金阴谋》691—692

Adams,Herbert Baxter 赫伯特·巴克斯特·亚当斯,339

Adams,Kate Jane 凯特·简·亚当斯,363

Addams Jane 简·亚当斯,166,465,625—627,628,706;关于博物馆和艺术馆 66,92—93;《赫尔大厦二十年》626—627

Adler,Felix 菲利克斯·阿德勒,545

Advertising 广告,7,413,414,415,568—598;艺术(美学)发展 568,571,584,589;阿尔科特讽刺 436;作者的自我促进 417,476,569;鲍姆的专业知识 711,723;为美国黑人做广告 597;书和杂志的广告 76,417,476;独木舟的广告 311,312,572,图三;和孩子 568;和阶层 568,572,575,585—587,589;广告撰稿人 571,582,584;发展 571—588;德莱塞 613;种族特性 418—419,575,697,图 9;探险 568,574—575,582;瞄准广告 583;吉列 721;移民 418—419,575,697,图 9;在杂志中 416,417,476,568—598,图 2—10;市场细分 568,572,575,585—587,589;包装行业 582—583;佩克 722;个人权

利353—354；产品摆放569；职业化571,582,584—588,598；创新583—584；肥皂569,574—575,584,585,697；作为科学571—572,584—588；为剧场148—149；贸易卡片214；吐温416,476,569,584,680—681；妇女568,582,583,598；又见品牌

African Americans 美国黑人,99—106,210—218,414,454—491；学会99—100,102—104,210；住宿99—100,653—654；广告597；代理中介197—198,201—202；在内战中423,440,441—442,448,451—453；交流452—453；意识，双重139—280—281,282,441,471；死亡425—427,457,458—461,462,469—470,472—474,475,476图1；方言写作200,212,316；教育59,100,103,189—199,217—218,597；(行业培训学校)12,99—100,103,653,654,710；埃塞俄比亚主义222；人种学，人类文化学199；自由人办公署280；种族未来457,472—491；"伟大的移民"小说211；高雅文学文化60,99—106,281—283（不包括）90,110,216；劳工456,597—598,617,621,639—640,649—650；魔术师或骗子角色197—198,201；大众文化138,196—198,210,216—218；中产阶层486,639—640；口头文化540；政治主张486,597—598,653（又见NAACP）；流行描写138,198；人口数目474—475；种族冒充485—488,491；种族谅解209—210,215,218；种族主义伪科学457,468—470；地方文学文化6,59—61；宗教455,457—461,462—463,479—480,486；牺牲主题419—420,457—458,461—462,470；科幻小说218—223；选举权280,462,465,596—598；剧院与演员196—198,203,204—205,210,212—214,215,220（又见步态舞）；大西洋旅行98—99,101—102,104；城市文化210—218；妇女43—44,596—598；又见个人作者与团体，步态竞赛；肤色(和种族)；私刑；混合种族、人；全国有色人种促进会；种族和人种；种族隔离；奴隶制；在杂志、音乐下；乌托邦主义；妇女

agency 机构,150—151,312—313；black 197—198,201—202；妇女的140,144—146,179,180

agents, literary 文学经纪人,599

agriculture 农业,582—666—667,677—680

Aiken Albert W. 阿尔伯特·W.爱肯,24,31

Aiken, George L. 乔治·L.爱肯,31

Albert, Prince Consort 阿尔伯特亲王,353

Alcott, Abba May 阿巴·梅·阿尔科特,434—435

Alcott, Bronson 布朗森·阿尔科特,14,17,19,21,434—435

Alcott Louisa May 路易莎·梅·阿尔科特,19—21,434—437；廉价小说24,26,28—29,435；儿童市场21；国内小说19—21；写作经济学20—21,416,435；童话39,435；家庭17,19,26,29,434—435；高雅文学文化38—39,152；关于物质和经济发展453；作品范围435；宗教21,434；社交界19—20,423,431,436；斯托的信26；关于妇女的作用19—20,435,436；关于把写作作为职业20,436—437；《小妇人》和续集19—20,26,416,423,430—431,435—437,453

Alden William 威廉·艾尔登,514

Aldine Club 阿尔丁俱乐部,681

索引

Aldrich, Thomas Bailey 托马斯·贝利·奥尔德里奇, 36, 37
Alegre, Francisco Javier SJ 弗朗西斯科·杰维尔·阿尔杰, 550
Alexander, Charles 查尔斯·亚历山大, 421
Alger, Horatio Jr. 小霍雷肖·阿尔杰, 27—28, 38, 653, 660—665;《破衣迪克》27, 28, 662—663;《挣扎向上》386, 388, 661, 663—664;《为男孩子写的故事》662
Allen, Richard 理查德·艾伦, 473—474
ambition 抱负, 377, 384, 385, 388—389, 390—391;
American Academy of Arts and Letters 美国艺术文学院, 66, 247
American Alliance for Labor and Democracy 美国工人和民主联盟, 641
American Federation of Labor 美国劳工联合会, 647—649, 652
American Indian Magazine《美国印第安人杂志》, 189
American Indian Society 美国印第安人社团, 189
American Journal of Sociology《美国社会学期刊》, 167
American Museum 美国博物馆, 69
American Negro Academy 美国黑人学会, 99—100, 102—104, 210
American Tobacco Company 美国烟草公司, 214, 667
American Women's Suffrage Association 美国妇女选举协会, 43
Amusement parks 游乐园, 80—82
Anagnos, Michael 迈克尔·阿纳格诺斯, 514
Anderson, Mary 玛丽·安德森, 31—32
Anderson, Sherwood 舍伍德·安德森, 62
Andover Seminary 安道神学院, 432
Andrews, William 威廉·安德鲁斯, 704
Animals 动物, 553—554, 619—620, 621, 684, 687—688
Anthony, Susan B. 苏珊·B. 安东尼, 451, 464
anthropology 人类学, 159, 167, 371, 426, 547—549;犯罪 360, 509;家庭 369;关于礼物 496, 695—696;关于婚姻 369, 373;妇女 160
Aniti—Monopolist 反垄断主义者, 728—729
Antin, Mary 玛丽·安婷, 653, 657—661, 664—665;《福佑之地》486, 617, 654, 657—661;《他们敲击我们的大门》, 657
Apache people 阿帕契人(美洲印第安人的一个种族), 183;又见杰罗尼莫
Appeal to Reason《呼吁理性》, 618
appearance, personal 露面, 个人, 311—312, 353—356
Appleton publishers 阿普尔顿出版社, 638
Arapaho people 阿拉巴霍人, 183, 536
Arbeiter Zeitung 501《阿拜特工人报》
Armour, Philip 菲利普·阿莫尔, 429, 689
Arnold, Matthew 马修·阿诺德, 98, 111;文化 91—92, 95, 100, 107, 108

art, visual; and advertising 视觉艺术;广告,584,589;收藏家 96;又见插图;博物馆和艺术馆;摄影

Art Nouveau 新艺术运动,589,724

Arts and Crafts Movement 工艺美术运动,589

Atherton, Gertrude 格特鲁德·阿泽顿,83

Atlanta, George 佐治亚州亚特兰大;对列奥·弗兰克处以私刑 675

The Atlanta University Publications 亚特兰大大学出版物,472—475,485—486

Atlantic Monthly 《亚特兰大月刊》,34,36,108,550—551;广告 572,574 图 4;权威 36,38,112;封面设计 589;豪威尔斯作为编辑 36,45,111,126,590,605;题材 40;区域文学 53,60,200,550—551;撰稿人:阿尔科特 38—39,435;贝拉米 714;切斯纳特 60,200,471;戴维斯 38;希金森 108;老霍尔姆斯 421;豪威尔斯 37,605;詹姆斯 65,592,599;劳埃德 705—706;伦敦 507;伍尔森 156;兹特卡拉-萨 191,545

Austen, Jane 简·奥斯丁,151,231,232,569

Austin, Mary 玛丽·奥斯汀,358—359

authorship 创作:战前不朽的 36—37;廉价虚构小说 26—29;家庭文学的文化 43;高雅文学文化 35—39,40;工业模式 26—27;营销 598—615;57—62;女性 20—21,43,58—59,137—180,415,435(又见个性作者地);意第绪语剧场 33

autobiography as self—advertisement 传记作为自我推销,569

automatism 自动化 304—306;又见机械化

automobiles 汽车,230,237,575,703

B

Bachelder, John 约翰·巴奇尔德,727

Bachofen, Johann 约翰·巴霍芬,161—162

Badger, Joseph E. Jr. 小约瑟夫·E. 巴格,24,27

Baker, Ray Strannard 雷·斯坦纳·贝克,707,图 9

Ballard, J. G. 鲍拉德,227

Ballou, Maturin 马图林·巴洛,23

Balzac, Honore de 巴尔扎克,151,254

Bancroft, Edgar A. 埃加加·A. 班克罗夫特,544

Bancroft, Hubert Howe 休伯特·豪·班克罗夫特;西部美国文献图书馆 550

banking 银行业,422

Bannock War 班诺克战争,541

Barber, Max 麦克斯·巴伯,596

Barnard, A. M. A. M. 巴纳德 28—29

Barnet, Ferdinand L. 费迪南德·L. 巴尼特 464

Barnum Phineas Taylor 菲尼斯·泰勒·巴纳姆 69,70—71,72,121;少数民族 185—

186;（美国原住民）182—183,184,186,195;奋斗与胜利 69,126—132,182—183

Barrett,S. M. S. M. 巴瑞特,194

Bartlett,J. Russell J. 拉塞尔·巴勒特,550

Barton,Clara 克拉拉·巴顿,140—141

Baum,L·Frank L. 弗兰克·鲍姆,711,723—727,739;生活 711,723,724;《装饰干货店橱窗和内部的艺术》723;《汉堡包大全》724;儿童故事书 724;《绿野仙踪》415—416,711,723—727

Beacon Biography Series 《指路人传记》系列丛书,471;威斯特的《尤利西斯·S. 格兰特》423,437—438,471

Beadle,Erastus 伊拉斯塔斯·比德尔,23,25;戴德伍德·迪克系列 24,27;《家庭月刊》23

Beard,Daniel 丹尼尔·比尔德,716

Beard,George M. 乔治·M. 比尔德,617

Beardsley,Aubrey 奥布里·比尔兹利,589

Beecher,Henry Ward 亨利·沃德·比彻,439,574,590,684

Beecher,Isabella 伊莎贝拉·比彻,168

Beerbohm,Max 马克斯·比尔博姆,520

Beilis,Mendel 曼德尔·贝利斯,674—675

Bell,Alexander Graham 亚历山大·格雷厄姆·贝尔,514

Bellamy,Edward 爱德华·贝拉米,298—300,712—715;豪威尔斯 614,738;和个性特征 298—300,301,313—314;影响 405,614,628,698,713,729;生活 711,713—714;文学的市场价值 377;军国主义 298—300,345—346,347,712;民族主义 712—713,736;宗教 711,712,713,714,715;社会主义 712—713,734;《平等》298,713;《回首往事,2000—1887》17,298—300,710,711,712—715

Bellamy,Francis 弗朗西斯·贝拉米,571—572,587—588

Bellamy Clubs 贝拉米俱乐部,713

Benjamin,Walter 沃尔特·本雅明,236;《讲故事者》525

Bentham,Jeremy 杰里米·本瑟姆,620

Berenson,Bernard 伯纳德·贝伦松,114,272

Besant,Annie 安妮·贝赞特,613

Beveridge,Senator Albert J. 小阿尔伯特·贝文瑞奇议员,325

bicycling 骑自行车,595

Bierce,Ambrose 安布罗斯·比尔斯,43,384,494

Bird,Arthur 亚瑟·伯德,710

Black Aesthetics movement 黑人美学运动,451

Black Kettle 夏安人首领黑壶 183—184

Bliss,Elisha P. 伊莱莎·伯利斯,41—42

Blumin,Stuart M. 斯图亚特·M. 布鲁明,290

Boas, Franz 弗兰兹·博厄斯, 189, 475, 597
body 尸体 533—534; 黑人 205—207（弱点和滥用）206, 207, 277, 278, 455, 460; 肖邦的知觉 171—172, 348—349; 美国原住民 184—185, 190, 192—193
Boer War 布尔战争, 494
"Bohemia, black"（black Manhattan）"黑人的波希米亚"（黑人的曼哈顿）210
Bok, Edward 爱德华·博克, 568
Boker, George Henry 乔治·亨利·伯克, 37, 38
Bolton, Charles Knowles 查尔斯·诺尔斯·博尔顿, 148
Bonner, Robert 罗伯特·波纳, 23
Bonner, Sherwood 舍伍德·波纳（凯瑟琳·舍伍德·波纳·麦克多韦尔 [Katharine Sherwood Bonner MacDowell] 47, 48, 53, 58
Bonnin, Gertrude Simmons 格特鲁德·西蒙斯·邦尼恩, 见兹特卡拉－萨
Bonnin, Raymond Talefese 雷蒙德·塔利菲斯·邦尼恩, 546
Bosanquet, Theodore 西奥多·鲍赞克特, 522
Boston 波士顿 12, 39, 57; 文化网络 43, 75 博物馆 112, 121—122; 帕金斯盲人学院 514, 515
Boucicault, Dion 迪翁·布希高勒, 30
Bourget, Paul 保罗·波盖特, 238
Bourne, Randolph 伦道夫·伯恩, 657
Boy Scouts 男童子军, 430, 505
Brace, Charles Loring 查尔斯·洛令·布雷斯, 642, 662
Brandley, William H. 威廉·H. 布拉德利, 589
Brady, Albert 阿尔伯特·布雷迪, 595
Brady, Matthew 马休·布雷迪, 423—425, 428
Braille 布莱叶点字法, 516
Braithwaite, William Stanley 威廉·斯坦利·布莱斯维特, 596; 品牌 49, 569, 582—583, 680—681; 家庭生活作者名字 27
Brandeis, Louis and Samuel Warren; "The Right to Privacy" 路易斯·布兰代斯和塞缪尔·沃伦;《隐私权》353—354, 355, 356
Bridgman, Laura 劳拉·布里格曼, 515—516
Broca, Paul 保罗·布洛卡, 160
Brockton, Massachusetts 马萨诸塞州的布罗克顿, 50
Brown, Sterling 斯特林·布朗, 451
Brown, William Wells 威廉·威尔斯·布朗, 489
Bruce, Philip 菲利普·布鲁斯, 457, 475—476
Bryan, William Jennings 威廉·詹宁斯·布赖恩, 688
Bryant, William Cullen 威廉·卡伦·布莱恩特, 38, 109, 714;《美国通俗史》550
Buntline, Ned 内德·邦特莱因, 24, 26, 27, 30

索引

Burlesque　滑稽表演,67—68,110,116—117,137,138—139,143,144—146
Burnand,E. C. E. C.　伯纳德,117
Burton,Henry S.　亨利·S. 伯顿,555—556
Business　商业,8,413,414,417,666—709;扩张 666—668;又见资本主义;商业主义;消费;工业;巨头;托拉斯
Butterfield,Willshire　威尔歇尔·巴特菲尔德,566

C

Cable,George Washington　乔治·华盛顿·凯布尔,37,48,50—51,53;《格兰迪斯姆斯家族》51;《让·阿波科林》50—51;《克里奥尔的旧日时光》47
Cahan,Abraham　亚伯拉罕·凯汉,417,500—503,673—677;编辑《犹太先锋日报》417,501—502;豪威尔斯 124,501,605'生活 417;500—501,意第绪语演讲的直观表现 315,316;自传 501;"一沓书信"专栏 492,502;《进口新娘》501;《戴维·莱温斯基的发迹》486,501,502,569,670,673—677,685,图 19—20;《耶克尔》315,491,492,501,502—503
The Californian　《加利福尼亚人》,540
capitalism　资本主义,95—96,557—558,689—692,712—727;基督教科学和 492,534;内战和 419,422—423;和劳工 413,414,418—419;多元文化主义 418—419;财产是身份的组成部分 635;地区文学文化 48—53,58;小说连载 416,417;吐温 416,482—483;华盛顿 653;又见商业;商业主义;工业;巨头;托拉斯;和西奥多·德莱塞条目下;乌托邦主义
Cardozo,Benjamin　本杰明·卡多佐,28
cards:greeting　卡片:问候,306—307;贸易 214
careers　职业,377,385—386,391—392,396—403;职业妇女 358—359,366,368—369,375
Caribbean　加勒比海,229,238
Carlyle,Thomas　托马斯·卡莱尔,273
Carnegie,Andrew　安德鲁·卡耐基,96,666,681,693,699—702,704,719—720;《商业帝国》699;《财富的福音》126,380
Cather,Willa　薇拉·凯瑟,408,415,607—611,612;和移民 608—609,615;做记者 529—530,607,608;生活 530,608;和美国印第安人 538,608,615;性欲 609,610;《玛丽·贝克·G. 埃迪的生活及基督教科学史》(合著)491,492,529—530,531,532—533,569,607;麦克卢尔的《我的自传》(合著)594,607;《啊,拓荒者!》607—610;《教授的房子》406;《云雀之歌》610—611
Catherwood Mary Hartwell　玛丽·哈特韦尔·凯瑟伍德,124
Catholic church　天主教,393,394,395
Cattermole,E. G　E. G. 凯特莫尔,566

727

censorship 审查,39,476,503,611—612;通过图书馆 278,476,503,532

Centennial Ode,Philadelphia 费城百年庆典,38

Central Pacific Railroad Company 中央太平洋铁路公司,557—558

Century Magazine 《世纪杂志》(原名《斯克莱布纳月刊》),34,36,37,39,595;广告 574,575,588,图 6、图 9;权力 112;封面设计 589;撰稿人 37;贝拉米 714;凯布尔 53;约翰·海 624;豪威尔斯 37,39,569,605,670;杰克逊 551;詹姆斯 37,65,95,569;佩奇 60;吐温 37,476,483

chain stores 连锁店,49

The Chatauquan 《查特奎恩》,708

cheap fiction 廉价小说,22—29,73—77;阿尔科特 24,26,28—29,435;原创作者 26—29;发行量 24—25,75,76,250;礼貌 40;10 美分小说 23,25,30—31,40,181,421;与国内流派的分歧 23,24,26;电影和电视 24;公式化的自然 24,25,27;读者人数 6,25,26,76;小说报纸 23,75;剧院 30—31

Cherokee people 切罗基人,535,537,550

Chesnutt,Charles Waddell 查尔斯·沃戴尔·切斯纳特,48,59—61,198—209,415,470—471;和豪威尔斯 124,205—206,208;生活 49,198—199,470—471;和市场 132,199—201,203—205;出版 39,40,60,200,202,471;和种族问题 60,175,198,205—207,209—210,336,457,470—472;作为现实主义作家 7,89—90,198—209;牺牲主题 462—463;速记生意 209,471;《巫婆》40,60—61,200—202;《雪松后的房子》39,202,471—472,485—486;《传统的精髓》202—209,336,462—463;《他青年时代的妻子及其他种族分界线的故事》202

Cheyenhe People 夏安人,183—184,550

Chicago:Hull Housepeople 芝加哥:赫尔大厦 626—627;移民人口 32,666;报纸 21,421,464,612,705;大学 264,268,400,401,697;又见展览

Chickasaw people 奇克索人,535

Child,Lydia Maria 利迪亚·玛丽亚·查尔德,431,453,454

Child:and advertising 儿童:和广告 568;慈善 662;劳工 617;640—642,714;文学 21,28,416;(又见霍雷肖·阿尔杰;L·弗兰克·鲍姆)

Chinese immigrants 中国移民,31—32,33,57,727

Cheppewa people 奇佩维安人,536—537

Chivington,Colonel John 约翰·齐明顿上校,184

Choate,Joseph 约瑟夫·乔特,108,488

Chocktaw people 乔克多人,535

Chopin,Kate 凯特·肖邦 171—180;身体的知觉 171—172,348—349;关于肤色和种族 346;关于欲望 171—180,348—352;方言 316,322,323;关于混乱 503—505;地方色彩写作 172—175;关于自然 178,505;科学 158—159;城市背景 175—176,492;惠特曼 178,179;《卡地安舞会》173—174;《波莉姨妈》175;《觉醒》163,171—172,177—180,318,348—351,352,355,492,503—505;《支流的那一边》175;《德西莉的孩子》

175,324;《埃及香烟》177;《拉·贝尔·桌瑞德》316,322—323;《丁香花》174;《消极的克里奥尔》174;《阿卡地一夜》173;《一双丝袜》176—177,348—349,351—352,408

Christian Science　基督教科学,492,518,528—534,614

Christian Science Monitor　《基督教科学箴言报》,533

Christian Socialism　基督教社会主义,614,711,736,737

Christian Union　基督教联盟,549,551

cinema see films　电影院,见电影

circus　马戏团,67—68,69—70,71;比喻,现代性 277

citizenship　居民身份,536,555,602

civic uses of culture　文化的市民使用,6,8,70,107—115,202,247

Civil War　内战,7,11—12,413—414,427—438;亚当斯 275;和广告 582;廉价小说 25,421;阶级 423,429;死亡和哀悼 18—19,419,423,533—534,图1;狄克逊 325;国内文学传统 18—19;经济革命 419,422—423,438—439,453,582;家庭关系 328;爱丽丝·詹姆斯 499,描述 7,421;美国印第安人 12,535;小说 333,413,427—438,446—453,(克莱恩)427—430;(费尔普斯和阿尔科特)430—437;出版 25,421—422;种族问题 346,431;地区文学文化 48;讽刺诗 438—446;南部对联盟军的支持 467;标准化 302—582;大学登记 466;女性 140—141,582;又见美国印第安人;亨利·詹姆斯;摄影;奴隶制

Clark John Bates　约翰·贝茨·克拉克,698,708;阶级 307—314,417;阿尔科特 19—20,423,431,436;在内战中 423,429;爱神 287—288,307—308;工厂系统 309—310;格拉斯哥 333—336;个人 287—291,301,302,307—313,314;在工人小说中 621—624;文学 287—288;文学市场按阶级划分 76,417,589,590—591;大众认同 313;费尔普斯 668;斯泰因 629;又见有闲阶级;社会流动性;以及广告;西奥多·德莱塞;威廉·狄恩,豪威尔斯;亨利·詹姆斯;种族和人种

Clay,Bertha M.　伯莎·M.克莱,27

Cleveland,Ohio　俄亥俄州克里夫兰,49

clothing manufacture　服装加工,302,582

Coatesville,Pennsylvania　宾夕法尼亚州科蒂斯维尔,598

Cobb,Sylvanus T.　西尔沃纳斯.F.科比,75

Coburn,Alvin Langdon　阿尔文·兰顿·科波恩,604

Codman,Ogden　奥格登·科德曼,497

Cody,Colone William　克罗恩·威廉·科迪《野牛比尔》("Buffalo Bill")185;邦特莱因的故事 24,26,27,30

Colburn,Frona　弗罗娜·科尔本,727

Collins,Sarah,　科林斯·萨拉,谋杀,509

color　肤色 315—347;克莱恩的用法 315—316;种族 322—339,346,468—472;(其他灵魂的颜色)328—329,331—332,333,335,346—347;(混合种族)329—333,471—472;关于吐温 476,483,528

Colored American Magazine 《美国有色人种杂志》,198,214,218,221,489
Colored Co—operative Publishing Company 有色人种合作出版公司,489
Columbia University 哥伦比亚大学,160
commercialism 商业主义 568—615;艺术收藏家 96;亨利·詹姆斯 381—382,592,593—594;文学职业 5,376—382,416,598—615,663,668,47;(又见报纸和杂志;社会观众;订阅出版;以及亨利·詹姆斯,);大西洋彼岸的旅游 96—98,236;女性 137,350,362,635—636;又见广告;消费;交换;市场和营销;生产;以及伊迪丝·沃顿
commodification of person 个人的修正,353—356,362,498,510—511
commodity fetishism 商品拜物教崇拜主义,496
Commons,John R. 约翰·康门斯,708
communication:African Americanmale 交流:美国黑人模式 452—453;电气 74,96,413,422,583
communism and communitarianism 共产主义和提倡共产主义社会者,16—17
communities,experimental 公社,试验的,14,17,19;又见果园公社
Concord Public Library 康考德公共图书馆,476
Coney Island 科尼岛,81
Congregational Publishing Society 公理会出版协会,489
consciousness 意识,91—92,262—270,280,491;又见美国印第安人;亨利·詹姆斯
Conservator,Chicago 《保护者》,芝加哥,464
conspicuousness and distinction 惹人注目与优秀卓越,73—74
consumption 消费 436,443,582,652,680;肖邦 175—177,351—352;引人注目的 497;劳动力作为消费者 308—310,311—312,418—419;又见购物以及西奥多·德莱塞;女性
Cook,Thomas 托马斯·库克,99
Cook,Will Marion 威尔·马瑞·库克,212
Cooke,Rose Terry 罗斯·特瑞·库克,58
Coolidge,Archibald 阿奇博德·库里奇,238
Cooper,Anna Julia 安娜·朱丽亚·库珀,100,486
Cooper James Fenimore 詹姆斯·费尼莫尔·库珀,18,46,562,565—566
Cooperative Association of America 美国合作联盟,721
Copeland,Charles T. 查尔斯·科普兰,517
copyright 版权,599,681
copywriters 广告撰稿人,571,582,584
corporation 公司 413,414;又见商业;托拉斯
Corrothers,James 詹姆斯·克罗瑟斯,220—221
corruption 腐败,416,594,703—704,707
Cosgrave,John O'Hara 约翰·奥哈拉·科斯格鲁夫,494,495
Cosmopolitan Magazine 《大都市杂志》,528,590,736,738
cosmopolitanism 世界主义,491,492—534;又见移民;宗教;城市化;荒野

countryside 农村,492,594—595;又见内部移居

Courbet,Gustave 古斯塔夫·库尔贝,46

Courier,Lincoln,Nebraska 内布拉斯加·林肯《信使报》,608

Coxey's Army 考克西大军,506

Craddock,Charles Egbert(pseud. of Mary Noailles Murfree) 查尔斯·伊格伯特·克莱多克,玛丽·诺埃利斯·莫夫利的笔名,47;

Craig,Alexander 亚历山大·克雷格,727

Crane,Stephen;and color 史蒂芬·克莱恩:肤色315—316,346;方言315,316—317,320;环境决定一切论643;豪威尔斯605,632;生活632;关于物质和经济革命453;关于自然和文明505;摄影427,428;想象力作为主题315,317—319,321—322,339—340,341,343—345,346;工人阶级关注的问题423,429,628—629,632—633;《麦琪》315,317—319,320,321—322,341,344—345,628—629,632—633;《红色英勇徽章》339—347,408,423,427—430

Crapsey,Edward 爱德华·克拉普西,76

Crawford,Francis Marion 弗朗西斯·马瑞·克劳福德,76

credit 信用,668,691

Credit Mobilier Scandal 信贷公司丑闻,684

Creek people 克里克人,535,537

Crisis 《危机》,491,596—598

Crocker,Charles 查尔斯·克罗克,557—558

Croly,Herbert 赫伯特·克罗利,300—301,310,311,312,313,339

Crosman,Brigadier General G. H. G. H. 克罗斯曼准将,302

cross—dressing 穿着异性服装,31—32,116,137

Crow people 克劳人,543

cruises 巡游,229,237

Crummell,Alexander 亚历山大·克拉梅尔,100—104,210

Crystal Palace,New York 71 纽约水晶宫

Cuba 古巴,379,389—390

culture 文化,5,8,53,107—115;阿诺德91—92,95,100,107,108;职业396—403;丢失413,423;又见文化的市民使用;大众文化;区域文学文化;

Cummins,Maria 玛丽娅·卡明斯,141—142

Cunard Company 卡纳德公司,229

Curtis,Cyrus K. 赛勒斯·科蒂斯,568,589—590

Cutler,James Albert 詹姆斯·艾尔伯特·卡特勒,461—462

D

Daily Herald,New York 纽约《每日先驱》,738

Daly, John Augustin 约翰·奥古斯丁·戴利, 30
Daniel, Senator John 约翰·丹尼尔议员, 333
"Darkest America"(touring show) 最黑暗的美国, 204
Dartmouth College 达特茅斯学院, 544
Darwin, Charles 查尔斯·达尔文, 716
Darwinism 达尔文主义, 5, 159, 166—167, 414, 469; 亚当斯 274—275; 德莱塞 687—688; 吉尔曼 628; 美国印第安人 535, 552—567; 宗教 711; 社会的 426, 470, 552—567, 618, 638; 吐温 506; 荒原小说 505
Davenport, Benjamin Rush 本杰明·拉什·达文波特, 727
Davis, Andrew Jackson 安德鲁·杰克逊·戴维斯, 531
Davis, Mrs. Jefferson, 杰斐逊·戴维斯夫人, 325
Davis, Rebecca Harding 丽贝卡·哈丁·戴维斯, 153;《炼铁厂的生活》38, 40;《等候判决》431
Dawes, Senator Henry L. 约翰·道斯参议员, 539
Dawes Act 《道斯法案》(1887) 536—537
Dawley's Camp and Fireside Library 道雷的"露营和围炉图书馆", 421
death 死亡, 425—427, 475—476; 威廉·詹姆斯 520; 美国印第安人 543; 费尔普斯 525—527; 城市穷人的死亡图 17; 威斯特 559—560; 现实主义小说中女性的死亡 163; 又见美国黑人; 内战; 爱丽丝·詹姆斯; 亨利·詹姆斯; 马克·吐温
DeForest, John 约翰·德福雷斯特, 91
Delaware people 德拉瓦尔人, 550
Demorest's Magazine《德莫雷斯特杂志》318
Denslow, William 威廉·丹斯洛, 724
Denver, Colorado 科罗拉多·丹佛, 184
department stores 百货商店, 49, 70, 137, 676, 711, 722
depression, economic 经济萧条, 58, 617, 651, 667
desine 欲望, 见凯特·肖邦; 西奥多·德莱塞
detection, criminal 犯罪侦查 483, 484; 廉价小说 24
Dewey, John 约翰·杜威, 263, 264, 265, 269—270, 519—520; 论教育 269—270, 293—295;《民主和教育》270;《自由主义和社会行为》270;《哲学复苏之需求》264
The Dial 《日晷》, 469
dialect 方言, 200, 212, 315, 316, 320; 视觉介绍 56, 316—317, 322, 323; 又见凯特·肖邦, 史蒂芬·克莱恩
Dickinson, Anna 安娜·迪金森, 431
Dickinson, Emily 埃米莉·迪金森, 13—14, 15, 36
dime museums 一毛钱博物馆, 69—70, 77—80
dime novels 一毛钱小说, 23, 25, 30—31, 40, 181, 421
diplomatic service 外交服务, 38, 217, 605

discrimination 歧视,113—115,258—259,263

dislocation 混乱,414,492,493—494,498—499,715—716;豪威尔斯 129—132;混乱时期的精神性 514—534;又见伊迪丝·沃顿,

display 展示:竞争性社交展示 137,497;更高的洞察力 113—115;自我 146

distribution systems 分配制度,25,74,413,582,588—589

diversity 多样性,见多元文化主义

divorce novels 离婚小说,75,240;又见伊迪丝·沃顿

Dixon,Thomas 托马斯·逊克逊 339,408;《同族人》325—326,328—329,333,346;《同志们》292,293,299;《野豹的斑点》326,333,337—338,339

domestic literary culture 国内文学传统,5,17—22;从廉价小说脱离 23,24,26;内战 18—19;礼貌 40;娱乐 21—22;高雅文学文化 34,41,151—152;国内唯心论的道德说教 19—20,242;在杂志上发表 38;社会观众 6,17—18,22—23,25,26;又见个人作者以及女性

Donnelly,Ignatius 伊格内修斯·唐纳利,360,361,711,728—730,739;生活 713,728—729;《亚特兰蒂斯》729;《恺撒的圆柱》710,711,712,728—730

Doolittle Report 杜立德报告,535

Dos Passos,John R. 约翰·多斯·帕索斯,99

Doubleday 双日出版社,613

Douglass,Frederick 弗雷德里克·道格拉斯,441,471,541,596;奴隶制废除 422,454,482—483

Doyle,Arthur Conan 阿瑟·柯南·道尔,595

Draper,John Williaim 约翰·威廉·德雷珀,426

Dreamland 梦境(娱乐部分)81

Dreiser,Theodore 西奥多·德莱塞,611—614,633—637;论资本主义 611,633—637,668,670,685—689;审查制度和镇压 611—612,613;论阶级 287—291,301,307—310,311—312,313;文学的商业化 417,611—614,668;论消费和欲望 352—353,355—356,407—408,635—636;做编辑 417,613,636;生活和家庭 612—613,633;利己主义 636,671;现代主义 407,408;个人面貌 354,355—356,403;艺术职业化 401;论宣传品和广告 354,355—356,613;地方主义 611;宗教 529,612,614;论社会流动性 287,289,635;论适者生存 685,687—688;剧院 635;论上班的女性 628—629,633—637;《美国悲剧》311—313,403,405—406,407—408,665,自动性和标准化 301—302,304,305,(阶层和个人)287,289,290—291,301,307—310;《德莱塞看俄罗斯》614;《金融家》611,670,685—688;《"天才"》390,401,529,611—612,613—614;《珍妮姑娘》617,633—635;《嘉莉妹妹》30,318,352—353,354,355—356,612,613,628—629,635—637,705;《斯多葛派》(未写完)686;《巨人》611,686,688—689;《欲望三部曲》377—378

Dresser,Paul 保罗·德莱塞,613

Du Bois,W. E. B W. E. B. 杜波伊斯,7,277,84;论美国黑人的社会地位 44,277—278,

453,456,640,654;黑体 277,278;关于有色家族 99,327;知觉意识 139,277—284;做编辑 595—598;种族平等 337;欧洲 72,104—106;高雅文化 104—106,107—110,281—283;历史和社会学的著作 247—248.278—279,280—281;赫尔大厦演讲 626—627;威廉·詹姆斯 278,458;论劳动 456,617,637,639—640;生活和学术生涯 90,278;论私刑 278,282,456,460,461,598;博物馆文化 66,110,284;全国有色人种促进会 596,598;政治议程 100,457,486,490—491;论种族身份 331—332,486;种族主义伪科学 457,468,469;工作范围 457;牺牲 419—420,458—461;科学小说 219—220,221;社会科学表达 247—248,278—279.280—281;精神上的 281—282;面纱肖像 279—280,283—284;华盛顿 597,654;"欧洲艺术和艺术博物馆"281;"亚特兰大大学出版物"472—475,485—486;《黑人艺术的标准》104—106;《黑公主》66,281;《黎明前的黑暗》278,283—284;《黑人教堂》473—474;《费城黑人》278,473—474,617,639—640;《银羊毛的困惑》281;《黑人的灵魂》40,66,107,110,277,278—283,284,331—332,458—461,486,660;《镇压美国黑奴贸易》278;《一个独特的假期》219—220

Du Pont Company 杜邦公司,667
Duganne,A. J. H. A. J. H. 杜甘,24
Duker,William 威廉·杜克,608
Dunbar,Paul Laurence 保罗·劳伦斯·邓巴 100,104,210—213,440—442;内战作品 421—422,423,438,440—442,453;方言 212;豪威尔斯 210,441,605;约翰逊 217;生活 440—441;剧场写作 212;《克罗瑞迪》212,213;《狂热分子》423,441—442;《底层生活抒情诗》441;《大事小事》441;《黑人的细皮嫩肉》213;《橡树与常春藤》440—441;《诸神的娱乐》210—213,364—365,368;《我们戴着面具》441
Dunbar—Nelson,Alice 爱丽丝·邓巴·纳尔逊,213
Dunne,Finley Peter 芬利·彼得·邓恩,707—708
Durer,Albrecht 阿尔布雷德·丢勒,93
Durkheim,Emile 埃米尔·涂尔干(迪尔凯姆),510
Dwight,John Sullivan 约翰·苏利文·德怀特,108
Dyer Anti—lynching Bill 《染色工反私刑法案》,488

E

Eastman,Charles Alexander 查尔斯·亚历山大·伊斯特曼,189,190,537—538,539,541—545,727;《从丛林深处走向文明》190,544—545;《印第安人的童年》538,541—543;《印第安人的灵魂》538,543—544
Eastman,Elaine Goodale 伊莱恩·古黛尔·伊斯特曼,190
Eastman,George 乔治·伊斯特曼,654
Eastman,Captain Joseph S. 约瑟夫·S. 伊斯特曼船长,533
economy:advertising transforms 经济:广告变革 582—583;内战 419,422—423,438—439,

索引

453,582;文化 5,419—420;大萧条 58,617,651,667;亨利·詹姆斯的艺术语言 668;地方文学 48—53,58;泛大西洋交流 90,96;又见商业;资本主义;商业主义;工业

Eddy,Mary Baker 玛丽·贝克·埃迪 415,528,529,530—534;凯瑟的传记 491,492,531,532—533,607;作品 513—514;《回顾与反省》531;《科学和健康》529,530,532—533

Edinburgh University 爱丁堡大学;威廉·詹姆斯的吉福德讲座 518

editors,literary 文学编辑,36,588—598

Edmonds,Sarah 萨拉·爱德蒙兹,421

education 教育:安婷和美国人 658;英语语言说明 57;公共延伸 55—56,582;文学课程 36,38,42,60;博物馆收藏送入学校 112;改革运动战前的 14;吐温个人主义 291—292;又见大学以及美国黑人;约翰·杜威;美国印第安人;妇女

Eggleston,Edward 爱德华·埃格尔斯顿,47,55—56,124

Eisenstein,Sergei 瑟奇·艾森斯坦,307,308

electrical power 电力,582,583,666

Eliot,Charles W. 查尔斯·W.艾略特,40

Eliot,George 乔治·艾略特,41,46,151,231,

Eliot,Samuel 塞缪尔·艾略特,385

Eliot,T. S. 艾略特,406

Ellis,Edward S. 爱德华·埃利斯,24

Ellis,Henry Havelock 亨利·哈夫洛克·霭理士,445

Ellis,Island 埃利斯岛,259—260

Elssler,Fanny 范妮·埃尔斯勒,142

Emerson,Ralph Waldo 拉尔夫·沃尔多·爱默生,13—14,15,379,539,602,605;肖邦 178;文学上不朽 36—37,39;《生活方式》15;《论经验》458;《论自立》14—15

emotions,standardization of 情绪,标准化,304—307

employment 就业,见劳动;失业;工作

Engle,C. H. C. H.恩格尔,187

Enlightenment 启迪教化,74,91—92

Enoch Morgan's Sons 伊诺克摩根子孙公司,574

environmentalism 环境决定一切论,643

Ethiopianism 埃塞俄比亚主义,222

Ethnicity 民族特性,见人种论;种族和民族特性

ethnography 人种论:广告 584;美国黑人 199;死亡惯例 427;美国印第安人 538,540,547—549;科学人种学 427;凡勃伦论有闲阶级 698—699

eugenics 优生学,167,483,727

Euripides 欧里庇得斯:《美狄亚》117,606

Europe 欧洲:文化的和象征的重要性 45—46,72,75,90—99,104,229,235—236;杜波伊斯 104—106;威廉·詹姆斯 518;约翰逊 216;出版市场 599—600;大学教授的职

735

业 401—402；华盛顿 597；伍尔森 155；又见个人国家，旅行（泛大西洋）以及亨利·詹姆斯；伊迪丝·沃顿

Ev'ry Month 《每月》，613
evangelical movement 福音主义运动 21，55
Evans, Augusta 奥古斯塔·埃文斯，(伍尔森) 18，22
Everybody's Magazine 《人人杂志》，587，678
exchange, ethos of 交换的风气，498，694—696
exhibition, international 世界博览会：芝加哥的哥伦比亚世界博览会（1893年）124，186—189，441，464，515，692，720，725；杰罗尼莫 193—195；伦敦世界博览会（1851）424；巴黎世界博览会（1900）275—276；得到修养的农场生活 204；圣路易斯世界博览会（1904）193—195，196—197，692；科学 160
expansionism 领土扩张政策，379，575
experimentalism, social 经验主义，14—17，19；又见果园公社

F

factory system 工厂制度，308—310，311—312，616
Fall River, New York 纽约州福尔里弗，666
Family 家庭，328，335，369；国内文学传统 17—18，19—20，242；性爱激情 349；225，240—246；妇女的责任 20—21，29，43；又见母亲的角色
fashion and travel 时尚与旅游，沃顿 236—237
Faulkner, William 威廉·福克纳，62，336
Fayetteville 北卡罗来纳州费耶特维尔 198—199
feminism 女权主义 44，142，168，435，443，451
Fern, Fanny 范妮·弗恩，23，141—142，590；《露丝·霍尔》18，20，22
Ferris, William 威廉·菲利斯，102
Field, Cyrus 塞拉斯·菲尔德，96
Fields, James T. 詹姆斯·菲尔兹，38—39
Fisk University 菲斯克大学，217—218，278，473，597
Fitzgerald, E. Scott E. 司各特·菲茨杰拉德，636；《了不起的盖茨比》227，406，665
The Flag of Our Union 我们的联邦国旗，23，28
Flagler, Henry 亨利·弗拉格勒，704
Flaubert, Gustave 古斯塔夫·福楼拜，144，151，163，172
Ford automobiles 福特汽车，575，703
Forepaugh, Adam 亚当·弗帕夫，185
Forerunner 《先驱》，731
Fortune, Harper S. 哈珀·福特恩，489
Fortune Magazine 《财富杂志》，697—698

Fowler, Nathaniel C. 纳撒尼尔·C. 福勒, 583

Fox, John, Jr. 约翰·小福克斯, 328

fragmentation of literary culture 文学文化的分裂, 见文字的文化; 社会观众

France 法国移民, 移民来自 608—609

Franchise 选举权, 见选举权

Frank, Leo 列奥·弗兰克, 675

Frank Leslie's Illustrated Newpaper 弗兰克·莱斯利的有插图的报纸, 23, 28

Frank Leslie's Popular Monthly 《弗兰克·莱斯利大众月刊》, 591

Franklin, Benjamin 本杰明·富兰克林, 655

Frederic, Harold 哈罗德·弗雷德里克, 529;《希伦·韦尔的堕落》318, 392—396;《市场》378—380;《红色英勇徽章》340

Free speech 《自由言论》, 463, 464

Free Trade Association 自由贸易协会, 705

Freeman's Bureau 自由人办公署, 280

"Freedom, New" 新自由, 391

Freeman, Mary Wilkins 玛丽·维尔金斯·弗里曼, 50, 57, 58, 61—62, 612;《工人的命运》617, 621—623; 在有品质的期刊发表 37, 53, 157

Freud, Sigmund 西格蒙德·弗洛伊德, 256, 584

Frick, Henry Clay 亨利·克雷·弗里克, 96, 700, 701—702

Friedman, Isaac Kahn 伊塞克·卡恩·弗里德曼, 624—625

Friends, Society 朋友会, 536, 546

frontier: cheap fiction 边疆, 23—24; 封闭与开放 of 379, 390, 638

Frost, Robert 罗伯特·弗罗斯特, 505, 612

Fruitlands community 果园, 14, 17, 434, 435

Fugitive Slave Law 《逃奴法案》(1850) 454

Fuller, Alvarado 艾尔维拉多·富勒《公元 2000》710

Fuller, Henry Blake 亨利·布雷克·富勒;《悬崖住客》670, 692—694

Fullerton, Morton 莫顿·富勒顿, 238

G

Galton, Francis 弗朗西斯·高尔顿, 484

Gardner, Alexander 亚历山大·加德纳, 424—425;《掩尸团》425—426, 图 1

Garfield, James 詹姆斯·贾菲尔德, 466

Garland, Harmlin 哈姆林·加兰, 47, 58, 59, 124, 632, 736;《中部边地农家子》36, 59;《沿谷而上》59

Garrison, William Lloyd Jr. 威廉·劳埃德·小加里森, 451, 596, 638—639

Gender 性别, 5, 143—144, 146—147, 151—152; 阿尔科特和传统 435, 436; 又见扮演; 男

性;母亲的角色;女性以及亨利·詹姆斯,
"genteel" label 上流社会的标签,39
George,Henry 亨利·乔治 415,618,637,638—639,651,713,716;生活 639;《进步和贫穷》637,638—639
Georgia 佐治亚,49,475
German immigrants 德国移民,25,470,608—609,615
Geronimo 杰罗尼莫 193—197
Ghost Dances 鬼魂舞,537
Giddens,Anthony 安东尼·吉登斯,240
gift,concept of 天赋的概念,358,369,371,496,695—696
Gilbreth,Frank 弗兰克·吉尔布雷斯,296,297—298,304
Gilder,Richard Watson 理查德·沃森·吉尔德,36,37,39,60
Gillette,King Camp 金·坎普·吉列,711,719—721;《人的趋势》710—711,719—721
Gilman,Charlotte Perkins 夏洛特·帕金斯·吉尔曼,165—168,627—629,730—733;编辑《先驱》731;女权运动 142,168;生活 168,627—628;中产阶级妻子的角色 140;多元文化主义 167,727—728,739;通俗流行的 168;论繁衍 167,732,733,739;休息疗法 354—355,627—628,731;科学 159,167;乌托邦主义 628(又见下面的《她乡》);论妇女自身躯体的生产 354—355,356;《自传》355;《她乡》168,712,727—728,730—733,739;《如果我是女巫》168;《新世界的新母亲》733;《转变》168;未受惩罚的 168;《我为什么要写黄色墙纸》731;《女性与经济学》166—167,168,350,352,355,371,617,627,628;《黄色墙纸》165—166,167,354—355,356,627—628,731
Girty,Simon 西蒙·格迪,564—565
Gladden,Washington 华盛顿·格莱登,333,606
Glasgow,Ellen 艾伦·格拉斯哥,333—336,421—422,451,453;《战场》333,334,336—337,451;《民众的呼声》324,333—336,338—339,346
Gleason,Frederick 弗雷德里克·格里森,23
Global order 全球订单,90,98—99,234,236,413
Globe,Chicago 《芝加哥环球报》,596,612
Globe-Democrat,St. Louis 《圣路易斯环球民主党报》,612—613
Gnadenhutten Moravian Settlement 摩拉维亚人到吉内登哈滕定居,564—565
Godkin,E. L. E. L. 格德肯,91,617
Gold Rush 淘金热,535
The Golden Age 《黄金年代》,714
The Golden Era 《黄金时代》,42
Goldfaden,Abraham 亚伯拉罕·哥尔德法登,32—33
Gompers,Samuel 塞缪尔·龚帕斯,618,637—638,641,647—652;《七十年生活和劳动》649—651
Goode,George Brown 乔治·布朗·古德,65,112,120,124

Gordin, Jacob 戈登·雅各布,33
gothic tales 哥特式恐怖故事,168,435
Gould, Jay 杰伊·古尔德,429,704,716
Gowongo, Leo 里昂·苟翁苟(安提瓜魔术师)198
Grabau, Amadeus 阿迈德斯·葛利普,658
Gramsci, Antonio 安东尼奥·格拉姆西,309
Grant, J. G. J. G. 格兰特,76
Grant, Ulysses S. 尤利西斯·S. 格兰特,423,635—636;《个人回忆录》421—422,437,681
Grasset, Eugene 尤金·格拉谢特,589
Greek mythology 希腊神话,117
Greeley, Horace 霍勒斯·格里利,41,421
Grey, Zane 赞恩·格雷,365—369,371,561—566;生活和早期作品562;《论美洲印第安人》538,554—555,564,566;《俄亥俄三部曲》562;《彩虹桥》367;《彩虹踪迹》368;《荒野情天》356,366—368,369,375,554—555,561—564;《边疆精神》562,564—567
Griffith, D. W. D. W. 格里菲斯,326,339
Griggs, Sutton E. 萨顿·E. 格里格斯,221;《绝对统治》220,323—325,711,727
Guadalupe—Hidalgo 瓜达卢佩—伊达尔戈合约,条约555
Guiney, Louise Imogen 露易斯·爱莫根·桂尼,170

H

Habit 习惯,263—264,266,587
Haggard, Rider 瑞德·哈格德,77
Hale, Edward Everett 爱德华·埃弗雷特·黑尔,168,550,658,736
Hale House Immigrant Agency 黑尔之家移民机构,658
Hambidge, Jay 杰伊·汉姆比奇,674 图19、20
Hammerstein, Oscar 奥斯卡·哈默斯坦,217
Handsome Lake 汉森湖,548
Hardy, Thomas 托马斯·哈代,46,163
Harland, Marion 玛瑞·哈兰(玛丽·弗吉尼亚·哈维斯·特休恩的笔名)19,21
Harper, Frances E. W. 弗朗西斯·E. W. 哈珀,43—44,421—422,451,453,486;《伊奥拉·莱洛伊》43,44,329,422,423,451—453
Harper, William Rainey 威廉·瑞尼·哈珀,697
Harper and Brothers 哈珀和兄弟们,528,549—550;豪威尔斯与之的关系590,738,739
Harper's Magazine 《哈珀杂志》,53,112,514,589;撰稿人:阿尔杰661;弗里曼37;亨利·詹姆斯65;豪威尔斯36,37,569;威斯特559;沃纳36;伍尔森37,156;兹特卡拉－萨191,545

Harper's Monthly 《哈珀杂志》,豪威尔斯的专栏:"编辑的安乐椅"590;"编辑书房"83,590,736

Harper's New Monthly Magazine 《哈珀新月刊杂志》,34,622

Harper's Weekly 《哈珀周刊》;广告572,574,图3;豪威尔斯的"传记与书札"专栏

Harris,Joel Chandler 乔尔·钱德勒·哈里斯,59—60,175,200,316,326,595

Harte,Bret 布莱特·哈特,42,46,53,584,605

Harvard College 哈佛学院,109,270,278

Harvey,George 乔治·哈维,569

Hawaii 夏威夷,379

Hawthorne,Nathaniel 纳撒尼尔·霍桑,13—14,15,36—37,501,605;亨利·詹姆斯的传记11,603;《七个尖角阁的房子》46,386;《红字》14—15,18,445,446

Hay,John 约翰·海,(海约翰)91,155;《养家糊口者》158,415—416,621—622,623—624,729

Hayes,Rutherford B. 拉瑟福德·海斯,38,536

Haymarket riot(1887) 干草市场市骚乱,131—132,652,736

Haywood's Industrial Workers of the World 海伍德世界产业工人,597

Hebrew Immigrant Aid Society 希伯来移民援助社团会,658

Heckewelder,John G. E. 约翰·亥克威尔德,564

Hegel,Georg Wilhelm Friedrich 乔治·威廉·弗雷德里克·黑格尔,280

Hemingway,Earnest 厄内斯特·海明威,406

Hendrick,Burton 伯顿·亨德里克,673—674

Henty,G. A. G. A. 亨狄,661

hereditary biology 遗传生物学,159

Herrick,Robert 罗伯特·赫里克,398—400,401,403;《钟声》401—402;《一个美国公民的回忆录》398—399,569—571,670,673;《真实的世界》392,398—400;《在一起》358,372—373

Hertz,Robert 罗伯特·赫尔兹,521

Higginson,Henry Lee 亨利·李·希金森,109

Higginson,Thomas Wentworth 托马斯·温特沃斯·希金森40,108,109,199

high literary culture 高雅文学文化,33—40;作者的社会地位35—39,40;公民使用70,107—115;世界主义者语气34—35,45—46,54,90—99;展示与鉴别113—115;国内小说34,41,151—152;编辑的社会地位36;确立35,67,68;欧洲45—46;小说被认为37,247;上流社会标签39;协会35,40;美国原住民189;声望威信36—37,108,113;压抑的效果39—40;长期的语气34,35;社会观众6,33—35,40,41,113;旅行34—35,90—99;关于妇女的地位157—158;另见个人作者;博物馆与艺术馆;现实主义;在美国黑人之下;期刊与报纸;大众文化;地方文学文化

Hills,A. M. A. M. 希尔斯,394

Hinton,C. H. C. H. 辛顿,219

historical romance 历史浪漫故事,4,76,77,416,603—604

Hoffman,Frederick 弗雷德里克·霍夫曼,457,469—470

Holiness Movement 神圣运动,392—393,394

Holmes,Rev. John Haynes 约翰·海恩斯·霍尔姆斯牧师,358

Holmes 奥利佛·温戴尔·老霍尔姆斯,奥利佛·温戴尔爵士 36—37,38,421,514,605

Holmes,Oliver Wendell Jr. 小奥利佛·温戴尔·霍尔姆斯,421;《普通法》357

home management literature 家庭管理文学,21,22;《家庭月刊》23,608

Homestead Act 《宅地法》(1862)422

Homestead Strike 宅地大罢工,701—702,736

Homosexuality 同性恋:阿尔杰 28,662;萨普里奥广告 575;威斯特 559,561;又见女同性恋以及亨利·詹姆斯

Hopkins,Mark 马克·霍普金斯,557—558

Hopkins,Pauline E. 普林·E.霍普金斯,159,415,457,488—491;生平 90,221,488—489;《抗争力》330,486,489—491;《同一个血统》221—223,329—331;关于非洲种族早期辉煌的初步调查 222

Hopkins publishing company 霍普金斯出版公司,489

The Horizon 《地平线》,596

Hose,Sam 山姆·何斯;私刑 278,280,460,461

Houghton,Mifflin 米弗林·霍顿,200,202,507

House,Edward 爱德华·豪斯,390

household management 家庭管理,

Howe,Samuel Gridley 塞缪尔·格里德利·豪,516

Howells,William Dean 威廉·狄恩·豪威尔斯,115—126,248—253,670—673,736—739;巴纳姆 724;关滑稽模仿 116—117,137,138—139,143,144—146;论商业 377,668—669,670—673;凯汉 124,501,605;凯瑟 608;切斯纳特 124,205—206,208;基督教社会主义 711,736,737;关于文化的公民作用 110,111,112;阶级 417,606—607,668;商业化 377,605—607,614,632;良知 668;克莱恩 605,632;幻灭觉醒 126,131—132,133;德莱塞 612;邓巴 210,441,605;道德困境 607;上流社会文化 39;吉尔曼 165;赫里克 372;高雅文学文化 34,67,247;历史浪漫文学 77;詹姆斯 68,132,248,249,605;凯勒 514;生平 17,125—126,605—606;劳埃德 706;婚姻 122—123,144;大众文化 67—68,77—80,115—118,122—123,124—215,144,205—206,250 另见前面的滑稽模仿;多元文化主义 739;博物馆文化 65,68,120—121,122;民族主义 736;诺里斯 509,605,692;被保护人 124,605;现实主义 67—68,87,115—126,127,248—253,失败 131—132,247,252—253,254,264;地方小说 47;宗教 254,264,737;小说阅读中的科学礼貌 115,120—121;社会分析 6,118—120,126,129—132,248,251;社会主义 614,711,734,736,737,738;小说的地位 67,247;研究传统主题 83,84—85,87,590,736;剧场文化 147;剧场写作 30;托尔斯泰 614,736;旅行写作 45,91;吐温 39,68,605;乌托邦主义 17,253,614,710,736—739;在威尼斯 45,90,

91,126,605;惠特曼38;威斯特559;对于现代性的妇女主题158;新闻126,606;做编辑39,590,605;(在《亚特兰大》)36,45,111,126,590,599,605,(在《哈珀杂志》)36,83,84,590,736,738,739;小说590—592;作品在杂志上发表37,39,569,605,670,736,738;作品:阿尔特鲁利亚三部曲736—739;安妮·凯尔白恩158;一毛钱博物馆77—80;美国生活中的某些危险趋势111;"编辑的安乐椅"专栏590;"编辑书房"专栏83,84,590,736;《针眼》738—739;小说与评论67—68,121;《新财富的危害》132,24—53,254,264,590—592,607;《小阳春》144;《来自阿尔特鲁利亚的旅行者来信》738;"传记与书"专栏590;林肯竞选传记605;《文学与生活》75;作家如商人377;《现代婚姻》115—123,144,569,605,606—607,671;《我的文学激情》144;《牧师的教区》84—85,122;《戏剧的新尝试》137;《塞拉斯·拉帕姆的发迹》37,39,126—132,501,607,668—669,670—673,685;《他们的结婚旅行》91;《来自阿尔特鲁利亚的旅行者》253,501,710,711,712,720,736—738;《世界充满机会》132

Bancroft Library of Western Americana　西部美国文献图书馆

Bancroft, Hubert Howe　休伯特·豪·班克劳夫,550

Hull House, Chicago　芝加哥赫尔大厦,626—627

Hunter, Robert　罗伯特·亨特,641

Huntington, Collis P.　科利斯·P. 亨廷顿,494,557—558,685

Hurston, Zora Neale　佐拉·尼尔·赫斯顿,62

I

Iggorotes　伊格诺特人,196,197

Illustrated Weekly Newspaper　《画报周刊》,574

illustrations　插图,589,674,716,图19、20 又见摄影

immigrants　移民7,12,494—505;广告418—419,575,697;安婷657—660;同化491,657—660;把美国黑人重新定义640,654;凯瑟和内布拉斯加人608—609,615;阶级意识616—617,621;文化遗产31,32,491,626—627;一毛钱小说25;经济作用418—419,470,640,667,673,713—714;黑尔公司移民机构658;詹姆斯259—262;劳工418—419,492—493,616—617,667,713—714;法律限制57;多元文化主义491,667;描述658;本土文化保护主义者的敌意414;小说494—505;数量229,413,418—419,492—493,583—584,666;博爱主义者658;通俗描写138,674 图19—20;种族主义态度228,363,640;地方文学文化56—57,58;社会状况642—647,713—714,图12—18;社会科学家470,493,503;剧院6,30,31—33;乌托邦主义419,711;女性改革家627;又见犹太人和个人国籍

imperialism　帝国主义,184—185,238—340,325—326,379,389—390

impersonation, theatrical　扮演,剧院的,31—32,116,137,198

incest　乱伦,232,241—242,243,244—246,369—370,374—375

The Independent　《独立报》,551

Jndiam War 印第安战争 183,184,185,193,537;廉价小说 23—24;伤膝谷大屠杀 538,544—545,724

Indianapolis Journal 《印第安纳波利斯杂志》,43

Individual and individualism 个人与个人主义,7,287—314;自动化 304—306;阶级阶层 287—291,301,302,307—313,314;威斯特的社区 561;老亨利·詹姆斯和小亨利·詹姆斯 602—603;威廉·詹姆斯 266,267;机械化 291—301,314;美国原住民 291—292;新的有限形式 390;反抗 291—292,419;标准化 301—307;技术 292—293,630;培训 291—301

Industrial model of authorship 原创作者的工业模式,26—27

industrial schools, African American 美国黑人行业学校,12,99—100,103,653,651,701

industry 工业,5,8,616—617,618—627,668—680,712—727;内战 12,419,438—439;大批量生产 49,413,582;机械化 296—297,616;小说 38,153,413,668—680,712—727;地方文学 48—53;时间感 616;吐温和扩张 416,716;城市发展 493;乌托邦主义 712—727;又见工厂制度;劳动

Inglis, William Q. 威廉·Q. 英格里斯,702,709

Ingraham, Prentiss 普兰提斯·英格拉汉姆,27

instructions: arts integrated into civic 说明;文科并入市民,66—67;文化的 6,7,35,40;(fiction as)7,247,(又见学会;博物馆和艺术馆);科学的 160

inventions 发明,666;乌托邦作家 710,714,718,720—721,723;又见科学

Iowa, Native Americans of 衣阿华州的美国印第安人,536

Irish immigrants 爱尔兰移民,25,30,57,470,711,图 11

Irwin, Will 威尔·欧文,494

J

Jackson, Andrew 安德鲁·杰克逊(印第安猎人),291—292

Jackson, Helen Hunt 海伦·亨特·杰克逊,57,58,549—552;《百年耻辱》538,549—550;《拉蒙娜》51,416,538,549,551—552

Jacobs, Harriet 哈丽叶特·雅各布斯:《女奴生活的点点滴滴》454—456,486,541

Jacobs, John S. 约翰·雅格布斯,454

James, Alice 爱丽丝·詹姆斯,168—171,499—500;死亡 170,171,492,500;日记 169,492,500;家庭 499—500,602

James, Henry Sr. 亨利·老詹姆斯,39,500,519,602,603,662;宗教信仰 499,520,602

James, Henry 亨利·詹姆斯,77—89,93—95,253—262,415,519—525,598—605,694—697;论力量 150—151;美国文学传统 603—604;阿诺德论文化 107;自传 70—71,72;论巴纳姆 70—71,72;比尔博姆的画 520;生意 258,668—692—93,694—697;凯汉 501;凯瑟 608;公民身份 602;论内战 11,421—422,438,442—446,453,599;论

○索 引

阶级 443,630;商业感觉 381—382,389,592,593—594,598—605;论商业主义 453,592,593—594,615;论意识 171,254,256—257,258;论消费主义 443;当时的言论 521;版权 599;论克莱恩 633;论死亡 163,492,520,521—523;拿破仑病榻口述 388;歧视 258—259;;论行动 376—377,378,380—381,382—386,391—392,402;杜波伊斯 458;精英主义 600—601;欧洲 71,72,95,155,615,(在欧洲的美国人)45;论交换 668,694—696;家庭关系 602—603,(爱丽丝)499—500,(老亨利)17,500,602—603,(威廉)263,520,603;论性别角色 143,147—151,443—444,445—446;霍桑 11,603;很高的社会地位 37;同性恋 88—89,443—444,445—446,662;恐怖 522;豪威尔斯 68,132,248,249,605;个人主义 602—603;影响 603—604;犹太人 259—260,696—697;杂志 592—594,(作品发表的杂志)37,40,60,65,95,569,592,599,602;论语言 258;市场 381—382,389,592,593—594,598—605;论婚姻 97—98,376;大众文化 70—71,72,76,77—89,133—136,139,247,250,254,258—259;情节剧的效果 132—133;论现代事物 6,158,262,453,630;多元文化主义 444—445;文学种类的多样性 134—135;博物馆文化 65—66,69,93;叙述者 256;论美国印第安人 260,262;神经质疾病 499,513;纽约版本 135,376,381,382,389,604—605;作为文学实践的小说 135—136;产量 602;关于不调和的理解 252,260;盗版 86—89;心理现实主义 257,601;宣传品 86—89,143,147—151,254,258—259,443;论种族 98,259—262,694—195,696—697;现实主义技巧 139,253—256;宗教 17,492,513—514,519—525,603;论秘密 87—89;世俗主义 521,603;传统主题研究 82—89;塔贝尔 702;戏剧作品 30;跨大西洋旅行 91,92,93—95,615;威尼斯 45,66,95;沃纳的前兆 445,604;沃顿 224,605;威斯特 559;女性 138,151,162,254,443,603,(宣传)143,147—151,(反映社会)158,171,256—257,(工作)629,630—632;沃尔森 153,155,156;左拉 257;《死者的祭坛》87;《奉使记》95,257,415—416,569,592—594;《美国人》65—66,93—95,381—599;《美国景象》253—254,257—262,272;《阿斯本报》60,87—88,89;《尴尬的年纪》256—257;《波士顿人》37,143,147—151,158,254,442—446,569;《笼子》630—632;《黛西·米勒》158,162,163,600;《名流之死》86,87;《地毯上的图案》87;《小说的未来》82;《金碗》95,97,98,257,382,694—697;霍桑传记 11,603;《死后有来生吗?》520;《象牙塔》(未完成)605;《约翰·特罗卫》87—88;《巴布丽娜小姐》97,98;《巴尔扎克的教诲》135—136;《大师的教诲》87—88,89,135《伍尔森小姐》156;部分肖像;《热情的朝圣者》96,599;《贵妇画像》97,254,382—386,391,405,445,600—602,(关于雄心抱负)377,384,385—386,389,376—377,378,380—381,382—386,391—392,402,(纽约版本的前言)376,381,382,389,604,(出版)40,381—382,(作品中的女性)162—164,171,445,522;《卡斯纳司马公主》158;《个人的生活》85;《亨利·詹姆斯的小说项目》592;《机遇的问题》133—135;《反射器》254;《真实的事物》87,88;《罗德里克·哈德逊》95,592;《圣泉》254—256;《伦敦被围》97;《一个小男孩及其他》70—71,72;《一年的故事》599;《悲剧的缪斯》151;《跨大西洋游记》91,599;《螺丝在拧紧》492,523—525;《威尼斯》45,95;《华盛顿广场》162,336;《梅齐知道什么》241,256—257;《鸽翼》98,163,257,492,

520—523

James, Mary 玛丽·詹姆斯（旧姓为瓦尔什）602

James, William Sr. 威廉·老詹姆斯, 602

James, William 威廉·詹姆斯, 265—268, 517—520; 亚当斯 270, 271—272; 爱丽丝·詹姆斯的日记 499; 取代主题 492; 杜波伊斯 278, 458; 家庭背景和教育 500, 602; 关于习惯 263—264, 266; 在哈佛大学 270, 278; 历史 270; 关于帝国主义 184—185; 个人主义 266, 267; 亨利·詹姆斯 263, 520, 603; 凯勒 514; 论大众文化 267; 神经疾病 499, 513; 关于小说 263—264, 267, 520; 关于多元论 266—267; 实用主义原则 263, 264, 265—268; 关于智者的共和国 267—268, 271; 关于洛克菲勒 696; 精神性 253, 513—514, 517—520;《隐藏的自我》221—222, 517;《心理学原理》264, 265—266, 342—343;《人类学的进步》603;《宗教经验种种》518—519;《相信的意志》267

Jefferson, Thomas 托马斯·杰斐逊, 566—567

Jewett, Sarah Orne 萨拉·奥恩·朱伊特, 57—58, 61, 157, 605; 在杂志上发表的作品 37, 53, 157, 595;《尖尖的杉树之乡》52, 53;《深港》47, 53, 54

Jewish Daily Forward 《犹太先锋日报》, 124, 501—502

Jews 犹太人, 657—661; 广告 575, 697, 图 9; 图书交易 501—502; 克雷格 727; 唐纳利的反犹太人主义 728; 希伯来移民援助学会 658; 霍普金斯 490; 詹姆斯 259—260, 696—697; 劳工组织 652; 诺里斯 557, 680; 迫害运动 674—675, 676; 宣传犹太人联合会 501; 小说中种族冒充 486; 牺牲 659; 沙勒 470; 社会主义 501, 652; 定型 674, 图 19—20; 乌托邦小说 711, 727; 职业道德 657—661; 意第绪语和文学 315, 316; 意第绪剧院 32—33; 又见个体作家

Johnson, A. E. A. E. 约翰逊, 486

Johnson, James Weldon 詹姆斯·韦尔登·约翰逊, 210, 215—218, 486—488; 关于颜色和种族 404—405, 486—488; 邓巴 212, 217; 关于种族的未来 457; 生平 216—218; 私刑 217, 457, 488; 大众文化 215—218; 关于白人从黑人娱乐中受益 214—215, 216;《沿着这条路》217, 488;《一个前有色人的自传》215—216, 217, 218, 404—405, 486—488; 布莱克·曼哈顿 217;《图罗索》（未面世的音乐剧）210, 217

Johnson, Rosamond 罗莎蒙德·约翰逊, 210, 217

Johnson, Walter A. 沃尔特·A. 约翰逊, 489

Jones, Absalom 阿伯萨拉姆·琼斯, 473—474

Jones, Alice, and Ella Merchant 爱丽丝·琼斯和埃拉·默沉特:《揭开相同情况的面纱》710

Jordan, David Starr 大卫·斯塔·约旦, 389—390

Journal of Political Economy 《政治经济学杂志》, 698

journals and newspapers 杂志和报纸, 34—40, 413, 588—598; 美国黑人 595—598（又见个体杂志）; 权力 112; 廉价小说 24—25, 75; 儿童杂志和报纸 21; 公民目的 112—113; 内战证明 421; 市场的阶级细分 76, 589, 590—591; 文学商业化 416, 417; 分发 24—25, 76; 多样性 591—592; 国内小说在 38; 编辑 36, 588—598; 高雅文学文化 34—

40,75,85,110,112—113,133;当地出版社 43,44;大批量发行 74,75,133;耙粪 594,707—709;数量 588,589—590;区域性杂志和报纸 42,43,44,494—495,608;质量上的地方小说 53,157,199;小说连载 416,417,592,599;辛迪加栏目 21,595,708;战争欲望 133,134;女性杂志,德莱塞做编辑 417,613,636;又见个人头衔以及个体作家和广告。

Judson,E.Z.C. E.Z.C.贾德森,76;内德·邦特莱因 24,26,27,30

Jung,Carl Gustav 卡尔·古斯塔夫·荣格,584

K

Kallen,Horace 霍勒斯·卡伦,657,727

Keller,Helen 海伦·凯勒,415,492,513—517;《我的生活》492,514,515,569

Kelley,Emma Dunham 爱玛·邓海姆·凯利,486

Kellogg,Laura 劳拉·凯洛格,189

Kelley's Army 凯利请愿军,506

Kimball,Moses 摩西·克姆堡,121—122

King,Grace 格雷斯·金,58

Kinney,Abbot 阿伯特·吉尼,550

kinship 姻亲关系 232,240—246,419,603,620,621

Kiowa people 基奥瓦,182,183

Kirkland,Caroline 卡罗莱娜·科克兰德,46

Kirkland,Joseph 约瑟夫·科克兰德,59

Knights of Labor 劳工骑士 617

Knox College,Illinios 伊利诺伊斯州科诺克斯学院,595

Kokomo Tribune 《可可摩论刊报》,43

Krafft—Ebing,Richard,Freiherr von,理查德·弗莱歇尔·冯·克拉夫特-埃宾,360,444,445

Ku Klux Klan 三K党,326,328,465—468,又见托马斯·逊克逊(《宗族成员》)

L

Labor 劳工,414;亚当斯 625—627;阶层和民族意识 616—617,622;合作社 617;剥削 418—419,637—638,639—640,669—670;劳工故事风格 75;改革者 506,618;细分 616;动荡不安 413,701—702,713—714(又见罢工);又见罢工:贸易联盟;以及美国黑人;儿童;移民

Lackawanna Railroad advertisement 拉克瓦纳铁路广告,584,681

Ladies Home Journal 《妇女家庭杂志》,515,569

Lane,Mary 玛丽·莱恩,731

language,American English 美国英语语言,258

larremore,Wilbur 威伯·莱提摩尔,353—354

Law 法律:商业发展 667;关于移民 57;林肯的现代化措施 422;财产权 property rights over face 353—354;种族法 324,326—328,456,462,536—537;法案:《道斯法案》(1887)536—537;《逃奴法案》(1850)454;《宅地法案》(1862)422;《曼恩法案》(1910)361—362;《肉类检测法案》621;《太平洋铁路法案》422;《清洁食品和药品检测法案》621;《援助印第安传教士法》549;《谢尔曼反垄断法》(1890)667—668;案例:摩根诉弗吉尼亚案 324;摩根与哈利斯 354;普莱西与费格森 207,324,324—328,346;美国诉卡格马案 536

Lawrence,Massachusetts 马萨诸塞州劳伦斯,597

lecture 讲座 110,142,643

Ledger,New York 《纽约文汇》,75,590

Leiber,Francis 弗朗西斯·雷博 142—143

Leisure 休闲:书信文化 17—18,25,34—35;趋势 311

leisure class 休闲阶级,232,234,497,568,582,698;又见女性

Leiter,Joseph 约瑟夫·利特,689

Lesbianism 女性同性恋,148,174,443—444,609,610

Leslie,Frank 弗兰克·莱斯利,23;带插图的报纸 23,28;《大众月刊》591

Levin,Harry 哈利·莱汶,340

Lewis,Sinclar 辛克莱尔·刘易斯,39;《巴比特》404,408

Liberator 《解放者》,451,596

libraries,public 公共图书馆,35,110,506,550;禁止图书发行 278,476,503,532

Lincoln,Abraham 亚伯拉罕·林肯,310,391,422,424,439;奴隶解放 325,422—423;豪威尔斯的传记 605;美国印第安人 535;塔贝尔的侧面像 707

Lind,Jenny 詹妮·林德,142,148—149

liners,ocean 大洋·班机,229—230,241

Linotype machines 莱语(整行)排铸机,76,292—293

Lippard,George 乔治·立帕德,76

Lippmann,Waltor 沃尔特·李普曼,391;《漂流与掌控》310—311,312,313

literacy 识字能力,76,287—288,582,598

Lloyd,Henry Demarest 亨利·德马雷斯特·劳埃德,618,693,705—707;《伟大垄断的故事》705—706;《财富与国民的对立》702,706—707

local color writing 地方色彩写作,又见区域性文学文化

Lombroso,Cesare 切萨雷·龙勃罗索,360,509,510

London:First Uniersal Races Congress 伦敦:第一届世界种族代表大会(1911)545;(Great Exhibition,Crystal Palace)水晶宫世界博览会(1851)424

London,Jack 杰克·伦敦:文学的商业化 382,400—401,614,图 2;生平 506—507;在杂志上发表 494,507,569,图 2;关于反思和身份 403,409;关于社会流动性 287—288,

289,409;社会主义 506,614—615,734,735,739;乌托邦主义 734—736,739;荒野 493—494,505—509;作品 507;《野性的呼唤》492,507—509,图2;《铁蹄》734—736,739;《马丁·伊登》287—288,289,290,396—398,400—401,402,403,409,507,569;《路》506,507;《海狼》382,386,389,391,507

Longfellow, Henry Wadsworth 亨利·沃兹沃斯·朗费罗,36—37,38,605

Loring, Katherine Peabody 凯瑟琳·皮博迪·洛兰,499—500

Lowell, Amy 阿米·洛威尔,612

Lowell, James Russell 詹姆斯·罗素·洛威尔,36—37,38,83,84,90,126

Lowell, Massachusetts 马萨诸塞州洛威尔,616

Lowell, Percival 博西弗尔·洛威尔,114

Lowie, Robert 罗伯特·洛维,369

Lubbock, John 约翰·卢伯克,167

Lubin, David 大卫·卢宾:《让世上充满光明》727

Luna Park 璐娜园,81

Lyautey, General Hubert 休伯特·列奥特将军,238,239

lynchings 私刑,203,261;《危机》597,598;卡特勒的私刑法 461—462;《染色工反私刑法案》488;对亚特兰大犹太人实施的私刑 675;对美国印第安人实施的私刑 461;吐温 480—481;西部风格 561;又见山姆·何斯以及 W. E. B. 杜波伊斯;詹姆斯·威尔登·约翰逊;艾达·韦尔斯

Lyon, Kate 凯特·莱恩,529

M

Mabee, H. W. H. W. 马毕,514

McClure, Samuel S. 塞缪尔·麦克卢尔,544,594—596,598;《我的自传》569,594,607

McClure Magazine 《麦克卢尔杂志》(《麦克卢尔》),594—596;广告 568,574;凯汉在杂志上连载的作品 569,673;凯瑟 529—530,569,607;关于发明 594;耙粪新闻 594,707—709;麦克卢尔的《我的自传》569;塔贝尔 594,707—709

McClure Phillips 麦克卢尔·菲利普斯,507

McClurg, A. C. A·C. 麦克罗格,729

McCormick reaper plant 麦克米克收割机厂,616

McDougall, Walter 沃尔特·麦克杜格尔,727

Maclean, Mary Dunlop 玛丽·邓洛普·麦克莱恩,596

McMechen, James 詹姆斯·麦克米契恩,566

Macmillan publishers 麦克米兰出版社,507

Madison, James 詹姆斯·麦迪逊,537

Magazines 杂志,见杂志和报纸

Mabin's Magazine 《马欣杂志》,584

Maine, Henry Summer 亨利·萨默·缅因, 361
Major, Charles 查尔斯·梅杰, 77
Malinowski, Bronislaw 布朗尼斯洛·马利诺维斯基, 369, 371
management 管理, 616, 707; 科学管理 296—298, 300, 303—304, 305, 430
Manly, Alexander 亚历山大·曼里, 462
Mann, Horace 霍拉斯·曼恩, 55—56
Mann Act 《曼恩法案》(1910) 361—362
manners, novels of 礼貌, 小说, 227, 231, 232
Manola, Marion 马里恩·曼诺拉, 353, 355
manufacture 制造, 见工业
Marden, Orison Swett 欧瑞森·斯威特·马登, 126
market and marketing 市场和营销 414, 568—615; 小说交易 377—378; 文学见商业主义(以及文学职业); 更适合把奴隶释放 363—365; 又见广告; 商业主义; 消费
markham, Edwin 埃德温·马克汉姆, 678
Marriage 婚姻: 通奸 372—373; 婚姻中的人类学 369; 跨大西洋跨文化婚姻 97—98; 豪威尔斯论婚姻 122—123, 144; 乱伦 369—370, 374—375; 爱、合同和财产 357—359, 368—375; 没有爱的婚姻 367—368, 369; 大众文化 122—123, 144; 摩门教和包办婚姻 365—368; 卖淫 358, 359, 367, 371—372; 脱离婚姻的女性事业 358—359
Marsden, George M. 乔治·马斯丹, 392
Marx, Karl 卡尔·马克思, 638, 651; 《美国和内战》537; 《共产党宣言》17
masculinity; male fraternity 男子气: 男性兄弟之情 560, 561, 565; 现实主义的男子气 143—144
masochism 受虐狂, 360—361
mass culture 大众文化, 77—89; 美国黑人 138, 196—198, 210, 216—218; 游乐园 80—82; 市民文化 138; 简易博物馆 77—80; 女性化 158; 杰罗尼莫 195—196; 吉尔曼的改编 168; 高雅文化 5—6, 68—72, 73—75, 110, 113, 114—115, 182; 地方色彩写作 173; 多样性 79—80; 博物馆 69—70; 美国原住民 181—182, 189; 受欢迎的表演者 196—198; 读者人数 6, 76, 591; 现实主义 5—7, 68—82, 114—118, 133—136, 138—139, 143—144; 技术与传播 76; 妇女 143—147; 又见廉价小说; 剧院; 以及威廉·狄恩·豪威尔斯; 亨利·詹姆斯; 威廉·詹姆斯; 婚姻; 美国印第安人
mass society 大众社会, 247, 250
Massey, Douglas 道格拉斯·马塞, 474
materialism 实利主义, 635, 636, 653, 671
Mather, Robert 罗伯特·马瑟, 595
Maupassant, Guy de 盖伊德·莫泊桑, 172
Mauss, Marcel 马塞尔·莫斯, 371, 695—696
Mazeppa; 鞑靼的野马 162
Mead, Elinor (later Howells) 埃莉诺·米德(后来为豪威尔斯), 605

○索　引

Mead, George Herbert　乔治·赫伯特·米德, 262, 264, 268—270, 280;《意识、自我和社会》269—270;关于小说作为思维模式 262, 263, 268, 269

Meat Inspection Act　《肉类检测法案》, 621

Meat Trust　肉类托拉斯, 689

mechanization　机械化, 295—298, 405, 582, 616, 715;个性 308—309, 314

medicine　药品, 336, 499, 528, 719—720

Medill, Joseph　约瑟夫·麦迪尔, 421

Mellon, Andrew　安德鲁·梅隆, 429

melodrama, theatrical　情节剧,剧院的, 30, 31, 33, 162, 319, 320

Melville, Herman　赫尔曼·梅尔维尔, 13—14, 15, 16, 181;设定 16, 17, 18, 36;《比利·巴德》16;《克拉瑞尔》16;《麦迪》16;《白鲸》15, 16, 18, 122;《皮埃尔:或模棱两可》16;《白色夹克》16

Memphis, Tennessee　田纳西州孟菲斯, 463, 464, 596

Mencken, H. L.　H·L·门肯, 606—611, 612

Menken, Ada Isaacs　埃达·伊萨克斯·门肯, 142, 162

Mennonites　孟诺派教徒, 667

Merchant, Ella, and Alice Jones, 埃拉·默沉特和爱丽丝·琼斯:《揭开相同情况的面纱》710

Mergenthaler Linotype machines　摩根特勒整行排铸机, 292—293

Mesmerism　催眠术, 517, 531, 714

Methodist revivalism　卫理公会复兴, 392—396

Mexican—American War　墨西哥—美国战争, 540

Mexican Americans　墨西哥裔美国人, 608—609;又见玛丽亚·安帕罗·露易丝·伯顿

middle class　中产阶级:美国黑人 486, 639—640;富裕表示 137;个人主义 289—90;工业化 617;文学文化 6, 17—18, 22—23;宗教 21;文化的戏剧风格 146—147;沃顿论易受攻击的成员 232;妇女与公共生活 137—138, 139—140

migration, internal　内部迁移, 12, 211, 493, 494—505

Milholland, Mrs. John　约翰·米尔霍兰德太太, 597

militarism　军国主义, 291—301, 345—346, 347, 712

Miller, Joaquin　乔肯·米勒, 42, 43

Miller, Kelly　凯利·米勒, 100, 457, 596

Mills, C. Wright　C·赖特·米尔斯, 313

Milmine, Georgine　乔治吉恩·米尔尼恩, 530, 569

minstrelsy　吟游技艺, 68, 145, 175, 198, 204

Mission Indians　印第安传教士, 549, 550—551

missionaries, Moravian　摩拉维亚传教团, 564—565, 566

Mississippi Plan　《密西西比计划》, 332

Mitchell, S. Weir　S·威尔·米切尔:《特性》与《诺斯和他的朋友》304—306;休息疗法

索引

166,354—355,499,559,627—628,731;《疲劳和眼泪》617

mixed race, people of 混种人,322—324,471—472,483—486;种族身份的问题 327—328,329—333

mobility 流动性,90,240—246,492;社会流动性 287—291,319—321,386—388,398—400,617,635;又见移民;内部迁移;旅行

Modernism 现代主义,405—408

Modernity 现代事物:广告 568—569;内战 422—423;混乱 414,493—494;血缘关系 240—246;风险 227—228,230—231,246,378;时间与空间 76—77,225;旅行 228—230;妇女地位作为文学主题 157—158;又见,亨利·詹姆斯;伊迪丝·沃顿

Modjeska, Helena 海伦娜·莫德杰斯卡,32

Montezuma, Carlos 卡洛斯·蒙特祖玛,189

LMoody, Dwight L. 德怀特·L. 穆迪,393

The Moon 《月亮》,596

Moore, Fred R. 弗雷德·R. 穆尔,489

Moravian Church 摩拉维亚教堂,564—565,566

Morgan v. Virginia 摩尔根诉弗吉尼亚,324

Morgan, Henry Lewis 亨利·刘易斯·摩尔根,369,426,547—549;论婚姻 357—358,373;论美洲印第安人 538,543,547—549;帕克做助理 536,548;《古代社会》357—358,548—549;《赫-德-诺索-尼联盟或易洛魁人》548;《人类家庭的血亲和姻亲制度》548

Morgan, J. P. J. P. 摩根,429,685

Morgan's advertising company(Enoch Morgan's Sons) 摩根的广告公司(伊诺克摩根子孙公司),574

Mormons 摩门教徒,14,562;图 9;格雷 365—368,562—563,564

Morris, William 威廉·莫里斯,737

Morse, Samuel F. B. 塞缪尔·莫尔斯,424

Morton, Samuel George 塞缪尔·乔治·莫顿,427

Mother's Day 母亲节,306,307

mother's role 母亲的角色,137—179,350;家庭小说 17—18,19—20;吉尔曼 350,732,733;奴隶制 456,485

mourning 哀悼,423,458—461

muckraking journalism 耙粪新闻,594,707—709

mulattos 混血人,见混种人

multiculturalism 多元文化主义,6,7—8,413—20,444—445,667;又见乌托邦主义

Munden v. Harris 芒登 v 哈利斯,354

Munsey's magazine 《孟西杂志》,568

Murfree, Mary Noailles 玛丽·诺埃利斯·莫夫利(查尔斯·伊格伯特·克莱多克)47,48,50,58,124;《哈利森海湾的舞会》53,54;《沿着失去的小溪漂流而下》51—52,

53;在杂志上发表的作品 53,137

Murphy, Edgar Gardmer 爱德加·加涅·莫菲,337

Murray, Lieutemant(romance writer) 默里·中尉,24

museums and art galleries 博物馆和美术馆,6,35,65—72,120—122;美国印第安人被排除在外 110;市民文化 108,111—112;文化权威 113—114;简易博物馆 69—70,77—80;欧洲艺术在美国 45;古德的意见 120,124;大众文化 69—70;学校的流通收藏 112;科学 160;景象 77—80,121—122;又见,简·亚当斯;W. E. B. 杜波伊斯;威廉·狄恩·豪威尔斯;亨利·詹姆斯

music 音乐:美国黑人 175,199,204,210,(又见黑人圣歌)392,393,395—396

music halls 音乐厅,110

Mussel Slough Massacre 穆塞尔斯劳大屠杀,677—678、

Myers, Frederic 弗雷德里克·梅耶斯,518,522

Myers, Gustavus 古斯塔夫斯·梅耶斯,685

Mysticism, William James and 威廉·詹姆斯和神秘主义 517—518

N

NAACP(National Association for the Advancement of Colored People) 全国有色人种促进会,471,491,596—598

The Nation 《国家》,91,126,590,605

National Association for the Advancement of Colored People 全国有色人种促进会,见 NAACP

Nationalism 民族主义,712—713,736;民族主义党 713

The Nationalist 《民族主义者》,713

Native Americans 美国印第安人,7,12,181—196,413—414,535—567;同化 535—536,566;班诺克战争 541;巴纳姆展品 182—183,184,185—186,195;巴纳姆 724;肉体 184—186,10,192—193;凯瑟 538,608,615;在内战中 12,535;达尔文主义者的观点 535,552—567;去文化作用 189—190,191—192;《杜立德报告》535;教育 12,191—192,536,540,544,546—547,(手工劳动学校)12,546—547;人种论 538,540,547—549;五个文明部落 535;未来前景 564,566—567;格雷 538,554—555,564,566;高雅文学文化 189;个人主义 291—292;杰克逊 538,549—552;詹姆斯 260,262;杰斐逊的讲话 566—567;土地 181,535,536—537,638;法律 536—537,549;林肯 535;私刑 461;大众文化 181—182,189;印第安传教士 549,550—551;自然 543;口头文化 540;关于帕柯曼 295—296;政治主张 186—189,538,539—540,541,546,549—551;通俗描写 138,181;人口 419,537;现实主义作家 7;宗教和仪式 189—190,536,537,539—552,564—565,566;居留地 536,538,545;抵抗(又见印第安战争)298,537;露易丝·伯顿 538,554—559;牺牲 419,542,547,553,566;克里克大屠杀 183—184;蓄奴 535;学会(美国印第安人学会)189,(美国土著—印第安人学会)537;图画 185—

索引

186;剧院 539;吐温论重新定居 416;乌托邦小说 419,727;旷野西部秀 181,185—186;威斯特 538,544—545,724;亚基马事件 541;又见查尔斯·亚历山大·伊斯特曼;杰罗尼莫;印第安战争;西蒙·波卡根;韦尼姆卡·霍普金斯,萨拉;兹特卡拉-萨

Nativism 本土保护主义,167,560,638—639

naturalism 自然主义,5,7,312;又见有个性的作者

nature 自然:凯瑟 609,610;格雷 562,563—564;关于文明的社会科学 509;吐温 506,684—685;又见荒野以及凯特·肖邦;美国印第安人;弗兰克·诺里斯;马克·吐温;欧文·威斯特

Nebraska,literary culture 内布拉斯加的文学文化,607—608

Nebraska State Journal 《内布拉斯加州志》,608

Negro Anti—Tuberculosis League,Georgia 佐治亚州黑人反肺结核联盟,475

Neuezeit《新时代》501

New American Magazine 《新美国人杂志》,47

New Era 《新纪元》,489

New Nation 《新国家》,733

New Princeton Review 《新普林斯顿评论》,74—75

New York 纽约:巴纳姆印第安人首领展 182—183;黑色曼哈顿 210;树阴,大众剧场 257;水晶宫 71;文化网络 75;移民数量 666;詹姆斯的《美国景象》257—260;犹太人贫民窟 259—260;麦迪逊广场花园 204;博物馆 70,112;新纽约廉租房委员会(1884)642;报童招待所 662;卖淫 359—360,361,362;罗斯福担任警察行政长官 643;贫民窟 642,(又见雅格布·里斯的《另一半人怎么生活》);大学 217—218;意第绪语剧院 33;新闻:《先锋日报》738;《纽约时代》463—464;《纽约领袖》23;《纽约文汇》75,590;《纽约时代周刊》421,425,589;《纽约时代书评》608;《纽约周刊》23;《纽约世界》75,613;《纽约太阳报》210,213,595,643;《论坛报》421,643,644

Nez Perces 内兹佩尔塞部落,550

Nicholson,Meredith 梅雷迪斯·尼科尔森,247

Norris,Frank 弗兰克·诺里斯,494—496;关于残忍和社会 685;论商业和金钱 360—361,406,510—511,668,670,677—680,689—692,705;特性化 492,494,495—496,505;豪威尔斯 509,605,692;论身份 406,407;论犹太人 557;生平 494—495,678,690;论自然 509—511,678,679—680,691;报纸连载 569,689;蛮荒 493—494,505—506,509—511;《矿区生活》678;《麦克提格》360—361,406,492,494,496,509—511,561,608,705;《章鱼》389,406,494,557,560,677—680;《粮食交易所》415—416,569,670,678,689—692;《小麦三部曲》678;《凡陀佛与兽性》492,494,495—497

North American Review 《北美评论》,528,549,569,592,661

North Star 《北斗星》,596

Norton,Charles Eliot 查尔斯·艾略特·诺顿,74—75;中世纪教堂建筑史研究 114;《美国的知识生活》74—75

Norwegian immigrants 挪威移民,608—609,615

753

Noyes, John Humphrey 约翰·汉弗莱·诺伊斯, 14
nursing profession 看护职业, 140—141
nurture / nature debate 养育特性辩论, 483

O

Obi folk religon 奥比巫术, 461
Occum 奥卡姆, 544
O'Connell, Daniel 丹尼尔·奥康奈尔, 42—43
O'Connor, Flannery 弗兰纳利·奥康纳, 62
Octoroons(舞台表演) 213
Ogden, C. R. C. R. 奥格登, 488
oil industry 石油业, 703—704; 又见约翰·D. 洛克菲勒; 标准石油公司
Oneida Community 奥奈达公社, 14
Opera 歌剧, 45, 608, 610
Optic, Oliver 奥利弗·奥普蒂克, 661
orchestra 管弦乐队, 35, 45, 110
Organization Man, rise of 顺从听话的成员, 382—391
Original Rights 《原有权力》, 465
Osgood, James R. and Co. 詹姆斯·R. 奥斯古德及公司, 39, 590, 599
Otis, James 詹姆斯·奥蒂斯, 661
Outlook 《瞭望》, 514, 569
Overland Monthly 《陆路月刊》, 42, 507, 608

P

Pacific Monthly 《太平洋月刊》, 569
Pacific Railroad Act 《太平洋铁路法案》, 422
packaging industry 包装业, 582—583
Page, Thomas Nelson 托马斯·纳尔逊·佩奇, 59—60, 175, 200, 326, 457;《黑人:南方人的问题》476;《红石》335
Paige Compositor(typesetting machine) 佩奇排字机(排版机), 292—293, 297, 681, 718
Panama 巴拿马, 575
paperback books 平装书, 76
Paris 巴黎, 237—238, 275—276
Park, Edwards A. 爱德华兹·帕克, 432
Park, Robert 罗伯特·帕克, 493
Parker, Arthur C. 阿瑟·C. 帕克, 189—191, 537

Parker, Ely S. 艾力·帕克, 536, 548

Parker Brothers; Pit card game 帕克兄弟; 小麦交易所扑克牌游戏, 689

HParkhurst, Charles H. 查尔斯·帕克赫斯特, 209—210

Parkman, Francis 弗朗西斯·帕柯曼 291, 295—296

parks 公园, 108, 505

Parrish, Maxfield 麦克斯菲尔德·帕里什, 584, 724

Parsons, Elsie Clews 爱尔西·克鲁斯·帕森斯, 160, 161

Parton, James 詹姆斯·帕顿, 41

Parton, Sara Payson 萨拉佩森·巴顿, 见范妮·弗恩

patent—medicine shows 专利药品展, 43

Peabody, Elizabeth 伊丽莎白·皮博迪, 539

Pears soap 派厄斯肥皂, 574, 585

Peck, Bradford; 布拉德福·佩克;《世界是一座大商场》711, 721—723, 739

Pember, Phoebe Yates 菲比·叶芝·潘伯, 141

Pemberton Mill disaster 彭伯顿工厂灾难, 669

Pennsylvania, University of 宾夕法尼亚大学, 278

Perkins Institute for the Blind 帕金斯盲人学院, 514, 515

Perry, Thomas Sargeant 托马斯·萨金特·佩里, 85, 109

Peterson's magazine 《彼得森杂志》, 38

Peyote rituals 佩奥特教仪式, 537

Phelps, Eliakim 伊利亚金·费尔普斯, 432

Phelps, Elizabeth Stuart, Sr. 伊丽莎白·斯图亚特·老费尔普斯《阳面》432

Phelps, Elizabeth Stuart 伊丽莎白·斯图亚特·费尔普斯(后来变成沃德) 152—153, 415, 525—527; 论商业 668, 669—670; 内战作品 421—422, 453; 文学的商业化 595, 668; 宗教 431—432, 438, 492, 513—514, 520, 525—527;《天门外》525—526;《生活岁月》432, 669;《半开的门》18—19, 153, 430—434, 492, 525;《天门之间》526;《沉默的搭档》153, 668, 669—670, 685;《艾维斯的故事》152—153;《一月十日》153, 669

Philadelphia; Centennial Exhibition 费城世纪博览会 (1876) 38, 99, 112, 161; 艺术博物馆 112

Philadelphia Medical Journal 《费城医学杂志》, 528

philanthropy 慈善事业, 35, 109, 380, 658, 662; 卡耐基和洛克菲勒 701, 702, 719—720

Philippines 菲律宾群岛, 184—185, 325, 379, 389—390; 伊格谱特人 196, 197

Phillips, David Graham 大卫·格雷厄姆·菲利普斯, 361, 375;《她付出的代价》358;《苏珊·雷谱克斯》356, 375

Phillips, John S. 约翰·S. 菲利普斯, 544, 595, 708

photography 摄影, 181, 193, 434, 604; 内战 421, 423—427, 533—534, 图1; 里斯的摄影作品 644—647, 图12—18

Pierce, Charles S. 查尔斯·皮尔斯, 263, 264—265

Pierce, Franklin 弗兰克林·皮尔斯, 11

Pierce, Melusina Fay 麦鲁西纳·费·皮尔斯, 40

Pillsbury, Albert 阿尔伯特·皮尔斯贝利, 596

Pinker, James B. 詹姆斯·平克, 599

Pinkerton, Allan 阿兰·平克顿, 424

Piute people 派尤特人, 536; 又见萨拉韦尼姆卡·霍普金斯,

plantation fiction 种植园小说, 174—175, 200, 204, 363

Plessy v. Ferguson 普莱西 V 费格森, 207, 324, 327—328, 346

Poe, Edgar Allan 埃德加·艾伦·坡, 36

Pokagon, Simon 西蒙·波卡根; 《红种人的挽歌》186—189

Polish immigrants 波兰移民, 493; 剧院 32, 33

Pomeroy, Senator Samuel C. 塞缪尔·C. 鲍密洛伊议员 684

Ponca people 蓬卡人, 550

Pope Manufacturing Co. 波普制造公司, 595

popular culture 大众文化: 女性半球 143—144; 印刷, 剧院和电影的融合 30—31; 形式的多样性 22—23; 种植园思乡病 175; 作为反驳的现实主义 5—7; 又见国内文学传统; 大众文化; 剧院

population growth 人口增长, 493, 583—584

Populist Movement 平民主义运动, 58, 729

Porter, Mrs. Ann Emerson 安·爱默生·波特夫人, 26

Post, Amy 埃米·波斯特, 454

postal service 邮政服务, 588—589

Potawatoni people 波塔瓦托米人, 187

Pound, Ezra 埃兹拉·庞德, 406, 612

Powderly, Terence 特伦斯·鲍德利, 617

Powell, John Wesley 约翰·卫斯理·鲍威尔, 548

Powers, John E. 约翰·鲍韦尔斯, 583

Poyen, Charles 查尔斯·波伊恩, 531

pragmatism 实用主义, 262—270; 又见约翰·杜威; 威廉·詹姆斯; 乔治·赫伯特·米德; 查尔斯·S. 皮尔斯

printing technology 印刷技术, 76, 292—293, 589; 又见佩奇排字机

prison reform movement 监狱改革运动, 14

privacy 盗版, 85—89, 353—354

productivity, cult of 生产力崇拜, 616

professional associations 职业协会, 160

professional writers 职业作家, 18, 66, 199, 396—398, 401, 599; 合同和稿费 588, 590, 594; 又见商业主义(以及文学职业)

professionalization of advertising 广告的专业化, 571, 582, 584—588, 598

Progressivism: and individual　革新论：与个人主义, 290, 292; 文学和现代主义 406—408; 种族主义 337
Propaganda Verein, Jewish　犹太人的宣传社团, 501
property　财产 368—375; 摩尔根论财产 548; 个人外表作为财产 353—354; 女人作为财产 356—368
prostitution　卖淫, 359—363; 婚姻比较 358, 359, 367—372; 又见《白人奴隶制》
protest, social　社会抗议, 637—652; 又见社会改革
Proust, Marcel　马塞尔·普鲁斯特, 177
psychical research　超自然研究, 432, 518, 522
psychology　心理学：广告心理学 584—588; 亨利·詹姆斯的心理学 257, 601 宣传品 353—354, 465; 女性作家 137—151, 498; 又见广告以及亨利·詹姆斯
publishing　出版：内战 421—422; 版权 599, 681; 豪华本 36; 国内文学传统 74, 82, 598, 599; 重新组织成为分离的文学文化 23, 25—26, 33—34; 又见广告；廉价小说；商业主义（和文学职业）；杂志和报纸；印刷技术；职业作家；社会观众；个人形式与编辑
Pulitzer, Joseph　约瑟夫·普利策, 75
Pure Food and Drug Inspection Act　《清洁食品和药品监测法案》, 621
Putnam, Frank　弗兰克·普特南, 189
Putnam's Magazine　《普特纳姆杂志》, 574, 575, 661, 图 5、7、8、10

Q

Quarterly Journal　《季刊》, 189—190
Quimby, Phineas Parkhurst　菲尼斯·帕克赫斯特·昆比, 530, 531—532

R

race and ethnicity　种族和人种, 5; 妥协迁就主义 99—100, 653—654; 美国黑人的提升意识 209—210, 215, 218; 盎格鲁—美国人的关系 98—99, 103; 巴纳姆的展览 182—183, 184, 185—186, 195; 内战 346, 431; 阶层 333—336, 616—617, 621; 死亡习惯 425—427, （又见美国黑人）; 狄克逊的种族主义 338, 408; 第一届世界种族代表大会（伦敦 1911）545; 未来 457, 472—491; 吉尔曼的种族主义 167; 格拉斯哥 333—336, 337; 作为白人受控制的全球订单 98—99; 龚帕斯 649—650; 豪威尔斯 78—79; 人性 184—185, 621; 帝国主义 325—326; 凯勒 514; 对个人地位的合法判断 324, 326—328; 本土文化保护主义 167, 560, 638—639; 身份的新形式 346; 冒充 485—488, 491; 伪科学种族主义理论 457, 468—470, 597; 纯化计划 727, 733, 739; 奴隶制度转变为种族歧视 326—327, 336—337, 346, 482—483; 精神上的身份 328—329, 330—331, 346; 陈旧的模式 477, 644, 739; 泛大西洋文化 98—99, 101—102, 104; 可见性 322—324, 346—347, 640; 又见广告（和人种）; 美国黑人; 身体（黑人；美国印第安人）; 肤

色(和种族);人种学;移民;混种人;美国印第安人;种族隔离;以及查尔斯·沃戴尔切·斯纳特;亨利·詹姆斯;马克·吐温;乌托邦主义

Racine Canoes 瑞辛独木舟,572 图 3

Radcliffe College 拉德克利夫学院。515,517

Railroad,Underground 地下铁路,489

railroads 铁路,49,174,228—229,582,583,666,667;广告 584,681;卡耐基 699—670;美国印第安人的土地 535;诺里斯 677—680;《太平洋铁路法案》422;种族隔离 324—325,464,471;铁路托拉斯 494;露易丝·伯顿 557—558;标准(美孚)石油公司 703—704;罢工(1878)705;又见个体公司

Randolph,Massachusetts 马萨诸塞州的伦道夫 50

Raymond,Henry J. 亨利·J. 雷蒙德,421

Read,Opie 欧派·里德,363—364,368

readership:mass 读者身份;大众,76;大小 29,598;又见识字能力;社会观众

Realism 现实主义,65—106,107—136,315—347;商业 668;市民文化 107—136;肤色 315—347;评论家 124,247;方言 315,316—317,320;国内文学文 34,41,151—152;出现 11—12,67;欧洲的 254;失败 131—132,247,248,252—253,254,264;性别 143—144,146—147,151—152;讽刺 132—133;博物馆 65—72,77—80;为从前被排斥的作家提供机会 6,7,89—90,159—160;对抗的本质 127;通俗大众文化 5—7,68—82,114—118,133—136,138—39,143—144;公共/私人的区别 151—157;对贫民窟生活的报道 28,317—322;科学 158—162;社会小说 6,7,107—115,247—248;标准化 306;研究传统主题 78,82—90,283,284;(又见威廉·狄恩·豪威尔斯)和真理 68,87,115—118;幻想 315—347;威廉姆斯 406;女性作家 7,137—180,333;女性主题 139—140,144—146,157—158;又见个人作者

Reconstruction 重建,7,414,454—491;杜波伊斯 280;狄克逊 325;亨利·詹姆斯 443;美国原住民经历 12;图奇 465—468

Redpath:莱德帕斯,"Books for the Camp Fires"《篝火图书系列》421;演讲分社学会 43

reform,social 社会改革,40,318,625—627,647—652,710;战前的 14;劳工 618;米德 269;改革文学 75,153;女性改革家 625—627,642;又见经验主义

regional literary culture 地方文学文化,6,40—62;原创作者 57—62;资本主义工业家的发展 48—53,58;(美国)内战促进 48;文化统治 54—57,58;方言 56;流派的出现 46;高尚文学文化 53,56—57,58;移民 56—57,58;稍后作家继承自 62;局限 60—62,157—158;杂志 190,199,200—202,211,608;市场需求 47;大众文化 173;国家身份 408—409;美国原住民 190;报纸 43,44;处于不利地位作家的机会 58—59,157—158;种植园小说 174—175,200,363;对有灭绝文献文化的记录 50;度假写作 53—55,58;又见 个人作家

religion and spirituality 宗教和灵性,391—396,414,415,492,514—534;商业 529,676—677,685;凯汉 676—677,685;职业和组织 391—396;天主教 393,394,395;达尔文主义 711;国内文学传统 21,22,34,434;福音运动 21,55;高雅文学文化 34;凯勒 513—

514；音乐 395—396；通俗文学 75—76；宗教改革文学 153；信仰复兴运动 75—76，392—396；露易丝·伯顿写讽刺文抨击 438，439—440；科学 513—514；奴隶制 455；剧院 75—76，393；又见天主教堂；基督教科学；世俗主义；以及露易莎·梅·阿尔科特，爱德华·贝拉米；美国黑人；西奥多·德莱塞；威廉·狄恩·豪威尔斯；亨利·詹姆斯；威廉·詹姆斯；美国印第安人；伊丽莎白·斯图亚特·费尔普斯；马克·吐温；乌托邦主义

Remington, Frederic 弗雷德里克·雷明顿, 559

Renaissance, Amercian 美国的文艺复兴, 13—18

Repplier, Agnes 阿格尼丝·莱普利尔, 109, 124

Representation: and identity 表现：和身份, 403—409；真实的和不真实的 67—68

Republic, ideal 共和国，理想的：智力的，威廉·詹姆斯的 267—268, 271；文字的, (Crummell's) 104, (豪威尔斯) 125；精神的，沃顿的 73, 107

Resor, Helen Landsdowne 海伦·兰兹道恩·雷瑟, 571

rest cure 休息疗法, 166, 354—355, 499, 559, 627—628, 731

revivalism, religious 复兴运动，宗教的, 75—76, 392—396

Richardson, Dorothy 多萝西·理查森, 26

Rodgers, Daniel T. 丹尼尔·罗杰斯, 385

Riis, Jacob 雅格布·里斯, 341, 618, 637—638, 642—647；生平 643；摄影 644—647，图 12—18；《另一半人怎么生活》318, 344—345, 637, 642—647，图 12—18；《造就一个美国人》654；《带刀的男人》322

Riley, James Whitcomb 詹姆斯·韦考姆·赖利, 43, 44, 440

Rives, Amelie 埃米莉·莱夫斯, 569

robber barons 强盗大老板, 8, 667

Roberson, Abigail 艾比盖尔·罗伯森, 353—354

Roberts Brothers 罗伯特兄弟出版社, 549—550

Robinson, Edward Arlington 爱德华·阿灵顿·罗宾逊, 612

Rockefeller, John D. 约翰·D. 洛克菲勒, 429, 667—668, 693, 702—705, 708—709；生活和家庭 686, 704—705；劳埃德 706；梅耶斯 685；派克 723；慈善事业 697, 701, 702, 719—720；塔贝尔的曝光作品 708—709；威廉·詹姆斯 696

Rockefeller, John D. Jr. 约翰·小洛克菲勒, 704

Rockwell, Norman 诺曼·洛克威尔, 584

Roe, Clifford 克利福德·罗伊, 362—363

Rogers, Henry H. 亨利·H. 罗杰斯, 292, 293, 514, 681, 706，图 21

Rogin, Michael 迈克尔·罗金, 291—292

romance fiction 浪漫小说, 124, 153；历史浪漫小说 24, 76, 77, 416, 603—604

Romanticism, American 美国浪漫主义, 11—12, 13—15

Roosevelt, Theodore, Sr. 西奥多·老罗斯福, 70

Roosevelt, Theodore 西奥多·罗斯福：《论美国种族》333, 338；安婷 657；在市长竞选中

输给乔治639;杰罗尼莫诉求195;就职游行193;《论耙粪》594;纽约警察行政官643;and Philip Dru 390;里斯643;辛克莱尔的《屠场》621;标准石油公司709;吐温682;威斯特559;《莽骑兵》430;《艰苦生活》430;《西部的胜利》566

Ross,Edward A. 爱德华·A. 罗斯,492,503

Rough Riders 《莽骑兵》,505

Royce,Josiah 乔西亚·罗伊斯,677

Ruiz de Burton 玛丽娅·安帕罗·露易丝·伯顿,415,438—440,453,554—559

Russian immigrants 俄罗斯移民,608,667

S

Sacher-Masoch,Leopold von 利奥波德·冯·萨克－马索克,360—361

sacrifice:Alcotton 牺牲:阿尔科特435—436;凯汉673;切斯纳特462—463;格雷论内战430;豪威尔斯673;詹姆斯668;犹太人659;诺里斯511;进步是必要的文化牺牲419—420,457—458;吐温476;威尔斯462,463—465;沃顿512—513;又见美国黑人;美国印第安人

St Louis:*Globe Democrat* 圣路易斯:《环球民主党报》612—613

Salvation Army 救世军,627

San Francisco 旧金山,31—32,42—43,44,494—495

Sand,Georges 乔治·桑,151

Sand Creek massacre 沙地克里克大屠杀,183—184

Sapolio soap 萨普里奥肥皂,720;广告569,574—575,584,697,图5—10

satire,Civil War 内战讽刺文,438—446;吐温416

Saturday Evening Gazette 《星期六公报》,435

Saturday Evening Post 《星期六晚邮报》,569—571,589—90,689,图2

Scandinavian immigrants 斯堪的纳维亚移民,608—609,615

Schindler,Solomon 所罗门·辛德勒,711

Schulte,Frances J. 弗朗西斯·舒尔特,729

Schumpeter,Joseph 约瑟夫·熊彼特,666

Science 科学:亚当斯的理论274—275;广告学571—572,584—588;权力160;犯罪侦查学483,484;麦克卢尔关于科学的文章594;关于种族的伪科学理论457,468—470,597;宗教513—514;乌托邦主义710,714,726;女性158—162,165—166

science fiction 科幻小说,218—223

scientific management 科学管理,296—298,300,303—304,305,430

Scott,Thomas A. 托马斯·斯科特,699—700,704

Scott,Sir Walter 沃尔特·斯科特爵士,27,46

Scott,Walter Dill 沃尔特·迪尔·斯科特,415,571—572,584—587,图11

scouting movement 童子军运动,430,505

Scranton, Pennsylvania 宾夕法尼亚州斯克兰顿, 666
Scribner, Charles, and Company 查尔斯·斯克莱布纳和公司, 549—550, 604—605
Scribner's Magazine 《斯克莱布纳月刊》, 65, 112, 497, 517, 643
Scribner's Monthly 《斯克莱布纳月刊》(后来的《世纪》杂志) 34, 37, 53, 112, 592
Scudder, Horace E. 霍拉斯·E. 斯哥德, 36, 60
secularism 世俗主义, 34, 35, 54, 91—92, 414, 513—514; 亨利·詹姆斯 521, 603
Sedgwick, Catherine 凯瑟琳·塞奇威克, 141—142
segregation, racial 种族隔离, 339, 456, 473, 598; 论铁路 324—325, 464, 471
Seligman, Edwin 爱德温·西林格曼, 359
Seminole people 西米诺尔人, 535
"Senegambian Carnival" (show) 西尼冈比亚狂欢节, 212
sentimental fiction 感伤小说, 5, 6, 603—604
Shaler, Nathaniel 纳撒尼尔·沙勒, 457, 470
Shaw, Anna Bernard 安娜·伯纳德·肖, 638
Shawnee people 肖尼人, 536—637
Shearer, J. G. 希尔瑞尔, 363
Sheridan, Philip 菲利普·谢里登, 12
Sherman, Stuart 斯图亚特·谢尔曼, 611
Sherman, William Tecumseh 威廉·特库姆塞·谢尔曼, 12
Sherman Antitrust Law 《谢尔曼反垄断法》(1890) 667—668
Shopping 购物, 49, 70, 137, 676, 711, 722
Silliman, Benjamin 本杰明·西里曼, 703
Simmel, George 乔治·齐美尔, 236, 493
Sinclair, Upton 厄普顿·辛克莱尔, 26, 27;《屠场》617, 618—621
Sioux people 苏人, 537, 550; 又见, 查尔斯·亚历山大·伊斯特曼
Sitting Bull 坐牛, 535, 538—539
slavery 奴隶制, 413; 虐待黑人身体 455; 亚当斯 273; 反奴隶制运动 15, 43; 内战 11, 12, 422—423, 535; 肤色等级替代 326—327, 336—337, 346, 482—483; 杜波伊斯 280—281; 南部经济 422—423; 结束 7, 12, 15, 413, 422—423; (种族主义者看作驱逐黑人的前奏) 325, 363; 食物 455;《逃奴法》454; 种族独立 483; 雅格布的叙述 454—456; 育儿技巧 456, 485; 美国印第安人蓄奴者 535; 思乡病 175, 478—479, 483; 华盛顿 654—655; 白奴 361—363, 365—369, 371; 作品项目管理局的叙述 455
slums 贫民窟, 28, 317—322, 642; 又见, 雅格布·里斯,《另一半人怎么生活》
Smith, Joseph 约瑟夫·史密斯, 14
Smith, William, Benjamin 威廉·本杰明·史密斯, 457, 468—469
Smith, William, Robertson 威廉·罗伯逊·史密斯, 510
Soap 肥皂, 574, 575, 584, 585, 717; 又见派厄斯肥皂; 萨普里奥肥皂
social audiences, distinct literary 社会观众, 6, 17—18, 25—26, 40—41, 108, 417; 阶级划

○索 引

分 76,417,589,590—591;欧洲文化 45;杂志 76,589,590—591;非首都 40—45;签署出版 41,42;受欢迎剧院 30;又见文字文化 以及高尚文学文化

social distinctions 社会区别,118—120,126,423,498;又见阶层

social issues 社会问题:商业和道德 670—673;控制 70,108—109,110;亨利·詹姆斯的分析 254,443;生活状况 28,58,317—322,640—647,713—714,图 12—18;关系的现代重建 225;抗议作品 637—652;女性和社会机构 348—375;又见阶层;混乱;劳工;土地;人种;乌托邦主义(社会的同质性)

social science 社会科学,5,415;亚特兰大大学出版物 472—475,485—486;吉尔曼 167;豪威尔斯的分析 6,248;关于人类迁移 492;关于移民 470,493,503;文学表达 247—248,269,278—279,280—281;关于自然/文明紧张关系 509;诺里斯 509,510;北方,关于南方黑人 199;养育/特性辩论 483;种族主义伪社会科学 469—470;沃尔德 167;又见个人作者

socialism 社会主义,614—615,638;基督教 614,711,736,737;又见爱德华·贝拉米;威廉·狄恩·豪威尔斯;犹太人;杰克·伦敦

Sons of Ham(show) 汉姆的儿子们,213

South Improvement Company 南方改良公司,704,707

Southern Pacific Railroad 南方太平洋铁路,677—678

Southworth,Mrs. E. D. E. N. E. D. E. N. 索斯沃斯夫人 19,26,141—142

Spanish American War 西班牙—美国战争,133,134,229

Spargo,John 约翰·斯巴戈,637—638;《孩子们的痛苦呼喊》617,640—642

spectacle:black body as 景象:黑色躯体,205—207;女性化,商业文化 158;豪威尔斯 67—68,77—80;博物馆 77—80,121—122;美国原住民 184—186,190,192—193;私人研究 83,85—86;社会喜剧风格 146,147,225

Spencer,Herbert 赫伯特·斯宾塞,613,628

spiritualist movement 唯心论运动,527

spiritual 灵性,见宗教

spirituals,black 黑人精神,281—282

Spitzka,Edward A. 爱德华·A. 斯皮茨考,161

Spofford,Daniel 丹尼尔·斯波福德,533

Spofford,Harriet Prescott 哈丽叶特·普雷斯科特·斯波夫德,152

Springfield Penny News 《斯普林菲尔德便士新闻》,714

Standard Oil Company 标准石油公司,49,667—668,723;卡特尔违法行为 703—704,707;解散和重组 667—668,709;罗杰斯担任董事会成员 514,681;塔贝尔的调查 594,707;标准化 301—307,405,413,582;感情 304—307

Standing Bear,Ponca Chief 蓬卡首领立熊,549

Standford,Leland 利兰·斯坦福,557—558

Stanley,Arthur 阿瑟·斯坦利,613

Stanley,Henry M. 亨利·M. 斯坦利;《活石》41

Stanton,Elizabeth Cady 伊丽莎白·凯蒂·斯丹顿,451
Stead,W. T. W. T. 史蒂德,98
Stedman,Edmund Clarence 爱德蒙·克拉伦斯·斯特德曼,37,38,90,155
Steffens,Lincoln 林肯·史蒂芬斯,594,707
Stein,Gertrude 格特鲁德·斯泰因,629;《三面夏娃》629—630
Stevens,George 76 乔治·史蒂文
Stevenson,Robert Louis 罗伯特·路易斯·史蒂文森,42,706
stockholding 股东,416,422,623
Stoddard,Charles Warren 查尔斯·沃伦·斯托达德,42
Stoddard,Elizabeth 伊丽莎白·斯托达德,152
Story—papers 小说报,23,75
Stowe,Harriet Beecher 哈丽叶特·比彻·斯托,26,141—142,453,527,620;吉尔曼 168,627;影响 541,549;教化和虔诚 20,21,22;老城人民 50;《奥尔岛的珍珠》46—47;《汤姆叔叔的小屋》18,20,21,22,31,486
stratification of culture 文化的层次,见文字的文化;社会观众
Street and Smith 斯特里斯和史密斯 23,27;《纽约周刊》23;《真正的侦探故事》24
strikes:Great Railroad 罢工:铁路大罢工(1878)705;海伍德世界产业工人 597;宅地大罢工 701—702,736
Strong,Josiah 乔西亚·斯特朗,642
Stuart,Moses 摩西·斯图亚特,432,433
Stuart,Ruth McHenry 鲁斯·迈克亨利·斯图亚特,175
Student and Schoolmate 《学生和校友》,662—663
study,writer's,作家的研究,78,82—90,283,284;又见威廉·狄恩·豪威尔斯
subscription publishing 同意发表,41—42,44
success 成功,376—409;文化职业 396—403;宗教中的职业与组织 391—396;亨利·詹姆斯 388—389;文学和市场 376—382;顺服听话的职员 382—391;表现和身份 403—409
suffrage 选举权,见美国黑人;女人
Sullivan,Anne 安妮·苏利文,514,515,516,517
Sullivan,John L. 约翰·苏利文,613
Sumner,William Graham 威廉·格雷厄姆·萨姆纳,461
Swedenborgianism 斯维登堡主义,17,602,605
Sweezy,Carl 卡尔·斯维兹,536
sympathy 同情,603
syndication 企业联合组织,21,595,708

T

Tanner,Henry 亨利·坦纳,104

Tanner, Tony 托尼·唐纳, 372—373

Tarbell, Frank 弗兰克·塔贝尔, 703—704, 708

Tarbell, Ida Minerva 艾达·米诺娃·塔贝尔, 415, 594, 693, 702, 707—709; 名人传记 707, 708; 标准石油公司调查 594, 686, 702—703, 704, 705, 707, 708—709

Taste 品味, 78—79, 109

Taylor, Bayard 贝阿德·泰勒, 37, 38

Taylor, Frederick Winslow 弗雷德里克·温斯洛·泰勒, 300, 302, 303—304, 305, 405, 652; 计件工资制 300;《科学管理原理》296—298, 430

Taylor, Judson R. 贾德森·泰勒, 24

technology 技术, 76, 414, 493; 个人 292—293, 630; 吐温 292—293, 416, 681, 716, 718; 又见通讯; 印刷技术

telegraphy 电报, 422, 630—632

temperance 禁酒, 43, 75

tent—show plays 帐篷秀表演, 75—76

Terhune, Mary Virginia Hawes (pseud. Marion Harland) 玛丽·弗吉尼亚·豪威斯·特休恩(玛丽恩·哈兰笔名), 19, 21

Texas Pacific Railroad 得克萨斯太平洋铁路, 557—558

Thaxter, Celia 西莉亚·塞克斯特, 157

Thayer, William Roscoe 威廉·罗斯科·塞尔, 124

theater 剧院, 29—33; 非裔美国人 210, 212—213; 游乐园 81—82; 观众参与 33; 廉价小说 30—31; 丹佛, 美国原住民躯体部分 184; 德莱塞 635; 滑稽剧 33; 移民 6, 31—33; 即席创作 33; 小说与电影融合 30—31; 合法的爱尔兰张力 30; 威廉·詹姆斯 267; 合法的 29—30,(从流行中分散) 29, 33; 混合的形式 33; 电影秀 31; 博物馆剧院 121—122; 美国印第安人 539; 内布拉斯加 608; 种植园思乡病 175, 204; 波兰人 32, 33; 海报和传单 148—149; 宗教 75—76, 393; 社会控制 108; 吃掉的糖果 257; 汤姆剧团 31; 歌舞杂耍 30, 33; 女性演员 142, 162; 意第绪的 32—33; 又见扮演; 情节剧, 剧院的; 歌舞杂耍

theatricality, social 喜剧风格, 社会的, 146, 147, 225

Theosophy, Baum and 鲍姆的通神论, 711, 723

Thirteenth Amendment 第十三条修正案, 346

Thomas, W. I. W. I. 托马斯, 493

Thompson, J. Walter J. 沃尔特·汤普森, 571, 584

Thompson, Lydia 莉迪亚·汤普森, 142

Thoreau, Henry David 亨利·大卫·梭罗, 13—14, 15, 19, 605

Thrasher, Max Bennett 马克斯·班尼特·施莱瑟, 654

Ticknor and Fields 提科诺和菲尔兹, 34, 39

Tilden, Theodore 西奥多·蒂尔登, 714

Tillman, Benjamin 本杰明·蒂尔曼, 462

time, sense of 时间感,76—77,225,616,716

time travel 时间旅行,711

Titanic SS 泰坦族巨人,230

Titans, business 商业巨头,692—709;又见个人名字,特别是安德鲁·卡耐基;约翰·D. 洛克菲勒

Tolstoy, Leo 列夫·托尔斯泰,638;《安娜·卡列尼娜》163;《那么我们该怎么办?》614,736

Tolstoy Group 托尔斯泰团体 736

Tom troupes 汤姆剧团,31

Tourgee, Albion 阿尔比恩·图奇,415,457,462,465—468,549;《无花果和蓟》466;《傻子当差》416,465—468;《无形的帝国》465,466

tourism 旅游,229,481;又见旅行

Towarzystwo Gwiazda Wolnosci(Polish theater group)自由之星社团(波兰剧团)32

Towarzystwo Kosciuszki(Polish theater group)科钦斯基将军的剧团(波兰剧团)32

Townsend, Edward W. 爱德华.W.汤森德,319—321,344—345

trademarks 商标,569,582—583,680—681;又见品牌

transatlantic culture 泛大西洋文明,见欧洲;旅行(跨大西洋)

transnational civilization 跨国文明,见全球指南;旅行(跨大西洋)

transportation revolution 运输革命,12,76,413,493,575

travel 旅行,224—234;杜波伊斯之子的死亡 459;流行时尚 236—237;高雅文学文化 34—35,90—99;血族关系 240—246;现代型 228—230;风险 227—228,230—234;时间旅行 711;泛大西洋的 45,90—99,229;商业的和文化的 96—98,236;跨文化婚姻 97—98;杜波伊斯 104—105;高雅文学文化 90—99,104;种族 98—99,101—102,104;又见亨利·詹姆斯;伊迪丝·沃顿

Tribune, Chicago 《芝加哥论坛报》,705

Tribune, New York 《纽约论坛报》,421,643,644

Trobriand Islands 托白利安岛,371

Trowbridge, John 约翰·特罗布里奇,421

Truckee, Piute chief 派尤特首领特鲁吉,540—541

trusts 托拉斯,8,258,413,414,422,618,667—668,680;又见肉类托拉斯;铁路托拉斯;标准石油公司

Turgenev, Ivan 伊万·屠格涅夫 46,85,151,161

Turner, Frederick Jackson 弗雷德里克·杰克逊·特纳,379,390,638

Tuskegee, Washington's institute at 华盛顿的塔斯克基学院,653,654

Twain, Mark 马克·吐温,(又名塞缪尔·朗霍恩·克莱门斯)415,图21;广告416,476,569,584,680—681;关于动物 553—554,681;鲍姆 724;信仰结构 478,715,717—719;关于贝拉米 712;商业和资本主义 416,482—483,668,680—685,(又见文学和出版社的商业化);卡耐基 681;凯瑟 608;基督教科学 528—529,534;文学商业

化41—42,44,614,668,681；达尔文主义506,552—554,716；论死亡476,525；论混乱715—716；早期关于内华达、加利福尼亚和夏威夷的作品42,45；乔治的单一税收计划716；豪威尔斯39,68,605；比尔德的插图716；个人主义291—292,313—314；约翰逊488；凯勒514；语言39,479；生平681；劳埃德706；抒情诗体477—478；论机械化295—298,313—314,405,715；多元文化主义739；自然506,684—685；在杂志上发表42,53,528,569,(《世纪杂志》)37,476,483；出版社(查尔斯·L. 韦伯出版公司)416,437,681；(格兰特的《回忆录》)42,437,681,(佩奇排字机)292—293,297,681,718；论种族331,332,416,457,476—485；工作范围416,739；论宗教479—480,492,513—514,525,527—529；罗杰斯514,681,706；论罗斯福682；论牺牲476；论奴隶制58,175,461—462,478—479；论肥皂717；汀沟出版41—42,44；技术292—293,297,416,681,716,718；时间716；托拉斯416,514,681,706；乌托邦主义291—292,295—298,416,712,715—719；《哈克贝利·费恩历险记》37,58,313—314,476—483；《自传》525；《加拉维拉斯县有名的跳蛙》553；《我的自传片断》569；《基督教科学》528—529；《康涅狄格州的美国佬在亚瑟王朝》291—292,295—298,313—314,711,712,716,739；《斯多姆菲尔德船长天国之旅选录》525,527—528；《镀金时代》(与C. D. 沃纳合写)682,683—684；《印第安人重新安居》416；《傻子出国记》41—42,45,553；《密西西比河上的生活》44；《人类在动物世界的位置》506；密西西比河的旧日时光47,53；《傻瓜威尔逊》37,58,331,332,483—485；《康涅狄格犯罪的近日狂欢》40；《艰苦岁月》44,552—554；《汤姆·索亚历险记》58,569,682—683

Twain, Olivia 奥莉维亚·吐温,527,528
Tylor, E. B. E. B. 泰勒,167
tysetting machine 排字机,292—293；又见佩奇排版机

U

Underground Railroad 地下铁路,489
unertakers, African American 美国黑人殡仪员,473—474
underworld, fiction of urban 城市黑社会小说,76
unemployment 失业,506
uniformity and individualism 一致与个性,301—307；又见标准化
Union Register 《联盟记事》,466
unions, trade 商业联盟,301,597—598,647—649,651—652,667,707
United Labor Party 联合劳动党,638
universality 普遍性,415
university 大学,40,75,160,401—402,466；美国文学学科66；美国黑人217—218,278,473,597；又见独特的综合大学和专科学院
Updike, John 约翰·厄普代克,568

urban life：African American 城市生活非裔美国人,210—218；恶化 75；生活状况 28,58,317—322,640—647,713—714,图 12—18；公园和动物园 505；规划 721；人口增长和构成 12,74,493,666（又见内部移居）；小说背景 175—176,492,494—506；社会学研究 493；戏剧风格 146；下层阶级与剧院 30；小说中的黑社会 76；蛮荒作为城市生活的一种选择 505—514；又见博物馆和美术馆

US v. Kagema 美国诉卡格马,536

utopianism 乌托邦主义,8,17,405,710—739；美国黑人 711,727,（又见萨顿 E.吉格斯）；资本主义 414,710—711,712—727；优生学 727；社会同质 419,711,714—715,722—723,727—730,733,739；犹太人乌托邦 711,727；军国主义 291—301,345—346,347,712；多元文化主义 711,726—728,739；种族和人种 419,711,722—723,727—730,733,739；宗教和灵性 711,721—723,726,730,739；繁殖 711,727—728,730,732,733,739；文坛唯心论 125；科学 710,714,726；社会经济创新 733—739；华盛顿 653；论社会中的女性 710,714,（又见夏洛特·帕金斯·吉尔曼《她乡》）；女性作家 710,711,（又见夏洛特·帕金斯·吉尔曼）；又见经验主义,（尤指南北战争前）战前社会；巴纳姆, L.弗兰克（《绿野仙踪》）；爱德华·贝拉米；伊格内舍斯·唐纳利；艾尔韦拉多·富勒；金·坎普·吉列（《人的趋势》）；夏洛特·帕金斯·吉尔曼（《她乡》）；威廉·狄恩·豪威尔斯（《来自阿尔特鲁利亚的旅行者》）；杰克·伦敦（《铁蹄》）；布拉德福·佩克；马克·吐温（《康涅狄格州的美国佬》）

职业和职业写作 34—35,45,53—55,58,401—402

V

Valentine, Robert 罗伯特·G.瓦伦丁,395

Vanderbilt, Cornelius 科尼利厄斯·范德比尔特,704

Variety 多变性,213

Vaudeville 歌舞杂耍,30,31,33,210,220

Veblen, Thorstein 托尔斯坦·凡勃伦,137,691,693,697—699；生平 698；《高等教育》698；《有闲阶级论》497,698—699

Venegas, Miguel, SJSJ 米格尔·韦尼格斯,550

Venice 威尼斯,45,66,90,91,95,126,605

Victor, Metta 麦塔·维克托,421

Victoria Queen of Great Britain 英国维多利亚女王,353

Villard, Oswald 奥斯瓦尔德·维拉德,596

Vinton, Arthur 亚瑟·文顿,727

Viscott, David 大卫·维斯科特,306,307

Vision 景象：种族可见性 322—324,346—347,640；现实主义 315—347；又见史蒂芬·克莱恩

Voice of the Negro 《黑人之声》,489,596

W

Wabashi, Indiana 印第安纳州沃巴什:印第安纳州手工劳动学院 546,547
Wagner, Richard 理查德·瓦格纳,610
Walker, Aida Overtton 阿依达·阿芙顿·沃克,212,213—214,215,218
Walker, Francis A. 弗朗西斯·沃尔克,503
Walker, George 乔治·沃尔克,212,214
Walker, John Brisben 约翰·布里斯本·沃克 736
Wallace, Lew 卢·华莱士;《宾虚》22,76,77
Wallace, Walter 沃尔特·华莱士,489
Ward, Artemus 阿提莫斯·沃德,574,575,584
Ward, Lester Frank 莱斯特·弗兰克·沃德,167,628
Warner, Anna 安娜·沃纳,19
Warner, Charles Dudley 查尔斯·达德利·沃纳,36,124,315—316,514;《镀金时代》(与吐温合写)682,683—684
Warner, Susan 苏珊·沃纳,19,141—142,541;《广大的世界》18,21,22,46,(暗示亨利·詹姆斯)445,604
Warren, Samuel 塞缪尔·沃伦,露易丝·布朗代
Washington, Booker 布克·T. 华盛顿,44,653—657;卡耐基 701;克拉梅尔 103;杜波伊斯 597,654;论邓巴 210;欧洲之旅 597;霍普金斯 489;工业培训学校 99—100,653,654,701;约翰逊 488;劳埃德 706;感情的掩饰 654;实利主义 653;种族适应 99—100,653—654;美国黑人的地位 453,653,654;职业道德 617,653—657,664—665;《我的生活和工作经历》653—654;《从奴隶制中奋起》569,617,654—657
Washington, D. C. 华盛顿哥伦比亚特区,100,112,260,596
Waterloo, Stanley 斯坦利·滑铁卢,727
Waterman pens 沃特曼钢笔,572—574,图 4
Watkins, Jesse W. 杰西·W. 沃特金斯,489
Wave, San Francisco 旧金山的《浪潮》,494—495
Webber, Edgar 艾德加·韦伯,653—654
Weber, Max 马克斯·韦伯,458,510,652,655
Webster, Charles I. & Co. 查尔斯·I. 韦伯斯特及公司,(吐温的出版社)416,437,681;格兰特的《回忆录》42,437,681;佩奇排字机 292—293,297,681,718
Webster, Daniel 丹尼尔·韦伯斯特,544
Webster, Jean; *Daddy – Long – Legs* 简·韦伯斯特:《长腿爸爸》,356,374,375
Weekly Museum 博物馆周刊,65
Weir, Rev. James 詹姆斯·威尔牧师,142
welfare system 福利制度,419,616—617

Wells, Ida B. 埃达·B. 韦尔斯, 44, 457, 462, 463—465, 486; 反私刑运动 142, 261, 457, 463—465, 486

Welty, Eudora 尤多拉·韦尔第, 18, 62

Wendell, Barrett 巴雷特·温德尔, 38

West, Rebecca 丽贝卡·维斯特, 600

West Indies 西印度群岛, 229

Western genre 西方类型 廉价小说: 廉价小说 23—24, 28, 181; 剧场与电影 30, 31; 吐温 416, 552—553; 又见赞恩·格雷

Wetzel, Lewis 刘易斯·威哲尔, 564, 565

Wharton, Edith 伊迪丝·沃顿, 224—246; 关于艺术和美 234—235, 236; 商业主义 95—97, 132, 234, 236, 498, 614, 615; 关于卓越与差别 73; 关于文化和共享的感觉 110; 论混乱 241—243, 492, 496—499; 离婚 232, 240—241; 欧洲 91, 225—226, 235—236, 237—238, 240; 论家庭 225, 240—246; 关于全球订单 234, 236; 帝国主义 238—240; 乱伦 232, 241—242, 243, 244—246, 374, 375; 室内装修 497; 詹姆斯 224, 605; 血族关系 232, 240—246; 刘易斯献题巴比特 408; 生活 166, 226, 235—236, 237—238, 240—241; 关于婚姻 375, (跨文化)97, (天赋和契约)356—357, 369—371, 405; 物质事物 237, 497; 现代性 224—234, 246; 博物馆文化 66; 国内的，国际的，和全球化 234—240; 区域性背景 62, 492, 506, 511—513; 关于精神共和国 73, 107; 风险 227—228, 230—234, 246, 378; 论牺牲 512—513; 科学 159—160; 论社会分层 498; 速度 224—234, 246; 沉静 82, 224—225; 研究背景 83—84, 87; 社会生活的戏剧风格 225; 旅游 91, 95—96, 224—234, 236—237, 240, 615, (冒险)227—228, 230—234, 246, (旅游书籍)226, 238—240; 有闲阶级的易受攻击成员 232, 234; 财富与地位 82, 226, 614; 论蛮荒 511—513; 妇女代表社会变化 158;《纯真年代》66, 83—84, 230, 231;《往昔一瞥》235, 240;《比阿特丽斯·帕尔马》(未发表的片断) 374—375《孩子们》232, 241—242, 243, 244;《乡村习俗》95—96, 98, 158, 224, 224, 232, 236—237, 369, 371;《房屋装修》(与 O. 科德曼合写) 497;《伊坦·弗洛美》62, 492, 511—513;《虚幻曙光》110, 113;《月亮掠影》232, 244;《快乐之家》73, 159, 163, 227—228, 229—231, 232, 233, 378, 398, 492, 496—499;《在摩洛哥》114, 226, 238—240;《生活与我》235;《母亲的报答》232, 233—234, 242—243;《萨穆尔》232, 356—357, 369—371, 374, 375, 405;《试金石》96—97;《半麻醉》232, 244—246;《小说写作》159

Wheeler, Edward L. 爱德华·L. 惠勒, 27, 30

The Wheelman 《骑车人》, 595

White, William Allen 威廉·艾伦·怀特, 396

"white slavery" 《白奴》, 361—363, 365—369, 371

Whitehead, Alfred North 阿尔弗雷德·诺斯·怀特海, 518

Whitman, Walt 沃尔特·惠特曼, 13—14, 15—16; 肖邦 172, 178, 179; 被主流文化排斥 17, 36, 37—38, 39; 散文 15—16, 38; 高雅的机智 92, 94;《民主展望》15—16;《草叶集》15, 39;《啊，船长，我的船长》38;《从永不止息地摆动着的摇篮里》349, 350, 351;

我自己的歌 379;《标本时代》16;《一天晚上我在田野里值夜》505

Whittier, James Greenleaf 詹姆斯·格林利夫·惠蒂埃,36—37,38,39,539

Wiggin, Revd. James Henry 詹姆斯·亨利·威金,533

Wild West shows 狂野西部秀,181,185—186,196

Wilder, Laura Ingalls 英格尔斯·威尔德·劳拉,62

wildness 蛮荒 492,493—494,505—514,563—564

Willett, Edward 爱德华·维利特,421

Williams, Bert 博特·威廉姆斯,212,214,220

Williams, William Carlos 威廉·卡洛斯·威廉姆斯,406

Williamson, Colonel David 大卫·威廉森上校,564

Wilmington, North Carolina 北卡罗来纳州威尔明顿,202,462

Wilson, Christopher 克里斯托弗·威尔逊,400

Wilson, Woodrow 伍德罗·威尔逊,326,339,385,390—391

window dressing 橱窗装饰,723

Winnebago people 温内贝戈人,550

Winnemucca Hopkins, Sarah 萨拉·韦尼姆卡·霍普金斯,550;《派尤特人的生活》536,538,539—541

Wister, Owen 欧文·威斯特,386—388,559—561;关于阶层和个人主义 288—289,290,302;生平 559;论美国印第安人 554—555,560—561;论自然和文明 505,559,561;论社会流动性 386—388,391,408;《牛仔的变迁》560;《尤利西斯·S. 格兰特》423,437—438,471;《弗吉尼亚人》288—289,290,302,386—388,391,408,416,559—561

women 女性,137—180;美国黑人 43—44,596—598;女性能从事的商业 690;内战140—141,582;商业消费 137,350,633—636;现实主义小说中的死亡 163;欲望,消费,和外貌的更改 348—356;国内文学传统(观众)6;(作者)43,141—142,159—160,434—437,(主题)19—20,435;国内角色 19—20,58—59,140,435,(又见母亲的作用);教育 10,139,141,160;就业 137,139—141,358—359,366,368—369,375,582,617,627—637;家庭职责 20—21,29,43;有闲阶级 232,234,498—499,568,582;大众文化 138,143—147;新女性 140;组织机构 141;作为财产 356—368;公共/私人分水岭 151—157;公共领域 137—138,140—141,582;宣传 137—51,498;地区文学文化 58—59,157—158;女权运动 43,534,596—598,712;科学 158—62,165—166;社会变化 158;社会制度 348—375,(合约与所有权)356—368,(又见乱伦;婚姻);社会改革家 43,625—627,642;选举权 43,435,596—598;戏剧性的表演者 137,142,145,162;又见女权主义;同性恋;婚姻;母亲的作用;卖淫;以及广告;机构;院创作者;现实主义;乌托邦主义

Women's Argosy 《女性宝典》,591

Women's Christian Temperance Union 基督教妇女戒酒联盟,43

Woodhull and Claflin's Weekly 伍德赫尔和克拉夫林周刊,16—17

Woodward, C. Vann C. 伍德沃德,337

Woolson, Constance Fenimore 康斯坦斯·费尼莫尔·伍尔森, 153—157, 446; 内战小说 446; 欧洲小说 91, 97, 156—157, 158; 亨利·詹姆斯的《伍尔森太太》156; 在杂志上发表 37, 53, 156, 446—447; 生平 49, 155—156; 地区文学 47, 48, 58, 155—156;《安妮》《155》;《在克林城堡》157;《遥远的城堡》47, 155—156;《为了少校》448;《大卫王》448;《格里夫小姐》153—155;《管理员罗德曼》53, 155—156, 446—448;《风信子之街》156—157

work 工作, 8, 616—665; 8小时工作日运动 652; 在工业中 618—627; 工作变成地位 402—403; 社会抗议 637—652; 职业道德 617, 652—665, (阿尔杰) 653, 660—665, (安婷) 653, 657—661, 664—665, (华盛顿) 653—657, 664—665; 又见事业; 劳工; 失业

Works Projects Administration 作品项目管理委员会, 455

World, New York 纽约《世界》, 613

World's Fairs 世界博览会, 692; 芝加哥 (1893) 124, 186—189, 441, 464, 515, 692, 720, 725; 圣路易斯 (1904) 193—195, 196—197, 692

Wounded Knee massacre 伤膝谷大屠杀, 538, 544—545, 724

Wright, Harold Bell 哈罗·德贝尔·莱特, 75—76

Wright, Orville and Wilbur 奥维尔和威尔伯·莱特, 440

Wright, R. R. R. R. 赖特, 475

Wright, Richard 理查德·赖特, 630

Wyeth, N. C. N·C·威斯, 584

Y

Yakima Affair 亚基马事件, 541

Yale University 耶鲁大学, 735

Yankton reservation 美国人保留地, 191

Yates, Edmund 埃德姆德·叶芝, 85

Yeats, William Butler 威廉·巴特勒·叶芝, 253

Yellow Bear, chief of Kiowa 基奥瓦人的首领黄熊, 182

Yerkes, Charles T. 查尔斯·T. 耶基斯, 611, 686, 689

Yiddish language and literature 意第绪语与文学, 5, 316; 剧院 32—33; 又见犹太人

Young Women's Christian Association 基督教女青年会, 27

The Youth's Companion 《青年指南》, 21

Z

zahajkiewicz, Szczesny 斯泽尼·扎哈捷威斯基, 32

Zane, Ebenezer 埃伯尼泽·赞恩, 564, 566

Zangwill, Israel 伊斯雷尔·赞格威尔,658
Zeisberger, David 大卫·齐斯伯格,564
Zitkala—Sa(格特鲁德·西蒙斯·波林) 兹特卡拉-萨,189,190—193,538,539,545—547;《美国印第安人故事集》546—547;《俄克拉何马贫穷而富有的印第安人》546
Zola, Emile 埃米尔·左拉,151,254,257
zoos 动物园,505

The Cambridge History of American Literature, Volume 3
Edited by Sacvan Bercovitch
Originally published by the Press Syndicate of the University of Cambridge
Copyright © Cambridge University Press 2005

本书全球简体中文版由剑桥大学出版社授予中央编译出版社独家出版发行。
版权所有，非经书面授权，禁止以任何形式进行摘录、复制或转载。

图书在版编目（CIP）数据

剑桥美国文学史．第3卷／（美）伯科维奇（Bercovitch，S.）主编；
蔡坚，张占军，鲁勤译．—北京：中央编译出版社，2010.8
ISBN 978-7-5117-0524-2

Ⅰ．①剑…
Ⅱ．①伯… ②蔡… ③张… ④鲁…
Ⅲ．①文学史－美国
Ⅳ．I712．09

中国版本图书馆CIP数据核字（2010）第162346号

剑桥美国文学史．第3卷

出 版 人	和 龑
责任编辑	郑 锦
责任印制	尹 珥
出版发行	中央编译出版社
地　　址	北京西单西斜街36号（100032）
电　　话	（010）66509360　66509236（总编室）　　（010）66509353（编辑部）
	（010）66509364（发行部）　　（010）66509618（读者服务部）
网　　址	www.cctpbook.com
E-mail	edit@cctpbook.com
经　　销	全国新华书店
印　　刷	北京佳信达欣艺术印刷有限公司
开　　本	787毫米×1092毫米　1/16
字　　数	840千字
印　　张	49.5
版　　次	2010年10月第1版第1次印刷
定　　价	128.00元

本社常年法律顾问：北京建元律师事务所首席顾问律师　鲁哈达
凡有印装质量问题，本社负责调换。电话：010-66509618